KB067720

차영한(車映翰) 60대 모습

차영한(車映翰) 스냅 사진

차영한(車映翰) 86세 모습

전 수상 등 기념적 화보는 차영한 수상록, 《생명의 선율 그 그리운 날들》(인문엠앤비, 2021. 09) 참조 바람

2022년도 제8회 한국서정시문학상 공모에 시집 《우주 메시지》 당선

제8회 한국서정시문학상 공모 당선 시집 《우주 메시지》(한국문연, 현대시 기획선 76, 2022. 10. 30. 13.0cm×21.0cm), 160쪽.

제8회
한국서정시문학상 패

제8회 한국서정시문학상 수상 기념사진
(2022. 10. 30. 백석대학교 총장과 함께)

2021년 제6회 경남시문학상 본상 수상

제6회 경남시문학상 수상 기념사진

제6회 경남시문학상 본상 패

제54회 경상남도 문화상(문학부문) 수상

- 제54회 경상남도 문화상(문학부문) 트로피
- 제54회 경상남도 문화상(문학부문) 수상장면
  홍준표 경상남도 도지사와 함께
- 제54회 경상남도 문화상(문학부문) 기념사진

제17회 통영시문화상 수상

- 제17회 통영시문화상 수상 트로피
- 제17회 통영시문화상 수상 기념사진
  천영기 통영시장과 함께
- 제17회 통영시문화상 수상 기념사진

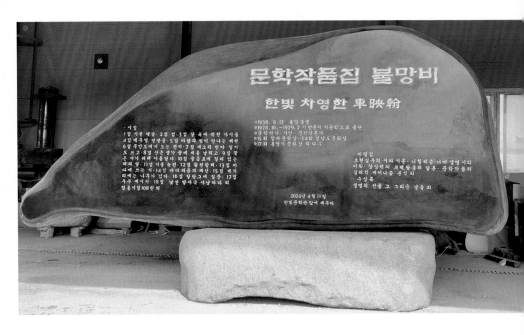

- 차영한 문학작품집 불망비(가로 3.8미터)
- 한빛문학관- (문학관 등록 : 제 경남6-사립1-2021-01호)
  2014년 4월 기공~2014년 10월 준공. 움직이는 창작문학공간.
- 《참새》지 영인본. 1927년도 새해 특집. 통영지방에서 발행된 종합문예지였다.
  1983년도 12월 《충무문학》 제3집에 발표, 한빛문학관 수장고 소장.
- 《三四文學》 영인본. 1934년도부터 3·4문학 동인 중심으로 제5집까지 발행된 것으로
  초현실주의적 성격을 띤 문예지였다. 한빛문학관 수장고 소장.

미당 서정주 시인으로부터 직접 친필사인을 받은 미당 첫시집 《花蛇集》 복간호

미당 서정주 선생 친필 사인

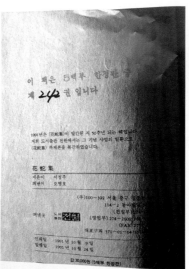

《화사시집(花蛇詩集)》500권
한정본 중 242번 째권

《화사집花蛇集》 복간호 겉모습

2023년도 제5회 국제펜 한국본부 경남지역 경남펜문학상 당선 수상

경남 PEN문학상 당선 상패

《경남펜문학》 제19집 출간 기념 및 문학상 당선에 따른
참석자들과 기념사진

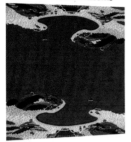

2023년도 전국적인 순수문예지
《0과 1 문학》 창간호 출간(한빛문학관, 2023. 10)

2023년 11월 17일 오후 5시 한빛문학관 2층 문화및집회실.
전국최초 순수문예지 《0과 1 문학》 창간호 출판기념회

향토작고문인 추모시 공모전 당선작품
시집 《꽃을 뿌리 내린 당신》
(한빛문학관, 2021. 06).

통영 섬 사랑 시 공모에 선정된 분들
시집 《쉼표가 있는 통영 섬들》
(한빛문학관, 2022. 10).

통영 출신 및 연고 문인들의 육필 모음집
《따스한 숨결로 쓴 타임캡슐》
(한빛문학관, 2022. 10).

현대문학 **문학박사 차영한의**
전 공 한 정신분석학적 비평읽기

문학작품의
심리적 메커니즘 분석

고려시대 이규보/유치환/백석/이상/김상옥과 이중섭 화가/김수영/김춘수/김경린이
참여한 신시론·후반기동인/박경리/박재삼/함동선/성춘복/이승훈/강희근/김지율/
정소란/한춘호/조혜자 등(무순)

차 영 한 편저

인문엠앤비

생명력의 발자국은 우리의 현재를 확인시켜 준다.
바로 그것이 움직이는 미래의 파일이다.
이러한 파일 속에 가장 값진 희망과 꿈을 일러주는 메시지
오가는 우주 시대의 에너지 덩어리는 문학예술이다.

인간 뇌에 내장된 X파일은 인문과학에서 출발했기에
인식이라는 그 속에 욕망이 과학적으로 분출하고 있다.
표현, 표출하려는 '파란 노을'의 길잡이다.
말하자면 언어예술이 그 인식적 구분을 지시하는 걸까?
그 지시 속에 뭔가 존재하는 이상 환상은 대상을 유혹한다.
호기심은 팽창하여 미지로 향한 발자국을 남기도록 한다.

80년대부터 형식주의와 구조주의에서 탈피한 자들의 환호성
그러나 무시할 수 없는 아우라는 실재계 속에 있다.
그럼에도 우주적인 현상학으로부터 귀환하는 주체와 세계
아직도 연상작용으로도 전제하지 못한 근원적인 시 세계

그들이 남긴 땅 냄새, 심리적 메커니즘을 감히 접근해 보았다.
어리석은 짓이지만 또 하나의 절대 현실을 해체와 재구성
10억 년 전 물결무늬 바닷가 코스모스 길도 보았다.
그들의 부활을 나뭇가지에 걸린 깃털 움직임에서도 보았다.

진부한 골수는 오인이라는 통로마저 차단할 수야 있겠지만—

2024년 4월 초순
著者 차영한

CONTENTS

제1부

백석·이상·김수영·김경린·김상옥·
김춘수·이승훈·강희근 시인론 등

백석 시인의 시 〈統營〉 3편에 대한 해석

1.

　백석(1912. 07. 01.~1996. ?)의 본명은 백기행白夔行이다. 그러나 '자야子夜 여사의 회고[1]'에 따르면 간혹 편지를 보내올 때는 백기연白基衍으로 썼다고 한다. 백석은 1936년 4월 초에《조선일보》기자를 그만두고 함흥 영생고보 영어교사로 옮겼다.

　그해 가을에 김영한(金英韓, 1916~1999)[2]을 운명적으로 만났는데, 기명妓 名은 '진향眞香'이었다. 영생고보 교사들의 회식 장소인 '함흥관'에서 우연히 백석 옆자리에 앉은 것이 인연이 되었다는 것이다. 그때 백석은 "오늘부터 당신은 이제 내 마누라요"하고 단정적으로 말했다는 것이다. '자야子夜'라고 부르게 된 것은 그녀(金英韓)가 어느 날 서점으로부터 사 온 당시선집唐詩選 集을 백석 시인이 읽다가 〈자야오가子夜吳歌〉라는 시 제목에서 아호雅號를 딴 것이라고 했다.

　〈자야오가子夜吳歌〉 내용은 '중국 장안長安에서 서역西域으로 오랑캐를 정 벌하러 나간 낭군을 기다리는 여인 자야子夜의 간절한 마음을 담은' 시가詩 歌였다. 자야의 회고에 의하면 당시 백석의 나이는 26세요, 자야의 나이는 22세로서 3년여 간 동거를 하면서 부모들의 권고로 2번이나 사모관대를 썼

---

1) 정효구 편저 〈白石, 내 가슴 속에 지워지지 않는 이름-子夜 여사의 회고: 李東洵〉《백석》(문 학세계사, 1996. 05. 08), pp.308~330. ▶1988년《창작과비평》복간호에 게재된 것임.
2) 김영한의 출생연도를 보면 1916년과 1915년으로 기록된 것이 있으나, '자야 여사의 회고'에 보면, "(…) 그의 나이 26세, 내가 스물 둘이었다(…)"라고 기준하면 1916년생이 옳다.

다는 기록에서 알 수 있다.

백석 시인

문제는 백석의 청년 시절 성격을 간단히 살펴보면 가슴이 너무 뜨거운 남자로 보인다. 20대의 혈관을, 흐르는 플롯이 활활 타오르는 불꽃과 같다. 돈 데릴로(Don DeLiillo)[3]의 기법 흐름에 따르면 시간 순서를 무시한 흩어진 토속적인 서술을 리얼리즘을 통해 미스터리에 감춰 놓고 있는 것 같다. 선형이 아닌 원형인 것 같다.

백석의 이러한 시적 배경은 그가 감지한 아우라(aura)의 기표가 노스탤지어라는 기의를 낳게 한 것으로 보인다. 흔히들 우리가 말하는 퇴행적인 회귀 본능적이라고 하지만 원초적인 본능이 상실과 분노를 함의한 양면성의 무의식이라는 벌레가 꿈틀거린다고 할 수 있다.

1936년 1월 20일 33편의 시를 모아 시집 《사슴》을 100부 한정판으로 간행했을 때의 감정이입에서 볼 때 시인으로 등단한 마음이 아직도 삭지 않은 마그마라 할 수 있다.

앞에서도 언급했지만, 《조선일보》기자를 그만두고 함흥 영생고보에 영어교사로 가는 등 그해는 그의 일생을 변화시킨 해이기도 했다. 특히 그의 시가 갖는 언행이 직설적이거나 감정적인, 그러나 진실하게 얼룩져 있는 것을 발견할 수 있는데, 어찌 보면 이성뿐만 아니라 일제강점기에 빼앗긴 조국을 비롯한 풍속 등 토속성에 대한 애착으로 "정말 조선의 슬픔을 절실히 노래한 열렬한 민족시인"[4]이라고 지적한 그의 친구 위랑(葦郎, 본명 愼弦重)이 지적한 글에 필자도 동의한다.

---

3) 미국의 포스트모던 작가임.
4) 위랑 〈서울 文壇의 回想〉《嶺文》, 7집, 1949. 04. 05. 참조 바람.

1930년인 19세 때에《조선일보》제2회 신년현상문예(현 신춘문예)에 단편소설〈모母와 아들〉이 당선됨으로써 같은 해 봄에《조선일보》장학생으로 선발되어 일본 '아오야미[靑山]학원'에서 영문학을 공부하면서 당시 개화와 낭만주의를 맛볼 수도 있었을 것이며, 1934년 청산학원에서 졸업하여 조선일보사에 정식으로 입사, 여성지《여성》에서 편집을 맡기도 했다.

1935년 8월 30일 그러니까 나이 24세 되는 해, 즉 1935년 8월 31일《조선일보》에 시〈定州城〉을 발표하여 시인으로 데뷔하기도 한다. 정주성은 오산고보가 소재하는 평안북도 정주에 있으며, 백석의 고향이기도 하다. 조선일보사의 자매지로서 시 전문잡지《조광》에 편집인을 맡기도 한다. 이때가 백석에게는 열정적인 한창때라고 볼 수 있다.

2.

여기서 백석과 친구가 되는 신현중(愼弦重, 1910. 08. 04~1980. 10. 17)[5]

---

5) 신현중(愼弦重, 호號: 위랑韋郞. 1910~1980): 진주에서 출생(호적부가 하동에 있기에 출생신고 때 하동 적량에서 출생한 기록일 뿐임)/ 진주보교 6학년 때 아버지가 통영군청으로 발령됨에 따라 현 통영시 동호동에 집을 마련 거주/ 1924년 3월 22일 통영공립보통학교 14회 졸업/ 서울제일고보(현 경기) 수석합격/ 총독부 전보 발령으로 본적을 경성부 내자동으로 전적함/ 1927년 경성제국대학 법과 입학/ 1931. 09~1936? 광주학생사건 참획(22세 때 반제동맹사건 주모로 왜경에 피체-서대문형무소 3년 복역(치안유지법 위반) ▶예과 문과생 신현중, 현석호는 1학년생, 이과 2학년생 조규찬, 포섭된 일본인 학생은 市川, 平野, 櫻井→1929년 광주학생사건을 경성대학 예과의 시위와 연결을 시도했으나 실패함→주동자는 신현중과 조규찬, 그 후 반제동맹으로 연결→반제사건 후 도망 길; 청산리역→원산→덕원→함흥→서울(조직 일망타진됨)→하숙집 여주인 밀고로 체포/ 이충우 저《경성제국대학》참고 바람/ 1935년 조선일보사 입사(출옥 후 2개월)./ 가족 사항: 누나 신순정 통영보교 교사(박경련의 스승)이었으며, 경기도 포천보교 교사, 누이 신순영은 서대문죽첨보교 교사, 후일 소설가 허준(許俊)과 혼인/랑산(朗山) 김준연(金俊淵, 1895.3.14~1971.12.31)의 딸 김자옥과의 약혼을 파혼 후, 1937년 4월 7일 박경련(朴璟蓮)과 혼인/ 친일 글을 써야 하는 일제 군국주의 동향에 1939년 8월 31일 조선일보사 기자를 사임, 그러나 2010년도에 펴낸《朝鮮日報90年史. 上.1920~1964)에 의하면 1940년 초봄에 사직한 것으로 되어있음/ 당시 800원으로 전주놀이 장사 시작했으나 손해를 봄/ 30세 때 부산에서 책방 경영/ 1941년 통영 땅으로 내려옴/ 1941년 통영 땅 도미(道美: 데메를 말함인데, 그의 시〈守防將〉《두멧집》(1954, p.88/ 1993, 1. 15)에 수록된 시조를 보면 ▶ "초당문(草堂門) 열고 보면/ 바로 앞이 한산섬(閑山島)이/ 뒷밭을 가노라면/ 충렬사(忠烈祠)

의 신상과 백석과의 절친한 관계를 살펴보기로 하겠다. 신현중은 백석과 함께 한때 《조선일보》 기자였다. 신현중은 이미 애국지사였고, 후일 교육자로 평생을 보냈다. 그의 상세한 연보는 각주를 참조하고 본문에서는 대강 열거하기로 하겠다. 1932년에 광주학생사건으로 피체被逮되어 1936년에 출옥된 것으로 되어 있다. 그러나 여기서 주목되는 것은 1935년 가석방(?)을 하였는지 알 수 없으나, 그의 수필집 《두멧집》(1954)을 보면 1935년 5월 24일부터 동년 6월 1일까지 《조선일보》에 〈길(상. 하)〉, 〈새벽(1, 2, 3, 4)〉 등등을 발표[6]했다. 이를 뒷받침하는 기록은 연도별로 나타났겠지만 2010년도에 펴낸 《朝鮮日報 90년사. 上. 1920~1964》를 보면 조선일보사 사회부 기자로 발령난 것으로 되어 있다. 그렇다면 초판에는 없던 1993년 10월 재판으로 나온 그의 《두멧집》의 뒷장 '신현중 연보' 중에 "출옥일 1936년"과 "1936년 신현중愼弦重은 《조선일보》 기자로 입사"라는 기록은 오류로 보인다.

이미 각종 연구 자료에서 지적된 신현중과 백석의 만남에서도 볼 때 조선일보사에서 근무하던 허준은 백석을 알게 되어 절친한 친구가 되었다는

우러 뵈네/ 설은 몸 늙은 후에란/ 수방장(守防將)만 되오리. / 1943년 데메 또는 도미(道味)라 부르는 통영면 도남리470번지에 새집을 완공 이사함/ 집 앞 300평 밭에 농사짓기 시작함/ 광복이 되자 애국 애족 자들이 많이 나타나고 세상이 소연하여 졸수귀원(拙守歸園)했으나, 1945년 조선통신사 입사 근무하다가 퇴사/ 1945년 7월에 일제 군국주의에서 찾는다는 카프 동맹 가입 여부 확인한다는 소문을 듣고 사전에 아버지의 고향 하동 적량으로 간다면서 떠나, 지리산 일대로 유랑함(사실상 가입한 일이 없는데도 모함으로 진주 일대에 은거함. 한편 일설에는 반제사상 카프 동맹은 공산주의로 흡수됨에 따라 '보도연맹' 해당자라고 탐색했으나, 사실상 해당자가 아님이 밝혀짐). ▶1945년 7월 쫓기는 길에서 쓴 시, 〈지리산〉: "예듣던 지리산을/ 골 따라 찾아드니/ 산도 좋고 물도 좋고/ 구름조차 좋을세라/ 이후란 내 님 뫼시고/ 다시 찾아 뵈오리."/ 광복 후, 사회질서회복에 따라 교육자로 전향▶1948년 진주여중학교장, 1950년 통영여자중학교장, 1952년 2월 27일 통영중학교장(이때 교내신문 《푸른 하늘》 발행자. 수필집 《두멧집》(1954)과 번역본 《논어》《노자》 발간함).// 1955년 부산남중학교장, 1962년 부산여자중학교장, 1960년 7월 합천군 초계중학교장 2개월 재직(사임: 1960. 9)/ 한산도 제승당장 역임/ 1980년 10월 17일 간암으로 영면/ 1982년 대한민국건국훈장애족장 서훈(大韓民國建國勳章愛族章 敍勳)/ 1993년 대전에 위치한 국립묘지 애국지사 제2 묘역에 안장▶ 위랑 신현중의 〈권학시(勸學詩)〉: "너 어린 철 금년 여름은/ 한 번 가면 다시 오지 않으려니/ 지나고 돌아보아/ 한 됨이 없도록 할지니라./ 부디 실큰 뛰놀고 실큰 공부 하여라/ 너 마음의 시울이 평평할 때가/ 가장 행복 된 추억의 꽃다발이 될지니라." (1952년 여름방학에 쓴 시).

6) 신현중 수필집, 《두멧집》(재판, 1993. 10), p.183. p.186. p.189. p.192. p.199. p.204 참조 바람.

것은 여러 정황을 통해서도 잘 알려져 있다. 특히 1935년 6월 초순쯤에 신현중의 여동생 신순영과 백석의 친구 허준(許俊-당시 《조선일보》 기자)과의 결혼 축하 회식이 허준의 외할머니가 경영하던 낙원동 여관에서 있었던 날이다. 결혼 축하식이 있었던 날에 참석한 하객들에서 내노라 하던 여자 우인 대표 중 신현중의 누나 신순정은 물론 그녀의 제자 박경련[7], 서숙채, 김천금 등이 참석했다는 것이다. 신랑 측의 하객 중에서도 백석 시인도 동석한 것으로 알려져 있다. 그때 백석은 명랑한 통영 여성들에게 호감을 갖게 되었을 것이다. 특히 백석과 절친한 허준은 통영 여성과 혼인하였기에 통영 여성 중에서도 혼인 회식 장소에서 본 박경련 여학생에게 대한 관심

7) 박경련(朴璟蓮, 아호(雅號); 연당(蓮堂). 1917. 06. 08.~2007. 1 .5) : 1917년 06월 08일 현 통영시 항남동 191번지에서 부 박성숙(朴性淑)과 서말수(徐末守→徐末伊 아님) 사이에서 출생(무남독녀).▶본적지를 확인하면서 등기부 토지 대상상을 보면 1914년 최초 대지 소유자는 박성숙(朴性淑)이며, 다음 소유자는 김윤정으로 되어 있는데, 지적변동으로 191번지의 2호와 191번의 6호에서 그 흔적만 찾을 수 있음/ 1936년경에 통영군 통영면 명정리 396번지에 이사했다고 구전이 있을 뿐 객관성을 확보할 수 없음. 그러나 백석의 수필 〈편지〉에 나오는 명정동에 살았다는 것과 집을 보면 "크나큰 기와집에서 그늘진 풀 같이 살아왔습니다(…)"에서 알 수 있다. 그 자리가 명정리 396번지로 추정함/ 1926년 부산공립보교 입학/ 1927년 통영공립보교 2학년으로 전학/ 이화보교 1학년 때 부 박성숙(朴性淑, 33세) 결핵으로 사망/ 이화고보 재학 중 늑막염(일종의 결핵)으로 단기 휴학/1936년 이화고보교 졸업(최우등)/ 재능: 서예와 재봉에 뛰어남/ 1937년 04월 07일 신현중과 혼인/1943년 데메 또는 도미(道味)라 부르는 통영면 도남리 470번지에 새집을 완공 이사함/ 300평 밭에 농사짓기 시작함/ 1954년 10월 01일 신현중의 수필집《두멧집》발행인(출판사: 청우출판사(靑羽出版社)), p.146▶서문에는 이은상(李殷相)과 김선기(金善琪, 문교부장관), 장화(裝畵)는 화가 홍우백(洪祐伯), 제자(題字)는 김상옥(金相沃) 시인, 컷은 한국화가 靑艸 이석우(李錫雨), 통영중학교 미술교사 재직 중)/ 1993년 10월 15일 〈국립묘지 이장을 앞두고- 박경련〉, 신현중의 수필집,《두멧집》(언어문화사, 총 p.270)을 하드카버로 다시 펴냄/ 서정귀 전 국회의원 20주기에 추모시는 물론 '애국지사 합동 안장식'에 자작 헌시 낭독▶追慕 詩,〈가신 지 이십년(徐廷貴二十週忌)〉: "그리움은 물결처럼 밀려오는데/ 산(山)인양 숨죽인 듯 말이 없어라/ 위(上)의 선대(先代)조부 뒤에 떠난 아우들/ 한자리에 맞아드려 오순도순 다정도 하다/ 둘러선 락락장송(長松) 붉게 핀 동백꽃은/ 우리를 반기시는 그님의 마음인가/ 세월은 가고가고 추모(追慕)는 한(限)이 없어/ 동백꽃 붉은 꽃닢 가슴에 안아본다"/ 갑술년 일월 육일 련당 박경련-(글은 원문 그대로 옮겼으며, 영인본(影印本)은 부록 참조하기 바람)▶갑술년은 1994년인데 연당(蓮堂) 연세는 만77세임.▶'愛國志士合同安葬式'에서 獻詩: "가을 하늘이여!/ 나를 듯이 높푸르네/ 장병에 안기어 입장하는/ 넋 넋 넋/ 비오듯 쏟아지는 눈물은/ 어쩌지 못할 悔恨의 아픔인가!/追慕는 끝이 없는데 그 달래임 같은/ 奏樂소리, 목탁소리/ 한알의 밀알 땅속의 흙이 되어/ 세월은 가고(도) 그 아름다움 영원하리."▶당시 맞춤법 원문 그대로 옮김// 데멧집에 계시다가 지팡이를 짚어도 보행이 어려워 정든 데멧집을 팔고 서울 내자동으로 이사 후, 올림픽대로 근처에 4억 정도의 아파트를 마련, 양자 신경덕 식구와 함께 살다 2007년 01월 05일 그곳에서 타계함(박경련 사모님 출생지 확인은 필자이며, 사망 등 일부 참고자료 제공은 사단법인 통영사연구회 박형균(朴炯鈞-박경련의 당질) 회장이 제공하였으나 오류가 더러 있으므로 불가피 수정했음. 그러나 본고 필자는 박경련 사모님의 구술중심(口述中心)으로 서술하였음을 밝혀둔다.

은 더욱 가질 수 있었을 것이다.

　결혼 회식 이후 허준 신랑이 신부와 함께 통영을 다녀올 수도 있었을 것이다. 그러나 신현중의 가족들은 이미 서울 내자동에 호적을 전적轉籍하였기 때문에 통영은 신혼여행지로 선택했을 수도 있다. 그때 백석은 그의 친구 허준과 함께 통영을 갔었는지 알 수 없으나, 그이(백석)의 기행 시〈統營〉을 발표했다. 그해 12월에《조선일보》에 발표한 백석의 시〈統營〉을 읽으면 그가(백석) 다녀간 날이 나타나는데 그해 6월 하순으로 본다. 즉 그의 시행詩行 중에 "저문六月(…)"이라고 나타나 있기 때문이다. 이 시는 그의 시집《사슴》(1936. 1. 20)에 실려 있다. 그러나 그의 친구 신현중과의 동행 흔적은 발견하지 못했다. 그러나 1936년에 발표한 두 번째 시〈統營〉에는 신현중과의 동행이 나타나 있다.

　백석의 시 세계는 시집《사슴》에 있는 시〈統營〉을 발표하면서 러브스토리가 본격화되는 데 주목하지 않을 수 없다.

　1936년 1월 23일《조선일보》에 발표한 두 번째의 시〈統營〉을 비롯하여 그의 시들 중에서도 1938년 3월《女性》에 발표한〈나와 나타샤와 힌 당나귀〉를 읽으면 누구를 향한 정분인지 열렬한 '사랑'을 구체화하고 있다. 이 시를 일부 살펴봐도 첫 연에서부터 "가난한 내가/아름다운 나타샤를 사랑해서/오늘 밤은 푹푹 눈이 나린다//나타샤를 사랑하고/눈은 푹푹 날리고/(…)/아름다운 나타샤는 나를 사랑하고/(…)." 그뿐만 아니라 사랑에 대한 시와 수필이 다수임을 알 수 있다. 이러한 러브스토리 삽입 동기부여는 백석의 친구 신현중 기자가 조언했다고 본인(신현중) 스스로 말했다는 것을 지금도 이 고장(통영)에서 그를 아는 사람 사이에서 회자膾炙되고 있다.

　그러나 백석과의 절친한 친구일 때 러브스토리들이 조금 들어갔으면 좋겠다는 가벼운 조언은 친구이면 지나가는 소리에 불과한 한마디를 할 수 있었을 수도 있었을 것이다. 그러나 백석의 '사랑 시'는 어디까지나 백석의 몫일뿐이다. 신현중은 성격상으로 조언하지 않았는데도, 조언했다는 근거 없는 이야기를 할 위인이 아닌 것도 사실인 것 같지만 그건 흐르는 물과 같은 것이다.

여기서 짚고 넘어가야 할 백석의 〈統營〉에 대한 러브스토리 정황에 대해서 살펴볼 필요가 있다. 스토리텔링은 허구적인데도 독자들은 이러한 시들을 지나치게 사실적으로만 인식한다는 것은 현실적인 위치에서 볼 때 위험한 문제점을 안고 있다. 박용철 시인도 백석을 문학적으로 높이 평가하는 이유는 "백석 시의 참맛을 알기 위해서는 독자의 세심한 노력이 필요하다"고 역설했다. 그럼에도 불구하고 송준의 《시인 백석 1》(흰당나귀, 2012. 9. 5)에서 살펴보면 시와 현실을 동일시하여 혼란스러운 점을 다수 서술한 것으로 보인다.[8] 현지로 뛴 취재에서 구체적인 자료를 수집한 공적은 높이 평가할 수 있으나, 지나친 가필로 인해 오류가 전혀 없지는 않아 보인다. 예를 들면 "(…) 그러나 통영의 소문은 달랐다. 신현중이 백석을 따돌렸다는 것이었다. 접근하기 힘들었던 란에게 백석을 통해 접근한 뒤 나중에 소외시켜 결국은 사랑을 쟁취했다는 것이 통영 문인들의 시각이었다."[9]는 것이다.

이 대목에서 볼 때 터무니없이 어떤 한 문인의 무식한 망발이요 편견일 뿐이다. 그렇게 발설한 자는 백석과 신현중에 대하여 전혀 모르는 자인데도 문인도 아닌 자가 문인 행세로 내력을 잘 아는 것처럼 둘러댄 소리로 보아야 한다. 말하자면 시 세계에 대한 오류적 해석의 결과물이다.

현지답사 때 박경련 씨를 잘 아시는 분은 통영문인협회 제옥례諸玉禮 회원과 본고 필자인 것으로 알고 있다. 그 이외 문인협회 회원들은 대부분 젊은 층이며, 흙에 묻혀 살던 두 분을 아예 모른다고 할 수 있을 정도다. 따라서 송준은 위에서 서술한 "통영의 소문"이라고 언급한 것은 두 분(신

---

8) 이기순, '작고(作故) 작가 문학순례', 〈토속어와 고향의식의 천재 시인 백석〉《한국문학인 대사전》(한국작가협회, 2022. 12. 30), p.486~487. "(전략) 백석이 《조선일보》에 근무하던 시절 동료 친구 허준의 결혼식 피로연에서 통영 출신의 '란(蘭)'이라는 학생을 만나게 된다. 1935년 24세의 일이다"라고 기록한 것은 사실과 다르게 잘못 기록하고 있음을 지적해 둔다. "같은 동료 친구 신현중에게 란과의 중매를 부탁했다가 오히려 신현중이 란을 가로채 결혼하게 되고 (후략)"기록도 완전 오류임을 지적해 둔다.
9) 송준, 《시인 백석1》(흰당나귀, 2012. 09. 05), p.367 참조.

현중과 박경련 부부)에 대한 현지 조사는 커다란 오류를 남겼다고 본다. 여기서는 밝히지 않지만, 문인협회 회원으로, 당사자(박경련)와는 친구라 할 수 있는 분인데, 당사자끼리 우연한 만남에서 이야기하던 중 다툼까지 있었다는 것을 들은 바 있다. 혼인문제는 박경련의 친 외삼촌인 죽사 서상호(竹史, 徐相灝, 1888년, 통영면 명정리 349번지, 전 국회의원) 어른이 서울에 거주할 때 혼인을 주도했기 때문에 아무도 그 이상은 잘 모르고 어리둥절했다는 것이다.

송준의 현지 답사한 내용을 기록한 부분은 문체(文體, 스타일)로 인한 것인지 알 수 없으나, 중요한 대목만 몇 가지 예를 들어 지적해 보기로 하겠다.

먼저 1980년 10월 17일(사실상 1979년 10월 17일)에 신현중이 간암으로 타계하셨다면 송준(1962년 생)은 취재할 당시 불과 17세 나이인데 언제 취재했는지 몰라도 직접 본인(신현중)에게 듣고 취재한 것처럼 기술한 것은 이해가 되지 않는다.

마치 신현중 기자가 당시에 박경련과의 청혼 과정을 서술한 것을 보면 후견인이던 서상호徐相灝 어른에게 신현중은 "어르신, 제가 하면 어떻겠습니까?"[10]라고 서술한 것도 어떠한 기록이나 자서전에도 없는데, 마치 사실인 것 같은 대화 줄거리를 서사 구조화했다. 설령 당사자(박경련)나 당사자의 일가친척 측에서 그런 자료를 제공했더라도 객관성이 전혀 없다고 생각된다.

또 전 국회의원이었고, 박정희 대통령과 대구사범학교 동창인 서정귀(徐廷貴, 男, 1917~1974)씨는 남자인데도 박경련을 보고 "언니야, 저기 내려오는 사람이 백석이다. 얼굴이 노래 가지고 양복을 입고 내려오는 사람이 백석 아이가"[11]는 물론, 일찍 타계(1974년)하신 서정귀 전 국회의원에게 송준은 "서정귀의 말에 따르면(…)"[12]에 대한 서술 등도 커다란 오류로 보인다.

---

10) 송준, 앞의 같은 책, p.360.
11) 송준, 앞의 같은 책, p.197.
12) 송준, 앞의 같은 책, p.198.

3.

여기서부터는 1935년 12월에 백석이 발표한 시 〈통영統營〉에 대한 시 세계를 심층적으로 살펴보기로 하겠다.

> 넷날엔 統制使가 있었다는 낡은 港口의 처녀들에겐 넷날이가지
> 않은 千姬라는이름이많다
> 미억오리같이 말라서 굴껍질처럼말없시 사랑하다죽는다는
> 이千姬의하나를 나는어늬오랜客主집의 생선가시가있는 마루방에
> 서맞났다
> 저문六月의 바다가에선조개도울을저녁 소라방등이붉으레한마당에
> 김냄새나는비가날였다
> ─시 〈통영統營〉, 《조광》에 1935년 12월 발표되었으며, 첫 시집 《사
> 슴》에 수록.

위의 시는 1935년 6월의 통영 역사와 거기에 얽힌 풍정(풍속·풍물)을 읊은 시라고 볼 수 있다. 첫 행行에 나오는 "넷날엔 統制使가 있었다는 낡은 港口의 처녀들에겐 넷날이가지않은 千姬라는 이름이 많다"와 3행에 나오는 "이千姬의 하나를 나는어늬오랜客主집의 생선가시가있는 마루방에서맞났다(…)"에서 ‘千姬’[13]란 어떤 처녀를 두고 말함인가를 살펴볼 필요가 있다.

이 여인을 1936년 1월 23일에 발표한 시, 〈統營〉에 나오는 ‘란蘭’이라는, 즉 신현중의 부인이 된 박경련(朴璟蓮, 아호 蓮堂)과 동일시하여 해석하는 자가 더러 있다. 그러나 "(…)처녀들에겐 넷날이가지않은 千姬라는 이름이 많다"에서 천희는 박경련만 지칭하지 않고 있다. 다음 행行을 보면 "미억오리같이 말라서 굴껍질처럼말없시 사랑하다죽는다는/이千姬(…)"라면 백석

---

13) 2006년 4월 20일 백석 시 모음(907)에 나온 한자 ‘天姬’는 ‘천희千姬’와 전혀 다름을 밝혀둔다.

시인이 들었던 구전을 타자들은 정확히 제시할 수 없을 것이다. 무의식은 타자의 담론이기 때문이다. 그러나 백석은 일본 유학에서 일본의 '히메城'을 통해 '센 희메(せんひめ, 千姬)' 전설을 잘 알고 있었을 것이다. 백석은 일본 '센 희메'의 전설이 한마디로 '인질 된 처녀'로 인식하고 있었을 것이다. 그렇다면 이 시에 나오는 '천희千姬'는 통제사 관하 벼슬아치들의 '희관姬官'을 별칭 하는 구전일 수도 있다. 이곳에 300여 년간 삼도수군통제영이 설치된 이래 한때 관기청官妓廳도 있었기에, 평양, 진주, 통영 관기들이 발령에 따라 이동했다는 데서도 알 수 있다. 그러나 1895년 통제영이 훼철되자 이곳에 남은 관기들이 상당수 있었다는 것이다. 일제강점기에도 지조 높은 관기들이 주동이 되어 1919년에는 현 중앙시장에서 3·1 독립 만세를 외치는 데 앞장서기도 했다. 그들의 지조로 애국한 숨결은 지금도 이 고장에 맥맥이 흐르고 있는 독립 운동사가 있다.

한편으로는 시정市井에서 살펴보면 어장을 주로 하는 부잣집들은 간혹 처녀들을 수양딸이나 '희인姬人'으로 삼았던 때가 있었다고 한다. 그들은 아름다웠는데, 먼 곳의 남자와 재혼할 경우, 일본의 '센 희메(せんひめ, 千姬)' 전설에 나오는 여인처럼 미남을 선택하면서 한편으로는 재벌 등 부잣집 남자들을 선호하였다는 것이다. 어쨌든 "미억오리같이 말라서 굴껍질처럼말없시 사랑하다 죽는다는/이 千姬"는 귀밑머리 풀지 못한 처녀들로써 예속되어 살아간 이야기들이 없지 않았다. 말하자면 귀밑머리 풀지 못한 처녀면서 한낭군을 바라보고 지조를 지켜온 여인들이나 처녀로서의 '희인姬人'이 된 처녀들의 슬픈 이야기에서 연유된 것으로도 볼 수 있다.

원래 시는 애매모호성을 띄고 탄생한다는 것은 주지하는 바다. 시나 모든 예술의 모티프는 어디에서 왔든지 간에 상상력과 환상에서 창조된다고 볼 때 설령 기녀妓女를 '천희千姬'라고 했더라도 천희千姬는 '예쁘다'는 뜻에서 비견해야 할 것이다.

통영에 머물면서 시의 질료를 채록하던 백석 시인은 통영 땅의 방언인 '처니(처녀의 사투리—필자)'라고 말했을 때, 일본의 '千姬[せんひめ]' 전설을 떠

올릴 수도 있었을 것이다.14) 그러나 다음 시가 갖는 텍스트에서 "낡은 港口의 처녀들에겐 넷날이가지않은 千姬라는 이름이 많다"에서 앞의 처녀와 뒤의 천희는 그 의미가 전혀 다르게 표출되고 있는데 주목해야 할 것이다. 이를 뒷받침하는 행行은 다음에 이어지는 행에서 확연히 보여주고 있다. "미억오리같이 말라서 굴껍질처럼말없시 사랑하다죽는다는/이千姬의하나를 나는어늬오랜客主집의 생선가시있는 마루방에서맞났다"에서 알 수 있다. 어찌 보면 말라 있는 미끈미끈한 대구에서 천희千姬를 떠올릴 수 있었을 것이다. 그렇다면 앞에서 서술한 그런 '천희千姬'가 전혀 아닌, 천희千姬는 여자의 아름다움을 인어人魚에 비유하는 전설이 있는 것으로 안다. 그의 시에 나오는 "집집마다 아이만한 피도 안 간 대구를 말리는 곳"에서도 유추할 수 있을 것 같다. 당시만 해도 '통영대구'는 어디든지 빽빽이 걸려서 통제영 깃발처럼 펄럭이고 있었던 풍요한 고장이었고, 대구도 동해東海에 살고 있는 물고기라고 볼 때 '인어', 즉 '천희千姬' 전설에 비유할 수도 있었을 것이다.

어쨌든 백석은 '란'을 '천희千姬'라고도 한 것은 마치 '인어'로 떠올린 자신의 상상력에서 환몽적인 것을 리얼하게 승화시켰다 할 수 있다. 후일 그의 글귀에서도 '란蘭'에 대한 환시幻視임을 몇 음절로 비춰주고 있지만, 문제는 '말라서 오글오글한 미역귀나 굴껍질처럼 말없이 사랑하다 죽는다는 전설의 천희千姬'는 이 시가 갖는 텍스트에서 볼 때 '란蘭'에 대한 환유(욕망은 환유이기 때문임–필자)라고 본다는 것은 난센스가 아닐 수 없다. 그런 처니(통영에서는 처녀의 방언임 또는 천희)들은 위에서 서술한 필자의 논급에서

---

14) "(…) 남쪽바닷가 어떤 낡은 항구의 처녀 하나를 나는 좋아하였습니다. 머리가 까맣고 눈이 크고 코가 높고 목이 패고 키가 호리 낭창하였습니다. (…) 어느새 유월이 저물게 실비 오는 무더운 밤에 처음으로 그를 알은 나는 여러 아름다운 것에 그를 견주어 보았습니다. (…)." 백석 시인이 쓴 이 글(수필, 〈편지〉《조선일보》, 1936. 2. 22)은 허준과 신현중의 여동생 신순영과의 혼인에서 서울 허준의 외조모님이 경영하던 '낙원동 여관'에서 결혼 회식 때 양가마다 우인 대표가 있었는데, 여기에 참석한 백석이는 박경련(朴璟蓮)을 한 번 슬쩍 보고 일방적으로 쓴 글인 것 같은데, 마치 낡은 통영항구에 내려와서 박경련을 처음 만난 것으로 인식할 수 있도록 서술하는 연구자들이 전혀 없지 않다. 또한 '천희(千姬)'가 곧 박경련朴璟蓮이라고 풀이한 것은 '천희(千姬)'가 갖는 의미에서 볼 때 사실과 전혀 다른, 말하자면 픽션(fiction, 虛構)에 불과하다.

해석되어야 할 것으로 본다.

마지막 행을 살펴보기로 하겠다. "저문六月의 바다가에선조개도울을저녁15) 소라방등이16)붉으레한마당에 김냄새나는비가날렸다"를 쉽게 풀이하면 '6월 바닷가에는 조개들이 울어댈 것 같은 저녁, 붉으레한 소라 엉덩이(방등이는 엉덩이의 사투리이다)같은 마당에 비가 내리니 땅에서 올라오는 땅의 김 냄새가 난다'는 것이다. 어쩌면 불그스름한 소라 엉덩이와 마당을 여인의 엉덩이로 비유하면서 하늘에서 비가 내려서 땅을 적시니 땅의 김 냄새가 물씬거려서 야릇한 뉘앙스를 풍기는 것을 표출하고 있다. 그러나 비약적이지만 여태껏 바다에서 생산하는 김 냄새로 풀이해 오고 있어 커다란 오류로 보인다.

그러나 통영의 비릿한 갯냄새를 내뿜을 수 있는 김을 말할 수 있는 의태어라고도 할 수 있다. 김은 갯바위에서 뜯어 생산되는데, 건조시켜서 장날을 기다려 집안에 쌓아 두는 때가 많다. 비가 오려고 할 때는 꿉꿉해지면

---

15) 바다가에선조개도울을저녁: 통영바닷가는 조개가 많이 생산되었다. 옛날의 통영 항구는 밀썰물 때는 조개들이 '뽀드득'거리는 소리가 들렸다는 것이다. 바로 여인숙이나 여관에 투숙할 때는 바다를 베개처럼 베고 눕기 때문에 개발해 온 조개들이 움직이는 원시적인 항구(통영강구)의 숨소리를 들을 수 있었다는 것이다. 지금은 거짓말처럼 들리지만, 그때는 적요한 저녁일 때는 조개들끼리 '우는 소리' 또는 '구시렁거리는 소리'를 들을 수 있었다는 구전의 맥락은 있다. 백석은 어릴 때 체험한 가무래기(작은 조개)에 대한 글도 있다. 잡아 온 조개들이 마당 구석에 두면 밤새도록 이가는 소리를 한다. "이른 초봄에 가무래기 장사가 와서 가무래기를 사 먹었다"는 글이 있을 만큼 조개에 대한 관심도 컸다는 것을 알 수 있다.

16) 소라방등이: 첫째, 金㵛東의 編著《白石全集》(새문사, 1990. 02)의 24쪽에는 '소라방둥이'로 기록되어 있고, 정효구 편저, 《백석》(문학세계사, 1996. 05)의 p.40에도 '소라방둥이'로 기록되어 있으나, 그 외 모든 편저는 '소라방등이'로 기록되어 있다. 그렇다면 '소라방등이'라고 기록에 따른 해석을 보면 '소라껍데기등잔'이라고 풀이하고 있다. 그러나 당시 통영에서는 '소라껍데기등잔'은 사용하지 않았고, 속칭 '깍징이 불' 또는 '접시불' 등 사기 등잔불을 켠 시대이다. 소라 등잔불이 아니고 마당 색깔이 실제적으로 불그스름한 소라방등이(소라껍질 엉덩이)색깔과 닮았다는 것을 서술하려 한다 할 수 있다. 소라 종류도 많은데, 뿔소라가 아닌 참소라의 엉덩이(또는 방덩이)는 탐이 날 정도로 불그레한 색깔이다.
둘째, 통영 사람들은 대화하는 중에, 형용사를 명사 뒤에 붙여 형용하는 경우도 더러 있다. 백석 시인은 통영방언 채록과정에서 통영언어의 흐름을 그대로 옮기다 보니 형용사 '붉으레 한'을, 소라방등이와 붉으레한 마당과의 '형용사 걸침'에서 다의적인 의미를 표출한 것으로 보인다. "소라방등이붉으레 한마당에(…)"라 할 때는 더 해학적일 수 있다. 이에 따라 저녁이라도 불그스름한 마당을 볼 때 마당 구석에 뒹구는 불그스름한 소라 껍질들을 보았을 것이다. 불그스름한 소라엉덩이(방등이=방동이, 궁디=궁뎅이)색깔과 같다. 이를 뒷받침하는 것은 당초 '소라방등이붉으레한마당에' 한 구(句)의 텍스트에서도 알 수 있다.

서 김 냄새가 풍길 때 톡 쏘는 맛이 있다. 그러한 김 냄새를 백석은 놓칠 수 없었을 것이다.

그러나 필자는 비가 올 때 땅의 김 냄새로 풀이해 보았다. 통영에는 대부분 불그스름한 황토마당이 많다. 황토마당에 비가 내리면 별나게 땅의 김 냄새가 확확 풍긴다. 그렇다면 "소라방등이붉으레한마당에 김냄새나는비가 날렸다"에서 소라 엉덩이도, 황토마당도 불그스름한 여인의 엉덩이로 떠올렸을 때 그 엉덩이에 6월 말의 비가 내렸다는 것이다. 이 고장 사람들은 땅의 김 냄새를 보통 '김 냄새(사투리 짐냄새―필자)'라고 일컫는다. 북쪽의 언어들이 경상도와 유사한 점이 많다고 볼 때 백석의 비유는 여기에 있었던 것으로 보인다. 어쨌든 프랑스의 시인 막스 자콥(1876. 07. 12~1944. 03. 05)처럼 의태어와 의성어를 즐겨 쓰듯이 땅의 김 냄새나, 바다 김 냄새라고 구분하지 않은 '김 냄새나는 비가 내렸다' 하였기에 어느 쪽을 풀이해도 메타적인 시구詩句라 할 만하다. 바로 모더니즘이 갖는 비유법에서 볼 때 에로틱한 맛을 풍기고 있다.

4.

통영에 대한 백석이 발표한 두 번째 시 〈統營〉을 원문 그대로 옮겨 살펴보기로 하겠다.

구마산의 선창에선 조아하는 사람이 울며날이는배에 올라서오는 물길
이 반날
갓나는 고당은갓갓기도하다
바람맛도 짭짤한 물맛도 짭짤한

전북에 해삼에 도미 가재미의 생선이조코

파래에 아개미에 호루기의 젓갈이조코

새벽녘의거리엔 쾅쾅 북이울리고
밤새人것 바다에선 뿡뿡 배가울고

집집이 아이만한 피도 안간 대구를말리는곳
황화장사령감이 일본말을 잘도하는곳
처녀들은 모두 漁場主한테 시집을가고십허한다는곳
山넘어로가는길 돌각담에 갸웃하는 처녀는 錦이라든이갓고
내가들은 馬山客主집의 어린 딸은 蘭이라든이갓고

蘭이라는이는 明井골에산다든데
明井골은 山을 넘어 冬栢나무푸르른 甘露가튼 물이솟는 明井샘이잇
는 마을인데
샘터엔 오구작작 물을 깃는처녀며 새악시들 가운데 내가 조이하는 그
이가 잇슬것만갓고
내가조이하는 그이는 푸른가지 붉게붉게 동백꽃 피는철엔 타관시집을
갈것만가튼데
긴토시끼고 큰머리언고 오물고물 넘엣거리로가는 女人은 平安道서
오신듯한데 冬栢꽃피는철이 그언제요
넷 장수모신 날근사당의 돌층계에 주저안저서 나는 이저녁 울듯울듯
閑山島바다에 뱃사공이되여가며
녕나즌집 담나즌집 마당만 노픈집에서 열나흘달을업고 손방아만찟는
내사랑을 생각한다
                                    -〈統營〉, 발표 지면;《朝鮮日報》, 1936년 1월 23일.

　　백석의 두 번째 시〈統營〉을 깊이 있게 검토해 보면 시어 자체도 에둘
러서 러브스토리로 표출하고 있다. 바로 누구라고 지적하지 않고 "금이라
든이갓고", "내가들은 마산객주집의 어린 딸은 란이라든이갓고", "란이라는
이는 명정골에산다든데", "동백꽃 피는철엔 타관시집을 갈것만가튼데"라고
애매모호하게 내세우기도 한다.

앞에서도 간단히 논급했지만, 그의 시 〈統營〉은 통영의 풍정, 즉 풍습, 풍물을 러브스토리로 재구성하는 과정에서 풍요한 고장(고당)임을 빠짐없이 파헤치고 있다. 맛있는 전복, 해삼, 돔(도미), 가자미 등 통영의 참맛(속살)이라는 것을 밝혀 놓았고, 파래무침에 물고기 아가미와 꼴뚜기(호리기) 젓갈도 유명하기에 그대로 산해진미를 소개하고 있었다. 당시에도 역동적인 통영을 알리기 위해 "쾅쾅 북이울리고", "바다에선 뿡뿡 배가울고" 있다고 했다. 특히 겨울 해산물로서는 유명한 통영 대구를 들먹거리고 있다. "집집이 아이만한 피도 안 간 대구를말리는곳"과 여러 장사꾼이 많아 흥행하는 시장을 선명하게 표출하고 있다.

처녀들은 잘사는 어장주한테 시집가고 싶어 한다는 통영은 지금도 그때와 비교해도 크게 풍속도가 달라지지는 않은 것 같다. 사람이 사는 곳에는 사람 사는 냄새가 있듯이 그 냄새 중에서도 사랑 냄새를 빠뜨릴 수가 없다. 여기에서 주목해야 할 대목은 '란蘭'이라는 처녀가 등장하는 러브스토리라 할 수 있다. "蘭이라는이는 明井골에산다든데(…)"라고 했다. 이에 따라 '란'이라는 처녀는 성급한 연구자들이 박경련이라고 지적하고 있다. 물론 '련蓮'을 '란蘭'이라고 부를 수야 있지만, 정확히 통성명을 하지 않았기 때문에 에둘러서 "물을 긷는처녀며 새악시들 가운데 내가 조아하는 그이가 잇슬것만갓고"에서도 알 수 있듯이 애매하게 표현한 것에서도 나타난다. 또 "넷 장수모신 날근사당의 돌층계에 주저안저서 나는 이저녁 울듯울듯 閑山島바다에 뱃사공이되여가며(…)"에서 잘못 풀이할 경우, '란'에 대한 애절함을 나타내는 시구라고 단정 지을 수 있을 것이다.

그러나 필자는 백석이 처음 만난 '천희千姬'라는 여인으로 생각하면서 이중적으로 겹쳐지는 무의식의 그림자를 통해 어정쩡하게 표출하는 심리적 메커니즘 현상이라고 볼 수 있다. 그렇다면 '천희'라는 기표가 환상을 만들어 낸 것일 수 있다. 좀 더 구체적으로 접근해 보면 박경련은 큰 기와집에 살고 있었는데, "녕나즌집 담나즌집 마당만 노픈집에서 열나흘달을업고 손방아만찟는 내사랑을생각한다"에서 알 수 있다. 아름다운 천희가 살던 곳은 이녕(처마)이 낮고 담도 낮고 마당만 높은 듯한 그곳에서 열나흘 달을 업고 손 방아만 찧고 있는 모습을 떠올리면서 "내 사람을 생각 한다"는 것에서도 데자뷔 현상(착시현상)이라고 할 수 있다. 이런 경우, 정신분석학적으로 '무의식은 오인의 구조에 의존하기 때문'일 수 있다. 정신 질환은 아니더라도 감정을 조절하지 못하는 '충동만족(Drive Satisfaction)'에 들뜬 자처럼 엿보일 정도로 격한 감정이 나타나고 있다. 말하자면 한군데 가만 있지 못하고 쏘대 다니는 야생 사슴 같은 느낌이 든다. 열렬한 연모라 해도 여리고 어린 숫처녀 박경련을 두고 일방적으로 "손방아만찧는 내사랑을 생각한다"라고 표출한 것은 성숙한 여인으로 보고 표출했다 하더라도 억제하지 못한 감정이 뭉텅뭉텅 각혈하듯 노골적인 파토스를 토해내고 있는 느낌이 든다.

학생 박경련은 방학 때 고향에 있는 집에 있다가 왜 서울로 올라갔을까? 외사촌 오빠 서병직徐丙織[17]은 통영에 처음 내려왔을 때 백석의 성격을 처음 간파하고 박경련 어머니에게 알렸을 때 어머니와 본인(박경련)의 판단에서 고의적으로 피한 것은 아닐까? 그러나 우연인지 몰라도 신학기 등록 때문에 서울로 올라가면서 외사촌 오빠 서병직에게 부탁했다는 것도 의문이 가는 대목이다. 박경련의 진술이 없는 한 박경련에게 전보가 온 것이 아니고 서병직에게 전보가 왔기 때문에 백석 시인을 직접 나가서 맞이한 것이 옳다고 보아야 할 것이다.

〈자야 회고록[18]〉에서도 백석이가 쏟아낸 정염(情炎, pathos)을 살펴보면 "오늘부터 당신은 이제 내 마누라요" 등 당돌하게 말한 것에서도 짐작된다. 자야하고 동거하면서 두 번이나 처녀로 하여금 초례(醮禮: 1937년/1939년)를 치르고도 자야에게로 간 발걸음에서도 알 수 있다. 설령 시인이라 해도 성

17) 서병직(徐丙織): 1910년생/ 서상호(徐相灝)의 둘째 아들/ 통영초보 16회 졸업생/ 동래고보 졸업/ 신현중과 동갑 친구/ 통영시 명정동 394번지 대밭 골 근처에 살다가 욕지면 동항리 자부(自富)마을에 거처했다. 당시에 지역에 배당하였던 '한의원'을 서병직은 맡아 한의원 생활을 오랫동안(20년 이상) 경영하다가 연도는 알 수 없으나, 부산(현 초량동 일대)으로 이사, 여생을 보낸 후 작고하였다고 함(욕지면 출신 김임욱 전 시의원 증언임).
18) 정효구 편저, 《백석-현대시인연구⓮ 》(문학세계사, 1996. 05. 08), p.313 참조.

도착적인 것은 아니면 파라노이아(paranoia)적일 수도 있다. 그렇다면 백석이 즐겨 쓴 '란'이라는 애칭은 어디서 연유된 것인지 매우 중요한 대목이므로 깊이 살펴볼 필요가 있다.

그 단어도 한마디로 당시 신현중과 백석 기자가 진양군(현재 진주 시내 일대)의 기생 술집으로 가서 '진양의 예기藝妓' 한 사람을 불렀을 때 애칭으로 '란'이라 붙인 이름에서 찾을 수 있다. 그것은 1949년 4월 05일에 발행된 《嶺文》 7집에, 〈서울文壇의 回想〉, 위랑(韋郎, 본명 愼弦重)의 글에서 구체적으로 나타난다. 원문에서 관련되는 중요한 대목에 대하여 발췌하였음을 밝혀둔다.

서울文壇의 回想

韋郎

編輯者 下囑하시되 서울 文壇回想이라고 하였으나 文壇人 아닌 나에겐 알맞지 않은 題目이다. 차라리 서울 文人交遊錄이라면 서투른 붓이나마 쓸 수가 있겠다. 過去 半平生 내 職業이 一介 記者였기 때문에 起林·萬植·源朝·夕影·一步(소설가 함대훈=필자)·宥泉·秉珏(시인 이병각-필자)·岱山(《조선일보》 학예부장 홍기문-필자)·子泳·基永(화가 안기영-필자)·貞熙·天命·善熙(소설가 이선희)·許俊·白石 等等 한 職場에서 비비대고 일하고 낄낄거리고 놀았더니 만큼 이 쟁쟁한 文壇의 별들이 내 머리 속 한 구석에 남겨준 그림자를 더듬어 回想할 수가 있다. 이 별들이 다 빛나되 그 빛이 제마다 다르고 이 별들과 다 사겼으되 그 印象이 제각其 달랐으므로 이분들의 回想記를 하나씩하나씩 차근차근 쓸 수도 있는지라 우선 이번엔 내 交友 範圍에서 이 晉陽땅과 因緣이 깊은 詩人 白石의 이야기부터 쓰기로 한다(…) 二十代의 白石이와 사귀던 이런 일 저런 일을 쓰려면 한정이 없고 내만이 關係하고 내만이 알고 있는 여러 가지 滋味있는 그의 Romance를 가지고(…)그의 來晉譚 하나를 펴련다. 그때 白石이 스물다섯 살 때인가 겨울 放學이 지나고 서울 工夫하는 學生들이 新學期 登校하러 갈 때이니까 아마 正月初旬쯤 되었겠다. 白石이와

나는 統營을 들러서 이 晉州로 왔다. 젊은 詩人 장차 우리詩壇의 빛
나는 별이 꼭 될 것 같이 생각되는 白石을 案內해온 나는 論介로 이
름 높은 이 浪漫의 晉陽에 와서 우선 손쉽게 만날 수 있는 고운 아가
씨를 紹介하기로 作定하고 登雅閣이라던가 하는 料亭으로 하루 저녁
자리를 잡았다. 마침 무슨 因緣이 있었던지 그때 晉州서 가장 人氣 높
은 藝妓 한사람도 자리를 함께하여 노래하고 술 마시고 하였는데 그
아가씨 이름을 잊었으니 여기선 蘭이라고 해두자. (…) 우리는 서울서
온 손인지라 自然 서울 이야기가 벌어질 수밖에 없었는데 아가씨들이
서울을 아니 白石이 살고있는 서울을 그리워하는 빛이 完然하였고 나
도 白石도 그 蘭이란 애보고 그만하면 서울와도 一流가 될 수 있다
고 지나는 말로 한 것도 그럴 법도 한 일이었다. (…) 白石의 詩가 뛰
어난 건지 아닌지는 評論家에게 맡기고 그저 讀者의 한사람으로서 朝
鮮 것만 쓰고 朝鮮 때 朝鮮 내음새 朝鮮香氣만 풍기는 獨特한 詩를
읽으니 정말 朝鮮의 슬픔을 切實히 노래한 熱烈한 民族詩人 白石이
란 것을 새삼스레 더 느끼게 한다. (…).

　　　　　　　　-韋郎, 〈서울文壇의 回想〉, 《嶺文》 7집, 1949. 4. 5.

　그렇다면 지칭되는 장소를, '천희'와 '란'이라는 이름을 사용한 것은 통영
땅을, 여성들을 전체적으로 지칭한, 즉 시 제목 〈統營〉과 같이 애칭 한 이
름으로 보아야 할 것이다. 위의 시를 읽으면 통영을 소개하는 그대로 기행
시보다 통영의 속살인 풍속에다 러브스토리가 곁들인 풍정이 물씬하게 풍
겨 주는 풍정시로 보인다. 1930년대 이렇게 통영이 소개된 것은 통영에 대
한 충분한 자료를 잘 전해 준 신현중과 서병직의 숨은 공로라고 할 수 있다.
　앞에서 논급한 신현중의 누나 '신순정'에 대해서 간단히 짚고 넘어갈 필
요가 있다. 신순정은 통영보통학교의 교사로 재직할 당시에 박경련, 김천
금, 서숙채는 그의 제자였다. 그중에서도 박경련과 서숙채(서상호의 딸)는 외사
촌 관계였다. 이러한 고향 제자들을 둔 신순정은 자기의 남동생 신현중의 배
필에 대해서는 통영 여성을 골라야 한다는 막연한 이야기를 박경련은 한 번
들은 적은 있었지만, 자신을 염두에 두고 하신 말씀은 아닌 줄 알았다는 것이

백석 시인의 '란'으로 잘못 알려진 위랑韋郞
신현중 선생의 부인 박경련 사모님

다. 그러나 "1937년 04월 07일 통영에 있는 자신의 집에서 결혼식을 올린 후에, 손위 시누이가 된 신순정 선생은 자기를 줄곧 좋아하여 주신 뜻을 그제야 알았다"는 것이다.

"신순정 선생 댁은 위랑 님의 광주학생사건 시위로 인해 투옥됨에 따라 그의 부친 또한 조선총독부 공무원 직을 잃게 되어 가운이 기울었다"는 것이다. "위랑 님은 늘 자기 탓이라고 고뇌하셨다"면서, "출옥 이후 애국지사로서, 《조선일보》 기자로서, 착실한 청년으로 통영 땅에서도 널리 칭송되었다"는 것이다. 물론 "김자옥(김준연金俊淵의 딸)과의 약혼식은 있었는지 알 수 없으나, 그녀와 혼인한다는 풍문을 들었다"는 것이다. "그 문제는 누가 뭐라 해도 자신(박경련)의 문제이기 때문에 사전에 철저히 규명해 주실 것을 어머니(서말수徐末守−서상호徐相灝의 친누이 동생)께 강력하게 건의한 후에 충분히 이해하여 혼인했다"고 말했다.

그러나 "백석 시인이 내려와서 청혼했다는 이야기는 일체 들은 적이 없다"는 것이다. "백석 시인이 '플레이보이' 같다는 이야기는 서울 유학 시절에 여자 친구들 사이에서 회자된 것은 어느 정도 알고 있었다"는 것이다. 물론 "신순영(신현중의 여동생)과 허준 씨의 결혼 때 먼발치에서 보아도 키가 크고 목이 긴 남성이 백석 시인이라고 했을 때, 여학생들끼리 그냥 쳐다본 일은 있었다"는 것이다. "통영이라는 시를 읽어 본 적도 없었으며, 자신도 백석 시인처럼 키가 좀 크고 코가 좀 높기에 그런 남성에 대한 관심은 없었다."는 것이다. "무엇보다 엄한 어머니 뜻대로 성장했기에 옆 눈을 팔 겨를 없이 학문에만 열중했다"고 회고했다. "그러나 앞으로 상대자에 대한 꿈은 간혹 떠올려봤는데, 카리스마가 넘치면서 무엇보다도 솔직하고 정직한 남자를 선호했다"는 것이다. 말하자면 "평소 의지가 굳세며 책임감이 투철하고 특히 생활력이 강한 자로 꿈과 패기가 넘치는 남자를 그려 보았다"는 것이다.

시인 백석의 친구 신현중 수필집
《두멧집》초판 모습

그러나 "당시 가정 형편상 혼인은 아예 관심을 가져 본 일이 없었다"고 말했다. "집안 형편이 안 되면서 일본 유학을 꿈꾼 것은 사실이었다"고도 말했다. "이화고보에서 일등 하면 외삼촌께서 일본에 유학이라도 보내 줄까 싶어 은근히 기대하면서 졸업 때 일등 했다"는 것이다. 더군다나 "위랑 님과 혼인할 것이라는 분위기도 전혀 몰랐다"는 것이다. "갑자기 혼인하도록 서두는 어머니의 당황한 눈빛에서 물어본즉 곧 전쟁이 일어나니 이름이라도 갈아야 한다는 것과 데릴사윗감9)을 구해야 한다는 등 서두는 바람에 가슴이 철렁 내려앉아 버렸다"는 것이다. "자신이 처음 맞선보기는 그때 진학 꿈이 끝난 것을 직감했는데, 총각은 위랑 님이었다"는 것이다. "재벌가인 서상호 친 외삼촌과 어머니의 결정이 내려졌고, 저도 위랑 님을 잘 알고 있었기에 다행으로 생각하고 마음을 작정했다"는 것이다. "그래도 진학의 꿈이 무너져 눈물이 자꾸 났지만 어쩔 수 없었다"고 말했다. 나이가 스무 살이라도 처녀가 늙었다는 시대라며, 그때 사회가 여성들의 의견은 일체 묵살 되었기에 본인이 나서서 무슨 말을 할 수 없었다는 것이다.20)

---

19) 본인(박경련)이 자기의 어머니 편으로 들은 것: "데릴사위 대상은 위랑 님으로, 그분의 가정을 들추기는 죄송하지만 어머니를 일찍 여의고 계모 아래에서 성장 등 가정적으로 불우하여 항상 독립하겠다는 등 외로워서 위탁코자하는 의중이 있었다고 지금은 장모님(서말수徐末守) 앞에 솔직히 고백한 사실이 있었다는 것도 뒤에 알았다"는 것이다.

20) 본인(박경련) 혼사 문제: "워낙 갑자기 치러진 결혼이라 아무것도 모르고 어른들이 하라는 대로 했어요. 나는 그때 결혼에 대해 전혀 생각해 본 일이 없었어요. 다만 어른들이 시켜서 한 일이니까. 백석 시인에 대한 이야기는 저의 친구인 김천금을 통해 알았지만 사실상 내 친구인 김천금과 조금 교제한 것만 알고 있어요."

그때 당시 여성들의 남성에 대한 결혼관은 일제강점기라서 신문 기자들에 대한 여성들의 관심은 열외라는 것이다. 당시만 해도 유명한 시인들이나 예술인들에 대한 사회적 인격을 볼 때 여성들은 선호하지 않았다는 것이다. 특히 시인들이나, 예술인들은 요시찰인으로 관리되었기 때문에 관심 밖이었다는 것이다.

"일제강점기는 지성적인 여성들이라면 우리나라를 사랑하는 집안 혈통을 선호해 온 것은 사실이며, 재벌가에게 시집가는 것을 선호했다"는 것이다.

언젠가 어느 신문사 기자라며 백석 시인 이야기를 듣고 싶어 하여서 답해 주었지만, 백석 시인은 얼마든지 직접 찾아와서 어떤 연정을 보여줄 수 있었는데도 전혀 그런 사실도 없었다고 답변했다는 것이다. "백석 시인에 관한 이야기는 김천금이 편으로 들었고, 서숙채나, 신순영 시누이 편으로도 들었는데, 부잣집 아가씨와 잘 지낸다는 이야기를 들었다"는 것이다. "두 번이나 결혼해도 박차고 기생(본명 김영한, 아호는 子夜)과 동거했다는 것을 뒤늦게야 알았다"는 것이다. 또한 "자신(박경련)을 좋아했다는 것도 뒤에야 알았다"는 것이다. "그때만 해도 윤리나 도덕이 사생활까지 겨냥한 칼날이었기에 개화 여성이라도 그 잣대 속에서 사는 것이 도리인 줄 알고 부군을 사랑하는 길 외에는 관심이 없었다"는 것이다.

"그래도 위랑 님은 백석 이야기를 꺼내며 '좋은 친구야'라고 하면서 백석의 시를 좋아하고, 항상 만주 어디에 살아도 살아 있어야 한다는 말씀을 간혹 들었다"는 것이다. 일제 군국주의로 돌변하면서 대동아전쟁(태평양전쟁)으로 말미암아 소용돌이치는 가운데 프롤레타리아 사상은 더욱 확산이 되었고, 일제 강압은 날로 악화가 되었다면서 혼인 이후에는 쫓기다시피 살았다[21)는 것이다. "광복 직후에도 심지어 이웃 간에도 이념 대립으로 인해

---

21) 본인(박경련)이 아는 것: "1941년에 통영 땅에 내려와 당시 동호동에 아버지가 살던 집(신현중이 성장한 집)에 잠시 머물기로 하다가 저의 친정집에 거처를 정했지만, 도남동 데메에 집을 짓는 곳에 은거하면서 8.15해방 반년 전에 데멧집으로 와(1943년 새집 완공 이사함-지번은 도남동470번지) 농사지으면서 해방을 맞이했다는 것이다. ▶〈이승만 대통령〉《두멧집》(초판, 靑羽出版社, 1954.10.01 p.69, 재판, 언어문화사, 1993, p.95). 그러나 1945년 7월에 일제군국주의에서 찾는다는 소문을 듣고 사전에 아버지의 고향 하동 적량으로 간다면서 떠난

운명을 갈라놓았다"는 것이다. 우리나라는 결국 남북으로 분단되면서 이데 올로기로 말미암아 동족상잔의 피를 흘리면서 이만큼 살아 있는 것만 해도 다행이라고 회고하는 것이다.

이러한 소용돌이 속에서 신현중《조선일보》기자는 1939년 8월 31일 조선일보사에서 사임하였는데, 백석 시인이 두 번째 사임(1939. 10. 21)하는 것보다 빠른 것으로 알 수 있다. 사임한 이유는 그의 수필〈건강한 직업〉(《두멧집》 초판, 1954. 10. 01, p.128/재판, 1993. 10. 15, p.162)에서도 구체적으로 밝혀져 있다.

> "신문사를 그만두고 낙향하고 말았다. 더 있다가는 필시 일본의 침략전쟁을 구가謳歌하는 붓을 놀려야 될 것을 미리 예견하였기 때문이다. (…) 통영 용화사龍華寺 밑에 자작할 토지를 사고 조그마한 집을 한 채 지었다.[22]
>
> 섬섬약골이요, 이화梨花를 최우등으로 나왔다는 아내와 의논해서 농사짓기를 시작했다. 아내는 반대하였다. 며칠을 두고 타일렀다. 아내는 울었다. 나도 울면서 타일렀다. 드디어 아내는 나의 말을 따랐다. 보리씨가 떨어져서 어떻게 싹이 트는지도 모르던 우리 부부는 밭을 갈고 씨를 뿌렸다. 일꾼을 하나 얻어 셋이서 밭을 쪼을 적에 일꾼은 벌써 한 고랑을 넘어 쪼았는데, 나는 반(半-필자)고랑도 못 쪼아서 목구멍에 단내가 나도록 힘에 겨웁고 온몸이 땀에 젖었다. 아내는 쫓아와서 쉬라고 한다. 나를 밭 언덕에 쉬게 하고 나서도 저는 그대로 밭일을 계속하고 있다. 나는 보다가 못해 아내를 쉬라고 했다. 아내는

후에 "지쳐버린 나도(박경련) 몸이 좋지 않아 서울에 계신 외삼촌(서상호) 집으로 가서 몸조리하고 있었으며, 사회질서가 회복되면서 다시 '데멧집'으로 내려 오도록 하여서 내려와 살게 되었는데, 성품이 꼿꼿한 위랑 님은 울울해서 못 살겠다면서 학교 교편생활 했으면 좋겠다(《분향》《두멧집》, p.21)고 혼잣말을 하셨다"는 것이다. "마침내 1948년 진주여중 학교장 발령소식이 왔어요. 나는(박경련) 더 살고 싶어 위랑 님의 손을 잡고 무슨 설움인지 몰라도 많이 울었다"는 것이다.

22) 본인(박경련)은 1943년 데메 집을 완공하여 이사했으며, 지번은 470번지였다고 구술하였다. 그간 변동사항을 살펴본 결과 통영시청에 있는 지적대장에는 1948년 7월 도남동 470-1번지와 470-4번지는 신현중(愼弦重) 명의로 되어 있다가 1981년 박경련 외 1명의 명의로 변경되었고, 현재는 윤호승 소유로 등재되어 있다. 도남동 470-3번지는 1978년 12월 박경련 명의로 이전되었으나 양자 신경득 명의로 변경되었고, 그 이후 현재 윤호승 명의로 되어 있다.

듣지 않았다. 자꾸만 쉬라고 했다. 자꾸만 쉬라고 조르면 아내는 참
견한다고 성을 내고 만다.

　어느 날 감자를 심는 날이다.

　일꾼은 이랑을 짓고 아내는 씨를 심고 나는 재를 뿌리고 하여 나갔
다. 300평을 심노라니 매우 바빴다(…)."[23]

　그동안 우여곡절을 겪으시면서 1948년 진주여중학교 교장, 1950년 통영여
자중학교 교장, 1952년에는 통영중학교 교장, 1955년 부산남중학교장, 1962
년 부산여자중학교장, 1960년 7월 합천군 초계중학교장(사임: 1960. 09) 등
교육계를 떠나 충무공 이순신 장군을 모시고 싶었던 제승당 당장 직을 맡
기도 했다. 그 이후, 그의 데멧집 사랑채에 와병으로 계셨을 때 본고 필자
는 뵈옵던 적이 있었다.[24]

---

23) 본고 필자는 중학생 때 탁오석(卓五錫, 오산고보, 통영중학교 역사교사) 선생님이 가족들과
　　함께 거처하시던 집(최 씨)에 자주 뵙고 싶어 오가던 바로 마을 안길에 있는 300평 남짓한
　　밭에 비단 한복을 입고 머리에는 흰 수건을 쓴 여인이 밭일하는 것을 종종 보았다. 평소 농
　　부의 자태로만 생각하고 지나치다 왜 비단 한복을 곱게 차려입고 농사일을 하는지 궁금한
　　적이 있었다. 탁오석 선생님 사모님(康氏)으로부터 이화고보 졸업 때 일등으로 나왔다는 이야
　　기를 듣고 놀랐다. 신현중 교장 선생님은 경성제대(현 서울대)에 입학 한 바 있고, 애국지사
　　라는 이야기를 하기에 존경하고 싶어졌다. 필자는 통영중학교 교내신문 《푸른 하늘》에 졸시
　　〈향수〉가 게재되었는데, 이런 계기로 하여 교장선생님과 사모님을 가까이 할 수 있었고, 사람
　　됨됨이를 많이 배웠다. 1954년 《두멧집》 수필집을 한 권 받을 수 있었는데, 시, 〈데멧집〉을
　　비롯한 9편의 시가 마음에 와닿았다. 또 마음에 와닿았던 시 중에는 1949년 1월 23일 《서
　　울신문》에 발표된 〈백성의 꿈〉이라는 시다.
24) 첨언(添言) : 필자는 통영에 잠시 들른 청초(靑艸) 이석우(李錫雨) 선생님께서 필자를 찾아와,
　　신현중 교장 선생님의 안부를 묻기에 그 길로 함께 뵈옵던 일이 있었다. 투병 중에 필자는 바
　　람막이 병풍을 다시 표구하여 드렸고, 위랑 선생님이 소장한 그림도 정리하여 드렸다. 위랑
　　선생님께서는 "내 죽으면 미륵산에 묻어 달라"는 이야기를 뒤늦게 들었고(사모님은 전화 집
　　주소도 몰랐기 때문에 연락을 못했다는 것임), 자식이 없어 양자를 두었는데, 그분(신경덕)이
　　장례를 치렀다는 것이다. 생전에는 보훈처에 애국지사 신고절차를 밟지 않았다가 영면하신 후,
　　뒤늦은 1982년 신고하여 '대한민국건국훈장 애족장' 서훈을 받으신 후, 1993년 대전에 위치
　　한 국립묘지 애국지사 제2 묘역에 안장되셨다는 것이다. 또한 "그때 제자 사랑 다 받고 가
　　셨으니 그곳에서도 잊지 않고 고맙게 생각할 거고"하셨다. 박경련 사모님으로부터 두 번이
　　나 보낸 서신을 받고도 답신을 보내드리지 않았던 연유는 본고 필자의 주소를 알려드리면
　　병풍 표구대금(表具代金)을 갖고 뛰어올까 걱정하여 억지로 참아온 나의 불찰이 있었다. 박
　　경련 사모님은 그의 친구 제옥례 선생님 편에서 주소를 확인하여 1980년 1월 16일 보낸 서
　　신과 두 번째는 1981년 8월 31일 보낸 서신에는 청남(菁南) 오제봉 선생의 서예 한 점을 동
　　봉하였다. 처음과 두 번째 보낸 서신 내용은 이 글의 부록을 참조하기 바람. 많은 이야기 중
　　에서도 백석 시인에 대한 이야기를 할 수 있었다. 특히 "백석과의 스캔들이 없었다"는 이야
　　기는 진솔했다. 그동안 데멧집을 정리하기 위한 것도 있었지만, 떠나지 못하고 날마다 정든 집
　　을 만져보고 계셨던 사모님은 미륵 산 밑에 위치한 용화주공아파트에 거처하시던 제옥례 선

1980년 작고(사실상 작고는 1979년도)하신 후에 상당 기간 가사 정리될 때까지 당사자(박경련)로부터 백석과의 이야기를 들을 수 있었다. 물론 이야기는 장소와 상대자에 따라 다소 차이가 있을 수 있다고 본다. 그때의 말씀은 진실하고 솔직하게 응대하여 주신 것으로 들을 수 있었다. "그것은 위랑 님께서 기자 생활하게 되면서 친하니까 통영에 대한 시를 쓸 때는 러브 스토리를 넣어 보라고 조언한 것으로 듣고 있다"면서 "본인은 백석과 전혀 만나 보지 못했으며, 누가 뭐라 해도 유학한 친구들이나 위랑 님 편으로 들은 것뿐"이라는 것이다.

당사자(박경련)의 품새는 조선 시대의 전형적인 규수의 모습이었다. 사리가 분별하시며 판단력이 뛰어났고 예의가 흐트러짐이 없이 다정다감함을 느꼈다. 현실을 꼿꼿이 파악하고 대처하는 능력도 세심함을 보여주었다. 백석이 본 모습 그대로이며, 다만 얼굴이 조금 흰 편은 아니었다. 그런데 대화를 하면 항상 밝은 미소를 짓고 톤은 낮지만 조금 굵은 편이었다. 문제점에 부딪치게 되면 여유롭게 웃어넘기는 기지가 엿보인다. 대화 중에서는 현실을 지적하는 부분은 이성적이었다. 말하자면 언어의 구사력에서 상대적으로 지성을 드러내는 것 같았다. 예를 들면 방어 측면서 언어들의 기제가 분명하게 제시하였다. "누구든지 타인의 이야기가 시작되면 스캔들이나 아이러니를 트집 잡는다"면서 대화를 풀어낸다. 사실상 정직한 언어를 전제하지만, 상대자의 인격을 존경하는 자세가 반듯한 것을 느꼈다. 사실 대화 중에는 없는 것을 만들어 꾸미고자 하는 원초적 본능을 누구든지 다소 갖고 있다. 또 타자들이 불행해지는 것은 자기 행복으로 만족한다. 사실상 심리적 메커니즘에서 볼 때 '서로를 없애버리려는 병치와 모순과 대립적인

생님 댁에 놀러 다니면서 지팡이를 짚고 오르내리기를 수년 동안 하셨다. 그때 큰길을 다니지 않고 좁은 옛길을 선택하여 걸었다는 것이다. 본고 필자가 1995년 12월에 사는 집이 소방도로로 개설됨에 따라 도천동 211번지에서 봉평동 189번지의 13호(현 통영시 봉수1길 5-10)에 이사했는데, 다니던 길과는 거리가 조금 먼 곳이었다. 그러나 등산에서 하산할 때 그 길로 내려오던 중에 우연히 뵈옵던 적도 있었다. 그 뒤에 걷기가 불편하셨는지 소식 없이 홀연히 떠나 서울 내자동에 사는 양자(養子) 신경덕씨와 올림픽대로 일대에 아파트를 새로 구입하여 사시다가 양력으로 2007년 01월에 별세하셨다(91세)는 비보(悲報)를 접했다. 필자는 '박경련 사모님께서 보내주신 청남(菁南) 선생의 액자용 서예 한 점과 그의 친필 2통을 소장하고 있다(부록 영인본 참조 바람).

의미들이 무의식 속에 있는 것'이다. 오히려 진실은 무의식 속에 살아 있지만, 사실상 외면적으로는 위장해 있을 뿐이다. 다시 말해서 진실이 왜곡되었을 때 오류에 얽혀 진실을 찾을 수 없다. 그러나 그러한 대화를 찾을 길이 없었다. 아마도 이화고보의 최우등에서 갖는 자존심을 지키는 것일까 아무튼 지조가 뚜렷했다.

　백석 시인은 1936년 4월 초에 조선일보사를 사직(재입사: 1939년 조선일보사의 《여성》지 편집 맡아 있다가, 1939. 10. 21 사직)하고 함흥에 있는 영생고보 영어교사로 발령을 받게 된 것은 그의 '란' 때문도 아닌 친구의 소개로 그의 꿈을 펼치기 위해서였다. 앞에서도 논급되었지만 백석 시인은 그곳에서 만난 '자야子夜'와의 사랑에 깊이 빠지게 된다. 두 번이나 초례醮禮를 치렀어도 자야子夜와 동거 생활하는 등 걷잡을 수 없는 젊음이 당분간 지속되었다는 것을 알 수 있다.

　1937년 10월 《女性》 2권 10호에 발표한 시 〈바다〉는 '자야子夜'와의 잠시 헤어짐에서 혼자 거닐면서 함께 온 동해 바닷가의 추억을 그린 시라고도 할 수 있다. 그동안 '자야子夜'와 동해를 다녀온 것으로도 되어 있다. 그러나 그는 바다를 볼 때마다 '란'과 '자야子夜'의 두 그림자가 겹쳐지는 시라고는 볼 수 있지만, 이미 지적되고 있는 통영의 '란'에 대한 사연이라고 볼 때는 너무 빗나가고 있는 것 같다. 한 번도 함께 걸어 보지 않는 것을, 특히 절친한 친구의 아내가 된 '란'을 두고 쓴 글이라는 것은 읽을수록 의문이 간다. 왜냐하면, 이 시가 '자야의 회고록, 《내 사랑 백석》(문학동네, 1995)'에서 자기(김영한, 84세)와의 관계에서 쓴 시로 보아야 한다고 되어 있기 때문이다.

　또 1938년 3월 《女性》 3권 3호에 발표한 시 〈나와 나타샤와 힌당나귀〉를 '란'과의 연관성이 있는 것 같이 원용하려는 자들도 전혀 없지 않다. 그러나 '자야子夜' 입장에서는 북만주를 가자고 했을 때 가지 않기 때문에 '자야子夜'를 생각하는 절절함으로 받아들이고 있다. 바로 이런 것이 시가 갖는 보편타당성에서 오는 애매모호성이라 할 수 있다.

정신분석학에 따르면 백석의 사랑에 대한 작품들은 상대자가 자기를 좋아할 것 같은 어떤 망상들이 자기 지시의 경향으로 고집하는 파라노이아(Paranoia)적이라 할 수 있다. 그의 등단 시, 〈정주성定州城〉(《朝鮮日報》, 1935. 08), 〈고향故鄕〉(《三千里文學》, 2호, 1938. 04) 등을 비롯한 다수 작품들이 갖는 토속적인 내용은 서사 담론을 가지는 한편 노스탤지어와 멜랑콜리가 겹쳐지는 그곳에 있어야 할 대상, 즉 '유순한 사랑'이라는 근본적인 환상이 심리적으로 강렬하게 작용한 것으로 나타나는 것 같다. 따라서 1936년 2월 21일 《조선일보》에 발표된 수필 〈편지〉25)를 읽으면, '란'을 향한 연정은 구체화된다.

그때 통영을 찾은 의도를 짐작케 한다. 왜냐하면 당사자(박경련)가 늑막염을 앓고 있었던 것까지 알게 된 것을 그가 쓴 편지에 잘 나타나 있다. 그러나 백석 시인은 당사자(박경련)가 이화고보 1학년 때 그의 아버지 박성숙朴性淑이 33세 젊은 나이로 타계(결핵)했음에도 "열 살이 못되어 젊디젊은 그 아버지는 가슴 앓아 죽고(…)"에서는 '열 살' 나이라는 소문은 자료 수집이 빗나가서 오류를 범했다 할 것이다. 그러나 박경련은 이화고보 재학 중에 늑막염(일종의 결핵)으로 단기 휴학에 있었다는 것까지 잘 알고 있었기 때문에, "그러한 나의 '수선'이 시들어갑니다. 그는 스물을 넘지 못하고 또 가슴의 병을 얻었습니다"라고 발표한 것은 정확한 소식을 들은 후에 쓴 것으로 생각된다. 그렇다면 백석은 그가 연모하는 '란'에서 '수선'이라는 순수함보다 연약한 대상으로 바꿔 호명한 것으로 보인다. 따라서 만약에 청혼했다는 관심도 더욱 소심해졌다고 보아야 할 것이다.

---

25) "남쪽 바닷가 어떤 낡은 항구의 처녀 하나를 나는 좋아하였습니다. 머리가 까맣고 눈이 크고 코가 높고 목이 패고 키가 호리낭창 하였습니다. 그가 열살이 못되어 젊디젊은 그 아버지는 가슴을 앓아 죽고 그는 아름다운 젊은 홀어머니와 둘이 동지섣달에도 눈이 오지 않는 따뜻한 이 낡은 항구의 크나큰 기와집에서 그늘진 풀 같이 살아왔습니다. 어느 해 유월이 저물게 실비 오는 무더운 밤에 처음으로 그를 안 나는 여러 아름다운 것에 그를 견주어 보았습니다. (…) 총명한 내 친구가 그를 비겨서 수선이라고 하였습니다. 그제는 나도 기뻐서 그를 비겨 수선이라고 하였습니다. 그러한 나의 수선이 시들어갑니다. 그는 스물을 넘지 못하고 또 가슴의 병을 얻었습니다. 이 이야기는 이만하고, (…)."

사랑하지 않으면서 사랑하는 파라노이아(Paranoia)적이며, 다만 플라토닉한 러브스토리로 그의 가슴을 울리고 있음은 잃어버린 대상에 대한 이중성으로 나타나고 있다 할 수 있다. 첫사랑 같은 짝사랑을 한 것은 누구든지 영원히 잊지 못한다고 볼 때 그가 '란'에 대한 연모는 트라우마(trauma)로 얼룩진 리비도가 집요하게 반복적으로 나타나고 있다.

또 1938년 4월《女性》3권 4호에 발표한 시 〈내가 생각하는 것은〉(일부)에서 "내가 오래 그려오든 처녀가 시집을 간 것과/그렇게도 살틀 하든 동무가 나를 벌인 일을 생각한다"에서는 '란'에 대한 아쉬움은 물론, 절친한 친구가 자기(백석)를 버린 것 등을 애증愛憎적으로 토해내고 있다. 저만치 두 번 정도 본 것으로 '란'이라는 대상에 대한 유혹적 환상을 억제치 못하고 또 다른 대상을 끌어들여 그로 하여금 학대받는다는 피해의식을 갖게 됨으로써 오히려 원망이 짙게 분출하고 있다 할 것이다. 없는 것을 마치 있는 것 같은 연극성(희극성)으로 꾸미며, 환기(빗대는, 에둘러서 비꼬는 등)시키는 연극성 인격장애가 전혀 없지 않은 소유자이기도 하다. 물론 시 세계도 픽션(fiction)을 리얼하기 위해 팩션(faction)적으로 꾸몄기 때문인지도 모른다.

또한, 1938년 10월《朝光》4권 10호에 발표한 시 〈물닭의 소리〉에 나오는 '남향南鄕', '야우소회夜雨小懷'에 '란'과 '천희'가 나오는데, 여기서는 '南鄕' 일부만 옮겨 본다. "쟁반시계를 걸어놓은 집 홀어미와 사는 물새 같은 외딸의 혼사 말이 아즈랑이 같이 낀 곳은", 또 1941년 4월《문장》3권 4호에 발표한 시 〈힌 바람벽이 있어〉(일부)에서 "또 내 사랑하는 사람이 있다/내 사랑하는 어여쁜 사람이/어늬 먼 앞대 조용한 개포가의 나즈막한 집에서/그의 지아비와 마조 앉어 대구국을 끓여놓고 저녁을 먹는다/벌서 어린 것도 생겨서 옆에 끼고 저녁을 먹는다" 등에서 그가 사랑하는 '란'에 대한 연모라 할 수 있다. 어쩌면 상실의 반복적 멜랑콜리다. 말하자면 잃어버린 사랑의 대상을 한 부분적이지만 자기 내부로 이동시켜 환각적인 무의식이 작용하는 것으로 나타난다. 더군다나 "(…) 개포가의 나지막한 집 (…)"이 아니고 데멧집이라고 스스로 이름하여 새로 지은 덩실한 기와집과 사랑채가 있었으며, 특히 신현중과 박경련 사이에 아이가 없었는데도 아이를 그려낸 것은 셰익스피어처럼 '마음의 눈'이 그린 해석적 상상력(Imagination Contemplative)에 불과하다.

이러한 시들을 접한 독자들은 어떻게 생각할까? 당사자(박경련)의 구술에 따르면 "백석 시인이 자기(박경련)를 진정으로 사랑했다면 얼마든지 만날 수 있었다"고 했다. "설령 어머니가 반대했더라도 자신(박경련)이 백석 시인을 사랑했더라면 그를 따라 어디든지 나섰을 수 있었다"는 것이다. "한 번도 직접적으로 대화해 본 적도 없었지만 자기를 그의 시처럼 그렇게 사랑했다면 사나이답게 직접 찾아왔어야 했다"는 것이다. "자기가 늑막염으로 단기 휴학 기간에도 기회가 얼마든지 있었기에 만날 수 있었다"는 것이다. "서울에 계신 서상호 외삼촌 집에 요양하고 있었기 때문에 남모르게 만날 수 있었다"고 했다. 특히 "위랑 님과 혼인하기 전에 친구 천금이로부터 들었지만, 기생에 빠져 있는 총각을 사랑해야 한다는 것은 있을 수 없다"는 것이다. "아이도 낳지 못해 양자를 입양시키기까지 했는데, 아이 낳은 것처럼 시화詩化하는 것은 어디까지나 그의 시 작품으로 보아야 한다"는 것이다.

"크나큰 문제점은 문인들의 글에서 엄청난 상처를 받은 것은 사실"이라면서, "누구누구라고 하면서 백석 시인 문제로 만나자고 해도 누군가를 만나면 겁이 나서 거절한 일이 많았다고 했다. 말이란 것은 하다 보면 왜곡되기 때문에 두려워 거절했다"는 것이다. "물론 백석 시인은 얼마든지 그런 글을 쓸 수야 있지만, 그의 시에 나오는 그런 사연은 없었다"고 했다. 그런데 "앞에서도 말했지만 백석 시인이 우리 어머니나 누구에게도 청혼한 일이 없는데도 청혼한 것처럼 전해오는 이야기는 얼토당토않다"고 했다. 당사자(박경련)에게 청혼이 들어온 것은 딱 한 번 있었는데, "큰올케가 주선하였던 문홍주(부산대학학장, 문교부 장관—그대로 옮김)씨였다"고 했다. "그의 집안으로부터 혼담이 있었는데, 장자長子라는 구실로 시집가면 일이 많

제1부 43

다는 데서 어머니와 일가친척들이 거절한 적이 있었다"고 했다.

5.

다음은 세 번째 발표된 시 〈統營〉을 살펴보기로 하겠다.

백석 시인은 남행시초南行詩抄를 발표하기 위해 남쪽으로 내려와서 둘러보고 〈昌原道-南行詩抄 1〉(1936. 03. 05. 발표), 다음은 〈統營-南行詩抄 2〉(1936. 03. 06. 발표)이다. 다음은 〈固城街道-南行詩抄 3〉와 그다음은 〈三千浦-南行詩抄 4〉 등을 발표하게 된다. 통영을 떠올리면 절친한 친구인 신현중愼弦重 기자의 고향 '통영'을 제외할 수는 없었을 것이다. 거기다 절친한 친구 허준이 신현중 여동생 신순영과 결혼하였기 때문에 백석 시인도 통영에 대한 애착은 컸을 뿐 아니라 그가 노래한 '란'에 대한 이성적인 기대도 더 크게 나타났었을 것이다.

그러나 세 번째 발표된 시의 내용은 전혀 다르다. 작품은 어떤 외부적인 상황과도 분리를 시켜 오직 작품을 작품 자체로만 해명하는 관점에서 본다면 앞에서 말한 환경적 요소에 치우치지 않았다는 것을 알 수 있다. 이 시는 앞에서 발표한 통영의 풍습, 풍물과는 전혀 다르게 당시 통영의 물씬한 샤머니즘과 혼용하는 역동적인 항구의 모습을 소개한 것들이 돋보인다.

통영장 낫대들었다

갓한닢쓰고 건시한접사고 홍공단단기한감끊코 술한병바더들고

화륜선 만져보러 선창갓다

오다 가수내 들어가는 주막압헤

문둥이 품바타령 듯다가

열닐헤달이 올라서
나룻배타고 판데목 지나간다 간다

徐丙織氏에게

−〈統營−南行詩抄 2〉, 《朝鮮日報》에 1936년 3월 6일 발표.

위의 시를 다음과 같이 쉽게 풀이해 보기로 하겠다.

'통영 장날 낮때(정오쯤)에 들렀는데//갓을 하나 사서 쓰고 곶감 한 접을 사고 홍공단 단기 한 감 끊고/술 한 병 받아(사서) 들고//기계선[火輪船] 만져보러 선창에로 갔다//오다가 계집애(가수내) 들어가는 주막 앞에/문둥이 품바타령 듣다가//열이레 달이 올라서/나룻배 타고 판데목 지나간다 간다'라고 했다. 여기서 홍공단 단기란 무엇일까? 대부분 글의 주해에 '댕기'로 풀이되어 있다. 그러나 옛날에는 그 지방의 항구에서 새로 선박을 건조建造하였는데, 그 선박에는 필요한 깃발들이 많이 필요했다. 홍단, 청단, 황단 등등 울긋불긋한 오방색 색깔 깃발들을 '배내리기 날(바닷물에 배 띄우는 날)'에는 깃발을 일제히 내다 깃대에 매달고 몇 시간 동안 용왕굿, 선왕굿 등 풍어제를 지낸다. 계 모임에서 보내는 단기團旗 또는 간단한 깃발인 단기單旗뿐만 아니라 솟대(옛 蘇塗)처럼 치렁치렁한 오방색 깃발들을 매단다. 조선식造船式뿐만 아니라 출어하여 만선滿船했을 때나 명절 때에도 풍어를 기원하기 위해 매다는 깃발들이다. 이 시에서 '단기'를 '댕기'라고 해석하는 것은 커다란 오류를 범한 것이다. 특히 배를 조선(造船: 이 고장에서는 배를 모았다고 일컬음−필자)했을 때는 지방 유지들이나 일가친척들이 직접 참여하게 되는데, 주로 깃발을 비단 포목점에 가서 한 감씩 끊고, 제수용 술과 과일을 사서 들고 가는 풍습이 있었다.

그런데 당시에는 상당한 재벌가가 화륜선火輪船[26]을 건조하여 배를 띄

---

26) 화륜선(火輪船): 일본말로는 '야끼다마'인데 '소옥기관(燒玉機關)'이라고도 한다. 동제(銅製)의 구(球)에다 화약을 넣거나, 적열부에 불로 달구어 점화, 열에너지로 가동시켜 배를 움직이게 하

우는데, 백석은 그날은 공교롭게 서병직의 권유로 보이는 조선식造船式에 함께 참여하게 되었기 때문에 갈 때는 그냥 가지 않고 제수용 일부라도 손에 들고 가는 풍속에 따라 화륜선 띄우는 선창으로 갔을 것이다. 갔다가 오면서 통영의 한 시대 진풍경인 품바타령을 만난 것이다. 더군다나 열이레 달이 올라 쏟아지는 바다의 달빛 따라 나룻배를 타게 된다. "판데목 지나간다 간다"라고 선유船遊하는 대목이 나오는데, 통영항구가 갖는 진풍경과 삶의 생동감을 표출한 대목이라 할 수 있다.

백석 시인은 통영을 낡은 항구라 했는데, 두 가지 측면에서 이해할 수 있다. 하나는 보수적인 항구로, 또 하나는 역사가 깊거나, 모양새가 낡아 보이는 화자의 비견이라 할 수 있다. 그러나 당시 통영은 수산물이 풍족하여 어느 곳보다 잘살고 있었다고 한다. 주로 일본인들이 우글거렸고, 집집마다 품바타령을 하는 문둥이 패거리들이 많았다는 것이다.

특히 문둥이들로 변신한 품바타령이 항구 중심에서 잘 사는 상가들 앞에서 공연한다는 것은 통영지방이 그만큼 풍요를 누렸다는 것을 입증한 것이다. 말하자면 '계집애(가수내 또는 가시내)가 들어가는 주막 앞에 문둥이 품바타령'이 고된 삶을 거뜬하게 극복해 주기 위해 해학과 기지가 넘치게 공연함으로써 공감하는 사람들이 웅성거리는 것은, 당시에도 풍요한 통영항구를 잘 형상화한 것이다. 이 시에서는 '문둥이'라 표현했지만, 문둥이처럼 감발한 거지들이 손에다 수건으로 감싸고 얼굴을 분장하여 걸식을 통한 직업적인 장사꾼들이라 할 수 있다. 이 품바타령의 맥락은 1950년대 후반기까지 상당한 기간 지속을 하였는데, 품바타령 공연은 한때는 통영오광대가 공연한 바도 있다. 그러나 백석 자신은 단순한 '품바타령'으로 일별一瞥한 것이 아니라 샤머니즘적인 리듬에 구성진 톤을 처음 들었을 때 공간성을 향한 원초적인 경쾌함과 역동성을 발견한 것 같다. 이러한 샤머니즘의 중심이 되는 통영항구를 기행시에 담았다고 볼 수 있다. 특히 '남

는 아날로그식 기계선을 말한다. 일제강점기 때부터 근대에 이르기까지 인기 있는 이런 배를 처음에는 석탄이나 목재를 태워 가동시키는 화륜선으로 통칭했다. 그러나 급속히 발전시켜 후일에는 작은 선박까지 기계를 얹게 되었는데, 속칭 '기계선'이라고 일컬어왔다.

행시초 2'라는 부제는 저널 측면에서 다룬 굉장히 생소한 소식이 아닐 수 없었을 것이다. 아무래도 기자라는 직업의식에서 현장감이 넘치는 시사성이 있는 취재가 엿보이기도 한다.

6.

백석은 그가 남긴 시, 〈統營〉 3편은 옛날 통영의 토속적인 풍정과 토속어에다 러브스토리까지 접목하여 사실인 것처럼 서사로 표출하는 등 사실주의 문학성이 높은 팩션(faction)으로 보인다. 팩션이란 사실과 허구를 내포하는 것을 말한다. 그러나 독자층은 사실로 받아들이는 것 같다. 여기에 러브스토리가 삽입되었는데, 조언한 장본인은 신현중 기자였다고, 아직도 신현중을 아는 자들은 긍정하고 있다. 그러나 신현중 본인이 조언했다고 해도 전혀 객관성은 없으며, 백석 시인이 발표한 시들은 오로지 백석 시인의 유일한 작품인 것이다.

백석은 중기의 시부터 러브스토리를 집중적으로 삽입하는 것에 대하여 주목할 수 있다. 어떤 억압된 회귀로 인하여 시의 기법은 실제 대상을 허구화한 후, 감수성 공유를 위해 구체화하는 아이러니 기법이라 할 수 있다. 다시 말해서 유아기로부터 조국을 잃은 배경 등 이마고(Imago)가 근원적인 색조를 띠지 못한 채 아우라(Aura) 현상을 갖는 것으로 보인다. 이에 따라 그의 시가 갖는 불안요소가 멜랑콜리아적인 파토스를 토해내는 것을 볼 수 있다.

앞에서도 논급했지만, 문학적인 측면에서 충분히 이해하지만 '란'에 대한 짝사랑으로 볼 수밖에 없는데 마치 빼앗긴 대상을 옹호하면서 분노를 공유할 수 있도록 구사력이 갖는 농도가 리얼해 보이기 때문에 문학 예술성이 뛰어난다고 할 수 있다.

어쩌면 허구적인 스토리를 사실화로 받아들이는 독자층을 믿도록 하는,

결코 병적 현상만이 아닌 전치轉置하는, 즉 낯설게 하여 파라노이아적이라 할 수 있는 승화(Sublimation)작용을 보여주고 있다. 이러한 시도는 백석 자신의 의도적인 기법이 아니고 문학에서 중요하게 다루는 우연 일치 기법이라고도 볼 수 있다.

이러한 우연적 일치는 모든 작품이 갖는 생명력이기도 하다. 예를 들면 회자되어 오는 '란'이라는 박경련을 '저만치' 거리에서 두 번 정도 보았는데, 시와 산문에다 사랑하는 표징을 구체화하여 전개한 것은 리드미컬하다. 이것은 상상력이 갖는 거리라고 볼 때 어쩌면 아름다운 오류가 아닐 수 없다. 그러나 인간의 성격이 상대적으로 차이가 있다면 상대자(박경련)는 이러한 장면들을 극구 부정하고 있다. 개인적으로 볼 때는 치명적인 상처를 입었다는 것이다. 한마디로 백석이 쓴 시, 〈統營〉 3편은 고전적인 아우라 측면에서 볼 때 상대적인 상처를 남겼지만 당시에는 낭만주의적일 수도 있다.

어쨌든 연구자들이 백석의 작품 자체로 분석해야 함에도 〈統營〉 시 3편을 전혀 엉뚱하게 천편일률千篇一律적으로 지나치게 매도하여 온 것은 커다란 오류이다. 특히 몇몇 서적을 제외하고는 책에 대한 상업성을 노리는 생각에서 지나치게 왜곡시켜 호도한 것도 배제할 수 없다. 아는 체하는 모양의 절절竊竊처럼 남우충수濫竽充數로 서술한 것들이 많다. 지금은 모 문인신문에 모 소설가가 리얼하게 연재하는 것을 읽는데, 사실로 받아들일 수 있을 것이다. 문제는 모의찬절模擬竄竊한 데서 오류들이 발생한 것으로 생각된다. 오히려 백석 시 세계를 폄훼하였다고 생각된다. 이에 따라 신현중愼弦重의 부인이 된 박경련朴璟蓮을 두고 백석과 신현중의 절친한 사이를 멀어지게 하는 글들도 날이 갈수록 왜곡 확산되는 것 같다. 심지어 백석의 시 세계에 대한 충분한 인식 부족에서 발표하는 글들마저 백석의 애인을 신현중이 빼앗았다고 내세우는, 거짓을 마치 사실인 것처럼 기정사실화하는 것은 지나치다 할 것이다.

그러나 신현중은 백석을 절친한 친구라고 분명히 글을 남겼는데, 앞에서 간단히 논급했지만, 다시 강조하면 6 · 25전쟁이 일어나기 전인 1949년 4월 05일에 발행된 《嶺文》 7집에 〈서울文壇의 回想〉을, 위랑(韋郎, 본명 愼弦重)의 글을 읽으면, 백석을 아끼는 자상한 글들에서 구체적으로 나타나 있다. '란蘭'이라는 애칭을 신현중의 글에서 먼저 발견되는데, 백석도 똑같은 애칭을 사용했음을 알 수 있다.

신현중, 박경련 부부

그러나 많은 추측을 불러일으키는 것은 첫 번째, 신현중과 김자옥(김준연金俊淵의 딸)과의 약혼에서 파혼이 가져온 이미지가 어두운 데서 비롯된 것으로 보인다. 두 번째는 허구적인 스토리라도 누구든지 흥미로운 러브스토리로 전개하는 과정에서 부풀려 회자했을 가능성도 배제할 수 없다. 그러나 박경련朴璟蓮은 그의 당질 박형균朴炯鈞에게 구술했을 때도 "백석과의 스캔들은 전혀 없었다"는 것이다. 역시 필자에게도 본인(박경련)이 구술한 내용은 "백석과의 스캔들은 전혀 없었다"고 단호히 잘라 말했다.

그렇다면 필자보다 몇몇 분의 현지답사에서 당사자(박경련)와의 구술을 채록한 녹음 또는 이에 상응한 증빙자료를 갖고 있다면 이제부터는 구체적으로 필자와 함께 대화할 필요가 있을 수 있다. 아울러 지금도 인터넷 바다에 떠도는 가짜 스토리 즉, 오류를 둘러싸고 떠도는 좀비의 글들을 믿는 자가 다수이기 때문에 이런 오류를 분명히 지적하였음을 밝혀 둔다.

또 하나의 문제점은 신현중의 수필집 재판 단행본 《두멧집》(1993. 10) 뒷장에 그의 연보를 보면 출옥일이 '1936년'이라고 기록되어 있고, 1936년 출옥, 2개월 후부터 조선일보사에 입사로 기록되어 있다.

그러나 '1935년 5월 24일부터 동년 6월 01일까지 《조선일보》에 발표한 수필들이 있다. 재판 성격인 그의 수필집 《두멧집》(1993. 10)에 추가함으로써 조선일보사에 입사한 연도가 틀린다. 바로 잡아야 하는 증거로 보인다. 바로 2010년도에 펴낸 《朝鮮日報 90년사. 上. 1920~1964》에 등재된 신현중愼弦重의 입사 연도는 1935년도이기 때문이다.

따라서 신현중의 연보는 전면 보완할 필요성을 느끼며, 백석의 시에 담긴 방언 해석도 오류27)가 많아 당연히 재해석되어야 함으로써 앞으로의 과제로 남긴다.

끝으로 민경탁에 따르면 백석 시인이 북한에서 쓴 시와 수필 54편이 확인되었는데 강압 또는 살기 위해서인지 북한 체제 찬양, 수령 찬양, 원수님 찬양 그리고 미국과 박정희 타도 내용이 있었고, 백석의 고향 선배 이석훈에게 남한 혁명 대열 가담 권유, 그의 친구 신현중에게도 봉기할 것을 권유한 서간체형 산문도 있다는 것이다(《조선일보》 104, 2004. 03. 09(토) B10 조선일보 전면광고에서 발췌함).

☞ 출처
1회 발표는 2017년 월간 《시문학》 11월호, 통권 556호, pp.102~115.
2회 발표는 2017년 월간 《시문학》 12월호, 통권 557호, pp.97~110.
3회 발표는 2018년 월간 《시문학》 01월호, 통권 558, pp.80~94에 연재마침.

☞ 참고 문헌
○ 愼弦重, 《두멧집》(靑羽出版社, 1954. 10. 01), p. 146.
○ 朝鮮日報社, 《朝鮮日報90년사.上1920~1964》(2010).
○ 愼弦重, 《두멧집》(언어문화사, 1993. 10. 15), p. 270(하드커버).
○ 李東洵, 《白石詩全集-附·散文》, 창작과비평사, 1987. 11. 11.
○ 金澤東, 《白石全集-현대시인연구 16》, 새문사, 1990. 03. 07.
○ 박혜숙, 《백석》, 건국대학교출판부, 1995. 01. 10.
○ 정효구, 《백석-현대시인연구 14》, 문학세계사, 1996. 05. 08.
○ 고형진, 《백석-새미작론총서 4》, 새미, 1996. 12. 15.

27) 백석, 〈넘언집 범 같은 노큰마니〉에 나오는 '집에는 언제나 센개같은 게산이가'에서 '센' 개는 털이 희여 진 '흰 개'가 아니고, 겁 없이 달려드는 등 '세다'라는 뜻이다. 왜냐하면 '게사니'는 '거위'를 말하는데, 옛날에는 개보다 강하여 도둑 침입을 잘 방어하여 거위를 집에 키우기도 했다. 또 통영지방에서도 거위를 게사니라고 불렀다. 청마 시에도 '게사니'가 나온다. 위의 글 앞에 이미 지적한 방언은 여기서 생략한다.

○ 김재용, 《백석전집》, 실천문학사, 1997. 09. 10.

○ 김선식, 《나와나타샤와 흰 당나귀》, 다산북스, 2005. 04. 09.

○ 소래섭, 《백석의 맛》, 프로네시스, 2009. 12. 05.

○ 송 준, 《시인 백석 1》, 도서출판 흰당나귀, 2012. 09. 05.

○ 송 준, 《시인 백석 2》, 도서출판 흰당나귀, 2012. 09. 05.

☞ 부록

1. 제1차 당사자(박경련)가 필자에게 보낸 서신 1통.

2. 제2차 당사자(박경련)가 필자에게 보낸 서신 1통.

3. 당사자(박경련)가 필자에게 보낸 서신 육필 영인본 각각 1통.

4. 당사자(박경련)가 필자에게 선물한 서예가 청남菁南 오제봉吳齊峯 선생 서예 1
   점.(〈山高水長〉 원본은 사단법인 한빛문학관 수장고에 소장하고, 복사본 첨부)

5. 당사자(박경련)가 전 서정귀 국회의원 타계를 추모키 위해 직접 쓴 추모시追
   慕詩(붓글씨-복사) 1점.

제1차 당사자(박경련)가 필자에게 보낸 서신

車 先生님 귀하

李錫雨* 先生님과 여러분께서 來訪해 주신 일. 우리 집 先生님에겐 다시없는 生氣를 가져다 주셨습니다. 昨年 1년 동안 자리에 누워 來달에 몇일(며칠)뒤에는…하고 죽음에 관한 것만 생각하고 계시던 분이 先生님께 서 오셔서 그림을 정리하시고 가신 뒤에 먹을 갈아 붓을 들게 되었으니~ 정말 고마운 일이 였습니다. 先生님의 그 純潔하신 마음 亦是 詩를 생각 하고 쓰는 분이라 느끼는 바 다르시다고… 感激했습니다. 人生의 오고 가 는 理致를 아시는 교장선생님의 시라 갈 때가 되었으니 가야한다고 갈 날 을 기다리고 누워계셨는데~

선생님의 착하고 아름다운 마음씨에 껄려(끌려-필자) 다시 화선紙를 펴시 게 되었으니~

정말 고맙습니다

외로운 老人에게 多情한 젊으이의 사랑이 그 어느 藥보다도 生氣를 불 어 넣으주는것을 實感하였습니다. 先生님의 그 마음씨에 무었(엇)으로 報 答 해야 할지

先生님의 건강과 宅의 福樂을 祈願합니다. (당시 글 모양새 그대로 이기함)

* 발신 봉투에는 '市內 道南洞 四七0 박경련(신교장 家人)'
   소인 일자: 1980. 01. 16.

* 이석우李錫雨: 호는 청초靑艸, 6·25전쟁으로 인해 서울미대 중퇴/통 영중학교 신현중 교장 재직 당시 미술 교사이며/부산 대신중학교로 전보/ 동아대학교 출강/전공은 동양화(현 한국화)로서 서민들의 애환을 중점적으 로 그린 화가로 유명함.

제2차 당사자(박경련)가 필자에게 보낸 서신

오랜ㅅ동안 積阻 했읍니다
우리들의 삶이란 마음의 활동 아니겠읍니까
恒常 선생님에게 對한 죄송한 마음
각금 각금 머리를 들고 일어 날 때 마다
오늘도 꼭 편지 드려야지 하면서도 못하고
오늘까지 遲延 된 일 용서를 빌 뿐입니다
왼지 今年은 더 빨리 넘어가는듯 어느새
봄이, 여름이. 다 가고 仲秋節이 닭아(다가와—필자)
왔네요 昨年 이맘때는 계셨던 분이
"去者는 日疎"*라 했건만 季節이 바뀔
때마다 문덕 문덕 回想 되옵니다.
그를 때마다 多情 하게 오셔서 보삷혀
주시던 先生님
을 잊을 수 없읍니다
마음은 사람속에 자리잡고 있는
사람이겠읍니다 억만 가락의 絃으로
울리는 우리들의 마음. 제 自身인들
잴수 있겠읍니까 정말 고마웠읍니다
約束드린 吳齊峯先生님의 筆跡, 마음에
드실런지요? 先生님의 表具 해 주신 병풍은
오래오래 先生님 祭단을 장식하여
車 先生님을 기리 잊지 못할 것이외다
항상 表具代를 치뤄야지 하는 마음이
옵니다. 건강하소서 1981. 8. 31 박경련
(당시 글자체 그대로 이기함)*

'去者는 日疎':죽은 사람에 대하여서는 날이 갈수록 잊어버리게 된다는 뜻(필자).

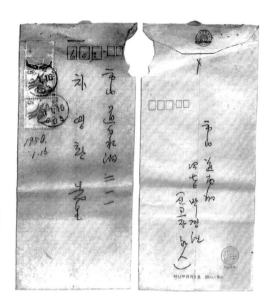

1980.01.16.
박경련 사모님이 보낸 편지 겉 봉피

1980.01.16.
박경련 사모님이 보낸 편지

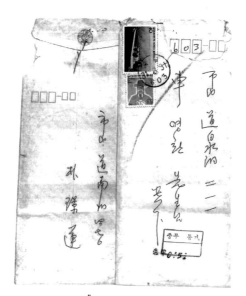

1981.08.31
박경련 사모님이 보낸 편지 겉 봉피

1981.08.31.
박경련 사모님이 보낸 편지

당사자(박경련)가 필자에게 선물한 서예가 청남菁南 오제봉吳齊峯 선생 서예 1점.

〈山高水長〉 원본은 사단법인 한빛문학관 수장고에 소장하고, 복사본 첨부)

당사자(박경련)가 전 서정귀 국회의원 타계를 추모키 위해 직접 쓴 추모시追慕詩

(붓글씨-복사) 1점. (박경련 사모님의 당질 박형균 제공)

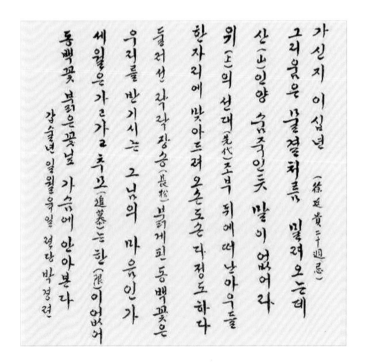

이상李箱 시인의 현주소를 폭로한 시, 〈絶壁〉

1.

이상(李箱, 본명 金海卿, 1910. 08. 20~1937. 04. 17) 시인이 발표한 시 중에 〈危篤〉(《朝鮮日報》, 1936. 10. 04) 시제 안에 연작시, 〈禁制〉(《朝鮮日報》, 1936. 10. 04), 〈追求〉(《朝鮮日報》, 1936. 10. 04), 〈沈歿〉(《朝鮮日報》, 1936. 10. 04), 〈絶壁〉(《朝鮮日報》, 1936. 10. 06), 〈白晝〉(《朝鮮日報》, 1936. 10. 06), 〈門閥〉(《朝鮮日報》, 1936. 10. 06) 등 여섯 편 등이 있다. 같은 달인 1936년 10월에 제5집(p.23 참조)으로 보는 《三四文學》에 발표한 초현실주의적인 시, 〈I WED A TOY BRIDE〉가 발표되었다. 종전의 포멀리즘과 다른 초현실주의적 시에 주목할 수 있다(《초현실주의 시와 시론-초현실주의 수용과 《三四文學》 시 중심으로》, 차영한 지음, 한국문연, 2011. 07, pp.79~113 참조).

그렇다면 같은 해 10월 전후로 모두 11편이 발표된 것으로 보인다. 이에 따라 1936년도는 자신의 육친과의 관계가 연관된 긴장의 해라고 볼 수 있다. 자의식의 긴장에서 오는 깊은 상처(trauma)가 악화가 되는 시기로 보인다.

이러한 증후는 그의 지병인 폐병으로 인한 신체적인 악화일 수도 있다. 또는 생명의 유한에서보다 양자로서의 큰아들 역할론에서 심한 고통과 갈등의 소용돌이는 혈육적인 현상과 심리적 착시현상(Psychological optical illusion)이 겹쳐질 수 있다. 그보다도 1934년에 카프동맹이 일망타진되었고,

1935년 일제가 군국주의로 전환하면서 아나키스트 일제 검거에 돌입했을 때이기에, 특히 아나키즘(본래의 뜻은 저항주의)을 정치적 선동 무기로 무정부주의라는 인식적 오류를 남발하여 본격적인 검거에 나서면서 1935년과 1936년부터는 숨 가쁜 기간이 연속되었다. 만주에서 이육사 시인이 검거되고, 청마 유치환이 1936년 01월 《조선문단》에 〈깃발〉을 발표했던 해이기도 하다. 어쨌든 군국주의로 전환된 시점에 쓴 연작시 〈危篤〉은 어쩌면 이상의 신변적인 작품이 아닐 수 있다.

특히 본고 필자가 최초로 제시한다. '식민지 스트레스'라고 명명하고 싶다. 국권과 나라를 빼앗긴 심적인 고통과 착취에 시달리는 일제식민지 치하의 궁핍에서 나타나는 마음이 곧 살아가는 도리에서 생태가 갖는 욕망이 결핍될 때 나타나는 본능적 현상(instinctive phenomenon)이 아닐 수 없다고 본다.

이러한 애매모호한 시가 갖는 심리적 메커니즘에서 보면 주체主體의 관계를 자체의 안과 밖에서 상징적으로 각인시키는 등 절박함을 더 존재적 상실로 자초할 수 있게 하는 현실을 노골적으로 드러내고 있다. 따라서 그의 작품 세계 현실은 환상을 통한, 이런 낯설고 친숙한 동일시 외부에 있는 실재계, 즉 죽음이면서 삶이 어느 정도 구체화하면서 호흡이 빨라지는 것을 볼 수 있다. 따라서 정신착란에서도 발생되는 어떤 애도를 통한 숭고함의 승화에서 탈승화를 불러오고, 혈육의 상징성과 실재계 사이를 순환하는 주체의 세계를 귀환시키고 있다.

2.

이와 연관된 다음과 같은 심각한 이상의 시 〈絶壁〉에 관한 시 세계를 살펴보기로 하겠다. 이상이 당시 시를 쓴 원전과 그 글은 현재에 사용하는 글체를 괄호 안에 묶음으로써 풀이할 때 쉽게 이해코자 하겠다.

꽃이보이안지는다.(꽃이 보이 안 자는다.) 꽃이香기롭다.(꽃이 香기롭다.)
香氣가滿開한다.(香氣가 滿開한다.) 나는거기墓穴을판다.(나는 거기
墓穴을 판다.) 墓穴도보이지안는다.(墓穴도 보이지 않는다.) 보이지안
는墓穴속에나는들어안는다.(보이지 않는 墓穴 속에 나는 들어앉는다.) 나
는눕는다.(나는 눕는다.) 또꽃이香기롭다.(또 꽃이 香기롭다.) 꽃은보이안
지는다.(꽃은 보이지 않는다.) 香氣가滿開한다.(香氣가 滿開한다.) 나
는이저버리고再차거기墓穴을판다.(나는 잊어버리고 再차 거기에 墓穴을
판다.) 墓穴은보이지안는다.(墓穴은 보이지 않는다.) 보이지안는墓穴로
나는꽃을깜빡이저버리고들어간다.(보이지 않는 墓穴로 나는 꽃을 깜박
잊어버리고 들어간다.) 나는정말눕는다.(나는 정말 눕는다.) 아아, 꽃이또
香기롭다.(아아, 꽃이 또 香기롭다.) 보이지도안는꽃이−보이지도안는꽃
이.(보이지도 않는 꽃이−보이지도 않는 꽃이.)

　　　　　　　　　　　　−시 〈絕壁〉, 발표지면:《朝鮮日報》, 1936.10.4.

※ 일부 연구자는 원문 "꽃은보이안지는다"는 시구詩句를 오식된 것
　으로 각주를 달았지만, 그때의 지방 방언 사용으로 보아야 할 것
　이다. 즉 언어의 독특함은 '꽃은 보이안 지는다'라고 토속적인 발음
　이라 할 수 있다. 따라서 오식이라고 단정할 수 없을 것이다. 그러
　므로 본고 필자는 원전대로 옮겨놓았다.

　위의 시 〈絕壁〉은 심기 불편한 삶(에로스)과 죽음(타나토스) 충동을 형상화
한 것으로 보인다. 삶의 막다른 골목 앞에 놓인 절벽에 부닥친 것이다. "꽃
이 보이지 않는다"는 다음 시구가 걸친 사후 유령감각이 동원되듯 "꽃이 향
기롭다"라는 후각적 분열, 즉 일종의 위독함을 보여주는 것 같다. 말하자면
삶 자체가 향기요 향기가 꽃이라는, 즉 "향기가 만개한다"고 형상화한다. 삶
자체가 갖는, 앞에서 논급한 혈육의 현상, 즉 본능적 현상이 겹쳐진다.
　그렇다면 현실은 절벽이지만 그 절벽을 해체하기 위해 묘혈을 파내고자 한
다. 삶의 구멍을 파기 직전 정신의 밝고 안정성을 형상화하고 있다. 죽음은
자연의 질서라는 것을 확인시켜 준다. 그러나 어둠이 뒤섞는 무질서인 절벽
을 타나토스로 보기 때문에 타나토스 자체를 묘혈로 환치換置시키고 있다.
　삶의 향기가 꽃으로 만개하니까 "거기(향기) 묘혈을 판다"는 것은 삶의

본능을 지칭한다. 그러나 그러한 삶의 치열성을 보여주지만 "묘혈도 보이지 않는다"는 막막함을 토로하고 있다. 막막한 절벽 같은 삶이 보일 수 없다. 보이지 않지만, 삶(묘혈)을 헤쳐 나가려면 죽음(묘혈) 안으로 들어가야 한다는 결심을 표출하는 것 같다. 그래서 "보이지 않는 墓穴 속에 나는 들어앉는다"는 것이다.

만물의 근원인 죽음의 한가운데, '죽음 충만'과의 대결을 적시한 것 같다. 죽음이 눕는 것처럼 가열苛烈한 삶을 죽음과 동일시해 본다. 따라서 "나는 눕는다"는 것이다. 바로 그 자리에 "또 꽃이 香기롭다./꽃이 보이지 않는다./香氣가 滿開한다"는 것이다. 죽음은 곧 '꽃'이다. 죽음의 향기를 스스로 갖는다. 죽음이 아름다운 미학이기 때문이다.

그러나 '꽃'이 보이지 않는다고 한 대목에 주목하지 않을 수 없다. 이미 "거기", 즉 죽음(deja-lá)을 그대로 보여준다. '거기'는 앞에서 지적한 심리적 착시현상(Psychological optical illusion)에 사로잡힌 것을 적나라하게 형상화한 것이다. 구멍이며, 트라우마(trauma)요 해골인 실재계(일상적인 대상이나 사람들로 이뤄진 실재성이 아니라 이런 낯선 친숙한 동일시 밖에 놓여 있는 것. 주체에 있어서의 실재계는 부과된 규정에 무의식적으로 저항하는 것을 말함)를 보여준다.

이러한 조소와 불안한 현상은 실재계가 주이상스(Jouissance, 프랑스어)를 동반하는 한 죽음을 사랑하는 삶의 본질이기도 하다. 다시 말해서 죽을 줄 뻔히 알면서 죽음 같은 행동을 하는 삶을 통해 성취감을 얻어내려고 안간힘을 다하는 것이다. 어쩌면 통쾌감을 통한 서늘한 희열은 인간의 본능적 현상이기에 그래서 "나는 잊어버리고 再차 거기 墓穴을 판다./墓穴은 보이지 않는다./보이지 않는 墓穴로 나는 꽃을 깜박 잊어버리고 들어간다/나는 정말 눕는다"는 것은 허기진 패배감을 잘 알려주기도 한다. 솔직히 절벽 안에서도 극복하지 못한 절망, 즉 절벽이 있어 거기에서 눕고 만다. 극복하지 못한 인간의 한계점 앞에서 포기하고 만다.

절벽은 곧 죽은 자를 기다리는 곽槨이라고 할 수 있다. 예부터 곽은 집이라고 불렀다. 바로 절벽은 죽음을 만나는 삶의 현주소다. 이상 시인의 절박한 현주소를 밝히고 있다. 그러나 프로이트가 말한 '원초적 장면'에서도 인간의 끈질긴 인내와 극복 정신을 포기해서는 안 될 것이다. 그때 알고리즘(algorithm)이 존재한다. 어떤 문제를 해결하기 위한 절차 방법 명령어들이 작동할 수 있다. 위에서 제시한 죽음을 극복해야만 살 수 있다. 사선死線을 넘어서야 존재한다. 존재는 삶과 죽음이 공존하기 때문에 꿈과 현실을 구분하여 준다. 무위無爲를 실천하는 것이 곧 삶과 죽음의 도道이기 때문이다. 아바타는 그때 나타나는 것이다.

그렇다면 시대 배경에서 살펴보아도 이 시는 일제강점기의 현주소를 형상화한 작품일 수도 있다. 암울한 시대상時代相을 절벽으로 형상화했다고 본다. 주체에 있어서 자체의 안과 밖의 타율에 무의식적으로 저항하는 것이다. 죽음 속에서 삶을 찾는다는 저항적인 메시지이기도 하다. 바로 절망과 분노를 파내어도 삶(꽃)은 보이지 않았다. 그러나 삶은 죽음의 꽃으로 유혹(향기)한다. 온통 사방의 유혹(향기)은 삶(꽃)을 보여주고 있다. 그러나 향기를 파헤쳐도 꽃은 보이지 않는다. 그럴수록 묘혈을 또 판다. 향기(삶)를 깜박 잊는 동안 비로소 나는 눕는다. 주검(시체)을 보여주는 것이다. 그러므로 "아아, 꽃이 또 香기롭다./보이지도 않는 꽃이-보이지도 않는 꽃이"라고 반복적으로 절규하면서 죽음(삶)을 향기롭다고 감탄사를 토해낸다. 살고 싶어 몸부림친다.

인간의 생사 고통을 처절하게 형상화한 작품이다. 살면서 막막할 때를 절벽이라고 한다면 그 절벽은 향기롭다는 이상 시인의 호소력은 일제강점기의 압박과 설움을 형상화한 작품이다. 현재도 우리를 전율하게 하는 그때 현주소를 정확히 적시하고 있다.

3.

이 시는 다의성을 갖는, 삶의 고통과 죽음의 필연성을 잘 형상화된 작품이다. 자아의 정체성을 내세우고 꽃과 향기, 묘혈을 다다 콜라주 하는 거기, 죽음(deja-là)을 형상화한 기법은 숨기는 문학의 본성을 제시하고 있다. 일제강점기 시대의 제국주의에서 군국주의로 전환하는 긴박한 흐름을 그의 연작시 〈危篤〉을 통해 형상화한 작품이다. 어쩌면 '참여시'적인 총 여섯 편은 톤 색깔을 가족사에 위장하는 등 달리하는 작품을 발표했는데, 그 작품 중에서도 〈絕壁〉은 군국주의로 전환되는, 긴박하게 굳어진 한 시대, 즉 절벽을 통해 삶과 죽음의 본질을 적시하고 있다. 그 절벽 속에서 꽃의 비명이 들리고 있다.

그러나 엘뤼아르의 시 〈바위〉의 시상을 떠올릴 수 있다. 전혀 다를 수 있으나 살펴보면 "나는 인간이었다/나는 바위였다/나는 인간 속의 바위 바위 속의 인간이었다/(…) 추위 속에 피는 꽃 태양 속의 강/(…)/우애롭게 고독하고 우애롭게 자유로운" 등 끝 행에서는 "아아, 꽃이또香기롭다. 보이지도 안는곳이 – 보이지도안는곳이."와의 흐름이 유사하다.

이러한 시적 경향은 '영국의 형태주의의 후반기가 초현실주의를 모더니즘에 포함 시킨' 시기 작품에서도 나타나는 글쓰기 체인 것 같다. 또 심리적인 작품으로 보이는 것 같지만, 다다이즘의 기법 중 반복적이면서 시가 갖는 패배주의적인 면을 표출한 작품이면서 낭만주의적인 퇴폐 작품이기도 하다.

일제강점기에 처한 식민지의 모습을 보여준 작품으로도 손색이 없지만, 만약에 묘혈에서도 꽃이나 향기가 만개하여 주체를 해방하여 준 꿈과 현실을 획득한 세계가 우리 민족의 투지가 더욱더 승화될 수 있었다 함이 아섭다. 이런 경우, 희망과 꿈이 전제되었다면 초현실주의적인 작품일 수 있다. 삶은 곧 죽음에 그치는 등 어두운 그림자가 드리우는 질서에서도 향기로 남고 싶어 하는 것이 인간의 본성이 있기 때문이다. 주체의 세계를 귀환시켜야 한다. 우리 민족의 끈질긴 인내를 형상화했더라면 현재에 사는 우리의 희망과 꿈일 수도 있다. 따라서 초현실주의적 작품보다는 시의 기법 면에서는 볼 때 파괴적이거나 허무주의를 앞세운 다다이즘 경향적인 작품이라고 할 수 있다.

이상李箱 시, 〈I WED A TOY BRIDE〉 재해석

1.

앙드레 브르통(André Breton, 1896~1966) 계열의 초현실주의(Surréalisme 이하 쉬르(Sur)-필자)는 형식주의적인 모더니즘을 반대했던 비판적 아방가르 드라고 할 수 있다. 이러한 아방가르드를 주도한 브르통은 쉬르를 신비한 꿈 과 절대적 현실(초월하는 현실이 아님)의 모순적 융합이라고 지적하고 있다. 우연 일치에서 경이로움으로 획득되는 괴기성(the uncanny), 마술의 비결, 즉 초현실적인 이미지가 '자동기술自動記述'과 '꿈의 기술'을 강조하고 있다. 그 러면서 에로티시즘, 유머, 비순응주의를 요구하고 있다. 작품론에서는 '헤겔 의 변증법'이 제공되었지만 해방된 상상력이 갖는 정신착란을 일으킬 수 있 을 만한, 즉 '편집병적 비평방법'에서 재 창조어만이 쉬르(Sur)의 핵심이라는 것이다. 예를 들면 이질적으로 기만하는 이미지들이다.

그렇다면 쉬르가 일본으로부터 우리나라에 수용될 때는 이반 골(Yvan, Goll, 1891~1950) 계열이라 할 수 있는데, 니시와기 준사부로[西脇順三郎]와 하루야마 유키오[春山行夫]가 주지주의와 이미지즘을 혼합한, 즉 영국의 옥 스퍼드 모더니즘의 변형인 형태주의에서 후반기는 초현실주의를 모더니즘에 포함시킨 '일본식 초현실주의(본고 필자 주장)'라 할 수 있다. 한편 쉬르를 담론 하는 일부 연구자들은 트리스탕 쟈라(Tristan Tzara, 1896~1963)가 주도한 다 다이즘(Dadaism)과 혼류한 채 현재도 다다이즘을 쉬르라고 해석하는 경우가 상당하다고 본다. 그러나 큰 흐름을 짚어 보면 브르통 계열의 쉬르레알리슴은 현실과 꿈을 결합하는 반면, 다다이즘은 본질적으로 허무적이거나, 격렬한 파괴를 목적으로 선동하고, 자폐와 패배주의적인 역설로 사회적 변혁을 요구하는 데 그 차별성이 뚜렷하다 할 것이다.

2.

그렇다면 이상(李箱, 본명 金海卿 ; 1910. 08. 28~1937. 04. 17)의 시들은 어떻게 보는가? 필자는 입체파, 미래파를 비롯하여 혼성된 다다이즘적인 세계와 포멀리즘(Formalism, 형태주의)이라고 본다. 따라서 모더니즘의 범주에 포함시켜 독창적인 '이상문학'으로 분류하여 보았다. 그러나 그가 발표한 시 작품 중에서 초현실주의적 경향 시로 보이는 한두 편의 작품을 발견할 수 있다. 그것은 현실과 꿈을 함의하고 있다. 즉, 1934년 8월 4일《朝鮮中央日報》에 발표한〈烏瞰圖-詩第十二號〉, 그리고 동인지《三四文學》(1936) 제5집에 발표된 이상의 시,〈I WED A TOY BRIDE〉등 두 편에 불과하다.

그중에서도 필자는〈I WED A TOY BRIDE〉는 최초로 원전과 차이가 있는 오류를 지적했다. 그것은《李箱文學全集 1》(2003. 10)을 펴낸 '문학사상사'에서 옮겨 쓰는 과정에서인지,《三四文學》(1936) 제5집에 발표한 '이상李箱의 시'라는 것을 밝히지 않았으며, 임의대로 글자 띄어쓰기, 연聯을 배치한 등 오류를 볼 수 있다. 현재도 간과되고 있지만, 앞으로의 정정訂正을 위해《三四文學》제5집에 있는 원전 그대로 다음과 같이 옮겨 보았다. 다만 원전에는 우측에서 세로쓰기로 되어 있으나, 좌측에서 가로쓰기하였음을 밝혀둔다. 그러면 이 시에 대하여 심리적 메커니즘 분석으로 접근해 보기로 하겠다. 문장은 당시 그대로 옮긴다.

I WED A TOY BRIDE

1 밤

작난감新婦살결에서 이따금, 牛乳내음새가 나기도한다. 머(ㄹ)지아
니하야 아기를낳으려나보다. 燭불을끄고 나는 작난감귀에다대이고 꾸
즈람처럼 속삭여본다.
「그대는 꼭 갓난아기와 같다고……
작난감新婦는 어둔데도 성을 내이고대답한다.
「牧場까지산보갔다왔답니다」
작난감新婦는 낮에 色色이風景을暗誦해갖이고온것인지모른다. 내
手帖처럼 내가슴안에서 따끈따끈하다. 이렇게營養分내를 코로맡기만
하니까 나는 작구 瘦瘠해간다.

2 밤

작난감新婦에게 내가 바늘을주면 작난감新婦는 아모것이나 막 찔른
다. 日曆. 詩集. 時計. 또내몸 내 經驗이 들어앉어있음즉한곳.
이것은 작난감新婦마음속에 가시가 돋아있는證據다. 즉 薔薇꽃처
럼……
내거벼운武裝에서 피가좀났다. 나는 이傷차기를곷이기위하야 날만
어두우면 어둠속에서 싱싱한蜜柑을 먹는다. 몸에 반지밖에갖이않않
은 작난감新婦는 어둠을 커틴열듯하면서 나를찾는다. 얼른 나는 들킨
다. 반지가살에닿는것을 나는 바늘로 잘못알고 아파한다.
燭불을켜고 작난감新婦가 밀감을찾는다.
나는 아파하지않고 모른체한다.
　　　　　　　　　−李箱,《三四文學》제5집, 1936. 10, p.23. 전재.

　상기 작품의 흐름을 보면 '나는 장난감 신부와 결혼한다'는 뜻으로, '1
밤'과 '2 밤' 등 두 편으로 나누어진 연작시 형태다. 시의 특성은 대상을
이질적 비유법으로 형태를 내세우면서 심리적 자동성을 엿보이게 한다.
시의 전개 방법은 현재 진행형을 띠고 바깥에 나온 무의식이 오히려 의식
적으로 또 하나 자아와의 담론으로 된 서사구조이다. 즉, 두 기표 사이에서
한 기표의 연쇄 속의 자리를 차지하는 관념적인 언어들이 상반된 현실을

충동질하고 있다. 상상력을 유발하도록 이미지들을 기만시키고 있는 등 콜라주와 몽타주의 기법이 동원되고 있다. 이에 따라 연관성 없는 두 개의 모순적인 이미지들을 충돌시키는 등 비범한 대상을 병치시키고 있다. 감성과 이성의 충돌이라 할 수 있다. 따라서 이마고(Imago)적이라 볼 수 있는 자기애적인가 하면 겹쳐지는 이미지들은 환상적이며 섹슈얼리틱한 시각으로 이끄는 초현실주의적인 작품이라 할만하다.

첫 번째, 작품 '1 밤'을 보면 '신부 살결, 우유 냄새, 아기 낳는 것, 촛불, 성냄, 목장, 색색이 풍경암송, 수첩, 영양 분내' 등 이질적인 단어들이 연관되면서 전혀 다른 은유로 나타나고 있다. 가짜끼리의 진짜라는 병리의 핵심을 표출하는 이미지들은 거울 효과를 보여주고 있다. 그런데 이러한 자화상적인 단어들은 초저녁이나 새벽에 배달되는 우유 냄새처럼 신선하고 생동감이 넘쳐흐른다. 그렇다면 도대체 이상李箱에게 장난감 신부란 무엇인가? 그의 시 〈이 兒孩들에게 장난감을 주라〉에서 나오는 아이들이 가져야 하는 장난감이기도 하다. 말하자면 가짜로 만들어진 이미지가 갖는 환상을 벗어나게 현실적 역설이라 할 수 있다. 성인을 아해들로 보는 해학까지 삽입하고 있어 퍽 감미롭기까지 하다.

이에 따라 장난감 신부는 생명체로 회귀한 순수한 자아를 일컫는다. 순수한 자아를 만났을 때 의미는 다의적인 긴장성을 갖는다. "이렇게營養分내를 코로맡기만하니까 나는 작구 瘦瘠해간다"는 것은 현실에 처해 있는 이상의 이중적인 심리 현상이 나타난다. 순수한 자연이 내뿜는 생명력의 향기를 후각을 통해 흡입함으로써 오히려 아집(이데올로기)은 야위어 간다는 것이다.

심리학에서 보는 정동적 표현(affective expression)의 본성이 나타나는, 정반대적이면서 연관되는 시각 차이의 인식이 존재하는 것을 보여준다. 그러면서 촛불을 끄고 "그대는 꼭 갓난아기와 같다고…" 속삭이듯이 멸시와 조롱을 보낼 때 장난감 신부가 성낸다는 것은 오인하는 자아에서 스스로의 처지에 저항하는 것이다. 목장까지의 낮 산보에서 색색의 풍경을 암송해 가지고 왔을 때 수첩처럼 따뜻한 가슴인 순수한 자아가 구태의연한 이상李箱의 모습을 싫어하기 때문이다. 이 대목에서 주목할 것은 생명체가 없는 인형을 꼭두각시에 불과하다고 보았지만, 가깝게 할수록 생명을 갖고 오히려 성냄을 보이면서 현실과 결합하는 이미지를 발견할 수 있다. 1인칭, 2인칭, 3인칭을 갖는 내러티브 형식의 페미니즘 냄새를 풍긴다. 욕구의 분열이 갖는 오브제 α들이 윤리적 회귀로 묘사되는 등 아이러니를 보여주고 있다. 바로 파편화된 페티시(fetish)가 갖는 야릇한 원시적인 혼돈과 섹슈얼리틱한 관능을 보여주고 있다.

국부를 가리던 '무화과 나뭇잎' 시대를 연상케 한다. 바로 브르통의 소설 《나자, Nadja》를 떠올릴 수 있다. 브르통의 이상적理想的인 여성상은 《초현실주의 혁명》 제9-10호(1927) 표지에 실린 '여자-아이(Femme-enfant)'였다. 이 여자아이를 통하여 상상을 열고 경이로움 속에서 현실과 꿈 사이의 교류가 성취되면서 억압된 욕망을 해방시켜 준다고 볼 수 있다.

이러한 배경은 프로이트(Sigmund Freud, 1856~1939)가 빌헬름 옌젠(Wilhelm Jensen, 1837~1911)의 단편소설 〈몽상과 꿈(Delusion and Dream)〉에 나오는 그라디바(Gradiva)의 걸음걸이를 폼페이 환상(A Pompeian Fantasy)으로 분석한 프로이트의 글에서 충격을 받은 브르통 계열의 초현실주의자들은 그 여자를 뮤즈로 칭송하던 데서 비롯되었다는 것이다. 뮤즈로 보는 여자아이와 이상의 장난감 신부는 베일에 가려진 여성이다. 베일은 유혹을 말한다. 자크 라캉(Jacques Lacan, 1901~1981)이 말한 "유혹이란 베일이요, 시선에 대한 응시의 승리에서 오는 것"이기 때문이다. 어쨌든 브르통의 소설 《나자》의 여자아이와 이상李箱의 장난감 신부는 너무도 흡사한 점이 발견된다.

두 번째 '2 밤'에서 이상은 장난감 신부에게 수수께끼 같은 바늘을 준다. 이 바늘은 어떤 것일까? 현실과 깊이 관련된 이성理性의 바늘로 볼 수 있다. 바늘을 주면 도리어 이상을 마구 찔러댄다. 그러니까 일력, 시집, 시계, 또 내 몸, 내 경험이 있는 곳, 즉 그간의 낡은 인식과 의식, 즉 약점인 외상(trauma)을 집적거리며 찔러대는 것이다. 평소 이상이 얄팍하게 갖고 있던 무장된 오성이 오히려 공격을 당해 "피가좀났다"는 것은 죽은 피를 흘렸다는 것으로 짐작된다. 장미꽃처럼 가시가 돋쳐 있는 장난감 신부는 순수한 자아로 투사投射하였기 때문이다. 그러면 싱싱한 밀감은 무엇일까? 감수성을 가진 장난감 신부는 하나의 생명체로 현현(顯現, epiphany)하여 생명이라는 밀감을 탄생시킨다. 그러나 이상은 어둠 속에서 밀감을 훔쳐 먹는다. 자신 속에 있는 노예 상태를 드러내지 않는 환유換喻를 보여주고 있다. 장난감 신부가 낳은, 아니 이상이 낳은 생명을 이상이 먹고 있다. 그로테스크한 카니발리즘이라고도 볼 수 있다. 즉 아나그램 기법이다. 동시에 블랙유머 같은 괴기한 호기심을 불러일으키는 것은 이 무장된 것이 상처를 착란시킴으로써 스스로 치유되는 현상이다.

몸과 마음(정신)의 동시성을 보여주고 있는데, 여기서 정신(spirit)은 생명을 부여한다 할 수 있다. 그러나 삶과 죽음의 순환을 보여준다. 상호작용하는 순수한 자연현상임을 알 수 있다. "날만어두우면 어둠속에서 싱싱한 蜜柑을 먹는다"는 것은 자연에 의해 이상의 몸은 회복되어짐을 암시하고 있는 것 같다. 장난감 신부가 "어둠을 커턴열듯하면서 나를찾는다"는 것은 건강을 체크하는 것이다. 여기서는 건강한 객체(밀감)가 주체(육체)로 전환한다는 것이다. 자아가 아니고 주체가 되는 것이다. 주체는 더 이상 주인이 아닌 타자가 주인이고 주인이 타자가 된 셈이다.

한편 장난감 신부의 반지는 무엇을 의미하는 걸까? 이상은 반지를 사랑의 연결고리(촛불, 혈액순환)인 증표(의지, 신념)임을 확인시켜 주는 것 같다. "몸에 반지밖에갖이지않은 작난감新婦는 어둠을 커턴열듯하면서"에서 발견되는 반지는 자연의 빛깔이다. 마지막 행에서 "燭불을 켜고 작난감新婦가 밀감을 찾는다"에서 그 반지가 살에 닿을 때마다 바늘로 잘못 알고 아파하는 것은 눈부신 빛살 때문일 것이다. 즉 무의식이 오인의 구조에 의존할 때 존재의 근간을 보여준다 할 수 있다. 바로 이 시가 주목하게 하는 것은 '1 밤'에서는 촛불을 껐지만 '2 밤'에는 촛불을 켜고 밀감(회복 또는 생동감)을 찾는 것이다. 그러나 아직도 일심동체에는 거리가 먼 순수한 자아를 가까이에 접근할 수 없어서 또 하나의 이상은 모르는 체하지만, 금세 들킨다. 바로 감추어진 오브제라 할 수 있다. 그러나 꿈(1 밤)과 현실(2 밤)에서 탄생하는, 변질된 오브제가 자동작용하는 상징적 오브제로 회복되는 생명력이야말로 절묘한 초현실주의적 기법이라 할만하다.

이 시가 '1 밤'과 '2 밤'이라는 밤에 대한 강렬한 의미를 제시한 이미지가 곧 환상일 수 있다. 환상은 이상理想과도 동일시하고 있다. 따라서 작금의 환상은 형체의 그림자인 환영에 불과한 것이 아니라 바로 이미지의 본질이 되고 있다. 바로 페티시즘 오브제다. 그러나 이상李箱은 순수자아와 현실을 나르시시즘으로 시도해 보았으나 도달하지 못한 것으로 보이지만 희망적이다. 인간은 그만한 가치가 있는 그 무엇을 지속시킨다는 환상을 품고 있으므로 꿈은 밤과 같이 괄호 속에 묶여지는 것을 보여준다.

브르통에 따르면 "인간이란 잠에서 깨면서부터 무엇보다도 자기 기억의 장난감이 돼 버리며, 정상적인 상태에서 기억은 꿈의 상태를 희박하게 재생시켜 주고, 기억은 모든 현실적인 중요성으로부터 꿈을 따돌린다." 말하자면 미셀 푸코(Michel Foucault, 1926~1984)가 지적한 불안한 징후를 보여주는 낯선 공간 '헤테로토피아(heterotopia)'이기도 하다. 동시에 벤야민의 알레고리가 일치하고 있다. 그렇다면 여기서는 일상에서 일탈한 해체와 재구성의 철학으로 들어갈 만하다.

2-1.

1937년 《朝光》 2월호에 발표한 소설 〈童骸〉 작품 세계는 그의 시 〈I WED A TOY BRIDE〉와 너무도 흡사하다. 내용을 일별하면 다음과 같다. "실로 나는 울창한 森林 속을 종일 헤매고 끝끝내 한 나무의 印象을 훔쳐 오지 못한 幻覺의 人이다. 無數한 表情의 말뚝이 共同墓地처럼 내게는 똑같이 보이기만 하니 멀니 이 奔走한 焦燥를 어떻게 점잔을 빼어서 救하느냐"라고 절규하고 있다. 물론 연구자의 관점에 따라 소설 〈童骸〉가 갖는 성격은 전혀 다른 세계로 해석할 수도 있다. 그러나 무엇보다도 이상은 순수한 자아의 탐구에서 스스로 '환각幻覺의 인人'이라고 자처하고 있다. 환상이 곧 자화상이요 이미지기 때문이다. 따라서 자신의 이미지를 투사하기 때문에 다른 지점에서도 자꾸만 똑같은 것을 보게 된다는, 바로 공동묘지 말뚝이가 해골처럼 보이는 혼란스러운 환각을 동원해 소원을 성취하려는 환각幻覺의 인人으로 각인刻印되었다는 것을 비춰주고 있다. 이미 지적된 초현실주의자들이 심리적 억압에 관한 원시성을 써 버린 '상징의 숲속' 환상을 표절한 것에서는 회의적이지만, 자신이 환각 인이라고 한 것은 그 불안은 현재도 진행형이다. 심리상태가 아우라에 지배되는 것은 이성에의 편향, 즉 불안한 시공에 놓여 있다는 것을 발견할 수 있다. 그의 〈幻視記〉(유고 소설, 1938)만 보더라도 환각을 더욱 뒷받침해 주는 데에서도 발견된다. 말하자면 인간의 인식 한계를 확장시켜 현실을 믿지 않는 정신착란처럼 상상력에 의한 환상을 수용에 그치지 않고 오히려 그것을 이용하여 외부세계와 내면세계의 대상들을 현실에서 유리시키려는 것을 발견할 수 있다.

그렇다면 자기의 환상과 동일시되어도 정상적인 행동을 다시 찾고 있는, 대부분 사람이 가질 수 있는 편집성적인(paranoid) 측면도 없지 않다.

3.

결론적으로 필자는 이상의 소설 〈童骸〉보다 그의 초현실주의적인 시로 보이는 〈I WED A TOY BRIDE〉가 오히려 백미로 본다. 왜냐하면, 장난감 신부라는 페티시(fetish) 대상이 경이로움을 빚어내는, 즉 꿈의 일부인 환상적인 역설과 해학을 원시적인 경외감으로 환치시키는 것이다. 내적인 자아의 통합성과 직접성을 재생하는 등 꿈과 현실의 세계를 넘나드는 정신, 의식 밖을 나서도록 무의식의 통증을 자유롭게 해방시키기 때문이다. 억압된 기호들은 성(性, 이상 문학의 성은 섹스보다 나르시시즘적임-필자)과 절망을 마치 에로티시즘적으로 표출하지만, 사실 그의 중층적 이미지는 유혹환상 중에서도 거세된 환상으로 볼 수 있다. 그것은 페티시적인 이중의식들의 이미지, 즉 데페이즈망(프랑스어로 낯설기-필자)적인 분열이 대립되어 다시 생성되는 것으로 보이기 때문이다.

끝으로 본고는 발표된 기존 연구 논문에서 그동안 새롭게 연구한 자료들을 통해 보정補正하여 다시 발표함을 밝혀둔다.

☛ 출처 : 2013년 12월 13일 금요일 오후 4시 창원시 사림동 '디미방'에서 경남
문학비평가협회 회의 때 발표

김경린 시인이 참여한 신시론·후반기동인 운동
-1948년 4월 20일부터~1953년 07월 27일

    1990년 어느 봄날 김경린(金璟麟, 1918~2006. 03. 30, 함경북도 경성鏡城 출생) 시인으로부터 전화가 걸려 왔다. 본고 필자의 연작시집 《섬》을 읽었다면서 현재 착량(鑿梁, 1924~1926 일제강점기에 건축한 해저터널 있음) 위에 위치인 '충무교(忠武橋, 運河橋, 구름다리 등 별칭)'와 인연이 깊다는 것이다. 1964년 철근 콘크리트 구조물인 아치형 현대식 교량으로 착공, 1967년 완공할 때(45~48세)까지 토목직으로 현장감독을 주도하는 등 깊은 연고가 있다는 것이다. 그뿐만 아니라, 시인으로서 신시론新詩論과 후반기동인後半期 同人이었다는 소식에 관심은 더욱더 높아졌다. 따라서 1948년부터 1950년 6·25전쟁 이후 1959년 《신시학》 제3호까지 출간하는 등 격동기의 공백을 메꾼, 모더니즘 활성화 운동에 참여하여 한국시사의 한 획을 그은 시인임을 알 수 있다.

    그는 1942년 일본 와세다대 토목과를 졸업하고, 또 1967년 한양대 토목공학과 졸업하였고, 1970년도에 서울대 행정대학원의 도시지역 계획학과 석사 과정을 수료했다. 광복 이후에는 서울시 수도과장, 건설부 국토보전국 도시과장, 수자원개발공사(산업기지개발공사) 이사 등을 역임하였고, 세기종합기술공사 대표 이사직에 있으면서 시작詩作 활동한 것을 알 수 있다. 특히 토목인으로 서울시의 상하수도 시설 현대화를 추진하는 데도 참여하였다.

    1939년 봄 《조선일보》에 시 〈차창〉 등 몇 편을 발표하게 된 계기로 당시 조연현(趙演鉉, 1920~1981, 함안 출신, 수필, 평론) 등이 활동하는 《시림詩林》 동인에 가담하여 제2집까지 참여하기도 했다는 것이다. 한편 《맥貘》

동인에 참여하였으나 일본 군국주의 체제에서 한글 말살 정책에 따라 출간이 어려운 처지가 되었다는 것이다. 1945년 8월 15일 광복이 되자, 후퇴기로 접어드는 생각에 모더니즘에 관한 활성화 의논이 있었는데, 동인들의 명단을 보면 김경린金璟麟, 박인환朴寅煥, 김병욱金秉旭, 김수영金洙暎, 양병식梁秉植, 임호권林虎權 등 6명의 모임이었다. 그들은 모더니즘 운동을 위한 1948년 《新詩論 1집》(都市文化社, 1948. 04. 20)과 이어서 1949년 앤솔러지 《새로운 도시와 시민들의 합창》(都市文化社, 1949. 04. 05)을 출간하였다.

그러나 1950년 6·25전쟁이 발발했다. 김경린의 주장에 따르면 부산에서 우연히 모인 김경린金璟麟, 박인환朴寅煥, 조향趙鄕 외에 새로 참가한 이봉래李奉來, 김차영金次榮, 김규동金奎東 등 6명이었다고 한다. 특히 부산에서 활동 중 당시 국제신보 문화부 기자 이진섭 도움으로《국제신보》사의 '주간 국제'에 〈후반기 특집〉을 엮어 발표함으로써 신선한 충격을 주었다.

그러나 1953년 07월 27일 휴전 이후 폐허가 된 서울에 돌아온 후에 후반기동인은 자연적으로 해체되었다. 그동안 'DIAL 그룹'이 새로이 구성되었는데, 김경린金璟麟, 김원태金元泰, 김정옥金正鈺, 김차영金次榮, 김호金浩, 박태진朴泰鎮, 이영일李英一, 이철범李哲範, 이활李活 등이 모여 사화집《現代의 溫度》(都市文化社, 1957)를 출간했으며, 1959년에는 《신시학》제3호까지 출간한 바 있었다는 것이다. 그 이후는 흩어져 각자 시작 활동을 하게 된 것으로 나타난다. 그 외 김경린의 주장에 따르면 일본에서 모더니즘 운동《VOU》동인으로도 참여하였다고 술회했다.

그렇다면 김경린 시인의 여러 작품 중에서도 《현대의 온도》에 발표한 시 〈국제열차는 타자기打字機처럼〉을 통해 시 세계를 간단히 살펴보기로 하겠다.

>오늘도 성난 타자기처럼
>질주하는 국제열차에

나의

젊음은 실려 가고

보랏빛

애정을 날리며

경사진 가로街路에서

또다시

태양에 젖어 돌아오는 벗들을 본다.

옛날

나의 조상들이

뿌리고 간 설화說話가

아직도 남은 거리와 거리에

불안不安과

예절禮節과 그리고

공포恐怖만이 거품 일어

꽃과 태양을 등지고

가는 나에게

어둠은 빗발처럼 내려온다.

또다시

먼 앞날에

추락墜落하는 애정愛情이

나의 가슴을 찌르면

거울처럼

그리운 사람아

흐르는 기류氣流를 안고

투명透明한 아침을 가져오리.

　－김경린, 〈국제열차는 타자기打字機처럼〉,《현대의 온도》, 도시
문화사, 1957, pp. 20~22. /〈현대의 온도〉,《한국모더니즘 시 운동 대표
동인 시선》, 도서출판 앞선 책, 1993. 09. 22, pp. 112~113.

　제목부터가 청년 시대의 톤을 갖고 국제적인 변화를 주도하는 국제열차
소리를 토해내고 있다. 타자기로부터 얻어내는 타성, 즉 능숙하게 다루는 타

자기를 빠른 속도로 다룰 때, 마치 열차가 질주해오며 덜커덕 덜커덕거리는 소리로 변주시키고 있다. 즉 의성어를 통해 동적인 긴장성을 고조시켜 주고 있다. 거기에다 국제열차라고 이름하여 노도처럼 밀려오는 국제 변화에 동조해야 한다고 예고하고 있다.

여기서 주목할 것은 자본주의가 갖는 기계 소리를 내세워 빠르게 달라지는 새로운 세계가 오고 있다는 것을 알려주고 있다. 그러면서 모더니즘 활성화를 위한 전주곡일 수 있다. 민감한 국제기류에 클리셰(Cliche)한 고정관념을 버리도록 성난 타자기를 통해 현대사회를 맞이해야 한다는 일종의 '참여시'라고 할 수 있다.

불안을 전제한 구시대와의 갈등을 빚는 "꽃과 태양을 등지고" 가는 화자에게 '내려오는 어둠', 즉 구시대의 아집을 제시함과 동시에 서구적인 물질문명이 거대한 괴물처럼 다가옴으로써 '애정의 추락은 가슴 찌르지만' 우리가 숙명적으로 받아들이는 국제기류에 합류하게 되면 언젠가는 투명한 새 아침이 열린다는 것이다. 물론 요즘 열차 소리와 컴퓨터 소리와 전혀 다르지만, 아날로그적인 당시 현실을 기점으로 할 때는 국제적인 메시지가 아닐 수 없다.

그러나 그러한 전제하에 시제의 패러다임은 비유와 그것의 해체로 구성된 듯하지만, 틈새가 없지 않다. 시적 언어의 짜임새가 알레고리 측면에서 볼 때 어딘가 풋풋한 것으로 보인다. 다시 말하자면 후기 낭만주의 본질의 긴장이 풀린 채 모더니즘에 편승, 6·25전쟁 중에서도 시인들 사이에서 자주 남발하던 상투적인(hackneyed) 관념들, 즉 "보랏빛/애정을 날리며", (…) "나의 가슴을 찌르면/거울처럼/그리운 사람아/흐르는 기류氣流를 안고" 등의 낡은 사어死語는 프로세스 중에서도 생성되는 자아 없이 다다이스트들의 잦은 구호처럼 허무주의적인 멜랑콜리로 상견된다.

그러나 다다 콜라주의 기법, 즉 '남은 거리'와 '거리' 그리고 '불안不安과 예절禮節', '공포恐怖와 거품' 등의 관념을 대칭적 구도로 콜라주한 기법은 보이나 시간과 공간의 경계를 잇대지는 못한 것 같다. 이 대목은 관념어끼리 내세워 어설프지만, 겨우 시적 생명력을 지탱할 수 있는 분기점이라 할 수 있다. 그러나 당시 모더니즘적인 측면에서 볼 때 새로운 변화를 시도하려는 의욕은 참신하다 할 수 있는 작품일 것이다. 따라서 너와 나를 세계와 분리치 않고 주체와 세계가 동시에 귀환하는 풍경을 보여주고 있어 모더니즘적 경향 시라 할 수 있다.

그의 시작 활동을 보면 저서로는 시집 《태양이 직각으로 떨어지는 서울》, 《서울은 야생마처럼》, 《화요일이면 뜨거워지는 그림자》, 《그 내일에도 당신은 서울의 불새》가 있으며, 평론집으론 《알기 쉬운 포스트모더니즘과 그 주변 이야기》와 편저, 《한국모더니즘 시운동 대표 동인 시선》(도서출판 앞선 책, 1993. 09. 22) 등이 있다.

한편 1986년 한국 신시학회 초대 회장을 역임하였으며, 수상으로는 1988년 제3회 상화 시인상 수상, 1994년 제5회 한국예술평론가협회 최우수(문학 부문) 예술가 상을 수상했다.

끝으로 필자가 운영하는 사단법인 한빛문학관에서는 김경린 시인과 연관된 《새로운 都市와 시민들의 合唱》(都市文化社, 1949. 04. 05) 복사본 책자 1권과 《한국 모더니즘 시 운동 대표 동인 시선》(도서출판 앞선 책, 1993. 09. 22) 1권, 그리고 1997년 겨울호, 《文藝韓國》, 통권 73호(文藝韓國社, 1997. 9. 30, pp.20~59)에 김경린 시인의 커버스토리 표지 사진과 신작 작품집을 엮은 1권 등을 '수장고'에 소장하고 있다.

김상옥 시, 〈꽃으로 그린 악보〉와 만난 이중섭 화가

1. 서로 나눈 아름다움의 착란

먼저 초정 김상옥(金相沃, 통영인, 1920~2004) 시인과 이중섭(李仲燮, 평안남도 평원군 조운면 사람, 1916~1956) 화가의 만남은 1953년에 초정 선생님의 시집 《의상》 출판 기념모임에 참석한 이중섭 화백이 출판 기념 방명록에 그린 〈복숭아를 문 닭과 게〉(1953. 종이에 수채, 31×41.8cm, 제주시 서귀포 미술관에 소장) 그림에서 알 수 있다.

왜 통영으로 온 연도에는 이설이 많지만 1952년 부산으로 건너와 범일동 산기슭 판자촌에 머물면서 종군화가로 활동하며 동년 06월에 처와 아들 2명이 일본인 수용소의 제3차 귀환선으로 갔지만 감금되었다는 소식을 통영에서 듣는다. 그렇다면 이중섭 화백은 1952년 06월에 부산에서 통영으로 내려왔다고 본다. 이를 뒷받침하는 것은 1952년 초가을쯤 유강렬(함경북도 북청인, 염색 전문가) 권유로 이미 왔다고 회자되고 있었기 때문이다. 이중섭 화백은 아내와 아들이 잠시 감금되었다가 풀려나왔다는 소식을 듣고 사방팔방 주선 끝에 통영인 정원진 씨의 도움으로 1953년 7월 말에 일본에 갔다가 곧 한국으로 곧 나올 수밖에 없었던 것은 밀항이었기 때문이었다. 여기서는 더 이상에 대한 것은 생략하겠다.

그러면 초정 선생님 시집 출간 기념 시기는 1953년 초가을로 보인다. 따라서 초정 선생님의 시와 이 화백의 그림을 함께 감상해 보기로 하겠다.

막이 오른다. 어디선지 게 한 마리 기어 나와 거품을 품는다. 게가 뿜은 거품은 공중에서 꽃이 된다. 꽃은 복숭아꽃, 두둥둥 풍선처럼 떠오른다.

꽃이 된 거품은 공중에서 악보를 그리다 꽃잎 하나하나 높고 낮은 음계, 길고 짧은 가락으로 울려 퍼진다. 소리의 채색! 장면들이 옮겨가며 조명을 받는다.

이 때다. 또 맞은편에선 수탉 한 마리가 나타난다. 그는 냄새를 보고 빛깔을 듣는다. 꽃으로 울리는 꽃의 음악, 향기로 퍼붓는 향기의 연주-

닭은 놀란 눈이다. 꼬리를 치켜세우고 한쪽 발을 들어 올린다. 발까락 관절이 오그라진다. 어찌된 영문이냐? 뜻밖에도 천도복숭아 가지가 닭의 입에 물린다.

게는 연신 털 난 발을 들고 기는 옆걸음질. 거품은 꽃이 되고, 꽃은 음악이 되고, 음악은 복숭아가 되고, 그 복숭아를 다시 닭이 받아 무는- 저 끝없는 여행 서서히 막이 내리다.
　-김상옥, 〈꽃으로 그린 악보〉, 시집 《의상》의 출판 기념 방명록에다 이중섭 화가가 직접 그린 〈복숭아를 문 닭과 게〉(1953, 종이에 수채, 31×41.8㎝)을 보고 읊은 시.

위의 시는 1953년 이중섭 화백이 초정 김상옥 시인의 시집 출판기념회 방명록에 직접 그린 그림 〈복숭아를 문 닭과 게〉(1953년, 종이에 수채, 31×41.8㎝)를 보고 읊은 시이다. 이 시의 기법을 분석해 보면 절대적인 현실과 꿈을 표출한 불후 작품이다. 다시 말해서 비의식이 갖는 초자연적인 생명들이 매트릭스의 아바타처럼 꽃으로 날고 있는 것이다. 바로 이러한 근본적인 트라우마는 아름다운 착란으로 현현된 것이다.

당시 통영 출신 청마 유치환 시인과 더불어 모더니즘 너머 쉬르레알리슴

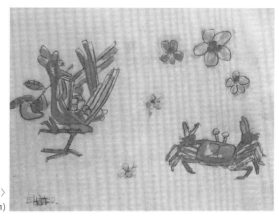

이중섭,〈복숭아를 문 닭과 게〉
(1953, 종이에 수채, 31×41.8㎝)

적인 기법에 가까운 작품은 초정 선생님의 〈꽃으로 그린 악보〉가 더 선명
하다 할 수 있겠다.

　이러한 시작 기법은 이중섭 화백의 그림에서 착상되었을 수도 있다. 여기
서 주목해야하는 것은 이중섭 화백의 그림이 한스 아르프, 호안미로, 막스 에
른스트 등의 다다이즘에서 쉬르레알리슴적인 기법 시대의 영향을 받은 것 같
다. 환타지(Fantasy, 몽환적)가 아니고, 무의식이 갖는 판타지(Phantasy)적인
경향을 형상화한 작품들과 비교할 때 크게 다르지 않다. 위의 세 분 화가는
물론 앙드레 마송, 살바도르 달리, 르네 마그리트, 데 키리코, 한스 벨머 등
초현실주의자들은 무의식의 세계를 표출시켜왔기 때문에 그러한 기법을 넘어
서지는 못하나, 이미 급속적인 일본의 현대미술 경향이었다. 새로운 양상을
띠면서 상상화를 표출해내는 일본식 기법이 일상화되었다고 볼 수 있다.
그렇다면 〈복숭아를 문 닭과 게〉 그림도 초정 선생님의 시집 출간 기념에
서 볼 수 있어 당시만 해도 경이로운 출판 기념이 아닐 수 없었을 것이다.

　게가 내 뿜는 그 거품이 "공중에서 꽃이 된다. 꽃은 복숭아꽃, 두웅둥
풍선처럼 떠오른다.//꽃이 된 거품은 공중에서 악보를 그리다 꽃잎 하나하
나 높고 낮은 음계, 길고 짧은 가락으로 울려 퍼진다. 소리의 채색!(…)//
(…) 냄새를 보고 빛깔을 듣는다"의 상상력을 형상화한 기법은 오히려 이
중섭 화백의 그림을 능가할 수 있다. 다시 말해서 거품을 공중에 피는 꽃으
로 내세우면서 복숭아꽃과 연상적이면서 꽃잎으로 하여 음계와 가락으로,

다시 소리가 채색한다는 표출은 경이롭기까지 하다. 특히 '냄새를 본다'하였고, '빛깔을 듣는다'한 표현력이야말로 초정 선생님의 작품 중에서도 백미가 아닌가 싶다. 참으로 통쾌하고 아름다움을 역설적(Paradox)으로 극화시켰다. 콜라주, 프로타주, 심지어 그라타주 기법 같은 언어구사력은 오히려 경이롭기만 하다. 만약 그가 초현실주의 기법을 계속 궁구窮究하였다면 그의 시조 세계가 우리 현대시조를 더욱 변혁시켰을는지 모른다. 어쨌든 1953년의 이중섭 화백의 걸작 반열에는 상위로 보이지는 않지만 지금은 이중섭 화백의 〈복숭아를 문 닭과 게〉 그림을 내세우면 그의 시는 더욱더 불후不朽 작품作品으로 떠오를 수 있다.

2. 통영은 이중섭의 황소들과 풍경 등 그 그림들 어찌 잊으랴

이중섭 화백이 통영에서 그린 그림들은 충무공 이순신 장군의 영향이 전혀 없지 않았던 것은 아닌 것 같다. 소를 내세운 것은 우리 민족의 패기와 기상을 강렬하게 표출한 것으로 보인다. 그러나 단순한 의미를 상징한 것이 아닌 감추는 미학을 통해 자신을 포함시켰다는 것도 배제할 수 없다.

있는 것을 보는 것이 아니라 보아야 하는 부분을 잊어서는 안 된다는 소의 우직함을, 즉 끈질긴 우리 민족성을 표출시켜 6·25전쟁으로 인한 우리 민족의 분발을 형상화했다 할 수 있다. 노도와 같은 통영 앞바다 파도를 흰 소로 형상한 것은 궁핍했던 실상을 극복하는 뚝심을 확보했다. 다시 말해서 절대적인 현실을, 꿈을 강렬하게 드로잉한 것이다. 그렇다면 그의 소에 대한 애착이 어디서부터 구상되었든 간에 그의 소에 대한 완성된 그림은 1953년에 통영에서 대부분 창작되었다 할 수 있다.

우선 나타난 그림들만 열거해보기로 하겠다. 〈복숭아를 문 닭과 게〉(1953, 종이에 수채, 31×41.8㎝), 〈물고기와 노는 세 어린이〉(1953, 종이에 유채, 25×37

㎝), 국립현대미술관이 소장하고 있는 〈부부〉(1953, 종이에 유채, 51.5×35.5 ㎝), 서울 미술관에 소장하고 있는 〈흰 소〉(1953, 종이에 유채), 호암미술관이 소장하고 있는, 떠받으려는 〈흰 소〉(1953, 34.4×53.5㎝), 삼성 이건희 전 회장 개인이 소장하고 있는 노을 앞에서 울부짖는 〈황소〉(1953, 종이에 유채, 32.3×49.5㎝), 〈싸우는 소〉(1953, 종이에 유채, 17×39㎝)를 비롯하여 〈흰 소〉 (1953, 종이에 유채, 30.5×41.3㎝), 홍익대박물관에 소장하고 있는 〈흰 소〉 (1954, 합판에 유채, 30×41.7㎝), 〈소〉(1954, 종이에 유채, 27.5×41.5㎝) 등은 통 영에 머물던 1953년 7월경 이후부터 1954년 초여름 서울로 떠나기 전에 통 영에서 그린 그림들로 보아야 할 것이다. 통영에서 머물면서 그의 사랑하는 아내 남덕에게 보낸 편지 내용에 따르면 소품이 78점, 8호와 6호가 35점이 완성되었다는 것만 보아도 그의 걸작 탄생은 통영이었다. 그의 사랑하는 아 내에게 보낸 편지 연월일이 1954년 01월 07일로 되어있기 때문에 1953년 부터 1954년 06월 18일까지 통영에서 창작에 몰두한 작품들이 다작이었던 것은 틀림없다.

2-1. 잊혀져가는 이중섭 화가 그림들

이중섭 화백은 그의 그림 〈푸른 언덕〉(1954, 종이에 유채, 29×41.5㎝)에 서 알 수 있듯이 파릇파릇한 새싹이 보이기 때문에 미술 전시회는 5월 중 순쯤이었다 한다. 이를 뒷받침해 주는 최석태 선생이 쓴 《이중섭 평전》(돌 베개, 2000, 07, p.221에도 근거가 있음)에도 일치한다. 전시 장소는 항남동 성림다방이었다고 전해지고 있지만, 위치는 이설이 있다.

그 전시회의 그림 중에 〈통영충렬사 풍경〉(1954, 종이에 유채, 41×29㎝), 〈통 영 저수지〉(1954, 종이에 유채, 41.5×29㎝), 〈남망산 오르는 길이 보이는 풍경〉 (1954, 종이에 유채, 41.5×28.8㎝), 〈선착장을 내려다본 풍경〉(1954, 종이에 유채, 40.8×28.4㎝), 〈복사꽃 핀 마을〉(1954, 종이에 유채, 29×41.2㎝), 〈통영풍경〉

(1954, 종이에 유채, 29×41.5cm)와 〈통영풍경〉(41.5×29.5cm), 〈푸른 언덕〉(1954, 29×41.5cm)이 있고, 한때 《현대문학》의 표지화로 발표된 것을 청마 유치환 시인이 1967년 같은 문예지 2월호에 〈괴변-이중섭 화 달과 까마귀에〉라는 시를 발표하여 더 유명해진 〈달과 까마귀〉(1954, 종이에 유채, 29×41.5cm) 등이다.

여기서 이중섭 화백의 〈통영풍경〉(1954, 종이에 유채, 29×41.5cm)은 저수지에서 바라보는 오른쪽에서 남망산 둘레로 돌아가는 바닷길, 일명 '베니스의 길'이라고 부르던 길이다. 삭망일朔望日에는 낭만이 넘치는 길이다. 밀물 때는 길 일부가 바닷물이 출렁거려 건너는 멋의 여운이 지금도 설레는 곳이다. 그때의 주변에는 조선소나 집들 등 장애물이 없었다. 그림 그릴 때 근영에 나오는 기와집들의 모습을 넣는 등 원근법 처리를 볼 수 있다. 멀리는 거제도의 노자산이, 가까이는 꽃섬(화도, 花島)이 보이고 발개 마을 끝치(현재 마리나 리조트 일대)가 조금 보이는 구도이다.

이중섭 화백이 통새미 근처 복천여관에 있던 유강열과 기거하다 일본으로 갔던 일주일 만에 통영으로 왔을 때 정원진(丁遠鎭, 전 충무상호신용금고 운영자, 맏형은 정찬진丁贊鎭, 흑전사 아나키스트, 후일 남한의 재일거류민단장, 애국자로 대전 국립묘지에 안장) 선생님의 처형의 집인 윤 씨 집 2층에 며칠간 머문 때도 있었던 것은 신분 보호로도 볼 수 있었다. 그때 선창골 뒷길로 올라서 스케치한 그림일 수 있다. 따라서 위에 적시한 그림이 만약 엉뚱하게 다른 곳이라고 지정하는 오류를 범하지 않도록 미리 바로 잡을 필요가 있다. 또 그의 〈복사꽃 핀 마을〉(1954, 종이에 유채, 29×41.2cm)은 거리는 조금 멀지만, 세병관에서 본 왼쪽 옆에 있던 오래 방치된 흙구덩이 모습을 그렸고 조금 서쪽 방향에 위치한 박종석 화백의 생가도 있었다. 필자뿐만 아니라 생존한 고령자들은 그곳임을 잘 알고 있다. 이 또한 오류를 범해서는 안 된다. 또한 〈통영풍경〉(41.5×29.5cm)은 선창골(오행당 길)에서 왼쪽으로 꺾어 오르는 두 번째 골목인데, 저수지 방향으로도 갈 수 있는 선창골 한 마을 중심 길이다.

특히 〈푸른 언덕〉 그림은 당시 '발개 마을'에서 읍내로 걸어올 때 보이던 '데메 마을(두메마을의 방언─필자)' 아랫뜸 끝자락의 바닷가다. 그곳에 초가 몇 채가 있었다. 그 위의 황토 언덕배기에는 '갯먹이굿' 하던 곳이었는데, 넓은 밭으로 변했다. 밭가에는 오래된 버드나무(포프라 나무) 몇 그루가 있었고 바닷가 쪽에는 잡목림으로 파도를 막고 있었다. 그곳을 그린 그림이다.

지금 그 위치는 한때 신아조선과 해양경찰서 선박 계류장 경계가 허물어져 흔적을 찾을 수 없으나 그곳의 조금 위에 동양유전이 그곳의 흔적을 말해주고 있다. 동양유전이 있던 마을 아래 바닷가 마을은 1959년 사라호 태풍으로 인해 바닷가에 있을 수 없어 동양유전 근처 일대로 옮기기도 했다.

이러한 사실은 필자가 그곳에서 성장한 곳이기도 하다. 또 바닷가 그 일대 바로 위에는 유명한 백석 시인(《조선일보》 문화부 기자)의 친구인 신현중(愼弦重《조선일보》 사회부 기자)과 백석이 좋아하던 '란'이라는 연당蓮堂 박경련(朴璟蓮, 신현중 선생님의 부인) 사모님이 직접 지어 사시던 두멧집이 있다(현재 그 자리에 2층 건물이 건축되어 있음). 현재도 이중섭 화백이 그린 〈푸른 언덕〉 그림을 두고 위치에 대한 구구한 오류가 많아서 바로 잡아둔다.

그 위치를 말해주는 흔적은 통영 시내에서 찍은 언덕배기가 있었다고 가늠이 되는 사진 하나가 사단법인 한빛문학관 관장 차영한 수상록 《생명의 선율 그 그리운 날들》(2021)에 등재되어 있다. 이 사진에는 그 자리를 보여주는 동양유전의 하얀 건물을 볼 수 있다.

더욱더 오류를 범하고 있는 문제작인 이중섭 화백 그림은 〈통영충렬사풍경〉(1954, 종이에 유채, 41×29cm)이다. 현재 이 그림을 두고 해석이 헷갈린다. 필자가 분명히 밝혀둔다. 당시 명정샘 아래 왼쪽 논들이 있는 오솔길에서 보면 충렬사의 출입문의 팔작지붕과 계단이 보인다. 그 아래에 명정샘(일정日井 월정月井 샘 또는 정당샘) 둘레에는 기왓장으로 쌓여져 있는 모습과 명정샘을 드나들려면 기와 얹은 출입문을 통과해야 했다. 어느 고을에도 없는 품위를 갖춘 정당샘 출입문은 유명했다. 한때 그 문을 여닫는 책임자는 궂은일을 당한 사람은 제외되었다. 명정샘은 돌로 구축된 유명한 전설의 샘물

이중섭, 통영충렬사 풍경〉(1954, 종이에 유채, 41×29cm)

로 알려졌기 때문에 아마도 지나칠 수 없는 그림이었을 것이다. 1950년대 말까지도 기와지붕이 있는 출입문을 아무나 드나들 수 없도록 했다. 이 샘물을 당시 문화동(옛 간창골) 중뜸 사람들까지 마셨다고 한다. 이 그림 명칭은 지금 당장 "충렬사가 보이는 정당샘 출입문" 그림이라 고쳐 부르면 좋겠다. 훗날에도 전설로 남겼지만, 이 그림을 현재도 해독하는 미술평론가들이 얼버무리는 등 견강부회하고 있다. 이 명정동 충렬사 근처에 필자의 처가 곳이 있었기에 잘 안다. 이곳 태생인 장모님이 '일정월정'샘에 대해서는 명쾌한 해설자이기도 했다.

아마도 1954년도는 이중섭 화백이 서울로 떠나기 전에 분주히 스케치하던 모습을 느낄 수 있다. 따라서 이 화백은 통영인의 안내를 받아 1954년 통영을 분주하게 그린 그림들은 후일 알게 되었지만, 서울 전시회를 위해 서둘렀던 것 같다. 발개 마을(도남 2동, 현재 봉평동으로 편입)로 자주 가서 휴식한 이유를 추측해 보면 조선말 대원군이 집정할 때부터 이곳은 일본인들이 살았다는 '강산촌'이었다. 그러한 일본 냄새와 일본 왕래 밀수선들이 드나들던 곳이기도 하였다.

많이 그린 그림은 당시 정원진 선생님이 일본 오가는 부산 연락선을 통해 잦은 일본 나들이에서 아마도 이중섭 화백의 처에게 전달된 것도 없지 않은 것 같다. 이중섭 화백이 직접 가지고 갔다는 기록이 있지만, 검문에서 어려움이 있어 불가능했을 것이다. 정원진 선생님의 부인은 아이를 받던 산파 직업을 가진 양옥련 사모님이다. 그의 일가친척 집은 윤 씨 집안이요, 그이와 친척 벌은 윤씨 집안의 어머니인데, 별명이 '야쟁이'(다른 뜻은 없으며,

여기서는 '활수'라는 해학임을 밝힌다~필자) 할머니로서 우리 집과 인연으로 하여 조그마한 기미도 어느 정도는 알 수 있었다.

이처럼 이중섭 화백은 통영에 머무는 동안 밀항은 가능했지만, 합법적인 일본국 출입절차를 밟으려 노력했을 수도 있다.

위에서 말한 이중섭의 단독 미술 전시회 연도는 양력 1954년 5월 초순으로 보아야 할 것 같다. 아내와 아들을 보내놓고 통영에 머무는 동안 사무친 그리운 애정은 그들의 서신에서도 알 수 있다. 그러면서 1954년 6월 25일부터 대한미술협회와 국방부가 주최하는 미전이 '경복궁미술관'에서 개최된다는 소식을 듣고 통영에서 창작한 〈달과 까마귀〉(1954, 종이에 유채, 29×41.5cm)와 〈닭〉, 〈소〉 등등을 가지고 일주일 전, 즉 1954년 6월 18일경에 상경, 출품했다는 기록이 있다(이중섭 지음/박재삼 옮김, 《이중섭 편지와 그림들》, 다빈치, 초판, 2000. 10. 09. p.68./최석태 지음, 《이중섭 평전》, 2000. 07, 돌베개, p.224).

그가 훌훌 통영을 떠나야 했던 것은 나전칠기 강습소와의 불화 때문으로만 볼 수 없다. 그간 필자가 살펴본 결과 서울에 거주하는 북쪽 고향 사람의 도움과 종잣돈을 마련하기 위한 순회 전시회를 개최할 뜻도 배제하지 못하였다고 보기 때문이다. 따라서 전시할 작품을 갖고 서울로 가기 위해 일단 통영을 떠난 것으로 보아야 할 것이다. 그러나 서울에서도 통영인 정원진과의 연결로 일본 소식을 알 수 있었던 기록도 없지 않다.

2-2. 이중섭 화가가 남긴 쉬르레알리슴 경향 작품들

나의 통중 동기생 김관욱金冠旭의 부친(김기섭金玘燮, 충무시장, 1937년도 《生理》지 동인으로 시 작품도 발표함, 국회의원 2회)은 이중섭 화백의 〈흰 소〉 액자를 들고 기분 좋게 집으로 가는 지점이 한때 오거리 '항남파출소' 앞거리쯤에서 마주쳤다. 인사를 드릴 때 흡족해 하시면서 손에 든 액자 그림을 보여준 기억이 엊그제 같다. 1954년도에는 필자가 통영중학교 2학년생이요, 나이는 17세였다. 더군다나 미술부에서 활동했기 때문에 미술에 관심은 너무 많았다. 앞에서도 말했지만, 방명록에 그린 그림이야말로 초정 시집 출판 기념을 심축 드리는 화가 이중섭의 면목을 그대로 보여준 따뜻한 쉬르(Sur)적 경향 작품이라 할 수 있다. 흔히들 추상화라고 분류하는 것은 오래된 흐름의 명칭이고 다다이즘 이후 쉬르레알리슴이 1930년대 일본에서 건너온 이후 다다이즘과 혼종된 화풍으로 1950년대에도 유행했다. 우리나라에 이러한 그림을 그린 배경을 보면 시조계에 이름난 초정 선생님의 시 세계를 이중섭 화백은 이미 듣고 있었을 것이다. 앞에서도 논급했지만, 이 그림에 흡족한 초정 선생님은 〈꽃으로 그린 악보〉의 시를 탄생시켰다. 이러한 작품이 초현실주의적 경향 작품이다. 필자가 처음으로 지적해 두지만 1950년대 통영 땅에 초현실주의가 상륙되었다고 짐작된다.

이중섭 화백의 그림 경향이 초현실주의자들이었던 호안 미로나, 한스 아르프나, 막스 에른스트 등등의 화풍과 너무도 유사하기 때문이다. 절대적 현실과 꿈이 그려져 있다고 생각된다. 1917년 시인 아폴리네르가 자신의 희곡인 〈티레시아스의 유방〉 또는 장 콕토의 발레극인 〈퍼레이드〉 작품을 "초현실적"이라고 말한 대목에서 찾을 수 있다. 사실은 1916년부터 스위스에서 다다운동이 들불처럼 번질 때 대응된 점도 전혀 없지는 않다. 파괴적인 데서 주로 찾는 새로운 세계를 추구한 다다이즘은 결국 퇴폐운동으로 전락되고 말았다. 주된 원인은 자신을 죽음으로 몰아넣는 도발성에서 전 세계가 팬데믹 현상에 빠지기도 하였던 것이다.

이를 극복한 운동이 앙드레 브르통이 주축이 되어 다다 운동자였던 루이 아라공, 한스 아르프, 막스 에른스트, 르네 크르벨, 필립 수포, 로베르 데스노스, 엘뤼아르, 뱅자맹 페레 등등이 다다와 변별성이 있게 절대적인 현실과 꿈을 내세운 운동이라 할 수 있다. 따라서 다다와 구분되어야 함에도 혼동하여 다다를 계승한 것으로 오인하는 등 오류를 범하는 자들이 대부분이다. 한때의 인상파, 추상파, 미래파라고 주장하는 자들은 모더니즘의 변천 과정을 잘못 이해한 후진성에 머문 자들의 인식적 오류라 할 수 있다. 또 초현실주의는 포스트모더니즘과도 차별성이 있음을 분명히 지적해 둔다. 어쨌든 통영 땅은 일찍이 초현실주의 경향적인 바람이 스며들었다. 그러한 초현실주의 경향을 띤 이중섭 화백 그림이나, 초정 선생님의 시는 결국 사라지지 않고 다시 우리에게로 다가와 있다. 보여주는 초현실적인 정서는 통영의 자존심과 연결될 수 있다. 그들의 만남에서 통영은 이중섭 화백의 창작열의 둥지였음은 틀림없다. 그는 1953년 7월 말경에 통영항구를 보면서 "동양의 나폴리"라고 탄성했던 말 한마디가 지금도 살아 있는데, 그가 불후 작품을 쓸 수 있는 둥지였음을 반증해 주고 있다. 그의 황소와 흰 소들을 들먹거리면 단연 통영인들의 본모습을 떠올릴 수 있다. 동시에 이중섭 화백을 떠올릴 수 있는 것도 사실이다.

이제 말머리를 바꿔보겠다. 초정 선생님의 거처는 간창골(창과 방패가 있다 하여 붙여진 이름임, 관창골은 오류임—필자)이었다고 들었지만 더 이상 묻지 못했다. 생전에 초정 선생님의 구술에 따르면 그의 부친이 엿장수 하시던 분이라고 했다. 저축한 돈으로 선창골 길(현재 오행당 골목길) 옆 일본 적산집으로 보이는 2층으로 건축된 집을 매입했다는 것이다. 거기서 성장한 초정은 옛날 '동일시계섬'이 있었던 그 길가 건물 위치에 도장방을 차려 놓고 시·서·화도 독학했다고 했다. 필자에게 흔히들 말하는 "잠깐 그 집에 살았다"고 구술 내용 시간은 짧게 끝나지 않았다. 제법 상당 기간에 우거한 것으로 들었다.

그러나 1954년경 통영수산고등학교 교사로 재직할 당시는 오행당 골목 그 집은 처분되었다고 했었다. 철두철미하게 현실주의자인 초정 선생님은 한편으로는 베푼 인정도 너무 많은 시조시인이었다. 그러나 그에 대한 일화는 재미보다 결백성을 지적하기도 한다. 그것은 1950년대 초반 통영수산학교에 잠깐 교직할 때 재미있는 일화를 적어 놓는다. 어느 날 점심 도시락을 친구 교사가 먹어 버리고 그 빈 도시락에 개구리 한 마리를 넣어 놓는데, 열었을 때 개구리가 튀어나오는 바람에 노발대발하여 수습하기가 퍽 어려웠다는 일화가 있었다는 것이다. 그 이야기는 당시 함께 교직자였던 허탁

(고故, 항해 담당) 선생님이 산책길에서 필자에게 말씀하셨는데, 그러한 면모는 올곧음과 청고한 선비정신이 명백했다는 것이다. 그러나 필자는 친구가 없는 것은 참 다행이었다고 생각했다. 예술인들은 친구를 사귀게 될 시간도 절약해야 하기 때문에 너무도 고독해지는 것은 사실이다. 예술인들의 고독은 창작 집념을 통해서 해소하기 때문이다. 극복하는 집념으로 시조 세계에서도 우리나라 빛나는 별이 되어서 자랑스럽다.

3. 마무리

통영은 예부터 풍요로운 곳이요, 충절의 고장이기도 하다. 특히 조선시대부터 유명한 삼도수군통제영이 298년간 있었던 고을이었다. 특히 시문·화객들이 드나들며 통영을 찬양하였다. 우연 일치로 보는 유명 예술인들이 기라성 같이 배출되어 지금도 '예향'이라고 스스로 자부와 긍지를 갖고 산다. 그중에서도 가장 어려웠던 1950년대에 이곳은 예술의 꽃이 활짝 피었다. 걸출한 예술인들이 많이 배출되어 모든 분을 일일이 거명하지 못한 아쉬움이 있다.

그러한 어려움에도 타지에 계시다 고향으로 오셔서 끝까지 고향을 사랑한 전혁림 화백의 높은 뜻을 잊어서는 안 될 것이다. 또 한 분은 1950년대 통영의 수필가 1호였던 위랑韋朗 신현중愼弦重 수필가님도 잊어서는 안 된다. 그분은 백석 시인을 초대하여 허구적인 '란'을 사랑한 것처럼 리얼한 러브스토리를 통해 통영을 전국에 알렸다. 백석의 애인으로 불리던 '란'과 혼인한 신현중 수필가님은 두메 마을 아래뜸에 두멧집을 짓고, 수필을 쓰고, 논어와 노자를 우리말로 번역했다.

교육자로서 정년을 마치자 말년에는 쓸쓸하게 투병하시면서 자식 없는 외로움은 있었다. 그러나 탓하지도 않았던 백직白直한 선비요 독립투사였다. 특히 작고 전에도 통영을 사랑하여 통영 미륵산 아래 묻어 달라는 말씀은 많은 제자들의 심금을 울렸다. 작고 후에도 오랫동안 미륵산 중턱에 계셨다. 그러나 독립투사였기에 결국 대전국립묘지로 본인의 허락 없이 이장되었다. 사모님도 그곳에서 함께 잠들고 계신다.

또한, 김용주 화백님, 나전 기술 보유자 김봉룡 선생님, 칠예가 김성수 선생님도 잊어서는 안 된다. 그 이외 많은 유명 예술인들도 계신다. 지금도 늦지 않다. 누군가는 열심히 발굴해야 통영이 살 수 있다. 왜 이런 말을 꺼내는지 아는 분들은 알 수 있을 것이다. 유명한 예술인들은 모두 외지에 계셨기 때문에 이분들만 기억하는 무게에서 일부 시민들의 지적을 간과할 수 없다. 그동안 몇몇 사람들만 내세워온 것은 일별 시책에 불과하다. 앞으로 이름 없는 예술인들이 더 밑거름 역할 했기 때문에 포함시켜서 새로운 예술인들의 조명이 절실하다. 그러나 통영에는 예술은 있고 예술인들이 없다는 말을 함부로 하는 자들이 과연 누구겠는가? 스스로 패배감을 부추기지는 않지만, 예술인들은 더욱더 정진해야 대접받을 수 있다는 뜻이 담겨 있는 것도 사실이다. 그리고 예부터 예술인들을 밖으로 나가게 한 자들이 지금도 없지 않겠지만 아무튼 자기보다 월등하면 지금도 모략중상하는 자가 전혀 없지 않다.

무엇보다 통영은 예향이기에 고향을 지키는 예술인들에 대한 관심도를 높여야 통영이 사는 길이다. 호남지방처럼 지방자치단체가 솔선 나서서 예술의 향기를 퍼뜨리는 운동이야말로 그들이 사는 길이라고 외치고 있다. 통영도 이러한 예술운동을 활성화시킬 경우 통영 관광의 지름길을 앞당길 수 있을 것이다. 통영이 살 수 있는 길이요 세계적으로 뻗을 수 있는 활기찬 에너지는 틀림없다.

특히 이중섭을 비롯한 청초靑艸 이석우李錫雨 화가(처가는 통영)를 재조명해야 통영의 사는 풍정風情이 살아날 수 있다. 작금 누구든지 전국의 고향 현주소를 묻는다면 예술이 있는 곳이라고 대답해야 살 수 있는 땅이다. 그렇다면 작고한 예술인들의 영혼이 고향에 머리를 둔 것을 항상 숭모하는 이벤트 행사가 계속 이어져야 한다. 미술계의 거목들이 통영을 그리고 노래해야 한다. 고향을 지키는 예술인들을 중심으로 행정을 펼치면 통영의 관광도시 발전에 절대적인 동력 자원이 될 수 있다. 예술인들을 사시적斜視的으로 보거나 그들을 이용하려 하는 것보다 그들의 참신한 소리에 귀 기울이고 창작 의욕을 북돋아 주는 길만이 통영을 풍요롭게 하는 길이다. 이미 예향이라면 이 길로 나가야 통영이 살아남을 수 있다.

이런 날은 필자가 스페인의 호안 미로, 프랑스의 한스 아르프와 독일의 막스 에른스트의 영향을 받은 이중섭 화백이 그립다. 한편 이중섭 화백의 그림을 보고 쓴 한편의 초현실주의적 경향 시를 남긴 초정 선생님이 더욱 더 그리워진다. 끝으로 본고는 차영한 수상록,《생명의 선율 그 그리운 날들》(인문엠앤비, 2021. 9. 30)에 수록되었으나, 일부 수정하여 재수록했음을 밝혀 둔다.

☞ 참고 문헌
○ 최석태,《이중섭》(펴낸 곳: 대한교과서 주식회사, 아이세움, 초판1쇄, 2001. 01. 20/초판 8쇄, 2003. 08. 20), p.143,〈꽃으로 그린 악보〉참조

김수영 시인의 삶과 문학

1.

　김수영 시인(1921~1968)은 47세에 교통사고로 타계한 아까운 시인이다. 그의 짧은 삶에서 남긴 시 작품들은 그간 많은 조명을 받아왔지만, 앞으로도 진행형이 아닐 수 없다. 이미 많이 지적되어 온 그의 전기적 고찰에서 살펴보면 당시 서울 종로6가에서 태어나 성장 과정에서 자기애적인 성격을 형성한 것으로 보이기 때문에 이러한 지적에 동의한다.

　특히 그의 작품 세계를 격동기의 한 시대가 그를 흔들어대던 깊은 상처야말로 그의 성격을 형성하는데 직접적인 영향을 미쳤다고 본다. 즉 1950년대의 6·25 한국전쟁으로 포로가 되어 거제 포로수용소의 체험에서부터 자유의 몸은 4·19 학생 의거와 5·16 군사정변 등 급변하는 사회구조의 틈새에서 겪은 그의 욕망은 새로운 시 세계를 변용시킨 직관도 없지 않다. 어수선한 사회상을 드러내는 등 가난했던 그가 사회 참여시라 할 수 있는 시 세계를 놓치지 않고 비유의 구조를 통해 고통하기까지를 볼 때는 리얼리즘 세계를 그의 새로운 세계로 창조하여 독창성을 갖게 된 것으로 본다.

2.

　여기서 주목해야 할 대목은 50년대, 60년대의 한국적 문예사조가 한국적 서정시와 서구적 서정시가 새로운 방향을 나아가지 못한 채 정체되어 있었던 것으로 볼 때, 김수영 시인은 1인칭을 내세워 역설적인 은유 시 세계를 구축하려는 시도야말로 대단한 성과가 아닐 수 없다.

시의 문체적 구조에 모더니즘적 경향을 제시하기도 했으며, 그의 후반 기동인회에서 탈출, 시적 기능인 은유가 시의 근본 구조 원리임을 강조한 야콥슨의 등가의 원리에 접근되는 낯선 언어 중에서도 비속어를 동원한 것을 엿볼 수 있다.

돋보이는 것은 리파테르(Michael Riffaterre)가 지적한 "시는 비문법성에 의해 일상 언어와 구분된다"는 것과 유사할 수 있다. 이러한 전이轉移, 즉 은유나 환유가 의미까지 변형시킨다는 데까지 시적 방향을 이끌어왔던 것으로 보인다. 그러면서 '실재의 귀환(The Return of the Real)'을 제시하고 있는 것 같다. 아방가르드 그 자체를 수행으로 받아들여 김수영 시 세계를 구축했다고 볼 수 있다. 따라서 포스트모더니즘적인 전위까지 접근했다. 진보적 변혁들을 냉소적 투사기법으로 처리하려는 시도도 없지 않은 것 같다.

예를 들면 그의 시, 〈瀑布〉에 대한 시작노트 ①, 《김수영전집 ②》(민음사, 2000. 04, pp.286)에서부터 그의 시 〈풀의 映像〉과 〈電話 이야기〉시작노트 ⑦까지 그의 심정은 그가 사는 현주소를 그대로 실토하고 있다. 어쩌면 '추상抽象 오브제' 같은 이미지들일 수 있다. 다다이즘에서 바로 포스트모더니즘 경향으로 건너뛰는 기법도 엿보인다. 앞에서 말한 실재의 귀환들에서 이미지들을 낯설게 만들기를 제시해 주고 있다.

그는 직접 그의 시의 내용에 대해 "시의 어머니는 어디까지나 언어. 따라서 나는 시의 내용에 대해서 고심해 본 일이 없고 나의 가슴은 언제나 無. 이 無 위에서 파괴와 창조가 동시에 이루어진다"고 했다. 그렇다면 전술한 다다이즘 운동이 내세운 구호를 그대로 보여준다. 다다이즘 운동의 핵심이 無 위에서 파괴와 창조가 동시에 이뤄져야 한다는 본질적 운동과 다름이 없다.

또 헤겔이 지적한 '일원론자'인 자세를 드러내고 있다. '차이의 존재 자체가 소급해서 철회되는 변증법적 과정에서도 극복되지 않는 일자(One)'에 몰입되어 있는 것을 보여준다. 말하자면 현실에 없는 허구를 내세운 존재론이다. 따라서 시어는 지극히 평범한 일상어와 어머니한테 배운 말과 시사어時事語의 범위 안에 제한하여 활용되는 것을 알 수 있다. 다시 말해서 예술은 시대를 반영하는 것이 아니라, 창조한다는 것과 일치한다는 것으로 믿고 있는 것 같다. 그러나 그의 시작 기법은 크리스테바의 "내가 하나의 나이기 위해 제거해야 할 것은 혐오스러운 것"에 지나지 않는다는 의미와 유사할 수 있다.

구분하기를 교란시키는 "인식의 애매성"에서 이해한다면 앞에서 지적한 시 세계가 그를 지탱하고 있는 것 같다. 따라서 1960년대 한국적 아방가르드 시인이라는데 동의할 수 있다. 그러나 초 현실성은 없는 것 같지만 현실을 즉자적으로 수용하는 기법을 구사한 것으로 본다.

김수영 시인은 이상(李箱, 본명 金海京) 시인처럼 '김수영 문학'을 태동시켰다. 다시 말해서 크리스테바가 지적한 "모더니스트의 글쓰기에서 혐오가 보수적이며 심지어 방어적인 성격을 갖는" 것을 느낄 수 있다. 관점을 변증법적으로 현실을 통해 제시한 것 같다. 대상을 자기 소멸의 진실에 도달시키고 있다. 대상과 대상의 죽음에서 무無는 개념을 존재시키지 않는다. 그의 시 기법에서 대표적인 시 한 편을 당시 글자체 그대로 비유 구조를 살펴보기로 하겠다.

瀑布는 곧은 絕壁을 무서운 기색도 없이 떨어진다

規定할 수 없는 물결이
무엇을 向하여 떨어진다는 意味도 없이
季節과 晝夜를 가리지 않고
高邁한 精神처럼 쉴사이없이 떨어진다

金盞花도 人家도 보이지 않는 밤이 되면

瀑布는 곧은 소리를 내며 떨어진다

곧은 소리는 곧은 소리이다
곧은 소리는 곧은
소리를 부른다
번개와 같이 떨어지는 물방울은
醉할 瞬間조차 마음에 주지 않고
권태와 안정을 뒤집어 놓은 듯이
높이도 幅도 없이
떨어진다
　　-김수영 시, 〈瀑布〉, 《김수영 전집⬚1⬚》, 민음사 1판 19쇄, 2000.
　　01. 10. p.102. 전재.

　　전술한 야콥슨(Roman Jakobson)과 리파테르(Michael Riffaterre)와 아키
발드(Archibald A. Hill)가 지적한 "비유가 시의 기본 구조 원리"라는 데 동
의한 것처럼 '시가 문체적 구조를 발전시키는 언어학적 의미를 뛰어넘어 일
부만 생각하는 의미를 지나칠 수 없다면 전체로서 갖는다'는 것이다. 특히
시의 의미를 풍부하게 하는 문체 중에서도 유추를 강조하면서 "시는 곧 언
어이다"라는 데 동의한다. 위의 시는 그러한 맥락에서 야콥슨과 리파테르가
제시한 "등가의 원리를 투사한다"라고 말할 수 있다. 여기서 은유가 수사적
장치가 아니라 시의 기본 구조 원리임을 보여주고 있다.
　　소쉬르(Ferdinard de Saussure, 1857~1913)의 주장을 수용해도 위의 시
는 '등가관계에 있는 계열체의 단어들이 결합함'으로써 일상 언어와는 다른
구조를 갖는 낯선 언어들로 만날 수 있다. 위의 시에서도 비문법성이 있는
데 이를 곧 전이轉移로 나타나게 되는 것이다. 의미론적 전이가 일상어로 되
는 것이다.
　　위의 시 1연이며 1행인 "瀑布는 곧은 絶壁을 무서운 기색도 없이 떨어
진다"는 것은 소쉬르가 말한 것처럼 그것들을 앞뒤로 시간적 직선적으로 연
결하는 것으로도 볼 수 있다. 처음은 의미를 와해시키는 것처럼 허깨비의

중얼거림이다.

그러나 2연 3연에도 이어지는 '떨어진다'를 시작의 반복으로 내세운다. 은유와 환유가 유추를 통해 움직이기 시작한다. '없이, 않고'라는 부정사가 반복되고 있다. 그가 말한 시의 내용인 "이 무無 위에 파괴와 창조가 동시에 이루어지고 있다." 2연의 '물결'은 곧 희열처럼 날아다니는 은유와 5연의 '물방울'은 맺히는 어떤 덩어리 즉 욕망으로 보인다. 욕망은 환유이기 때문이다. 물결과 물방울은 동시성을 갖도록 하되 전혀 다른 의미를 유추시키고 있다.

3연에서 "밤이 되면/폭포는 곧은 소리를 내며"로 당혹하기 시작한다. 4연에서 "곧은 소리는 곧은 소리이다/곧은 소리는 곧은/소리를 부른다"는 것은 비문법성이다. 아무것도 아닌데 우리가 살기 위해서 만들어낸 환상 즉 소타자를 품는 대타자이다. 다시 말해서 죽음 충동이다. 응시는 객관적 재현을 막는 욕망으로 재현 속에 숨는 정치성이기도 하다. 앞에서 논급한 물방울은 욕망 덩어리기에 "번개와 같이 떨어지는 물방울은/醉한 瞬間조차 마음에 주지 않고/倦怠와 安定을 뒤집어 놓은 듯이/높이도 幅도 없이/떨어진다" 하였다. 여기서 번개와 순간은 등가 관계를 결합시키고 있다. 이 시가 갖는 의미는 김수영의 퇴락하는 자신을 통해 곧은 소리 즉 외고집은 반역과 부정의 정신에서 극복 의지를 나타내는 역설적 의미가 뚜렷이 지탱하고 있다.

3.

이처럼 김수영 시인의 삶과 문학은 포스트모더니즘에서 재해석할 수 있다. 현실성을 주체로 하여 비유 구조가 실체적인 형상화를 적시하고 있기 때문이다. 한 시대의 허점을 고발하는 측면도 전혀 없지는 않지만, 모더니즘에 대한 자신의 어떤 기준을 제시하고자 노력한 흔적도 엿보이기도 한다.

거리 설치미술가처럼 그의 자기애적 시의 세계는 한국적 포스트모더니즘 시대를 앞당겼다고 생각된다. 일부 연구자(김상환)는 데카르트식 비견을 통해 그의 문학 속의 삶 즉, 문학세계를 구체적으로 제시하고 있는데, 그 또한 관심을 제외하기는 좀 그렇다.

☛ 참고 문헌
○ 차영한 본인이 직접 운영하는 사단법인 한빛문학관(등록 번호: 제 경남6-사1-2021-01호) '수장고'에 소장하고 있는 김수영 시집을 비롯한 연관된 자료 등 10권을 참고했다.
○ 《김수영 전집① 詩》, 민음사, 1판 19쇄, 2000. 01. 10.
○ 《김수영 전집② 散文》, 민음사, 1판 1쇄, 1981. 09. 20./1판 17쇄, 2000. 04. 20.
○ 《김수영 전집 ■ 시》, 민음사, 개정판 1쇄, 2003. 06. 25.
○ 문광훈, 《시의 희생자 김수영》, 생각의 나무, 초판, 2002. 09. 30.
○ 김승희 편, 《김수영 다시 읽기》, 프레스, 초판, 2000. 02. 15.
○ 최하림, 《김수영-한국현대시 연구 ⑨ 》, 문학세계사, 개정판 1쇄, 1993. 03. 20.
○ 김명인, 《김수영, 근대를 향한 모험》, 소명출판사, 1판 1쇄, 2002. 04. 30).
○ 김상환, 《풍자와 해탈 혹은 사랑과 죽음-김수영론》, 민음사, 1판 1쇄, 2000. 09. 14.
○ 김혜순, 《김수영-세계의 개진과 자유의 이행》, 건국대학교 출판부, 1판 1쇄, 1995. 09. 15.
○ 한명희, 《김수영 정신분석으로 읽기》, 도서출판 月印.

김춘수 연보에 없는 새롭게 발견한 전기적 고찰

1. 김춘수의 선대 뿌리는 신라에 닿아 있었다

대여大餘 김춘수 시인

김춘수(金春洙, 號는 대여大餘, 1922. 11. 25~2004. 11. 29) 시인의 전기적 고찰은 현재 그의 연보에 누락된 자료를 최초로 발견하여 발표한다.

현재 우리나라 자유시의 대시인大詩人에 대한 뿌리를 찾는 것은 바람직하다 할 것이다. 따라서 비평의 전환점이 된 구조주의적인 텍스트에 중점을 두지 않고 생성비평의 전 근대적인 서술이나 자료 등의 정보 수집을 통해 역사주의 한 방법에서 접근하여 그의 근원을 새롭게 조명한다는 것은 예사롭지 않다고 생각된다.

그렇다면 김춘수 시인(이하는 그의 호 대여로 호칭함—필자)의 가장 가까운 뿌리를 찾은 결과 현 통영시 산양읍 남평리藍坪里 921번지(현 屯田마을)에서 본고 필자가 최초로 그 실마리를 찾아낼 수 있었다. 아울러 대여의 친동생 김규수金奎洙의 둘째 아들 김용일(金容逸, 1951년생, 체육인, 현재 통영시에 거주) 씨를 직접 면담한 결과 그의 증조부曾祖父 김진현(金晉鉉, 1850~1918)의 행적에 대한 대강大綱을 찾을 수 있었다.

김용일 씨와 함께 답사한 결과 대여의 조부祖父 김진현金晉鉉의 묘墓가 용남면 '통영해병대전적비'가 위치한 속칭 가사치 일대 동북쪽(간좌艮坐)임을 알 수 있다. 이곳에 건립된 김진현의 비석에 새긴 "통정대부 행 인동도호부사 광산김공지묘通政大夫 行 仁同都護府使 光山金公之墓"에서 행적을 알 수 있다. 또한 비석 뒷면에는 김진현의 대강 치적과 가족사가 기록되어 있다. 뿌리는 신라 왕자 휘 여광이준위광산新羅 王子 諱 與光而浚爲光山이라고 새겨져 있다

이 비석이 안고 있는 6 · 25전쟁 8월의 상흔을 읽을 수 있다. 그날 우리 해병대는 괴뢰군과 치열한 공방전으로 우리 아군이 승리한 통영 원문전투에서 총탄을 막아선 비석이 바로 김춘수 시인의 친할아버지 김진현의 행적비가 그날의 전투를 말하고 있다. 그날 탄흔들이 침묵으로 증언하는 묘비의 교훈을 우리 후손들에게 널리 알리기 위해서는 관계되는 단체의 새로운 관심이 절실하다.

이곳 비석의 비문을 대강 풀어 보면 김진현은 1889년(光緒 己丑年) 무과武科에 급제及第하여 조선시대 삼도수군 통제영이 1895년에 폐철되기 전에 군사요지 역할과 기능을 다했던 유명한 삼천진(三千鎭, 현재 통영시 산양읍 영운리 본촌과 2운마을에 설치)에 선략장군宣略將軍 행行 삼천진 권관三千鎭 權管 벼슬을 하였으며, 1891년(辛卯年) 전전轉 당포진수군만호唐浦鎭水軍萬戶 벼슬을 하였다. 당포진唐浦鎭은 현재 통영시 산양읍 삼덕리 속칭 당개마을인데, 당포산성지唐浦山城址가 있다. 근황 향토사에도 당포진의 마지막 만호 벼슬에 대한 재조명이 없는데 새로운 관심으로 관련단체에서는 향토사를 재고할 필요가 있다.

또한 1893년(癸巳年) 승(陞–승진을 일컬음) 절충 행 용양위부호군折衝 行 龍驤衛 副護軍 벼슬을 받아 동시에 발령도 승 통정계수인동도호부사陞 通政階 授仁同都護府使使 벼슬을 하게 된다. 마지막 품격은 1901년(光武 辛丑年)에 정삼품 임 중추원 의관正三品 任 中樞院 議官 품격을 갖게 되었음을 알 수 있다. 행行이란 실제 발령일 경우지만, 증贈일 경우는 벼슬에 상응되는 우대 벼슬로 본다. 그리고 당시 인동 지명은 현재 경북 구미시를 지칭한다.

인동도호부사 광산 김공 진현仁同都護府使 光山 金公 晉鉉은 본처인 김해 김 씨를 맞아 영백永伯을 낳고, 전처들의 하세下世로 삼배三配로 맞아들인 차

신사(車新巳, 父 延安車氏 宰權)와 혼인하여 영팔永八을 낳고, 영팔은 큰아들 김춘수(金春洙, 시인)와 둘째 아들 김규수金奎洙 그리고 셋째 아들 김형수(金炯洙-'炯'자가 호적부에는 오기되어 있음—필자)를 두었다. 여기서 주목되는 것은 일본식 호적부를 보면 김영팔의 모친 차신사의 친정아버지가 차재권車宰權이 아니고 차표車票로 기재되어 있다. 물론 이명동일인異名同一人이다. 그러나 이러한 오류는 일제가 저지른 만행에서 원인을 찾을 수 있다. 실무자가 책임 없이 성명들을 오기誤記하여 현재도 그 식민지의 굴욕에 얽매여 있음을 볼 수 있다.

2. 일본식 호적부 기재 내용과 비문의 기재 내용 차이점 발견

다음은 대여 부친 김영팔金永八의 원적부터 살펴보기로 하겠다.

김영팔金永八의 신분사유란 기재는 '慶尙南道統營郡山陽面藍坪里九○六番地金永伯方ヨリ分家大正拾年四月參日慶尙南道統營郡山陽面藍坪里九貳拾壹番地ヨリ移居印'이다. 즉, 분가 사유가 1921년 4월 3일 현 산양읍 남평리 921번지에서 이거되었다는 기재를 볼 수 있다.

그 이후에 본적 변동이 발생하여 현 통영시에 관리되고 있는 김영팔金永八의 본적은 '慶尙南道統營郡統營面曙町六壹番地'로 기재되어 있고, 호주가 된 원인과 연월일 즉, '戶主トナリタル原因及其ノ年月日'을 보면, '分家ニ因リ大正七年八月參日戶主トナル' 즉, 1918년 08월 03일 분가호주가 된 원인이 일본식 호적부에 기재되어 있다. 이 호적부는 현재 통영시청에 관리되고 있는데 제적부 색인부에서 찾으면 된다.

그러나 김영팔의 신분사유란에 전적사유 기재가 누락되어 있고, 오류 중에서도 주목되는 문제점은 '1921년 04월 03일'이 최초 분가연월일인데도, 앞에서 밝힌 1918년 08월 03일 현재 통영시청 호적부에는 이미 3년 전에 전 본적지前 本籍地로부터 전적되어 있다. 따라서 호적 기재記載의 오류가 발생

된 채로 방치되어 있다. 그럼에도 호적부의 오류를 모르는 채 김영팔은 1937
년 09월 20일 당시 京城府 明倫町 參丁目 七拾貳番地ノ六乙轉籍 同年
拾月四日送付除籍, 즉 현 서울특별시 종로구 명륜동 3가 72번지(서울特別
市 鐘路區 明倫洞 參街 七拾貳番地)로 전적轉籍하였기 때문이다. 현재 서울에
전적 일자가 당시 일본식 호적부에는 1937년 09월 20일로 기재되어 있으나,
호적 멸실로 1962년 호적을 재제再製할 당시 전적한 일자를 1937년 09월
27일로 기재됨으로써 일자의 기재 오류가 발생했다.

그때 대여의 나이는 만15세인데, 서울에 있는 중학교에 입학하기 위한 것
으로 구전口傳되고 있다. 그러나 호적만 서울로 전적 했을 뿐 호주 김영팔
은 상당 기간 현재 통영시 광도면 안정리 중촌 마을에 사실상 거주하면서
어업과 농업을 겸한 만석꾼이었고 대구어장, 멸치정치망 어장을 경영하였다
는 구전이 있다. 본고와는 다르지만, 필자가 창원시(김달진문학관)에서 발간
되는 《시애詩愛》(11호, 2017. 08. 31 간행-필자 평론, p.254)지에 보낸 원고의
전기적 고찰에서 각주脚註 변경을 이메일로 보냈으나, 착오인지 모르나, 당
초 보낸 자료 오류 그대로 게재되었기에 광도면 안정리 본촌마을이 안태
본이 아님을 밝혀둔다. 어쨌든 대여는 당시 "統營郡統營面曙町六壹番地"
에서 할머니의 조력으로 유치원을 다닐 수 있었고, 유치원을 마친 후, 다시
가족이 사는 광도면 안정리 본촌마을로 가서 벽방보통학교에 입학한 것을
대여가 직접 구술한 바 있다. 그러나 현 벽방초등학교 학적부를 열람한 결
과 흔적은 찾지 못했다. 과제로 남겨둔다.

본고 필자는 대여의 아버지 김영팔의 전 본적을 새로 발견했고, 대여의
아버지 김영팔을 낳은 호적상 차신사車新巳의 친정 곳을 탐구하여 왔는데,
호적상 차신사車新巳 성명기재 연유를 살펴보면 신고자는 대부분 보호자
가 신고했기에 이름을 친정 곳을 따서 '새아기는 사량이다'와 '사량 새아기'
또는 '새배미 아기'라고 호적 신고한데서 그 오기가 발생할 수 있다. 따라서
당시 호적리(戶籍吏, 현 호적계장)가 석자 성명을 조선시대 민적부가 아닌 최
초 일본식 호적부에 등재할 때 차신사車新巳라는 이름으로 기재한 것으로

본다. 그때 아버지는 차표車票였다.
그러나 용남면 통영해병대전적비
일대에 간좌艮坐 위치에 있는 김진
현金晉鉉 묘비석 비문碑文에는 삼배
숙부인 연안 차 씨 차재권(三配 淑夫
人 延安車氏 車宰權)으로 기록되어
있다. 속칭 족보族譜라 불리어온 당
시 대동보大同譜나 파보波譜에는
여자 본인의 이름은 기록치 않고 그
의 친정아버지 이름 밑에 사위만 기
록되어 있다. 그러나 대부분 족보나
파보에 여식女息 이름이 등재되는
현상이다.

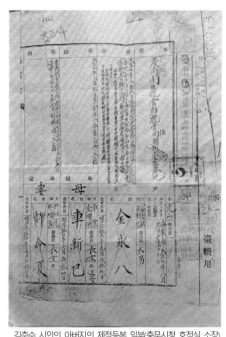

김춘수 시인의 아버지의 제적등본 일부(충무시청 호적실 소장)

조선시대 민적부는 생년월일도 음력 그대로 기재했으나 여성은 이름이
없고 성씨만 기재(경주 이 씨, 연안 차 씨 등)되었으나, 통분하는 1905년 을사
늑약으로부터 1910년 08월 29일 한일합방에서부터 시작된 전국 일제 조사
실시와 호적 기초 작업을 서둘러 일본식 호적부가 시행됨에 따라 여성들도
비로소 이름을 등재할 수 있었다.

1970년대 주민등록 기간 설정으로 줄을 섰던 호적부 기재례記載例에 따
른 이름들도 주민등록에 기재되어 버렸다. 일본식 호적부는 정웅, 용웅, 길
웅, 영자, 순자 등 일본어를 차용했고, 출생 환경 따라 이름을 써 넣었는데,
예를 들면 '박예삐'라고 출생신고하면 호적리는 "박고비朴古非"로 호적부에
등재하여 찾기가 막연했다. 통 영시 산양읍 호적부(제적부 포함)에 그러한 아
이러니가 기록되어 있다. 필자도 일선 지구에서 호적리를 다년간 맡은 일
이 있지만, 출생신고 할 적에는 구술을 조작해서 기재해 주고 신고자와 구
두 합의로 기재한 일이 더러 있었다고 전한다.

대여의 얼굴은 외가의 피색과 닮았다고 하며, 차신사車新巳의 친정은 사량면 하도(아래섬) 양지리 능양마을에 집성촌을 이룬 차 씨 문중으로 보인다. 대여에게는 진외가가 된다. 이를 뒷받침하는 것은 현재 통영에 살고 있는 대여 선생의 친조카(대여 맏 동생 김규수金奎洙 1954년 사망 장소 부산시) 아들인 김용일金容逸의 구술口述에서도 어느 정도 본고 필자의 조사 내용과 의견이 일치되고 있다. 대여의 성품은 고집이 세고 담백하며, 자상한 성품이었다고 한다. 호적을 옮겨 다니는 동안 김영팔의 모친 차신사는 서울 본적 기재에는 차신기車新己로 등재되어 있는데, 원적부와 대조한 결과 기재 오류임을 알 수 있다.

대여는 김영팔과 허명하 사이에서 큰아들로 태어났다.

재미있는 것은 아버지 김영팔(金永八, 本은 光山, 1903. 09. 22~1968. 06. 24)의 호적상 본적은 서울이지만 사망 장소가 그의 전 본적지 '慶尙南道統營郡統營面曙町六壹番地'로 기재되어 있다. 또 그의 어머니 허명하(許命夏, 本은 누락되어 있음, 1901. 07. 20~1968. 12. 07)의 사망 장소 역시 그의 전 본적지 '慶尙南道統營郡統營面曙町六壹番地'이며, 그의 친할머니 차신사(車新巳, 本은 延安, 1881. 06. 24~1960. 06. 29) 사망 장소도 그의 전 본적지 '慶尙南道統營郡統營面曙町六壹番地'임을 확인할 수 있다. 그렇다면 대여의 친할머니는 물론 부모까지 전 본적지에 머물다 하세下世한 것으로 호적부에 기재되어 있다.

대여의 성장 과정은 이미 밝혀져 있는데, 호주 선교사가 운영하던 유치원에 다녔다고 한다. 당시 보통학교는 현재 광도면 안정리(光道面 安井里) 본촌(本村 또는 1구)에 위치한 4년제 간이 벽방보통학교를 마친 후, 통영읍 내 여황산 기슭에 일본인 자녀들 학교였던 6년제 통영보통학교 4학년에 편입하여 졸업한 것을 알 수 있다. 왜 당시 교통이 불편하고 먼 면 단위에 있는 간이보통학교인 그곳에 가서 입학하고 4년 학기를 수료했을까? 사실상 그곳에서 거주한 대여의 부친 김영팔金永八의 가족들이 한때 그곳이 생활 근거지였다. 그곳에서 현 광도면 안정리 중촌에서 농업과 정치망 어업에

김춘수 시인의 친할아버지
김진현의 의관衣冠 모습

김춘수 시인의 친할머니
차신사의 생전 모습

김춘수 시인 일가친척 기념사진 중, 가운데 줄 우측에서 3번째가
김춘수 시인의 친할머니 차신사

서 큰 소득을 올려서 풍족한 부자였다고 대여가 구술한 바 있다.

대여의 묘지는 경기도 광주시 공원묘지에 안장되어 있다. 유족으로는 대여와 부인 명숙원(明淑瑗, 1926년생) 사이에서 낳은 장녀 영희(英姬, 1945년생, 당시 나이 59세), 차녀 영애(英愛, 1947년생, 당시 나이 57세), 큰아들 용목(容睦, 1948년생, 당시 나이 56세, 건설업), 둘째 아들 용욱(容旭, 1950년생, 당시 나이 54세, 대덕단지 지질연구소 연구원), 셋째 아들 용삼(容三, 1954년생, 당시 나이 52세, 조각가) 등이다. 참고로 대여의 음력 사망일은 갑신년(甲申年, 2004) 10월 18일 임자일壬子日인데, 양력으로 동년 11월 29일이 된다. 만약 음력으로 기제사를 올릴 경우, 매년 10월 17일임을 밝혀 둔다(필자가 기록함).

이상은 필자 본인이 발굴한 자료임을 밝히며 인용할 때는 필자의 이름으로 반드시 밝혀야 한다. 또한 호적부 기재 오류는 해당 지방자치단체장이 관할법원에 직권 정정 신청하면 바로 잡을 수 있다. 끝으로 대여의 새롭게 발굴된 연보 내력 외는 이미 문헌상 밝혀져 있는 그대로이므로 여기서는 지면상 생략한다.

3. 김춘수 시 세계와 역사주의 비평과의 관계

대여 김춘수 시인(이하는 대여)의 시 세계는 역사주의 비평 방법에서 조명해도 극히 관계가 먼 것 같다. 그의 시 속에 통영 바다, 한려수도, 남망산 등 지명이나 물또래, 왱오리 등 방언을 비롯한 이미지들이 다수 차용되기는 하였지만, 시의 상상력은 전혀 다르게 형상화하였다. 직접 그의 시론에서 무의미의 시는 이렇게 썼다는 것을 시론에서 밝혀 놓았지만, 본고 필자는 정신분석학적인 측면에서 본 그의 무의미 세계를 간략하게 살펴보기로 하겠다.

대여의 초기 시는 존재의 시로 출발하고 있다는 것은 본인이 밝혔다. 그의 대표작 〈꽃〉은 존재의 시다. 무의미 시가 아니다. 그의 중기 시부터 무의식의 자연스러움이 의식으로 위장하여 주체를 죽이고 우리네 민요적인 리듬에서 내용만 담아내는데 고뇌했다. 그는 "말(의미)보다 먼저 토운에서 찾아야 한다"고 주장하고 있다. 그 직전의 중기 시의 초반에서부터 〈타령조〉, 〈處容斷章〉을 만날 수 있다. 그의 무의미 시 기법은 이미 연구자들이 지적했지만, 본고 필자는 다다이즘운동에서부터 부르짖었던 '무의미의 의미'를 내세운 것과 유사한 기법으로 본다. 의미를 지우고 무의미에서 전혀 다른 의미를 찾으려는 다다이즘 시대의 마르셀 뒤샹은 물론 마티스의 그림 또는 세잔느 등 상징주의 그림에서 비롯된 흔적에서도 엿볼 수 있다. 초기 시를 자평한 존재 시를 "촉각 하나를 밑천으로 시를 써 왔다"고 진술한 것과는 다소 변화를 보여주고 있다. 이러한 변화에서 그의 〈處容斷章〉 연작은 광산 김 씨 뿌리가 닿아 있는 것 같다. 즉 신라 왕자 휘 여광이준위광산 新羅 王子 諱 與光而浚爲光山에서 출발하고 있는 것으로 짐작할 수 있을 뿐 내용은 전혀 낯설 뿐이다.

언어는 언어를 갖는 것보다 리듬을 갖게 되면 낯선 몸이 헤테로 콜라주로 변용하는 것이다. 빌려온 텍스트라도 새로운 텍스트로 재창작하는 기법이다. 이미지 자체가 되기 이전까지는 의식이지만 이미지로 나타날 때는 전의식이 카오스적일 수 있기 때문이다. 이런 경지에서 그는 이미지 탄생은 폴 클로델(Paul Claudel, 1868~1955)이 말한 "한 마리의 나비가 나는데도 전우주가 필요하다"를 인용한 이미지처럼 생명체의 실핏줄이 동반하는 것은 사실이다.

그 한계점을 극복하려면 어떤 기호로 표출해야 하는 다다이즘 시와 같은 기호(대상)를 나열하는 것에 강점을 두고 있는 것 같다. 내용만 남아 있는 리듬이 있다면 재생될 수 있다. 말하자면 형태가 없는 무의식 세계에서 상식의 일탈을 꾀하는 것일 수 있다. 예기치 않는 만남인 우연 일치에서 쓰이어진 시를 무의미 시라고 내세울 수 있다. 이러한 상상력은 무의식이 의식으로 위장해 있을 때 이러한 환상을 겪을 수 있다. 바로 상상력이 이미지화되지 않고 훈영적일 수 있기 때문이다.

이런 경우 엘뤼아르처럼 언어콜라주를 시도했다면 그의 질문은 해답이 명료해질 수 있었을 것이다. 따라서 낯선 이미지가 탄생되어 본인 자신도 구분하지 못한 채 애매성에의 시라고 지칭할 수 있었다고 본다. 〈處容斷章〉이 갖는 자연적인 순리, 즉 우주 순환에서 오는 신화적인 주술을 섭렵하게 된다. 애당초부터 모티프 한 춤과 노래가 한 시대를 변주한다 할 수 있다. 설령 역사적인 허무주의를 밝혔지만, 기법은 역설적으로 받아들여야 할 것이다.

보는 연구가의 관점마다 틀리겠지만, 무의식적 환상기법일 경우, 허무주의는 필수적이기 때문에 동의하지 않는다. "아이구 나 그동안 어떻게 죽지 않고 살았는지 몰라. 내 무의미 시는 철저하게 가면을 쓰고 창작된 것이며 인위적으로 만들어진 것인데…(후략)"처럼 문제는 그의 시론에서 허무적 의미가 변증법으로 어떤 모습인지 묻고 싶을 뿐이다.

그러니까 메타적인 논리라도 정동적情動的인 표현이 함의되는 이상 객관적으로 볼 때 어떤 왜곡된 담론에 오해받는 경우가 없지 않다. 바로 이러한 난해성이 갖는 작품이 시의 생명력일 수 있다. 어쨌든 중기 시는 리듬을 통한 생명력을 내세우고 있는 것을 알 수 있다.

그러나 후기 시를 살펴보면 산문시로 무의식적 판타지(Phantasy)로 다가온다. 그러니까 훈영적인 판타지(Fantasy)는 아니다. 무의미 시 발표 이후 산문시 형식에서 주체를 지우고 있다. 소박한 어법으로 대칭적 이원성을 결합하는 작업이다. 오히려 자동기술법과 유사하다. 〈서서 잠자는 숲〉은 회귀성으로 나타나고 있다. 유년과 노년을 병치시키면서 과거와 현재가 겹쳐지게 하고 있다. 삶과 죽음의 본질을 제시하는 "인간 된 비애"를 상징적 오브제 α로 에스프리 하고 있다. 특히 후기 시의 작업은 동화적인 요소들을 인용하거나 은유를 통해 얻어내지만, 초현실주의자들이 탐구하던 전통성에서의 낯설기 작업, 즉 리비도(Libido)를 찾으려던 탐구와도 많이 닮아 있다.

그러나 통합성을 갖는 소리에서 리듬형 무의미 시는 능동적인 기법에서 볼 때 근접성은 먼 것 같다. 리듬이 리듬으로 남게 하려는 흔적들이 전혀 다른 세계를 끌고 올 때도 의도적인 존재성(주체)을 엿보여주는 것은 한계점이기 때문이다. 부존재성에서 오는 사실은 전반성적 코기토가 되기 때문이다. 지워진 왜곡 현상은 무의미 시가 아니라 다만 낯설게 변용하는 의미의 시로 움직이는 것을 느낄 수 있어 패러독스 기법이다.

결론적으로 말하자면 시가 갖는 생명력은 애매모호성에서 그 설득력을 획득한다. 대여 자신이 보는 가면을 벗고(주체 죽이기) 실체적인 리얼리즘의 결합을 위한 것으로 본다고 하였으나, 회상과 환상을 융합시키는 작업은 틈새가 엿보이지만 자크 라캉이 말한 실재계에서 볼 때 이해는 더 쉽다고 할 것이다. 실재계가 갖는 상징계와 상상계가 상호작용하여 무의식이 위장하는 의식의 모습을 주술적으로 처리하는 무의미 시 작업이라 할 때 우뚝하다.

따라서 대여의 시 세계는 그가 주장하는 무의미 세계를 무의식 세계에서 다룬 언어콜라주와 시각콜라주를 통한 그의 독창성으로 이해하면 수수께끼는 다소 풀릴 것이다. 특히 그가 주장하는 무의미 시는 리듬을 통한 생명력을 제시하고 있다.

다시 한 번 개념 정리는 시 자체를 무의미로 보는 것이 아닌, 메타적인 입장에서 이해하지 않으면 안 될 것이다. 그의 무의미 시 창작 기법은 이성을 벗어나려는 작업(주체 죽이기)으로 받아들여야 할 것이다. 다시 말해서 중기 이후는 '의식 흐름 기법'대로 탈구조주의적인 포스트모더니즘적인 기법에 가깝다 할 수도 있다. 그러나 대여 시의 세계는 시의 중심에서 흐르는 독창성

김춘수 시인의 친할아버지 金晉鉉의 묘(간좌艮坐)의 묘비석으로
625 전쟁 당시 해병대의 통영 원문 격전지 탄알 흔적들이 남아
있다.

을 구분할 때 초기 시의 존재 시에는 미치지 못하는 것 같다. 그래서 꽃의 시
인으로 안착한 것에서 공감대가 형성되는 것 같다. 그러나 그의 메타적인 담
론에서도 밝혔지만, 앞으로도 그의 정체성은 크게 기대될 것이다.

한국 시단에 대여 시인만큼 치열하게 독창성에 접근하려는 자가 현재에도
극히 드물기 때문이다. 대여의 100주년 탄신을 맞이해도 그의 웃음은 현재
에도 진행형이다. 오늘날 그가 태어난 당시 통영면 서정리 61번지의 통영 햇
살은 지금도 건강하고 따뜻한 모습으로 우리에게로 다가온다.

김춘수 시인과 유치환 시인의 관계

1. 통영 출신이면서 처음부터 서로 다른 길

대여 김춘수(金春洙, 호 大餘, 1922. 11. 25~2004. 11. 29)는 청마 유치환(青馬 柳致環, 1908. 07. 14~1967. 02. 13) 시인과의 연령 차이는 만으로 14세 차이다. 참고로 그때 나이는 일제군국주의 호적부에서 기록되는 양력 나이가 아닌 우리나라가 음력을 실제 사용하던 나이들이다. 청마가 스무 살 적에 권재순權在順과 혼인할 때는 화동으로 갔었다는데, 그때 대여 나이를 살펴보면 유치원생이었다.

그러나 그의 부친 김영팔金永八은 대여가 15살 드는 해인 1937년 9월 20일 현재 서울 명륜동 일대로 전적轉籍[1]하여 대여의 본적은 현재에도 서울로 되어 있다. 그래서 대여는 자퇴했지만 4학년까지 경성공립제일고등보통학교(경기공립중학교)에 다닐 수 있게 된 경위다. 해방 직후, 그러니까 1946년 통영중학교 교사로 부임하여 1948년까지 근무했는데, 어느 날 청마는 아내 권재순 여사가 경영하던 진명유치원(후일 문화유치원) 내의 영산장映山莊[2]에서 "솜 입힌 불 쌈만 차고 낮잠 자는 청마 머리맡에 어인 헬멧 하나가 얌전히 놓여 있었다. 언젠가는 복막염 수술을 받고 누워 있

---

1) 전적내용: '京城府明倫町參丁目七拾貳番地ノ六二轉籍届出昭和拾貳年九月貳拾日京城府尹佐伯顯受附同年拾月四日送付全戸除籍 印', 소화 12년은 1937년임.
2) 영산장(映山莊): 기숙사 격인 거처에 청마가 직접 당호를 영산장이라 써 붙였다고 한다. 상세한 것은 차영한 지음, 《니힐리즘 너머 생명시의 미학》(시문학사, 2012 .11), p.166. 참조 바람.

던 청마를 문병하고 나오는데 어인 헬멧 하나가 따라와 (⋯)"는 대여의 시, 〈靑馬의 헬멧〉 한 부분이다. 이처럼 성숙한 나이에도 청마 곁에 가까이 맴돌았다는 것을 짐작할 수 있다. 특히 대여가 첫 시집, 《구름과 장미》(1948)를 상재할 때 발문跋文을 써 준 이도 청마였다. 같은 해에 청마 또한 《울릉도》(1948) 시집을 상재하여 그해 연말에 김동리의 주선으로 서울에서 출판기념회를 갖게 되었는데, 그때 대여의 《구름과 장미》 첫 시집도 겸하게 되어 김동리로부터 칭송을 받게 된 것을 잊지 않는다고 그의(김춘수) 글에 남아 있다.[3]

대여의 초기 시에 주목되는 것은 일부 시들이 청마 시풍을 닮은 것이 없지 않다. 특히 대여 고향 시 모습은 청마 고향 시 모습의 언술을 비켜 가지 못한 것 같다. 특히 그가 주장하는 "나의 제2 습작기는 8·15 해방과 함께 왔다"면서 "그해 가을 유치환 씨를 비롯해서 윤이상, 정윤주, 전혁림, 박재성, 김용기, 김상옥 제씨와 '통영문화협회'라는 단체를 만들어 문화계몽 운동을 한 일이 있다. (⋯) 일 년 정도 그러는 동안, 인근 부산의 염주용(통영 염 씨 집안사람으로 본다—필자), 마산의 김수돈, 《영문嶺文》이라는 문예지를 발행하던 진주의 설창수 문인 예술가들과 교류의 다리가 놓이게 되어(⋯)"라고 술회하고 있다.

이때부터로 보는 청년 대여의 시 세계는 청마로부터 떨어지려는 몸부림을 엿볼 수 있다. 그러던 중, 대여는 1946년 마산의 조향, 김수돈 등과 함께 《로만파》 동인지 창간호를 주도하는 멤버에 속한다(제3집까지 간행된 후 폐간).

물론 청마도 초대로 보이는 시를 발표했다. 대여는 그때에도 순수 서정적인 시를 썼다고 술회한다. 재직 중인 통영중학교에서 1948년 9월, 6년제인 마산중학교 교사로 발령을 받게 되면서 마산에 거주하게 된다. 마산에서 직장 생활하면서 미당 서정주 시인의 서문[4]을 받아 제2시집 《늪》(문

---

3) 김춘수 대표에세이, 《왜 나는 시인가》, 현대문학, 2005. 01, p.75.
4) 서정주 발문 내용: "김춘수 형이 이 책 《늪》은 전저前著 《구름과 장미》에 비하야 월등한 진경이

예사, 1950. 03)을 상재한다. 이 시집 중에 시, 〈旗−청마 선생께〉라는 부제가 있다. "1. 하늘의 푸른 중립지대에서, 여기도 아니고 거기도 아닌 일상에서는 멀고 무한에서는 가까운 희박한 공기의 숨 가쁜 그 중립지대에서, 노스탈쟈의 손을 흔드는 너./2. 다시 말하면 오! 기스대여 너는,/하늘과 바다가 입 맞추는, 영원과 순간이 입 맞추는 희유한 공간의 그 위치에서 섰는 듯 쓰러진 하나의 입상立像!"이라고 읊었다. 청마의 시 〈깃발〉을 두고 쓴 시로서 깃발의 본질적인 모티프와는 거리가 먼 시 작품이라 할 수 있다. 특히 '쓰러진 하나의 입상立像!'이라고 마무리 형상화 내용은 시 전체가 지탱하는 핵심을 엉뚱하게 표출한 것으로 보인다. 그렇다고 청마의 내면 세계를 그린 것도 아니다. 또 제3시집 《旗》(문예사, 1951. 07)를, 제4시집 《인인隣人》(문예사, 1953. 4)을 간행했다. "그러나 지금에서 생각할 때 너무 성급한 짓거리였다"고 후회한다.

한편 1952년 대구에서 설창수, 구상, 이정호, 김윤성 등으로 구성되어 《시와 시론》을 창간했으나 종간되었다는 것이다. 그때 시 〈꽃〉과 첫 산문격인 시론 《시 스타일론》을 싣게 되었다는 것이다. 어쨌든 대여는 1950년대에 관념의 시로써 존재감을 적시한 여러 편의 〈꽃〉을 쓴 시인으로 독자로부터 선망하게 된다. 그런데 '1945년에서 1947년 사이에 프랑스의 화가 앙리 마티스의 그림을 본 모리스 메를로−퐁티가 그의 〈회화의 역사〉에서' '보이는 세계의 자귀 복귀' 중, '선2'에 대한 글에서 "처음 볼 때부터 여자였던 것이 아니라/보는 동안 여자가 되었다"[5]는 것과 매우 흡사하다. 또한, 불교의 화엄 세계의 연기설이 갖는 온 존재의 해체적 체계를 갖추면서 동시에 모든 존재를 꽃으로 보는 것과 같다. 하나 아닐 수 있으면서

나 비약을 뵈이고 있는 것은 아니라고 나는 생각했다. 치밀이라면 훨씬 더 치밀해졌고, 심화深化라면 또한 상당한 심화를 뵈이고 있는 것만은 사실이다./ 하여간 그의 잔잔하면서도 독특한 감성의 여러 체험들은 이 책에 와서도 한결같이 꾸준하야 우리들의 기꺼운 기대를 걸기에 족한 바가 있다./ 한 개의 김춘수적 높이와 김춘수적 시적 종교의 넓이에까지, 이들의 체험이 마침내 도달될 날이 있기를 바래마지 않을 따름이다./ 이상 몇 마디 기쁨의 말씀으로써 부탁하신 것(서문 운운)에 대신하는 바이다. 경인 삼월 병상에서 서정주
5) 모리스 메를로−뽕띠 지음, 김정아 옮김, 《눈과 마음》(마음산책, 2008. 4), p. 125. 참조 바람.

둘도 아닌 서로 다른 것이 하나임[不二性]을 보는 인과관계에서도 제시되는 것이다.

그의 불후不朽 작품인 〈꽃〉의 작시 과정에서 행과 연의 흐름을 깊이 있게 분석해 보면 미당 서정주의 시, 〈국화菊花 옆에서〉의 행과 연의 흐름과 흡사하다는 착각을 하게 한다.

그러나 각각 작품을 언뜻 보면 전혀 다르게 에스프리 되어 있다.

한 송이의 국화꽃을 피우기 위해
봄부터 솥작새는
그렇게 울었나보다

한 송이의 국화꽃을 피우기 위해
천둥은 먹구름 속에서
또 그렇게 울었나보다

그립고 아쉬움에 가슴 조이든
머언 먼 젊음의 뒤안길에서
인제는 돌아와 거울 앞에 선
내 누님 같이 생긴 꽃이여

노오란 네 꽃닢이 필라고
간밤엔 무서리가 저리 내리고
내게는 잠도 오지 않았나보다.
  ―徐廷柱, 〈菊花옆에서〉,
  《徐廷柱 詩選》(正音社, 1955)

내가 그의 이름을 불러주기 전에는
그는 다만
하나의 몸짓에 지나지 않았다.

내가 그의 이름을 불러 주었을 때
그는 나에게로 와서
꽃이 되었다.

내가 그의 이름을 불러 준 것처럼
누가 나의 이름을 불러다오.
나의 이 빛깔과 향기에 알맞은
그에게로 가서 나도
그의 꽃이 되고 싶다.

우리들은 모두
무엇이 되고 싶다.
너는 나에게 나는 너에게
잊혀 지지 않는 하나의 눈짓6)이 되고
싶다.
  ―金春洙, 〈꽃〉,
  《꽃의 소묘素描》(백지사, 1959)

---

6) 당초 원문은 '하나의 의미'였으나, '하나의 눈짓'으로 대여 본인이 수정함.

대여는 나이 스물아홉 들던 해(1951)에도 마산에 살면서 임시의 수도인 부산의 동아대학교로 자리를 옮긴 조향으로부터 신선한 충격을 받게 된다. 조향은 이미 《후반기동인회後半期同人會》의 멤버로 활동하고, 자기 직장인 동아대학교에서 학생들로 하여금 쉬르(Sur)연구회를 조직, 《아사체雅死體》 등의 연구지를 발행하고 있었기 때문이다. 대여는 "이때로부터 나는 선배로부터 의식하지 않게 되었다. 내 나이 이미 서른을 넘어서고 있었다. 몹시 늦은 각성이다. 50년대의 초다.[7] 이 무렵에 비로소 나는 애착이 가는 시를 생산할 수 있었다. (…)"[8]라고 하면서 대여는 아류의 티를 분명히 벗을 만큼 시단의 주목을 받기 시작한 때를 말한 것 같다. 그러나 그때도 마리아 릴케 류의 관념시인 〈꽃을 위한 서시〉 외 10여 편의 시를 썼을 뿐이라고 술회한다. 〈꽃을 위한 서시〉는 시집, 《꽃의 소묘素描》(1959)에 게재되어 있다.

2. 청마의 시 세계를 깊이 있게 인식하지 못한 대여

대여는 1950년대 중반쯤 부산대학교에 시간을 얻어 출강하면서 부산에 머물게 된다. 여관보다 아는 학생, 지인들 집에 신세를 지던 중에 서재에서 생활하던 월남민 대학원생이며 장서가로서 20대 중반인 고석규高錫珪와 친해, 주로 그곳에서 머물다가 1956년 대여가 부산에 하숙하던 집으로 고석규가 찾아와 제호는 둘이서 합의한 《시 연구詩研究》 동인지를 창간하게 되었다. 목차를 보면 제법 많은 문학인이 참여했는데, 유치환, 김현승, 송욱, 고석규, 김춘수였다.

그중에 청마는 〈회오悔悟의 신神〉[9]을 실었으며, 대여는 〈모더니즘과 니

---

7) 대여와 본고 필자의 자연 나이 차이는 16세이다. 필자와 청마와의 자연 나이 차이는 30세이다. 청마가 만 58세에 작고했을 때 대여는 44세이고, 필자는 28세였다.
8) 김춘수, 앞의 같은 책, p.76.
9) 청마, 〈悔悟의 神〉《구름에 그린다》(신흥출판사, 1959), pp.175~181. 참조.

힐리즘〉을 실었다. 그때 부산대학교의 출강은 학교 측의 의사로 그만두고 마산으로 다시 내려가서 쉬는 동안 고석규의 급사急死에 대한 비보가 날아왔다고 적고 있다. 특기할 대목은 그는 시를 발표하면서 50년대부터 시론을 다수 발표하기 시작했다. 1958년 10월, 첫 시론집, 《한국 현대시 형태론》(해동문화사)을 발표하는 한편 제2회 '한국시인협회 상'을 수상하기도 했다.

대여 시론에 적시된 청마시 세계로 말미암아 청마와 멀어진 이유는 전혀 아닌 것으로 보이지만, 대여가 쓴 시론은 충격적이지 않을 수 없었을 것이다. 대여의 시론에 대한 절차를 보면 당대 이름난 시인들을 개별적으로 열거하면서 '시인론을 위한 각서'를 설정, '이상' 다음에 '유치환' 시 세계를 포괄적으로 논평하였다. 즉, 청마 시 세계에 대하여 1. 감정의 압살자, 2. 반反시인, 3. 동양인과 서구인으로 갈래 하여 비평했다.

먼저 '감정의 압살자'라 규정하여 논급한 내용을 보면 "씨의 초기의 우수작들은 (…) 감정의 깊은 페이소스에 잠겨 있다. (…) 그러니까 씨는 일찍 상한 감정을 가진 센티멘털의 서정시인이었다. (…) 그래서 씨는 몸소 씨의 심장을 눌렀다. 감정을 압살하려고 했던 것이다." 이처럼 불과 10년 미만에서 시론을 다수 발표하면서 중진 시인들의 시 세계를 논평한 것은 당시 시만 느슨하게 써 온 부류들을 일깨워 준 경종이기도 했다.

특히 그의 〈꽃〉에 대한 독자층의 관심에 힘입어 그의 시론은 정론처럼 시단을 뒤흔든 것으로 짐작된다. 그러나 자존심만 먹고 내노라 하는 문인들은 한때 요동치고 비난이 쏟아지자 김춘수 시인은 오히려 더 유명시인으로 자리매김을 한 것 같다.

그런 와중에도 청마는 대여에 대해 긍정적인 칭찬을 아끼지 않았다고 회자 되고 있다. 그러나 1976년, 그러니까 청마가 타계한 9년째 되는 해에 문학과지성사에서 간행한 김춘수의 《의미에서 무의미》 시론은 그의 심중을 솔직히 밝히고 말았다. "이 무렵 내 가까이에 늘 청마靑馬가 계셨지만, 청마의 말은 나에게는 너무 무겁고 거북하기만 하였다"[10]라고 술회하고 있다. 그는 청마로부터 평소 깊은 트라우마(trauma)를 받았는지는 모르나, '늦은 트레이닝'이라는 데서도 짐작이 간다. 그때 대여는 인기 있는 시인임을 느꼈기 때문에 다작적인 그의 시론은 날카로웠다. 그러나 청마가 그에게 엄청나게 미친 영향은 누구보다도 대여 자신은 잘 알고 있었을 것이다.

대여는 청마가 1967년 02월 13일 부산 좌천동에서 교통사고로 작고한 10년 후인 1977년 10월에 대여는 〈청마 가시고, 충무에서〉[11]라는 시를 발표했다. 오랜 기간이 지난 후에 청마의 제자 문덕수(월간《시문학》주간, 홍익대학교 명예교수, 한국예술원 회원) 시인이 주도한 '청마문학회'가 주관한 전국적인 '제1회 청마문학상'을 대여가 최초로 수상하게 된 것을 두고 통영 사람들 간에는 청마와의 관계를 의식하지 않을 수 없었다. 그러나 아무도 이론異論은 없었다.

그러나 문학예술뿐만 아니겠지만 모든 예술 장르에서 제자들이 스승으로부터 탈주하려는 현상은 대여뿐이겠는가? 특히 문학작품 세계에서는 스승을 닮지 않으려는, 전혀 다른, 독보적인 세계를 갖고자 하기에 대여는 논평한 후에 '사족'까지는 불필요하다고 생각된다. 어쨌든 대여는 대한민국 문단에 대가가 되었다.

말머리를 돌려 앞에서 일별─瞥한 대여의 《한국 현대시 형태론》(1958. 10)을 간행한 다음 해인 1959년 12월에, 청마는 생명을 전제로 한 그간 다수 발표된 주요主要 시편들에 대하여 시작 동기와 배경, 특히 만주벌판에서 겪은 목숨의 한계점은 물론 청마의 신神에 대한 내용 등등을 포함한《구름에 그린다》(신흥출판사, 1959. 12)라는 자작시해설집을 출간하게 된다. 물론 대여에게도 자작시해설집을 보냈는지는 알 수 없다. 거기에는 대여에 대한 직접적인 논급은 없지만 철두철미하게 시작 동기와 배경을 구체화시

---

10) 김춘수, 〈의미에서 무의미까지〉《김춘수 시론집》(현대문학, 2004. 02), p.530.
11) 김춘수, 《김춘수 시 전집》(현대문학, 2004. 01), p.369 : '저승은 남망산 저쪽에/한려수도 저쪽에 있다./해 저무는 까치소리를 낸다./올해 여름은/북신리 어귀에서/노을이 제 이마에 분꽃 하나를 받들고 있다./후후 입으로 불면/서쪽으로 쏠리는/분꽃도 저승도 어쩌면/해 저무는 서쪽 하늘에 있다.'(단행본 시집 《南天》(근역 서재, 125면, 1977. 10. 20)에도 게재되어 있음.

킨, 일종의 시론으로도 볼 수 있는 내용이 그가 남긴 귀중한 자료가 산 증인의 역할을 한다고 할 수 있다.

3. 청마 시 세계와 대여 시 세계 흐름

3-1 청마 시는 니체의 생명에 대한 윤리적 도덕관과 유사

청마 시 세계는 크게 한마디로 인간이 지닌 본성을 그대로 드러내는 내면의 깊이를 통해 생명을 열애하고 인간주의를 내세우고 있다. 따라서 그의 시 세계는 형태론적인 측면에서 보아도 시대적 상황을 직시한 원초적인 직관력이 번뜩인다. 생명의 본질을 굵은 목소리로 노래하는 현재형이다. 일제 군국주의 식민지 치하에서 살아가는 핍박 받는 생명들과 고통을 허무 의지로써 생명력을 감싸기 위한 예언자이기도 했다. 그 중심에 휴머니즘의 중심 사상인 사랑을 구체화한 애련(愛憐·哀憐)의 메신저(messenger)였다.

그러나 그의 멜랑콜리아가 아닌 먼 곳을 향한 그리움, 즉 페른베(Fernweh, 독일어)의 호소력은 1인칭에서부터 출발으로써 시를 바라보는 시각 차이에서 일부 연구자들이 나약한 시인으로 낙인을 찍는 등 커다란 오류를 범하고 말았다. 때로는 연서戀書적인 시들을 쓰는 시인으로 경시해 버리는 등 '인식적 오류'들로 하여금 현재도 심층적인 접근 없이 그의 시 세계가 오인을 받기도 한다.

그러나 청마의 시는 연약한 실재적인 생명들마저 놓치지 않으려고 윤리적 모랄을 내세워 오해받을 수 있는 진부한 것까지 껴안았다. 그러나 작품 그 자체들을 깊이 있게 살펴보면 크게는 고향시 모습 속에 생명의 영혼을 불어넣어 조국과 민족을 애국 애족하는 노래가 담겨 있다.

시인은 먼저 시대적 산 증인이 되어야 한다. 음풍농월吟風弄月적인 낭만주의니 무슨 주의니 하는 것보다 조국과 목숨이 처해 있는 당대의 삶과 죽음을 두고 생명력을 우선하여 절박함을 노래하지 않으면 안 되었다. 따라서 일제 군국주의 치하의 모순을 신랄하게 고발한 시편들도 적지 않다. 광복 이후 부패한 위정자들을 향해 분노했다.

그렇다면 나보다 더 중한 생명의 본질을 노래한 시의 흐름은 니체 (Nietzsche Friedrich, 1844~1900)의 《차라투스트라는 이렇게 말했다》와 매우 유사하다. 읽을수록 심부를 찌르는 그의 작품은 허무 의지를 통해 강렬한 생명력을 표출하고 있다.

대여가 지적한 '감정적인 페이소스(pathos)'는 본고 필자가 볼 때 오히려 생명력이 갖는 열정이라 말할 수 있다. 그는 "광야의 광인狂人이 되어도 좋다"고 했을 정도다. 그의 시 세계는 한마디로 요약하면 연서적戀書的이고 섬약한 것이 아니라 인간주의적인 생명을 윤리 도덕적인 차원에서 남성다운 울분을 토해낸 시편들이라 할 수 있다. 말하자면 생명을 미학으로까지 승화 (sublimation)시켜 놓았다. 인간사人間事에서 가장 근원적인 것은 생명력이라고 볼 때, 시는 몸이요, 몸은 시의 원천이었음을 알 수 있다.

고대 그리스의 아리스토텔레스도 말했지만 '이데아'는 밖에 있는 것이 아니라 우리 몸 안에 있다고 지적했듯이 청마의 시 〈깃발〉도 우리 몸 안에 있는 깃발을 통해 페이소스를 토해내고 있다. 일제강점기에 처해 있는 억압된 생명을 보전해야 하는 페른베(Fernweh, 독일어)를 내세운 우리 몸 자체를 깃발(저항정신)로 내세워 노래하고 있다.

그의 뜨거운 마음은 우리의 모두가 갖는 부모 형제 자애일 수 있다. '아무리 춥고 추워도 청마 옆에 가면 뜨뜻해진다'고 이 고장 사람들 사이에서는 지금도 회자膾炙되고 있다. 청마의 시 〈깃발〉을 간단히 살펴보면 낭만주의적인 시라고 혹평하지만, 오히려 의지력을 승화시킨 생명력을 제시하고 있다. '개개인의 기상(포부, 희망, 성취감)을 나타내는'12), 즉 "눈과 응시 간의 개인적인 상징성"을 띤다. 단순한 페이소스가 아니고 형이상학적이다. 노스탈쟈만 봐도 연약성이 아니라 슬라보예 지젝(Slavoj Žižek, 1949. 03. 21~)도 지적했지만, 자크 라캉(Jacques Lacan, 1901~1981)이 말한 "박

---

12) 차영한, 앞의 책, pp.200~203.

탈과 선망, 회귀 너머에 있는, 만족 되지 못한, 억압된 결과"13)를 뜻한다. 따라서 일제 군국치하의 민족적 분노를 아주 준열하게 표출시키고 있다. 쫓기던 아나키스트(일제가 정치적으로 퍼뜨린 '무정부주의자'가 아닌 원전 뜻은 저항주의자이기에 고쳐야 한다–필자)였던 그는 여기서도 알 수 있듯이 누구든지 말하는 '저항의 시인'이라는 것을 재확인시켜 주고 있다.

또한, 우리가 익히 알고 있는 청마의 시 〈행복〉14)에 대한 시 세계마저 결코 단순한 연서적인 시가 아님을 분명히 밝혀 둔다.

　　　　　－사랑하는 것은
　　　　　사랑을 받느니보다 행복하나니라.
　　　　　오늘도 나는
　　　　　에메날드빛 하늘이 환히 내다뵈는
　　　　　우체국 창문 앞에 와서 너에게 편지를 쓴다.

　　　　　행길을 향한 문으로 숫한 사람들이
　　　　　제각기 한가지씩 생각에 족한 얼굴로 와선
　　　　　총총히 우표를 사고 전봇지를 받고
　　　　　먼 고향으로 또는 그리운 사람께로
　　　　　슬프고 즐겁고 다정한 사연들을 보내나니.

　　　　　세상의 고달픈 바람결에 시달리고 나부끼어
　　　　　더욱더 의지 삼고 피어 흥클어진 인정의 꽃밭에서
　　　　　너와 나의 애틋한 연분도
　　　　　한 망울 연련한 진홍빛 양귀비꽃인지도 모른다.

　　　　　－사랑하는 것은
　　　　　사랑을 받느니보다 행복하나니라.
　　　　　오늘도 나는 너에게 편지를 쓰나니

---

13) 차영한, 앞의 책, p.203.
14) 《청마시집》(1954)에 있음. p.160.

-그리운 이여 그러면 안녕!
　설령 이것이 이 세상 마지막 엽서가 될지라도
　사랑하였으므로 나는 진정 행복하였네라.
　-유치환, 시 〈幸福〉, 제8시집, 《幸福은 이렇게 오더니라》는 《靑馬詩集》(1954)에 묶었다. p.160.

　위의 시 〈행복〉은 니체가 주장한 '행복'에 대한 이론과 너무도 흡사하다. 인간성이 갖는 원초적인 본질에 대한 사랑을 정의하고 있다. 남녀 이성 간의 노래와는 거리가 멀다. 청마가 고백한 사랑은 어떤 것인지 그때의 원문대로 그의 자작시 해설을 읽으면 더 쉽게 이해할 수 있다. 이처럼 1930년대 생명 존엄성에 대한 노래를 한 시인은 청마와 미당 단 두 명이라 할 수 있는데, 이들을 생명파 시인이라 부른다.

　사랑함은 사랑을 받는 일보다 행복하다는 이 얼마 안 된 것 같으나 그러나 한량없이 至福한 복음에 이르기까지에는 얼마나 숱한 통곡과 몸부림을 겪고 치른 후이었겠습니까? 필경 인간은 누구를 하나 사랑하지 않고는 견디지 못하는 것인가 봅니다. 그리고 내가 누구에게서 사랑을 받는 것보다 내가 누구를 사랑하는 편에 더욱 더 큰 희열과 만족이 따르는 것인가 봅니다. 왜냐하면 사랑을 받는다는 일은 내가 소유됨이요 내가 사랑함은 곧 내가 所有하는 때문일 것입니다. 그리고 내가 소유한다는 사실은 곧 다른 하나의 나를 더 設定한다는 일이 아니 될 수 없는 것입니다. 그지없이 허무한 목숨에 있어서 나를 하나 더 설정하여 가질 수 있는 可能은 얼마나 큰 구원의 길이겠습니까? (중략) 한번 우체국으로 가서 보십시요. 보이지 않는 인정의 연분들을 우리는 얼마나 쉴 새 없이 볼 수 있겠습니까? 생각하면 시인이란 이같은 있고도 보이잖는 귀한 것을 증거하고 또한 그 증거를 통하여 인간에게 용기와 이해를 가져다주는 일이 그의 직책이 아니겠읍니까?
　-柳致環, 《구름에 그린다》(新興出版社, 1959. 12), pp.113~114.

그러니까 우리가 잘못 배운 인식이 '뇌 거울'에 깊이 각인된 이상 그의 시 세계를 새롭게 설명해도 쉽게 수용되지 않고 있다. 어떤 이성 간의 스캔들로 경솔하게 판단해 버리는, 그야말로 무서운 '인식적 오류'가 지금도 크게 역류逆流하고 있다.

3-2 김춘수 시는 독보적인 무의미의 시 지향

첫째, 대여 초기 시는 의미로부터 존재 시로 보인다. 형태론에서 볼 때 관념과 감정을 억제하려고 하면서 사물적인 처리를 한 시들에서 찾을 수 있다.

둘째, 중기 시는 무의미의 시라고 주장하는 시 세계를 본격화한 것 같다. 언어에서 의미를 배제하고 의미의 그림자마저 지우려는 치열한 작업으로 무의미의 시 작업 흔적을 제시하고 있는데, 낯설기 작업에서 볼 때 진보적이라 할 수 있다. 그러나 무의미의 시가 갖는 그의 시편들은 그의 달관된 시론을 재검토할수록 궁금증이 더해진다.

그렇다면 무의미 시란 무엇인가. '의미와 무의미'라는 말은 프랑스의 철학자 메를로-퐁티가 지은 책, 《의미와 무의미》(권혁민 번역, 서광사, 1985. 05)라는 데서도 만날 수 있다. 이 책명은 이미 1945년에 발표되었다. 그러나 김춘수 시인은 그것과는 전혀 무관하다고 일축한 바 있다. 그렇다면 프랑스 철학자인 메를로-퐁티(Maurice Merleau-Ponty, 1908. 03. 14~1961. 05. 04)는 "마치 세잔느가 자신의 손에 의해 창작된 작품들이 어떠한 의미를 지닐 수 있으며 또한 이해받을 수 있을는지에 대해 의혹을 품었던 것처럼 (…)"에서 알 수 있듯이 '의미와 무의미'라는 개념은 이미 어디든지 존재하지만, 대여가 세잔느에 대한 논급과 크게 다르지 않은 것 같다. 권혁면의 '옮긴 말'에 따르면 "세잔느의 지각세계를 두고 해석한 기존 철학의 존재 방식의 한계를 적시한 것"이라 할 수 있다.

다시 말해서 관념론과 실재론이라는 이원론적 극복을 내세우며 '의미와 무의미'의 양면성을 동시에 보려는 애매성에서 찾고 있는 것은 매우 흡사하다. 그것은 '원초적 직관'에 두고 있기에 더욱 주목된다. 문제는 관념을 벗어나지 못한 리얼리즘과 상징성의 충돌에서 아우라(Aura)를 보는 것과 같다고나 할까? 기교와 방법에서도 그의 시론만 앞서는 고뇌가 엿보인다.

이러한 실험시를 시도하는 것 자체는 높이 평가되어야 할 것이다. 그런데, 그의 '존재론적 역설'의 시에서도 "리듬 형 무의미 시는 심상의 소멸 뒤에 오는 리듬이 리듬으로 남게 하려는 흔적들을 두려워한다"면서도 그의 시론에 따라 시 작품들은 선명하게 제시하지 못한 것으로 보인다. 리듬에서는 리듬의 결핍된 의미일 뿐 리듬의 흐름으로 무의미를 찾는 것은 상당히 접근된 것 같지만 불투명성은 없지 않은 것 같다.

그것은 이중의 추상성, 운동성, 시간성이 내면세계와의 조응성을 갖는 특성을 갖추려는 고뇌에서 아이러니를 낳은 것 같다. 언어와 언어의 배합 또는 충돌에서 빚어지는 음색이나 그것들이 암시하는 제2의 자연 같은 것을 동반하고 있는 것으로 오히려 시어들이 애매모호성에서 신선한 감을 느낄 때가 있다고 하지만 무의식 세계를 끌어들였다면 이해될 수 있을 것 같다. 사실상 프랑스인 앙드레 브르통 계열 초현실주의가 내세운 '자동기술법(自動記述法, automatism)'을 원용하려는 뜻이 깊이 내깔려 있는 것은 숨길 수 없다.

자동기술법은 무엇보다도 꿈과 현실이 동시에 공존하는 곳에 영매가 있어야 한다는 것을 전제로 하고 있다. 장자(莊子)의 호접몽과도 엇비슷한 꿈과 현실이 상응해야 한다는 것도 이해하고 있었을 것이다. 초현실주의라는 것은 초월하는 세계가 아닌 절대 현실을 말하며, 사실상 후기 낭만주의에서 발상이 되었다면 모더니즘적인 주지주의로서 초극한다는 것은 무의미시의 한계는 있을 수 있다.

다시 말해서 영국의 존 러스킨(Jhon Ruskin, 1819~1900)이 말한 세 가지의 상상력인 직관적 상상력(Imagination penetrative)은 물론 연합적 상상력(Imagination associative)과 해석적 상상력(Imagination contemplative)에서 찾는 작업은 오랜 시간이 걸릴 것 같다.

셋째, 후기 시는 산문시들이 다수다. "시와 산문의 화합이라 하며, 김춘수 자신이 보는 가면을 벗고 실체적인 리얼리즘의 결합을 위한 것으로 본다" 하였으나, 회상과 환상을 혼용시키는 작업이 다소 보이기는 하지만, 어색할 만큼 고뇌만 보여주는 것 같다. 이 또한 초현실주의자들이 쓰던 기법인데, 다만 기존의 모더니즘들이 쓰던 병치의 수법에서 쓴 시들이 무의식으로 위장한 내면 보기가 의식적으로 분출하고 있는 것 같다. 이처럼 대여 시 세계는 한국 현대시의 세 갈래(전통 서정시, 현실 참여시, 모더니즘 시)에서 전기 시는 한국 전래적인 서정시에서 출발되는 것으로 엿보이나 대여 본인의 주장은 거기서 이종 교합에서 출발하는 것으로 내세우는 것 같다. 말하자면 표현과 모방을 혼동混同하여 서정시의 지평을 새롭게 넓혔다고 주장하는 것 같다.

또한, 중기 시부터 김춘수는 자기가 창발한 것으로 알려진 무의미의 시 세계를 내세우는 시론적 아우라가 철저히 둘러싸여 있는 것이 문제인 것 같다. 대여 시는 앞에서도 일별 논급을 했는데, 국제적인 흐름도 되돌아오는 포스트모더니즘에서 다시 초현실주의 단계로 진입되는 '어떤 무無의 존재적인 시 세계'를 탐구하려고 애쓴 흔적은 뚜렷이 엿보인다. 따라서 그가 주장한 '무의미 시'는 현재 한국시사에 독창적인 족적을 남겼다 할 수 있다. 그러나 13세기 중기나 후반에 영국인들에 의해 난센스라는 실험이 없지 않았다. 또 1916년부터 일어난 다다이즘 운동의 한 축인 허무주의의 무無에서 찾아보면 유사한 것을 알 수 있다. 따라서 앞으로도 실험적인 시로써 이론異論적인 비평 대상이 될 것은 틀림없다.

4. 마무리

청마와 대여의 시 세계는 존재의 시에서 출발하는 공통점이 전혀 없지는 않다. 말하자면 주로 실재하는 대상을 감성으로 형상화하는 기법에서 차이점은 있어도 내면적인 에스프리(esprit)는 크게 벗어나지 못한 한계가 있는 것 같다.

청마는 니체적인 생명을 윤리 도덕적인 계보에서 노래했다고 본다. 처음부터 생명을 주제로 하여 삶과 죽음을 노래한 시인이다. 다만 격동기를 겪으면서 간혹 '참여시'를 쓸 수밖에 없었던 처지라도 직설적인 시들이 다소 없지 않고, 극히 낭만적인 몇 편의 시도 없지 않다. 그러나 남성다운 굵은 톤으로 한 시대의 아픔을 토로했다.

그렇다고 대여가 '감정을 압살시키고 애상적인 시들'이라고 지적한 것은 이 또한 잘못된 '인식적 오류'를 남겨 놓았다. 청마의 핵심적인 시 바탕은 바로 생명을 전제로 한 인간 존엄 사상에서 그 핵심을 재검토되어야 한다고 본다.

대여의 시 세계에서도 무의미 시라고 제시하는 '타령조·기타' 시들은 리듬을 갖는 데에서 접근하려는 의욕은 매우 독보적이다. 나오는 그대로 횡설수설로 의미 없는 무질서적인 기법으로 볼 때 무의식이 있는 몸 놀림적인, 말하자면 타령조 같은 것이다. 오히려 초현실주의자들이 주장하던 무의식 세계가 작동하여 영매적인 어떤 무의미 시가 '낯설게 하기', 즉 애매모호한 절대 현실을 보여주는 것과 유사하다.

문제는 무의식 세계를 통한 현실과 꿈이 갖는 초현실주의와 장자의 꿈과 현실 사이에 있는 허무(대여가 주장하는 허무)가 아닌, 전혀 다른 무의미가 존재한 무의식 세계를 전제로 할 때만이 그가 주장하는 존재 가능성은 엿보일 것 같다. 상상력만으로 무의미 시가 갖는 언어 실체의 존재는 앞으로의 과제로 남겨두기로 한다.

☞ 출처 : 2022년 12월 《통영예술》 제23호, p.108~123.

김춘수의 시 세계 고찰
—의미에서 무의미까지 중심으로

1. 들머리

김춘수[1]의 시 세계를 '의미에서 무의미까지'라는 시론을 중심으로 시 작

---

1) 김춘수(金春洙, 아호雅號 대여大餘, 1922. 11. 25~2004. 11. 29)는 현 통영시 동호동 61
번지(현재 62번지의 1호)에서 아버지 김영팔(金永八, 1903. 09. 22, 관향貫鄕은 光山)과 어
머니 허명하(許命夏, 1901. 07. 20) 사이에서 큰아들로 태어났다. 대여 선생(이하 대여로 함)
은 호주 선교사가 운영하던 유치원에 다녔다고 한다. 당시 보통학교는 현재 광도면 안정리(光
道面 安井里) 본촌(本村 또는 1구)에 위치한 4년제 간이 벽방보통학교를 마친 후, 통영읍내 여
황산 기슭에 위치한 일본인 자녀들 학교였던 6년제 통영보통학교5 학년에 편입, 졸업했다. 당
시 교통이 불편하고 먼 면단위에 있는 간이보통학교로 왜 가서 입학했을까? 대여의 부친 김
영팔(金永八)은 현 광도면 안정리 중촌에서 농업과 어업에서 큰 소득을 올리고 대 부호가였다
고 전한다.
먼저 대여의 부친 김영팔(金永八)의 원적부터 살펴보기로 하겠다. 김영팔(金永八)의 신분사유
란 기재는 '慶尙南道統營郡山陽面藍坪里九0六番地金永伯方ヨリ分家大正拾年四月參日慶尙南道
統營郡山陽面藍坪里九貳拾壹番地ヨリ移居印'했다. 즉, 분가 사유가 1921년 04월 03일 현 산
양읍 남평리 921번지에서 이거되었다는 기재를 볼 수 있다. 그 이후에 본적 변동이 발생하여
현 통영시에 관리되고 있는 김영팔(金永八)의 본적은 '慶尙南道統營郡統營面曙町六壹番地'로 기
재되어 있고, 호주가 된 원인과 연월일 즉, '戶主トナリタル原因及其ノ月日'을 보면, '分家
ニ因リ大正七年八月參日戶主トナル' 즉, 1918년 08월 03일 분가 호주가 된 원인이 일본식
호적부에 기재되어 있다. 이 호적부는 현재 통영시청에 관리되고 있는데 제적부 색인부에서 찾
으면 된다. 그러나 김영팔의 신분 사유란에 전적사유 기재가 누락되어 있고, 오류 중에서도 주
목되는 문제점은 '1921년 04월 03일'이 최초 분가 연월일'인데도, 앞에서 밝힌 1918년 08
월 03일 현재 통영시 호적부에는 이미 3년 전에 전 본적지로부터 전적되어 있다. 따라서 호
적 기재(記載)의 오류가 발생된 채로 방치되어있다. 그럼에도 호적부의 오류를 모르는 채 김영
팔은 1937년 9월 20일 서울로 전적하였기 때문이다. 그때 대여의 나이는 15세인데, 서울
에 있는 중학교에 입학하기 위한 것으로 구전되고 있다. 그러나 호적만 서울로 전적했을 뿐 호
주 김영팔은 상당기간 현재 통영시 광도면 안정리 중촌 마을에 사실상 거주하면서 어업과 농
업을 겸한 만석꾼이었고 대구어장, 멸치정치망 어장을 경영을 하고 있었다. 본 원고와는 다
지만 필자가 창원시(김달진문학관)에서 발간되는 《시애詩愛》, 11호, (2017. 8. 31 간행-필자
평론, p.254) 지에 보낸 원고에 전기적 고찰에서 각주 변경을 이 메일로 보냈으나, 착오인지
모르나, 당초 자료 보낸 그대로 게재되었기에 광도면 안정리 본촌마을이 안태본이 아님을 밝
혀둔다. 어쨌든 대여는 현재 통영시 동호동 61번지에서 할머니의 조력으로 유치원을 다닐 수
있었고, 유치원을 마친 후, 다시 가족이 사는 광도면 안정리 본촌마을로 가서 벽방보통학교에
입학한 배경이다.

품들을 텍스트별로 분석해 보기로 하겠다.

그의 시작詩作은 실험정신을 내세워 계속적인 변모양상을 시도해 온 몸부림은 그의 시들과 이를 뒷받침하는 다수의 시론에서 높이 살만한 성과가 엿보인다. 또 무의미라는 시를 쓴다 하여 한국 현대시사에 처음으로 자리매김한 시인이기도 하다. 그러나 무의미 시는 13세기 중후반에 아르투와(Artois) 지역과 에노(Hainaut) 지역에서 맥락된 것에서도 찾을 수 있고, 19세기 이후 영국인들에 의해 전개된 실험에서도 알 수 있다.

로베르 베나윤(Robert Bénayoun)이 붙인 제목《난센스》(Le nonsense, Paris, Balland, 1977)라는 선집에는 루이스 캐롤, 에드워드 리어와 함께한 뱅자맹 페레의 시 세계를 접할 수 있다. 이처럼 초현실주의 절정까지 끌어올린 페레는 자동기술법을 동화적인, 몽환적이면서 아나그램적인, 즉 삼키기와 토하기에 능란했다. 그렇다면 김춘수의 무의미 시는 그대로 차용한 것이 아니

본고 필자는 대여의 아버지 김영팔의 전 본적을 새로 발견했고, 대여의 아버지 김영팔을 낳은 호적상 차신사(車新巳)의 친정 곳을 탐구해 왔는데, 호적상 차신사(車新巳) 성명기재 연유를 살펴보면 신고자는 대부분 보호자가 신고했기에 이름을 친정 곳을 따서 '새아기는 사량이다' 또는 '사량 새아기'라고 신고한데서 찾을 수 있었다. 따라서 당시 호적리가 석자 성명을 호적부에 기재할 때 차신사(車新巳)라는 이름으로 기재했던 것으로 본다. 조선시대 민적부는 생년월일도 음력 그대로 기재했으나 여성은 이름이 없고 성씨만 기재(경주이씨, 연안 차씨 등)되었으나, 통분한 1905년 을사늑약으로부터 1910년 8월29일 한일합방에서 전국일제 조사 실시와 호적 기초 작업을 서둘러 일본식호적부가 시행됨에 따라 여성들도 이름으로 등재되었다. 1970년대 주민등록 기간 설정으로 줄을 섰던 호적부 기재례에 따른 이름들도 주민등록에 기재되어버렸다. 일본식 호적부는 정웅, 용웅, 길웅, 영자, 순자 등 일본어를 차용했고, 출생환경 따라 이름을 붙여 넣었는데, 예를 들면 '박예삐'라고 출생신고하면 호적리는 '박고비(朴古非)'로 호적부에 등재하여 찾기가 어려웠다. 통영시 산양읍 호적부(제적부 포함)에 그러한 아러니가 기록되어 있다. 필자도 일선지구에서 호적리를 다년간 맡은 일이 있기에 출생신고 할 적에는 구술을 조작해서 기재해 주고 신고자와 구두 합의로 업무처리한 일이 극히 있었다. 대여의 얼굴은 친할머니 얼굴과 다소 닮았다고 하며, 차신사(車新巳)의 친정은 사량면 하도(아래섬) 양지리 능양마을에 집성촌을 이룬 차씨 문중으로 보인다. 대여에게는 진외가이다. 이를 뒷받침하는 것은 현재 통영에 살고 있는 대여 선생의 친조카(대여 맡 동생의 자)인 김용일의 구술에서도 어느 정도 확인되었다. 대여의 성품은 고집이 세고 담백하며, 자상한 성품이었다고 한다. 대여의 묘지는 경기도 광주시 공원묘지에 안장되어 있다. 유족으로는 장녀 영희(당시 나이, 59세), 차녀 영애(당시 나이 57세), 큰아들 용목(당시 나이 56세, 건설업), 둘째 아들 용욱(당시 나이 54세, 대덕단지 지질연구소 연구원), 셋째아들 용삼(당시 나이 52세, 조각가) 등이다. 참고로 음력 사망일은 갑신년(甲申年, 2004) 10월 18일 임자일(壬子日)인데, 양력으로 동년 11월 29일이 된다. 만약 음력으로 기제사를 올릴 경우, 매년 10월 17일임을 밝혀둔다.(본고 필자가 기록함)/이상은 필자 본인이 발굴한 자료임을 밝히며 차용할 때는 필자의 각주를 밝혀야 한다. 이하 기록된 연보는 이미 문헌상 밝혀져 있는 그대로이므로 여기서는 생략한다.

고 난센스를 내세워 나름대로의 고독을 실험한 독창적인 시 세계라고 할 수 있다. 그러나 그의 무의미 시는 초현실주의자들이 내세운 자동기술법의 한계를 벗어나지 못한 것으로도 보인다. 그러나 무의미 시를 몸소 실천한 김춘수 시인의 시 세계 특성은 후대에도 신선한 충격으로 다가설 수 있을 것이다. 그런데 지난 이야기지만 서울대 교수로 재직한 오 모 씨는 통영 땅 시민문화회관 소강당에서 통영문학상 심사위원장 자격으로 춘수상을 선정한 발표를 하면서 뜬금없이 김춘수의 무의미 시 존재론까지 부정하는 발설에 대하여 관객으로 참석한 본고 필자는 그가 갖춘 깊이 있는 학문을 의심할 수밖에 없었던 깊은 상처가 지금도 지워지지 않는다.

그러나 김춘수 시 세계에 대하여 천착하려는 몸부림은 계속되고 있다. 김춘수 시인의 시론이 전제해 왔듯이 독창성을 내세운 시 세계를 지향한 것은 틀림없다. 그가 마지막 지향한 무의미 시에 대하여 이미 지적한 초기 시, 중기 시, 후기 시로 구분하여 현재까지 심층적으로 연구하는 연구자들이 상당수에 달하고 있다. 주로 정신분석학적인 측면은 물론 원용된 철학적 의미와 무의미 시를 중심으로 새로운 자료를 제시하고 있는 것을 볼 수 있다.

그렇다면 '의미와 무의미'라는 말은 앞에서도 그 맥락을 지적해 뒀지만, 프랑스의 철학자 모리스 메를로-퐁티(Maurice Merleau-Ponty, 1908. 03. 14 ~1961. 05. 04)가 지은 책명, 《의미와 무의미》(권혁민 번역, 서광사, 1985. 05)라는 책에서도 알 수 있다. 이 책명은 이미 1945년에 발표되었다. '의미와 무의미'라는 말을 사용한 것은 우합偶合, 우동偶同이라고 볼 수는 있으나, 김춘수 시인은 그것과는 전혀 무관하다고 일축한 바 있다. 그러나 메를로-퐁티는 마르크스주의를 통해 "(…) 우리는 모든 보편적 과제를 분명히 깨닫게 되었으며, 또한 그것으로 인해 보편적 과제가 실패의 위험에 임박하게 된 무의미(Non-sens)의 체험을 갖게 되었다"고 논급했다. "마치 세잔느가 자신의 손에 의해 창작된 작품들이 어떠한 의미를 지닐 수 있으며 또한 이해받을 수 있을지에 대해 의혹을 품었던 것처럼(…)"에서 밝혔듯이 '의미와 무의미'라는 개념은 이미 어디든지 존재하지만, 김춘수의 의미와 무의미의 개념은 세잔느에 대한 논급과 다소 차이점을 갖는 것 같다.

그러나 권혁면의 '옮긴 말'에 따르면 "세잔느의 지각세계를 두고 해석한 기존 철학의 존재 방식 한계를 적시한 것"이라고 했다. 다시 말해서 관념론과 실재론이라는 이원론적 극복을 내세우며 '의미와 무의미'의 양면성을 동시에 보려는 애매성, 즉 난센스에서 찾고 있는 것은 매우 일맥상통하는 것과 같다.

그러나 김춘수의 무의미 시는 민중의 몸에서 흐르는 민요적인 해학과 내용만 남아 있는 무의식의 자연스러운 리듬에서만 발생하는 이미지를 주장하고 있다. 앞에서 지적했지만, 김춘수의 무의미 시는 초현실주의자들의 자동기술법(自動記述法, Automatism)과 흡사한 것으로 보인다.

그는 양면성에서 동시에 보려는 애매성을 '원초적 직관'에 둔다는 것을 주장할 때 쉬르와 연관되고 있는 것 같다. 원초적 직관에 둔다면 무의식은 원시적이거나 본능적이 아니기 때문에 그 기표는 어느 구분의 경계점에서도 유동적일 수 있을 것이다.

그렇다면 김춘수의 무의미 시가 갖는 이원론적 극복을 위한 애매성을 해부해 볼 필요가 있다. 이러한 맥락은 다다이즘이 부르짖던 무의미의 의미에서 찾을 수 있다. 의미를 지우고 무의미에서 의미를 찾으려는 다다이즘 시대의 마르샬 뒤샹, 마티스의 그림은 물론 세잔느 등 상징주의 그림에서 비롯된 흔적들에서도 상견되고 있다. 그렇다면 김춘수 자신이 쓴 '나의 시작 역정'에서 그가 말한 형태와 발상(發想)의 변모양상을 통해 그가 쓴 '의미에서 무의미까지'라는 시론에 담긴 시작 과정의 텍스트별로 분석해 볼 필요가 있다.

2. 김춘수의 시작 과정

가. 초기 시-존재의 시 성향

김춘수는 그의 시작 과정을 쓰게 된 것은 "나의 시작 과정이 남과 어떤 대화를 나눌 수 있는가를 알고 싶어서이다"라고 했다. 그가 제시하는 논급은 본고의 필자가 전술한 세잔느에 대한 메를로-퐁티의 논급 내용과 흡사하다. 김춘수는 그의 시집 《구름과 장미》[2]에 대해서 "감각으로 보는 구름은 낯익고 장미는 낯선 말로 관념으로 다가왔음을 전제하고, 보는 것은 한눈으로 구름과 장미를 동시에 보지만 우리의 고전 시가에 없는 장미는 박래어舶來語"라 지적하고 있다. "이러한 구름과 장미는 상징적인 뜻이나 장미를 하나의 유추로 쓰게 되었다"고 한다. 예시된 〈모른다고 한다〉, 〈경이에게〉, 〈西風賦〉[3]를 읽으면 그의 시 세계가 "어떤 방법으로 쓴 것인가를 알 수 있다"면서 "촉각 하나를 밑천으로 시를 써 왔다"고 진술하고 있다. 그러니까 그가 주장하는 것과 같이 "말(의미)보다 먼저 토운에서 찾아야 한다"고 주장하고 있다. 그 톤이 갖는 무의미는 새로운 갈래 길을 열어 놓고 있다.

그러나 촉각 이미지와는 구분되어야 할 것으로 보인다. 이 대목에서 그의 촉각은 낯설게 하기에서 찾아야 할 것 같다. 김춘수는 이 대목에서 베를레느[4]와 미당未堂이 있었다면서 "이 무렵 내 가까이에 늘 청마靑馬가 계셨지만, 청마의 말은 나에게는 너무 무겁고 거북하기만 하였다"[5]라고 술회하고 있다.

이러한 술회는 청마가 타계한 후에 그가 실토한 십자가일 수 있다. 그렇다면 그의 초기 시는 미당 서정주보다도 청마 유치환의 시와 흡사한 관념적 톤을 갖는 몇 작품을 떠올릴 수 있다. 또한, 그의 후기 시들은 대부분 청마의 시작법과 너무도 유사한 관념시들이 체험된 직관에서 현현되는데 한계를 탈피하지 못한 것 같다.

---

2) 김춘수 시집 《구름과 장미》(행문사, 1948. 09. 01), 500부 한정판 단행본(70면) 간행.
3) 西風賦: 미당 서정주 시, 〈西風賦〉《문장》(10월호, 1940)와는 내용이 다름.
4) Verlaine, Paul-Marie, (1844. 3. 30~1896. 01. 08)/프랑스 로렌州 메스에서 출생/ 프랑스 상징파의 시인/ 주요저서: 《예지:Sagesse》, 1881.
5) 김춘수 〈의미에서 무의미까지〉《김춘수 시론집1》(현대문학, 2004. 2), p.530.

저마다 사람은 임을 가졌으나
임은
구름과 장미 되어 오는 것

눈뜨면
물위에 구름을 담아 보곤
밤엔 뜰 장미와
마주앉아 울었노니

참으로 뉘가 보았으랴?
하염없는 날일수록
하늘만 하였지만
임은 구름과 장미 되어 오는 것

―〈구름과 장미〉(행문사, 1948. 09. 01) 전문

   위의 시는 4연으로 되어 있는데 1연의 '임'은 무엇인가? '임'은 비단 조국이 아니라 개개인의 사람이기도 하며 '구름'은 김춘수 자신이 앞에서 언급한 "우리의 고전 시가에도 많이 나오고 있지만"에서 지적했듯이 전통적인 것으로 이해할 수 있다. 이러한 기존적인 것과 이국적인 것에서 그는 "밤엔 뜰 장미와/마주 앉아 울었노니"라 한 것은 시대성에 대한 갈등의식으로도 볼 수 있다.

   일종의 기억 콜라주 기법일 것이다. 이와 비슷한 시〈창에 기대어〉, 〈山莊〉, 〈풍경〉6)등이 있다. 김춘수의 초기 시에서도 이러한 시들은 관념 지향적인 특성이면서 감정을 억제하고 사물을 감각화하려고 한 시도로 엿보인다. 이미 연구자들에 의해 지적되었지만, 1945년부터 1959년에 그가 발표한 시 작품들을 보면 대체로 존재의 본질을 추구하려는 시들이 관념적으로 발표되었던 시기였음을 알 수 있다.

---

6) 《구름과 장미》에 수록되었던 시 〈늪〉은 〈갈대 섰는 풍경〉으로 제목이 바뀜.

어둡고 답답한 혼돈을 열고 네가 탄생하던 처음인 그날 우러러
한눈은 하늘의 무한을 느끼고 굽어 한눈은 끝없는 대지의 풍요를
보았다.
푸른 하늘의 무한.
헤아릴 수 없는 대지의 풍요.
그때부터였다. 하늘과 땅의 영원히 잇닿을 수 없는 상극의 그
들판에서 조그마한 바람에도 전후좌우로 흔들리는 운명을 너는
지녔다.
황홀한 즐거운 창공에의 비상.
끝없는 낭비의 대지에의 못 박힘.
그러한 위치에서 면할 수 없는 너는 하나의 자세를 가졌다.
오! 자세-기도.

우리에게 영원한 것은 오직 이것뿐이다.

-〈갈대〉에서

위의 시에서도 가시적인 것과 비가시적인 것의 애매성에서 갈대를 자신
으로 본 실존을 관념적으로 노래한 기법이다. 가락은 청마의 톤 칼라와 흡
사하다. 즉 "오직 이것뿐이다"에서 청마의 "이것뿐이로다"에서 '로'만 제외
되었다. "어둡고 답답한 혼돈을 열고 네가 탄생하던 처음인 그날", "하늘의
무한을 느끼고", "끝없는 대지의 풍요를/보았다"는 유사한 톤은 물론, 관
념과 관념을 형상화한 것에서도 간과할 수 없다. 기도하는 자세는 상극의
땅에서 못 박힌 자세가 존재한다고 형상화한 것에서도, 예사롭지 않다.

또 김춘수 시인의 시, 〈旗〉에서도 사물의 존재와 그 의미를 탐구하려 했
다. 따라서 위의 글솜씨들은 청마의 톤을 벗어나지 못한 한계점을 엿볼
수 있다.

그러는 동안 그는 존재의 본질을 찾다가 꽃에서 만나게 된다. 그의 시
〈꽃을 위한 序詩〉에서는 언어에 대한 존재의 내재, 즉 존재의 본질을 발견
하게 된다. 그는 '나는'이란 말은 내가 쓰는 언어라는 뜻이라고 전제하고
있다. 언어는 '위험한 짐승'이라고도 매김질한다. 따라서 김춘수는 다음과

같이 자술自述하는 것에 주목할 필요가 있다.

> 나는 이 시기에, 어떤 관념은 시의 외상을 통해서만 표시될 수 있
> 다는 것을 눈치 챘고, 또 어떤 관념은 말의 피안에 있는 것도 눈치
> 채게 되었다. 나는 관념 공포증에 걸려들게 되었다. 말의 피안에 있
> 는 것을 나는 알고 싶었다. 그 앞에서는 말이 하나의 물체로 얼어붙
> 는다. 이 쓸모없게 된 말을 부수어 보면 의미는 분말이 되어 흩어지
> 고, 말은 아무 것도 없어진 거기서 제 무능은 운다.[7]

위에 예시된 '말에 대한 존재의 본질'을 찾는 작업에서 그의 시 〈꽃을
위한 서시〉에서 지식이나 경험 등을 말한 "추억의 한 접시불을 밝히고"를
내세우고 있다. 본질에 접근하는 상상력(또는 말)을 찾기 위해 "한밤 내 운
다"는 몸부림을 볼 수 있다. 이에 따라 "나의 울음은 차츰 아닌 돌개바람
이 되어" 존재하는 외상(外傷, trauma)이 아닌 형상화形象化로 나타나는,
외형적으로 외상外像인 "탑을 흔들다가" 등은 바로 청마 시의 〈바위〉에 나
오는 이미지와 유사한 것으로 보인다.

그가 다르다 해도 감각의 흐름은 "돌에까지 스미면 김이 될 것이다"라
고 한 것은 짚이는 데가 있다. 이러한 소용돌이에서 이미지를 맞이할 때
"얼굴을 가리운 나의 신부여"라고 토로한다. "이 쓸모없게 된 말을 부수어
보면 의미는 분말이 되어 흩어지고, 말은 아무 것도 없어진 거기서 제 무
능은 운다"는 것은 암묵적인 무의미 존재를 제시하기도 했다. 말하자면
시각콜라주 기법에 진입하면서 추상 오브제를 담고 있는 것 같다.

그러나 그의 뜨거운 격정은 청마의 시가 갖는 분출 감각과는 다소 차이
가 있을 뿐이다. 말이 없어진다면 남는 것은 내용만 있는 것이다. 마치
무의식이 갖는 '내용만 존재하는 것'과 같다. 이때부터 그는 대상의 한계
점에서 몸부림치는 것을 볼 수 있다. 바로 회의감에 함몰하는 것을 알 수
있다. 그러나 누구나 시작 과정은 무능 앞에서 울지 않을 수 없는 고통

---

7) 이승훈 엮음, 《한국현대 대표시론》(태학사, 2000. 10), p.109.

속에 갇힌다. 거기에는 무의미한 것들뿐이다. 그렇다고 시 세계가 무의미한 것은 아닐 것이다. 쉬르(Sur)들이 자동기술법에 접근하는 대목이다.

그가 스스로 말한 이러한 관념적인 술회를 다시 해설하고 있는데, "언제나 존재를 나타내는 본질적 언어가 되는 것은 아니며, 지속적으로 스스로 만들어 낸 가상(假像·퍼소나)을 쓰고 나타나기 때문에 비본질적인 언어가 되는 위험은 항상 도사리고 있다"라고 했다.

필자도 그가 지적한 글에 동의할 수 있다. 그러나 그의 시작 과정은 그러한 치열한 열병을 앓지 않으면 "얼굴을 가리운 신부"가 될 수밖에 없었을 것이다. 이에 대한 김춘수의 논급은 "존재자의 존재를 본질적으로 드러냄으로써 인간은 인간적이 되는 것으로 인식 한다"는 것은 확실성이기에 진술 자체가 역설逆說적일 수 있다. 바로 그의 시작 동기화를 예언하는 것 같다. 따라서 그는 "비인간화는 어둠 속에 피었다가 지는 꽃이 될 수 있다"고 내세우고 있다.

그러나 그의 존재의 본질 추구는 시보다 시론이 앞서는 것으로 느껴진다. 이에 따라 이승훈 시인은 한술 더 떠서 "시는 본질도 없다. (…)"는 역설을 했다. 사실 시가 본질이 있다면 무의미 시는 성립할 수 없다는 것과 다름없다는 의미이다. 에둘러서 무의미 시 그 자체를 지적하는 것 같다. 시의 존재성은 불안에서 시작되기 때문에 그 카오스로 하여금 다의성을 띤 관점에서 존재하는 경우에는 무의미라고도 할 수는 있을 것 같다. 그러나 무의미 시는 의미를 부여하지 않고 그냥 있는 그대로 갖는 무의미 세계뿐일 수 있다.

그러나 무의식 세계는 내용만 남아 이질적으로 살아 있는 것이다. 리듬에서 우리의 내용만 있는 무의식 세계가 형상화된다고 본다. 바로 기억 콜라주 기법에서 무의미 시가 탄생할 수 있는 것이다. 그래서 리듬속의 깊은 심연의 한 지점과 같은 '원초적인 장면(Primal scene)'8)일 수 있다.

김춘수 시인은 그가 내세운 시작 과정에서 이론을 제시한 것은 형태론적인 존재성에서 갈등을 지워 버리기 위해 비범한 발상을 보여주는 것 같

---

8) 프로이트의 늑대인간의 한 장면보다 여기서는 "현재 상태의 원인이 되는 심연의 한 지점"을 말함.

지만 그의 작업은 너무도 한계와의 투쟁으로 보였다. 말하자면 허무 사이의 회색 그림자 같은 시 세계를 두고 존재성을 논급하였고, 책임질 수 없는 울음이 된 것일 수도 있다면 그것 또한 대상 즉, 형상화됐으면 관념 자체를 벗어난 존재로 나타나야 함에도 뚜렷이 나타내지 않기 때문이다.

그렇다면 무의미 시라는 개념을 내세운 것은 우리 언어로의 독창성에 한정될 수 있을 것이다. 언어는 리듬을 갖게 되면 낯선 몸이 헤테로 콜라주로 변용하는 것이다. 빌려온 텍스트라도 새로운 텍스트로 재창작하는 기법이다. 내용만 남아 있는 리듬이 있다면 재생될 수 있다. 말하자면 형태가 없는 무의식 세계에서 상식의 일탈을 꾀하는 것일 수 있다. 예기치 않는 만남인 우연 일치에서 쓰이어진 시를 무의미 시라고 내세울 수 있다.

"얼굴을 가린 신부여"라는 존재적 환상幻像[9]일지라도 현실에 닿아 있다. 사실상 '무의식적인 환상(Phantasy)'을 에둘러 진술했다 해도 시적 한계에서 오는 사변적임을 드러내 보여줄 수 있기 때문이다. 이러한 상상력은 무의식이 의식으로 위장해 있을 때 이러한 환상을 겪을 수 있다. 바로 상상력이 이미지화되지 않고 훈영暈影적일 수 있기 때문이다. 이미지 자체가 되기 이전까지는 의식이지만 이미지로 나타날 때는 전의식이 카오스적일 수 있기 때문이다. 이런 경지에서 그는 이미지 탄생은 폴 클로델(Paul Claudel, 1868~1955)[10]이 말한 "한 마리의 나비가 나는데도 전 우주가 필요하다"를 인용한 이미지처럼 생명체의 실핏줄이 동반하는 것은 사실이다.

그렇다면 어떤 자가 바라보고 만나는 이미지는 그 이미지 자체가 아니라 언어적으로 만나면 그 이전의 의미는 무의미로 볼 수도 있다. 앞에서 지적한 것처럼 무의식적일 수 없는 순간적인 그림자일 수 있고, 동식물의 자웅동체 또는 자웅이체일 수도 있다. 말하자면 이미지 자체가 연기성緣機

---

9) 환상(幻像): 여기서는 환상(幻想, Fantasy)이 아닌, 무의식적인 환상인 판타지(Phantasy)로 구분하고 있는 것 같다.
10) 폴 클로델(Paul Claudel): 프랑스 시인. 외교관(1923년 9월 01일 오전 11시 58분 관동대지진 발생 당시 주일 대사직에 있으면서 《아침 햇빛 속의 검은 새》 집필), 빅토르 위고의 시를 두고, '우주에 대한 지나친 공포를 자아내는 명상'이라고 평가하기도 했다. 첫 희곡의 《황금 머리》 외 《도시》, 《교환》, 《대낮에 나눈다》, 시, 《정오의 공분》 등등이 있다.

性을 띠고 나타나는 동적인 변모일 수 있기 때문이다. 따라서 홀수 이미지는 극히 예외일 수 있다. 그러나 이러한 이미지들에 의해 탄생되는 예술 작품들은 전혀 다른 호기심을 자극하도록 낯설게 다가오는 것이다. 그렇다면 그가 주장하는 무의미 시는 무의식이 의식으로 위장하지만, 그 경지를 일컫는데 무의식의 자세가 리듬일 때 무의미 시라는 개념을 내세울 만하다. 이미 최대 활용하고 있는 낯설기 시에 접근되는 것이다.

다다이즘을 주도한 트리스탕 차라(Tristan Tzara, 루마니계, 1896. 04. 16~1963. 12. 25)가 '1918년 다다 선언(Manifeste Dada, 1918)' 이후, 1919년 3월 10일에 파리에 도착한 다다이스트 피카비아(Francis Picabia, 1879. 01. 22.~1953. 11. 30)는 '최고의 단순성-새로움이라는 신산한 충격을 주어 유희적인 인간의 진술, 즉 관념을 축출'하는 행위인 〈언어 없는 사고(Penées sans langage)〉라는 글에서 이미 어떤 무의미의 의미를 떠올릴 수 있게 했다.

또 1919년 4월 파리의 앙드레 브르통을 중심으로 하는 다다이스트들(후일 1924년 10월 17일 초현실주의 제1선언)은 정기간행물 《리테라튀르(Literature)》를 창간하여 〈자동기술법(프로이트의 자유연상법을 차용했으나, 기법은 다름)〉과 〈자장磁場〉 초본抄本을 동시에 실어 '수면睡眠'을 본격화한 바가 있는데, 언어는 그대로 두고 무의식 세계에서 자동기술법을 터득하는 것과 유사하다. 말하자면 꿈과 현실이라는 상태가 절대 현실을 갖고 미래의 어떤 현실에 변용해 버리는 무의미의 의미와도 같을 수 있다.

그렇다면 무의미라는 말은 존재하지만, 그 언어예술 즉 시 작품은 무의미 시라는 개념 성립은 '아무런 의미가 없는 시' 그대로의 무의미 시에 불과할 수도 있다. 그러나 이러한 기법은 무의식을 통해 이미 시작 과정에 적용되어 왔기에 거기에 무의미 시라는 새로운 바람은 존재할 수 있다. 무의미 시는 그가 말한 '원초적 직관'에서 오는 것은 아닐 것이다. 자크 라캉이 말한 "무의식도 언어와 같은 구조로 이뤄져 있다"면 프로이트가 말한 바로 무의식이 의식으로 둔갑하여 행동할 때의 어떤 윤곽이 가늠될 수 있다고 생각된다. 그렇다면 언어예술에서의 무의미 시라는 세계도 성립될 수 있다. 그래서 시각예술 분야에서는 필연적인 드로잉이 갖는 메타에서는 무의미라는 의미가 존재할 수 있다.

실체감은 물론 감정의 공간 깊이와 그사이의 개연성이 보이지 않는 신경망에 연결되어 있는 망상적 관계의 중요한 수단이 되기 때문이다. 시각에 붙잡힌 애매모호성에서 무의미의 의미는 이해할 수 있다. 실례에서 보면 다다이스트인 화가 장 아르프가 "콜라주는 우연의 법칙에서 탄생된 것이다"라고 지적했다면 시각콜라주의 무의미 개념은 더욱더 뚜렷해지는 것이다. 그러나 현재는 콜라주, 몽타주를 비롯한 미술기법들도 언어예술에서 일상화되고 있기에 무의미 시의 독창적 주장에 대한 논쟁은 앞으로도 있을 수 있다.

> 내가 그의 이름을 불러 주었을 때
> 그는 나에게로 와서 꽃이 되었다.
>
> —金春洙, 시 〈꽃〉 중에서

위의 김춘수 〈꽃〉을 두고, 문학평론가 김준오(金埈五, 경북 김천, 1937~1999)는 "하이데거도 존재 망각의 이 시대를 사라져 버린 신神들과 도래하는 신神 사이의 시대라고 규정했듯 이름을 불러 주지 않을 때는 존재자는 비재非在이며 무無의 상태이다"라고 말했다. 다시 말해서 "존재하지 않는 것은 어둠의 상태이다. 부를 때만이 존재성으로 나타나는데 본질적인 것이 된다. 시인이 꽃이라고 하였을 때는 존재의 진리를 말하는 것이 된다"11)는 것이다.

그러나 본고 필자는 객관성의 한계도 있다면 전술한 바와 같이 오히려 우연성에서 만나는 바라봄이라고 볼 수 있을 때 반드시 존재의 본질이라고 단정 지울 수는 없을 것 같다. 그렇다고 '존재의 시'가 되는 것도 애매한 점은 없지 않다. 한편 이재선李在銑은 김춘수 시집《꽃의 素描》에 대

---

11) 金埈五, 《詩論》(二友出版社, 1988. 1), p.49.

하여 다음과 같이 말하고 있다.

　　릴케의 後期詩에도 事物 存在의 完全으로서의 꽃이 자주 등장하
　고 있다. (중략) 人間的 存在를 위한 꽃의 典型的인 의미는 마지막
　行 "우리들에게 꽃의 存在는 크다"라고 분명하고 밀착적으로 언급되
　어 있다. 그렇듯이 金春洙의 시집 《꽃의 素描》는 표제 자체가 지시
　하는 것처럼 꽃의 소묘가 支配的인 中核이다.[12]

　위와 같이 볼 때 김춘수의 꽃은 존재의 지배적인 중핵으로 오인할 수
있다. 이 또한 반드시 사물의 존재에서 인간의 존재를 위한 실존을 노래
하고 있다고는 볼 수 없을 것이다. 그렇다면 1945년에서 1947년 사이에 프
랑스의 화가 앙리 마티스의 그림을 본 모리스 메를로–퐁티가 그의 〈회화
의 역사〉에서 '보이는 세계의 자귀 복귀' 중 '선 2'에 대한 글을 발표했는
데, "처음 볼 때부터 여자였던 것이 아니라/보는 동안 여자가 되었다"[13]는
것과 매우 흡사하다.
　이 대목을 그(김춘수)가 읽었을 수 있었다면 너무도 우동(偶同)이라고 할
수밖에 없다고 주장만 했을까? 김춘수는 뒤샹, 마티스, 샤갈, 세잔느 화가
뿐만 아니라 회화 서적들을 많이 섭렵한 것으로 듣고 있다. 반드시 그렇
지 않더라도 회화적(繪畵的)인 시들이 그의 작품에서 다수 발견되고 있기 때
문이다. 패러디한 작품이 전혀 아니라 해도 메를로–퐁티가 말한 이후에 시
작(詩作)된 작품으로 볼 때 유사한 흐름뿐만 아니라 그의 시론을 분석해 보
면 우연 일치에서 온 것이라는 말에는 틈새가 보인다.
　기발한 독창성으로 말한다면 이미 말한 메를로–퐁티의 글이 가로막고
있다. 언젠가는 알 수 있는 베일이 벗겨지면 독자층은 더 멀어지고 소연
해질 수밖에 없을 것이다.
　특히 다다이스트들의 파괴적인 혁명에서 새로운 세계를 환호하던 무의

---

12) 金春洙研究刊行委員會 《金春洙研究》(學文社, 1984), pp.110~111.
13) 모리스 메를로-퐁티 지음, 김정아 옮김, 《눈과 마음》(마음산책, 2008. 4), p.125. 참조 바람.

미의 의미 기법에서 발원된 무의미 시의 주장은 전혀 생소한 주장은 아닐 것이다. 그렇다고 이 땅에서 그가 자동기술법을 원용한 실험 시 세계를 실천해 온 작업을 간과해서는 아니 될 것이다. 그렇다면 1969년에 펴낸 시집 《打令調·其他》에 대한 텍스트를 살펴보기로 하겠다.

> 아이들이 장난을 익히듯 나는 말을 새로 익힐 생각이었다. 50년대 말에서부터 60년대 전반에 걸쳐 나는 의식적으로 트레이닝을 하고 있었다. 대상 시기라고 해도 좋을 듯하다. 〈타령조〉라고 하는 시가 두 달에 한편 정도로 씌어 지게 되었다. 일종의 언롱言弄이다. 의미를 일부러 붙여 보기도 하고 그러고 싶을 때에 의미를 빼 버리기도 하는 그런 수련이다. 이 시기에 부산물로서 〈샤갈의 마을에 내리는 눈〉, 〈겨울밤의 꿈〉 등이 있다.
>
> —이승훈 엮음, 《한국현대 대표시론》, p.110.

김춘수 시인은 "이때부터 묘사의 연습 끝에서 관념을 배제할 수 있다는 자신을 얻게 된 것 같다. 그래서 이미지를 서술적으로 쓰려 하였으며, 이미지를 위한 이미지에 몰입하였다. 비유적 이미지는 관념의 수단이기 때문에 관념 공포증으로부터 도피하고, 그러나 그 처음 나타난 결과는 실패하였다"는 것을 밝히고 있다.

또 자신의 성격은 '내향성'이라고 지적했지만, 더불어 김춘수 시인은 솔직 담백한 성품을 갖고 있기도 하다. 그렇다면 "언롱(言弄: 말을 놀리다—필자)", 이를 뒷받침하는 "서술적으로 쓰려 했으며"에서 서술적이라 함은 붓 가는 대로 쓴다고나 할까 어쨌든 필자가 이해할 때 무의식적으로 쓰는 자동기술법自動記述法을 에둘러서 적시한 것으로 보인다.

> 눈 속에서 초겨울의
> 붉은 열매가 익고 있다.
> 서울 근교에서는 보지 못한
> 꽁지가 하얀 작은 새가 그것을 쪼아 먹고 있다.

월동越冬하는 인동忍冬잎의 빛깔이
이루지 못한 인간의 꿈보다도
더욱 슬프다

                              -김춘수, 시 〈인동忍冬잎〉 전문

위의 시에 대한 시작 동기를 김춘수 시인은 다음과 같이 풀이하고 있다.

    이 8행 단시는 전반부 제5행까지가 내 뜻에 어울리고 있고 후반
부인 제6행부터 제8행까지는 내 뜻에 어긋나고 있다. 전반부의 이
미지는 서술적이다. 말하자면, 어떤 상태의 묘사일 뿐, 관념의 비유
로서 이미지가 쓰이고 있지 않다. 이미지가 이미지 그 자체를 위하
여 쓰이고 있다는 관점으로는 이미지가 순수하다고 할 수 있다. 후
반부는 "슬프다"는 용언이 말하고 있듯이 관념의 설명이 되고 있다.
(중략) 내 시의 전반부는 후반부를 위한 도입부가 되고 있는 것은
아니다. 그러니까 나로서는 이 시는 실패작일 수밖에는 없다.[14]

    김춘수의 시, 〈忍冬잎〉은 서술적 이미지의 시로 보인다는 진술에 동의한
다. 인공적人工的인 자연이며, 역설적으로 비인간화에 김춘수는 의미의 시에서
무의미 시로 전환해보려는, 말하자면 관념 공포증으로부터 탈출하려는 몸부
림일 수 있다. 이러한 몸짓은 초기 시에서부터 따라 다니는 슬픔이라는 정서
적 의미, 즉 관념들이 아직도 이 시들을 지배하고 있음을 지적할 수 있다.
    이때도 김춘수는 프로시인이 아닐 수 있다. 그가 욕망하는 시는 존재감에
서 탈주하지 못했기 때문이라는데 있는 것 같다. 강렬한 욕망의 덩어리들이
지배했기 때문에 그의 고뇌적인 몸부림은 실패로 귀착될 수밖에 없었다고
실토하는 것이다. 또한, 김춘수는 《打令調·其他》에서 "리듬에 지나치게 관
심하면, 〈난센스 포에트리(Nonsense Poetry)〉가 된다"는 것도 하나의 새로
운 시도로 엿보여주기도 한다. 즉 무의미 시로 진입하고 있는 리듬 형에서

---

14) 金春洙, 《金春洙全集》[2]詩論(문장, 1984), p.396.

카오스 현상에 현기증을 느꼈다고 술회한다. '원초적인 직관'에서 오는 시의 넋두리와 리듬에 끌려 다녔다고 털어놓는다.

그러한 몰입의 경지라면 기호학을 도입하여 대상물을 지시화로 가름하는, 형상화하는 대상을 내면화하여 어떤 이미지 구축을 시도해 보려는 고뇌의 착란을 떠올려 볼 수 있다. 말하자면 이미지가 리듬을 완전히 합일하지 못한 상태라고 할 수 있다. 이것은 2차적인 시적 의미가 완전히 배제되지 않고 있었지만 재생된 것이, 그가 말한 '무의미 시'라고 명명할 수밖에 없었다는 근접성을 제시한 것 같다.

본고 필자가 볼 때 그것도 무의식중에 다가온 우발성에서 받아들여야 한다면 가능할 것이다. 사실 시라는 광의적인 개념은 언어의 직조에만 그치지 않지만, 언어라는 미명 아래에서는 언어예술로 인식하기에 언어를 통해 표출되는 이상, 의미는 언어적 구조에서 지워지지 않는다고 할 수 있다. 시 작품은 바로 언어로 표출되기 때문에 그 한계점을 극복하려면 어떤 기호로 표출해야 하는 다다이즘 시와 같은 기호를 나열해야 하기 때문이다. 이런 경우 엘뤼아르처럼 언어콜라주를 시도했다면 그의 질문은 해답이 명료해질 수 있었을 것이다. 따라서 낯선 이미지가 탄생되어, 본인 자신도 구분하지 못하는 애매성에의 시라고 지칭할 수 있었다고 본다. 그러니까 메타적인 논리라도 정동적情動的인 표현이 함의되는 이상 객관적으로 볼 때 어떤 왜곡된 담론에 오해받을 수 있다.

메를로-퐁티가 미술 평에서 말한 "이원론적 입장의 극복, 즉 주관과 객관, 정신과 신체의 분리를 극복하려 할 뿐만 아니라 정신과 자연, 지각과 오성, 자아와 타자, 가시적인 것과 비가시적인 양면을 동시에, 그리고 심지어 의식과 무의식마저 분리해 보려는 시도"가 무의미가 취하는 입장이라고 지적했다. 그렇다면 오히려 언어예술에의 무의미는 글자 자체가 갖는 존재적인 개념에서 의미를 생산하고 있다 할 것이다. 그것이 바로 언어콜라주 기법이다. 다시 말해서 메를로-퐁티가 말한 '의식과 무의식마저 분리해 보려는 시도'라고 하였다면 사실상 분리되지 않는 모순을 제시한 이론으로, 그 논리성은 성립되지만 그러한 세계가 전개하는 의미와 당초 의미로 환원될 수밖에 없을 것이다.

의식으로 위장해 있는 무의식 세계는 '내용만 있고, 부정이나 부인, 결핍이 없으며, 무시간적'이기 때문에 무의미는 사실상 존재성에서 볼 때 상징성을 띠고 있을 뿐이다. 상징세계가 실재계를 향하는 변동성 때문에 양면 동일시의 애매모호성에서 찾아야 할 것이다. 그의 이론대로라면 오히려 '환상적인 시'가 된다고 할 수밖에 없다. 그러므로 그의 시는 의미를 배제하지 못한 또 다른 이미지에 갇히기 때문이다.

이미지를 리듬으로 환치해도 새로운 이미지가 곧 시이기 때문에 '원초적 직관'으로 진술하는 것은 괴리가 엿보이는 것 같다.

김춘수 시인이 구경究竟한 영국의 존 러스킨(John Ruskin, 1819. 02~1900. 01)의 세 가지 상상력을 제시하는 직관적 상상력(Imagination penetrative), 연합적 상상력(Imagination associative), 해석적 상상력(Imagination con-templative)을 대입해도 강렬한 무의식이 거부하는 실재계에 존재하는 이상 무의미 시라는 존재개념부터 인식을 달리하고 있을 것이다. 전술한 세 가지 기법은 당시 영국의 주지주의 관점에서 다룬 기법으로 오히려 프로이트가 말한 심리적 무의식과 의식이 갖는 데서 바라볼 때 전혀 거리가 먼 이론 도입일 수밖에 없다. 이런 유비에서 볼 때도 무의미의 시의 탄생은 너무도 먼 거리에 있을 수 있다.

나. 중기 시-무의미 시의 본격화

그렇다면 그가 주장하는 무의미 시를 심층 분석해 볼 필요가 있다. 1977년에 시집 《南天》, 1980년에 시집 《비에 젖은 달》, 1988년에 기행 시가 주축이 된 시집 《라틴 點描·其他》, 1991년 연작 장 시집 《處容斷章》이 출간하게 된다. 일부 연구자들이 이미 지적하여 구분하고 있는 이 시기를 중기中期로 보는 데 본고 필자도 동의한다.

김준오는 그의 시론에서 휠라이트의 시론을 원용하여 "군중 속의 얼굴들(의 모습)/촉촉이(이) 젖은 나뭇가지에 매달린 꽃잎들"이라는 에즈라 파운드의 시, 〈지하철(subway)〉 시구詩句를 내세워 비유법인 병치은유竝置隱喻에 비견한다. 병치은유는 새로운 의미를 창조하는 은유의 한 형태라 보고, 의미론적 변용 작용이라 언급하면서 이러한 병치은유는 무의미 예술이 되게 한다15)고 주장하고 있다.

또한, 김두한은 치환은유置換隱喻는 '의미의 시'가 되며 병치은유는 '존재의 시'가 된다는, 새로운 탄생만 느끼는 무의미 시는 절대적 심상으로 보아 절대시라고도 지적하고 있다.16)

병치론은 몽타주 수법과 데뻬이즈망(전치, 그러나 프랑스어로 '낯설게 하기'를 말함-필자) 수법이라고도 할 수 있다. 이러한 측면에서 살필 때 김춘수의 무의미 시 역시 이 범주에서 본다면 김춘수가 주장한 그의 시 세계에 대한 시론은 엉뚱한 해석이 되고 만다.

그렇다면 시를 구성하는 요소들이 무의미한 것들로 구성된다면 그 시자체가 무의미하다 할 수밖에 없는 위험성에 놓일 수 있기 때문이다. 따라서 김준오와 김두한이 주장하는 병치은유가 쉽게 무의미 시의 기법이 될수 있다는 논리로 받아들일 때 필자는 동의할 수 없다. 그것은 앞에서 지적한 제3의 의미가 발현되었기 때문이다. 변용 자체 의미로만 존재할 뿐 그의 시들은 그가 말한 "리얼리즘을 확대하면서 초극해 가는 데 시가 있다"는 것과는 전혀 다르다 할 수 있다.

이러한 주장보다 막스 블랙(Max Black) 비유론처럼 상호작용과 비교론도 동시적이어야 할 것이다. 여기에 시각 이미지는 물론 지각 이미지와 상징적 이미지가 더 카오스적으로 깔려 있기 때문이다. 그러나 맥스 블랙 이론과도 무의미 시와는 거리가 있다. 이에 따라 김춘수 자신의 시론을 옮겨보기로 하겠다.

---

15) 金埈五 《詩論》(二友出版社, 1988. 1), p.108.
16) 金斗漢 《金春洙의 詩世界》(文昌社, 2000. 03), p.82.

세잔느가 사생을 거쳐 추상에 이르게 된 그 과정을 나도 그대로 체
험하게 되고, 사생은 사생에 머무를 수만은 없다는 확신에 이르게 되
었다. 리얼리즘을 확대하면서 초극해 가는데 시가 있다는 하나의 사
실을 알게 되고 믿게 되었다. 사생이라고 하지만, 있는 (실재)풍경을
그대로 그리지는 않는다. (중략) 경우에 따라서는 대상의 어느 부분을
버리고, 다른 어느 부분은 과장한다. 대상과 배경과의 위치를 실지와
는 전연 다르게 배치하기도 한다. (중략) 대상의 재구성이다. 이 과정
에서 논리가 끼이게 되고, 자유연상이 끼이게 된다. 논리와 자유연상
이 더욱 날카롭게 개입하게 되면 대상의 형태는 부서지고, 마침내 대
상마저 소멸한다. 무의미의 시가 이리하여 탄생한다. (중략). 〈처용단
장 제1부〉는 나의 이러한 트레이닝 끝에 씌어 진 연작이다.

—이승훈 엮음, 《한국현대 대표시론》, p.112.

　김춘수 시인은 세잔느의 사생에 대한 예시를 보면 시각콜라주를 말하고
있다. 다시 말해서 이미지의 변용이라도 이미지 자체가 무 시간성의 내용만
남아 낯설게 다가오는 것이다. 김춘수 시인이 말하는 리듬만 남아 기억과의
중간자이기도 하다.

　어쩌면 무의식중에 우연성을 만나는 어떤 절대 현실이 다의성을 갖는 애
매성 자체에서 김춘수가 주장하는 무의미 시의 주장이 더 가까워 보일 수
있다. 김춘수 시인은 꿈과 현실을 내세운 초현실주의자들의 자동기술법인 암
시를 남겨 놓은 것도 엿보이지만 주지적인 면을 고집하는 틈새가 엿보이기
때문에 뚜렷한 무의미 시라고 단정할 수 있는 시원한 해답은 뚜렷하지 않다.
본고 필자가 주장하는 쉬르의 자동기술법이 그의 무의미 시를 존재케 할 수
있을 것이다. 전술한 바도 있지만, 정신분석학자 자크 라캉이 주장하는 실재
계가 상상계와 상징계와의 환원처럼 뫼비우스 띠를 갖는 무의미적 존재라
고 제시하고 싶다.

　여기서 자크 라캉이 지적한 랄랑그 즉, 아이들이나 성인들의 중얼, 중얼
거리는 것, 즉 김춘수 시인이 내세운 언롱言弄일 수 있다. 김춘수 시의 무의
미 시는 그의 타령조에서 만나 봐도 신선한 리듬을 통한 무의미는 소리에

만 남아 있다는 데서 찾을 수 있기 때문이다.

초현실주의 시는 어떤 우연성에서 만나는 현실과 꿈이 있어야 함에도 오히려 상징적인 즉물 시들이 다수 보이는, 이미지가 헝클어지고 얽혀져 다의적인 시각의 본질인 다다이즘이나 포스트모더니즘에서 만나기도 한다. 물론 리듬을 통한 돈호법頓呼法에서 발원된다고 할 수 있어도 이미지 내용만은 문자화되어 자동기술법으로 전개되기 때문에 이를 무의미라고 주장할 수도 있을 것이다.

포스트모더니즘은 이질성을 선호하려는 시대에 극한적인 도전을 강조하여 탈중심화 과정에서도 경계가 분별치 않는 불가능한 공간을 상상으로 재구성하는 것이기 때문에 바로 그가 말한 그 소실점이 없는 소실점에서 찾는 것에서 무의미 시도 만날 수는 있다는 주장에 동의할 수 있다.

> 눈보다도 먼저
> 겨울에 비가 오고 있었다
> 바다는 가라앉고
> 바다가 있던 자리에 군함이 한 척
> 닻을 내리고 있었다.
> 여름에 본 물새는 죽어 있었다
> 죽은 다음에도 물새는 울고 있었다.
> 한결 어른이 된 소리로 울고 있었다.
> 눈보다도 먼저
> 겨울에 비가 오고 있었다.
> 바다는 가라앉고
> 바다가 없는 해안선을
> 한 사나이가 이리로 오고 있었다
> 한쪽 손에
> 죽은 바다를 들고 있었다
> —김춘수, 〈處容斷章 제1부〉 1의 Ⅳ에서

위의 시작 기법도 본고 필자가 앞에서 지적한 것처럼 상징성을 띠면서 픽션(fiction)적인 리얼함을 표출하고 있다 할 것이다.

시니피앙과 시니피에 관계의 동기화, 즉 크라텔리슴(Cratylisme)적으로 전개하고 있다고 볼 수 있다. 시의 구성요소가 갖는 리얼한 현실 고발성도 상징성이 함의되어 있기에 그의 해설에서도 알 수 있듯 '사생(대상)적인 시'라고 했지만, 오히려 드로잉의 개념에서 볼 때 멀다 할 수 있다. 말하자면 언어예술로 볼 때 의미가 없는 내용을 도리어 이미지를 통해 의미로 생산하였다 할 수 있다. 이미지는 있지만, 시의 본성인 '감춤'이 있기에 혼돈은 필연적일 수 있다. 이론상의 제시는 합리성을 띠지만 새로운 의미를 이미지가 생산하고 있는 이상, 무의미 시라는 성립은 멀다 할 것이다. 말하자면 동서양의 기존 기법을 탈피하지 못한 한계에 머무는 것으로 보인다.

세잔느의 대상도 의미심장한 시각적인 의미를 생산하고 있는 이상 그러한 예시도 그의 시 세계를 커버할 수는 없을 것 같다. 오히려 새로운 포멀리즘, 교배 이종기법 시가 잉태된 것일 수도 있다. 회화에서 사실 그대로 그려지지 않은 비구상이 아니라 어디까지나 구상이 깃든 리듬에서 찾으려는 기법으로 나타나는 것 같아 앞으로의 과제가 아닐 수 없다. 등장하는 "사나이"를 인간으로 나타냈지만 여기서는 "하나의 인간의 모습과는 별개이다"라고 지적하면서 인간이 갖는 퍼소나를 말한다고 한다면 역시 새로운 이미지에 갇히고 만다. 따라서 병치 비유에서 제3의 의미를 생산했더라도 새로운 의미의 시가 될 수밖에 없다.

또 김춘수는 하나의 소도구로 처리하고 있다고 하지만, 시제를 읽는 독자들이 쉽게 공감할 수 없는 낯선 풍경에 더 호감을 갖는 의미의 시일 것이다. 무조건 낯설다고 시가 갖는 매력은 아니며, 무의미 시가 될 수 없을 것이다. 그러나 대상의 해체에서 재구성하는 낯설기의 기법은 새로움으로 돋보인다. 이 과정에서 논리와 자유연상이 끼이게 된다는 김춘수의 주장이 설득력을 얻고 있다.

그의 무의미 시라고 적시한 해설은 무의미를 위한 의도적인 기술記述에 불과할 뿐이지만 그의 실험적인 작업은 높이 평가할 만하다. 바로 이런 것을 '의도적 오류'라고 할 수 있다. 의도적 오류에서 탄생이 되는 무의미의 시야말로 독보적일 수 있다. 따라서 '화자의 상상적 이미지는 은폐되고 인간적 시점이 배제'된 화자의 픽션적인 에스프리는 유효하다 할 것이다.

그렇다면 위의 시는 통영 바다의 본성을 은유한 것이 아닐까? 이에 따라 시적 기교가 독자를 긴장케 하는, 한 시대의 공포를 도입한 것은 시의 방점을 노린 것일 뿐이다. 그가 주장한 이러한 시는 화자의 차원과는 또 다른 하나의 페이소스를 생각할 수 있다. 바다처럼 춤추는 처용을 빌려온 그의 바다가 갖는 율동성에서 이해할 경우, 앞에서 지적한 대로 오염된 바다는 현대인의 불안한 모습을 제시하고 있다. 독창적으로 보는 것은 상징적인 이미지를 무의미에 접목시키다가 보면 난센스 시일 수 있다. "나의 자유연상은 일단 폐허로 만들어 놓고 비재非在의 세계를 엿볼 수 있게 하겠다는 의지의 기수가 된다"는 것은 한마디로 해체에서 재구성하는 것은 다다이즘의 본질이기 전에 예술의 본질이기도 하다. 나아가서 현대예술 기법으로 이미 비카비아, 뒤샹, 장 아르프, 마티스, 세잔느 화가들이 시도해 온 기법에서도 감지된다. 위의 시가 갖는 의미는 무의미 시라기보다 너무 확대 해석할수록 상징적인 이론에서 개인적 상징적 이론 면에 기울고 있는 것을 느낀다.

앞에서 지적했지만 해체된 의미의 단어끼리 모이면서 무의미로 재구성되었다고 해도 새로운 의미일 수 있기 때문이다. 다시 말해서 시인이 자기 정체성을 감추고 독자들로 하여 어떤 익명성을 내세워 의미를 위장하는 것은 현대 시의 한 경향이라면 무의미 시의 경계도 사라지고 있다 할 수 있다.

> 바다는 병이고 죽음이기도 하지만, 바다는 또한 회복이고 부활이기도 하다.
> 바다는 내 유년이고, 바다는 또한 내 무덤이다. (하략).[17]

위의 시론에서도 바다는 김춘수 시인에게는 트라우마가 아닌 어떤 시대적인 의미를 부여하는 상징의 장場으로 제시되는 것 같다. 그는 이러한 장에서 허무, 그 논리의 역설에서 〈處容斷章 제2부〉에 손을 대게 된다고 하였다. "시를 쓰다 보니 남은 것은 토운뿐이었다. 이럴 때 나에게 불어닥친 것을 걷잡을 수 없는 관념에의 기갈이라고 하는 강풍이었다" 토로하고 있다. 바다가 일렁이는 너울들로 하여 춤추는 처용이 한 시대의 허무를 각인시키고 있는 형상화는 높이 살만한 이미지들의 구성이다. 따라서 어느새 허무를 앓아온 그는 자신의 자아를 만난 것이다. 의미라고 하는 안경을 끼고는 보이지 않는다고 내세우고 있다. "나는 말을 부수고 의미의 분말을 어디론가 날려 버려야 했다"면서 "이 말은 이미지가 없다는 것이며, 이미지란 대상에 대한 통일된 전망을 둘 때 일정한 세계관이 없다는 것이다. 즉 허무가 있을 뿐"임을 밝히고 있다.

그는 "허무는 자유라면서 사람들이 흔히 이미지를 수사나 기교의 차원에서 보고 있는 것은 하나의 폐단이다"라고 내세운다. 이를테면 "허무가 있을 뿐"이라는 것과 나의 자유연상은 일단 폐허로 만든다는 주장은 다다이스트들이 내세운 허무주의 발상과도 유사하다. 그렇다고 다다이스트만 내세운 기법일 수는 없을 것이다. 시작 과정의 치열한 고통을 표출한 것으로 볼 수 있다. 19세기 러시아의 문호 이반 투르게네프(1818~1883)가 그의 소설 《아버지와 아들》이 비춰 준 허무주의(니힐리즘)적 낭만이 취하는, 즉 니체가 내세운 허무주의가 아닌 삼인칭 작가 시점에서 본 신·구 갈등이 빚는 '자유연상을 폐허로 만든다'는 것은 갈등을 해소하지 못한 무의미가 갖는 니힐이라고 할 수 있다. 그렇다면 내용만 남은 무의식 세계를 가리키는 것으로 보인다.

이러한 진술은 이론에서 의미를 생산시킴으로써 무의미가 아닌 새로운 의미를 독자로 하여 관심을 끌려고 진술하는 것으로 오해될 수도 있다. 우리의 마음이 공空 또는 무無이기 때문에 이러한 공간에서 상상력이 갖는

17) 김춘수, 〈내가 가장 사랑하는 한마디 말〉《문학사상》, 1976년 6월호) 참조.

환시, 환각에서 포착되는 시의 창작 기법은 누구든지 몰입할 경우, 공허에 당할 수밖에 없는 현현顯現적인 훈영量影일 수도 있다. 포착되는 대상만 남는 것이다. 언어와 대상과의 준열한 혈투는 이미지로 하여, 험난을 겪을 수밖에 없다. 다발성을 갖는 이미지들끼리 어떤 허탈감을 느끼는 것은 당연하기 때문에 이를 단순한 허무로 보기는 또한 어렵다. 허무일 경우는 언어는 이미 날아간 분말일 것이다. 어떤 경지에 몰입(Flow)된 자기 위치를 추적해도 나타나야 할 자아의 눈은 보이지 않는다. 나는 항상 저만치에 있기 때문이다. 말하자면 타령조로 내세우는, 사실상 자동기술법自動記述法은 허무가 아니라 무의식 세계 너머(한가운데)에 있기 때문이다. 김춘수 시인은 이러한 무의식 세계를 '허무'라고 지칭한 것은 아닐까?

> 이미지가 되어 가려는 과정에서 하나는 또 하나의 과정에서 차단되지만 그것 또한 제3의 그것에 의하여 차단된다. 미완성 이미지들이 서로 이미지가 되고 싶어 피비린내 나는 칼싸움을 하는 것이지만, 살아남아 끝내 자기를 완성시키는 일이 없다. 서도書道나 선禪에서와 같이 동기는 고사하고, 그러한 그 행위 자체는 액션페인팅에서도 볼 수 있다. 한 행이나 두 행이 어울려 이미지로 응고되려는 순간, 소리(리듬)로 그것을 차단하는 수도 있다. 소리가 또 이미지로 응고되려는 순간, 하나의 장면으로 차단하기도 한다. 연작에 있어서는 한 편의 시가 다른 한 편의 시에 대하여 그런 관계에 있다. 이것이 내가 본 허무의 빛깔이요 내가 만드는 무의미의 시다. 잭슨 폴록의 그림에서처럼 가로 세로 얽힌 궤적들이 보여주는 생생한 단면-현재, 즉 영원이 나의 시에도 있어 주기를 나는 바란다. 허무는 나에게 있어 영원이라는 것의 빛깔이다.
> ─이승훈 엮음,《한국현대 대표시론》, pp.11~115.

바로 그의 시는 허무의 빛깔(사실상 빛깔이나 어떤 존재도 보이지 않는 내면세계)만 기록될 수 있는 위험성에 노출되기 때문에 오히려 그가 고백한 시론은 너무도 정직하고 순수하다. 다만 무의미라고 주장하는 것을 보면 허무에 닿아 있는 느낌(빛깔─필자)마저 배제할 수 없기 때문에 움직이는 것은 사실상 내용만 있는 무의식이 아닐까? 무의식은 자유연상이 없다. 그것은 프로이트가 말한 무의식이 의식으로 위장해 있을 뿐이다. 그러므로 위의 시는 무의미 시라고 보기는 틈새가 엿보인다. 하나의 생동하는 생명체로 꿈틀거리고 있는 이상 오히려 행간마다 되살아나는 무의식과 의식의 경계가 없는 작품들, 이를 수용하려던 포스트모더니즘적인 시 작품이라 부르는 것이 더 편하다.

미국의 화가 잭슨 폴록(Jackson Pollock: 1912~1956)도 거리에서 페인트통을 발로 차는 등 액션페인팅을 하였지만, 결과물은 관점에 따라 의미를 부여하였기 때문에 이미지는 감춰 버린 채 우리의 무의식이 갖는 의식의 얼굴을 지우고 있지 않았던가. 다만 의식과 무의식의 양면성을 동시성으로 갖기 때문에 전체의 이미지만 존재할 뿐이다. 그렇다면 뚜렷한 이미지가 없기 때문에 무의미 시가 될 수도 있을 것이다. 이미지는 몽타주를 비롯한 겹쳐진 기법들의 결과물이기 때문에 시적일 경우, 소멸이 되는 순간에 일어날 때는 무의미성을 띤다. 여기서 주목할 것은 언어 자체가 갖는 소리는 살아 있기 때문에 지워지지 않는다. 사실상 우리는 허무의 빛깔(애매한 幻影)을 보고 살면서 익숙한 소리들의 반복에서 착시하고 사는 것인지도 모른다. 그렇다면 무의미 시라고 주장하더라도 그것은 무의식의 어떤 모습으로 현현된다고 보아야 할 것이다.

불러다오.
멕시코는 어디 있는가.
사바다는 사바다, 멕시코는 어디 있는가.
사바다의 누이는 어디 있는가.
말더듬이 일자무식 사바다는 사바다,
멕시코는 어디 있는가,
불러다오.
멕시코 옥수수는 어디 있는가.
　　　　　　　　　　　　　　　－김춘수, 〈處容斷章 제2부〉에서

위의 시는 '관념의 껍질을 벗어 던진 채 대상을 짚어보는 소리로 반복되는 리듬뿐'이다. '이미지를 파쇄해 버린 채 리듬으로 형상화' 한 것으로 보인다. '멕시코'니 '사바다'는 시작詩作에서 시인이 체험한 어떤 전율에서 오는 무의식을 나열한 것이 아닐까? "그(김춘수)는 무의식적인 만남에 의한 어떤 환상들이 환기된 언어들을 만나고 있다. 다시 말해서 내면세계와 관련성을 갖는 울림은 추상적이라 할 수 있다"[18]라고 했다. 또한 "리듬으로 움직이는 이러한 형식은 연작시 〈打令調〉가 미완성된 것으로 볼 때 〈處容斷章〉은 완성된 주술적呪術的인 시"라고 해설하고 있다. 주술적이라도 음악의 본질적 특성에서 유발된 것이라고 한다. 따라서 김춘수의 경우는 '리듬이 지배 인자가 된다'고 주장한다. 그러한 그의 주장은 현대인의 누구든지 무의식에서 발상이 된, 내면세계와 어떤 만남이 전혀 다른 형상으로 다가올 때 그 모든 걸음은 환청적, 환시적인 음악일 수도 있다. 원래 시는 음악에서 출발하기에, 리듬을 갖게 될 때는 주술적인 리듬을 갖기 때문이다. 다만 도치법에서 비유적 이미지들을 상징적으로 동기화했기에 생소한 기관감각 이미지들이 가슴을 울렁이게 하는 낯선 풍경을 제시하는 등 이국적인 시 작품일 수 있다.

현대시로서 높은 경지의 너머(가운데)에 있는 것으로 무의미 시라고 부른다는 것은 김춘수 시 세계를 구축하는 디딤돌일 것이다. 관념을 지웠다고 새롭게 탄생하는 관념들이 의미를 갖게 되는 이상, 의미 자체는 다른 형상으로 존재하기 때문에 어떤 내용만 있는 무의식 세계가 주도하는 세계, 그 세계가 무의미할 수도 있지만 다가올 때는 명확한 의미를 부여할 수 있는데, 언어 콜라주는 제목에 대한 해답의 메시지가 존재하지 않아도 무방하다.

> 염불을 외우는 것은 하나의 리듬을 탄다는 것이다. 이미지로부터 해방된다는 것이다. 脫이미지고 超이미지다. 그것이 구원이다. 이미지는 뜻이 그리는 상이지만 리듬은 뜻을 가지고 있지 않다. 뜻으로부

---

18) 李昇薰, 《李昇薰 詩集, 당신의 肖像》(文學思想社, 1981), p.108~109.

터 우리를 해방시켜 준다. 이미지만으로는 詩가 되지만 리듬만으로는
呪文이 될 뿐이다. 詩가 이미지로 머무는 동안은 詩는 구원이 아닐지
도 모른다. 어떻게 하면 좋을까? 이미지를 지워 버릴 것, 이미지의
消滅-이미지와 이미지의 연결이 아니라(연결은 統一을 뜻한다), 한 이
미지가 다른 한 이미지로 하여금 消滅해 가게 하는 동시에 그 스스로
도 다음의 제3의 그것에 의하여 꺼져가야 한다. 그것의 되풀이는 리듬
을 낳는다. 리듬까지를 지워버릴 수는 없다. 그것은 無의 소용돌이다.
　　　　　　　　　　　　　　－이승훈 엮음, 《한국현대 대표시론》, p.118.

　이처럼 김춘수는 이미지를 버리고 주문呪文을 통해 그가 주장한 무의미
를 내세우려고 애쓴다. 대상의 철저한 파괴는 이미지의 소멸 뒤에 온다고
생각했다. 이미지는 리듬의 음영에 지나지 않는다고 말하고 있다. 그렇다면
그 이미지는 그대로의 의미도 비유도 아니라는 점에서 난센스일 뿐이다.
난센스를 그의 시 〈하늘 수박〉을 통해 설명하고 있다. 또 그의 시 〈나이지
리아〉도 작자의 무의식 속에 있는 심상들의 편린片鱗에 불과하다고 했다.
　김춘수는 "언어와 언어의 배합, 또는 충돌에서 빚어지는 음색이나 의미의
그림자나 그것들이 암시하는 제2의 자연 같은 것"이라고 했다. 말하자면 언
어콜라주를 말 할 수 있는데 본고 필자가 볼 때 거기에는 리듬만 남지 않
는 잔영이 있다.
　그러나 그의 주장은 리듬만 남을 때 시 자체는 영원성을 갖는데 방점을 찍
고 있다. 한편 김춘수는 접붙이기(parody)라는 글에서 먼저 형태와 발상(내
용)에 대하여 언급하기도 했는데 김춘수의 경우, 시들은 하나의 시의 형태에
만 생각이 머문다고 하면서 산문시로 하여금 시를 보는 시관詩觀의 혁명을
제시하고 있다. 또 발상 즉 내용에 있어서도 시라는 것은 메시지를 전달하
는 이 도구가 시를 발상(내용)의 쪽에서 규정하고 있다. 즉 "메시지는 메시지
를 말하는 사람의 의지, 즉 영어로 하면 Will"이라고 하였다. A. 테이트는
'의지의 시(Poetry of the will)'라고 말하고 있다. 이 '의지의 시'는 실천적인
의지의 원동력으로 하는 태도로서 17세기까지 유행하다가 18세기 이후는

자취를 감추다시피 한 시의 유형임에도 이 땅에서는 20세기에 현재에 이르기까지 세찬 흐름이라고 지적하면서 만해萬海·노작露雀·공초空超·청마靑馬를 들추며 그 뒤의 이른바 참여시가 또한 그렇다는 것을 적시하고 있다. 이러한 실천적 의지는 남(독자)을 구속한다. 따라서 A. 테이트는 이러한 경향을 부정하고 '상상의 시(Poetry of the imagination)'라고 부르고, '의지'보다 '상상'을 우선한다고 밝히고 있다. 즉 상상은 독자를 해방시켜 준다고 말하면서 메시지가 없는 시 즉 시는 메시지가 아니라고 밝히고 있다.

그러나 본고 필자는 시가 갖는 의미는 메시지가 되어야 한다고 본다. 시는 그 자체가 메시지기 때문이다. 왜냐하면, 메시지 안에 소리가 있고 소리(리듬) 안에 생명의 대상이 나타나기 때문이다. 시 작품 자체는 해방감을 내포한 생명체다. 메아리로 살아남는 작품이 아닐 때는 죽은 시일 수 있다. 시에도 의도가 있어야 무의미에 도달할 수 있다. 때로는 시는 우리들을 구속하기도 하면서 상상력의 날개를 달아 주기도 한다. 시의 생명력은 경계가 없을 뿐이다. 나중에 나타내는 형태, 즉 시의 기교가 아름다운 색깔의 풀로 뒤덮여 우리를 유혹하고 있을 뿐이다.

이승훈 시인이 말한 '실존의 현기증'일 수 있다. 김춘수의 일부 시는 본고 필자가 주장하는 '무의식의 생명체'라고 본다면 실존과 무無는 동전의 안팎이요 하나로 연결되어 있다. 의미를 부여치 않았다고 무의미 시는 될 수 없을 것이다. 모든 시 제목 자체부터 '무제無題'라 해도 내용은 의미를 띠기 때문에 '무의미 시'보다 어쩌면 '포스트모더니즘적인 경향 시'라고 명명하면 현실성이 있지 않을까 생각된다.

　　나는 우선, 시를 형태로부터 생각해 보기로 했다. 형태를 만들어 가는 과정은 일종의 예술 과정(artistic process)이다. 이때의 예술을 나는 기교(technic)로 보고 나아가서는 방법(method)으로 보게 됐다. 그러나 시는 두말할 나위 없이 무엇인가를 그 기교와 방법으로 된 그릇 속에 담아야 한다. 내 경우에 그 그릇 속에 담기는 것이 메시지(뜻—의지)가 아닌, 메시지로 굳어지기 이전의 어떤 것이었다. '어떤 것'이란 애매한 말을 개념적으로 풀어서 말하면, 내 실존의 허울이란 것이 된다. 이 허울은 설명을 가하면 간접적이 돼 실감을 잃게 된다. 허울은 허울 그대로 생짜로 보여줘야 한다.

나는 한때 시에서 이미지를 서술적으로 순수하게 썼다. 이미지의 배경이 되는 관념을 일체 배제했다는 말이 된다. 다음으로는 이미지를 지워 버리고 리듬만이 굽이치는 주문과 같은 시를 쓰게 됐다. 이미지에는 늘 관념의 그림자가 어른거리고 있었기 때문이다. 제아무리 서술적으로 순수하게 쓴다고 하더라도 그렇다. '실존의 현기증'이란 말을 이승훈이 해 줬다. 시를 그렇게 쓰는 것이 내 기교요 방법이 되면서 동시에 내 시의 발상(내용)이 되기도 했다. 그러니까 나에게는 형태와 발상(내용)이 따로 있지 않았다. 형태가 곧 발상(내용)이요 기교 및 방법이 곧 발상, 즉 실존이었다. 나는 기교와 방법으로 내 실존을 드러낸 셈이다. 나는 이런 따위를 '무의미의 시'라고 스스로 부르게 됐다.

−이승훈 엮음, 《한국현대 대표시론》, p.118.

위의 인용 부분을 검토해 보면 그가 주장하는 무의미의 시론은 사실상 다다이스트들이 기존의 무의미함을 파괴하며 지울 때의 우연한 가운데 의미가 탄생하는 기법의 한계점을 넘어서지 못한 것 같다.

다음은 남의 문맥(context) 속에 내 문맥을 집어넣는 접붙이기를 설명하고 있다. 그것은 패스티쉬(pastiche)와 또 다른 효용을 시도해 보았다고 밝히고 있는데, 그의 시, 〈處容斷章〉은 도처에 되살아 있는 패스티쉬가 신산하게 엿보이고 있다.

잎갈이를 한다고
또르르 참죽나무 사지가 말린다.

남한강
지는 해가
등자나무 살찐 허리를 한 번 슬쩍 안아 준다.
길모퉁이 손바닥만 한

라면 가게 작은 문이 비주룩이
열려 있다.
갓 태어난 이데올로기는
들어갈까 말까 망설이고 있다.

보리깜부기 하나가 목구멍을 타 내리면서
목구멍을 자꾸 간지럼 친다.
간지럽다. 세상이,

밤은 못생긴 눈썹처럼
제 얼굴을 제가 찌그러뜨린다.
글쎄.
-김춘수, 〈處容斷章〉 제4부 7의 전재.[19]

　위의 시에서 제1연은 김춘수 자신의 시 〈반가운 손님〉에서 제2연 제1·2
행은 〈겨울 에게海〉에서, 제3연 제1·2행은 〈다시 또 2월의 어느 날〉에서 각
각 따온 것이라고 밝히고 있다. 따라서 "온통 표절로 돼 있다. 내 정서적 과
거가 서로 포개지면서 되풀이되는 생의 나선형적 반복을 보여준다"[20] 라고
했다. 한마디로 위와 같은 상태가 바로 현재의 김춘수 자신에 대한 실존의
허울임을 밝히고 있다. "표절 방법은 또한 내 시의 발상(내용)과 동전의 앞
뒤 관계에 놓인다"라고 지적했다. 김춘수의 표절 방법은 자생적임을 말하면
서 순전히 사적私的이고 사회성이 전연 없는 존재론적인 세계라고 주장하고
있다.
　김춘수 자신에 대한 자의식이 과거의 시에 대한 관심을 일깨우게 하여 과
거의 서로 다른 시들의 단편(조각)들을 어렌지(arrange)하여 썼다고 진술하고 있
다. 1960년대를 벗어나면서 방법의 포로가 되었다는 것이다. 바로 '시 속에

---

19)　金春洙,《金春洙詩全集》(민음사, 1994. 11), p.374에서 다시 옮김(다른 연구서에서는 '處容斷
　　章' 8행이라 되어 있음).
20)　金春洙, 장편 연작시 〈處容斷章〉 시말서-1960년대 후반에서 1991년까지의 나의 詩作 주변,
　　《金春洙 詩全集》(민음사,1994. 11), pp.519~531.

자기 자신이 이전에 쓴 시에서 따온 시구들을 삽입하는 오토 콜라주 기법'을 말한다. 문제는 진술과는 근접되는 것 같지만 시가 갖는 오브제는 무한이기 때문에 한계점에서 적시되는 것으로 보인다. 그것은 걷잡을 수 없는 발상을 축약하려는 시도가 한계점일 수도 있기 때문이다.

> 방법은 형태를 만들어 가는 과정에서의 기교의 길잡이다. 그러나 나에게는 방법이 또한 발상(내용)을 방법 쪽으로 자기를 감추게 하는 백금白金의 역할을 했다. (중략) 한마디로 말하자면, 나에게는 방법이 곧 발상(내용)이 됐다는 뜻이다.
> ─이승훈 엮음, 《한국현대 대표시론》, p.126.

따라서 김춘수 자신은 천리안千里眼이 되어야 했고, 예술가가 되고자 하였으며, 소박한 상태를 미적으로 생각하지 않는다고 밝히고 있다. 특히 어떤 장르의 예술에 있어서든, 시대를 반영할 수 있을 것이며, 변화를 가져와야 하며, 대상(object, 소재)은 보는 각도에 따라 달라지므로 그 각도가 곧 방법이라고 제시하지만 농익지 않은 기교가 제시한 시에서는 금방 결핍임을 지적할 수 있다. 그의 시론대로라면 환원된 원점에서 시가 탄생되고 있는데, 시 그 자체는 항상 경계의 접점도 무너뜨리는, 앞에서도 지적했지만, 오히려 다다이즘이나 포스트모더니즘적인 경향시일 수 있다. 바슐라르는 "상상력만으로 이미지를 형성하는 힘이 아니다"라고 말할 때 존 러스킨(John Ruskin, 1819. 02.~1900. 01. 20)이 주장한 직관적, 연합적, 해석적 상상력만으로도 충족될 수 없을 것이다.

쉬르(Sur)적인 경향에서 접근해도 너무 먼 곳으로부터 회귀하려는 데서 주장은 원거리로 회귀할 수 있을 것이다. 초현실주의는 현실을 초월하는 것이 아니라 꿈을 위한 절대 현실을 내세우면서 다다이즘처럼 폐허를 만들고 파괴적이며, 허무주의적이거나 패배주의적인 것이 아닌, 꿈과 현실이 공존하고 있다면 차이점은 다소 멀다 할 수 있다.

다시 말해서 객관적 우연에서 현실과 꿈은 합치하는 스파크 불꽃이라 할 수 있는, 즉 불꽃이 꺼져 버려도 불타고 있는 어떤 환영이 아우라(Aura)로 겹쳐져 있음을 볼 수 있어야 시의 생명력은 굳건할 것이다. 먼저 기존 대상을 지우면서 움직이는 것이 새로운 의미를 만드는 것도 무의식의 실체가 의식을 지배하기 때문에 가능하다. 우연의 법칙을 내세운 다다이스트들의 자유와 해방감에서 오는 카타르시스야말로 시가 갖는 온몸 자체가 불꽃으로 타오른다고 하였다면 그다음은 잿더미가 있기 마련이기에 거기서 무의미 시를 찾을 수는 없을 것이다. 따라서 김춘수의 무의미 시는 리듬을 통한 생명력을 제시하고 있기 때문에 우리에게 새로운 과제로 남을 것이다.

다. 후기 시-산문시 경향

김춘수의 후기 시는 산문시로 나타나고 있다. 《處容斷章》을 쓴 2년 후인 1993년에 《서서 잠자는 소》를 출간하였는데, 오랜 무의미 시 발표 이후 산문시 형식을 취하고 그 내용은 소박한 어법으로 대립적인 이원성을 결합하는 작업으로 회귀성을 나타나고 있다. 유년과 노년을 병치시키면서 과거와 현재를 중첩하고 있다. 삶과 죽음의 본질을 통하여 김춘수 자신이 말한 "인간 된 비애"를 투시하는 것으로 나타나는 것 같다.

> 넓적넓적한 꽃잎을 여러 개나 달고 대구 만촌동 옛 내 집 연못에 수련꽃이 피었다. 너무너무 흐뭇하다. 하늘은 쾌청, 연못가 수련 꽃 그늘을 고개 뻣뻣이 세운 어인 삽사리 한 마리 가고 있다. 66년 전 소꿉질 친구 옥수나 같은 머리를 땋고 댕기를 길게 드리우고,
> -김춘수, 시 〈낮잠〉, 《金春洙詩全集》(민음사, 1994. 11), p.384.

위의 시는 그가 살던 '대구 만촌동 옛집'을 제재로 한 것이다. 낮잠을 통해 꿈에서 만난 옛집으로 보인다. 양음으로 나타나고 있다. 삽사리의

머리가 육십육 년 전의 통영 땅의 소꿉질 친구 옥수나의 단발머리에 댕기를 드리운 것에서 반영된다. 다시 말해서 생태의 변화에도 살아 있는 상상력은 옛집을 통해 동일성 원리로 형상화하는 것이다. 퇴행된 몽상의 은유지만 상상력은 위축되고 고향에 대한 시편들은 일면 감춰 온 그의 한계를 오히려 무의식을 통해 회상으로 노출하고 있다 할 것이다.

> 물새소리를 듣는다. 물새는 보이지 않고, 물새소리는 멀리멀리
> 저녁을 풀어놓는다. 웬일일까, 지는 해가 한 번 슬쩍 등자나무 살찐
> 허리를 비춰준다. 메디아, 코린토스의 王女, 그네는 죽어서 무슨 魂
> 魄일까, 아직도 해 저무는 물새소리를 낸다.
> 　　　　　　　　　　　　　　　-김춘수, 시 〈겨울 에게海〉 전재.

위의 시는 차분한 이미지의 연쇄성을 갖고 있다. 즉 물새소리, 저녁, 해질 무렵 등자나무, 메디아, 다시 해 저무는 물새소리로 연결되고 있다. 노시인(김춘수)의 여행에서 에게해를 본 당시의 모습이 현재와 겹쳐지고 있다. 이러한 시작詩作은 그가 잘 사용하던 감각의 전이법이라 볼 수 있다. 말하자면 데뻬이즈망 기법이다. 복합적이면서 모호하게 전달되는 것을 보여주고 있다. 이 또한 언어콜라주와 시각콜라주를 뒤섞음 한 기법으로 본다.

초기 시에서도 산문시의 형태들이 다소 있음을 볼 때 스타일은 크게 벗어난 것 같지 않다. 죽은 메디아의 연상을 물새소리로 하여 혼백을 건져 올리고 있다. 회상과 환상의 융합으로 화자가 화자를 다시 보고 있는 것이다. 시행의 단절이나 변화가 가져오는 형태적 긴장감을 풀어 놓은 산문시를 통하여 자신의 모습을 잔잔하게 펼치고 있다. 사실상 에게해의 환상을 수채화의 물감으로 하여 터치했지만 물씬한 수채화가 갖는 미메시스는 그의 기법 한계에 머무르는 것 같다. 말하자면 상상력보다 감정이 앞서는 바람에 그의 긴장이 다소 풀린 것으로 보인다. 초자연적인 무의미 시를 동시에 시도해 보려고 했지만 대상이 앞서고 있다. 표현적인 절규는 무의미가 갖는 생경한 형상화가 의미를 지우지 못한 것으로 보인다. 무의미의 시에는

멀어 보인다. 무의식 세계를 많이 차용한 것으로 드러내 보이지만 그 깊이가 갖는 오묘한 세계에는 근접되지 않아 보인다.

왜냐하면, 이미지를 지우고 무의식적 이미지를 표출해도 언어예술은 낯선 이미지라도 결국 무의미함에서 의미를 생산하기 때문에 시각콜라주가 갖는 무의미와는 차이가 있기 때문이다. 따라서 무의미 시라는 개념은 언급할 수 있으나, 시가 갖는 무의미 세계는 회상적인 감성을 호소하는 것 같다. 그러나 그가 무의미의 시를 쓰려고 접근해 온 작업에 대해서는 현재 누구도 거들떠보지 않는 점에서 볼 때 요새 시들의 함량 미달에 대한 독보적인 세계를 확보하고 있다고 본다.

> 어떤 늙은이가 내 뒤를 바짝 달라붙는다. 돌아보니 조막만한 다
> 으그러진 내 그림자. 늦여름 지는 해가 혼신의 힘을 다해 뒤에서 받
> 쳐주고 있다.
>
> —김춘수, 시 〈散步길〉 전재.

위의 시는 현재 무의식이 의식으로 위장한 이미지의 결합이다. 인간이 겪고 있는 삶과 죽음 사이를 비춰 주는 해로 하여금 늘그막을 부축해 준다는 "인간 된 비애"를 숨김없이 보여주고 있다. 그의 시 〈順命〉, 〈景明風〉, 〈가을을 나며〉에도 소멸하는 생명들은 순리에 순응하는 것과 죽음의 풍경을 드러내고 있다. 생과 사의 이원적인 대립구조를 넘어서 보려는 익명의 목소리를 되살려 이질적인 이미지를 통합하려는 의미를 무의미화를 노리고 있다. 무의미 시일수록 텐션과 낯설기가 뒤따라야 하는데 뜻밖의 만남이 뚜렷하지 않은 것 같다. 언어콜라주와 시각콜라주의 기법이 없이 주술이 아닌 그가 말한 서술적인 것으로 느낄 때 자동기술법에 가깝다. "으그러진 내 그림자"를 '으그러진 그림자'로 했다면 거기에 있는 무의미가 존재할 수 있다. 따라서 무의미 시는 드러내는 것이 아니고 소통의 시가 아닌 감추는 미학에서도 찾아야 할 것이다.

한마디로 말해서 김춘수의 후기 시는 산문화되면서 신선한 충격이 감소된, 그러나 주술적인 교감으로 그동안 접어둔 공백을 펴고 있는, 말하자면 전혀 새로운 사실만 제공하려는 시각콜라주 형식을 취한 것 같다. 청마 유치환의 산문시들과 차별성이 없다 할 수 있을 것이다. 물론 그의 후기 시가 시도하려는 신화적 요소들은 초현실주의자들이 추구하던 핵심인 전통성에서 찾는, 근원적인 리비도를 복원해 보려던 의욕과도 유사할 수 있다.

제일 문제점으로 남아 있는 맹점은 우리의 시가 일본에서 도입된 주지주의와 시적 스타일의 고집성이 통속적인 한계점을 극복하지 못한 경향이 없지 않다. 지금도 팡토마스처럼 살아 있는 유감이 전혀 없지 않은 것으로 생각된다. 즉 한 대상을 형상화 과정에서 주지를 삽입하여 명암을 대비하는 것이다. 어쨌든 김춘수 시인의 후기 시적 경향은 산문시에서도 무의미 시를 찾으려는 선구자 역할은 그냥 간과할 수 없다. 무의식의 세계가 갖는 의식 세계를 고백하지 않은 것은 그의 시가 갖는 특성이기도 하다.

3. 마무리

김춘수의 시 세계 중에서 의미에서 무의미까지의 중심으로 살펴보았다. 간략하게 정리하면 다음과 같다.

첫째, 전기 시는 의미의 시, 즉 존재의 시로부터 출발되었음을 알 수 있다. 관념과 감정을 억제하려고 하면서 형이상학적인 감각적 처리, 즉 주지주의적인 시들로 면견되고 있다.

둘째, 중기 시는 무의미 시라고 주장하는 시 세계를 본격화하려는 시도가 엿보인다. 언어에서 의미를 배제하려고 하는가 하면 의미의 그림자마저 지우려는 치열한 작업으로 무의미 시 작업 흔적을 제시하는 자평에서도 알 수 있다. 다시 말해서 기교와 방법에서 시작詩作 활동을 전제했지만, 존재론적 역설의 시에서도 그 한계를 크게 벗어나지 못한 것 같다. 콜라주 기법을 제시했더라면 더 쉽게 무의미 시에 다가갈 수 있었을 것이다. 그것은 이중의 추상성, 운동성, 시간성이 내면세계와의 조응성을 갖는 특성에서 그의 고뇌는 이해할 수 있으나 절단되는 감각을 함의한 시각콜라주에서 느끼는 무의미의 접근은 멀어 보인다.

그가 지적한 패스티쉬(pastiche)보다 보이지 않는 파편화(fragmentation), 즉 형상이 없는 파편들을 재구성하기 전의 시, 다시 말해서 무의미의 의미를 만나야 함에도 그가 고민하던 그의 시들은 형상을 숨기려는 데서 고뇌하는 흔적이 남아 흠결로 보인다.

착란적인 언어와 언어의 배합 또는 충돌에서 빚어지는 음색이나 그것들이 암시하는 제2의 자연 같은 것을 동반하고 있다고 하지만 언어콜라주 기법으로 그의 작품이 갖는 세계를 제시하지 못한 것에서는 명료치 않다고 본다. 상식의 일탈이 갖는 텍스트의 재생산을 돕지 못한 유비에 그친 것이 전혀 없지 않아 보인다.

특히 소리는 통합성을 갖기 때문에 리듬형 무의미 시의 접근에는 탈감각화가 온전하지 않은 것 같다. 심상의 소멸 뒤에 오는 리듬이 리듬으로 남게 하려는 흔적들이 전혀 다른 세계를 구축할 때도 또 하나의 존재성이 나타나는 것이 엿보인다. 지워진 왜곡 현상은 무의미 시가 아니라 다만 낯설게 변용하는 의미의 시로 움직이는 것을 느낄 수 있다. 그러나 한국 시단에 김춘수 시인만큼 준열한 독창성에 접근하는 자가 현재에도 극히 드물다 할 수 있다.

셋째, 후기 시는 산문시들이 다수다. 시와 산문의 화합이라 하며, 김춘수 자신이 보는 가면을 벗고 실체적인 리얼리즘의 결합을 위한 것으로 본다고 하였으나, 회상과 환상을 융합시키는 작업에서 살필 수 있다 할 것이다. 여기서 리얼리즘이란 자크 라캉이 말한 실재계로 보아야 할 것 같다. 실재계가 갖는 상징계와 상상계가 상호작용하여 무의식이 위장하는 의식의 모습이 침묵으로 말하는 주술적이어야 비로소 무의미 시는 소생할 수 있을 것이다.

또한 1930년대 일본에서 한때 유행하던 산문시가 갖는 수준 즉, 스토리텔링을 벗어나야 리듬적인 무의미 시가 창조될 수 있을 것이다. 따라서 무의미 시는 초현실주의자들이 추구한 자동기술법이 되어야 가능할 것이다. 익명성과 무상성의 카오스에서 해체된 재구성에서 은유적인 확장성이 과제일 수 있다. 말하자면 랑거쥬(Language)에서 랄랑그(Lalanggue)적이어야 할 것이다. 그러나 김춘수 시인이 산문시에도 무의미 시를 지적한 것은 값진 성과라고 보아진다.

　　　　　　　　　　　．

　이상과 같이 김춘수 시인의 시 세계를 심층 분석해 보았다. 그가 주장하는 대상을 지워 버렸다(해체했다)고 하지만 사실상 내면의 실재계에서는 살아 있는 대상은 제2의 대상으로 접수해야 할 것 같다. 무의미 시는 메를로-퐁티 이론처럼 시각에서의 무의미를 지적한 것에서 볼 때, 시 작품 자체를 무의미 시라면 시가 성립될 수 없을 것이다.

　그의 주된 핵심은 탈관념주의 관점에서 볼 때 그가 쓴 시들은 전체를 형성하는 의미가 실재하는 이미지들의 상징성에서 대부분 출발하기 때문이다. 무의미 시라는 개념 정립은 초현실주의자들의 기법인 자동기술법을 잇댈 때 여론의 여지는 아직 남아 있는 것 같다. 특히 뱅자맹 페레의 자동기술기법을 원용할 때 동화(전설)적이거나 삼키기와 토하기, 즉 아나그램(anagram)에는 미치지 못하는 것으로 보인다.

　그러나 김춘수의 시작 과정을 깊이 있게 검토하면 새로운 기법으로 변혁해 보려는 작업은 그의 시론과 함께 낯설게 하기에서 만날 수 있다. 우연의 법칙을 내세우던 다다이즘의 기법처럼 기존 이미지의 무의미함이 생산하는 의미, 즉 무에서 출발하려고 무조건 파괴하려는 운동과도 전혀 상관되지 않을 수는 없다. 허무주의를 내세운 다다이즘의 핵심은 0에서 출발하려는 시점을 찾고 있는 것 같다. 고정관념이 없는, 가능성과 불가능성의 경계에서 발생하는, 어쩌면 그것은 궤도 이탈을 꾀하는, 앞에서 필자가 논급한 고정관념과는 무관한 포스트모더니즘은 가능성과 불가능한 경계에서 발생하기에 탈중심화 과정인 포스트모더니즘의 시적 경향을 무의미로 형상화하여 제시하

2023년 10월 5일(목) 오후 5시 한빛문학관 문화 및 집회시설에서
김춘수 시 집중 재조명 문학강연·시낭송회 후 기념촬영

고 있는 것 같다. 따라서 그의 무의미 시 작업은 현재도 유효하다. 서양에서
는 쉬르(Sur)라 하지만 김춘수의 주장설에서도 무의미의 시가 갖는 리듬을
내세운 특성이야말로 독보적이 아닐 수 없다. 그의 무의미 시의 창작기법은
이성을 벗어나려는, 닿을 수 없는 그의 일생을 통한 진실한 외침이 아닐 수
없다.

이승훈의 시와 시론에 나타나는 주체의 변모 양상
–자아·언어·대상에서 다시 언어와 만나는 사유를 중심으로

I. 들머리

이승훈(李昇薰, 1942. 11. 08~2018. 01. 16.)[1]은 시와 시론에서 현재까지 실험적이고 전위적인 특징을 갖기 때문에 아직도 주목받고 있는 시인이요 비평가이다. 그는 시든 삶이든 자기비판은 없고 남들에 대한 비판만 요란한 우리 시단에 자기 시론을 통해 계속 사유하는 하나의 업으로 본다고 하였다.

그는 1962년 《현대문학》에서 시를 천료받아 현재까지 시를 쓰면서 '나는 누구인가?' 이런 질문에 인식론적 회의로 나타나고, 시 쓰기를 구성하는 자아·언어·대상의 관계에서 대상, 곧 구체적인 사물이나 현실을 괄호 안에 두고(비대상), 40년 가까이 지속하는 '나·너·그'라는 인칭 변화를 통해 자아 찾기 작업을 수행하였다. 그러나 이런 자아 찾기는 1995년 시집 《밝은 방》[2]을 펴내면서 자아 소멸, 혹은 주체 소멸이라는 명제와 만나게 되고 이런 명제에 대한 성찰은 계속되고 있다. 결국, 자아 또는 주체에 대한 존재

---

1) 1942년 강원도 춘천시에서 태어나 춘천고를 거쳐 한양대학교 공과대학에 입학. 공대 시절인 1962년 4월 월간 《현대문학》지에 시 〈낮〉 외 1편으로 제1회 추천, 같은 해 8월에 〈바다〉 외 1편으로 제2회 박목월 선생의 추천으로 시 문단에 데뷔했다. 공대 1년을 쉬고, 국문과 3년으로 전과, 국문과를 졸업하고 연세대학교 대학원에서 '이상시 연구'로 문학박사 학위기를 취득하였으며, 현재 한양대학교 국문과 교수로 있다. 시집은 현재 17권과 시론집 20권과 5권의 수필집 그리고 2권의 번역집 등이 있다. ☞기 발표작품 수정 중에 부고: 2018년 01월 16일 지병으로 타계하였다(출간하면서 재정리 중에 추가 기록임).
2) 이승훈, 《밝은 방》(고려원, 1995).

론적 회의로 나타나고, 자아·언어·대상의 관계에서 자아도 없고 대상도 없어 남는 것은 언어뿐이라고 했다. 문제는 언어에서 벗어날 길이 없다는 점에서 자아도 대상도 언어라면, 이 언어가 시를 쓰고 언어가 대상이고 언어가 사유한다는 것이다. 그러나 이 언어에 뿌리가 없고 고정된 기의가 없고 기표들의 무한한 놀이만 있다면 이 언어를 어떻게 받아들여야 하는가? 에 대한 최근의 화두임을 밝히고 있다. 그런데 근황에 다시 묶은 이승훈의 대표 시론《시적인 것은 없고 시도 없다》[3]에서 해법을 어느 정도 알게 되었다. 위의 시론을 중심으로 자아·언어·대상에서 다시 언어와 만나는 사유思惟에 대하여 살펴보고자 한다.

Ⅱ. 대상과 언어와의 관계

1. 비대상

비대상은 대상이 존재하지 않는다는 것을 말한다. 그에 의하면 "대상이 없다는 것은 한 편의 시에서 시인이 노래하고 있는 대상이 분명치 않다는 뜻도 되고, 우리가 전통적으로 알고 있는 자연 세계나 일상세계가 시 속에 드러나지 않는다는 뜻도 된다"는 것이다. 다시 말하면 자연 세계나 일상 세계를 대상으로 노래하는 뿌리 깊은 전통을 수용하는 등 인습적이고 상투적인 한계를 극복하기 위한 것임을 밝히고 있다.

이러한 비대상에 대한 관심은 고교 시절부터 이상李箱의 시와 김춘수金春洙의 시를 좋아했다고 밝히면서 그의 박사학위 논문인 〈이상 시 연구〉에서 김춘수의 시와 대비하면서 얻어진 것으로 보이며, 이상의 〈절벽〉을 내세워 무無의 새로운 탄생을 제시하고 있다. 또한, 비대상의 세계는 무의 세계

---

3) 이승훈, 《시적인 것은 없고 시도 없다》(집문당, 2003. 6. 23).

이며, 무의 세계는 실존적 각성이 환기하는 의식의 운동이라고 했다. 그는 김춘수의 경우, 비대상을 노래한다는 것은 수사학적 차원에서 서술적 이미지를 추구하는 행위, 소위 이미지를 위한 이미지임을 밝히고 대상의 소멸이 아니라 대상의 재구성으로 이상의 시작과는 다른 태도, 즉 방법론적 암시를 읽고 있었다는 것이다.

그의 시집《사물 A》(1969)를 펴낼 때까지는 비대상이 아니라 내면성이라는 말을 쓰다가 1970년대 초, 특히 연작시 〈모발의 전개〉와 〈지옥의 올훼〉 등을 쓰면서 그의 산문에서 비대상이라는 용어를 사용했다.

> 그것은 실존의 투사였고, 외부세계의 무화無化였고, 언어 자체의 도취였으며, 폴록의 경우처럼 이지럼의 세계, 무형의 형태를 지향했다. 결국 나는 김춘수의 방법론적 성찰이 도달했으나 그가 포기한 비대상이라는 논리의 연장선상에 나 자신이 서 있음을 깨달았다.4)

그러나 위와 같이 말한 그의 세계를 실현하지 못한 두 번째 시집《환상의 다리》(1976)에서는 딜레마에 빠져 앓기 시작했다. 그가 만난 비대상의 세계는 어두운 충동의 세계들이었다.

그의 어둠은 무의식적으로 죽음을 향하고 있었다는 사실을 암시했다. 에로스가 아니라 타나토스에의 집착은 1960년대 후반부터 1970년대 전반까지 그의 시의 가장 강력한 모티프가 되었다고 밝히고 있다. 시작詩作의 체험 속에서 그러한 모티프는 언어의 논리로 구현되었지만, 언어는 무의식과 의식의 변증법적 체계, 혹은 그들이 뒤엉킨 실체였다고 한다.

> 딜레마 속에서 차츰 나는 언어의 의식적 측면에 귀를 기울이기 시작했다. 언어의 의식적 측면이란 일종의 의식적 조작에 따라 언어를 처리하는 태도였지만, 그러한 태도는 또한 언어의 무의식적 측면이라 할 일종의 자동기술법과 대립되었다. (중략) 언어의 무의식적 측면이

---

4) 이승훈, 〈비대상〉《시적인 것은 없고 시도 없다》, 집문당, 2003.6.23, p.23.

노정하는 환상의 세계가 지나치게 자의적이었다는 사실에 일종의 불안감을 느끼고 있었기 때문이다. 그러나 의식의 논리와 무의식의 논리 사이에서 나는 계속 딜레마를 앓고 있었다. 의식이 무의식을 규제하는 것인지, 무의식이 의식을 규제하는 것인지 제대로 분별되지 않았다. 그러나 그 무렵 나에게 하나의 확신으로 다가온 것은 시가 그러한 딜레마 속에 있다는 명제였다. 시는, 의식과 무의식이 만나는 점을 그릴 수 있다면, 그러한 점에 어렴풋이 존재한다는 판단이었다.[5]

그의 두 번째 시집은 위와 같이 시는 의식과 무의식이 만나는 점에서 확신을 주었다. 그는 언어의 자발성의 세계를 하나의 보편적 구조로 빚어 보고 싶었으며, 언어의 자발성은 무의식적 실체라 하고, 하나의 보편적 구조는 의식의 산물이라고 하였다. 그 무렵 두 번째의 시집은 결국 의식의 논리로 나아가게 되었다. 하나의 보편적 구조로 떠올린 것이 소위 신화적 이미저리, 혹은 원형의 개념이었다고 한다.

이 시집에서 그가 두 가지 사실을 터득한 것을 보면 하나는 언어의 자발성 자체에 대한 전폭적 신뢰에 마음이 놓이지 않았는데, 개인적 실존의 현기를 견딜 수 없었음을 뜻하고, 다른 하나는 언어의 자발성이 아니라 언어의 규제성, 곧 언어의 자발성을 의식적으로 규제했을 때, 개인적 상징에서 보편적 상징의 세계로 자신(이승훈)이 나가고 있었다는 점이다.

아버지는 바람을 일으킨다.
나는 바람 속에 처박힌다.
벌판에서 벌판의 피를 뜯어 가지고
나는 다른 벌판을 만든다.

아버지는 홍수를 일으킨다.
내가 만든 벌판이 떠내려가므로

5) 앞의 책, p.25.

나는 홍수 속에 처박힌다.
홍수의 얼굴을 뜯어 가지고

나는 커다란 푸른 담요를 만든다.
아버지는 화재를 일으킨다.
　　　　　　　　　　　　　－이승훈, 시 〈피에타 1〉 일부, 《환상의 다리》

　인용된 위의 시를 저자는 자기 아버지와의 대립적 관계로 나타내며 그 관계는 보편적 상징들인 바람, 물, 불, 공기 따위에 의하여 전개되는데, 저자의 개인적 내면의 세계에서 어머니를 부르고 있었지만, 이때부터 저자 자신은 그의 아버지와의 관계를 생각하기 시작했다는 것이다. 단순히 그의 어머니를 부르고 있었던 세계가 개인적인 무의식의 산물이었다면, 그의 아버지와 그의 구조적 관계를 노래하기 시작했다는 것은 보편적 구조, 즉 의식적이었다.

　세 번째의 시집 《당신의 초상》(1981)을 펴내면서 그동안의 시 쓰기가 성실치 못한 것을 반성하는 것은 이 시집에서도 보편적 상징세계를 심화시키지 못했으나, 이 시집의 제2부 〈야곱〉에서 엿볼 수 있다고 전제하면서 1960년대 후반에서 1970년대 전반까지의 그 어둡던 10년간의 내면세계에 흐릿하나마 하나의 빛이 들어오기 시작했다고 설명한다.

　　실존의 적나라한 리듬이 환기하던 허망감이 정신적인 세계와 결합되면서 가까스로 극복되는 것 같았으며, 그것은 개인적 상징의 세계에서 보편적 상징의 세계로 변모되는 내 의식의 한 유형이었다. 비대상의 논리는 그리하여 1970년대 후반에 실존 신학적인 측면을 노정했다. 비대상 자체가 환기하던 일종의 실존적 현기가 신학적 지평을 발견하면서 조심스럽게 지양되고 있었다.[6]

　그러나 지양되지 않을 때 감상의 단편들과 만나게 된다는 것. 그동안 계

───────────
6) 앞의 책, p.30.

속되는 시작詩作이란 자기의 고독에 의미를 부여하는 행위에 지나지 않았다는 것과 시의 근원은 그의 고독이었지만 한 편의 시가 완성되었을 때 고독과 단절된다는 것이다. 결국, 언어의 습관적 사용에 맡겨지는데, 언어의 습관적 사용은 상투적이고 일상적인 사고와 관련된다는 것이다.

시인은 상투적이고 일상적 사고를 파괴하고 새로운 비전을 제시하는 자인데도 실패했다고 진술하고 있다. 그러나 다시 침묵과 웅변, 무와 유, 비대상과 대상의 세계에서 고독해질 때 현실, 자연, 사회, 삶 일체는 물론 대상, 비대상인 경우도 시에서는 언어적 공간으로 제시되기 때문에 문학적 언어를 비롯한 생각을 다듬었던 것을 진술하고 있다. 특히 대상의 세계는 언어로 명명될 때 죽거나 이미 부재하며, 모리스 블랑쇼가 본 것이 바로 그 점이라고 제시하고 있다.

① 대상의 세계에 언어가 작동할 때 이미 그것은 비대상의 세계가 되는 것이다. 하나의 꽃을 꽃이라고 했을 때 이미 나는 그 꽃의 빛깔, 모양, 크기, 온도, 아름다움 같은 구체적인 현실을 그 꽃으로부터 박탈당하는 것이다. 그러한 박탈은 현실로서의 꽃이 이미 존재하지 않음을 뜻한다. 현실적인 꽃은 죽거나 부재하게 된다. 그러나 이때 놓쳐선 안 될 부분이 현실적 꽃의 죽음 혹은 부재가 단순한 죽음 혹은 부재로 끝나지 않는다는 점이다. 언어의 다른 하나의 특성이 개입하는 자리이다. 현실적 꽃의 죽음이나 부재는 그 꽃의 현실성을 다른 방식으로 알려주기도 한다. 다른 방식으로 알려준다는 것은 현실적 꽃의 기본적 존재가 무無에 있음을 간접적으로 시사한다는 말이다. 그것은 모든 실존의 본질이 언어와 연결될 때 하나의 무, 죽음, 비대상에 지나지 않음을 암시한다. 문학, 특히 시가 맡는 몫이 여기 있다. 무나 죽음이나 비대상은 인간의 경우, 인간을 파괴하면서 동시에 인간의 본질을 깨닫게 한다. 이것이 언어를 매개로 생각해 본 비대상의 한 논리이다.[7]

② 그러나 언어의 현실 파괴, 대상파괴는 과거적 현실의 교통도

7) 앞의 책, p.32.

가능케 한다. 대상의 파괴는 대상의 부재, 죽음, 비대상을 의미하며, 우리가 언어를 사용하는 바로 그 순간에 부재, 죽음, 비대상은 존재한다. 그러나 순간은 과거로서만 인식된다. 따라서 부재, 죽음, 비대상은 과거적 현실에 지나지 않으며 우리의 언어는 과거적 현실의 세계를 우리에게 알려준다. 과거적 현실의 세계는 인식론적으로는 현실의 세계가 아니다. 시간 이론에 의하여 좀 더 분명히 해명할 수 있겠지만, 그것은 한 마디로 무, 부재, 죽음, 비대상의 세계이다. 이것이 언어를 매개로 생각해 본 비대상의 또 하나의 논리이다.[8]

그는 언어의 이러한 논리에서 문학의 본질, 시의 본질이 결국은 비대상의 세계에 있다는 점이다. 그가 주장하는 시는 무의 세계요 부재의 세계요 죽음의 세계이다. 모든 시는 현실적 잔재, 대상의 흔적을 파괴한다. 그것은 부재와 죽음, 혹은 비대상이라는 중성적 지식이 된다.

중성적 지식이란 현실적으로 지식이 될 수 없음에도 불구하고 지식일 수 있는 지식을 의미한다. 결국, 모든 시의 출발, 고독의 심부에는 무, 죽음, 비대상이 있을 뿐임을 강조하고 있다. 그의 시작은 일종의 분명치 않은 파토스, 혹은 존재론적 불안, 바로 무, 죽음, 비대상이며, 그러한 세계를 더듬는 하나의 과정일 뿐이라고 했다.

2. 비대상과 해체

1) 주체의 소멸

이승훈은 언어를 중심으로 했을 때, 비대상의 세계란 대상과의 관련이 탈락이 된 언어들의 공간이라고 했다. 시에 대한 이런 생각은 비대상의 시론을 발표한 지 10년이 넘은 지금에도 달라진 것이 없다 하면서, 이런 특수한 언어 공간을 빚는 주체는 누구인가 하는 문제에 사로 잡혀 있다는 점이

---

8) 앞의 책, p.33.

다. 시를 쓸 때의 자아는 누구인가에 대답은 비대상에서 자기 증명의 아이러니, 쉽게 말하면 또 하나의 나를 찾으려는 행위, 혹은 진정한 자아를 증명하려는 노력이라고 하였다. 그것은 자아가 자아로부터 소외되는 이른바 자기소외를 극복하려는 것임을 말하고 있다.

> 데카르트의 기본명제는 '나는 생각한다 고로 나는 존재한다'이다. 이 명제에 따르면 자아가 존재할 수 있는 근거는 생각, 곧 사유능력에 있다. 그러나 이런 자아론이 비판되는 것은 두 가지 이유에서이다. 하나는 모든 자아는 언어가 개입됨으로써 형성된다는 점이다. 언어가 없다면 자아도 없기 때문이다. 다른 하나는 데카르트의 명제가 내포하고 있는 논리적 오류를 들 수 있다. 데카르트에 의하면 내가 존재하는 것은 내가 생각하기 때문이다. 그렇다면 두 개의 자아가 나타난다. 하나는 생각하는 자아, 다른 하나는 그런 생각에 의해 존재하는 자아이다. 우리가 흔히 말하는 자아는 후자일 터이다. 그렇다면 이런 자아를 가능케 하는, 또 하나의 자아, 곧 생각하는 자아는 누구인가. 쉽게 말하면 존재 이전에 생각하는 자아는 누구인가 그 자아는 '나'가 아니다. 따라서 라캉에 의하면 데카르트의 명제는 '나는 내가 없는 곳에서 생각한다. 고로 나는 내가 생각하지 않는 곳에 존재한다'는 명제로 치환된다. 혹은 '나는 존재한다고 말할 수 없는 곳에서 생각한다'는 명제가 가능하다. 이른바 선험적 주체·초월적 자아가 존재하지 않는다는 사실이다.[9]

사고 주체로서의 '나'가 없다면 누가 생각하는 것일까. 정신분석학의 이론에 따르면 의식이 아니라 '무의식'이 사고하고, 언어이론에 따르면 '나'가 아니라 '언어'가 사고한다. 그(이승훈)에 의하면 '무의식이 쓴다' 혹은 '언어가 쓴다'는 말을 다른 지면에 발표한 것은 이런 이론이 뒷받침한 것임을 밝히고 있다. 사고 주체로서의 자아가 소멸하면서 내가 만난 것은 '나'가 아닌 '그것'이며, '그것'은 '무의식' 또는 '언어'라고 할 수 있다. "최근에 내가 관심을 두고 있는 것은 주체가 소멸한 상태에서의 시 쓰기라고 할 수 있

9) 앞의 책, p.113.

다. 그것은 '나'가 쓰는 것이 아니라 '언어' 혹은 '무의식'이 쓰며, 그것이 다루는 것은 소멸된 주체이다. 그런 주체를 나는 '그'라는 3인칭 대명사로 부르고 있다(단순한 거리 개념이 아니라 주체를 객체로 환원시키는 어법)"이라 하였다.

2) 시적인 것은 없고 시도 없다[10]—시의 제도, 시의 장르 해체

이승훈의 주장에 따르면 그동안 우리가 믿어온 시는 생각 속에 있는 시에 지나지 않는다. 자연을 노래하는 자연 찬미, 사회를 비판하는 계몽 이성, 초월을 강조하는 관념론적 도피 등이 모두 그렇다. 어떤 시를 내세워 현대시라는 견해는 고정관념을 벗어나지 못한 것이다. 그것은 모두 언어에 의해 구성된 것으로서, 자체의 기원이나, 동일성, 본질 등이 없다. 언어는 차연差延이기 때문이다.

> 시를 쓸 때 시를 쓰는 '나'는 사라지고 다른 '나', 시 속의 '나'가 생긴다. 탄생한다. 그런 점에서 시 쓰기, 문학이라는 이름의 글쓰기는 나의 소멸, 나를 지우기, 지금 여기 있는, 그동안 있다고 믿어온 나를 없애기, 결국 부재를 증명한다. 나는 없다. 나는 시를 쓸 때 말할 때 태어날 뿐이다. 그렇다면 부르주아적 시 쓰기의 주체인 나에 대한 회의와 부정이 나타나고, 이런 부정과 회의는 부르주아적 주체에 대한 부정과 회의로 발전한다. 무슨 주체가 있는 것이 아니라 시가 있고 언어가 있을 뿐이다. 시가 '나'를 생산하고 언어가 '나'를 생산하고 이런 '나'는 시 속에, 언어 속에 존재할 뿐이다.[11]

전통적인 시 쓰기는 주체가 언어를 수단으로 대상을 노래하는 형식으로 드러난다. 인식론적 회의가 동기였다. 그는 비대상의 시를 쓸 때 남은 것은 주체와 언어뿐이었는데, 여기서의 주체는 의식이 아닌 무의식에 가까웠다고

---

10) 이승훈, 〈시적인 것은 없고 시도 없다〉《문학사상》, 11월호(1996.)-최동호 교수의 글에 대한 반론의 형식으로 시에 대한 글임.
11) 앞의 책, p.148.

진술하고 있다. "최근에는 이 주체마저 소멸하고 남은 것은 언어뿐이다. 언어가 시를 쓴다"고 말한다.

이 말은 무의식이 의식을 억압한다는 것이다. 시인은 시와 싸우며 시라는 길 위에서 헤맨다. 이 헤맴 속에 '나'가 있고 시가 있다는 것이다. 이런 점에서 시인은 이 시대의 유목민이고 방황은 그의 미덕이라고 설명하면서 현재 우리의 시는 한 마디로 동일한 것을 재생산하고 있다고 통렬하게 지적하고 있다. '사물이 언어화 될 때 사물은 희생된다. 언어는 존재의 집이 아니라 짐이며, 언어는 인간도 사물도 죽인다.' 가족사회도 언어를 통해 구성되는 것이다. 그는 사회라는 언어의 그물에서 벗어나고자 하는 것은 언어 속에 들 때 자신이 자신을 상실하기 때문이다.

다시 말해서 부르주아적 이데올로기의 언어 영역으로 꽉 차 있기 때문이다. 여기서 문제는 우울증에 시달리고 있다. 우울증에는 죄가 없고, 죄는 인간, 사회에, 말하자면 부르주아 이데올로기에 죄가 있다는 것이다. 우울한 시간에 자신을 찾아오는 것은 공포와 슬픔이지만 이런 분위기 속에서 사물들은 파편으로 뒹군다고 지적하고 있다.

> 우울한 시간에 사물들은 전체에서 분리되고, 탈락이 되고, 떨어져 나온다. 전체와 관계없이 뒹구는 파편들이 보인다. 전체가 아니라 부분에 집착한다. 따라서 우울증은 분리, 단절, 소외를 체험하는 시간이며 세계가 파편으로 뒹구는 시간이다. 벤야민은 우울 속에서 사물은 물화된다고 말했다. 물화된 사물에는 시간이 존재하지 않는다. 우울 속에는 '비균질적인 특이한 단편적인 순간들'만 존재한다. 그런 점에서 우울증의 시간은 역사가 없는 시간이다. 지속이 아니라 우울, 그것은 건전한 인간의 오성이 허위로 드러나는 시간이다. (중략) 상상력이 전체성을 강조한다면 우울증이 보여주는 이런 단편성, 파편성은 상상력의 균열을 의미하고, 이런 균열은 건전한 이성에 대한 부정적 비판이 된다.[12]

---

12) 앞의 책, p.155.

상상의 균열을 보고 이성이 아니라 이성의 허위를 보고, 건강이 아니라 광기를 보는 것이다. 따라서 인간이 물화되고 사물이 물신이 되는 이러한 자본주의 사회에서는 병들지 않고 건강하다는 것이 병이며, 모두가 미쳐 가는 사회에 미치지 않는 인간들이 미친 인간들이라고 신랄하게 비판하고 있다.

"건강한 인간들이 시를 쓸 수는 있겠지만, 그것이 새로운 시대의 글쓰기 방법도 아닐 뿐만 아니라 시를 쓰는 모든 사람이 건강해야 하는 것도 아니다. 문제는 광기다. 우리의 시에는 광기가 없다."

우리 시가 나아 갈 길은 '시적인 것'의 추구이다. 그러나 시적인 것이 무엇인가? "시적인 것이 있는 것이 아니라 언어가 있고 언어와의 싸움이 있을 뿐이다. 시적인 것이 있으면 찾아가고 싶은 심정이다. (…) 시적인 것은 없고 시도 없다" 하였다. 그는 실체가 없는 시라는 이름의 유령과 싸운다는 것이다.

3) 비빔밥 시론

시는 불확정적이고, 전환적이고, 끝없이 떠도는 이름 없는 유령이다. 시라는 실체가 있는 것이 아니라 차이가 있고 반복이 있다. 시의 정체성, 기원, 목적은 없다. 이승훈은 이러한 시론을 위해 쓴 제목을 비빔밥 시론이라고 하였다. 비빔밥[3]은 밥도 아니고 반찬도 아니고 밥과 반찬의 경계가 모호하다. 재료들을 섞고, 비비고, 만드는 과정이 먹는 과정보다 중요하다. 완성된 것도 아니고 개방적인 음식이다. 안과 밖이 섞이고 당신과 내가 섞이고 시와 비시가 섞인다. 시詩도 이처럼 섞임의 미학이다.

이런 복수성 세계는 이른바 2항 대립체계, 위계질서를 해체한다는 점에 의미가 있고, 무의미가 있고, 철학이 있다. 이런 형식을 복수성의 미학이라 불렀다. 그에 의하면 시를 쓸 때 고독이 문제지만, 자신은 두 개의 자아로 분열된다. 두 자아는 시를 쓰는 나와 시 속의 나를 뜻한다는 것이다.

---

13) 비빔밥: 이승훈은 처가 곳이 진주임을 밝히며, 장모(지금 병석에서 앓고 있다고 하나 본고는 미확인)가 만든 진주비빔밥을 처음 먹으면서 힌트를 얻은 것 같다.

쓴다는 것은 나를 버리는 행위이다. 시를 쓸 때 나는 종이 위에 나를 버리고 혹은 버려지고, 나는 하나의 차이로 존재한다. 시 속의 나는 시 밖의 나를 버릴 때 태어난다. '담배를 피우는 나'는 종이 위에만 존재하지만, 그런 점에서 시를 쓰는 나의 투사이며, 버림이며, 죽음이지만, 이 나는 나가 아니다. 이 나는, 지금 이 종이 위에서 담배를 피우는 나는 지금 시를 쓰는 나와 다르고, 따라서 두 자아 사이에는 차이가 존재한다. 나는 없고 차이가 있을 뿐이다.[14)]

하나의 언술 행위의 주체와 언술 내용의 주체는 앞뒤의 관계가 아니라 동시적 관계, 말하자면 두 주체가 있는 것이 아니라 두 주체는 있으면서 없다고 할까? 데리다 식의 차연 관계에 있다는 점이다. '나'는 모두 언어 속에만 존재하고, 언어의 본질은 차연에 있기 때문이다. 시 속에서 나는 하나의 차이로 존재하지만, 그 차이는 계속 연기된다. 그런 점에서 차연差延이 있을 뿐이다. 그리고 나는 없고 언어만 있다.

나타나고 사라지는 무수한 텍스트, 밝은 방이 있고, '흔적'이 있을 뿐이다. 언어는, 기호는 시니피앙(말소리)과 시니피에(의미)로 구성되지만 시니피앙과 시니피에 사이에는 자의적 관계만 있고, 그런 점에서 기호는 무슨 의미, 본질, 심층을 지시하지 않고 언어라는 체계 속에서 다른 기호를 지시한다. 시니피앙은 다른 시니피앙을 지시하고, 이런 관계가 차이이고 연기이다. 결국, 무수한 텍스트가 있을 뿐이다. 말하기, 글쓰기, 시 쓰기는 누가 수행하는가? 차연差延이 수행하고 차연差延은 개념도 아니고 실체도 아니다. 차연差延은 흔적이고 타자이다.

시 쓰기는 결국 시인의 부재를 알려주고, 시인의 부재는 죽음이다. 그런 점에서 시인은 시는 죽음을 운반한다. 존재, 진리, 의미에 대한 질문을 망각하지 않으면 안 된다. 망각이 진리이고, 시를 구성하는 주체는 없고, 주체는 시속에서 구성된다. 차연은 잡히지 않는다. 그런 점에서 타자이고, 불확정적이다. 시니피앙과 시니피에는 결국 차

14) 앞의 책, p.164.

연의 관계에 있다. 무수한 텍스트만 있을 뿐이다. 시인도, 소재도, 주제도 없다. 밝은 방 속에는 흔적이 있을 뿐이다. 어떤 흔적인가? 타자의 흔적일 것이다. 그리고 흔적이 타자일 것이다. 오오 쓴다는 것은 내가 언어이며 타자라는 사실이고 타자의 타자가 나라는 사실이고 이 나는 무수히(글을 쓰는 만큼) 나타나고 사라집니다. 라고 이승훈 씨는 말했다. 그리고 지금 말한다. 이 말 역시 차연이고 흔적이고 타자가 하는 말이다. 타자, 흔적, 차연으로서의 시 쓰기는 내가 쓰는 것이 아니다 나도 잘 모르겠다.15)

시는 기원도 없고 본질도 없다. 그가 앞에서 거듭 강조한 유령과의 싸움이다. 싸움은 그 동안 두 가지 방식으로 수행되었다.

하나는 문학의 자율성, 일관성, 통일성을 해체하는 방법이고, 다른 하나는 문학, 또는 시의 제도성을 해체하는 방법이다. 전자는 그의 시 〈노예에 대해〉(《문예중앙》, 1996, 여름호), 그리고 〈이 글쓰기〉(《현대시사상》, 1996, 겨울호)에서 이른바 파편의 기법, 또는 뿌리기 혹은 산종(dissemination)의 기법으로 수행된 셈이다.

물론 크게 보면 이런 시들도 복수성의 개념에 포섭되지만, 그에 의하면 시적 통일성, 한 편의 시 속에는 오직 한 편의 시만 존재해야 한다는 이상한, 그러나 한 번도 의심하지 않은 부르주아적 허구성을 파괴하는데 두었다는 것이다.

그는 이런 산종 또는 파편화는 기쁨이고, 쾌락이고, 어린 시절의 순결이고 놀이라고 하면서 놀이는 해방이고 자유이고 꿈이라고 했다.

그의 시, 〈준이와 나〉16)(《현대시 사상》, 1996, 겨울호), 〈쏘파 이야기〉(《현대시학》, 1996, 10월호), 〈뒤샹의 샘?〉(《현대시》, 1997, 1월호)에서 발표되었는데, 그중 그는 뒤샹에 대한 관심은 그의 아들 준이와 찍은 사진의 관

---

15) 앞의 책, p.166.
16) 이승훈, 〈준이와 나〉《현대시 사상》, 겨울호(1996) : 여기서 주목되는 것은 이승훈은 아들 준이와 함께 찍은 사진에 제목만 오려 붙여 발표했는데, 제도로서의 시, 인습으로서의 시, 전통적인 장르를 해체한다고 하였다.

심과 비슷하다.

뒤샹의 작품은 매체들, 장르들 사이에 존재하지만, 피카소의 작품은 그림이라는 실체로 존재하기 때문에 뒤샹이 피카소보다 더 매혹적인 이유이다. 그 이외 그림을 그린 게 아니라 사진에 물감만 칠하고, 그것도 계속 반복해서 칠하고 하여 위대한 예술가가 된, 앤디 워홀. 한술 더 떠 물감도 칠하지 않고 위대한 예술가가 된 보이스 등을 존경했다.

예술이 없고 예술이라는 제도만 있고, 이 제도가 예술을 잡아먹고 이들은 이 제도와 싸웠기 때문이다. 그에 의하면 "예술은 업이고 사막이고 우리의 인생에 의미가 없다는 사실을 깨닫는 일이고, 해탈이다.

우울이 사막이지만 사막에는 시작도 중간도 끝도 없다. 확정할 수 없는 것, 기원도 없는 것, 다만 무언가 생기고 있는 것, 존재가 아니라 과정이 진리이고 오류가 인생이고 행복이다.

밖은 안에 있고, 안은 밖에 있다. 그런 점에서 위대한 놀이다"라고 주장한다.

Ⅲ. 마무리

이승훈은 주체에 대해서도 상대적 주체가 있을 뿐 절대적·초월적 주체는 없다고 했다. '나'가 있는 것이 아니라, '대학교수로서, 시인으로서, 아버지로서, 손님으로서' 존재한다는 것이다. '나'는 언어에 의해 구성되는 탈중심적이고 분산적이고 복수적이다.

그는 주체가 언어에 의해 구성된다는 점에서 주체는 언어라고 주장한다. 언어적 진술에서의 주어가 곧 투명한 주체인 것이 아닌 것이다. 예를 들면 "나는 생각한다 고로 존재한다"는 말에서 '나'는 데카르트가 아니다. 예를 또 하나 들면《로미와 줄리엣》에서 '로미오는 줄리엣을 사랑한다'는 진술에서 누가 사랑하는지 단정하기 어렵다. 왜냐하면, 주어인 로미오는 주체이면서 객체(줄리엣)에 귀속되며 줄리엣도 마찬가지이다.

주어를 내세운 진술은 그 진술에도 불구하고 그 속에 '사랑에 대한 주체성'이 드러나는 것은 아니다. 화자에 따라 달라진다. 그런 의미에서 '나'는 '나'(또는 '그것')이다. 이러한 점을 그는 '나는 타자'라고 하였다. 따라서 주체 중심주의와 함께 절대적 · 초월적 주체 개념은 해체된다.

그는 자아도 언어에 의해 구성된다는 것이다.

그의 여러 편 되는 시에 자주 나타나는 '방'이라는 언어는 그의 시적 자아를 구성하는 중요한 상징적 이미지이다. 방은 그의 자의식 세계와 내면세계를 표상하는 상징으로 보인다.

그는 초기에는 시를 언어의 상징적 형식으로 보았지만 이런 생각은 뒤에 수정되었다. 언어는 상징이 아니라 '대상이 없는 기호'이며, 기표와 기의의 결합은 '자의적'이라고 한 소쉬르의 언어학을 수용하면서, 첫째 그가 시는 상징이라고 본 그의 초기 시론은 물론이고 자신의 모더니즘 개념도 해체하게 되었다.

모더니즘의 경우에는 현실이 탈락되고 남는 것은 언어의 자율성 때문이다. 결코, 안주하지 않으려는 실험적이고 전위적인 그의 시 정신은 그의 모든 글쓰기와 시론에서 첨예하게 표출되었다.

둘째, 그의 《포스트모더니즘시론》(1991)은 그의 시론의 중요한 전환점이 되는데, 해체시론으로 넘어가기 전 단계의 그의 시적 사유를 담고 있다. 즉 시니피앙과 시니피에의 경계가 해체되고 남는 것은 시니피앙뿐이라는 것이다. 따라서 시니피앙만 탐구는 서구의 포스트모더니즘이라는 새로운 지적은 물론 문화적 조류에 남다른 관심을 보여주지만, 그 자신의 시 쓰기에 크게 영향을 준 것은 없다.

그러나 본고 필자는 그의 시 〈준이와 나〉는 완전히 포스트모더니즘의 중심에서 시로 구성된 작품이라고 생각된다. 또 그의 비빔밥 시론의 제목 자체도 분리할 수 없다. 다만 내용 면에서 종전의 주장을 벗어나지 못하고 있을 뿐이다.

그러나 그의 해체 시론에서 본격화된 주체, 의미, 언어 등에 대한 해체라는 화두의 설정에는 공감한다.

소위 데리다의 차연差延이다. 또한, 비트겐슈타인이 정의한 동어반복의 개념, 일련의 잡동사니 같은 언어게임 이론에서 그는 '시는 언어를 수단으로 하는 놀이다'라 하고, 언어놀이가 성립되려면 언어를 사용하는 자아가 놀이 속에서 소멸되어야 한다는 것이다. 이때의 자아 소멸은 언어놀이의 창조성 때문에 나타난다.

모든 자아성의 개별성이 시 속에서 소멸이 되는 것은 창조적 소멸이라 언급하고 있다.

또 소쉬르는 앞에서 언급한 기호론에 근거하여 기호(언어)와 주체를 분리시킨다고 보고 시는 상징이 아니라 기호의 세계일 뿐이며, 기호는 기표와 기의의 결합이 자의성을 지닌다는 점에서 변별적 기호 체계임을 제시하고 있다.

시적 언술 속에는 객관성이 없다. 존재가 중요하다. 그것은 예를 들면 '한라산이 웃는다'는 시적 구호는 '구체적 현실을 지시하지 않는다'는 것이다. 따라서 '언어가 구체적 사실을 지시할 때 의미를 생산하는 이론은 오류'라고 보는 것이다. "우리가 말하는 것은 모두가 허구이다.

모든 언어는 무근거성을 근거한다. 시의 자율성은 이제 무근거성이라는 말로 치환할 수 있다. 시는 무의미가 진리로 인식되는 세계이다. 의미에서부터 벗어나고 현실로부터 탈피하면서 또 하나의 현실을 보여주는 일은 라캉이 지적했듯이 억압된 무의식을 동기로 하는지 모른다"고 설명하고 있다.

시는 자아와 관련된 '말하기'(표현하기)가 아니라, 자아라는 대상에서 떠난 '보여주기'이다.[17] 이러한 이론은 '주체의 외부에 대한 사유'로서 사유의 중요한 단서이자 그 논리와 내용을 이루고 있다.

또 그는 지시 대상이 없는 기호에 의해 외부를 사유하며 적극적으로 움직이고 있다. 근대는 개인(개성)의 해방을 가져다주었고, 근대시는 저마다

---

17) 이승훈, 〈자아와 대상의 부정-나의 시론 2〉와 〈의미의 해체-나의 시론 3〉《시적인 것은 없고 시도 없다》(집문당, 2003. 6. 23), pp.79~90.

의 개성의 표현에서 시의 길을 모색해 왔다. 그러자면 스스로 자아를 깊이 들여다보는 동시에 그 외부로의 열린 어떤 길을 사유하지 않을 수 없다.

그는 〈왜 쓰는가〉에서 글쓰기는 "눈에 보이지 않고 실체를 의식할 수 없는 자아 안의 타자를 찾는 행위"라고 하면서, 그 '타자'는 '자아가 분별되기 이전의 자아, 주체와 객체가 동일시되던 시절의 유토피아'라고 말하고 있다.

이 말은 타자의 회복을 위한 것이며, 그 이면에는 모더니티(근대적 자아)에 대한 그의 불만과 회의가 작용하고 있다. 이 대목은 그의 시 쓰기의 근본적 동기와 지향점을 말한 것이 된다. 그의 사유는 심리적, 정신적, 생물학적 인간 주체를, 기호와 같은 객관적 대상, 하나의 사물과 같은 것으로 철저히 타자화하는 과정이다. 반휴머니즘, 반인간적인 특성을 띠고 있다. 사물화된 개체로서의 '그' '그것'이라는 3인칭 대명사의 사용은 이와 관련되어 있다고 생각된다.

그의 《해체 시론》(1998)은 그의 사유(외부로의 사유)의 중간 결산이 된다. 여기서 그의 사유는 해체를 의미한다. 언어는 무의식처럼 구조화되어 있다. '주체는 어린아이가 거울 단계를 거치고 상징계에 진입하는 과정에서 배우는 언어에 구성되는 허구이다'라고 본 라캉의 정신분석학적 언어이론, 또 '언어는 차연(差延, 차이와 연기)이다'라는 관점에서, '현존'과 이데아, 기원, 고정불변의 진리(그런 것을 전제하는 이른바 로고스 중심주의)를 상정하는 서구의 오랜 고정관념(서구의 형이상학의 전통)을 해체하고, 이에 대한 회의를 제기한 데리다의 해체론에 지금은 빚지고 있는 것 같다. 이에 의해 이승훈은 주체, 현대시, 언어 등에 대한 근대적 고정관념을 해체했다.

내면이 있는 것이 아니라 밖, 외부의 사유에 의해 극복될 수 있다고 한 것은 내부를 해체한 시론으로 보인다. 한마디로 남는 것은 자아(주체→언어)와 주체(자아=내면→언어에 의해 구성된 허구)가 언어에 지나지 않는다는 것이다.

☛ 출처 : 《경상어문》, 제10집 별쇄본(경상어문학회, 2004. 08).

☛ 참고 문헌

○ 이승훈 대표시론, 《시적인 것은 없고 시도 없다》, 집문당, 2003. 06.
《한국현대 대표시론》, 태학사, 2000. 19.
《해체시론》, 새미사, 1998.
《한국 현대 시론사》, 고려원, 1993.
《포스트모더니즘의 시론》,세계사, 1991.
○ 윤호병, 〈해체의 세계와 포스트모던의 세계〉, 《현대시》, 2002. 11.
〈해체시대의 시 쓰기와 문체혁명〉, 《시와시학》, 1996. 봄.

초현실성을 갖는 페티시즘적 오브제의 시

―강희근 시 세계

1.

강희근(1943~현재) 시인의 시 세계는 원초적인 빛의 점에 있다. 존재의 본질은 빛의 점에 있다면 그의 시는 응시를 통해 반응하고 충동되기도 한다. 응시는 시선이 아니기에 응시로 하여금 우리는 끝없이 욕망하고 욕망은 생명력을 연장시키는 동인이기도 하다. 프로이트의 말처럼 응시는 승화로서의 창조이기도 하다. 그렇다면 응시를 통하여 던지는 물음에서 유혹이 생기고 베일인 끝없는 유혹은 허구임을 깨닫게 한다. 이러한 원초적 장면을 이미지라고 지적한 사람은 자크 라캉이다.

또한, 메를로-퐁티의 '지각의 현상'과 관계되는 이러한 이미지들은 보는 것이 아닌 보여지는 우리들의 존재들이다. 그러나 본다는 인지 착오로 하여금 실체는 드러내지 않는다. 왜곡 현상도 따르게 된다. 여기에 응시라는 대상에 의존하는 환상이 존재하게 된다. 짧은 의식의 환상에서는 응시가 전혀 생각되지 않는다. 그러나 사르트르 응시와는 다르다. 욕망의 기능 속에 자기의 주체성적인 응시는 어떤 형체를 부여하는 것이다.

우리가 인식의 동일성을 규칙으로 삼는 실재라고 보았을 때 속임을 알게 되어 꿈을 깨는, 즉 고착을 벗어나는 희열을 갖게 된다. 따라서 주체의 분열은 탈중심화에서 오는 반복이다. 프로이트가 말한 꿈을 중심으로 이뤄진다고 본다. 반응과 충동은 이미 반복의 뜻이 들어 있기 때문에 열망의 깊이에서 재구성되는 주체는 바로 나 자신인 것이다. 이러한 근저는 무의식의 저장소에서 작용한다고 보아야 할 것이다. 왜냐하면, 라캉이 말한 타자의 담론은 무의식이요 언어처럼 의미의 구조로 되어 있기 때문이다. 이러한 정신 현상은 앤터니 이스트 호프가 말한 환상도 동반하는데 환상은 예술과 무의식의 공통요소임을 알 수 있다.

그러나 소망 성취를 위해 관념을 구체적인 이미지나 서사로 바꾸는 환상은 사고思考를 경험으로 변형시키는 꿈에서 이루어진다면 강희근 시인의 상상력이 갖는 환상은 꿈과 욕망을 통해 표현된다고 할 수 있다. 그러므로 그의 시는 어떤 샤머니즘적 서정시에 한정되어 있는 것은 아닐 것이다. 더군다나 친자연적인 시 작품으로 보는 자들은 자신의 한계점을 극복하지 못한 것으로 보인다. 오히려 직관력을 통한 빛의 점에서 초현실성을 띤 상징적 이미지들이 신화를 함의한 원초적이며 집단적인 무의식 세계를 연쇄적으로 펼치고 있다할 것이다.

2.

그렇다면 강희근 시인의 상상력은 그의 응시에서 살아 움직이고 있다. 꿈과 현실이 합치되는 곳에서는 항상 쾰쾰 쏟아지는 물소리가 푸른 숲 사이의 나무 이파리들을 흔들어 빛을 내뿜고 있다.

그러나 시선에 얻어지는 어떤 비유적 이미지가 아니라 상징에 의한 관념 또는 사상이라고 불리는 정신세계가 이미지로 표출된다 할 수 있다. 말하자면 단순한 친자연적이거나 회감이 아니라 욕망하는 주체를 길들인 응시가 어떤 대상의 집착을 버리는, 즉 여전히 살아 갈 수 있는 생명력을 신비스럽게 제시하는 세계를 펼쳐 보인다.

누군가가 지적한 미당 선생님이 추구한 샤머니즘적인 데서 머문 것이 아니라 페티시를 오브제화한 것으로 보아야 할 것이다. 바로 페티시즘적 오브제는 그의 시의 특질이라 할 수 있다.

다시 말해서 그의 페티시는 J. 로트만이 말한 미적·감정적·영향적 요소가 독자의 감정을 사로잡는 입체적이고 구체적인 의도의 매개체가 되어 독자층을 확보하려는 강렬한 흡인력을 갖게 한다. 이러한 페티시를 통해 그의 몇몇 작품은 초현실성을 확연히 드러내고 있는 것이다.

> 은의 구름이 넘어가고
> 검은 토끼의 네 발이 넘어간다.
>
> 달은 흑장미의 기침
> 만하게 가늘어
> 허리를 토해내고
>
> 붉은 껌을 지걱 지걱
> 씹는다 달아 서양의
> 나무에도 대낮에도
>
> 아아 나의 벌판에도
> 도리깨 하나 넘어가고 꽃을
> 터는 도리깨 스산히
> 어깨위로 넘어간다 달아.
> ―강희근, 시〈風景〉,《姜熙根詩選―산에 가서》(新羅出版社, 1977.
>   01), p.61.

이 시는 해질 무렵을 지나 마침 달이 떠올라도 도리깨질하는 하나의 농촌의 삶을 풍경으로 그린 것으로만 볼 수 없을 것이다.

흥건한 달빛을 털 때마다 꽃이라고 묘사하지만, 바로 현재까지 우리들이 놓친 초현실성이 그 안에 있는 것이다. 여태껏 어떤 시 작품이 특이하게 표현될 때, 절묘한 기법이라고만 우리들은 무릎을 쳐왔지만, 절대적인 현실이 갖는 우리들의 시들에 대해서 다다나 이상(김해경)의 시 작품적인 인식의 오류를 벗어나지 못한 채 초현실성의 시들을 놓쳐 버린 경우가 없지 않다.

그렇다면 한국적 서정시는 초현실주의 시가 될 수 없다는 우리들의 고정 관념은 이제 탈피되어야 할 것이다. "달은 흑장미의 기침/만하게 가늘어/허리를 토해내고//붉은 껌을 지걱 지걱/씹는다 달아"에서 강희근 시인의 시는 육화된다.

몸의 시학을 표출시키고 있다. 어둠과 달빛이 섞이는 빛깔에서 본 화자의 발화점은 빛의 점이다. 네르발의 시에서도 지적된 어둠 속의 빛을 떠올릴 수 있는 것과 같을 것이다. 마치 금환일식의 코로나 현상이라 할 수 있다.

앙드레 브르통도 쉬르레알리슴을 "마음의 순수한 자연현상으로서, 이것으로 인하여 사람이 입으로 말하든 붓으로 쓰든 또는 다른 방법에 의해서든지 간에 사고의 참된 움직임을 표현하는 것. (…) 심미적인, 또는 윤리적인 관심을 완전히 떠나서 행해지는 사고의 구술"이라는 정의와도 일맥상통되는 시 작품이다.

그렇다면 여태껏 우리가 인식한 쉬르의 정의가 자동기술에만 집착하여 온 인식적 오류를 답습해서는 안 될 것이다.

한편 이 시의 긴장성을 죄이고 있는 것을 보면 "만하게"라는 행간 걸침의 애매성이 독자층을 유혹하게 한다. 말하자면 행간을 바꾼 '만'은 만월滿月로도 볼 수 있다면 만월만큼이나 가늘어진다는, 즉 환상적인 패러독스가 함의되어 있는 것 같다.

그러면서 흑장미의 기침은 사실상 없지만, 흑장미의 기침만 하게 갑자기 가늘어지는 어떤 절규라는 경우에도, 우리들을 당혹하게 한다.

또 다섯 발가락이 아닌 검은 토끼의 네 발이 넘어간다는 예리한 표현도 환상적이다. 그러나 도리깨의 구성 재료에 불과하지만 어떤 기형적인 풍경을 암시하기도 한다.

어쨌든 이 시는 이질적이면서 현실과 꿈이 합치되는가 하면 그의 아편적인 이미지는 모든 구속으로부터 해방감을 넘치게 한다. 이러한 현상은 "붉은 껌을 지걱 지걱/씹는다"는 것에서도 무의식을 표출하고 있는데, 이 시는 페티시즘적 오브제들로 짜여 있다. 이스트 호프에 따르면 "자아는 페티시즘이라는 그런 기이한 방법들을 통해서 자신을 보호한다"는 데 필자 또한 동의하기 때문이다. 무의식적인 쾌감을 제공하는 환상들은 이러한 페티시들이기 때문이다.

3.

이처럼 '사고의 참된 움직임을 표현'하고 있는 강희근 시인의 시 세계는 진실하고 진지하다. 누구보다도 그의 창창하고 동적인 상상력은 다른 어떤 시인들보다 더 서정적이고 동시에 탈서정적이다. 서정의 핵심을 노래하고 있으면서 형이상학적이다.

앞에서 언급한 오브제의 시학이라 할 수 있다. 아무도 범접치 못하는 그의 시가 갖고 있는 특성임을 알 수 있다. 그것은 그의 시가 갖고 있는 초현실성, 즉 현실을 초월하는 것이 아니라 절대현실을 구사하고 있기 때문이다.

> (…)오가피酒의끓는물에接붙인/다리를뽑아서두개/나는半坪뜰에탐해보라탐해보라/하며길어난나비나래에서삐져낸침침한/두개의눈/다리와눈다리와눈따라보따리/이고간다오오넌출이되고넘치어흐르는/모란꽃만한분열의물에빠져/끝을따라끝을끌고유영의밤이되는/나는아득하다그리고분명하다한없는불이되어/분명하다反射의방울벙그는半坪/기력대로이끌고빙그르르돌아온다/나는先代나는光明의오래비가되어/접붙인다리삐져낸눈으로살아 있다아느냐/이모란꽃만한온몸을
> —강희근, 시 〈그림자〉, 《姜熙根詩選》, p.63.

상기 시를 읽으면 사고의 참된 움직임을 표현하고 있다할 것이다. 그것은 1563년 이탈리아의 화가 주세페 아르침볼도의 〈여름〉처럼 이중이미지나, 1937년 살바도르 달리의 〈나르키소스의 변모〉도 떠올릴 수 있다. "접붙인 다리를 뽑으면 두 개 나는 나비나래에 삐져 두 개의 눈에서 다리와

눈다리[雪橋]에 보따리 (…) 넝쿨이 되고 (…)"에서 계속 분열은 아득하지만 불이 되어 분명하다.

여기서 동음이의어인 눈(眼, 雪, 芽)은 애매모호성으로 표출된다. 나래가 길어나는 겨울나비나래에 삐져낸 이미지는 물론 넝쿨이 넘쳐 다리 삐져도 살아난 모란꽃만한 눈 그림자라면 아마도 백모란, 즉 하얀 눈덩이만 한 그러한 사고의 참된 움직임도 떠올릴 수 있으나 그것보다 검다 못해 충일하는 진홍빛 모란의 열렬함을 쏟아내고 있는 것이다. 이처럼 중층이미지의 겹쳐지기와 한꺼번에 두 가지를 되풀이해서 보여주는 달리의 편집광적 이미지라고 볼 수 있을 것이다.

이러한 예에서도 알 수 있듯이 초현실주의의 본질은 에로티시즘과 연결되어 있다는 것을 직감할 수 있다.

프로이트의 무의식이 아닌 브르통의 무의식에 따르면 "초현실주의는 무의식에서 시작한다"는 주장에서 비롯되는 무의식은 경이로움을 동반하는데, 이 경이로움은 할 포스터의 글과 같이 언캐니(The Uncanny)와 연관되고 언캐니는 억압된 것의 회귀로써 외상(Trauma)과 관련되어 있기 때문에 이러한 다양한 상상력을 갖는 강희근 시인의 〈그림자〉는 C.G. 융처럼 "그림자의 인식은 인간이 전체정신을 실현하는 자기실현의 첫걸음이다"라는 것과 같을 수 있다. 바로 합일된 생명력이 현실과 꿈을 생생하게 탄생시켜주는 탄탄한 시 작품이 아닐 수 없다. 이미 간단히 지적된 바 있지만 바로 초현실주의 작품이라 할 수 있다.

이처럼 그의 시 작품들 속에 자리하고 있는 초현실성의 단어군을 살펴본 결과 상당수에 레비스트로스의 '신화소'와 같은 관계들의 다발이 엿보인다.

예를 들면 "봄춤의 다사로운 빛 반사에 조울림이 타내리었다"《城壁에 어리다》, "황소 등어리 무게/무게의 분홍빛이다"《郊外菜田》, "이 간살에 부드럽고 아픈 살결 안 모인 피는"《꽃 물》, "엉덩이 굽이로 들앉아 아물댄다"《演技 및 日記》, "너의 불 달고 힘차게 주먹 쥐었네"《汽車 및 바다》, "부활은 불꽃의 그늘에서 나타난다"《시린 復活》, "물이 타들어간 나무에서 우울한 연기는 숯이 되고"《四末, 그것이 오는 긴 瞬間》, "토담이 부채를 들고 있다"《밤 사설》 등등에서 만나는 언어들은 신화소를 갖고 있으면서 항상 당혹게 하는, 즉 소쉬르가 말한 기표와 기의가 자의적으로 결합하는 친근감으로 다가오기도 한다.

이러한 연쇄적인 의미작용을 상투적인 하나의 묘사로만 간과할 수 없는 규약적(Conventional) 기호일 것이다. 그러므로 강희근 시인의 시어들은 환영이 아닌 거의 꿈의 배꼽을 갖는 환상적이면서 초현실성을 띤다.

그의 시가 갖는 초현실성은 앞에서도 말한 C.G. 융의 말처럼 보편적인 특성을 갖는 무의식의 심층에서 길어 올리는 '창조의 샘'이다. 다시 말해서 그는 신화적 상징을 갖는 집단 무의식이 내포한 원동력을 끌어다 노래하고 있는 것 같다.

지젝이 주장하는 "과거는 현재에 의해 지나치게 결정되는 방식으로 현재를 결정한다"는 사후작용, 즉 문장 첫머리의 의미는 문장의 말미에 가서야 확인된다는 것에서도 알 수 있다.

4.

강희근 시인의 '언어의 연금술'은 수천수만 개의 입에서 되풀이해도 무엇인가 통쾌함을 갖게 한다.

지리산의 깊은 계곡수가 마르지 않는 한 그의 시의 향기도 물소리를 타고 우리의 뼈마디를 저리게 할 것이다. 건강한 골격과 당당한 풍모는 그의 야심을 충분히 발휘하는데 그치지 않고 모두를 포용하고 거느리는 인자仁者요 은자隱者이다. 말하자면 현실과 꿈을 필연성에서 직조하고 있다. 그것은 그의 시가 진실을 바탕으로 하는 초현실성이 함의되어 있기 때문이다.

미당 서정주 시인이 말한 것처럼 "정서情緖는 치밀하고 정교하여 공소空

疎하지 않다"는 것에는 동의하지만 누군가 잘못 지적한 환상적인 상상력은 전혀 아니다. 오히려 친숙한 것들이 낯설게 하는 등 언캐니한 사고의 참된 움직임을 보여주고 있다.

또한 단순한 샤머니즘적인 시 작품이라기보다 페티시를 소재로 한 오브제의 시학이라 할 수 있다. 그것은 무의식에서 출발하고 있는 환상적인 기법이다.

모든 환상은 소망 충족에 닿아 있기 때문에 다시 한 번 그의 픽션적인 담론은 무의식적인 쾌감을 제공한다고 말 할 수 있을 것이다.

플라멜(Flamel)의 예를 들면 "메르쿠리우스가 갖고 있었던 것 같은 지팡이를 손에 들고 발뒤꿈치에 날개가 달린 한 청년 (…) 그 노인의 머리에는 시계가 달려 있었다"(브르통의 《제2초현실주의 선언》 참조)는 경이로운 글처럼 우리의 속담에도 '심장에 털 난 놈', '(목화)솜을 회 처먹는 놈' 등이 전래되어 오는 것을 보면 결코 초현실주의는 서구적일 수만 될 수 없을 것이다. 따라서 브르통이 말한 "단어의 단순한 재조합이나 시각적 이미지의 일시적인 재배열이 아니고 오히려 정신착란 같은 건 거들떠보지 않는 어떤 상태의 재창조인 것이다."

그렇다면 빛의 원초적인 점에서 그의(강희근) 상상력은 끝없이 폭발하는 것 같이 긴장감을 더한다. 이처럼 수십 년간 진주 가좌동에 소재한 현 경상국립대학교 강단에서 교수 생활을 하시면서 독창적으로 빛의 광맥을 캐내어 왔음을 발견할 수 있다.

☞ 출처 : 《강희근 시 비평으로 읽기》(한국문연, 2008. 08. 15), pp.258~264.

제2부

청마 유치환 시인론
(기발표된 작품, 보정補正 포함)

청마 유치환 시 〈旗빨〉 세계 재조명

이것은 소리없는 아우성
저 푸른 海原을 向하여 흔드는
永遠한 노스탈쟈의 손수건
純情은 물결같이 바람에 나부끼고
오로지 맑고 곧은 理念의 標ㅅ대 끝에
哀愁는 白鷺처럼 날개를 펴다.
아아 누구던가
이렇게 슬프고도 애닯은 마음을
맨처음 공중에 달줄을 안 그는
　　　　　　　－유치환, 〈旗빨〉, 《靑馬詩鈔》, 1939. 12, p.18. 원전原典 그대로 옮김.

　위의 시는 이미 널리 애송하고 있는 청마의 시 작품이다. 총 시편 871여 편 중에서도 대표작으로 본다. 9행의 단연으로 구성된 짧은 시 작품이기도 하지만 응축된 함의가 상징적이면서 시공을 현재 진행형으로 형상화한 것은 비범하다.

　1936년 01월 《朝鮮文壇》에 발표된 글자로부터 글자 모습이 다른 것도 있으나, 그의 첫 시집에 수록된 그대로 〈旗빨〉을 옮겼다(필자). 글자 그대로 옮겨 보았기 때문에 띄어쓰기 등도 틀린다.

　원문 그대로 보는 것에 뜻을 두었다. 또 한자로 쓴 시집 《靑馬詩鈔》에서 '詩鈔'를 원전 그대로 이기移記했다. '詩鈔'와 '詩抄' 둘 중 어느 하나를 사용해도 뜻은 같다. 따라서 '詩鈔'는 오류가 아님을 밝힌다.

　먼저 이 시 작품의 배경부터 살펴보기로 하겠다.

1935년부터 일본이 군국주의로 전환하면서 본바탕이 '저항정신'인 아나키즘을 정치적인 용어 '무정부주의'로 매도하여 색출작업을 본격화하였다. 간단히 짚어 보면 일제강점기인 1934년에는 일본 제국주의가 군국주의로 전환하기 위해 카프 동맹을 완전히 뿌리 뽑는다. 이어서 1935년부터는 아나키스트마저 색출작업을 본격화하던 시점이기도 하다. 이러한 와중인 1936년 01월에《朝鮮文壇》에 발표된 시 작품〈旗빨〉은 의미심장하다.

　　청마는 아나키스트로서 이미 쫓기는 몸이었다는 것은 그의 자작시해설 총서,《구름에 그린다》(신흥출판사, 1959. 12, p.22.)에서 밝히고 있다. "나의 주변에는 많은 '아나키스트'와 동반자들이 있었고 따라서 내게도 항상 일제 관헌의 감시의 표막지가 떨어지지 않고 붙어 다녔지마는 그로 말미암아 나의 초기의 작품들은 영영 잃었을 뿐(…)"이라고 기록된 것에서 알 수 있다. 따라서 그의 불안과 우울한 나날은 강박관념에서 벗어나지 못한 대부분 그의 작품들에서 볼 수 있다.

　　그의 글에서는 노골적으로 억제하려는 분노가 나타나 있다. 그냥 체포되어 개죽음을 당하는 것보다 어디로든지 탈출하고 싶었던 심정은 그의 시〈非力의 詩〉,〈頌歌〉,〈怨讐〉를 비롯한 여러 편에서 상견된다.

　　그렇다면 이에 따른 아나키즘을 간단히 짚어 보겠다. 1930년부터 중국의 아나키스트와 연대한 반체제투쟁이란 동흥노동동맹東興勞動同盟은 1931년 제9차 대회에서 일본인을 포함 250여 명이 대규모 집회를 열게 되는 한편 아나키즘 기관지《흑색신문》을 간행했는데, 제37집까지 발행되었다. 1935년 편집위원 9명 중 정찬진(丁贊鎭, 통영인, 흑전사 아나키스트, 후일 남한의 재일거류민단 단장 역임, 후일 고향인 통영으로 귀향하여 대전 국립묘지에 안장되다) 선생께서 편집을 맡게 되자 일경에 체포됨으로써 다시 편집위원 중 홍주환洪柱煥이 인계를 받는다. 그러나 그해 05월 06일 폐간되었음에도 알 수 있듯 일제가 군국주의로의 숨 가쁜 전환기임을 표출하고 있었다. 여기서 주목할 대목은 전국에서도 일본 유학생이 가장 많은 통영 유학생(80여 명 이상) 상당수가 한인의 아나키즘 운동에 참여한 것으로 알 수 있다. 이 시기는 일본의 반제국주의에 대한 투쟁운동이었던 저항(아나키즘; 무정부주의 해석은 일본 군국주의가 군국주의를 지탱하려고 의도된 해석적 오류임-필자) 시기와 맞물려 발표된 청마의 시 〈旗빨〉은 다가오는 자신의 죽음에 대하여 그냥 죽을 수 없는 그의 절박한 의지이기도 하다. 이처럼 주목받는 청마의 시 〈旗빨〉 세계를 나름대로 해석해 보고자 한다.

그의 시 첫 행 "이것은 소리 없는 아우성"은 그의 분노와 불만 등 응어리를 토해내는 것 이상으로 어떤 결심이 섞인 긴박한 상황, 즉 강박관념으로 표출된다고 할 수 있다. 바로 집단 무의식적인 절규라 할 수 있다. 또한, 결론을 서두에 둔 것을 보면 그가 누군가로부터 쫓기는 불안과 조급한 마음을 역력히 드러낸다.

이 '아우성'은 2행, 3행에서 "저 푸른 海原을 向하여 흔드는/永遠한 노스탈쟈의 손수건"이라고 형상화한 것에서도 드러내고 있는데, 바다 등 파란색은 그리움의 회귀적 상징성을 갖기 때문에 "저 푸른 海原을 向하여 흔드는" 손수건을 보면 벌써 인간의 원초적 회귀본능의 향수에 깊이 젖어 고뇌함을 엿볼 수 있다. 석가모니나 예수, 성인들이 주장한 '귀향'을 텍스트한 것과 다름없다. 더 깊게 분석해 보면 민족 운명의 암울한 처지를 겹쳐서 표출한 우울적 은유는 절묘하다.

단순한 노스탈쟈가 아닌 우리 겨레가 국권 침탈과 빼앗긴 조국을 향한 애국 애족하는 먼 그리움(Fernweh, 독일어)이다. 절절한 사랑으로 넘친 역설(paradox)적 표출이라 할 수 있다. 강인한 끈기와 인내심을 강조하는 대목이 아닐 수 없다.

또 양가성을 띤 이 대목은 당시의 긴박감을 안고 앞으로 일본 관헌에 체포되거나, 어디로의 탈출에 대한 그의 심각한 갈등의식도 역력히 알레고리(Allegory)로 나타나 있다.

물론 통영항구의 배들에서 바다를 향하여 펄럭이는 깃발을 모티프로 한 것처럼 보이지만 방향성은 거기에 그치지 않는다.

또 하나는 '저 푸른 해원'이란 생명체의 원초적인 탄생 즉, 생명의 근원을 은유한 것으로도 본다면 이 시에서도 일찍이 생명을 열애한, 즉 생명을 본질로 한 생명파 시인임을 인식하게 한다. 그의 시가 노리는 "영원한 노스탈쟈(Nostalgia; 라틴어. 영어로는 노스탤지어)의 손수건" 역시 단순한 파토스(pathos)의 기법으로 형상화한 것은 아니기 때문이다. 그렇다면 노스탈쟈의 어원은 그리스어 '노스토스(귀향)'와 '알고스(고통)'를 합쳐 만든 단어로서 한국어로는 향수 또는 그리움으로 번역된다. 이처럼 마음이 산란해지는 현상을 심리학에서는 노스탈쟈라고 한다. 이 단어는 17세기 요하네스 호퍼라는 스위스 의사가 자신의 박사 학위 논문에 처음 사용한 이후 지금은 일상처럼 자리매김하고 있다.

다음 4행, 5행, 6행을 잇대 살펴보면 "純情은 물결같이 바람에 나부끼고/오로지 맑고 곧은 理念의 標ㅅ대 끝에/哀愁는 白鷺처럼 날개를 펴다"라는 것은 앞에서 지적한 노스탈쟈가 심화될 경우, 멜랑콜리 일종인 애수哀愁에 젖는 것이다. 국권이나 나라를 잃은 디아스포라 민족들이 품고 사는 애수哀愁는 한恨의 덩어리가 된 시대가 있었다. 일본은 1935년부터 군국주의로 전환하면서 아시아와 심지어 러시아의 빈곤층을 더욱더 곤경으로 몰아넣었다.

이때 대두된 문학 이론은 한마디로 인간의 골수가 그리워하는 애수哀愁였다. 따라서 일제강점기의 굴레에서 무자비하게 핍박당한 굴종과 절망의 현실에 대한 애수哀愁를 순수하고 청고한 백성을 가리키는 "백로처럼 날개를 펴"는 독백으로 표출할 수밖에 없었다. 여기서 멜랑콜리는 변증법적 상징성을 띤다. 내적인 깊이들의 불분명한 것들이 형상화한 된, 애매모호함을 보여주기도 한다. 잠잠하던 본래의 순수한 마음이 한 시대의 바람에 흔들리는 순정(원초적으로 순수한 인간성)은 이러한 와중에도 단호한 중심을 잡아야 하는 "오로지 맑고 곧은 理念의 標ㅅ대"를 내세워 순수한 민족주의와 인간성을 절절하게 표출하고 있다. 바로 비장하고 결연한 의지를 형상화했다 할 것이다. 순정 즉, 순수한 우리 민족성이 바람에 흔들림을 당한다는 은유를 형상화한 것이다.

한편 청마의 만주행 탈출은 개인적인 상징성으로 나타나는 것처럼 형상화한 것으로 보지만, 식민지의 시대성을 아주 잘 표출하였다 할 것이다. 그러므로 앞에서 논급한 것처럼 걷잡을 수 없이 저지른 작심이 자신으로부터 떠나 시각적이고 동적인 깃발이 타자를 불러일으키는 방향성을 일러주는 대목이야말로 이 시의 주체성이고, 생명력이다.

다시 말해서 개인적 '이념 폿대'는 우리 겨레의 굳건한 의지마저 확장시키고 있다. 민족혼을 깃발로 은유한 것은 더 깊이 있게 살펴보면 순수한 모든 요소를 응집하려는, 말하자면 압박과 설움에 복받친 우리 겨레들이 안으로 깊이 다짐하는 애국 애족의 날갯짓을 통해 분연히 일어서도록 선동적인 메시지다.

심층적으로 분석하면 이 시는 어쩌면 환유법에서도 다루는 메타포라(Metaphor)의 두 층위의 의미가 뒤섞이는 것을 알 수 있다. 본고 필자 최초로 발견한 이 텍스트가 변용을 통해 초현실주의적 세계에까지 접근되었다고 제시해 본다. 초현실주의의 본질은 초월성이 아닌 절대 현실로의 감정이입을 낯설게 혼동시켜 주기 때문에 애매모호한 상징성을 띠고 있는 작품임을 알 수 있다.

그렇다면 다음 행이 갖는 "아아 누구던가/이렇게 슬프고도 애닯은 마음을/맨 처음 공중에 달 줄을 안 그는" 하고 타자 속에 2인칭과 3인칭을 뒤섞어 놓은 것은 더욱더 불분명한 상징성으로 변용시키고 있다 할 것이다. 겉으로는 애수적인 작품처럼 나약성을 위장한, 어쩌면 상투적인 시작에 불과한 것처럼 시어 사이의 얼개를 한 것은 감시망을 벗어나려는 내재율의 비범성이다.

미래를 암시하는, 어쩌면 우리 겨레의 본심을 드러내고 있다. 막연하게 "아아 누구던가"를 전제로 한 양보적 선동을 숨 고르기를 하면서, "이렇게 슬프고도 애닯은 마음을" 내세워 애절하게 누군가를 향해 당부하는 호소력은 지금도 우리의 가슴을 울리고 있다. 이 시를 읽을수록 온몸이 떨리는 연유가 "맨 처음 공중에 달 줄을 안 그는"이다. 당시 일제가 군국주의로 전환하는 긴박한 시기에 서정성으로 위장하여 시를 발표한 것은 앞에서도 간단히 지적했지만 이미 각오된 청마의 개인적인 심정은 물론, 겨레를 향한 의지력으로 지켜야 하는 것을 암시하고 있다. 말하자면 "맨 처음 공중에 달 줄을 안 그는"은, 바로 우리 민족의 의지와 기개를 애처롭도록 표출한 대목이 확연함에도 젊은 모 연구자는 이 〈旗빨〉을 사진사의 기법에 불과하다고 폄훼한 것은 커다란 해석적 오류를 범하고 있다 할 것이다.

이 〈旗빨〉을 발표한 이후 그의 행동은 앞에서 말한 만주행으로 실천되었다. 외우畏友 김소운(故 金素雲, 수필가, 1907~1981)의 힘으로 출간된 1939년 12월 그의 첫 시집 《靑馬詩鈔》는 간행되었으나 1941년에서야 출판기념회를 개최하게 된다. 출판기념회에 참석한다는 핑계로 출발 시점은 이미 1940년 석유 궤짝 하나 짊어진 채 직계 권솔들을 이끌고 살벌한 감시망을 뚫고 통영을 탈출한다. 서둘러 만주행 열차에 권솔들과 함께 몸을 실어 북만주에 도착한다. 사실상 통영을 떠난 일시는 알 수가 없어 현재도 추측만 남아 있다. 이러한 글은 그의 자작시해설총서 《구름에 그린다》(1959, p.22.)에 일부분 수록되어 있다.

그러나 신사이 명변愼思而明辨해야 함에도 신월덕탕神越德蕩한 자가 근황에 모 신문에 또 글을 발표했다. 3회로 발표한 내용을 보면 첫 번째, '밀정 청마'는 만주로 갔다는 망발은 이 글의 저의가 자기 자신의 학대에서 오는 자신의 대학교수라는 근무 권위를 내세워 자위적인 글로 보인다. 병적인 가학 증상일 수 있을 것 같다.

두 번째, 만주에서 썼다는 시 작품 〈首〉에 나오는 "비적의 머리 두 개" 중에 '조선독립군 조상진 장군이라고' 확실한 것처럼 서술하지만 앞으로 탄소측정 실험 등 구체적인 연구를 해서 밝혀내야 할 것이다. 그렇다면 인자생성人自生成이 아니겠는가.

세 번째, 같은 신문에 "유치상과 유치표가 이북으로 넘어갔다"는 글을 발표했다. 이 또한 뜻밖의 부연망일敷演妄溢이 아닐 수 없다. 청마의 동생 유치상(柳致祥, 1911. 08. 04생)은 서울시 효자동 151번지로 전적한 기록이 호적부에 그대로 있다. 그는 6·25전쟁 이후에도 서울에서 통영에 있는 절친한 친구 이경호(李敬鎬, 故. 서예가, 통영 서예협회장 역임) 선생과의 서신이 오갔다. 그의 친구인 치상致祥의 친필을 필자(당시 한국문인협회 지부장)에게 직접 가져오셔서 통영문인협회 기관지인《충무문학─현재 통영문학》에 영인본으로 발표한 바도 있다. 그러나 월북했다는 제보는 전혀 사실무근으로 본다. 또한 유치표(柳致縹, 여)는 1921년 01월 02일생으로 청마의 부친 유준수柳焌秀의 큰 딸인데 이미 결혼하여 통영에 살다 사망했다는 것을 통영 사람 중에 일가친척들이 증언한 바 있다. 당시 호적부에는 사망 처리되지 않은 채 그대로 남아 있을 뿐이다.

한편 친일적인 시 3편(〈首〉, 〈北斗星〉, 〈前夜〉)을 연구한 결과 각자 해석적 오류에 불과한 것을 모두 알고 있을 것이다. 참으로 통영지역에서 누군가에 의한 무계지언無稽之言을 그대로 제보받아 발표한 것도 예사롭지 않은 일들이 아닐 수 없다. 이 모든 원인은 청마로 인한 것인데, 필자는 지금도 타자들을 폄훼하는 그들과 같은 입장에서 연구하지만, 청마 시인은 작품에 관해서 말하지 않아도 너무도 정직한 분임을 알 수 있다.

또 청마의 전 시편들을 살펴봐도 김춘수 시인이 지적한 '연가戀歌적이거나 애상哀傷적인 시편들'은 극히 몇 편에 불과하다. 그의 시 세계는 사실상 소중한 생명과 일상적인 삶을 윤리성의 바탕으로 노래한 시편, 즉 인간존중, 생명의 소중함을 형상화한 휴머니즘적인 작품들이다.

청마의 시 작품 〈행복〉도 이영도 시조시인을 향한 연가가 아니다. 이영도 시조시인이 통영에서 거주하기 오래전부터 자신을 향한 그리움인 그의 시 〈그리움〉 등과 함께 이미 발표된 시 작품이다. 청마 청년 시절에 니체의 전집을

수차 걸쳐 다독했을 때 바로 니체(Nietzsche Friedrich, 1844~1900)의 도덕 계
보와 연관된 말들에서 행복을 패러디한 것으로 보인다(필자의 비평집, 《니힐리즘
너머 생명시의 미학》, 시문학사, 2012. 11, pp.186~192. 참조).

　끝으로 나는 굽어지려고 할 때마다 청마의 시 〈깃발〉을 지금도 애송하
고 있다. "오로지 맑고 곧은 이념의 푯대 끝에/애수는 백로처럼 날개를 펴
다"라는 대목을 자주 반복해서 낭송하면 내 생명력이 활기를 얻어 훨훨
날아오르고 있다.

청마 시의 심리적 메커니즘 분석
-문제작: 시 〈首〉, 〈前夜〉, 〈北斗星〉 중심으로

1. 들머리

청마 유치환의 시 세계 중에 문제되는 시 작품은 초기의 시로서 〈首〉, 〈前夜〉, 〈北斗星〉 등 3편이 친일성이 있다고 문제시되고 있다. 그 실마리를 풀지 못한 채 서로의 주장이 맞서고 있다. 역사주의 방법에서 보면 선입견에서 친일 시 작품으로 보는 이가 없지 않다. 그러나 필자의 관점은 역사주의 방법이나 정신분석학적으로 보아도 친일작품으로 볼 수 없다.

먼저 역사주의 방법의 배경을 살펴보면 일제 군국주의는 1941년 12월 07일 진주만을 기습 공격하여 태평양전쟁을 발발시켰으나, 미국은 1942년 06월 미드웨이 해전에서 대승을 올렸고, 1944년 07월 사이판을 점령함으로써 일본 열도를 폭격할 수 있게 되었다. 이에 따라 일제는 1944년 10월에 오니시[大西] 중장이 제안한 가미카제 특공대가 오천 번이나 감행하며 맞서기도 했지만 열세였다. 특히 미국이 원자탄을 투하함으로써 일제는 1945년 무조건 항복하고야 말았다. 이러한 소용돌이에서 무의식적으로 쓴 시들은 순수한 대칭성으로 가려진 정체성을 갖는 허구성 때문에 역설적인 입장을 드러내는 것은 인간성의 본질(Phil Molion, 이세진 역, 《무의식》, 이제이북스, 2004. 9, p.91 참조)이기 때문이다.

그러므로 문제가 되는 청마시의 3편은 상징성을 띠는 등 난해하고, 역설적인 작품 세계를 내포하기 때문에 역사주의 방법만 내세워 친일 시라고 주장할 수는 없다. 그러나 1929년 창녕에서 출생한 임종국林鍾國, 《親日文

學論》(평화출판사. 1966) 부록으로 보는 뒷 목록 p.475에 "친일문학으로 보인다"로 명기한 부분에서 역사주의 비평방법으로 주장하는, 극히 일부 연구자의 해석적 오류가 명백하다 할 수 있다.

그렇다면 필자가 정신분석학적으로 본 청마 시 세계를 구체적으로 접근해보겠다.

2. 문제시 3편-〈首〉, 〈前夜〉, 〈北斗星〉

2-1. 시 〈首〉

> 十二月의 北滿 눈도 안 오고/오직 萬物을 苛刻하는 黑龍江 말라 빠진 바람에 헐벗은/이 적은 街城 네거리에/匪賊의 머리 두개 높이 내걸려 있나니/그 검푸른 얼굴은 말라 少年 같이 적고/ 반쯤 뜬 눈은 / 먼 寒天에 糢糊히 저물은 朔北의 山河를 바라고 있도다/너희 죽어 律의 處斷의 어떠함을 알았느뇨/이는 四惡이 아니라/秩序를 保全하려면 人命도 鷄狗와 같을 수 있도다./或은 너의 삶은 즉시/나의 죽음의 威脅을 意味함이었으리니/힘으로써 힘을 除함은 또한/먼 原始에서 이어온 피의 法度로다/내 이 刻薄한 거리를 가며/다시금 生命의 險烈함과 그 決意를 깨닫노니/끝내 다스릴 수 없던 無賴한 넋이여 暝目하라!/아아 이 不毛한 思辨의 風景위에/하늘이어 恩惠하여 눈이라도 함빡 내리고 지고
>
>   -유치환, 시 〈首〉, 《生命의 書》, pp.108~109.
>   *苛刻 : 칼질한다는 뜻 / *糢=模의 俗字, 糢糊 : 분명하지 않은 흐릿함 / *朔北 : 北朔이라고도 하는데, 북방의 오랑캐 땅을 말함 / *暝目 : 눈을 감아라(한자 해석-필자).

위의 시, 〈首〉는 일제 국책 문학지, 《國民文學》(1942년 3월호, pp.38~39)에 발표된 작품이기도 하다. 심층적으로 살펴보면 '오직 만물은 苛刻하는 흑룡강 말라빠진 바람에 헐벗은 이 작은 街城 네거리'가 나오는 12월의

북만주 체험 중에서도 가장 생명 의지의 한계성을 뼈저리게 느낀 배경부터 시작되는 담론이다. 이 작품을 두고 논의 자들의 견해 중에서 청마가 일제 군국주의 치하의 잔혹한 참상에 긍정했다는 것을 지적하고 있다. 그러나 필자는 일제보다 더 군세야 한다는 준열한 결의로 받아들여지는 작품으로 볼 때 친일작품이라 할 수 없다.

다시 말해서 위의 시 12행에 表現된 나의 죽음의 위협을 의미한다고 분명히 밝혔기 때문이다. 비적의 머리는 청마 자신의 모가지였음을 꾸짖는 것으로 보인다. 이 시에 나오는 '삭북朔北'은 '북삭北朔'이라고도 하는데, '북방의 오랑캐 땅'이라고 분명히 밝혀놓고 있다(민중서림국 편찬 民衆書林編纂局 編,《漢韓大字典》, 民衆書林, 2000. 01, p.325, p968).

그러나 한자어 '삭북朔北'은 현재까지 사전적 의미를 '북방의 오랑캐 땅'이라고 분명하게 제시한 자가 없었던 것으로 보아, 필자가 최초로 규명한 것임을 밝혀 둔다. 왜냐하면, 국어사전에는 다만 '북방'이라고만 표기되어 있고 그동안 발표된 글들도 '북방'이라고 막연하게 제시했기 때문이다. 북방에는 북만주 목단강성 영안寧安도 포함된다고 볼 때, 이곳은 이범석 장군과 김좌진 장군의 기지가 있었고 의열단이 창단된 곳이기도 하다. 이처럼 북방의 거리와 위치 등의 경계가 명확하지 않아, 그동안 연구자들의 관점에 따라 오류를 발생시킴으로써 더욱 쟁점에 불씨 당겼던 것으로 보인다.

> 그것은 나를 여기까지 추격하고 나의 조국과 내게 속한 일체를
> 탈취하고 박해하는 나의 원수를 그로서는 정당하다고 인정 않을 수
> 없는 막다른 결론이었던 것입니다. 그리고 내 자신 정당할 유일의
> 길은 나도 마땅히 끝까지 원수처럼 아니 원수 이상으로 군세어야 한
> 다는 준열한 결의가 아닐 수 없습니다. 이것은 한갓 살벌한 사상이
> 아니라 마지막 허용된 명료한 길이 없습니다.
> ─柳致環,《구름에 그린다》, 新興出版社, 1959. 12, pp.40~41.

인용된 위의 글에서도 나타나지만, 그의 준열한 결의는 생명 의지와

허무 의지마저 한계성을 드러낸 것이다. 살벌한 사상이 아니라 굴욕 속에 묻히어 죽었을 때 회복하지 못하는 생명, 아무런 표징이나 보람 없이 개죽음을 당한다는 인간 본성을 표출시킨 것으로 보인다. 이에 따라 정신분석학적으로 접근해 보면 청마의 소망과 두려움은 무의식에 종속되어 있는 의식이 밖으로 나선 이상, 이중성을 드러내는 작품으로 보인다.

이탈리아 출신으로서 UCLA 데이비드 게펜 의대(David Geffen School of Medicine) 교수이자 신경과 전문의이며, 신경과학자인 마르코 야코보니(Marco Lacoboni)는 거울 뉴런(Mirror neuron) 이론을 신경과학적으로 제시하고 있다. 즉 '지각되는 자기'와 '지각하는 자기'의 두 얼굴이라는 '자기'가 있는 거울 뉴런은 자기와 타자를 이어준다는 '공감의 기초'라는 것이다. 바로 자기와 타자 사이의 상호작용에 따라 형성되는데, 이러한 작용은 "다양한 형태의 사회적 동일시(Identification)에 거울 뉴런이 결정적인 역할을 한다"는 것이다. 다시 말해서 자기 인식에 관한 것은 거울 뉴런에서 나타나는데 자기를 볼 때 또 다른 사람의 얼굴을 동시에 보는(읽는) 뇌세포가 발화한다는 것과 같은, 즉 "아픈 표정을 짓고 있는 누군가를 보면 그 사람의 아픔을 제 안에서 느낀다"는 것이다(Marco Lacoboni, 김미선 옮김, 《Mirring People》, 갤리온, 2009. 02).

이처럼 청마도 극한 상황에 처한 환자적인 잠재인식을 넘어서서 히스테리적인 반응을 일으킨다 할 것이다. "너희 죽어 律의 處斷의 어떠함을 알았느뇨"라는 역설적인 증오의 리비도가 꿈틀거리는, 즉 치열한 저항정신이 치솟는 삶의 충동(에로스)과 죽음 충동(타나토스)이 동시에 표출된다 할 수 있다. "너의 삶은 즉시/나의 죽음의 威脅을 意味함이었으리니/힘으로써 힘을 除함은 또한/먼 原始에서 이어온 피의 法度로다"라는 죽음 충동은 불안과 공포에 맞서는 절대적인 생명력을 갖게 된다 할 것이다. 분열된 주체가 변증법의 상징적 특징을 강조한다. 말하자면 '현실'은 상징적 허구임을 표출하는 것과 같은 것이다. 작품 형태가 현실을 제공하면서 작품 내용은 슬라보예 지젝에 따르면 "진실은 허구의 구조를 갖기 때문이다." 무의식이 의식으로 내적 연결부의 반대 효과로써 생성된다 할 것이다. 이 시 작품이 애매모호한 것은 바로 역설적이기 때문이다.

그것은 이미지끼리 뒤엉키는 혼란스러움이 강박관념을 왜곡시키고 있는데, 위장된 원망을 뛰어넘는 처절한 현실은 당초 이미지의 폭력을 전제한 것으로 보아야 할 것이다. 다시 말해서 분노하는 머리를 정지시키지 않고 몇 개의 장면을 모아 일련의 화면, 즉 시퀀스(Sequence)야 말로 이 시의 특질을 표출시켰다 할 수 있다.

이 시를 통해 원시적인 야만성을 폭로하는 심리적 불안상태(강박관념 등)를 불분명하게 드러내는 것이다. 그러나 청마는 "匪賊의 머리 두 개 높이 내걸려 있나니/(중략)/먼 寒天에 糢糊히 저물은 朔北의 山河를 바라고 있도다"에서 '朔北의 山河'는 '오랑캐의 땅'임을 분명히 제시해 놓은 이상, 일제 군국주의가 주도한 국책문학지 《國民文學》(1942. 03)에 발표됐더라도 친일작품에서 제외될 수 있는 유일한 통로가 되는 것이다. 바로 청마는 자신의 이중성을 뚜렷이 드러내고 있기 때문이다. 언뜻 보기에는 역사성을 띠고 있어 친일작품 같지만, 친일작품이라 할 수 없다.

필 멀런(Phil Molion)에 따르면 누구나 깊은 무의식은 순수한 대칭성으로 가려진 정체성을 갖는 허구성이 있으므로 역설적인 입장을 드러내는 것은 인간성의 본질이기 때문이다. 이처럼 청마의 시 〈首〉는 직정적, 직설적인 그의 시 세계와는 다른 심리적인 작품이라 할 수 있다. 형상화된 대상은 직접적이 아닌 상징성을 띠고 있기 때문이다. 이러한 시편들은 현실이 불안해질수록 상징성을 띠게 되고, 상상력이 빛난다고 볼 수 있다. 이를 뒷받침하는 것은 그가 남긴 《青馬詩鈔》나, 《生命의 書》에서도 칼보다 무서운 붓으로 시어詩語에 원수라는 글과 그의 삶에 대해서도 원수 이상으로 애착을 갖도록 단단한 결의를 보여주고 있기 때문이다.

이 작품은 〈北斗星〉, 〈前夜〉와 함께 친일문학으로 규정된 적이 있다. 이런 단정의 근거가 된 것은 두 가지였을 것이다. 그 하나는 《國民文學》과 같은 국책문학지에 이 작품이 실린 때문이다. 그리고 다른

하나도 지적될 수 있는 것이 이 작품의 넷째 줄 허두에 나오는 "匪
賊의 머리"이다. 여기서 비적으로 지칭된 사람은 일제의 지배체제를
거슬린 자다. (중략) 그러나 이런 비판은 경직된 의도론일 뿐 문학적
시각에 의한 것은 아니다.
　－金容稷,〈絶對意志의 美學－柳致環論〉,《韓國現代詩史2》, 한국
　　문연, 1996, p.331.

　위의 글 김용직의 견해에도 비적에 대해서 "경직된 의도론일 뿐 문학적
시각에 의한 것이 아니다"라고 지적하고 있다. 그렇다면 문학적 시각에서
볼 때는 '비적'을 통하여 자신을 형상화한 것이라 할 수 있다. 선비의 기
질처럼 꼿꼿한 그의 행적을 보아도 개같이 아유구용한 사실은 전혀 없다
할 것이다. 그뿐만 아니라, 광란하는 일제 군국주의가 부계 혈통 관계를
해체시켜 한국인의 민족의식을 약화하려고 강요하던 창씨개명에도 굴복하
지 않았고, 그의 "고향에서 지식분자들이 말살은 물론, '아나키스트'의 표
막지가 붙어 다녀" 어쩔 수 없이 가족과 함께 북만주로 간 것을 친일행각
을 위해 갔다는 것은 커다란 인식적 오류로 보인다.
　또 북만주에서 가혹한 고초를 겪는 동안 간절한 그의 향수(鄕愁－조국애)
와 함께 그곳에서 생명의 위험을 느껴, 우리나라의 8·15광복 2개월을 앞
두고 1945년 06월에 다시 그의 고향인 통영으로 오게 된다. 이러한 결심은
1943년 카이로 회담의 중요사항인 '노르망디' 상륙작전의 결정으로 1945년
05월 07일 독일이 연합군에 의해 항복했던 불과 한 달 이후로서, 청마는
이미 일제 군국주의가 패망한다는 것을 예감하고 귀향을 결행한 것으로 보
인다. 앞글에서도 간단히 언급했지만, 그의 글들은 희망을 갖고 생명력을
키워야 한다고 주장한 것은 조국과 민족을 구원해야 한다는 의미를 내포하
고 있는 데서 알 수 있다.
　먼저 생명력을 열애하는 것을 살펴보면 그의 제2시집《生命의 書》첫
장에 나오는〈歸故〉,〈出生記〉,〈石榴꽃 그늘에 와서〉등 그의 출생 등
생명의 뿌리를 먼저 내세운 것은 생명의 본길을 택하지 않음은 비겁해서

도 아니며, 용기가 없어서도 아니며, 무엇보다 자기의 생명은 물론 생명에 속한 것, 생명 전체를 우선 열애했기 때문이라고 지적하였다. 한편 '희망'을 갖도록 한 독립운동에 대하여 김기승 교수가 집필한 절망 속의 희망 '새나라 만들기'라는 글(김기승: 순천향대 교수, 한국사) 〈제국의 황혼 100년 전 우리는〉(《조선일보》 제27717호, 2010. 02. 05, A29, 오피니언 참조)에 따르면 하와이 동포 사회의 독립운동 지도자 윤병구 선생은 "희망은 오인의 生路"(1909. 7. 14)라고 하면서 희망의 중요성을 강조했고, 하와이에서 발행되는 《신한국보》도 "대한인의 대 희망"(1910. 03. 29.)이라는 논설을 게재하여 희망의 중요성을 역설하였다.

그뿐만 아니라, 나라 잃은 이 땅에서도 《대한매일신보》가 "이십 세기 새국민"(연8회, 1910. 02~03. 03)이라는 논설에서 한국인은 '평등', '자유', '정의', '용맹', '공공' 등의 기치를 실현하는 국민의 국가를 만들어 "동아세아 일방에서 당당한 강국의 이름을 얻을지며 가히 세계 경쟁하는 마당에서 한 좌석을 차지할 터"라는 미래를 내세워 희망을 품도록 한 민족운동의 씨가 뿌려져 오늘날까지 확장되었다고 한 글에서 알 수 있듯이 청마의 경우도 그의 글을 통한 민족정신을 고취하려는 의지는 같은 맥락으로 보아야 할 것이다.

그의(청마) 깊은 의도는 현실적 자아 즉 현세적인 생명의 본체에 그의 자세(의지)가 있는 것으로 보인다. 강렬한 염원과 결연한 생명 의지를 내세웠지만, 현실 앞에 비력非力한 허무 의지를 내세운 것은 심리적으로 위장된 것이라 할 수 있다. 그러므로 극한 상황에서 역설적인 시 작품들은 바로 청마 시의 특질로 나타난 것이다. 귀중한 생명의 존재, 크게는 조국과 민족의 생명을 옹호하는 길만이 사는 길이기에 백성들의 개개인은 그대로 실의와 좌절하면서 자신을 '불쌍하다, 약자弱者다' 하지 말고(애련에 물들지 말고) 목숨이라도 부지하여야 한다는 생명 의지를 결코 왜곡시킬 수는 없다는 것이다. 가혹한 시련의 질곡桎梏 속에서 더 이상 살 수 없는 북만주의 혹독한 겨울이 닥쳐와도 허무 의지를 붙잡고 살아야 하는 희망과 저항정신을 표출하여 생명을 열애하는 청마의 면모들은 불의를 절대로 거부하는 휴머니즘의 정신에서 온다고 본다. 그러면 문제되는 청마의 시 〈首〉처럼 〈前夜〉와 〈北斗星〉을 그의 초기의 시 작품에 포함시켜 살펴보기로 하겠다.

2-2. 시 〈前夜〉

> 새 世紀의 헤스프리에서/삘삘이 樂想을 비저/제가끔 音樂을 演奏한다.//死-生 破壞-建設의 신생과 創設/天地를 뒤흔드는 歷史의 심포니-/聽覺은 神韻에 魅了되고/새 世代에의 心臟은 울어울어/聖像아래 魔笛은 소리를 거두다.//驚異와 神技 가운데/섬과 섬이 꽃봉오리처럼 터지다/森林과 森林이 鬱蒼히 솟다/무지개와 무지개 황홀히 걸리다.//薔薇빛 舞臺 우에/熱演은 끌어올라/樂屋 싸늘한 壁面 넘어로/華麗한 새날의 饗宴이 예언되다.//終幕이 내려지면/偉大한 人生劇에로 옴길/많은 俳優 배우들은/새 出發의 그 年輪에서/ 征服의 名曲을 부르려니/勝利의 秘曲을 부르려니
>
> －柳致環, 〈前夜〉, 《春秋》, 12月號, 1943.

* 원전原典에는 헤스프리, 영어로는 hesperis(植, 꽃무 무리)로 기재되어 있으며 헤스프리를 에스프리(esprit)로 발표한 연구자들이 있는데 오류로 보임. 그러나 제1차 세계대전 前에 일어난 프랑스의 예술혁신 운동을 '에스프리누보'라는 뜻으로 볼 때는 앞으로 해석상의 문제점으로 예상됨.

월북하여 신장병에 의해 사망한 것으로 보는 오장환(吳章煥, 1918. 05. 15~1951.05)은 '민족주의라는 연막-일련의 시단 시평'(《문화일보》, 1947. 06. 04~06. 07)에서 "과거 학병출정 장려 시《춘추》를 쓴 유치환 씨의 작품 〈龍市圖〉이다. 이 작품은 완전히 정신 착란자의 글이다"(김재용 엮음, 《오장환 전집》, 실천문학사, 2002. 15, p.470)라고 빗대고 있는 글을 오장환의 전집에서 원전 그대로 옮겨 보았다. 그밖에는 오장환 전집에는 청마에 대한 비

평의 글이 전혀 없는 것으로 보인다.

위에 인용한 오장환의 글에 대하여 문일은 "삐라 같은 글"(《국민일보》기획 취재부장, 《통영문학》, 제23호, 통영문협, 2004. 12, p.102)이라고 일축해 버린 바 있지만, 일부 연구자들은 오장환의 글을 인용, 시 〈前夜〉는 과거 학병출정 장려시라고 주장하는 것 같다. 그러나 친일적인 시로 볼 수 없다고 반박한 연구자들이 발표한 글도 다소 볼 수 있다. 이처럼 문제의 시 〈前夜〉를 필자는 정신분석학적인 측면에서 볼 때 친일작품으로 보기는 어렵다. 왜냐하면, 이 시의 전체 흐름은 주제를 관통하는 황홀한 불꽃놀이라고 볼 수 있기 때문이다. 빛과 소리, 연기가 공감각共感覺을 불러일으키면서 감흥을 표출시키고 있기 때문이다.

"삘삘이 樂想을 비저/제가끔 音樂을 演奏한다.//死-生 破壞-建設의 신생과 創設/天地를 뒤흔드는 歷史의 심포니-"라는 것은 불꽃 모습과 원시 본능을 비유하고 있다 할 것이다. 말하자면 "死-生 破壞-建設의 신생과 創設"은 불꽃이 터지는 순간을 형상화한 것으로, 죽음이 삶으로 바뀌는 순간을 적시하고 있다. 슬라보예 지젝에 따르면 "어떤 환상이 실재계를 갖는다" 할 것이다. 즉 생명 없는 조각들이 현실로 화려하게 부활하면서 꿈틀거리는 팡토마스라 할 수 있다.

이러한 팡토마스들은 "聽覺은 神韻에 魅了되고/새 世代에의 心臟은 울어울어/聖像아래 魔笛은 소리를 거두다.//驚異와 神技 가운데/섬과 섬이 꽃봉오리처럼 터지다/森林과 森林이 鬱蒼히 솟다/무지개와 무지개 황홀히 걸리다.//薔薇빛 舞臺 우에/熱演은 끌어올라"로 현현하고 있다 할 것이다. 다시 말해서 우주의 신(또는 하느님)이 빚는 불꽃 터지는 소리에 마귀들의 피리 소리 사라지도록 경이와 환희의 공중곡예 가운데 떠 있는 불꽃 덩어리들의 황홀함을 표출하고 있다. 불꽃 덩어리들은 꽃봉오리 같은 섬과 섬으로 떨어져 터질 때마다 울창한 수풀과 수풀로 엉켜 치솟는 순간, 무지개 다리들이 눈부시게 서로 겹쳐지는, 바로 장밋빛 무대 위에서 "새 世紀의 헤스프리" 즉, 불꽃놀이(꽃무 무리)야 말로 즐거운 마음[樂想]으로 끓어

오른다는 것이라고 표출하고 있다. 다시 말해서 죽음 충동과 삶의 충동이 뒤섞이면서 흥분의 도가니로 몰아넣는다는 것과 같다. 마치 리얼하게 전개되는 어휘들은 사실상 상징성을 띠고 있는데, 자아가 분열되면서 착란적인 현상을 드러내는 것으로 보인다.

앙드레 브르통처럼 사유해 온 정신과 광적인 체념에서 "모든 감각을 착란시킴으로써 그 상상력을 결정적으로 해방"(《쉬르레알리슴 선언》, 문학과 지성사, 1987. 06. 10, p.209) 시킨다는 것과 같이 결핍된 주체로 하여금 욕망을 끊임없이 불러일으키는 허구적 대상들이 폭발하고 있는 것이라 할 수 있다. 이에 따라 청마의 시 〈前夜〉는 프로이트가 말한 히스테리아적인 것들의 이미지들이 경계점을 허물면서 착란시킨다 할 것이다. 자크 라캉의 '부분충동'에 따르면 "감흥은 죽음 직전까지 인간을 지배하는 가장 근원적인 공격성으로 네가 내가 하나 되어 멈춤의 상태, 즉 무無로 돌아가려는 충동이다"라는 지적과 같을 수 있다. 바로 상징계를 넘어서면서 실재계의 전율로 채우는 주이상스(Jouissance) 일면을 보여주기도 한다. 이처럼 청마의 무의식적 이중시각이 뚜렷이 나타나면서 역설적인 어휘들이 다투어 나타나기 때문이다. 시각視覺을 달리하면 일본 패망을 예견하여 에스프리한 무의미 시(Nun poetry)로 위장된 작품이라 할 수 있다.

무의미의 시를 더 구체적으로 살펴보면 시간과 공간에서 발생하는 인과因果관계로 이어지는 허구적 사건들의 내러티브의 역설은 파르메니데스의 제자 〈제논의 유명한 패러독스의 기법(The literary technique of Zenon's paradoxes)〉처럼 감정의 발생이 내용 없는 인위적인 추론으로 가득 채워져, 사실을 충분한 입증으로 제시하려는 것은 전혀 없다 할 것이다. 그것은 첫 행에서부터 보여주는 "새 世紀의 헤스프리에서/뽈뽈이 樂想을 비저/제가끔 音樂을 演奏한다"를 보면, 불필요한 어휘들 '뽈뽈이'와 '제가끔'이 갖는 의미의 무질서, 즉 광기狂氣 어린 난장판임을 보여준다 할 수 있다.

또한 16행에 와서는 "華麗한 새날의 饗宴이 예언되다"를 "終幕이 내려지면"에서 볼 경우, 그 어휘가 함의하는 것은 밖으로 걷고 있는 무의식의 검은 그림자가 전복되고 있다 할 수 있다. 바로 종막은 무대의 개념을 넘어 끝나는 상태로 볼 때, 패망을 예언하는 것으로 보인다. 이를 뒷받침하는 것은 갑자기 "偉大한 人生劇에로 옴길/많은 俳優배우들은"이라고 비약하는 구어句語들의 넌센스다. 바로 청마의 의식이 무의식으로 전치되고 있는, 의식이 무의식에 종속된다고 볼 수 있다. 말하자면 세익스피어가 말한 "지구는 무대요, 인간은 배우다"라고 한 것처럼 시의 형태를 유지시키면서 각각 사람들은 사실상 인간의 본질인 위대한 휴머니즘으로 돌아가야 한다는 역설이 그의 무의식에서 현실을 애매모호하게 표출하고 있다고 볼 수 있다.

다음에 오는 시행들도 역시 엉뚱한 의미 사슬들이 낯설게 배열되고 있는데, "새 出發의 그 年輪에서/征服의 名曲을 부르려니/勝利의 秘曲부르리"는 고상한 정복과 승리의 어휘들을 겉으로 마련해 놓는 빌미적 의미를 포착할 수 있다. 전체 모델에 전혀 다르게 맞추려는 전이의 고뇌가 엿보인다. 쉽게 풀이하면 '새 출발의 시간 속에서/인생을 극복(정복)한 자기의 전용곡(專用曲, 또는 콧노래 등)을 스스로 부르려니/승리감에서 비밀리에 부르던 곡, 즉 금지곡이었던 아리랑 같은 민요나 해방의 노래를 맘껏 부르게 되리라'는 의도(여기서는 意圖가 아닌 意導) 역시 난센스라고 할 수 있다. 이처럼 마지막 시행까지도 심리적 불안상태에서 오는 이중적 작위를 알 수 있다. 이러한 현상은 그의 시 〈首〉와 〈北斗星〉처럼 인간이 극한 상황에 처하게 되면 더욱더 진실 너머에 있는, 즉 무한한 우주의 한 가운데에서 자기의 존재를 토로하는 것과 다름이 없다 할 것이다.

그러므로 시, 〈前夜〉는 중요한 참조 점이 되는 대목이 거리감을 두기 때문에 당시 일제 군국주의 모니터 잡지인 《春秋》에 기성 시인의 작품으로 예우하는 차원에서 실렸을 가능성이 높아 보이고, 그 잡지의 특집 '학병 출정 장려시'에는 당연히 제외되었던 작품으로 보인다. 다만 구설수에 휘감긴 것은 당시 '조선문학가동맹'에 가입한 오장환과 청마가 가입한 '조선청년문학가협회'와의 이념 논쟁에서 불거진 청마 시, 〈龍市圖〉로 하여금 시, 〈前夜〉도 '일련의 시단 시평'에서 들춰낸, '뼈라 같은' 몇 마디에서 문제시가 된 것으로 보인다. 그러나 친일적인 시로 단정할 수는 없다.

2-3. 시 〈北斗星〉

> 白熊이 우는/北方 하늘에/耿耿한 일곱별이/슬픈 季節/이 거리/저-
> 廣野에/不滅의 빛을 드리우다//어둠의 洪水가 구비치는/宇宙의 한
> 복판에/홀로 선 난/한낱의 푸른 별이어니!/보아 千年/생각해 萬年/千
> 萬年 흐른 꿈이/내맘에 薔薇처럼 피다//구름을 밟고/기러기 나간 뒤/
> 銀河를 지고/달도 기우러//밤은/얼음같이 차고/象牙같이 고요한데/우
> 러러 斗柄을 재촉해/亞細亞의 山脈넘어서/東方의 새벽을 일으키다
> —柳致環, 〈北斗星〉, 《朝光》, 3月號, 朝光社, 1944.

청마의 시 〈北斗星〉을 깊이 있게 검토한 결과 친일(또는 부왜)적인 작품으로 볼 수 없다. 왜냐하면, 옛날부터 하늘 북극에서 약 30도 떨어진 곳에 있는 북두성은 우리 민족의 상징적인 별로서 탄생과 죽음은 물론 희망의 에너지를 받아온 영혼의 거울로 우러러 모시기 때문이다. 다시 말해서 북두칠성에서 명줄을 받는다고 하여 갓난아기의 등짝에서 북두칠성 점을 찾기가 바쁘고, 죽게 되면 북두칠성이 그려져 있는 칠성판에 눕혔을 때 저승길이 열리고 염라대왕이 받아준다는 삶의 길흉과 화복을 생활화하여 온 민족임을 알 수 있다. 절에도 칠성각이 있는 것은 한국의 불교적 특성임을 반증한다. 또 우리네 할머니, 어머니가 정화수를 떠 놓고 치성을 올리는 칠성님도 북두칠성을 말한다.

삼국사기에 따르면 '난승'이라는 도사가 17세 때 동굴에서 도를 닦던 신라의 김유신에게 홀연히 나타나 보검을 주었는데, 이 사인검四寅劍에 북두칠성이 새겨져 있다는 것에서도 알 수 있듯이 북두칠성은 양기를 발동하는 생명력을 내뿜는 별이라 할 수 있다. 현재 《한인회보》의 인터넷 글, 〈한민족의 뿌리 북두칠성—북두칠성에서 온 존재들〉을 보면 "북두칠성의 운運을 받고/이

세상에 태어나서 천손天孫이라 부르는 것인데/(…)/민족의 신앙을 버린 인과로/36년간 일본인에게 온갖 핍박을 다 받았고(후략)"라는 신앙적인 글이 게재되어 있다(http://www.mrdd.or.kr를 통해 2008. 10. 25 발췌함).

안상현의 글에서도 우리 민족의 보편적인 내용을 누구든지 동일하게 서술하고 있는데, 그의 글에 따르면 "도교에서는 북두칠성을 '자미대제'라고 섬겼으며, 옛날 인도로부터 2세기 후한시대에 들어온 밀교의 영향으로 보아 일곱별을 각각 탐랑성貪狼星, 거문성巨文星, 녹존성祿存星, 문곡성文曲星, 염정성廉貞星, 염곡성武曲星, 파군성破軍星이라고 부르고, 이들이 사람 목숨의 길고 짧음과 길하고 흉한 운세를 쥐고 있다는 것이다. 또한, 북두칠성의 자루는 계절을 알려주는 거대한 천문시계며, 봄에 해가 지면 북두칠성의 자루는 동쪽을 가리키고, 여름에는 남쪽을, 가을에는 서쪽을, 겨울에는 북쪽을 가리킨다"는 것이다(《우리 별자리》, 현암사, 2003. 05, pp.87~10 참조).

한편 조용헌의 글에 따르면 "북두칠성은 '時間의 神'이며, 두병斗柄은 '시침時針'이다. 우주의 시곗바늘이다. 예를 들면 음력 1월을 알리는 절기는 입춘立春이다. 옛날 사람들은 입춘이 되는 날 술시(戌時, 저녁 7-9시) 무렵에 밤하늘에서 두병이 가리키는 방향이 어느 쪽인가를 관찰하였다. 별자리는 술시戌時에 관찰해야 한다. 입춘 날 술시에 두병이 가리키는 방향은 정확하게 인방寅方이다. 나침반에서 인방은 북동쪽이다. 인寅은 십이지十二支 가운데 1월에 해당한다. 경칩驚蟄이 되는 날 술시에 두병이 가리키는 방향은 동방東方이 되는 묘방卯方이다. 청명淸明이 되는 날은 진방辰方이다. 진辰은 3월이다"라는 것이다(살롱 4: 〈북두칠성〉, 《朝鮮日報》, 제26039호, 2004. 9. 9, A34, 오피니언).

그렇다면 "우러러 斗柄을 재촉해/亞細亞의 山脈넘어서/東方의 새벽을 일으키다"에서 두병은 청마 자신(우리 민족)으로 볼 수 있으며, 묘방은 동방이라고 주장할 수 있다. 우주의 시곗바늘을 재촉하는 시인의 초조한 마음은 모든 만물이 소생하는 경칩, 즉 오로지 봄기운이 치솟는 평화의 빛과 자유의 깃발을 열망한다고 볼 수 있다. 다시 말해서 "우러러 斗柄을 재촉해" 치성 올리는 술시戌時에 꿈꾸는 소망을 서둘러서 경칩이 되는 날인 묘방卯方 일은 동방東方이므로, 두병(시곗바늘)은 동방의 여명黎明, 즉 동쪽이 밝아오는 새벽을 일군다는 것은 우리나라의 광복을 암시한 중요한 대목으로 보인다.

특히 주목해야 할 "우러러"는 화자 자신이 오직 구국하는 마음으로 대한독립[大韓光復]을 열망한다는 것이 분명하다면, 대한독립 만세 소리는 "아세아의 山脈넘어서" 세계방방곡곡에 퍼져나가야 한다는 것이다. 이처럼 시, 〈北斗星〉도 청마의 리비도(Libido)가 갖는 본능의 빛이 이중게임을 하는 경이로운 발현이라 할 수 있다.

우러러 바라보는 북두성은 소망하는 자들의 몫이기에 '우러러'라는 단어야말로 친일적인 작품에서 비켜나간 유일한 통로로 보인다. 또 옛날부터 '아세아亞細亞'라고 외쳐 온 것은 우리 민족 독립운동 과정에서 많이 사용되어 온 것이다. 앞에 언급한 글을 보면 "동아세아 일방에서 당당한 강국의 이름을 얻을 지며 가히 세계 경쟁하는 마당에서 한 좌석을 차지할 터"(김기승: 순천향대학교 교수·한국사, 〈제국의 황혼 100년 전 우리는〉, 《조선일보》, 제27717호, 2010. 02. 05, A29. 오피니언, 앞의 시 〈首〉 각주 참조) '북두성이 더 큰 승전보를 전하며 여기가 아시아임을 외친' 고선지 장군처럼 청마의 시, 〈北斗星〉에 나오는 '亞細亞'는 이 시에서도 같은 맥락으로 보아야 한다면, 추호도 문제될 것으로 보이지 않는다.

옛날부터 우리나라는 대동국大東國, 동국東國, 동방예의지국東方禮儀之國 등 여러 이름으로 불리어 왔고, 현재 사용하고 있는 우리나라의 일만 원 지폐紙幣에도 북두성이 새겨져 있다. 멀리 인도의 시인 타고르(1861. 05. 07 벵골에서 출생 1941. 08. 07 사망, 인도의 시인, 사상가, 1913년 노벨문학상 수상) 역시 우리나라를 '동방東方의 등불'이라고 했다. 이러한 유구한 역사성에 따르면 앞에서 말한 절기와도 다를 바가 없는 것이다. "亞細亞의 山脈넘어서/東方의 새벽을 일으키다"라는 의미는 위에서 말한 것과 일치할 수 있다. 특히 그의 시 구절 "宇宙의 한복판에/홀로 선 난/한낱의 푸른 별이어니!"에서 여태껏 애매모호한 이 '푸른 별'은 과학자들에 의한 우리의 지구도 푸른 별이라 했지만, 지금도 실제로 두병斗柄 아래에서 '초요성招搖星'이라는 푸른 별이 반짝(경경耿耿: 반짝거림-필자)이고 있다. 그렇다면 우주의 한복판에 홀로(홀수는 양陽의 기운을 뜻함-필자) 선 청마 자신도 마치 푸른 별 초요성招搖星으로 경경耿耿한다는 의미로 보아야 할 것이다.

말하자면 우리 민족의 푸른 정기精氣, 즉 생명의 빛깔을 상징하는 별임을 청마의 자신과 동일시하여 형상화한 것으로 보아야 할 것이다(북두성은 옛날부터 예술의 경지가 최상의 위치에 있는 사람을 일컫기도 함). 이처럼 초요성은 충무공 이순신 장군의 《난중일기亂中日記》에 나오는 '초요기招搖旗'에도 새겨져 있다.

> "정유년(1596) 9월 16일(갑진) 맑음. 이른 아침에 望軍이 와서 보고 하기를, 적선이 무려 2백 여척이 鳴梁을 거쳐 곧 바로 진치고 있는 곳으로 곧장 옵니다. (…) 후략"/"중군의 令下旗와 招搖旗를 세우니 金應誠의 배가 점차 내 배로 가까이 오고 거제 현령 安衛의 배도 왔다. (후략)."

이 초요기의 기능은 전쟁을 감행하는 장수들을 불러 모으기도 하며 독전督戰할 때의 깃발이다. 이 '초요기'라는 깃발은 청마의 시에 나오는 〈깃발〉과 전혀 무관하지도 않을 것이다. 어쨌든 청마의 시, 〈北斗星〉은 역사주의적 비평방법으로 접근해도 우리 민족의 생명력이 오히려 상승 기운을 받고 있다는, 즉 북두칠성 같은 희망을 품도록 하는 예언적인 시라 할 수 있다.

왜냐하면, 당시 일본 군국주의가 1941년 12월 07일 진주만을 공격함으로써 태평양전쟁(1941년 12월 08일)이 발발하였고, 대한민국 임시정부도 같은 해 12월 09일 대일본 선전포고를 하였다. 나치 독일과 일본을 제외한 소련을 비롯한 연합군들은 미국과 함께 참전하게 되는, 소위 제2차 세계대전으로 비화되었다. 이런 와중에 청마가 발표한 시, 〈北斗星〉은 1944년 03월인데, 이 시점에도 미국은 태평양 여러 군도를 점령한 일본군을 공격

하여 계속 승리하게 된다. 이에 따라 1944년 10월 25일 일본 군국주의는
2,480여 기의 자살특공대 '가미카제(神風, 신풍)'를 미 함대의 '레이더 섬'을
총공세 하기 위해 출격시켰으나, 계속 패전하게 된다. 따라서 긴박한 국
제정세를 청마는 만주에서 자주 만난 여러 국가의 난민들과의 접촉에서
어느 정도 국제정세 변화 추이를 알았을 것이다. 그렇다면 그의 시, 〈北
斗星〉을 발표하면서까지 친일하려 했다는 것은 도저히 납득하기 어렵다
할 것이다.

　　그러나 극히 일부 연구자들은 청마가 북만주에까지 가서 친일하기 위해
그가 시, 〈北斗星〉 중 "우러러 斗柄을 재촉하여 亞細亞의 山脈을 넘어서/
東方의 새벽을 일으키다"라고 교묘하게 노래한 것은 '대동아 공영권'을 의
미한다는 해석이다. 또한 "대동아 공영권을 위한 성전이라는 얼개가 끌어
잡고 있다"라는 주장을 내세우고 있다(박태일, 〈경남 지역문학과 부왜활동〉《한국
문학논총》, 제30집, 한국문학회, 2002. 06, p.347). 심지어 "두병은 북두칠성을 국
자 모양으로 보았을 때 그 자루가 송장을 파내어 극형을 가하던 일"(박태
일, 같은 책, p.347)이라고까지 각주脚註의 출처 근거는 구살口煞에 불과한
것인지 불명확해 보인다.

　　또 "교묘하게 구체적인 부왜 빛깔에서 비껴나가고 있다."(박태일, 같은 책,
p.347) "1894년 갑오억변과 경술국치를 거치면서 동백 숲에다 깊은 울음을
묻었을 통영지역 지사들의 문학이 없을 수 없다"(박태일, 같은 책, p.355)는
등 설득력보다는 오히려 선동적으로 폄훼, 부조斧藻하고, 작달斫撻하면서 우

극尤隙하려는 어불택발語不擇發은 물론 설령 무문곡필無文曲筆에 치언卮言마저 전혀 아니라 할 수 있어도, 유족들과의 관계에서 피차간 지우지 못할 유감으로 남는 것이라면 안타까울 뿐이다.

3. 마무리

문제가 되는 청마의 시 〈首〉, 〈前夜〉, 〈北斗星〉 3편은 역사주의적 비평 방법이나 정신분석학적으로 접근해 보아도 친일적 작품으로 단정하기는 어렵다. 왜냐하면, 첫 번째, 위에서 언급한 3편의 시 작품 모두는 직간접적으로 일제를 찬양하거나 독려적인 의미가 전혀 표출되지 않았고, 두 번째, 간접적으로 보는 애매모호한 대목에서도 암묵적인 메시지가 오히려 상징성을 띠고 변증법을 빗나간 역설적인 작품이라 할 수 있다.

다시 말해서 무의식이 깊은 곳에서 드러내는 대칭성으로 나타나기 때문이다. 대칭성이 갖는 시 세계의 상상력의 핵심, 즉 갈등을 드러내는 〈首〉, 〈前夜〉, 〈北斗星〉 등 세 편의 시 세계는 생명(몸)과 죽음이 연관되는 무의식적 에너지를 표출함으로써 프로이트가 말한 미학으로 재해석할 수 있다. 그렇다면 정신분석학적으로 볼 때 청마 유치환 시 세계는 새로운 미학을 획득했다고 할 수 있다.

이미 지적되고 있지만 '미는 언어로 포착할 수 없는 것에 대한 아름다움이지만 언어로 표현되지 않고는 의미가 없다'는 것처럼 청마의 시 정신은 삶과 죽음에서 출발하는 차원 높은 이원성에 있기 때문이다. 다시 말해 니힐리즘 너머에 있는, 죽음이 삶으로 빚어내는 환상(이미지)들이 생명력의 미학으로 더욱 빛나고 있기 때문이다.

☛ 출처 : 2011년 월간 《시문학》 평론부문 공모에 응모, 당선 작품 ▶11월호 《詩文學》, 통권 484호(詩文學社, 2011. 11. 01), p.79에 발표된 작품으로 기념비적인 뜻에서 보정 수록하였음을 밝혀둔다.

정신분석학적으로 본 청마 시의 삶과 죽음
– 제6시집[1] 《보병과 더부러》 중심으로

1.

청마 유치환(靑馬 柳致環, 1908. 07. 14~1967. 02. 13)의 시 세계는 삶과 죽음을 본질로 하고 있다. 그의 출생에서부터 6·25전쟁은 물론 후기의 시에 많이 나타나는 청마의 신神에 대한 고뇌는 다른 시인들에 비하면 특이하다.

김기림이 일찍이 지적한 니체의 '차라투스트라'를 섭렵하였다고 지적한 것에 대해 필자도 동의하고 있다. 바로 니체의 차라투스트라 세계를 관통하고 있다 할 것이다. 한마디로 허무 의지에서 건져 올린 삶과 죽음의 반복 강박증으로 노래하고 있기 때문이다.

그의 시 세계는 타자들이 흉내 내면 곧 밝혀질 수밖에 없는, 깊이 흐름을 흉내 낼 수 없는 한국 시사에서는 흘립屹立한 대시인이라 할 만하다.

문제는 청마 시가 일상적인 외피의 동질성을 전제로 했기 때문에 삶과 죽음의 본질적인 질문에 대한 해답을 찾지 못한 한계점에서 김춘수 시인은 "일찍이 傷한 감정을 가진 센티멘트의 抒情詩人"이라고 비평한 데서 청마의 시들은 읽는 자들의 공감에서 본 '센티멘트 한 서정시인'으로도 전락되어 상당 기간 애상시인哀傷詩人으로 폄하되어 오고 있다. 심지어 오탁번은 "청마 시는 소월이나 만해가 문을 연 한국 서정시의 한 하위요소 그 이상

---

1) 청마의 제6시집 《보병과 더부러》를 대부분 연구자가 제5시집으로 인식하고 있지만, 청마의 《第九詩集》 안(p.213)에 청마가 직접 쓴 중요한 '附記'에 "제5시집은 《祈禱歌》, 제8시집은 《幸福은 이렇게 오더니라》임을 밝힘으로써 청마의 제6시집은 《보병과 더부러》임을 밝히며, '더불어'가 아니고 청마가 직접 자의적으로 '더부러'로 했다.

도 이하도 아니라는 건조하기 짝이 없는 맺음을 하지 않을 수 없다"는 등 오히려 아류라고 폄훼시키기까지 하여 치명적인 해석적 오류를 남겨 놓았다. 참으로 주목받는 연구자들의 연구 한계가 빚은 부끄러운 오류들이 바퀴벌레처럼 살아 있는 한, 마땅히 재검토되어야 할 큰 문제점으로 대두되고 있다.

청마는 불교와 기독교를 비롯하여 칸트뿐만 아니라 니체, 파스칼, 데카르트, 샤르트르, 까뮈, 심지어 헤르만 헤세 등등에 심취한 그의 시 세계는 광대하다 할 만큼 현실성을 확보하고 있다.

그렇다면 참여시로 분류할 수 없는 니체적인 형이상학적인 면이 더 크다. 니체의 《인간적인 너무나 인간적인》(1878) 휴머니즘을 섭렵한 것으로 보이는 생을 긍정적인 가치로, 우주의 변화무쌍함을 인간중심 사상으로 승화시켰다. 다시 말해서 니체가 말한 '종말인'이 아니라 '극복인'으로 노래한 시들이라 할 수 있다. 다시 말해 일제강점기로부터 해방공간, 6·25전쟁은 물론 격동기의 허무를 방어(극복)해 온 이성과 자유의지에서 삶과 죽음의 가치를 갈구한 노래들이라고 할 수 있다.

그의 대표적인 시로 애송되고 있는 〈旗빨〉, 〈幸福〉도 아주 보편적이면서 타당성을 확보하여 우리의 심금을 울리고 있지만, 형이상학적인 시로도 평가되고 있다.

〈깃발〉이 갖는 '노스탈쟈'는 프로이트가 말한 극단적인 면을 통해서라도 본향으로 돌아가고 싶은 충동이라 할 수 있다. 다시 말해서 죽음 본능이 삶의 본능이 되지 못하면 원래의 모습으로 회귀하려고 한다는 것에서 볼 때 시 〈깃발〉은 단순한 기상氣像만을 나타내는 것이 아닐 것이다. 분노와 불만의 산물일 수도 있다. 그러므로 그의 깃발은 그때의 시대상황도 반영되고 있지만, 현실성을 확보한 구심점을 갖기 때문에 항상 공감을 불러일으키는 불후 작품이라 할 만하다.

〈행복〉이라는 시 작품 역시 니체의 차라투스트라에서 비롯된 것으로 보인다. 그렇다면 청마의 시 세계에서의 삶과 죽음은 그의 생장기에서부터 시작되어 그가 신神을 향한 방황과 죽음에 이르기까지 치열했음을 알 수 있다. 특히 그의 제6시집 《보병과 더부러》(1951. 09)는 6·25전쟁이 갖는 우리의 삶과 죽음을 현장감으로 적시하고 있다.

2.

삶과 죽음에 대하여 괴로워해 오던 청마는 6·25전쟁이 발발하자 전쟁 속으로 왜 뛰어들었을까? 감옥에 갇혀 있던 이육사의 죽음에서 민족 시인으로 부상됨에 따라 자신의 허무함에 고뇌하였고, 아나키스트의 표 딱지가 일제 치하에서부터 해방 직후까지 따라다녔는데도 누군가의 모략중상 모함으로 보도연맹에 연루시키려 할 때 시집 《울릉도》(1948)에 실린 그의 시 〈어리석어〉, 〈눈추리를 찢고 보리라〉, 〈祖國이여 당신은 진정 孤兒일다〉를 발표하기도 했지만, 종군기자로 지원하여 조국을 위해 자기를 밝히는 죽음을 선택한 것으로 보인다. 물론 청마가 이끈 '경남 문총 구국대'로 하여금 앞장서야 하는 사명감도 배제할 수 없으나, 그의 조국 열애는 뚜렷이 나타나게 된 것이다.

42세의 노령 나이인데도 보병과 더불어 종군기자로 참전한 청마의 충직한 마음은 자기애적인 측면도 없지 않으나, 이성과 자유 의지적인 출정은 높이 평가된다.

죽음에서 돌아온 그는 전장戰場의 현실을 직시하고 경계 없는 삶과 죽음을 구체적으로 파헤친 전쟁시戰爭詩를 남겼다. 자크 라캉이 말한 삶의 실재계는 하나의 죽음이기에 죽음을 연장하여 다시 결핍을 불러일으키는 타자, 즉 삶의 동인을 확인했다. 따라서 죽음을 넘어서 청마는 한국시사에서는 유일한 전쟁시라 할 수 있는 제6시집 《步兵과 더부러》(1951. 09)를 남겼다.

그의 시집 머리말인 '前文'을 먼저 살펴보기로 하겠다.

(…) 戰線으로 가면 將兵들의 態度가 아름답다는 것은 누구나가
다 말하는 바이다. 事實 部隊長으로부터 저 아래 一介 二等兵에 이
르기까지 生死에 對한 그 淡淡한 態度가 참으로 아름답다. 그리고
무엇보다도 여기에서는 제 地位나 무엇을 몹시도 코끝에 걸고 싶어
하는 그러한 賤薄한 人間性은 조금도 용납되지 않고 다 같은 人間
일 수 있는 즉 人間이 도토리라면 다 같은 도토리로 回歸하여 다시
人間으로서 출발하여야만 되는 그것이 어떠한 雪憤같아 속 시원스런
노릇이었다.(…) 어느 때 不意의 銃彈이 날아올지 모르는 戰線에 와
서 오히려 마음의 어떤 安定感을 가질 수 있었던 것은 謙虛하기 如
山如水의 이러한 將兵들의 모습에서 얻은 것이 아니었던가(…).

-柳致環, 《步兵과 더부러》, 1951. 09, p.5.

위와 같이 청마는 장병들을 통해 인간의 삶과 죽음의 참담함을 역설적
으로 아름답다고 전제하고 있다. 왜 그럴까? 비장함에서 오는 '담담한 태
도'와 '안정감'을 갖는 죽음 앞에다 삶을 내려놓았기 때문일 것이다. 그것
은 프로이트가 말하는 낙담, 고통스러운 거부, 의욕 상실 등 '자아 거부'일
수 있다. 그러나 그것은 죽음을 연장하기 위해 분기탱천奮起撐天하는 에
너지 덩어리로 빛나고 있는 일종의 쾌락일 수 있을 것이다. 그래서 "다시
인간으로서 출발하여야만 되는 어떠한 설분 같아 속 시원스런 노릇이었
다"라고 토로하면서 "생사에 대한 그 담담한 태도가 참으로 아름답다"라고
노래하고 있다.

니체도 그의 저서 《자유로운 죽음에 대하여》에서 '자유로운 죽음, 이성
적인 죽음'처럼 산 자에게 자극적이고 굳은 언약이 될 그러한 완성되는
죽음과 직면한다는 글과 유사하다. 자신의 진지한 죽음을 대면한 인간 존
재의 근원까지 내세운 죽음의 가치를 입증하는 것이다. 특히 그의 시 〈素
朴-襄陽에서〉, 〈羚아에게〉, 〈金剛〉, 〈旗의 意味〉, 〈卑怯〉, 〈들꽃같이-長
箭에서〉, 〈노래-通川에서〉, 〈戰友에게〉, 〈삶과 죽음-峽谷에서〉, 〈紅 모란〉,
〈決意-元山에서〉, 〈戰死한 UN兵士에게〉, 〈원수의 피로 씻는 地域-서울
再奪還의 날에〉, 〈反擊〉, 〈最前線〉 등등에서 전쟁이 빚어내는 민족적 비

극을 생생하게 파헤치고 있다. 삶과 죽음을 피해 탈주하려던 청마가 삶과 죽음을 직접 뼈저리게 받아들이고 있다.

그러면서 청마는 서로 싸우는 겨레들의 배신을 다음과 같이 표출하고 있다. "철모에 어깨에 덤불같이 의장擬裝한 채/명령을 기다려 아무데나 앉은 자리에도/치아稚兒처럼 여념 없이 꾸겨져 잠든 너…"(《보병과 더부러》, p.14), 즉 병사의 죽음을 보고 "한량없이 아름답고 고귀한 영상"(《구름에 그린다》, p.76)으로 보았다. 여기서 '영상'은 영혼의 실체로 보인다. 영혼의 실체를 "꽃같이 잠든/소박한 병정이여"라고 부르면서 병사들의 죽음을 아름다운 꽃에 비유하면서 비통해 하고 있다. 대상을 상실하는 애도는 리비도가 양면성을 갖는 삶의 충동에서 오는 슬픔이기 때문이다.

①
밀쳐놓은 불 꺼진 램프!
겨우 몇 분 전에
즐거운 노루처럼 뛰어 간 것이

자는 체 거짓부리가 아닌가
-아니 삶이란 실상
한때의 실없는 작난이었기에
인제는 그 본대로 돌아갔을는지도 모른다

흰 보자기로 얼굴을 가려
白中尉는 약간 왼편으로 머리를 갸우리고
禹上士는 한편 다리를 백중위 위에 얹고

그렇게도 통절하던 것이
이렇게 쉬운 것이

여기엔 벌써 분간이 없다.
　　　-유치환, 시 〈삶과 죽음─峽谷에서〉, 《步兵과 더부러》, p.42.

②
사람의 敵愾는 이같이도 가혹한가
끝내 여기에 결과된 것은
모두가 인간 不意에의 처참한 反逆이어니
그렇게도 *孜孜히 螢爲하고 보유하던 것이__
터전만 남은 家財곁에
黙然히 쭈그리고 앉은 한 老父 옆에 서서
내 오히려 한마디 위로할 빈말조차 없어
호올로 永興灣頭에 와서 서컨대
東海는 납 같이 치운 물결 높으고
멀리 明沙十里 끝에 가만히 맴도는 것은
一群 航空機의 그 표한한 決意런가
일체 眺望은
각박한 증오를 배지 않은 것 없나니
아아 이것이 인류의 避치 못할 길일진대
내 어찌 외로이 분노하여 또한 가지 않으리
　　　－유치환, 시 〈決意－元山에서〉,《步兵과 더부러》, pp.50~51.

　위의 시 ①의 〈삶과 죽음－峽谷에서〉는 삶과 죽음은 경계가 없음에 허
탈해 하고 있다. "밀쳐놓은 불 꺼진 램프!/겨우 몇 분 전에" 살아 있던 목
숨들이 불 꺼진 램프라고 하면서 삶과 죽음의 협곡은 "(…)분간이 없다"라
고 통절하고 있다.

　칼 융이 말한 집단 무의식이 아이러니하게 반란하고 있다. 전쟁이라는
집단적 심리 앞에서 공포를 감추기 때문에 침착해지고 담담해지는 것이
다. 전쟁은 우리에게 잠재된 터부의식이 사디즘적 파괴력에서 죽음 충동
을 미리 알고 있기 때문이다. 죽음 앞에서도 담담하고 냉소하는 사이코패
식 디소더(psychopathic disorder)를 볼 수 있다. 카타르시스가 아닌 기가
막혀 허허 웃어대다 울어대는 허탈감과 우울증에 빠질 수밖에 없다. 청마
가 만주에서 본 사도마조히즘적인 죽음의 〈首〉가 아니라 자기가 죽임을 당
하고 있는 직전 바로 급박한 체험의 피를 보고 오히려 담담하게 쓴 시라

고 할 수 있다. 필자가 이미 지적한 죽음을 구체화한 시, 〈紅 모란〉을 더 살펴보기로 하겠다.

"이 외떨어진 적은 고을에도/밀고 밀려나고-/人間의 鬪爭은 이 같이 極致하여/난만히 파괴된 阿修羅의 꽃밭/시방 소리 없이 저물어 가는 고독한 거리로/軍兵은 더욱 게사니처럼 고우며 오가고/原始의 의지 없는 그 絶望의 밤이/人類의 思惟 위를 다시 덮쳐오노니/아아 이 어찌/生存의 無限 孤立에서 끝내 견뎌 내랴//이제 醫務隊의 다 쓰러진 門前으로/떠 매여 온 한 村婦의 그 으깨진/저녁 으스름에/紅 모란처럼 번져 난 죽지의 선지피!"(시 〈紅 모란〉, 《步兵과 더부러》, p.44) 리비도가 분열된 삶과 죽음의 주체를 아우라(여기서는 감지하는 집단 인식이며 기표임-필자)로 보여주고 있다. 피로 물든 작은 마을의 참상을 카메라에 담듯 표출시키고 있다. 소름이 끼치도록 비명들이 남겨 놓은 흉측한 대상들이 만나는 처절한 순간을 보여주고 있다. 즉, 자크 라캉이 말한 불안한 '상징계'로 볼 수 있다. 이 대상은 언어처럼 구조되어 있는 주체로 하여금 욕망을 끊임없이 불러일으키는 허구적 대상이다.

타나토스를 우리 대부분이 수용할 수 없어, 참지 못하는 외상外傷적 사실을 만난 것처럼 공황恐慌 속으로 던져지는 질문은 초현실성을 갖는, 즉 아수라장의 꽃밭으로 보이는 히스테리적인 분열을 절묘하게 발현했다 할 수 있다. 그것은 부상당한 마을 부녀의 으깨진 얼굴을 저녁 으스름으로 묘사하면서 팔에 흐르는 피를 홍모란으로 보는, 죽음이 삶을 바라보는 환상적인 연민을 끌어안고 두 번이나 죽는 죽음을 비유한 작품이다.

니체는 차라투스트라를 통해 "삶에 대해 진지한 자세를 취했던 사람은 오히려 죽음과의 의식적-의지적 대면을 통해 자신이 서 있는 자리에 멈춰서서 자기 자신과 대면 한다"라고 지적한 죽음처럼 전쟁을 회피하지 않고 적극적인 삶을 위해 안간힘을 다하다가 삶의 현장에서 이성적인 죽음을 긍정하고 있음을 보여주고 있다.

청마도 '자유로운 죽음', 말하자면 이 대지를 더욱 사랑하는 '홍모란' 꽃으로 보고 있다는 것을 니체처럼 역설적으로 표현하는 것으로 보인다. 잔혹한 전쟁 앞에 꽃잎처럼 떨어지는 통절함을 고발하면서 어떻게 견뎌내며 살아야 하는지를 보여준다. 그것은 "原始의 의지 없는 그 絶望의 밤이/人類의 思惟 위를 다시 덮쳐오노니/아아 이 어찌/生存의 無限 孤立에서 끝내 견뎌 내랴"라고 하는 대목을 주목하게 한다. 또한, 적의 젊은 시체 하나를 보고도 니체의 차라투스트라처럼 '한 떨기 들꽃 같아'라고 하는 인간의 참된 본성을 붙잡고 절망하고 있다.

청마는 바로 인간 중심 사상가임을 알 수 있다. "이렇게 누운 자리가 얼마나 안식하랴"《들꽃같이》하고, 그의 시 〈노래〉에 와서는 "지새는 달빛 아래 소리 높이 노래하며" 첨예한 적과의 극한 대치 속으로 군용트럭을 내몰아 "목숨과 목숨을 대결하기 위하여" "오직 하나밖에 아닌 이내 목숨을" 전우여 "노래하며 가라"고 홍모란 같은 젊은 피를 토해내고 있다. 화자의 심정은 꽃잎처럼 격렬하게 떨리는 것을 볼 수 있다. 1914년 12월 F. 카프카(Franz Kafka, 프라하, 1883. 07~1924. 06)의 한 일기 메모에서 "죽어가는 자 안에서 나는 심지어 죽는 것을 기뻐하기조차 한다"처럼 청마의 심정도 그런 것 같다.

청마는 자크 라캉(Jacques Lacan)이 말한 실재계實在界에서 낭자하게 흐르는 피를 꽃으로 보는 것은 이미 자신이 죽었다는 미확정된 화자 자신을 되살아 있는 시체로 응시하는 환영幻影이라 할 수 있다. 냉담성일수록 환영을 벗어나지 못해 가증되는 정신은 분열된 심리상태로 되는 응시야말로 '착란 자의 눈'이라 할 수 있다.

오스트리아 시인 라이너 마리아 릴케(Rainer Maria Rilke, 1875~1926)도 밖으로부터 안으로 보는 장미를 죽음의 상징으로 보았지만, 청마는 안에서 밖으로의 열림의 공간을 통하여 물들이는 여인의 피를 '홍모란'으로 본 것에서 차이점을 갖는다. 그러나 죽음 그 자체가 존재를 인정하지 않는 내밀성을 갖고 존재한다는 것은 같은 것으로 본다. 말하자면 부활하고 영생 불멸이 아닌 니체가 지적한 진지한 삶을 위해 죽음을 맞이한 죽음은 죽음일 뿐임을 보여주는 것이다.

②의 〈決意-元山에서〉는 생존 자체에 대한 증오의 각박한 현장을 고발하면서 이 비극 앞에 외로이 분노하고 있다. 이 역설을 통해 절망하지 못한 극렬하는 분노는 "또한, 가지 않으리"라 하고 분통함을 내세워 결의함을 증언하고 있다. "난데없는 탄환에 쓰러질지 모르는 마당에서/오히려 죽고 삶을/닿았다 사라지는 바람보다 介意찮는/이 모습들을 보라" 하면서 아무리 "개발에 티눈"이라도 목숨은 소중하다고 소리친다. 어찌 그것이 "비겁"하느냐고 반문한다(〈蜉岵〉, 일부, p.32).

아군들의 이등병 전사체戰死体를 보고 고향을 물어보는 이미지는 이미지 그 진실 자체를 넘어서 마른 눈물 속에 겹쳐지고 있다. 그것은 "三八線 넘어 까지 辛酸의 길을 와서/마침내 젊은 목숨을 바칠 곳을 여기에 얻었나니"의 죽음도 의미 있음을 "나는 아노라" 하면서 눈을 부릅뜬 채 죽어가는 전우의 눈을 쓰다듬어 눈을 감겨 주면서 "명목瞑目하라"고 비는 혈루들을 받아 쓴 시편들이다.

인간의 존엄성에 대한 절묘한 휴머니즘의 미학이 아닐 수 없다. 마치 릴케의 시에 "내 눈을 감기세요(Losch mir die Augen aus)/그래도 나는 당신을 볼 수 있습니다(Ich kann dich sehn)."처럼 죽음 속에서도 서로 쳐다보고 중얼거리면서 통곡하는 종군기자의 피눈물이 조국을 부둥켜안고 흐느끼는 것과 흡사하다. 네덜란드의 로테르담 출생자이며, 가톨릭 사제이자 인문주의자이었던 에라스무스(Desiderius Erasmus, 1466~1536)는 "전쟁이 뭔지 모르는 사람에게 전쟁은 달콤하다"라고 했다. 그러나 생과 사를 걸고 치열한 전투에서 전진과 후퇴로 "어제는 人共旗 오늘은 太極旗"(〈旗의 意味 -望洋에서〉, p.28)가 꽂히는 피비린내 나는 낭자한 전장戰場 상황을 겪는 청마는 국군 제3사단 진격부대國軍第三師團進擊部隊 제23연대第23聯隊에 따라 죽음을 무릅쓰고 포항 전선에서부터 삼팔선을 넘어 원산 공략 탈환에 이르는 사이의 참담한 격전지 동북 전선에 참전하고 있다.

청마의 《구름에 그린다》(p.75)에서 '생명을 결정하는 절박에 직면한' 실재계實在界는 전쟁으로서 긴박한 '삶 속에서 끝없이 자기의 죽음과 만난다.' '그로부터 모든 것이 새어 나오는 살, 점액을 분비하며 고동치는 삶의 실체(The life substance)'이기도 하다.

이처럼 10여 일간 짧은 기간이지만 중공군의 개입으로 되돌아온 청마는 종군한 체험 시편들을 대면하면 연방 흐르는 생피처럼 리얼하고 역동적이다. 그렇다면 청마가 자발적인 죽음을 선택한 조국에 대한 열애는 그 무엇보다 우선적으로 재평가되어야 마땅하다. 우선 '참전용사묘지'에라도 안장되도록 시급히 주선하는 것도 바람직하다 할 것이다.

3.

다음은 이 시집에 실린 부산의 피난민에 관한 시 〈流氓〉과 〈어디로 가랴〉두 편의 시는 이미 필자가 구체적으로 발표한 바 있으나 일부 수정 보완하여 제시한다.

①
차거이 빛나는 冬至의 蒼茫한 바닷물이 다달은 거리
그 거리의 한복판 大路 위에
쓰레기 같이 엉겨 든 사람의 이 구름을 보라.
저마다 손에손에
일찌기 제가 아끼고 간직하고 입고 쓰던 세간이며 옷이며 신발이며
능히 돈으로 바꿀 수 있는게라면 여편네의 속 속것도
자랑도 염치도 애착도 깡그리 들고 나와 파나니
그대 人性의 고귀함을 일컫지 말라
또한 그 비루함을 노하지 말라
이야말로 마지막 목숨을 도모하는 짐승의 原始이거니

오.
창망히 빛나는 바닷물이 다달은 거리
가을 하늘은 저렇듯 높으고 맑기만 한데
그(?) 하늘 아래 엉긴 사람의 마음은 어둡고 슬프기만 하여
끝내 일신의 한오라기 연루마저 팔아 팽개치곤
먼(?) 어버이들이 지켜온 고장도 나라도 버리고서
오직 죽기 어려운 신바닥보다 더럽고도 아까운 목숨에 이끌려
아아 어디라도 어디 메라도 수월히 갈 者여
　　　　　-유치환, 시 〈流氓〉, 《步兵과 더부러》, pp.84~85.

②
되도록 우리 거나하이 하꼬방을 나서서
"잘 가세"
"어이 잘 가게"
그러나 진정 나는 어디로 가랴
(중략)
이 쓰레기 같은 淪落의 거리에서
내일도 없고 나라도 모르는
오직 희광이 같은 利己에 썩는 거리에서
먹고 입음이 이미 욕된 삶일진대
내 헐벗음을 수치함이 아니라 -
(중략)
-나는 그의 자식거지
그의 곁에 붙어 있으며
언제나 나를 울리는 이 나의 母國이여
　　　　　-유치환, 시 〈어디로 가랴〉 일부, 《步兵과 더부러》, pp.86~89.

　①의 시 〈流氓〉은 전쟁 중에 엄청나게 부산으로 밀려들던 피난민들의 현주소를 적나라하게 표출시키고 있다. "차거이 빛나는 冬至의 蒼茫한 바 닷물이 다달은 거리/그 거리의 한복판 大路 위에/쓰레기같이 엉겨든 사람의 이 구름을 보라"고 외치는 청마는 겨울 부산 앞바다를 내세워 지금 부

산 한복판에서는 둥둥 구름처럼 떠서 몰리며 오가는 쓰레기 같은 사람들
이 사는 참상을 고발하고 있다. 물론 자신을 포함하여 썩어 문드러져 가
는 전쟁 후유증을 호소하고 있다.

"능히 돈으로 바꿀 수 있는 게라면 여편네의 속 속것도/자랑도 염치도
애착도 깡그리 들고 나와 파나니/그대 人性의 고귀함을 일컫지 말라/또한
그 비루함을 노하지 말라/이야말로 마지막 목숨을 도모하는 짐승의 原始
이거니" 하면서, "끝내 일신의 한 오라기 연루마저 팔아 팽개치곤/먼 어버
이들이 지켜온 고장도 나라도 버리고서/오직 죽기 어려운 신바닥보다 더
럽고도 아까운 목숨에 이끌려/아아 어디라도 어디 메라도 수월히 갈 者여"
라고 분통을 터뜨리고 있다. 더군다나 여편네의 속곳마저 파는, 참담한 전
쟁의 전리품이 된 목숨들을 토해내고 있다.

신 바닥보다 더럽고도 아까운 목숨이라 하고, 조상들이 지켜온 고향은 물
론 나라마저 버린 채 어디라도 가게 되면 홀가분한 사람들이 아니냐고 역설
적으로 절망하는 실향민들의 생활상을 파헤치고 있다. 살아 있는 시체들처
럼 떠도는 넝마주이, 심지어 '매춘부'처럼 육신들은 트라우마(Trauma)적 정
신 외상을 앓고 있다는 것도 토로하고 있다. 마치 초현실주의자들이 즐겨
다루는 이중 감정이입인 '이중으로 돌아다니는 사람'을 말함인데, 억압의
결과에서 되살아날 때는 죽음을 알리는, 즉 도플갱어(doppelganger)적인
페티시(Fetish)들을 떠 올리게 하고 있다.

모두 갈기갈기 찢겨진 전리품을 사고팔아 버리는 참을 수 없는 가벼움
의 눈물과 말라서 비틀어진 웃음들, 그리고 맨발도 너무 무거워 절규하는
목숨들. 이 모든 것들은 바로 이 땅에 폭탄처럼 쏟아붓는 자본주의의 상
품화에 휩쓸리고 있다며, 이 자본주의에 의해 무시당하고 조롱당하는 유
맹(流氓-피난민 또는 흐르는 백성)들을 그대로 두고 볼 것인가를 안타까워
6 · 25전쟁의 처참한 현주소를 고발하는 생생한 전쟁시戰爭詩다. 공포와
전율을 느끼게 한다.

②의 시 〈어디로 가랴〉는 청마 자신마저도 피난민이라는 입장에서 서로 끼리 '잘 가세'라고 인사는 나누고 있다. 그러나 피난민들은 사실상 갈 곳 없는 막연한 걸음들임을 절절하게 호소하고 있다. 더불어 절망감과 윤락倫落된 거리는 쓰레기처럼 부패하고 있는 참상도 고발하고 있다.

오직 먹고 입는 것으로 하여 헐벗음에도 이제 수치가 되지 않는 이기심만 찬 이 거리의 봄날은 진정 눈물겹다는 것이다. 청마 자신도 북괴군에 의해 고향 통영 땅을 빼앗겨 부산의 걸 거지 피난민이 된 신세임을 탄식하고 있다.

또한, 사는 것으로 죽음을 망각하더라도 삶의 허구 앞에서는 절망하는 생명에 대한 동정과 존중을 통해 서로의 텅 빈 속내를 털어놓기도 했다. 그러나 헐벗고 굶주린 피난민이지만 우리는 좌절할 수 없는 용기로 희망을 가져야 한다는 메시지가 될 수 있는 저항적인 시다. 말하자면 맨바닥에서 침식하더라도 삶을 그대로 포기하지 못하도록 비참한 생존문제를 파헤침으로써 결집해야 한다는 삶의 충동질을 하여 일으켜 세우고 있다. 특히 이 시집에는 오로지 자유민주국가의 중심 사상이 되는 인간의 존엄성과 옹호성이 최고 가치로 내세우고 있다. 다시 말해서 그가 내세우는 '인간의 윤리'와 '사회의 현실'을 외면하지 않는 불같은 의지 때문이다. 그가 늘 말한 "해결할 수 없는 고뇌와 더불어 겨루는 한마당의 격투"라고까지 선언하는 것을 보면 우리 민족애에의 관심은 유별하다.

전술했지만 6·25전쟁 중에 간행한 시집 《步兵과 더부러》는 필사적으로 죽음에서 탈출하려는 전쟁의 잔인성과 공포의 실상 앞에서도 침착해지는 숭고한 생명을 바치는 장병들과 겨레들이 흘리는 선혈을 꽃으로 표출하는 시인의 분노가 충천하고 있다. 다시 말해 비참해진 조국애와 소중한 생명의 존엄성에 대한 인간의 가치를 적나라하게 보고하고 있다.

그러나 해방공간에서 격렬한 이념 대립의 소용돌이로 말미암아 6·25전쟁이 발발하여 다시 불행해진 현실을 고발하는 직설적인 시를 쓸 수밖에 없는 청마의 분노는 노골적이다. 특히 자유당 말기의 부패상과 부정에 대한 극렬한 비판은 그의 인간적 윤리에의 실천의식이라 할 수 있다. 그러나 《蜻蛉日記》,《祈禱歌》 등 이후 시집들은 주로 자연을 통한 관조의 세계와 인간성의 시편들이 다수 발표하고 있는데, 전쟁 후유증에서 기인된 그의 고향에 대한 모성적 공간의 이마고(Imago) 때문이라 할 수 있다.

4.

6·25전쟁에 종군하면서 체험한 《보병과 더부러》(1951. 09) 시집은 총 33편의 시를 담고 있다. 단편적이지만 생생한 전황을 증언하는 일종의 전쟁 보고서라 할 수 있다. 그런데 이 시집에서 청마에 대한 인간성과 시의 세계를 아주 정확히 지적한 조지훈 시인의 '後記'는 사실상 발문跋文으로, 앞으로 귀중한 자료가 아닐 수 없다. '後記' 내용이 다소 긴 문장이나 당시 그대로의 글 모양을 그대로 전재한다.

後記

詩集 「步兵과 더불어」는 靑馬 詞伯의 여섯 권째 詩集이니 戰火에 뒤덮인 祖國의 山河가 그의 가슴에 새겨준바 感銘을 모은 貴한 記錄이다. 아예 愛憐의 季節에는 물들지 않고 沈重한 悲痛속에 屹立(흘립: 우뚝 솟음을 뜻함—필자)하는 巨岩이고자 하던 그의 詩가 이 苛烈한 戰亂속에서 오히려 부드럽고 빛나는 靈魂의 觸手를 드리우는 것은 무슨 때문인가 이는 진실로 그가 남달리 高遠한 人生의 그 한 장 푸른 하늘을 흐리움이 없이 고이 지니고 있음을 證據함이라 할 것이다.

詩人 靑馬는 이미 詩人이기 전에 한 사람의 社會思想家로서의 기틀을 잡은 분이다. 그러므로 그의 넓은 詩世界 속에서도 그의 關心과 志向이 가장 깊은 곳은 "人間의 倫理" "社會의 現實"에 대한 불같은 意志였다. 스스로의 詩를 말하되 "解決할 수 없는 苦惱와 더불어 겨루는 한마당의 格鬪"라고 宣言하는 그에게는 詩人이란 이름은

永遠한 革命家란 뜻에 지나지 않는다할 것이다. 이와 같은 그의 立地를 理解하고서야 우리는 비로소 "참의 詩는 마침내 詩가 아니어도 좋다"는 그의 말을 首肯할 수 있는 것이다. 靑馬의 詩를 읽고 "힘"을 느끼는 까닭이 여기 있으며 靑馬의 詩가 民族詩의 建設에 礎石을 놓을 수 있었음도 이 때문이라고 나는 믿는다.

그러나 社會 思想家로서의 靑馬의 一面은 意志의 詩人 柳致環을 形成하는 基本條件이 될 뿐 그는 마침내 革命家는 아니었다. 革命家이기에는 너무나 執着이 없고 虛榮이 없고 그렇게 詩에서 느낄 수 있는 용솟음치는 힘조차 볼 수 없는 好好爺(호호야: 사람됨이 썩 좋은 늙은이라는 뜻—필자)가 그의 人間의 모습이기 때문이다. 그러므로 精神의 革命家 柳致環은 실상 謙虛한 求道者의 이름으로 바뀌어지는 것이니 여기에 그의 詩人으로서의 宿命이 있다할 것이다.

或은 바탕이 純情의 人이기 때문에 自身의 非力에 反逆하는 意志의 强靭性을 詩로써 修鍊했는지도 모른다. 八一五解放以後 우리 小數의 몇몇 文友가 滔滔히 밀려오는 邪惡의 물결 앞에 和蘭의 한 少年과도 같이 防波堤의 터진 물구멍을 몸으로 막고 밤을 새울 때에도 靑馬는 끝내 우리와 함께 있었고 갖은 誤解와 陰謀속에서도 기어이 지킬 것을 지켜온 그를 볼 때 우리는 純情의 謙虛가 義理 앞에서는 虛榮의 執着보다 힘 있음을 깨달았다. 이러고 보면 詩人 靑馬는 不義를 미워함에 안으로 도사리는 內面의 革命家요 腐敗를 막는데 겉으로 淸和한 求道者인가 한다.

靑馬詞伯은 가끔 편지 끝에다 이 썩어가는 民族과 병든 人間性 밑에 斃死(폐사: 쓰러져 죽음을 뜻함—필자)하려는 倫理를 어찌하느냐고 歎息하여 마지않았다. 홀로 붙잡고 몸부림쳐도 이는 한갓 無益한 作爲일뿐 뛰어나와 함께 싸워도 混亂만 더할 따름이니 都是 慘憺한 이 現實속에서 약한 詩人은 그 무거운 짐을 감당할 수가 없어서 남다른 영혼의 十字架를 진 詩人에게 개돼지 같은 動物的 罪苦만은 免罪시켜 달라고 哀願할 때에도 그는 이 罪苦를 忌避하지 않고 끝까지 마주서서 拮抗하였던 것이다.

지난 庚寅 六月의 赤亂에 우리가 父母兄弟와 離散하고 先輩故舊를 잃고 남쪽하늘 아래 흘러와서 모였을 때 그냥 앉아 있을 수 없이 무슨 일을 해보겠다고 만든 것이 〈文總救國隊〉라는 것이었고 嶺南

左右 道만이 祖國의 版圖로 남은 속에서 보람도 없는 몇 가지 일을 한다고 韓半島가 끝나는 '背水의 거리' 釜山에 갔을 때 나는 자주 靑馬와 막걸리를 마시었다. 靑馬는 그때 統營浦口가 敵에게 짓밟힘에 그 사랑하는 蜻蛉莊을 버리고 釜山에 나와 同志를 糾合하여 〈慶南文總救國隊〉를 이끌고 나갈 무렵이었다. 도망질 갈 배를 사고 或은 靑酸加里를 마련하는 混亂속에서 우리는 戰局의 趨移와 國際情勢의 變動마저 잊짐짓 어버리고 運命을 克服하기 위하여 오직 運命을 崇從할뿐— 이러는 동안 우리는 부질없는 憂國의 정성을 썩히면서 戰爭이 가져오는 人間의 累에 얽매여 살아왔었다.

지난해 九月 永川大會戰이 끝나고 仁川上陸이 決行되자 사람들은 저마다 서울 길이 바빠서 서둘 때에 우리는 어쩌면 다시 볼 수 없는 高貴한 戰鬪에 參加하고자 白衣從軍을 떠났던 것이니 같은 날에 靑馬詞伯은 釜山을 떠나 浦項에서부터 三師團을 따라 東北部戰線을 從軍하고 나는 大邱를 떠나 義城에서부터 八師團을 따라 中西部戰線을 종군하였던 것이다. 靑馬가 종군한 三師團은 남 먼저 三八線을 넘었기 때문에 靑馬는 오래 그리던 金剛山까지 보고 十月 十日 元山에 入城하였다. 내 그해 十二月三日 平壤에서 五十日만에 돌아와 〈文藝〉戰時版에 실린 그의 從軍詩抄 '步兵과 더불어'를 읽고 感慨無量하엿던 것은 나는 平壤에 남아 있던 藝術家들과 어울려 무슨 새로운 일을 한다고 분주만 떠 놀아 草稿를 손보지 못한 채 돌아왔는데 靑馬는 이 戰亂 있은 後 質로나 量으로나 뛰어나는 數十의 詩篇을 얻고 왔음을 알았기 때문이었다. 더구나 거기 걷우어진 詩篇들이 世所謂 戰爭詩라는 선전 삐라가 아니고 진실로 人間의 목숨에 底力을 플러스 하는 높은 詩임에 있어서랴. 원수와 싸우는 마당에서까지 冷靜하고 沈着한 思惟를 얻어 작은 相克을 殺戮하고 더 큰 人生의 一切를 洞察하는 그의 態度는 앞서 말한바 나의 靑馬觀이 어긋나지 않았음을 새삼스리 깨닫게 하였다. 詩에서 吟風詠月만 한다는 趙芝薰은 전쟁의 濁流속에 한 마리 미꾸라지가 되고 詩에서 세상과 決鬪를 한다는 柳致環은 戰雲위에 한 마리 鶴이 되었다는 것은 좋은 이야기가 아닐 수 없다.

내 오늘 이렇게 장황한 글을 쓰는 것은 先輩詩友요 知己의 한 사람인 靑馬詞伯의 祖國의 戰爭을 記錄한 詩集 〈步兵과 더불어〉가 나

옴을 讚賀하는데 인색할 수 없기 때문이요 그 보답도 이 詩集속에는
내가 밟고 내가 느낀 人生도 숨어 있기 때문이다.

辛卯 末伏日 大邱에서

趙 芝 薰 識

전재한 연유는 조지훈 시인이 지적한 "이미 詩人이기 전에 한 사람의
社會 思想家로서의 기틀을 잡은 분이다. 그러므로 그의 넓은 詩世界 속에
서도 그의 關心과 志向이 가장 깊은 곳은 '人間의 倫理', '社會의 現實'에
대한 불같은 意志였다. 스스로의 詩를 말하되 '解決할 수 없는 苦惱와 더
불어 겨루는 한마당의 格鬪라고 宣言하는 그에게는 詩人이란 이름은 永
遠한 革命家란 뜻에 지나지 않는다고까지 한 것이다. 이와 같은 그의 立
地를 理解하고서야 우리는 비로소 '참의 詩는 마침내 詩가 아니어도 좋다'
는 그의 말을 首肯할 수 있는 것이다. 이 靑馬의 詩를 읽고 '힘'을 느끼는
까닭이 여기 있으며 靑馬의 詩가 民族詩의 建設에 礎石을 놓을 수 있었
음도 이 때문이라고 나는 믿는다"는 중요한 대목에 주목하지 않을 수 없
다.

여기서 '참의 詩는 마침내 詩가 아니어도 좋다'는 뜻은 마치 원효대사의
《金剛三昧 經論》서문序文에 나오는 심오한 '中道'의 깊은 뜻이 있는 "이
치가 없는 것이 지극한 이치요[無理之至理] 그렇지 않은 것이 크게 그렇다
[不然之大然]"일 수도 있다. 또한, 그것은 니체가 차라투스트라를 통해 말한
人間의 倫理 社會의 現實에 대한 불같은 意志로 변화를 주도하는 '克服
人'으로 보아야 할 것이다. 다시 말해서 삶과 죽음의 긍정과 부정은 물론
현실에 대한 구도자의 대결 의지 등 즉 양자 모두가 삶을 위한 투쟁이라
고 볼 수 있다. 니체가 말한 '힘에의 의지(정신으로의 힘의 표현)'를 실천한 자
이기도 하다. 바로 청마가 극렬한 저항과 자책들로 하여금 절규하던 '생명
에의 의지'라고 할 수 있다. 그러므로 조지훈 시인이 청마의 시 세계에 대
한 핵심적인 지적은 앞으로도 유효할 것이다.

끝으로 이 시집의 출간을 반드시 살펴볼 필요가 있다. 왜냐하면, 극히 일부 학자가 부산으로 보고 범한 해석적 오류가 전염되어 있기 때문이다. 어떤 목적적 발상 때문인지도 모른다. 발행소를 빌미로 합리성을 내세운 것 같다. 그러나 정반대로 생각할 수 있다.

그렇다면 청마의 제6시집《보병과 더부러》(1951. 09)는 그의 고향 통영에서 인쇄하고 출간하였음을 알 수 있는데,《청마 평전》마저 간행한 모 학자는 부산에서 출간했다는 무책임한 발표를 한 바 없지 않다.

인쇄사 명칭은 '統營印刷株式會社'이다. 인쇄된 주소는 '慶南統營邑港南洞一四七에 登錄番號는 第一二二號'이다. 다만 발행소만《文藝社》로 기록되어 있는데, 발행소의 주소는 '釜山市東光三街八 登錄番號第一~0六號'이다. 그러나 발행소 주소는 당시 청마가 머물던 곳으로 보기도 어렵다. 왜냐하면, 그의 '前文', 즉 머리말 마지막에 적혀 있는 것은 "一九五一年 四月 日 釜山伏兵山下에서"라고만 기록되어 있을 뿐이다. 그렇다면 등록된 '文藝社'의 이름만 빌린 것으로 볼 수밖에 없다. 인쇄 당시 청마의 거처를 살펴보면 청마는 그해 4월 이후에 그의 고향 통영에 있는, 그의 처가 경영하는 문화유치원 내에 있는 영산장映山莊에 '돌아와 지내면서' 시집,《보병과 더부러》를 통영 인쇄사에 맡겨 인쇄한 것을 알 수 있다. 바로 청마가 쓴 '追記'에서 명백하게 기록되어 있다. '追記'를 읽어 보면 그의 거처가 구체적으로 나타나고 있다.

> 뜨락에 새하얀 玉簪花가 피어 있고 집 뒤 古木에서는 매미의 트레모로가 고요히 흘러온다. 이렇게 閑寂한 鄕里의 분위기 가운데 돌아와 지내면서 나의 精神이 시레먹은 나무처럼 이렇게 虛荒한 것은 어찌함일까.
>
> 실없이 시작한 이 책에서 손 떼는 대로 海軍을 志願하든지 안되면 遠洋 트롤船에라도 便乘하여 바다로 나는 가련다. 거기로 가서 저 大海의 茫茫함과 또한 그와 맞붙어 싸우며 사는 사람의 모양을 보고 오겠다. 이것이 무슨 로맨틱에서가 아니라 시레 먹은 나무 같은 나의

이 虛乏한 內容을 고치는데는 반드시 藥이 될 것 같아서다.

　그런데 이 從軍詩集을 自費로라도 내보겠다고 시작하여 놓고 보니 日帝에 내가 米鹽을 求하노라 어느 府廳의 臨時雇員으로 稅金告知書를 쓰던 그때와 마찬가지로 글을 알므로서의(당시 글자 그대로 옮김 -필자) 侮辱과 慣함을 切實히 느꼈다. 그래 나의 애쓰는 꼴을 보고 知己 한사람은 그까짓 뭘 하겠다고 책을 내주려느냐고 이 自棄야말로 나의 삶에 있어서 致命的 鐵椎(철추: 쇠몽둥이로 '鐵槌' 뜻과 같음-필자)가 아닐 수 없다. 아무리 不正이나 破廉恥만이 승승하는 기러기로서니 나에게서 人間本然에의 鄕愁와 祖國의 山河에 對한 한 오라기 愛情만은 끝까지 잃지 않게 하여 달라 表紙의 題字를 〈步兵과 더부러〉로 한 것은 字形이 〈더불어〉보다 보기 나은 때문이었다. 하기는 靑嵐辭典에는 〈더부러〉로서 따로이(당시 글자 그대로-필자) 副詞로 나타나 있기는 하지만

　끝으로 裝幀에 애써 준 李 俊 兄과 統營印刷株會社의 幹部 및 從業員 여러분의 勞苦를 甚謝한다.

　　　　　　　辛卯 處暑日 鄕里 映山莊에서 靑馬 부침

　적은 때는 1951년 09월 10일임을 알 수 있고, 발행일은 동년 09월 11일로 그의 시집에 적혀 있다.

☞ 출처 : 《청마문학》, 제17집, 청마문학회, 2014. 07, pp.60~84

☞ 참고 문헌
○ 백승영, 《니체, 디오니소스적 긍정》, 책세상, 2005. 05, p.605
○ Maurice Blanchot, 《L'espace littéraire 문학의 공간》, 박혜영 옮김, 책세상, 1998. 06, p.123, p.450
○ Slavoj Žižek, 《당신의 징후를 즐겨라》, 한나래, 2006. 09, p.69
○ 차영한, 《니힐리즘 너머 생명시의 미학》, 시문학사, 2012. 11.
○ Valentin Feldman, 《프랑스 현대미학》, 박준원 옮김, 서광사, 2002. 04, pp.54~57 * 빅토르 바슈(Vitor Basch)에 따르면 사실 관조觀照는 재창조라 할 수 있는데, 미적 통찰의 시발은 예술가가 아니라 관조자觀照者로부터 이

뤄져야 한다. (중략) 관조는 하나의 향수享受이다. (중략) 관조 상태에서 우리 존재의 서로 다른 습관의 능력은 한 점으로 모여든다. 즉 아름다운 대상 앞에서 아름다움을 느끼는 사람, 아름다움을 인식하는 사람 그리고 아름다움을 갈망하고 원하는 사람이든 상관없이 그들은 완전히 조화를 이룬다. 이를테면 우리가 미적으로 향유할 때는, 우리 자아의 생생한 힘이 끊임없이 투입되는 싸움의 한 가운데서 최고의 평화와 관념적인 청명함의 몇몇 순간이 형성된다는 것이다. 이에 따라 미적 관조는 자아가 자유스러운, 거의 임의적인 결정에 의해 자신의 영혼 상태를 나누어 준 사물의 세계를 통해 자아 그 자체에 의한 자아의 끊임없는 추구처럼 나타난다는 것이다. ⇒ Vitor Basch, Le maître problè me de l'esthétique 참조.

■ 註: 이 시집 안[內] 표제 다음에 컷 그림과 충무공 이순신 장군 및 도스토예프스키의 명언을 삽입했는데 다음과 같다. 충무공 이순신 장군 검명, 즉, "三尺誓天 山河動色", 전문前文 다음 장에는 도스토예프스키의 "이 旗를 올려 들 者는 너다(p.10)"라고 기록되어 있다.

청마의 신神은 무량수불 세계다

I. 들머리

청마(본명 柳致環, 1908. 07. 14~1967. 02. 13)는 신의 존재에 대하여 누구보다도 유별나게 관심을 갖고 담론을 펼친 시인이라 할 수 있습니다. 한국시사韓國詩史에서도 최초로 신에 대한 다각적인 고뇌의 글들을 다수 남겨놓았다고 봅니다. 그것은 인간의 신에 대한 부정과 우주 자체가 신이기 때문에 절대자의 의사 또는 만유의 신은 있다고 긍정하였습니다. 여기서 청마는 신앙과 종교를 구분하여 주장을 편 것은 아닙니다. 그러나 종교에 대한 것보다 신앙 쪽에 치우쳐 그의 시 세계와 교감하는 신의 존재 여부를 논급한 비중이 더 큰 것으로 보입니다.

그렇다면 신앙과 종교에 대한 차이점을 살펴볼 필요가 있습니다. 우주학자 칼 세이건(Carl Edward Sagan, 1934. 11. 09~1996. 12. 20)에 따르면 종교와 신앙을 영어로 릴리지언(religion, 다시 're'과 묶다 'lig'에 명사형 접미사 'ion'의 합성어)으로서 단단히 묶인 것이라는 의미를 설명하고 있습니다.

그렇다면 릴리지언은 오히려 종교보다는 신앙 쪽에 비중을 둘 수 있다는 것입니다. 신앙이란 절대적 존재를 의지하며 우러러 믿는 것으로 정의되어 있습니다. 물론 유일신뿐만 아니라 토테미즘, 애니미즘, 샤머니즘 등을 모두 포함한 신앙이라는 것입니다. 이러한 신앙을 으뜸으로 하고 내려오면서 이를 신성시하여 근본적으로 가르치는 것이 종교라 정의할 수 있을 것입니다.

청마는 처음에 무신론無神論을 내세우기도 하였습니다. 그의 아나키즘에서 영향을 받은 것으로도 볼 수 있지만, 그가 20대부터 갖은 니힐리즘에서부터 출발하는 것 같습니다.

그의 생명시의 세계는 초기부터 니체적인 니힐리즘 사상이 진하게 묻어 있습니다. 말하자면 니체의 니힐리즘을 독파한 것 같은 깊이를 갖고 있습니다. 그의 시 세계를 잘못 이해하면 나약하고 애상적인 시 작품으로 폄훼시킬 수 있으며 그동안 또 그렇게 폄하시켜 놓았습니다.

그러므로 반드시 청마의 시 세계를 전면적으로 재검토되어야 할 것으로 보입니다. 이를 뒷받침할 수 있는 징표는 바로 1959년도에 그의 자작시해설총서 《구름에 그린다》(新興出版社. 1959. 12)에서 알 수 있습니다. 거기에는 허무주의와 신에 대한 담론이 치열하게 펼쳐집니다.

특히 〈神의 姿勢〉라는 글에서는 신이 있다면 "만유의 신"이라고 주장하면서 프랑스의 철학자 파스칼(Blase Pascal, 1623~1662)이 말한 "宇宙의 永遠한 沈黙이 나를 두렵게 한다"를 인용하여 "宇宙의 永遠한 침묵! 이것이 곧 神의 姿勢인 것이다."라고 하였습니다.

그러나 이미 필자가 지적한 바 있는 파스칼의 신神은 "상징적인 의례에 대한 자체의 과욕인 신(무릎을 꿇으라, 기도하라, 암송을 거듭하라, 그러면 믿음이 올 것이다…)으로" 볼 때, 청마가 주장한 '만유의 신'과 '우주의 영원한 침묵'과의 차이점은 뚜렷하게 나타납니다.

청마는 신의 존재에 대하여 "無量廣大 絕對한 存在," 또는 "無量廣大한 意思"라고 정의하였습니다. 그러면서 "一部 基督敎人처럼 인간의 永生에 대하여 고집과 고루頑信하고 末世意識을 誇張하는 信仰 따위는(…) 過慾行爲인 것이다"(p.171)라고 지적하고 있습니다. 니체(Friedrich Nietzsche, 1844~1900)의 "神은 죽었다!"는 것에 동의하고 있습니다.

또한 〈悔悟의 神〉이라는 그의 글에서 다수의 작품에 나타나는 신 앞에 뼈를 깎는 회오를 할 수 있는 데까지 "절대 신과는 전혀 다른 신이 인간에게 非情 峻烈하면서도 반면 人間만을 關與하여 痛心하게 하는 悔悟 神"이라고 신랄하게 비판하고 있습니다. 또 〈神의 存在와 人間의 位置〉라는 글에서는 신의 기원과 종교의 발원을 제시하고 인간은 대우주와 자연에 지탱하여 왔다면, 앞에서도 언급한 "絶對한 意思와 能力을 神이라 부른다(p.188)"고 밝혔습니다. 그리고 인간은 진실로 겸허한 심량心量으로 인간의 예지叡智만이 새로운 종교宗敎가 이루어질 것이라는 방법도 제시하였습니다(p.190).

또한 〈神의 領域과 인간의 部分〉에서는 무량광대한 우주에 참예(參詣:여기서는 참여하여 관계함을 말함-필자)한 비길 데 없이 작고 아쉬운 한 존재에서 깨달아야 하고(p.197), 〈神과 天地와 人間과〉의 글에서는 신의 모습과 인간이 살아가야 하는 제 모습을 서로 보여주고 있다(p.203)는 것까지 신의 모습을 제시하였습니다. 그렇다면 그의 담론을 좀 더 구체적으로 살펴볼 필요가 있습니다.

Ⅱ. 청마의 무신론과 유신론의 배경

1. 무신론의 주장에 대한 배후

청마는 오늘날 신앙에 대한 방법에서 일부 종교가 갖고 있는 신에 대한 '믿음의 자세'에 대해서 반대하는 무신론을 내세운 것으로 보입니다. 니체의 주장과 흡사합니다. 니체는 신이 죽은 이러한 시대를 지배하는 것은 니힐리즘(nihilism)이라고 말했습니다. 청마 또한 삶과 죽음의 질곡桎梏에서 고뇌하는 가운데 허무주의(니힐리즘)가 그를 엄습해 왔다고 말했습니다. 필자가 이미 지적한 그의 초기작품에서도 〈니힐한 신〉, 〈신〉, 〈포기〉, 〈부활〉, 〈통곡〉, 〈능력〉 등 20여 편에서 나타나는 신과의 거리와 한계성을 통해 생명의 본질과 죽음은 결국 무無에서 끝나고 시작된다며, 신의 존재를 부정하는 것으로 나타나고 있습니다.

청마는 허무와 우주에 대하여 "저 허허로운 궁창을 보라 영원히 있음이란 영원히 없음과 무엇이 다르랴!" "(…)그러나 영원이야말로 무無 그것이라는 것, 죽음이 있음으로써 비로소 목숨이 있고 또 목숨의 값이 있음을 깨닫기는 훨씬 더 후의 일"《〈구름에 그린다〉, p.140 이하는 몇 '쪽 숫자'만 삽입―필자)이라고 했습니다. 다시 말해서 "그 실재實在를 볼 수 없는 오직 하나인 영원한 존재", "공허=무" 즉, "無終無始한 時空"으로 주장하고 있습니다. 이러한 주장은 그의 시집 《예루살렘의 닭》(1953)과 《靑馬詩集》(1954)과 《第九詩集》(1957)에서 집중적으로 나타나고 있습니다.

그(청마)의 글 〈救援에의 摸索〉에서 "나의 의식의 밑바닥에 언제나 아가리를 벌리고 있는 죽음의 의식 덧없는 나의 목숨에는 아랑곳없이 내 앞에 떠남 없이 다가서서 나를 협박하는 허무 그것 (…) 종교는 이 점을 確約하여 주지 않는 것입니다. (…) 만약에 神이 없을진대 인간에게는 모든 것이 허용되어야 한다고 '도스토예프스키'가 지적한 바와 같이 인간에게 어떠한 죄악까지도 용납될 수 있다는 심히 위험하고도 冒瀆스런 사상인지 모를 일입니다. (…)

그리고 보면 이 광대무변한 우주 가운데 허허궁창인 무無 하나를 두고 그밖에 어떤 영원한 생명이 있는 것입니까?"(p.136)라고 반문하고 "나는 나대로의 저 비정하고도 절대한 虛無의 있는 의미와 나의 숙명인 목숨과의 관계를 해명하여야만 살 수 있게 마련이었습니다"(p.137)라고 절규하고 있습니다.

이러한 몸부림은 니체가 말한 니힐리즘을 극복하지 않고 도피하면 공허와 불안을 벗어나지 못한다는 것과 같을 수 있습니다. 근본적인 물음을 찾지 못한 것은 우리가 믿는 오늘날의 신에 대한 맹신은 최고 가치를 상실하는 결과, 즉 인간이 만들어 낸 허구를 초래하게 된다는 것입니다. 특히 오늘날 "인간의 위치가 신의 獨斷的인 羈絆에서 인간이 그의 身分을 풀어놓으려 일어섰으며 (…) 인간 자신의 책임 속에서 빚어지는 것입니다"(p.165)라고 말한 청마의 담론과 흡사합니다. 결국 우리가 만든 종교의 굴레에 씌워져 스스로 얽어매는 일이며, "神의 存在를 具象化하는 것부터가 잘못인 것"(p.172)이라고 주장하는 것과 일치합니다.

앞에서도 언급했지만, 니체의 "神은 죽었다!"(p.172)에서 니체가 기독교의 현주소를 갈파한 내용을 지적한 것과 유사합니다. 다시 말하면 니체는 신도 소멸한다며 우리가 신을 죽였는데 어찌 우리가 신으로부터 자신을 위로받을 수 있겠느냐는 것입니다. 이 말은 "신은 죽었다!"를 넘어서 우리가 "신을 죽었다"고 말한 것까지 포함한다는 것입니다. 이러한 의미에서 기독교 자신이 육성한 도덕성에 의해서 부정되는 기독교를 지적하면서 인간이 자기의 기만에서 비롯된 종교비판에서 출발하여 허구적인 신을 부정하고 있습니다. 말하자면 당시 일부 기독교의 도덕에 나타난 가치는 노예의 주인에 대한 '르 상티망(Le Sentiment: 여기서는 怨恨)'에서 근원해 왔다는 것입니다.

그러나 그의 신은 기독교나 불교 등 그러한 종교가 아님을 알 수 있습니다. 그의 신에 대한 고뇌는 인간만이 종교를 갖는, 즉 기독교를 비롯한 불교 등 유일신들에 의한 굴레羈絆에서 벗어나야 한다고 주장합니다. 다음 글에서 이를 뒷받침하고 있습니다. "神은 神을 생각하지 않을 것이며, 오직 人間만이 神을 생각한다."(pp.163~164)라고 질타하고 있습니다. 이러한 종교를 갖는 인간이 〈人間의 憂鬱과 希望〉에서 갈팡질팡하고 있다고 신랄하게 꾸짖고 있습니다.

청마 역시 "基督敎가 思惟하는 神처럼 하나를 바치면 하나를 답해주고 투기심 강한 계집같이 자기의 비위에서 거슬리고 안 거슬림으로써 喜怒哀樂하여 報復과 褒賞으로 인간을 골탕 먹이는 그러한 神은 결코 아닌 것이다"(p.171)라고 지적하였습니다. 따라서 청마의 작품 세계는 어떤 절대가치들이 자신의 가치를 상실한다는 점에서 니체가 말한 '공허한 무無'인 니힐리즘(nihilism-라틴어)에 동의하고 있는 다수 맥락들이 발견되고 있습니다.

이러한 니힐리즘은 그의 초기 시에서부터 나타나고 있는데, 니힐리즘이 우리의 운명을 지배하는 것 같은 노래들이 나타나고 있습니다. 다시 말해서 일제강점기의 배경들을 통해 그의 시편들은 '허무'에 대해 두려워하며 오직 도피하고자 하는 허무주 본질을 실천한 시인 같은 착각을 지울 수 없습니다. 만주의 극지방까지 방황하는 세계를 우리는 잘 알고 있지 않습니까? 때로는 니힐리즘과 과감하게 대결하면서 그가 주장하는 애련(愛憐·哀憐)의 일종인 연민(憐愍=憐憫)이란 능동적인 허무주의와 수동적(반동적)인 허무주의를 내포하고 있습니다. 그의 모순적인 이중구조의 작품 세계가 생명을 통해 현현(顯現, epiphany)되었다고 생각됩니다.

청마의 허무주의는 중기 시에서도 이어지면서 후기 시에서는 그가 주장하는 신의 모습을 발견할 수 있습니다.

그의 시집 《靑馬詩集》(1954)에 나오는 〈까마귀〉를 봐도 필자가 이미 발표한 니체의 〈도덕의 계보, The Genealogy of Morals〉(1887) 제3논문의 '까마귀'처럼 유사한 풍자적인 비판 정신인데, 실재實在하는 너(까마귀)는 바로 거짓으로 합리화하는 신神 자신임을 꾸짖고 있는 것으로 보입니다.

그것은 "스스로 고독하여 오만한 너와 너의 사유"를 받아들이는, "철학이여 실재여/너는 한갓 허구였던가. 허구에 지나지 않은 것이었던가"(p.212)라고 통렬하게 유기한 까마귀의 죽음에 대한 '허구'를 지적하고 있습니다.

2. 유신론을 긍정하는 배경

그러다가 "나는 그를 絕對者 唯一者 또는 神이라 부르기로 하였습니다"라고 신에 대한 긍정을 하였습니다. 그러나 제8시집 《靑馬詩集》(1954)에 와서는 그의 〈序에 代하여〉(p.13)라는 〈虛無의 意志 앞에서〉 "나는 신의 존재는 인정한다. 내가 인정하는 신이란 오늘 내가 있는 이상의 그 어떤 은총을 베풀며 베풀 수 있는 신이 아니라 이 시공과 거기 따라 존재하는 만유를 있게 하는 의지 그것인 것이다"라고 했습니다.

흔히들 청마의 신은 허무의 신이라고 말하지만 허무의 신이 아닌 우주의 신으로 보아야 할 것 같습니다. 그렇다면 청마가 주장하는 신은 쉽게 말하면 기독교와 불교를 비롯하여 그들이 주장하는 유일신이 아니라 우리가 보고 느끼는 그대로의, 즉 자연을 근본원리로 삼고 모든 현상을 그의 소산으로 보는 학설인 자연주의적인 자연신自然神이라 할 수 있습니다. 말하자면 '우주의 신'이라고 생각됩니다.

그의 신은 삶과 죽음을 동시성으로 보면서 '나自身'라는 존재에서 신의 존재를 인정하고 있는 것입니다. 이러한 현상은 후기의 시에 집중적으로 나타나고 있습니다. 앞에서도 언급했지만,《第九詩集》(1957)에서도 대부분 허무와 신에 대한 시편들이 많습니다.

그중에서도 〈短章. 1-95〉을 보면 생명과 신과의 사이에 있는 허무를 두고 주술하듯 잠언箴言적인 시편들이 우주의 울림을 받아들이고 있습니다. "地球의 影子(그림자-필자)가 저 虛虛로이 푸른 虛空의 어느 地點쯤 投射落着되겠는가./神의 안에서는 인간인 나는 나의 갈 곳 조차를 모르고 만다(短章 二)." "神의 거룩한 자락은 겸허한 자에게만 보이고 傲慢한 자에게는 보이시지 않는다." "(…) 무궁한 질서와 오묘한 관련 속에 廣大한 天體를 궤도에 올려 운행케 함에서부터 한 떨기 풀꽃을 제철에 피우게 함에 이르기까지 그의 의사가 이같이 엄연히 나타나 있어 그의 實在를 우리가 느끼지 않을 수 없기 마련이면서도 그 실재를 볼 수 없는 오직 하나 영원한 존재인 그를 우리는 무어라 칭호 하여야 좋겠습니까?

나는(청마) 그를 絶對者 唯一者 또는 神이라 부르기로 하였습니다. (…)"(p.143) 등에서 확인할 수 있고, "神의 오직 意思로서 漂渺偏在하여 있다"면서 '神의 能力'까지 지적하고 있는데, "無量廣大하고 永生 無窮한 宇宙萬有에 瀰滿(이만: 많음이 가득함-필자)하여 있다는 것과 無限한 秩序와 調和 속에 있다"(p.196)는 것입니다.

이에 따라 "거룩한 尊貴性을 體得함으로써만 인간은 차라리 孤獨하지 않고 不安하지도 않은 大安心 立命을 所有한다"(p.198)는 것입니다. 이처럼 청마의 신은 자연신 또는 우주의 신중에서도 범신론汎神論의 일종인 무량수불(無量壽佛, 아미타불)과 흡사하다 할 수 있습니다.

다시 말해서 아미타불(무량수불)은 앞글에서도 간단히 논급한 "나自身라는 존재에서 신의 존재를 인정하고 있는 것"과 같이 곧 '나 자신을, 나의 존재를 말하는 것'입니다.

Ⅲ. 청마의 신은 우주를 관장하는 무량수불(아미타불)

청마의 신은 스피노자(Benedict de Spinoza, 1632~1677)가 주장한 범신론
으로 볼 수 있으나, 오히려 무량수불(아미타불)과 너무도 흡사하다는 것을
이미 필자가 발표한 바 있는 연구에서 일부 인용 요약해 보았습니다.

        황혼은 다시
        거룩한 聖者처럼 내려서다.

        보라, 그를 맞이하여
        숲들은 잎새 하나 까딱 않고
        참새들도 삼가 소리를 죽이고,
        아아 우리는
        이 聖스럽고 송구한 손님을
        어찌 마음 잊고만 있었는가.

        이제 門前에 와 조용히 서니
        아이야 얼른 나가 영접해 들여라
        내 마음 다하여 이 밤을 긴히 모시리.

        -황혼은 다시
        거룩한 聖者처럼 팔 벌이고 우리 앞에 서다.
          -유치환, 시〈황혼〉,《靑馬詩集-幸福은 이렇게 오더니라》, 1954,
          pp.124~125.

위의 시에서도 청마는 다가오는 죽음을 현세적인 삶에 대한 가치로 긍정
하는 것으로 보입니다. 독일 철학자 니체도 "황혼은 오히려 낡은 것들이 사

라져 가는 시간으로 이해해야 한다. (…) 황혼은 고집스러웠던 낡은 신神이 서서히 죽음을 맞이하는 시간이다"라고 했습니다. 뜻에 거슬리는 죽음을 맞 아들이는 것을 니체는 차라투스트라를 통한 밤을 준비하여 "고통이 아니라 행복이었다"라고 말하고 있습니다. 청마도 위의 시에 나오는 "이 성스럽고 송구한 손님들"을 맞이하는 노래는 거룩한 성자, 즉 '행복'을 지칭한다 할 수 있습니다. 마치 윌리엄 워즈워드(William Wordsworth, 1770~1850)의 시, "석양 주위를 감싸 도는 구름/부디 눈으로부터 정신의 채색 얻기를/그것은 인간의 운명을 지켜온 것이니/자정의 폭풍/ 내 응시가 머무는 곳에서 어두 워지고" 있다는 것처럼 강렬함에서 남는 얼룩을 그 반대초점에 맞추려는 응시를 알 수 있습니다.

니체처럼 영원회귀를 믿지 않는, 쇼펜하우어가 주장한 허무주의와 같은 것을 내세우고 있는 것 같습니다. 삶과 죽음은 "바윗돌의 살갗 한 겹 사이 한 것밖에 아니면서도" 그의 문학 〈나와 文學〉(p.160)의 핵심이 될 수 있는 〈사랑〉이라는 시에서도 "그날 절벽 같은 너의 죽음 앞에/다시도 안 열릴 石門을 붙들고 아무리 號哭한들/내 소리 네가 들으랴./네 소리 내게 들리 랴"(p.160)고 애달파하는 것에서도 알 수 있습니다.

시작도 끝도 없는 "그 아득한 始元의" 침묵 속에서 영속하는 하나로 돌 아가는 것임을 밝히고 있습니다. 또 이를 뒷받침이나 하는 것처럼 그의 시 〈現示〉(p.92)에서는 "求하라 求하면 求하는 대로를 쥐어주지 않음이 없는 無量肯定의 否定-漠漠한 虛無여"라고 하면서 "玄暗한 宇宙意志는 (중략) 하나 움쩍 없이 不動姿勢 그대론데-"라고 절규하기도 합니다.

이러한 절규는 현암玄暗 속에 있는 삶과 죽음을 끌어내리려는 무량한 긍 정을 오히려 부정, 막막한 허무를 붙잡고 신과 교감하여 "영속하는 하나로 돌아가려는" 도저한 몸부림으로도 볼 수 있는데, 그의 치열한 시 정신을 보 여주기도 합니다.

또한, 제10시집 《뜨거운 노래는 땅에 묻는다》(1960)에서도 현세와 죽음 사이를 넘나들면서 관조하고 성찰하는 모습들을 계속 만날 수 있습니다.

여기서 주목해야 할 대목은 우주론적인 신의 존재성, 즉 절대자(조물주)를 인정하면서 신과의 대화를 나누는 것이라 할 수 있습니다. 그의 신은 생명의 배꼽에서 출발하고 있다는 것을 발견되기도 합니다. 이처럼 그의 신에 대한 사상은 그의 자작시해설총서《구름에 그린다》(신흥출판사, 1959)에 나오는 〈救援에의 摸索〉(p.136)에서부터 〈山中日記〉(p.233)까지 그의 신에 대한 고뇌들이 깊숙이 함의되어 있습니다.

그러나 청마가 최초에 주장한 신은 앞에서도 논급했지만 어떤 종교라는 영역 안의 신이 아니라 우주를 관장하는 신으로 나타나고 있습니다. 이러한 동기는 우리나라의 불교 성지인 경주를 비롯하여 "가야산에서"(p.221) 때로는 그가 절규絶叫하던 절도絶島인 "國島紀行"에서 "그것은 마치 神이 오직 그 自身이 있기 위하여 있듯이 天地도 다만 이렇게 있기 위해서만 있는 것이며, 또한 어쩌면 天地 이것이 久遠한 神 自體의 姿勢 그것인지 모른다"(p.201)라고 구체적으로 밝히고 있습니다.

심지어 "淸螺峰 위에 떠가고 있는 한 자락 은빛 구름"(p.244)에서 운한雲翰 같은 빛깔까지 발견한 우주의 신, 즉 지상의 모든 생명의 중심이 되는 하늘을 하나로 묶어 입장 취하는, 만법귀일萬法歸一 사상은 범상치 않습니다. 범신론을 주장한 유태계인 스피노자도 신神이 우리를 구성하고 소유한다고 지적했듯이 말입니다.

> 신은 모든 사물을 품고 있으며 동시에 각각의 사물은 신을 설명하고(펼치고) 함축한다(감싼다). (…) 신은, 자신이 존재하는 것처럼 그렇게 필연적으로 자기 자신을 이해하며, 자기 자신을 이해하는 것과 동일한 방식으로 사물들을 생성한다. (…) 우리에 대한 관념은 신 안에 존재하며, 신이 우리를 구성한다는 단순한 사실에 의해서가 아니라 그가 무한히 많은 다른 관념들로 변용되는 한에서, 신은 그것을 적합하게 소유하고 있다.
> —Gilles Deleuze, 《Spinoza-philosophie pratique 스피노자의 철학》, 민음사, 2002. 05, pp.116~117.

말하자면 모든 만물은 자연(또는 천연)에서 생성하는 모든 만물을 동일한 방식으로 자연의 신神 안에서 하나라는 일원론적인 주장이라 할 수 있습니다.

이처럼 스피노자의 주장은 윤리 그 자체를 의도나 계율 등의 '인격화'된 도덕 범주들 바깥에서 사유하는 것으로서 오직 앎의 결여를 통해서인데, 법이나 금지나 도덕적 명령 같은 인격화된 영역 전제는 우리의 무지에서 기초하는 엄밀한 의미에서 존재론적 윤리(Slavoj Žižek, 《Organ Without Bodies, 신체 없는 기관들》, 도서출판b, 2006. 06. 25, p.87)와 유사합니다. 그렇다면 스피노자처럼 자기 존재적 자아만이 신과의 교감이 가능하다면, 청마도 그가 주장한 인간만이 가진 '예지叡智'로써 절대한 신의 의사意思에 부합된다는 것과 일치할 수 있습니다.

그가 사유하는 것은 신이나 죽음에만 한정되어 있지 않는 인간성에 대한 새로운 깨달음에 도달하게 된다는 것으로 볼 때 청마의 신도 범신론에 가까운 것이라고 볼 수 있으며, 일원론적이라 할 수 있습니다. 생사生死와는 무관한 인간 자신만이 책임져야 하는 자연 섭리임을 말하고 있는 것으로도 보입니다.

그렇다면 시간과 공간을 초월하는 우주 인식 속에 개개인이 갖는 겸허한 예지가 신의 자세이기 때문에 생명을 열애할 수밖에 없다는 프랑스의 철학자이며 수학자인 데카르트(René Descartes, 1596~1650)의 이원론이 함의된 인간 중심주의적 사상으로도 볼 수 있습니다. 그러나 신에 대하여 언급한 그의 여러 산문散文을 분석해 보았을 때 정신과 육체가 하나로 보는 것에서 한발 더 나아간 것으로 보입니다. 고대 그리스의 철학자 플라톤(Platon, BC 348년경~428년경)적인 데카르트의 완전무결한 신적 존재와 흡사할 수도 있을 것입니다. 그러나 청마가 이러한 관념을 서술하는 과정에서 분명한 차이점을 보여주고 있습니다. 왜냐하면, 니체처럼 "동일자同一者의 신神은 그의 분신分身이요 의사意思의 한 부분"으로 보기 때문입니다.

그것들이 있음을 봄으로써 그것들이 지어짐으로써 생겨졌음을 의심

할 수 없으며 또한 지어졌음에는 반드시 지은이가 있음을 의심할 수
없으며 또 그 지은이는 오늘 그것들을 있게 하여 포괄하고 지탱하고 있
는 이와 同一者에 틀림없으리라 믿어지는 것입니다. 그러므로 이 同一
者의 神이야 말로 그의 分身이요 意思의 한 部分인 것인지도 모릅니다.
　　－유치환 자작시해설총서, 《구름에 그린다》, 신흥출판사, 1959, p.214.(이
　　　하는 앞의 책으로 쭉 같음함－필자).

　그렇다면 독일의 대문호 괴테(Johann Wolfgang Von Goethe, 1749~1832)
가 말한 "이 세상에서 바꿀 수 없는 것은 우리 자신뿐이다"처럼 청마 자신
도 우주의 신은 자신 안에 있는 것으로 보고 있는 것 같습니다.
　파스칼처럼 "내가 존재하는 한, 자기 자신으로 보는 것"과 같은 것입니다.
실재(實在: 여기서는 현실－필자)하는 것은 오로지 자아 한 몸뿐이고, 외물外物
은 모두 자기의 관념이나 의식 내용에 불과하다고 보는 철학적인 사상인
유아론唯我論에 가까울 수도 있습니다.
　자크 라캉(Jacques Lacan, 1901~1981)이 지적한 "신은 존재하지 않는다"가
아니라 "신은 무의식이다"라고 지적한 것이기도 합니다. 그러나 청마 자신이
밝힌 신과 동일자로 보는 경우, 앞에서도 논급했지만 스피노자의 범신론적
인 일원론에 더 가까울 수 있다고 봅니다.
　그러나 그가 말한 무량 광대한 우주를 관장하는 신은 바로 '무량수불', 즉
'아미타불' 신에 더 가깝다고 볼 수 있습니다. 청마는 "눈을 들어 지금 건너
淸螺峰 위에 떠가고 있는 한 자락 은빛 구름 송이를 본다. 생각하면 신은
그가 있게 한, 만상의 하나하나에 지극히 깊은 뜻을 부여하여 두신 것에
틀림없다"(p.244)라고 외치고 있습니다. 말하자면 전 우주를 관장하는 무량
수불을 말하는 것입니다.
　무량수불은 원시불교(소승불교)의 만다라 사상에서 변화와 발전을 거듭하
여 다시 한 번 본래의 만다라, 즉 자기의 매트릭스(Matrix, 우주의 생성적 원
형·기반이 되는 회로망)로 회귀하는 것이 아니라 또 한 번 정토사상淨土思想이
라는 매트릭스로 회귀함에 따라 존재라는 신념으로 현재 번뇌하는 '나' 자

신(청마는 "제를 맡겨 飄飄히 立命"(p.204)함으로써···)의 혼신魂身을 관장하는 매트릭스 신, 즉 우주를 관장하는 무량수불(아미타불)이라고 할 수 있습니다. 이를 뒷받침하는 것은 청마의 〈山中通信〉의 '가야산: 第二 信'을 읽어 보면 선명하게 나타납니다.

"나무아미타불! 만을 수없이 連唱하는 대목에 이르러서는 그 소리가 흡사 간장 속에서 울어나는 切切한 어떤 懇求의 울음소리 같아 그만 내까지도 창자에서 치밀어 오르는 嗚咽을 禁할 도리가 없어 어느새 자신도 모르게 눈물이 흘러나는 것입니다."(p.223).

연창하며 염불하는 '아미타불'에서 소통하는 자비심의 회로가 구원에의 힘으로 우주론적인 전체성으로 확장하게 하는 일원론적 정토사상淨土思想이라 할 수 있습니다. 그러므로 한량없는 수명을 반복적으로 다스리는 극락세계를 관장하는 것은 스피노자가 주장하는 범신론과 유사하다고 볼 때 청마의 신은 천지를 믿고 일월로 눈을 뜨는, 즉 삼라만상을 관장하는 무량수불(아미타불)이라 할 수 있습니다.

또 그의 시 〈飛天〉을 보면 바로 '무량세계'가 나옵니다. "밤 山 번지 부근/언덕에 나와 서면/이밤 한갓 환각이랴//月色 교교한 궁창 높이/송이송이 피어 스쳐가는 白花 구름 새로/ 고요히 비천하는 월륜月輪/성점星點도 함께 달고 있고/따라서 나도 가고// 달도 가고/ 별도 가고/나도 가고/아아 유전流展*하여/일순도 멎음 없는 宇宙//(···)/짐짓 여기는 어디메 쯤인가/순식에도/몇 억겁 時空을 지쳐가는 무량세계//달도 가고/별도 가고/나도 가고 있는데/저어기 발아래 인간의 밤거리엔/적적한 가화假花 가화"(제11시집, 《미루나무와 南風》, 1964. 11, pp.55~57, *유전流展은 오류임→유전流轉으로 바로 잡음/당시의 문체와 띄어쓰기를 그대로 이기함–필자).

이와 같이 청마의 모든 시는 정직한 생명현상과 연관된 한량없는 수명(壽命, 목숨)에 대하여 갈구하는 인간 중심 사상인 생명시의 담론이라 할 수 있습니다. 그렇다면 독일 철학자 셸링(Friedrich Wilhelm Joseph von Shelling, 1775~1854)이 말한 "신은 단순한 존재가 아니라 생명입니다. 그러나 모든 생명은 운명이 있으며 고통과 생성에 종속된다"는 것과도 매우 유사하다고 생각됩니다.

이에 따라 청마가 주장하는 신과 이론들을 통하여 칼 세이건의 글에서 청마의 신을 좀 더 구체적으로 살펴보기로 하겠습니다.

칼 세이건은 "종교적 감성, 즉 경외의 감정을 직접 경험해 보는 최상의 방법은 바로 맑은 밤하늘을 올려다보는 것. (중략) 경외敬畏와 경이의 감정은 전 세계의 과학과 종교에 반영"되어 있다는 것입니다. 그렇다면 앞에서 말한 청마의 "청라봉에 떠가는 은빛구름"에 대한 경이로움과 아름다운 감정의 표현도 위에서 말한 칼 세이건의 주장과 흡사하다고 생각됩니다.

이에 따라 앞에서 논급한 시편들과 그의 열 번째 시집《뜨거운 노래는 땅에 묻는다》(1960)에다 묶여진 시〈바람소리 물결쳐 울려라〉(p.25),〈圓舞〉(p.42),〈나무여 너에게 할 말이 많다〉(p.47),〈목마름 -斷章—〉(p.147) 등등에서도 우주의 오묘함에서 볼 때 곧 무량수불(아미타불)로 보이며 우주의 신으로부터 발원되는 하나의 종교라고 볼 수 있습니다.

우주 창성 이후 처음으로
저 무량 광대한 금단의 영역 문전엘
잠깐 엿보고 돌아온 사나이의 증언인 즉
하늘은 어둡고
지상은 연한 청색이더라고

아니나 다를까 인간은
얼마나 오랜 오류에 사로잡혀왔는가
이 세상은 어두운 죄 값의 구렁이요
하늘 어디엔 무르익는 天國이 있다고 믿어

아 아 이곳 인간의 땅은 연연한 푸름
때론 곤두서는 노도광란이야
빛이 진한 때문 그늘도 짙은 소치
장미원에 바람비가 붙안기고

병 벌레가 온통 쏠기도 하듯

차라리 저 하늘 후미진 어디메에
전지전능 거룩하게 계신다고 믿기우는 사나이
존대스런 그 사나이를 이리로 오라 해서
우리와 함께 살게 할순 없을까
할일 없으면 손톱이나 깎으라며

아아 여기는 연연히 고운 인간의 영토
아예 부질없는 심로일랑 버리고
내 동산이나 살뜰히 가꾸며 해룽해룽 살다
잎새가 떨어져 제 발아래 거름되듯
마침내 어느 길목 모롱이에 여한 없이 묻힘이
얼마나 사무치는 紀念의 일인가
―유치환, 시 〈地上은 연한 靑色〉, 《미루나무와 南風》, 1964, pp.105~107.

위의 시를 보면 화자의 영혼으로 하여금 신이 살고 있는 금단의 영역인 문 앞까지 가서 신을 보려고 했지만, 그곳의 하늘은 어둡고 그곳의 지상은 연한 청색으로 보인다는 것입니다. 만약에 신이 있다면 "전지전능 거룩하게 계신다고 믿기우는 사나이/존대스런 그 사나이를 이리로 오라 해서/우리와 함께 살게 할 순 없을까/할 일 없으면 손톱이나 깎으라며"에서 신의 존재를 부정하고 있습니다.

그러나 신의 존재에 대한 궁금증을 갖는 그의 불안한 심정은 여러 작품에서 찾을 수 있습니다.

초기 작품에서부터 중기 작품에 나타나는데, 예를 들면 그의 제7시집 《예루살렘의 닭》(1953)에 시, 〈니힐한 神〉을 읽으면 "인제는 그만 일어나도 좋지 않은가/아득히 꾸김살 하나 없는 時空의 저 밑바닥으로부터, 너를 두고 간곡히 들려오는 가늘은 雞鳴聲 같은, 인제는 일어나라 일어나란 소리가 들리지 않는가./빛나는 햇빛이며 바람결이며 푸새며 새소리 바람소리…여러 神들은 즐거이 깨어 술렁거림이 종시 들리지 않는단 말인가./외로운 산기슭 같은데 지켜 앉은 자리에서 마침내 늘어지게 기지개 켜고 털고 일어날 날을 언제도록 기다려야 한단 말인가. 이 니힐한 신이야, 바위야"라고 부르짖고 있습니다(p.40).

또 같은 시집에 〈神〉을 보면 "산울림처럼 계시어, 찾으면 응하되 있지 않는 것,/또는,/나의 意識의 손이 만질 수 있는 저 永遠無窮,/또는,/無窮無盡한 萬有의 섭리"(p.42)라고 역설하고 있습니다.

스피노자에 대하여 유대계의 독일 철학자 막스 호르크 하이머(Max Horkheimer, 1895. 02. 14~1973. 07. 07)가 비판이론에서 지적한 것처럼 "그것은 신이 없다는 것을 알고 있다. 그럼에도 신을 믿는다"(Slavoj Žižek, 앞의 책, p.85)는 것과도 같습니다. 청마도 처음에는 신의 존재 자체도 없다고 부정(p.140)하다가 '우주의 신'을 인정하고 있는 것과도 같습니다.

앞에서도 간략하게 논급했지만, 신과의 대화가 될 수 있는 신을 인정하고 무량 광대한 의사意思로 밝히고 있습니다. 청마의 이러한 주장은 파스칼의 주장과 거의 일치하는 것처럼 보이지만, 파스칼의 주장과 스피노자의 주장은 사실상 서로 그 범주가 전혀 일치하지 않는다는 것을 앞에서 이미 필자가 지적한 바가 있습니다.

Ⅳ. 마무리

청마가 주장하는 신은 스피노자의 범신론적인 신이면서 정토사상인 무량수불(아미타불)에 더 가깝다고 볼 수 있습니다. 무량수불(아미타불)은 우주를 관장하기 때문에 우주의 신이라고도 지칭할 수 있을 것입니다. 다시 말해서 무량수불은 청마 자신을 곧 청마의 존재임을 말하고 있습니다.

그렇다면 청마의 시 정신은 무량 광대한 의사意思인 만유를 관장하는 무량수불의 세계에 존재하는 생명을 열애한데서 출발한다 할 수 있습니다. 그의 시 세계는 허무의 노래에 머문 것이 아니라 '공허와 무無'에서 인간의 생과 사와 신을 연관시키고 '無終無始한 時空'에 존재하는 만유를 있게 하는 의지意志, 그 속에 자신의 매트릭스(母胎·고향·조국)를 스스로 확인하여 모든 생명을 우주의 신으로 노래한 시편들이라고 생각됩니다.

이에 따라 인간 중심사상인 윤리의 태반을 존중하여 일제강점기의 긴장과 강박적인 시대 상황을 자학하는 연민(憐憫, 愛憐·哀憐)으로 끌어안고 노래하고 있습니다. 생명의 본질을 노래하는 다수 시편들이 상처 입은 분노들로 절절하게 절규하고 있음을 발견할 수 있습니다. 말하자면 그의 시가 갖는 생명력은 그의 신과 교감시켜 반성적 관념 세계를 구축한 것을 보여주기도 합니다. 이러한 상상력의 소여所與는 무엇보다도 생명을 중시하는 인간 중심사상의 혈관 속으로 도도히 흐르면서 투철한 민주 자유 의식이 정의로움으로 승화되었다고 생각됩니다.

특히 우주의 울림은 그가 애착하는 나무들, 그중에서도 순 우리 말 '수리' 즉, '으뜸'이라는 뜻을 품은 소나무에서 청마는 유년 시절부터 신의 소리[神韻]를 듣고 노래한 예지叡智는 예사롭지 않습니다. 한마디로 청마의 시 세계는 이미 필자가 지적한 허무주의의 한 가운데(니힐리즘 너머)에서 휴머니즘을 통한 생명력을 그의 신과 교감시켜 승화시켰음을 발견할 수 있습니다. 그렇다고 회귀본능의 신은 아닙니다.

☛ 출처 : 한국시문학아카데미 주최 포럼, 2013년 05월 03일(금요일) 오후 2시, 장소 배재학당 역사박물관 3층 세미나실.
☛ 출처 :《청마문학》, 제16집, 청마문학회, 2013. 07, pp.88~108.

☛ 참고 문헌
○ 柳致環, 自作詩解說總書《구름에 그린다》, 新興出版社, 1959. 12.

청마의 시 〈그리움〉과 〈행복〉에 대한 단상

1.

청마 유치환

청마 유치환(青馬, 柳致環, 1908~1967)의 시, 〈그리움〉과 〈행복〉은 시적 변용이 개인적 상징성을 띠고 있다. 진술의 등가성을 갖고 충일充溢하는 역동성이 예지와 오성悟性을 자극하는 등 독자층을 이끌어내고 있는 작품이다. 진실을 드러내는 그의 인간적 본성이야말로 생명을 열애하고 있기 때문일 것이다. 이와 같이 청마의 따뜻한 목소리로 가다듬어 실존적인 자아를 현실 속에서 찾아내어 자신의 구체적인 심상을 인간적 존재로 긍정하고 있다. 초연해지는 생명 의지를 발현시키고 있다. 그러므로 현상과 본성을 일체감으로 하여 구원적인 시 정신을 유감없이 발휘하고 있는 작품으로 생각된다.

특히 그리움과 사랑과 행복이라는 관념적 언어들은 상호암시성으로 우리들의 기억을 일으켜 세우며 손짓하고 있다. 일상생활의 한 의미는 삶에서 잃어버리기 쉬운 화자 자신의 원형을 그리움과 편지라는 아이러니를 통해 생명력을 열렬한 사랑으로 나누고 싶어 한다. 사랑은 생명력의 핵심인 이상, 화자 자신이 소유하고 싶어 하는 행복의 핵심은 사랑으로 보인다. 그러므로 평소 누구나 가슴 깊숙이 간직한 불꽃같은 사랑을 베풂으로써 행복해지는 생명력을 호소하고 있는 것이라 할 수 있다.

2.

①

오늘은 바람이 불고
나의 마음은 울고 있다.
일즉이 너와 거닐고 바라보던 그 하늘아래 거리언마는
아무리 찾으려도 없는 얼굴이여.
바람 센 오늘은 더욱 너 그리워
긴종일 헛되이 나의 마음은
공중의 旗빨처럼 울고만 있나니
오오 너는 어디메 꽃같이 숨었느뇨.
　　　　－柳致環, 시 〈그리움〉,《靑馬詩鈔》, 1939, pp. 20~21, 전재.

②

이것은 나의 20대의 그리움이다. 항구의 거리에는 바람 부는 날이
잦았읍니다. 그리해서 항구 안에 닻을 내리고 서 있는 크고 작은 선
박들의 〈마스트〉마다 달린 기폭은 그리움에 부대끼는 마음처럼 찢길
듯이 항상 나부대고 있는 것입니다. 그같이 못 견딜 듯이 몸짓하고
있는 많은 기폭들 가운데 섞여 있는 것이 나의 그리움인지 분간할
수조차 없는 것입니다. 정녕 그날 날씨의 청담에도 수심愁心을 지었
다 폈다하는 것이 먼 사모의 정인가 봅니다. 그리고 그렇게 많은 사
람들이 흘러 넘어나는 거리에서 오직 하나 그리운 얼굴만이 보이지
않음이 얼마나 기적奇蹟처럼 있을 수 없는 일이겠습니까 (중략) 유독
한 사람만을 찾아서 애달파 하지 않을 수 없는 사실 역시 얼마나 놀
라워할 일입니까?
　　　　－柳致環,《구름에 그린다》, 신흥출판사, 1959, p. 99.

위의 글에서도 나타나 있지만, 청마는 자신을 잃었을 때 자신을 먼 사
모의 정으로 찾고 있는 것으로 보인다. 그러므로 이 시는 시적 자아를 통
해 노래하는 것이라 할 수 있다. "정녕 그날 날씨의 청담에도 수심愁心을
지었다 폈다하는 것이 먼 사모의 정인가 봅니다. 그리고 그렇게 많은 사람

들이 흘러 넘어나는 거리에서 오직 하나 그리운 얼굴만이 보이지 않음이 얼마나 기적奇蹟처럼 있을 수 없는 일이겠습니까"에서 알 수 있듯이 자유적 공간과 개인적 관계의 탐구에서 심미적 현상을 검증하고 있다. 무의식적인 자아가 연상망聯想網에 걸려 자신을 찾는 성숙성으로 볼 수 있다.

그러나 이 시 작품도 어디까지나 개인적인 상징을 띠고 있다. 그 배경은 상호암시성의 은유 자체도 추상적 의미를 나타내고 있기 때문이다. 그렇다면 20대의 그리움은 뭉게구름처럼 피어오르는 이성에 대한 단순한 그리움만이 아닐 것이다. 이 세상에 태어나 바라는 여인의 상만이 아닐 것이다.

왜냐하면, 청마는 16세 때부터 그의 처가 된 권재순權在順과 이미 교제하고 있는 시기인 것으로 볼 때, 어쩌면 청마가 찾는 대상은 잃어버리기 쉬운 순수한 청마 자신의 인간성일 수도 있을 것이다. 청운의 뜻을 품고 꿈을 성취하려는 청마의 꿈일 수도 있었을 것이다.

그러나 이 작품 또한 단순한 연가는 아닐 것이다. 일제강점기에 잃어버린 민족혼일 수도 있을 것이다. 그러나 이 시를 당시 통영여자중학교(현재 통영여자고등학교) 교사로 재직하였던 정운丁芸 이영도(李永道, 1916~1976) 시조시인과 연관되는 연가로 잘못 지적되고 있다.

시작 연대를 보아도 정운이 통영에 와서 머물기 전인 청마의 첫 시집인 《靑馬詩鈔》(1939년도 출간은 오류로 보이며, 청마가 말한 1941년도 첫봄에 출간한 것으로 보임-필자)에 발표된 작품이다. 정운과는 거리가 먼 작품인데도 관계가 있는 것처럼 화제에 자주 오르는 것은 인식적 오류가 아닐 수 없다.

오히려 청마의 시, "파도야 어쩌란 말이냐"라고 시작되는 〈그리움〉 등이 정운과 관련이 있는 '연가戀歌'라고 할 수 있을 것이다. 그렇다면 청마의 사십 대의 그리움, 즉 "파도야 어쩌란 말이냐/파도야 어쩌란 말이냐/임은 뭍같이 까딱 않는 데/파도야 어쩌란 말이냐/날 어쩌란 말이냐-《蜻蛉日記》, 1949, p.95)"처럼 낭만적인 연가로 보일 수도 있을 것이다. 그러나 이 작품 또한 〈행복〉과 함께 개인적 상징성을 띠고 다의성을 갖기 때문에 이성에 대한 단순한 연가라고만 할 수 없을 것이다.

3.

①
–사랑하는 것은
사랑을 받느니 보다 행복하나니라.
오늘도 나는
에메랄드빛 하늘이 환히 내다뵈는
우체국 창문 앞에 와서 너에게 편지를 쓴다.

행길을 향한 문으로 숱한 사람들이
제각기 한가지씩 생각에 족한 얼굴로 와선
총총히 우표를 사고 전봇지를 받고
먼 고향으로 또는 그리운 사람께로
슬프고 즐겁고 다정한 사연들을 보내나니.

통영시 도천동 도리골에 거주할 때의
이영도 시조시인

세상의 고달픈 바람결에 시달리고 나부끼어
더욱더 의지 삼고 피어 흥클어진 인정의 꽃밭에서
너와 나의 애틋한 연분도
한 망울 열렬한 진홍빛 양귀비꽃인지도 모른다.

–사랑하는 것은
사랑을 받느니보다 행복하나니라.
오늘도 나는 너에게 편지를 쓰나니
–그리운 이여 그러면 안녕!
설령 이것이 이 세상 마지막 엽서가 될지라도
사랑하였으므로 나는 진정 행복하였네라.
-柳致環, 시〈幸福〉, 제8시집《幸福은 이렇게 오더니라》는《青馬詩
集》(1954)과 합본, p.160.

②
사랑함은 사랑을 받는 일보다 행복하다는 이 얼마 안 된 것 같으나
그러나 한량없이 至福한 복음에 이르기까지에는 얼마나 숱한 통곡과
몸부림을 겪고 치른 후이었겠읍니까? 필경 인간은 누구를 하나 사랑
하지 않고는 견디지 못하는 것인가 봅니다. 그리고 내가 누구에게서

사랑을 받는 것보다 내가 누구를 사랑하는 편에 더욱 더 큰 희열과
만족이 따르는 것인가 봅니다. 왜냐하면 사랑을 받는다는 일은 내가
소유됨이요 내가 사랑함은 곧 내가 所有하는 때문일 것입니다. 그리
고 내가 소유한다는 사실은 곧 다른 하나의 나를 더 設定한다는 일이
아니 될 수 없는 것입니다. 그지없이 허무한 목숨에 있어서 나를 하나
더 설정하여 가질 수 있는 可能은 얼마나 큰 구원의 길이겠습니까?
(중략) 한번 우체국으로 가서 보십시요. 보이지 않는 인정의 연분들을
우리는 얼마나 쉴 새 없이 볼 수 있겠습니까? 생각하면 시인이란 이
같은 있고도 보이잖는 귀한 것을 증거하고 또한 그 증거를 통하여 인
간에게 용기와 이해를 가져다주는 일이 그의 직책이 아니겠습니까?
　　─柳致環, 《구름에 그린다》, 新興出版社, 1959. 12, pp. 113~114.

　　대부분 사람은 〈幸福〉을 주로 이성에 대한 연가로 인식하면서 애송시로
읽히는 것 같다. 특히 이영도 시인과의 스캔들을 갖는 연가로 오인하고 있
다. 위의 자작시해설총서에서 "인간은 누구를 하나 사랑하지 않고는 견디
지 못하는 것인가 봅니다"라고 말할 때 사랑하는 대상은 필경 존재하는
것으로 인식할 수는 있다. 사랑은 오직 하나로 존재하기 때문이다. 그렇다
면 청마가 자신을 타자로 보는, 즉 보이지 않는 거기에 있는 자기를 사랑
할 수도 있을 것이다. 즉, 자기는 타자(soi-l'autre)이다.
　　그렇다면 〈幸福〉이라는 시는 이영도 시조시인을 두고 읊은 시가 아니다.
"오늘도 나는/(중략)/우체국 창문 앞에 와서 너에게 편지를 쓴다"는 것은
그를 나에게로 투사시키기 위해서이다.
　　편지는 주로 집에서 써서 우체국 편지함을 통해 발송시키는 것이 일반
적인데, 하필이면 왜 우체국 안의 '창문 앞에 와서' 편지를 쓰고 있는지 그
애매모호성이야말로 필자가 늘 우체국에 들어서게 되면 청마가 창문 앞에
서 편지를 쓰고 있는 착각을 일으키는 것이다. 절묘한 진행형이 강렬하게
나타나고 있다. 1인칭, 2인칭, 3인칭의 동시성을 갖는 이 시는 창밖 행길에
오가는 숱한 사람들, 즉 살아 있는 생명력이 넘치는 삶 속에서 그대를 사

랑하는 내가 그 속에 있다는 생명을 역설적으로 표출하고 있다. 그렇다면 데카르트(René Descart, 1596~1650)가 말한 "나는 생각한다. 고로 존재한다"가 아니라 자크 라캉(Jacques Lacan, 1901~1981)의 시선과 응시의 변증법 중 "내가 존재하는 것은 오직 저 바깥에 나를 사랑할 수 있는 누군가가 존재하고 있기 때문"이 아닐까? 다시 말해 "사랑이란 자기가 가진 것을 주는 게 아니라 자기가 갖지 않은 것—즉, 자신의 존재함(is)—을 주는 행위라는 것과 소유로부터 존재로의 이동에 있는, 자신의 존재를 주는 몸짓(…)"일 수 있다.

'창문 앞에 와서' 쓰고 있는 또 하나의 다른 이, 즉 하나를 더 소유하는 자신을 사랑하게 되면 사랑은 '족한' 실체로 움직인다. 다시 말해서 나는 너에게 편지를 보내고 편지를 받은 너는 나를 읽고, 네가 다른 하나로 내가 되어도 하나임을 알게 될 때 내가 나를 사랑하는 것은 '지복至福'임을 인식시키는 것이다. 바로 행복은 자신의 내면에 있는 것이다. 인간이 최초의 원시의 숲속에서 본 진홍 빛 열매에 매혹되는 순간, '애틋한' 원초적 본능이 사랑이라는 것과 같이 "—사랑하는 것은/사랑을 받느니보다 행복하나니라"라고 경탄할 수 있을 것이다.

로버트 하인라인(Robert Heinlein, 1907~1988)도 "사랑은 다른 사람의 행복이 본질적으로 네 것이 되는 조건이다"라고 말했다. 이를 뒷받침하는 것은 청마의 자작시해설총서에서 "내가 소유한다는 사실은 곧 다른 하나의 나를 더 設定한다는 일이 아니 될 수 없는 것입니다"라고 말한 것과 같을 수 있다. 그렇다면 '행복'도 체스터턴(G·K·Chesterton, 1874~1936)이 말한 필요조건부일 수도 있을 것이다. 그것은 욕망의 힘으로 설명될 수 있는데, 욕망은 인간들로 하여금 전진하는 힘을 주는 동시에 거의 다수가 분명 덜 살아가는 체제를 성립시키는 힘이기도 한 것이다. 이러한 혼란스럽고 불확실하게 모순적인 행복은 이교적 범주와 같다면 항상 행복하게 살고 싶은 목표를 갖는다는 것이다. 그렇다면 슬라보예 지젝(Slavoj Žižek, 1949~)이 말한 "행복은 쾌락 원칙의 범주이며, 행복을 침해하는 것은 쾌락 원칙 너머(Beyond)에 대한 집착"이라고 할 수 있다.

어찌 보면 어떤 '이성으로서의 덕德'을 의미한다고 할 수 있다. 즉 니체 (Friedrich Nietzsche, 1844~1900)가 말한 "인간이 모든 행위에는 그 행위와 더불어 행복을 달성해야 하는 의도가 들어 있는 것이다. 곧 이성과 덕과 행복은 같음을 발견하게 된다." 말하자면, "위대한 사랑은 한결같이 연민憐憫 이상의 것이다. 위대한 사랑은 그 자신이 사랑할 자까지 창조하기 때문이다." 이처럼 "이중 긍정의 주제로 긍정함의 이외는 아무것도 아니다 (…) 그것은 사랑이다"와 같은 것일 수 있다.

청마가 늘 말하는 "허무한 목숨"의 본질을 실토하는, "-그리운 이여 그러면 안녕!"에서 만날 수 있는 지독한 사랑은 타나토스의 그림자가 드리워져 있다. 삶은 정지될 때 확실히 보이듯이 정체성은 재구성되지 않고 엑스터시의 현상과 유사한 그대로 보여주는 것이다. 그렇다면 니체의 아모르파티, 즉 운명애적殞命愛的인 것을 리얼하게 형상화한 휴머니즘 정신이라 할 수 있다. 필자도 늘 말하는 "산다는 것은, 자기를 사랑하기 때문에" 애절한 흐느낌과 몸부림을 겪고 치르는 자신의 존재를 확인할 때 행복해지는 것과 같을 수 있다.

그러나 〈幸福〉을 읽을 때마다 마치 아침 이슬을 함초롬히 머금은 꽃다발을 연인에게 보내는 것처럼 자기 자신을 보여주는 구성적인 어떤 간극들이 서로 소통하려는, 말하자면 넝쿨 채로 주고 싶은 원시적 과시를 보여주기도 한다. 그러므로 가슴이 싱그럽게 두근거리고 낯이 화확 달아오르는 감미로운 죽음 충동을 앞세운 순수한 연가戀歌로도 유감없이 발휘할 수 있는 작품이기도 하다. 그러나 삶을 통해 행복을 말하는 빅토르 위고(Victor Hugo, 1802~1885)는 "삶에 있어 가장 큰 행복은 우리가 사랑받고 있다는 믿음에서 나오기 때문이다"라고 말했듯이 청마의 시 〈幸福〉은 그의 시 〈旗빨〉과 더불어 지금도 독자들의 사랑을 여러 관점에서 열렬히 받고 있는 것은 사실이다.

참고로 〈행복〉의 출처는 《靑馬詩集》(1954)에 있는데, 제5시집 《祈禱歌》

와 제8시집《幸福은 이렇게 오더니라》를 합본한 것이라고 뒷장 '附記'에서 밝히고 있다(pp.213~214).

또 1964년 11월 20일 제11시집《미루나무와 南風》 마지막 페이지에 "–著者의 旣刊 詩集–"에서 밝혔는데, 제5시집《祈禱歌》와 제8시집《幸福은 이렇게 오더니라》를 한데 묶어서《靑馬詩集》이라고 밝혀 놓았다. 그러나 연구자들의 관점에 따라 청마 시집 출간은 제9집 또는 제11집 등으로 그 차이점으로 말미암아 통일되지 않고 있다.

4.

일부 비평가들은 청마의 일부 시들에 대해 대부분 연가류戀歌類라고 지적했다. 배경을 살펴보면, 청마가 그의 자작시해설총서《구름에 그린다》(1959, p.91 참조)에서 청마가 자신을 "나약하기만 하고 의지적인 사람이 아니라"고 한 대목을 그대로 일별하여 인용한 것인지 알 수 없으나, 연가류라는 지적은 단순한 연가류로 폄훼시킬 수 있고, 따라서 그의 작품들은 간혹 왜소하게 독자에게 비추어질 수 있다.

본고 필자는 그간 연가류로 보이는 작품들을 심층 분석해 본 결과 대부분 살아 있는 생명의 본질에서 출발하는 작품으로 분석되었다. 말하자면 인간의 윤리성을 저층에 둔 개인적인 상징성을 띠고 있는데, 인간 본연의 열망, 즉 사랑의 핵심은 생명력이고, 생명력의 핵심은 행복으로 볼 때 모두 생명의 정신적 본능을 노래한 것으로 볼 수 있다.

프로이트(Sigmund Freud, 1856~1939)도 이마고(Imago, 1912)를 형성하는 이미지들을 "그 자체의 대상, 즉 정신적 현상을 고려할 수 있는 권리를 가지게 된다"라고 말했듯이 청마의 시들은 그 깊이에서 만나게 되면 자꾸 겸손해지려는, 즉 그가 주장하는 "시인이 되기 전에 인간이 먼저 되라"는 인간의 윤리적 현실이 전이轉移되는 등 패러독스적인 담론이라 할 수 있다. 다시 말해서 생명력을 호소하는 결핍에서 자신의 내부에 있는 이웃에 대해 낮아지려는 타자성, 즉 자크 라캉이 지적한 존재성을 확장하려는 주체(여기서는 자아가 아님)가 상상계의 거울을 보는 투사라 할 수 있을 것이다. 그러므로 청마의 시 〈그리움〉과 〈행복〉은 간단하게 살펴보았지만 단순한 연가가 아닌 두루 껴안는 보편타당성을 획득한 시 작품이라 할 만하다.

☛ 출처 : 2012년 07월 01일, 《청마문학》, 제15집(청마문학회), pp.112~121.

청마의 시 해설집《구름에 그린다》와 호적상에 태어난 곳은 통영 땅이다

I. 청마가 직접 쓴 출생지는 통영 땅 동문 안이다

통영 땅에 청마문학관이 건립되고 제1회 청마문학상이 제정 운영됨에 따라 청마에 대한 새로운 관심이 쏠리기 때문에 내가 본 청마의 태어난 곳을 처음으로 소상히 밝힌다.

동랑·청마는 통영에서 출생하였다. 우선 청마의 경우는 청마 자신이 통영의 동문東門 안에서 출생한 땅임을 분명히 밝혔다.

그것은 시옷자(ㅅ) 집에서 태어난 것을 강조한 것이요 시대 상황과 신분에 대한 것을 밝히고 있다. 특히 당시의 어수선한 조선 말기에도 삼도수군통제사가 있던 통영성統營城 안에서 태어난 사람과 성 밖에 태어난 신분을 따지고 있었다. 은근히 자기가 성안에서 태어난 것을 자랑하는 사람들끼리 모여서 차별성은 사실상 노골화되었다. 지금도 성 밖, 성안에 태어났는가를 물어보는 이들이 많다.

여기에서 비롯된 것은 아니라도 청마는 상세히 자기 출생지를 구체적으로 밝히고 있다. 만약 이것을 강조하지 않

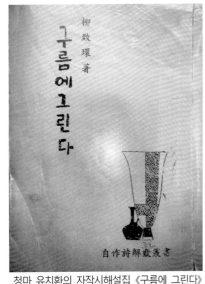

청마 유치환의 자작시해설집《구름에 그린다》
(신흥출판사, 1959. 12.)

고 그대로 그의 연보에 기록이 되었거나 또한 막연하게 통영의 땅에 태어 났다고 하였다면 당시 통영 사람들로 하여금 거제 둔덕 사람이라고 낙인 (?) 찍히고 어느 자리나 어느 책에도 감히 통영 태평동에서 출생이라고 할 수 없는 사회적 분위기가 용납되지 않은 것으로 듣고 있다. 지금도 거제사 람이라고 하는 데에 은근히 밀어 버리려는 통영 사람들도 전혀 없지 않 다. 그만큼 통영 땅은 배타성이 강하고 거짓말에는 불 칼이 인다.

청마 자신이 아버지 유준수에 대한 신분 사항을 두고 괴로워하는 대목이 있다. 왜냐하면, 청마가 쓴 수상록《나의 窓에 마지막 겨울 달빛이》(文學世 界社, 1979. 10. 26) 간행에서 보면 청마는 시 〈出生記〉를 설명하면서 "시대 적 뒷받침이라든지 사회적인 환경 같은 것을 대강이나마 먼저 이야기하여 두는 것이 나의 작품들을 이해하고 또한 시인으로서의 나를 알아주는데 무 엇보다도 필요하고 긴한 일일 것 같습니다.

내가 난 때는 1908년 즉 한일합병이 이루어진 전전해로서 (…) 난 곳은 노도처럼 밀려 닿던 왜의 세력을 가장 먼저 느낄 수 있던 한반도의 남쪽 끝머리에 있는 바닷가 통영(지금의 충무시)이었읍니다(원전 그대로 이기-필자). 그리고 혈통으로는 내가 보통학교에 입학하는 지망서의 신분 난에 아버지 께서 '평민平民'이라 써 넣던 것을 지금껏 똑똑히 기억하고 있는 만큼 50년 전의 고질 같은 그 반상班常의 구별에 있어 어쩌면 그것을 의지 삼고 날 개 떨칠 선대先代로부터의 물려받음을 가지지 못한 한갓 반항적 의식에서 였던지, 또는 밀려드는 새 시대의 조류에 민감한 감정에서였던지는 알 길 없으나, 그 전기轉機하는 혼돈하고 스산한 세대에 부닥쳐 오히려 해우창생 海隅蒼生을 달갑게 자처하는 지체없는 한 유생儒生인 젊은 의원의 둘째 소 생으로 태어났던 것입니다. 내가 자라던 집은 바닷가 비탈이며 골짝 사이 로 다닥다닥 초가들이 밀집한 가운데 더욱 어둡고 무거워 보이는 삼도 통 제사의 아문들이던 이끼 덮인 옛 청사와 사방의 성문이 남아 있는 선창가 엔 마포(지금 마산), 하동 등지로부터 잡배들이 수없이 들이 닿고, 쌀·소 금·명태 등속의 물주物主집 창고들이 비좁게 잇달아 서서 언제나 품팔이

지겟꾼들이 우글거리는 고을 바닥의 중심지 가까운 행길가에 ㅅ자로 붙어 앉은 초라한 초가였읍니다."에서 청마 스스로가 자존심을 자필로 밝힌 배경은 무엇인가?

아버지가 둔덕사람이란 신분과는 달리 청마는 당시 통영 땅에서 출생하였음을 구별시켰던 것은 뒤돌려 놓고 섬사람이라고 인정하지 말라는 것은 아닐지라도 아버지의 꼬리표에는 항상 괴로워한 것으로 보아진다.

특히 청마는 그의 시, 〈거제도 둔덕골〉에서 자신이 태어난 곳과 부조父祖의 태어난 곳을 밝히는 것은 대단히 중요하다. "거제도 둔덕골은/八代로 내려 나의 父祖의 살으신 곳"이라고 한 것은 청마는 포함되지 않고 아버지로부터 8대째임을 분명히 했다. 대代는 본인을 제외하고 세世는 자기를 포함시키는 데에 대해서 근황의 발표에서 볼 때 잘못 해석을 하여서 그간 청마의 난 곳이 혼란을 가져왔다.

특히 작품 해설은 글 쓰는 사람들의 혼이요 생명이 아닌가? 그럼에도 불구하고 위의 시를 통해 청마가 방하리에 태어났다고 고집하는 것이다.

또 청마는 그가 태어난 곳에서 어릴 때 자라던 위치를 밝히고 누가 키운 것까지 소상히 밝히고 있다.

역시 수상집에 쓴 〈청마 선생의 고추는〉 내용을 읽으면 청마가 외가 집에서 태어난 것을 밝히고 있다.

"(…) 누구보다도 외할머님의 기쁨이 이만저만 아니셔 갓난아기가 달고 나온 고추가 그저 거짓말만 같아 밖에서 일을 하시다가도 혹시나 그것이 헛게 아니던가 누구가 몰래 따 가지나 않았나 싶은 의아심이 불현듯 생길라치면 부리나케 방으로 뛰쳐 들어가선 기저귀를 들추고 아기의 사타구니를 확인하곤 하셨더랬다고. 그리고 그렇게 끔찍스런 귀염을 받은 고추가 가형家兄 동랑이요, (…) 나는 불행이도 그다지 끔찍스런 귀염은 받지 못했던 이야기를 외조모님께선 한 적이 있었는데(…)"와 '각씨 오매'라 부르는 할머니 등에 업혀 북문北門 밖 5리 길을 두고 생가生家로부터 오고 가던 위치를 밝혔는데 그 각씨 오매가 살던 곳은 동면東面 신흥동新興洞이다. 지금의 북신동 일대이다. 따라서 청마는 할머니를 잊지 못하고 있다.

"세 살 터울인 내 아우가 생기자 아기에게 대한 시샘이 유달리 심하던 나는 우리 집안에선 '각씨 오매'라 부르는 먼 친척 벌 되는 홀로 사는 할머니에게 저녁이면 북문 밖 5리 길을 업혀 가선 할머니한테서 자고, 아침이면 도로 업혀서 집으로 오곤 하였던 것입니다.

그렇게 해서 외할아버지가 차린 글방으로 글 배우러 외갓집으로 갈 만큼이나 철이 들도록까지 이 '각씨 오매' 곁에서 자란 것이었으니 저녁 으스름 들길을 할머니 등에 업혀 갈 때 그 당시 역시 그 할머니가 귀애하던 친척 아이가 죽어 묻혔다는 건너 산골짝을 바라보고, 듣고선 오기나 할 듯이 할머니가 그 아이의 이름을 소리 내어 부르며 혼자 뇌이던 군노래를 철없는 마음으로도 한량없이 눈물겨워 하였는가 하면, (…) 한 번은 할머니한테 업혀 갔다가 금시에 어떻게도 집으로 도로 오고팠던지 앙탈 끝에 막상 되돌아 와서 처마에 등불을 달아 두고 가족들이 모여 앉아들 있는 자리에 내려놓이자 그 휘엇한 밤 들길을 할머니가 혼자 돌아갈 것이 얼마나 가엾고 미안스러웠던지 그렇다고 도로 같이 가겠단 말은 어린 염치에도 할 수는 없고 그래서 그 후로는 그러한 앙탈은 다시는 안 했던 것입니다. 그리하여 이 할머니 등에서 다 자라나 보통학교를 마치고 타관으로 유학하기까지는 해마다 내일이 설날인 섣달 대 그믐날이 오면 어머니한테서 설빔을 싼 보자기를 받아서 끼고는 이 할머니 집으로 가서 할머니 곁에서 한 살을 더 먹기를 나는 버릇같이 해 왔던 것입니다."

"오래 오래 헛된 길을 둘러/석류 꽃 그늘 밝은 고향의 조약돌길에 서면/나는 어느덧 마흔 짝으로 늙었소/오늘 나의 생애가 보람 없이 욕될지라도/푸른 하늘 속속들인/그 어디인 애정을 무찌른 생장이였기에/할머니 할머니 나의 할머니/그의 어깨를 말[馬]등 같이 많은 무덤을 찾아/나는 꽃같이 뉘우쳐 절하고 우려오.(《석류꽃 그늘에 와서》)"

만주에서 돌아와 마흔 살에도 이곳에 살던 청마는 조그마한 영업이라고
한 그의 사업은 사진업이었다. "말 만일뿐 막걸리나 마시며 노상 악우惡友
아닌 악우들과 어울려 청춘을 허송하는 동안 세 아이의 아버지가 (…)" 된
것을 말하고 있다. 그의 살던 집 위치는 지금의 중앙시장인 태평동 500번
지에 있던 2층 건물이었다. 유약국이 터 잡은 때요 청마의 큰딸 유인전을
비롯한 춘비 자연 등이 태어난 곳이다. 청마는 이때 그의 시 〈귀고歸故〉는
서슴없이 당시 고향의 근황을 잘 나타내고 있다.

"검정 사포를 쓰고 똑딱선을 내리면/우리 고향의 선창가는 길보다도 사
람이 많았소/양지 바른 뒷산 푸른 송백을 끼고/남쪽으로 트인 하늘은 깃발
처럼 다정하고/낮설은 신작로 옆대기를 들어가니/내가 크던 돌다리와 집들
이/소리 높이 창가하고 돌아가던/저녁놀이 사라진 채 남아 있고/그 길을 찾
아가면/우리집은 유약국/行而不言하시는 아버지께선/어느덧 돋보기를 쓰시
고 나의 절을 받으시고/헌 책력처럼 애정에 낡으신 어머님 곁에서/나는 끼
고 온 新刊을 그림책인 양 보았소"

당시 태평동의 동피랑 먼당과 중턱마다 노송들과 동백숲이 어우러져 있
는 중앙시장을 끼고 떡 방앗간 있던 좁은 길을 따라 붐비는 유약국 집과
나이 드신 부모님의 모습이 한 폭의 그림처럼 훤히 그려놓은 그의 수상록
을 읽을수록 그 자리에 살던 청마의 모습이 떠오르게 된다.

II. 호적부상에도 청마의 출생지는 통영 땅이다

호적부상에도 거제 둔덕골에서 이사 온 흔적이 전혀 없다.(표1) 조선시

대 민적부 이후 일본식 호적이 최초로 제정 당시에 청마의 아버지는 전호적前戶籍이 거제 둔덕면 방하리라는 기록이 전혀 없다.

호주가 된 원인란을 보면 "분가로 인하여 1911년 1월 21일 호주가 됨"이라고 기록된 것은 호주 유준수柳焌秀가 2남二男으로 분가 대상자가 되므로, 당시 일본식 호적 기재례에 의한 호주가 된 원인란 서식에 당시에는 형식적인 기재에 지나지 않는 것이다. 만약 분가의 전 호적이 있으면 구체적으로 기록되고 호주의 신분 사유 기재란에 무슨 사유와 어디서 이동되었다는 사유 기재가 되어야 한다.

그러면 호주 유준수柳焌秀의 신분사유란을 살펴볼 필요 있다.

"1911년 1월 23일 동면東面 신흥동新興洞 26호에서 이거 동일신고"를 볼 수 있다. 아래 표를 참고하면 동면은 1904년 통영시가 진남군으로 되어 있을 때 동부면東部面 안에서 분리된 면으로 진남군이 용남군으로 명칭이 바뀌었을 때 동부면 등이 동면東面으로 개칭되었다. 또 호적부 신분사유란에 동랑과 청마의 출생 기록이 없는 것은 최초의 일본식 호적부 기재례에 의한 것으로 보아야 한다. 즉 호적부 번지가 부여될 때 동랑과 청마가 태어난 통영 동부동 5통16호(현 통영 태평동 552번지)에 가족과 함께 살았기 때문이요 동일 번지에 이미 태어났을 경우, 호주의 호적부 번지가 동일할 때는 생략된 것이다. 따라서 동랑 청마는 태평동 552번지에 태어났다는 그들의 글과 일치하고 있다. 만약 호주가 거제 둔덕면 방하리 호주 유근조柳謹祚의 집에 살다가 분가되었을 경우, 전 거주지 기록이 있어야 한다면 청마의 아버지는 전 거주지가 "1911년 1월 23일 동면東面 신흥동新興洞 26호에서 이거 동일신고"였다.

여기서 의문점으로 남는 원인은 동랑과 청마를 그곳에 낳아 통영 동부동 5통 16호(현 통영 태평동 552번지)로 이거한 기록에 따라 동랑 청마의 신분사유 기재란에는 "부에 따라 입적"이라고 기재했을 것이다. 따라서 분가한 최초로 호적부가 제재制載될 때 동랑과 청마의 출생지가 다른 기주일 때는 "부에 따라 입적"기재가 된다.

그러나 최초로 만들어진 호적부 번지 이전 유준수의 신분사유란에 거주지를 기록하도록 함에 따라 "1911년 1월 23일 동면東面 신흥동新興洞 26호에서 이거 동일신고"가 된 기재일 뿐, 이미 통영 동부동 5통 16호(현 태평동 552번지에 오래 살았다는 신고)에서 최초로 일본식 호적부가 만들어졌기에, 동랑과 청마의 신분 사유 기재란에 출생지가 생략된 것은 당시 일본식 기재례 절차에 따른 것이라 할 수 있다.

1910년 용남군龍南郡의 면리面里를 보면 동면東面의 경우 성내城內와 성외城外로 구별됨을 알 수 있고 성내에는 다른 동과 함께 동부東部동이 포함된다.

面名	洞里名 (戶數: 間數)	備考
東部面	西部(31;91), 西舊(26;66), 倉洞(50;114), 同藥(36;104), ◆東部(35; 106), 新上(46; 152), 北門(22; 74), 上東(46;138), 下東(20;56), 松亭(25;78+瓦5), 海松(34;108), 杭北(40;130), 貞洞(72;204), 面陽(73;197), 下三法(6;18), 上三法(27;84), 將臺(12;33), 北新(34;86), ◆新興(15; 45), 武田(21;63), 花浦(12;33), 達浦(28;82), 東岩(21;66), 坪艮(6;19), 陸艮(19;58), 長坪(38;101), 水島(3;9), 紙島(35;107), 院坪(50;151), 三和(47;140)	30洞 (930;2,718 (+瓦家5)
道仙面	竹林(28;87), 忽里(12;38), 龍湖(18;51), 魯山(33;99), 倉浦(17;54), 赤德里(20;57), 牛洞(14;44), 貫一(9;26), 院洞(17;50), 蜆山(22;67), 坪里(19;56), 德峙(11;33), 地法(17;51), 松溪(12;34), 蘆田(14;42)	15洞 (263; 789)
山內面	五倫(52; 155), 猪山里(28; 86), 水月里(62; 201), 陽支浦(27;93)	4洞 (169; 535)
光三面	安井里(154;413), 黃里(58;158)	2洞 (212;571)
光二面	蓮花(43;117), 新里(82;233), 龍洞(40;111), 上蓮(18;49), 下蓮(27;66), 鳳谷(30;73), 西林(40;115), 上甘(35;97), 下甘(13;36), 內曲(13;35), 外曲(41;110), 東林(28;71), 仙洞(20; 51), 城內(18; 46), 外曲城內(24; 65), 內曲城內(46;111)	16洞 (518;1,386)
계	67洞(2,092호;5,999칸)	

표1 1904년 진남군 가호안의 분석표 분석

앞에서 언급한 신흥동은 동구가 포함된 26동이었으나 뒤에 동구東舊는 성외에 속했다. 1912년에 동면은 東舊가 장대동(章臺洞 또는 將坮洞)으로 바꿔고 달포동達浦洞 1동이 추가되어 27동이 된다. 장대동은 현재의 북신동과 정량동 일부가 된다. 또한, 달포동은 현재의 용남면에 속해 있다.

다시 말해서 우리가 주목하는 동부동은 일제 때 통영읍 조일정朝日町으로 되었다가 해방 후에는 태평동太平洞으로 되어 오늘에 이르고 있다.

여기에서 꼭 짚고 넘어가야 할 대목이 있다. 신흥동은 삼도수군통제영의 성 밖에 있음에서 최초의 호적 일제신고 당시 통영성 안[內]인 동부동 '지금의 태평동'에서 일가족을 등재하고 비로소 사람 사는 성안에 살게 된 기쁨을 나타내게 된 것이다.

年\面	1910년	1912년
光二	外曲[谷]洞(13), 內曲[谷]洞(134), 仙洞(96) {3동:243호}	東林洞, 西林洞, 上甘洞, 下甘洞[7동]
光南	鳳谷洞(44)[-], 下蓮洞(35:塘洞), 龍[用]洞(74), 新里(873:舊 南村鎭), 蓮花洞(75) {5동:1,101호}	上蓮洞, 鳥谷洞 [6동]
光三	黃里(265), 安井洞(159) {2동:424호}	[2동]
道南	赤德浦(68)[-], 倉浦(67), 遜德浦(31), 竹林浦(101) {4동:267호}	牛洞, 龍湖洞, 忽里洞, 魯山洞 [7동]
道善	坪里(71), 蘆田浦(35), 地法洞(61), 松溪浦(29), 潛浦(16), 德峙浦(35) {6동: 247호}	貫一洞, 院洞, 蜆小洞 [9동]
山內	五倫浦(93), 猪山浦(90), 禾月浦(91), 良支浦(42) {4동:316호}	[4동]
◆東	〈城內:西部, 西舊, ◆東部, 東舊[-], 上東, 下東, 新上, 北門, 東絡[同洛]〉, 〈城外:北新, 杭北, 面梁, 貞洞(215), 海松, 松亭, 倉洞, 武田, ◆新興〉, 其外 : 東岩洞(42), 三法洞(44), 章門洞(147), 三和洞(71), 新和洞(79), 院坪洞(91), 蓮基洞(56), 紙島洞(42), {26동}	章臺洞, 達浦洞 [27동]
西	〈城外:西橋洞, 泉洞, 仙洞, 將庄洞[-], 東忠洞, 西忠洞, 東橋洞, 東堂洞, 明井〉, 川洞, 道理洞, 西堂洞(36), 岷陽(96), 魯洞(68), 仁洞(38), 大[太]坪洞(42), 林洞(36:舊小浦)[小浦洞], 南修洞(37), 海坪洞(15), 道山洞(74), 南浦洞(39)[-], 二運洞(30), 一運洞(81), 豊和[化]洞(200:蟹島), 美吾洞(52), 大[太]平洞(27) {26동}	西松洞, 峯岫洞, 寬柔洞
山陽	院項洞(42), 大晴洞(40:舊 唐洞), 中和洞(62), 延	藍田洞, 錦坪洞, 沙

	命洞(70), 馬洞(63;舊 尺浦), 鳳田洞(55)[-], 新峯洞(72), 昆里洞(61), 楸島洞(69), 烏谷洞(27), 島林洞(54)[-], 蓮坮[烟臺]洞(64) {12동: 679호}	田洞, 達牙洞, 烏島洞, 楮島洞 [16동]
下助	倉村洞[倉洞](159), 新湖洞(76), 於義洞(89) {3동: 324호}	[3동]
閑山	〈閑山島:汝次(42), [羔]浦(44), 頭億(114), 荷浦(50), 治[冶]所(42), 倉洞(62)〉, 〈蜂岩島:峰岩(34), 秋元(82), 衣岩(22)〉, 〈龍草島:虎頭(68), 龍草(55)〉, 〈比珍島:比珍(67)〉, 〈竹島:竹島(27)〉, 〈東佐島:東佐(21)〉, 〈西佐島:西佐(31)〉 {15동: 761호}	[15동]
蛇梁	東邊洞(28), 西邊洞(38), 敦池[頓池]洞(70), 虎母(?)[-], 內地洞(49), 德洞(30), 邑湖洞[邑洞](37), 外池洞(24), 能良洞(53) {9동: 329호}	玉洞 [9동]
遠三	〈欲知島:玉洞(41), 邑洞(801), 靑沙洞(40), 道洞(36), 德洞(20), 柳洞(28), 陽洞(18)[-]〉, 〈蘆臺島:蘆臺[老大]洞(35)〉, 〈頭尾島:頭尾[美]洞(120)〉, 〈蓮花列島:蓮花洞(35)〉 {10동: 1,174호}	[9동]
계	125동(東·西面 제외 戶數 5,865호)	141동

표2 1910년 용남군의 면리 구성 변천

여러 기록에서 그리운 통영에 살게 되었다는 구절은 성안[城內]에 살게 되었다는 것이다. 이미 호적신고 사항에 약상[藥商]이라고까지 기록되어 유약국을 경영함을 나타낸 것이다. 분가 사유는 바로 신흥동에서 이거함을 뜻한 것이다. 그만큼 통제영(통영) 안에 사는 것이 그들의 소망이요 사람 행세를 하는 조건이었다.

청마의 아버지 유준수柳焌秀는 어릴 때 부모(호적상 父 亡 柳池英, 母 亡 朱丙午)를 일찍이 여위고 형제끼리 뿔뿔이 헤어져 살게 되어 유준수柳焌秀는 어릴 때(8살 정도로 구전되어 옴) 이곳 삼도수군통제사 주치의 장張 모 한의원 밑에서 약 심부름꾼[藥童]으로 일해 오다가 부호가 박순석朴絢碩*의 데릴사위로 들어간다. 청마의 어머니 박또수朴又守*와 결혼하였는데 그때의 거처는 신흥동이었다고 전하는 사람도 있다. 여기에서 상세한 언급은 피하고 '각씨 오매'는 유준수의 장인인 박순석과 관계가 있다고도 전하고 있다.

아무튼 유준수는 약국으로 성공하였고 8남매를 기르면서 검약하기로 소문났으며, 태평동 500번지에 살면서 2층집을 소유하게 된다. 그러니까 태

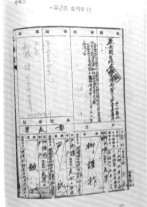
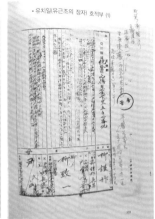

청마의 호적부 사본

평동에서 불과 몇십 미터 거리인 동피랑 비탈 밑 현 중앙시장으로 약국을 옮겼다. 그곳에서 청마는 유인전, 유춘비, 유자연을 낳게 되며 세분의 따님들은 그 터에서 아버지인 청마도 태어난 줄로 알고 있을지 모른다.

다시 정리하면 거제시 둔덕면에는 청마의 아버지 유준수柳焌秀의 호적이 있을 수 없고, 분가한 사실도 없다. 청마의 백부 유근조의 호적 역시 유근조柳瑾祚가 호주가 된 최초로 호적신고가 되어 있을 뿐이다. 둔덕면 방하리와 통영은 인접한 곳은 동호리에 둔덕배가 날마다 닿는 선창이 있었다. 이곳을 이용하여 청마의 아버지 유준수柳焌秀는 벌초와 성묘를 다녔다. 물론 동랑, 청마도 아버지의 고향을 다녔을 것이다. 그러나 유준수柳焌秀는 남달리 자존심이 강하다고 전해지는데 자기의 성장을 밝히지 않았다. 이러한 원인으로 인해 그들의 후손들이 혼동하고 있다.

그러나 사실은 유준수가 방하리에 자주 간 일이 거의 없다고 듣고 있다. 그것은 약국 경영이었다고 전하지만 당시는 섬사람이라는 것을 크게 부끄러움으로 여겼다고 전한다.

근황에 유족들이 청마의 생가는 둔덕면 방하리에 동조(?)하는 것은 청마가 직접 쓴 자전적 기록인 수상집을 소장하지 못한 데서 오늘의 주장이 엇갈린 것이 안타까울 뿐이며, 근황에 출간된 동랑의 자서전에 태어난 땅은 중앙시장 앞 반짝이는 모래가 많은 바닷가(지금 개막이로 없어짐)였음을 거제 둔덕면 방하리로 잘못 기록하고 있다.

청마에 대한 이야기와 관심을 가진 사람들의 글을 읽어 보았지만 통영 사람들은 만약 거제도 청마를 통영 사람이라고 할 필요가 없다. 왜냐하면, 윤이상, 김상옥, 김춘수, 박경리 등 걸출한 예술인들이 있기 때문이다. 그러므로 동랑과 청마는 여러 문헌에서도 적시되고 있듯이 통영에서 출생하였기 때문에 오늘날에도 통영 사람으로 인정하고 주장하는 것이다.

Ⅲ. 각종 문헌 및 증언자에 의해 태어난 곳은 통영 땅이다

혹자들은 청마의 생가가 중요한 것이 아니라 그의 성장지와 오래 머물고 산 것이 더 중요하다고 강조하지만, 필자는 둘 모두 기울어질 수 없다. 태어난 곳에서 오랫동안 살던 예술인의 가치성은 더욱 빛나는 것이다.

청마는 통영시 태평동 552번지에 태어나 이곳에서 오랫동안 살았다. 자녀를 낳고 정지용 시인을 맞아 자기 고향을 소개했다.

"(…) 해방 직후 시인 '지용'이 찾아왔기에 우리 고향의 풍경을 일목에 조망할 수 있는 곳으로 이끌었더니 그의 남다른 감격성은 참으로 재탄 삼탄이었으며, (…)"

라고 청마는 직접 쓰고 있다. 특히 그의 자작시해설총서 《구름에 그린다》(신흥출판사, 1959. 12.)를 보면 태어난 곳을 상세히 적고 있다. 그의 시 〈出生記〉에서도 까마귀가 유별히 많던 태평동 볕 바른 비알의 송림에서 까마귀 울음소리를 잘 나타내고 가까운 여황산의 부엉이 울음소리도 확인시켜 주고 있다.

한국현대시문학대계 15 〈柳致環〉에도 "1908년 경남 충무(통영)시 태평동(속칭 東門안)에서 음력 7월 14일(…) 태어났는데 외가外家에서 태어나, 그곳에서 11세 때까지 한문을 배우게 되었다"로 기록되어 있다. 연보는 당시 청마 생존 때 청마가 직접 감수한 것이다.

동랑은 생전에 자신의 출생지와 약력을 보면 최초로 발간된 동랑의 희곡 전집에 첫머리 자서自序한 곳에도 '출생지가 충무'로 기록되어 있고(유치진, 성문각, 1971) 1975년 7월 미망인 심재순沈載淳 이름으로 책머리에 동랑 선생 육성肉聲이라고 옮겨 쓴 〈동랑자서전〉(유치진, 서울신문사 출판국, 1975) 등에서도 출생지는 줄곧 충무시로 기록되어 있다.

특히 동랑 생전에 편찬된 〈동랑 자서전〉 생장기生長記를 보면

"내가 태어난 統營(지금의 忠武)은 진해 근처여서, 어머니가 거처하는 안방까지 대포소리가 들렸다고 한다.(…)"(p.45). "내가 태어난 統營은 이 나라의 남녘 끝, 바닷가에 자리한 어촌인 동시에 이조의 수군본영水軍本營이 있던 곳이었다. 이순신 장군도 맡아본 적이 있는 삼도통제사三道統制使가 이곳의 우두머리였는데(…)"(p.47), "또 나의 예술 역시 통영의 영靈이 앞에서 끌고 뒤에서 밀어준 소산所産인 것 같기도 하다. (…)" "그 끈기의 원동력은 어쩌면 통영의 대자연력大自然力이었는지도 모른다.(…)"(p.56)

등과 같이 동랑이 쓴 출생지 배경은 통영시임을 명백히 밝히고 있다.

1980년도 제1회 통영예술제의 일환으로 '극작가 동랑 유치진 추모의 밤'에 참석한 큰아들 유덕형은 통영예총 기금으로 일백만 원을 기증한 바 있고 그 뒤 동랑 선생의 흉상 제막식에도 참석하여 고향을 확인하였음을 알고 있다.

청마가 외가에 태어난 곳을 증언하고 현장까지 가리켜 준 '서울 한약방'을 경영하던 신형호(申炯浩: 90세-현재 사망)는 청마와의 먼 인척 관계이며 청마가 태어날 때 신형호의 어머니가 아이를 받았다고 태어난 현장에서 증언했다. 신형호와 필자가 함께 출연한 MBC 명작의 무대(1989)에 당시 문학평론가이며 이곳 출신인 김성욱金聖旭의 처妻며 청마의 큰 따님인 유인전(柳仁全, 60세)도 출연하여 고향임을 밝힌 바 있다.

청마의 큰 사위인 김성욱과 평소 필자와의 대화에서도 앞에서 언급한 통영성統營城 안에 태어난 것을 자랑스럽게 이야기하였다.

1982년도 청마의 미망인 권재순(현재 故)은 이곳 통영문인협회 주관(필자 지부장)으로 개최한 제3회 통영예술제 중 '청마 유치환 시인 추모의 밤'에 직

접 오셔서 "아들이 없어도 후일에 아들이 많을 것이라고 한 생존 시 청마의 말씀을 확인하였다"고 소감을 말하고 청마가 태어난 이곳에서 오히려 먼저 추모하여 주니 감사하다고 하였다. 이때 초청된 유족들 소개에서 청마의 큰딸 아들이며 외손인 김기성(현 SBS 근무, 현재 불상), 둘째 따님 유춘비(현재 故)와 그의 남편 등이 참석하였다. 그들은 청마 시화전에도 둘러보고 다녀갔다.

Ⅳ. 맺는 말

동랑과 청마가 태어난 곳은 통영 땅 동문 안이다. 현재 태평동 552번지가 도로 확장으로 옛집은 없어지고 불과 13평정도 남은 터에 현재 타인이 살고 있다.

먼저 호적상을 면밀히 확인을 하고 옛 지명을 찾았지만, 둔덕면 방하리는 찾을 길이 없다. 모든 지명이 통영 땅이기 때문이다. 통영 땅에서 이사하고 호적을 옮겼다. 참고로 거제군과 합병하여 통영군이 된 것은 1914년 행정 직제개편이 되었는데 유준수가 최초의 호적을 동부동 5통 16호로 등록하여 만 3년이 경과된 후에는 동부동 지명이 "조일정朝日町"으로 되면서 5통 16호는 552번지로 기록되었다.

그러니까 청마가 태어난 후로부터는 6년 후의 호적 변동인데 요사이는 당시(1911년 이전) 거제와 통영이 통영 땅이었기에 둔덕면 방하리가 통영 땅이라고 하지만 전혀 불부합된 말이 된다.

이러한 오류를 범할까 내다본 청마는 후일 몸소 쓴 글에서 통영 땅에서 태어난 곳을 확실히 밝히고 있다.

앞에서도 언급했지만 "시대적 뒷받침이라든지 사회적인 환경 같은 것을 대강이나마 먼저 이야기하여 두는 것이 (⋯) 나를 알아주는 데 무엇보다도 필요하고 긴한 일일 것 같습니다. (⋯)"가 버팀목처럼 살아 있기 때문이다.

또한, 청마의 수상집에서 태어날 때부터 성장 과정을 구체적으로 밝히고 있기 때문이다. 특히 청마는 자기의 태어난 곳과 안태본安胎本 즉 부조父祖의 고향을 분명하게 구분시키고 있는 시〈거제도 둔덕골〉이다. 이처럼 청마는 말이 없고 말솜씨는 어눌해도 당당히 가릴 줄 알고 사리 분별하는 분임을 이곳 통영 사람들은 익히 알고 있다.

그러면 호적을 잠깐 돌이켜보면 호주 유준수柳焌秀는 동랑과 청마를 낳은 후 일제강점기로 접어든 우리나라의 민적부가 '일본식 호적부'로 전면 바뀌게 됨에 따라 전국적으로 최초로 호적일제신고戶籍一齊申告에 따라 1911년 01월 23일 동면 신흥동 26에서 이거 동일 신고함으로써 최초의 본적이 동부동東部洞 5통 16호로 등재된다. 그러면 1910년 01월 21일 호주가 된 원인은 1년 전 분가로 인하여 사실상 분가되어 살고 있었다는 것이다. 이것은 호적부 기재절차에 따른 형식적인 것에 불과한 것이다. 다만 호주 유준수柳焌秀의 신분사유란身分事由欄에 민적부에 등재된 장소인 신흥동新興洞만 기록된 것이다.

다시 말해서 호적상 호주 유준수柳焌秀는 박또수朴又守와 혼인하여 18살에 동랑을 낳고(1905년) 21살에 청마를 낳는다(1908년 융희 2년). 따라서 최초로 일본식 호적에 등재된 절차는 앞에서 언급한 것이다. 여기에서 유준수가 동랑(6살)과 청마(3살)를 데리고 거제에서 통영으로 갔다고 된 것은 잘못 연구된 것이다. 이 문제가 큰 혼란을 가져와 지금까지 쟁점이 되고 있다.

그렇다면 잘못된 것을 앞에서도 밝혔지만, 청마가 직접 쓴〈청마 선생의 고추는〉내용이 통영 땅 동문 안 외가에서 태어났음에서 알 수 있다. 유준수柳焌秀의 셋째 아들인 유치상(柳致祥:서울에서 사망. 그의 친필《충무문학》에 게재)이 태어남에 따라 세 살 터울인 청마는 '각씨 오매'라 부르는 할머니 등에 업혀 북문 밖 5리(2km 정도) 길을 두고 생가生家로부터 오가던 성장을 밝히고 있다.

또 청마의 시〈거제도 둔덕골〉을 두고 동랑 청마를 포함시켜 태어난 것으로 분석한 것도 앞에서 언급한 것처럼 잘못이다.

혹자는 호적상 동랑과 청마 출생지가 신분사유란에 기재되어 있지 않기 때문에, 거제 둔덕면에서 태어나 아버지 따라 통영으로 왔다는 이유도 있을 수 있다는 것은 역시 인식적 오류이다.

전술한 배경에서도 외가에서 태어난 곳을 청마는 분명히 밝혔지만, 일본식 호적부 기재례에 따라 최초로 제재된 호적부 이전에 태어난 자식들의 경우, 신분사유란에 기재 없이 호주와의 관계만 기록하는 등 경과 조치로 보기 때문에 신분사유란에는 기록하지 않는다 할 수 있다. 만약 거제 측의 주장은 거제 둔덕면 방하리에서 태어나 신흥동으로 가서 또 동부동東部洞 5통 16호로 갔다는 주장은 추측이지 전혀 근거가 없는 견강부회가 아닐 수 없다.

만약 청마가 동면東面 신흥동新興洞 26호에서 태어났을 경우, "부父에 따라 입적入籍"이라고 기재해야 한다. 따라서 동랑과 청마는 동부동東部洞 5통 16호(현재 태평동 552번지)에 이미 태어난 곳에서 최초의 호적부를 갖게 되었기에 당시 신분 기재례에 따라 동랑과 청마 신분사유란에 출생지 기재가 없는 것이다.

아버지 유준수柳焌秀로부터 8대의 부조가 살던 곳은 거제 둔덕면 방하리요, 동랑과 청마는 설령 유족들이 그곳을 주장(?)하여도 당시 통영 땅 동문 안에서 태어났음이 명명백백하다. 청마의 어머니 박또수朴又守와 청마와 부인 권재순權在順의 무덤이 방하리 선산에 안장되어 비록 유 씨 선산이라도 청마의 출생지만은 뒷받침될 수도 없는 것이 역사는 진실하기 때문이다.

* 본 글은 당초 발표된 글을 보정했음을 밝혀 둔다.
* 박순석朴絢碩의 한자漢字 '순絢'은 '노끈 순絢'이다. 민중서림民衆書林이 간행한 《漢韓大字典》(2000. 01) 내의 1,591페이지를 보면 ① 현란할 현絢 자와 ② 노끈 순絢자 등으로 구분되어 있다.
* 박또수朴又守의 한자漢字 기록은 '박우수'로 읽히지만 '우'를 '또'라고 읽어야 할 것이다. '상노常奴'를 읽을 때는 '상놈'이라고 읽는 것과 같다.

☛ 출처 : 2002. 06. 22 주최 : 청마문학회·시문학회/후원: 통영시, 《청마문학 세미나 및 시낭송》 본고 필자가 발표한 바 있으나, 인터넷 바다에 떠도는 청마의 고향에 대하여 추가로 부연했음을 밝혀둔다.

청마의 생가生家 모습 복원 및 청마문학관 건립 경위

1. 독창성 뛰어나고 휴머니즘을 통한 청마 시 세계

청마는 미당 서정주 시인의 말에 따르면 "생명 현실의 솔직한 집중적 표현"을 한다면서 미당 자신과 더불어 생명파 시인으로 부르기도 했다. 따라서 미美보다 시정신詩精神에 무게를 둔 것임을 알 수 있다.

청마의 유명한 말 "시인이 되기 전에 한 사람이 되라"는 깊은 뜻과 연관된다. 특히 청마는 간결한 말 속에 깊은 체험적인 진리를 초극화하여 표현된 단문短文 즉, 사고와 직관의 편편片片으로 서정적 철학을 의지적으로 승화한 아포리즘에서 찾을 수 있다. 위와 같이 이러한 여러 연구 결과물은 이미 지적된 사항들이다. 이러한 지적을 간추려 보면 첫째, 치열한 시정신은 역사적 극한상황을 형상화했는데, 주로 저항적인 시의 세계를 구축하여 근간으로 삼았다. 구체적으로 접근해 보면 그의 시의 세계는 공자의 사무사思無邪와 일맥상통한다는 지적에 동의한다.

둘째는 북만주의 혹독한 체험임을 알 수 있다. 그것은 허무 의지라고 할 수 있다. 다시 말해서 생명의 소중함을 뼈저리게 느껴, 때론 감상적인 이미지즘, 낭만적 요소도 내포된 모더니즘과 휴머니즘과의 혼종으로 생성된 시 세계를 창출했다. 이에 따라 청마는 회한 없는 생명을 위해 자학적인 방황에서 인간이 갖는 속물성에 대한 증오와 저주를 가학하기도 했다.

바로 북만주에도 삭북(朔北-막연한 '북방'이 아니고, "오랑캐의 땅"이라고 사전적

한자 풀이한 기록이 된 지명임-필자)가성의 거리에서 시 〈首〉를 발표함에 따라 극히 일부에서는 시 〈전야〉, 〈북두성〉 모두 3편에 한하여 친일문학론을 들고 나선 문제작은 지금도 관점을 달리하고 있다.

그러나 필자가 볼 때는 친일문학론에 포함되지 않는다고 생각한다. 이때 청마의 신神이 태동하는데, 생명과 신을 통해 끝없는 성찰에서 고뇌한다. 그러나 그의 신은 우주의 신이지 회귀하는 의지의 신은 전혀 아님을 밝혀둔다.

셋째는 부분적이지만 현실적인 참여시를 잉태하였다. 일제 제국주의가 1935년부터 군국주의로 전환하면서 카프 동맹은 물론 저항정신의 본질을 일본식 해석으로 무정부주의라고 주장하는 아나키즘을 일망타진 본격화하는 과정에서 1936년에 청마의 불후 작품인 시 〈旗빨〉이 발표됐다.

그때부터 그는 아나키스트로서 목숨 보존을 위해 가솔을 거느리고 궤짝 하나 멘 채 통영을 교묘히 탈출, 북만주로 갈 수 있었다. 그곳에는 대륙적인 시 창작 열망 대상지였다는 데서 아나키스트인 이육사를 비롯한 다수 문인들이 탐방했다는 주장설도 있지만, 아나키스트였던 그의 목숨을 일제 군국주의자들에게 개죽음당할 수는 없어 그곳으로 피신한 것으로 보는 것이 옳다.

광복과 동시 이념 대립의 소용돌이와 6 · 25전쟁이 발발하자 청마는 자진하여 보병들과 더불어 전쟁에 참여하였다. 치열한 전투의 피바다가 된 '장진항전투'를 기록한 시집 《步兵과 더부러》(文藝社, 1951)를 그의 고향 '통영읍 인쇄사에서 출간'했다.

역사 앞에서 현실을 고발하는 전쟁 시 작품을 비롯하여 자유당 시절에는 부조리에 맞서 참여시와 칼럼을 통해 사회상을 날카롭게 지적했다.

넷째는 그의 아버지 유준수柳焌秀는 통영에 살아도 거제인으로 알고 청마가 간혹 섬사람이라고 야유하는 바람에 그는 자작시해설총서 《구름에 그린다》(新興出版社, 1959. 12)라는 책을 펴냈다. 그 책 내용을 보면 그는 맏형 동랑 치진과 함께 통영 외가(일제 때, 최초의 일본식 호적부에 등재된 본적지는 태평동 552번지)에서 출생하였다는 내력을 육하원칙에 따라 기록해 놓았다. 현재도 청마가 태어난 곳은, 그가 써 놓은 유언장 같은 자작시해설총서 《구름에 그린다》(新興出版社, 1959. 12)와 그의 출생 근거가 되는 태평동 552번지 토지가 그의 아버지 유준수 명의로 되었다가 같은 동에 전적轉籍한 500번지에는 어머니 박또수朴又守 명의로 바뀐 토지대장은 물론 그의 외할머니가 사망한 장소가 어머니 명의로 된 토지대장 번지(500번지)가 같은 곳이기에 그곳이 청마가 외가에서 성장한 증거 자료가 될 수 있다.

2. 청마 출생지는 최초의 일본식 호적부에 통영 동부동 5통 16호(태평동 552번지)다

동랑·청마는 '통영 동부동 5통 16호' 즉, 태평동 552번지에 출생했다. 동랑도 밝혔지만 청마는 앞에서 말한 그의 자작시해설총서 《구름에 그린다》(新興出版社, 1959. 12)에서 그곳이 '東門 안' '통영 동부동 5통 16호 즉, 통영 태평동 552번지'임을 구체적으로 기록하여 밝혀 놓았다.

그러나 호적부에 동랑이나, 청마의 신분사유란身分事由欄에 출생 사유가 기록되지 않은 것은 당시 호적 기재예규에 따라 기재하지 않아도 최초로 만든 일본식 호적부의 본적지 '통영 동부동 5통 16호 즉, 통영 태평동 552번지'에 출생했다는 그 당시 신고에 의한 호적부 기재예규에 따른 것이라 할 수 있다. 이 또한, 청마의 출생지를 명확히 밝힌 증거이기도 하다. 만약 거제 둔덕면 방하리 친 숙부로 보이는 유근조(柳謹祚-당시 둔덕면장도 하였음) 최초의 호적부에서 분가되었다면 동랑·청마 신분사유란에 '둔덕면 방하리에서 부父에 따라 입적'이라는 등 당시의 기재예규에 따라 기재되었을 것이다.

그러므로 신분사유란이 없다고 해서 허위 기록하는 것은 호적부의 변천사를 모르기 때문이다. 당시 청마도 그의 〈出生記〉(《生命의 書》, 行文社, 1947)에 외가外家에서 출생한 것을 밝히고 있다.

"나를 잉태한 어머니는/짐즛 어진 생각만을 다듬어 지니셨고/젊은 의원인 아버지는/밤마다 사랑에서 저릉저릉 글 읽으셨다.//왕고못댁 제삿날밤 열나흘 새벽 달빛을 밟고/유월이가 이고 온 제삿밥을 먹고나서/희미한 등잔불 장지 안에/번문욕례繁文縟禮 사대주의事大主義의 욕辱된 후예後裔로 세상에 떨어졌나니(…)"

라는 이야기까지 1947년 그의 시집《生命의 書》(行文社, 1947), 42~44페이지에다 기록한 것은 어른들에게 들은 것을 시 작품으로 옮겨 놓은 것은 대단히 중요하다. 이 기록은 그의 자작시해설총서《구름에 그린다》(新興出版社, 1959. 12)의 11~12페이지에서도 기록되어 출생지를 분명히 밝혀져 있다.

당시에 동문 안에서 산다는 자긍심은 1895년 삼도수군통제영이 철폐撤廢된 이후에도 성안 사람[國人]과 성 밖 사람[野人]들의 신분을 두고 시정市井에서는 다툼이 더러 있었다. 고루하지만 1950년대 말에도 어디서 살았느냐고 묻는 노인들이 더러 있었다.

청마 역시 예외는 아니다. 아무리 통영 동문 안에 태어났다고 해도 돌아서면 아버지로 인해 거제도 사람이라고 호칭되었기에 그의 자작시해설총서《구름에 그린다》(新興出版社, 1959. 12)에 대단히 구체적으로 쉽게 기록했다. 원래 일본인들을 '섬놈'이라고 불렀는데, 시정에서는 우리나라 섬에서 태어난 사람들도 모멸해 부르는 등 지금도 돌아서서 얕잡아보는 버릇이 없지 않다.

어쨌든 청마가 태어난 곳이 태평동이라면 그의 자작시해설총서《구름에 그린다》(新興出版社, 1959. 12)에 기록된 내용과 여러 글에서의 자료들은 물론 호적부와의 관계를 살펴보고 거제 둔덕면 방하리 호적부와 기타 자료를 통해 반드시 짚고 넘어가야 할 대목이다.

2-1. 그의 문학작품 속에 그가 기록한 출생지는 통영이다

청마의 자작시해설총서 《구름에 그린다》(新興出版社, 1959. 12)에도 있지마는 그가 타계한 후, 서울 소재 '문학세계사'에서 유치환 수상집, 《나의 窓에 마지막 달빛이》(1979. 10. 26)이라는 책에 청마의 시 〈出生記〉를 청마의 자작시해설총서 《구름에 그린다》(新興出版社, 1959. 12)에 나오는 〈出生記〉를 그대로 옮겨 쓴 글월도 다음 열거한 내용과 동일하다.

　　　(…) 시대적 뒷받침이라든지 사회적인 환경 같은 것을 대강이나마 먼저 이야기하여 두는 것이 나와 작품들을 이해하고 또한 시인으로서의 나를 알아주는 데 무엇보다도 필요하고 긴한 일일 것 같습니다.
　　　내가 난 때는 1908년 즉 한일 합병이 이루어진 전전 해로서 (…) 난 곳은 노도처럼 밀려 닿던 왜의 세력을 가장 먼저 느낄 수 있던 한반도의 남쪽 끝머리에 있는 바닷가 통영(충무시)이었습니다. 그리고 혈통으로는 내가 보통학교에 입학하는 지망서의 신분 란엔 아버지께서 '평민平民'이라 써 넣던 것을 지금껏 똑똑히 기억하고 있는 만큼 50년 전의 고질 같은 그 반상班常의 구별에 있어 어쩌면 그것을 의지 삼고 날개 떨칠 선대先代로부터의 물려받음을 가지지 못한 한갓 반항적 의식에서였던지 또는 밀려드는 새 시대의 조류에 민감한 감정에서였던지는 알 길 없으나 그 전기轉機하는 혼돈하고 스산한 세대에 부닥쳐 오히려 해우창생海隅蒼生을 달갑게 자처하는 지체 없는 한 유생儒生인 젊은 의원의 둘째 소생으로 태어났던 것입니다.
　　　내가 자라던 집은 바닷가 비알이며 골짝 새로 다닥다닥 초가들이 밀집한 가운데 더욱 어둡고 무거워 보이는 삼도 통제사의 아문들이던 이끼 덮인 옛 청사廳舍와 사방四方의 성문城門이 남아 있는 선창가엔 마포(馬浦 지금의 마산), 하동河東 등지로부터 장배들이 수없이 들어닿고 쌀 소금 명태 등속의 물주物主집 창고들이 비좁게 잇달아 서서 품팔이 지게꾼들이 우글거리고 고을 바다의 중심지 가까운 행길 가에 ㅅ자로 붙어 앉은 초라한 초가였습니다(당시 글 그대로 옮김-필자).
　　　－自作詩解說總書 《구름에 그린다》(新興出版社, 1959. 12), pp.12~13.

이러한 출생지를 시와 때, 장소를 구체적으로 밝힌 청마의 자작시해설총서 《구름에 그린다》(新興出版社, 1959. 12, pp.12~13) 배경은 아버지가 둔덕면 방하리 사람이라는 신분과는 다르게 청마 자신마저 출생지를 섬사람으로 매도하는데, 동랑과 청마 자신은 통영 동문 안에서 태어났으니 그 꼬리표를 달지 말라는 것으로 생각된다.

특히 청마는 시 〈거제도 둔덕골〉을 써서 더 구체화하고 있다. 동랑과 청마 자신은 태어나지 않고 아버지로부터 8대가 태어나 살으신 곳이라고 밝히고 있다. 즉 "거제도 둔덕골은/八代로 내려 나의 父祖가 실으신 곳"이라고 밝히고 있다. 여기서 짚고 넘어가야 할 대목은 '부조父祖로부터 팔대八代'인데, 이 말은 동랑과 청마를 제외한 아버지로부터 여덟 대代란 뜻이다. 여기서 대代와 세世를 구분할 줄 알아야 이 시를 올바르게 해석하게 된다. 대代는 자기를 제외된 아비지로부터 선대를 지칭할 때 사용한다. 예를 들면 '몇 대손이냐'고 질문할 때 자기는 제외하고 아버지를 포함하여 8대손이라고 답해야 한다. 그렇다면 세世는 자기를 포함해서 8대일 경우 9세라고 답해야 옳다. 그럼에도 불구하고 청마의 시 〈거제도 둔덕골〉을 읽고 청마가 거제에서 태어났다고 무식한 소리를 할 때는 막막하기 짝이 없다.

청마가 맏형 동랑과 함께 외가에서 태어난 수필을 읽으면 외가에서 태어날 때의 정경情景이 더 선명하게 나타난다.

> (…) 누구보다도 외할머니의 기쁨이 이만저만 아니셔 갓난아기가 달고 나온 고추가 그저 거짓말만 같아 밖에서 일을 하시다가도 혹시나 그것이 헛게 아니던가 누구가 몰래 따 가지나 않았나 싶은 의아심이 불현듯 생길라치면 부리나게 방으로 뛰쳐 들어가선 기저귀를 들추고 아기의 사타구니를 확인하곤 하셨더랬다고 그리고 그렇게 끔찍스런 귀염을 받은 고추가 가형家兄 동랑이요 (…) 나는 불행이도 그다지 끔찍스런 귀염은 받지 못했더란 이야기를 외조모님께선 한 적이 있었는데(…)

또한 '각씨 오매'라 부르는 할머니 등에 업혀 북문北門 밖 5리 길을 두

고 생가(生家, 통영 동부동 5통 16호 즉, 통영 태평동 552번지)로부터 오고 가던
위치를 밝혔는데 그 '각씨 오매'가 살던 곳은 동면東面 신흥동(新興洞, 현재
통영시 공설운동장 일대)인 것으로 본다.

> 세 살 터울인 내 아우(致祥─필자)가 생기자 아기에게 대한 시샘이
> 유달리 심하던 나는 우리 집안에서 '각씨 오매'라 부르는 먼 친척 벌
> 되는 홀로 사는 할머니에게 저녁이면 북문 밖 5리 길을 업혀 가선 할
> 머니한테서 자고, 아침이면 도로 업혀서 집으로 오곤 하였던 것입니
> 다. 그렇게 해서 외할아버지가 차린 글방으로 글 배우러 외갓집으로
> 갈 만큼이나 철이 들도록까지 이 '각씨 오매' 곁에서 자란 것이었으니
> (…) 그리하여 이 할머니 등에서 다 자라나 보통학교를 마치고 타관
> 으로 유학하기까지는 해마다 내일이 설날인 섣달 대 그믐날이 오면
> 어머니한테서 설빔을 싼 보자기를 받아서 끼고는 이 할머니 집으로
> 가서 할머니 곁에서 한 살을 더 먹기를 나는 버릇같이 해 왔던 것입
> 니다.
> ─自作詩解說總書《구름에 그린다》(新興出版社, 1959. 12), pp.14~15.

5리나 되는 길을 '각씨 오매' 등에 업혀 성장하는 것을 소상히 밝혔는데
거제 측은 청마 3살 때까지 둔덕면에서 성장하여 태평동 500번지로 분가
했다고 주장하는 박철석(문학평론가) 씨의 주장대로라면 '통영 동부동 5통
16호 즉, 통영 태평동 552번지'라고 해야 하는데, 전적한 태평동 500번지
라고 주장함으로써 해석적 오류를 크게 범해, 문학평론가로서 자격이 의심
스럽다고 조롱하는 소리를 듣기도 했다.

> (…) 그러나 친할아버지 할머니는 내가 세상에 생겨나기도 전에 이
> 미 세상을 떠나셨다 하니 이승의 해를 우러러보는 인연조차 없었으니
> 말할 것도 없고, 외조부모의 애정 나누어 입으며 자랐었다(…)
> ─수필 〈나야〉, 《나는 고독하지 않다》, 平和社, 1963, p.101.

이처럼 청마의 여러 글에서도 생명의 탯줄 이야기가 나타나는데도, 거제 측 유족들은 전혀 다르게 해석하는 해석적 오류를 크게 범하고 있다.

> (…) 내게는 이모님이 한 분 남아 계신다. 고향서도 바다 건너 있는 어머님 산소엘 갔다 돌아오는 길에 찾아뵙고, 대문 밖에 나오셔서 눈에는 눈물이 글썽한 것이었다. (…) 나도 그만 눈시울이 뜨거워짐을 (…) 사실 그 순간 이모님도 나도 이것이 마지막이라는 것을 외롭게 느꼈던것이다.
>
> ―수필 〈고향에 가서〉,《나는 고독하지 않다》, 平和社, 1963,
> ―수필 〈고향에 가서〉,《쫓겨난 아담》, 범우사, 1976. 11, p. 43.

이 글에서 지나간 세월이 보인다. 청마의 나이가 50세 드는 해에 고향을 찾는다. 벌써 청마의 어머니는 타계하여 바다 건너 거제도 둔덕면 유씨 선산柳氏 先山에 청마의 어머니를 모셨다. 어머니를 참배하는 길목에서 고향 통영에 사는 이모 한 분을 만나 석별의 정을 나누고 있다. 여기서도 '통영을 고향'이라는 글을 남겼다.

그런데도 거제 측 유족들은 청마가 섬사람이기에 만부득이 통영을 고향이라고 했다고 주장한다. 거제 측 유족대로 주장하게 되면 유명한 시인 청마는 한국 문단사에 기만자(사기꾼)로 각인되고 말 것이요. 그가 남긴 유명한 작품들을 누가 믿을 수 있겠는가. 결국 청마 시인을 두 번이나 죽이는 꼴이 되고 말 것이다. 본고 필자가 연구해 본 결과 청마의 자작시해설총서 《구름에 그린다》(新興出版社, 1959, 12)에 쓴 글들과 호적과의 대조, 외가에서 태어나 성장하는 과정이 추호도 어긋나지 않고 일치하는데 놀랐다. 그래서 청마를 잘 아는 통영 지인들은 청마가 생존 때에도 정직했다는 것이다.

2-2. 동랑이 생존 때 직접 쓴 출생지는 통영이다

관점의 차이점에서 하는 말이지만 '청마의 생가生家가 중요한 것이 아니라 그의 성장지와 오랫동안 머물고 산 것이 더 중요'하다고 강조하고 있다.

그러나 본고 필자는 출생지 쟁점이 발생했을 경우, 태어난 곳은 물론 성장지에서 활동 상황 등 둘 다 중요하다고 판단된다. 그간 전국적인 현상이 되어 일부 문인들이 사건의 진말을 알지 못하고 문학정신마저 잃고 나름대로 판단하는 것을 보았다. 그간 전국에서 보기 좋지 않은 쟁점을 먼저 제기한(거제 측 유족 원고) 내용 자체가 너무나 증거 자료 제출에 오류가 많아 거제 측 유족들이 법정 다툼에서 패소한 바 있는데도 극히 일부 거제 측 문화인들의 인식적 오류를 스스로 해소하지 못하는 실정인 것 같다.

정말 다툼이 없어야 청마의 위상位相이 우뚝할 것인데 안타까울 뿐이다. 이 문제는 이미 끝났는데도 지금까지도 심심찮게 입질에 오르고 있어 가까운 이웃의 정만 멀어지는 것 같다.

앞에서 본고 필자가 연구한 결과 자료들 제시에서 충분한 이해를 할 수 있음에도 근황에 유민영 씨가 펴낸 《동랑 유치진 전집》 9권에 수록한 '동랑 자서전' 열거에 "결국 한일 합방되던 해에 아버지는 가솔을 이끌고 꿈에 그리던 바닷가 통영읍으로 이사한 것이다. 나는 다섯 살이고 청마는 두 살 때였다"라고 적고 있다. 이 기록은 동랑이 타계한 이후 출간된 자서전에 나타난 자료이다.

그렇다면 동랑이 생존할 때 유치진, 《동랑 희곡전집》(성문각, 1971) 첫머리에 자서自序한 출생지는 충무(통영)로 기록되어 있다. 또 동랑이 타계하기 전인 1975년 7월 동랑의 부인 심재순沈載淳은 자신의 이름으로, 책머리에 동랑 선생의 육성 그대로 쓴 유치진, 《동랑 자서전》(서울출판사 출판국, 1975)을 출간했다. 출생지는 충무(통영)로 기록되어 있다. 그렇다면 동랑이 살았을 때 직접 쓴 '동랑 자서전' 생장기生長期 기록을 살펴보기로 하겠다.

> 내가 태어난 統營(지금의 忠武)은 진해 근처여서, 어머니가 거처하는 안방까지 대포 소리가 들렸다고 한다(p. 45). 내가 태어난 統營은 이 나라의 남녘 끝, 바닷가에 자리한 어촌인 동시에 이조의 水軍本營

이 있던 곳이었다. 이순신 장군도 맡아본 적이 있는 三道 統制使가 이곳의 우두머리였는데(…)(p.47). 또 나의 예술 역시 統營의 靈이 앞에서 끌고 뒤에서 밀어준 所産인 것 같기도 하다. (…) 그 끈기의 원동력은 어쩌면 統營의 大自然力이었는지도 모른다(p.56).

위에 논급한 자료를 보아도 동랑은 자신이 태어난 곳은 통영 땅임을 구체적인 기록을 남겼다. 한편 본고 필자가 1981년도에 예총 무임 사무국장의 사표가 수리되지 않았을 당시 제1회 통영예술제의 일환으로 '극작가 동랑 유치진 추모의 밤'에 참석한 큰아들 유덕형은 예총 기금으로 현금 일백만 원정의 거액을 기증하였고, 그 후에 남망산 아래 중턱쯤 동랑 선생의 흉상 제막식에도 참석하여 동랑의 고향임을 확인한 바 있다.

또 1989년도 마산 MBC에서 특집인지 모르나 '명작의 무대'에 본고 필자가 MBC 취재진을 신형호(申炯浩, 당시 나이는 90세임) 어르신에게로 안내했다. 현재는 '통영우체국' 명칭이 현재는 '중앙우체국'인데, 중앙우체국 입구를 향해 계단 오르기 전 오른쪽 건너편 일본 적산 집으로 보이는 2층에 한의원을 경영하고 있었다. 인터뷰 방식은 질문과 답변으로 진행되었다. 신형호 어르신의 답변은 청마와 먼 친척뻘이며, 신형호 선생의 어머니가 청마가 태어나는 시간에 청마를 받았다(산파 역할)는 것이다. 물론 본고 필자도 청마에 대한 시 세계를 간략하게 답하기도 했다. 취재진은 청마의 큰사위 김성욱(金聖旭, 문학평론가, 동양역학 전공)과 결혼한 큰딸 유인전(柳仁全, 당시 나이 60세)과도 인터뷰를 하면서 통영을 고향이라고 말했다.

또 1983년도 제3회 통영예술제의 일환으로 '청마 유치환 시인 추모의 밤'과 청마 시화전을 한국문인협회 통영지부(지부장 차영한)가 주관하게 되어 초대된 청마의 미망인 권재순(權在順 여사는 물론 외손자 김기성(당시 SBS 기자, 청마의 큰딸 유인전과 결혼한 큰사위 金聖旭〈동충에 한때 살았던 통영인이기도 하다〉의 큰아들)과 둘째 딸 유춘비(柳春妃의 남편(당시 동아대학교 박○○ 교수—통영인) 등 유족들이 참석했다. 권재순 여사 역시 통영인으로 "아들이 없어도 후일에 아들이 많을 것이라고 한 청마의 말씀을 확인했다"고 하면서 "청마가 태어난 이곳에서 먼저 추모하여 주니 감사하다"고 했다.

또 1996년도에 부산 거주에 거주하는 허만하 시인이 필자에게 보내온 편지 내용에 동봉한 약도는 청마가 태어난 곳을 그린 것이 있었다. 청마와 각별하게 지낸 최규용(1903년생) 옹이 청마가 외가에 태어난 위치를 보아도 청마가 태어난 곳은 그의 외가外家였다. 따라서 청마가 태어난 여러 증거들이 있으며, 특히 청마 스스로가 태어난 곳은 그의 청마의 자작시해설 총서 《구름에 그린다》(新興出版社, 1959. 12)에서 통영이 출생지라고 했다. 앞으로도 이 이상의 살아 있는 증거인은 없다고 확신한다.

3. 청마의 생가 모습 복원과 청마문학관 건립 경과

이곳 통영은 지금도 거제 측에서 주장하는 청마의 생가 복원 등 제반 사업에는 관계없이 청마 스스로 그의 고향은 통영이라고 한 충분한 근거 자료를 검토한 결과 청마가 이곳에 태어나 성장한 모든 정서를 포함할 때 유명 예술인 삶터 조성은 마땅하다고 판단되어 생가 복원을 비롯한 삶터의 조성 공사 계획이 확정되었다. 사업명은 처음의 계획에 청마 유치환 시인 생가 복원 공사였다.

사업 기간은 1997년부터 1998년으로 계획하였다. 추진 사항에 있어서 처음은 청마가 태어나 자란 시옷(ㅅ)자의 집을 거론하였다. 물론 추진위원회(17명)를 두어 시민의 뜻을 수렴하는 한편 세병관, 남망산 국제조각공원, 문화예술의 거리 등 관광코스와 세트화 연계 추진키로 되어 있었다.

그러나 주변의 여건상 복원 대상지 결정에 애로가 있었다. 첫째, 청마가 태어난 태평동 552번지가 도로에 편입되고 점포만 남아 복원 장소가 불과 13평으로 협소하고, 둘째, 호적을 옮겼고 그곳에 살던 현재 중앙시장에 위치한 태평동 500번지의 건물은 가옥들과 주로 점포들이 밀접하여 기념관으로 가시적 효과가 적고, 셋째, 문화유치원인 문화동 183번지(청마가 아버지인 호주 유준수柳焌秀, 호적에서 분가에 따른 새로운 본적 번지)에서도 현재 충무교회의 소유지로 되어 있어서 협의가 곤란하다는 등 여러 문제점 등이 중첩되어 사업 추진이 연기되기도 했다. 그러나 1998년 6월경 당시 문화관광부의 담당 사무관이 현지 방문에서 삶터 조성 형식으로 사업의 추진이 가능하다는 해석에 따른 사업을 '유명 예술인 삶터 조성' 계획이라 하여 추진하게 되었다.

공사 개요를 보면 위치는 통영시 정량동 863번지 외 9필지(4,618㎡)이며, 건축 공사에 있어서는 생가 복원, 전시관, 화장실 설치와 이에 따른 조경 공사, 전시시설 공사 등 제반 수반되는 공사였는데, 착공 일자는 1998년 12월 26일이었다. 한편 사업비는 일억 천만 원(국비 5,500만, 시비 5,500만)을 투입케 되었다.

준공일은 당초 2000년 01월 29일로 계획하였으나 02월 14일로 결정되었다. 그러나 추진사의 차질은 없으나 문제점은 생가로부터 거리가 멀고 청마가 머물던 아늑한 멋이 나지 않는 흠결이 전혀 없지 않았다. 그러면 그간의 추진내용을 보면 다음과 같다.

먼저 건물에 대한 개요를 살펴보기로 하겠다. 생가 모습(형태에 한함)은 본채가 39.87㎡(12.3평)에 정면 5칸 측면 1칸 반의 목구조木構造이고, 행랑채(헛간채)는 17.82㎡(5.39평)에 정면 3칸, 측면 1칸의 목조구조로 동남간東南間으로 향하여 있다.

전시관을 보면 면적이 165.24㎡(49.98평)에 규모는 정면 6칸, 측면 3칸의 RC 및 조적도로 되어 있다. 사업명은 유명 예술인 삶터 조성이었으나 2000년 01월 12일 '청마문학관'으로 명칭 결정이 확정되어 청마 유치환 시인의 출생지에 비로소 그의 기념문학관이 건립된 것이다. 추진 경과를 보면 다음과 같다.

날짜	내용
'95.08.18	· 유명 예술인 생가 복원 계획수립

	-사업기간: '95~'98
	-국·도비 지원을 받아 추진
'96.04.15	· 생가 복원 대상자 현황조사
'96.05.01	· '97 국고 보조금사업 지원 신청
'96.07.15	· 유명 예술인 생가 복원 추진위원회 구성 및 회의 개최
	-위원 위촉: 17명
	-내용: 추진 방향 및 사업 내용
'97.08.09	· 유명 예술인 생가복원 국고보조금 교부결정 및 송금통지
'98.05.	· 유명예술인 생가복원 대상자 변경계획 수립
	-대상자: 윤이상, 박경리, 전혁림, 김춘수, 김상옥(유치진·유치환 제외)
	-사유: 청마 유치환 생가 복원 대상지가 시가지 중심에 위치하여 토지 매입비 과다로 시의회에서 대상자를 변경하는 것이 좋겠다는 의견 때문
	-중앙기관과 협의 결과: 생존해 계시는 분과 전력이 있는 분은 대상자로 선정할 수 없음.
'98.06.	· 문화관광부 담당 사무관 현지 방문
	-출장 목적: 문제점 보완 차
	-대책: 삶터 조성 형식으로 사업 추진 가능
'98.07.08	· 유명예술인 삶터 조성 추진계획수립
	-대상지 조사 현황: ①산양읍 ②망일봉 가족공원 ③용남면 화삼리
	삶터란 유명 예술인이 태어나고, 살았던 곳 외 평소 잘 다녔던 곳이나 특별한 지형지로 이 작품에 영향을 미쳤던 곳
'98.10.	· 기본 및 실시설계용역 계약
'98.12.9	· 공개경쟁 입찰공고
'98.12.16	· 유명 예술인 삶터 조성 사업 위치 변경 계획 수립
	-위치: '98.07.08. 유명 예술인 삶터 조성 추진 계획서 대상자 중 제2후보지인 망일산 가족공원 내
'98.12.24	· 공개경쟁 입찰-낙찰자: ㈜국제종합건설
'99.07.20	· 유명 예술인 삶터 전시 시설(청마문학관) 실시 설계 용역
'99.10.20	· 전시 시설(생가 및 청마문학관) 설계 용역 납품
'99.10.30	· 전시관 조성에 따른 유품 확보(25종, 300점)
'99.12.27	· 현재 공정-85%, 2000. 01월 말경 준공예정
2000.02.14	· 청마문학관 준공 및 개관, 시민문화회관에서 제1회 청마문학상 시상(수상자: 시인 김춘수, 주관: 청마문학회(회장 시인 문덕수), 후원: 통영시)

청마문학관 설립 추진 내용

4. 맺는 말

청마가 스스로 출생지와 성장한 과정마저 그의 자작시해설총서 《구름에 그린다》(新興出版社, 1959. 12)에 육하원칙에 따라 구체적으로 기록하고 있어 그의 책은 앞으로도 산 증인이 아닐 수 없다. 본인의 진술서와 다름이 없는데 어떠한 자료 제시도 통하지 않는다. 청마가 스스로 말한 그의 생장지生長地는 '東門 안', 즉 '통영 동부동 5통 16호' 즉, 통영 태평동 552번지는 물론 근접한 거리에 전적轉籍한 태평동 500번지에서도 성장한 장소를 구체적으로 기록한 것이다.

특히 외가에 태어난 것을 뒷받침한 증거는 본고 필자가 최초로 발견한 것인데, 당초 호적부 본적지인 태평동 552번지의 토지대장은 청마의 아버지 명의로 되어 있었다. 그러나 가까운 태평동 500번지로 전적轉籍을 했을 때 호주는 청마의 아버지 유준수柳焌秀였으나, 토지대장은 일제日帝부터 청마의 어머니 박또수朴又守 명의로 기록된 것을 보면 아마도 처가의 땅으로 인한 갈등이 있었기에 태평동 500번지에 전적轉籍할 때의 토지는 청마의 어머니가 소유한 것으로 보인다. 그러니까 호적부상 호주는 청마의 아버지이며, 토지는 어머니 명의로 된 것은 드문 일이다.

이러한 갈등을 뒷받침하는 자료는 본고 필자가 추적한 결과 청마의 외할머니가 '태평동 500번지에서 사망'한 기록을 청마의 외할아버지 박순석(朴絢碩, 통영시 용남면 달포인)의 호적부(거제 둔덕면 하둔리 276번지)에 보면 신고한 장소가 뒷받침하고 있다. 여기서 짚고 넘어가야 할 대목이 있다. 청마의 외할아버지 박순석朴絢碩의 한자漢字 '순絢'은 '노끈 순絢'이다. 민중서림 民衆書林이 간행한 《漢韓大字典》(2000. 01) 1,591페이지를 보면 ❶ 현란할 현絢 자와 ❷ 노끈 순絢 자 등 두 가지 뜻으로 구분되는데, 통영에서는 청마의 외할아버지를 평소 '닻줄이 영감'이라고 불러왔다는 것이다. 그러나 호적부상 한자 '박순석'을 '박현석'이라고 부르는 자가 어중간한 지식층이 더 많았다고 한다. 그것은 무지 소치로서 부끄러운 일이 아닐 수 없다. 그러나 갑부로 살던 청마의 외할아버지를 시장(현재 중앙시장)통에서는 돈 많은 '닻줄이 영감님'이라고 불러야 '아, 데릴사위' 청마의 아버지 유준수柳焌秀를 가리켰다는 이야기도 근거 없는 말이 아님을 알 수 있다. 한편 청마의 어머니 박또수朴又守를 지식층에서는 '박우수'라고 부르지만 1950년대만 해도 중앙시장에서는 '박또수 할매'라고 해야 알아들었다고 한다. 흔히들 우리가 말하는 '상놈'은 한자로 '상노常奴'로 표기한다. 발음할 때는 우리말 '상놈'이라고 읽어야 한다. 따라서 '박또수'라고 불러야 우리말이 된다.

쟁점을 법정까지 끌고 가 패소한 원고인 거제 측의 유족(유인전, 유춘비, 유자연)들의 분노를 살펴봄으로써 어느 정도 그간의 실마리가 풀릴 것 같다. 문제는 통영 사회단체(정갑섭 주도)가 남망산 중간 지점(현재 청마시비 근처)에 친일파 동랑 흉상을 건립함으로써 극히 몇몇 통영 청년이 흉상을 철거하여 거제 쪽으로 가는 도로변에 버린 일이 화근이 되어 청마 유족들이 돌아섰다는 이야기가 없지 않다.

그렇다고 청마의 출생지마저 바꾸려는 유족들의 마음은 지나친 처사로 보인다. 어쨌든 정직한 청마의 출생지와 성장지는 청마가 스스로 진술한 내용대로 통영 땅이 아닐 수 없다.

특히 거제시 명의로 제작 배포된 것으로 보이는 자료인, 거제시《東朗 유치진(柳致眞, 1905~1974)·靑馬 유치환(柳致環, 1908~1967)의 出生地 調査硏究-巨濟 出生에 關하여》(2000. 06. 07), 감수자 남송우(부경대 국문과 교수) '인'까지 날인되어 있는 등 연구 내용은 본고 필자가 볼 때 오류가 많고 견강부회牽强附會 또한 없지 않은 것 같다.

자료 왜곡은 물론 유준수 호적부의 호주戶主가 된 '원인란原因欄'을 근간으로 작성된 호적부상 자료 제시는 사실과 전혀 다른 오류가 없지 않다. 특히 교수직에 있던 남송우 씨가 자료들을 허위 작성한 것은 언제든지 법적으로 유효하기 때문에 현재도 그 자료가 정당하다면 허위 작성 상 개인적 책임 또한 면치 못할 것이다.

그러나 거제 측 유족들이 먼저 법정까지 끌고 가서 통영시에 패소한 결과를 다시 운운할수록 괴난愧赧 짓이라 할 것이며, 스스로 괴소愧笑하게 될 것이다. 청마의 자작시해설총서 《구름에 그린다》(新興出版社, 1959. 12)에 그(청마)가 쓴 내용과 일본 제국주의 때부터 '최초의 일본식 호적부'와 그때로부터 보존되어 온 통영시청 '토지대장'에 나타나는 변동사항을 비롯하여 그때로부터 측근 주민들의 구술 등을 종합할 때 청마의 위 기록은 빈틈없이 일치하고 있다.

이에 따라 정직한 청마를 두 번이나 죽이지 않기 위해서는 양측의 후세 대를 위해 옹졸한 태도를 탈피하는 것이 바람직하다 할 것이다. 끝으로 현재까지도 본고 필자는 개인적 성격상으로 어느 편에 서지 않고, 어디까지나 순수한 연구한 결과물임을 분명히 밝혀 둔다.

☛ 출처 : 2001. 02. 13, 차영한, 〈靑馬 柳致環의 출생지에 대하여-청마가 태어난 곳은 통영 땅이다〉, 《청마문학》 4, 서울, 청마문학회, pp.81~107.

청마거리의 지정 및 조성

1. 추진 방향

통영시가 유명 예술인의 거리 조성 계획을 발표하게 된 배경은 여러 가지의 의미를 부여하고 있다. 살펴보면 청마 유치환 시인과 세계적인 음악가 윤이상의 거리를 먼저 조성키로 하여 다시 한 번 예술의 고장임을 누구나 가슴에 새기도록 하고 관심을 더욱 확산시켜 많은 예술인 육성과 창작 활동의 공간화 제공은 물론 문화적 명소가 되도록 문화 환경을 조성하여 관광 명소와 연계하는 등 문화 관광 자원화에도 깊은 뜻을 내포하고 있다.

추진 방향을 보면 ① 시민의 이해와 공감대가 형성되는 순서대로 단계적 추진, ② 유명 예술인 거리 조성 추진위원회 구성, ③ 사업비 확보를 위하여 지원비 건의(도·국비), ④ 거리 지정, 사업 내용, 대상자 선정 등은 추진위원회에서 결정, ⑤ 사업 우선순위는 파급 효과가 크고 적은 예산으로 추진 가능하며 돌아가신 분 중에서 이 고장의 유명한 예술인부터 추진하기로 한다.

사업 개요를 보면 먼저 사업 기간은 2000년부터 2002년까지로 하고, 제1단계는 청마 유치환과 윤이상 거리 등 두 곳을 지정한 후 거리 명명, 기념표석 설치, 거리 정비는 물론 윤이상의 경우 생가 건물 및 토지 매입, 생가 복원, 기념관 건립 등의 사업을 펼칠 계획으로 되어 있다.

먼저 거리 명명에서 청마거리는 청마 선생 추모일 즉 '청마문학상' 시상식 때를 맞추고, 윤이상거리는 '2001 통영현대음악제' 개막식전으로 되어 있다. 한편 '로고' 상품 제작 및 판매를 하기로 계획되어 있는데 유명 예술인마다 특징 있는 '로고'를 선정하되 판매 상품은 그림, 액자, 도자기류, 섬유류 등으로 하고, 판매 주체는 민간단체에 위탁하며, 판매처는 기념관, 관광안내소, 문학관, 공예관 등으로 계획되어 있다. 특히 거리조성에서 중점 개선 사항을 보면 다음과 같다.

- 간판, 가로등, 건물 색상 등 주변 환경의 정비
- 지역이 좁은 공간의 문화 공간 이용—해저터널 입구 등
- 거리 포장, 인도, 벤치, 가판대 등과 같은 거리 장치물
- 거리의 물적 상징물 조성—기념물 등
- 거리의 쾌적한 환경 조성—질서 및 청결 유지
- 이벤트 등 행사 진행 및 연출 기법
- 유명 예술인의 호나 이름을 상호로 사용한 문방구, 학원, 식당, 서점 유치

2. 청마거리 지정 배경 및 구간 지정

2-1. 청마거리 지정 배경

청마 유치환은 1908년 통영 땅 동문안(태평동 552번지)에서 태어나 태평동 500번지 산 비알 시옷자(ㅅ) 집에서 성장하면서 그의 시해설총서《구름에 그린다》와 그의 수필집《나는 고독하지 않다》에서나 기록된 글을 보면 통영시내 뿐만 아니라, 배를 타고 현 욕지면에 속하는 '좌사리 섬, "연화 섬', 현 한산면의 '비진 섬', 현 산양면의 '연대도', 사량면의 '사량 섬'을 열거한 숨결이 살아 있다. 이 대목에서 주목되는 것은 누구나 배를 타면

푸른 파도의 넘실대는 기분을 느낄 수 있다. 마치 '푸른 말'을 타는 것을 떠올린다. 또 푸른 말이 달려오는 것을 보는 듯하여 푸른 파도를 형상화하여 그의 가장 친한 친구 장춘식(張春植, 시인)에게 '청마靑馬'라고 자호自號하였다는 이야기가 회자膾炙되어 오고 있다.

그렇다면 청마靑馬라는 글자도 동양 역학易學 중 햇수에서도 있다. 햇수에 '청마의 해'가 있다. 어쨌든 '청마'라는 호에서도 그의 기품이 나타나고 있다. 어느 바다든 엇비슷하지만 바람 없는 잔잔한 날에는 통영 바다는 호수처럼 푸르다 못해 쪽빛 바다이다.

그러나 바람 불면 성난 파도의 기상은 많은 섬 때문에 서로 부딪혀 파고가 높고 파장에 선박들의 항해가 어려움을 당할 수 있는 것이 없지 않다. 그래서인지 통영 사람들은 잘 참아내는 인내심도 유별나지만 뒤끝이 없는 '뻘뚝 성질'이 있다는 이야기도 자주 들을수록 해학적이다.

청마의 수필 중에 "오늘 이 고도孤島엘 오니 나를 온통 감싸에운 이 호막浩漠한 천지! (…) 그 하늘 밑 부풀어 구우는 창일한 대해大海며, (…) 지금 나의 묘막杳漠-한 시야 한량없이 설레이는 파도의 푸름 속 위태로이 떠밀리는 좌사리佐沙里, 연화蓮花, 비진도比珍島, 사량蛇梁, 그 밖의 무수한 이름으로 불리는 섬들의 외로운 점재点在 너머 아슬히 (…) 이 소식 아득한 고도孤島에서도 동백꽃은 새빨갛게 생명 피어 수풀을 이루고선 짠 햇빛 허황한 바닷바람에 적적히 불리우며 살고 있다"에서 인접한 고성, 거제의 섬 이름이 없는 그의 목소리와 걸음은 통영 바다에서만 노도처럼 뛰고 있다.

어느 날인가 일본 유학에서 돌아와 시내 신작로를 누이동생과 손잡고 걸었을 때 온 동네가 벌컥 뒤집어졌고, 어느 초저녁 산비알 옆 길가에 위치한 그(청마)의 시옷(ㅅ)자 집 창의 등불이 켜진 시간에 누이동생과 장난하는 모습이 조선 창호지 문살에 비쳐 이웃사람들이 무슨 일 일어난 것처럼 온 시내에 소문은 꼬리를 물었다(故 백헌白軒 어르신의 제언)는 그 소문을 해방이 되자마자 일본인들의 한약 값을 받지 못하여 적산 집 2채를 청마의 부친 유준수柳焌秀의 소유라고 써 붙인 데서 연관된 허위적 사건에 휘

말리기도 했다.

또 정지용 시인이 통영에 왔을 때는 남망산이나 여황산을 오르며 안내하기도 하였고 특히 우리나라에서는 유일한 해저터널을 수없이 다녔다는 것이다. 어느 젊은 날 판데 목(폰데목)에서 시작되는 운하교에 이르는 위치에서 모某 여학교 교사 남자와 그 학교의 교사였던 청마와 다툼인지는 알 수 없으나 갑자기 청마의 뺨을 때렸을 때 청마는 아무런 대꾸도 없이 만지기만 하면서 웃어 주기 때문에 화가 나서 뺨을 더 때려도 하등 반응이 없어서 알고 보니 오해에서 비롯되어 오히려 청마의 뺨을 만져 주며 사과한 해프닝 이야기는 유명하다. 이처럼 청마는 말이 없고 검은 테 안경 너머의 침묵은 걸음보다 빨랐다는 것이다.

어딘들 다니지 않은 곳이 있으랴마는 유별나게 청마거리를 지정할 계획구간을 보면 후일 청마가 분가한 본적지 문화동 183번지에 그의 처 권재순權在順 여사가 경영하던 '문화유치원'(현재 교회에 흡수되어 위치 불분명할 정도로 변화됨)이 있었고, 그곳에 기숙사 같은 집에 기거하면서 '영산장映山莊 –청마는 여황산을 일명 영주산이라는데 착안, 스스로 작호했다는 것인데 부산시 초량동에 '영산장'을 내걸었다는 것은 허구적임'이라는 택호를 걸어 자주 찾아오는 진주의 동기東騎 이경순(李敬純, 시인, 아나키스트)은 물론 모처럼 온 정지용 시인, 구상 시인을 비롯한 마산의 정진업(鄭鎭業, 연극인, 시인), 김수돈(金守敦, 사진업, 시인) 등등 문화 예술인들이 잦은 말술을 나눈 곳이며, 특히 통영문화협회(사무실 영산장)를 주도하여 민족문화 운동을 펼친 곳이기도 하다.

또 바로 옆 '봉래극장'을 활용, '시극詩劇'을 통해 잦은 시 낭송과 연극을 통해 애국 애족 정신을 함양한 곳이기도 하다. 아울러 문화유치원 거기로부터 현 세병관을 향해 걷다가 일본인 초등학교(후일 통영초등학교)였던 그곳을 오르면 그 입구 왼편에 오래된 느티나무 바로 밑에 검은 도단(양철) 집에 우거하기도 했으며, 그가 쓴 시 〈행복〉에 나오는 통영우체국(현 중앙우체국)이 있고, 우체국 건너편 유명한 이문당以文堂 서점書店 2층에서 사진업을 차려 놓고 기타를 쳤는데, 그 건너편 정운 이영도 시조시인이 그의 언니

집(한때 호반다방 위치)에서 수예점을 했던 곳이기도 하다. 특히 통영여중·고의 학교였던 문화동에 위치한 붉은 벽돌집(현 통영문화원)이었던 위치에 교사로 근무하던 청마와 이영도(당시 임시교사)의 출퇴근길이 같은 코스였기에 스캔들도 있었던 길이다.

이처럼 청마거리 조성에서 청마의 숨결과 기침 소리가 살아 있는 곳을 제1단계 사업으로 계획한 것이다. 앞으로 그의 생가가 있는 곳과 성장한 곳 일대인 중앙시장 길(청마의 시〈歸故〉)과 통영 장날(당시 용남 장날을 시로 쓴〈龍市圖〉가 유명함)이 서는 일대를 되살리는 작업도 포함되어야 청마거리가 더욱 밝은 전망이 예상된다.

2-2. 청마거리 구간 지정

먼저 청마거리 지정에도 '청마거리' 또는 '유치환거리'에서 '청마거리'로 선정되었다. 청마거리로 지정되기까지의 몇 가지 안案을 살펴보면 다음과 같다.

안별案別	구간	장단점
제1안	360m 생가-제일컬러사진관 (생가-데파트-벽수-충무교회-우체국-제일컬러사진관)	· 생가, 문화유치원, 우체국, 시민약국 일대(이영도 여사 살던 곳), 통영문화협회 사무실로 사용하던 곳이 있음. · 통영 벽수(본래 있던 곳으로 이동), 세병관, 향토역사관(현 없음)이 있어 역사·문화 예술인과 연계하여 관광 자원화 가능. · 생가에서 이동 때 간선도로 건너야 하고 직선거리가 아님.
제2안	307m 생가-통영문화원 (생가-데파트-벽수-통영문화원)	· 생가, 구 통영여중·고등학교(청마, 이영도 여사와 함께 근무하던 곳)가 있음. · 직선거리임. · 건너편이 박경리 출생지가 있는 서문

		(서호, 문화동)고개는 〈김약국 딸들〉에 나오는 지명으로 문학기행 가능.
제3안	504m 생가-통영문화원 (생가-데파트-벽수-통영문화원-벽수-충무교회-우체국-제일컬러사진관)	·T자형으로 되어 있음.

위의 3가지 안에서 2000. 12. 01(금) 15:00 통영시청 회의실에서 추진위원회의 결정으로 청마거리 구간은 현재 신라누비 앞-충무교회-우체국-제일컬러-뒤편으로 총 197m이다(별표1 참조).

3. 결어

단문으로 내용은 일반성이기에 논급 생략함.

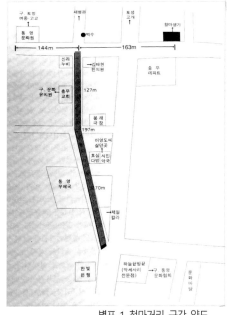

별표 1 청마거리 구간 약도

☛ 출처 : 2001. 02. 13, 차영한, 〈청마거리의 지정 및 조성〉, 《청마문학》 4, 청마문학회, pp.31~36.

청마의 통영 출생은 그의 저서,《구름에 그린 다》가 산 증인이다

-청마의 부친 유준수는 거제 둔덕면 방하리 유근조 호적부에서 분가한 사유 기재가 전혀 없다

1.

전기적 고찰에서 적어도 출생지 조사 연구에서는 호적부의 변동 사항을 연구해야 한다. 호적부를 볼 줄 모르는 분이 호적부를 이야기한다는 것은 어불성설이다. 그렇다면 청마 출생을 그의 자작시해설총서,《구름에 그린 다》(신흥출판사, 1959. 12)에 기록되어 있는 내용과 청마의 부친 유준수의 호적을 통한 그의 진실성 여부를 살펴볼 필요가 있다.

따라서 시 작품에 나타나는 출생지, 그가 직접 구술한 출생지, 그의 산문집에 있는 출생지와 고향을 그의 부친 유준수의 호적 변동 사항과 부합되는지를 알기 쉽게 살펴보기로 하겠다. 상세한 연구를 하고자 하는 분들은 차영한,《니힐리즘 너머 생명시의 미학》(시문학사 문학연구 총서 26, 2012. 11. 20)을 참조하시기 바란다.

그렇다면 청마의 부친 유준수柳焌秀와 유근조(柳謹祚, 1926년 07월 02일 오후 02시 본적지에서 사망)를 형제간으로 볼 때, 거제 둔덕면 방하리 507번지 호주 유근조의 호적부가 최초로 만들어질 때 유준수가 분가했다면 분가한 기재가 남아 있어야 함에도 유준수가 분가한 기재 사항이 전혀 없다. 유근조의 호적부에는 없더라도 유준수의 호적부가 만들어질 때 분가된 기재가 있어야 함에도 전혀 없다. 다만 호주가 된 원인과 연월일 난欄에 "1910년

에 01월 21일 분가로 인하여 호주가 됨(일본어 일부는 우리말로 번역함―필자)"
으로만 기재되어 있다. 특히 유근조가 1906년 11월 17일 호주 유지영柳池英
사망으로 인하여 호주가 됨에 따라 1906년 즉, 4년 전에 호주가 된 유근
조의 호적부에 유준수가 기록되어 있어야 함에도 전혀 없다. 다시 말해서
유준수가 1910년 01월 21일 분가로 인하여 호주되었다면 유근조의 호적부
에 등재되어 있어야 함에도 기록이 없다. 그러나 호주인 유준수의 속병에
그의 아버지(亡 柳池英)와 그의 어머니(亡 朱丙午)는 유근조 호주와 같은 부
모 이름으로 기재 되어 있을 뿐이다.

우리가 주목할 대목은 바로 유준수의 호주의 신분 사유 기재의 난欄에
어디서 분가되었다는 분가 사유를 호주의 난 위의 세로로 된 신분 사유 기
재의 난에 구체적으로 기재하게 되어 있는데, 호주 유준수柳焌秀의 신분 사
유의 난 기록을 보면 "1911년 01월 23일[明治四四年壹月貳參日] 동면東面
신흥동新興洞 26호戶에서 이거移居 동일同一신고申告"라고만 기재되어 있다.
이런 경우, 청마의 부친 유준수는 미상 연월일에 통영 땅 동면 신흥동에 살
았더라도 이복동생일 수도 있고, 어릴 때부터 둔덕면 방하리에서 통영 동면
신흥동에 살았다고 볼 수 있다. 그래도 유근조 호적부에 등재 그대로 있는
것이 상식이나 흔적을 찾을 수 없다. 다시 말해서 둔덕면 유근조의 호적부
에서 분가한 사유가 있다면 바로 거제 둔덕면에서 이거移居한 근거가 될 수
있다. 그러나 호주가 된 원인 및 연월을 참고하여 유추적 해석으로 조사연
구를 작성한 오류가 발생함으로써 오히려 허위적인 작성 문서로 엿보인다.

특히 앞에서 지적한 것과 같이 유준수의 호적부도 최초로 제재되었기에
청마가 구술한 자작시해설총서 《구름에 그린다》(신흥출판사, 1959. 12)에 가
장 접근된다 할 수 있다. 따라서 청마가 출생했다는 통영에 대한 여러 정
황이 육하원칙으로 진술했기 때문에 호적 기재 내용과 일치되기도 한다. 그
러므로 청마의 출생지는 그의 저서 《구름에 그린다》(신흥출판사, 1959. 12)
가 산 증인으로 볼 수밖에 없다.

그렇다면 유준수의 본적 변동에서 살펴보면 유준수의 본적이 현재 중앙

시장 근방인 500번지五百番地에 전적된 것을 알 수 있다. 즉, "1925년 07월 31일 조일정朝日町 500번지五百番地에 전적계출轉籍届出"로 기재되어 있는데, 현재도 충무시忠武市 태평동太平洞 500번지五百番地이다. 다만 종전의 호적부 번지 태평동 552번지만 500번지로 정정한 채 그대로 통영시청 호적부 관리실에 보전되어 있다.

다시 말해서 호주 유준수의 신분 사유의 난에 어디서 분가되어 온 사유가 '거제 둔덕면 방하리 호주 유근조의 호적에서 분가에 따라 분가됨'이라고 기재되어 있어야 함에도 위에서 말한 '신흥동 26호에서 이거함'이라고 기재된 그대로이다. 그렇다면 《東朗 柳致眞·靑馬 柳致環의 출생지 調査研究》에서 제시하는 자료는 불부합으로 나타남으로써 조사 연구에 있어서 자료 제시가 허황한 유추類推에 불과할 뿐이다.

2.

이처럼 연구자는 최초로 만들어진 청마 부친 유준수의 호적부의 번지가 태평동 552번지였다고 전제했다. 그렇다면 거제 측에서 주장하는 청마가 거제에서 출생했다는 호적부상 기재는 전혀 발견되지 않는다. 근거가 없는데도 청마가 태어난 세 살 때 통영으로 이사했다는 것은 현재도 근거가 없다.

거제 측의 유추적 해석은 호주 유준수의 분가 사유의 난 기재를 보고 1910년에 01월 21일 분가로 인해 유준수가 호주가 되었기에 유추해 볼 때 주장하는 것 같지만, 전혀 제시할 만한 근거에도 미치지 못한다. 그때를 만약 세 살이라고 주장하는 햇수를 어느 해를 기준했는지를 몰라도 1910년 01월 21일로 기준되어야 하는데, 청마의 나이(1908년 07월 14일생)가 태어난 햇수를 넣어도 불과 18개월하고 10일째에 불과하다. 품에 안긴 유아기 때가 된다. 그럼에도 불구하고 박철석(故) 문학평론가가 생전에의 자료 제시는 청마가 거제 둔덕면 방하리에서 3세 때 동랑 유치진(1905년 11월 19일생) 형의 손을 잡고 걸어서 통영 태평동 500번지로 이거했다고 주장된 글을 남겼다. 그렇다면 호주 유준수가 태평동 500번지에 전적 일자가 1925년 07월 31일 이기에 청마 나이는 만으로 17세나 되는 때다. 따라서 호적 변동을 모르는 한계를 갖고 자료 제시가 영원한 오류로 남겨 놓고 말았다.

또한 "동부동이 어딘지를 밝혀야 한다"고 하여 현재 거제 동부면으로 제시하는 것 등 각종 자료 제시는 물론 지리적인 것과 일가친척들의 증언 자들이 제시한 기록, 《東朗 柳致眞·靑馬 柳致環의 출생지 調査 硏究》를 대조해 보면 거리감이 엿보인다. 어쨌든 호적부에 기재가 없는 이거移居 사항이나 호적부상 신분 사항 기재가 없는 것을 유추로 제시하면 호적법 상 허위 작성으로 볼 때 위법일 수도 있다.

그런데 2021년 여름에 경상남도 문인협회 주관으로 거제에서 다채로운 문인들의 행사 중에서 전 부경대학교 교수였던 남송우 씨가 《東朗 柳致眞·靑馬 柳致環의 출생지 調査 硏究》를 자기가 직접 작성하는 데 참여했다는 뜻을 강조함으로써 어떤 의미를 제시했는지 알 수 없으나 조사 연구서를 재검토하지 않은 채 공석에서 종전의 조사 연구를 내세운 것은 커다란 오류를 범한 것으로 보인다. 그가 작성한 것처럼 주장하지만 전면 표지 하단에 '거제시'가 작성한 것으로 여겨진다. 앞에서도 논급했지만, 청마의 부친 유준수는 최초로 제재된 유근조의 호적부에서 분가한 기재가 전혀 없고, 그러한 기재가 최초로 제재된 유준수의 신분 기재 사유의 난에 기재가 없는데, 거제면 둔덕리 방하리에 출생하여 통영으로 이거했다는 주장으로 전파한 것은 위험하기까지 하다.

필자는 과거 관직에 있으면서 다년간 호적리戶籍吏로 근무했는데 일본어로 된 호적부를 우리 호적부 서식대로 재제再製하는 등 우리 말 호적부 작성에의 실무자이기도 했다. 또한, 1995년에는 통영시 시민과장(현재 직제 모름) 당시에도 통영시청 호적부 관리를 하였기 때문에 그간 많은 연구를 거듭해 왔다.

연구한 결과 청마가 그의 자작시해설총서 《구름에 그린다》(신흥출판사, 1959. 12)에 청마 자신이 쓴 출생지와 실제적인 실사는 물론 호적부와 일제 강점기 당시 그의 부친 유준수 명의로 태평동 552번지의 토지대장도 그대로 있음을 발견했다. 또한 박또수朴又守의 명의로 태평동 500번지의 토지대장도 통영시청 지적계에 보관되어 있어 소상히 밝힌 바 있다. 상세한 연구를 위해 본고 필자의 저서 《니힐리즘 너머 생명 시의 미학》(시문학사 문학연구총서 26, 2012. 11. 20)을 참조하시기 바란다.

　　여기서 주목되는 대목은 당초 본적지 태평동 552번지의 대지는 유준수 명의로 되어 있으나, 태평동 500번지에 전적했을 때의 대지 명의는 박또수朴又守 명의로 되어 있다. 호주는 유준수柳焌秀 그대로였으나, 토지는 청마의 부친 유준수가 처의 재산임을 인정하는 것으로 짐작된다. 그것을 살펴보면 유준수가 데릴사위였다는 구전口傳도 전혀 근거 없는 이야기는 아닌 것 같다. 이를 뒷받침되는 것은 태평동 500번지에는 청마의 외할머니(玉命深─유준수柳焌秀 호적에는 그의 처 박또수朴又守의 모母 옥악이玉岳伊로 기재되어 있음)가 살았다는 것은 사실이며, 청마의 외할머니가 사망했을 때 "통영군 통영읍 조일정(朝日町, 현 태평동) 500번지에서 사망"한 그 기록은 둔덕면 닻줄이 영감 박순석(朴絢碩─ 絢字는 현란한 현자도 되지만, 여기서는 닻줄이 순絢으로 읽어야 옳음)의 호적부, 즉 둔덕면 하둔리 67번지에 기재되어 있다. 그렇다면 외할머니는 태평동 552번지에서부터 1925년 7월 31일 태평동(조일정朝日町) 500번지에 전적한 후에도 줄곧 살았음을 알 수 있다. 또한 박순석朴絢碩의 집안 선산先山은 통영시 용남면 동달리 대곡(속칭 큰골)에 있다는 그의 후손들의 증언이 있다면 통영인으로 본다. 이러한 부수적인 자료 제시는 청마의 여러 글에서 살펴본 결과 사실과 맞아떨어지기 때문이다.

　　다시 한 번 논급하면 청마가 할머니라고 부른 이름은 외할머니(玉岳伊=玉命深)였다. 이 대목을 강조하는 것은 청마의 시편들을 읽으면 알 수 있다. 특히 그의 외할아버지 박순석朴絢碩은 "소화 12년(1937년) 05월 04일 오후 7시 통영군 통영읍 태평동 935번지에서 사망"한 것을 그의 호적부

(거제 둔덕면 하둔리 67번지)에 기록되어 있는데, 오랫동안 태평동 935번지에 강태평(姜太平-후일 옥명심 사망 후에 박순석朴絢碩과 혼인)과 줄곧 동거한 위치요, 강태평의 몸에서 아들을 낳았다(상세한 것은 차영한 지음, 위 같은 책 참조).

그러나 거제 측의 이영호(현 서울 거주?) 주장을 보면 청마는 "일제강점기 때 거제와 통영을 합병하여 통영군이 되어서 충무(통영)에서 태어났다는 말을 자연스럽게 했다는 것과 섬이라는 부끄러움 때문에 그렇게 진술했다"는 유추적인 논급은 후대인들을 착각하도록 하고 있으며, 몇몇 학위 받은 자들의 논문도 그렇게 기술되어 있기도 하다.

그러나 다시 한 번 주목해야 할 대목은 청마의 자작시해설총서, 《구름에 그린다》(신흥출판사, 1959. 12)의 기록은 청마 자신이 자기의 출생지를 충무(통영)라고 구체적으로 제시하고 있는데, 이를 부정한다면 청마를 기만자로 몰아붙이는 것과 같다. 청마의 산문 글에서도 만나지만 청마의 성품은 너무도 정직한 시인임을 알 수 있다.

더 구체적인 연구 자료 근거를 알려면 또다시 자료 제시하지만, 필자의 위와 같은 책(시문학사 문학 연구총서 26, 2012. 11. 20)을 참조하면 구체적인 근거를 제시하는 등 명료하게 밝혀 놓았다. 그 연구 논문은 거제 측의 주장 내용과 통영 측의 주장을 어느 한 곳에 치우치지 않고 똑같이 비교 분석한 연구서다.

3.

사실은 청마나 그의 백씨 동랑 문제로 볼 때 거제와 통영에 한정된 문인이 아닌 대가들이기에 숭모하여 모시고 싶은 그러한 분위기에 대해서는 필자 또한 동의하고 있다. 그러므로 대도적인 견해에서 볼 때도 그들의 출생이 통영이네 거제네 하는 만촉蠻觸은 타자들이 볼 때 웃음거리가 될 수밖에 없기 때문이다.

지난 이야기는 생략하면 좋지만, 청마의 출생지를 법정으로 끌고 간 유가족의 원고와 피고 통영시가 부끄럽게 다툰 결과 원고의 주장이 "거제로 단정할 수 없다"는 판결(2004. 7. 30 대법원 사건 제2004다45455)로 일단락 났음에도 불구하고 새로운 연구 자료를 제시하지 않고 현재에도 집요하게 견강부회牽强附會 또는 남우충수濫竽充數할 경우, 정구죽천丁口竹天이 아닐 수 없다.

근황에는 그곳에 자주 경상남도 문인들의 집결에서 당위성을 기회 있을 때마다 전파하려는 그러한 의도는 아닌 것으로 알지만, 만약에 그러한 뜻을 갖는다면 경상남도 문인 정신을 벗어난 안타까움이 없지 않다. 또 그러한 이슈가 있는 지역에는 깊이 검토치 않고 장소를 정한다는 것도 이제 치상한 일이기에 그만 그쳐야 할 것이다. 이러한 정리는 앞으로 올바른 문학사를 다시 쓰는 지름길이 되어야 할 것으로 보아진다.

옛날부터 거제와 통영은 형제처럼 살아왔기 때문에 한 번도 다툼이 없는 것으로 어르신들에게나 역사상으로도 보아서 두터운 관계를 지탱해 왔다. 그렇다면 통영에서 거제로 가는 도로변에 청마 출생지 표찰을 스스로 제거했으면 하는 개인적인 마음이 간절하다. 얼마든지 청마 집안의 뿌리를 거제 둔덕면 방하리라고 할 수는 있다. 또 청마의 선대들을 숭모하는 기념관이 있을 수 있다고 생각된다.

그러나 근황에 와서 불과 몇몇이 명료한 자료 제시 없이 답보 상태에서 선량한 문인들로 하여금 인식적 오류를 널리 퍼뜨리려는 뜻이었다면, 오히려 여러 가지 부작용뿐만 아니라 날로 불편해질 수 있다고 우려되는 바가 없지 않다.

지금이라도 당장 우리 문인들이 통영과 거제의 정서를 회복하는데, 앞장서야 파인플레이가 될 수 있다. 양측의 용기 있는 문인들끼리도 친목을 도모하는 모임을 자주 갖는 등 해결을 위해 하루빨리 쓸모없는 고리를 끊어주었으면 하는 마음 또한 개인적으로 간절하다.

청마가 스스로 출생지를 통영이라고 진술했음에도 무엇 때문에 공연히 청마의 진술을 뒤엎어 주장하는 것인지, 이는 청마 시인을 두 번 죽이는 짓이다. 순리를 어기면 비극만 남는다. 청마의 자작시해설총서 《구름에 그린다》(신흥출판사, 1959. 12)에 구체적으로 밝힌 출생지에 대한 내용을 부정하면서 그러한 거짓 진술한 시인을 주장하는 측에서 청마를 숭모하려는 것 또한 모양새가 아닌 것 같다. 오히려 청마를 기만자로 호도하는 결과를 가져와 누대로 내려가는 한국문학사에 그 오점은 지울 수 없을 것이다.

항간에서는 누군가가 다른 지역에서 전입하여 거주한 자들이 아주 권위 있는 분에게 청마의 출생지를 물어본 결과 혼자만 알고 계시라면서 '청마는 거제에서 출생한 것은 틀림이 없다'라고 귀띔하더라는 것이다. 이러한 자들이 잘 모르면서 아는 체 말을 하는 것을 들으면 누구인지 대강 짐작이 가기도 한다.

그러나 옛날부터 통영과 거제 구분 없이 오랫동안 통영에 정착한 거제도의 선인들에 대한 예우에서도 배려해야 하는 뜻을 반드시 가져야 할 것이다. 이처럼 얽히고설킨 연고가 있기에 문인들이 올바르게 수습해야 함에도 앞에서도 지적하였지만, 정치문인 역할자로 낙인, 후대 문학사에 오점을 남길 수 있다고 생각된다. 어쨌든 청마의 자작시해설총서 《구름에 그린다》(신흥출판사, 1959. 12) 책자가 있는 이상 청마가 거제에서 출생했다는 주장은 불가능할 것이다. 양측 모두 깊이 있는 연구로 마무리해야 한다.

필자의 개인적 입장은 청마와 동랑을 자유롭게 하기 위해서는 인의仁義적인 차원에서 볼 때도 통영이 그의 출생지로서 마무리되어야 할 것이다. 어쨌든 양측의 주장을 마감하고 상호 소통하는 방도를 찾기를 기대해 보는 것이다.

예술은 무無에서 출발하기에 참신한 발굴을 하면 오히려 세계적으로 주목될 수 있는 조건을 갖추고 있음에도 개인적으로 볼 때 안타까울 뿐이다. 지금도 늦지 않는 수구守舊적이거나 클리셰(Cliche, 진부한)한 발상을 떠나서 새로운 예술 지향점을 발굴해볼 필요가 있을 것 같다.

예를 들면 거제 측의 경우는 포스트모더니즘을 통한 설치예술의 구심점이 될 수 있는 제 조건을 갖추고 있기에 우주적인 XR시대를 앞당기는 현대 감각을 창조하는 등 문학적인 시도를 과감히 시도한다면 전국 어느 지방보다 폭발적인 선도지역이 될 수 있다고 생각된다.

4.

남송우 씨에게 한 가지 제언을 드리고 싶다. 거제시가 발행한 것으로 보이는 《東朗 柳致眞·靑馬 柳致環의 출생지 調査 硏究》에 직접 보고서 작성에 참여했다면 다시 그 조사 연구서를 깊이 있게 재검토해 주시면 하는 개인 부탁이다.

필자와 대좌를 원하면 언제든지 응할 수 있다. 남송우 문학평론가님을 필자는 개인적으로 존경하지만, 청마 출생지를 왜곡한 자료 일부를 살펴보면 아니다 할 수 있다. 물론 거제 출신으로 관심은 지대하겠지만 그럴수록 연구를 깊이 할 필요가 있다고 생각된다. 필자도 개인적으로 그들의 처지를 이해하고 있으나, 문학정신을 망가뜨릴 수 없다는 견해는 변함이 없다.

고故 박철석 문학평론가도 경남에서 '시와 생명사'에서 발간되던 2000년 여름호 《시와 생명》, 제5호에 '경남의 시맥을 찾아서 ②에 작가론 〈自主人 靑馬의 진면목〉(p.204)'에 청마의 출생지는 통영임을 밝힌 용기는 대단했다. 그가 생전에 저지른 말을 수습하려고 하다가 이 잡지에 글을 발표한 후, 오래 생존해 계시다 타계했음을 필자는 누구보다도 잘 알고 있다.

유민영(柳敏榮, 극작가) 선생께서도 역시 청마의 백씨 동랑 유치진의 출생지를 잘 정리한 논문 《柳致眞 硏究-韓國新劇硏究의 一部로서》(1965) 석사 학위 논문과, 근황에 출간한 《동랑 유치진 평전》(태학사, 2015. 03. 03) 을 필자에게 보내와서 살펴보니 동랑 유치진 선생의 출생지를 통영으로 보고 있다. 그런데 오세영의 《유치환》(건국대학교출판부)이라는 책에서는 출생지를 거제로 한 것은 "박철석의 주장에 따르면" 하고 인용한 대목은 조건적으로 인정한 것뿐이다. 또 근황에 와서 신달자 시인은 청마의 고향이 거제라고 주장한다는 것을 필자가 들었을 때 인식적 오류를 범한 것 같은데 그가 구체적으로 연구한 저서도 없이 구술했다면 커다란 오류를 범한 것 같다. 앞으로 법적인 책임을 면치 못할 것이다.

제일 문제는 일방적으로 청마의 출생지를 외부로부터 끌어들여 인식시키려는 누군가의 견강부회가 위험성을 자초하는 의도적 오류를 계속 범한다는 것은 앞으로 오히려 불리할 수 있다. 앞에서도 거듭 논급하였지만, 앞과 뒤가 맞지 않는 내용으로 이제는 그만 그쳤으면 한다.

필자는 양측의 어느 편도 아닌 청마 출생지 연구자에 불과하다. 청마 출생지를 두고 법정에 누구는 증언대에 섰지만 나는 서지 않았고, 현재도 변함없이 중도에서 연구자로 살고 있음을 밝혀둔다. 사실은 사실대로 고증돼야 하기 때문이요 연구자가 증언대에 설 필요는 없을 때는 서서는 안 될 것이다. 어느 시대든 정치문인이 있기 마련이지만 필자의 경우가 정치문인이었다면 벌써 손가락을 자르고 절필했을 것이다. 끝으로 필자의 제안은 순수하기에 다른 어떤 목적으로 회유하는 것은 절대 아님을 밝혀 둔다(2021년 11월 초순에 쓰고 일부 보정을 하였음).

☛ 출처 : 2021년 《통영예술》, 제22호, 통영예총, pp.169~175.

5. 부연敷衍 -문제 제기

근황에 인터넷 바다에 떠돌아다니거나 연구자의 발표에서 청마의 고향을 거제로 믿게 하는 자료들이 많아서 그 자료들을 분석하면 오류들이 다수다. 아래 명기한 내용도 오류임을 밝힌다.

이기순의 '작고作故 작가 문학순례' 중, 〈구원의 생명파 시인 유치환〉《韓國文學人大事典》(한국작가협회, 펴낸 이 김건중, 펴낸 곳 지성의 샘, 2022. 12. 30, pp.549~557) 논고에 대하여 분석해 보기로 하겠다.

인명사전 '권말 부록(p.477)'에, 집필자 이기순(시인, 기행작가, 아호 浪山, 한국작가회 회원, 풀무문학 고문, 서울 오산고에서 35년 근무, 저서 《강물처럼》,《문화유산탐방》,《독서평가록》,《문학의 고향을 찾아서》,《문화유산 탐방기》,《한국문학순례대표 36》,《내 나라 내 땅》 등 다수)의 이름으로 기록된 것 자체도 모호성을 갖는다. 왜 권말 부록으로 실렸는지 의문스럽다. 특히 추천 원로 문인들을 밝혀 두었는데(p.06 참조) 여기서는 그 명단을 생략한다.

먼저 이기순의 〈구원의 생명파 시인 유치환〉(p.549) 글 중에 오기誤記한 대목을 열거해 둔다.

> "유치환의 아호는 청마靑馬. 1908년 음력 07월 14일 경남 '거제시 둔덕면 방하리 507-5에서' 태어났다.(…) 태어나자마자 외가가 있는 통영 태평동으로 이사를 하면서, 청마는 외가의 사숙에서 11세까지 한학을 공부하며 유년 시절을 보냈다."(p.550)

이 글 중에서 '거제시 둔덕면 방하리 507-5에서' 태어났다면 유근조 호적부에 등재되어 있어야 했고, 그의 아버지 유준수가 만약 방하리에 태어났다면 당시 일본식 호적부의 출생지는 둔덕면 방하리 507-5에 기록되어 있어야 한다. 청마의 아버지 유준수柳焌秀마저도 태어났다는 장소와 일시가 신분사유란에 전혀 없다. 청마의 부친 유준수의 신분사유란에 출생지가 기록되어야 함에도 전혀 없다. 유준수의 신분사유란에 "1911년 01월 23일 동면東面 신흥동新興洞 26호에서 이거 동일신고"라고만 기록되어 있을 뿐이다. 따라서 청마는 물론 형인 동랑이 아버지 따라 그곳으로부터 통영에 이사를 왔다면 분가 사유의 난에 "부에 따라 입적" 기재가 되어 있어야 하는데, 전혀 기록을 찾을 수 없다.

다시 말해서 유준수柳焌秀의 맏형으로 보는 유근조柳謹祚의 최초의 호적부로부터 분가한 사유는 전 호적의 근거가 이기移記되어야 하는데 이기移記 기재가 전혀 없다. 유근조의 일본식 호적부와 유준수의 호적부는 일제 치하 때 각각 최초로 호적부가 만들어져 있을 뿐이다. 유준수 호적부에 호주가 된 원인의 난이 있는데, "분가에 의하여 호주가 됨"뿐이다. 그렇다면 유준수의 신분사유란을 보면 "1911년 01월 23일 동면東面 신흥동新興洞 26호에서 이거 동일신고"로 기재되어 있다. 또한, 일본식 호적부에 '藥商'이라고 기재되었다가 삭제 표시 기호만 되어 있을 뿐 글자는 그대로 남아 있다.

그렇다면 유준수는 구전口傳에 의하면 어릴 때부터 약동藥童으로 성장하여 결혼 후에는 약상藥商을 본격화한 것으로 나타난다. 따라서 호적부를 무시하고 연구자들이 풍문만 듣고 함부로 기록한 것은 커다란 오류를 범했다 할 수 있다. 그러니까 현재까지 확증할 만한 증빙자료가 없는 한 연구 자료를 발표한 글은 책임이 뒤따를 수밖에 없을 것이다.

거제(유족 명의)에서 법정에 통영을 세워 소송이 있었다. 거제(유족들)가 법정에서 패소한 것을 안다면 이 글 또한 그냥 지나갈 수 없을 것 같다. 함부로 중요한 기록 문서에 올리도록 했다면 리콜하여 삭제해야 할 것으로 보인다. 따라서 청마가 거제에서 태어나 외가에 와서 성장했다는 것은 오류에 불과하다 할 것이다. 특히 청마 자신이 그의 자작시해설총서 《구름에 그린다》(1959)에 구체적으로 태어난 곳을 명명백백하게 밝혀놓은 것을 허위로 본다면 청마 자신을 또 한 번 죽이는 꼴이 된다. 끝으로 상세한 것은 앞에서 논급한 것을 참조하기 바라며, 차영한 저서, 《니힐리즘 너머 생명시의 미학》(시문학사 문학연구 총서 26, 2012. 11. 20)에 구체적으로 상세하게 밝혀 놓았다.

또 청마의 시 〈행복〉에 대한 것도 정운 이영도 시조시인과 관계가 있는 것처럼 논급(p.555)했는데, 이영도 시조시인과 전혀 관계가 없다. 니체의 글을 읽고 인간의 행복을 노래한 시 작품이다.

끝으로 혹자들이 유치진이나 유치환의 원적부의 신분사유란에 어디서 출생했다는 기록이 없다는 것을 의문점으로 제시하고 있다. 그러나 호적부에 동랑이나, 청마의 신분사유란身分事由欄에 출생 사유가 기록되지 않은 것은 당시 호적 기재 예규에 따라 기재하지 않아도 최초로 만든 일본식 호적부의 본적지가 "통영 동부동 5통 16호 즉, 통영 태평동 552번지"에 출생했다는 신고 확인으로 그 당시 호적부 기재 예규에 따른 것이라 할 수 있다.

청마 유치환 수필세계 小考

1. 청마 시 세계를 재해석해야

청마 유치환(1908. 07. 14~1967. 02. 13) 시인의 생명에 대한 열애는 미당 서
정주 시인보다 현실성을 형상화하는 측면에서는 구체적이고 남성적이 아닐
수 없습니다. 그가 출생부터 챙긴 생장기 노래는 현재에도 시문학사에서 독
보적인 자리를 차지한 시인이요 홍일점이기도 합니다. 현실을 생명을 주제
로 하기 때문입니다. 생명의 의지는 현실의 배꼽이기 때문입니다.

이에 따라 청마는 의지의 시인이요 생명파 시인이라 부르는 이유가 그가
말한 "(…) 주어진 이 목숨이 하늘이 땅이 태양이 있을 뿐이다. 이 밖에는
세상도 없는 것이다"라고 아주 독창적인 은유를 통해 당시 일제 치하의 압
박과 서러움에 사무친 우리 겨레의 생명을 보전해야 한다는 고난 극복의
방도를 제시했는데, 조국과 민족정기를 보존해야 한다는 의지를 보여준 시
인 중에는 청마 시인을 제외시킬 수 없습니다.

항상 위험한 부담을 안고 노래한 대목은 그의 준열한 각오에서 상견됩
니다. 그의 시를 읽으면 따뜻하면서 불안해지는 시편들, 강박관념에서 쓴
작품들이 다수입니다. 말하자면 어두운 면은 바로 일제 치하에서 노래함으
로써 생명을 위주로 한 패러독스적인 아이러니가 함의되어 있습니다. 그러
나 현재에 사는 우리가 당시의 악랄하게 고초를 당하던 눈물을 모르기 때
문에 우리는 감성적인 몇 편의 시를 애송하는 데 그치고 있는 것 같습니다.

그러나 조국을 고향이라는 은유를 통해서 노래했고, 특히 가족사를 통해

당시 개인적인 생명력에 대한 안부도 계속 물었던 알레고리적인 시 작품에 주목하지 않으면 안 될 것입니다. 가족사 중에서도 사랑을 따뜻하게 잉태시킨 아내에 대한 관심이 지대하여 그의 시〈병처病妻〉는 청마의 아픈 아내에만 국한시키면 시의 본질은 희석되고 말 것입니다. 우리 조국의 사랑을 아내처럼 은유한 것으로 보아야 할 것입니다.

현재 청마 시의 세계를 잘못 연구한 자료들이 상당한 오류로 남아 있어 앞으로도 큰 과제가 아닐 수 없습니다. 그간 연구자들이 지적한 사항을 대강 살펴보면 '여성적이다', '자연을 사랑했다거나 연가적인 노래에 불과하다'는 등 폄훼된 지적이 거의 유사한 연구자들의 결과물이 이미테이션된 채 방관하고 있을 뿐입니다.

그러나 필자가 오랫동안 고민하며 풀어내지 못한 그의 시 세계를 역사주의 비평방법으로 접근한 결과 청마의 고향은 그의 조국이었습니다. 그의 가족사를 내세운 것은 참담하게 처해 있던 당시 우리 민족의 애달픈 처지를 그의 가족사로 위장해 노래하면서 목숨의 소중함을 보존하도록 제시하고 있는데, 목숨이라도 부지하면 광명이 온다는 그의 전 시편들은 민족을 향해 절규하는 메시지라 할 수 있습니다. 삶과 죽음의 경계에서 애련哀憐과 애련愛憐을 통해 이웃(동족)끼리 사랑하면서 아유구용阿諛苟容하지 말고 꿋꿋이 살아남아야 한다는 깃발을 내세운 선각자라 할 수 있습니다. 바로 시인의 사명감에서 생명에 대한 열애를 잘 표출한 생명파 시인입니다.

이러한 시의 배경을 깊이 있게 조응하면 1935년부터 일본 제국주의가 군국주의로 전환하면서 카프 동맹을 말살시킨 후의 아나키스트마저 검거를 강화하던 때입니다. 쫓기던 아나키스트 청마는 1936년 1월《朝鮮文壇》2號에 발표된 그의 시,〈旗빨〉(《青馬詩鈔》 시집에서 원용된 글자 그대로 인용함-필자)은 그가 언제 체포되어 개죽음 당할지 모르는 절박한 심정에서 우리 겨레를 위해 쓴 선동적인 시라 할 수 있습니다. 따라서 누구나 평상심으로 막연하게 감상하면 감성적인 오류에 불과할 것입니다. 청마 시 세계를 절대로 연가적戀歌的인 시 작품이거나 해석적 오류로 친일적인 시라고 호도하고 생뚱한 거짓말로 일제 때의 밀정자(간자)라고 매도하는 자들이 있는데, 단순한 해석적 오류도 아닌 고의적이며 기만으로 견강부회하고 있다 할 것입니다. 오늘날 예향이라고 부르게 된 것은 청마가 있었기 때문에, 훌륭한 후배들이 탄생 되어 얻어진 이름입니다. 그렇다면 그가 남긴 산문정신(수필 세계)에 대하여 간략하게 살펴보기로 하겠습니다.

2. 청마 수필 세계는 에세이 성격이며 시와 수필을 때론 동일시한다

수필은 이미 여러 연구자의 주장을 살펴보면 확실한 정의는 없습니다. 그러나 현재 소감문이나 감상 문체적인 미셀러니(Miscellany), 즉 경수필과 에세이(Essay)로 구분할 수 있습니다. 에세이를 다시 포멀에세이(중수필)와 인포멀에세이(경수필)로 나눕니다.

이에 따라서 청마의 시와 수필은 생명을 열애하는 데서 출발합니다. 일제 식민 치하에서 다 뺏긴 것 중에서도 오직 남아 있는 자연의 아름다움과 민족의 혼을 불러일으키기 위해 자전적 은유를 통해 노래한 것임을 알 수 있습니다. 따라서 그의 첫 발표된 시는 그의 외할머니가 어릴 때 돌메처럼 목숨이라도 길라하여 말한 것을 패러디한 시로 보이는, 〈정적靜寂〉《文藝月刊》 제2호, 1931, 첫 시집 《靑馬詩鈔》, 1939, p.94, 한자 鈔는 抄와 같음)을 들고 등단합니다. 그의 시 〈出生記〉에서도 융희 2년, 즉 1908년 그가 태어난 07월 14일 여름의 한철과 너무나도 닮은 성미를 노래하고 있습니다.

출생부터 저항정신(아나키즘)은 섬세하면서 끓어오르는 열정을 형상화하고 있습니다. 배경과 동기를 살펴보면 청마의 시 해설총서, 《구름에 그린다》(신흥출판사, 1959, 12, 25)가 유일한 증인처럼 남아 있습니다.

그때부터 한낮[白日]의 시니컬한 시대적 정황인 은유를 내세워 민족의 저항정신을 형상화한 것으로 봅니다. 생명시를 자전적으로 위장하여 조국과 민족을 노래한 것입니다. 잃어버린 고향으로 자주 귀향하는 것은 그의 생명력이 고향(조국)이기 때문입니다. 인간을 긍정하며 인간의 본질적인 생명과 윤리적인 모랄에서 표출하는 그의 문학 열정은 에세이에도 그대로 나타나 있습니다.

청마의 소중한 생명 열애 맥락을 통영의 딸 박경리 소설가도 이어받아 생명 존중 주장은 우주적이 아닐 수 없습니다. 우리가 "문학을 하는 것은 폭군들의 강압을 막고 왜곡된 거대한 피의 흐름을 정화, 소통시키는 헤모글로빈 역할, 바로 자신의 내면에 어떤 강렬한 빛의 움직임을 보는 것과 같을 수 있다(본고 필자)"면 청마의 문학 세계가 그렇습니다.

汎友 에세이 選 41, 《쫓겨난 아담》(汎友社, 1976. 11. 10, pp. 120~129) 수필집에 담긴 그의 시로 보는 〈短章, 1~30〉도 시가 수필이 되는가? 할 때 이미 청마는 시와 수필을 동일 선상에 올려놓았다 할 것입니다.

이와 같은 시편들은 제3부에서 만날 수 있습니다. 〈노래〉, 〈구름〉, 〈옥천사玉泉寺〉, 〈보경사寶鏡寺 계곡〉, 〈자유항自由港〉이 있고, 〈울릉도 시초〉라는 제하에 나오는 "1. 정결한 왕국/2. 도동월야道洞月夜/3. 당개나리꽃/4. 한바다 복판에서/5. 밤 항해航海/6. 독도獨島여!" 또 〈산중 시초〉에는 "1. 침묵/2. 바람/3. 외로움/4. 안래홍雁來紅/5. 동승童僧/6. 먼 비/7. 어진 산/8. 곡신불사谷神不死"로 발표되었고, 마지막 시편은 〈겨레의 어머니여, 낙동강이여!〉라는 수필인데 다음과 같습니다.

> 태백산 두메에 낙화한 진달래 꽃잎이
> 흘러 흘러 삼랑三浪의 여울목을 떠 내릴 적은
> 기름진 옛 가락駕洛 백 리 벌에
> 노고지리 노래도 저물은 메이라네.
>
> 「나일」이여, 「유우프라테스」여, 「간지스」여, 「황하」여,
> 그리고 동방의 조그마한 어머니, 낙동이여.
> 저 천지 개안開眼의 아득한 비로삽날부터

하늘과 땅을 갈라 흘러 멎음 없는 너희는
진실로 인류의 거룩한 예지의 젖줄!

여기는 아세아 노 대륙!
일찍 북방의 암울한 삼림과 야성을 미워하던 한 젊은 족속이
검은 산맥을 넘어 햇빛 바른 복된 땅을 찾아
남으로 남으로 헤매이다가

마침내 창망蒼茫한 대해로 환히 열려 트인 작은 반도도 남쪽 자락,
물 맑고 줄기 순한, 여기 너의 가슴을 터 잡고 깃든 그날로
낙동의 어진 흐름이여, 차라리 너는
순탄하고 가난한 겨레와 더불어 그 애달픈 삶을 바닥하고
저 이름도 없는 외로운 부족에서
변진弁辰으로, 가락駕洛으로, 신라로, 고려로, 또 조선으로
만 년을 새로 용용히 오늘토록 흐르거니.

흘러, 흘러 쉬임 없는 가람이여.
너의 줄기찬 흐름 속
슬고 일던 뭇 왕조의 흥망과 교체사
너 위에 생겼다 사라지는 속절없는 소용돌이 물거품!
그 가렴주구苛斂誅求와 질탕한 연월烟月의 침부沈浮에도
애달픈 족속은 오직 너를 젖줄하고 면면히 목숨하여 왔거니
짐짓 가는 자 밤과 낮을 가리잖아
이같이 어젯 물이 오늘 물 아니요
오늘 사람 어개의 그 사람이 아니로되

너와 더불어 이뤄진 허구한 영욕榮辱의 사모친 기억인즉
너만이 길이길이 간직하고 전하리라.

너 그립고도 복된 낙동의 가람이여.
연연 七백 리 그리운 너의 품안으로 안겨드는 무수한 사랑의 노래들―
眉川 渭川 甘川 會川 春陽川 半邊川 乃城川과

潁江 黃江 南江 琴湖江 密陽江,
다시 그들에로 달려 오는 작고 큰 뭇 개울이며 하천은 그대로
봄 가을 여름 겨울 철 따라 명암 하는 강신의 저 골짝, 이 들녘, 그 언덕
아침 안개 저녁놀에 펼쳐지는 죄 없는 삶들의 변죽을 굽이굽이 씻어 흘러
가난하고도 후덕하고 숫되고도 완고하고 슬기롭고도 무지하고 어질
고도 비굴하고
대범하고도 용렬하고 질기고도 인종忍從하므로
무수히 빚어나는 웃음과 울음과 한숨과 노염과
그 가지가지 애락을 어루만지고 달래고 또한 깡그리 거두어
저 망각과 귀일歸一의 지역, 창망한 대해로 너는 흘러 보내거니
그러나 끝내 어질지만 않았다 노여운 강물이여.
물을 다스리는 자 천하를 다스린다기니

네가 가긍하여 젖 주는 이 겨레의
두고두고 가난하고 어리석고 미련함에
마침내 도도히 부풀은 탁류濁流의 분노로써
그 애달픈 전지田地며 가재며 불쌍한 생령마저
몇 번이나 너는 하루아침 여지없이 헐벗겨 앗았던가?
그러나 그것은 보다 큰 인자한 다스림의 한 소치所致!
그러기에 노염에서 돌이킨 하나 뉘우침조차 없는
다시금 유유히 포용하여 변함없이 흘러 있는 모습이여.

아아, 너는 진실로 겨레의 크낙한 어머니─
낙동洛東의 가람이여, 영원한 겨레의 젖줄이여, 사랑이여, 노래여.
─柳致環 著, 〈겨레의 어머니여, 낙동강이여!〉, 《나는 고독하지 않
다》(평화사, 1963. 12), pp.178~181

그러면서 제4부는 다시 칼럼과 일상적인 서정성을 엮었고, 제5부는 '신
神과의 대화 편'으로 청마의 신에 대한 것은 그의 자작시해설총서, 《구름에
그린다》(신흥출판사, 1959. 12. 25)에서 구체적으로 발표되어 있습니다. 어쩌
면 그의 작품에 나오는 울릉도와 독도, 국도(통영시 욕지면 소재)를 내세우며

자아를 현실 속에서 발견하려는 허무 의지와 고독(또는 외로움)해 하는 모습은 니체의 《차라투스트라는 이렇게 말했다》에 나오는〈귀향歸鄕〉편에서 만날 수 있는 고독과 유사하다고 생각됩니다. 니체는 고독을 고향으로 불러내고 있습니다.

> 오, 고독이여! 너, 나의 고향 고독이여! 나 눈물 없이는 네게 돌아갈 수 없을 만큼 너무나도 오랫동안 거친 타향에서 거칠게 살아왔구나!/ 어머니가 으르듯이 이제 손가락으로 나를 을러 달라. 어머니가 미소 짓듯 이제 내게 미소 지어 달라. 그리고 말해 달라. 언젠가 폭풍이 지나가듯 그렇게 홀연히 나를 떠난 그는 누구였지? (…) 오, 차라투스트라여, 나 모든 것을 알고 있다. 너 홀로인 자여, 네가 정작 많은 사람들 속에 있었지만 내 곁에 있었을 때보다 더욱 버림받았다는 것을!
> ─니체/정동호 옮김, 《차라투스트라는 이렇게 말했다》 책 세상, 개정 3판, 1쇄, 2015. 12, 니체전집 13) p.303.

그러나 니체는 고독을 고향이라고 했지만 청마는 그의 수필처럼 "나는 고독하지 않다"라고 말하고 있습니다. 그러나 청마는 당시 고향(조국)마저 잃어가고 있었습니다. 쫓기는 아나키스트라는 이념 때문인지 몰라도 강박관념은 그의 모든 작품에서 착란을 일으키는 것으로 보입니다. 어쨌든 그의 시 작품을 대부분 살펴봐도 니체처럼 서술자(Narrator)적인, 어쩌면 교훈적인 그의 수필 기법도 동질성을 갖는 것 같습니다. 그의 수필 기법은 앞에서 지적한 문학성보다 철학적이거나, 유머적이거나 콩트적인 스토리에 민감합니다. 따라서 에세이로 보는 것이 마음이 편할 것 같습니다. 수필문학성보다 어떤 일상의 서브노트적인 산문이라 할 수 있습니다. 이미 여러분이 잘 알고 있는 중수필이라 할 수 있을 것입니다.

이러한 해학적인 작품들은 당시에 새로운 문체로 받아들이는 풍조가 없지는 않았습니다. 그럼에도 달관된 논리로 전개 과정에서 남다른 문학성을 갖는 중수필들이 많은 편입니다. 그러나 감성을 불러오는 수필은 가식 없이 붓 가는 대로 나타내려는 전통적인 기법의 한계점에는 벗어나지 못한 것 같습니다. 누구나 쓸 수 있는 이런 기법이 수필(에세이)인 것처럼 안일하게 쓰려는 작가들이 필자를 포함하여 극히 있는 것 같습니다.

청마의 수필은 그의 자작시해설총서,《구름에 그린다》(신흥출판사, 1959. 12. 25)에 담긴 시 해설 내용에 겹쳐져 있는 작품들도 있습니다. 그가 작고 10년째 되던 1976년 11월 10일 '범우에세이선 41'이라고 이름을 붙인《쫓겨난 아담》이 발행되어 1970년대의 목마른 수필 부흥시대에 뺄 수 없는 수필의 대표작이 되기도 했습니다.

이 수필집에 실린 작품을 보면〈세월〉,〈自然과 人間〉,〈수풀이 나무를 결정한다〉,〈運命이라는 것〉,〈生命의 必須〉,〈인간의 우울과 희망〉,〈고향에 가서〉,〈H 女校長과 꾀꼬리〉,〈黃雀風〉,〈神의 姿勢〉,〈嗜好·趣味〉,〈이발관에서〉,〈食人의 倫理〉,〈작약은 슬프다〉,〈개〉,〈惡筆〉,《《靑馬詩抄》 무렵〉,〈早起癖〉,〈모랄의 준엄성〉,〈姓을 바꾸랴!〉,〈나는 孤獨하지 않다〉,〈쫓겨난 아담〉,〈無爲抄〉,〈無用의 思辨〉,〈思考와 直觀《短章》〉 등 25편이 실려 있습니다. 물론 그의 수필집,《나는 고독하지 않다》의 수필집에 실린 작품도 겹쳐져 있습니다.

이러한 에세이 중에 긴 여운으로 남아 있는 낯선 수필,〈黃雀風〉은 그의 수필집,《나는 고독하지 않다》에서는 수록되지 않았습니다. 그의 수필집 출간 이후의 작품으로 보입니다. 그의 수필,〈黃雀風〉을 다음과 같이 감상하면 알겠지만, 이 작품 역시 남긴 장단점이 무엇인지 나만이 아닐 수 있겠습니까?

黃雀風, 또는 黃雀長風이라 부르는 계절풍이 있다. 물론 옛 중국에서부터 유래해 온 이름이겠지마는, 어떤지 대륙적인 데다가 그 글자에서 풍기는 운치가 여간 좋지를 않다. 이 이름을 들어서는 긴긴 겨우내 웅크리고 구겨져 살며 기다리고 기다리던 봄의 해동이, 어느새 우수 경칩도 지나고 춘분 전을 전후해서 먼 산아에 진달래 연분홍 꽃잎이 여기저기 나비 날개처럼 살바람에 피어 날리기 시작할 무렵이면, 갑자기 전에 없던 날씨, 연 며칠을 천일天日도 무광無光하게 우리 한반도의 강산까지 온통 뿌우옇게 대기를 흐리우는 그 흙우내를 몰고 오는 저 홍진만장紅塵萬丈의 소위 몽고 바람! 그것을 두고 일컫는 것같이 생각되는 것이다. 이 계절에 이 몽고 바람을 가리켜 우리는 꽃샘바람이라 말하는 것인지 모르되, 홍진만장이란 말로도 표현하기에는 도저히 부족할 저 끝도 길도 없는 오직 하늘과 모랫 바다만이 마주 닿은 광막한 '고비'사막의 죽음의 허무를 일순가각一瞬茄刻하는 거대한 사잔沙塵의 회오리! 그 회오리가 밀고 가는 방향의 길목 아래의 아세아의 온 지역을 휘덮는 누우런 이 계절풍은, 확실히 무슨 엄청나게 크낙한 대붕大鵬의 날개 같기도 하고, 어쩌면 중국 내륙지방에 흔히 있다는 새까만 구름 기둥처럼 하늘을 덮어 몰려오는 메뚜기 같은 엄청나게 무수한 참새들의 엄습같이도 느껴지는 것이다.

그러나 실인즉 황작풍黃雀風이란 '仲夏長風扇暑名黃雀長風'이라 하여 음력 5월에 부는 동남풍을 말하는 것이리라 한다. 중하仲夏 즉 음력 5월은 우리나라에서는 보릿고개 철이라서 한더위 때는 아니지마는, 누우런 보리빛깔과 더불어 살갗은 기름 땀에 배어 무엔지 정신적으로 조갈증 나는 무렵인지라, 저 창망한 태평양 상에서 스쳐오는 바람은 바다빛깔 그대로의 얼마나 쾌적한 손길 같은 것인지 모른다.

그러나 그 이름이 주는 이미지로 아련 아련한 첫봄의 뿌우연 흙우내의 하늘을 연상하던 그것과는 정반대의 파아란 빛깔의 바람이고 보니, 어쩐지 명名과 실實이 엉뚱한 것 같으나, 그 시원 서늘한 바람결이 묘묘淼淼히 부풀은 물을 건너오려면, 그 물 위에 끼칠 무수한 살 물결은 바로 이루 밟아 재끼고 가는 작은 새떼들의 예쁜 발자국 그것이요, 또 한편으로는 맥령麥嶺인 모내기 철이면 으레 동남풍이 찌걱찌걱 가져오는 계속하는 장마비는, 후줄구레 물에 젖은 무수한 참새들이 그 습기 찬 하늘에서 쏟아져 떨어지는 느낌이라, 역시 그 이름이 주는 이미지에 통한다고 볼 수 있는 것이다.

아무튼 바람이란 모든 보람은 날짐승을 연상게 하는 것이다. 사실로 어느 바람이고 간에 그것에는 새의 넋이나 정기가 죄다 깃들어 있는지도 모른다. 그리하여 매섭고 모진 바람 같으면 독수리의 사나운 근성이, 허우대만 크낙한 허풍선이 바람은 황새의 커다란 날개가, 구슬픈 바람은 기러기의 처절한 목청, 그리고 무르익은 입김 같은 바람결은 그 선정적煽情的인 비둘기의 앓는 소리가 각각 함께 살고 있어, 사람은 언제고 항상 부대끼게 마련인 것이 아닐까? 그러므로 실상 오늘 내가 열어젖힌 창문으로, 재잘대는 무수한 참새 떼의 가벼운 날개같이 불어 드는 바람결을 마주하고 먼 남쪽 하늘을 향하여 앉아 있어도, 이것이 한량없이 쾌적 하느니보다 자못 내가 그것에 시달리고 있는 것은, 이맘때면 언제나 이 바람이 이미 멀리 잊고 온 찔레꽃 향취 같은 지난날의 어떤 진한 상념을 어쩔 수 없이 내게로 다시금 이끌고 오는 때문인 것이다.

－柳致環, 〈黃雀風〉, 汎友에세이 選 41,《쫓겨난 아담》, 汎友社, 1976. 11. 10, p.49.

위의 〈황작풍黃雀風〉에 한해서만 보면 청마의 수필의 한계점은 극히 일부분이 된다고 할 수 있습니다. 첫째, 문장력은 탁월하나 문장 구성상 언어의 나열에는 우리 국어문법이 엉성하던 한때를 잘 보여주고 있습니다. 띄어쓰기부터 오류가 나타나 있습니다. 말하자면 국어문법의 변천을 지적해 본 것입니다.

둘째, 다음 문장과의 이음새가 부담을 줘 자주 머뭇거리며 읽혀집니다. 예를 들면 쉼표가 자주 계속되어 오히려 숨 가쁘게 합니다.

셋째, 한문학이 몸에 배여 전개 과정에서 한자를 읽는 리듬이 당혹게 합니다. 이 수필이 갖는 단점이 그의 전편 수필 기법을 벗어나지 못하는 느낌도 듭니다.

넷째, 너무 교육적이고 교훈적입니다. 그의 직설에서 오는 상투적인 훈육은 철학과 맞물릴 수 있지만, 때론 상대방에게 환멸감을 주는 것 같습니다. 청마의 수필뿐만 아니라 현재 수필의 흐름에서 보면 누구나 휘둘리고 있는 것 같습니다. 이러한 에세이 기법은 당대의 계몽주의에서 오는 일종의 오류입니다. 그러나 아직도 계몽주의는 유효하다고 주장할 수 있을지 몰라도 단념할 때가 온 것 같습니다. 청마의 〈황작풍黃雀風〉은 한마디로 내용은 다소 있고 겉옷 맵시가 매끄럽지 않다고 감히 지적하고 싶습니다.

3. 앞으로의 수필은 세계적이며 우주적이어야

맺는말로서 몇 마디 부언하겠습니다. 수필은 지금부터라도 글로벌 수필이어야 할 것 같습니다. 글로벌 수필이란 일상적인 서정성이라도 우주의 날개를 단 상상력이라고 말할 수 있습니다. 온 지구인들이 읽을 때 소통되는 문장을 말합니다. 우리의 스마트시대의 옴파로스가 되어야 합니다. 수필은 스스로 기만하면 사멸할 수도 있을 것입니다. 수필에도 형상화가 절대조건임에도 관념적이면 읽히지 않는 수필, 쉽게 쓴다는 평문들이라고 돌아섭니다. 단순한 기록으로 남을 뿐입니다. 또한, 작문이라도 문학성이 없다면 웃음거리가 될 것입니다. 많은 고난의 체험과 경험을 쌓은 직관력이 예술성으로 승화되어야 할 것입니다.

수필도 앞으로 아나크로니즘적인 실험수필도 시도해 볼 만합니다. 현재도 수필에 대한 독자층은 너무도 많습니다.

청마의 시에는 반짝이는 푸른 별 초요성招搖星이 있습니다. 북두성에 있는 초요성은 청마 자신을 형상화한 것입니다. 상상력의 우주 한복판에서 칼 세이건은 오히려 이 지구를 푸른 별이라고 말했듯이 앞으로의 수필은 우주속에서 자기의 별을 찾아야 반짝일 것입니다. 개성적인 상상력을 통해 더욱 더 새롭게 생명의 세계를 확장하는 것만이 수필의 생명력이라고 봅니다.

☛ 출처 : 2020년 12월 수향수필문학회 주최, 차영한 평론, 〈청마 유치환 수필세계 소고〉라는 제목으로 한빛문학관 2층(문화 및 집회 시설)에서 특강.

☛ 《수향수필》, 제49집, 수향수필문학회, 2021, pp.96~109.

1950년 6·25 한국전쟁 때 부산 피난 시절, 앞쪽 왼쪽부터 김말봉, 靑馬, 한 사람 건너 조연현, 뒷줄 왼쪽부터 김광주, 김동리.

1965년 12월. 동랑 유치진의 회갑 잔치, 왼쪽부터 김소운, 박종화, 이은상, 김팔봉, 정인섭, 靑馬.

1967년 02월 13일 청마선생 타계로 부산 문협지부, 부산예총지부, 부산 남녀상고의 합동으로 베풀어진 靑馬의 영결식장(부산 남녀상고 교정).
분향하고 있는 이는 靑馬의 家兄 유치진 (1967년 2월 17일 출상일)

1967년 02월 17일 출상일에 부산시청 앞을 지나고 있는 청마의 유해를 실은 장의 행렬.

제3부

박경리 소설가 그리고 함동선·박재삼·성춘복·
김지율·정소란·한춘호·조혜자 시인 등

한恨의 줄기마다 만나는 생생한 생명력
-박경리 장편소설《토지》小考

1.

박경리(朴景利, 1926, 0, 628~2008, 05, 05) 소설가의 유명한 장편소설《토지》
에 있어서 먼저 시간적 배경과 공간적 배경을 살펴보겠다.

시간적 출발점은 이미 지적되었지만 1897년쯤을 기점으로 펼쳐진다. 공
간적 배경은 주로 경남 하동군 악양면 평사리로 나타난다. 그러나 최참판
댁과 연관된 배경은 통영 충렬사 부지에 오랫동안 살던 명정동 하층민의 초
가집들이 주로 굽어지기도 한 소나무의 가녀린 통나무를 기둥으로 건축한
것들이 많아 그것들이 트라우마 되어 차용된 것으로 보인다.

또 최참판댁의 거대한 집 구조는 바로 근접한 충렬사의 건립 형태 구조
에서 착상한 작법은 조선 후기 양반 아닌 양반의 자본주의 모습이었을 수
있다. 양반도 돈을 주고 사던 과도기적 자본주의 겉치레라 할 수 있다(소설
에는 언표 없음—본고 연구자 주장).

또 소설에 나오는 '한양여관' 이름은 옛날 케논 사진관에 인접한 '한성여
관' 이름도 차용되었을 것 같기도 하며, 통영 항남동 현재 농협 근처에 있
었던 '동양여관' 이름의 변명일 수 있다.

어쨌든 공간적 배경은 하동 악양면이지만 사실상 통영 지역의 낯익은 모
습이 많다. 하동 사람들의 수산물이 풍부한 통영과의 교역은 역사적으로 오
래되었다. 하동 악양면이 스토리 배경이 된 것은 하동 배들이 섬진강 일대
의 곡식을 싣고 와서 통영의 수산물과 교환 시대이기도 했으며, 하동 사람

들은 점차로 통영에 정착하여 평사리의 넓은 들판의 파다한 소문을 놓치지 않았을 것이다. 특히 직접적인 것은 아니지만 하동집 사람들로부터인지 알 수 없으나 최참판댁의 흥망성쇠 이야기가 박경리 소설가가 살던 명정동 일대에 퍼진 것을 놓치지 않았을 것으로 본다.

이에 따른 평사리 토지에 나오는 언어 구사력은 통영 토착어들인데 주로 바닷가 사투리가 많이 차용되고 있다. 스토리에 등장하는 인물도 통영 사람들의 성격과 사는 모습이 유사하다. 특히 등장하는 인물들의 각각 성격을 잘 묘사한 것이 이 소설의 특징이기도 하다. 이러한 배경은 명정동에 명정샘(일정日井) 월정月井샘 또는 정당샘으로 지금도 그 모습을 볼 수 있는데 아침저녁 할 것 없이 이 샘에는 소문의 진원지이기도 하였다. 마치 사실처럼 소문은 순식간에 통영 아침 저자에 확 퍼져 통영 동네가 수군 수군거린 때가 없지 않았다.

그렇다면 이곳 명정동에 오래도록 살던 박경리의 전기적 고찰을 보기로 하겠다.[1]

호적상 본적은 태평동 402번지에 호주는 박수영朴壽永이다. 호적상 그녀의 이름은 박경리朴景利가 아닌 박금이朴今伊인데, 출생 장소가 명확히 기재되어 있다. 즉 '신분사유란'에는 출생신고가 1926년 10월 28일 현재 문화동 328번지의 1호에서 출생하였는데, 태평동 402번지가 아닌 명정동 면당 한

---

1) 호적상의 출생과 부모 형제 관계 기록은 위의 본문 참조 바람/출생신고는 출생일부터 10년 후에 호적부에 등재되는데, 이름은 박금이(朴今伊)로 기재되어 있으며, 출생장소만 실제로 박경리가 태어난 현재 문화동 328번지의 1호 이모 김용이(金龍伊) 집이다/박경리 혼인은 1946년 1월 30일 현 거제시 사등면 지석리 1029번지 김행도(金幸道)와 혼인, 딸 김영주(金瑛株)를 1946년 서울에서 낳는데, 후일 시인 김지하(본명 김영일: 목포출생, 서울대학교 미학부 졸업, 강원도 원주 자택에서 작고, 1941년 02월 04일~ 2022년 05월 08일)와 1973년에 혼인, 장남 김원보(작가), 김세희(토지문화재단 이사장)을 두었다./1950년 12월 25일 호적상 김행도 남편이 사망신고 되어 사별한 후 혼자서 어린 딸 김영주를 키우며 명정동 통영 충렬사 아랫동네에 살았다. 하동집과 멀지 않은 위치에 살며 딸 김영주는 충렬초등학교를 다닌 것으로 알 수 있으나, 그다음은 불상(不祥)/ 1953년 07월 23일 6·25 한국전쟁이 휴전되자 신문사, 통영군청 임시직원, 임시 은행원 등에 잠시 근무하다가 통영수예점을 경영하였는데, 1955년 8월 김동리 소설가로부터 월간 《현대문학》에 소설 〈계산計算〉이 추천된다. 그 이후에도 상당 기간 통영시 서호동에 당시 '부산모자점'과 인접된 위치(현재 새마을 금고 건너편)에서 수예점을 경영하였다. 참고로 박경리의 딸 김영주는 2019년 11월 25일 73세로 타계하였는데, 2011년 '박경리문학상'을 제정하였고 현재 토지문화재단 이사장은 그의 아들 김세희가 맡고 있다.

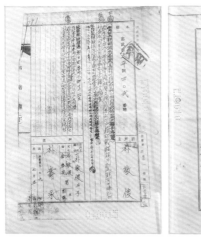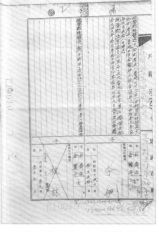

호주와 본인(박경리 본인의 호적상 이름, 朴今伊)와 호주 박수영朴壽永 호적부(현재 제적부) 모습

때 정수장이 있었던 근방이다. 그곳은 이모 김용이金龍伊 집이요, 생모生母
는 김용수金龍守라고 하는데 얼굴에 당시 돌림병인 마마병을 앓은 흔적이
있는 자로 주로 부산과 통영으로 왔다 갔다 하면서 식당 일을 하다가 어린
박경리를 통영초등학교에 입학시켜 1945년 진주여고를 졸업하게 했다. 졸
업할 때의 이름은 박금이朴今伊였다.

여기서 주목할 대목은 출생신고 일자가 10년 후인 1936년 12월 28일이
다. 호적상 부父는 박수영朴壽永이요 모母는 김보금金寶金이다. 호주 박수영
朴壽永 슬하에 딸 5명(박금이朴今伊는 제외된 숫자임–본고 연구자)과 아들 박성
룡朴成龍이 등재되어 있는데, 박성룡의 출생지는 신분사유란을 보면 만주에
서 출생한 것으로 기재되어 있다(상세한 내용은 호적 참조). 그렇다면 호적상의
부父인 박수영朴壽永은 만주 생활을 직접 체험한 자로 본다.

그렇다면 호적에 등재한 박경리는 호적상의 아버지는 생부生父가 아니며,
생부는 누군지 모르나 인터넷상에 떠도는 기록에 따르면 생모 김용수는 아
버지와 이혼한 것으로 기록된 것은 오류로 보인다(본고 연구자).

박경리 소설 《토지》에 나오는 만주 배경은 1936년부터 호적부상 아버지
인 박수영씨가 만주 생활하던 이야기를 소상히 들었을 수도 있었을 것 같
다(본고 연구자). 또 청마가 만주 생활에서 돌아와 나눈 이야기의 힌트도 간
과할 수 없다. 그렇다면 소설의 시간과 공간은 주로 통영, 하동 악양면 평
사리와 만주 일대(용정 일대)이다.

2.

박경리의 소설 중 《토지》의 특성을 살펴볼 필요가 있다. 그는 소설 《토지》를 두고 한마디로 요약한 바가 있는데, 자기의 '한恨'이라고 말했다. 《토지》의 본질은 앞에서 논급한 시간적 공간적 배경은 구한말인 1895년 노예제도를 없애 버린 이후 1897년의 격동기에서 1945년 08월 18일이 등장하기까지 48년간 구한말의 사회 변화를 상상력으로 리얼하게 창작한 작품임을 알 수 있다. 이미 연구자들이 지적을 했지만, 동학란으로 민중의 봉기, 지주계급의 몰락, 국권 상실은 물론 자본주의 제도의 발생 등 역사적 큰 변동을 잘 활용함으로써 대하소설의 면모를 갖추게 되었다 할 수 있다.

《토지》를 쓰기 시작한 것은 1969년 08월 15일부터 1994년 08월 15일까지 25년에 걸쳐 원고 4만 장을 썼다는 것은 불멸의 작가정신을 초월했다고 본다.

이미 연구자들의 지적이지만 창작 특성은 소문들을 전제한 사실적인 것처럼 전개한 기법은 물론 한을 극복하는 대목은 사건 인물들이 일상 대화체를 통해 절묘하게 표출하고 있다 할 것이다. 말하자면 한恨의 줄기마다 만나는 생생한 생명력은 농담 속의 말솜씨로 슬쩍 넘기면서 진술하는 삶의 양면성을 잘 표출하고 있다. 이를 뒷받침하는 것은 사투리의 구사력에서 공동체적인 동일성을 뫼비우스의 띠처럼 직조하고 있다. 평소 작가 자신의 아무진 성미를 접목하여 소설을 얼개한 것이 특성이라 할 수 있다.

소설의 짜임새는 순리와 죄의식을 전제하는 한편 트라우마적인 상처는 치유적인 회복을 위해 구한말의 마지막 지조를 내세워 생활의 진면목을 보여주기도 하며, 일제강점기의 참상을 파헤치기도 한다. 따라서 토지의 플롯은 언어와의 연결에서 방언이 갖는 은유는 타의 서술을 불허하고 있다. 특히 사실주의 기법처럼 박진감과 실감을 펼쳐 긴장감을 잃지 않아 장편소설의 맛깔을 더욱 돋보이게 한다. 질박한 맛은 논리 철학이 아닌 질그릇에 빚은 질박한 한의 본질을 제시하고 있다고 생각된다.

그러나 주목해야 할 대목은 불안한 치정癡情 관계가 어두운 그림자를 드리우고 있다. 무의식적인 반점斑點 즉 타시슴(Tachisme)으로 나타나는 것 같다. 그것은 인간의 원초적 본능을 진솔하게 표출하려는 과정에서 과잉현상일 수 있다. 독자층을 의식하여 강조한 에로티시즘적인 면에서 소설이 갖는 전통성과 연결될 수도 있다. 그러한 어긋난 문짝들이 드러내는 플롯은 음침한 것 같다. 내면의 팜파탈을 벗기는 것은 이제는 클리셰(Cliche)적이라 할 수 있다. 따라서 본 소설의 시대상時代相을 노린 것은 이해하지만 어두운 면끼리 헝클어짐이 사도 마조히즘적이 아닐 수 없다고 본다.

오히려 이러한 심리적 메커니즘이 창작하려는 팩션(Faction)인 것처럼 보여서 대하소설로 보는 착각을 노렸다면 앞으로도 《토지》 소설이 갖는 생명력은 진행형으로 볼 수 있다. 그러나 심리적인 면에서도 안[內] 창문에 닿는 밤안개는 엷은 안개(언더 헤이즈)가 뭉클거리는 것 같다.

3.

공간적인 배경은 하동 평사리에서부터 만주 용정까지에 걸쳐 방대하다 할 수 있다. 그러나 광활한 공간 활용 범위는 다소 한계적으로 보인다.

만주 일대를 종횡무진 질주하는 주인공의 욕망과 꿈이 다소 보여줄 수 있음에도 조국을 귀소歸巢하려는데 귀소본능에서 오는 땅이 갖는 회귀본능은 작가의 의도지만 독자층의 욕망에는 미치지 못한 것 같다.

물론 국권 잃은 대한독립군들의 활약상을 적나라하게 표출시키고 그들이 조국을 사랑하는 눈물을 받아냈더라면 토지 소유에 대한 애착이 강한 민족성과 연계될 수 있다. 고향이라는 집착을 표출하는데 나라를 되찾아야 하는 우회법은 청마의 시가 주도한 본질과 유사하다고 할 수 있다.

청마도 생명 존중을 했지만 박경리 선생도 생명 열애는 높이 평가되어야 하겠다. 다만 독자층이 기대한 만큼이나 공간적 배경에서 조국의 빛깔과 향기를 펼쳤다면 세계적인 명작을 기대할 수 있지 않았을까 하는 아쉬움도 없지 않다.

주인공 최서희崔西嬉의 위상은 신분 계급을 초월한 김길상金吉祥과의 혼인으로 인한 것과 우리나라의 토지제도에 따른 집착에서 평사리의 땅에만 강조된 것은 인간의 본성을 표출한 것으로 새로운 전환점을 제시했다. 그러나 신선하지만 소설적인 스케일은 광대한 것 같지 않다.

그러나 공간적 배경에서 디아스포라적인 현상은 전혀 없지는 않지만, 극히 일부에 그치는 것이 특이하다. 낯선 공간에서 가난을 극복하는 이용이(자기 친이모의 이름은 김용이金龍伊와는 성만 다르다)는 떠돌이 주갑과 인연을 맺어 다른 곳으로 가는 장면 또한 막연한 공간 활용의 한 장면도 불안하다. 그러나 그의 소설이 갖는 특성을 제시한 것으로 보인다.

자랑스러운 통영의 딸 박경리의 무덤 위치는 경상남도 통영시 산양읍 산양중앙로 173번지인데, 입구에 박경리 기념관이 있다. 해마다 어머니 기신제에 참여하던 그의 딸 김영주(토지문화재단 이사장, 토지문화관장)는 2011년 박경리문학상을 제정하여 운영하다가 2019. 11. 25. 73세로 유명을 달리하였다.

김영주는 1973년 김지하(시인, 본명 김영일, 목포 출신, 1941. 02. 04~2022. 05. 08 오후 4시경 작고)와 혼인하여 강원도 원주시 자택에 살다 모두 그곳에서 타계하였다. 2023년 현재 김지하 시인의 차남 김세희(현 토지문화재단 이사장과 토지문화관장)가 그대로 그의 어머니 김영주의 직책을 맡아 운영하고 있다. 참고로 큰아들 김원보는 작가로 활동하고 있다.

끝으로 본고 필자 차영한 본인이 직접 운영하는 사단법인 한빛문학관(경상남도에 등록번호: 제 경남 6-사 1-2021-01호) '수장고'에 박경리 소설가의 저서 중《토지》초간본과 후일 간행된《토지》소설집을 함께 보관하고 있는데, 특히 그의 귀중한 호적부 사본과 작고 이후 추모에 관한 행사 일부 자료는 물론 각종 비평집 등등 자료들을 참고하였다.

공감각을 통한 만다라의 미학
─산목 함동선의 시 세계

1.

한국의 시 문단에 원로로 계시는 산목散木 함동선(咸東鮮, 1929~) 선생님의
시 세계에 대한 비평은 결론적으로 크게는 분단된 조국 통일의 염원을 담은
자신의 서정적인 세계인 것으로 간과해 버리는 경우가 있는 것 같습니다.

그러나 필자는 반드시 그렇지 않다는 견해를 갖고 밝히려 합니다. '말하는
화자와 그 말을 듣는 청자 그리고 담화로 구성된 자리'라는 정신분석학에서
볼 때 산목 선생님만이 갖는 서정시의 특질이라 할 수 있는 공감각(共感覺,
synesthesia)이야말로 통합된 기억을 강렬하게 불러일으키는 힘, 즉 우주적
동시성을 확장시키고 있는 것 같습니다. 이러한 기능은 바로 그의 시의 생
명력이라고 할 수 있습니다.

우리가 알고 있는 공감각을 간단히 살펴보면 공감각이란 그리스어로 '다
같이 또는 함께(syn)와 느낀다. 또는 감각하다(aisthesis)'가 합성된 것을 의
미합니다.

이러한 공감각은 감각과 감각 간의 정상적인 차이는 물론 경계를 모호하
게 만드는 감각 능력이기도 합니다. 동시에 복수적으로 감각을 유발시키는
신경학적인 용어로 예술론에도 보편화되었는데, 어떤 소리가 향기와 맛이
나 색채로 전이되어 표출되는 것과 같은 감각이 결합하는 것을 의미하기도
합니다. 말하자면 생각의 본질은 이미 공감각이라고 지적되어 온 것도 사실
입니다.

비유적, 상징적 이미지에서도 이미지와 소리가 뒤섞이는 등 동시에 다의

성을 나타내기도 하며, 모든 감각상의 상호성을 갖는 감각 능력 등 공감각이 갖는 의미는 더욱 크다 할 수 있습니다.

또한, 닥터 휴고(Dr. Hugo-본명은 Hugo Heyrman, 1942~)에 의하면 "여러 감각 중에서 어떤 감각에 가해진 자극은 연상에 의해 다른 자극으로, 자동적으로 이어진다. 따라서 공감각은 모든 창조적 행위와 각 해석의 형식에서 중요한 요소이다"라는 대목에 주목하지 않을 수 없습니다.

이러한 이론은 오늘날 디지털 자료의 전송이 공감각적인 효과를 가져온 원격 공감각(tele-synesthesia) 세계까지 발전해 온 것을 알 수 있습니다. 여기서는 디지털적인 메타 차원의 미디어 기능 측면은 제외하더라도 산목 선생의 시 세계는 심오한 내면을 상승시키는 만다라 세계를 향하고 있으므로 통합적인 마인드에서 재조명할 필요성이 있다고 봅니다.

2.

그렇다면 산목 선생의 시 세계는 다차원적인 사고, 3차원 이상의 어떤 세계, 즉 우주적인 데서 시간과 공간 너머의 실재와 환상이 재결합하려고 하는 상상력의 세계가 엿보이고 있습니다. 현실의 속살이 보이고 있는데, 그의 패턴 인식은 외적 경험으로부터 내부로 받아들여 창조하는 진실을 보여줍니다. 이미 회자되고 있는 '진실은 허구일수록 더 진실하다'는 것과 같을 수 있습니다. 자크 라캉이 말한 상상계와 상징계 사이이기도 하며, 상징계에서 실재계로 다가가도 다가갈수록 멀어지는, 눈으로만 볼 수 없는 아름다움과 어떤 무(無, 空)가 창조해내는 노래도 배어 있습니다.

모더니즘 이후에 다른 이들로부터 자기의 모습을 보고 놀라는, 주체의 상실, 즉 자기의 중심을 잃어버린 데서 현실은 더 진실한 동일성으로 보이는 것입니다. 다시 말해서 억압된 요소들이 모든 존재의 근원을 이루는, 꿈이 있는 무의식에서 의식으로 표출되기 때문입니다.

친숙한 것들이 절단되어 낯섦으로 다가오는 두려움을 극복하려는 자발적인 대응은 외상(外傷, trauma)으로 표출되는 것이 더 많은 것 같습니다.

초현실주의를 주도한 앙드레 브르통이 그의 선언문(1924)에서 사용한 유명한 비유 "창문에 의해 잘린 두 부분으로 나뉜 사나이"의 패러다임은 사실적인 창문과 서사적인 창문으로도 제시한 것은 그간 견해 차이로 많은 왜곡도 있었지만, 결론적으로 상상력을 위한 정신적인 착란, 안과 밖의 분열을 통해 생성되는 새로운 욕망이라 할 수 있습니다.

모리스 메를로퐁티의 지적과 흡사한, 브르통이 말한 자신을 "내부로 향해 밖을 내다본다"는 의미 부여는 현대시의 창작 행위가 절대적 현실을 배제할 수 없는 것과 같습니다.

이처럼 절대 현실을 배제할 수 없는 산목 선생의 시 세계는 때론 기독교의 십계명에도 닿아 있고, 불교계에서는《부모은중경》에서도 발견됩니다. "부모를 업고 수미산을 백번 천번 돌아 골수가 드러나도 부모 은혜에 보답할 길이 없다"는 의미가 함의되어 있는 것 같습니다. 말하자면 그에게는 생명을 노래하는 절대적인 공간인 구월산이 있고, 그곳의 따스함이 감싸오는 갈등은 반복되는 대상과 객관적 우연 속에서 부모 형제들이 때론 현현되기 때문입니다.

이러한 아우라의 현상에서 상승하는 움직임을 만다라라 할 수 있는데, 만다라는 수미산이 있고 우주의 중심이 수미산이라면 산목 선생의 중심은 구월산이라 할 수 있습니다. 따라서 분단된 그곳의 공간은 어떤 가상(사이버)세계가 아닌 만다라 세계입니다. 한마디로 그의 시의 본질은 만다라의 미학이라 할 수 있을 것입니다.

3.

이처럼 초기, 중기 시 세계에서의 거울 단계(상상계)에서 동일시하던 그의 노래는 그가 구원하는 만다라에 닿아 있었지만, 사실은 꿈과 동시에 나타납니다. 그의 상상력은 망견妄見만으로 볼 수 없는, 실재계가 자연과 연결되는 것처럼 보이는 주체가 알고 있는 자신과 주체 사이의 근본적인 분열, 즉 최초의 무의식적 환상이 보입니다.

무의식은 어떤 형태나 언어를 통해 표출되는 것과 같이 실재계는 엉뚱하거나 파편화되어 나타난다고 주장하는 라캉의 이론처럼 무의식적인 진실에 접근됩니다. 무의식적인 진실은 무심언어(La Lingguisterie)로 나타나면서 남아 있는 다음 대상을 찾아가게 됩니다. 시선이 아닌 응시에서도 벗어나, 찾아 나서는 그의 모습은 전혀 다른 모습으로 나타납니다. 예시한 아래의 시가 갖는 의미처럼 자신은 스님으로 현현됩니다.

자신의 욕구가 자신의 소망을 물어봅니다. 내가 있는 곳은 현실임을, 즉살아 있다는 존재 확인에서부터 출발합니다. 그러나 멜라니 클라인의 분류에 의하면 무의식적 환상은 현실을 해체하고 부정하기도 한다고 주장합니다.

> 손금을 타고 번지는 작설차의 따스함이
> 온몸에 묻은 추위를 털어버린다
> 가벼운 합장으로 암자를 떠나는 스님께
> "왜 산에 오르십니까"하고 물었더니
> "내가 여기 있으니까"라고 대답하신다
> 하늘과 땅 사이에
> 대각으로 선을 그으며 떨어지는 눈발 속에
> 산자락이 숨어버린다
> "산이 저어기 있 으 니 까"
> 회오리바람에 산울림이 된다
> 스적스적 휘젓는 도포자락에 매달린 손톱에는
> 어렸을 적 물 들인 봉숭아 빛으로
> 독경소리가 들린다
> ─함동선, 〈산에서 만난 스님의 말씀〉,《시간은 앉게 하고 마음은
> 서게 하고》, p.12. 전재.

작설차를 마신 후의 공감각은 나타납니다. "왜 산에 오르십니까"하니 "내가 여기 있으니까"라고 답하는 화두는 당혹하게 실재계의 현상이 일어나

고 있기 때문입니다. 억압된 무의식은 객관적으로 알 수 없는 사물이 아니라 주체(무의식)가 나타나는 것은 주체에게는 알려 있지 않은 욕망과의 관계입니다. 이미 지적되고 있지만, 항상 대상에게 욕망을 느끼는 것은 주체라고 볼 때 대상을 얻어도 욕망은 남게 되는데, 실재계는 항상 욕망이 남아 그 다음 대상을 찾아 나선다는 것과 같습니다. 따라서 "기표(욕망)로써 완벽한 기의를 갖지 못하고 끝없이 의미를 지연시키는 텅 빈 연쇄 고리다"라고 말한 라캉의 주장과 같습니다. 왜냐하면, 그의 이론에 의하면 주체는 은유와 환유라는 비유적 속성을 지니고 있기 때문입니다. 그렇다면 "하늘과 땅 사이에/대각으로 선을 그으며 떨어지는 눈발 속에/산자락이 숨어 버린다"는 무심 언어는 자기와 동일시하려는 상상계와 상징계의 뫼비우스 띠 속으로 감춰지는 것을 알 수 있습니다.

산목 선생이 스님이면서 허구화된 소타자로 나타납니다. 주체는 결핍으로 남게 되는 것을 알 수 있는데, 틈새요, 구멍이기도 하지요. "산이 저어기 있 으 니 까"라고 더듬거리는 것은 무의식적 작용인데, 본심을 드러내는 소리는 산울림에서 다시 '독경 소리'로 환치되고 있습니다.

이처럼 '나'라는 주체 속에 바라봄과 보여짐이라는 두 개의 주체를 떠올릴 수 있습니다. 데카르트식이 아니고, "나는 내가 생각지 않는 곳에 존재한다"는 타자의식을 제시한 자크 라캉의 주장에서 보면 산목 선생의 반복적인 시편들은 외상적인 지각으로 나타나는 것 같습니다. 즉 "외상적 사건을 상징적 질서에 통합시키려는 그 사건(행위 속에서, 꿈속에서, 이미들 속에서)을 반복한다"는 프로이트의 관점이기도 합니다. 워홀에 따를 경우, 반복은 재생산의 기능도 있지만 생산 기능도 동시에 갖기 때문에 서로 모순되는 것도 열려서 상호작용하는 것으로 보입니다.

특히 끝없이 파편화되어 내리는 눈발은 무의 창조입니다. 눈발을 원용한 대각선은 "무의식의 깊은 곳에서는 순수한 대칭성이 지배하는데, 모든 것이 하나요, 전체가 작은 부분에 반영된다"는 필 멀런의 이론이 맞아떨어집니다. 위의 시 작품이 제시하는 기호인 하얀 '눈발'은 그의 무한집합인 통찰력이 살아 움직이기 때문입니다. 스님과 산, 산과 눈발, 산울림과 독경 소리는 순수한 대칭 구도입니다. 풍경으로 묶어도 이상(李箱, 金海卿)의 시에 나오는 거울 중에서도 '명경明鏡'입니다. 뜨거운 혈루血淚가 순환하는 0과 1의 디지털 세계가 펼쳐지는 것 같습니다.

사물과 스펙터클이 뒤바뀌는 무의식적 추론이 갖는 원시적 이미지기도 합니다. 관념적인 시가 아니라 피와 살의 합일에서 꿈결의 순간을 보는 것 같은 내면의 깊이가 오히려 승화하고 있습니다.

바로 신비에 쌓인 산의 본성을 끌어안을 때 일체는 흰 눈썹으로 남을 뿐입니다. 이러한 모티프는 작설차의 맛에서 연상되는 색채, 소리가 기억들을 불러일으켜, 직관을 통한 형태나 패턴을 하나로 내장시켜 주는 단순한 감각에서 벗어난 다의성을 띤 공감각 현상이라 할 수 있습니다.

4.

그의 시집 《밤섬의 숲》(2007)은 후기 시라고 볼 수 있는데, 시 세계는 물질문명의 속박과 바바리안(barbarian)을 날카롭게 지적하는 양상이 나타나고 있습니다. 결국, 그는 그의 만다라 꿈을 갈구했지만 자유롭지 못한 지상의 삶(현실)에 대한 회의적인 저항으로 나타납니다.

저항에 머무는 것이 아니라 지상에서의 삶에 순응하려 하면서 일어서려는 내적인 시도는 치열합니다. 물질문명을 벗어나려는 해방감을 위해 그의 무의식과의 대결은 구도적인 것 같습니다. 말하자면 그의 염원은 소통입니다.

> 노을 길고 해넘이 짧은 어둠이/푸서리에 내리고 꽃다지에 얹힌다/
> 버드나무 우듬지에서/까만 옷 갈아입은 바람이/황사 털어내고 뿌리로
> 내려간다/그 어둠 끝에/눈길 놓아 주지 않는 들꽃들/온종일 버리고 버
> 려도 성性이더란/사랑에 미친 꽃잎들/대낮 사내 등판처럼 뜨겁다/숲과
> 나무와 들꽃이 서로 보이지 않아도/5월은 불 켜지 않고/알 품은 철새/
> 수평선에 눈 베기도 한 닻소리와/한쪽 겨드랑이에 바다 끼고 온 홀소

리 모아/이 지상에서/말로 할 수 있는 계절을 고향이라고/글 쓴다
　　　　　—함동선, 〈밤섬의 숲·1〉, 《밤섬의 숲》, p.15, 전재.

　소통을 내세운 이 시는 밤섬의 생명력에 적응하려는 자신을 위장한 모습으로 보이기도 합니다. 그러나 심층적인 측면에서 고려할 때 반드시 그렇지 않은 공감각 현상이 보이는 것 같습니다. 도시에 있는 섬은 겉으로는 불빛에 반사되어 한 다발의 꽃처럼 현란할 수도 있을 것입니다. 첫 행에 자신을 밝히는 해는 넘어가도 남은 노을빛에서부터 검게 타는 빛깔은 더 환한 들꽃이라고 빗대고 있는 것 같습니다.

　노골적으로 움직이는 꽃들은 광기狂氣적으로 뜨겁게 흔들리는가 하면 서로 보이지 않아도 사내 등판처럼 뜨거운, 더군다나 5월마저 불 켜지 않아도 환하게 보이는 알 품은 밤섬은 철새처럼 보이는 환영幻影으로 노래한 것으로 보입니다.

　그 배경은 노출된 긴 어둠을 내세우고 섬으로 사는 도시인들의 저녁은 섬들끼리 육감으로 엉키는, 즉 연인들끼리 낯붉힐 것도 없이 하나가 되는 나르시시즘적임을 지적한 것 같습니다. 차마 눈 뜨고는 볼 수 없는 문란한 성의 극치는 숲을 이루고 있어 닿소리 홀소리를 죄다 동원하여 막말을 한다면 꽃이 피는 고향이라고 어쩔 수 없이 글을 쓴다는 패러독스적인 작품으로도 인식됩니다. 어찌 보면 아름다운 시체들을 보고 절묘하게 표출시킨 이중성을 갖는 시 작품인 것 같습니다. 겉보기에는 관념적인 시 작품으로 보이지만 의미는 다의성을 띠고 있음이 발견됩니다.

　이 시에도 '고향'이 나옵니다. 비단 북쪽에 두고 온 고향은 아니지만 바로 그의 외상에서 아프게 느끼는 주이상스(Jouissance, 열락)에서 오는 것 같습니다. 치명적인 쾌락 너머에는 죽음이 있다는 프로이트의 말처럼 환상을 벗겨 보면 해골임을 경고하고 있는 것인지 모릅니다. 바로 무의식이 갖는 서로를 없애 버리려는 병치와 모순과 대립적인 의미를 함의하고 있는 것 같습니다. 외상에서 오는 최초의 충족 상태, 즉 어머니와의 결합을 반복하려

는 욕망이기 때문에 그의 응시는 서로 유혹하는 데서 불안한 것입니다. 이러한 직관에서 시인은 대상으로부터 주체의 움직임을 보입니다. 근본 환상이 갖는 외상을 치유하려는 본능입니다. 어머니가 살아계실 것 같은 고향이라는 동일 몸짓은 다른 현 존재와의 관계에서 전체적으로 지각 이미지가 결합되는, 즉 공감각 작용으로 표출하고 있기 때문입니다.

어쨌든 이 시가 갖는 의미는 그의 시 전체에 흐르는 시대 상황적인 외상이 일종의 심리적 빈혈증이기도 합니다. 이러한 와중에 그의 몇 편 되는 '밤섬의 숲'과 나아가서 '잡초'에 머무는 응시는 봄(눈)과 다른 일종의 오컬트(Occult) 작용도 나타납니다.

산목 선생의 시 작품에는 시종 흐려지지 않는 그의 안목처럼 날카로운 응시(凝視, 境地)가 있습니다. 그의 눈은 예성강처럼 커튼을 걷어내는 맑게 흐르는 창이 있습니다. 그의 창에 비친 어머니의 모습은 눈을 감을 때 보이는 거울에서 다가옵니다. 들여다보면 훤히 보이는 '상봉장', '임진강', '도라산', '연백평야', '구야산' 등에서 마주 보는 창을 닫을 수 없어 '두타산', '소백산', '태백산', '천마산', 심지어 거문도, 주문진을 떠돌며 고향이 부르는 음성을 찾고 있는 그의 눈은 거울 속에서 방황하고 있습니다.

필자가 볼 때 산목 선생의 어머니는 조국을 말하기도 합니다. 피터 브룩스에 따르면 "창문은 거울과 마찬가지로 시각을 나타내는 은유물이라면 양쪽의 방향으로 작용하는 창문은 바깥을 내다보는 동시에, 안을 들여다보는" 동일성이기 때문입니다. 말하자면 눈은 창이 되고, 창은 눈이 되며, 이러한 눈은 영혼의 거울이 되어 주체가 생기는 거울 단계에서 자신과 동일시하는 외상적인 고향을 만나는 꿈을 꿉니다.

분단된 조국의 안부를 그의 눈을 통해 찾고 있습니다. 잃어버린 꿈을 찾으려는 그의 등산(구원)은 내면적 본질까지 꿰뚫고 있으며, 강물을, 때로는 폭포를 거슬러 오르려는 은어, 연어처럼 그의 시 세계의 진정성, 독창성이야말로 몸으로 실천하는 시학이라 할 만합니다. 왜냐하면 "웃옷 받아 옷걸이에 걸고" "목발 짚고 일어선 노인" "발소리 죽이고 가다 노루와 만나다"

"핏덩어리가 여기저기 튄다" "이 글 쓰구 방의 불 끄구서리 한참 있다가" 등등에서의 주고받는 소리가 원초적 이미지로 꿈틀거리고 있기 때문입니다. 말하자면 그의 시는 손잡아 보기도 하고 놓치는 데서 손짓하는 대화임을 알 수 있습니다.

그러면서 "우리는 어디에서 왔는가? 우리는 누구인가? 우리는 어디로 가고 있는가?"라는 유명한 모더니티에 대한 폴 고갱의 질문처럼 그의 시에도 갑자기 "지금 몇 시인가―인조인간"(시집 《밤섬의 숲》, p.26)에서 당혹성이 나타나고 있습니다. 그것은 마지막으로 밤섬은 밤섬이 되어야 하는데, 밤섬의 숲 이미지가 알맹이 없는 페티시즘으로 뒹구는 것을 경고하는 것인지도 모릅니다. 아이 보는 밤섬은 "산 능선처럼 물 흐르지 않으니" 메마르고 치다꺼리가 너무 벅차며, 급속도로 인조인간들만이 살 수밖에 없는 세상에 대해서 이래서는 안 된다고 이 시대의 포스트모더니즘의 모순을 강하게 질타하고 있는 것 같습니다.

좀비들, 뱀파이어들이나 기계충이 되어가는 인간의 "죽음 어떻게 오는가 물어볼 걸" 하고 주름이 생기는 인간을 그리워하는 생명의 순리를 갈구하는 절박함을 토로하고 있습니다. 당장 이를 박차고 탈출하고 싶어 "나 지금 몇 시인가"라고 인간들에게 내던지는 경각심은 오늘날의 절실한 메시지가 아닐 수 없습니다. 바로 산목 선생이 부르짖는 소중한 인간의 생명력의 경고판을 그의 시집 갈피마다 반드시 끼워 두는 것이 또한 그의 시 작품의 특질이라 할 수 있습니다.

5.

산목 선생의 시어들은 미당 선생 다음으로 우리 민족의 토속적인 정서를 담아낸 분으로 알고 있습니다. 다수 시인들의 시어들은 산목 선생의 시어들을 잘 계승한다고나 할까 크게는 거부반응 없이 각자의 시작 과정에서 엇비슷하게 활용 구사하고 있는 것 같습니다. 그만큼 독창적인 일상어를 발굴하여 현재도 그는 시어를 그의 시 전편에 반복적으로 사용하고 있는 것은 한계점이라고 보는 이가 있지만, 일관된 그의 사상의 근저를 지속으로 보여주기 위한 강조된 진행형임을 주목해야 할 것 같습니다. 이러한 그의 톤은 다수 시편에서 한꺼번에 느끼는 공감각을 확장시키고 있는데, 고향과 부모 형제, 산천의 모습과 주고받는 서사 담론은 항상 신선하게 다가와 상호작용하고 있기 때문입니다.

겉으로는 분단된 아픔으로 표출하고 있지만, 누구나 최초로 갖는 외상 중에서도 개인적으로 억압된 전쟁 공포증은 생명 없는 물체(페티시)에서도 섬뜩하게 얼룩진 외상으로 볼 수 있습니다. 어떤 타자성에 호소하는 반복 강박에서 오는 무의식적인 공포감은 순간 친숙하면서 낯설게 하는 등 언캐니(Uncanny)한 것들이 떠돌며 발작적인 환상으로 전이됩니다. 그렇다고 병적인 것이 아닌 누구나 정상적으로 갖는 경미한 편집증적인 것에 불과합니다. 결국, 자신이 자궁 속의 존재, 혹은 이마고(Imago), 즉 고향과 부모를 향한 근본 환상이 중심이 되는 것 같습니다.

이처럼 조국에 대한 그의 시 세계는 삶의 충동과 죽음 충동 사이에서도 극히 퇴행적이거나 멜랑콜리에만 머물지 않는 만다라를 향한 상승작용을 하려는 꿈은 확고합니다.

무의식의 깊이에도 대칭성이 있듯이 "꿈의 언어에는 대칭이 더 많이 깃들어 있다"는 필 멀런의 주장에 필자도 동의합니다. 특히 충격적인 전쟁 외상을 지속으로 토로하면서 안과 밖의 생명체를 껴안는 자아동일성 회복에 초점을 맞추려는 투쟁이야말로 아무도 시도하지 못한 독특한 개성입니다. 따라서 산목 선생의 시 세계는 한국 시사의 자리매김에서 마땅히 높이 평가되어야 할 것입니다.

☛ 참고 문헌
　　○ 《散木 咸東鮮 先生 八旬 紀念文集-쓸모없는 나무》, 문학공원, 2009. 05. 20, pp.90~201.
　　○ 이승하 외, 《함동선의 시 세계》, 국학자료원, 2014. 01. 27, pp.424~444.

박재삼의 삶과 문학
─절망의 그림자 딛고 다시 핀 달개비 꽃

1.

박재삼(朴在森, 1933. 04. 10~1997. 06. 08) 시인은 김소월金素月을 비롯한 여러 시인과는 다른, 서민 생활의 개인적 애환을 있는 그대로 파헤치는 등 현실 속에 살아 있는 전통적 가락으로 존재의 인식이 아니라 존재의 심성을 내세워 그 정한을 새롭게 다듬으면서 노래하여 온 독창적인 서정 세계를 구축한 시인으로, 한국시사에 자리매김한 그의 삶과 문학을 살펴볼 필요가 있다.

그는 1933년 04월 10일 아버지 박찬홍朴瓚洪과 어머니 김어지金於之 사이에서 둘째 아들로, 일본 동경부남다마군도성촌시야구[日本東京府 南多摩郡 稻城村 矢野口] 1004번지에서 태어났다. 위로는 현재 생존해 있는 박봉삼(朴鳳森, 1931년생) 큰형과 출가한 여동생 박순애(朴順愛, 1937년생), 그 밑에 박순엽(호적상 이름 朴順業, 1942년생) 등 2명의 누이동생을 두고 있다. 그러나 박순엽 누이동생 다음에 태어나서 각각 2년과 3년이 되는 해에 질병으로 죽은 박수삼(朴樹森, 男, 1948생), 박성삼(朴成森, 男, 1951년생) 등 2명의 동생이 호적 부상에 기록되어 있다가 사망으로 제적되어 있다.

박재삼은 만4살 때 전 가족과 함께 일본에서 귀국하였는데, 가족들은 아버지의 고향인 당시 사천군 용현면[1] 용치리[泗川郡 龍見面 龍峙里로 가지 않고 어머니의 고향인 삼천포의 아름다운 팔경을 갖추고 있는 속칭 팔포 서금동八浦 西錦洞으로 와서 살게 된다. 서금동과 경계를 이루는 동금동東錦洞

---

[1] 용현면: 한자로 '龍見面'인데 한자 '현見'은 여기서는 한자 볼 '견見'자가 아님.

은 어머니의 친정 곳이기도 하다. 이처럼 그가 성장한 곳은 동남쪽으로 펼쳐지는 바다와 섬들의 풍광이 수려할 뿐만 아니라 서남쪽은 바다를 향해 낮고 길게 뻗으면서 자연 능선으로 이루어진 노산魯山의 풍치가 더하여 한 폭의 살아 있는 그림을 보는 것 같다. 특히 노산에 올라 보면 동쪽으로 목섬[首島]이 바람막이처럼 가까이 놓여 있다.

그러나 현재는 목섬 앞바다 일부가 매립되어 그가 노래하던 옛 정취는 찾을 수가 없이 생선 횟집들이 즐비하다. 그에 의하면 어릴 때 친구들과 자주 전쟁놀이를 하러 노산을 올랐을 뿐만 아니라 마음이 울적할 때에도 오르던 노산은 그의 시비와 함께 지금은 노산공원으로 잘 가꾸어져 있다. 그가 자라던 집은 노산공원 밑 서금동에 위치하였는데, 그가 자라던 집을 가려면 이 좁은 골목으로 들어가는데 앞 바다 쪽 목섬을 볼 수 있는 위치에서 목섬을 등지고 두 번째 골목을 걸어서 들어가면 된다.

당시 길가 왼쪽에 대 사립문이었는데 필자가 저의 집안 수야 누님과 함께 친구인 그의 누이동생 박순애를 만나러 한두 번 놀러 간 일이 있어 위치는 잘 알고 있기 때문이다.

박재삼의 바로 밑 여동생 박순애는 지금 가까운 삼천포 대방동大芳洞에서 살고 있으며 떡 방앗간을 하고 있다. 그의 누이동생의 증언에 의하면 대지는 사십여 평 남짓한 것으로 당시 초가삼간이었는데 6·25전쟁 때 불탄 것을 당시의 모습대로 다시 지은 집이었다는 것이다.

현재의 모습은 도로로 개설하면서 그가 살던 집의 대지도 일부 도로로 편입됨에 따라 옛 모습을 찾을 수 없게 되었다. 현재 남은 집터에 그의 큰형 박봉삼이가 협소하나마 2층집으로 개축하여 살고 있다 하세하고, 2021년 둘러보러 갔을 때 그의 딸이 음식 배달 영업을 하며 살고 있었다.

당시 그가 자라던 골목집은 가난을 면치 못하였다. 그에 의하면 바지는 입어도 고추는 새파라니 언 채 전쟁놀이를 했고, 방파제 가에 놀 때는 어린 허기는 해녀들이 말리는 미역귀로 채웠으며, 또한 학교에 갔다 와 점심은 보리밥에 열무김치가 아니면 된장에 풋고추지만 맛이 있어서 꿀떡 같았다는 것이다.

그는 속칭 팔포 앞바다에 빠져 죽은 친이모, 이모의 육촌 시누이, 팔촌 시누이, 먼 일가뻘 되는 숙모 등을 잊지 못하고 있다. 그중에서도 제1시집 《춘향이 마음》에 담긴 목섬의 설화說話와 남평문씨 부인南平文氏 夫人의 애절한 사랑에 얽힌 죽음과 슬픔을 충격적으로 받아들인 것을 읽을 수 있다. 이러한 원시적인 체험은 그를 조숙케 했다. "예닐곱 살 때였을까/세상 돌아가는 機微는 몰라도/어째서 남자와 여자가/결혼을 하고 아이를 낳게/되는가를 어렴풋이 알았다"는 어린 나이에서도 보고, 들은 것들에서 알 수 있다.

①

국민학교를 나온 형이/花月여관 심부름꾼으로 있을 때/그 층층계 밑에/옹송그리고 얼마를 떨고 있으면/손님들이 먹다가 남은 음식을 싸서/나를 향해 남몰래 던져주었다./집에 가면 엄마와 아빠/그리고 누이동생이/浮黃에 떠서 그래도 웃으면서/반가이 맞이했다./나는 맛있는 것을/많이많이 먹었다며/빤한 거짓말을 꾸미고/문득 뒷간에라도 가는 척/뜰에 나서면/바다 위에는 달이 떴는데/내 눈물과 함께/안개가 어려 있었다.

  ─박재삼, 〈추억에서 30〉, 전문, 《追憶에서》, 現代文學社, 1983. 11, p.49

②

晉州장터 생어물生魚物전에는/바닷 밑이 깔리는 해다진 어스름을,/울엄매의 장사 끝에 남은 고기 몇 마리의/빛 發하는 눈깔들이 속절없이/銀錢만큼 손 안 닿는 恨이던가/울엄매야 울엄매,/별 밭은 그리 멀리/우리 오누이의 머리 맞댄 골방 안 되어,/손 시리게 떨던가 손 시리게 떨던가/(중략)/달빛 받은 옹기전의 옹기들같이/말없이 글썽이고 반짝이던가

  ─박재삼, 〈追憶에서〉 일부, 제1시집, 《春香이 마음》, 新丘文化社, 1962.
  11, p.60./〈추억에서 67〉일부, 제7시집, 《追憶에서》, 현대문학사, 1983.
  11, p.98.

인용된 위의 시 ①을 읽으면 아주 극빈한 가정임을 알 수 있다. 당시 초등학교만 졸업할 수밖에 없었던 큰형 박봉삼이 화월여관花月旅館 심부름꾼으로 있을 때의 일이다. 어린 그는 일부러 형이 일하는 여관 옆에서 놀다가 형이 손님들이 먹다 남은 음식을 몰래 싸서 던져주면 그것을 가지고 집으로 와서 자기는 많이 먹었다는 거짓말을 꾸미고 문득 화장실에라도 가는 척 골목길을 쫓아 나온다. 나올 때 바다 위에 달이 떴는데 눈물이 앞을 가려 안개가 어려 있었다는 대목은 참으로 인간적인 비감이다.

　특히 인용된 위의 시 ②는 생선 장수를 하고 늦게 돌아온 어머니의 광주리에 몇 마리 남은 생선의 눈알이 빛나고 있었는데 그 생선 눈알이 은전(돈)으로 보인다는 형상화는 더욱 비통하게 한다. 손으로 그 은전에 손을 뻗쳐잡으려 해도 잡히지 않는 절절한 한恨을 표출시키면서 어머니가 늦게 돌아오는 캄캄한 밤은 어린 누이인 순애와 순엽이가 잠자는 방에 불을 넣지못하여 손 시림과 동시에 온몸이 떨리는 어두운 골방(순애의 진술은 부엌방이라 함) 같다고 하였다.

　어머니의 눈물 또한 밤에 본 옹기전에 옹기의 빛처럼 반짝이고 있다는 것은 당시 어둡고 가난한 시대적 상황을 아주 절실하게 표현하고 있을 뿐만아니라 "아버지와 어머니는/공일날도 장사하러 나가시고"(《추억에서 32》 일부), "아버지는 魚物到付로/북향 십리 밖 龍峙里에 가시고"(《추억에서 67》 일부) 등쉴 틈 없이 고생하는 부모님들의 살아온 내력을 숨김없이 드러내고 있다. 그 내면에 숨어 있는 모질고 아픈 부모가 살고 있는 삶의 의지를 드러내고 있다.

　그러나 "내 어릴 때/엄마는/머리에 광주리를 이고/이 집 저 집 다니며/도붓장수로 생선을 팔았다./(중략)/이제 그런 엄마가/영영 돌아오지 않는/가망 없는 이 허무여."[2] 라고 인간의 본성을 오열하는 비감으로 토로하고 있다. 고생하시다가 돌아가신 어머니를 맨발 벗은 어린아이처럼 엄마라고 애절하게 부르면서 영영 만날 수 없는 인간의 속성인 허무로 표출하고 있다.

---

2) 박재삼, 〈돌아오지 않는 엄마〉 제15시집, 《다시 그리움으로》, 실천문학, 1996. 04, p.56.

그는 어렵게 중학교를 거쳐 삼천포고등학교를 졸업한 후 부모 곁을 떠나 잠시 부산에 살던 은사 정헌주(당시 국회의원) 집에 머물다가 다시 삼천포에서 서울로 가게 되어, 취직을 하게 된다. 고려대학교 야간부에 입학하여 생활의 어려움으로 3년 중퇴하게 된다. 이때부터 본격적인 시 창작 활동을 하게 되는데 고혈압으로 인한 투병 생활을 하면서 시집 15권(시조집 1권 포함)과 8권의 시선집, 그리고 9권의 수필집과 3권의 수필 선집 및 바둑 한담 등을 남기고 지병인 고혈압과 신부전증 합병으로 1997년 06월 64세를 일기로 타계하였다.

묘지는 현재 충남 공주시 의당면 도신리 교회가 있는 근처에 안장되어 있다. 슬하에는 큰딸 소영(현재 결혼하여 홍콩에 거주), 장남 상하, 차남 상규와 함께 미망인은 서울에 살고 있다. 앞으로 박재삼 유해를 '박재삼 시인 기념사업추진위원회'가 그의 고향으로 이장할 계획을 밝히고 있으나, 필자는 오년 전에 들었던 이야기 이후, 현재 이장 여부는 아직 모르고 있을 뿐이다.

2.

그러면 문학을 하기까지의 그때 편력을 살펴볼 필요가 있다. 일제 식민 치하에서부터 서민들의 암울한 생활은 해방 직후에도 계속되었다. 사회적 혼란과 함께 온 백성들의 빈곤은 이루 말할 수 없이 비참하였다. 거기다가 6·25동란까지 겹쳐 최악의 민족적 시련기였다.

이러한 어려운 시기에 박재삼은 1940년에 삼천포초등학교에 입학하여 1946년에 졸업한다. 그러나 등록금(당시 기부금)을 마련치 못하여 삼천포중학교에 진학하지 못하게 된다. 그때 삼천포여자중학교에 급사로 들어갈 수 있었는데 그 학교에 교편을 잡고 있던 초정艸丁 김상옥金相沃 선생을 만나게 된다.

이미 초정 선생은 1939년《文章》지에 〈봉선화〉, 1940년《동아일보》에 〈낙엽〉을 발표하는 등 시조시인으로 각광을 받고 있어 이를 부러워하는 박재삼은 김상옥 시집《草笛》을 노트에 옮기는 등, 시를 베껴 쓰면서 시인이 되겠다는 결심을 하게 된다.

①

해방된 다음 해/노산 언덕에 가서/눈 아래 무역회사 자리/홀로 삼천포중학교 입학식을 보았다./기부금 삼천 원이 없어서/그 학교에 못 간 나는/여기에 쫓겨 오듯 와서/빛나는 모표와 모자와 새 교복을/눈물 속에서 보았다.

–박재삼, 〈추억에서 31〉, 일부,《追憶에서》, p.50.

②

중학교 때 국어 선생으로 초정 선생이 계셨다. 시골 중학 선생의 시가 교과서에 실려 있는 것이 아주 대단하게 생각되었고, 또 선생이 퍽 우러러 보였다. 나도 〈봉선화〉와 같은 훌륭한 시를 쓰고 싶다. (…) 이것이 이 길에 접어들게 된 동기라고 할 수도 있다. (…) 이 무렵 서울에서는 해방 후 처음으로《中學生》이란 잡지가 나오고 있었다. 거기〈원두막〉이란 詩를 보냈더니 이형기, 송영택의 작품과 나란히 실려 있었다. 그다음, 진주에서 영남예술제가 열렸는데 첫해(1949)에는 한글 시 백일장 대회에 이형기가 장원, 내가 차상을 했고, 두 번째에는 송영택이 장원을 한 것을 보면 우리 세 사람은 무슨 인연 같은 것이 닿아 있었는지 모른다. 이 무렵 알게 된 사람이 이형기, 송영택 두 사람 말고, 최계락, 김재섭, 김동일, 이중 김재섭, 김동일과는 동인지,《群像》으로 휩쓸리기도 했었다.

–박재삼, 〈간단한 詩的 前歷〉,《빛과 소리의 풀밭》, pp.108~109.

③

그전에도 나는 아버지가 지게질로 어떤 아는 사람의 짐을 지고 가는 장면에 부딪혀, 시를 버리고 다른 길을 택해서 아버지를 편히 해 드리라 마음먹었고, (…) 그러나 스무 살을 넘긴 나이는 편안하고 무사한 삶 쪽을 택하기보다는 무엇인가 이 세상에 태어났다가 보람 있고 값진 일을 해야 한다는 쪽으로 기울어진 것이 결국은 시를 하게 된 까닭이라.
－박재삼, 〈문학을 하기까지〉, 제2산문집, 《빛과 소리의 풀밭》, p.54.

④

중학 때 내 학비를 무료로 해 주었던 교장 선생이 6·25 직후의 임시 수도인 부산에서 국회의원으로 있었다. 나는 내 어려움을 말하고 그 댁에 있었다. 그분이 정헌주 선생. 동광동 2가 8번지. 한때는 《文藝》지의 발행 장소가 되기도 했던 그곳에서 나는 처음으로 조연현 선생을 뵈었다. 그때 조 선생은 정 선생 댁에 바둑을 두러 간혹 왔었다. 그런 연줄로 나는 조 선생한테 시를 너댓 편 뵈어 드렸었다. 그랬더니 그중의 한 편인 시조 〈강물에서〉[3]가 《文藝》지에 추천 작품으로 발표되었었다. (…).
－박재삼, 〈간단한 詩的 前歷〉, 《빛과 소리의 풀밭》, p.110.

⑤

내가 문학잡지에 처음 추천을 받은 것은 53년 11월호의 《文藝》에서였다. 작품은 〈강물에서〉란 시조였고 천자薦者는 모윤숙毛允淑 씨였다. (…) 첫 작품이 추천되었다고 하지만 그때는 6·25 전란의 와중이어서 《文藝》는 몇 달 만에 한 권씩 가뭄에 콩 나듯이 나오곤 했다. 그러다가 세 권인가 더 나오고는 완전히 폐간되고 말았다. 54년 봄이었다. (…) 당시 나는 부산에서 2대 국회의원으로 있던 은사 정헌주鄭憲柱 선생 댁에 있었다. 3대 국회에 출마하기 위하여 (…) 억울하게도 낙선의 고배였다. (…) 야간의 공민학교인 노산학원에서 경리도 보고 겸하여 교편도 잡아 달라는 부탁이었다. (…) 그러나 (…) 한 달이라는 기한을 달라 하고는 무작정 상경을 했다. 고무신을 신고 경부선 열차에 올랐던 것이다. 이때 상경한 것이 결국은 시골 생활을 벗어난 결과가 되고 말았다. 현대문학사에 취직이 되었기 때문이다.
－박재삼, 〈문학을 하기까지〉, 제2산문집, 《빛과 소리의 풀밭》, pp.52~53.

---

3) "무거운 짐을 부리듯/江물에 마음을 풀다./오늘, 안타까이/바란 것도 아닌데/가만히 아지랑이가 솟아/아득하여지는가.//물오른 풀잎처럼/새삼 느끼는 보람,/꿈같은 그 세월을/아른아른 어찌 잊으랴./하도 한햇살이 흘러/눈이 절로 감기는데 (…)//그날을 돌아보는/ 마음은 너그럽다./ 반짝이는 강물이사/주름살도 아닌 것은,/눈물이 아로새기는/내 눈부신 자욱이여!"-〈江물에서〉 전문.

인용된 위의 시 ①과 산문 ②는 삼천포초등학교는 나왔으나 당시에 기부금이 없어 삼천포중학교를 가지 못한 입학식 광경을 노산 언덕에서 내려다보다가 갑자기 뛰어서 노산 어느 풀밭에 앉아 빛나는 중학교의 모표와 새 교복을 생각하며 걷잡을 수 없는 눈물을 흘렸다. 결국, 진학하지 못하고 삼천포여자중학교 급사로 들어간다. 당시 이 학교의 교사로 있던 김상옥 시조 시인을 만나게 되며, 열다섯 살 되던 해(1947)에 삼천포중학교 병설 야간 중학교에 입학할 수 있어 재학 중에 전교에서 수석을 하였고, 이 시기에 교내신문《三中》에 동요 〈강아지〉와 시조 〈海印寺〉를 김상옥 선생의 지도에 힘입어 발표하게 된다. 그러면서 이듬해에는 주간 중학교로 학적을 옮기게 되었고, 이 무렵 서울에서는 처음으로 《中學生》이란 잡지가 나와 거기 〈원두막〉이란 시를 보냈는데, 이형기, 송영택의 작품과 나란히 실리게 된다. 또 1949년에 진주에서 개최된 제1회 영남예술제(현재 개천예술제)에서 개최된 한글 시 백일장 대회(시조 시제는 '촉석루矗石樓')에서 차상에 입상되어 장원한 진주 출신 이형기李炯基와 직접 만나는 계기가 되어 친교를 맺게 된다.

다음 해에 영남예술제에서 송영택이 장원하게 됨으로써 세 사람은 인연이 된다. 한편 진주농림에 다니는 김동일, 김재섭과 함께 동인지《群像》을 펴내기도 하였다. 그러나 글 ③에서 진술하듯이 가정은 가난을 면치 못하여 아버지의 지게 품팔이가 그에게 심한 갈등을 일으켰는데, 이때 삶 쪽을 택하기보다 값진 일을 해야 한다는 쪽으로 기울어졌다. 이 세상에 무엇인가를 남기고 가야 한다는 오기로 시 쓰기를 굳게 결심하게 된다. 인용된 위의 글 ④와 ⑤에서도 시업詩業을 위해 잘 나타내고 있지만, 당시 4년제 중학을 마치고 1951년부터 중고등학교로 각각 3년으로 시행됨에 따라 고등학교 2학년에 편입학, 1953년에 제1회 삼천포 고교를 수석으로 졸업하게 된다.

박재삼 시인은 중학교 때 학비 없이 학교에 다닐 수 있게 주선하여 준 은사이며 교장이던 정헌주鄭憲柱 선생이 제2대 국회의원으로 부산에 있을 때 가정의 어려움을 다시 이야기하여 그 집에 있게 된다. 그때 조연현趙演鉉 선생을 알게 된다. 너댓 편의 작품을 보여 드렸는데 그중의 작품 중 시조,

〈江물에서〉 한 편이 1953년 모윤숙毛允淑의 추천으로 11월호《文藝》지에 발표된다. 이때 이종학李鍾學, 김세익金世翊, 최해운崔海雲의 작품과 나란히 실렸다는 것을 적고 있다. 추천 작품 게재의 소식을 미리 알려준 사람은 후일 시인이 된 민영閔暎이었다는 것을 밝히면서 너무도 감격하여 밤에 잠이 오지 않았다고 술회하고 있다. 그러나 정헌주 국회의원이 3대 국회의원 선거에서 낙선되어 다시 생활의 어려움에 직면하게 된다. 1954년 그는 고향에 머물지 않고 고무신을 신고 상경하게 되는데, 은사 김상옥 선생의 소개로《현대문학》사에 취직, 당시 주간 조연현, 편집장 오영수, 편집사원 임상순, 김구용 등과 함께 창간 준비를 시작하였다. 서울 창신동 꼭대기에 고향 친구들과 어울려 방을 얻고 자치 생활을 하면서 "시가 밥을 먹여 주는 데는 너무나 힘이 없다는 걸 빤히 알고 있으면서 (…) 쓰고 고치고 하면서 골방에 엎드려 시를 꾸준히 쓰기도 했다"는 것을 적고 있다.

이때의 전후로 볼 수 있는데 정규웅(1941년 서울 출생, 문학평론가, 소설가)의 "시인이 남긴 이야기·2"〈박재삼, 50년대 서울, 한 시골 청년의 초상〉4)에 의하면 중학교를 졸업하여 일류고등학교 시험에 떨어져 잠시 쉬던 정규웅은 서울 한복판의 서울 종로 가회동에 위치한 자기 집이 있었는데 담 하나를 사이에 둔 바로 뒷집이 정헌주 집이었다는 것이다.

53-54년쯤에 박재삼의 은사인 정헌주 전 국회의원도 부산에서 옮겨왔을 것으로 짐작하고 있다. 정헌주는 위로 딸 셋, 아들 둘을 둔 것을 보면 박재삼은 당시 국민학교에 다니는 은사 정헌주의 두 아들을 도와드리기 위해서인지 1년 남짓 정헌주 집에 기거했다는 것으로 적고 있다. 구겨진 옷에 허름한 옷차림의 낯선 청년이 밖에서 두 아이와 함께 놀았고 나란히 손을 잡고 삼청공원을 오르내리곤 한 것을 보았다는 것이다.

그해가 1955년쯤이며 정식으로 등단 시기로 회고하고 있다. 뒤에 우연히 정규웅도 함께 놀면서 박재삼 시인임을 알았는데 그에게 풍기는 것은 순

---

4) 정규웅, 〈박재삼, 50년대 서울, 한 시골 청년의 초상〉, 계간 겨울호 ②《시인세계》, 문학세계사, 2002. 11, p.154.

수성이요 순박함이었다고 적고 있다. 그런데 박재삼 시인의 글에는 그러한 내용을 현재 발견하지 못하였다. 만약 위에서 언급한 박재삼 시인의 글에 의존하면 서울 창신동 꼭대기에서 친구와 자치 생활을 한 후에 그 어려움을 이기지 못하여 1년 남짓 기거한 것으로 보아야 할 것이다.

그는 1955년《현대문학》추천을 통해 시조,〈攝理〉(청마 유치환 추천), 시,〈靜寂〉(미당 서정주 추천)으로 공식적으로 시 문단에 나온다. 또 대학 진학의 꿈도 있었기에 고려대학교 야간부에 입학하게 된다. 얼마 받지 못한 봉급으로 이중 고통을 겪게 된다. "두 달 치 봉급을 뭉뚱그려 모아도 6개월마다 한 번씩 내어야 하는 등록금이 안 되는 푼수였으니" 하는 등 돈으로 말미암아 많은 설움을 당했다는 것을 그의 수필집에서 읽을 수 있다.

따라서 3학년을 수료하고 대학교를 중퇴한다. 직장도 바뀌면서 문학춘추사, 대한일보사, 삼성출판사 등 1972년까지 전전하다가 그해 직장 생활에서 완전히 벗어나 타계할 때까지 투병 생활 속에서 시작 활동에 전념하게 된다.

3.

박재삼 시 세계는 삶과 작품의 연관성에서 볼 때 그의 시 세계는 진한 감동을 주고 있다. 그는 암담한 일제 식민지 시대에 태어나 가난한 유년 시절에 겪은 시련과 아픔을 올올이 뽑아내어 엮었으며, 해방 이후에도 줄곧 가난과 병고에 시달리면서 1997년 06월 08일 작고하기까지 40년 이상 천심 天心으로 서민 생활의 고통과 한을 자신을 내세워 경상도의 방언, 특히 남해안 지방의 독특한 구어체의 어조로 표출하였다.

또 누구나 그리워하는 고향의 향기와 빛깔을 한결같이 친근감 있게 향토적 서정으로, 전통적 율조로 구사하면서 조용한 분노와 고발의 목소리도 배어 있다. 특히 고혈압으로 쓰러져도 탈진이 아니라 다시 일어서며 피는 달개비 꽃처럼 애처롭게 기적적으로 회생하였고, 다시 투병 중에서도 불굴의 시작 활동을 통하여 15권의 시집과 9권의 수필집을 비롯한 시선집, 수필선집들을 펴내어 한국의 전통적인 서정시사에 새로운 면모를 남겼다.

그는 시를 의도적으로 쓰지 않으려고 하였다. 그러나 일탈하지 않고 단정하였으며, 삶을 통하여 슬픔의 깊이와 능선에서 자신을 형상화함으로써 시대적 상황을 더 현실화하였다. 뼈 속까지 환히 보이는 사소한 것은 물론 따스한 인간애를 무력한 자아에 소생시키고 허물을 구김살 없이 풀어내면서 직조하는 기법이 독창적이었다. 어려운 한 시대의 고비를 누구나 겪는 보편성과 객관성을 확보하였다. 따라서 일부러 쉽게 쓴 흔적들을 도처에서 만날 수 있다.

그의 〈난해시 촌감難解詩 寸感〉에서도 "내가 알고 있는 동양이나 서양의 명시들은 요즘의 우리 시처럼 이렇게 딱딱한 것은 아니다. (…)" 전제하면서 난해시가 독자로부터 소외당하고 있다는 것을 아주 강하게 지적하고 있다. 이처럼 자신부터 자기를 거역치 않고 소위 우주의 순리에서 오는 미지수의 꿈인 대상과 합일에의 세계를 구축하였다.[5] 이미 지적되고 있는 것과 같이 그의 시는 자아로부터 출발하고 있는 체험적 시론을 지향하고 있다. 눈물·정감情感의 내재적 근원성을 통하여 노래하였다.

다시 말해서 인간의 한계를 인식하고 있는 그의 한과 맺어진 사랑과 진실의 순수성을 슬프도록 노래하고 있다. 가장 슬픈 것을 노래한 것이 가장 아름다운 것을 노래한 것이다.

①
신문 배달로서도 멍드는 설음이 많았었고, 여학교 급사질을 하면서도 그 하얀 제복의 물결에 가슴 울렁이며 눈물짓던 일이 한두 번이 아니었다. (…) 그런 그 설음이 열아홉, 스무 살 적에는 산에 나무하고 오면서 먼 들판과 먼 강물을 보며 글썽이고 하였던 것이다. (…) 이런 고질적 습성은(…) 나이 들면서 내게 '한恨' 그것의 바닥을 이뤄 온 것이 아닌가 한다.
　　　　　　　　　－박재삼, 〈恨에 입각하여〉, 《빛과 소리의 풀밭》, p.98.

---

5) 유재천, 〈박재삼의 시 세계-합일에의 꿈〉, 《한국 현대시 연구》, p.221.

②

그 죽은 듯한 빈 골짜기에 이를테면 실개천을, 이름 없는 풀꽃을, 하늘을, 바람을, 해를, 그밖에 또 어떤 것을 받아들여 그것을 나대로는 민족 정서의 이름에 의탁依託하여 써 본다 한 것이 내가 의도하는 내 시詩였었다. 다시 말하면, 내게 있어서는 생래의 것인 거나 같은 한恨에 귀의하여 나는 나대로의 시작詩作을 계속하기를 염원해 왔다.

　　　　　　　　　－박재삼, 〈恨에 입각하여〉, 《빛과 소리의 풀밭》, p.98.

③

누군가가 말하였다. "가장 슬픈 것을 노래한 것이 가장 아름다운 것을 노래한 것이다"라고. 이 말에 나는 제일 많은 신뢰를 걸어왔다. 그래서 나는 모시옷을, 삼베옷을, 때 묻은 토시를, 옹기전의 옹기들을, 물동이를, 그런 슬픈 것들을 햇빛 속에, 달밤에, 신새벽에 등장시켜 노래하기를 게을리 하지 않았다. 말하자면 가련可憐에서 승화한 美, 그런 노래가 되기 위하여. (중략) 그것은 아무리 슬픈 것을 노래한다 해도 거기 한 詩人이 갖는 그야말로 철저한 진실의 동반 없이는 아름다운 노래가 되기는 불가능하다고 알았기 때문이다.

　　　　　　　　　－박재삼, 〈恨에 입각하여〉, 《빛과 소리의 풀밭》, p.99.

인용된 위의 수필 ① ② ③과 같은 내용에서 접할 수 있듯이 그는 슬프도록 아름다운 시는 철저한 진실이 동반되어야 한다는 것이다. 한 시인이 갖는 진실의 개념 속에 오달奧達한 시 정신의 요소가 들어 있어야 한다는 것이다. 따라서 그의 평생은 진실 속에서 살았고, 삶은 그의 시에 나타난 전부였다. 따뜻한 형제 우애와 처자 권속을 너그럽게 안을 줄 알고 술을 들지 않는 날은 말이 없었다는 것이다.

필자가 보았을 때는 첫인상부터가 후줄근한 멋으로 친근감이 있었다. 그는 고향의 처녀와 혼인하였고, 자주 그가 사랑하는 잔잔한 고향 앞바다와 친구들을 찾았다. 필자는 삼천포 이웃을 통하여 그의 가족사를 은밀히 탐문해 봐도 부모를 비롯한 4남매들은 법 없이도 살 수 있는 천성적인 심덕을 갖고 있다는 것이다. 정직하면 가난함을 면치 못한다는 대부분 사람의 말은 그의 가족들에게는 거짓말이 아니었다. 진실하고 어질게 살아온 그의 가족들의 마음과 생활은 생래적인 그의 시를 통해서도 충분히 알 수 있기 때문이다.

①
나는 인간에게서 눈물과 시가 없어진다는 것 이상의 비극과 위기는 따로 없다고 믿는다. (…) 시를 가져야 하고, 눈물을 가져야만이 참된 생활이 영위된다는 뜻에서. 모든 것을 능률 위주로만 생각한다면 세상은 그만큼 딱딱해진다. 또 생산성 위주로만 생각하더라도 마찬가지 사정이 따른다. (…) 시에서 밥이 안 나오고, 눈물을 흘려서 일의 능률에서 손해라는 것만 따진다면 세상은 너무나 삭막해지기 마련이다.

                                      –박재삼, 〈눈물·情感·기타〉, 《빛과 소리의 풀밭》, p.82.

②
내가 자라던 목섬[首島]을 정면으로 바라보는 팔포 앞에 오면 (…) 고향 사람들의 억양이 굵은 목소리와 검붉은 얼굴빛이 참으로 그럴 수 없이 정답다. (…) 우리가 갔던 그 철에는 개불이 한창이었고 또한 노래미가 한창이었다. 초고추장도 우리 고장 특유의 맛으로 우리는 잃었던 입맛을 되찾을 수가 있었다. 실로 고향 땅에 살면서 보람스럽게 산다는 것은 얼마나 좋을까 하고 생각하였다.

                                 –박재삼, 〈고향에서 일주일〉, 《빛과 소리의 풀밭》, p.202.

특히 그는 가난과 병고를 겪는 역경 속에서 시와 수필을 써야 했다. 그러면서 산업사회가 몰고 온 물질문명에 대한 눈물과 정감에 대한 경종의 고삐를 늦추지 않았다. 그가 볼 때 갑자기 들이닥친 물질문명으로 하여 충격을 받는다. 맹목적인 서구풍의 주지와 관념을 신봉하는 경향에 반동하여 정서적 굴절을 막아섰다. 따라서 그의 시, 〈水晶歌〉《춘향이 마음》에서 알 수 있듯이 전통 정서적 기법을 초기에는 원시예술에서 비롯된 항간의 주술적인 언술 즉 정한의 터를 닦으면서 인간과 인간의 관계로 구사하던 한恨을 자연에 유비, 변용을 시도했다 할 것이다. 다시 말해서 외적인 것보다 내면적인 비애와 울분을 은밀히 다스리는 기법이 또한 특징이라 할 수 있다.

그의 정서는 궁극적으로 현실 속에서 비유와 상징의 의미를 확장시켰다.

서울 답십리 꼭대기의 축대가 높은 집에서 살다가 먹골배로 유명한 묵동으로 이사했을 때의 집 앞에는 배 밭이 있었고 봄철에 하얗게 피는 배꽃을 보고 자연을 만끽하면서 흙을 밟고 볼 수 있어 기뻤다고 적고 있다. 흙에서 시와 눈물을 되찾을 수 있었다는 것이다. 물론 누구나 나이가 들면 진하게 느끼는 회귀본능은 있지만, 그는 십 대와 이십 대의 물기가 있던 고향의 정서를 수채화처럼 노래하고 있는 것을 보아도 알 수 있다. 인용된 위의 수필 ①과 ②에서도 언급되었지만, 누구나 느낄 수 있는 보편적인 추억의 미학을 그대로 읊고 있는 것이 특색이다.

이때부터 그의 작품 세계는 중기에 해당이 되는데, 주로 자연을 통하여 자신의 삶을 투영시키고 있다. 위에서도 언급했지만, 그는 인간의 한계에 대한 존재론적 자각으로 합일에의 세계를 지향하고 있다. 새처럼 하늘을 마음대로 날 수 있다고 하더라도 너무 아득해 갈 수가 없음은 실존적 한계로 인한 자각을 표출하고 있다.

또 그의 시에 나타나는 나무를 통하여 자신의 자각自覺을 형상화하고 있다. 한과 허무의 유한성을 노래하는 것이다. 그것은 삶의 본질에 대한 자연의 섭리로 받아들이는 인간의 참모습이며 사랑으로 감싸는 고통을 감당해야 하는 운명으로 받아들인다. 그는 와병 중에서도 주로 수필을 통하여 이러한 심경을 토로하고 있는 것을 엿볼 수 있다.

하루 생활의 어려움도 어려움이지만 70년대부터 수필을 찾는 독자의 요청에 따라 쓴 수필은 상당한 분량이다. 이러한 수필 속에 누구든지 추리할 수 없는 자신의 시 세계를 적어 놓고 있지만, 그의 시 세계는 이미 지적되고 있는 바와 같이 미적 특질이나 정신적 측면에서 본격화할 필요가 있다.

그가 그의 생명인 시를 계속 써야 했는지를 알아볼 필요가 있다. "오래되었지만 선배 한 분이, 늘 시를 생각하고 살아야 한다. 하다못해 뒷간 안에서도 시 생각하고 있어야 한다던 말씀도 내 마음에 한 좌우명으로서 남아 있어 염주를 만지듯이 다스리는 것이다. 쓰러져도 죽지 않으면 시를 써야 한다"는 한평생을 이러한 자세로 일관하여 왔던 열렬한 그의 시 정신은 투병 속에서도 왜 강행되었는지를, 극히 적은 부분이지만 포함시켜야 할 연민으로 남는다. 30여 년간 투병 중에도 과연 이러한 시인들이 몇이나 있는지 의문스럽다.

①
　고혈압 환자가 술을 마셔서는 안 된다는 것은 거의 철칙처럼 되어 있다. 그런데도 나는 술을 적당히 마시는 것으로서 병病이라는 대감大監을 대하고 있으니 남이 들으면 웃을지는 모른다. 나의 경우, 삐삐 마른 데서 온 신경성 고혈압이고 보면, 술은 금기의 대상이 아니라 내 몸이나 정신에 약간은 기름을 쳐 주는 이른바 윤활유 구실을 해 주고 있는 셈이다. 그러나 무턱대고 술을 마시는 것이 아니다.
　　　　　　　　　　　　　－박재삼, 〈술과 持病〉, 《빛과 소리의 풀밭》, p.31.

②
　67년 02월 08일, 이날은 내가 내 생애 중 가장 잊을 수 없는 날이기도 하다. 고혈압으로 쓰러져 반신불수가 된 날이기 때문이다. 그때의 내 나이는 서른다섯이었다. (…) 제중의원으로 옮긴 며칠 후의 일이다. 문병을 온 몇몇 분들이, 내 병세가 듣기보다는 호전된 것을 보고 문득 말을 꺼낸 것이다. 사람의 목숨이란 덧없는 것이다. (…) 얼마 전에 부산에서 靑馬 선생이 교통사고로 운명하셨다. (…) 이 말을 듣고 나는 쇼크를 받았다.
　　　　　　　　　　　　　－박재삼, 〈내가 겪은 高血壓〉, 《빛과 소리의 풀밭》, p.208.

　인용된 위의 수필 ①에서 볼 수 있듯이 누구나 자신의 병명을 알게 되면 자신의 병에 대한 치료 방법 등 거의 전문의사가 되기도 한다. 따라서 자신의 고혈압은 신경성으로 몸이나 정신에 약간의 윤활유 구실을 하는 적당량의 술을 마신다는 것이다. 그러나 그는 평소에 술을 적당량을 마시지 않던 것은 사실이라고 고백하고 있다.
　가장 친근하였던 민영閔暎 시인이 근황에 간행된 《文壇遺事－박재삼 시인, 다시 그리움으로》(월간문학 출판부, 2002. 12, p.401)에서 "박재삼은 애주가

다"라고 비로소 밝히고 있다. 그러나 위의 수필 ②와 같이 그는 서른다섯 살에 고혈압으로 쓰러졌을 때도 반드시 과음한 탓은 아니라고 하면서 오히려 담배나 술을 하지 않은 데서 오는 신경의 위축감이 더 자극했다는 것이다.

그의 글에 의하면 1965년 월간《바둑》지 편집장을 그만두고《대한일보》기자 생활을 하고 있을 때였다. 발병 원인을 살펴보면 당시 전세방에서 사글셋방도 끝장날 무렵, 시골서 아버지와 어머니가 오셨는데, 십 년이 넘은 서울 생활에서 코딱지만 한 방을 뵈어 드린다는 것은 어쩐지 가슴 아팠음을 적고 있다.

쓰러지기 그 앞날인 02월 07일은 엄청나게 과음을 하였다는 것과, 다음 날인 02월 08일(음력 섣달) 아침을 들지 않은 채 일찍 신문사로 출근하게 된 그날은 신문 문화면 한 판의 원고를 죄다 채워야 하는 날이기도 하였다. 점심마저 굶고, 기사를 다 썼을 때 오후 네 시경으로 그때 한숨 돌리려 하던 참인데, 마침 사회부 기자가 지금 곧 남정현의〈분지糞地〉사건 재판이 있다는 귀띔을 하여, 처음으로 재판정으로 들어갔을 때 가슴이 뛰었고, 신문사에 왔을 때 어지러워 숙직실에 누웠다는 것이다.

극도의 신경쇠약에, 과로에, 과음에, (…) 이런 것들로 인하여 쓰러진 것임을 적어 놓고 있다. 60여 일 치료 결과 기적적으로 거의 완치되어 1969년에 삼성출판사에 입사하기도 하지만 1972년에 직장 생활에서 완전히 벗어난다.

또 1980년에는 위궤양으로 약 보름간 입원 생활을 한다. 그다음 해인 1981년에 고혈압에다가 위궤양으로 40여 일간 다시 입원 생활을 하게 된다. 1995년에는 어느 백일장 심사 도중에 쓰러졌는데, 신부전증이라는 병명이었다. 거의 완치될 수 없는 신부전증의 투병 생활을 10여 년간 계속하여 오다가 앞에서도 언급하였지만 불과 64세로 생을 마감하게 된다.

타계하기까지 총 투병 생활은 거의 30여 년으로 볼 때 그의 첫 시집《춘향이 마음》과 함께 15권의 시집과 9권의 수필집은 병마와 싸우면서 발표한 작품임을 알 수 있다. 이러한 작품 활동은 앞에서도 언급하였지만, 절망의 그림자 앞에서도 오로지 초극하던 그의 강인한 의지력이 뒷받침한 것이라 할 수 있다.

4.

박재삼 시인은 그의 글 〈시작주변詩作周邊〉에서 "언필칭 민족 정서는 김소월 한 사람이면 되는 줄로 착각하고 있다. 소월 한 사람이 어찌 민족 정서의 대 광맥을 혼자서 다 캐어냈을까 보냐. 캐어도 캐어도 끝이 없는 것을" 강조한 것은 김소월의 서정적인 시 세계만으로 광대한 민족 정서를 모두 노래하였다고 볼 수 없다는 글이다. 다시 말해서 박재삼의 독특한 서정성도 있다는 것을 제시하고 있다. 우리는 이 대목에서 주목하지 않을 수 없는 것이다. 그간 그의 감성이 전통적인 줄기에서 식상해 할 정도로 자아적이고 친자연적인 작품으로 비판하여 왔고 흔히 누구나 이 정도의 상상력으로 작품을 쓸 수 있다는 것을 다들 인식하여 왔을 것이다.

슈타이거(E. Staiger)가 말한 것처럼 서정적인 것은 우리의 정서를 부드럽게, 또는 조화의 감성을 받쳐 주는 것이라 할 때 잘 닦은 유리알처럼 투명하고 부드러운 목소리가 때로는 여성적으로 우리가 잊어버리기 쉬운 순결성까지 찾아야 한다는 메시지를 도처에서 만날 수 있기 때문이다. 다시 말해서 박재삼의 시 세계는 한마디로 현실 속에서도 밑바닥에 사는 서민 생활의 애환을 그대로 서정적으로 노래한 것이다.

특히 해방 이후 물질문명으로 인한 민족 정서가 말살될 것을 염려하여 쓴 그의 수필에도 나타나 있는데, 우리의 물음에 대한 해답은 그가 겪은 민족의 슬픔과 한恨을 눈물의 한 바다에서 유연한 말솜씨로 건져 올리면서 따스하고 진실한 정감情感으로 직조하였다 할 것이다. 누구나 가지고 있는 한 시대적 상황을 숨기거나 가장假裝 없이 자상하고 솔직하게 털어 낸 개인의 삶을 반복적으로 노래하고 있는 시인은 당시에는 흔치 않았다.

또 고향의 아름다움을 변모시켜서는 안 된다는 강렬한 메시지도 담겨 있다. 바로 이러한 작업이 그의 시가 갖는 생명력인 동시에 특징이라 할 수 있다. 한편, 동시대에서 박재삼류의 유사한 작품이 식상해 할 정도로 쏟아짐으로써 작품 자체만으로 평가하려는 오류적인 현상도 전혀 없지는 않다.

후기 작품들을 살펴보면 아픈 육신을 이끌면서부터 다소 긴장감이 풀린 작품도 없지 않으나 온몸으로 쓴 한 생애의 허무적인 애환과 때론 새처럼 나무처럼 우주의 순리를 합일에의 세계로 이끈 것은 민족 정서의 대 광맥을 캐는 작업에서 김소월의 서정적인 시 세계와는 너무도 대조적이라 할 수 있다.

다시 말해서 일제의 식민지 시대에 태어날 때부터의 그의 울음소리는 해방공간에서부터 북받쳐 60년대, 70년대, 80년대의 격동기를 겪는 동안에도 처음부터 일관된 소시민들의 밑바닥 정서를 표출시킨 새로운 서정의 세계를 구축했다고 본다.

* 문제점 발견 및 대책

　–박재삼 원호적부原戶籍簿의 오류誤謬 사항

　–일부 호적기재 오류 존치–현재 사천시가 직권정정 가능함.

1) 호주인 박찬홍朴瓚洪의 한자는 '瓚'인데 박재삼의 연보 등에는 '贊'으로 오기誤記된 채로 사용됨.

　① 호주 박찬홍 호적부 한자 성명漢字 姓名의 바른 글자는 한자 朴瓚洪이나 현재까지 박재삼의 연보 등에 사용된 한자 오자는 朴贊洪(필자는 현 호적부를 실제로 대조한 결과 위와 같이 최초로 발견, 오류임을 밝혀 둠)

　　本貫: 密陽

　　생년월일: 1898년 12월 07일생

　　사망년월일: 1969년 05월 09일. 삼천포시 서금리 72번지에서 71세

때 사망(그의 고향 사천시 용현면 용치리 선산에 안장)

1937년 5월 24일 큰 딸 박순애朴順愛를 낳은 해 7월에 일본 동경부 서다마군복생천[日本東京府西多摩 郡福生村] 1030번지에서 두 아들에 딸 하나를 안고 귀국, 그의 처 김어지金於之의 친정 곳인 당시의 동금리 東錦里 옆 경남 삼천포시 서금리 72번지(慶南三千浦市西錦里 七二番地)에 정착하였는데, 2년 후인 1939년 09월 19일 분가 신고에 의하여 새로운 본적을 갖게 되었다. 현재 노산공원魯山公園 밑 근처로 대지 일부가 도로로 편입되고 나머지 대지는 집을 새로 건축하여 호주가 된 큰아들 박봉삼(朴鳳森―박재삼의 백씨)이 현재 거주하다 사망, 2021년 현재 그의 따님이 그 집에 살면서 배달음식점 운영하는 것을 현지에서 확인함.

② 참고로 원적原籍: 호주戶主 박찬우朴瓚祐의 셋째 아우[三弟]/ 경남 사천군 용현면 용치리 14번지(慶南泗川郡龍見面龍峙里拾四番地)임.

③ 박찬홍朴瓚洪 호적戶籍 내內 박재삼 출생지 직권정정이 필요(朴在森 出生地 職權 訂正 必要)함: 1939년 09월 19일 분가 신고에 의하여 경상남도 삼천포시 서금리 72번지(慶尙南道三千浦市西錦里七二番地)에 신본적新本籍이 된 본 호적을 편제할 때인지, 연월일 미상 일부 마멸 우려로 인하여 1965년 11월 26일 본 호적을 재제再製할 때인지 알 수 없으나, 박재삼의 출생지 오기誤記는 현 사천시 용현면사무소泗川市龍見面事務所에 비치되어 있는 원적(原籍戶主 朴瓚祐)과 대조한 결과 다음과 같은 오류를 발견하였음. ▶오기誤記: 일본 동경부남다마군도성촌실야구[日本東京府南多摩郡稻城村失野口] 1004번지로 되어 있으나, 사천시 용현면사무소에 비치된 원호적原戶籍의 바른 기록[正字]은 일본 동경부 남다마군 도성촌시야구[日本東京府南多摩郡稻城村矢野口] 1004번지임(호주 사후에도 호적법상 언제든지 사천시에서는 직권정정이 가능함).

2) 모母 김어지金於之의 원적原籍 및 호적상 생년월일 오류를 발견하였음.

① 원적: 경남 사천군 삼천포읍 동금리 298번지(原籍: 慶南泗川郡三千浦

邑 東錦里二九八番地) 호주 김봉용의 자(戶主 金鳳用의子). 본관本貫: 김
녕김씨金寧金氏

② 1928년 3월 29일 박찬홍과 혼인함.

③ 생년월일: 대정 원년(大正 元年 : 1912년)으로 기록되어 있음. 그러나
호적 재제戶籍再製할 때로 보이는 생년월일을 이기移記 때, 착오 기록
사유(生年月日 移記時 錯誤記錄 事由)가 발생▶ 혼인 당시는 용현면에
비치된 원 호적부에 대정원년大正元年으로 기록되어 있었으나, 분가
신고에 따라서인지는 알 수 없으나, 1919년 11월 06일생으로 잘못 기
록되었음으로 인하여 호적상 17년이나 되는 연령 차이가 발생하였으
며, 이런 경우, 사천시 용현면장은 마땅히 직권으로 정정해야 함. 이
를 구체적으로 검토해 보면, 그의 모친 김어지金於之가 1919년에 출생
하였을 경우, 1928년에 결혼하였으므로, 결혼 당시 나이는 만9살이요,
큰아들 박봉삼朴鳳森을 낳을 때도 김어지의 나이는 12살에 불과하다.

해소 방법은 이러한 오류는 호적리의 행정착오이므로 언제든지
원적과 대조, 직권 정정되어야 하며, 그뿐만 아니라 박재삼의 큰형
박봉삼(家兄 朴鳳森, 1931년 08월 20일생)은 물론 그의 누이[妹] 박순애
(朴順愛, 1937년 05월 24일생) 등 현 유족의 증언에 의해서도 그의 부
친 박찬홍과 12살 차이라는 점에서도 이를 뒷받침하고 있다.

따라서 김어지金於之의 정확한 생년월일은 원적과 같이 1912년 11
월 06일 생이다. 참고로 김어지金於之는 82세 때 사망(하세 일시: 1993
년 11월 14일)하였으며, 사망 장소는 경남 사천시 서금동 72번지이다.

3) 박재삼의 호적이 현재 있는 곳으로 호적을 옮김, 즉 本籍은 서울特別
市 鐘路區 樓上洞 壹百六拾六番地의貳拾號 戶主 朴在森(사유: 당
시 박재삼은 법정분가法定分家 대상이므로 본인이 원하는 장소에 신고함으로써
本籍이 되었음). 이후 호주변동사항 불상不祥.

■ 참고 문헌

○ 문덕수 외, 《한국 현대시인 연구》, 푸른사상, 2001. 01, p.383.

○ 유재천, 〈박재삼의 시 세계-합일에의 꿈〉, 《한국 현대시 연구》, p.221.

○ 박재삼의 시집 15권 :

제1시집 《춘향이 마음》(신구문화사, 1962), 제2시집 《햇빛 속에서》(문원사, 1970), 제3시집 《천년의 바람》(민음사, 1975), 제4시집 《어린것들 옆에서》(현현각, 1976), 제5시집 《뜨거운 달》(근역 서재, 1979), 제6시집 《비 듣는 가을 나무》(동화출판공사, 1981), 제7시집 《추억에서》(현대문학사,1983), 제8시집(시조집) 《내 사랑은》(1985), 제9시집 《대관령 근처》(정음사, 1985), 제10시집 《찬란한 미지수》(오상, 1986), 제11시집 《사랑이여》(실천문학사, 1987), 제12시집 《해와 달의 궤적》(신원문화사, 1990), 제13시집 《꽃은 푸른빛을 피하고》(민음사, 1991), 제14시집 《허무에 갇혀》(시와시학사, 1993), 제15시집 《다시 그리움으로》(실천문학사, 1996).

○ 박재삼 시선집 8권 :

①《아득하면 되리라》(정음사, 1984) ②《천년의 바람》(민음사. 1984) ③《바다 위 별들이 하는 짓》(문학사상사, 1987) ④《울음이 타는 가을 강》(혜원출판사, 1987) ⑤《가을 바다》(자유문학사, 1987) ⑥《햇빛 실린 곡조》(?, 1988) ⑦《아름다운 사람》(시세계, 1993) ⑧《울음이 타는 가을 강》(한미디어, 1994).

○ 박재삼 수필집 9권 :

제1수필집 《슬퍼서 아름다운 이야기》(경미문화사, 1977), 제2수필집 《빛과 소리의 풀밭》(고려원, 1987), 제3수필집 《노래는 참말입니다.》(열쇠, 1980), 제4수필집 《샛길의 유혹》(태창문화사, 1982), 제5수필집 《너와 내가 하나로 될 때》(문운사, 1984), 제6수필집 《아름다운 삶의 무늬》(어문각, 1986), 제7수필집 《차 한 잔의 팡세》(자유문학사, 1986), 제8수필집 《용서하며 용서받으며》(해문출판사, 1988), 제9수필집 《아름다운 현재의 다른 이름》(민음사, 1994).

○ 박재삼 수필선집 3권 외 :

①《숨 가쁜 나무여》(오상, 1983) ②《울 밑에선 봉선화》(자유문학사, 1986) ③《미지수에 대한 탐구》(문이당, 1990) 이외 ④《바둑 한담》(중앙일보사, 1983) 등.

○ 《박재삼 시집》(범우문고, 1989)

○ 《박재삼시 전작 선집》(영하출판사, 1994.)

○ 《박재삼 시 전집1》(민음사, 1998. 06)

○ 한국문인협회, 《文壇遺事-박재삼 시인, 다시 그리움으로-閔暎》, 월간문학 출판부, 2002. 12, p.401.

자아의 숲을 잘 가꾸어 온 정원사

-성춘복 시인의 시 세계 小考

1.

성춘복(成春福, 號 尙南, 1936. 03. 14~) 시인은 호적상 경북 상주시 화남면 소곡리가 출생지라는 신분 사유 기재가 되어 있으나 그의 실제 탄생과 성장지는 부산이라는 일설이 없지 않다. 그의 성품은 활달하면서도 말수가 적고 총명하고 정직하다는 이야기가 친구들 사이에서 회자膾炙되기도 한다.

학력은 일제강점기 때 공생유치원생부터 수정소학교와 광복 후인 1949년에 부산중학교, 1952년 부산공고를 졸업한 후 1955년 성균관 대학교 국문학과에 입학하여 1959년 성균대학교를 졸업하게 되었다.

시 문단 경력을 보면 재학 중인 1958년 월간《현대문학》에 신석초 선생으로부터 초회 추천을 받게 된다. 그의 시 세계는 성격과 전혀 다르지 않은 직조가 탄탄하고 내재율에 강점을 보여주고 있다. 대상을 형상화하는 과정에서도 자기와 관계되는 일상적인 유비를 통해 일상어로 표출시키고 있다.

자아의 발견은 문학의 본질이기 때문에 시대상時代相도 그의 깊은 자아에서 발원시키는 것 같다. 말하자면 시적 흐름은 이항대립적으로 사고하는 면도 없지 않다. 다만 리얼리즘적인 경향으로 오인할 수 있는 선禪적인 사유가 깊은 관계로 이해하지 못하는 안타까움이 없지 않다. 서구의 구조주의자들이 주장하는 실재계實在界를 깊이 있게 이해하지 못한 데서 오는 것인지도 모른다. 실재계란 일상적인 대상들과 사람들로 이뤄진 실재성이 아니라 이런 친숙한 동일시 밖에 있는 것으로 어떤 부과된 규정에 무의식적으로 저항하는 것이다. 도道의 공간, 흙, 여성의 자궁적인, 즉 텅 빈 충만充滿이다. 말하자면 만물이 근원이요 죽음이면서 삶이라 할 수 있다. 만물의 발생과 끝없는 순환의 근원이 무위無爲를 실천하는 것이 실재계이기 때문이다. 일찍이 플라톤이 말한 그리스어인 코라(chora, 無·空)를 이해하지 못한 극히 일부 에피고넨들의 인식적 오류로 보인다. 그러나 언젠가는 크게 재조명될 것으로 기대하고 있다. 그렇다면 필자가 관심 있는 성춘복 시인의 한두 편의 텍스트성을 살펴보기로 하겠다.

2.

2-1.

오지의/더욱 깊숙한/하늘은 둥글고/해 하나 중천에/떨어질 날이 없지만//빛으로 어두워진/내 눈은/사방이 무너져/황홀을 볼 수 없다//빛이여/눈이 따가운 언제나의 대낮에/안락의 그림자를 흘려/어둠을 내리고/초라한 옷자락에도/선풍이 일어/고목도/바람의 갈대처럼/흔들게 하라//나그네여/가시일 줄 모르는/빛의 한복판/타오르는 오지에/내가 성장하듯/모든 것을 소생케 하고/빛을 거두어/나의 정원을 떠나게 하라.

　　　　－성춘복, 〈오지奧地에서〉, 제1시집, 《奧地行》, 예문관, 1965, 전재.

그가 제시한 오지의 정원은 무슨 의미를 던지고 있는 것일까? 그것은 작자만이 알고 있는 비밀이다. 자아를 성장하려는 꿈의 정원일 수 있다. 그러나 그가 갑자기 돌변하는 사회상에서 충격적인 변모양상에 자연의 회복을 내세운 것이라 할 수 있다. 당시 밀려오는 서구 물질문명에 대한 회의감은 누구보다 지성인들이 걱정하던 시기이기 때문에 젊은 성춘복 시인은 자연 환경 보호에 그냥 있을 수 없었을 것이다. 그가 허무감에서 오는 자신을 유페시키는 시의 기법은 전혀 아니다. 위장된 모습이 아닌 역설(paradox)적인 기법으로 오지행을 주장한 것이다. 그래서 그의 시제는 오지에서 문제의 뿌리와 줄기를 잡아야 근본적으로 문제를 해결, 일들을 바르고 굳게 한다는 즉, 지智를 내세우고 있다. 그러면서 도발적인 아우성이 아니라 "하늘은 둥글고/해 하나 중천에/떨어질 날이 없지만/(중략)"이라는 간절함을 제시하는 선비정신의 목소리로 외치고 있다.

또 "빛으로 어두워진/내 눈은/사방이 무너져/황홀을 볼 수 없다"라는 공감을 유도하는 상소문을 계속 쓰는데 특히 "빛의 한복판/타오르는 오지에/내가 성장하듯(중략)" 역설적인 절규를 토해내는 듯 시퍼렇다. 그러니까 허무맹랑한 가짜들의 빛은 없애고 오지의 빛 그대로의 빛을, 자연의 순리대로의 빛을 되돌려달라는 절규의 시다. 물론 단순한 자연보호 차원을 넘어선 한 시대의 어두운 부분을 빛으로 내세워 순수성과 진실을 제시하고 있는 〈奧地에서〉는 매트릭스적인 아바타[分身]가 아닐 수 없다.

이 시가 갖는 무게야말로 무의식이 갖는 실재계實在界에 닿아 있다. 위의 시는 각각 다른 텍스트를 서로 받아들이고 있는 변주야말로 주체와 주체 사이에 발생하는 텍스트를 일치시키고 있다. 오히려 이 작품이 성춘복 시인의 대표작 안에서도 우뚝 서야 할 것 같다.

2-2.

캄캄한 장막이다/그 어둠 뒤에/어머니는 누워 있다/나는 포장을 들추고 들어가/어머니의 젖가슴을 꼭 만지고 싶다//어머니와의 이별 앞에서/나는 아무것도 할 수 없다/어머니 무덤 앞에/내 자리도 얻을 수 있을지/내 아내의 자리까지 얻을 수 있었으면//내일이면 나도/아버지의 오랜 잠을 깨우고/그 곁에 어머니를/그리고 내일 나는/내 무덤 자리를 꼭 보고 와야겠다//아내를 안고 누울 자리/어머니 앞이면 더 좋겠다/어머니를 버리고/나는/나의 갈 곳을 생각한다//나의 삶/나의 시

/나의 숨까지 주신 어머니/아주 영 이별을 앞에 두고/나는 자꾸 헤맨다.
　－성춘복, 〈어머니를 보내며〉, 제21시집《여든의 하루를 사는 법》, 마을,
　2019, 전재.

앞에서 논급했지만, 성춘복 시인의 성격은 담백하고 인정이 많은 것 같다. 그래서인지 문학 사업을 위해 많은 짐을 지고 살아온 시인으로 그간의 노고를 살펴보면 훌륭한 업적과 공훈, 즉 휴적비열休績丕烈 또한, 제외할 수 없다. 여든에 여든 해[米壽]의 몸으로 종합지 계간《문학시대》를 이끌고 있다. 토도로프도 "머뭇거림이야말로 환상적인 것을 가능케 하지 않는가"라고 했다면 그가 머뭇거림의 시들은 허깨비적인 환영(Fantasy)이 아니라 무의식적인 환상(Phantasy)일 것이다.

　그가 삶과 죽음의 경계에서 모든 것을 받아들인다는 것은, 인간만이 가진 회귀본능에서 오기 때문이다. 어머니는 코라(chora, 無·空)이기 때문이다. 텅 빈 충만을 갖는 실재계는 삶과 죽음의 동시성을 갖고 있기 때문이다. 그래서 그의 시 〈어머니를 보내며〉는 취청비백取靑娏白이 없는 진솔한 심정을 그대로 털어놓고 있다. 물론 관념시라고 할 수 있으나, 길항작용(antigonism)은 있다. 이럴 때는 은유는 멀리할 수 있다. 그러나 그의 기법의 얼개는 가리새가 분명하다. 역설적이면서 무의식적 자국을 남기고 있다.

　대상이 사람을 끄는 힘이나, 배척하는 힘, 즉 오브젝트 커섹시스(object cathexis) 하다. 죽음과 삶 앞에서 진실한 고백은 부모와 아내를 내세운다. "어머니의 젖가슴을 꼭 만지고 싶다//어머니와의 이별 앞에서/나는 아무것도 할 수 없다/(중략)"고 했다.

　누구나 죽음은 어머니에게로 가게 되어 있다. 어머니는 코라(chora, 無·空)임을 확인하고 있다. 이승의 현주소는 말소된다. 가족묘지가 없어도 저승 가면 만나게 된다. 그래서 신은 존재한다는 것일까? 어쨌든 죽음 앞에는 평등하다는 것을 성춘복 시인만이 알고 있을까. 평소 담백한 선비정신은

물론 유교적인 신앙을 갖지 않아도 그의 시 작품은 그의 성격을 대변해 주고 있는 산증인이다.

3.

결과적으로 그의 시 세계는 리얼하다. 그러면서 길항작용으로 난해한 때도 없지 않다. 특히 그가 서구의 아방가르드 일종인 다다이즘과 초현실주의의 어떤 경계라 할 수 있는 초자연주의를 내세웠던 아폴르네르 등 입체파의 콜라주 기법에 접근한 형태적인 시를 몇 편 발표한 것을 볼 수 있다. 그러나 그의 시가 갖는 초현실주의적 경향은 아직 발견되지 않는 것 같다.

시편들이 어떤 돌연함이나 이질적인 측면은 극히 몇 편에 불과한 것으로 보인다. 그래도 만남이라는 매혹의 관점은 비유적 의미를 생성하는 과정, 즉 세미오시스(Semiosis)가 없지 않다.

어쨌든 성춘복 시인의 시 세계는 탄탄한 직조와 내재율에 강점이 있다. 대상을 형상화하는 과정에서도 자기와의 일상적인 유비를 통해 담담하게 표출시키고 있다. 문학의 본질은 자아이기 때문에 시대상時代相도 그의 깊은 자아에서 발원하고 있다. 이러한 흐름은 이항대립적인 면을 갖기 때문에 자아의 숲을 잘 가꾸어 온 정원사라고 해명한다.

에로티시즘의 해부학을 읽다
-김지율 시집《내 이름은 구운몽》의 시 세계

Ⅰ. 들머리

　몸의 시학은 현세적이고, 구체적이고 그리고 상징적이어야 한다. 순수한 부끄러움을 숨기기 리비도가 있기 때문일 수 있다. 감추어진 오브제의 절정을 아름다움이라고 치부하기 때문일까? 에로티시즘과 단순한 성행위가 아니라 성과 연관되는 여러 담론을 뜻하는 섹슈얼리티(sexuality)를 신비스러움으로 감추려는 본능이 포괄적인 상징으로 작동하기 때문일까? 다시 말해서 페티시즘(fetishism)의 세계를 리비도를 통해 펼치고 있다. 일부러 몸을 옭아매는 것으로 어떤 해방감과 고통을 통한 만족을 갖는 사도 마조히즘적인 기법도 엿보인다.

　경계에서 넘보는 응시에서 자기를 바라보는 대상을 형상화하는, 세상을 관음적 기법을 통해 모호한 실재계로 유혹하는 것 같다. 실재계란 현실 대상의 실재성이 아니라 주체의 안과 밖에서 부여된 어떤 규정에 무의식적으로 저항하는 것을 말한다면 외상적 귀환을 숨겨서 해체하려는 현장감 넘치는 작업장을 보는 것 같다.

　이처럼 김지율 시인의 시 세계는 프로이트가 지적한 '원초적인 장면'을 제시하는 기법에서부터 출발하는 것 같다.

　여자는 태초부터 이슬 태반에서 탄생되었기에 간밤을 지나면 총총한 이슬방울은 태양 앞에서 다시 생성시키는 것이다. 말하자면 꽃은 말하지 않을 때 아름다움을 간직하는 것처럼 이를 처녀성으로 본다는 것과 다름이 없다. 따라서 원초적 본능은 낯선 대상에 대해서는 강렬한 호기심을 갖게 되는 것이다. 마주보기 때문에 절대 꺼지지 않는 수직성의 아름다운 불꽃은 유혹으로 존재한다. 내면 깊이로 흡인력을 갖는다. 전반성적 무의식으로 현실의 핏줄을 거미줄 같은 생명력을 갖고 아름다움을 내뿜으며 내면 반응들을 암호화한다.

내부의 풍경은 환상적이고 그로테스크해서 자주 거울을 찾아 그 속에서는 자신을 숨겨서 본다. 단어의 반복을 뼈대로 하여형상화된 어떤 형식을 텍스트화하여 강한 육식성을 드러내는 알레고리적인 기법이 다수다.

일단 포착되면 먹잇감으로 저장한다. 이분법을 무너뜨리려는 변신을 꾀한다. 그래서 호기심을 발견하려면 여자의 눈빛을 보면 알 수 있다. 존재성에 대한 과신으로 스핑크스의 다양한 얼굴을 날마다 다르게 보이기를 원한다.

거울을 볼 때마다 자기의 허물 벗는 이유 속에 자신의 위치를 확인하여 자기의 몸을 서서히 해체한다. 그것은 찰나가 갖는 불안과 공포가 공존한다. 어쩌면 누에의 일생을 반복하는 변신을 통해 인지적 응축에서 탄생할 수 있다.

그렇다면 김지율 시인의 시집《내 이름은 구운몽》은 블라종 또는 반反블라종 기법으로 잘 짜여 있다고 본다. 시제나 그의 시어들은 히잡, 차도르, 니캅, 부르카 등등 베일 속에 감추면서 표출하고 있다. 스페인의 살바도르 달리가 주장한 상징적 오브제, 변질된 오브제, 투시적 오브제, 기계적 오브제, 감추는 오브제, 본뜬 오브제 기법 등등을 동시성으로 구사하고 있는 것 같다. 그곳에 유머와 우연적 객관성으로 독자층을 안정시키기도 한다. 아울러 아나그램(프랑스어, anagram), 아크로스틱(acrostic) 기법도 동시성을 갖는 것 같다.

또한 '몸과 몸짓들로 하여 대칭주의를 무너뜨리는 등 비대칭적 모순을 재구성' 시키는 힘을 살펴볼 때 포스트모더니즘적 경향이 다분하다. 그렇다면 새로운 포스트 페미니즘의 분화구에서 분출하는 마그마도 살펴볼 필요가 있겠다.

II. 무의식의 내용들이 파편화

김 시인의 시집《내 이름은 구운몽》을 통째로 분석해 보면 앞에서 말한 몸의 시학이라 할 수 있다. 구체화해 보면 구운몽에서 하나를 누락시킨 비밀을 감춤으로써 여자의 본색을 과시하고 있다.

이러한 작업은 남녀의 대칭 구조의 중심을 무너트려야 보일 수 있다. 일상적 행동에서 무의식적 내용들이 파편화되어 있는 모순을 시각콜라주를 언어콜라주로, 언어콜라주를 시각콜라주로 변용시키는, 즉 로트레아몽처럼 '기존텍스트를 새로운 텍스트로' 하는 통합성적인 기법일 수도 있다.

실재계가 상징계로 이행하기 전의 섬뜩한 실체들이 경악스럽도록 대칭하고 있다. 자코메티처럼 성 심리를 교란, 파괴와 동시에 치유 효과를 노리고 있는 작업 또한 보여주는 것 같다.

II-1. 실재계가 상징계의 경계에 당도하기 전

그렇다면 김지율 시인의 시집의 시제〈빨간 컨테이너〉를 읽으면 전개 기법은 생산 공장처럼 신선하다.

> 누가 있는 것 같아
> 저 안에,
> 내가 움직일 때마다
> 새가 움직인다
>
> 누군가 저 안에 있잖아
> 새는 나를 보고
> 테이블을 본다
>
> 동시에 불에 타고 물에 잠기면서

온몸에 불이 붙은 채
떠내려가고 있었다

붉은 목소리를
꽉 물고
뼈와 뼈 사이
마른번개가 친다

저 안에 누군가
아주, 오래전부터 있었어
남아 있는
한쪽 눈에서
움직이는 새가
나를 쳐다본다

저 안에 또,
누가
－김지율, 시〈빨간 컨테이너〉,《내 이름은 구운몽》, 한국문연, 현대시
　기획선 13, 2018. 03. 10, pp.32~33. 전재.

　그러나 읽을수록 무의식의 긴 느낌표 속으로 빨려 들어간다. 시제 자체가 여자 자궁으로 말하지 않고 가장 신선한 신전神殿으로 형상화하면서 원초적인 본능의 불꽃을 메타포라(라틴어, Metaphora)라고 명명하는 것 같다. 여기서의〈빨간 컨테이너〉는 여자만이 숨기는 파일(file)을 말함이다. 애매모호한 자궁을 가리키는데 우리가 오독할 수 있도록 감추는 기법을 형상화했다. 컨테이너 이미지 중에서도 애플리케이션을 실행하고 관리하는 소프트웨어가 내장되어 있기 때문이다. 시동시간이 짧고 메모리 사용이 적다. 가상 컴퓨터는 운영체계가 포함됨으로 수 GB 정도로 크다. 아마도 뜨고 지는 달은 실체를 알 수 있을 거다.
　한편 그의 시〈포옹〉(pp.26~27)에 나오는 새의 베일을 벗겨 보기로 한다. 역시 개념적일 뿐이다. 새는 나는 '새', 그리고 '사이' 또는 '그새', '품새',

'갖춤새', '짜임새', '잎새', '입새', '끼임새', '추임새', '아미새', '미운새', '강새', 시기 질투심을 일컫는 '샛발', 바람의 종류인 '아리새', '샛바람', '된새', '된갈새', '늦새', 아침저녁 노을을 해안가 선부들이 말하는 '붉새', '샛별', 심지어 억새풀을 '새'라고 하는 등 새의 의미는 무수한 의미를 내포하고 있다. 그의 시에서 만나면 모두 날아오르는 새인 것 같다.

그런데 이 시에서 날고 있는 새[飛鳥]로 하여금 오브제 α적인, 어쩌면 오인할 수 있도록 함정을 파 놓고 낯선 짓을 하는 것을 볼 수 있다. 다가가면 실재계는 상징계로 이동하면서 철저한 이중성으로 위장하고 있다. 포옹하면 뼈가 울음 속의 붉은 피를 흘린다. 충동 만족(drive satisfaction)인 주이상스(Jouissance)를 발견한다. 육감적인 고통과 심적인 고통으로 무의식적인 사도 마조히즘에서 환상마저 불러일으키는 절묘한 기법을 자행하고 있다.

시동 시간이 짧고 메모리 사용이 적고 운영체계가 포함되어 있지 않은 순박한 남녀 간의 불타는 심지를 표면화한 〈빨간 컨테이너〉(pp.32~33)에서 시각적인 콜라주 기법은 멋지다. 물론 나는 새를 본다. '새'는 한 달포마다 오는 새란 뜻으로, 여성만이 갖는 주기적인 새일 수도 있을 것이다. 한 달 새에 한 번에 오가는 붉은 새가 생명을 갖는 순환의 고리인지도 모른다. 이 새는 여자의 온몸 세포들이 태어나기를 바라는 단순한 생명의 숨결만이 아닌 것 같다.

여자의 파일은 실행에 필요한 파일과 설정(잉태)을 동시에 지정한, 숭고한 파일이다. 그러나 남녀 새, 미스터리 파일을 알아내려 하면 안 될 것이다. 확인하면 멋쩍어질 수 있기 때문이다.

이 시집이 갖는 마지막 시제 〈떠나는 떠나 않는〉을 먼저 읽어 본다. 눈먼 자와 나무속에 갇혀 사는 자가 있다. 아직도 '사랑은 맹목'이라는 존재를 인식한다. 설령 오독일 수 있지만 여기서 눈먼 자는 두 나무를 전혀 다르게 전치하고 있다. 사람 나무속에 갇혀 "(…) 자라는 흰 뼈,"가 절박함을 호소하는 것은 무엇일까.

나무 겉껍질 벗기면 흰 뼈뿐이다. 죽은 나무의 모습이 아니라 서로 동일시할 수 있는 것은 인간 자신이 기만하는 종교적인 생명을 부활시키는 지점에서 순교자로 고백하는 착각이 있기 때문이다. 살려고 몸부림치는 일심동체에서 오감은 흰 뼛속에 새빨갛게 살아 있다. "불 속에 넣어도 타지 않는" 붉은 열정은 현주소를, 그래도 살아야 한다는 생명력을 과시하고 있다.

신화에는 남녀가 자웅동체라는 것을 우리는 잘 알기 때문에 하나를 위해 둘은 밀착하면서 검은 피를 새로운 피로 걸러내면서 끈질긴 생명력을 불어넣는 생기를 과시하고 있다. 죽어야 살 수 있는 부활을 꿈꾸는 화합과 갈등으로 만나는 것이 사랑의 본질임을 아이러니로 고백하는 것 같다.

또 그의 시〈고양이 입에서 복숭아 냄새가 난다〉(pp. 22~23)는 여성의 미학에 대한 형상화를 아주 절묘하게 잘 표출시키고 있다. 자두가 귀두를 만나기 직전의 풍경일 수 있다. "고양이가 울음 밖으로 빠져나"올 수밖에 없을 것이다. 수음하던 날의 텅 빈 고독함은 비밀한 그대로의 현주소가 없어지지 않는다. 발정한 고양이가 며칠간(1박 2일) 울어도 "밤의 해변은 막막하고 어두워"질 뿐이다. "누군가 버리고 간 적막"이 파도로 뒤집혀진다. 지울 수 없는 젊음이 성숙하는 길목은 짐작이 갈 뿐이다.

그의 시〈매직 캣〉에서 만나는 "검은 보자기" 퍼즐의 은유는 역설적으로 퍽 감미롭기까지 하다. "검은 주머니에 주먹을 넣었더니 수박 한 덩어리가 나온다"를 보면 더 이상의 설명은 생략할 수밖에 없다. "발끝에 힘을 주고 활짝 웃는" 발끝에 힘을 주면 포르노의 입은 활짝 열림을 갖는다. 카타르시스적인 표현력은 김지율 시인의 시,〈공정거래〉가 아주 정상적인 개를 부르는 것에서 소녀의 진실은 거짓으로 변주한다. 물론 이 또한 오독일 수 있겠다. 그러나 팩션(Faction)이기 때문에, 여기서는 경고문을 내걸어 둔다.

또 그의 시〈소녀〉(pp. 10~11)에서 "(…)입 속의 새를/후, 불어서 껐어//죽은 새를 귀에 넣고/입속의 뱀을 꺼내/(…)/둘은 달팽이라 불렀어/(…)"에서 알 수 있듯이 성 심리 발달 단계에의 11세 이후 생식기라 할 수 있다. 서사구조가 있다.

구체화하면서도 극도로 실재계가 상징성의 경계에서 어정쩡한 효과성을

노리기도 한다. 소제목을 달고 내레이션(Narration)하여 모두를 대화의 밖
에서 끌어들여 응축시키는 묘미가 대단하다. 그의 시 〈내 이름은 구운몽〉을
미리 내세운 것과 연결이 된다. 이 시의 에스프리는 기표와 기의의 표본인 것
같다. 3연, 4연, 5연, 6연에 이끌려 살펴보기로 하겠다.

　　　사람들은 나를 구운몽이라고 부른다

　　　(…)//

　　　너는 나를 구운몽몽이라고 부른다

　　　네가 나에게 꿈이 뭐냐고 물었을 때 검은 보자기라고 했던 것을 모
　　　른 척했으면 좋겠어 오늘밤 구름 가까이 더 가까이서 너의 등을 두드
　　　리며 왜 신발을 벗었냐고만 할 게 그러면 구름 속에 있는 복사씨와
　　　살구씨는 어떤 마음일까

　　　나는 나를 구운몽이라고 부른다

　　　지구는 생각보다 빨리 돌아서 금방 해가 저물어 엄마는
　　　구름을 낳고 여전히 눈이 두 개, 귀가 두 개였던 걸 제일 기
　　　뻐했어 그럴 때 너는 내 귀에 대고 말하겠지 귓속말 너머
　　　귓속말 물고기 너머 물고기 구름 너머 구름 그리고 내 이름
　　　은 구운몽 니에게 해줄 이야기는 아직 많지만 *커피엔 각설*
　　　*탕은 빼고*라고만 할게 우린 아직 아홉의 눈동자 아홉의 구
　　　름 그리고 아홉의 꿈
　　　　－김지율, 〈내 이름은 구운몽〉,《내 이름은 구운몽》, pp.12~13, 3연, 4
　　　　연 5연, 6연 전재.

　　특히 블라종 기법의 언술은 뛰어나고 빛나기까지 하다. 여자가 갖는 구멍
이 하나 더 있는데도 시재 〈내 이름은 구운몽〉(pp.12~13)이라고 귀염을 부
리고 있다. 사실 여성 자신도 모르는 "복사씨와 살구씨는 어떤 마음일까"라
고 선보이면서 기밀로 유혹한다. "커피엔 각설탕은 빼고라고만 할게"로 감

언이설로 감추기 미학을 제시한다. 여성은 미완성이기 때문이다. 항상 귀두를 연상시키면서 얼굴에는 자두빛깔의 발그레한 불빛으로 다가오는 대칭성은 시력을 갖는다.

그의 시 〈너, 자두니?〉(pp.14~15)는 물론 여성이 갖는 거세당할 수 없는 자랑(?)들을 선보이고 있다. 구체화하여 유혹에 닿도록 진한 빨간 자두 빛을 발광하고 있다. 숙명적인 열림을 지하철의 〈스크린 도어〉(pp.16~17) 등등 여러 시의 제목뿐만 아니라 대부분 역설적이고 아이러니한 기법으로 처리하고 있다. 앞에서 말한 대칭 구조의 중심이 무너지기 때문에 호기심은 더욱 충만하게 되기 때문에 때론 싫증이 난다. 여기서도 생략하기로 하겠다. 생략할수록 말은 더 많아지는 것이기 때문이다.

Ⅱ-2. 언어가 갖는 역설적 이항대립구조

김 시인의 시집 제2부에 있는 시 〈멀리서 온 책〉(pp.40~41)을 읽으면 낯익은 이미지로 떠오르게 한다. 전설(속담) 또는 관습을 '멀리서 온 책'으로 데뻬이즈망(Dépaysement)적일 수 있다. "교황과 잠자는 사람은 반드시 발이 긴 사람이다"처럼 "발이 아주 큰 사람은(…)"에서도 읽을 수 있듯이 남성의 그것을 은유한 것은 오래된 이야기다. 우생학적 기둥서방 이야기도 있지만, 옛날부터 여자를 아름다운 기둥으로 지칭하기도 한다.

거울은 누구든 세워서 자신을 읽도록 하기 때문에 여자는 서 있을 때 더욱더 아름답다. 그런 것이 지금은 오독일 수 있는 여성에 대한 감금으로 본, 멀리서 온 책은 페미니즘 처지에서 볼 때 여성들의 분노를 표출하기도 한다. 그러한 갈등과 분노를 묶어 〈배교背敎〉하는 저항을 표출하기도 한다. 현재 진행형이다. 자유와 화평을 갈구하는 시점은 대등한 관계까지 왔다고 본다.

그러나 여성이 갖는 미학에는 아직 춥고 먼 거리에 있는 것 같다. 이에 따른 "책을 삼킬 때마다 묻습니다" 또 그의 시 〈못〉(p.41)에서 만나는 비범한 시어들이 있다. 여기서 '책'이란 어떤 전통 또는 계율과 여성이 지켜야 하는 윤리 도덕을 지칭할 수 있다. 그래서 '개'를 내세워 혐오감을 아이러니컬(ironical)하게 불식시키고 있는 것 같다.

따라서 그의 시 〈언더독(Underdog)〉(pp.54~55)은 오르가슴을 에둘러 형상화하고 있다. 여자의 원초적 본능은 푸른 귀두를 타고 달리고 싶은 강렬함을 표출시키고 있는데, 언더독이란 약한 개를 지칭한다. 또는 승산이 적은 자이다.

몸이 약해 귀두가 죽은 상태를 두고 어떤 여자는 흐느껴 울기도 한다. "벼랑 끝에서" 감자 스낵 같은 불알을 보고, "춤추는 프링글스"라고 불러 어이가 없어 되묻고 있다. "식사는 하셨어요?"라고 할 만큼 헛물 켠, 싱겁도록 재수 없다는 혀끝의 본성을 우세시키고 만다. 구멍이 뚫려 내버려야 하는 목장갑처럼 우수적이다. 남자의 시간 새벽 세 시의 칼끝이나, 여자의 보자기에 칼끝을 집어넣을 만큼 그 이상 참을 수 없는 "스페이스 엔터 후" 주루룩 흘러내리는 우울증 같은, 즉 "루룩 블루스"를 고발하고 있다.

한편 시, 〈안개 드로잉〉(pp.60~61)은 안개를 그리는(데생) 것이 아니라 '안개를 그리워한다'는 것으로 오류적 해석이 맞다. 사전적 의미는 멋쩍다.

안개는 바깥주인처럼 행세한다. 여기서 안개란 내 안에 있는 아름다운 개라는 뜻이다. 옛 어머니들이 남편을 일컬어 우리말이 되었지만 '여보'가 아니고 '이녁'을 가리킨다. 임자가 있는 개다. 아랑곳없이 자기 맘대로 드나든다. 그래서 "창문이 없다" 그런지 여성들의 불만을 모른다. 그래서 또 하나의 임자는 죽은 개를 기억한다. "안개를 넣고 싶은 날"에는 무섭도록 칼을 떠올리는 원초적 본능을 모르는지 "개들은 나를 보고 짖지 않는다"는 것이다.

그의 시집에 자주 튀어나오는 개들이 짖지 않는 미스터리를 보여준다. 페르디낭 소쉬르가 예시하는 '개'라는 단어 역시 다의성을 갖는다고 한다. 그중에서도 짐승인 개가 친숙하지만 그것을 기표로 내세울 때는 언어학적 차이가 있는, 즉 영어에서는 '도그(dog)'지만 프랑스어로는 '쉬앵(chien)'이 된다.

이럴 때 기의는 개념과 연결될 뿐이다. 그렇다면 흔히들 일상에서 듣는 개는 숫자인 '개', 3인칭으로 쓰는 '개' 또는 '가' 소리 등 이해를 돕는 예사로운 소리에 지나지 않는다. 이 또한 오래된 개념들임으로 낯설기로 다가올 뿐이다.

개가 자주 등장하는 시의 구절을 살피면, "쫓기는 개처럼 뛰었다" 그의 시제 〈스크린 도어〉(pp. 16~17), "내가 발로 걷어찬/개와/(⋯)/달리는 개와/다리를 물고 놓지 않는/개가" 시제 〈저기요, 여기는 견인지역입니다〉(pp. 18~19), "큰 개를 부른다" 등등 시제 〈공정거래〉(pp. 20~21), "불붙은 작은 초는 아홉 개/두 개의 백일몽과/두 개의 키친 나이프!" 그의 시제 〈해피 버스데이〉(p. 37), "우산 밑으로 절뚝거리는 개가 지나간다/(⋯)/미친개가 뒤돌아본다" 등 그의 시제 〈떠도는 여름〉(pp. 102~103)들에서 불안과 두려움을 통한 때론 스크린 도어처럼, 언제는 절제와 순수한 욕망 덩어리를 포옹하는 젊은이들의 불꽃은 열정적이기도 하다. 그래서 "아무도 휘파람을 불지 않는데 머리 위에서 폭죽이 터졌다 발을 붙이고 배낭을 뒤집었다" 시제 〈못〉(p. 41), 시제 〈국경모텔 사마리아〉(pp. 42~43)에, "(⋯) 아름다운 혀처럼 후회가 많은 날, 밖에는 나무들이 넘쳤다". 시제 〈게스트 하우스〉(pp. 44~45)에, "조금은 다른 개와 늑대의 진화처럼 어금니가 뿌리 채 흔들린다", "우리의 신앙은 어린 소녀와 죽음 네 얼굴을 열면 언제나 내가 있다" 등 무의식이 갖는 언어구조가 이항대립구조의 텍스트들이다.

얼굴의 얼굴 밖으로
창문을 연다
모르는 얼굴과 계절들이 사라진 입구

어쩌면 더 빨리 끝날지도 몰라
밤중에 손톱을 깎으면 검은 새와 가까워진다 미안하다는 말은 새가 많다는 말 폭염은 리얼하고 혁명은 오래전의 일 그러니까 나무 속에는 숨을 수 있는 구멍이 많아,

컨테이너에서 죽은 남자는 아직 새를 모른다 밖에는 비가 내리고
돌멩이에서 피 냄새가 난다 끝까지 눈을 감고 끝까지 귀를 닫고 한
번 더 해봐

　공기 속에는 비밀이 많아서

　빈곳의 벽이다
　검은 밤을 날아가는 돌멩이
　매번 다른 기도를 위해
　숨을 참는 것을
　프리즈버드, 라고 부를 때

　흰 발을 보여줄게

　가끔 구름이 들어왔다 나간다
　조용히 혀를 대보면
　슬픔은 다른 온도를 가졌다
　이 모든 것이 폭설 때문이라 말하면

　종이를 찢을 때마다 흰 새가 날아간다
　-김지율, 〈프리즈버드-슬픔은 다른 온도를 가졌다〉,《내 이름은 구
　　운몽》, pp. 46~47.

　위의 시 〈프리즈버드-슬픔은 다른 온도를 가졌다〉에서 새를 보여주는
것은 결국 그의 흰 발만 보여주고 있다. 여성은 알기 전에 즉, 처음 바라볼
때 가장 순결하다고 보기 때문에 "얼굴의 얼굴 밖으로/창문을 연다."
　그러나 "컨테이너에 죽은 남자는 새를 모른다(…)"에서 '새'는 무섭고 야
수적인 샛발이 없는 '언더독', 즉 몸이 약해 귀가 죽은 상태도 겹쳐진다. 따
라서 사설 중에 "슬픔은 다른 온도를 가졌다"고 내뱉고 있다. 끝머리에는 "종
이를 찢을 때마다 흰 새가 날아간다"라는 히스테리 증상(hysteris: 여기서는
'자궁'을 뜻함)적 수음을 읽는 것 같다.
　그렇다면 도대체 '프리즈버드'는 무엇일까? '꿈의 꽃', 마법의 꽃인 '보라

수국'. 생화가 아닌 조화, 즉 죽은 자의 흰 뼈를 안치한 '납골당 꽃'을 은유한 것일 수도 있다. 수음으로 죽어간 하얀 생명체는 "종이를 찢을 때마다 흰 새가 날아간다"로 변주시킨다. 새를 등장시켜 교란하려는 매직 작업이라 할 수 있다. 말하자면 시, 〈프리즈버드〉는 자동작용에서 연유되는 '상징적 오브제', 감정적인 원인이 되는 '변질된 오브제', 실험적인 환상을 낳는 '기계적 오브제', 백일몽적인 것을 '감추는 오브제'로 동시성을 갖는 에스프리다. 여기서 무의식은 내용만 있기 때문에 서사구조를 이루지만 유아들의 옹알이 (lallation)의 어설픈 형태에 불과한 상징계 코드로 결정되기 직전을 볼 수 있다. 무의식의 시는 시를 창작하는 자 외는 알 수 없는 존재의 힘을 갖기도 하는 까닭에, 필자는 우연 일치에서 오는 무의미 시라고 명명할 만하다.

언어치환기법 또한 그의 시 세계의 중심을 아이러니하게 섹슈얼리티 (sexuality)하는 것은 남다른 비범성을 보여준다. 그의 시들이 대부분 성적 심리로 보는 '페티시즘 오브제'로서 어떤 명제와 그것의 반대되는 명제 두 가지를 의미하는, 역설적(逆說, Paradox)인 기법으로 처리되는 것 같다. 보부 아르가 지적한 것처럼 여자가 된다는 것은 여자 자신의 자유를 표방하는 "몸은 상황"에서 이해해야 할 것이다. 여자들은 남자와 대화하면서도 혼자서 대화하는 것과 같다. 또 자크 라캉이 지적한 "여자는 기표가 없기 때문에 가면을 선호한다 할 수 있다."

II-3. 알레고리적 현실 적시와 환상

앞에서도 말했지만, 김지율 시인의 시 세계는 페미니즘과 연결되는 알레고리적이다. 그것은 몸의 시학이 갖는 시공간의 연상이 아우라로 둘러싸인 스핑크스 퍼즐이기 때문일 것이다. 절대 현실과 꿈이 상존하는 무의식적 환상 (Phantasy, 여기서는 Fantasy 아님-필자)의 미로迷路는 무한대에 놓여 있다 할 수 있다. 말하자면 알의 전설은 존재하는 신을 가시화하고 있다.

아버지가 나무 위에 둥지를 만든다

우리는 매일 알을 낳았고
둥글게 앉으면 끈끈해질 거야 수상한 머리털이 불쑥불쑥 끼어들었다

깃털이 젖으면 알을 낳아라 나는 동생의 알속에서 귀를 꺼냈다

너는 왜 일찍 門을 까먹었니

땀이 흐른다 입구에 냄새가 났다 따뜻해진 알을 하나씩 꺼내 동그라
미를 그린다

피 묻은 송곳니를 지붕에 던졌다 뚫린 눈이 마주보며 울고 있었다
까맣게 지켜보는 어둠 앞에서

괜찮아, 우린 두 개잖아

모두 비어 있었다 눈 코 입 죽은 새를 귓속에 넣고 하루종일 뛰어다
녔다

                    -김지율, 〈이상한 문자〉, 《내 이름은 구운몽》, pp. 48~49. 전재.

  실재계에서 상징계로 이행하는 자기 특유의 독특한 유형인 오브제 α가
맴도는 자신의 증상과 동일시한 작업이라고 생각된다. 물론 상상계와 상징
계를 뫼비우스의 띠를 이루고 있다. 성장 과정을 알로 환치시켜 자라나는 아
이들의 야들야들한 알의 꽃이기도 하다.
  따라서 "알 속에서 귀를 꺼낸다"는 상상력은 알집이 낳을 수 있는 탄생
의 윤곽을 지칭할 수 있다. 아니면 세상 소리를 이해한다는 뜻일 수도 있
다. 설령 접근치 못한 엉뚱한 이미지라도 자체의 안과 밖에서 동일시하는 언
어콜라주 기법으로 이행되고 있다. 창문을 통한 모순된 하나로 보는 새(사
이)를 '귓속에 넣고' 합성된 무관심을, 즉 자신의 공허함을 본다. 그리고 흔
들거리는 이빨을 뽑아 지붕 위로 던지는 샤머니즘적 아름다움이 결국 폭발
하여 울었다는 것은 태어난 첫 꽃봉오리 웃음소리들일 것이다. 이상 열거

한 것은 원시적인 가부장 제도의 낡은 시대를 지적함과 동시 순수성과의 양가성을 띠고 있다. 너무도 구성지고 아름다운 설화가 되었다.

또 "너는 왜 일찍 門을 까먹었니"라는 것은 처녀성을 잃은, 말문을 함부로 씨부렁거리는, 또는 일찍 흔들리는 갈대의 성장통을 엿보이게 하는 것 같다. 구강기가 아니고 생식기다.

그러나 작가의 무의식은 타자 속에 속해 있기 때문에 알 필요는 없다. 그러나 그들의 꿈은 뛰어다녔다는 인간의 직립을 암시하는 것보다 프로이트가 말한 생식기(11세 이후)의 허물을 벗고 날개 깃털을 단 새로 날아다녔다는 심리적 착시현상일 수 있다.

이처럼 김지율 시인의 시어들은 형상화 과정부터 미스터리를 내세운 시 작품들이 단순한 반복어를 통해 오리무중으로 이어주고 있다. 그런데 풀리지 않는 궁금증은 "너는 왜 일찍 門을 까먹었니"가 자꾸 떠올려진다. 이러한 대구對句 시는 광의적으로 볼 때 한 시대상時代相으로 읽을 수도 있다. 설령 다른 의미일지라도 오독할 수 있도록 함정에 빠져 있는 무의미의 시는 사실상 페미니즘의 본질은 알레고리로 환기를 시킬 수 있기 때문이다.

난센스적인 언어콜라주가 갖는 함의는 이미 터뜨린 폭발에서 유추할 수 있다. "입속에 뱀을 숨기고/(…)/입속의 새를/후, 불어 껐어/(…)" 시제 〈소녀〉처럼 별난 것을 지닌 소녀의 몸부터 해체를 시작하여 변주한다. 변용으로 엉뚱한 말들에서 깜짝깜짝 놀라게 한다. 반복적으로 나무 위의 둥지 불안과 희열을 토해내고 있다.

자라는 소녀의 일상적인 언어들은 '흐르는 땀방울', '알 이야기', '피 묻은 송곳니' 등등은 '이상한 문자'로 환유시키고 있다. 유아기와 11세기 이후의 생식기를 갖는 리비도와 파토스를 여실히 드러내고 있다. 극히 비밀스러운 발정의 이슬방울이 터치한 물씬한 한 폭의 수채화이기도 하다. 여자가 갖는 미완성의 에로티시즘일 수 있다.

다음은 풀리지 않는 그의 시제 〈통영〉(p.86)을 간단히 짚어 보겠다.

월요일의 바다와

수요일의 바다와

목요일의 바다와

일요일의 바다

(오래 울고, 일어나, 다시, 붉은, 바다)

무슨 말을 하려고 했는데

(왜, 이렇게, 치사한, 바람은 불고, 또, 막막한)

비가 소리 없이 탄피처럼 떨어지고
                                        -김지율, 〈통영〉, 《내 이름은 구운몽》, p.86.

　현존하는 지명 '통영'을 시로 형상화했는데 지명은 무의식 세계에서 만나
는 실재계가 상징계로 전이되는 어떤 지점으로 보일 수 있다. 통영의 지명
이 아닌 밖에 있는 무의식이 어떤 내용마저 분간 못 한다는 지점을 통영이
라고 할 수 있다. 통영에 있는 진주인이 경상 국립 해양과학대학에 출강하
는 날이 잦아도 통 알 수 없는 통영은 영영 기억에만 클로즈업된다는 것일
까. 그래서 '통 통하지 않는', '영영' 알 수 없는 낯선 바다를 보면 요일曜日
만 따라다니는, 달라지는 바다가 있다는 것일까?
　시객이 차를 몰고 오가면서 보아도 역사의 바다는 배타성이 강한 그대
로라는 것일까. 무슨 말을 하려 했어도 통영은 통 먹혀들지 않는다. 아마
도 낯설기만 하다는 뜻일 수도 있다. 한산대첩을 겪은 오랜 역사의 붉은
바다인데도 영영 바다는 요일에 바빠서 비만 내리는 걸까. 자신이 왜 치사
한지, 그래서 바람이 부는 날이고 통, 통하지 않는, 영영 낯선 땅은 자신이
통영이 되어도 영 통하지 않는, 더 막막해질 수밖에 없다는 것일까. 그래서
김지율 시인은 진주라는 출신지에 누구보다도 따스함을 더 느끼고 그곳은

안태본임을 확인하려는 아이러니한 기법으로 형상화한 것인지도 모른다.

만약 해석적 오류일 경우, 통영의 아름다움이 요일마다 떠올라 머뭇거리는 기법으로 형상화한 작품일 수도 있다. 아름다움이란 베일에 싸여 있을 때를 말함이다. 그 베일 즉 커튼을 벗길 때 아름다움은 변화무쌍하다. 얼큰한 월요일, 수수한 수요일, 목이 터지도록 만끽하는 목요일, 일일이 챙기는 일요일의 통영 바다인지도 모른다. 그러나 비는 탄피처럼 쏟아진다는 것은 무엇일까. 현재시간에 쫓기는 초조함일 것이다. 한산대첩 격전 때의 화살인가? 차를 몰고 출강하는 초라한 직업의식은 탄알처럼 뇌리에 박힌다는 통영일까. 통영의 아름다운 이미지들이 쏟아진다고 볼 수 있다.

이 또한 김춘수 시인의 무의미 시처럼 난센스 시다. 따라서 이 시는 어디까지나 무의식이 현실 속을 질주하면서 통영을 통!, 영영! 물어보지 못한 아름다운 통영을 뭐 물어본다는 것은 오히려 사치일 뿐이라는 역설적일 수도 있다.

통영에 가면 김춘수 시인을 떠올리게 된다. 그의 무의미 시적 기의(記意 –여기서는 소리 없는 비)가 아닌 오히려 기표記票인 탄피만 쏟아지는 것은 '무의미의 의미'가 아닌 김춘수 시 세계의 함의를 묻고 싶었을까? 전혀 아닌 통영의 지형 자체가 물음표(?)처럼 생겨서 요일별 떠오르는 통영(바다)에 대한 미제의 꼬리표에 되감기는, 어쩌면 여기서는 무상성이거나, 아름다움이 이상 더 없다는 무상無上을 지적한 것으로도 생각된다. 은유적 대체 및 도치의 산물産物이 침묵을 표출할 때 시의 현실성을 갖는다는 것, 즉 객관적 우연성이 될 수도 있다. '추상적인 내용을 구체적인 대상으로 이용하여 표현하는 비유'인 알레고리와도 멀 뿐이다. 이 시 세계 역시 관념의 구성이 특이해서, 그리고 그에게 물어볼 수 없어 나름대로 풀이해 보았다.

Ⅲ. 마무리

김지율 시인의 시 세계는 김언희 시인의 구체적이고 육감적인 시 세계보다 세미오시스(semiosis: 비유적 의미를 생성하는 과정)가 더 그로테스크하다. 남성 위주의 신화를 해체하려는 페미니즘의 반란에까지 열려 버렸다. 상징적 오브제만으로도 매료시킬 수 있는 테크닉(technic)은 다음 항목별의 요약에서 쉽게 접할 수 있다.

첫째, 불안과 두려움 등 복잡다단한 삶의 성장통을 에로티시즘으로 에스프리 하는 과정 중에 강박관념의 형상화마저도 겹쳐지도록 하는 기법은 언캐니(Uncanny)한 산물로 보인다.

둘째, 시 작품의 행行과 연聯의 관계없이 뒤섞는 반복기법의 묘미는 한정된 시어들을 만나면 낯선 듯이 신선하기만 하다. 일상적인 시어들을 사용하여 동시적인 이미지가 연상 작용하는, 말하자면 시 작품 속에 자기 자신이 그전에 사용된 시에서 다시 따온 시어나 시구들을 삽입하는 오토 콜라주 기법 또한 범상치 않다.

셋째, 로베르 데스노스가 즐겨 쓰던 주어진 맥락에서 낯선 대상을 삽입하고 있다. 칼렁부르(프랑스어, Calernbour, 동음이의어인 언어유희), 또는 삼키기와 토하기의 아나그램(프랑스어, anagram)적이다.

넷째, 어정쩡한 말의 머뭇거림 기법도 보여준다. 언어학적 맥락에서 벗어나고 의미와 분리되어 새로운 의미를 생산하는 언어콜라주 기법으로 볼 때 돌연함이 있다. 콜라주의 기법은 이미 인식되어 오는 한 세계와 현실을 비틀고 이질적으로 탈감각화하는데 있다. 그의 시집의 목록부터 뒤섞어 놓는 기법 또한 무상성, 즉각성을 형상화하는 통일성에서 혼란스럽게 하는 자코메티 기법과도 흡사하다.

다섯째, 그의 시제 〈파이널 컷-공룡 박물관에서〉가 암시하는 것을 주목하면 주체를 분열시키는 등 자신이 꿈꾼 분신 이전과 현재의 가부장적인 페미니즘을 신랄하게 고발하고 있다. 공룡을 보면 억센 남성의 에너지 덩어리가 상대편의 등과 목을 공격하듯 결승전에서 목적을 성취하고자 하는 원시적 강압성으로 고발하기도 한다. 그 땀을 탐욕 하는 여성의 "문과 문 사이에 한 사람이 서 있다" 등을 통해 엿보기가 새어 나오고 있다.

각자의 연구 관점 차이는 분명 있겠지만, 포스트 페미니즘에서도 흔히 내세우는 성적인 페티시즘 오브제를 철저히 해부하여 애매모호성마저 숨기는 결과물일 수도 있다. 생물학적 몸의 시학 관점일 경우, 파편화된 망상網狀의 재생들이 순간 어떤 기억들의 표징일 수 있는, 말하자면 해체에서 재구성된 무의식의 결핍들이 암호화가 된 것 같다.

이처럼 포스트 페미니즘이란 후기 현대성, 후기구조주의, 신구조주의, 구조주의를 해체한다는 해체주의 등 모더니즘을 완성하지 못한 문제 해결에서 안티(Anti)적이라는 공통분모에 동의한다. 말하자면 '계속해서 자신 스스로 변모와 변화 과정으로 종전의 페미니즘에 비판적인 입장을 허전하게 제시'하는 속성일 수도 있다.

어쨌든 《내 이름은 구운몽》의 시적 패턴은 자크 라캉이 지적한 포스트 페미니즘 측면에서 볼 때 선명하게 드러내는, 자신의 내적인 모델을 즉 타자 속에서 형상화한 작품일 것이다. 대상을 끌어가거나 배척하는 에너지의 충동인 오브젝트 커섹스(Object Cathexis)적 작품들이라 할 수 있을 것이다.

카타르시스, 생기발랄한 포에지
 -정소란 첫 시집《달을 품다》시 세계

1. 일상성과의 우연 일치

무의식의 그림자가 드리운 어떤 날의 포착들이 다가와, 그 개별성을 찾는 경계에 서 있는 또 하나의 그림자를 보는 듯 파루罷漏의 종소리가 해조음에 겹쳐 들리는 몇몇 작품들을 대견한다. 어디서 만난 낯익은 시들의 기법에서 일탈하는 신선함이 관심을 끌고 있다.

바로 정소란 시인의 독보적인 개성이 돋보인다. 말하자면 정소란 시인의 시가 갖는 풍경은 상실하지 않으려는 한 여인의 치맛자락에서 우수를 엿볼 수 있다.

엄연한 현실 속의 삶을 통해 찾고 있는 패러독스들의 내러티브는 새로운 전제를 내깔고 있다. 회귀 본능적인 대상을 관념적으로 표출하고 있다. 그 시어들이 우리가 늘 쓰는 일상성에서 비롯된 상상력이지만 생기발랄한 포에지다. 그럼에도 그의 겸허한 자세는 2003년 4월 월간《조선문학》(통권144호)을 통해 등단한 지 16년에도 크게 외표하지 않고 항상 신인 같은 겸허하고 청순한 자태 그대로다. 후배들과 노닐 때 오히려 선배가 후배처럼 몸짓하는 것은 성격 탓만 아닐 것이다. 따라서 그의 시들은 그의 안이한 대답처럼 일상의 삶 안에서 찾아내는 상상력을 통해 창작 활동을 하고 있는 것 같다.

그러나 언어구사력은 비범한 개성적인 시인임은 틀림없다. 말하자면 그가 추구하는 시의 창작은 일상성과의 우연 일치에서 얻은 것 같지만 화살처럼 쭈뼛한 것에 찔린 아픔(상처), 즉 풍크툼(punctum)이 있다.

2. 홀로그래피·크라틸리슴 기법 구축

마치 카메라 앞에 놓이는 조화된 상태를 화면 내의 모든 것이 연기하는 미장센(Mise-en-Scene) 같거나, 3차원의 영상을 뜻하는 홀로그래피(Holography)적으로 형상화하면서, 시니피앙과 시니피에 관계의 동기화를 시도하는 크라틸리슴(cratylisme)적 기법이 엿보인다. 그러한 기법은 본인도 모르게 도달되기까지는 정소란 시인의 시력詩歷이 말해주고 있다.

벌써 중견 시인의 성숙함이 뒷받침해 주고 있는 것이다. 다시 말해서 이미 지적되고 있는 그리움도 상상력으로 볼 때 행간 시어詩語의 활보는 남다르기 때문이다. 어릴 적부터 아름다운 상처가 달을 품고 함께 살고 있었는지 모른다. 파닥파닥 뛰는 통영 멸치의 태깔과도 같다. 바다와 달로 하여금 둥근 연결고리 되어 사는 그녀의 깊은 트라우마와 우연 일치가 빚은 결과물일 것이다.

> 날마다 생각해 온 삶이 있다/그 삶은 마음 먹은 대로 와 주질 않고/늘 벼랑 끝이나 산꼭대기 같은 곳에서/푸른 유혹을 한다/그런 삶이 먼저 세상을 벗어난/내 어머니를 닮은 듯하여/흉내를 내려다가도/한 치 벗어난 생각을 하면/(…)/달이라도 앞세우고/아쉬움 흐르는 삶/혹여 어머니가 갔을 길을 찾아가면/빗소리 시작하는 어느 지점에/발그레 웃고 있을 내 궁극의 오늘/벼랑 끝 먼 산 위에도/달 데려갈 길만 있겠다/(…)
>
> —정소란, 〈나의 일상– 달과 함께〉, 일부.

정소란 시인의 대부분 시편에 달이 뜨는 것은 앞에서 지적한 회귀본능에서 오는 이마고의 아우라일 수 있다. 아직도 사친思親 상실감이 그녀를 놓지 않는 것은 어린 여인의 심정이 아니라도 인지상정의 본성을 부각시키는 것은 어쩔 수 없다.

이 시에서 주목되는 것은 '푸른 유혹' 즉 달빛이 바다 빛깔과 동일시하는 어떤 훈영暈影으로 사무치는 홀로그래피(Holography)적 그리움을 표출하고 있다. 이미 성장 과정에서 바다에 쏟아지는 달빛의 유혹에 길들여 왔기 때문에 그의 시들은 아름다운 상처로 신호하고 있기 때문이다. 특히 어머니에 대한 아름다운 상처가 각별하다.

장구를 멘 어머니의 빼어난 춤을 통해 깊은 트라우마는 아마도 아물지 않은 것 같다. 어쩌면 어머니의 장구춤은 둥실둥실 뜨는 만월을 품는 모성애에서 음각되어 있는 것 같다. 미장센 기법인 "달은 희다 못해/바래고 성긴 광목처럼 곧 잊혀 질 색으로(…)"(《몽유도夢遊圖 그리는 밤》), "하나가 벽만한 창을 연다/기다린 보름 달빛이 쏟아져 들어온다"(《꿈에 꾼 꿈》), "지난 밤 살갗이 베인 듯 아픈 자리만큼/둥근 저 달이 이내 기울 듯 합니다"(《궁극窮極》), 〈달 타령〉, 〈달〉, 여기에 파생되는 홀로그래피 경향인 "(…)//나는 언젠가 달 속에 있던 사람 (…)/경계도 없이 비춰주던 저 달이 아마도/그날 함께 있던 달인가 싶고/(…)//달 속에 심은 오동나무 뿌리가 자라"(《내가 만난 사람》) 외 시작 13편에 있는 달을 합하면 열아홉 편이나 떠 있는 달은 각각 낯선 배경을 깔고 있다. 그렇다고 단순한 멜랑콜리아적 노스탈쟈(라틴어)라고는 할 수 없지만, 환각과 현실 경계의 그림자처럼 생톰(sinthome)적이다.

문제는 누구나 원용하는 초기의 공통적인 시어들은 한국 시단의 한 행태를 벗어나지 못한 것에서는 한계의 아쉬움은 없지 않다. 그러나 시어들이 놓일 때의 제자리에 최적화의 따리 기법은 생기발랄한 포에지를 구축하여 카타르시스를 갖고 있다.

3. 처음과의 생경한 충돌로 아름다운 상처 재현

처음은 낯익은 듯이 낯설기 때문에 처음과 생경한 충돌들은 아름다운 상처로 깊이 새겨진다. 따라서 그녀의 시편 중에 〈고백, 매화나무 아래에서〉, 〈헛말처럼 무너진 산—추모追慕〉, 〈탐매도探梅圖〉, 〈신격몽요결新擊夢要訣〉, 〈고전古典을 읽다가〉, 〈백아절현伯牙絶絃〉, 〈문리文理가 트이는 집〉, 〈대외비문서對外秘文書〉, 〈황진이 연가戀歌〉, 〈思親歌〉, 〈무릎에 누워〉, 〈그 섬에 가는 꿈〉, 〈번제燔祭〉, 〈절반의 늪〉 등등은 그때의 사건들이 음각으로 꿈틀거리고 있다가 돌아와서 재회하고 있다. 마치 무의식이 의식으로 위장하여 이성적인 것처럼 낯설게 하기를 충동질한다. 시의 본질을 파동시킨다. 그렇다면 정소란 시인의 시는 이미 경지를 극복하고 있는 것이다. 상당히 노련하면서 긴장 시의 패턴으로 중견시인 수준을 넘어서는 것 같다. 필자가 읽을수록 시를 쓸 수 있는 당당한 풍모를 엿보여주기 때문이다.

> 눈이 먼 밤 따위를 보내는/목적 하나로 잠을 잔다는/저 까다로운 피사체 하나//햇살이 수평을 고를 즈음에야/가난한 커피 한 잔으로/먹을 갈 마중물로 삼고/붓을 들어 느리게/매화 한 그루/누추한 문 앞에 심는다//씻어내는 틈도 없이/그 붓 하나로/오래도록 잊지 말고 길게만 머물기를/주술 같은 먹빛으로/글씨를 적는다 새겨 넣는다//숨을 참고 손목이 굳어가는 동안/배여난 문장 하나가/툭 떨어진다/이래도 떠나겠는가 사랑아/늪이 배경 없는 주변으로/뜰에 안배된 모란처럼/서 있기로 한다/나는 그 주술에 딱 걸려 버렸으니
> ―정소란, 〈절반의 늪〉, 전재.

이 시의 제목은 '늪'이라는 낡은 제목이지만 에스프리에서 새로운 시 세계를 펼치고 있다. 무의식 층위를 통해 형상화된 작품이다. "붓을 들어 느리게/매화 한그루/누추한 문 앞에 심는다"에서 실재하는 늪은 보이지 않고 그 늪이 생동하여 매화를 심는다는 것은 무의식 세계만이 갖는 기법이다. 그것도 "커피를 마중물로 하여 붓을 들어 심는다"는 것은 절대 현실을 보여주고 있다.

초현실주의란 절대 현실이기에 이 시는 시니피앙과 시니피에 관계의 동기화를 시도하는 크라틸리슴(cratylisme)적 기법으로 초현실주의적 경향시의 통로 앞에 서 있는 것 같다. 흔히들 초현실주의 시가 아닌데도 어떤 시들을 초현실주의 시라고 내세우는 것을 간혹 볼 수 있는데, 일본식 초현실주의를 섭렵한 인과설정因果設定의 오류誤謬임을 지적할 수 있다. 그렇다면 정소란 시인은 앞으로 초현실주의시를 쓸 수 있는 가능성이 엿보인다 할 수 있다.

여기서 지적해 두고 싶은 것은 기행시紀行詩들이 몇 편 있는데 요새 시편들의 경향은 기행시에 높은 관심을 갖고 있다. 따라서 정소란 시인의 기행시는 상당한 수준으로 섭렵되어 돋보이고 있다. 그러나 기행시는 현장감 넘치는 감성과 함께 구체적이어야 한다고 본다. 앞으로 정소란 시인의 시집들에 대한 기대는 철두철미한 분석 비평이 뒤따라야 본인이 살아남을 수 있을 것이다. 필자가 미리 지적하는 것은 더욱 분발하는 기회를 드리기 위함이다. 성취를 위한 앞으로의 기대가 크다.

4. 직관을 통한 상상력의 경이로움을 추구해야

모든 창작은 메타포라를 통해서야 이뤄진다고 볼 수 있을 것이다. 신변잡기적인 기록, 속된 노래인 파리巴俚적인 시들, 다시 말해서 보이는 그대로, 느끼는 그대로 열거하는 것은 예술성이 전혀 없는 기록에 불과할 것이다.

특히 감성으로 호소하거나 목적문학이 되면 거기에 한정될 것으로 생각된다. 이미 지적되어 오지만 모든 예술은 대상과 관념을 통해 형상화된 직관에서 전혀 다르게 빚어져야 한다면 상상력은 꿈의 배꼽에서 만나야 할 것으로 본다. 따라서 현대시는 안빈낙도이거나 음풍농월吟風弄月적인 유약성의 테크닉은 이미 퇴조된 작품일 수 있다. 낡은 것에의 명맥 잇기 명분은 될 수 있으나, 현대문학의 도도한 흐름에 고인 물은 썩고 말 것이다.

그러므로 상상력의 관조가 우주적일 때 새로운 신화가 창조되는 것이다. 신神은 새로운 쪽에 존재하기 때문이다. 모방적이거나 안이한 노래는 이미 사라진 지 오래다.

이제 시는 단순한 노래에 그칠 수는 없다. 고정관념에서 탈피해야 한다. 바로 발작적인 아름다움을 추구해야 할 것이다. 그렇다면 정소란 시인은 고독과 외로움을 잘 겪어왔기 때문에 그의 근작 시편에서 바로 독창성을 증명하는 실험 시 몇 편에서도 상견되고 있기 때문에 따뜻하다. 앞에서 간략하게 지적했지만 이미 나르시시즘에서 탈출하려는 시도가 엿보이고 있다.

컴패션(Compassion)에서의 일탈도 멀지 않은 것 같다. 고독한 미지의 세계로 나아가는데, 시의 본질을 관통하려는 몸부림을 전제하는 것은 다행이다. 하나의 예로, 그녀의 시편들 일부는 낯설게 하기 진행형이기도 하며 마침표가 없는 것에서도 주목되었기 때문이다.

플라톤이 지적했듯이 시는 '한곳에 머물지 않는 움직임'이라고 할 때 감각 너머(여기서는 한가운데임)에 있는 시 세계를 탐색하는 절대 용기가 필요하다.

신인상 작품 심사평:
오인誤認, 그 두려움의 명암
─한춘호 시, 〈도리천忉利天을 오르려면〉 외 4편

도리천忉利天을 오르려면

도리천을 오르려면
발자국은 댓돌에 벗어 두어야 한다.

눈물 담긴 안경이나
습관에 덜미 잡힌 장갑은
산문 밖 때까치를 위해 남겨져야 한다.

아침 해가 꿈의 껍질을 벗기듯
막 잠에서 깨어난 흰나비가
제 껍질을 떠나 숲속을 거닐어도

검은 하늘 아래 또 다른 생각을
주워 담고 있는 엄지손가락이
보이지 않더라도

은하로 흘러드는 도솔천에 띄워 보내는
도리천에 묻어달라는 선덕여왕 소원
은가락지 한 쌍은 지금도 반짝일까?

돌부처

초파일
아내와 미래사에 올랐다.
조금은 부산한 법당

아내는 몇 개의 소원을 심는 동안
나는 솔잎에 찔려 화들짝 놀라면서
떨어지는 햇빛 한 줌을 모았다.

개울 따라 목탁 소리가 흐르는 동안
갑자기 나타난 돌부처
나는 바람같이 아내에게 물었다.

"부처가 돌이 되었는지 돌이 부처가 되었는지"
질문하자 대오 각성한 듯 아내 왈
"화장실이 급해요…"

연유, 흔들림

나뭇잎이 흔들린다.
바람이 불면 손이 흔들린다.

흔들려야 비로소 땅이
흔들리고 아침이 흔들린다.

흔들려야 나뭇잎의 체온과
밤의 생각을 풀이할 수 있다.

이제 흔들리는 것이 뗏목처럼
손을 잡고 바람 속을 나는 거 본다.

바람의 뿌리 볼 수 있도록 출렁이는
은하수를 건너는 나의 인연이여

나뭇잎

푸른 행성에
정박한 배다

초록이 무성할 순간에는
모릿줄로 가지에 묶고

푸른빛이 톡톡 터지는
항구에서는 불꽃놀이로

잠시 구름을 복습하다
시간 알고 닻 올리는 배다

붓꽃

미륵산 산그늘이 빚는 물감으로
수채화 그리는 붓꽃

반가움도 두려워하는 사이
나를 먼저 그려주는 그녀의 향기

노래에 담은 그리움마저 몰래
뿌려놓고 정원도 그리며 웃고 있네

그녀 눈망울 훔쳐보는 순간에도
그리던 수채화 붓놀림 뜻 일러 주네

☞ 출처 : 2019 가을 《인간과문학》, 제27호, p.226~

심사평

형체 없는 외침의 방향도 일정치 않게 들리는 소리를 잠식하면서 그 여백마저 거부하는 고립을 자처하는 침묵의 공간에다 낯설고 애매모호하게 사로잡힌 그림자가 얼른얼른 일탈하고 있다.

이런 움직임에 동의할 때 떠오르는 한춘호 군의 작품 다섯 편을 호명해도 그 이름들은 도망치지 않고 오히려 새카만 눈짓으로 다가오는 질문은 한참만이지만 생경하게 일깨워 주어서 다행이다. 비인칭을 내세우며 주체의 죽음을 되돌리지 않는 가장 원초적인 기원의 은유를 제시하고 있기 때문이다.

저만치에서 뒷모습을 정의해 주고 있다. 그럴수록 두려운 시작을 놓친 시선을 이끄는 힘과 긴장감으로 해체 작업에서 전혀 다르게 재구성하고 있다.

특히 기독교의 크리스천이면서 불교에 심취해 있는 의심을 따돌릴 정도로 심오하다. 환각의 경계에서의 둥근 고리들은 어떤 빗금들에서도 만나고 있다는 놀라움을 맛보게 한다. 무엇보다 함축하는 여운의 덩어리들이 짧은 행간을 뛰어넘기도 하기 때문이다.

바로〈도리천忉利天을 오르려면〉외 4편의 연유가 갖는 원초적 흔들림이 무작위로 생동하고 있기 때문이다.

다만 부탁하고 싶은 것은 축약된 메타포라도 중요하지만 호흡이 긴 시들이 찾아와 손을 잡아줄 수 있는 때도 있어야 할 것이다.

자기를 자기가 삼켜버린 후의 숙성된 모습, 즉 자기만의 개성은 더욱 절실하다. 동시에 뜻밖에 오는 우연 일치와 객관성의 확보는 물론 유머가 시의 본질을 더욱 윤택하게 한다면 시의 진실성은 더욱 구축될 것이다. 주저하지 말고 열심히 정진하여 대성 있기를 바란다.

(추천심사위원 차영한)

☛ 출처 : 2019 가을《인간과문학》, 제27호, p.226.

움직임을 낯설게 형상화한 시편들

─조혜자 시인의 첫 시집 《웃었다, 비둘기 때문에》 시 세계 읽기

1.

다수인들의 주장설 중에서도 시는 움직임에서 비롯된다. 비로소 감춰진 언어로부터 다양하게 다가온다. 그러니까 시는 오는 것이라는 일부 주장설에 동의한다. 그 움직임은 말보다 몸짓이다. 그동안 잃어버린 낯선 자신을 볼 수 있다. 시가 온다는 말은 오는 것이 아니라 나타나는 것이다. 이때의 시점은 자신의 몸이 움직이기 때문이다. 여기서 온다는 말은 받아들이는 자신을 본다는 결과물이다.

자신의 온몸이 자신을 투영한다. 온몸이 후끈할 때 보이는 것이 1인칭이다. 아직도 시는 1인칭이 유효하다. 시의 주소가 자신의 온몸이 12만 킬로미터나 된다는 실핏줄에서 요동치는 것이다. 바로 객관적인 우연성이 살아서 형상화된다. 낯선 대상들로써 자신의 발걸음으로 다가오는 것을 볼 수 있다. 그러므로 시는 그림자가 없이 존재한다.

이미 비상하는 새의 날갯짓을 본다. 시의 상상력이라 할 수 있다. 타자들은 보지 못하지만 자신은 새로운 세계를 날고 있다. 아름다움을 만끽한다. 아름다움 안에서는 반드시 열매들이 주렁주렁 흔들리는 것을 볼 수 있다. 시의 날카로운 눈매가 나를 가만두지 않는다. 끌어당기는 내 몸을 내가 만져보는 것이다. 언제나 뜨끈뜨끈한 맛깔이 나를 유혹한다. 내가 내 자신을 먹는 것을 본다.

일체에서 부활이 아니라 새롭게 탄생하는 불덩어리를 본다. 그냥 바라봄이 아니라 바라봄이 나를 향해 끝없이 손짓한다. 충족되지 못하도록 배고픔은 더욱더 고통스럽게 한다. 그래서 시인은 강렬한 어떤 마법에 사로잡힌다. 그 고통에서 깨어나지 못한 채, 자신을 만나면 시는 달아난다. 따라서 수박겉핥기에서 남의 시와 유사해진다.

요새는 남의 이미지까지 끌어 당겨놓고 자기 것으로 오인한다. 한마디로 모든 글은 이미테이션에 그치는 경우가 많다는 뜻이다. 이 말은 한계점을 뛰어넘지 못한 채 좌절한 상태에서 설익은 낙과일 수 있다.

오늘날의 시는 한계점에서 자신을 잃고 남의 울타리를 엿보다 우매해진다. 패러디마저 해괴하다. 특히 시 작품은 더욱 그러하다. 다시 말해서 독창적인 개성이 없다는 것이다.

모든 작품은 공감대도 중요하지만 낯선 얼굴이 나를 매혹해야 한다. 그 관심이 나에게로 와야 한다. 요새는 오감이니 육감이니 하지만 개성시대일수록 낯설어야 한다. 참신하게 번뜩이는 작품이 독자층을 두껍게 한다. 전혀 다른 기법이 조금이라도 작품에 묻어 있다면 관심은 집중된다.

그렇다면 조혜자 시인의 첫 시집에서 만나는 시들은 한 마디로 아직 풋풋하다. 그러나 필자가 주위에서 인식한 시들 중에서 하나하나 살펴보면 솔직하고 담백한 몇 편이 눈에 띈다. 일상적인 시어들이 매력을 창출하는 대목이 눈에 띈다.

그가 걸어온 과거가 아니라 그가 살려고 몸부림치는, 다시 말해서 일어서려는 결연한 에너지들이 필자의 인색한 시평을 허락해 줘서 다행이다.

2.

살아갈수록 대상들을 대하다 보면 낯설어 보인다. 역시 낯설다는 말은 익숙한 내가 낯설기 때문이다. 이미지의 기만들을 만난다. 시 작품도 그렇다. 조혜자 시의 세계는 내가 생각치도 않는 시의 이미지들이 강원도 하늘에서 날갯짓하고 있어 다행이다. 앞에서 지적한 과거를 통해 현재가 아니라 미래를 향한 시 세계를 펼치려는 꿈을 볼 수 있다. 언어 기법도 낯선 것이 더러 있다. 시의 호흡은 짧아도 긴 호흡의 여운이 독자에게 감칠맛을 주고 있다. 무서울 정도로 전혀 다른 이미지들, 강원도의 미시령 이미지들을 굴리고 있는 것 같다.

본래 고향인 통영에까지 줄기세포를 잇대고 있다. 깊이 살펴보면 그의 피울음소리가 전혀 다르게 형상화시킨 대상들이다. 오히려 쾌청한 날씨를 짚어 쓴 메모들이라 할 수 있다. 그 메모들이 청량한 눈매를 굴리는 것을 볼 때 죽음 앞에서도 삶이 좋아서 저렇게 날갯짓하는 것일까. 근황에 알았지만 그가 교통사고로 죽었다가 살아난 이후 시인이 되기까지 잊을 수 없는 한 친구 도움에서 통영이 그의 둥지임을 재확인한 것 같다.

조혜자 시인은 늦게 시단에 나왔기 때문에 항상 걱정이 앞서고 앞날의 꿈 알이 쭉정이 아니기를 바랄 뿐이다. 그렇다면 그의 시 몇 편에서도 언어의 간결성과 이미지 전달성이 선명함을 발견할 수 있다.

무엇을 담았냐고 누가 묻는다면
대답 한 마디 해 줄 수 없네

한 짐은 회억이 담아져 있고
두 짐은 돈 없을 때 힘들게 산 것이고
세 짐은 앞으로의 계획을 담고 보니
남들 눈에는 보잘 것 없지만
한 짐 두 짐 또한 짐을 다시 동여맨다

만나는 회오리바람 속에서
모든 것이 다 날아가도
나를 지키며 따라 다닌 나의 힘
그 힘 속에 영원한 스승도 함께 있다

어떻게 살아왔는지

어떻게 해야만 살아 갈 수 있는지
짐 속에 든 힘이 나를 가르치고 있다

−조혜자, 시 〈짐〉, 전재.

위의 시는 관념적이고 진솔하기 때문에 일종의 진술서 같다. 누구나 쓸 수 있는 시 작품에 불과히다. 새로운 맛이 없는 것 같지만 깊이 살펴보면 시가 갖는 의미는 강렬하다. 이 시를 내세운 것은 그가 살아온 고비를 필자가 독자층에 소개하기 위해서다.

그가 시의 제목을 대담하게 단 것은 그가 줄기차게 살아온 눈물 젖은 짐, 다시 말해서 누구나 겪는 이러한 시련을 시로 표출하려 하지만 주저해온 언어의 대담성을 발견했다. 누가 지도한 흔적도 없이 스스로 피와 살이 움직인다. 프랑스의 철학자 가스통 바슐라르(1884~1962)의 물이 흐르고 있다. 시의 행별 중에 "나를 지키며 따라 다닌 나의 힘/(중략)/짐 속에 든 힘이 나를 가르치고 있다"에서 이 시 작품은 되살아난다. 모두들 말할 수 있는 대목을 대치론적으로 증언하고 있다. 죽음에서 되살아난 생명력의 몸부림이다. 잿더미에서 날아오르는 불사조를 연상할 수 있다. 시 작품〈빗소리에 울음을 넣어〉를 접하면 절절한 그의 살아온 이야기를 가로막아서도 내가 우울해졌다. 너무 애절해서 나는 그의 슬픔을 토로하지 못하도록 꾸중했다. 그 자리에 머물면 시는 죽는다고 했다. 그래도 그는 그의 시, 〈허수아비〉에 나오는 "또 거친 바람이/한 벌 뿐인 옷마저도 벗기려 하네"라는 대목은 충격적이었다.

그래서 그의 시는 솔직해져서 그 의미가 명료하게 전달되고 있다. 그러나 필자의 욕심은 시는 생각(mind)과 감정(feeling)을 표출하는 것이 아닌 것으로 본다. 상관물이 갖는 애매모호성을 갖고 낯설어야 시의 생명력으로 본다. 그 깊은 트라우마의 미시령 고갯길에서 동해를 바라보며 머물고 있어서는 안 될 것이다. 그동안의 지도편달은 나 혼자 있을 때가 더 막막했다. 그러나 끝까지 배우겠다는 열정에 나 역시 혼신을 다했다.

뜨거운 찻잔을 후우 후 불어가며/한 모금 또 한 모금 마셔본다//비
워진 찻잔을 만지작거리면서/조용한 소리로 애기도 하고 싶어/들어주
는 이가 내 눈을 마주할 때/그의 눈물이 보인다//녹아내리고/닳아서
없어지고/관심 밖에 서 있는 얼굴//이제는 주름만 보인다
　　　　　　　　　　　　　　　　　　　　　　　-조혜자, 시 〈주름진 얼굴〉, 전재.

　이 시를 읽으면 자기 자신의 얼굴 주름이다. 시의 기법이 메타적이다. 마
치 상대자를 끌어들여 서로 대구對句하는 성숙한 대목을 보았다. 그의 시
력을 과시하고 있는 것 같다. 아주 평범한데서 일궈낸 옛날 재래식 온돌방
의 구들장 같다. 어디서 본 낯익음의 낯선 작품이다.
　중견 시인들의 뺨을 칠 수 있는 가작이다. 아이러니가 있다. 동기부여도
좋고 시의 의미심장한 맛 또한 중후하다. 서술을 생략할 줄도 알고 시어들
을 툭툭 잘라내어 갖다 놓는 기법이 농숙濃熟하다. 다시 주목해 보면 "들
어주는 이가 내 눈을 마주할 때"를 테크닉한 것은 대단하다. 시는 이렇게
서사구조를 내세워 마치 2명이 있는 것처럼 형상화하는 등 모호하게 전개
해야 생명력을 갖는다.
　또한 숨기는 유머도 있다. "뜨거운 찻잔을 후우 후 불어가며"에서 애달픈
삶에서도 여유가 웃음으로 날고 있다. 바로 이런 것이 시가 되는 것이다.
시가 다가온 것이지 시를 억지로 낚아챈 것은 아닐 것이다. 이런 시를 읽도
록 보여줄 때 그녀의 필명은 '선연'이라 할 수 있다. 그가 일찍이 필명을
가졌더라면 인생사는 바뀔 수도 있었을 것이다. 지금 활달한 몸짓은 그의
필명으로 재생하는 것 같다.

　산들이 하나하나/돌아서 나가고/강물이 산하나 앞세우네//죽을 만
큼 힘들어도 다시/일어서 걷고 그 대답대신에/내가 걸어서 꽃을 만나
보나니//지금은 곁에서 잘 자란 목소리/"엄마, 내가 엄마 사랑하는
거 알지?"//"응, 그래, 나를 닮은 책 한 권속에/너를 사랑한다는 전부
를 읽어보면 알아"
　　　　　　　　　　　　　　　　　　　　　　　-조혜자, 시 〈대답 대신에〉, 전재.

이 시를 감상하면 참으로 따뜻한 품안의 시다. 모성애를 아낌없이 쏟아내고 있다. 아들 하나 때문만이 아닌 것 같다. 그녀의 모성애는 모든 어머니들이 갖는 천성을 내세우면서 자신의 심중을 토로하는 것 같다.

그렇다면 현재도 어머니들이 있기 때문에 지구가 살아 있다. 지구는 어머니 그 자체다. 우주에 유일한 하나는 곧 신이요 신은 어머니일 수 있다. 여성이라는 성별 이전에 그들은 신으로 존재한다. 어머니는 언제나 지구상에서 지구로 형상화되어 있다. 어머니가 지구를 사랑으로 만들었기 때문일 것이다. 이 지구의 생명을 어머니가 탄생시켰기 때문이다. 어디를 가도 내 눈에는 어머니들뿐이다. 위의 시에서 응축시킨 몇 마디 "엄마, 내가 엄마 사랑하는 거 알지?"//"응, 그래, 나를 닮은 책 한 권속에/너를 사랑한다는 전부를 읽어보면 알아"에서 이 시가 갖는 힘은 참으로 울림하고 있다.

그래서 여성 시들은 일상들의 속살을 뽑아내는 작업이 대부분이다. 그중에서도 조혜자 시 세계는 자기의 심중을, 아니 이지구의 옴파로스임을 뚜렷이 고백하고 있다.

> 동해바다 보기 위해 펼쳐진 절경/수십 폭이 겹쳐지는 동양화/쏟아지는 폭우 속에서도/가파른 숨소리로 그리는 입체화//미끄러져 나무에 걸린 자동차/그 아래로 껑충껑충 뛰는 고라니/거북이처럼 끽끽 기어오르는/승용차도 엉덩이를 하얗게 털어대네//이거 웬일인가 미시령 하늘이/둘로 가르고 있네/새소리가 산토끼를 쫓을 때/내 머물던 아늑한 속초하늘이/닿는 바다를 그려주고 있네//아! 파노라마 보랏빛 풍경 위로/그림자 없는 해가 묵묵한/울산바위 등을 밀고 있네
> —조혜자, 시〈미시령 고갯길〉, 전재.

네 편 시 작품에서 공통점은 치열한 삶을 죽음경계로부터 탈출하려는 몸부림이다. 과거와 현재가 나타나지만 그의 미래를 향해 일어서려는 투지력은 과거와 현재를 극복하고 있다. 위의 시제 〈미시령 고갯길〉도 험준한 가운데의 고난도를 극복하려는 시로 보인다. 극기克己정신은 그의 철학인지

도 모른다. 강인한 정신으로 자신을 미시령으로 형상화했다. 험준한 고갯길에서 보는 삶의 현장 곧 자신의 숨 가쁜 여정 그렇게 살아야 살아남을 수 있는 자신 속의 풍경들을 유비시키고 있다. 주목할 대목은 "그림자 없는 해가 묵묵한/울산바위 등을 밀고 있네"라는 데서 어찌 해가 그림자가 없겠는가. 고진감래하는 극복정신보다 열심히 살아온 피눈물로 그림자를 지우는 기법은 비범하다.

2-1.

조혜자 시인은 그 극난의 시대를 지나 이제는 고향인 통영으로 귀환했다. 만감이 교차하여 삶에 대한 심지 불을 북돋우고 있다. 고향 불빛을 사랑하고 있다. 발개 마을(옛 강산촌, 도남 2동)에서 열심히 살고 있다는 것이다. 생활력도 강하지만 학구열이 누구보다 줄기차다. 여자의 결연한 의지력은 참월도斬月刀와 같다. 찢어진 얼굴을 꿰매 회복 과정에서부터 온몸이 불편해도 오로지 일념으로 시 창작에 몰두하는 모습은 비범하다. 어찌 보면 강원도 속초 바람으로 단련된 옹골진 참나무와 같다.

촉각적인 관점들이 곡선으로 미시령 고갯길에서, 때론 대청봉에서 인수봉의 사례들로 만나 자기를 토해낸다. 편편片片 시들이 원뿔로, 포물선으로, 타원형으로 날갯짓하고 있다. 빛을 내뿜으려할 때 그림자를 응시해 보고 있다.

그러나 잔꾀가 없이 통영 사람의 순박한 정리가 물씬하고 따스하다. 처음에는 그루터기로 보였으나, 하나하나 당찬 통영 딸임을 발견했다. 고향에 대한 시에서 그가 감싸 안는 자세는 참수리 깃털처럼 포근하다. 지언知言하는 역량 또한 돋보인다. 급속도로 변화하는 현재에도 뿌리를 찾는 작업 또한 예사롭지 않다. 과거로의 퇴행이 아니라 모습을 떠올려 인간성 회복에 중점을 둔 이마고(Imago)를 읽을 수 있다. 그러므로 뿌리를 찾는 것은 우주 순환적인 순리다. 그 숨결들이 모여서 고향의 빛깔이 된다.

포르투갈인 사라마구의 소설《눈 먼 자들의 도시》에서도 기억이 찾는 우리들의 자아는 서로 연결되는 우리가 있다는 것은 격리 수용되어도 인식한다. '눈감아도 보인다'는 것은 시의 세계가 갖는 절대성이다. 그곳이 본향일 수 있다. 고향은 우리 몸에서 출발하기 때문이다.

꽃이 지는 날에도 내속적인 포괄성이 연결되어 있다. 설령 그곳이 허구적이라도 실재계가 갖는 개연성일 수 있다. 필연적인 허구(fiction)가 우리의 눈물에 있다. 눈을 감아도 옛집이 보이고 아버지가 보이고 어머니가 기다리고 있다. 우리에게는 늘 불러 보고 싶은 이름이 있다. 어찌 우리가 기생충만 되어 내살 먹고 살아 갈 수 없다.

우리는 우리의 고향을 그리워하기에 우리가 우리로 남아야 산다. 프로이드는 "현재 상태의 원인이 되는 심연의 한 지점이 원초적 장면"이라 했다. 서로 다르게 겪는 장면에서도 내면 형성에 내가 사는 둥지는 원초적일 수 있다. 사회적 가치에서도 제외될 수 없는 본향이 있기 때문에 그곳으로부터 에너지를 공급받았으면 되돌려 줘야 한다.

> 하지만 지금은 아무 것도 없다./흔적이라고 찾아볼 수가 없어/어머니가 어딘지 눈으로만 살피며/애타던 그리움은 나랑 울었다.//아! 그래서 저기다 아직도/몇 뿌리 대나무가 살아남아서/바람을 타고/ 돌아서는 나를 부르고 있어//저기 대나무로부터/저쪽 도로까지가/옛날 우리 집 뒷담이구나.//아! 거기에 울타리가 있었다.
>
> —조혜자, 시 〈울타리〉, 전재.

누구나 경험하는 실망, 몇 십 년이 안 되어도 내가 살던 집은 보이지 않는 변화무쌍에 경악한다. 무서운 장면들이 겹쳐진다. 타자가 볼 때 허깨비가 얼른거린다.

사라져 버린 곳에는 순간의 기억들이 등불처럼 흔들린다. 함동선咸東鮮 시인이 말한 "고향은 멀리서 볼수록 아름답다"는 것과 같다. 고향은 동그라미요 그 원들이 시 속에 살아 있다(함동선의 시 〈굴렁쇠〉). 시간은 냉정하지만 기억은 되살아난다. 심각성에서 붙들고 싶은 충동질과 박탈감은 부재를 고발한다. 그것은 망각 때문이요, 그리움 때문이다. 분노로도 표출이 된다.

그러나 그곳에 영원한 안착도 있다. 이럴 때 시는 한恨을 삭혀 준다. 단념하면서 왕복하는 숨소리를 엿듣는다. 죽어도 시는 죽지 않는 이유가 그곳에 끈으로 이어져 있기 때문이다.

현실을 상실할수록 더 강렬해지면서 나약해지면 네르발이 말한 검은 태양이 떠오르는 멜랑콜리아적인 어떤 병으로도 표출된다. 확장되면 자기 나라를 향한, 먼 그리움, 즉 페른베(독어, Fernweh)가 된다. 말하자면 나라의 참모습이 퇴조될 때 애국 애족 정신이 발로되기도 하는 것이다. 이미 발표된 많은 회억적인 시도 조혜자 시인에게는 전혀 다르게 트리밍(trimming)하는, 현실 속의 무의식적 환상(fantasy 아니고 Phantasy)을 끌어들인 것을 볼 수 있다. 비판과 저항정신을 억누른 채 더 진하게 울림을 주고 있다. 아리스토텔레스가 말한 서정시가 갖는 자기의 표출을 상관물을 통해 형상화하는 것과 같다.

2-2.

바로 파란 안개꽃이 있던 그의 대나무 숲길 다음 길에 금빛 쟁반 해바라기를 비롯하여 벚꽃, 노루귀꽃, 칡꽃, 산토끼꽃, 인동꽃, 달맞이꽃, 더덕꽃, 백목련, 진달래꽃, 아카시아꽃들이 강원도의 이미지와 연결되는 것 같다.

속초 바다에 피는 목화꽃은 실제는 없지만, 시인 자신이 목화꽃을 가꾸고 있다. 기억하는 사랑은 하얀 잉걸불로 형상화했다. 속초의 아름다움이 다가오는 것이다. 아니, 남쪽 꽃바람이 되어 강원도 꽃바람으로 환치되고 있다. 다시 만남은 그의 고향과 강원도의 험난한 파도소리가 꽃을 피우기 때문이다. "맺히는 봉오리들이 눈에 밟"히고 있다.

> 척박한 곳에서 짓눌린 고통/비바람의 상처를/모두 껴안고//바빠 가
> 던 해도/꽃잎에 앉아/따스하게 어루만지네//내딛는 발자국에/웃음 꽃

피어/산 메아리도/웃음소리에 들어가네

　　　　　　　　　　　　　　　　　－조혜자, 시 〈노루귀꽃의 웃음소리〉, 전재.

　빈틈없이 피어도/부딪치지 않는 꽃/오롯이 전하는 사랑의 미소//시
샘 없이/꽃자리 다듬어/고운 꽃잎끼리 껴안고 있네//흩어진 퍼즐 맞
추듯/어두운 신작로에 내리는 빛살/매서운 바람도 녹여 주네//마지막
한 잎마저/어쩌다 웃는 얼굴/어찌 봄날만 남겨놓고 뒤돌아볼까?

　　　　　　　　　　　　　　　　　　－조혜자, 시 〈꽃이 피는 수수께끼〉, 전재.

　햇살은 눈웃음 속을 향해/향기를 뿜어대네/어쩌면 내 젊은 날의 향
내//어디서 날아왔는지/직박구리 새마저/노 젓는 소리로 송이송이 껴
안듯/나에게 묻고 있네/꽃물결에 배 띄우면서//하늘 닿는 수평선/봄
끝자락까지 앗아/꽃눈 마주 보기 날갯짓할 때마다/휘어지는 불꽃놀이
내 웃음보 보네

　　　　　　　　　　　　　　　　　　　　－조혜자, 시 〈벚꽃〉, 전재.

　곱게 간직한/아름다운 이야기로/피어난 꽃//눈보라 이겨 낸/산골
물소리로 다듬다/여기서 들키고 말았네//떨리는/저 가녀린 입술에/견
딜 수 없이 울음 하는 바람이//또 내 그림자 알고/산봉우리 능선을
넘어 서네

　　　　　　　　　　　　　　　　　　　－조혜자, 시 〈산토끼꽃〉, 전재.

　줄어드는 날/매만지며/꽃잎 속에 든/새가 되어 노래하네//바람 없
이/목화밭에 날아다니는/가녀린 어머니의 숨소리/외롭네//허공에다 그
린 보름달은/그믐밤 밀어내는데/눈치 없는 날들은/속초 앞바다처럼
뜀박질하네

　　　　　　　　　　　　　　　　　　　－조혜자, 시 〈목화밭에는〉, 전재.

　그러나 "꽃잎 떨어질 때 그리워 울고 울던 산바람 귓가에 맴돌 때는 꽃바
람 되어 바위자리에 다시 찾아온 웃음이 더듬는 손끝에 지워진 옛일 구름
이 지나치려다 보듬어 주"는 올곧은 성품이 선연하다. 풍상에도 꺾이지 않는
영원한 꽃이 된다. 칡꽃 필 무렵에는" 돌고 돌아 빛 찾아가는 길에 가시덤

불 헤치고 넝쿨에 껴안은 향기가 거친 비바람에 굴하지 않"고 있음을 보여주고 있다.

삶에서 가장 아름다운 것은 꽃에서 찾을 수 있다. 자연에 피는 꽃을 좋아하는 사람은 그의 전부를 한눈에 볼 수 있게 한다. 현대인일수록 꽃으로 살고 싶어 하는 것은 아름다움에서가 아니다. 자신을 위로받고 싶어서다. 대화하는 침묵 속을 거닐고 싶어서 일거다. 그 극지점에는 건강하고 신선한 미소가 기다리고 있기 때문이다. 신의 자세는 날갯짓하는 새로도 변신한다. 조혜자 시인은 〈공중에 날아다니는 연꽃〉을 보았다. 자신이 '한 마리 새가' 되었기에 꽃을 볼 수 있었을 거다. 그의 시 〈내 가슴에 안긴 새〉가 현실적으로 안긴 새를 보듬고 그 새를 날려 보낸 행복감은 우리들에게는 따뜻한 꿈이 아닐 수 없다. 꿈은 현실 속에 기다리고 있기에 언젠가는 만난다.

그가 그만큼 착하고 정직하게 살아온 징표를 하늘이 감동했기 때문에 죽음 직전에 조혜자를 구했고 시인으로 눈뜨게 하는 공중에 나는 연꽃을 보게 했는지도 모른다. 실제적으로 공중에 나는 새를 그의 가슴에 안겨 준 현실은 꿈과 현실의 공존임을 입증하고 있다. 현시顯視가 아닌 사실체험을 한 조혜자라는 여인은 운명적으로 시인이 된 것이다.

필자는 그 사실을 듣고 지금도 의심하지만 그런 기적이 과연 일어났을까? 경이롭기만 하다. 그 새의 이름은 딱새 아니면 무슨 새일까?

> 길은 걷고 있지만 동작이 멈춰 서는 순간
>
> 이름 모를 어린 새가 내 가슴에 안겼다
> 아! 이럴 수가~
>
> 풀썩 안긴 채 낯가림도 없이
> 젖가슴에 대고 비비니
> 냉정해질 수가 없다
> 뜨거운 체온의 앙탈
> 손끝이 전해준다

가쁜 숨 쉬며
눈동자에 들어가
나오지 않는 나를 바라본다

같이 날 수 없기에 찡한 이별
열 발가락 세워 가로수 가지를 잡아채
올려두니 포르르 날다 앉는다
-조혜자, 시 〈내 가슴에 안긴 새〉, 전재

*2021년 7월 초순경 도남동 발개 산책길에서 실제로 순간 안긴
어린 새를 가로수에 얹어 놓았지만 그 뒤로 생사는 알 수 없다.

위의 시 작품은 기법 또한 농후하다. "(…)/젖가슴에 대고 비비니/냉정해질 수가 없다/뜨거운 체온의 앙탈/손끝이 전해준다"에서 활성 언어를 통한 관념들이 지시하는 형상화는 놀랍다.

사실을 꾸밈없이 표출하는 과정에서 암시하는 의미는 더 강렬하다. 순간적이면서 영원한 존재로의 화석이다. "(…) 눈동자에 들어가/나오지 않는 나를 바라본다"는 대목에서 동일시 현상, 즉 일체감을 형상화하고 있다. 따라서 화자는 새의 눈이 된다. 하나 된 새를 보는 자애로운 모성적 본능의 자발성을 스스로 공감하고 있다. "세상에서 가장 아름다운 눈은 우리들의 생각을 알 수 있다"고 말한 데스노스가 안과 바깥 창을 열고 있다. 내면의 세계를 보는 것이 아니고 내면의 시선을 열고 있다.

이 시는 무의식과 꿈을 전제한 대상이 아니다. 언표가 갖는 자신을 보는 것을 표출했지만 사건 그대로를 제시하고 있다. 시각의 이면을 관통하고 있다. 시의 기법은 페레 시인이 말한 몸의 시학이다. 적중해서 수작으로 가름해 둔다. 현대시는 무엇보다 참신해야 하고 기존의 틀을 깨야 우리들의 촉각을 전복시킬 수 있다. 눈이 갖는 역동성과 수용하는 경이로움과 해학이 빚어져야지 타자의 이미지나 어떤 의미를 훔치는 것은 포엣 태스트다.

또 하나 지나칠 수 없는 조혜자의 시 〈웃었다, 비둘기 때문에〉이다. 이 시

작품도 마음에 와 닿는다. 자유를 상징하는 상징적 이미지를 관념을 통한 의미대상을 형상화하는 데 성공했다.

> 머리를 가득 채운 고민을 밀어내고
> 반듯한 횡선
> 몰라도 되는 일이 나랑 동행한다
>
> 두 줄이 눈에 띈다
> 이 줄이 뭘까?
>
> 가로수 뿌리의 몸부림인가
> 불쑥불쑥 고개 든 보도블록
> 고칠 수 있을까? 못 고치면 어쩌지
>
> 터벅터벅 돌아
> 갈피도 허탈한 눈길
> 제멋대로 돌다가 위를 쳐다봤다
>
> 그리고 그냥 웃었다
> 두 개의 전깃줄에
> 빼곡하게 앉은 비둘기 떼 그거네
> —조혜자, 시 〈웃었다, 비둘기 때문에〉, 전재.

말하자면 자아발견으로 현세적인 삶의 변용을 도모했다. 시의 흐름이 몸이라는 대상을 통해 복수적이다. 주체를 숨긴 고독한 산책자의 보행은 자유라면 자유의 휴식도 발견했다. 설령 자유의 제한을 말할 수도 있지만 걷는 자의 고독은 자유를 찾을 수 있다.

그 또한 욕망일 수 있다면 자유는 평행선에서 이탈할 수 있다. 첫 만남의 자유와 평화로움에서 제3의 탄생을 볼 수 있기 때문이다. 다시 말해서 해체되어 재구성되는 동안 변용은 순간에도 끊임없이 순환하는 것을 볼 수 있다. 바로 "갈피도 허탈한 눈길"에서 그대로 움직이는 자유를 발견했던 것이다. 그 자유를 찾았을 때 처음에는 "불쑥불쑥 고개 든 보도블록"만 보였을 것이다. 그가 찾는 비상의 자유는 보지 못했기 때문이다.

자유는 평화가 필연적이기에 평소에는 비둘기들이 움직이는 보도블록이었을 것이다. 보이는 것이 충족되면 그 아래의 결핍은 자유와 평화가 감싸는 것이다. 몸과 마음의 편안함을 느끼기 때문이다. 그래서 우리는 기억하는 장치를 갖는 이상 내가 존재하기 때문에 일상 불편을 해소하는 자연적 현상 중에서도 동적인 것이 우선한다.

역동성은 나와 동일시하기 때문이다. 그러므로 파편화된 이미지는 원하지 않는 경우가 더 많다. 내가 거기에 비둘기처럼 평화를 줍고 있어야 삶의 의욕이 발동한다 할 수 있다.

이 시가 갖는 의미는 약간의 시대적 풍자 요소가 함의되어 있어 더욱 백미白眉이다. 은유의 다의성으로 표출되어 있다. 비둘기는 귀소본능이 있기에 화자 자신이 고향에 와서 어릴 때부터 친숙한 햇살은 눈부실 수밖에 없다.

햇살이 가지를 친 의미는 상당히 확장되었음을 알 수 있다. 그래서 맘껏 웃을 수 있다.

이처럼 시의 본질은 프랑스의 정신분석학자 자크 라캉(1901~1981)이 주장한 문학 기법은 "드러내는 것이 아니고 감추"는데 있음을 알 수 있다.

3.

조혜자 시인은 빛과 그림자를 가려낼 줄 아는 시인인 것 같다. 그간 피눈물 나는 창작 몰입의 결과물임을 알 수 있다. 그의 첫 시집 서시와 같은 시〈바느질〉은 여인들 누구나 공감할 수밖에 없이 의미심장하다.

지문이 다 닳아 없어진/아픔을 사철 땀방울에 꿰어/곁에 두고 보려
고/바늘구멍에다 밀어 넣어 본다/가슴을 활짝 보여주는 보름달/자유롭
게 나는 학의 날갯짓도/폭풍우 견디는 소나무에서/목화송이 구름 누비
고 누벼/내내 살아온 웃음들 다시/눈 안에 넣고 싶어 바느질한다.
　　　　　　　　　　　　　　　　　－조혜자, 시〈바느질〉, 전재

　예부터 여인들의 아름다움은 바느질을 통해 가능했다. 바느질 시간은 자
신을 꿰뚫어보는 성찰이기도 하다. 시를 지으매 시의 본질이 갖는 내재율이
다. 반복하여 과거와 현재와 미래를 잇대는 끈(弦, string)이다. 바늘과 아픔
의 연결고리라 해도 좋다. "아픔을 사철 땀방울에 꿰"기 위해 "바늘구멍에
밀어 넣는" 아픔이 바늘이다.
　현대인일수록 고강도의 직조는 필연적이어야 한다. 이제 컨텀 양자 컴퓨터
시대에도 끊임없는 바느질이 더욱더 작동되어야 꿈은 이뤄진다.
　이 시제가 함의하고 있는 의미들은 미지수들이 생동하고 있다. 소쉬르가
주창한 랑그와 파롤이 상호보완적이지만 번복되기도 한다. 파롤을 가능하게
해 주는 것이 랑그이기 때문에 사회적이고 체계적인 것들이 개인적이고 구체
적인 발화를 발생함으로써 다른 뉘앙스를 느끼게 된다. 파롤이 상승작용을
갖기 시작한다. 그렇다면 파롤로 인해 "가슴을 활짝 보여주는 보름달"로 변
환과 의미가 확장된다. 여기서 파롤은 구체적으로 "자유롭게 나는 학의 날갯
짓도/폭풍우 견디는 소나무에서/목화송이 구름 누비고 누빈다"는 것이다. 소
나무에서 구름을 학의 날갯짓으로 바느질한다는 것은 단순한 바느질이 아니
다. 따라서 파롤에서 사회적이고 체계적인 세계를 펼쳐 준다는 것에 부합된
다. 마지막으로 번복하는 변용을 제시하고 있는데 "내내 살아온 웃음들 다
시/눈 안에 넣고 싶어 바느질을 한다"는 것에서 이 시제가 갖는 함축된 다의
성은 경이롭기까지 하다.
　이를 기표와 기의에서도 살펴보면 동일하다. 기표(프랑스어, signifiant, 시니
피앙)에서 기의(프랑스어, signifie, 시니피에)가 낯설게 미끄러지면서 지시 대상
과 일치하지 않는 의미 내용을 볼 때 시 짓기에도 이와 같이 숨기는 것에

서 시가 내게로 오고 있는 것이다. 바로 시의 생명력을 발견할 수 있다.

조선 순조 때 유씨 부인俞氏夫人이 부러진 바늘을 의인화하여 쓴 수필 〈조침문弔針文〉보다 응축됐으며, 더 다의성과 확장성을 함의하고 있다.

끝으로 조혜자 시 세계는 한마디로 누구나 생각하는 범주에서 객관적이고 보편타당성을 획득한 것 같다. 그러나 그의 무의식적 상상력은 개성이 있고 녹창성이 번뜩인다. 앞에서 지적했지만 그는 움직이는 생활 속에서 시를 창조하고 있다. 과거에 머물지 않고 거기로부터 출발하고 있다. 따라서 그의 시는 비감에 머물려는 것을 과감히 일으켜 세우는 에너지가 빛나고 있다.

애매모호한 시들은 시니피앙과 시니피에 관계의 동기화인 크라틸리슴(Cratylisme)으로 대체하고 있기 때문이다. 거울 단계를 벗어나 상징계와 실재계의 경계에 진입한 것 같다.

그렇다면 보다 더 새로운 시 세계를 구축하여 개성 있는 시인되기를 기원한다. 아울러 후덕한 연꽃이 하늘을 날고 있는 모습 또한 미래지향적이다. 첫 시집 출간을 진심으로 축하드린다.

시적 비유는 살아 있는 삶의 이미지다

−시작詩作 기법 단상

시적 비유는 인간의 본능적인 은유(隱喻, Metaphor)일 수 있다. 은유는 실체 없는 것을 실재계를 통해 재현하는 것일 수 있다. 불교계에서 존경을 받는 관세음보살님처럼 '현현顯現'하는 것과 같을 수 있다.

은유는 살아 움직이는 이미지(형상화形象化)를 발굴해야 한다. 이럴 때는 유혹하는 살결 그 자체를 '관념觀念'이라 하면 형상화(이미지)는 뼈대일 수 있다. 말하자면 '살(관념)과 뼈(형상화)'가 형상화할 때 숨결 소리가 들린다. 호흡하면서 말할 때 새로운 생명이 탄생하는 것이다.

생명의 첫소리가 시의 소리였다. 따라서 시인은 '소리'를 '시각화視覺化'할 수도 있지만, 이 우주를 다시 창조하는 신神의 목소리를 탐구하게 된다. 잃어버린 자신의 실체를 찾는 것이다. 플라톤은 이미 시인을 뮤즈의 신이 보낸 자들이라고 정의한 것에서도 짐작될 수 있다.

그렇다면 시의 신은 어디에 있을까? 플라톤은 시가詩歌와 걷는 것은 피와 땀의 고통을 말했다면 이데아에서 찾아야 할까? 그러나 아리스토텔레스가 지적한 것처럼 이데아(Idea)는 우리 몸 안에 있다면 신도 우리 몸 안의 어디에 있을 것이다. 그렇다면 시인과 신은 일심동체일 수 있다.

시를 쓰려면 내부의 신과 소통해야 한다. 시의 신을 만나려면 상상력을 통해 형상화할 때 신의 목소리(우주의 소리)를 들을 수 있다. 소통의 징검다리는 집중력을 통한 직관력이다. 뛰어난 직관력은 상상력을 동반한다. 시를 쓸 때는 온몸으로 써야 한다는 주장들은 현재에도 진행형이다. 일찍이 그리스 신화에 나오는 눈먼 '호메로스'가 기원전(B.C) 427년에 아테네 원형 극장에서 묘파한 오이디푸스 공연과 대서사시大敍事詩《오디세이》(12,110행)와《일리아스》(15,693행)를 바다와 육지를 결합한 상상력이야말로 지금도 절찬을 받고 있다. 상상력에서 만나는 시의 신을 통해 쓰는 목소리가 신의 현주소일 수 있다. 신의 현주소는 배철현 교수(서울대학교 종교철학)가 말한 "우리 옆에 있는 낯선 자가 신"이라고 정의했듯이 신은 건너편이나 밖에 있지 않다.

빛이 안으로부터 밖으로 나온 것과 같을 수 있다. 빛은 생명력의 근원이므로 그것을 입증하는 것은 이 지구의 피와 땀방울에서 빚어지기 때문이다. 삶과 사랑도 안에서 밖으로 움직이는 피와 땀방울의 스펙터클이다. 태양은 내가 움직이기 때문에 아름답게 빛나는 것이다. 태양이 내뿜는 빛살이 곧 시 창작 에너지라 할 수 있다. 그곳을 향해 반복하여 끊임없이 걸어야 시의 신(뮤즈)은 나를 포용할 것이다. 말하자면 신은 시인에 의해서 살고 있기 때문이다.

그렇다면 시인이라고 대접받을 만한 시를 쓰고 있는지가 문제다. 나를 포함하여 모든 생명력을 노래하는 능력이 있어야 비로소 시인이 되는 데도 말이다.

쉽게 말해서 시가 전혀 다른 낯선 작품으로 탄생하여 생동하지 않으면 시 작품이 될 수 없다는 뜻이다. 모방한 시나 누구나 그쯤 가닿는 상상력으로 탄생 된 시 작품도 범부한 시에서는 선망하는 자리는 보이지 않는다.

현재도 사실상 시 속에서 생활하면서 플라톤처럼 시인들을 추방하기보다 경멸까지 하는 자가 없지 않다. 고대 그리스도 낙천주의자가 아니면서 낙천주의자처럼 위선하여 오히려 예술인처럼 사는 자가 더 큰소리했고 시의 중심에서 시인인 체 가뜩뚝이 노릇을 했다는 것이다.

수필은 삶이 나를 찾아 손잡아 주는
미래지향적 코스모스 고향편지 같은 것

1. 수필 기법에 대한 성찰과 앞으로의 기대

수필 개념은 일정하지 않을 수 있습니다. 그렇다고 붓이 가는 데로 쓰는 형식의 자유에 방만해지면 수필이 아니고 낙서일 수 있습니다. 자유 속의 우연 일치되는 문학성이 있어야 문학의 한 장르에 들어갈 수 있을 것입니다. 아무리 솔직담백한 글의 내용이라도 문학성을 배제하면 감정을 그대로 나열한 것에 불과할 것입니다. 우리말 큰 사전에 사전적 의미의 설명에서 "(…) 개성적, 관조적이며 위트가 있어야 한다"는 대목을 잊어서는 안 될 것입니다.

이미 많은 강조가 되어 온 문체 이야기 중에서도 무엇보다도 기지가 넘치고 유머가 있어야 합니다. 또한 냉철한 비평 정신에 의한 오늘과 내일의 지표가 되어야 한다고 하지만 속기俗氣적이며 잡기적인 것이 아닌가에 염려됩니다. 따라서 현재의 수필 주소는 드라이하고 디아스포라 현상이 되어 가는 것 같습니다.

아무리 무형식의 자유로운 산문이라도 수필을 책임 없이 발표할 경우, 너무도 범람한 것으로 보이기 때문입니다. 말하자면 붓 가는데 향해 쓰는 글이 수필이라는 미명 아래 문학성이 저조한 것이기 때문입니다. 특히 수필도 이미테이션 또는 절절窃節 현상이 나타날 경우는 본인의 지성이 아니기에 스스로 졸렬 격이 될 수 있습니다.

2. 수필의 본모습은 수필이 말한다

2-1. 수필은 은유를 통한 형상화形象化는 필연적 조건

수필은 이미 연구자들의 주장을 살펴보면 정의된 것은 미셀러니(Miscellany)와 에세이(Essay)로 나누고 있습니다.

에세이도 포멀 에세이와 인포멀 에세이로 나누기도 합니다. 이를 우리 문단에서는 중수필과 경수필로 나눕니다. 그렇다면 지금 우리나라가 말하는 수필은 주로 경수필적입니다. 주로 감성적인 담수淡水 같은 거, 인생의 향기 같은 거, 사색의 반려자, 입가의 미소, 경구警句적이면서도 정서적인 면이 돋보입니다. 그중에서도 신변잡기적인 것을 시적 서정적으로 표출하되 주관적, 사색적인 면을 강조한 이양하, 이희승, 양주동 학자들이나, 김광섭 시인이 정의한 시필試筆, 피천득의 청자연적靑瓷硯滴이나, 그 외에 분들이 마음의 산책, 독백, 곶감의 시설枾雪이라고 지적하는 주장에도 일부 동의합니다.

그러나 수필은 시간과 공간을 아우르는 장르이기 때문에 정의하기는 애매모호하다고 봅니다. 무형식이나 단편 간결성의 산문이라는 정의에도 동의는 합니다만 반드시 그렇다고 단정하는 것 또한 생각해 볼 일입니다.

앞으로 엑스 스페이스 용어의 사용처럼 우주적인 것, 바로 미래지향적인 고향 코스모스 같은 장르라고 주장하고 싶습니다.

그렇다면 간략하게 수필의 변천사를 짚어 보고자 합니다. 옛 문헌에 수필이라는 용어 사용은 중국의 당나라 시인 백거이(白居易, 772-846) 글에서 '隨筆'이라는 글자를 볼 수 있는데, "시를 짓는 것도 수필처럼 써야 한다(시작마제수필엽감응시반굉비 詩作馬蹄隨筆獵酣鷹翅伴觥飛)"는 것입니다. 이미 수필의 정의는 거기서부터 맥락으로 하여 중국의 남송에 살던 홍매洪邁의 글《容齋隨筆》에서 본격화되는 기록이 있습니다.

한편 서양에서는 프랑스의 사상가 몽테뉴(Montaigne, 1533~1592)가 그의 에세이《수상록》에서 문학성을 인정받음으로써 영국의 베이컨(Bacon Francis, 1561~1626)에 의해 영국으로 도입되는 등 현대적 수필은 높이 평가되고 있습니다. 에세이(Essay, 試金, 試驗의 뜻)란 프랑스어입니다. 대강大綱 말하면 콩트적인, 스토리텔링적인, 사건적 독백과 유머가 함께 내포된 현실성과 문학성이 동시에 빚는 문학적 문장이라고 말할 수 있습니다.

이에 따른 수필문학사의 발자취를 보면 다양성의 수필 변종이 동서를 막론하고 확장되어 오늘에 이르고 있습니다. 수필 종류에 속하지 않은 수필 재료들은 지금도 여러분들을 기다리고 있습니다. 우리 문학사에 나타난 수필의 발자취는 근대에서는 서양의 영향을 받았지만 우리나라는 예부터 수필류가 존재하고 있었습니다.

이미 기록에 따르면 고조선, 삼국시대로 거슬러 올라가서 우선 비문碑文 중에서도 고구려 광개토대왕릉비를 포함하여 신라 후기 고운孤雲 최치원崔致遠 선생이 쓴 지석誌石[1]에도 발견됩니다. 고려 때는 이제현李齊賢의《역옹패설서문 櫟翁稗說 序文》, 이규보李奎報의《백운소설白雲小說》·《남행월일기南行月日記報》를, 조선시대에 와서는 서거정徐居正의《필원잡기筆苑雜記》, 이민구李敏求의《동주집東洲集》[2]에 있는〈독사수필讀史隨筆〉, 조성건趙成乾의〈한거수필閑居隨筆〉, 연암燕巖 박지원朴趾源의《열하일기熱河日記》중의〈도강록渡江錄〉과〈일신馹迅〉등도 포함시키고 있습니다.

그렇다면 장계狀啓 등 사건적 기록문, 비문, 일기문, 기행문, 내간문, 담화체, 칼럼, 신문 사설 등 논변, 서약서 등 잡기, 발인제의 조사, 찬송 등을 포함한 길흉사 축문 할 것 없이 수필 종류로 분류하는 것을 되새겨볼 수 있습니다.

수필은 문학 장르로 자리 잡은 이상, 아무래도 단상, 편편 상, 수상에의 자유로운 무형식이지만 경수필의 경우, 문학 예술성이 함축되었을 때 이들이 포함된다고 봅니다.

말하자면 수필도 모든 문학 장르처럼 은유(Metaphor)를 통해 형상화되어

---

1) 고운 최치원(법명; 무염)〈海印寺妙吉祥寺塔記〉: 신라 제51대 진성여왕 9년(896)에 승려와 군인들이 56명이 전사, 호국한 진혼탑鎭魂塔의 문장/ (진성여왕에 대한 성군 찬양비(국보 제8호): 충남보령 성주면聖住面 성주사에 있는〈郎慧和尙白月寶光塔碑文〉(891~888)☞'낭혜'는 진성여왕이 내린 시호諡號다.
2) 1780년 연암燕巖 박지원(44세)이 삼종형님 박명원朴明源따라 중국 연경을 살펴본 견문록인데, 수필 형식으로 쓴《열하일기》에 있음.

야 본모습이라고 봅니다. 알베레스(Albres, R. M)도 지적한 "수필은 지성을 기반으로 한 신비적인 이미지로 쓰이어진 것이어야" 한다는데, 가 주장한 '이미지'에 대하여 일부 동의는 하지만 반드시 그렇지도 않을 수 있습니다.

2-2. 수필은 미래의 고향편지처럼 읽혀져야

앞의 서론에서도 지적했지만, 수필은 '오늘과 내일의 지표'가 될 수도 있으나 반드시 그렇지는 않습니다. 필자는 '미래의 고향 코스모스나 들국화 같은 장르'라고 봅니다. 이에 따라 정서, 설화, 대화를 막론하고 창작적 변용이 무형식적 자유로의 길은 경수필이든 중수필이든 자신이 해방된 지적 작용에서 형상화가 되어야 할 것입니다. 또 수필은 벽 너머의 창이 있습니다. 색깔은 독특하지만, 투명함으로 우주적이기 때문입니다.

에세이라도 역사의 변곡점에서도 동시대의 모습을 한 폭의 수채화로 그려낼 수 있습니다. 물씬한 담채에서 자신의 정서를 들여다보는 창을 열 수 있습니다. 바로 자신을 포용하는 희열은 시 작품보다 더 강렬합니다.

이러한 아우라는 무의식의 모습과 같습니다. 알파입니다. 실재계의 퍼즐 같기도 합니다. 다만 내용만 있던 것들이 나의 모습으로 움트는 것을 볼 수 있습니다. 무의식적 환상(Phantasy)으로 다가와야지 몽상(Fantasy)적으로 다가와서는 안 될 것 같습니다. 내면이 시간과 공간을 보여주고 그때의 기억들이 나에게는 질문자가 되어야 합니다.

나의 진술들은 진솔하게 고백하되 역시 형상화를 통해 잉태되어야 합니다. 그럴 때 자연적인 온기가 나를 확신시켜 주는 것입니다. 스스로 찾는 나무의 가을 열매를 보는 순간을 포착해야 할 것입니다. 자아의식을 전개할 때 현실과 꿈을 공유하게 됩니다.

그렇다면 수필은 명백한 그림자를 갖고 있습니다. 명암은 분명하지만, 호수 속에 하늘과 산그늘이 겹쳐지는 아름다움이 더 경이롭습니다. 거대한 입술과 입맞춤하는 순간을 놓쳐서는 안 됩니다. 흰 구름과 회색 구름이 학으로 날아오르는 날갯짓일 수 있습니다.

수필은 갈림길에서도 재현 능력을 갖춘 응시작용입니다. 말하자면 창조하는 눈동자가 말하고 있는 것과 같습니다.

이러한 수필의 경지는 하나로 귀결하는 나를 잉태합니다. 만들지 않아도 죽음 충동 속의 삶은 숭고함에서 만나는 것으로 생각합니다. 수필을 써야 하는 동인動因이 못 배길 때의 써 내려가는 몸의 시학입니다.

그러므로 수필은 위장된 관념의 나열에서 벗어나야 사고思考가 몸 안의 어떤 계곡에서 녹아 흐르면서 생동하는 그 의미의 세계를 구축하는 것입니다. 물론 유머와 해학들이 이미지화되면 자아는 자신을 분리하면서 모든 것을 껴안음과 동시 확장됩니다. 프랑스의 자크 라깡이 말한 것처럼 "나는 나를 생각하지 않는 곳에 존재한다"는 거와 같습니다. 그러니까 존재의 중심은 그곳에 있어야 자기의 거울이 아닐까 합니다. 말하자면 수필은 어떤 점에서 발아하는 인간 고유의 순수성이 토로되어야 합니다. 위장된 진실보다 그대로 보여주는 존재가 움직이는 그곳에 있어야 합니다. 자기의 생각을 붓으로 옮기기 전에 우주의 진실을 거울에 비춰 주는 바로 그 모습이 아닐까 싶습니다.

그러나 위장된 진실이란 겉으로 위장한 위선자는 수필 세계에서 떠나야 합니다.

쓰는 자의 일상 행동과 마음이 합일하지 않고 거짓으로 위장하는 인간들이 항상 씁쓸하게 하기 때문입니다.

수필은 수필로 말하기 때문에 심성을 먹고 사는 본성이 진솔해야 합니다. 미래의 본래 모습이 문학성을 갖고 있어야 할 것입니다.

3. 항상 나를 어느 곳에서 만나야 하는 사랑방 손님

수필도 문학 장르인 이상 어떤 억압으로부터 자유와 해방감을 전제하는 자기의 깃발입니다. 그렇다고 깃발의 고고함으로 필력을 다룰 수는 없을 때 갈등은 필연적입니다.

전술한 것과 같이 형상화를 위해 진실한 이미지들이 작열해야 파란 불꽃(Blue light)을 볼 수 있을 것입니다. 뇌 과학자들이 말하는 '순간 2초에 각성 뇌파를, 그 망막을 뚫고 뇌를 파고드는 것과 같습니다. 1천억 개의 뉴런과 그 접속 부위에 있는 시냅스로 이어진다는 것'과 다름없습니다.

의식과 무의식의 공통요소가 허구적인 장면이나 서사가 될 때 위험요소가 아니라 상상력은 현실을 향해 날갯짓하게 될 것입니다. 따라서 수필의 예술성은 무형식적이면서 구술하는 언어 자체가 갖는 문학성이 전제되어야 한다는 것은 수필 쓰는 분들의 공통적인 회로입니다. 바로 수필의 생명력입니다.

상징적 이미지가 도입될 때에도 대상이 갖는 정액의 거품이 아니라 그 기질적인 개성이 절대 요구되어야 한다고 봅니다. 아리스토텔레스가 말한 "위대한 인물들이 공통으로 발견되는 검은 담즙의 활발한 분비"를 보여줘야 합니다.

어쩌면 그것은 독일의 철학자인 셸링(F.W.J.Shelling)이 말한 "알파가 갖는 무의식이요, 오메가가 갖는 자신의 충만한 의식상태"일 수 있습니다. 그가 주장한 철학의 중심이 되는 "인간 자유의 본질" 또한 내포해야 합니다. 이러한 다의적인 요소들이 동시성을 갖고 빚어져야 합니다.

결론적으로 수필 역시 시작법과의 진실과 불가분이기에 무엇보다 형상화는 숙명적이어야 합니다. 그렇다고 순수한 창작문학을 말하는 것은 아닙니다. 미사여구를 사용하라는 것은 더욱 아닙니다. 신비한 절대 현실과 꿈이 있는 그대로의 존재, 그 모호하면서 빛나는 관조, 사실은 존재의 변용이 물씬한 맛으로 감쳐 오는 절묘함이 있어야 합니다. 바로 진일보한 수필의 진수라 할 것입니다. 사라져가는 누에가 애벌레가 되어 누에 고추에서 나비가 되기 직전의 인간이 발견한 슬기적인 기법으로 담백한 가시적 표출은 어찌 우직한 안타까움만이라고 하겠습니까!

불꽃으로 검은 꽃잎마저 생각하기 전의 빛과 빛으로 창조하는 저 변화무쌍한 모습에도 몽테뉴의 주장처럼 "의심하는 상태"를 함의해야 합니다.

어쩌면 불 켜지 않아도 환한 사랑방 손님을 맞이하는 눈빛입니다. 새어 나오는 밝은 빛은 그림자 없는 시작이기에 시작은 수필의 붓입니다. 수필은 모든 문장의 날갯짓이기도 합니다.

문학 수업으로 앓는 병

1. 나의 문학 수업 방향

나의 문학 수업은 주로 오브제 α와 시각콜라주와 언어콜라주에서 들춰낸다. 무의식을 통한 자동기술법自動記述法으로 에스프리 하는 경우가 많다. 물론 회화도 많이 활용하는 기법이지만 지금은 모든 영역에서 활용하는 기법이다. 그것이 대상으로 다가올 때 변증법으로 전이되기 때문이다.

여기에 새로운 상상력을 동원하기 위해 대상을 변용하지 않으면 안 된다. 이러한 모티프들은 내가 다가가는 것이 아니라 스스로 오는 어떤 찰나에 내가 포착되어야 한다. 생각은 전광석화電光石火이어야 한다. 설령 그것이 나를 위협하고 파멸로 이끌더라도, 아니 내가 오인誤認하는 어떤 시점에서도 그러한 대상에서 얻어지는 것들을 변용하는 상상력만이 나를 존재케 한다.

바로 그러한 고뇌와의 싸움은 은유와 환유에서 발생한다. 새로운 형상화들이 파편화되었지만 온전하면서 낯설게 보이는 것이다. 그렇다면 나의 문학 수업에서 가장 절실한 것은 변용이므로 전혀 의미를 위해서는 생성에너지 덩어리들이 달려와 껴안으며 말하는 것을 낚아채야 한다.

그들을 적당한 거리와 공간에 만남을 제의해야 한다. 그러나 가공해서는 안 된다. 각자의 독창성들이 자기들의 위치를 갖도록 해야 한다. 만약에 시 짓기를 해도 그들 스스로 조합하여 전혀 다른 모습으로 걸어올 때 만나야 한다. 내가 서둘면 허황해질 뿐이다. 그러한 허망에 헤매면 그것은 더욱더 결핍을 불러온다. 물론 결핍은 욕망에서 오기 때문에 더 이상 나아가면 죽음의 실체를 보는 것이다. 자크 라캉이 주장하는 실재계에서의 문학 수업은 이러한 유혹에 빠져 헤어날 수 없게 될 수도 있을 것이다. 찾아오는 생경한 이미지 변용을 만날 수는 더욱 불가능하다. 우연 일치와 객관성이 있는 느긋한 어느 날의 만남은 그들이 만들어 주기 때문에 기다려야 한다. 기다릴 때 그들이 오는 통로를 살펴봐야 한다. 왜냐하면, 오지 않는 때가 수두룩하다. 다만 나의 의식(자아)과 무의식의 합의가 앞당길 수 있도록 일치해야 가능하다. 일치할 때 무의식이 의식으로 위장하기 때문에 의식이 에스프리 한다. 그곳에는 현실과 꿈이 공존하기에 어떤 경우에도 스스로 변용된 형상화가 뚜렷해야 식별가능하다.

무의식도 언어로 구성되어 있고 은유와 환유로 되어 있기에 정신분석학적으로도 현실적이다. 보는 것이 아니라 보이는 것을 만나야 한다. 이미 타자들이 모두 소진한 사어死語들을 내세워서 구사하는 헛짓은 타자들이 먼저 알고 웃고 있다. 차차로 모방을 부르짖던 플라톤의 주장도 웃음거리가 되는 것 같다.

그러한 통로가 열려 있는 길을 걷기가 쉽기에, 그곳으로 치우쳤는지 그만큼 인류 문화 발전이 더딘 것도 사실이다. 아리스토텔레스 주장을 선택하지 않는 자들이 플라톤 편에서 쉽게 이해하여 왔기 때문이기도 하다.

쉽게 이해하니까 아무나 문학을 하면 되는 줄 알고 문학예술을 예사롭게 대한다. 오히려 경시하며 가짜작가들이 기성작가처럼 행동하며 감정을 토로하는 시나 어떤 한 대목의 구절을 들춰낸다. 상대자를 오히려 가스라이팅으로 사냥하고 있다. 따라서 문학예술을 끌어내리고 스스로 짓밟는 대중문화 속에서 주인공이 된다. 통속화하고 말았다.

그러나 고독한 창작을 선택한 사람들은 항상 꿈을 놓치지 않고 끝없이 도전을 감행하는 자들의 승리에 박수와 갈채를 보내는 것은 우리가 바라는 공감대가 아닌가.

2. 오직 독창성을 위해

문학의 본능은 감추는데 있기 때문에 발가벗겼다고 그 실체는 드러내지 않는다.

그럼에도 불구하고 감정이입이니, 감성적인 공감대니 하면서 호소력을 요구하며 시의 본질을 왜곡시키고 있는 자가 없지 않다. 그러나 문학예술은 예술성을 잃지 않고 나를 기다리고 있는 고독한 침묵에 휩싸여 있다.

예술은 언제든지 내면 중심 잡기(Contemplation)하면서 변용을 원하는 자들을 사랑한다. 문학예술은 언어를 통해 표출하기 때문에 그 숨은 비밀을 만나야 스스로 그 전신을 보여줄 것이다. 소나무도 그 두꺼운 껍질을 벗어야 살 수 있듯이 벗어야 자기를 볼 수 있다. 자신이 거울이기에 비춰보면 보는 만큼 분별이 생긴다.

예를 들면 시각콜라주도 동시성을 갖기 때문에 병치된 제3의 이미지들이 역동적일 수 있다. 조각난 파편으로 구성된 이미지들이 살아서 돌아왔을 때 움직이는 의미가 타자들을 향해 형상화를 보여준다.

흡족한 의미를 꿈이라 해도 좋다. 타자가 곧 자신이기에 시 창작일 경우에도 꿈과 현실이 동시성을 갖고 존재한다. 안으로 들어가는 문보다 옆문이라도 빛이 닿는 문을 열어야 내가 밖으로 향하는 길을 볼 수 있다. 내가 보이기 때문에 대상들을 만날 수 있다. 그 구별되는 신선함에서 메타를 달리할 수 있다. 반드시 거기에는 물음과 답이 있다. 이러한 작동을 돕는 것은 무의식이다.

무의식이 의식으로 변용할 때 진솔한 참마음이 시어를 가리킨다. 화두가 분명하면 우주의 소리도 직접들을 수 있을 것이다. 이때 아무도 생각할 수 없는 영역에서 선택된 자가 예술인이 될 수 있을 것이다. 말하자면 한마디로 독창성을 갖는 자가 예술의 생명력을 잃지 않는다.

그렇다면 예술의 생명력을 위해 이미 지적되고 있는 시대착오(아나크로니즘)적인 것에서 다시 태어나는 기회를 얻을 수 있다.

다만 심리적 퇴행에서 원시적 상태로의 회귀적 파시즘과 패션의 바깥 틈새가 아닌 내부로의 틈새에 기생하는, 이미 트라우마로 부활하는 감성의 파열과 그에 대한 심리적 지각변동이 엑스터시 현상을 일으키는 순간 폭발력을 볼 수 있다. 타자들이 보편성에 머물 때 해괴한 짓 즉, 언캐니(Uncanny)한 생각에 몰입해야 시대착오적인 생각이 가능할 것이다.

다시 말해서 해마의 신경 회로의 활동 양상이 활성화된다는 것이다. 문제는 시냅스의 메커니즘에서 컴퓨터의 영역 밖을 산책할 수 있는 신비감에 도취된다는데 동의한다.

호주인으로 작가이자 화가인 폴 호건(Paul Hogan, 1939. 10. 08~)의 말처럼 "존재하지 않는 것을 상상할 수 없다면 새로운 것을 만들어낼 수 없으며 자신만의 세계를 창조해내지 못한다면 다른 사람이 묘사하고 있는 세계에만 머무를 수밖에 없다"라고 말했다. 전술했지만 존재하지 않는 영역을 갖게 될 때 예술의 생명력은 살아남을 수 있다. 이러한 접근은 무엇보다 상상력 속에서 얻어지는 직관력을 통해 가능하다. 시냅스 신경망을 반복적으로 흔들어야 기억되는 그곳에서 새로운 것을 만날 수 있다는 데 동의한다.

자신부터가 한 자연이기에 그들과의 교신은 이루어질 것이다. 즉, 인간의 감정은 장소에 이입되면서 유대관계를 형성하게 된다. 피와 살이 하나가 되어 착근着根해야 자신의 정체성이 보이는 것이다. 골똘하게 파고들면 보이지 않던 대상이 다가오는 것이다. 바로 그것이 형상화 과정이 아닌가. 그들은 나침판 역할을 한다. 말하자면 지침을 준다. 타자들의 생각 밖에서 뿌듯한 예술작업을 하는 것이다. 스푸마토도 먼저 창조성이 되듯이 생활은 항상 더운 피가 흐르는 것이다.

타자들이 킬킬대도 먼 곳 바라보는 안목이 바로 창조력을 키우는 지름길이다.

이처럼 이곳은 정감이 사는 동네가 토포필리어(Topophilia)다. 시골 햇살의 뜻이 모성애(Maternal Love)라는 것을 비로소 알게 된다. 시골 햇살이라면 그냥 시골에 사는 대칭으로만 생각하게 되니 어찌 자기가 어떤 사람인지 부끄러울 뿐이다. 이곳에는 초월이 아닌 절대 현실이 있고 꿈은 나무 숲으로 형상화될 수 있다.

만약 시인이 되려면 시를 억지로 쓰려고 애쓰면 시는 더 어려워진다. 시가 스스로 다가와서야 시가 탄생이 되는 것이다.

감정이입으로 달려들어 시를 쓰는 줄로 착각하면 기초가 없는 작가들은 거기에서 그치고 만다. 낡은 외투를 입고 혀로 핥는 흉내 내기에 그친다.

참으로 황당하지 않은가. 있는 그대로 듣는 자가 옮기는 작업은 더 무겁다는 이야기는 회자膾炙된 지 오래다. 그럼에도 엉터리 포엠 패스토들은 시를 판매부터 서두는 꼴불견들이 얼마든지 있다.

금방 반짝하는 예술인들을 보면 전혀 다른 데에서 탐욕을 구하고 있는 것 같다. 암컷 짐승들이 알을 낳지 못하면 팔아 버리지 않던가.

3. 예술인의 성찰과 육성 방안

모든 예술인은 겉은 멀쩡하지만 무슨 병인지 몰라도 앓는 병으로 산다. 신의 죽음을 보지 못한 만큼이나 앓는다.

주체를 해체하지 못한 어떤 질문에도 대답하지 못한 것에서부터 자신이 뭔가를 모르는 병으로 산다. 반 고흐의 뇌의 질환이나, 니체의 발작은 물론 피카소의 ADHD처럼 발작한다. 정지될 수 없는 목마름이 갈증하는 것이다. 거기에 있는 대상을 두고 붙잡지 못하는 병을 심하게 앓다가 죽어간 예술인들의 불행은 역시 존재성으로 말미암은 것이다.

언제나 기다리면서 저만치서 부르기를 바라는 간극은 무한대이기에 나의 발원은 존재를 향해 미쳐 버리는 것이다. 바로 마니아가 되어야 하는데도 예술인이 된 것처럼 거들대는 모양새를 볼 때 오히려 보는 자가 부끄러움이 앞선다. 이러한 글은 물론 나를 두고 제3자의 행태로 쓰는 것임을 밝혀두면서 나는 일상을 껴안고 앓고 있다.

혹자들은 문학 작품집 한두 권으로 시인의 존재를 건다고 선전하지만 앞에서 지적한 것처럼 알 몇 개를 낳았다고 존재성이 내세워질 수 있을까? 알을 낳지 못하는 암컷의 마음을 이해해 주는 분석법도 있다.

하지만 전 근대적인 발상은 이미 예술성의 샘물은 마른 지 오래로 보인다. 그렇다면 잣대를 댈 수 없는 어떤 세계를 논하는 것도 뭔가 서운한 것이 전혀 없지는 않다. 거기서 기다리다 거기에 있는 대상을 만나지 못한 안타까운 손짓을 워크숍에 초대되기도 할 때 그것으로 단정 짓기란 미흡하다.

또한 남의 글을, 특히 묵묵히 쓰는 작가의 글을 찬절하여 자기의 발상으로 발표하는 탈바가지들이 간혹 있는 것 같다.

일명 정치예술인들은 물론 엉터리 작가들로 보인다. 허울 걸친 유명세마저 얻어 낸, 이름 떨치는 자들의 행세는 앞다퉈 발표한 작품을 보면 지혈자가 없어 안타까울 뿐이다. 원본이 없는 가짜들의 행세를 자행하고 있다.

그런데 이상하게도 그 사람 하면 열광적으로 환호하는 자들이 더 우습다. 그런 사람들은 온 들판을 쏘대어 다니면서 순수하게 글 쓰는 이들을 폄훼하는 것도 전혀 없지 않은 것 같다. 기생충 알을 낳아 더불어 이끌고 있는 현주소가 오늘날 우리 예술의 커다란 문제점으로 부상되고 있다.

하루빨리 이름 없이 묵묵히 창작하는 예술인들을 보호하고 깊이 있는 작품 세계를 예의주시해야 서로가 생존할 수 있다.

끝으로 변방에서 어려운 삶을 이끄는 예술인들의 예술작에 얼마만이라도 창작지원금제도를 지방자치단체가 과감히 신설했으 한다. 유명 예술인들의 축제에만 너무 치우치는 경우가 엿보이는 것 같아서다.

예술은 생산적인 진화가 절대 필요하다 악한 개인적 작가의 어려운 경제를 매년 분기별이라도 해결해 준다 선정된 해당자들의 창작 의욕도 배가 될 수 있을 것 같다. 물론 적으로 권위가 있는 심의위원들로 구성된 위원회에서 대상자를 선정다면 앞으로 미래지향적이 아닐 수 없다.

제4부

기존 연구사 재검토 요약

■ 기존 연구사 재정리를 위해 상호텍스트성적 연구에서 종합적으로 비교 분석하여 연구한 결과물이다. 그래서 기존 연구사를 재검토, 주장의 필요에 따라 의견일치 때는 동의하여 그대로 인용한 경우가 없지 않다. 다만 로트레아몽처럼 이미 발표된 텍스트를 어떤 경우라도 새로운 기법으로 변용시켜 필자의 관점을 달리하려고 노력했다.

李奎報 문학세계 小考

1. 들머리

이규보李奎報는 고려高麗 의종毅宗 22년(1168) 12월 16일 계묘癸卯에 태어나서 고려 고종 28년(1241) 09월 02일 74세로 수壽했다. 그해 12월 06일 경인庚寅에 길상면吉祥面 진강산鎭江山 동록東麓에 안장이 됐는데, 현재 강화읍에서 전등사로 가는 길목 목비木碑 고개에서 숲 쪽으로 300미터쯤 가면 임금이 문순공文順公이라는 시호諡號를 내린 이규보 선생(이하는 이규보라 한다-필자)의 묘墓가 있다.

이규보는 53권의 문집을 남겼는데 200수首가량의 시와《동국이상국집東國李相國集》과《백운소설白雲小說》등 700여 편의 산문과 논문이라 할 수 있다. 작품의 방대한 양적이나 수준 높은 문학성은 물론 시대적 상황을 극복한 그의 사상은 고려중기의 위대한 문장가요 정치가로서 인중용人中龍이라 할 만한 평을 받았다.

이규보의 첫 이름은 인저仁氐, 자字는 춘경春卿, 호는 백운白雲·백운거사白雲居士 또는 금琴, 시詩, 주酒, 삼물三物을 혹호酷好하여 '삼혹호三酷好' 선생이라 스스로 호를 지었으며, 또 남헌장로南軒長老라고도 했던 황려현黃驪縣 사람이다.

그는 어려서부터 총명하여 9세 때 이미 글을 짓고 당시 사람들은 기동奇童이라 불렀으며, 경經, 사史, 백가百家, 불佛, 노老의 글을 모두 기억했다 한다. 그는 또한 명종 11년, 13년, 15년에 사마시司馬試에 응시하였으나, 3번 모두 낙방하였다. 그러나 명종 19년(1189) 그의 나이 22세 되던 봄에 사마시에 응시하여 장원급제했다. 또 이듬해인 명종 20년(1190)에 나이 23세 되던 6월에 예부시禮部試에 응시하여 동진사同進士로 급제했으나 성적이 열등하여 합격을 사퇴하려 했으나 엄군嚴君으로부터 준절한 꾸짖음도 뒤따르고 전례도 없었기 때문에 사퇴하지 않았다.

그러나 관록官祿할 자격은 갖췄으나 40세 되던 해 직한림원直翰林院으로 보직되기까지 17년간은 실의와 좌절의 공백 기간이라 할 수 있었다. 이때 스스로 호를 백운이라 짓고 두문불출하여 학문에 힘썼고, 죽림칠현 등 이름난 문인들과 넓게 교유하면서 그가 주옥같은 시와 문을 남기기도 했다.[1] 먼저

---

1) 辛亥(1190, 大金 明昌, 明宗 20) 24세 때 가을 8월 아버지 喪을 겪었다. 천마산에 임시로 거처하면서 스스로 호를 '白雲居士'라 짓고 〈天磨山詩〉를 지었다. 壬子(1192, 明宗 3, 明宗 22) 25세 때 〈白雲居士傳〉〈白雲居士語錄〉을 지었다. 癸丑(1193, 明昌 4, 明宗 23) 26세 때 百韻詩를 지어, 侍郎 張者牧에 올리자 張公이 厚하게 대해주고 늘 술을 준비 함께 마셨다. 4월에는 〈舊三國史〉를 접하게 되어 東明王 事績을 읽고 기이하게 생각하여 古詩를 지어 그 특이함을 적어 놓았다. 甲寅(1194, 明昌 5, 明宗 24) 27세 때 〈論潮水書〉를 지어 東閣 吳世文에게 주었고, 〈天寶詠史詩〉 43수를 짓고 모두 注를 붙였으며, 또한 〈理小園記〉를 지었다. 乙卯(1195, 明昌 6, 明宗 25) 28세 때 〈和吳東閣三百韻〉 詩를 지었다. 丙辰(1197, 明昌 7, 明宗 26) 29세 때 4월 京師에 亂이 일어나 妹夫가 남쪽 黃驪에 유배되어 5월에 公이 누님을 모시고 찾아갔다. 이해의 봄에 어머니께서 막내 사위가 원으로 나아가 있는 尙州에 머물고 계셨으므로 6월에 黃驪로부터 尙州로 가서 찾아뵈었으며, 寒熱病에 걸려 몇 달 동안 고생하다가 10월에 이르러서야 회복되었다. 詩集 中에 〈南遊詩〉가 90 餘首나 되는데 黃驪와 尙州에서 지은 것들이다. 丁巳(1197, 承安 2, 明宗 27) 30세 때 (前略-필자) 시집에 있는 〈上趙令公詩〉에 이르기를, "昔見銀盃嘗羽化, 즉 옛글에서 은잔이 날개가 달려 날아간 기록을 보았는데," "金閣簫子忽登仙, 즉 이제 차자가 갑자기 신선이 되어 사라진 소문을 듣게 되었네." 하자, 선비 중에 嘆하지 않은 자가 없었다. 또 〈上趙太尉書〉를 지어 그 사유를 밝혀 달라고 호소했다. 戊午(1198, 承安 3, 神宗 1) 31세 때(다른 기록 없음-필자). 己未(1199, 승안 4, 神宗 2) 32세 때 5월 知奏事相公(後에 晉康公이 됨) 집에 千葉榴花가 활짝 피자 빈객들을 불러 감상하면서 詩人 李仁老 咸淳 李湛之(湛담:'잠'의 本音-필자)와 公을 불러 시를 짓게 했다. (중략) 여름 6월 '頒政에 全州牧司錄 兼 掌書記에 임명되어 9월 全州에 부임하였다. 이 해에 지은 古律詩 가 無慮 15, 6首다. 庚申(1200, 承安 5, 神宗 3) 33세 때 역시 이 해에 지은 것이 무려 30餘 首이다. 겨울 12월에 被廢되어 全州로부터 떠났다. (모함에 대한 것은 중략-필자) 떠나서 廣州에 이르러 마침 연말을 맞이했는데 妻兄 晉公度가 書記 되어 그의 집으로 맞이하여 춤으로 연말을 보내면서 시 한 수를 지어 주었는데 그 首句에 "偶露微祿官江南, 즉 우연히 하찮은 관직으로 강남에서 벼슬 살았네"다. 辛酉(1201, 承安 6, 神宗 4) 34세 때 봄 정월에 廣州에서 돌아왔다. 여름 4월에 竹州로 가서 어머니를 맞이하여 開京에 도착했다. 이보다 앞서 姊兄이 黃驪에서 竹州監務로 보임되자 누님과 어머님이 그 任所로 가 있었는데 이 해인 4월에 어머니가 개경으로 돌아오시고자 하심으로 공이 맞이하여 온 것이다. 〈遊竹州萬善寺〉 詩가 있는데 이때 지은 것이다. 5월에는 〈四輪亭記〉, 6월에는 〈南行記〉와 〈自竹州舁母赴長安〉 시를 지었는데 이 일을 기록한 것이다(＊舁는 마주을 '여' 또는 마주을 '거'임-필자). 壬戌(1202, 泰和 2, 神宗 5) 35세 때 여름 5월에 모친상을 당했다. 12월 동경(東京-慶州)에 도둑 떼 반란으로 종군하였는데, 兵馬錄事 겸 修製員이 되어 淸州에 머물 때 〈幕中書懷〉를 古詩 18韻으로 지었고, 尙州에 머물 때는 〈觀金上人草書〉를 古詩 15韻으로 지었다. 癸亥(1203, 泰和 3, 神宗 6) 36세

이규보의 삶과 문학을 살펴보겠다.

2. 이규보의 삶과 문학

이규보의 삶과 문학 일대기를 현재까지 이규보의 생애를 연구한 연구 자료[2]를 중심으로 대강 살펴보면 이규보가 태어난 후 23세에 진사시進士試에 급제하기까지를 첫째, 학습기學習期, 과거 합격 후 벼슬 얻기 위해 방황하던 40세까지를 둘째, 이양기頤養期, 직한림원直翰林院으로 시작하여 70세로 치사致仕하기까지를 셋째, 권보기權補期, 나이 많아 퇴임한 후 74세로 수壽하기까지를 넷째, 치사기致仕期로 구분했다. 그렇다면 그동안 인생관의 형성 과정을 열거해 보기로 하겠다.

첫째, 학습기學習期는 앞에서 논급한 것을 14세 때를 기준, 살펴보면 최충이 세운 '구재九齋'의 하나인 문헌공도文憲公徒 '성명재誠明齋'에서 수업받게 된다. 구경삼사九經三史는 물론 시시詩試를 학업하였고, 해마다 하과시夏課時에 각촉점운刻燭占韻하는데, 급작시急作詩를 짓게 할 때(15세 나이) 1등으로 뽑혀(〈內直玉堂詩〉 등), 선비들의 주목을 받게 되었다고 한다. 그러나 세 번이나 사마시司馬試에 응시했지만 낙방했다가 비로소 22세에 장원壯元하였다. 그러나 23세 때 진사시進士試에 '동진사同進士'라는 제일 하등급 매김으로 불만이었지만 관계官界로 나갈 수 있게 되는 자격을 갖게 되었다. 이러

때 東京 軍幕에 머무는 2월 〈上都統副使書〉를 지었으며, 古詩와 律詩를 무려 10 여수나 지었다. 甲子(1204, 泰和 4, 神宗 7) 37세 때 3월 군사가 승리하였으므로 開京으로 왔는데, 다수 군사들이 상을 받았으나 공은 받지 못해 시집에 "獵罷論功誰第一 至今不記指縱人, 즉 사냥은 파했는데 공을 논함에 누가 제일인가/지금까지 지휘한 이를 기억하지 않나니"가 있다. 乙丑(1205, 泰和 5, 熙宗 1) 38세 때 〈上崔相國說求官〉를 지어 올렸다. 丙寅(1206, 泰和 6, 熙宗 2) 39세 때(그냥 나이만 기록되어 있다—필자).

2) 金鎭英, 《李奎報研究》, 修學期(出生~22세)/不遇期(~40세)/榮達期(~死亡)로 區分/徐首生, 《高麗朝漢文學研究》, 修學時期(出生~金榜掛名期)/放浪時代(~32세), 初任/折桂時代(~死亡)//張德順, 《國文學通論》, 官職 以前時代/仕宦時代//申用浩 著, 《李奎報의 意識世界와 文學論研究》(國學資料院, 1990. 12. 31).

한 갈등에서 패배주의보다 새로운 세계를 발견하는 등 이규보는 문학작품을 통해 표출하는 인격 형성기라 할 수 있다.

둘째, 이양기頤養期는 이규보가 23세 때부터 속세에 처자식을 돌보는 한편 수양하는 시기라고 할 수 있다. 초기에 하위직을 두 차례나 맡은 일이 있었으나 17년간 직장이 없었다. 23세 든 해 8월에 부친을 잃고 한 가정의 가장이 되었음에도 오세재는 물론 칠현들과 시주詩酒로 달래면서 스스로 호를 '백운거사白雲居士'라 짓고 천마산天摩山에 임시 거처寓居하면서 작시로 소일하기도 했다(25세 때에는 〈白雲 居士語錄〉,〈白雲居士傳〉을 지었다).

이때가 이의민李義旼의 무신 횡포와 폭정시대였다. 세상을 피하여 숨지 못하고 본의 아니면서도 속세에 사는 삶, 즉 육침陸沈과 두문불출이 많았다. 그러나 40세 드는 해 '직한림원直翰林院'에 자리를 얻게 된다.

셋째, 권보기權補期는 40세(丁卯)[3]에 든 이규보가 直翰林院에 권보權補

---

3) 丁卯(1207, 泰和 7, 熙宗 3) 40세 때 겨울 12월 直翰林院에 權補 되었다(이하는 요약한 내용임을 밝힌다: 인물을 추천할 때면 공을 으뜸으로 놓았으며, 晉康侯도 衆人의 뜻을 어기기가 어려워 登用할 생각을 갖게 되었으나 어떤 계기가 없었는데 때마침 茅亭이 건립되자 李仁老・李元老・李允甫 그리고 公에게 記를 짓도록 명하고 儒官宰相 4인에게 평가받도록 한 결과 1등 되자 그 시만을 板에 적어 걸어 놓도록 했다. 12월에 관직에 補하게 되자 〈初入翰林〉 詩 2首 짓고 또한 〈止止軒記〉를 지었다). 戊辰(1208, 泰和 8, 熙宗 4) 41세 때 翰林 權補에서 正式 職員인 眞補가 되었다. 己巳(1209, 泰和 9, 熙宗 5) 42세 때, 庚午(1210, 大安 2, 熙宗 6) 43세 때, 신미(1211, 대안 3, 희종 6) 44세 되는 때(시문이나 별다른 기록이 없다.-본고 필자). 壬申(1212, 大安 4, 康宗 1) 45세 때 正月 千牛衛錄事參軍事에 임명되었고, 6월에 翰林兼官에 결원이 생기자 頒政 때를 기다리지 않고 兼職翰林院에 임명하고 本職은 종전대로다. 〈再入玉堂詩〉 2首를 지었다. 癸酉(1213, 崇慶 2, 康宗 2) 46세 때(年譜 내력을 요약했음-본고 필자) 12월 晉康侯(崔忠獻-본고 필자)의 아들 相國(崔怡-본고 필자)에 의해 술을 반술 되도록 한 후, 琴相國에게 韻을 부르게 하여 '走筆로 40 餘韻에 붓을 멈추지 않자 侯가 눈물을 흘렸다. 물러 나오려 하자 侯가 "뜻한바 말을 하여라"하여 "제가 이제 8품이니 7품을 제수하여 주시면 흡족하겠습니다"라고 했다. 12월 반정에 7품에서 司宰丞에 임명됐다. 甲戌(1214, 貞祐 2, 高宗 1) 47세 때(기록 없음- 본고 필자). 乙亥(1215, 貞祐 3, 高宗 2) 48세 때(요약-본고 필자) 6월 公이 詩를 지어서 參職의 品階를 표하자 晉康侯가 그 詩를 전천(典籤) 宋恂에게 보이면서 上께 고해 批勅 내릴 때 右正言知制誥를 명하자 7월에 〈初拜正言〉 詩를, 10월에는 〈朝享大廟頌〉을 지었다. 丙子(1216, 貞祐 3, 高宗 3) 49세 때(기록 없음- 본고 필자). 丁丑(1217, 貞祐 5, 高宗 4) 50세 때 봄 2월 右司諫知制誥에 임명되고 紫金魚袋를 下賜했다. 이해 가을 公的인 일 때문에 停職되자 公은 〈上晉康侯書〉를 지었다. 戊寅(1218, 貞祐 6, 高宗 5) 51세 때 봄 정월에 左司諫으로 옮겼고 나머지 직책은 그대로이다. 본고는 己卯(1219, 貞祐 7, 高宗 6) 52세 때부터 壬午(1222, 貞祐 10, 高宗 9) 55세까지는 벼슬아치 관계로 年譜 論及을 생

되어 70세⁴⁾까지 치사致仕 기간이라 할 수 있다. 최 씨의 무단정치기였기에 국책에서 대내외의 서류 작성 발송 등을 혼자서 맡아 최 씨 정권에 봉사하는 문장력이 뛰어났다.

략했다. 癸未(1223, 貞祐 11, 高宗 10) 56세 때 겨울 12월 朝散大夫詩將作監에 임명되었고 待制는 그대로다. 甲申(1224, 高宗 11) 57세 때 여름 6월 將作監에 卽眞 됐으며, 겨울 12월에 내년에 실시할 司馬試의 座主가 되자 辭讓表를 지었다. 12월에는 朝議大夫試國子祭酒 翰林侍講學士에 임명되고 知制誥는 그대로였는데 辭讓表를 지었다. 乙酉(1225, 高宗 12) 58세 때 봄 2월 司馬試를 주관하여 試詩로 李惟信 등 16人을 득했고, 十音詩로 安謙一 등 50人을 득했으며, 明經으로 康得熙 등 3人을 득해, 왕께 아뢴 다음 발표했다. 겨울 12월에는 左諫議大夫에 임명되고 나머지는 종전과 같았으나 辭讓表를 지었다. 이 해〈王輪寺丈六靈驗記〉를 지었고 또한 勅命을 받아〈太倉泥庫上梁文〉을 지었다. 丙戌(1226, 高宗 13) 59세 때 겨울 12월 祭酒로 卽眞되었다. 丁亥(1227, 高宗 14) 60세 때(기록 없음-본고 필자). 戊子(1228, 高宗 15) 61세 때 봄 정월에 中散大夫 判衛事에 임명되고, 나머지는 종전과 같다. 여름 5월 同知貢擧로서 春場(禮部試)을 관장하여 李敦 등 31人을 득하고 明經에 鞠愛圭 등 4인을 득해 王을 거쳐 발표했다. 己丑(1229, 高宗 16) 62세 때(기록 없음-본고 필자). 庚寅(1230, 高宗 17) 63세 때 11월 21일에 멀리 蝟島로 유배됐다(이하는 생략함-본고 필자). 辛卯(1231, 高宗 18) 64세 때 봄 정월 15일 고향 黃驪縣으로 量移(유배지를 좀 더 편한 곳을 말함) 됐다. 유배 중에도 和詩와 和韻詩를 남겼다. 壬辰(1232, 高宗 19) 65세 때 己丑年에 王師가 사망했는데 이 해에 門人들이 上께 건의하여 公에게 명하여 碑銘을 짓게 하였다. 여름 4월 관직이 회복되어 正議大夫 判祕書省事 寶文閣學士 慶成府右詹事 知制誥로 임명됐다. 6월에 都邑을 옮기자 公은 江都에 집을 짓지 않고 河陰의 客舍 西廊을 빌어 살았며, 詩 두 首를 짓다. 癸巳(1233, 高宗 20) 66세 때 여름 6월 銀靑光祿大夫 樞密院副使左散騎常侍 翰林學士 承旨로 임명됐다가 아들 涵이 直翰林院이 되어 부자가 같이 근무치 못해 寶文閣學士가 됐다. 8월 樞密院에 숙직하면서 詩 4首 짓다. 甲午(1234, 高宗 21) 67세 때 여름 5월 春場 知貢擧로 科試 주관, 金諫成 등 31人을 득하고, 明經에 李邦秀 등 2人을 득해 발표했다. 겨울 12월 政堂文學 監修國史에 임명되었으며, 王命을 받아 松廣寺 住持 眞覺國師의 碑銘을 지었다. 乙未(1235, 高宗 22) 68세 때 봄 정월 太子大保에 임명됐다. 겨울 12월 參知政事修文殿大學士 判戶部事 太子大傳에 임명됐다. 丙申(1236, 高宗 23) 69세 때 여름 5월 知貢擧로서 春場 科試를 주관, 朴曦 등 29人을 득하고, 明經에 宋克松 등 3인을 득해 발표했다. 겨울 12월 表를 올려 퇴직을 청하자 왕께서 그 表를 宮內에 두고 內寺 金永貂를 보내어 간곡히 말리면서 다시 집무토록 명했다(호적 나이를 줄이겠다는 아이러니가 있다-본고 필자). 그해 11월에 일어나 일을 봤다. 그러나 누차 시를 지어 간곡히 퇴직을 빌었으나, 퇴직치 못해 시 "有面不敢攄, 즉 얼굴이 있어도 감히 들 수가 없고 慚愧己不少, 즉 부끄러움이 이미 적지 않도다"에 대해 12월 守太尉에 임명됐다.

4) 丁酉(1237, 高宗 24) 70세 때 가을 7월 칙명을 받들어〈東宮妃主謚哀冊〉을 지었다. 公은 다시 表를 올려 퇴직하기를 매우 간절히 빌었다. 겨울 12월 金紫光祿大夫守大保門下侍郎平章事 修文殿大學士 監修國史 判禮部事 翰林院事 太子太保 벼슬에서 물러났다. 또 이 해에 칙명 받들어〈大藏經刻板君臣祈告文〉을 지었다. 戊戌(1238, 高宗 25) 71세 때 겨울 칙명을 받들어〈上蒙古皇帝表狀〉과〈送晉卿唐古官人書〉를 지었다. 己亥(1239, 高宗 26) 72세 때 勅命을 받들어 蒙古 皇帝에게 올리는 表狀을 짓고, 겨울 12월에 다시 같은 表狀과 晉卿에게 보내는 글을 지었다. 庚子(1240, 高宗 27) 73세 때(年譜 기록 없음-본고 필자).

辛丑(1241, 高宗 28) 壽(또는 棄世) 74세이다. 이하는 요약(그해 7월에 臥病, 갑자기 자리에서 서쪽을 향하고 누워 오른쪽 갈빗대를 자리에 붙이고 앓다가 운명은 9월 02일 밤이다. 諡號는 文順公이다. 그의 아들 涵이 洪州의 守로 나가 있었기에 임종을 보지 못했으니 평생토록 애통함은 형용할 수 없다. 葬事日은 12월 06일 庚寅日에 前述한 바와 같이 鎭江山 東麓에 安葬 되어 오늘에 이르고 있다).

여기서 그의 연대별 관직명은 생략하지만 40세부터 관직에 대한 시를 남기기도 했다. 46세(癸酉) 때는 "최충헌崔忠獻 부자父子 앞에서 시재詩才를 인정받은 후 12월에 사재승司宰丞 직을 맡게 되다"를 알 수 있다.

또 그가 52세(己卯) 때 "봄에 전년前年의 팔관하표사건八關賀表事件으로 탄핵을 받아 파직되었다가 4월에 계양도호부부사桂陽都護府府使 병마영할兵馬鈐轄에 임명되다"처럼 한때 파직된 것을 알 수 있다.

또 "63세(庚寅) 때 11월에 팔관회八關會 행사시行事時의 사건事件으로 위도蝟島로 유배되다"를 볼 수 있다. 그 외는 30여 년간 줄곧 관직에 머물게 됨을 알 수 있다.

이규보의 사잠(四箴: 생각에 대한 훈계)[5] 중에서도 그 기간에 입조심을 해야겠다는 그의 시를 짚어 보면〈자계명自誡銘〉은 이렇다.

친하다고 하여 나의 비밀 누설하지 말고[無曰親兮爾漏吾微]/총애는 처첩과 같은 이불 덮어도 생각은 다르네[寵妻兮妾兮同衾異意]/노복에게도 경솔한 말 말아야 하네[無謂僕御兮輕其言]/겉으로는 아무렇지 않으나 속으로는 엉뚱한 생각을 하네[外若無骨兮苞蓄有地]/아더나 나와 친한 사람도 아니고 내가 부리는 사람도 아님이나니[況吾不媟近不驅使者乎].

—〈自誡銘〉,《全集. 十九》

활처럼 굽지 않고 늘 바르면[常直不弓]/타인에게 노여움을 받게 된다[被人怒嗔]/경쇠처럼 능히 굽어진다면[能曲如磬]/몸에 욕됨이 미치지 않는다[遠辱於身]/오직 사람의 화복은[唯人禍福]/굴신에 달려 있다[係爾屈伸].

—〈腰箴〉,《全集. 十九》

---

5) 我卒作事 悔不思之(내가 갑작스럽게 일하고 나서 생각하지 못한 것을 후회한다) 思而後行 寧有禍隨(생각한 뒤에 일을 했더라면 어찌 화가 따르겠는가) 我卒吐言 悔不復思(내가 갑자기 말하고 나서 재삼 생각하지 못했던 것을 후회하게 된다) 思而後吐 寧有辱追(생각한 뒤에 말을 하였더라면 어찌 모욕이 따르겠는가) 思之勿遽 遽則多違(생각하되 급하게 생각하지 말라 너무 급하게 생각하면 어긋남이 많아진다) 思之勿深 深則多疑(생각하되 너무 깊이 생각하지 말라 너무 깊게 생각하면 의심이 많게 된다). 商酌折衷 三思最宜(헤아려서 절충해보건대 세 번 생각하는 것이 가장 알맞나니).

또 직설적이고 날카로웠던 그의 성격을 다음과 같이 기록하고 있다. "我昔弱冠 果敢自負 蕘蕘在前 直前不顧 論人是非 到口輒吐 搢紳大夫 橫目瞿瞿 雖蹈其門 輒鑰厥戶."-〈祭張學士自牧文〉《全集三十七》. 풀이하면 "20대 시절 자신의 성격이 과감함을 자부하고 거침없이 남의 시비를 논하여 진신대부搢紳大夫들이 미워하고 꺼렸다." 그러한 겸손한 자세로 입조심은 물론 오만한 자세는 억제하고 인간의 화복이 오직 허리의 굴신屈伸에 있으니 상대자의 뜻을 거스르지 않을 것을 다짐하는 글을 후세에 남겼다.

그의 글 내용은 지금도 유효하다. 어쨌든 최 씨 무단정권 아래에서 살아 남는 방법은 처신處身임을 알 수 있는 사회상社會相을 직감할 수 있다.

넷째, 치사기致仕期다. 고려시대高麗時代는 69세까지 관직에 종사하고 70세에 물러나는 것을 치사致仕라고 하는데, 이규보의 경우, 70세 드는 해에 물러나서 74세 수壽 또는 기세棄世할 때까지를 치사기致仕期라고 할 수 있다. 한 생애를 되돌아보는, 만감이 교차하는 가운데 그의 자세는 미리 맞이하는 자세로 쓴 시들에서 뿌듯함을 읽을 수 있다.

그해 9월 퇴직일 3월 전에 미리 써 둔 그 한 대목을 살펴보면 "나는 벼슬에서 물러나[我欲乞殘身]/허리에 찬 인완(印綬: 관직의 품계를 나타내는 도장印을 허리에 차는 끈임)을 풀고자 하네[得解腰間綬]/(중략)/때로는 가야금을 즐기고[時弄伽倻琴]/두강주를 연짐(連斟: 연이어 술을 따르다)하네라[連斟杜康酒]/무엇으로 때 묻은 흉금을 씻어 내리오[何以祛塵襟]/백락천의 시詩를 펴보겠네[樂天詩在手]/무엇으로 정업淨業을 닦으리까[何以修淨業]/능엄경을 구송하겠네[楞嚴經在口]/이러한 즐거움이 이뤄진다면[此樂若果成]/임금이 되는 것에 뒤지지 않으리[不落南面後]/(후략)"《有乞退心有作》,《後集 二》. 기세棄世까지의 그의 학문은 쉬지 않고 노장老莊과 불교에 심취한 것으로 보인다. 또 그의 시〈南軒戱作〉《後集 二》 살펴보면《楞嚴經》과《冲虛經-列子》에 대한 시를 남겨 놓고 있다. 때로는 선승禪僧처럼 "대머리에 한가한 몸으로 가부좌하였으니[頭禿身閑坐作趺]"에서 스님처럼 대머리이지만 "다른 것은 자수

(髭鬚: 입술 위와 턱 아래의 수염鬚髥)이다[不同僧處獨髭鬚]"라고 했다. 이때 스스로 지은 호號는 남헌거南軒居 혹은 남헌장로南軒長老라 불렀다. 끝으로 이규보는 퇴임 후에도 그의 녹봉에 대한 혜택은 요새 말로 '금수저'에 해당한다고 볼 수 있다.

인생관의 변천 중에도 그의 의식세계를 몇 가지 더 살펴보기로 하겠다.

앞에서 지적한 것처럼 무신란의 와중에서도 가문家門이 지방향리地方鄕吏로부터 신진사인新進士人으로 부상하게 됨에 따라 성격 형성뿐만 아니라 벼슬 기간에도 시련과 역경을 극복하는 의지는 시류를 틈타 유가적 신분 상승 욕구의 일념에서 관계官界 진출의 지름길은 대문장가로 성장함을 통해 신분이 상국相國의 지위에까지 오를 수 있었다.

《東國李相國集 全集 二六》〈代仙人寄子書〉에 따르면 이규보는 유년부터 글재주가 뛰어나, 기동奇童이라 불렀다는 것과 문헌공도文憲公徒에서 교육받고 한 세대 연상인 죽림칠현과 교유한 것들, 규보의 장원예보 등이 범인과는 다른 특출한 인물이라고 스스로 생각했다. 이처럼 자긍심과 자신의 미래에 대한 자기충족적 예견은 일생을 통해 변함이 없었다. 아울러 내생에도 문한文翰을 담당할 것이라고 믿는다는 기록이 있다.

또 《東國李相國集 後集九》〈又次絕句迴文韻〉에는 시문 겨루기 호승지벽好勝之癖은 노후에도 변함이 없었다. 글을 흘려 빨리 쓰는 주필시走筆詩, 치읽으나 내려 읽거나 다 말이 되는 회문시迴文詩, 사물을 의인화하여 전기체傳記體로 쓴 가전假傳, 운문의 한가지인 시여詩餘의 특징으로 당나라 때 시작한 악부의 한 체인 사詞 등 다양한 기법을 구사했는데, 호승지벽보다 선구자적 정신에서 그의 시마詩魔는 어쩌면 자기 과시욕에서 발휘된 것으로도 볼 수 있다. "지인이 시 한 수 지어 보내면 두 수로 답하여 져 본 적 없다"고 스스로 자부하고 있음을 읽을 수 있다.

《東國李相國集 全集 二七》〈與俞侍郎升旦手簡〉을 읽으면 이규보의 생존 시 아들 함涵이 문집편찬에 착수하자 이를 적극적으로 도우면서 지인들에게 사신을 보내 시문의 윤색이나 서를 지어주기를 부탁하기도 했다.

특히 주목할 대목은 송宋나라에서 크게 유행하던 사詞를 배워 고려의 문인으로서는 최초로 사詞를 남기기도 했다. 그 후, 고려 후기 이제현李齊賢[6]은 이규보를 "老健可尙"하다고 평하면서 1세기 이전 즉, 소동파의 사詞 13수首가 7수首의 부賦와 함께 그의 문집에 수록되어 있는데 문학사를 통해 보면 고려의 사詞가 문인간文人間에 12수首의 사詞가 지어졌음을 분석하기도 했다.

한편 이규보의 자연관은 우주적이었다. 즉, 자연관 인식을 매우 적절히 표출하고 있는 그의 시 〈壞土實說〉을 보면 "이욕利慾에 붙들려 인위적으로 무슨 일 하다가는 오히려 해를 초래하게 되므로 자연의 원리에 순응하는 무위자연의 생활을 하고 반 자연적 행위"라고 했다. "물物은 도道의 기준이다. 그 물物은 그 기준에 의해 그 도道가 존재한다. 만약 이를 버리면 도道를 잃게 된다. 관官은 도의 기구이므로 도道를 지키면서 관官을 잃는다는 것은 있을 수 없다. 즉 물物·도道·관官의 삼위일체 관계론이다.

그가 조물주와의 대화 형식으로 쓴 시, 〈問造物〉편篇에서 견해를 밝혔는데, "하늘이 사람을 내고 사람을 사랑하고 이로움을 주기 위해 오곡과 뽕나무와 삼(桑麻)을 내었다면 어찌 또 맹수, 독충도 생겨 해를 끼치기도 하는지 조물주에게 묻는" 내용이다. "그러나 조물주는 없다"고 주장한다. 즉, "자연의 운행은 자연이 되는 것으로 본"것이다. 또 그의 《東國李相國集》15卷에 있는 빗속에서 농사짓는 사람보고 書記에게 써 준 詩, 즉 〈雨中觀耕者贈書記〉를 읽어 보면 농민에 대한 애정 어린 풍정風情, 즉 자연의 순리와 질서로 환치시켜 절묘하게 표출한 불후시편不朽詩篇이라 할 수 있다.

---

6) 李齊賢(本貫 :慶州, 初名: 李之公, 字 仲思, 號: 익재益齋, 역옹櫟翁, 1287(忠烈王 14)~1387(恭愍王 16년)), 高麗時代 小樂府의 〈益齋亂藁〉卷4 11首 중에 있는 詩, "浣紗溪上傍垂楊(버드나무 늘어진 빨래터 시내 옆에)/執手論心白馬郞(백마 탄 임과 손을 잡고 속삭였네)/縱有連簷三月雨(삼월 봄비 그치지 않고 처마에 떨어지는 빗물로도)/指頭何忍洗餘香(손끝에 남은 향기 어이 차마 씻을 수 있으랴)."

一國瘠肥民力內(일국척비민력내)
　　　　　나라가 잘되고 못 되는 것은 민중에 달렸고
萬人生死稻芽中(만인생사도아중)
　　　　　만민이 살고 죽는 것은 볏 싹에 매여 있네
他時玉粒堆千廩(타시옥립퇴천름)
　　　　　훗날 옥 같은 낱알 수많은 곳집에 쌓이리니
請記今朝汗滴功(청기금조한적공)
　　　　　오늘 아침부터 땀 흘리는 농민들 공을 적게나

《東國李相國集 後集一》〈病中〉 시를 읽으면 자연 순리에 순응 뜻을 담
았는데 다음과 같다.

전략前略
冥觀則皆空　그윽이 관조하면 모두가 공空이니
孰爲生老死　누가 나고 죽게 하는가
我皆堆自然　나는 자연으로 이룩된 몸
因性順理耳　본성대로 순리를 따를 뿐이니
咄彼造物兒　저놈의 조물주가
何與於此矣　어찌 여기에 관여를 하랴

또 이규보는 돌을 그냥 지나치지 않았다. 자신이 돌과 문답식으로 쓴 〈答
石問〉과 스스로 자연임을 노래하는 〈寓言〉 글에서도 인간이나 만물이 한가
지이고, 생명은 인간이나 미물 또한 소중한 것이라고 지적하고 있다. 인위적
인 노력을 부정하고 자연과 같은 견해를 밝히기도 했다.

그렇다면 그의 작품세계는 자연을 영원, 개방, 자유, 평등, 선미善美 등
으로 보는, 즉 우주 만유의 본체며 질서로 인식하고 있다. 다시 말해서 작
품 속에 이기철학理氣哲學적 요소인 자연과 자아를 합일시킨 견해를 보여주
고 있다. 특히 그는 현실이 허망하다고 하는 생각을 비판하고, 현실 자체
와 그것을 상대로 하는 실천적 활동을 긍정하는 사고방식이 앞서고 있다.

여기서 짚고 넘어가야 할 대목은 농민에 대한 어려움과 동정심도 없지 않

으나, 이규보는 농민과의 대등한 인격으로 생각하지 않음을 표출하는 글에서 그때의 사회계층구조를 잘 반영하고 있다. 그러나 그의 글에서 농민에 대한 사회규정에서 쓴 글에서도 "(전략) 본심은 아닙니다"라는 기록을 볼 수 있다(《與某書記書》《東國李相國集 全集 二七》). 따라서 이규보의 당시 생각은 자신의 자부와 긍지를 내세운 것은 주체성에서 볼 때 이해는 할 수 있으나, 고의적이거나 가식이 전혀 없지 않는 결격이 엿보인다. 그러나 자연의 이치에 순응하는 글은 우주적이다.

3. 이규보 시 세계

이규보에 대하여 문선규文璇奎는 "고종시高宗時 문단에서 문학의 실력으로 제일인자의 위치에 있었고 우리나라 한문학 사상, 신라의 최치원崔致遠, 고려의 이제현李齊賢 조선의 신위申緯 등과 더불어 사대四大 시인 중의 한 사람"이라고 호평했다. 그렇다면 이규보의 시 세계를 살펴보기로 하겠다.

그의 시세계는 한마디로 생동과 기골氣骨에 넘쳐 있다. 그의 시작 특성은 이미 지적된 바와 같이 '운韻을 따라 시상詩想을 형식 속에 자유자재로 채워 넣는 굉재宏才'였다. 물론 이규보가 남긴 시론詩論은 이어서 열거하겠지만 앞에서 간단히 논급한 생애 편에서의 주필走筆이야말로 독특하다. 그는 주로 장편시長篇詩에 능하였다. 특히 명종 23년(1193, 나이 26세)에 141운韻에, 282구句와 1,410언言으로 구성된《동명왕편東明王篇》은 이미 인정하고 있는 영웅 서사인 우리 민족의 대서사시라 할 만하다. 우리에게 이미 없어진 구舊《삼국사三國史》의 일면을 갖고 있어 귀중한 역사적 사료가 아닐 수 없다.

그러나 그의(이규보) 시에 대한 기법은 모방성이 전혀 없지는 않다. 예를 들면 이백李白의〈장진주將進酒〉와 이하(李賀: 당시4걸唐詩四傑 중의 귀재鬼才, 27세 사망, 초현실 세계와 환상적인 세계를 형상화한《이하집李賀集》[7] 있음)의〈장진주將進酒〉와 엇비슷함이 없지 않다. 그러나 이하의〈장진주〉가 이백보다는 환상(여기서는 Fantasy가 아닌 Phantasy)적이다.

　지금도 작가들의 모방성은 갈래에서 훑어 자기 것으로 조작하는 모방성이 없지 않지만, 어떤 시제에서 발상되는 범주에서 전혀 다르게 작법 시도했지만, 같은 제목이 갖는 텍스트를 분석해 보면 자유롭지 못한 범부凡夫로 추락하고 만다. 이규보는 이백의 달에 대한 경도가 산견되는데, 그 이미지가 신선하지 못하는 것 같다. 그의 달에 대한 다음 시 한 편을 감상해 보겠다.

　　山僧貪月色　산중은 달빛을 탐하여
　　並汲一飛中　한 병의 물에 달마저 담았네
　　到寺方應覺　절에 도착했어야 깨달았어
　　瓶傾月亦空　병이 기울면 달 또한 없어짐을
　　　　　　　　　　　　　　　　　　－〈井中月〉

　위의 시가 내용상 전혀 다르게 보이지만 술에서 만나 신선한 맛은 윤색되고 만다. 그러나 "절에 이르러서야 깨달았어"도 시 짓기의 시상도 고래부터 차용된 낡은 이미지다. 작금에도 샘 안에 뜬 달을 보고 노래하거나 달에만 집착하여 시를 짓는 자들의 시벽詩癖은 이제 너무 클리세 하다. 이규보의 시 작법은 리얼리즘적인 기법인데 이미 지적되고 있지만 조금 낭만성이 있고 현실을 인식한 경험적인 것을 직관적으로 처리한 것으로 보인다. 그러면서 이규보는 시대적인 것과 민족적인 것과의 연결을 통해 올바른 창작에 염두에 둔 것으로 나타난다. 특히 창조적인 생각과 경험을 중시하는 한편 한문시작漢文詩作에 있어서의 전고典故나 사실의 인용을 일컫는 용사用事보다는 새로운 착상, 즉 신의新意를 중시하였다.

---

7) 琉璃鐘(유리 술잔에)/琥珀濃(호박빛으로 농익은 술)/小樽酒滴眞珠紅(술통의 술 방울은 붉은 진주인가)/烹龍炮鳳玉脂泣(용을 삶고 봉황을 구우니 기름이 우는 눈물)/羅屛繡幕圍香風(수놓은 병풍 사방에 둘러치니 바람 또한 향기롭구나)/吹龍笛(용피리 불고)/擊鼉鼓(악어 가죽 북을 두들기며)/皓齒歌(매혹적인 미녀 노래하네)/細腰舞(가느다란 허리 춤추네)/況是靑春日將暮(하물며 봄날마저 막 이울려 하나니)/桃花亂落如紅雨(복사꽃도 붉은 비 오듯 흩날리네)/勸君終日酩酊醉(자네에게 권하나니 종일 취하고 취해 보게나)/酒不到劉伶墳上土(劉伶도 죽으면 마실 수 없는 술이라네).▷유령: 221~300년 중국 삼국시대 위나라의 서진 시인(竹林七賢中 一人)으로, 〈酒德頌〉이 있음.

그의 《백운소설白雲小說》은 수필적 성격을 띤 사실을 열거했지만, 소설 성격이 강해 소설로 분류한 것으로 알고 있다. 홍만종洪萬宗이 편찬한 《시화총림詩話叢林》에 28편이 수록되어 있는데 귀중한 문학사 자료이다. 그렇다면 이규보 시론을 간략하게 살펴보기로 하겠다.

그의 시론은 우선 기氣에 대한 해명부터 펼쳐진다. 김동욱의 연구가 풀이한 기氣는 작품 이전의 것이며 의意는 작품이 갖고자 하는 것이므로 다르다 하겠으나, 기氣와 의意는 상호 밀접한 관계가 있으므로 이를 함께 묶었는데 본고 필자도 동의하면서 기氣가 미적 기준보다 미적 바탕을 내려받아 일으켜 세우는, 기는 하늘에 바탕을 둔 에너지다. 바로 개성(또는 천성)이라 할 수 있다. 유교적 가치관의 골격으로서 작품화될 때 의意를 뒷받침함으로써 창작의 본질일 경우 뜻하는 바의 자주성이 표출된다고 본다. 그렇다면 그의 《東國李相國集, 卷 二六에 卷 二二》에 실려 있는, 다음 열거하는 그의 시론, 즉 〈논시중미지약언論詩中微旨略言〉이 이규보의 시 창작론과 문학관을 잘 설명해 주고 있다.

> 무릇 시는 의意가 으뜸 되므로 설의設意하는 것이 가장 어렵고, 다음이 철사綴辭다. 의意 또한 기氣를 으뜸으로 삼는다. 기氣의 우열에 따라 뜻의 깊고 얕음이 생긴다. 그러나 기氣란 천성에 딸린 것이라서 배워서 이룰 수는 없다. 그러므로 기氣가 약한 사람은 글을 다듬는 것을 능사로 여기고 의意를 앞세우지 못한다. 대체로 글을 깎고 다듬어 구句를 아롱지게 하면 아름다움은 틀림없다 하나, 거기에 심후深厚한 의意가 함축되어 있지 않으면 처음에는 볼만하지만 곱씹어 보면 맛이 없다.

이처럼 시를 쓰는 어려운 점을 설의최난設意最難이라고 체계적 이론을 제시했다. 그의 신의론新意論은 으뜸인 주기론主氣論에서 온다는 주장이다. 그렇다면 앞에서 언급한 기氣와 의意는 상호작용하는 것이다. 말하자면 기氣가 넘쳐야 의意는 미적 가치를 발휘한다는 것이다. 다시 말해서 시에서의 의意는 물物의 숨은 비밀을 캐내고 현실을 비판하는 내용이 된다는 것이다. 그렇다면 말을 엮어냄이나 말을 잇는 철사綴辭는 그다음이라는 것이다. 구속과 집착으로부터 해방된 세계에서 관조하고, 이상향을 펴보려는 의意가 표출되어야 한다는 것이다. 따라서 그가 호방하고 개성을 중시한 시론을 보면 기氣와 의意가 동시에 분출함을 엿볼 수 있다. 어찌 보면 그의 시 세계는 낭만적 요소가 없지 않다.

그러나 그의 〈논시중미지약언論詩中微旨略言〉에 〈答全履之論文書〉를 전략 후략하고 중요한 대목만 열거하면 '전리지全履之'에게 "공부가 깊지 못해 부득이하게 신의新意를 쓰게 됐다." "동파(소동파-필자)를 제대로 본받은 것은 좋은 것이다." "제대로 본받지 않고 그저 가져다 쓴 것은 아무짝에도 도움이 되지 않는다." "부득이하게 쓴 신의가 훗날 높게 평가되리라." 등 이규보 자신을 낮추고 겸허하게 자기의 새로운 신의新意 창조를 내세워 주장하는 것은 약간 아이러니하다. 다시 말해서 제대로 본받는 것도, 그저 가져다 쓴다는 것에서 지적하지만 그의 시 세계에서도 용사用事 차용이 전혀 없지 않기 때문이다.

특히 무위자연설에 경도된 이상 이미지를 형상화하는 과정은 자연에서 얻기 때문이다. 작금도 모방이나 표절은 절대 용납할 수 없지만, 용사用事는 이미지 형상화 과정에서, 즉 '달을 품는'다면 달에 대한 발상들은 이미 의意와 어語를 달리한 것뿐이라 할 수 있다. 그가 주장하는 창조되고 쌍미雙美하는 의意와 어語도 더러 있는 것도 다수지만 시작 기법은 다양성을 구사해야 하기에 현재 일방적인 시작법 주장은 참고가 될 뿐이다.

그러나 고려 후기 이규보의 '논시論詩'는 진일보된 새로운 시세계를 제시하고 있어 귀감龜鑑이 될 만하다. 그래서 이규보는 "(전략) 근래 시인들은 조충전각彫蟲篆刻에만 힘씀으로 시가 갖는 본 취지를 잃게 되고 사문(斯文-그가 남긴 글)은 땅에 떨어지게 되었으니 어찌 시의 진위眞僞를 분별할 수 있겠는가"라고 통박한다. 그래서 이규보는 "허물어진 터[基]를 쌓으려고 노력하나, 아무도 조그마한 힘을 도와주지 않고 다만 자기의 의意와 어語만을 희롱하고 있다"라고 했다. 대단히 주목되는 대목이 아닐 수 없다.

또한, 이규보는 흥興에 대해서도 언급했다. 이 흥興은 시적인 감흥을 뜻하는 것으로 생활과 사유에서 얻어진 시흥詩興을 자연스럽게 표현함이라고 지적했다. 그래서 "시라는 것은 자신이 본 것에서 이루어지는 것이다"라고 하면서 시가 경치나 사물에서 촉발되어 시흥을 얻는 것으로 보고 아름다운 경치를 보다가 저절로 시를 읊게 되는 시흥의 경지를 시작과정에다 넣어 서술하고 있다.

> 한번은 주사포에 갔던 일이 있었는데 명월이 산마루를 나와 모래강변을 환하게 비춘다. 속이 유달리 시원해져 고삐를 풀고 달리지 않으며, 창해를 바라보며 한참 동안 침음沈吟하니 말몰이꾼이 이상해 한다. 시 한 수가 되었다. (중략) 나는 전혀 시를 지으려고 생각지도 않았는데 모르는 결에 갑자기 절로 지어진 것이다.

현재도 대단히 중요한 것은 "(전략) 나는 전혀 시를 지으려고 생각지도 않았는데 모르는 결에 갑자기 절로 지어진 것이다"라는 이것은 "詩本乎心"의 시관詩觀이다. 작금도 '시는 찾아와야 짓는다'는 시작의 혼魂에 대해서는 이미 이규보가 먼저 터득했다고 본다. 그렇다면 그의 작시법을 살펴볼 필요가 있다.

이규보는 시의 본질을 시서육경詩書六經·제자백가諸子百家·사가史家의 글을 비롯하여 궁벽한 경서經書·불서佛書·도가道家 등을 자기 약용藥龍 중에 넣고 정화精華를 모아 작시作詩에 응용했다는 것이다. 그러나 응용할 때마다 전술한 신의新意를 내세웠다는 것이다. 말하자면 자기 것으로 창조해야 한다고 주장하는 것이다. 당시 고려高麗의 시인들은 당송唐宋의 시문을 숭상하여 이를 규범으로 생각하고 그것을 숙독하는 것을 시의 정도正道로 인식했다. 따라서 그들의 시체詩體를 본받아 어려운 시경詩境을 개척해 나가려는 의도는 표절로 변질이 되었다고 본 것이다. 이규보는 이렇게 표절을 일삼는 당대의 시풍詩風을 지양止揚하고 새로운 의경意境을 개척하려는 데는 전술한 신의新意를 주장했다. 고인의 시를 많이 읽어 자신의 것으로 완전히 소화치 못함을 비견한 것은 표절로 보고 도둑으로 본 것은 뛰어난 견식(見識＝卓見)이라 할 만하다. 그렇다면 무엇보다도 이규보는 모방이나 표절剽竊·용사用事를 배척한다는 것을 밝히고 있다.

이규보는 시 창작은 형식인 언행이 법도를 맞는, 즉 성률聲律이나 대구對句보다는 내용인 의경意境을 중시重視해야 한다는 것이다. 따라서 시를 짓는 데는 마땅치 않은 아홉 가지 시체詩體, 즉 시유구불의체詩有九不宜體를 열거하면서 이는 "내가 심사審査해서 자득自得한 것이다"라고 했다. 따라서 이규보는 옛사람들의 의경意境을 따 쓰는 데는 잘 훔쳐서 쓴다 해도 나쁜데, 더욱 훔쳐 쓴 것도, 잘 되어 있지 않을 경우, 즉 용사用事의 기교가 부족한 것을 빗대어 '졸도이금체拙盜易擒體'라고 했다. 또 용사用事를 과용한 것을 재귀거체載鬼車體라고 했다.

이미 지적되고 있지만, 용사用事를 좀 더 살펴보면 경서經書·사서史書·제가시문諸家詩文이 갖는 특징적 관념이나 행위인 사적事迹을 두세 어휘에 집착시켜서 원관념을 보조하는 관념의 되살아남이나 관념 겹쳐지기에 원용하는 수사기법이다.

이규보는 정교한 기교가 뒤따라야 하는 이 용사用事로 하여금 소동파를 숭상함에도 시의 정도正道를 밟지 못하고 표절과 모방에 끝나게 된 것을 지적했다. 특히 한시漢詩는 엄격한 정형시다. 복잡한 평측平仄을 맞추어야 하고 대구對句를 짝해야 하는 규율이 있다. 이것은 주원인主原因이 되는 음률을 중시하여 가창할 수 있는 특징을 지니고 있다.

그러나 이규보는 한시漢詩에서 음운의 높고 낮은 평측平仄을 굳이 맞춰 기교에만 경도될 필요가 없다는 지론을 폈다. 따라서 그 엄격한 시형에서 성률聲律을 깨트리는 것은 진보적인 작시 태도로 개성적이고 자연발생적인 작시 기법은 높이 평가할 수 있다. 특히 이규보는 시작의 다양성을 주장했는데 작시론에서 고상하고 놀라움 또는 청신하고 기발함인 청경淸警·영웅다운 호걸 웅호雄豪·예쁘고 고운 연려妍麗·평이하고 담백한 평담平淡한 것을 섞어 모든 체와 격을 갖춰야 한다고 했다. 그렇다면 이규보의 주장하는 특이한 작시론인 시가 갖는 마땅하지 않은 체體, 즉 시유구불의체詩有九不宜體를 다음 글에서 살펴보기로 하겠다.

> ① 載鬼盈車體: 옛 사람 이름을 많이 사용하는 것, 즉 "귀신을 가득 실은 체"
> ② 拙盜易擒體: 옛 사람 뜻을 훔친 기교가 부족한 것, 즉 "선도둑이 쉽게 잡히는 체"
> ③ 挽弩不勝體: 쓸데없이 어려운 운자 쓰는 것, 즉 "센 화살(쇠뇌) 당겨 감당치 못한 체"
> ④ 飮酒過量體: 자기 재주 알지 못한 압운이 너무 빗나간 것, 즉 "술을 너무 마신 체"
> ⑤ 設坑導盲體: 험자를 써 사람을 미혹하게 하는 것, 즉 "함정을 파 장님을 이끄는 문체"
> ⑥ 强人從己體: 순탄하지 않은 말을 억시로 인용한 것, 즉 "남을 억지로 자기에 따르게 하는 체"
> ⑦ 村夫會談體: 상말을 많이 쓰는 것, 즉 "촌사람이 모여서 떠드는 체"
> ⑧ 凌犯尊貴體: 성인을 함부로 들먹이는 것, 즉 "존귀한 분을 범하는 체"
> ⑨ 良莠滿田體: 말이 거칠어도 버리지 않는 것, 즉 "강아지풀이 밭에 가득한 체"이다.

위에서 알 수 있는 용사론用事論은 ① ⑥ ⑧ 항이다. ② 항은 환골탈태론換骨奪胎論이다. ③ ④ 항은 성률론聲律論, 즉 압운이 부적절한 시를 말한다. ⑤ ⑦ ⑨ 항은 수사론修辭論이라 할 수 있다. 다시 말해서 시유구불의체 항목을 요약해 보면 1) 용사(또는 용수)를 지나치게 과용하지 말 것. 2) 환골탈태를 꾀할 것. 3) 압운법에 집착하지 않되 지나치게 벗어나지 말 것. 4) 수사에 있어서 험자險字와 상말을 피할 것 등이다.

이규보는 작품 작시作詩 과정過程을 두고 자구字句의 기교보다는 작품 전체가 갖는 품격을 중시하기 때문에, 늘 귀어정歸於正하여 사무사思毋邪이어야 한다는 것을 원칙으로 했다. 그렇다면 전술한 먼저 기골의격氣骨意

格을 염두에 두고 다음은 사어성률辭語聲律이라고 주장했다. 즉 작품 평가에 풍골風骨을 적용한 것이다. 여기서 풍風이란 작가의 뜻을 작품에 뚜렷이 표출한 것이고, 골骨은 수사修辭에 있어서 정확한 결구結句를 말하는 것으로 미사여구美辭麗句만 늘어놓은 시詩는 골骨이 없는 것이요, 작가의 생각이 표현되지 못한 것은 풍風이 없는 시詩이다. 그러므로 뜻이 온 정성 다함을 겪어야 한다고 주장했다.

이규보는 그의《東國李相國集 二二》〈論詩中微旨略言〉의 구상構想과 퇴고推敲, 〈柳子厚文質評〉에서 경계해야 할 대목을 다음과 같이 지적했다.

① 시를 급하게 지으면 궁색해진다. 지금 바로 그 생각을 직조하는데 생각이 깊어서 나오지 못하면 빠지는데 빠지면 부닥치게 되고, 부닥치면 혹하게 되고, 혹하면 집착으로 불통한다. 오로지 출입 왕래하며 좌지우지左之右之하고 앞뒤 살펴보는 담전고후瞻前顧後하며 변화자재變化自在한 후가 되어야 주저함 없이 원숙에 다다른다고 했다.

② 시에 대한 병고를 일러주는 사람 있다면 기쁘다. 어찌 말하는 것이 옳으면 따르고 옳지 않으면 내 뜻으로 하나니. 반드시 듣는 것을 꺼려하기를 임금이 간언諫言을 거절하는 것과 같이하면 결국 그 허물 모를 것이냐? 대저 시가 이뤄지면 반복해서 살피되 거의 자신이 지은 것으로 보지 말고 타자나 평생 매우 증오하는 타자의 시를 보듯 하며, 그 흠결과 허물 각성하기를 선호해도 오히려 그거 알지 못하게 됨으로써 지금 바로 세상에 내어놓아도 좋다고 했다.

좀 더 살펴보면 ①의 요지는 시작에 있어서 성급하게 시 짓기 하거나 구상할 때는 너무 몰입하면 오히려 좋지 못한 작품이 된다는 지적이고, ②의 요지는 시작 과정의 결핍을 지적한 것인데 예를 들면 퇴고나 개작이 자칫 자기의 아집으로 자기 시에 대한 병폐에 눈이 어두워지니 이를 경계해야 한다 했다. 자기 작품을 객관적 태도로 대하고, 퇴고는 비판적으로 대해야 수치스러운 작품을 세상에 보일 수 있다는 것이다. 진솔한 마음에 와 닿는 것이 결국 글에서 표출되기에 글을 대하면 그 사람의 질質을 알 수 있다는 것이다. 그렇다면 이규보가 지적한 색마色魔, 주마酒魔, 시마詩魔 중 〈시마詩魔〉에 대해 주목해 볼 필요가 있다.

> 詩不飛從天上降(시불비종천상강)
> > 시는 하늘로부터 날아 내려온 것 아니 나니
> 勞神搜得竟如何(노신수득경여하)
> > 애쓰며 마침내 찾아서 낸들 무엇하랴
> 好風明月初相諭(호풍명월초상유)
> > 좋은 바람에 밝은 달 처음엔 즐기지만
> 着久成淫郎詩魔(착구성음랑시마)
> > 오래오래 빠지게 되면 시마이나니

5가지 시마의 죄상도 지적했는데, 첫째, 붓만 믿고 찧고 까불대어 만드는 죄. 둘째, 사람 마음을 꿰뚫어 세상을 놀라게 하는 죄. 셋째, 겸손할 줄 모르는 죄. 넷째, 만물을 조롱하고 뽐내며 거만하게 만드는 죄. 다섯째, 온갖 근심을 불러들이는 죄를 짚어보면 이규보 자신을 스스로 다스려 시를 지었다는 경각심은 누구든지 시를 창작할 때는 경구警句가 될 수 있다.

4. 맺는 말

이미 연구자들의 연구사에서 확인되고 있지만 고려 후기 이규보의 시관詩觀은 혁신적이며, 현재도 그의 시론은 진행형이다. 그의 유명한 〈논시중미지약언 論詩中微旨略言〉에 담은 "(前略, 中略) 기氣가 약한 사람은 글을 다듬는 것을 능사로 여기고 의의意를 앞세우지 못한다. (後略)" 즉 '의의意 또한 기氣를 으뜸'으로 한다는 것이다. 그가 주창한 '용사用事보다는 새로운 착상 着想, 신의新意'를 내세운 것이다. 또 '자연의 운행은 자연이 되는 것으로 본다'는, 즉 '자연관自然觀을 우주적으로 보면서 물물物物은 도道의 기준이고 관官은 도道의 기구이다'라고 내세웠다. 이에 따라 그가 고집한'시마詩魔', '시유구불의체詩有九不宜體'는 시론에서도 많은 의미를 던지고 있다. 따라서 이규보 문학세계는 자유와 기상이 호방하며 본심이 바탕이 된 주기론과 신의론적인 시 세계는 그의 주필走筆을 포함, 고려시대 후기부터 우주적인 기법을 시도한 것으로 나타난다.

그러나 이규보의 시는 여운과 함축이 미흡하며 직설적이고 다소 서술적인 면이 엿보인다. 전술했지만 때로는 용사用事를 쓴 경우도 전혀 없지 않다. 늘 개성적인 문학, 즉 독창성을 강조했지만, 상상력은 옛 문장가의 발상 범주에 맴도는, 한 시대상의 모방성적인 한계도 전혀 없지 않다. 그러나 지금도 진행형이 될 수 있는 그의 시론詩論 중 한 대목은 동서고금을 막론하고 선구자가 아닐 수 없다. 즉 "(전략) 나는 전혀 시를 지으려고 생각지도 않았는데 모르는 결에 갑자기 절로 지어진 것이다"라는 이것은 "詩本乎心"의 시관詩觀이다.

작금도 '시는 스스로 찾아와야 짓는다'는 시작의 혼魂에 대해서는 이미 이규보가 먼저 터득했다고 본다. 따라서 그가 주창한 새로운 현실을 표출하는 생삽生澁이 오히려 적극적으로 파헤쳐 제시한 것은 신선한 충격이 아닐 수 없다. 아름답다는 기준은 관습이 아니고 현실을 말한 것으로 보인다. 본고 필자의 견해는 그때 당시 절대 현실을 말하는 초현실에 진입한 것으로 보인다.

끝으로 우리말로 해석할 때 한학 의역意譯의 엇비슷함은 의역의 한계일 수 있다. 따라서 연구자들의 기존 연구사에서 짚어볼 대목에 주목하여 해석 방법을 보면 모방성을 갖는 한계점이 없지 않다. 그렇다면 본 연구는 다만 연구 과정에서 새로운 것을 발견, 연구자의 관점을 내세워 강조해 본 셈이다. 앞으로 연구자들의 몫은 더 많다고 생각하기 때문에 자신의 우재愚載를 스스로 탓하기도 했다.

☛ 참고 문헌 : 《동국이상국집 東國李相國集》, 《동국이상국집 東國李相國集》 노무편. 《동국이상국집 東國李相國集》: 한국민족문화대백과사전(사단법인 한 빛문학관 소장)

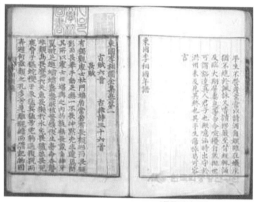

《동국이상국집 東國李相國集》

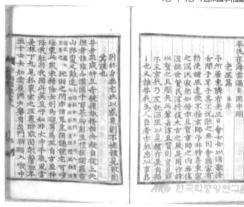

《동국이상국집 東國李相國集》 노무편

歌辭의 內容 分流 再整理

I. 문제 제기
-분류의 재정리 필요성 및 범위

가사의 내용 분류 재정리는 앞으로 가사연구의 갈래 잡기에 필연적이다. 가사는 그 문학적 가치나 작품 수뿐만 아니라 한국 시가의 대표적인 장르이기에 인식적 오류를 최소화할 필요가 있다.

이러한 가사를 효율적으로 연구하기 위해서는 가사를 먼저 일목요연하게 분류할 필요가 있다. 이미 분류된 것을 재검토하고 하위분류를 정리해 보기 위해서는 가사문학의 시대구분을 통해 가사의 변천사를 비롯하여 그 갈래를 깊이 있게 검토하여 오류 및 미흡한 부분은 보정補正하는 등 일목요연하게 정리하여 가사의 이해에 도움을 갖도록 하겠다.

II. 가사의 발달사(변천사)

1. 가사문학의 시대구분

역사나 문학사를 시대구분 한다는 것은 그 기준의 방법에서 학자들의 주장에 따라 다소 다르게 나타날 수 있다는 것은 이미 지적되어 오고 있다 할 것이다. 그중에서도 가사의 발달사적 시대구분을 인용하여 재분류하면 다음과 같다.[1]

第1期 : 胎動形成期(1370頃~1494)……高麗 末葉 末~朝鮮朝 成宗

第2期 : 隆盛爛熟期(1495~1608)………燕山朝~宣祖朝

第3期 : 小休沈滯期(1609~1724)………光海朝~景宗朝

第4期 : 發展變化期(1725~1910)………英祖朝~純宗朝

　위의 제1기는 高麗 末葉 末부터 朝鮮朝 成宗朝까지의 약 120여 년간을 가사의 태동형성기로 보고 있는데, 高麗 末葉 末에 歌辭가 時調에서 派生·形成되었고, 이는 朝鮮朝 世宗 때 비록 文字로 기록되지 못하고 口碑 傳乘되었다고 하더라도 그 詩形은 이에 형성되었기 때문이다.

　또한, 成宗朝를 하나의 기점으로 잡은 것은 세종 때 훈민정음이 창제 반포되었고, 세조 때에는 刊經都監을 설치하여 愣嚴經諺解, 禪宗永嘉集諺解 등을 비롯한 언해 사업이 활발하게 이루어졌지만, 이러한 사업을 꽃피우고 정비된 시기는 성종 때에 와서 비로소 이루어졌다 할 것이다.

　그런데 歌辭는 時調에서 發生될 當初에 그 結詞形式이 시조의 종장 형식과 일치하는 正型과 일치하지 않는 변형의 두 가지 형으로 이루어져 있다. 懶翁和尙의 세 편 한글 가사 중에서 〈西往歌〉는 정형이고, 〈尋牛歌〉와 〈樂道歌〉는 變形이다. 따라서 정형보다는 변형이 오히려 우세하다. 그러나 조선조에 들어와서 양반·사대부 가사의 형식을 갖추게 되었다.

　이 시기의 작자와 작품으로는 고려조에 懶翁和尙의 〈僧元歌〉·〈西往歌〉·〈樂道歌〉·〈尋牛歌〉와 申得淸의 〈歷代轉理歌〉 등이 있으며, 조선조에 丁克仁의 〈賞春曲〉, 李仁亨의 〈梅窓月歌〉 등이다.

　제2기는 燕山朝에서 宣祖朝까지의 약 114년간에 걸친 기간으로 이때 許蘭雪軒에 의하여 내방가사가 파생·형성되었을 뿐 아니라 많은 작자가 나와서 융성을 이룬 시기라고 하였다.

　이미 지적된 국문학 논저에서 宣祖 末보다는 임진왜란을 기점으로 하여 시대구분을 하고 있는데, 이런 경우는 국어학사에서의 시대구분이라면 타당

---

1) 徐元燮, 《韓國歌辭의 文學的研究》(螢雪出版社, 1995), p.16.

하다고 할 수 있으나 가사문학사에서 宣祖朝 때 내방가사가, 또 중형시조와 장형시조가 형성되었다는 점에서 제2기의 기준점을 선조 말로 잡고 있다. 역사적으로 이 시기는 내우외환의 어려움에 처해 있었으나 많은 작자의 수준 높은 작품이 쏟아져 나와서 가사문학의 황금기를 이루었다.

특히 이 시기에는 가사문학사상 쌍벽인 松江 鄭澈과 蘆溪 朴仁老가 있었고, 朝鮮朝 유학 사상 쌍벽인 退溪와 栗谷이 가사작자로 활동하였음을 알 수 있다.

제3기는 光海朝 때에서 경종 때까지의 약 116년간은 가사의 창작보다는 시조에 보다 더 힘을 기울였으므로 침체될 수밖에 없었다. 따라서 이 시기의 대표된다고 볼 수 있는 작품 수는 31곡 정도에 불과하여 이 시기를 小休沈滯期라 하였다.

제4기는 英祖朝에서부터 純宗朝 때까지의 약 186년간으로 보는 데 이때 양반, 평민, 부녀자로 구성된 현상을 가져와 소위 국민문학으로 발전되었다. 특히 임진·병자 양란을 겪는 동안 평민들의 각성과 영조 인권 존중의 정책에 힘입어 평민들은 완전히 자각하게 됨에 따라 지배계급에 대한 비판과 저항의식이 강렬하게 일어나 양반계급의 전유물인 정형보다는 자연적으로 변형을 취하게 된 그들의 가사인 평민 가사를 발생케 하였다. 이 시기가 한국문학사에서는 개화기문학의 시기라고 말할 수 있다.

개화기문학이란 갑오경장 이후 경술국치, 즉 한일합방 때까지의 약 20년에 걸쳐 창작된 문학을 말한다. 이 시기의 가사를 보면 형식면에서 보다도 내용의 면에서보다 많은 변화를 가져왔는데, 불교가사 등을 비롯한 동학가사의 교훈가·안심가·용담가·몽중노소문답가·도수사·권학가·도덕가·흥비가·검가 등이 있고, 천주교 가사로는 金起浩의 聖堂歌·避惡修善歌, 金樂浩의 자신책가 등 종교를 널리 포교하기 위한 많은 가사가 창작된 것을 알 수 있다.

또한, 《대한매일신보》에 발표된 개화기 가사는 애국, 독립가류가 634편 도합 684편에 이르고, 이 외에 雜歌란에 실린 가사까지를 합하면 그 수는 참으로 많다 할 것이다. 이러한 가사를 다음과 같이 장르적 측면에서 살펴보기로 하겠다.

2. 가사의 장르

가사의 장르 연구에도 학자에 따라 견해를 달리하고 있다. 그중에서도 본고는 서원섭의 가사의 장르를 재정리하여 다음과 같이 형식면과 내용면을 나누어 간단히 살펴보고자 한다.

1) 形式面

가사는 대체적으로 3·4조 내지 4·4조의 음수율로 된, 내용보다는 형식에 중점을 둔 형태문학이다. 양반가사는 3·4조를 主音數律로, 4·4조를 副音數律로 하고 또, 2·3조, 2·4조, 3·3조 등의 음수율로 되어 있다.

평민가사와 내방가사는 4·4조를 주음수율로, 3·4조를 부음수율로 구성되어 있는 정연한 韻文이다. 그런데 서원섭의 견해에 의하면 형식이 운문으로 되어 있다고 하여 반드시 시가라고는 할 수 없다는 것이다. 왜냐하면, 한국 고대소설의 대부분이 운문으로 되어 있기 때문에 운문 형식의 고대소설을 시가 장르에 넣을 수 없다는 것이다.

운문으로 된 작품이라고 해서 시가로 규정하기에는 무리한 점이 많다는 것이다. 지금까지의 지적들은 시가에서는 산문 형식이란 있을 수 없다는 것이다. 적어도 시가에서만은 그 형식이 운문이어야 한다는 것은 절대적인 조건인 것이라고 주장한다.

2) 內容面

가사는 주장하는 학자들의 견해에 따라 다르며 그 성격이 매우 복잡하다. 형식은 운문이기에 시가로서의 요건을 갖추었다고 하겠으나 내용만은 그렇지가 않다. 그것은 가사를 歌辭, 詩歌, 隨筆, 中世紀의 散文文學, 敎述文學 등등으로 장르를 규정하고 있어 내용면에서 볼 때는 가사는 시가적인 것도 있고, 수필적인 것도 있음을 알 수 있다.

그러나 어문학회편 국문학개론[2]에서 가사의 주제를 분류해 놓은 것을 살펴보면 다음과 같다.

(1) 兩班歌辭

　① 부귀와 공명을 떨치고 강호에 묻혀서 자연과 벗을 삼아 어부의 생활을 하는 것을 묘사한 것 : 〈江村別曲〉, 〈還山別曲〉, 〈樂貧歌〉, 〈安貧樂道歌〉, 〈處士歌〉, 〈賞春曲〉, 〈蘆溪歌〉, 〈星山別曲〉 등.

　② 양반학자들이 子弟나 鄕人을 위하여 그네들이 닦고 있는 학문과 유교윤리를 알기 쉽게 만들어서 낭송하도록 지은 일련의 歌辭群 : 〈勸善指路歌〉, 〈三綱五倫自警曲〉, 〈登樓歌〉, 〈五倫歌〉, 〈道德歌〉, 〈警蒙歌〉 등.

　③ 紀行歌辭 : 〈關東別曲〉, 〈關西別曲〉, 〈香山錄〉, 〈日東壯遊歌〉, 〈丙寅燕行歌〉 등.

　④ 귀양살이가 문학의 소재로 오르고 또는 문학 창작의 동기로 된, 곧 불우한 환경이 문학인의 흉금을 울린 것 : 〈萬言詞〉, 〈北遷歌〉 등.

　⑤ 月令歌의 형식을 취하여 相思, 戀情을 읊은 것 : 〈觀燈歌〉, 〈十二月歌〉, 〈一年歌〉, 〈思親歌〉, 〈農家月令歌〉 등.

(2) 內房歌辭

　〈花煎노리〉, 〈閨中行實歌〉, 〈惜別歌〉, 〈春遊歌〉, 〈恨別曲〉, 〈怨恨歌〉, 〈花煎歌〉, 〈反花煎歌〉, 〈花鳥歌〉 등.

(3) 平民歌辭

　① 雜歌 : 〈將進酒〉, 〈勸酒歌〉, 〈漁父詞〉, 〈春眠曲〉, 〈길꾸낙(길군악)〉,

2) 具滋均·孫洛範·金亨奎, 《國文學槪論》, 1p.76./徐元燮, 《韓國歌辭의 文學的 研究》, p.39 再引用.

〈黃鷄詞〉,〈相思別曲〉,〈處士歌〉등.

② 敍事歌 : 〈彈琴歌〉,〈夢遊歌〉,〈江湖別曲〉,〈楚漢歌〉,〈孔明歌〉,
〈赤壁歌〉,〈瀟湘八景〉,〈岳陽樓歌〉,〈首陽山歌〉,〈王昭〉등.

③ 抒情歌 : 〈梅花歌〉,〈相思別曲〉,〈觀燈歌〉,〈秋風感別曲〉,〈斷
腸離別曲〉,〈閨秀相思曲〉등.

④ 滑稽歌 : 〈二說記〉,〈老處女歌〉등.

⑤ 佛敎家類 : 〈回心曲〉,〈西往歌〉,〈尋牛歌〉,〈樂道歌〉등.

徐元燮은 위의 분류는 편의상의 분류라고 전제하면서 타당성 있는 주제
의 분류라고는 할 수 없다고 했다. 따라서 가사의 내용을 검토해 보면 주관
적인 감정을 노래한 것과 객관적인 것 또는 서사적인 사물을 서술한 것이 있
는데, 전자를 서정적인 가사라 하고 후자를 수필적 가사로 주장하고 있다. 또
문학의 장르를 규정할 때에 그 작품의 내용에 의거하는 것보다 그 형식에 치
우치는 것이 상례임을 밝히고 있다.

본고 역시 내용 면에서 수필적인 가사가 있다 하여도 서정적인 가사가 있
고, 형식면에서도 모든 가사가 운문으로 되어 있다는 점을 생각할 때 가사
는 시가 장르에 넣어야 한다는 주장에 동의한다.

3. 가사의 명칭

종래의 제설을 검토한 결과 가사의 우리 글 표기는 문제될 것이 없으나 가
사를 한자로 표기할 경우, 한자의 '歌詞'와 '歌辭' 표기가 있으므로 어느 쪽
을 쓰거나, 혼용해도 무방하다는 등의 견해가 있어 현재까지 확실한 정설이
정립되어 있지 않고 또한 통일되어 있지 않다.

趙潤濟의《韓國詩歌史綱》3)에서 "(전략) 가사는 음악 곡조에 대한 '歌詞'

---

3) 趙潤濟,《韓國詩歌史綱》, p.235.

가 아니고, 辭說的인 노래라는 의미의 '歌辭'가 아닐까 한다"하였고, 金思燁의 《國文學史》도[4] "歌辭'라 함이 온당하다 하며, (⋯)" 하였다. 그러나 李秉岐[5]나 李太極[6]은 물론 金俊榮[7]은 '歌詞'로 주장하고 있다. 李慧淳의 《歌詞·歌辭論》[8]에서는 "歌詞는 壬亂, 仁祖 末 以前의 음악을 隨伴한 美人·戰爭·隱逸 등을 주제로 한 詩歌文學을 지칭하고, 1700년대 이후 음악을 수반하지 않고 敎訓·紀行·流配·신세 등을 주제로 한 수필문학을 歌辭라고 구별 지칭하자" 하였다. 이처럼 견해 차이는 사와 사의 의미 규명을 통해서만 가능하리라고 본다.

가사를 한자로 표기할 경우, 歌辭와 歌詞로 적을 수 있어 다소 혼란이 일어나고 있다는 앞에서 논급한 바 있다. 따라서 단정하기는 퍽 어려운 과제이다. 그러나 徐元燮의 견해에 동의하는데 한자의 표기로 '歌辭'라고 함이 타당하다고 보아진다.

4. 가사의 발생

종래의 제설을 검토해 보면 가사는 그 성격의 특이성 때문에 장르 규정에 못지않게 발생설에 대한 주장도 다수다. 지금까지 발표된 발생설을 보면, 1) 景幾體歌說, 2) 時調說, 3) 漢詩懸吐說, 4) 樂章說, 5) 其他說 등이 있다. 그러나 徐元燮은 1) 兩班歌辭의 發生, 2) 平民歌辭의 發生, 3) 內房歌辭의 發生으로 나누어 규명하고 있는데, 간략하게 살펴보기로 하겠다.

1) 兩班歌辭의 發生

4) 金思燁, 《國文學史》(서울 : 正音社, 1953), p.339.
5) 李秉岐, 《國文學槪論》(서울 : 一志社, 1961), p.130.
6) 李泰極, 《歌辭槪念의 再考와 장르攷》.
7) 金俊榮, 《國文學槪論》(大邱 : 螢雪出版社, 1977), p.194.
8) 李慧淳, 《歌詞·歌辭論》(서울大 碩論, 1966), p.229.

(1) 詞腦歌 時代

　　조윤제는 鄕歌(詞腦) 시대를 대략 불교 수입 이후로부터 신라 말을 거쳐 고려 초까지를 볼 때 약 440여 년이 된다고 한다. 신라에서 불법을 처음 행한 것이 법흥왕 14년이니, 현존하는 사뇌가 중에서 가장 오래된 것은 신라 진평왕 때의 서동요에서 볼 때 50여 년이나 앞당겨 잡고 있다. 사뇌가는 4구체→(6구체)→8구체→10구체의 순으로 발달했다고 하는 견해가 지배적이고 보면 진평왕 때에 4구체인〈서동요〉가 있는가 하면 동왕 때에 벌써 사뇌가의 완성형인 10구체의〈혜성가〉가 있는 것으로 보아, 사뇌가의 발생 시기를 끌어올린 陶南 趙潤濟의 견해에 동의한다.

　　10句體 詞腦歌의 형식 구조와 시조의 형식 구조가 거의 일치한다는 점에서 時調는 詞腦歌에서 발생했다는 설에 수긍하면서도 均如 大師의 普賢十願歌 이후에서 시조 발생할 때까지의 공백기를 어떻게 처리하느냐 하는 문제로 고민하는 이가 다수이다. 이것은〈普賢十願歌〉이후에도 사뇌가 창작이 계속되었다고 하는 좋은 예는 高麗 8代 顯宗이 그 모후를 위해서 玄化寺를 창건하고는 손수〈國風體〉를 짓고, 또 군신들이 慶讚하는 사뇌가 11수를 지었다는 기록과 고려 16대 왕인 睿宗 15년(1120)에 왕 자신이 지은, 吏讀式 表記의 8구체로 된〈悼二將歌〉를 들 수 있다. 이〈悼二將歌〉는 고려 18대 毅宗 때 鄭叙가 지은〈鄭瓜亭〉과 함께 사뇌가 형식의 노래가 고려 중엽까지 남아 있었다는 증거가 되고 있다.

　　또한, 사뇌가 작품이 신라시대와 고려 초기처럼 문헌에 나타나지 않는 것은 그 작가가 관료계급층이 아니고 주로 승려계급층이었기 때문에 그렇다고 한다.

　　고려 광종 때 과거제도의 실시로 한문학이 발달하여 관료계급층은 이두식 표기로써 시가를 지을 필요성이 없게 되었지만 균여대사 이후에도 불교의 힘으로 대중을 교화하고, 또 못된 귀신을 멀리 쫓고 질병을 낫게 하는 데, 이용하기 위해 사뇌가 형식을 빌려서 승려들에 의해서 계속 창작되었을 가능성이 높다.

이러한 추측은 이두문자로 불교 선전을 노래한 懶翁和尙의 〈僧元歌〉의 발견으로 더욱 확실해진다. 또 忠烈王代에 安軸(1287~1348. A.D.)이 지은 〈關東別曲〉과 〈竹溪別曲〉에 이두식 표기법의 흔적이 있는 점 등으로 미루어 보아 均如大師의 詞腦歌 이후 파생한 고려 중엽의 中·末 頃까지의 공백기는 없다고 본 것이다.

(2) 詞腦歌와 時調 및 時調와 歌辭

3章 6句로 되어 있는 時調의 발생을 간단하게 살펴보면 사뇌가 〈願往生歌〉의 형식을 분석한 결과에서 밝혀졌다는 것이다. 다시 말하면 여러 학설을 종합할 때 10句體 詞腦歌의 3句(章) 6名(部節·文節)에서 나왔다는 것을 알 수 있다.

이렇게 볼 때 歌辭發生說은 시조설에서 나왔다는 것이 된다. 따라서 景幾體歌說·時調·漢詩懸吐說·樂章說·其他說 여러 견해가 있으나, 시조설 이외에는 부정적인 견해이다. 이처럼 시조 율격이 뒷받침된 양반계급층에서 중심이 되어 불러 온 主音數律은 앞에서도 언급되었지만 3·4조이고, 副音數律은 4·4조이다. 결사 형식은 兩班歌辭는 대체적으로 3·5·4·3으로 時調의 終章 형식과 일치한다. 참고로 平民歌辭와 內房歌辭는 4·4·4·4조로 되어 있는 것이다.

2) 平民歌辭의 發生

먼저 具滋均의 《韓國平民文學史》[9])에 의하면 조선조의 사회계급은 1. 宗親. 2. 國舅. 3. 駙馬. 4. 兩班(鄕班). 5. 中人. 6. 庶孼. 7. 胥吏. 8. 常民. 9. 賤民 등으로 되어 있다.

이 중에서 양반이 주축이 되어 부마駙馬·국구國舅까지를 포함한 작가들

---

9) 具滋均, 《韓國平民文學史》, p.27.

의 가사 작품을 양반가사라고 하고, 중인中人을 포함한 이하들(委巷人)의 가사를 평민 가사라고 하였다. 한편 반상의 구별 없이 부녀자의 가사를 내방가사라고 하였다. 평민 가사의 발생은 시대구분에서 간단히 논급되었지만, 조선 英祖代에 이르러 영조의 인권 존중의 정책과 그들 스스로 지배계급에 대한 비평과 반항의식이 싹터, 양반들이 주로 쓴 정형보다는 변형을 취하여 그들의 가사인 평민가사를 낳게 된 것이다.

3) 內房歌辭의 發生

양반가사가 내방에로의 흐름에서 비롯하였다 할 수 있고, 그 주도적인 역할은 주로 영남지방의 부녀자들에 의해서 이루어졌다. 형성기는 朝鮮朝 中宗 때, 英祖 때, 高宗 때라고 하는 세 가지 견해가 있는데, 그중에서도 평민문학이 꽃핀 영조 때라고 하는 것이 일반적인 견해이다. 작가가 부녀자로서 한글로 지은 작품 중에서 가장 오래된 것은 朝鮮 中宗 때 聾巖 李賢輔의 모 부인이 지은 〈宣飯歌〉와 宣祖 때 許蘭雪軒이 지은 〈閨怨歌〉가 있다.

Ⅲ. 가사의 내용 분류

1. 從來 分類의 檢討

가사의 내용 분류도 연구하는 학자들에 의해 다르게 나타나고 있다. 가사의 내용을 유형별로 분류하여 고찰하기에 앞서 그간 학자들이 연구한 내용의 분류와 명칭을 검토해 보기로 하겠다.

1) 趙潤濟는《朝鮮詩歌의 研究》[10]에서

① 화려한 풍경을 說盡한 것 ② 節條에 따른 자연의 미를 詠嘆한 것 ③ 루대 정각을 서술한 것 ④ 隱逸的 氣分을 토로한 것 ⑤ 會遊를 즐긴 것 ⑥ 이별의 哀情을 호소한 것 ⑦인생의 무상을 통탄한 것 ⑧ 純道德을 敎導한 것 ⑨ 교훈을 說諭한 것 ⑩ 지방의 문물제도를 서술한 것 ⑪ 시행 로 정을 기록한 것 등 11항목으로 분류하고 있다.

2) 鄭亨容은《國文學槪論》[11]에서

　(1) 兩班歌辭

　① 부귀와 공명을 떨치고 江湖에 묻혀서 자연과 벗을 삼아 어부의 생활을 하는 것을 묘사한 것 ② 양반학자들이 子弟나 鄕人을 위하여 그네들이 닦고 있는 학문과 유교 윤리를 알기 쉽게 만들어 낭송하도록 지은 일련의 歌辭群 ③ 紀行歌辭 ④ 귀양살이가 문학의 소재로 오르고 또는 문학 창작의 동기로 된 것 ⑤ 月令歌의 형식을 취하여 相思戀情을 읊은 것.

　(2) 內房歌辭

　(3) 平民歌辭

　① 雜歌 ② 敍事歌 ③ 抒情歌 ④ 滑稽歌 ⑤ 佛敎歌類 등 가사를 작자의 신분에 따라 양반가사·내방가사·평민가사로 셋으로 대별하고, 이를 다시 세분류하고 있다.

3) 金起東은《國文學槪論》[12]에서

　① 愛戀相思歌辭 ② 敎訓警戒歌辭 ③ 敍景紀行歌辭 ④ 演史布景歌辭 ⑤ 江湖閑情歌辭 ⑥ 花鳥咏物歌辭 등 6항목으로 분류하였다가 김기동의 改訂新版《國文學槪論》[13]에서 위의 분류를 버리고 다시 7항목으로 분류하였다.

　① 敍景文學으로의 歌辭 ② 愛情文學으로서의 歌辭 ③ 隱逸文學으로서의 歌辭 ④ 敍事文學으로서의 歌辭 ⑤ 感傷文學으로서의 歌辭 ⑥

10) 趙潤濟,《朝鮮詩歌의 硏究》, p.125.
11) 鄭亨容,《國文學槪論》, 우리어문학회, p.176.
12) 金起東,《國文學槪論》(서울 : 大昌文化社, 1995), p.126.
13) 金起東,《國文學槪論》(서울 : 精硏社, 1964), p.138.

敎訓文學으로서의 歌辭 ⑦ 爾餘의 歌辭(① 風流歌辭 ② 紀行文學 ③ 流配文學 ④ 農民文學 ⑤ 頌祝文學 ⑥ 佛敎文學)

4) 李泰極은《歌辭의 內容攷》[14]에서

歌辭의 內容을 다음과 같이 分類하고 있다. 一. 主體性 二. 客體性 三. 比較性 이렇게 삼대별하고, 다시 이것을 세분하여 그 主體性에서는 한 가사 한 가사에 담겨진 중심사상을 주제로 하여서 儒家性, 道家性, 佛敎性, 巫俗性, 混融性, 文學性 等의 6항으로 나누어 보고, 그 객체성에서는 주로 그 묘사와 표현을 통한 抒情, 敍事, 紀行, 隨筆, 日記, 事大, 自主 등의 7項으로 생각하여 보고자 한다. 셋째로 比較文學性에서는 주로 中國文學과의 관계성을 밝히고 다음 韓末作品을 통해 본 西歐 및 日本文明의 영향을 살펴보고자 한다.

5) 金俊榮은《韓國古典文學史》[15]에서

① 風景 史蹟 感懷 등을 읊은 것 ② 紀行歌辭 ③ 流配歌辭 ④ 敎訓 勸善 道德的인 것 ⑤ 戀情을 읊은 것 ⑥ 遊興을 읊은 것 ⑦ 江湖閒情을 읊은 것 ⑧ 思親 思弟 社友 思鄕歌 ⑨ 閨怨을 읊은 것 ⑩ 戀君에 관한 것 ⑪ 善治 頌德에 관한 것 ⑫ 宗敎의인 歌辭 ⑬ 農家月令歌 ⑭ 漢陽歌와 漢陽五百年歌 ⑮ 그 밖의 歌辭 등 15항목으로 분류하고 있다.

그 외에도 權寧徹은《閨房歌辭硏究》[16]에서 내방가사 2,038편을 대상으로 하여 21항목으로 분류하였고, 또 각 유형은 각각 많은 세분된 형으로 나눌 수 있다고 하였다. 李相寶는《韓國歌辭文學의 硏究》[17]에서 가사의 내용을 살피는 데 있어서 두 가지 과점이 있는데, 첫째는 주제 면에서 성격을 규

---

14) 李泰極,《歌辭의內容攷》(陶南 趙潤濟博士回甲記念論文集,1964), p.454.
15) 金俊榮,《韓國古典文學史》, p.368.
16) 權寧徹,《閨房歌辭硏究》, p.176.
17) 李相寶,《韓國歌辭文學의 硏究》, p.15.

정짓는 방법이요, 둘째는 종교면에서 사상을 구분하는 방법이라고 하면서 주제 면과 종교면을 종합하여 7개 항목으로 분류하고 있다.

또 朴晟義는《韓國歌謠文學論과 史》[18]에서 5항목으로 분류하고 있으며, 崔康賢은《華陽別曲小攷》에서 1,100편의 가사로써 34항목으로 분류하고 있다.

李在秀는《內房歌辭 研究》[19]에서 그가 수집한 597편의 內房歌辭로써
(1) 教訓類에는 ① 誠女型 ② 警世型,
(2) 頌祝型에는 ① 祝願型 ② 頌祝型 ③ 頌詠型,
(3) 歎息類 ① 女歎型 ② 老歎型 ③ 生活苦型 ④ 時節型,
(4) 風流類 ① 野遊型 ② 節氣型 ③ 擲柶型 ④ 諧謔型 ⑤ 花鳥型 ⑥ 紀行型으로 분류하고 있으며,

李能雨는《歌辭文學論》[20]에서 ① 歌唱物로서의 歌辭 ② 吟詠物로서의 歌辭 ③ 玩讀物로서의 歌辭 等 3項目으로 분류하고 있으며,

서원섭은 가사에 담겨 있는 사상과 시상을 중심으로 다음과 같이 7항목으로 다음과 같이 분류하고 있다. ① 戀主忠君的인 歌辭 ② 安貧樂道的인 歌辭 ③ 道德的인 歌辭 ④ 追慕讚頌的인 歌辭 ⑤ 佛敎的인 歌辭 ⑥ 道敎的인 歌辭 ⑦ 戀慕相思的인 歌辭 등이다.

본격적인 주제 분류의 최초 연구 논문은 서원섭의《歌辭의 內容과 型式攷》임을 알 수 있는데, 본고는 서원섭의 내용 분류를 중심으로 살펴보기로 한다.

---

18) 朴晟義,《韓國歌謠文學論과 史》(서울 : 宣明文化社, 1974), p.390.
19) 李在秀,《內房歌辭 研究》, p.14.
20) 李能雨,《歌辭文學論》(서울, 一志社, 1977), p.14.

2. 歌辭의 內容別 分類

서원섭의 분류에 의하면 가사 800편을 대상으로 한 주제별 분류를 기준
으로 하면 다음과 같다

1) 江湖閑情의 歌辭. 2) 戀主忠君의 歌辭. 3) 追慕讚頌의 歌辭. 4) 福
數頌祝의 歌辭. 5) 道德敎訓의 歌辭. 6) 寄托諷諭의 歌辭. 7) 遊覽奇行
의 歌辭. 8) 風流行樂의 歌辭. 9) 風物敍景의 歌辭. 10) 戀慕相思의 歌
辭. 11) 無常嗟歎의 歌辭. 12) 丈夫豪氣의 歌辭. 13) 古事懷古의 歌辭.
14) 懷抱述義의 歌辭. 15) 風俗勸農의 歌辭. 16) 宗敎布德의 歌辭.

1) 江湖閑情의 歌辭

　강호 한정의 가사를 크게 둘로 나눈다면 전원에서의 한가로운 정을 노
래한 田家閑居系歌辭와 곤궁하게 살면서도 편안한 마음으로 천도를 지키
는 것을 노래한 安貧樂道系歌辭로 나눌 수 있다.

(1) 田家閑居系歌辭

　〈賞春曲〉,〈梅窓月歌〉,〈俛仰亭歌〉,〈退溪歌〉,〈還山別曲〉,〈陶山
歌〉,〈樂志歌〉,〈星山別曲〉,〈江村別曲〉,〈江湖淸歌〉,〈莎堤曲〉,
〈鳳山曲(天臺別曲)〉,〈逸民歌〉,〈樂隱別曲〉,〈霞明洞歌〉,〈草堂曲〉,
〈龍湫遊泳歌〉,〈採薇歌〉,〈江村晚酌歌〉,〈江湖別曲〉,〈樂民歌〉,
〈處士歌〉,〈蓮亭歌〉,〈白鷗歌〉,〈滄浪曲〉 등.

(2) 安貧樂道系歌辭

　〈樂志歌〉,〈樂貧歌〉,〈陋巷詞〉,〈蘆溪歌〉,〈梅湖別曲〉,〈嘆窮歌〉,
〈牧童歌〉,〈牧童問答歌〉,〈安貧樂道歌〉 등.

2) 戀主忠君의 歌辭

　창작 배경이 되는 요인으로 보아 戀主系歌辭와 憂國系歌辭로 나눌 수
있다.

(1) 戀主系歌辭

〈思美人曲〉, 〈續美人曲〉, 〈別思美人曲〉, 〈續思美人曲〉, 〈萬憤歌〉, 〈萬言詞〉, 〈北關曲〉, 〈北遷歌〉 등.

(2) 憂國系歌辭

〈在日本長歌〉, 〈自悼詞〉, 〈明月吟〉, 〈爲君爲親痛哭歌〉, 〈上元香月〉, 〈南草歌〉, 〈竹窓曲〉, 〈思君恩家〉, 〈鴻羅歌〉 등.

3) 追慕讚頌의 歌辭

慕賢系歌辭와 善政系歌辭로 나눌 수 있다.

(1) 慕賢系歌辭

〈獨樂堂〉, 〈陶山別曲〉, 〈華陽別曲〉, 〈忠臣歌〉, 〈烈女歌〉, 〈道統歌〉, 〈憤山恢復〉, 〈謝恩歌〉 등.

(2) 善政系歌辭

〈嶺南歌〉, 〈善政歌〉, 〈金陵別曲〉, 〈美人別曲〉, 〈無窮花〉, 〈孝子歌〉, 〈聖主中興歌〉, 〈甲民歌〉 등.

4) 福數頌祝의 歌辭

복수송축의 가사는 복스러운 운수와 경사스러움을 칭송하여 축하하는 것을 주제로 한 가사이다.

〈頌慶舞踏辭〉, 〈樂民頌〉, 〈雙璧歌〉, 〈萬壽歌〉, 〈純宗大王慶宴歌〉, 〈聖主中興歌〉, 〈回婚歌〉, 〈중시회경가〉, 〈回婚慶祝歌〉, 〈花歌〉, 〈進甲壽詞〉, 〈回婚參慶歌〉, 〈回婚仰祝歌〉, 〈夫君壽筵歌〉, 〈壽宴歌〉 등이 있는데, 內房歌辭에는 〈回甲歌〉, 〈壽宴歌〉 등이 다수다.

5) 道德敎訓의 歌辭

道德系歌辭와 敎訓系歌辭로 나눌 수 있다.

(1) 道德系歌辭

〈道德歌〉, 〈琴譜歌〉, 〈相杵歌〉, 〈三綱五倫自警曲〉, 〈五倫歌〉, 〈五倫歌Ⅱ〉, 〈吉夢歌〉, 〈孝友歌〉, 〈人日歌〉, 〈斷腸人簞瓢懷曲〉, 〈吾道

歌〉, 〈太平策歌〉 등.

(2) 敎訓系歌辭

〈自警別曲〉, 〈勸義指路辭〉, 〈經世說〉, 〈擊蒙歌〉, 〈安宅歌〉, 〈朗湖新詞〉, 〈愚夫歌〉, 〈戒女歌〉, 〈訓家俚談〉, 〈警婦歌〉, 〈勸學歌〉, 〈女孫訓辭〉, 〈思親歌〉, 〈思弟歌〉, 〈柳室警戒詞〉, 〈閨中行實歌〉, 〈貴女歌〉, 〈反花煎歌〉, 〈訓戒歌〉, 〈女子歌〉, 〈紅閨勸獎歌〉 등.

6) 寄托諷諭의 歌辭

寄托諷諭의 가사는 말〔言語〕 밖에 깊은 뜻을 품어서 슬며시 꾸짖는 뜻을 붙여 가르치고 타이르는 것을 주제로 한 가사이다. 이에 해당하는 가사는 다음과 같다.

〈雇工歌〉, 〈雇工答主人歌〉, 〈居士歌〉, 〈社會燈〉, 〈百花堂歌〉, 〈合江亭歌〉, 〈鄕山別曲〉, 〈閭巷聽謠〉, 〈和九曲歌〉, 〈九曲棹歌〉, 〈居昌歌〉, 〈和酬惜春歌〉, 〈婦女歌〉, 〈鳥宴歌〉 등.

7) 遊覽紀行의 歌辭

국내의 유람기행의 가사를 遊覽系歌辭, 국외를 유람기행 한 가사를 紀行系歌辭라 한다.

(1) 遊覽系歌辭

〈關西別曲〉, 〈關東別曲〉, 〈關東續別曲〉, 〈香山別曲〉, 〈金剛別曲〉, 〈金塘別曲〉, 〈箕成別曲〉, 〈寧三別曲〉, 〈出塞曲〉, 〈北征歌〉, 〈八域歌〉, 〈金剛遊覽歌〉, 〈金剛山紀行歌〉, 〈해인사유람가〉, 〈扶餘路程記〉, 〈天風歌〉, 〈漢陽城遊覽〉, 〈香山錄〉, 〈春遊曲〉 등.

(2) 紀行系歌辭

〈日東壯遊歌〉, 〈燕行歌〉, 〈燕行別曲〉, 〈北行歌〉, 〈西征別曲〉, 〈漂海歌〉, 〈서힝녹〉, 〈朝天日乘〉, 〈遊日錄〉 등.

8) 風流行樂의 歌辭

주로 양반가사로써 다음과 같다.

〈西湖別曲〉,〈船遊別曲〉,〈遊山歌〉,〈首陽山歌〉,〈孟嘗君歌〉,〈宗親擲柶歌〉,〈擲柶歌〉,〈樗蒲頌〉,〈立春勝會歌〉,〈花煎歌〉,〈春遊歌(一·二)〉,〈花樹歌〉,〈古園花柳歌〉,〈花柳歌〉,〈和酬惜春歌〉,〈龍門歌〉,〈花鳥歌〉 등.

*擲柶 : 윷. 윷놀이/*樗蒲 : 쌍륙. 도박이라 하는데, 여기서는 윷놀 때 윷괘가 나거나 또는 상대편 말을 잡을 때 일제히 일어나서 노래하는 것./*和酬 : 남이 보낸 詩에 和韻(남이 지은 詩의 韻字를 써서 答詩를 지음)하여 보냄(의역-필자)

9) 風物敍景의 歌辭

〈皆巖歌〉,〈百祥樓別曲〉,〈喜雪歌〉,〈月先軒十六景歌〉,〈完山歌〉,〈香山歌〉,〈仙樓別曲〉,〈四時風景歌〉,〈鬱島仙境歌〉,〈瀟湘八景歌〉,〈紫雲歌〉,〈岳陽樓歌〉,〈원별탄〉,〈경상도71주가〉,〈운산구 곡지로가〉 등.

10) 戀慕相思의 歌辭

男女 간에 서로 생각하며 그리워하는 심정을 노래한 戀慕系歌辭와 임과 이별한 후 空閨에서 떠나간 임의 무정함을 원망하면서도 그 임을 못 잊어 사모하는 것을 노래한 空閨系歌辭로 나눌 수 있다.

(1) 戀慕系歌辭

〈金縷辭〉,〈隴西別曲〉,〈사랑가〉,〈思美人曲〉,〈斷腸詞〉,〈閨秀相思曲〉,〈相思陳情夢歌〉,〈相思回答曲〉,〈古相思別曲〉,〈良辰和答歌〉,〈思慕曲〉,〈感慕曲〉,〈相思曲〉,〈安仁壽歌〉,〈十二月歌〉,〈秋風感別曲〉 등.

(2) 空閨系歌辭

〈閨怨歌〉,〈相思別曲〉,〈黃鷄詞〉,〈觀燈歌〉,〈春眠曲〉,〈靑春寡婦歌〉,〈惜春詞〉,〈寡婦歌〉,〈恨別曲〉,〈望夫歌〉,〈離別歌〉,〈靑孀歌〉,〈怨別歌〉,〈相思夢〉,〈상장가〉 등.

11) 無常嗟嘆의 歌辭

　사람의 삶이 덧없음을 노래한 無常系歌辭와 자기 자신의 삶이 고통스럽고 지겨움을 노래한 嗟嘆系歌辭로 나눌 수 있다.

　(1) 無常系歌辭

　〈白髮歌〉, 〈老人歌〉, 〈玉屑和答歌〉, 〈花鳥歌〉, 〈怨恨歌〉, 〈諧嘲辭〉, 〈老嘆歌〉, 〈白髮老人嘆息歌〉, 〈女嘆歌〉, 〈슈심탄〉, 〈형제소회가〉, 〈석노가〉, 〈시졀가〉, 〈홍상가〉, 〈회인별곡〉, 〈귀천긔힝다졍뒤슈쟉〉, 〈철철지회심가〉 등.

　(2) 嗟嘆系歌辭

　〈女子嘆息歌〉, 〈老處女歌〉, 〈女子嘆〉, 〈女子自嘆歌〉, 〈여자소회가〉, 〈鄭夫人自嘆歌〉, 〈농촌가〉, 〈어부가〉, 〈所志歌〉, 〈靑年自嘆歌〉 등.

12) 丈夫豪氣의 歌辭

　〈太平詞〉, 〈船上歎〉, 〈南征歌〉, 〈武豪歌〉, 〈龍蛇吟〉, 〈大明復讎歌〉, 〈大韓復讎歌〉, 〈楚漢歌〉, 〈告兵丁歌〉 등.

13) 古事懷古의 歌辭

　우리나라의 역사적 사건과 한 인물이 겪은 사연을 읊은 我國系歌辭와 中國系歌辭로 나눌 수 있다.

　(1) 我國系歌辭

　〈漢陽歌〉, 〈漢陽五百年歌〉, 〈義岩別曲〉, 〈明堂歌〉, 〈歷代歌〉, 〈八道邑誌歌〉, 〈八域歌〉, 〈八道歌〉, 〈夜月彈歌〉, 〈閭巷託間〉 등.

　(2) 中國系歌辭

　〈萬古歌〉, 〈玉樓宴歌〉, 〈夢遊歌〉, 〈王昭君怨歌〉, 〈昭君怨〉, 〈赤壁歌〉, 〈孔明歌〉, 〈虞美人歌〉 등.

14) 懷抱述義의 歌辭

　〈慕夏堂述懷錄〉, 〈鄭處士述懷歌〉, 〈李氏懷心曲〉, 〈感懷歌〉, 〈悵懷

曲〉, 〈소회가〉, 〈기천가〉, 〈心懷歌〉, 〈귀소술회가〉 등.

15) 風俗勸農의 歌辭

〈農家月令歌〉, 〈農夫歌(1~10)〉, 〈田園四時歌〉, 〈기음노래〉, 〈治産歌〉, 〈耘歌〉, 〈勸農歌〉, 〈勸農答歌〉, 〈樵夫歌〉, 〈農村歌〉, 〈歸農歌〉, 〈農和農家〉, 〈打租歌〉, 〈織錦歌〉, 〈모심기 노래〉 등.

16) 宗敎布德의 歌辭

종교포덕의 가사는 佛敎歌辭·天主敎歌辭·東學敎歌辭로 나눌 수 있다.

(1) 佛敎歌辭

〈僧元歌〉, 〈西往歌(I·Ⅱ)〉, 〈樂道歌〉, 〈尋牛歌〉, 〈修道歌〉, 〈回(悔)心曲〉, 〈別回心歌〉, 〈特別回心曲〉, 〈續回心曲〉, 〈太平曲〉, 〈歸山曲〉, 〈靑鶴洞歌〉, 〈參禪曲(I)〉, 〈魔說歌〉, 〈尊說因果曲〉, 〈修善曲〉, 〈勸禪曲〉, 〈勸往歌〉, 〈圓寂歌〉, 〈往生歌〉, 〈新年歌〉, 〈參禪曲(Ⅱ)〉, 〈解脫曲〉, 〈望月歌〉, 〈參禪曲(Ⅲ)〉, 〈可歌可吟〉, 〈法門曲〉, 〈夢幻歌(I·Ⅱ)〉, 〈夢幻別曲〉, 〈一笑歌〉, 〈白髮歌〉, 〈仁果文〉, 〈法華一乘歌〉, 〈往生曲〉, 〈廣大募綠歌〉, 〈長安乞食歌〉, 〈送女僧歌〉, 〈僧答辭〉, 〈再送女僧歌〉, 〈女僧再答辭〉, 〈觀燈歌〉, 〈念佛歌〉, 〈草庵歌〉, 〈夢中回心曲〉, 〈眞如自性歌〉, 〈善心歌〉, 〈勸佛歌〉, 〈廣濟歌〉, 〈애닮은 노래〉, 〈悔懺曲〉 등.

(2) 天主敎歌辭

〈十誡命歌〉, 〈天主恭敬歌〉, 〈思鄕歌〉, 〈삼세대의〉, 〈선종가〉, 〈聖堂歌〉, 〈避惡修善歌〉, 〈자신책가〉, 〈충효가〉, 〈텬당이라(天堂講論)〉, 〈십계강론〉, 〈頌洗〉, 〈堅振〉, 〈고히〉, 〈셩〉, 〈종부〉, 〈神品〉, 〈七克〉, 〈디옥가(地獄講論)〉, 〈尋眞曲〉 등.

(3) 東學敎歌辭

〈敎訓歌〉, 〈安心歌〉, 〈龍潭歌〉, 〈夢中老少問答歌〉, 〈道修詞〉, 〈勸學歌〉, 〈道德歌〉, 〈興比歌〉, 〈夢中問答歌〉, 〈무하사〉, 〈知止歌〉, 〈警嘆

歌〉,〈道成歌〉,〈六十花甲子歌〉,〈昌德歌〉,〈信心時景歌〉,〈夢中運動家〉,〈警時歌〉,〈信和歌〉 등이 있다.

Ⅳ. 마무리

먼저 시대별 변천사(발전 단계)를 통해 살핀 후 내용 분류를 함으로써 어떻게 성장·발전되어 왔는지를 정리하는 데 도움을 주었다. 그것은 가사의 명칭, 개념, 형식, 내용 등 그 성격을 개괄적으로 알 수 있게 하였다. 문제는 연구한 자들의 주장설에서 먼저 명칭상의 '歌詞'와 '歌辭'의 兩論에서 살펴본 결과 歌唱적이라도 문장 전체의 성격상 서술된 내용으로 짜여진 散文的인 性格을 갖고 있으므로 '歌辭'라는 명칭이 맞다 할 수 있다.

그리고 본 연구는 가사의 내용 분류를 徐元燮의《한국 가사의 문학적 연구》를 중심으로, 위에서 언급한 열여섯 項目으로 주제별 분류하여 요약하여 보았다. 왜냐하면, 고전문학 연구자의 저서별로 살펴보면 각자의 연구 범위가 상이하였기 때문이다. 또한, 류연석의《한국 가사 문학사》를 비롯한 다른 문헌들도 시대별 변천사를 비롯하여 내용별로 분류할 때에는 참고하였다.

☛ 가사를 일목요연으로 하기 위해 가사 재분류는 각론各論의 각주脚註를 참조 바람.

반민족문화론反民族文化論

-신문보도 · 논설 중심으로(1930~1945)

Ⅰ. 들머리

Ⅰ-1. 문제 제기

현재까지 친일문학의 해석 문제는 은폐론과 인정론으로 크게 나누고 있다. 다시 말해서 우리 민족사에서 오욕으로 물든 것을 말하지 않으려는 은폐론이요, 당사자 가족의 체면에서 덮어 주고 싶은 인정론으로 일제 식민치하에서 친일적 행위에 대한 기준을 설정하기는 막연하다 할 것이다.

특히 거론 자체가 인신공격의 표적이 되어왔고 그 절차가 반민특위에서 다루어진 것이기 때문이다. 당시 누락되었거나 반민특위 운영이 명확하지 못한 결과만 가져와서 지금은 개인의 연구 서적을 중심으로 마치 친일적인 측면에서 해석하려는 경향이 전혀 없지 않다 할 것이다.

따라서 반민족문학의 범위를 어떻게 구분하여야 하는 등 친일문학이냐 아니냐에 대한 연구가 앞으로도 절실한 것은 사실이다. 예를 들면 인문평론이나 국민문학에 불가항력으로 작품 발표가 되었더라도 먼저 작가정신이 완전히 친일행위를 하지 않았을 경우, 그 작품 자체가 추상적일 때는 과연 그 작품이 일제의 국책에 동조된 것으로 인식해야 하는, 친일문학으로 분류해야 한다는 이분법은 그 구분과 범위가 걷잡을 수 없다 할 것이다.

친일행위에서부터 그 실태를 파악할 경우, 당시 조선반도를 병참 기지화하여 만주 공략에서 승리한 후 본격적인 일제의 통독 정치 기간인 1936년 이후 1945년 해방 직전까지의 조선 민족의 총동원령에서 볼 때 살아남은 자 중에서 해외 망명자와 독립운동가를 제외한 자들 외에는 크고 작은 주구走狗 노릇을 비롯하여 아유구용阿諛苟容하지 않은 자가 거의 없었다 할 것이다.

당시의 군국주의의 악랄한 총독정치總督政治에서 1936년부터 제7대 총독 미나미자로(이하 南次郎이라함-필자) 시대가 개막되면서 가열된 조선통치朝鮮統治 5대五代 지침指針인 ① 국체명징國體明徵, ② 조만일여鮮滿一如, ③ 교학진작敎學振作, ④ 농공병진農工竝進, ⑤ 서정쇄신庶政刷新 등 황민화 정책皇民化政策에 목숨을 부지하기 위해서는 굴종, 앞장서지 않을 수 없었기 때문이다. 이처럼 남차랑南次郎의 6년간의 내선일체內鮮一體를 위한 친일적 기반과 전시체제戰時體制의 확립을 다졌다.

1942년 06월 18일 고이소 구니아키(이하 소기국소所磯國昭라고 함-필자)가 부임赴任하면서 담화를 발표하였는데1) 동일자同日字로 "國體의 본의에 투철하여 皇運扶翼의 실을 거두라"는 유고諭告를 내렸다. 다시 말해서 국체본위國體本位의 투철과 도의조선道義朝鮮의 확립이라는 두 가지 지침指針으로 요약할 수 있다. 따라서 조선총독부朝鮮總督府의 내무성內務省 이관移管에 행정기구行政機構의 개혁改革도 1942년 11월 01일자 단행이 되었다.

이러한 조직에서도 식산국殖産局 관계조직을 강화하면서 국민동원계획國民動員計劃 등 국가총동원법國家總動員法, 국민징용령國民徵用令을 하달下達하는 전력증강戰力增强, 전시행정기구戰時行政機構를 정비, 강조했다. 이에 따라 1943년 08월 01일 시행된 조선에 징병제徵兵制는 1944년 04월 01일부터 08월 31일까지 처음으로 징병검사徵兵檢査가 실시되었으며, 조선의 젊은이들을 강제입영强制入營시켰다.

---

1) "(前略) 차제 특히 내지에 있는 내지인 일반에 대해서 요망하고자 하는 것은 조선과 조선 동포에 대한 바른 인식을 파악해 주기 바란다는 것이다. (中略) 금일의 조선인은 대화민족과 대칭하는 의미에서의 조선 민족이 아니고 함께 일본인인 의식 아래 종시 결합에 애쓰고 있는 과정에 있는 것이니 이 내면적인 마음의 노력에 대해서 내지인은 따뜻한 이해를 가지고 이것을 우우(優遇)하고 거울과 같은 넓은 경지에 서서 이것을 포용하는 것이 일본 황도의 本領이며 八紘爲宇의 具現이라고 믿는다."

한편, 노동력수탈勞動力收奪에도 학생근로보국대學生勤勞保國隊, 근로봉사勤勞奉仕니 등 학도전시동원체제學徒戰時動員體制 확립요강確立要綱을 발표, 유사즉응태세有事卽應態勢를 갖추었다. 이처럼 소기국소所磯國昭는 02년 02개월 동안 참혹하게 강제동원령을 강화하였다.

1944년 07월 24일 노부유키(이하 阿部信行이라고함-필자) 육군대장이 임명되어 동년 08월 08일 조선에 부임하게 된다. 그의 부임유고赴任諭告에서 협심육력協心戮力과 결전태세를 내세웠다. 이러한 식민통치 아래 조선민朝鮮民들이 그들의 요구대로 짓밟히고 추종한 것을 볼 때 친일적 요소를 경술국치 이후부터 철저히 규명한 후에 정리되어야 할 것이다. 그러므로 반민족문학론은 앞으로도 커다란 문제점이 아닐 수 없으며, 명백하고 깊이 있는 연구의 과제가 아닐 수 없다.

Ⅰ-2. 강제 친일문학 연구사 재검토 필요

여기서는 반민족문학적인 측면에서 본 개념으로 파악하는 것은 일제 식민치하에서도 돈독히 앞장서서 능동적으로 동조하고 열성적으로 찬양한 황국민의 행위를 뚜렷하게 하였고, 분명히 친일적인 요소를 남긴 문학을 대상으로 말할 수 있어야 할 것이다.

그러나 1930년대 중반 이후 식민통치가 강화되면서 조선문인보국회朝鮮文人報國會 등 문화예술인을 비롯한 사회 지식층을 강제 동원하여 앞장서게 한 것과 1940년 08월에《東亞日報》와《朝鮮日報》를 폐간廢刊하고 1941년에는 친일적인 요소가 있는《人文評論》과《文章》을 정리하면서 소위 국책을 획책키 위해《國民文學》으로 바꿔 버렸다.

또 당시 저명문인著名文人들은 거의 설득 혹은 총부리로 강제, 친일 조치하였다. 작품 내용마저 일제에 의해 사실상 날조되었던 것은 사실이다. 그러나 암담한 현실을 그대로 인식하여 조국과 민족을 포기하고 개인의 영달을 꾀하며 적극적으로 솔선수범을 보였던 몇몇 친일문인들의 오욕은 지금도 씻을 수 없는 비판을 받아야 마땅하다. 그러나 이러한 친일작가들이라도 조국을 배반했을까 하는 의문은 아직 남아 있다. 그러한 친일에 앞장선 것을 우선 언론이나 잡지를 통한 평론을 제외하면 논설은 그렇게 많지 않은 것도 발견된다. 여기서 주로 논설이라 함은 신문사설, 담화문 등을 대상으로 하였을 경우, 조선 총독 정치를 직접 지휘한 정책 책임자들의 발표문에 한정하고 정리해 보기로 하겠다. 말하자면 반민족문학과 연관된 정책을 획책한 신문지상의 논설을 중심으로 살펴서 정리해 보기로 하겠다.

II. 일제 군국주의 조선 총독 통치의 실상

II-1. 정치와 사회적 정황

II-1-1. 남차랑南次郎 통치 보도 방향

1936년 08월 26일부로 제7대 조선 총독에 부임한 미나미 지로(南次郎, みなみ じろう, 1874. 8.10~1955. 12. 05)는 조선 통치 5대 지침[2]을 천명하는 한편 조선인의 민족의식과 주체성을 마비시킴으로써 대화민족(大和民族, 야마도 민족) 속에 융화시키겠다고 밝혔다.

따라서 1936년 08월 27일 매일신문에도 게재된 담화 및 유고[3]에서 동화정책을 내세우면서 황민화를 꾀하고, 세계 및 동아 정세에 대비하는 조선반도를 병참기지화兵站基地化함으로써 대륙진출을 꾀하는 데 노동력과 모든 자원을 총동원하는 내선일체라는 구호를 내걸었다. 또 1940년 07월 30

---

2) 南次郎 談話 및 諭告(1936. 8. 27) : 1.國體明徵, 2.鮮滿一如, 3.教學振作, 4.農工竝進, 5.庶政刷新.

3) 諭告(1936. 8. 27) : (前略) 卽 人的 物의의 兩 要素에 矜하여 內鮮一如 鮮滿相依의 境地를 洞觀 하여 資源을 開發하고 民心을 啓沃하여 널리 참으로 雄強國民으로서 間然함이 없는 生活의 基準에 達케함은 蓋 統治宗國의 理想을 顯現하는 所以로서 (後略).

일 일본과 옛 삼국 중 백제百濟와의 골육 관계라는 모호한 이야기를 발설하여 지금의 부여扶餘를 성지화聖地化하는 기공식起工式을 거행하는 한편 1939년 11월 10일 제령制令 제19호로 조선민사령朝鮮民事令 중 일부를 개정함으로써, 즉 창씨개명제創氏改名制를 시행(1940년 2월)하여 일본식 성姓을 강요하였으며, 일본어日本語를 국어國語라고 하여 상용토록 엄명, 신사참배神祀參拜를 엄격하게 실시했다. 국민정신작흥주간國民精神作興週間, 애국일愛國日 등을 제정, 한뜻으로 국민의식의 부식扶植 고취에 급급했던 것이다.

또 불교의 내선 일체를 주도하여 조선불교삼십일본산朝鮮佛敎三十一本山주지회住持會를 회동會同케 함으로써 "조선불교를 街頭로 진출케 하여 이 운동의 용감한 戰士로 나서게"하는가 하면(每新 : 1937. 02. 27) 신사참배를 거부하는 기독교를 보안법 위반으로 구속 송국送國(每新 : 1938. 5. 11에 崔繼萬, 車日動 등 7명이 신사 불참을 주장하다가 동 10일 水原署로부터 구속 送國되었다)고 보도하면서 조선기독교연합회朝鮮基督敎聯合會를 결성(1938. 05. 08)으로 내선일체라는 명목 아래 어용조직을 가지게 되었다.

또 1939년 10월 16일에는 조선유도연합회朝鮮儒道聯合會를 조직하게 하는가 하면 천도교 청년당天道敎靑年黨으로 하여금 35개 처處를 순회강연巡廻講演케 하였다. 이러한 가운데 미나미 지로는 1937년 11월 15일 폭리취체령暴利取締令, 즉 금金, 백금白金, 동銅, 목재木材, 펄프 등 중요물자사용제한령重要物資使用制限令, 1939년 08월 01일에는 임금통제령賃金統制令, 고입제한령전시경제체제雇入制限令戰時經濟體制로 정비하면서 치안유지법治安維持法 위반자에 대한 보호관찰保護觀察을 국가사업國家事業으로서 강력히 전개하였다.[4] 또 1941년 05월 10일에는 국가보안법을 제정하여 전시체제로 전환하였다.

한편 총독부는 만주국이민문제滿洲國移民問題에 대해 구체화하였는데, 선만척식주식회사鮮滿拓植株式會社며, 세포이민훈련소洗浦移民訓練所 등의 창설創設이었다. 1936년 09월 10일《매일신보每日申報》를 보면 다음과 같다.

---

4) 1936년 12월 12일 朝鮮思想犯保護觀察令(制令 第16號). 또한 朝鮮思想犯豫防拘禁令을 1941년 2월 12일 공포하고 동년 3월 19일 시행함.

경제 합작의 측면에서 日滿 전체의 이익에 공헌하려는 국책적 사명을 행하려는 것이며 그 사업은 현재 및 장래에 긍한 재만 조선인 농민에 대하여 생활의 안정과 통제를 주어 五族 協和의 취지를 體行하는 반면, 주로 남선 지방의 과잉 인구를 노력 부족한 滿洲國 및 西北鮮 지방에 이식하여 그 자원개발 국력진흥에 與케하는 동시에 比年 深刻化하여 온 내선 노동문제의 완화 조정에 기여 하려는 점에 있다.[5]

이처럼 종래의 자유이민은 민족의 힘을 분열시키려는 의도였고, 국책적인 입장에서 농민을 만주로 보내 노동력을 착취하는 등 국가의 통제 및 보호를 받게 되었다. 대부분 조선에서 살 수 없어서 만주로 간 실향민失鄕民들이었다. 원주민原住民들의 박해迫害를 받으며 마적등류馬賊等類의 습격襲擊을 받아가면서 살았던 생활의 참상慘狀을 알 수 있는 것은 1938년 05월 19일 다음과 같이 보도한 당시《매일신보每日新報》를 통해서다.

安東縣 실지 조사하고 15일 안동현에 돌아온 安東協和會 안동성본부 永井사무관의 말을 들은 바에 의하면 桓仁縣 동포 농민은 수년간 馬賊에게 집을 소각 당하고 초근목피와 비지豆腐粕로 洞穴에서 살아가는 자 현재 총인구 12만 명 중 4만 6천명이라 한다. 그리고 그 飢寒을 못 이겨 타처로 이주하는 자가 속출하여 그곳에 경작지 10만 畝가 그대로 남아 있다고 한다. 당국은 수만 명의 빈민을 구제할 수가 없어서 동지에 산업철도를 속히 부설하고 석탄광을 허가하여 그곳 빈민을 石炭夫로 사역하는 것이 급선 구제책이라 한다.
　　　　　　　　　－〈桓仁縣下 極貧同胞 洞穴生活者 四萬 名〉記事

이러한 정황情況에서 항일민족진영抗日民族陣營, 반일사회주의진영反日社會主義陣營, 그리고 중립적中立的인 종교진영宗敎陣營은 무너지기 시작하였고, 동시에 솔선率先하여 친일부역자親日負役者, 친일부역단체親日負役團體들이 표면表面으로 나서기 시작하였다. 방호단防護團, 국방부인회國防婦人會 등

---

5) 林鍾國,《親日文學論》, 민족문학연구소, 2002. 07. p.31.

470 문학작품의 심리적 메커니즘 분석

일인위주日人爲主의 단체團體를 필두로 조선보국회(朝鮮保國會, 1938. 01), 애국자녀단(愛國子女, 1938. 06. 20), 조선부인문제연구회朝鮮婦人問題研究會, 전조선배영동지회연맹(全朝鮮排英同志會聯盟, 1939. 08. 05), 조선학생애국연맹(朝鮮學生愛國聯盟, 1939. 09) 등 계속적인 조직들이 생기면서 호형호제呼兄呼弟하며 마침내 친일파親日派의 세상이 되었다.

특히 어용친일단체御用親日團體들은 1939년 11월 11일 자 흑룡회黑龍會 주최로 '박문사博文寺'라는 절에서 "일한합방공로자감사위령제日韓合邦功勞者感謝慰靈祭"에 참석했는데, 명단을 보면 윤덕영尹德榮, 한상룡韓相龍, 정광조鄭廣朝, 최린崔麟, 이광수李光洙, 이석규(李碩圭: 일진회一進會 이용구李容九의 자子), 이화사(李華사: 이용구李容九의 처妻) 등 일백여 명이다. 이러한 위령대상공로자慰靈對象功勞者는 이등박문伊藤博文, 계태랑桂太郞, 사내정의寺內正毅, 또 이용구李容九, 송병준宋秉畯, 김옥균金玉均, 박영효朴泳孝, 이완용李完用 등등이다.

이처럼 남차랑南次郞은 6년 동안 일치단결一致團結, 국민정신國民精神을 총동원總動員하여 내선일체 전능력全能力을 발양發揚하는 등 조선반도의 민중을 걷잡을 수 없는 혈분血憤 속으로 몰아넣었다. 1945년도 조선연감(朝鮮年鑑, p.23)에 의하면 4년간에 그 수數 실로, 49만 6천여 명이라는 조선 청년이 일본의 침략전쟁에 동원되는 등 피땀과 젊음을 앗아간 것이다.

Ⅱ-1-2. 소기국소所磯國昭의 통치統治 보도報道 방향方向

1942년 05월 29일 임명장을 받고 6월 18일 경성京城에 착임着任한 제8대 조선 총독에 육군대장陸軍大將 고이소 구나아키(こそ くにあき, 所磯國昭, 1880~1950) 2년간의 근본적根本的 통치방침統治方針은 1945년 조선연감朝鮮年鑑에 공존공영共存共榮의 대도의大道義를 사위四圍에 펴기 위해 미영米英에 대해서 도의적 제재, 도의적 공세를 가하는 아국체我國體를 기조로 하는 도의의 앙양이라는 것으로, 즉 국체본위의 투철과 도의조선의 확립이라는 2대 지침指針으로 요약된다. 따라서 그의 황민연성皇民鍊成은 일반연성一般鍊

成과 특별연성特別鍊成의 두 가지로 구분되는 것이다. 그 하나가 수양연성철 저적실천적 요강修養鍊成徹底的實踐的 要綱에 의한 황민연성皇民鍊成이었고, 다른 하나는 징병실시徵兵實施 등에 수반하는 병력동원兵力動員을 위한 특별 연성特別鍊成이었다.

이 특별연성에서 결전체제에 수반되는 각종 군수물자의 증산을 위하여 생 산책임제生産責任制를 강조하여 1944년 02월 06일 농업생산책임제실시요 강農業生産責任制實施要綱을 비롯한 일련의 관계규정을 발표했다. 이에 농촌 에서는 생산책임량이라기보다는 강제공출이었는데, 농민들의 자기보유미조차 모조리 공출하고 초근목피로 연명하는 사례가 발생했다.

또 징병제실시감사대회徵兵制實施感謝大會니, 학병출진격려대회學兵出陣 激勵大會니, 무슨 궐기대회蹶起大會니 하여 결의선양決意宣揚을 앞세웠다. 소 위 대동아전쟁大東亞戰爭을 유발誘發시킨 단말마적斷末魔的 발악은 전쟁 속 으로 몰아넣는 흥분과 광란을 악랄하게 자행했다.

II-1-3. 아부신행阿部信行의 통치統治 보도報道 방향方向

1944년 07월 20일 제9대 조선총독부 행정책임자行政責任者로 임명된 육 군대장陸軍大將 아베 노부유키(阿部信行, 1875. 11. 24~1953. 09. 07)는 대동아전 쟁(大東亞戰爭 또는 태평양전쟁太平洋戰爭)에서 일본이 극히 불리할 때인 1944 년 08월 08일부로 조선반도朝鮮半島에 착임着任하자 협심륙력協心戮力과 결 전태세決戰態勢의 완비完備에 대한 유고諭告를 발發했다.

이러한 긴박한 정황에서도 조선국민 의용대 조직, 거의 패전상태에서 최 후의 일각까지 죽창이라도 들고 싸울 것을 결심토록 하였던 것이다. 1945년 06월 23일에 공포 시행된 의용병역법義勇兵役法은 동시행령同施行令, 동시행 규칙同施行規則 및 국민의용전투대國民義勇戰鬪隊 통솔령統率令 등과 함께 천 황天皇이 통솔하는 군대로서 본토결전本土決戰에 정신挺身할 것을 규정하고 있었다.

이러한 긴박한 정황에도 불구하고 세칭 친일파들은 여전히 신주불발과 최

후의 승리를 앵무새처럼 뇌까리면서 주구행위走狗行爲에 급급하였다. 이 무렵 새로 생긴 친일단체親日團體는 대의당大義黨, 대화동맹大和同盟, 조선언론보국회朝鮮言論報國會, 국민총진회國民總進會 등등이었으며, 박충중양朴忠重陽, 한상룡韓相龍, 윤동치호尹東致昊, 박택상준朴澤相駿, 김전명金田明, 야전종헌野田鍾憲, 이기용李埼鎔 등 7명이 귀족원령貴族院令 중中 개정안改正案에 의해 1945년 04월 03일 칙임勅任 귀족원의원貴族院議員으로 선임選任되기도 했다.

일본의 패망을 예측치 못한 친일파들은 끝까지 홍대무변弘大無邊한 성은聖恩에 감격하면서 신도실천臣道實踐의 각오를 더욱 굳게 했던 것을 볼 수 있다.

Ⅱ-2. 문화통치文化統治

Ⅱ-2-1. 정기간행물定期刊行物

《매일신보每日申報》는 1937년 1월 12일 국어면(國語面, 일본어日本語)을 창설하였고,[6] 이와 시기를 같이하여 국어면 창설 첫날 한상룡韓相龍은 〈新年の展望〉을, 1937년 2월 9일~11일까지 3일간에 걸쳐 최남선崔南善은 〈朝鮮文化當面の問題〉라는 논설論說을 게재하였다.

연이어 운문과 산문을 게재하였다. 이때 남차랑南次郎은 1938년 03월 03일 제3차 조선교육령의 개정으로 보통학교, 고등보통학교, 여자고등보통학교 등의 명칭을 폐지하고 소학교, 중학교, 고등여학교로 개칭하는 한편 1937년 04월 이후 각 중학교의 조선어 교육을 폐지(1938. 04. 01)시키면서 황민연성荒民鍊成이라 불리는 일련의 사회교육과 사회교화社會敎化에 중점을 두었다.

---

6) 매일신보, 국어면 창설하게 된 배경: "(前略) 조선이 구투를 脫하여 (중략) 국문을 초할 기회도 많아질 것이다. 본사에서 국어면을 창설하는 진의는 여기에 있다. (중략) 본일부터 창설되는 국어면에는 각종의 신문 잡지 등에 산견하는 내지인의 조선에 관한 정치, 경제, 학예 등의 논문의 全載를 주로 하고, 한편 조선인 자신이 초한 국문 기사를 點綴시켜서 그 내용으로 하겠다. 또한 1週1回의 영문 급 지나문의 토픽도 倂載하기로 하겠다. 애독하여 주심을 바란다." 每申. 1937. 01. 12. 〈國語面 創設に就いて〉.

따라서 〈皇國臣民の誓詞〉를 만들어 1938년 1월호 이후 모든 잡지는 이 서사를 면지 혹은 판권에 게재치 않는 한 불온문서 취급을 당하는 사태에 이르렀으니 해방되기까지 7년 반을 출판물 검열의 제1 조건이었다. 그 내용을 보면 다음과 같다.

一. 我等ハ皇國臣民ナリ忠誠以テ君國二報セン
 (우리들은 황국신민이다. 충성으로써 군국에 보답할 것임.)
二. 我等皇國臣民ハ互二信愛協力シ以テ團結ヲ固クセン
 (우리들 황국신민은 서로 신애협력하여 단결을 굳게 함.)
三. 我等 皇國臣民ハ忍苦鍛鍊力ヲ養ヒ以テ皇道ヲ宣揚セン
 (인고단련으로 힘을 기르고 황도를 선양할 것임.)

이리하여 위의 내용을 강요 낭송 제창하여 조선 민중의 민족의식을 훼절毁折시켜 민족혼을 뽑아 버리려는 극악적인 만행을 저질렀다. 이런 와중에 1939년 1월에 박희도朴熙道는 내선일체內鮮一體의 실천 강화를 목표로 하는 월간지《東洋之光》을 창간한다. 박희도는 스스로 이 잡지에 〈新東亞の建設と我等の使命〉(39. 04), 〈血書の愛國心〉(39. 05), 〈排英運動强化論〉(39. 08) 等의 논설을 권두언으로 게재하는 등 주로 시사 문제와 국민 생활을 다루었다.

이러한 친일잡지《東洋之光》외에도 1939년 04월 03일 소위 신무천황제 神武天皇祭 날을 기하여 창간된《國民新報》는 매일신보사每日新報社가 간행한 주간지週刊誌였다.

면수 약 32면 내외 소년난, 청년난을 두어 국민 필수의 지덕知德을 함양涵養하며 공민강좌公民講座로서 성인成人을 교육하였고 평이平易한 시사해설時事解說로서 시국時局 및 국민의식國民意識을 교화敎化시키는 한편 순국어純國語를 이해시키는 역할을 하고 있었는데, 타블로이드판版으로 나오던《國民新報》는 백철白鐵이 편집 진영에 관계하였다.

그 외에도 녹기연맹綠旗聯盟에서 발행하던《綠旗》같은 잡지도 조선인朝鮮

人 집필執筆을 유도하고 있었는데, 1939년 03월 제일 먼저 이영근李泳根, 서춘徐椿, 현영섭玄永燮으로 표제表題는 〈私は米國で何を得たか(나는 미국에서 무엇을 얻었는가): 李泳根〉, 〈朝鮮た於ける愛國運動(조선에서의 애국 운동): 徐椿〉과 1939년 04월에는 〈革新創造の時代に於ける 半島在住 內鮮 同胞の重大 責務: 玄永燮〉, 1939년 07월에는 문인文人 집필執筆의 효시嚆矢가 되는 김용제金龍濟, 〈戰へる文化 理念(싸우는 문화이념)〉은 문인들에 큰 충격을 주어 친일화親日化에 앞장서고 있었다. 다음은 1939년 09월에 친일문인親日文人 김소운金素雲의〈靑年の荷〉가, 1939년 10월에는 김문집金文輯의 단문短文, 〈白人に對する偏理觀〉을 계속하여 게재하였다.

또한《三千里》잡지의 편집 겸 발행인인 김동환金東煥은〈朝鮮問題 特別版〉(1939. 04)을 설정, 日本人들이 대거 참여하는 등 日本語가 침입하였다. 이보다 먼저, 즉 1938년 05월에 이미〈非常時局과 家庭〉(黃信德),〈時國과 女性의 覺悟〉(俞珏卿),〈非常時와 婦人報國〉(李淑鍾),〈報國과 節制〉(張貞心) 등을 게재하고, 1941년 8월에 임전대책협의회臨戰對策協議會를 주동하면서 친일잡지로 전향하고 말았다.7)

군수물자 동원으로 신문 용지 부족 등 자원 고갈로 1939년 08월 도서 출판의 전면적 통제 담화가 발표되었으며, 1939년 10월에는 최재서崔載瑞가 이끄는《人文評論》이 창간8)되었는데 그다음 해인 1940년 08월 10일 마침내《東亞日報》와《朝鮮日報》를 강제폐간强制廢刊시켰다.《朝鮮日報》폐간호廢刊號의 촌평寸評, 〈八面鋒〉은 천추千秋의 유한遺恨을 담은 글을 후세에

---

7) 林鍾國,《親日文學論》, 民族問題硏究所, 2002. 07. 30. p.56.
8)《人文評論》창간호,〈卷頭言-建設과 文學〉: "세계의 정세는 시시각각으로 변하고 獨波間에는 벌써 무력 충돌이 발생하여 歐洲의 위기를 고하고 있다…" 편집후기에는 "잡지가 나오기엔 가장 곤란한 시기였다"는 기록이 있다. 또 朴英熙는〈戰爭과 朝鮮文學〉, 白鐵의〈戰場文學―考〉, 그리고 徐寅植의〈文化에 있어서의 全體와 個人〉, 金起林의〈모더니즘의 歷史的 位置〉, 李源朝의〈批評精神의 喪失과 論理의 獲得〉, 구드문트·로겔 헨릭센의〈나치스 獨逸의 文學〉을 소개하고 있음을 알 수 있다. 이어서 1940년 1월에는 日本人 印貞植은〈內鮮一體의 文化的 理念〉, 林和의〈日本農民文學의 動向〉, 권두언에는〈삼가 皇室의 어번영을 奉頌…〉 1940년 2월에는〈戰時下歐羅巴文化界〉라는 특집을 내고, 1940년 4월의 권두언에는〈國策과 文學〉이라는 논단을 日人들로 하여금 紙面을 차지하는데 동년 4월 이후 '시국논단'에는 杉森孝次郞〈二千六百年論〉, 有馬賴寧의〈文學과 政治〉, 長田新의〈現代敎育論〉이 수록되는 등 완전히 친일잡지였다.

남겼다.

비바람 격어서 二十春 二十秋, 一日에 一喝, 이몸의 使命도 이날로 終焉.

◇

豆太는 두들겨 荒皮를 벗고 山葵는 찧어서 辛味를 내고 麥粒은 썩고
죽어 吐芽를 하나니 이 몸의 죽음도 또 그러리라

◇

萬死를 渡涉後야 一生을 얻을지요, 一生에 執着은 萬死를 부를지,
이 몸의 生死觀은 이 한 마디.

◇

범중은 사로써「결론」을 삼되, 이 몸은 사로써「전제」를 삼으리라.
결론의 뒤에는 적멸이 기다리되 전제의 앞에는 생생 영겁이 있음에랴.

◇

維摩의 一黙은 石雷도 敢不當! 이 몸의 歸黙도 그러리라.…

◇

그대로 가노라, 이 몸은 가노라, 遞黙히 가노라. 前後劫 億萬讀者여,
萬福康寧하시라

(〈팔면봉〉의 필자는 밝히지 않으나 당시 筆者는 동전東田 오기
영(吳基永, 1909~?)이었음.)

1941년 01월 제3권 제4호로 폐간된《文章》은 이태준李泰俊이 주도한 친일
잡지였으며, 마해송馬海松이 주재한《モダン日本朝鮮版》역시 친일잡지로
서 이러한 일군一群의 잡지사는 1940년 05월 10일 부민관府民館에서 대동단
결大同團結하여 국책國策에 순응하는 단체로서 조선출판협회朝鮮出版協會를
결성했다.

그런데 이러한 어려운 사정에도《朝光》은 정인택鄭人澤, 이효석李孝石, 목
양牧羊 등에 의해서 문단文壇의 국어집필國語執筆의 효시嚆矢가 되었다. 또
종합지《春秋》는 대부분 조선인의 필진이었으나 그 한계를 벗어나지 못했다.

《春秋》와 같은 무렵인 1941년에 창간된《新時代》는 친일잡지였다. 이 무
렵에 기억을 지울 수 없는 것은 1941년 05월의 제1회 잡지통제로《四海公論》

등 21종의 잡지가 폐간된 다음 신문 용지 고갈로 어려움을 겪고 있으면서 국책을 내세운 《國民詩歌》(41. 09)와 《國民文學》(41. 11)이 발행된다. 《國民文學》창간호의 권두언 〈朝鮮文壇の革新〉이라는 표제를 내걸고 "조선문단의 혁신을 도모하고자 새로운 의도와 구상 아래 탄생한 《國民文學》은 첫째로 중대한 기로에 선 조선문학 속에 국민적 정열을 불어넣음에 의해서 재출발하게 하는 것. 둘째로 자칫하면 매몰될 것 같은 예술적 가치를 국민적 양심에 있어서 수호하는 것. 그리고 마지막으로 이 광란노도시대狂亂怒濤時代에 있어서 항상 변함없이 진보의 편에 선 것" 등이 이 잡지의 새로운 구상이다. 이 잡지는 일인이 9명과 내선인 등 21명이 공동 집필되어 있음을 알 수 있다.

당시 편집 겸 발행인을 맡은 최재서崔載瑞는 단 2호의 언문판을 발간한 후, 1942년 5. 6호 합병호合倂號부터 순 일본어판을 발행하게 되는데 '편집 후기'에 일본어 사용의 배경을 다음과 같이 설명하였다. "조선어는 최근 조선의 문화인에게 있어서는 문화의 유산이라기보다는 차라리 고민의 종자이었다. —남차랑南次郞." 따라서 "이 고민의 껍질을 깨뜨리지 않는 한 우리들의 문화적 창조력은 정신精神의 수인囚人이 될 뿐이다"는 것이다.

1942년 05월 친일잡지 《三千里》가 《大東亞》로 개칭改稱되면서 "아세아의 역사적 대전환을 계기로 금월부터 제호를 《大東亞》로 개하옵고 내용을 일층 쇄신하여 방가의 숭고한 국책에 매진코저" 한다는 사고社告를 실었음을 알 수 있다.

한편 《매일신보每日新報》는 1942년 12월 08일부터 그다음 해인 1943년 03월 01일 전남全南 구례군求禮郡 광의면光義面의 공연 등 전국 방방곡곡을 매신교화선전차每新教化宣傳車로 순회하며 필승의 각오와 징병제 취지 보급에 혈안이 되었으니, 대형버스에 영사기, 라디오, 마이크로폰, 전축 및 발전기 시설을 장치한 것, 차체車體에 영사실과 절촉식折疊式 무대舞臺를 구비하여 시국 영화 촌극 만담 야담 등으로서 조선인들을 총력전 수행에 동원하려 했던 것이다(이곳에 庚秋岡 石臥佛, 池崔順 등이 끼어 있었음). 이처럼 《매일신보》가 총독부總督府 기관지機關誌로서 행한 친일적 행적은 이루 열거할 수 없기에, 그중 논조를 인용하면 다음과 같다.

1.

육군에서는 금년 9월에 고등전문학교와 대학을 졸업한 자들에게도 특별지원병의 자격을 주게 되어 12일부 官報로써 이에 관한 省令의 개정을 공포하고 즉일 실시하였다. (中略) 국가의 운명이 졸업생 제군의 두 어깨에 짊어지워 있으며, 皇道와 皇澤을 전 세계에 선포할 높은 사명이 제군에게 있다. 諸君의 一擧手一投足은 皇國의 장래에 중대한 영향이 있다. 생사를 염두에 두지 말고 오직 君國을 위하여 純情 熱血과 盡忠의 지성을 폭발시켜라.

2.

합병 이래 30여 년, 반도 동포는 훌륭한 대일본 제국의 신민으로서 국체의 본의에 투철하며 내선일체의 대의를 파악하여 왔다. 그러나 같은 국민이면서도 어딘지 모르게 떳떳한 제국신민帝國臣民으로서 활보 못할 심리적 공허를 느껴온 것도 사실이다. 그것은 오직 내지 동포와 같이 피와 생명을 국가에 바칠 기회가 적고 또한 자격이 없었기 때문이다. (中略) 그러나 금일 이후에 있어서의 졸업생 제군은 내지 동포와 같이 국가를 위하여 적성을 바칠 기회를 가지게 된 것이다. 이로써 경우와 심리의 필연적 영향으로 종래 소극적이던 관념과 태도는 일변되리라고 믿는다.

3.

금년 졸업생 제군. 제군의 후배에 뒤지지 않고 솔선 분기하라. 아니, 제군이 후배를 격려하는 의미로서도 爭先 지원하여 모범을 보이라. 이번에 실시된 특별지원병 제도는 제군에게 일사보국의 길을 열어 준 동시에 (中略) 만약 졸업생 제군 중에 한 사람이라도 이 제도의 진의를 충분히 이해치 못하여 기회를 놓친 이가 있다면, 그것은 이 제도를 실시한 본래의 취지에 반하는 것이며, 따라서는 제군의 장래뿐만 아니라 반도 2천오백만, 널리는 총후 일억 국민의 기대에도 어그러지는 것이다. (中略) 제군은 주저 말고 지원하되 하루라도 빨리하라.
                    −1943. 11. 13. 社說〈卒業生도 支援하자〉

이처럼 國家總動員法(1938. 04. 01. 法律 第55號) 공포 이후 출판업계뿐만 아니라 문화계는 총독의 권한 아래에서 전전긍긍하게 되었다. 1944년부터는 친일적인 잡지뿐만 아니라 매일신보마저 지면이 대폭 줄인 것은 물자동원에 흡수되었기 때문이다. 1945년 07월 01일 이후 《매일신보》의 경우, 타블로이드판版 2면으로 줄어들었는데 그 무렵의 기사 중 제목 몇 개를 보면 다음과 같다.

  決死의 覺悟로 國難打開에 突進, 首相 戰局緊迫化에 對處 不退
戰의 決意 闡明

-1945. 06. 15. 1면 톱기사 제목

  全國民 鐵血의 決意, 勝利에 突進이 있을 뿐 . 蘇聯 不法攻擊에
帝國不動의 態勢

-1945. 08. 11. 2면 톱기사 제목

 -生産場을 死守하라

-1945. 08. 13. 사설 제목

이처럼 《매일신보每日新報》의 경우뿐만 아니라 모든 잡지와 신문들은 불가피한 현실 앞에서 친일적 행위를 할 수밖에 없도록 제도적 장치로 묶어 버렸다.

단체 활동 중에서도 당시 문단의 중진급들을 앞세운 황군위문작가단皇軍慰問作家團 구성 운영을 보아도 주동적主動的 역할을 담당한 당시의 '학예사學藝社'의 임화林和, 인문사人文社의 최재서崔載瑞, 문장사文章社의 이태준李泰俊 등은 반도문단半島文壇을 결성結成하여 종군문필부대從軍文筆部隊를 파견해야 한다는 것이었다. 1939년 03월 14일 부민관府民館 3층에서 이광수李光洙 사회司會로 박영희朴英熙를 의장議長으로 추거推擧하였고, 실행위원實行委員 9명의 명단名單을 보면 다음과 같다.

李光洙, 金東煥, 朴英熙, 李泰俊, 林和, 崔載瑞, 李寬求, 盧聖錫, 韓

奎相 등의 회합會合에서 파견위원派遣委員은 金東仁, 朴英熙, 林學洙 등 3명으로 결정되었다. 1939년 04월 07일 총독부總督府 및 군당국軍當局의 종군허가를 얻은 위문작가들은 1939년 04월 16일《國民新報》에〈說話的인 報告 小說〉(金東仁),〈聖戰の文學的把握〉(朴英熙),〈戰地へのロマンチスム(戰地에의 로맨티시즘)〉(林學洙) 등이 기고寄稿되면서 출발 준비를 서둘렀는데 이 무렵인 1939년 04월 09일 김용제金龍濟는《매일신보每日新報》에〈皇軍慰問文士部隊〉라는 수필을 발표하였다.

내선일체 정신을 실천한다는 요지였다(1939. 04. 12 장행회壯行會를 마치고 동년 04월15일 04시 25분발 북행열차로 경성역京城驛을 출발, 동년 04월 17일 북경에 도착). 1939년 04월 16일《每日新報》사설社說에는 "지나사변이 발발한 이래 (중략) 처음으로 있는 일"이라고 그들의 장행壯行을 찬양하였다.

이어서 1939년 10월 중순경 李光洙, 金東煥, 李泰俊, 朴英熙, 俞鎭午, 崔載瑞, 金文輯 등 7명이 모여 조선문인朝鮮文人의 국민정신총동원조선연맹國民精神總動員朝鮮聯盟(이하 정동연맹精動聯盟) 가입문제加入問題 등 적극적으로 시국에 협력하기로 하여 1939년 10월 20일 정국신사(靖國神社-야스쿠니신사) 임시臨時 대제일大祭日을 기하여 남미창정정동연맹南米倉町精動聯盟 회의실에서 이광수李光洙 외 15명의 참석하參席下에 조선문인협회朝鮮文人協會의 발기회發起會가 개최되었으며, 1939년 10월 29일 오전 10시 40분 부민관府民館 중강당中講堂에서 박영희朴英熙 사회司會로 조선문인협회朝鮮文人協會 결성대회結成大會가 개최되었다. 회장은 李光洙로 추거推擧되었는데, 동년 12월 05일 일신상의 사정으로 사임했다.

일제 말엽에 결성된 조선문인협회는 국민문학 건설과 총력전 수행에 적극적으로 협력한 후 1943년 04월 17일 조선배구작가협회朝鮮俳句作家協會, 조선천류협회朝鮮川柳協會, 국민시가연맹國民詩歌聯盟의 3개 단체와 함께 발전적 해산을 한 후 '朝鮮文人報國會'로 재출발再出發하였다. 이날 조선문인보국회朝鮮文人報國會는 "조선에 세계 최고의 황도문학皇道文學을 수립하고자…" 하여 약 일천 명의 문학자들이 참석하여 일본인 아나베 에이자 부로

(시과영삼낭矢鍋永三郎, 1880. 03. 15~사망 불상)을 회장으로 추거推擧하였다. 아나베 에이자 부로의 취지 인사말은 다음과 같다.

> 전시하戰時下 국민들에게 전쟁 정신을 문학을 통해서 고취시켜야 하며 유물적 공리적인 것을 발본함과 동시 이에 의하여 국민정신을 앙양함에 있어서 문학자들에게 기대되는 바 크다. 특히 반도문단은 국어화 촉진과 문학자의 일본적 연성에 정진해 주기 바라며, 문학자들은 이 신념을 깊이 간직하여 황도 문화 수립에 매진해 주기 바란다.

선언문을 보면 전쟁 체제로 돌입된 긴장감을 느낄 수 있는데 그날 채택된 황군감사결의문皇軍感謝決議文은 말할 것도 없고, 조선문인보국회의 선언문宣言文을 보면 다음과 같다.

> 大東亞戰爭 決戰 단계에 있어서 바야흐로 치열한 思想文化戰의 전개를 보려는 금일 전조선의 문학자 일동 일신을 정하여 强固한 團結下 일체의 米英的 공리문학을 격양하여 朝鮮에 世界 最高의 皇道文學을 수립하고자 싸우는 문학자로서의 굳은 결의를 表明하여 써 聖恩에 奉答해 받들 것을 맹세함.

Ⅲ. 마무리

이상으로 논설 위주로 반민족문화를 살펴본 결과 반민족자로 볼 수밖에 없지만, 당시 이용구李容九, 이석규李碩圭, 박희도朴熙道, 김용제金龍濟, 현영섭玄永燮, 이광수李光洙 등등 적극적으로 나선 상당수에 달하던 완전친일파完全親日派 이외 중진 문인들은 총동원하는 총칼 앞에서 죽음을 선택하지 않는 한, 피동적인 친일적 수행을 할 수밖에 없었다는 조선문인들의 절곡折曲한 입지도 재조명할 필요가 있다고 본다.

자료 확보에 있어서 많은 기간이 소요된다는 문제점이 발견되었다. 그것
은 현재 주로 친일신문을 비롯한 각종 신문 잡지에 발표된 논설들이 정리된
뚜렷한 문헌 및 일관성을 찾지 못한 데서 자료 확보에 주관적인 편견으로 논
급한 부분도 없지 않다. 다시 말해서 객관성과 확실한 공정성을 띤 문헌이 정
리된 연구서가 간행되도록 하기 위해서는 더 많은 자료 수집이 우선 되어야
할 것으로 본다.

끝으로 이미 몇몇 연구된 서적들의 추정된 것을 지적하고 뚜렷한 기록 문
헌에 근거하여 근거 있는 기록 문헌은 따옴표 없이 그대로 인용한 부분도 없
지 않음을 밝혀 둔다.

☛ 참고문헌은 본문 각주 참조바란다.

파시즘에 대한 저항과 휴머니즘 이론 논쟁

1. 들머리

휴머니즘 이론 논쟁은 1930년대 초반부터 시詩 논의로부터 인간 묘사가 지니는 의미, 프로문학이 내세운 새로운 인간형 문제 등을 포함하여 1930년대 말까지 지속되었던 논쟁이다. 이러한 논쟁은 사회주의 리얼리즘에 관한다. 논쟁의 가열화 배경은 1935년 6월 파리에서 열린 국제작가회의에서 새롭게 제시되어 파시즘에 대항하기 위한 것이다. 특히 이 회의에서 휴머니즘 문학에 관한 논의가 번역 소개되면서 서로 다른 견해를 제시함으로써 시작되었다.

이러한 논쟁은 첫째, 1920년대 후반부터 1930년대 후반까지 이어지는 창작방법론 및 사회주의 사실주의론의 전개와도 깊은 관계를 지닌다는 점, 둘째, '카프' 해산을 전후한 시기의 논쟁이기 때문에 프로문학 지속성 여부에 대한 태도를 확인할 수 있다는 점, 셋째, 지성론을 포함하면서 동반자 작가 논쟁과도 연관된다는 점 등에서 중요한 의미를 갖는다.

특히 해방 이후에도 휴머니즘론은 우리 문단에서 중요한 논제가 되어 그 의의가 지니는 것은 크다 할 것이다. 이 논쟁은 백철, 임화, 안함광 등을 비롯하여 김남천, 한설야 등의 중요 이론가들이 참여하고 있다. 해외문학파 일부 이론가들의 활동이 직접적인 연관이 있는 등 범문단적인 관심으로 확산된 논쟁이다. 그럼에도 불구하고 소홀하게 취급된 비평사의 평가를 지적하지 않을 수 없으며, 백철에 대해 비중을 둔 논쟁으로 뚜렷이 드러내지는 못했다. 또 이 논쟁이 친일문학론 속으로 묻혀 버렸기 때문에 전개 과정 자체를 무시하려는 입장 역시 존재하였다. 이러한 논쟁을 인간묘사론, 순수 휴머니즘론, 네오휴머니즘론 등의 논쟁 과정을 살펴보면서 주요 논자들의 주장 요지와 의미 전개를 살펴보기로 하겠다.

2. 인간묘사론 제시와 그 비판

백철의 휴머니즘론은 1930년대 초반 '인간묘사론'에 그 뿌리를 두고 창작방법론에 관심을 표명하고 있다. 다시 말하면 유물 변증법적 창작방법론과 사회주의적 리얼리즘론의 한 핵심을 인간묘사론으로 이해하고 있었다. 즉 프로문학에서 취급하는 인간은 결코 추상적 인간이 아니다. 또 그것은 일반적인 인간성이라는 의미를 지닌 용어로 그려지는 인간이 아니라 일정한 계급적 조건에 의해 제약된 인간이어야 한다. 프롤레타리아트에게 있어서는 막연한 인간은 문제되지 않으며, 다만 계급적 인간만이 문제가 될 따름이라는 것이다.[1]

백철의 논의는 〈인간묘사시대〉에 이르러 더욱 구체화된다. 그는 여기서 과거 모든 위대한 작가의 작품은 결국 그 시대의 인간을 진실하게 묘사한 것임을 강조한다. 그러나 앞에서 말한 계급적 인간에 대한 묘사에서 벗어나기 시작한다. 이 시기가 유물 변증법적 창작방법론이 서서히 퇴조하고 사회주의 리얼리즘론이 대두되는 무렵이었다.

그는 사회주의 리얼리즘론을 소개하면서 창작방법론을 확정 짓지 못했다. 같은 인간묘사론이라도 인간을 어떻게 묘사할 것인가에 대한 변화가 오기 시작한다. 여기에서 자연묘사 대 인간묘사론의 논의는 초점을 흐리게 한다. 어떤 상태에 처해 있는 인간을 어떻게 그릴 것인가 하는 논의가 아니라 자연대 인간의 소재론으로 위험성을 안게 되는 것이다. 그는 사회주의적 리얼리즘을 막

---

1) 백철, 〈창작방법 문제〉, 조선일보, 1932년 03월 06일~19일 참조.

연히 개인과 사회의 연관성을 강조하는 이론 정도에 그치고 있다. 이처럼 백철은 자본주의 문학이건 사회주의 문학이던지 결국 인간묘사로 집중되는 것임을 주장한다. 즉 자본주의 문학의 인간묘사가 심리주의적 리얼리즘의 방법에 의존한다면 사회주의 문학의 인간묘사는 사회주의적 리얼리즘의 방법에 의존하게 된다는 것이다.[2]

이러한 현상은 계급적 조건에 의해 제약받는 인간에 관한 묘사에서, 시대성과 역사성 그리고 경향성을 띤 인간에 관한 묘사로 변화는 백철의 주장임을 알 수 있다. 이러한 배후는 사회주의 리얼리즘에 관한 인식 태도이며, 창작방법론이 받아들여지는 '인간묘사시대'의 실현으로 이해한다는 것이다.[3]

백철의 이러한 주장에 대해서 함대훈, 홍효민, 임화, 이동구, 이헌구 등이 비판하기 시작한다. 백철에 대한 공격 요지는 첫째, 인간묘사론이 지니는 상식성. 둘째, 예술지상주의적 성향. 셋째, 우경화의 노출. 넷째, 현실에서 멀어지는 인간 등이다. 이 가운데 이동구는 백철의 인간묘사론이 마르크스주의 문학의 창작력이 고갈한 상태에서 도달한 인형묘사시대를 알리는 글이라고 비판하고 있으나 막연하고 심정적인 비판으로만 일관할 뿐 마르크스주의 문학론의 전개에서 어떠한 위치를 차지하는 것인가에 관해서는 바로 알지 못한 상태에서 쓴 글이라는 것이다.[4]

함대훈은 문학이 인간을 묘사하는 것은 원래부터 당연한 것이며, 그것을 무슨 커다란 발견인 양 늘어놓는 백철의 언사는 이해하기 어렵다는 것이다. 프로문학의 인간묘사는 집단생활에 대한 묘사이며 부르조아 문학의 인간묘사는 개인묘사라는 것이다.[5] 그러나 백철의 인간묘사론이 지니는 무정견성에 대한 함대훈의 비판은 일리가 있지만, 프로문학에도 개인에 관한 묘사가 존재하는 것이고 반대로 부르조아 문학에도 집단묘사가 존재하기 때문에, 함대훈의 주장을 그대로 받아들이기는 어렵다. 문제는 개인을, 집단을 어떤

---

2) 백철, 〈인간 묘사시대〉, 조선일보, 1933년 08월 29일~09월 01일 참조.
3) 백철, 〈문예시평〉, 조선일보, 1933년 09월 16일~19일 참조.
4) 이동구, 〈문예시평〉, 《카톨릭청년》, 제5호, 1933년 10월 참조.
5) 함대훈, 〈인간묘사 문제〉, 조선일보, 1933년 10월 10일~11일 참조.

시각으로 어떤 위치에 처해 있는가를 그리는 데 있다.

이러한 함대훈의 주장을 임화는 지적한다.[6) '집단'이라는 것은 '계급'과는 구별되는 개념이며, 동시에 단순한 '묘사'는 '형상'과도 구별된다는 임화의 정리를 알 수 있다. 다시 말해서 프로문학은 집단을 그리는 문학보다는 계급의 문제를 형상화하는 문학이 되는 셈이다. 한편, 임화는 백철에 대한 비판을 동시에 실었는데 그는 백철의 사상은 심리적 리얼리즘 즉 작가에 대해 계급적인 것보다 개인적인 것 우위의 시각으로 현실을 형상화하려는 리베딘스키적 주관주의에 가까운 것이라고 비판한다. 또 주관주의는 정치적으로 우의적 편향을 드러내게 된다는 것이다.

함대훈과 임화 등을 비롯한 논자들의 공격에 대해 백철은 1934년 05월 25일 동아일보에 〈인간탐구의 도정〉이라는 글을 발표하여 대응한다. 그는 자신의 인간묘사론은 일반적인 인간에 대한 막연한 묘사를 주장한 것이 아니라 인물들이 시대 속에서 시대적 내용과 전형적 성격을 가진 타입으로 생생하게 묘사되며 성격화되는 문제에 대한 관심 표명임을 주장한다. 즉 인물이 시대적이며 전형적으로 구상화되면 될수록 그 작품의 우수한 지위가 결정된다는 사실에 대한 착안이라는 것인데, 인간묘사론에 '전형성'이라는 용어를 도입함으로써 새로운 출구를 꾀하고 있음이 발견된다.

그의 인간묘사론이 지극히 상식적이라는 비판에 대한 전형이론에서 제시하고 있다. 백철은 사회주의적 리얼리즘의 시대를 인간의 구체성과 작가의 개인적 창의성이 역설되는 시대로 이해했고, 그것이 바로 인간묘사의 시대와 이어지는 것이라는 주장을 내세운다. 그러나 그의 글 결론에서도 그의 리얼리즘이라는 창작방법론에 입각한 인간묘사론에 심리주의적 주관주의적 성향을 드러내고 있다. 이러한 주장은 임화가 위에서 지적한 것이 매우 정확한 것이었음을 다시 한 번 확인할 수 있다.

이러한 백철의 주장에 대하여 안함광은 〈인간묘사론 시비에 관하여〉[7)를

---

6) 임화, 〈집단과 개성의 문제〉, 조선중앙일보, 1934년 03월 20일 참조.
7) 안함광, 〈인간묘사론 시비에 관하여〉, 조선중앙일보, 1935년 11월 30일 참조.

발표하여 비판한다. 인간이란 그가 존재하는 날부터 모든 물질적인 힘의 외적 제약에서 자유로울 수 없음을 단언하면서 모든 것을 '인간'이라는 추상적 개념으로 환치해 버리는 백철의 견해는 결과적으로 우익적 관념론과 만나지 않을 수 없다는 것이다. 따라서 백철의 인간묘사론이 결국은 관념적일 뿐만 아니라 비역사적, 초사회적, 초계급적이라고 지적한다. 아울러 백철은 부분과 전체 사이의 관계에 대해서도 올바로 알고 있지 못하고 있다는 것이다.

사회에 대한 인식이 사회를 구성하는 인간 개체에 대한 인식에 출발한다면 어떤 정당한 사회관도 생겨날 수 없는 동시에 진실한 문학적 형상 역시 생겨날 수 없다는 것이다. 안함광은 한 걸음 더 나아가 마르크스의 출발점은 개개의 인간이 아니라, '사회적으로 제약된 물질적 생산'에 있음을 강조한다. 프롤레타리아 예술의 역사적 지향은 개개의 인간묘사에 있는 것이 아니라 현실의 흐름과 본질의 형상화에 있으므로 이 경우 현실의 광범한 파악이란 결코 개개 인간의 묘사 내지 형상을 제외하는 것이 아니다.

반대로 그를 통해서만 인간의 본질에 대한 진실한 정열적인 탐구, 전형적 및 성격의 생동적인 형상의 리얼리즘적 대 예술의 창조를 가져올 수 있다고 믿는다. 다만 완전한 인간에 관한 탐구는 단순한 '인간묘사'의 길을 통해서가 아니라 현실적 흐름에 대한 투철한 역사적 인식을 통해서만 가능하다는 것이다. 따라서 안함광의 비판은 백철의 인간묘사론의 한계가 어디에 있는 것인가를 구체적으로 지적하였다 할 것이다.

이상으로 백철에 대한 함대훈의 집단묘사론만을 강조함으로써 임화에게 공격받음과 동시 임화는 백철을 우편향적임을 지적하고 있지만 백철의 문학론을 구체적으로 비판하는 일은 자제하고 있음을 엿볼 수 있다. 그러나 안함광은 백철의 문학론을 구체적으로 비판하면서 백철은 관념론자이며 그의 인간묘사론이 비역사적, 초사회적, 초계급적 이론임을 지적한 것은 주목되는 글이라 할 수 있다.

3. 파시즘에 대한 저항과 휴머니즘 논쟁의 전개

3-1. 국제적 논의 소개와 본격 휴머니즘론의 출발

1935년 이전의 휴머니즘에 관한 논의가 국내의 창작방법론으로부터 시작된 논의라고 한다면, 1935년 이후의 휴머니즘론은 '국제작가회의'와 제7차 코민테른이라고 하는 국제적 문단 상황의 영향으로 시작된 논의이다.

우리나라에서도 국제작가회의의 성과에 대한 소개와 휴머니즘 문학에 대한 제창, 그리고 때마침 세상을 떠난 앙리 바르뷔스에 대한 추모 등이 이루어지는데 이러한 일에 참여한 이론가들이 정인섭·이헌구·홍효민·박승극·김남천 등이다.

그중 정인섭은 1935년 10월 〈세계문단의 당면 동의〉라는 글을 발표, 파리의 '국제작가회의'와 제7차 코민테른의 성과를 소개하고 현재 세계문단의 동향은 신자유주의 운동으로 집약될 수 있다고 하였다. 그것은 세계의 모든 문학 집단과 유파 및 사조가 이제 '인간성 해방 문화의 옹호'와 '표현의 자유'를 위해 합류하고 있다는 것이다. 따라서 조선의 문단도 각 유파의 대립을 지양하고 세계적 조류와 보조를 함께할 것을 주장한다.[8]

이에 대해 김두용은 즉각 철저히 왜곡된 것임을 비판한다. 그 왜곡의 배후에는 이른바 해외문학파의 중간파적 이데올로기가 숨어 있으며, 마르크스주의와 계급문학을 말살 부정하고 부르주아 민족주의와 자유주의를 확립하려는 의도가 숨어 있다는 것이다.[9]

그러나 제7차 코민테른 결과를 설명하면서 그것을 신자유주의 운동의 대두라고 정리한, 정인섭이나 '국제작가회의'의 성과를 인용하면서 그것을 공산주의에 대한 옹호라고 해석한 김두용의 주장은 모두가 객관성을 잃은 주장이다. 왜냐하면 '국제작가회의'나 제7차 코민테른의 성과라는 것이 당초에

---

8) 정인섭, 〈세계문단의 당면동의-문단 시평〉, 동아일보, 1935년 10월 11일~14일 참조.
9) 김두용, 〈문단의 조직상 문제〉, 조선중앙일보, 1935년 12월 04일.

공산주의나 혹은 자본주의에 토대를 둔 자유주의냐 하는 문제에 핵심이 없었기 때문이다.

이 두 회의의 성과에서 우리가 주목할 것은 체제 선택의 문제가 아니라 인간성의 파괴가 자행되는 역사 속에서 인간성의 회복을 위한 문학 필요성의 주장이며, 파시즘이 강화되는 역사 속에서 그에 대응하는 반파시즘 공동전선의 대두이다.

이러한 시기에 해외문학파는 해외 문단의 동향에 관심을 가진 나머지 이 문제를 놓고 자신들의 취향에 맞게 편집 번역한 것이며, 프로문학파 계열의 이론가들은 이 문제에 관심을 가진 것은 자신들이 지향하는 노선과 정반대의 길을 가고 있었다. 특히 백철의 인간묘사론 주장 등으로 인한 관심에 집중하여 온 중이었기 때문에 스스로 공격을 불러일으켰다.

3-2. 순수주의 휴머니즘론 재개와 그 비판

'카프' 맹원 검거가 1차에서 강화되어 2차에 대대적인 검거 사건으로 인해 옥고를 치른 후 백철은 〈비애의 성사〉라는 글을 발표하였다. 문학의 중요한 것은 '자연이 아니라 역시 인간'이라는 표현을 사용하면서 감상적인 성격, 자연묘사와 상대적인 개념으로서 소재 차원의 인간묘사, 정치주의의 배격 등이 백철의 문학 노선이다.[10]

특히 백철은 〈현대문학의 과제인 인간탐구와 고뇌의 정신〉에서 "금일 문학의 중심 과제는 새로운 인간형을 탐구하는 데 있다"라는 앙드레 지드의 말을 인용하면서 과거 자신의 인간묘사론의 사면초가 형상을 떠올려 오늘의 상황에 대해 스스로 감격한다. 그러나 인간탐구론을 제시한 '국제작가회의'의 성과를 곧 문학과 정치적 이데올로기의 분리를 의미하는 것이라는 왜곡

---

10) 백철, 〈현대문학의 과제인 인간탐구와 고뇌의 정신〉, 조선일보, 1936년 01월 12일.

된 해석을 내린다.

왜냐하면, 파시즘의 확산에 대항하기 위한 작가들의 모임에서 산출된 휴머니즘 문학론은 그 태동 자체가 정치적 이데올로기와 관계가 있기 때문이다. 계속해서 백철은 조선에서 대두되고 있는 행동주의 문학론뿐만 아니라 창작 방법에 관한 논의 역시 감상주의의 산물이라고 주장한다. 문학의 절박한 과제는 공허한 기계론의 반복에 있는 것이 아니라 직접 문학적 대상과 충돌하며 그 실제의 고투에서 새로운 인간형을 탐구하고 전형적인 인간을 묘사하는 일에 있다는 것이다. 또 현대문학이 정치성과 사회성으로부터 문학의 독자성, 인간의 성격, 정열의 탐구로 나아가는 것은 현대인들의 자기반성의 필연적 결과임을 주장한다. 여기서 문학이 인간성을 탐구하는 것은 문학이 그 자체에 독자성을 추구하는 것을 의미하게 된다.

이 주장은 다시 〈문예 왕성을 기할 시대〉에서 "정치와 문학 사이에는 나는 실로 수백 리의 거리를 시인한다! 그런 의미로서 나는 과거와 같이 정치성 가운데 조금이라도 문학의 독자성과 자유성을 구속시키려는 견해에는 절대로 반대의 의견을 가지고 있다"는 말로 표현하고 있다. 이것은 〈문학의 성림聖林−인간으로 귀환하라〉에서 문학이 그 시대의 인간이 처한 현실을 초월할 수 없는 것임을 전제한다. 그러나 인간 현실의 본류에 대해 작가가 갖는 태도란 과거 프로문학에서 의미하는 코뮤니즘의 세계관과는 관계가 없음을 분명히 밝힌다. 단순히 관계가 없을 뿐만 아니라 그런 태도를 경계해야 한다는 것이다.[11]

백철은 〈문학에 있어서의 개성과 보편성의 문제〉에 이르러 프로문학에 대한 비판은 구체적인 모습으로 드러내고 있다. 즉 금일의 문학 발전을 위해서는 문학의 개성과 보편성의 관계를 해명하는 일이 중요하다면서 과거 프롤레타리아 문학은 계급성과 사회성을 추구한다는 의미에서 처음부터 보편성을 구하는 문학이었다.

그러나 프로문학은 창조적 실천의 과정을 무시한 채 사상의 개념적 준

---

11) 백철, 〈문학의 성림(聖林)-인간으로 귀환하라〉, 《조광》, 제2권 제4호, 1936년 4월 참조.

비라는 쉬운 길을 택하여 그 출발에서부터 방법상의 결함을 드러냈다고 비판한다. 따라서 프로문학은 유형화되고 고정화된 수법으로 인해 현실과 인간과 사물을 입체적으로 그리지 못하고 평면적으로 그렸으며, 창작 이전에 먼저 산 현실을 관념화 규범화하며 개념화 고정화시키는 오류를 범했다는 것이다.[12]

백철의 이러한 순수지향의 인간탐구론은 감상비평鑑賞批評이라는 구체적 방법론과 만나게 된다. 그는 〈개성적 감상의 중요성〉을 통해 과거 프로문학의 비평방식을 공포시대의 재단비평이라 공격한다. 그러한 프로문학의 재단비평을 대치할 수 있는 비평방식이 바로 개성적 인상印象을 중시하는 감상비평이 된다는 것이다.[13]

백철은 다시 〈작품 평자의 변명〉에서 "비평이란 결국 비평가 자신의 개성적 주관적 사상과 의사를 써 가는 한 개의 창작"이라는 말로 표현된다 하였고[14], 〈과학적 태도와 결별하는 나의 비평체계〉에 이르러 "시는 시에 의하여 비판된다"는 명제와 연결된다. 따라서 비평은 결국 인상의 표현이며 그 자체가 하나의 예술품이라는 결론에 가서 닿게 되는 것이다.[15]

이러한 백철의 주장에 대하여 임화는 〈현대적 부패의 표징인 인간탐구와 고민의 정신〉이라는 글에서 본격적인 비판을 하게 된다. 백철의 인간학은 기묘하게도 인간의 본질을 부정하며 사회적 인간 대신에 인간 일반을 추상화시키고 있다.

인간의 구체적 존재를 긍정하고 그가 생활하는 사회적 견지로부터 인간을 관찰하는 것을 유물론의 편견이라고 잘못 이해하고 있다는 것이다.

또 백철은 프랑스의 현실이 조선의 현실과 다르기 때문에 그곳에서 주창된 행동주의 문학론이 조선에는 적용될 수 없음을 주장하면서 다른 점을

---

12) 백철, 〈문학에 있어서의 개성과 보편성의 문제〉, 조선일보, 1936년 06월 02일.
13) 백철, 〈개성적 감상의 중요성〉, 조선일보, 1936년 02월 13일 참조.
14) 백철, 〈작품 평자의 변〉, 조선일보, 1936년 05월 02일 참조.
15) 백철, 〈과학적 태도와 결별하는 나의 비평체계〉, 조선일보, 1936년 06월 28일~07월 03일 참조.

설명하지 않는다. 그러므로 백철의 논법은 사실상 자기 심정의 주관적 유추에 지나지 않는다는 것이다. 즉 백철의 개인적 심경에 대한 고백은 반反진보적, 반행동주의, 반자유주의자의 태도를 드러내고, 백철이 찾아다니는 인간은 고민을 혐오하고 그곳으로부터 탈출하려는 인간이 아니라 절망과 고독 가운데서 그것과 근본적으로 협력하는 인간이다. 고독과 협력하는 인간은 불안에 굴종하는 인간이기도 하다. 결국, 절망과 고독과 비관의 인간관이 백철이 지닌 사상이며, 이는 곧 현대사회 문화의 암흑과 절망과 깊은 비관주의의 반영이라는 것이 임화의 진단이다.

따라서 백철의 인간묘사론 내지 인간탐구론이 일정한 사상과 사조를 바탕으로 한 논리적 주장이 아니라 무정견한 감정적 주장 즉 지나친 주관주의에 대한 신뢰라는 오류를 낳는다는 것이다. 현대문학의 부패의 가장 중요한 원인이며 자본주의적 부패적 문학의 주요한 테마가 되는 것이기 때문이라고 비판한다.[16]

그러나 본고 필자는 식민지의 굴레에서 무자비하게 핍박당한 굴종과 절망의 현실에 대한 애수哀愁를 독백으로 표출할 수밖에 없었다고 본다. 저주하는 현실적 휴머니즘은 민중의 저항에서도 표출되었기 때문일 것이다.

그러나 임화의 이러한 적극적 비판에 대해 백철은 〈비판과 중상-최근의 비평적 경향〉을 발표하여 대응한다. 백철은 자신의 인간탐구론이 과거 프로문학이 범한 정치적 과오를 지적하고 무엇보다 문학의 독자적 영역으로 돌아와서 그것을 고수하려는데 목적이 있는 이론임을 주장한다. 또 자신의 고민하는 문학의 필요성은 현대적 사유思惟에 대한 지향이며, 이는 곧 철학적 요구에 대한 지향이며, 이는 곧 철학적 요구에 대한 부응이라는 것이다.

이러한 관점에서 보면 인간탐구론에 대한 임화의 반론은 비판이 아니라 중상이 된다. 무의미하고 과격한 언사의 누적이며, 정치적 문구의 과장된 표현이라는 것이다. 여기서 백철은 자신의 이론이 저널리즘의 비평형태라고 설명하지만, 이론이 일관된 체계를 지니지 못했다는 비판에 대한 출구를 찾으

---

16) 임화, 〈현대적 부패의 표징인 인간 탐구와 고민의 정신〉, 조선중앙일보, 1936년 06월.

려는 변명처럼 보이기도 했다.

임화가 백철의 인간탐구론은 추상적, 일반적, 가공적이라고 비판한 것을 백철은 현실적이고 구체적 이론이라 항변하면서 프로문학이야말로 인간을 유형화·추상화하고 개념화·공식화시킨다는 것이다.

그런데 백철은 이 시기에 이르면 프로문학을 부정하면서 창작방법론에 관한 논의 자체까지 부정한다. 이러한 부정은 과거 백철 자신의 '인간묘사론'의 출발 근거까지를 부정하는 논의라는 점에서 매우 역설적인 주장이 아닐 수 없다. 그 결과 문단의 휴머니즘론은 프로문학 비판 쪽으로 방향을 선회하면서 누구의 이론이 더 추상적인가를 서로 비방하는 길로 빠져들고 말았다.

3-3. 네오휴머니즘의 의미와 한계

휴머니즘 문학론이 백철에 의해서 이끌려오다가 어느 정도 제 길을 찾기 시작한 것은 김오성(金午星, 본명: 亨俊)을 통해서이다. 김오성은 〈문제의 시대성〉[17]을 발표, 이 시대에 왜 인간주의 문학론이 문단의 관심사가 되어야 하는가라는 문제를 인류의 역사 및 철학과 연관시켜 해명한다. 그는 헤겔의 말을 인용, 사상이나 문화는 단순한 시대의 반영일 뿐만 아니라 그 시대 인간들의 자기표현이며 정신적 호흡임을 강조한다. 그러므로 오늘날 인간주의의 문제는 반드시 오늘날의 시대적 현실과 현실 인간의 생존 태도와 그들의 정신적 상황에 근거한 것이어야만 한다는 것을 주장한다. 즉 인간주의는 확실한 현실의 위기와 혼란 속에서 그것을 초극하고 명일의 인류를 건설하려는 세계적 사명을 가지고 나타난다고 할 수 있다는 것이다.

인간주의가 현실의 위기극복을 위한 새로운 출구가 됨을 시사하는 것이다. 즉 과거의 휴머니즘이 중세의 신과 권위의 지배 아래에서 신음하는 인

---

17) 金午星, 〈問題의 時代性〉, 朝鮮日報, 1936년 05월 01일.

간을 해방시키기 위한 근대 시민층의 대표적 지도적 이데올로기라면, 오늘날의 휴머니즘 즉 네오휴머니즘(neohumanism)은 사회적 제약에서 소외된 현대 인간을 명일의 창건으로 지도하려는 실천적 인간층의 이데올로기임을 제시하고, 과거의 인본주의가 개성의 회복과 사유하는 인간을 주장했다면 새로운 인간탐구는 사회적 문화적 압력에 매몰된 인간을 해방시키며, 인간의 주체적 기능을 고취시킨다. 특히 행동주의의 제시, 즉 행동적 휴머니즘은 인간탐구론에 새로운 길을 제시한 것으로 평가되고 있다. 그러나 현재 서구 휴머니즘에 많은 영향을 미치고 있는 프랑스의 좌경적 비평가이며 소설가인 페르낭데스(Fernandez, Ramŏn)에 의해 주장된 행동주의는 주체적 외부적 실천보다는 일종의 내면적 정신 행위에 대한 강조가 주류를 이룬다는 점에서 그 나름의 한계를 지니고 있다. 이는 실천적 행동에 대한 강조를 통해 보완되어야만 한다. 김오성의 이러한 새로운 휴머니즘론 즉 네오휴머니즘론의 주창은 백철이 주장하는 개성의 회복과 사유 중심적 인간 회복의 한계가 무엇인지를 자연스럽게 드러내 준다. 이러한 논의는 새로운 휴머니즘론의 사명이 무엇이며, 서구 행동주의 문학론의 한계가 어디에 있는 것인가를 명료하게 제시한다.

김오성의 주장은 〈네오휴머니즘론〉 18)을 통해 본격화된다. 여기서 김오성은 이성과 법칙으로부터의 해방을 부르짖는다. 모든 사회는 자기 자신의 발전 법칙을 지니고 있음을 인정한다. 절대적인 개인주의는 오히려 절대적인 상실을 가져오므로 네오휴머니즘은 개인주의여서는 안 된다.

개인주의를 부정할 때 그 대안으로 제시되는 것이 인간을 집단적·사회적으로 보는 견해이다. 그러나 집단적·사회적 인간관이 절대적일 때 거기에는 법칙이 우선될 뿐 인간의 능동적 기능은 생각할 수 없게 된다. 따라서 네오휴머니즘의 인간관은 제3의 길을 찾는다. 그것은 개성과 사회 즉 특수와 전체를 대립으로 통하여, 통일하는 변증법적 입장에서만 가능하다. 개성과 사회는 어떤 형식으로 대립하면서 통일되는가?

이것은 첫째, 인간이 역사적 존재라는 사실은 동시에 인간이 역사를 창

---

18) 金午星, 〈네오휴머니즘론〉, 朝鮮日報, 1936년 10월 01일~09일 참조.

조하는 존재라는 의미를 포함한다. 모든 인간은 역사적 사실에 제약을 받지만 동시에 역사적 사실을 지배하는 행위를 할 수 있다.

둘째, 인간이 사회적 존재라는 사실은 동시에 인간은 개성적 존재임을 의미하는 것이다. 사회는 개성적 인간들의 집합으로 이루어지는 것이기 때문이다. 인간의 개성과 능동성은 외부적 제약이 없이는 발휘되지 않는다. 인간을 집단적임과 동시에 개성적으로 보는 데서만 우리는 인간적 활동을 사회적 발전 과정의 주체로 파악할 수 있다. 사회적 발전을 객관적 법칙에만 의존치 않고 인간의 주체적 능동적 실천의 결과로 보는 데에 네오휴머니즘의 의의가 있다.

그러므로 네오휴머니즘은 필연적으로 능동주의에 입각해 있는 것이다. 다른 한편, 휴머니즘을 내성주의內省主義로 파악하는 것은, 인간을 고립적으로 보게 된다는 면에서 주의를 요하는 일이다. 이러한 내성적 방법은 외부적 관찰과 연결될 때만 그 의미가 인정될 수 있는 방식이다. 또한 네오휴머니즘의 세계관적 기초는 관상적觀想的 세계관이 아니라 실천적 세계관이다. 세계의 동향과 짝을 이루는 실천적 입장에 서야 한다는 것이다.

김오성은 다시 〈네오휴머니즘 문제〉[19]를 발표하여 네오휴머니즘 논의를 발전시킨다. 첫째, 인간을 실체로서의 해석보다는 주체로서 해석한다. 둘째, 인간을 관상적觀想的으로 해석하는 것이 아니라 행위적 관점에서 파악한다.

셋째, 네오휴머니즘은 인간 현실을 보존할 것이 아니라 오히려 그것을 초극할 것을 주장한다. 김오성의 이러한 네오휴머니즘론에도 문제는 없지 않다. 그의 이론 자체로는 분명히 일관성을 갖추고 있다. 그러나 휴머니즘론이 적용되는 구체적 현실에 대한 언급과 분석이 전혀 없다. 1930년대 조선의 현실에 대한 분석이 전혀 무시된 채 철학원론에 문학원론을 접속시킨 인간탐구와 인간성 회복의 문학을 주장한 것이다. 다시 말해서 구체적 상황에 대한 분석이 결여된 실천론은 이론을 위한 이론에 그칠 가능성이 크다. 따라서 그의 이론은 중요한 의미와 한계를 동시에 지닌다.

---

19) 김오성, 〈네오 휴머니즘 문제〉, 《朝光》, 제2권 12호, 1936년 12월 참조.

백철은 〈우리 문단과 휴머니즘〉[20]을 써서 그의 인간탐구론을 지속시킨다. 그는 인간이 현실문제에 대해 반역하며 무엇인가 옹호하려는 것이 있다면 그것이 바로 인간성 옹호이며, 즉 휴머니즘 운동이라고 하였다. 휴머니즘론의 가장 큰 특질은 '무규정, 무한정성'이라고 주장한다. 백철의 이 글은 과거 상식적인 이론의 수준을 넘어 비로소 본격적인 휴머니즘론으로 들어선 글로 평가되는데 그가 주로 사용하던 인간묘사 혹은 인간탐구에서 휴머니즘으로 변경된 한 예가 된다. 그러나 이 글 역시 휴머니즘에 대한 인식은 구체적이지 못하다. 그는 서구 휴머니즘론의 전개가 파시즘에 대항하는 양심적 지식인들의 규합으로부터 구체화된 사실을 전혀 무시한다. 따라서 분명한 확신을 지니지 못한 것으로 본다. 그는 휴머니즘론의 전개에 대해 어떤 방향성조차 없이 습관적으로 이 논의를 지속시키고 있다. 임화가 지적한 모든 새로운 이론을 따라 부유하는 지식인의 무정견성을 드러내는 것이 그의 휴머니즘론의 전개 과정이다.

또한 백철의 〈웰컴! 휴머니즘〉[21] 역시 위의 글과 성격이나 내용에서 별반 차이가 없다. 이 글에서는 휴머니즘의 성격을 다음과 같이 규정하고 있다.

첫째, 어떤 것에 의하여 규정할 수도 없고 한계를 둘 수도 없는 막연하고 추상적이고 일반적인 것이다. 둘째, 막연하며 일반적이면서도 오직 개성적인 것에 의하여 규정되고 명확한 성격으로 표시된다. 셋째, 과거의 휴머니즘이 현실적으로 소극적인 문학 주류임에 비하여 오늘날의 휴머니즘은 현실적으로 적극적이다. 위의 글에서 그가 주장한 개성론의 연장선상에서 이해 가능하며, 위의 세 번째는 맥락 또한 잡히지 않는다. 오히려 현대 휴머니즘론은 김오성의 글에서 차용된 것이라 볼 수 있다.

한효(韓曉, 본명: 在暉)는 백철의 논의에 대하여 〈병자년 평단 회고〉[22]라는 글을 발표한다. 백철의 이론에 대하여 소위 관념론의 소산이라고 공격

---

20) 백철, 〈우리 문단과 휴머니즘〉, 조선일보, 1936년 12월 23일~27일 참조.
21) 백철, 〈웰컴! 휴머니즘〉, 《조광》, 제3권 1호, 1937년 01월 참조.
22) 한효, 〈병자년 평단 회고〉, 《비판》, 제5권 2호, 1937년 02월 참조.

한다. 관념론과 결부되어있는 동시에 아무런 체계나 질서도 갖추지 못한 이론, 그것이 백철의 휴머니즘론이라는 것이다. 이런 백철의 활동에 대한 총결산은 오직 공허라는 글자 외는 표현할 길이 없다는 것이 한효의 비판이다.

임화는 〈조선문화와 신휴머니즘론〉[23]에서 먼저 휴머니즘 일반론이 지니는 문제점에 대해 비판한 후, 백철과 김오성의 이론을 차례로 비판한 글을 발표한다. 여기서 임화는 휴머니즘론이 인간소외와 그 회복을 주장하면서도 소외의 원인에 대해서는 주목하지 않음을 비판한다. 그는 백철의 휴머니즘론 제시에는 혼미와 자기모순에 찬 이론적 방황 과정이 내재되어 있다고 본다. 프로문학의 창작방법론으로부터 출발한 인간묘사론이 점차 추상적 관념론적 경향으로 빠져들어 휴머니즘론에 도달했다는 것이다. 한편 김오성의 휴머니즘론에는 구체적으로 '누구의' 인간주의가 있는 것이 아니라 만인의 휴머니티 일반만이 존재한다고 비판한다. 그가 모든 전제를 초월한 순수인간의 주체적 행동만을 강조한다는 것이다. 물론 주체성과 행동성에 인간의 생존 의의가 있는 것은 사실이지만 구체적으로 그 주체가 '누구'이며, 그것이 '어떠한' 행동인지 알 수 없는 이상 거기서 창조되는 역사의 정체라는 것도 이해하기 어렵다는 것이다.

한설야는 〈문단 주류론에 대하여〉[24]를 발표, 휴머니즘론을 비판한다. 그는 인간성 일반이라는 것이 존재하지 않는다고 보고 따라서 휴머니즘의 인간성 운운은 관념적 추상론에 지나지 않는 것이라고 비판한다. 그는 결코 휴머니즘 문학의 재생을 믿지 않는다고 단언한다.

임화는 다시 휴머니즘론에 대하여 비판한다. 〈문예이론으로서의 신휴머니즘론에 대하여〉[25] 및 〈르네상스와 신휴머니즘론〉[26]으로 이어진다. 전자는 백철의 개성 중심적 휴머니즘론을 비판한 글이다. 즉 문학은 결코 개인의 사사로운 창작물이 아니라는 것이다.

---

23) 임화, 〈조선문화와 신휴머니즘론〉, 《비판》, 제5권 3호, 1937년 03월 참조.
24) 한설야, 〈문단 주류론에 대하여〉, 조선일보, 1937년 03월 23일~30일 참조.
25) 임화, 〈문예이론으로서의 신휴머니즘론에 대하여〉, 《풍림》, 제5호, 1937년 04월 참조.
26) 임화, 〈르네상스와 신휴머니즘론〉, 《조선문학》, 제12호, 1937년 05월 참조.

왜냐하면, 모든 개인은 어떤 '시대'에 속해 창작하고 있다면서 문학작품의 기원은 사회적인 곳에 있으며, 현실의 예술적 파악과 표현에 작가의 개성이 나타난다면 그것은 한 개 종속적 계기에 불과하다는 것이 임화의 주장이다. 계속해서 임화는 작품의 형상성 문제에 대해서도 거론한다.

예술을 과학으로부터 구별하는 형식적 계기가 형상이라면 형상성은 자연히 예술의 본질적 특성이 된다. 그러나 형상만이 문학의 유일한 근원이라는 주장은 관념론자 및 형식주의자가 내세우는 과장된 결론이라는 것이 임화 주장이다.

임화가 백철과 김오성의 휴머니즘론 전반에 대해 비판한 글은 후자의 〈르네상스와 신휴머니즘론〉이다. 여기서 르네상스의 역사적 의의를 축소시킴으로써 휴머니즘론의 출구 자체를 봉쇄하려 한다. 즉 르네상스란 현대사회의 선구인 상업자본주의가 봉건적 중세로부터 자기를 해방하려고 투쟁한 시기이며, 현대 사회문화를 위기에 처하게 한 조건을 작출한 최초의 원인이라고 하면서 현시대에는 크게 가질 수 없는 의미라는 것이다. 따라서 백철과 김오성은 르네상스를 바로 인식을 못했었고, 역사를 왜곡하면서 자신들의 휴머니즘론을 수입했다는 것이다.

특히 김오성은 실존철학 등으로부터 차용해 온 인간의 무제약적 창조성, 행동성의 이론적 본질에 대해서도 문제를 제기한다. 즉 이성에도, 역사의 필연성에도, 사회의 객관성에도 구속되지 않는 행위의 내용이 과연 어떤 것인가 하는 점을 따지고 김오성과 백철을 단지 본능과 격정의 행위론자로 규정한다.

따라서 서구 휴머니즘이 다분히 사회적 개인주의라면 조선 휴머니즘은 동물적 개인주의 차원에 머물고 있다고 야유한다. 임화의 이러한 르네상스에 대한 부인은 결국 휴머니즘론 전체에 대한 부인으로 이어진다.

그는 최근 고조되는 파시즘의 세계적 위기 아래 자유주의와 휴머니즘이 부흥되었지만, 자유주의나 휴머니즘은 본질적으로 개인, 개성의 자유를 옹호하려는 이론으로서 중간계급의 이데올로기를 대변한다고 보는 것이다. 그러나 현대사회 속에서 개인, 개성이 자유를 향유하려면 하나의 근본 전제인 개인의 사회적 존재 양식 문제를 해결해야 한다면서 개성을 사회관계의 총체 중에서 보지 않는 개인적 자유론인 현대 휴머니즘 사상은 추상성 가운데로 떨어진다는 주장이다.

그는 특히 이러한 추상은 고리끼의 예를 인용하면서 '프로'휴머니즘과 같은 수식어를 통해 구체화시켜야 한다는 것이다. 프로휴머니즘은 휴머니즘 일반론 혹은 부르휴머니즘과는 다른 것이며, 인간해방은 그 사회적 존재양식의 해결을 전제로 한다는 심각한 내용성을 강조한 이론을 내세운 셈이다.

한효 역시 같은 시기에 〈휴머니즘의 현대적 의의〉27)를 통해 김오성의 이론을 비판한다. 임화와 같은 비판 논리의 맥이다. 즉, 김오성의 휴머니즘론에는 인간의 본질에 대한 정당한 과학적 인식이 결여되어 있으며, 존재의 객관성을 무시하고 인간의 주체적 능동성을 선양하는 일에 거의 무의미한 반복을 감행하고 있다는 것이다.

백철의 주장은 1937년 중반으로 들어서면서 이른바 휴머니즘론의 토착화를 표방하면서 변모를 보이기 시작한다. 비판에 대한 출구를 제시하고 있는데, 서구사상의 직수입이 아님을 주장하기 위한 복고주의에 대한 지향에서 찾는다. 〈동양 인간과 풍류성〉은 그 대표적인 글이다. 조선문학의 역사를 꿰어 흐르는 인간적 정신을 동양 인간의 풍류적 전통에서 찾고자 하는 것으로 풍류적 인간성의 탐구가 바로 현재의 휴머니즘 문학론의 주요 과제가 된다는 것이다.

김남천은 〈고발의 정신과 작가〉28)를 통해 이러한 백철의 변모에 대해 신랄하게 비판한다. 즉 백철의 휴머니즘론은 전통주의를 거쳐 국수주의로 향하는 과정 중의 일야숙박―夜宿泊이라는 것이다. 조선문학의 전통적 성격으로 풍류성을 발견하는 백철의 주장은 현대의 작가를 황막한 시대로 이끌어 갈 것으로 예측된다.

---

27) 한효, 〈휴머니즘의 현대적 의의〉, 《조선문학》, 제12호, 1937년 05월 참조.
28) 김남천, 〈고발의 정신과 작가〉, 조선일보, 1937년 05월 30일~06월 05일 참조.

과학적 방법이 아니고 역사의 왜곡과 혈통이론에 의한 고전에의 귀환은 전통주의의 별칭이고 복고주의의 일면으로서 이는 곧 국수주의에 도달하게 되리라는 것이 김남천의 관측이다.

백철은 김남천의 비판에도 불구하고 〈풍류 인간의 문학〉[29]을 발표한다. 동양적 인간성으로서 풍류적인 것을 추구하여 그것을 현대 휴머니즘과 연결하여 보려는 의지를 다시 한 번 드러낸다. 백철은 풍류적 인간이 소극적인 인간임은 분명하나, 소극성이란 동양적인 환경과 장구한 봉건적인 분위기에서 생성된 것이요 그 소극성은 역사적인 현실에서는 얼마든지 개혁할 수 있는 것이라고 주장한다. 따라서 동양의 전통적 인간형인 풍류적 풍취를 죽이지 말고 온전히 적극적인 인간성으로 발전시켜 나가는 것이 중요하다는 것이다. 그러나 이러한 주장은 복고주의적인 논의로서 그 출구를 잘못 찾은 것이다. 1930년대의 파시즘이 강화되는 식민지 현실에서 시대착오적인 논의가 아닐 수 없다.

김오성은 백철의 공소한 논의가 발표된 비슷한 시기에 〈휴머니즘 문학의 정상적 발전을 위하여〉[30]를 발표한다. 그는 먼저 휴머니즘의 본질을 제대로 이해하지 못하고 그 무규정성을 마치 휴머니즘의 본성인 양 호도하는 이론들에 대해 강하게 비판한다.

첫째, 근대 사회기구의 위기와 함께 정신주의적 관념론에 입각한 근대문화의 위기 대두. 둘째, 객관주의를 표방하던 프로문학의 비생산성 폭로. 셋째, 파시즘이라는 세기말적 흑조黑鳥에 의한 문화의 세계에 대한 야만적 유린 등 이런 현실적 배경 속에서 네오휴머니즘은 문화의 옹호와 인간성의 재건을 목표로 나타나게 되었다는 것이다. 김오성의 이러한 글은 그간의 프로문학 진영에서 이루어진 자신의 이론에 대한 추상적 비판을 염두에 두고 쓴 것이다.

이 글의 성과는 르네상스기의 인간 회복과 현 시기의 인간성 회복의 차이

---

29) 백철, 〈풍류 인간의 문학〉, 《조광》, 제3권 6호, 1937년 06월 참조.
30) 김오성, 〈휴머니즘 문학의 정상적 발전을 위하여〉, 《조광》, 제3권 6호, 1937년 06월 참조.

를 강조하면서 네오휴머니즘문학에 주어진 과제가 무엇인가에 대해 구체적으로 지적해 낸 것이다. 그러나 이 글에서는 프랑스에서 주창된 행동주의 문학론과 자신이 주장하는 네오휴머니즘론의 관계가 어떻게 설정되는 것인지에 관한 해명이 부족하다. 실제로 구체적인 문제들을 거론하면서 어떤 의미를 지니게 될 것인지에 관해서는 판단을 내리기 어려웠다. 김오성의 주장이 지니는 이러한 한계는 곧 휴머니즘 문학론이 지니는 한계 그 자체가 아닐 수 없다.

이원조의 〈휴머니즘의 공론〉[31]에서 지적했듯이 아무리 이론을 제창하고 해명하더라도 그 문제가 작품상으로 구현되지 않으면 탁상공론에 지나지 않는다. "오늘날 휴머니즘에 대해 그렇게 떠들어 대지만 과연 어떠한 사람이 그것을 작품에 구현한 적이 있는가?" 한 질문은 결코 간과할 수 없는 대목이다.

이태준 역시 〈휴머니즘은 평론을 위한 평론〉[32] 지나친 탁상공론일 뿐이라고 주장한다. 이러한 글은 당시 직접 작품을 쓰는 작가들이 어떠한 반응을 보여주는가를 아는데 중요한 참고가 될 수 있었다 할 것이다.

3-4. 리얼리즘에 대한 추구와 새로운 휴머니즘 탐구

안함광은 〈'지성의 자유'와 휴머니즘의 정신〉[33]을 발표한다. 기존의 휴머니즘론 가운데 특히 백철의 이론에 대해 집중적으로 비판한다. 아울러 안함광이 생각하는 휴머니즘론에 대해서도 언급하고 있다.

먼저 백철의 무준비성과 충동적 주장에서 유래함을 비판하면서 그는 진정한 휴머니즘의 의의는 인간성과 사회성의 변증법적 통일 위에서만 존재하

---

31) 이원조, 〈휴머니즘의 공론〉, 《조광》, 제3권 6호, 1937년 06월 참조.
32) 이태준, 〈휴머니즘 운운은 편론을 위한 평론〉, 동아일보, 1937년 06월 04일 참조.
33) 안함광, 〈지성의 자유와 휴머니즘의 정신〉, 조선일보, 1937년 07월 02일.

는 것임을 단언한다. 여기서 문제가 되는 것은 인간성의 탐구가 사회성의 문제와 이데올로기의 문제에 어떠한 형태로 접촉되는가이다. 이에 대한 해답이야말로 현대 휴머니즘의 의의를 정당히 구명할 열쇠를 제공한다. 따라서 백철은 문화적인 한계 안에 설정함으로써 정치문제를 경원시하는 문화주의적 성향을 드러내고 있다.

이는 과거 휴머니즘론이 산출된 사회의 구체적 상황과 오늘날의 그것과의 차이를 무시한 데에서 유래한 결과라는 것이다. 파시즘의 횡포에 대항하는 진정한 휴머니즘 운동은 문화주의만으로는 안 된다는 것이다. 그것은 언어의 진실한 의미에서의 지성의 자유와 동일한 방향에 설정되어지는 하나의 진취적 사상이 있어야 한다는 것이다.

여기에 안함광의 이론은 한설야와 임화의 그것과 매우 다른 방식으로 이루어진 휴머니즘론의 가치를 인정하고 있다.

윤규섭은 〈휴머니즘론〉[34]에서 안함광과 비슷한 입장에서 기존의 휴머니즘론을 비판하면서 새로운 정의를 시도하였다. 먼저 백철의 휴머니즘론이 파시즘에 대항하는 것이 아니라 마르크시즘과 리얼리즘에 대해 반기를 드는 이론이라는 것이다. 윤규섭은 한설야와 임화 등이 휴머니즘론 자체의 의미를 부인하는 것에 대해서도 비판한다.

그들은 모두가 이 시대에 걸맞은 새로운 휴머니즘의 본질을 오해하고 있다는 것이다. 윤규섭은 분열된 지성과 감성, 배치된 의식과 행동에 인간적인 통일을 주고 허탈된 생활을 충족시키며 건강한 인생을 발견하고 창조하려는 것이 오늘날의 휴머니즘이라고 역설한다. 휴머니즘은 리얼리즘과는 구별되는 것이지만, 그것이 리얼리즘의 상극물相剋物이 아니라 오히려 그에 대한 영양소가 된다는 것이다.

마르크시즘 내부에서도 휴머니티를 역설하는 요소가 있다는 점을 생각할 때 휴머니즘과 마르크시즘 역시 상반되는 것일 수가 없다. 그러므로 휴머니즘에 정당한 방향을 제시해 주는 것이 곧고 바른 과학적 사상의 임무가 된다

---

34) 윤규섭, 〈휴머니즘론〉, 《비판》, 제38호, 제39호, 1937년 07월 참조.

는 것이다. 윤규섭은 〈문단시어〉[35])를 통해서도 이 문제에 대해 언급하고 있다. 그는 휴머니즘 논의의 출발이 프랑스의 작가회의의 성과를 제대로 반영하지 못한 채 전개된 원인으로, 이 논의의 수입 주장자가 진보적 문학가가 아닌 그 반대 진영의 이론가였다는 점을 지적하면서 여기에 휴머니즘 논의의 혼란상의 원인이 있다는 것이다.

윤규섭의 이러한 논의는 휴머니즘론이 리얼리즘론의 전개에 대해 긍정적으로 영향을 미쳤다는 점에서 중요한 의미를 지닌다. 그런데 이 논리는 안함광의 논리 전개와 그 틀이 매우 흡사하다.

한편, 임화는 〈복고현상의 재흥〉[36])을 통해, 백철의 복고주의적 문학론에 대해 조선주의의 허구성을 비판한다. 김남천 역시 〈고전에의 귀의〉[37])를 통해, 헛되이 고대古代로 거슬러 올라가 역사를 왜곡하고 주관적 풍류성으로 귀환할 것을 부르짖는 것은 한낱 복고적 퇴영주의에 지나지 않는다는 것이다.

이러한 비판에도 불구하고 백철은 〈윤리문제의 재음미〉[38])를 발표, 자신의 휴머니즘론을 지속시킨다. 그는 휴머니즘이 비인도적 대우에 대하여 항거하는 인도주의적 반항이며 운동인즉, 인도주의와 휴머니즘이 만날 수 있으며 또한 그것은 윤리문제로 귀착된다고 주장한다. 동양적 윤리관과 휴머니즘론의 만남을 시도하는 것이다.

이어서 백철은 〈인간 문제를 중심하여〉[39])를 통해 그동안 자신의 이론을 공격했던 안함광, 임화, 김남천 등의 주장에 대해 항변한다. 문화는 안함광의 주장처럼 정치·경제에 귀속되는 대신에 자신의 독자적인 지위와 긍지를 가지는데서 자유를 얻을 수 있다.

또 지성의 자유는 문화인으로서 지식인이 자기의 정신을 가지고 자율적으로 자기의 지성을 통제하여 지배하는 순간에 얻어진다. 자기가 자기를 명

---

35) 윤규섭, 〈문단 시어〉, 《비판》, 제41호, 1937년 09월 참조.
36) 임화, 〈복고현상의 재흥〉, 동아일보, 1937년 07월 15일~16일 참조.
37) 김남천, 〈고전에의 귀의〉, 《조광》, 제3권 9호, 1937년 09월 참조.
38) 백철, 〈윤리문제의 새 음미〉, 조선일보, 1937년 09월 03일~09일 참조.
39) 백철, 〈인간 문제를 중심하여〉, 《조광》, 제3권 11호, 1937년 11월 참조.

령하는 곳에 지성의 자유는 존재한다는 것이다. 임화와 김남천에 대해서도 복고주의적 이론을 그렇게 해석하는 것은 곡해이며 그것은 우리 문화의 개성적 전통을 강조하는 이론이라고 반박했다.

안함광은 〈현대문학 정신의 모색〉에서 그는 휴머니즘의 본질과 성격에 대해 구체적으로 설명하면서 휴머니즘론의 핵심은 인간의 재발견과 지성의 옹호라고 단언한다.

또한, 시대를 초극하는바 인간적 자각이 바로 '지성의 자유'에 대한 신념이며, 이 '지성의 자유'에 대한 신념이야말로 현실에 대한 항거의 의지意志가 된다는 것이다. 안함광은 결론에서 휴머니즘과 리얼리즘의 만남을 제안한다. 즉 예술 창작상의 리얼리스틱한 방법이라는 것은 현실묘사의 방식이자, 세계관을 완성하는 방법이기도 하다. 휴머니즘론은 리얼리즘과 결합될 때 비로소 확실한 미래를 보장받을 수 있다.

인간의 재발견, 모랄의 수립, 역사적 진행으로의 능동적 정신, 지성의 자유 등에 대한 옹호와 배양이 이를 통해서만 가능하다는 것이다. 안함광은 이 글에서 앞에 그가 쓴 글의 실체에 대한 구체적인 것을 제시했다는 점에서 의미가 있다. 휴머니즘과 리얼리즘을 결합시킴으로써 당시의 중요한 두 가지 논의 모두를 자신의 독자적 출구를 제시했고, 당시 창작계와 대안적 의미를 지닌다.

임화는 〈휴머니즘 논쟁의 총결산〉[40)]에서 안함광의 논의에 영향을 받아 이루어진 글임을 알 수 있다. 그는 이 글에서 휴머니즘론 자체를 부정하던 자신 입장을 철회하면서, 휴머니즘론과 리얼리즘론의 결합에 긍정적인 반응을 보인다. 여기서 그는 인간의 존중을 반대한 때문이 아니라 오히려 그것으로는 인간 자체의 발양, 인간의 역사적 초극이 불철저 불가능한 때문이었음을 강조하면서 휴머니즘 용어 대신 휴머니티라는 용어에 대해 주목한다.

끊임없이 문학의 역사 속을 관류하는 것은 휴머니즘이 아니라 수천 년을 살아온 인간의 자태, 진정으로 인간적인 것, 다시 말하면 휴머니티라는 것이

---

40) 임화, 〈휴머니즘 논쟁의 총결산〉, 《조광》, 제4권 4호, 1938년 04월 참조.

다. 바로 이러한 휴머니티와 리얼리즘의 상호 연관성 인정이 임화가 제시하는 휴머니즘론의 새로운 출구임을 알 수 있다.

여기서 임화와 안함광의 논의는 휴머니즘과 리얼리즘의 결합이 각 이론의 구체성과 전망 획득에 된다는 것이며, 임화의 이론은 독자적인 위치에서 서로 결합하는 것이 아니라는 것이다. 다시 말해서 휴머니즘에 대한 리얼리즘의 절대 우위를 주장하는 것이다. 안함광의 경우, 휴머니즘론의 문학적 구현으로서 리얼리즘이라는 창작방법 및 세계관의 만남을 의도하고 있다면, 임화는 성취된 리얼리즘 문학 속에는 휴머니티가 존재한다는 이론을 펼친 것이다. 따라서 표면상은 근접하면서도 내면적인 차이가 있다 할 것이다.

휴머니즘론의 결말은 지성론으로 나타난다. 백철, 안함광, 윤규섭 등의 논의가 그 대표적인 것이다.

백철은 〈지식 계급론〉[41]을 발표하여 휴머니즘과 지성의 문제 및 현실에 대한 지식인의 입장을 언급한 후 다시 〈휴머니즘의 본격적 경향〉[42]을 발표, 자신의 논지를 정리한다. 요약하면 현실의 모순과 불균형에 저항하는 인간이 아니라 그것에 대해 조화를 이루는 인간이 오늘날의 휴머니즘론이 지향하는 인간형이라는 것이다. 백철은 현실의 인간묘사에서 복고주의로, 다시 현실에 대한 안주로 돌아온 셈이다. 이렇게 현실의 모순에 대한 조화를 강조하는 휴머니즘론은 결국 식민지하의 지배세력과의 조화, 즉 친일문학론으로 귀결되고 만다.

안함광의 경우는 〈지성의 자율성 문제〉를 써서 자신이 제안한 새로운 휴머니즘의 면모를 더욱 분명히 드러낸다. 여기서 그는 진정한 지성의 자율성 옹호는 문화에 대한 정치적 지배에 반대하는 것임을 말함으로써 자신의 지성 옹호론이 반파시즘적 지성 옹호론임을 분명히 한다.

윤규섭의 경우는 〈지성 문제와 휴머니즘〉을 발표, 현대 휴머니즘을 오늘의 사회적 전형기에서 범람하는 모든 비합리주의와 물질적 제약 속에 처해 있

---

41) 백철, 〈지식 계급론〉, 조선일보, 1938년 06월 03일~09일 참조.
42) 백철, 〈휴머니즘의 본격적 경향〉, 《청색지》, 제2호, 1938년 08월 참조.

는 인간성 일반을 사회적 역사적 입장에서 해방하려는 것이라고 정의한다. 여기서 '지성의 자유'라든가 '문화의 옹호' 문제로 귀결된다는 입장을 주장했다. 그는 합리주의와 역사성 및 지성인의 행동 문제에 대한 강조이므로 안함광의 도달하는 결론과 큰 차이가 없다.

이상으로 안함광이나, 윤규섭의 휴머니즘은 반파시즘 공동전선에 대한 국제적 연대성을 고수한다는 의미와 함께 국내적으로는 프로문학파 이외의 중간파 문학가와의 연대성을 강조한다는 의미를 강조한다는 의미를 동시에 갖는다.

그들이 강조하는 지성의 자유에 관한 문제는 파시즘에 저항하는 중간파 지식인들의 진로와 직결되는 것이기 때문에 안함광의 경우 앞에서 살펴본 동반자 문학 논쟁의 결말과도 일관된 맥락을 형성한다. 동반작가와 프로문학작가 사이의 연대 모색이 휴머니즘론에 와서 강화되는 사회상의 파시즘에 대한 공동 대응이라는 구체적인 양상으로 나타나게 되었던 것 같다.

4. 마무리

파시즘에 대한 저항과 휴머니즘 이론 논쟁은 이념전쟁으로 변질한 것을 느끼지 않을 수 없다. 이러한 배경은 1930년대의 식민지 참상에서 참아온 궁핍이었다. 짓밟힌 삶의 고통과 이를 극복하기 위해 저항과 투쟁에서 인간에 대한 연민으로 감싸 안고 숙명적일 수는 없다는 동질성에서 휴머니즘론이 문학의 중심으로 이동했다.

그러나 관점을 달리하는 이데올로기로 인해 국제적 연대성은 무너졌으며 이때 새로운 파시즘으로 인해 나라 잃고 살아남기 위한 결속과 동시 나라 잃은 가운데서도 애국 애족을 위한 것도 전혀 없지 않은 카프 동맹도 1934년에는 일본 제국주의 앞에서 무참하게 일망타진되기도 했다. 이어서 1935년부터 일본 군국주의로 전환하면서 본바탕이 '저항정신'인 아나키즘을 정치적인 용어 '무정부주의'로 매도하여 색출작업을 본격화하였다.

아시아와 심지어 러시아의 빈곤층을 더욱더 곤경으로 몰아넣었다. 이때 대두된 문학 이론은 한마디로 인간의 골수를 그리워하는 애수哀愁였다. 1936년 01월 아나키스트였던 청마(靑馬, 본명 柳致環, 1908. 07. 14~1967. 02. 13)가 《朝鮮文壇》에 시 〈깃발〉을 발표한 것은 이미 쫓기는 심사도 있지만, 일제 탄압과 이념의 와중에 나약한 민중을 의인화한 대목, "오로지 맑고 곧은 이념의 푯대 끝에/哀愁는 백로처럼 날개를 펴다 (후략)"처럼 인간성을 절절하게 표출하고 있다.

이처럼 휴머니즘과 리얼리즘 등 이념의 변질로 더 크나큰 절망에 빠트려지는 시기이기도 했다. 휴머니즘론이 파시즘에 대항하는 것이 아니라 마르크시즘과 리얼리즘에 대해 반기를 드는 이론으로 소용돌이 속 20세기였다는 것을 알 수 있다.

한편 당시 비평가들의 분위기는 막심 고리끼(1868~1936)의 소설 〈어머니〉의 핵심인 인간의 존엄성과 용솟음치는 인간의 힘을 역설한 예를 인용하면서 '프로'휴머니즘과 같은 수식어를 통해 구체화시켜야 한다는 것이다. 프로휴머니즘은 휴머니즘 일반론 혹은 부르휴머니즘과는 다른 것이며, 인간 해방은 그 사회적 존재 양식의 해결을 전제로 한다는 심각한 내용성을 강조한 이론을 내세우는 등 당시 민중의 빈곤은 프롤레타리아적인 공감대 형성층을 뚜렷하게 했다. 하층민의 맨바닥 삶에서도 마지막 자존심은 목숨만이라도 연명해야 하는 참담한 현실적 출구를 제시하지 못했다.

이에 따라 백철의 경우도 현실 인간묘사에서 복고주의로, 다시 현실에 대한 안주로 돌아서는 등 현실의 모순에 대한 조화를 강조하는 휴머니즘론은 결국 일제강점기의 지배세력과의 조화, 즉 친일문학론으로 귀결되고 만다. 참고문헌은 각주로 대신한다.

개화공간의 이념성 형식 및 흥미성 형식의 출현과 그 변모 과정

I. 들머리
─정치적 감각과 상상력의 공백 현상 혹은 가능성

우리나라 근대소설의 문제점 몇 가지를 먼저 검토해 보면 먼저 정치적 감각, 둘째, 상상력의 공백 현상 또는 가능성으로 지적되고 있다. 다시 말해서 구소설과 근대소설 사이에 있는 과도기적 성격을 띤 신소설이라 할 수 있다.

그러나 19세기 말에서 20세기 초에 걸치는 약 30년간의 개화공간[1] 속에는 신소설뿐만 아니라 구소설을 비롯하여 정치소설, 잡설, 풍자물, 전기물, 역사물 등이 섞여 있지만 주로 신소설이었다. 이 신소설에서 여러 갈래의 경쟁 관계를 지배한 요인들을 우선적 과제로 정리해 볼 필요가 있다. 첫 번째, 개화공간의 문학적 현상이 개화사상에 연관되어 있다는 것, 두 번째, 구소설과의 계속성에 더 무게를 두고 연구하는 경우가 많은 편이다. 그러나 현재까지 앞에서 말한 연구 중심이 대부분 많다.

개화사상과 개화기문학의 탄력적인 관계 설정이 어려웠던 이러한 연구 관점은 문학적인 것을 정치적·사회적 개혁의 수단으로 편향되게 인식하는 경향으로 흘렀다. 말하자면 신소설 속 친일적인 요소를 들추는 데 중점을 둔

---

1) 개화공간: 문덕수 편저 대표, 《세계문예 대사전》(교육출판사, 1994. 09. 25), p.51. "(전략) 대체로 병자수호조약(1876, 고종 13년) 또는 갑오경장(1894, 고종 31년) 이후부터 경술국치(1910) 전후까지로 본다. (후략)."

이유에서 발견되고 있다. 이런 경도된 인식으로 인해 개화공간의 다양한 문학적 현상 전체를 무리 없이 설명하기는 어려우므로 보다 유연한 재검토가 절실하다.

그렇다면 개화사상은 당시 일제강점기의 국권 유지를 필사적으로 공고히 하기 위한 방책으로 몰이하였는데, 조급성·과격성을 유발토록 하여 신소설이 정치소설이게끔 유도한 흔적이 곳곳에 묻어 나온다. 따라서 처음으로 〈서사건국지瑞士建國誌〉(1907)가 나왔는데, 들머리에서 이를 잘 설명해 주고 있다[2)

요약해 보면 1) 허탕무거 음탕 패설한 국문소설, 2) 허무한 한문소설, 3) 인심·풍속과 정치·사상을 포함한 정치소설 등으로 서로 경쟁 관계에 있었다. 그러나 1)은 반드시 구소설만을 지칭하는 것이라 보기는 곤란하며, 2)는 전기류의 작품들만을 지칭하는 것이라 볼 수는 없으며, 3)을 유독 강조한 면을 보면 소설이란 국사소설國事小說이라는 색깔을 지울 수 없다.

인심·풍속과 정치·사상을 동시에 그리는 것이 정치소설이라 할 때 주제를 인심·풍속 면을 현실묘사로, 정치·사상 면을 중점으로 다뤘다. 이러한 정치소설이 일본 명치明治 때의 특수한 형식인 일본식 정치소설의 맥락을 같이 하고 있다. 이에 따라 정치소설의 성립 근거를 대략 다음 두 가지로 분석할 수 있다.

첫째, 의회정치와 관련된 것으로 보아, 자기 정당의 정견을 선전하는 감염성(계몽성)적인 국사소설의 성격을 띤 정치소설이 등장하였고,

둘째, 신문 매체의 보급에 관련된 것이다. 막강한 영향력을 지닌 신문 매체의 효과적인 이용을 위해 각 정당의 대의사들은 소설 형식을 따왔다 할 수 있다. 여기서 주목되는 것은 당시 우리나라의 정치소설은 〈설중매〉(1908)[3)

---

2) 김윤식·정호웅, 《한국소설사》(문학동네, 2002. 09. 03), p.16, 참조.
3) 문덕수 편저 대표, 《세계문예 대사전》(교육출판공사, 1994. 09. 25), p.945. 〈설중매(雪中梅)〉
   :1) 일본의 스에히로 뎃쬬의 정치소설(博文堂 간행 1886. 08. 02) 스에히로 뎃쬬의 설중매를 1908년(융희2년) 5월 회동서관에서 발간한 구연학(具然學)이 무대와 인물을 한국으로 바꿔 개화기의 현실에 맞게 번안한 정치소설. 이인직(李人稙)의 〈은세계〉, 이해조(李海朝)의 〈자유종〉 등 정치소설 성향인 소설과 더불어 읽었던 것이다.

의 번안 소설에서 진일보하지 못했음이 지적되고 있다.

당시 조선 땅에서는 의회정치가 거의 없었던 까닭으로 국초菊初 이인직李人稙[4])의 경우가 그것을 확연히 보여주고 있다. 그러나 〈귀의 성〉은 정치소설이 아닌 미신 타파, 문명개화의 옹호를 위한 국민정신 개조의 미가 담긴 새로운 형태의 소설로 만들어진 것이라고 지적되고 있다. 이것이 우리 문학사에서의 신소설 개념으로 시발했다 할 것이다. 이에 따라 신소설의 작품들은 정치소설의 성격을 갖춘 계몽의 직접성보다 계몽의 간접성이라 볼 수 있고, 개화공간 소설의 특징으로 보고 있다. 이러한 변화를 가져온 근대소설이라 말할 수 있는 소설은 이미 지적되었지만, 이광수, 김동인 등의 소설이라 할 수 있다.

Ⅱ. 이념성 형식, 흥미성 형식의 출현

1. 문답체(토론체·왈체) 형식의 창출

개화공간의 소설 개념이 문화사적 일별할 수 없는 과제이므로 단순한 것이 아님을 짚어 볼 필요가 있다. 이미 개화공간에 발표된 허구적 작품을 몇 가지 유형으로 분류해 보면 (1) 이념적 유형, (2) 이인직의 〈혈의 누〉(1906)처럼 이념적인 것과 흥미 지향적인 것끼리 상호작용하는 유형, (3) 이해조의 소설에 나타나는 이념 예속적인 것과 흥미를 위주로 한 유형, (4) 최찬

---

4) 李人稙(1862~1916. 11. 25. 경기도 이천 출생), 《鬼의 聲》(만세보, 1906), 이후에 상·하권 단행본으로 간행(上卷은 황성 과학 서포, 1907 10. 03, 下卷은 中央書館에서 1908. 07 25. 간행될 때는 한자가 없어졌다는 것과 한자 옆에 달았던 일본식 루비의 표기가 없어졌다. 또 일본말이 우리말로 바뀌었다. 그리고 일부 대목을 누락시켜 상대성의 극대를 완화시킨 것으로 보임). 신소설가, 정치가, 언론인. 신극 운동가(최초의 국립극장이요 황실 극장이었던 協律社(1902~1906) 자리에 극장 원각사(1908)를 세워 자작 신소설 〈銀世界〉 상연(1908 .11). 우리나라 창극의 창시자가 되었다. 1910년 경술국치 때 이완용을 도와 친일행위를 했다. 작품에는 〈귀의 성〉(1906), 〈혈의 누〉(만세보, 1906.), 〈치악산〉(1908), 〈銀世界〉(1908), 〈모란봉〉(1913), 〈빈선랑의 일미인〉(1912) 등이 있음.

식 또한 흥미 중심적 유형에 둔〈추월색〉소설이라 할 수 있다.

그렇다면 위의 네 가지 소설 유형의 각 작품을 구체적으로 살펴보기로 하겠다. 이념 지향적 유형에는 앞에서 언급한 정치소설의 범주 및 그와 유사한 작품들이 포함되는데, 허구들을 두고 범박한 정치소설이라 부르는 (1) 번안 역사물인〈월남 망국사〉(1906),〈서사건국지〉(1907),〈비율빈 전사〉(1907) 등, (2) 대표적인 일본 정치소설의 번안물인〈가인 지기우〉,〈설중매〉(1908),〈경국미담〉(1907) 등, (3)〈소경과 앉은뱅이 문답〉(1905),〈거부 오해〉(1906),〈신단공안〉(1906) 등의 단편물,〈금수회의록〉(1908) 등 애국계몽사상을 노골적으로 드러낸〈자유종〉(1910)[5],〈나란 부인 전〉(1907) 등등 대략 발표된 작품으로 내세울 수 있다.

연극소설 또는 토론소설이라고 이름하여 정치사회 풍자적 소설 종류는 특정의 정치적 이념을 전파하고자 한 것들로서 계몽의 직접성을 그 특징으로 한 것이다. 이 직접성이 나름대로 형식을 발견하기에 이르렀는데, 토론체와 왈체의 형식, 즉 문답체를 말한다.

여기서 정치소설의 한국적 독창이라고 보는, 일단 평가 대상이 된〈소경과 앉은뱅이 문답〉(1905),〈거부 오해〉(1906) 등의 두 작품에 대하여 대략 살펴볼 필요가 있다.

이 두 작품은 문답체(토론체·왈체) 형식의 스토리텔링임을 이미 정리되고 있다. 미신 타파 및 단발斷髮을 변화로 내세운 개화사상이란 일종의 폭력으로, 이 점은 당시 권력과 같은 성격이라 할 수 있다. 말하자면 개화사상의 압박적 간섭과 주자학적 질서, 가치체계와의 갈등은 단순한 설명으로는 되지 않는 일방적 중심부를 관통하고 있었다. 이러한 문답을 모티브 한 형식이 진보된 문답체 소설 형식이라고 했다.

당시 신문에 실린 문답체 작품의 필자들은 주로 신문기자 또는 논설위원들이다. 당시 논설로서의 개화사상을 설득할 수 없는 한계에서 창작된 것이

5) 이해조,〈자유종〉: 정치소설의 처지에서 보면 타락한, 겉모양만을 유지한 형태이며, 대중소설의 단초에 해당된 작품으로 보고 있다. ▶ 김윤식·정호웅, 같은 책, p.36 참조.

다. 신문 논설 형식에서 문답체(토론체·왈체) 형식이 여러 갈래로 상견 되는 시기는 '통감'이 집정하는 을사늑약인 해, 1905년에서 1906년 사이에서 개화 공간이라는 시점에 놓인 이념이 정치적인 현실 그대로를 표출하고 있다.

물론 이 형식은 아이러니를 수반한다. 아이러니가 풍자냐 유머냐의 통로에 놓여 있는 소설 형식이 〈거부 오해〉라고 볼 수 있다. 이 작품은 왈터체 형식이며, 문답체 형식이 두 사람의 대화에 비해 왈체 형식은 여러 사람이 등장한다는 점에서 차이가 있다. 무엇보다 이 불특정 다수인의 뒤에 익명의 작가가 작용하는 점이다. 문답체 형식은 특정 계층을 대표하는 인물들을 통해, 말하자면 특정 계층의 시각에 맞춰 문명개화를 몰이한 것이다.

2. 〈혈의 누〉라는 이름의 작품군 : 이념성 · 흥미성의 관계

2-1. 정치소설의 결격 형식

개화 공간에서 사회 중심적 흐름은 문명개화를 통한 강인한 자아 독립사상의 궁행이었다. 앞에서 말한 이 땅에서는 원래 의회정치가 없었던 정치소설은 낯설기보다는 스토리텔링 자체가 공감대가 형성될 수 없는 어색한 그 자체다. 다만 '신소설'이라 적혀 있는 이인직의 〈혈의 누〉가 전개하는 내용이 호기심을 유발하는 것뿐이다.

이 작품을 탄생시킨 배경은 (1) 일본식 언문일치 문체(문장), 즉 한자로 된 낱말 위에 작은 글자로 한글의 토를 단 것(일본 문장의 이른바 루비라는 한자어에 토 달기) 및 숨쉬기 단위의 띄어쓰기, 구두점 등으로 구성된 일본식 언문일치의 문체가 먼저 있는 등 통속화된 유발이다. 그다음에 〈혈의 누〉가 태어난 것이다. (2) 정치소설 (3) 청일전쟁(1894) 등 세 가지 항목과 관련된 배경이 이끌고 있다. 문학평론가 김윤식(1936~2018, 서울대학교 국어국문학 명예교수)은 '일청전쟁'이 그 창작 주체라 하고 구소설과는 전혀 다른 신종이라고 주장하고

있다.6)

그러나 〈혈의 누〉는 우리나라의 경우, 실험적 신소설로서 자리매김할 수는 있으나, 이미 친일작품으로 지적, 처음부터 거부반응으로 퇴색된 것도 없지 않다. 따라서 이념 소설의 유사성이 있는 작품이며, 원래의 정치소설이 아니므로 정치소설의 결여 형식에서 써진 작품이라 할 수 있다.

2-2. 이념성과 흥미성의 구성도 감각

이인직의 〈혈의 누〉는 이미 연구자들이 지적한 정치소설로서의 어떤 수준에 도달한 것으로 보인다. 소설의 흐름을 다시 분석해 보아도 그것은 어떤 종류의 이념은 물론 소설이 지닌 궁금한 세계에서도 흥미성을 삽입함으로써 신소설 형식을 띤 세계가 엿보이고 있다.

〈혈의 누〉의 상편, 하편 그리고 속편인 〈모란봉〉까지 이인직은 줄곧 이러한 스타일로 발표해 온 것을 알 수 있다. 이인직의 실험 작품 중 〈귀의 성〉, 〈치악산〉이 흥미성에 경도되었고, 〈은세계〉 소설은 상당한 이념성에 기울어진 작품으로 보이며, 소설 〈모란봉〉은 이 둘 사이에서 흥미성으로 맴돌며 너무 통속에 치우치다 작품 가치 면에서 볼 때 함량 미달임을 알 수 있다. 그렇다면 이념성과 흥미성의 골고루 갖추었다고 생각된 소설은 〈혈의 누〉 상편이라 할 수 있다.7)

2-3. 이념성과 흥미성의 문학성 붕괴 현상

앞에서 언급한 바와 같이 이인직의 〈혈의 누〉 상편에서 느끼는 이념성과 흥미성, 즉 절충주의는 여유 있는 실험을 계속하지 못하고 파탄에 봉착하고 만다. 그러한 배경은 무엇보다도 시대적 추이와 상업주의의 침윤 때문으로

---

6) 김윤식·정호웅, 같은 책, p.41.
7) 김윤식·정호웅, 같은 책, pp.47~50 참조.

볼 수 있다. 신문 연재 〈혈의 누〉가 나온 지 반년 만에이 인직은 이를 상업주의가 지배하는 출판매체의 회로 속에 흡인되었다. 문체가 놀랄 만큼 구소설에 접근하는 등 이념성보다 흥미성 쪽으로 자꾸 기울어져 구소설로 후퇴하고 만 것이다. 그 연장선에서 〈귀의 성〉, 〈치악산〉 등이 발표되었다. 줄거리를 요약해 보면 〈귀의 성〉과 〈치악산〉은 축첩제도와 가부장제도 속의 여인들이 겪는 비극을 다룬 가정소설의 일종이다.

다시 말해서 〈귀의 성〉의 큰 줄거리는 춘천 남내면 솔개 동네에 사는 강동지의 무남독녀 춘천집이 어찌어찌 첩이 되고 마침내는 참살당했다는 것과 그 살인자들이 나중에 어떻게 처벌되었다는 것 등이다.

또 〈치악산〉은 치악산 단구역 마을 홍참의 집에 서울 이 판서의 무남독녀가 며느리로 들어와 원인적인 비극이 벌어졌다는 흐름을 살펴볼 때 두 작품은 동일 범주이며 흥미성에 경도된 작품이라 할 수 있다. 그러나 전술한 바 있지만 〈은세계〉는 이념형 일변도의 소설로 평가된다. 이 작품은 전편, 후편으로 나눌 수 있는데, 특히 전편이 그렇게 보인다.

큰 줄거리는 구한말의 썩어빠진 관료조직과 이에 탄압받는 민중들의 비참한 삶과 저항과 패배를 표출한 이 전편은 구한말의 실정 묘사로도 큰 의미가 있지만, 그 핵심은 하급관리 출신인 이인직 즉 그를 받아주지 않은 구정권에 대한 증오와 개혁 의지를 표출시킨 것도 간과할 수 없다.

이처럼 증오와 개혁 의지가 일제에 이용될 소지를 이미 내용에다 성격적으로 다룬 것이지만, 그러나 바꿔 생각하면 그것 또한, 이인직의 이념적 한 부분이라 볼 수 있다.

김윤식은 "이 작품의 후반에서 이를 똑똑히 확인할 수 있는데, 최병도의 아들 옥남과 딸 옥순이 미국 유학에서 돌아와 의병을 타이르는 부분"[8]이 이념성의 가장 대표적이라고 지적하고 있다. 이처럼 이인직은 1906년에서 1913

---

8) 김윤식·정호웅, 같은 책, p.53 재인용-이인직, 《은세계》(동문사), p.138. "여러분 동포가 의리를 잘못 잡고 생각이 그릇 들어서 요 순 같은 황제 폐하 칙령을 거스르고 흉기를 가지고 산야로 출몰하여 인민의 재산을 강탈하다가 (중략) 패하여 달아나거나 그렇지 아니하면 사망 무수하니, (하략)".

년까지 십 년 가까운 세월에 누구도 무시 못 할 정치가로 군림하고 있었다. 그의 정치소설은 마침내 정치 현실 그대로를 보여주었다. 이러는 동안 우리 개화기소설은 퇴조해 버렸다. 새로운 세대가 기다리고 있었는데, 이광수, 최남선, 김동인, 염상섭 등등이다.

3. 흥미성의 새로운 형식 : 이해조의 경우

정치소설은 끝났지만, 흥미성에 대한 새로운 형식적 소설은 계속된다. 이에 따라 이해조의 소설9)이 대표라 할 수 있다. 먼저 '이해조의 토론체' 소설인 〈자유의 종〉 이후, 〈화의 혈〉, 〈춘외 춘〉은 뚜렷한 모양새를 드러낸 흥미성의 새로운 형식이라고 이미 지적되고 있다.

1907년 일본의 통감부 설치의 정치 현실과 신문 중심의 비판적 기능이 출판계의 상업주의로 수렴되어 가는 과정에서 분석하여, 이해조식 상업주의 또는 상업주의 소설의 제1 형식이라 이름하였다. 특히 이해조가 그의 〈화의 혈〉 발문에서 밝힌 소설의 흥미성을 강조한 빙공착영憑空捉影, 즉 허구성의 개념은 흥미성의 다른 이름이었다.10)

〈화의 혈〉에 나오는 주인공 선초라는 기생과 〈춘외 춘〉의 주인공 신식 여학생 한영진을 내세웠다는 것 자체가 이 작품의 흥미성에 연유했음을 적시하고 있다. 위의 두 작품의 핵심이 '기생'과 '여학생'에 있다는 것. 그것이 흥미성의 원천에 속한다는 점에서 흥미성 제1 형식의 기본구도라고 이미 지적되고 있다. 후일 이광수 〈무정〉(1917)이 새삼 증명을 한다.

〈무정〉의 흥미성의 주된 점은 기생 박영채와 여학생 김선형을 동시에 수

---

9) 이해조(1869~1927), 경기도 출신(왕족의 후손). 〈잠상태〉(1906), 〈고목화〉(1907), 〈빈상설〉(1908), 〈홍도화〉(1908), 〈구마검〉(1908), 〈현미경〉(1909) ,〈자유종〉(1910), 〈화세계〉(1910), 〈월하가인〉(1911), 〈화의 혈〉(1912), 〈춘외 춘〉(1912), 〈봉선화〉(1912), 〈홍장군전〉(1918), 번역물, 〈강명화실기〉(1925), 등 총 36편 발표-김윤식·정호웅, 같은 책, p.56 내에 있는 최원식, 《한국 근대 소설사론》(창작과비평사, 1986), p.33 재인용.

10) 김윤식·정호웅, 같은 책, p.59 참조.

용한 점에서 볼 때, 이해조는 〈무정〉의 선구자라 할 수 있다. 다만 이광수의 〈무정〉은 이념성과 흥미성이 두드러지게 표출되고 있다. 이해조는 개화파답게 애국 계몽주의자로 그의 작품에 이런저런 이념성을 깔기도 하였지만, 그의 작품에 흐르는 진한 흥미성은 지울 수 없다.

3-1. 〈추월색〉 : 흥미성 있는 제2 형식

우리나라 신소설 3대 작가 중의 하나로 꼽히는 최찬식(1881~1951)[11]의 대표적 작품 〈추월색〉은 이해조의 '기생', '여학생' 병행구조에서 더 나아가, 흥미성에 둔 새로운 형식을 창출한 점에서 평가되어 흥미성 제2 형식적인 전범이다.[12]

〈추월색〉의 첫머리는 두 관점에서 특성을 갖는데, 첫째, 배경으로 동경 상야上野공원의 불인지不忍池 관월교觀月橋가 배경이다. 둘째, 여학생이 본격 등장하는데, 이인직의 〈혈의 누〉의 직계라고 생각되는 여자 유학생이 처음으로 등장한다. 즉 일본 동경에 유학하는 여학생 신분이 직접 주인공이 된다.

큰 줄거리를 간략하게 짚어 보기로 하겠다. 여학생 이정임은 서울 이시종의 무남독녀이며, 같은 해 태어난 김승지의 아들 김영창과 부모 언약으로 약혼한 사이다. 김승지가 평안도 초산 군수로 부임했다가 민란을 겪는 바람에 김영창은 행방불명되고 혼약은 지켜질 수 없게 되었다. 이정임의 나이 열다섯 살 때 서울 박 과장 아들과 다시 혼약을 맺는다. 이정임은 가출을 결심, 남대문 역을 거쳐 일본으로 갔다. 거기서 여러 사람의 도움으로 일본여자대학을 최우등으로 다니며, 유학생 간에 큰 인기를 얻는다.

이러한 구조가 이인직의 〈혈의 누〉의 김옥련의 경우와 별반 차이가 없다. 청일전쟁(1894)이라는 불가항력의 사태에 의해 유학생이 되었던 김옥련과

---

11) 최찬식: 호 해동초. 경기도 광주에서 출생. 소설 작품, 〈추월색〉(1914), 〈금강문〉(1914), 〈안의 성〉(1914), 〈도화원〉(1916) 등이 있다.
12) 김윤식·정호웅, 같은 책, p.60 참조.

스스로 가출하여 유학생이 된 이정임과의 사이에는 불과 6년의 시간적 거리가 있을 뿐이다. 그러나 이정임의 가출이 자의적이라 하나 일종의 우발적 성격의 것이듯, 그녀의 유학 역시 공부를 목적 삼은 것은 아니다. 이 점에서 이광수의 〈무정〉에 나오는 김병욱과는 구별될 수 있다. 여자 유학생이라는 점에서 나온 이야기 구조가 바로 삼각관계인데, 〈추월색〉은 〈혈의 누〉, 〈춘외 춘〉과는 전개 기법이 다르다. 앞에서 말한 배경인 일본의 상야공원을 산보하던 이정임을 연모해 오던 강소년이 이성을 잃고 칼로 찌르려는 순간, 비명을 듣고 달려온 사내가 바로 김승지의 아들 김영창이다. 김영창도 민란으로 도망치던 중 선교사에게 구조받아 영국의 영사 스미스의 양자로 입양, 영문학 박사가 되어 동경에 와서 산보하던 중, 구원자로 등장한다.

이러한 서사구조는 신파극이기도 하다. (후략) 다시 말해서 한 여자를 두고 두 사내의 삼각관계가 독보적이다. 그러나 최찬식의 소설 세계는 근대적이지 못한 한계가 여기에 있다는 것과 친일 통속화를 선도한 친일 개화론으로 변질[13]됐다는 것이 연구자들이 이미 지적하고 있다. 그 한계를 가능성으로 실현한 것은 이광수였다는데 필자도 동의한다.

Ⅲ. 마무리

앞에서 논급한 개화공간의 이념성 형식 중 문답체(토론체·왈체) 이후 이인직의 〈혈의 누〉 상편은 정치소설은 아니지만, 국사소설國事小說의 일종이다. 한국의 정치 현실을 쓴, 이념성과 흥미성을 갖춘 작품으로 벌써 지적되어 오고 있다 할 것이다. 그러나 이인직의 〈혈의 누〉 하편下篇 등 속편(〈모란봉〉)부터는 이해조, 최찬식 등 흥미성 위주로 쓴 새로운 소설 형식이 창출되었

---

13) 최원식, 《한국 계몽주의 문학사론》(소명출판사, 2002. 09. 25), p.235.

을 뿐이다. 그러나 여기서 안국선의 〈금수회의록〉(1908), 〈공진회〉(1915)를 간단하게 살펴볼 필요가 있다.

〈금수회의록〉은 일본 작품의 번안이냐 안국선의 창작품이냐의 시비가 있다.14) 그러나 우화적 풍자 형식이 정치소설의 한 가지로 변형된, 그 나름대로 임무를 수행해 낸 것으로 평가되고 있다. 그런데 기생 이야기와 인력거꾼 이야기 등으로 구성된 단편소설 〈공진회〉의 흐름을 짚어 보면 인력거꾼인 주인공이 뜻밖에 횡재한 돈을 공진회를 위해 기증한다는 것으로 끝나는 소설이다. 정치적 장치가 곧 '공진회'이므로 그것에 편승한 것이 여기서 정치적 감각이 얼마나 타락 퇴조되었는가를 알 수 있다. "총독부에서 새로운 정치를 시행한 지 다섯 해가 된 기념으로 공진회共進會를 개최하니, 공진회는 (중략) 모든 사람으로 하여금 구경하게 하는 것이어니와, 이 책은 소설 '공진회'라."15)

이것은 애국 계몽주의가 철저하게 통속화시킨 마지막 모습이다. 총독부가 그 이념을 만천하에 드러낸 것이다. 총독부가 경술국치(1910년)를 자축하는 공진회의 여흥을 돕고자 붓을 들어 기록한 것에 지나지 않는다. 말하자면 정치소설적 성격의 잔해에 불과하다. 그러므로 개화공간은 이 순간 끝난 것이다. 새로운 이념성의 등장과 새로운 흥미성의 등장이 필연적인데, 그것의 창출은 이광수, 최남선 그리고 창조파, 폐허파에서 비로소 가능해진다고 이미 김윤식·정호웅 등 몇몇 연구자들의 연구사 중심으로 산정刪定한 것을 밝혀 둔다. 참고문헌은 본문의 철저한 각주로 대신한다.

---

14) 김윤식·정호웅, 같은 책, p.65 재인용-세리카와 데츠오[芹川哲世], 〈한국 개화기 소설의 비교 연구〉, 《학보》, 제5집(1979).
15) 김윤식·정호웅, 같은 책, p.65 재인용-〈공진회〉 서문.

세대론과 순수문학 이론 논쟁

1. 들머리

세대 간 창작 활동이나 이론 전개에서 입장 차이점으로 인해 문학 논쟁은 어느 시대나 있기 마련이다. 신인 문인들의 문학적 과제와 포부에 대해 언급하는 과정에서 기성 문인들의 미흡한 점을 비판할 수 있으며, 기성 문인들의 입장에서는 문제 제기 과정에서 본 것은 반드시 옳다는 것으로 보지 않는 차이점이라 할 수 있는 논쟁이다.

우리 문학 이론을 전개해 온 문학사를 보면 신인과 기성 사이의 이러한 갈등 견해 차이를 보여주는 논쟁을 읽을 수 있다. 여기서는 1930년대 후반 휴머니즘론의 뒤를 이어 나타나는 세대 간의 논쟁, 그중에서도 순수문학 논쟁을 중점적으로 살펴서 요약하고자 한다.

이러한 논쟁은 1930년대 후반의 세대론과 순수문학 논쟁으로 일제 식민 치하의 우리 비평사에서 확인된 마지막 이론 논쟁이다. 이후의 문학 이론은 독자적인 길을, 자기보다는 친일문학에 대한 강요의 굴레를 벗어나지 못한다. 이 논쟁에서 얻어진 문학정신의 본질에 관한 이론가들의 견해가 해방 이후 우리 문단에 큰 영향을 미쳤기 때문에 이 논쟁을 정리할 필요가 있다. 특히 인간성 옹호론과 순수문학 이론의 전개 과정을 통하여 다루어졌다는 것을 무시할 수 없다. 따라서 이 논쟁이 지닌 비평사적 의의에 대하여 살펴보기로 하겠다.

2. 문학의 세대 구분과 순수성 논쟁

(1) 문단 전통의 부인과 비평 불신

우리 문단에서 신인에 관한 관심과 비판 및 기대를 비교적 구체적으로 논의하기 시작한 글은 이원조의 〈신인론〉[1]이다. 근래의 신인은 하나도 신인다운 기백이 없고, 특출한 재능을 가진 인물이 없으며 또한 대가들 역시 대가다운 품격을 지닌 이가 드물다는 것이다.

이원조의 이러한 지적 이후, 표면화되기 시작한 것은 1939년 01월 잡지 《朝光》이 기획한 〈신진작가 좌담회〉를 통해서이다. 좌담회에 참석한 신인들은 박노갑, 허준, 김소엽, 계용묵, 정비석, 현덕이었다. 이들은 모두 《朝光》사의 출판부가 발행한 《신인 단편집》에 각자의 작품이 수록된 사람들이다. 그러나 이밖에 수록된 자 중에 박영준, 현경준, 김동리, 차자명, 김정한 등이 있었으나 참석하지 못한 것으로 기록되어 있다.

신인은 기성의 권위를 무시하면서 조선 문단의 작가적 전통을 부인하는 등 비평계에 대한 불만 역시 강하게 드러낸다. 먼저 비평계의 불만을 요약하면 다음과 같다.

첫째, 작품에 대한 평가가 객관성이 없다. 둘째, 비평가의 교양에 문제가 있다. 셋째, 작가 전반에 걸쳐 연구하지 않고 한 작품만 놓고 다룬다.

넷째, 작가의 창작 의도를 헤아리지 못한다. 다섯째, 너무 한 면만을 강조한다. 여섯째, 자기 자신의 기호를 토대로 작품을 평가한다 등으로 나타난다. 특히 월평에 대한 불신이 심해서 이구동성으로 월평 폐지론을 부르짖는다.

임화는 비슷한 시기에 〈신인론〉[2]을 써서 기성 문인으로서의 입장을 드러낸다. 여기서 신인의 요건에 대해 언급하고 신인의 본질이란 "그 써 내는바

---

1) 이원조, 〈신인론〉, 조선일보, 1935년 10월 10일~17일 참조.
2) 임화, 〈신인론〉, 《비판》 제105~106호, 1939년 01월 2월 참조.

문학의 새로움"에 있다는 견해를 제시한다. 새로움을 보여주지 못하는 신인은 신인이 아니다. 그들은 새로움을 보이기 위해 기존의 문학세계에 대해 부정적 태도를 지니게 된다. 그것은 당연하다. 그러나 새로운 경지를 개척하기 위해서는 기존의 문학의 넓이와 깊이를 발견해야 한다. 주요한 원인은 해외 문학에 대한 모방의식이 있다면서 먼저 기존 문단의 파악이 있어야 한다는 전제를 제시한다. 이것은 기성의 권위를 무조건 무시하고자 하는 신인들의 발언을 경고하고 있다는 점에서 원칙을 넘어서는 구체성을 확보한 논의이다.

1939년 04월《朝光》은 다시〈신진작가의 문단 호소장〉이라는 기획을 마련하여 김동리·정비석·김영수 등 신인들의 주장을 수록한다. 김동리는〈문자우상〉[3]을 써서 기성문단을 비판한다. 주로 평론가를 향한 비판이다. 그러나 김영수의〈문단 불신임안〉[4]과 함께 오류를 범하고 있다. 정비석은〈평가評家에의 진언〉[5]은 신인 작가 대 기성 평론가 사이의 논쟁이라는 구도를 지닌 것으로 확인된다.

또 하나 주목할 것은 그간의 기성이나 신인 서로가 해외 문학에 대한 상대방의 사대주의적 태도를 비판 경계한다는 것이다. 기성 문인들이 신인에 대해 그들이 해외 문학에 대한 무절제한 동경심을 지니고 있음을 비난하듯, 신인은 기성 평론가들이 국내의 작품에 대해서는 폄하를 하면서 해외 문학 작품은 무조건 추켜서 세운다고 불평한다. 이런 현상이 기성과 신인 상호 간 불신의 원인이 되어 온 것이다.

문예 잡지《朝光》은 1939년 05월에는〈신진작가를 논함〉이라는 기획을 기성 문인들에게 넘겼다. 이 기획에 장혁우, 유진오, 김환태, 김문집이 참여한다. 여기서 장혁우는〈사상과 독창〉[6]을 써서 신인 작가들의 문제점을 첫째, 노력의 부족. 둘째, 사색의 부족이라고 지적한다. 유진오는〈신진에게 갖는

---

3) 김동리, 〈문자우상〉, 《朝光》 제5권 4호, 1939년 04월 참조.
4) 김영수, 〈문단불신임 안〉, 《朝光》 제5권 4호, 1939년 04월 참조.
5) 정비석, 〈평가에의 진언〉, 《조광》 제5권 4호, 1939년 04월 참조.
6) 장혁우, 〈사상과 독창〉, 《朝光》 제5권 5호, 1939년 05월 참조.

기대)[7]에서 기성과 신인이 지니는 각각의 장단점을 거론하는데, 기성은 도태되지 않고 살아남은 사람으로 어느 정도 재능을 인정받은 사람이며 자기의 세계를 굳히고 매너리즘에 빠지기 쉽고 그 대다수는 재능의 한계를 드러낸 사람이다. 반면에 신인이란 당장은 괜찮은 작품을 쓰더라도 그것의 지속성의 의문점을 신뢰하기 어려운 것이다.

그러나 무슨 글을 써서 세인을 경탄케 할지 모르는 잠재적 가능성이 아직 드러나지 않았기 때문이다. 따라서 결국 기성인의 자랑도 신인의 불만스러움도 가질 필요가 없다. 그러나 기성세대가 이만치라도 이 땅의 문학을 키워 온 것을 좀 더 높이 사줄 필요가 있다는 이 글의 요지이다. 이러한 현상은 저널리즘의 기획특집 계기로 시작된 감정적 논쟁이라는 성격이 짙다.

(2) 인간성 옹호와 순수문학 논의

1930년대 중반 이후 유진오는 기성 문인의 위치에서 신인들을 공격하는 전면에 나서게 된다. 그의 〈순수에의 지향〉[8]은 기성과 신인 사이에 벌어진 이른바 순수문학 논쟁의 계기가 되는 글이다. 유진오는 신진 작가들에게 순수문학적 태도를 지닐 것을 요청했다. 이때의 순수란, 예술지상주의적 의미의 순수가 아니다. 유진오가 보는 순수란 문단 정치에 관한 관심과 책략에 벗어나 인간성 옹호의 문학정신을 계승하고 문학 자체의 성숙과 발전에 관한 관심이라는 내용을 담고 있는 용어로 요약할 수 있다.

임화는 유진오의 이 글을 받아서 〈신세대론〉[9]을 발표한다. 신세대에 대한 정신으로서의 아이디얼리즘 결여라고 진단하고 무 이상주의를 낳을 수밖에 없으며, 또 이러한 태도는 자연주의적 경향의 재흥하는 길로 들어갈 가능성

---

7) 유진오, 〈신진에게 갖는 기대〉, 《朝光》 제5권 5호, 1939년 05월 참조.
8) 유진오, 〈순수에의 지향〉, 《문장》 제5호, 1939. 06월 참조.
9) 임화, 〈신세대론〉, 조선일보, 1939년 06월 29일~07월 02일 참조.

까지 안게 된다. 따라서 신경향파의 탄생과 더불어 소멸된 자연주의 문학의 망령이 눈앞에 다가왔음을 느끼게 된다는 것이다.

김동리는 기성 문인들의 이러한 공격에 대해 직접적인 반기를 들고 대응하는 〈순수 이의異議〉[10]를 발표하는데 유진오의 글에 대한 반박이다. 그는 기성세대보다는 신진 작가들이 더욱 문학의 순수성을 지켜가고 있다는 것이다.

오히려 30대 기성 작가들의 모든 비문화적 야심과 정치주의에 분연히 대립하는 정신이며 그에 도전함을 강조한다는 것이다. 이처럼 유진오와 김동리의 논쟁을 김환태는 〈순수시비〉[11]를 통해 이 논쟁에 가담한다. 내용 요지는 신진 작가를 적극적으로 옹호하면서 순수문학을 지향하라는 것은 기성이 우선되어야 한다는 것이다. 그러나 옹호의 근거를 바르게 뒷받침되지 않았다. 비평 행위 자체를 부인하는 결과로 이어지는 것은 옳은 결론이라고 볼 수 없다.

이원조는 〈순수는 무엇인가〉[12]를 발표, 순수란 과연 모든 문학상의 주의主義·사실事實을 거부하는 것인가를 질문하면서 김환태의 주장이 지니는 논리적 모순을 공격한다. 이러한 순수는 결코 받아들일 수 없다는 그의 결론이다. 무엇이 과연 순수문학이고 문학가가 지녀야 할 올바른 태도는 무엇인가에 관한 논의로 세대론의 핵심을 제시했다는 데, 주목할 만하다.

김동리는 〈신세대의 문학정신〉[13]을 다시 발표하여 이 논의를 지속한다. 이 글은 '신인으로서 유진오 씨에게'라는 부제가 달려 있다. 그러나 유진오에게 적극적인 공격의 성격은 아니다. 배후에는 매일신보 편집진의 의도가 엿보이는 글로 이미 지적된 것이다. 여기서 김동리는 누구보다 순수한 문학적 태도를 지닌 신진 작가들이 주장하면서 신진 작가의 문학정신을 인간성 옹호라고 정리했다.

---

10) 김동리, 〈순수 이의〉, 《문장》 제7호, 1939년 08월 참조.
11) 이원조, 〈순수는 무엇인가〉, 《문장》 제11호, 1939년 12월 참조.
12) 김동리, 〈신세대의 무엇인가〉, 《문장》 1939년 12월 참조.
13) 김동리, 〈신세대의 문학정신〉, 매일신보, 1940년 02월 21일~22일.

그는 인간성 옹호를 다시 르네상스의 휴머니즘 정신과 연결하였다. 그런데 앞글에서 밝힌 유진오가 인간성 옹호라고 정리한 것을 김동리가 주장하는 인간성 옹호라는 말의 모호성에 대해 의문을 제기한 바도 있었다.

유진오는 김동리의 윗글에 대한 답변 형식으로 쓴 〈대립보다는 협력을 요망〉[14]을 발표한다. 이 글에서 유진오는 논쟁의 발단 과정을 해명하면서 기성과 신인의 논쟁을 지속하기보다는 상호협력에 대한 소망을 피력한다. 자신은 문단 모두의 반성을 촉구하고 새로운 질을 모색하려는 데 있었으며, 신인을 매도하기 위함은 아니었다는 것이다. 이 논쟁은 이로써 끝난 셈이다.

세대 간의 순수 논쟁은 바로 전단계 논의인 휴머니즘 논쟁의 영향을 받은 것은 분명하다 할 것이다. 그러나 이 순수 논쟁은 휴머니즘론의 성과를 온전히 이어받지 못했다.

3. 마무리

전술한 우리 문학 이론 문학사를 보면 신인과 기성 사이 갈등 견해 차이는 심각한 논쟁이었다. 1930년대 후반부터는 휴머니즘론 뒤를 이어 세대 간의 논쟁, 그중에서도 순수문학 논쟁이 심화되었다. 그러나 성과는커녕 1930년대 후반의 세대론과 순수문학 논쟁으로 일제 식민치하 이론 논쟁이었다. 이후 문학 이론 전개는 독자적인 길이었다. 그러나 친일문학에 대한 강요의 굴레를 벗어나지 못했음을 알 수 있다.

이 논쟁에서 얻어진 문학정신의 본질에 관한 이론가들의 견해가 광복 이후 우리 문단에 큰 영향을 미쳤다. 특히 인간성 옹호론과 순수문학 이론의 전개 과정을 통하여 다루어졌는데 이데올로기를 앞세운 논쟁으로 발전시키지도 못했다. 오히려 이 논쟁은 휴머니즘론과 순수문학론이 연결되는

---

14) 유진오, 〈대립보다는 협력을 요망〉, 매일신보, 1940년 02월 23일.

과정에서 왜곡 현상을 불러왔다. 바로 인간성 옹호가 현실 속의 인간 문제를 떠나 원초적 자연적 인간성을 찾는, 즉 모든 현실상의 주의主義와 사상을 떠났을 때 가능하다는 해석으로 나타났다. 이처럼 왜곡 수용되는 인간성 옹호의 주장은 해방 이후까지에도 이어져 오랫동안 한국의 순수문학론 전개의 이론적 근거로 자리 잡게 된다. 현실에 관한 관심 없이는 결코 성취될 수 없는 인간성 옹호론은 물론 현실과는 무관한 순수문학론, 즉기 형적인 비평사의 한 근거가 되어 버린 세대론에 머물렀다 할 수 있다. 끝으로 기존 연구사를 연구 과정에서 동의할 경우 인용 부분은 수록했음을 밝힌다.

상허 이태준 연구

I. 들머리

1. 문제 제기

상허尙虛 이태준李泰俊은 한때 구인회九人會 동인으로 활동한 우리나라의 근대소설 문학에 있어서 순수문학을 대표하는 작가로 김동인金東仁, 현진건 玄鎭健의 뒤를 잇는 단편소설의 완성자라고 이미 지적되고 있다.

특히 尙虛(호號는 한자 그대로 옮김—필자) 문학에 대한 관심이 차차로 집중되 는 지금 그의 전기적 고찰에서 상반된 조사가 없지 않은 것도 사실이다. 즉 태어난 곳, 생년월일, 학력 등에서 기록된 차이점이 아직 남아 있기 때문 이다. 따라서 이에 대한 구체적인 재검토가 이루어져야 할 것이며 남북통 일이 앞당겨질 경우, 그 난맥상이 보완될 것으로 보이나, 하나의 과제로 남겨 둔다.

2. 연구사 재검토

상허에 대한 현재까지의 연구사를 비롯한 문단비평에서 권위 있는 논평 자들의 글을 살펴보면서 최근까지 논의되어 온 것을 그의 작품 세계에 대 한 비판된 변화추이까지 검토하기로 하겠다.

여기에서 그에 대한 깊이 있는 연구 자료 중에서 민충환의 《李泰俊研究》1)를 중심으로 고찰하면서 '문학과현실사'에서 간행한 《월북작가 대표 문학선집》2), 문덕수의 《世界文藝大辭典》3), 김우종의 《韓國現代小說史》4), 이재선의 《韓國現代小說史》5), 김재용의 《민족문학운동의 역사와 이론·2》6), 박철희·김시태의 《한국현대문학사》7), 임종국의 《親日文學論》8), 김윤식·김현의 《한국문학사》9), 이태준의 《해방 전후》10), 이병렬의 《이태준 소설연구》11), 이명희의 《상허 이태준 문학세계》12) 등을 포함한 각종 비평론 서적을 참고, 연구사를 검토한 결과 상허의 일부 작품을 통하여 대부분 부분적인 세계만 논의되고 있다.

그중에서도 민충환, 이병렬, 이명희 등의 연구는 상술詳述되어 있으므로 연구에서 어느 정도의 한계점은 해소된다고 할 수 있다. 그러나 다른 작가에 비해 적은 양이며, 총체적인 연구가 과제로 남는다 할 것이다. 특히 상허의 작품에서 개작된 작품과 원전原典의 비교가 이미 논의된 것은 있으나, 방언 고찰과 함께 더 깊이 있게 연구할 필요가 있는 것이다.

다시 말해서 개작의 배경과 아울러 변모된 작품이 갖는 함의와 방언의 고찰에도 일부에서 전반에 걸쳐 누락 없이 살펴야 하는 커다란 과제로 남아 있다. 물론 방언 고찰은 지엽적인 것으로 보이나 방언이 갖는 의미와 시대상이 맞물려 있다고 볼 때 접을 수 없는 과제이기도 한 것이다.

---

1) 閔忠煥, 《李泰俊研究》(서울, 깊은샘, 1988).
2) 《월북작가대표문학선집》(서울, 문학과 현실사, 1994), pp.269~541.
3) 文德守, 《世界文藝大辭典》(서울, 教育出版公社, 1994), pp.1482~1483.
4) 金宇鐘, 《韓國現代小說史》(서울, 成文閣, 1980), p.243.
5) 李在銑, 《韓國現代小說史》(서울, 弘盛社, 1979), p.364.
6) 김재용, 《민족문학운동의 역사 이론》(서울, 한길사. 1990), pp.200~207.
　　　, 《민족문학운동의 역사와 이론 2》(서울, 한길사, 1996), pp.468~472.
7) 박철희, 김시태,《한국현대문학사》(서울, 시문학사, 2002. 03), pp.270~272.
8) 林鐘國, 《親日文學論》(서울, 平和出版社, 1983. 06), p.153, p.156, p.476.
9) 김윤식·김현, 《한국문학사》(서울, 민음사, 2000. 03), pp.323~325.
10) 이태준, 《해방전후》(서울, 하서출판사, 2000. 10), pp.301~303.
11) 이병렬, 《이태준 소설연구》(서울, 평민사, 1998. 10).
12) 이명희, 《상허 이태준 문학세계》(서울, 국학자료원, 1994. 11).

3. 연구범위 및 방법

본고 연구범위는 상허 이태준 연구에서 간단한 전기적 고찰, 습작기의 작품을 통한 문학의 형성 양상은 물론 전 작품13) 중에서 중편·단편소설의 대표문학을 중심으로 내용을 살펴보는 한편, 방법에서는 순수문학을 지향한 서정소설이 갖는 배경과 시대적 상황 및 활동 상황, 그리고 그의 소설의 한계점 등을 논의할 것이다. 특히 그의 방언과 표준어의 비교는 물론, 경상도의 방언과 유사한 점에 접근하여 방언이 갖는 의미도 간단하게 살펴보기로 하겠다.

II. 상허 이태준의 전기적 고찰

1. 출생·본적·학력 사항

尚虛 이태준의 족보(族譜, 派譜)에 올린 이름은 이규태李奎泰이다. 1904년 11월 17일14) 아버지 이문교(李文敎: 자字: 족보상 본명: 李昌夏)와 소실 순흥안

---

13) 尚虛 李泰俊 作品年譜別 紙附錄 참조(閔忠煥, 《李泰俊硏究》, pp.335~338.
14) 尚虛 李泰俊 생년월일
  ① 문덕수, 《世界文藝大辭典》(敎育出版公社, 1994), p.1482, 1904년 11월 07일로 기록되어 있음.
  ② 金宇鐘, 《韓國現代小說史》(서울, 成文閣, 1980), p.243, 1904년 10월로 기록되어 있음.
  ③《文章》(1940. 1)은 1904년 11월 07일로 기록되어 있음.
  ④ 閔忠煥, 《李泰俊硏究》(서울, 깊은샘, 1988. 04), p.25, 1904년 11월 04일로 기록되어 있는데 학적부에 근거한 것으로 되어 있음.
  ⑤《월북작가 대표문학 선집》(문학과현실사, 1994), p.531. 1904년 11월 04일로 기록되어 있는데 학적부에 근거한 것으로 되어 있음.
  ⑥ 그러나 본고 필자는 이태준의 장편소설 《第二의 運命》(漢城圖書出版部, 1937. 06)에 근거하는데 당시 이태준은 1904년 11월 7일로 이태준 본인이 직접 기록한 연보이므로 당시 음력을 사용한 실제 나이로 보아야 할 것이다. 학교의 학적부는 당시 부모나 보호자가 구술하는 대로 기록했거나, 호적부상의 기록에도 출생 신고하는 대로 기록된 경우가 비일비재하다. 따라서 이태준의 나이가 차이점을 갖는 것은 일방적 기록으로 보아야 할 것이다. 그렇다면 이태준 본인이 연보 정리한 실제 나이 1904년 11월 07일이 맞다.

씨順興安氏 사이에서 태어났는데, 실제로 태어난 곳은 강원도 철원군 묘장리 진명리(江原道 鐵原郡 畝長面 眞明里)에서 차남次男으로 기재記載되어 있다 (畝는 이랑묘-필자). 참고로 장남長男은 본실本室에서 태어난 규덕奎惠으로 기재되어 있다.15)

본적에서도 난맥상을 드러내고 있다 하겠으나, 호적상戶籍上 본적本籍은 강원도 철원군 철원면 율리리 614번지 이창하(江原道 鐵原郡 鐵原面 栗利里 六壹四番地 李昌夏:자字, 문교文敎)의 호적戶籍에 등재登載됨으로써 일부 연구에서는 차이점이 없지 않다.16)

당시 이태준의 현주소는 경성부 성북정 248번지(京城府 城北町二四八番地: 현재는 성북동)인데, 그 위치에 尙虛가 살던 고택을 '수연산방'이라고도 불리었다. 아마도 일제강점기 때 상허尙虛가 철원에 있는 고택을 그대로 이동시켜 살았다고 함-필자)이다. 이곳에서 수필집《무서록-순서 없이 엮은 수필》이 완성되었다고 한다. 또 그는 1930년 이화여전梨花女專 음악과音樂科를 졸업한 해주인海州人 이순옥李順玉과 결혼하여 2남 3녀를 두었다.17)

이미 지적되고 있지만, 학력에서도 난맥상을 드러내지만 1918년 03월 철원 사립私立 봉명鳳鳴학교를 졸업한 후 1918년부터 1919년에 걸쳐 함남북咸南北, 평남북平南北으로 방랑하였고, 1920년 04월에 경성京城 휘문고보에 입학하였으나, 1923년 05월에 퇴학하였으며, 1926년 04월에 일본 동경 상지대학上智大學 문과에 입학하였으나 1927년 11월 동 대학교를 중도에 퇴학하였음을 알 수 있다.18)

그는 1928~1937년 '개벽사開闢社', '중외일보사中外日報社' 등 기자 생활을 거쳐, 이화전문 등 강사도 역임하였다. 그러나 문덕수文德守의 앞의 책, "학력별무學歷別無"와 김우종金宇鐘의 앞의 책, "중학교를 마쳤다." 김병익金

---

15) 尙虛의 출생지; 본고 필자는 현재까지 연구된 것 중에 강원도 철원군 묘장면 진명리(畝長面 眞明里)로 보는 것은 이태준의 장편소설,《第二의 運命》(漢城圖書出版部, 1937. 06) 책머리에 실린 약전(略傳)에 근거한다. 이태준 자신이 직접 쓴 확실한 연보(年譜)이기 때문이다. 따라서 이문교 (李文敎:李泰俊의 父親)의 소실(小室)이 살던 '묘장면 진명리(畝長面 眞明里)'에서 태어났다고 본다.
16) 李泰俊의 徽文高普 學籍簿에 의함(閔忠煥,《李泰俊硏究》, p.37 재인용.
17) 李泰俊, 장편소설,《第二의 運命》(漢城圖書出版部, 1937. 06) 참조.
18) 李泰俊, 장편소설,《第二의 運命》(漢城圖書出版部, 1937. 06) 참조.

炳翼의《韓國文壇史》(一志社, 1973)에는 "일본의 상지대 중퇴" 등등 그 기록이 각각 다르다. 따라서 이태준의 전기적 사실은 생년월일을 비롯하여 본적, 학력 등이 뚜렷하지 못한 것을 볼 때 그의 유연함이 오히려 어떤 곤경을 자초한 것으로 나타나는 것 같다.

2. 습작기를 통한 문학 형성

상허는 1925년 07월 13일《時代日報》에 첫 작품인〈五夢女〉를 발표, 정식으로 문단에서 나오게 된다. 그러나 민충환의 조사에 의하면 습작기 작품은 1924년 06월 휘문고보의 교지인《徽文》제2호에 발표된 작품을 기준하면 모두 6편으로 작품명을 보면 다음과 같다. 1)〈扶餘行〉, 2)〈바람에 불녀 白月을 안고〉, 3)〈억울한 노릇〉, 4)〈강호에 게신 K 누님께〉, 5)〈물고기 이약이〉, 6)〈미듬과 사랑〉 등이다. 그러면 위의 여섯 작품에 대한 흐름을 간단히 살펴보고자 한다.

1)〈扶餘行〉은 백제의 고도인 부여에 수학여행을 갔다 와서 쓴 기행문으로 학교 내의 문학콩쿨 대회에서 1등을 수상한 작품이다(시조시인 李秉岐 선생의 選으로 당선된 작품). 이 작품에서 절제되지 않은 감탄사 등 과다한 감정표출을 볼 수 있으나 번득이는 문장력을 엿볼 수 있다는 지적이 되어 있다.

2)〈바람에 불녀 白月을 안고〉는 감상문 부문 3등 상을 수상한 작품으로 생에 대한 짙은 체념과 비애가 담겨 있다는 지적이다. 흰 달을 바라보는 사춘기의 고독한 심정은 물론 시대적 상황으로 보아야 하는 당시의 민족의 처지, 또한 스며 있다는 것이다.

3)〈억울한 노릇〉은 고아라는 내면적 갈등이 표출되고 있다. 아무리 이상과 희망을 갖고 있어도 현실 앞에서의 좌절감을 표현한 작품이라는 것이다.

4) 〈강호에 계신* K 누님께〉는 편지형식을 통하여 아이처럼 순진무구純 眞無垢히 살아가기 위한 염원을 누님이라는 순수 대상을 통하여 표출시키 고 있다는 것이다(*계산→계신: 필자).

5) 〈물고기 이약이〉는 물고기들의 이야기를 의인화 수법으로 쓴 소년물 少年物이다. 교훈적 내용으로 엮은 청어, 가자미, 대구 등 물고기의 특이한 모양의 유래, 난류와 하류의 만남에서의 이동 상태, 그들 동료끼리의 열정적 사랑은 물론 수수께끼적 흥미로운 꿈풀이 등 해학미諧謔美도 곁들여 있다는 작품이다.

6) 〈미듬과 사랑〉은 휘문교의 교지 첫머리에 게재된 단시短詩이다. 새로 입 학하는 후배들에게 믿음과 사랑의 중요함을 깨우치는 내용이다.

이상으로 尙虛의 전기적 고찰에 휘문고보 시절을 포함시켜 살펴보아도 그의 문학에 대한 재질을 찾을 수 있다. 위에 열거한 작품들은 민충환 연구 에 따르면 그의 첫 작품 〈五夢女〉가 발표되기 1년 전에 발표된 작품이라 한 다. 그의 휘문고보 학적부에 '기호 및 지망 란'에 '문학'이라고 기록된 것을 보아도 타고난 재질을 엿볼 수 있다.

Ⅲ. 중·단편소설 분석

1. 소설 흐름

현재까지 尙虛의 소설 연구는 많지 않으나 상세하게 연구 검토된 민충환 閔忠煥의 《李泰俊 硏究》 연구사를 재검토 요약해 보기로 하겠다. 1925년부 터 1943년까지 18년간 발표된 소설은 단편소설 45편, 중편소설 3편, 장편소 설 13편, 콩트 7편, 소년물少年物 10편, 희곡 3편이다. 그 외에 수필 및 잡문도 다수임을 알 수 있다.

본고 필자는 이들 작품에서 여태껏 잘 다루어 오지 않은 중편소설〈愛慾의 禁獵區〉[19], 〈코스모스 피는 庭園〉과 단편소설〈五夢女〉를 비롯하여 〈不遇先生〉,〈失樂園의 이야기〉,〈춘띄기〉,〈결혼의 惡魔性〉 등 소설의 배경, 작품 개요를 파악하고 작품의 구조, 내용의 흐름, 이들 작품에 나타난 방언을 간단히 살펴보기로 하겠다.

2. 중편소설

1)〈愛慾의 禁獵區〉

이 작품은 1935년 03월《中央》잡지에 발표된 작품으로 중편소설이다. 배경은 서울과 온양온천이며, 등장하는 인물은 박승권, 채남순, 심완호, 방협 등이다. 작품의 줄거리는 제약주식회사, 피혁상회, 직물주식회사 등을 경영하는 막강한 재력을 가진 박승권 사장은 문화사업을 빙자, 현대공론사를 설립한다. 박승권은 현대공론사에 근무하는 여기자 채남순을 금력으로 유혹, 그녀의 몸을 범하려다가 실패한다.

한편 심완호와 방협은 채남순을 사랑하였기에, 박승권을 타도하기 위해 '필봉사'를 만들어 대항한다. 두 사람 사이에 고민한 채남순은 '애욕의 금렵구'로 들어가 수녀가 된다. 채남순을 단념한 심완호와 방협은 박승권 사장과 같은 위선자들의 '해충구제害虫驅除'를 위해서 함께 힘쓸 것을 굳게 다짐하는 내용이다. 이러한 작가의 결말처리 방식은 종교적인 구원을 희구하는 인간의 본질을 나타낸, 현대적 작품이라 할 수 있다.

대화 내용의 방언은 대체적으로 적은 편이나 "맨들어→만들어", "꿈벅→꾸벅", "날쌔게→민첩하게", "쥐인→거주지" 여기서 '쥐인'은 지인智人의 뜻

---

19)〈愛慾의 禁獵區〉는 改作되어〈愛情의 禁獵區〉로 되어 있으나 본고 필자는 원제(原題)를 인용함.

이 아니다. "노여하리만→성내겠지만", "비끼었다→비스듬히 비치다", "어따→어디에다가", 또는 감탄사로 사용할 때의 "아따", 또는 "어따"를 쓴다. "벨→별(별별)" 등으로 대체적으로 이해되는 방언들이다.

2) 〈코스모스 피는 庭園〉

1937년 《女性》잡지 03월호부터 07월호에 발표된 중편소설이다. 이 소설은 1937년 06월에 간행된 단행본 《久遠의 女像》에 수록되어 있다.

배경 및 줄거리는 정원이 있는 서울의 고급 양옥으로 하고 있으며 주인공인 치영致榮은 처음에 그의 친구 김익수金益洙의 집에 있으면서 열심히 공부하여 의학박사가 되는데 치영이가 선주를 사랑하였다. 그러나 선주는 그의 친구 김익수의 아내가 됨으로써 치영은 결혼하지 않고 학문에만 열중하여 대학에 출강하는 등 생활이 부유하게 된다. 그간 김익수와 그의 아내 선주는 시골에 살게 되어 김익수의 딸 옥담이가 대학을 다닐 때 치영이 집에 머문다. 치영이는 그의 사랑하던 선주를 보듯이 김익수와 선주 사이에 놓은 옥담이를 자기 딸처럼 정성을 다한다.

옥담이가 선택한 난봉꾼 김병식이와 결혼의 날 기생이 행패를 부린다. 결혼하는 날 코스모스 피는 정원을 갖고 있는 독신자 치영이의 애틋함을 그리고 있다. 옥담이가 김병식과 결혼하는 것을 미리 뒷조사하여 김병식이가 나쁜 사람임을 이야기하지 못하고 만류했으나, 옥담이는 완강히 반대하여 결혼하게 된다.

결혼한 어느 날 옥담이가 울면서 치영이를 찾아왔다. 그의 남편 김병식이가 집에까지 여자를 데리고 온다는 것을 알게 된 치영이는 김병식을 때려눕히고 경찰서에 자수한다. 주위 사람들의 진정서와 정상이 참작되어 치영이는 석방되고 그 전과 같이 옥담이와 행복한 나날을 보낸다.

이 소설에 대한 작가의 결말 처리 방식은 화해이며 3인칭을 통한 작가의 공감을 불러일으키고 있는 자전적 소설로써 서정성이 짙은 사랑의 존재를 확인시켜 주는, 역시 모던한 작품이다. 즉 불우한 환경을 극복하는 등 순수한 사랑의 초월성이 적극적으로 표출시키고 있기 때문이다.

이 작품에는 독자들이 이해할 수 있는 방언들이지만 살펴보면 다음과 같다.

"무데기무데기→무더기"(올에도(올해도) 넓은 뜰 안에… 코스모스가 무데기무데기로 올려 솟았다) "듬→덤"(졸업장에 얹어 듬으로 가져오는 것이 많았다) "하날→하늘"(옥담은 찬송가 책에서 이내 그 하날 가는 밝은 길…) "기츰→기침"(장 박사는… 목청을 다듬느라고 마른 기츰을 작고(자꾸)한다) "매아미→매미"(박사의 귀에는 그 말이 매아미 소리처럼) 등에서 읽을 수 있다.

3. 단편소설

1) 〈五夢女〉

〈오몽녀〉는 1925년 07월 《朝鮮文壇》에 정식으로 등단한 이태준의 작품이다. 그러나 작품 게재는 1925년 07월 13일 《時代日報》에 발표되었고, 1939년 12월 단행본 《李泰俊短篇選》(博文出版社)에 수록되어 있다.[20] 배경 및 줄거리는 함경북도 최북단의 항구인 서수라西水羅 인근의 두만강에 가까운 곳 동해변에 위치한 삼거리 마을이다. 등장인물은 아홉 살에 지참봉에게 팔려 온 오몽녀이다. 오몽녀는 젊은 시절부터 봉사가 된 지참봉의 길잡이가 되기도 하지만 지참봉 자신은 오몽녀를 키워서 아내를 삼고자 당시 화폐 삼십오 원에 사 온 것이다.

지참봉은 오몽녀를 어릴 때부터 극진히 사랑하였고, 오몽녀가 성숙하자 언제 아내가 되었는지 함께 부부 행세를 하게 된다. 그러한 가운데 어느 날 오몽녀가 생선이 먹고 싶어 바닷가에 있는 어선에 가서 생선을 자주 훔치다가 배 주인에게 발각된다. 배 주인은 총각 어부로써 이름은 금돌金乭이다.

---

20) 閔忠煥, 앞의 책, p.59.

금돌이는 오몽녀를 의식하면서 바다로 노 저어 가서 정을 통한다.

한편 오몽녀는 객보客報를 위반한 것으로 하여 주재소에 끌려가 하룻밤 유치장에 자게 되는데, 평소 눈독을 들이고 있던 남순사南巡査가 오몽녀를 겁탈하여 몸을 허락받는다. 오몽녀는 남순사뿐만 아니라 전임자인 방순사方巡査에게도 당했다. 이런 일이 있었던 후 남순사가 오몽녀의 집에까지 와서 통정하는 현장을 지참봉에게 발각된다.

이로 인한 이권利權에 대한 약속과 함께 지참봉에게 돈을 주고 겨우 무마된다. 한편 금돌이는 오몽녀에게 이상한 일이 발생한 것을 직감하여 오몽녀를 끌고 무인도로 간다. 오몽녀가 며칠 동안 집에 나타나지 않으므로 지참봉은 남순사를 추궁한다. 궁지에 몰린 남순사는 아편을 탄 술을 지참봉에게 먹여 독살한 후 식칼로 목을 찔러 자살을 위장시킨다. 거짓 차용증서까지 만들어 그의 재산을 소유하게 된다. 오몽녀가 20여 일만에 집에 돌아와 보니 남편 지참봉은 죽었고 재산은 남순사의 소유가 되어 있었다.

남순사는 오몽녀가 자기의 첩이 되어야 한다는 것을 암시하지만 남순사가 본처의 해산에 간 틈을 이용, 이부자리, 가마솥, 의복까지 옮길만한 것을 빼돌려 배에 싣고 금돌과 함께 밤을 틈타 해삼위海參威를 향해 영원히 떠난다(原作을 인용함). 개작된 〈五夢女〉는 '윤락 된 탕녀'로 인식하기 쉬운 원작을 개작하여 밝고 건강하며 생명력이 넘치는 여인상으로 묘사된 것으로 본다[21]는 논의도 있다.

그러나 변방의 어두운 구석까지 배경으로 한 즉 눈먼 민족을 죽이고 악랄하게 수탈하는 일제의 만행에서도 새로운 생명력으로 탈출하는 민족성의 적극적인 행동으로 표출시키고 있다. 따라서 개작보다 원작이 갖는 매료를 더 발견할 수 있다. 〈오몽녀〉는 전술한 바와 같이 개작된 시대적 배경에 주목하지 않을 수 없다.[22] 당시 급변하는 시대적 상황에서 尙虛의 행각은 조

---

21) 閔忠煥, 앞의 책, p.59.
22) 정치적 사회적 배경에 있어서 1936년 8월경 제7대 행정책임자인 일본인 남차랑(南次郞)에 의해 식민지 통치가 강화되었다. 이때 평북이나 함남북 등, 두만강이나 압록강 일대를 경비 강화하라는 지침이 시달되었다. 식민지조선을 방호할 것으로 지시되었다. 이때가 본격적인 조선

선 문인 총동원에서 제외되지 않았다.[23) 이러한 환경에서 〈오몽녀〉는 개작
이 되지 않을 수 없었던 것으로 보인다.

이 소설에 나타나는 방언을 살펴본 결과 원작에 나타나는 방언이 원형
적임을 알 수 있다.

주로 함경도의 방언이 주류이나 어휘는 대체적으로 강원도와 경상도의
토속어와 유사함을 알 수 있다. 이 소설의 어휘 중에서도 "글탄으→애닳는 걱
정", "배르 대랑아→배를 뭍에 갔다 대어", "내꼬마→내 자신", "하대 된→
서로 존경하여 대하는", "귀둬→구두", "뛰지바→ 뛰어가지" 등을 볼 수 있
는데 많은 편이 아니다. 본고의 새로운 발견은 일제 식민치하에서의 우리
언어 사용상의 제약을 받는 상황에서 더욱더 토속어를 사용하게 된 것은
민족의식을 고취시켜야 하는 배경도 없지 않았다.

예를 들면 나이 많은 분들이나 겨우 사용되는 "글탄→끓고 타는" 즉 탄
식하면서 애를 태우는 걱정의 뜻이 현재는 사어死語가 된 방언이 되었지
만, 당시 경상도 지방의 방언 사용에도 많이 활용되고 있었으며, 현재 경
상도 지방 역시 많이 사라져 원로 층에서 간혹 찾을 수 있을 정도이다. 따

인의 민족의식과 주체성을 마비시키고 잘라내기 시작했다. 대화민족(大和民族)속에 융화시켜
야 한다는 동화정책(同化政策)을 선포하고, 1937년 04월 30일 지사회의(知事會議) 훈시내용
에서 구체화하였다. 1939년 11월 10일 제령(制令) 제19호로 조선민사령(朝鮮民事令) 중 일
부를 개정함으로써, 즉 소위 창씨개명제(創氏改名制)를 실시함으로써 당시 2천6백만 조선인
의 성을 일본식 성(姓)으로 강요하게 된다. 특히 일본의 국어 상용의 엄한 명령, 신사 참배 실
천, 황국신민서사 사용, 애국일(愛國日)이니 하는 등을 제정함으로써 내선일체감 조성으로 주
민의식 양양에 획기적인 변화를 가져오게 했다. 이러한 시대적 상황에서 지식인은 물론 조신
인 전체는 합속된 의식으로 잃어버린 조국과 민족을 포기하게 된다. 이때에 친일적인 행각이
나타나면서 1938년에는 본격화되는 것을 알 수 있다. 이때 조선 문인은 총동원된다. 이태준
도 예외는 될 수 없었다. 남차랑의 6년 통치에서 1942년 06월 15일 일본 동경에서 담화 발
표를 가진 소기국소시대(小磯國昭時代)가 열린다. 2년의 통치는 더욱 악랄하고 가열(苛烈)되
었다. 결전(決戰)체제로 고조되었다.
23) 1940년 11월《文章》지에〈志願兵 訓練所의 一日〉을 발표했다(p.55)./林鐘國,《親日文學論》
(平和出版社, 1983), p.55, p.70, p.73, p.100.
· 國語文藝總督賞은 1943년 01월 하순경에 제정되어 국민총력조선연맹에 위임된 간담회에 日
人과 함께 주요한, 李泰俊, 김억, 정인택, 유치진 참석(p.70).
· 1941년 1월 26일 간사회의에서 朝鮮藝術賞은 朝鮮文人協會에 위촉 李泰俊은 文學受賞(p.73).
· 조선문인협회는 1939년 12월 21일 10시 30분경까지 부민관 대강당에서 문예 밤 행사에
이어 1940년 02월 11일 평양에서 문예 대강연회 개최, 이때 李泰俊〈小說과 時局〉으로 講
演(p.100)은 물론 朝鮮文人報國會 一員으로 활동(p.153)-이하생략(p.181 등).

라서 閔忠煥의《李泰俊研究》방언 고찰을 살펴보면 이 어휘가 누락되어 있으며, 각종 연구서는 물론 방언 문헌에도 누락되어 있는 것이다. 앞으로 이러한 방언뿐만 아니라 전반에 걸쳐 이태준 소설에 나오는 누락된 방언 조사가 시급한 과제로 남는다.

2) 〈不遇先生〉

1932년 04월에《三千里》에 발표되었다. 1934년 07월에 단행본《달밤》에 수록되었으며, 1941년 08월 일문판日文版《福德房》, 1942년 02월《李泰俊短篇集》, 1947년 05월에 단행본《福德房》에 수록된 단편소설이다. 배경은 서울 돈의동 여관, 삼천동 그리고 서울 거리이며, 등장인물은 ① 나(작품의 서술자), ② H군(나와 함께 여관에 유숙하고 있는 동료), ③ 주인마님(여관 집 주인 여자), ④ 불우 노인(宋 아무개)이다. 작품의 줄거리는 다음과 같다.

내가 돈의동 '의신여관'에 유숙하고 있을 때 십여 년 전만 해도 천여 석의 추수를 하던 부농이었고 한동안 신문사의 중요 간부로 재직한 경력이 있었던 불우 노인을 처음 만나게 된다. 행색이 초라한 그 노인은 여섯 식구나 되는 가족들이 서울에 있었지만, 여관을 전전하는 신세로 전락된 신세였다. '의신여관'에서 두 끼의 밥을 얻어먹고 여관에서 쫓겨난 노인을 내가 다시 만난 것은 한 달 뒤 삼청동에서였다.

노인은 두루마기를 빨아 풀밭에 널어놓고 털럭털럭 빨래를 하면서 그간의 일을 이야기한다. "오랜만에 집을 찾아가 본즉 자기 집은 빚에 넘어가 주인이 바뀌었다"는 것이다. 그 후 다시 만났을 때 전차에 머리를 다쳐 죽을 뻔한 이야기와 나에게 저녁을 사 달라 하였다. 청요리집에서 음식이 올라와서 나는 배갈 병을 들어 그의 잔을 채웠다. 그는 일·중 문제 등 시국에 관심이 깊어 오히려 물어본다. 극동 풍운이 맹랑해지는 것을 전해준다. 다시 헤어진다. 송 선생 어디로 가시렵니까? 전찻길을 두고 서로 쳐다본다. 이 작품의 처리 방식은 조국이 없는 지식인 또는 개인사가 몰락하는 것을 1인칭 관찰자의 시점에서 보는 것이다.

암울한 일제 식민지 치하에서 밥 먹듯이 굶고 살던 민족의 아픔을 표출하고 있다. 가족이 있으면서 가솔을 책임지지 못하는 불행한 민족들이 급변하는 시대에게 뒤통수를 다친다. 뒤통수를 앓는 시대적 고통 속에서도 민족성의 따뜻한 인정을 표출시키고 있다. 어머니(조국)를 찾아갔을 때 어머니의 눈마저 어두워졌지만 자꾸 붙들고 밤새 울으셨다는 대목은 나라 잃은 백성들의 눈물로 묘사시킨 것이라 할 수 있다. 1인칭의 피눈물 나는 개인사를 그대로 토해내고 있는 자전적 소설 작품이다. 방언은 극히 적은 것으로 보아 설명을 생략한다.

3) 〈失樂園의 이야기〉—어떤 시골 교사로 잇든* 이의 手記(*잇든→있던:필자)

1932년 07월《東方評論》지에 발표되었으며, 1934년 7월 그의 대표작인 된 이태준李泰俊 단편집短篇集《달밤》(漢城圖書株式會社), 1947년 05월 단편소설《福德房》에 수록되어 있다.

배경은 도시 문명과 떨어진 궁벽한 P촌이며, 등장인물은 ① 나와 관헌들, ② 정간난이, ③ 이진사의 아들이 나온다. 이 소설에 1인칭 서술자는 낙후된 P촌을 낙원으로 만들기 위해 노력을 아끼지 않는 신명의숙新明義塾 교사(나, 1인칭)이다.

작품 줄거리는 일본 동경에서 공부를 마치고 돌아오는 주인공(나)은 궁벽한 P촌의 한 학교에 그만둔 K 교사 자리에 들어갈 수 있어 형언할 수 없는 기쁨을 가진다. 유토피아(낙원) 건설에 부푼 꿈으로 그곳에 온몸으로 투신하게 된다. 그러나 일제 관헌들은 주인공(나)의 행동을 못마땅하게 생각하고 주인공(나)의 방에 들어가 책을 뒤지며 간섭하고, 과거의 이력을 캐는 등 비밀한 계획을 실행하러 왔다면서 탄압하기 시작했다.

어느 날 비가 무섭게 쏟아져 봇둑에 동네 사람들과 함께 일을 하고 돌아왔을 때 주재소 소장이 다른 두 순사와 늦게 와서 나(K교사)를 공익에 참여치 않았다는 생트집과 욕설을 마구 하자 대어 들며 말대꾸한 것이 불씨가 되어 주인공(나)은 그 학교를 그만두고 쫓겨난다. 무능한 조선 청년임을 절감한다.

이 단편소설에 있어서 1인칭 서술자의 시점에서 작가의 처리 방식은 젊음에 불타는 지식층의 청년들은 부푼 꿈은 있으나 좌절하고 있음을 표출시키고 있다. 특히 주목할 것은 궁벽한 오지마을까지 일제 관헌들의 감시와 간섭으로 힘없는 백성들의 뼈저린 고통을 실감할 수 있다. 유능한 교사(지식인)는 발붙일 틈을 없애버리는 철저한 군국주의임을 알 수 있다. 어찌 보면 패배주의를 인식시키는 소설이라고도 볼 수 있다.

방언은 극히 적은 편이다. "차에서 나려 며칠을 걸어가도 좋고…"에서 "나려→내려", "P촌에 있던 K 교사가 구만 두구 그 자리가 나에게 물려질 때"에서 "구만→그만", "두구→두고" 등을 살필 수 있다.

4) 〈촌띄기〉[24]

1934년 03월《農民旬報》에 발표된 단편소설이다. 1934년 07월《달밤》, 1939년 12월《李泰俊短篇選》, 1941년 08월 일문판〈福德房〉, 1947년 1월〈解放前後〉등[25]에 개작 수록되어 있다. 배경은 안악굴, 화전민 마을이다. 등장인물은 현실에 대한 불만이 많고 불끈불끈하는 성격을 가진 자로서 화전마을 젊은이로 이름은 '장군'이며, 그의 아내가 나온다.

작품 줄거리는 처음에 20일 동안 유치장에 갇혀 있다가 풀려 나오는 장군이는 살림살이를 정리하겠다는 마음을 작정한다. 산山의 주인도 바뀌고 생계수단이 막혀 화전민 생활은 어렵게 되자 장군이는 빚을 내더라도 물방앗간이라도 뜻을 가졌으나 가까운 인근 마을에는 벌써 발동기 탈곡기가 들어와서 곡식을 정미한다는 이야기를 듣고 포기한다.

장군이는 하는 수 없이 살던 곳을 등지고 떠나게 된다. 혼자 살기도 어려움을 느낀 장군이는 함께 살려고 발버둥 치는 아내를 친정으로 설득하여 보내는 갈래 길에 서서 아쉬워하다가 떠나가는 아내를 다시 불러 장터에서

---

24) 촌띄기→촌뜨기이나 제목은 原典대로 옮김.
25) 閔忠煥,《李泰俊研究》(깊은샘, 1988), p.86 재인용.

떡을 사서 먹이고 손에 돈까지 더 쥐어 다시 보낸다.

아내와 헤어진 길 가운데 서서 혼자 가는 아내의 뒷모습이 이층집 모퉁이로 사라지려 할 때까지 멍청하게 보고 있는데, 갑자기 자전거를 탄 관청 급사 같은 어린애에게서 불이 번쩍하는 따귀를 맞는다. "촌뜨기 같은 녀석이." 말할 틈 없이 아내도 사라진 지는 오래였다.

작가의 처리 방식은 가난으로 인한 도주이며, 전지적 작가 시점에서 썼다. 일제의 화전 금지령에 따라 삶의 터전을 잃고, 유랑민이 되어 다른 곳으로 떠나면서 함께 살지 못하는 부부애와 이웃의 정을 표출하고 있다. 급변하는 시대적 상황에 대처하지 못하고 늘 화전민으로 살아오다 유치장에 들어간 장군이의 미련성은 한 개인사가 아닌 나라 잃은 백성들의 얼떨떨한 공통된 모습임을 그리고 있다.

이러한 화전민 마을의 배경에서도 정미소의 발동기가 나타나고 장터의 큰 길이 나타나며 자전거가 다닐 정도로 물밀 듯 문명이 유입되는 환경을 표출시키고 있음을 볼 수 있다. 다시 말해서 시대적 변화에 적응치 못하고 삶의 터전을 잃어 그대로 살 수 없는 젊은이의 유랑을 통하여 당시의 사회상社會相을 그리고 있다. 그러나 이 작품을 깊이 있게 검토하면 일제의 내선일체內鮮一體만이 살 수 있다는 것을 보여주는 작품이기도 하다. 깊이 검토하면 이 작품 역시 양면성을 띠고 있다 할 것이다.

방언은 대체적으로 적은 편이나 "호랭이→호랑이", "돌풀매→돌팔매", "여위→여우", "멀구→머루", "그제사→그제야" 등을 볼 수 있다.

5) 〈결혼의 惡魔性〉

1931년 《慧星》 잡지에 발표되었으며, 1934년 07월에 그의 대표작인 단행본 《달밤》에 수록된 단편소설이며, 개작된 작품으로 소설명은 〈結婚〉이다. 배경은 서울과 개성이며, 등장인물은 이화전문학교 음악과를 졸업한 S와 무명작가 T가 나온다. 작품의 줄거리는 다음과 같다.

호수돈여고보와 이전梨專 음악과를 졸업한 S는 어머니를 비롯한 일가친척들이 주선하는 명문 부잣집이나, 재상가, 미국 유학을 다녀온 의학박사 등 청혼이 있었으나 이를 거절하고 진실하게 살려는 번민과 노력만을 갖는 문학청년 T를 사랑하여 그와 혼인한다.

그러나 결혼한 S는 현실적인 생활에서 돈의 필요성을 절감하게 되어 현실과 타협하지 않을 수 없는 아픔과 고통에 놓이게 된다. 그러면서 S는 결혼으로 말미암아 청춘의 신선함과 향기를 잃어서는 안 된다고 절규한다. 改作에는 무명작가 T가 H로 나온다. 이 작품은 초기의 작품으로 자전적 소설이다. 작가 자신의 아내를 그려낸 것으로 보이는 서정성이 짙은 작품이다. 한 여인이 독립적으로 선택할 수 있는 혼인의 진실성을 제시하고 혼인은 당사자들이 결정해야 하는 당시 여성들에게 충격적인 작품이다. 진실한 사랑만 있으면 어떠한 어려움도 이겨낸다는 것을 보여준다. 방언은 거의 없기 때문에 생략한다.

이상으로 尙虛의 중편소설 2편과 단편소설 5편을 집중적으로 살펴보았다. 특히 초기 작품에 중점을 두었다. 문장은 대체적으로 단아하고 간결성으로 묘사하고 있으나 패배주의적이다. 물론 일제강점기로 당시 사회상을 리얼하게 묘사했다는 평가도 있으나 애상적인 것이 주류를 이루고 있다. 또 많은 작품이 개작된 것이다. 따라서 초기작품도 개작된 것이 있다. 본고는 그간에 주로 다룬 그의 대표작인 중편소설 〈박물장사 늙은이〉(《新家庭》, 1934. 02~07)와 단편소설 〈福德房〉(《朝光》, 1937. 03)은 많은 연구와 논의가 되어 왔기 때문에 제외시켰다.

특히 〈福德房〉은 발표 원문原文에서 각 자료 간의 내용 및 표기상 상이점이 있을 뿐 아니라 텍스트의 선택 상 1930년대 후반에 조선인들이 일제 식민치하의 강압적인 채찍에 무력한 기회주의자적인 소설, 즉 세 노인이 복덕방에서 오간 대화가 패배주의적인 장면을 보이는 등 하층민은 어렵게 살아야 한다는 것을 적나라하게 절망주의를 보여주는 소설로 보이며, 친일적인 개작의 냄새가 전혀 없지 않아서 본고는 유보하였다. 그러나 순수하고 토속적인 우리말 사용과 독특한 한자어 사용은 물론 30여 개의 방언이 동원되고 있는 것에 연구자의 느낌표는 지울 수 없다.

Ⅳ. 마무리

본고 필자가 이태준의 전기적 고찰에서 그가 실제로 태어난 곳은 歙長面 眞明里 生母가 살던 곳으로 보아야 할 것이며, 한편 한정적이나마 이태준의 작품 구조들을 살펴본 결과 다음과 같은 것을 알 수 있다.

첫째, 소설의 주인공이 작자 자신이거나 경험적인 자전적 소설이다. 그러나 패배주의적이고 감상적인 것으로 보인다.

둘째, 작가 자신을 통한 일정한 거리를 가지고 일제 식민치하에서 살아가는 소외된 서민들의 애환을 서정적 필치로 그렸으나 독자들로 하여 급변하는 시대적 상황에서 내선일체감을 스스로 갖게 하는 심리적 묘사가 함의되어 있다 할 것이다.

셋째, 중·단편소설에 나타나는 당대 현실을 객관적으로 서술하여 독자들로 하여 일제 식민지의 악랄한 사회상을 알 수 있게 하는 일면을 보여주기도 하며, 작품의 기저에 민족의식을 표출시키고 있는 것도 엿보인다.

다음은 상허 이태준의 작품에 나타나는 방언을 살펴보았다.

방언을 의도적으로 동원하였다면 상허의 강한 민족의식을 찾을 수 있다 할 것이다. 왜냐하면, 방언을 통한 민족혼을 심었다는 것은 간과할 수 없기 때문이다.

첫 번째, 방언에 나타나는 음운 현상은 이미 지적되어 온 모음의 경우, 움라우트 현상과 모음의 교체 현상이 보인다. 또 자음 경우에도 음의 첨가, 음의 탈락, 구개음화, 음절의 축약, 음절의 첨가 현상 등이 나타난다.

두 번째, 이와 같은 음운 현상은 강원도 방언에서 나타나는 음운 현상과 일치하며, 음운 현상으로 나타나는 어휘들은 표준어와는 다르나 강원도 방언의 어휘와 같거나 경상도 방언과 유사함을 찾을 수 있다. 예를 들면 강원 및 경상도 방언의 경우 가새→가위, 가재마→가자미, 갑재가→갑자기, 개고라→개구리, 곤치다→고치다, 구뎅아→구더기 등은 일치하고 있다.

■ 참고 사항: 李泰俊 年譜의 오류 발견(오기誤記에 대한 지적 및 누락분–필자)

· 1904년 11월 07일 江原道 鐵原郡 畝長面 眞明里(戶籍上의 本籍地: 江原道 鐵原郡 鐵原面 栗利里 614번지)에서 아버지 李文敎(字: 文敎 號: 梅軒, 族譜(家乘譜=派譜)에는 李昌夏)씨와 어머니(生母) 順興 安氏 사이에서 1남 2녀 중 長男으로 출생하였으나, 本室(漢陽趙氏)에서 출생한 嫡子인 '奎惠(1898년생)'이가 있어, 族譜에는 次男이며, 또한 族譜상의 이름은 泰俊이 아니고 '奎泰'이며, 號는 상허尙虛임.

· 1909년 개화파였던 아버지를 따라 러시아 領인 블라디보스토크로 이주. 그해 08월 부친 사망. 다시 귀국길에 올랐으나 도중 船上에서 2녀인 선녀의 출산으로 咸北 梨津(배기미)에 내려 정착. 서당에 다니며 한문을 수학.

· 1912년 모친 사망으로 3남매가 고아가 되자 외할머니의 도움으로 철원군 용담의 친척집에 맡겨짐.

· 1918년 堂叔(5촌 숙부) 李龍夏의 집에 기거하면서 봉명학교를 우수한 성적으로 졸업. 간이 농업학교에 입학했으나 한 달 만에 그만둠. 그 후 가출하여 원산에 도착. 원산에서 외조모를 만나 도움을 받다가 유학하고자 중국과 평남북 등지를 떠돌아다님.

· 1920년 서울에 와서 배재학당에 응시. 합격했으나 입학금이 없어 등록을 포기함. 이때 원산에서 알게 된 상인을 만나 그의 가게에서 일하는 한편, 밤에는 청년회관의 야학교 고등과에 입학. 유명 인사들의 토론회에 참석 등을 통해 지식을 습득.

· 1921년 04월 휘문고등보통학교에 입학. 스승 가람 이병기, 상급반에 정지용, 김영랑, 박종화와 하급반에 박노갑이 있어 학예부원으로 활동함.

· 1923년 《휘문》 창간호에 이태준의 글 게재.

· 1924년 《휘문》 제2호 발간 시 학예부장으로 활약. 동년 06월, 소년물, 〈물고기 이약이〉 발표. 그해 06월 13일 동맹 휴교의 주모자로 지적되어 퇴학을 당함. 그해 가을에 휘문고보 친구인 김연민의 도움으로 渡日.

· 1925년 일본 동경에서 첫 작품인 단편소설 〈五夢女〉를 집필. 《조선문단》에 투고하여 입선함. 07월 13일 이 작품이 《시대일보》에 전재 됨.

· 1926년 동경 '상지대학' 豫科에 입학. 신문 배달 등을 하며 고학함.

· 1927년 상지대학을 중퇴하고 귀국. 그 후 휘문고보와 신문사 등에 취직하고자 했

지만 여의치 않자 심한 좌절을 느낌
- 1929년 《개벽》社에 입사함. 《학생》, 《新生》 등의 편집에도 관여함. 단편소설 〈幸福〉, 〈그림자〉, 〈溫室花草〉, 〈누이〉, 희곡 〈엇던 날의 빼-토벤〉, 掌篇 〈모던걸의 만찬〉, 少年物 〈어린 守門將〉, 〈불상한 少年 美術家〉, 〈슬픈 명일 秋夕〉, 〈쓸쓸한 밤길〉, 〈불상한 三兄弟〉, 〈여름〉, 〈끽다와 악수〉, 〈야단들이다〉, 〈추억〉, 〈도보 삼천리〉, 〈유령과 종로〉 등 발표.
- 1930년 05월 이화여전 음악과를 졸업한 海州人 李順玉과 결혼. 결혼 전 동거(?)로 보아, 장녀 李小明 있었음. 소년물 〈눈물의 入學〉, 〈외로운 아이〉, 〈50전 은화〉, 〈동심예찬〉, 단편소설 〈妓生 山月이〉, 〈恩姬婦妻〉, 〈어떤 새벽〉, 掌篇 〈百科全書의 新意義〉 등 발표.
- 1931년 단편소설 〈結婚의 惡魔性〉, 〈故鄕〉, 〈불도나지 안엇소…〉(〈아무 일도 없소〉로 개작) 등, 장편소설 〈久遠의 女像〉, 少年物 〈몰라쟁이 엄마〉 등 발표. 중외일보 기자 됨. 그러나 그 신문이 폐간, 다시 창간된 중앙일보에서 학예부장으로 일함. 10월 15일 장남 有白 출생/이명희.*《상허 이태준 문학세계》의 연보에는 1932년 장남 有白 출생으로 기록(?; 과제로 남긴다—필자). 만약, 장녀 李小明이가 1931년에 태어났을 경우, 연년생으로 다음 해인 1932년에 장남 유백의 출생이 옳다 할 것이다. 그러나 이태준의 연보에 장녀의 출생이 누락되어 본고 필자는 확인 불가하나 연구 중임.
- 1932년 이화여전 작문 강사. 梨保, 京保 등의 학교에 출강함. 단편소설 〈봄〉, 〈不遇先生〉, 〈失樂園 이야기〉, 〈서글픈 이야기〉, 〈코스모스 이야기〉, 掌篇 〈天使의 憤怒〉, 少年物 〈슬퍼하는 나무〉 등을 발표.
- 1933년 박태원, 이효석 등과 '九人會' 조직. 단편소설 〈슬픈 勝利者〉, 〈꽃나무는 심어 놓고〉, 〈아담의 後裔〉, 〈어떤 젊은 어미〉, 〈달밤〉, 장편소설 〈法은 그러치만〉, 〈第二의 運命〉, 掌篇 〈미어기〉, 〈코가 복숭아처럼 붉은 여자〉(〈어떤 畵題〉로 개작), 〈馬夫와 敎授〉 등 발표. 장편소설 〈第二의 運命〉, 조선 중앙일보에 연재(1933. 08 .25~1934. 02. 23.* 다른 문헌: 03. 23 ?)// 경성부 성북정 248번지로 이사함. 이후 월북 전까지 이곳에 거주.
- 1934년 차녀 小楠(소진이라고도 부름) 태어남. 첫 창작집 《달밤》이 한성도서에서 출간됨. 희곡 〈어머니〉, 중편소설 〈박물장사 늙은이〉, 掌篇 〈빙점하의 우울〉, 단편소설 〈촌띄기〉, 長篇小說 〈불멸의 함성〉 단편소설 〈點景〉과 〈어둠〉 등 발표.
- 1935년 조선중앙일보를 퇴사. 창작에 몰두함. 중편소설 〈愛慾의 禁獵區〉, 장편소설 〈聖母〉, 단편소설 〈색시〉, 〈孫巨富〉, 〈純情〉 등 발표.
- 1936년 차남 有進 태어남. 단편소설 〈가마귀〉를 비롯 5편, 희곡 〈山사람들〉 1편 발표. 장편소설 〈황진이〉 06월 02일부터 6월 30일까지 조선중앙일보에 연재 후 중단.

- 1937년 창작집 《가마귀》, 장편소설집 《구원의 여상》 출간. 장편소설 《第二의 運命》(漢城圖書出版部, 1937. 06) 출간. 단편소설 〈福德房〉, 〈沙漠의 花園〉, 중편소설 〈코스모스 피는 庭園〉, 장편소설 〈花冠〉 등 발표.
- 1938년 만주 지역을 여행함. 장편소설집 《黃眞伊》, 《花冠》 출간. 단편소설 〈浿江 冷〉 발표.
- 1939년 《文章》지 편집자 겸 소설 추천심사위원으로 활동(임옥인, 곽하신, 최태웅 등 이 추천됨). 장편소설집 《딸 삼형제》, 《이태준 단편 선집》 출간. 단편소설 〈영월 영 감〉 등 3편 발표.
- 1940년 3녀 小賢(소연이라고도 부름) 태어남. 장편소설 〈靑春茂盛〉을 조선일보에 연재. 동 작품이 박문서관에서 출간됨. 단편소설 〈밤길〉 발표.
- 1941년 단편소설 〈토끼 이야기〉, 장편소설 〈思想의 月夜〉 발표. 제2회 조선 예술 상 수상. 《文章》지 廢刊으로 직장 그만둠.
- 1942년 장편소설 〈별은 窓마다〉, 〈幸福에의 흰 손들〉, 〈王子 好童〉 등 및 단편소 설 〈사냥〉, 〈無緣〉 〈夕陽〉 등 발표.
- 1943년 강원도 철원 안협으로 낙향. 단편소설 〈石橋(돌다리)〉, 〈뒷방 마냄〉 등 2편 발표. 《이태준 단편집》, 수필집 《無序錄》 출간. 황군 위문 작가단에 참가. 장편소설 집 《왕자 호동》, 단편소설집 《돌다리》, 《서간문 강화》 출간.
- 1945년 단편소설 〈즐거운 記憶〉 발표. 上京하여 조선문학 건설 본부에 참가. 조선 문학 동맹, 남조선민전 등의 조직에 참여. 조선 문학가동맹 중앙집행위원회 부위원 장이 됨. 현대일보 주간에 취임. 장편 《별은 창마다》 출간.
- 1946년 07월, 08월경 월북. 10월 방소문화사절단의 일원으로 소련 여행. 단편소설 〈너〉, 〈解放前後〉로 해방문학상 수상. 장편소설집 《思想의 月夜》, 《세 동무》 등 출간. 《상허문학 독본》 출간.
- 1947년 05월 소련 여행기인 기행문집 《소련 기행》 및 단편소설집 《福德房》 출간.
- 1948년 8·15 북조선최고인민회의 표창장 받음. 북조선문학예술총동맹 부위원장, 국가학위수여위원회 문학분과 심사위원. 장편소설집 《신혼일기》 출간. 《대동아 전 기》를 이무영과 공저로 출간.
- 1950년 6·25전쟁 이후 서울에 체류. 9·28 수복 전에 다시 북으로 감.
- 1952년 남로당과 함께 숙청될 위기에서 소련파 기석복의 후원으로 살아남았으나 문단 활동은 미약함.
- 1954년 3개월간의 사상검토 작업 중 과거를 추궁당함.
- 1955년 이광수, 박창옥 등과 함께 비판당함.
- 1957년 소련파의 몰락과 함께 '구인회' 활동과 사상성을 이유로 01월 조선노동당 중앙위원회 상무위의 결의로 임화, 김남천과 함께 비판받음. 2월 '평양시당 관할 문학예술부 열성자 대회'에서 한설야에 의해 비판, 숙청당함. 동년 함흥 노동신문사

교정원으로 배치됨.

· 1958년 함흥 콘크리트 블록 공장의 폐고철 수집 노동자로 배치됨.

· 1964년 중앙당 문화부 창작 제1실 전속 작가로 복귀함.

· 1969년 강원도 장동탄광 노동자 지구에서 사회보장으로 부부가 함께 살았음. 이후 연도상이나 사망한 것으로 알려짐. 그러나 강상호[26]에 따르면 1953년 남로당의 숙청 후 가을 자강도 산간 협동농장에서 막노동. 1960년 초, 산간 협동농장에서 병사한 것으로 증언하고 있음.[27]

☛ 참고 문헌

○ 閔忠煥, 《李泰俊硏究》, 서울, 깊은샘, 1988.

○ 林鐘國, 《親日文學論》, 서울, 평화출판사, 1983. 06.

○ 文德守, 《世界文藝大辭典》, 서울, 교육출판공사, 1994.

○ 金宇鐘, 《韓國現代小說史》, 서울, 成文閣, 1980.

○ 박태원, 이태준, 《월북작가 대표선집》, 서울, 문학과 현실사, 1994.

○ 박철희, 김시태, 《한국현대문학사》, 서울, 시문학사, 2002.

○ 李在銑, 《韓國現代小說史》, 서울, 弘盛社, 1979.

○ 김재용, 《민족문학운동의 역사와 이론 · 1》, 서울, 한길사, 1990.

○ _____, 《민족문학운동의 역사와 이론 · 2》, 서울, 한길사, 1996.

○ 김윤식 · 김현, 《한국문학사》, 서울, 민음사, 2000.

○ 李泰俊, 《解放前後》, 서울, 하서출판사, 2000. 10.

○ 이명희, 《상허 이태준 문학세계》, 서울, 하서출판사, 2000.

○ 이병렬, 《이태준소설연구》, 서울, 평민사, 1998.

---

26) 강상호, 〈내가 치른 북한 숙청〉, 중앙일보, 1993. 06. 07.
27) 이명희, 《상허 이태준 문학세계》, 국학자료원, 1994. 11. p.346 참조.

광복기 문학의 실상實相 재조명
−1948년부터 1950년대

Ⅰ. 서론

일제강점기에서 국토는 물론 민족정신마저 수탈당한 채 제2차 세계대전에도 하등 관계가 없는 당시 우리나라에 대하여 소련과 미국은 사전에 약속된 이미 38선을 기점으로 북에는 소련군이 주둔하고, 남에는 미군이 점령하여 조국과 민족을 분단을 시켜 놓은 광복이었다는 것이 밝혀졌다.

이에 따라 광복 직후 문학은 일제강점기의 문학 청산과 새로운 민족문학의 정립이라는 중차대한 과제에 직면해 있음에도 좌·우 세력의 이념 대립은 양분되었다.

여기서 좌익의 계급적 이념성에 의한 민족문단을 내세우면서 민족문학과 순수문학론이 대두되는데, 우익단체는 그 문학적 현실적 대책과 이념적 지표는 물론 실천 방향을 제대로 제시하지 못하다가 조선청년문학가협회를 조직하면서부터 민족문학에 대한 실천 방향 논의가 시작되었다. 논의 중에 모두 정치적인 민족통일 전선 운동에 포함시킨 좌익과는 전혀 다른 방향을 제시했다.

먼저, 공식주의적인 문학의 경향을 배격하고 문학의 독자적인 영역을 강조하는 문학의 자율성에 관한 주장과 둘째는 미적 속성을 중시하는 문학의 순수성을 주장하는 것으로 표현론적 관점에서 다루었으나, 현실 도피적이라는 비난에 부닥쳐 순수문학론 쪽 방향을 잡았다.

그러나 김동리가 내세운 순수문학으로서의 민족문학이라는 개념은 정부 수립 이후 6·25전쟁을 거치고 격동의 시대를 살아오는 동안 그 긴장된 의미가 감소되는 것 같다는 비판도 없지 않았다. 물론 당시 조선청년문학가협회가 안고 있던 민족문학 자체의 속성이나 그 역사적 의미에 대한 논의가 한계성이 있다고 보는 문제점 지적[1]에 본고 필자도 동의한다.

특히 국토가 분단된 채 2년여도 안 되어 6·25전쟁이 발발해 나라는 잿더미로, 절망과 불안은 더욱더 암담했다. 반민특위에서 친일적 요소를 해결 못해, 친일문학파 일부는 이북으로 넘어가고 또는 대한민국에서 반공을 내세워 희석해 버리는 등 더욱더 문학의 한계성에 직면했다는 지적이 없지 않다.

따라서 새로운 문학을 제시하지 못한 채 일본을 통해 이미 받아들여진 서양의 문학 흐름을 그대로 수용했던 것은 치욕적 사실이 아닐 수 없었다.

이처럼 광복 직후의 혼란과 방황 속에서 대한민국 문학이라는 그 의미를 역사적으로 묻는다면 그 의미 해석은 막연하다고 할 수 있을 것이다. 그러나 역사적 의식에서 이 연구의 기점으로 할 때 북한문학과 한국문학을 구분, 이념 대립 양상에서 단면적이라는 것은 이미 지적되었다. 그렇다면 8·15 광복 이후 6·25전쟁까지 한국 문단의 흐름을 재검토해 보기로 하겠다.

Ⅱ. 문학 활동 양상

Ⅱ-1. 순수한 시 정신 지향과 새로운 시문학 세계 제시

먼저 1948년 08월 15일 대한민국 정부 수립 직후부터 작품 활동을 하던 기성 시인들을 열거하면 金岸曙, 吳相淳, 卞榮魯, 朴鍾和, 金永郎, 異河潤, 辛夕汀, 金珖燮, 金光均, 張瑞彦, 柳致環, 毛允淑, 金東鳴, 金尙鎔, 張萬榮, 盧天命, 尹崑崗, 徐廷柱, 申石艸, 金容浩, 金達鎭, 朴魯春, 金顯承, 李漢稷, 朴斗鎭, 趙芝薰, 朴木月, 金相沃, 金洙敦,

---

1) 권영민, 〈민족 문학의 건설 방향〉, 《한국현대문학사 2》(민음사, 2002. 8. 30), p.51.

金相瑗(以上 無順)2) 등이다. 이들 중에서는 친일파도 있었다. 이들은 재빠른 변신으로 반공을 내세워 지워 버리려는 적극성도 있었지만, 나름대로 조국과 민족의 이미지를 부각하여 노래한 것을 볼 수가 있다.

이러한 와중에서도 1946년 01월에 趙演鉉이 중심이 되어《藝術部落》이 準同人誌 성격을 띠고 창간되었으나 제3집에서 끝났고, 1945년 10월 광복 이후 최초의 동인지《白脈》이 창간호로 끝나면서 孔仲仁이 추가되는 등 새로운 변화로 이념을 떠나 정치적 중립성을 지킨《詩塔》3)은 제6집에서 끝났다. 또 1946년 경남에서 趙鄕, 金洙敦이 중심이 된《魯漫派》도 제3집에서 끝났다.

또한, 1948년 04월에 모더니즘 운동을 표방한《新詩論》동인4)들은 1949년 04월에는 총 20편의 시 작품을 묶어 발표한《새로운 都市와 市民들의 合唱》이라는 동인지5)를 간행하여 이 시대에 문학의 새로운 모습을 싹트게 하였다. 그러나 모더니즘을 내세웠지만 모더니즘에는 미치지 못한 일부 퇴폐적인 세계가 이미 지적되기도 했다.

그러나 당시 비평은 모더니즘의 아방가르드의 흐름을 포착하지 못한 것으로 볼 때, 이미 그들은 초현실주의가 갖는 후기 낭만주의를 내포하고 있기에 새로운 모더니즘으로 보지 못하고 퇴폐적으로 인식하여 인식적 오류를 남겼다. 따라서 모더니스트라고 부르짖던 모더니즘은 일종의 아방가르드 청신호가 되기도 했다. 이들 중에서 6·25전쟁이 일어난 그다음 해인 1951년에 피난지 부산에서《後半期》의 同人會6)를 구성하였지만, 동인지를 간행치 못한 채 週刊《國際新報》에 특집 형태로 작품을 발표하기도 했다.

---

2) 大韓民國藝術院,〈第8章 現代文學後期〉《韓國文學史》(正和印刷文化社, 1984. 12. 25), p.645.
3) 1945년 10월《白脈》동인에서 시작했으며, 創刊號가 終刊인 동시에《詩塔》이 간행되었다.《詩塔》동인의 구성을 보면 구경서, 김윤성, 정한모, 조남사, 공중인 등으로 구성되었다. 金潤成은《詩塔》에 每號마다 詩와 詩論을 발표하였다.
4)《新詩論》第1輯 同人: 1948년 04월에 金璟麟, 朴寅煥, 金洙暎, 金秉旭, 林虎權, 梁秉植으로 構成됨.
5)《새로운 都市와 市民들의 合唱》동인들의 명단: 金璟麟, 朴寅煥, 林虎權, 梁秉植, 金洙暎 등 5명으로 구성됨.
6)《後半期》同人會 構成員: 구성원의 異說이 있다. 이 회의 구성원인 金璟麟에 의하면 구성원은 金璟麟, 朴寅煥, 金次榮, 李奉來, 金奎東, 趙鄕 등 6명이라고 했다.

한편 毛允淑을 발행인으로 하고 金東里, 趙演鉉을 주간으로 하여 1949 년 8월에 창간, 6·25전쟁 기간까지 계속하여 11호에 걸쳐 발간된《文藝》에 서는 해방 전 李泰俊이 이끌던《文章》지에서 실시하던 추천 제도를 도입하 여 시인들을 배출시켰는데 李東柱, 李元燮, 金聖林, 宋稶, 全鳳健, 李炯 基 등이 등단했다. 이 시기에 동인지와 기관지는 물론 개인직으로 시집을 간 행하여 많은 시인이 등단하였는데 이들은 다음과 같다. 金潤成, 金洙暎, 李正鎬, 李相魯, 具常, 趙靈岩, 孔仲仁, 金宗吉, 李奉來, 朴寅煥, 金璟 麟, 趙鄕, 金春洙, 趙炳華, 洪允淑, 李敬純, 薛昌洙, 朴巨影, 朴和穆, 韓 何雲, 朴熏山, 李潤守, 徐廷太, 鄭雲三, 李仁石, 金宗文 등 새 얼굴이 나 왔고, 金洙敦, 鄭鎭業, 崔載亨, 李雪舟 등도 다시 활동하기 시작하였다.

이때 金潤成은 소재나 표현에서 신기와 기교를 일삼지 않고 범상한 사물 과 생활 주변을 담담하게 노래하면서 정일靜逸한 관조의 시선 깊이에서 찾 고 있었다. 그는 자기중심으로 이끈《白脈》창간호에 〈들국화〉외 2편을 발 표함으로써 해방 후 신인 시단에 올랐으며, 계속하여 동인지《詩塔》지에 매 호每號마다 작품과 시론을 발표하였으며,《白民》과《文藝》에 〈우물〉, 〈나무〉, 〈室內〉, 〈湖面〉 등을 발표하면서 탄탄한 기반을 마련했다.

또한, 金春洙는 시작 방법과 1948년 08월 靑馬 柳致環의 서문序文을 받 아 제1시집,《구름과 薔薇》를 들고 시단에 나왔는데, 그 이전 1946년에《白 民》, 경남 진주에서 薛昌洙가 주도하는《嶺文》등에 이미 시를 발표하였고, 《新天地》등에 〈山嶽〉, 〈하늘〉 등을 발표하는 한편,《文藝》지에 〈蛇〉, 〈旗〉, 〈모나리자에게〉를 발표하면서 평론 〈릴케와 천사〉를 쓰기도 하였다. 1950년 03월 徐廷柱의 서문序文을 받아 제2시집,《늪》을 출간하였으며, 1951년 07 월에는 제3시집《旗》를 출간했다.

趙炳華는 도시의 현대적 페이소스 같은 것을 가벼운 위트를 살리는 기 법을 구사하고 있는데, 1949년《버리고 싶은 遺産》, 1950년에는《하루만의 위안》시집을 들고 문단에 나왔으며,《白民》,《新天地》,《文藝》지 등에 〈候 鳥〉, 〈海女〉, 〈귀가 커서〉, 〈낙엽에 누워 산다〉 등을 발표했다.

洪允淑은 광복 후 유일한 여류시인으로《新天地》,《民聲》그리고 그 밖의 지상에〈낙엽의 노래〉,〈황혼〉,〈강가에서〉등을 발표하면서 등단했다. 또〈韓何雲詩抄〉라는 이색적인 시 작품을 묶어 1949년 04월호《新天地》에 발표되었는데, 당시 사람들로 하여금 새로운 충격을 받게 하였고 곧이어 시집으로도 출간되었다.

그 외에 趙演鉉, 鄭泰鎔은 한두 편의 시를 발표했으며, 吳永壽, 孫素熙도 몇 편의 시 작품을 발표하기도 했다. 이들은 새로운 시대가 갈구하는 데 호응, 그들의 젊음이 새로운 문단을 형성하는데 공감대가 되었다.

그러면, 광복과 더불어 기성 시인들 작품 활동 상황을 간단히 살펴보기로 하겠다.

金珖燮은 '조선문학건설본부'가 좌파세력에 의해 움직인다는 것을 알아내어 김진섭, 이헌구 등 해외문학파를 중심으로 '중앙문화협회'를 조직하고, 이어서 '조선문필가협회'로 확대 개편하는데 중추적 역할을 했으며, 우리 시의 당면 임무를 민족문학을 위한 독자성에 두어야 한다는 주장[7]하는 한편 지속적인 시작 활동을 하여, 1949년 제2시집,《마음》을 출간했다.

金永郎은 1948년 10월 이후《白民》,《新天地》,《文藝》에 〈연〉,〈망각〉,〈오월 아침〉등 數篇을 발표했는데 6·25전쟁 중, 09월 28일 인천에서 너무 일찍 거리에 나와 총탄에 의해 비명으로 갔다.

특히 자신의 죽음을 예감한 듯한 시〈忘却〉내용은 지금도 말하고 있다. 또 옥중 춘향의 노래들은 시의 제재로서 뒤에 나오는 시인들이 즐겨 인용하기도 한다. 이 후기의 시들과 함께 1949년 10월 '中央文化協會'에서는《永郎詩選》을 간행하기도 하였다.

金顯承은 1948년 이후부터 주로 시를 발표했는데《新天地》,《民聲》,《文藝》, 등에 몇 편의 시를 볼 수 있다.

金相沃은 1947년 時調集《草笛》을, 1949년 詩集《故園의 曲》,《異端의 詩》등 단행본을 上梓했다.

---

7) 金珖燮,〈詩의 當面 任務〉《京鄉新聞》(1946. 10. 31).

李漢稷은《文章》을 통해 나온다. 이 시기에 寡作이긴 했으나〈崩壞〉,〈象牙海岸〉,〈독〉,〈聳立〉,〈미래의 산상으로〉등을 발표하여 그 수준을 유지하였다.

盧天命은《盧天命詩集》(1949)을 펴냈고, 1950년 01월《文藝》지에〈검정나비〉를 발표하였다.

鄭芝溶은 좌경을 선언하여 6·25전쟁 직전인 1950년 02월〈曲馬團〉이《文藝》지에, 1950년 6·25전쟁 발발 직전 역시《文藝》지에〈4·4조 5수〉를 발표 후 6·25전쟁 당시 이북으로 가는 도중으로 보는, 알 수 없는 지점에서 사망한 것으로 추정하고 있다.[8]

尹崑崗은 1950년에 요절하였다. 1948년 7월에〈붉은 뱀〉,《白民》(15호)에 이르기까지 많은 작품을 발표했으나 고전의 답습과 회고적인 작업에 그쳤다. 그의 시집《피리》(1948)가 이 시기에 출간되었다.

金相瑗은 시집《白鷺》(1949)를, 李孝祥은 시집《산》(1948), 丁薰은《머드렁》(1949)을, 1949년에 나온《李箱選集》, 1950년에는 正音社에서《現代詩集》을 발간하였고, 徐廷柱編,《現代朝鮮名詩選》과《作故詩人選》이 간행되었다.

混沌하는 이 시기에는 詩의 不在는 뚜렷하게 보였지만, 시의 부재 상황 속에서도 진정한 시 정신으로 순수성을 지켜 공헌했다 할 수 있는 몇 시인들은 柳致環, 徐廷柱, 朴斗鎭, 趙芝薰, 朴木月 등으로서 꾸준한 시작 활동에서 찾을 수 있다.

柳致環은《新文學》,《白民》,《대조》,《新天地》,《民聲》,《文藝》등을 통해〈怒한 山〉을 비롯하여《蜻蛉集》에〈깨우침〉,〈罪辱〉,〈北方秋色〉,〈虛無의傳說〉,〈焦慮〉등 수많은 작품을 꾸준히 발표하였으며, 제1시집《靑馬詩鈔》(1939) 이후, 제2시집《生命의 書》(1947), 제3시집《鬱陵島》(1948), 제4시집《蜻蛉日記》(1949), 그리고 제일 먼저 '전쟁시집'으로 묶어낸 제6시집《步兵

---

8) 大韓民國藝術院,〈第8章 現代文學後期〉《韓國文學史》(正和印刷文化社,1 984. 12. 25), p.647.

과 더부러〉(1951) 등을 출간하여 치열한 시 정신을 과시하였는데 그의 내면으로 응결되는 의지적 정신을 주축으로 진술하는 초연한 우주적 자세가 일관하는 등 중후한 시의 세계를 펼쳤다.

徐廷柱는 해방 전〈花蛇〉의 세계에서 전환하여 이 시기에는 주로 전통적인 고유정서의 발굴과 그것의 새로운 세계를 형상화하기 위한 담백하고 새로운 생명력을 주제로 하는 등 차분하게 정진하는 모습을 보여주고 있었다. 한때 '문학가동맹'에 관여했지만 예술성이 풍부한 순수시들이었다. 그는 趙演鉉 중심이 되어 이끄는《藝術部落》에는 물론《新文學》,《대조》,《白民》,《文藝》등 여러 지면에〈꽃〉,〈골목〉,〈노을〉,〈蓮〉,〈목화〉등을, 1946년〈牽牛의 노래〉, 1947년〈密語〉,〈鞦韆詞–春香의 말〉,〈菊花 옆에서〉1948년〈歸蜀途〉등등 수십 편의 작품을 발표하는 왕성한 활동을 함으로써 그의 황금기를 이루었다.

우리말의 아름답고 자유로운 구사와 또한 언어끼리의 토착성 발견에서 오는 참신하고 매력적인 메타포라는 생경한 이미지를 구축한 시 세계를 보여주었다. 특히 형이상학적인 초자연적 세계를 추구하는 등 생명력의 원초적 기반을 펼치면서 불교에 닿는 '신라'라는 메타포라를 통해 호소력을 보여주고 있다. 1950년 06월에 발표된〈善德女王〉은 그의 시 세계 방향을 분명히 제시해 주고 있다 할 것이다. 그는 이 시기를 대표하는《歸蜀途》(1948)를 출간하였고, 1950년 2월에 詩史의 한 단면도를 보여주는〈朝鮮의 現代詩〉를《文藝》에 발표하기도 하였다.

朴斗鎭, 趙芝薰, 朴木月은 일제강점기 때 李泰俊이 이끌던 1939년《文章》지에서 鄭芝溶에 의해 추천을 받은 시인들로 靑鹿派詩人이라 불렸다. 이들은 1945년 12월에 창간된《象牙塔》에, 朴斗鎭은〈장미꽃 꽂으시고〉(同誌, 1號, 1945. 12),〈따사한 나라여〉(同誌, 5號, 1946. 04),〈해〉(同誌, 6號, 1946. 05)를 발표했고,

趙芝薰은〈비가 나린다〉(同誌, 3號, 1946. 01),〈玩花衫〉(同誌, 5號, 1946. 04),〈洛花〉(同誌, 5號, 1946. 04)를 줄곧 발표했으며,

朴木月은 〈나그네〉, 〈3월〉(同誌, 5號, 1946. 04), 〈봄비〉, 〈윤사월〉(同誌, 6號, 1946. 05)를 발표한 후 이들 세 시인은 에콜이 형성되는 앤솔로지 《靑鹿集》 (乙酉文化社, 1946. 06)을 출간하면서 청순한 시를 발표하여 1930년대 시의 전통을 계승하는 한편 친자연적 시 세계를 구축하여 현실의 격렬한 움직임과 메마른 삶의 세계를 순화시켰으나 전통에 대한 이해도가 미치지 못한 후진들의 반발도 없지 않았다.

朴斗鎭은 곧이어 1949년에 단행본 시집 《해》를 셋 시인들에서 상재하기도 하였다. 趙芝薰은 수필을 통해 '純粹 文學論', '古典文學과 現代文學'의 관련을 역설力說9)하기도 했다.

이 시기에 짚고 넘어가야 할 것은 일제강점기에 저항 시인들의 시집 발간을 볼 수 있다. 1946년 08월 李陸史의 《陸史詩集》, 1946년 이상화의 《尙火詩集》, 1948년 01월에는 正音社에서 尹東柱의 유고시집 《하늘과 바람과 별과 시》를, 1949년 심훈의 《그날이 오면》 시집이 출간되었다.

광복 직후 이러한 문학 활동에서 다시 혼돈과 단절의 비극 속으로 몰고 간 6·25전쟁은 동족상잔同族相殘의 피로 물든 허무와 절망을, 죽음과 잿더미에서 더욱 비참함을 다시 읽어야 하는 통절한 화의와 맞물린 채 문인들은 '文總救國會'를 조직하여 직접 참전하기도 하였다.

이미 柳致環은 육군 步兵師團에 종군從軍하고 있었다. 그 이외, 참전한 문인 명단을 보면 趙芝薰, 徐廷柱, 李漢稷, 朴木月, 金潤成, 具常, 李正鎬, 朴和穆, 徐廷太 등이다.

1950년 9·28 수복 후, 시인의 명단에는 큰 변동이 있었다. 金億, 金東煥이 납북되고 鄭芝溶, 金起林도 사라지는 등 좌익계 시인들도 월북한 것으로 보고 있다. 1·4 후퇴 시에는 북에서는 朴南秀, 咸允洙, 張壽哲, 楊明文, 金永三 등의 시인들이 남하南下하였다. 한편 1·4 후퇴 후 3軍別로 從軍作家團이 새로 조직되어 시인으로는 육군에 柳致環, 具常, 趙靈岩,

---

9) 趙芝薰, 〈純粹詩의 指向〉 《白民》(1947. 02), 〈文學의 根本問題〉 《白民》(1948 .10), 〈古典主義의 現代的 意義〉 《文藝》(1949. 10), 〈現代文學의 古典的意義〉 《文藝》(1950. 04).

李德珍, 張萬榮, 鄭雲三, 成耆元, 朴寅煥, 楊明文 등이 소속되고, 공군에는 趙芝薰, 朴木月, 李漢稷, 金潤成, 李相魯가 참전하였다. 陸軍從軍作家團에서는《戰線文學》을 발행하여 전쟁문학 작품의 발표 기관지가 되었으며, 공군에서는 작가단의 기관지로《코멘트》를 발행했고, 해군에서도《해군》을 발행했다.

이러한 기관지를 통해 시인들은 전쟁 시를 발표했다. 전쟁시집으로는 靑馬 柳致環의《步兵과 더부러》에 이어 趙靈岩의《屍山을 넘고 血海를 건너》가 출간되었다. 이밖에도 직접 일선에서 군무에 정진하면서 시를 쓴 시인으로 李永純, 張虎崗, 李容相, 柳根周, 金淳基 등이 있다. 특히 李永純은 長詩《延禧高地》를 체험시집으로 펴내, 6·25 戰場詩集의 하나로 관심을 집중시켰다.

이상으로 정부 수립 이후 6·25전쟁까지 시문학 활동을 살펴보았다. 참담한 현실과 불안 속에서도 왕성한 시작 활동을 펼친 시인들이 있는 반면, 발표를 게을리하던 시인들도 없지 않았다.

그러나 1948년부터 다시 시작 활동을 시작하였으며, 많은 신인이 등단하여 새로운 시 세계를 보였는데, 나름대로 발표할 수 있는 문예지와 신문의 문예란을 설정, 뒷받침되었음을 알 수 있다. 당시 발표지는 다음과 같다.《文學》,《藝術部落》,《文章(續刊號)》,《文藝》등의 문예지와《象牙塔》,《民聲》,《白民》등의 종합지,《白脈》,《詩塔》그리고 경남에서《魯漫派》, 대구에서 간행된《竹筍》, 서울의《新詩論》등 동인지이다.

그중에《新詩論》은 모더니즘 경향적 시를 지향하려는 운동이 새로운 싹을 움트게 하였다. 그러나 具常 시인은〈詩壇分布圖〉를 통해 당시 문단 경향을 정리하면서《後半期》동인류의 모더니즘 성향을 직설적으로 비판한다.

그들의 작품을 통해 자신을 드러내는 것이 아니라 3류 저널리즘에 대한 편승을 통해 자신을 드러내고 있다는 것이다. 全鳳健 역시〈시의 비판에 대하여〉에서《後半期》동인에 대하여 비판적 시각을 드러낸다. 金顯承도

1930년대 모더니즘에 비해 별반 달라진 것이 없다고 비판한다. 그러나 이러한 운동에 관한 기성 문인들이 변화에 대한 수용 자세를 사실상 거부한 것으로 보인다. 1950년대《후반기》는 모더니즘 시의 전후적前後的 분위기에서 超現實主義的 계기 마련은 물론, 英美 쪽의 主知的 이미지즘까지 수용할 수 있는 동기를 제공했다 할 수 있다.

그러므로 이런 변화의 질곡에서 趙鄕, 金春洙, 金奎東 등의 시 세계가 신인들의 관심을 이끌 수 있었다. 따라서 관심의 흐름은 1960년 초에 文德守를 비롯한 초현실주의적 경향을 구현하려는 그룹 활동을 엿볼 수 있다. 그러나 일본식 초현실주의적 경향과 주지주의적 경향이 혼돈상태에서 머물렀고, 70년대에는 전통시인들이 앞장선 시의 난해성을 부각시켜 독자와의 거리가 발생한 것으로 보였지만, 시의 진일보 면에서 볼 때 새로운 변화가 아닐 수 없었다.

II-2. 광복과 6·25전쟁 빛과 그림자의 小說

광복 직후 소설 부문도 이념 갈등 속에 있는 것을 발견할 수 있다. 이때의 고통스러움을 직시적으로 표출시킨 소설이 尙虛 李泰俊의〈解放前後〉이다. 이 소설에서 문학 지식인들의 動靜을 소상히 알 수 있는데, 주인공은 통합된 단체가 나올 것을 기대했으나, 그것은 수포로 사라졌고, 주인공 자신도 뚜렷한 신념도 없이 좌익단체로 흡수되는 결말을 보여 작가의 비극적 전향을 보여주고 있다.

또 金永壽의〈血脈〉(1946~1949년에는 희곡집으로 묶었음)에서도 이데올로기의 문제가 당시 얼마나 심각한 갈등을 초래했는지를 알 수 있다. 좌익계 문인들은 사상적 지표를 설정하는 등 이념의 목적을 찬양하지 않을 경우, 노동자로 전락 또는 처형당하는 등 극단적인 정치 질서에 복종하였다.[10]

그러나 우익단체에서는 자유주의 민족주의의 진영에서 작가들은 자유스러운 창작 경향을 보여주고 있다. 그것은 1948년에 발표된 廉想涉의〈삼팔선〉,〈그 초기〉,〈離合〉,〈再會〉에서 분단의 고통과 북한 사회의 실상을 나타내고 있다. 그뿐만 아니라 오히려 그때의 정치적 혼란과 未熟性을 지적하는 작품들을 볼 수 있는데, 1947년에 민중서관에서 펴낸 蔡萬植의 단편집《잘난 사람들》, 1948년〈도야지〉에는 아들과 아버지의 정치적 신념의 차이를 비판적으로 조명하고 있다. 또 농민에 대한 수탈의 악랄함을 해부하고 풍자한〈논 이야기〉그리고 통역관들이 발호하는 사회상을 비판한〈미스터 方〉,〈孟 巡査〉등을 들 수 있다.

1949년에 발표된 廉想涉의〈混亂〉등 단편소설에서도 읽을 수 있다. 1952년 07월부터 1953년 02월까지《朝鮮日報》에 연재한 그의 장편소설〈驟雨〉는 좌우익합작노선을 겨냥한 작품이기는 하지만 6·25전쟁을 사실처럼 표출한 것이라 할 수 있다. 그리고 또 하나의 관심을 끈 것은 지식인들의 자기비판 문제를 다룬 소설을 만날 수 있는 것이다.

그것은 蔡萬植의〈歷路〉(1946)와 속죄의 의미로 쓴 중편소설〈民族의 罪人〉(1948)은 時代相을 잘 반영해 주고 있으며, 또한 우익단체의 자유주의 민족주의의 진영에서 金東里는 작가 겸 비평가로서 활약이 대단했는데, 민족진영의 '純粹文學運動'그것이었다. 그는 문학을 '生의 究竟的 形式'[11]으로 규정하고 문학정신의 본질을 휴머니즘에서 찾아야 한다고 주장했다. 1948년에 발표한 그의 단편소설〈달〉,〈역마〉는 창작 의도를 담아내고 있음을 알 수 있다.

또 黃順元의 단편소설〈술 이야기〉(1947),〈목넘이 마을의 개〉(1948),〈독 짓는 늙은이〉(1950)와 崔貞熙의〈풍류 잽히는 마을〉(1947),〈청량리역 근경〉(1947) 그리고 박영준의〈背信〉(1947) 등이 있다.

또한 柳周鉉의 자아의 내재적 모순의 발견과 그 어려움을 극복하는 것을 다룬〈煩憂의 距離〉(《白民》, 1948 秋季特輯號),〈太陽의 遺産〉(《文學藝術》,

---

10) 李喆周,《北의 藝術人》, 崔泰應,《北韓文壇》參照. ☛1953년 林和의 處刑으로 알려져 있다.
11) 金東里,《文學과 人生》(1948).

제4부 557

1957. 03), 〈언덕을 향하여〉(《自由文學》, 1958. 06), 〈張氏一家〉(《文學思想界》, 1959. 05), 〈삐에로〉(《韓國文學》, 1966), 역사소설《朝鮮總督府》등이 있다. 그리고 민족적 기개의 고양을 위해 다룬 鄭漢淑의 〈凶家〉(《藝術朝鮮》, 1948), 〈ADAM의 行路〉(《新生公論》, 1952), 〈狂女〉(《週刊國際》, 1952), 중편소설 응모 당선작 〈背信〉(《朝鮮日報》, 1953), 〈田黃當印譜記〉(《韓國日報》, 1955) 등이 있고, 순박한 서민의 삶과 서정적 인간의 이해를 다룬 吳永壽의 데뷔작 〈남이와 엿장수〉(《신천지》, 1949. 09)와 〈머루〉(《서울신문》, 1949. 01)을 비롯하여 〈候鳥〉(1958), 〈갯마을〉, 〈은냇골 이야기〉, 〈추풍령〉, 〈朴學道〉, 〈여우〉, 〈두 避難民〉 등이 있다.

그리고 韓戊淑의 데뷔작 장편소설 〈歷史는 흐른다〉(《國際申報》, 1948-《태양신문》에 연재), 〈내일 없는 사람들〉(《新天地》, 1949) ,〈鄭醫師〉, 〈아버지〉, 〈老人〉, 〈感情이 있는 深淵〉(《文學藝術》, 1957. 1.2 合倂號) 등이 있고, 張龍鶴의 實存的 自覺과 자유인을 형상화한 단편 〈戱畵〉(《聯合新聞》, 1949), 〈地動說〉 등은 순수문학운동 이후 나타난 소설들이다.

6·25전쟁이 일어나자 金東里는 관념적인 신화공간에서 벗어나 전쟁에 관해 관심을 쏟게 된다. 그의 인식 전환에서 1950년에 쓴 단편소설 〈歸還壯丁〉, 그리고 1955년에 쓴 〈興南 撤收〉는 전쟁으로 말미암아 가족을 잃고 방황하는 두 젊은이를 통해 이산가족의 아픔과 그 문제점을 파헤치고 있다. 물론 흥남 철수는 작전으로 철수하는 배경에 한 가정의 비극적인 이산 과정을 리얼하게 그린 것을 볼 수 있다.

또한 1950년 01월 金聲翰의 비판 정신과 동시묘사의 소설 〈無明路〉가 서울신문 신춘문예 소설부문에 당선되면서 이후, 본격적인 전쟁소설이 전쟁을 소재로 하여 쓰게 된 宋炳洙의 〈쏘리 킴〉, 徐基源의 〈暗射地圖〉, 〈이 成熟한 밤의 抱擁〉이 있다.

한편 소외된 인물과 냉소적 삶의 인식을 그린 孫昌涉의 〈얄궂은 비〉(1949), 〈血書〉, 〈人間動物園抄〉(1955), 〈剩餘人間〉(1958) 등이 있으며, 행동주의 문학을 대표하는 鮮于輝의 〈鬼神〉(《新世界》, 1955), 〈테러리스트〉(《思想界》,

1956), 〈불꽃〉(《文學藝術》, 1957), 〈똥개〉(《思想界》, 1957), 〈거울〉(《文學藝術》), 〈火災〉(《思想界》, 1958), 〈報復〉(《思想界》, 1958), 〈牽制〉(《知性》, 1958 夏季), 〈오리와 階級章〉(《知性》, 1958 秋季號) 등등을 발표했다.

또 소외계층의 인간상을 다룬 李範宣의 〈誤發彈〉(1959), 그리고 吳尙源의 행동인을 중심으로 내세운 데뷔작 〈猶豫〉(《한국일보》, 1955)와 〈謀反〉(《現代文學》, 1956) 등을 비롯한 새로운 젊은 작가들에 의해 많은 문제작이 발표되었다.

이상으로 1948년 정부 수립 이후 1950년 6·25전쟁까지는 아주 단기간이기도 하지만 극히 적은 작품들임을 알 수 있으나 전후 소설은 상당수에 달하고 다양함을 알 수 있다. 따라서 광복과 6·25전쟁은 짧은 기쁨과 심화된 이념 갈등의 고통, 그리고 비참한 전쟁의 체험은 당시 사람들의 의식과 사고의 틀을 깨뜨려 새로운 역사적 시각을 달리하였고, 조국과 민족정신의 발로를 불러일으켜 자기발견의 지평을 열었다 할 것이다.

II-3. 大衆的 戲曲文學

광복 직후 희곡 부문에서도 좌·우익단체로 갈라섰다. 좌익계열에서는 '演劇同盟'을 결성하여 이념 갈등을 더욱 선동질하는 희곡을 발표했었다. 유능한 극작가 咸世德은 좌익계열로써 예술성이 없는 사상적 선전도구로 전락된 채 〈太白山脈〉을 4막으로 만들어 좌익분자 사상을 선전하였다.

한편 자유주의 민족진영은 한 걸음 뒤늦은 상태에서 출발하여 부진하였지만 《무궁화》, 《新天地》 등 문예지에 奏雨村이 〈頭腦 手術〉을, 蘇武八이 〈새날〉을, 方基煥이 〈女人〉을, 金熙昌이 〈집놀이〉를 발표하여 자유주의 민족문학의 순수성을 표출시켰다.

한편 이광래는 1945년 광복된 그해에 〈獨立軍〉, 〈백일홍 피는 집〉을 발표하고, 1946년에는 〈最後의 밤〉, 〈靑春의 情熱〉, 〈民族의 前夜〉, 〈들국화)를 상연함으로써 민족희곡의 정립을 위해 극작가들의 분발을 촉구했다.

1947년에 접어들면서 柳致眞도 현대극장의 '日本協力戲曲'이라는 탈을 벗고 우익단체에서 활동하기 시작했는데, 1막 2장이나 되는 〈祖國〉을 썼다.

유치진은 이러한 자극을 받아 극작가 활동을 본격화하기 시작하였으며, 왕성한 창작 의욕과 예술에 대한 집념에서 그의 대표적 주옥편들이 탄생했다. 1947년에 〈自鳴鼓〉(5막), 1948년에 〈별〉(5막), 1950년에 〈원술랑〉(5막)은 신낭만주의 계열 작품으로 현대희곡의 좌표가 되는 작품들이다. 또 1948년에 〈은하수〉, 1949년에 〈춘향전〉, 동년 10월에 창간된 《민족문화》지에 〈어디로?〉(전 4막)를 발표, 민족과 조국 분단의 비극을 통감하게 하였다. 이처럼 유치진의 왕성한 작품 활동이 촉발되어서 金永壽, 朴露兒, 尹芳一, 吳泳鎭, 李鍾桓 등이 주목할 만한 희곡들을 발표하게 된다.

金永壽는 소설로 문단에 데뷔한 작가였으나 해방 전부터 연극에 뛰어들어 희곡을 발표하다가, 1948년에는 劇團 '新靑年'의 전속극작가로 있으면서 본격적인 극작 활동을 펼쳤다. 신청년에서 상연한 그의 작품은 1948년에 〈五男妹〉, 〈女社長〉, 〈血脈〉(3막), 1949년에 〈上海夜話——名 叛逆者〉, 〈死六臣〉, 〈어느 날 밤에 생긴 일〉을 발표했고, 그 외에 〈사랑〉, 〈街路燈〉 등의 작품을 읽을 수 있다. 이 작품 중에서 같은 해 6월 문교부에서 주최, 전국 제1회 연극경연대회에 참가하여 최우수상을 획득하기도 했다. 한편 위에서 언급한 작품 중에서 3편을 뽑아 1949년에 《血脈》희곡집을 출간하기도 했다.

朴露兒는 불교사상의 영향을 받은 〈泗溟大師〉(5幕), 〈元曉大師〉 등의 불교적 차원에서 나온 작품과 광복 정신을 담은 〈3·1 運動과 滿洲 영감〉, 〈先驅者〉 그리고 金奉準을 그린 〈녹두장군〉(3막 4장)을 발표하기도 했다. 한편 1949년 05월에 창간된 《戲曲文學》 제1집에 〈愛情의 世界〉(4막)라는, 2백자 원고지 3백40매에 달하는 작품을 발표했다.

尹芳一은 1949년에 〈유리왕〉, 〈求援軍〉을, 같은 해에 金春光의 〈바보 온달〉, 〈이차돈〉을, 李百壽의 〈딸 3형제〉, 1950년에는 〈지족 선사와 황진이〉를, 李源庚의 〈人生初雪〉을, 韓路檀의 〈家族〉 등이 상연되기도 했다.

金松은 그의 희곡집《武器 없는 民族》을 간행하였고, 그가 편집하고 있던《白民》(1949. 06월호)에〈눈먼 希望의 씨〉(2부작)를 발표해서 극작의 문학적 가치 여부에의 중요한 부분을 맡았다. 또 李鍾桓은 1948년에 작품〈麗互〉(4막)를 내어 놓았을 때 오히려 문학성이 뛰어난 희곡으로 평가를 받았다. 또한 吳泳鎭은 1947년에 발표한〈살아 있는 李重生 閣下〉(3막 4장)는 극적 묘미를 살린 작품으로 이미 높이 평가받고 있었다.[12]

南慧星은 1950년에〈正義者〉, 趙健은〈돌아온 사람들〉,〈12시 20분〉,〈운명의 그날〉 등이 있으며, 方仁根의〈魔都의 향불〉, 王堂職의〈남노당 푸락치 사건〉, 洪開明의〈꽃피는 마을〉, 鄭生의〈무너진 청춘〉, 全昌根의〈환상의 거리〉, 金澤薰의〈轉落의 天使〉 등이 각 극장에서 상연되었다. 1950년 06월에는 유치진의〈원술랑〉을 마지막으로 민족의 비극인 6·25전쟁이 발발하여 희곡 발표는 중단되었다. 9·28수복 이후에도 전쟁으로 인한 정신적 피해까지 겹쳐 희곡 발표는 정체되었다.

1951년 1·4후퇴로 수도가 부산으로 옮겨지고, 서울 탈환의 반격전이 치열할 무렵, 유치진은 1948년도의 작품〈별〉을 다시 부산에서 선을 보이고, 金永壽는 일백일 동안 붉은 손에 빼앗겼던 서울에서 애국 국민의 죽음과 항거를 그려서 전쟁 속의 인간과 북괴의 잔학성을 폭로한〈붉었던 서울〉을, 김진수[13]는 부산 국제시장 뒤 현재 용두산으로 오르는〈40계단〉 층계에 얽힌 피난민의 애환을 리얼하게 묘사, 전쟁으로 이산된 피난 가족의 심경을 울렸다고 한다. 1952년에 유치진은 피난민의 참상과 그 속에 전개되는 여러 인간군상의 부조리를 극화한〈통곡〉은 젊은 청년들의 애국심을 분발시켜 그 시대의 민중을 개도開道하는데 작가정신을 발휘하기도 했다.

이상으로 희곡을 살펴본 결과 광복과 정부 수립 그리고 6·25전쟁까지 겹쳐 숨 막히는 질곡에서 겨우 명맥마저 보존키 어려운 비참한 시대 상황에서

---

12) 大韓民國藝術院,〈第8章 現代文學後期〉《韓國文學史》(正和印刷文化社, 1984. 12. 25), p.716. 吳學榮의 評.
13) 大韓民國藝術院,〈第8章 現代文學後期〉《韓國文學史》(正和印刷文化社, 1984. 12. 25), p.719. ☞吳學榮의 글에 있는 이름 참조.》

역사는 냉정했다. 피비린내 나는 동족상잔의 비극은 우리 민족을 절망케 하였고, 피눈물의 통곡은 가슴 깊숙이 흐르는 강이 되었다. 이러한 한의 민족을 당시 희곡들은 그대로 표출시키면서 다시 일어서게 하는 데 일익을 담당하였다 할 것이다. 그러나 당시 희곡들은 문학성이 결여하였다고 평가되고 있는데, 대부분 통속문학, 즉 대중적이었다는 것은 이미 지적되고 있다.

II-4. 理念標榜 비평 정신

1945년 08월 15일 갑자기 광복이 오자 이념 갈등이 표면화되면서 1945년 08월 17일 임화는 김남천, 이원조, 이태준 등 문인들을 규합하여 '조선문학건설본부'라는 간판을 재빨리 내걸었다. 이들은 일제강점기 때 '朝鮮文人報國會'의 간부들을 제외한 문인들을 그대로 포섭하고 새로운 조직을 서둘렀다.

이때 해체된 카프 맹원들과 일제강점기 때의 문인 유파들을 포섭하여 좌익계열의 움직임이 발 빠르게 추진되었다. 그러나 '조선문학건설본부'의 노선에 불만을 품은 이기영, 한설야 등이 1945년 09월 17일 '조선 프롤레타리아 문학 동맹'을 조직한다.

이후 두 조직의 분열과 갈등이 심화되자 남로당의 좌익문단 단일화 요구에 따라 1945년 12월 13일 '조선 문학가 동맹'으로 통합되었다. 이때도 임화가 주도권을 장악했다는 것이다.[14]

이처럼 좌익계는 노골적인 이념을 표방하게 되자 변영로, 오상순, 박종화, 이하윤, 김광섭, 김진섭, 이헌구 등이 이탈하여 1945년 09월 18일 '중앙문화협회'를 조직하였으며, 후에 '전국문필가협회'로 개칭 확대했다. 한편 북에서도 '평양예술문화협회'가 조직되고, 1946년 03월 25일에는 '북조선 문학예술총연맹'이 만들어졌다. 1946년 10월 전체 대회에서 연맹에서 동맹으로 개칭

---

14) 趙演鉉, 《韓國現代文學史》(成文閣, 1969), pp.596~598.

하여 문학 부문은 '북조선 문학 동맹'이라 이름하였다. 위원장에 이기영, 부위원장에 안함광, 한효, 서기장에는 김사량이 선출되었다. 이들은 당이 정한 노선 아래에서 통제되고 일사분란하게 강령을 따라야 했다고 알려졌다.

1946년에 두 사건이 일어났다. 그것은 앤솔러지 《關西詩人集》에서 북한의 문예 정책에 위배된다고 하여 양명문의 시 〈바람〉과 원산 문학가 동맹에서 발간했던 〈凝視〉 사건으로 구상 시인을 비롯한 문인들이 삼엄한 경계를 뚫고 남하하게 된다. 이런 상황 속에서 남한에 주둔한 미 군정 당국은 공산당을 불법화한 자로 단속하자, 좌익 문인들은 월북하게 된다. 남쪽에 남아 있던 김기림, 박태원, 정지용, 설정식, 이용악 등도 1948년 08월 15일 대한민국 정부 수립 후 사상적 전향을 선언했다.

이처럼 광복 직후의 문단은 극한적인 좌·우익 세력 대립 혼란 속으로 소용돌이쳤다. 한편 우익 '중앙문화협회'는 학술 등 문필에 종사하는 인물들을 총망라하여 '전조선문필가협회'를 확대 결성했다. 물론 음악, 미술, 체육, 교육 등 각계 인사들이 결집 되어 있기에 그 성격이 명확하지 못했다는 아쉬움을 느낀 문인들은 1946년 04월 04일 문필가협회의 하위 조직으로 '청년문학가협회'를 결성했다. 이때의 문인들은 김동리, 유치환, 김달진, 서정주, 박두진, 조지훈, 박목월, 이한직, 계용묵, 최태응, 황순원, 곽종원 등 50여 명으로 구성되었다. 이처럼 극렬한 이념 대립으로 갈라선 당시의 비평문학을 살펴보기로 하겠다.

Ⅱ-4-1. 개성의 창조와 자율성

광복 직후 발표된 비평문 가운데 우익계열의 글로는 趙演鉉의 〈文學者의 態度〉를 주목할 필요가 있다. 이 글에서 우리 문학은 일종의 기형적 형태로 존재할 수밖에 없었다는 사실을 강조한다. "문학은 어디까지나 문학가의 개성적 창조물이다. 따라서 기형성의 극복과 자율성이 보장되어야 한다"

는 것이다.15) 趙演鉉은 곧이어 〈새로운 文學의 方向〉을 발표한다. 그것은 副題가 붙은 '朝鮮文學의 過去와 進路'에서 보아도 세계정세가 자유주의 사상이 파급되고 있었지만, 조선의 자유주의는 일제강점기의 봉건적 속성과 자본주의적 혼합에서 일종의 관념적 사상으로만 존재하는 기형적 모습을 띠게 되었기에 문학 역시 기형적으로 성장한다는 것이다.16)

이어서 趙演鉉은 이광수의 〈無情〉을 비롯한 신문학 작품과 그의 이론적 주장들이 단순히 새로운 이론의 제창을 넘어선 봉건적 제 요소와의 투쟁의 형식으로 나타난 것이라고 지적하면서 개인의 자유와 권리를 주장하고 봉건적 가족주의와 권선징악주의에 반항한 신문학의 리얼리즘은 부르조아리얼리즘이라고 지적한다. 이광수를 중심으로 한 자유중심론이나 자유주의 사상 역시 의식적으로 인식된 것은 아닐지라도 '부르조아 심리주의'와 '부르조아리얼리즘'과 맥락을 같이한다.

그러므로 지난 36년간의 조선의 신문학은 부르조아리얼리즘의 기초 위에 지반을 잡고 있었던 것이다. 그러나 이러한 부르조아리얼리즘 문학이 도달한 세계는 현실 폭로의 비애의 세계가 아니면 자각의 환멸과 회의의 세계이다. 여기에 부르조아리얼리즘의 본질적 비극이 있기에 벗어나 프로리얼리즘의 길을 제안하고 있다. 다만 과거의 프로문학에 대한 비판을 시도하고 있다.

이러한 주장은 대립된 좌파의 주장과 일맥상통하는 바가 없지는 않다. 그러나 실제 내용상은 문학의 순수성과 미적 가치를 중시하는 데 생각할 수 있어야 한다는 것이다. 그것은 프로리얼리즘은 결코 프롤레타리아 혁명 과정 수행을 위한 도구가 아님을 주장하면서 각 개인의 영원한 개성 속 의식의 문제이며, 현실의 문제라는 것이다.17) 본 연구의 경우는 작가의 자율성 보장으로 개성적, 미적인 독창성 즉 전문적인 새로운 작가정신을 실현하는 현실적 자세라고 생각한다.

---

15) 조연현, 〈문학자의 태도〉, 《문화창조》, 1945. 12.
16) 조연현, 〈새로운 문학의 방향〉, 《예술부락》, 1946. 01.
17) 김영민, 《한국현대문학비평사》(소명출판, 2000. 04. 10), p.55.

趙演鉉은 계속해서 〈文學의 危機〉를 발표하면서 이 문제를 다음과 같이 제기한다.

지금 우리 조선문학은 위기에 처해 있다. 모든 문학자는 정치에 投足해 있고 생산되는 모든 작품은 어떤 주장 해설이나 혁명이론이 아니면 관념적인 사상의 표백에 지나지 못하고 있다. 이것은 문학자가 시민의 한 사람으로서 갖게 된 그의 정치적인 입장과 그가 갖지 않으면 안 된다고 생각한 무슨 주의에 아무런 반성도 비판도 없이 그들의 문학을 예속시키고 있기 때문이다. 문학이 요새처럼 정치나 주의의 충복이 되어진 예는 없었다. 가장 자유스러워야 할 문학이 이렇게 정치나 주의의 노예가 되어 있는 상태 속에서 문학을 구출하는 유일한 방법은 문학을 정치에서 독립시키고 주의에서 분리시키는 도리밖에 없게 되었다.[18]

이 글은 당시의 문학이 정치의 노예가 된 상태임을 지적하고 문학과 정치는 분리하는 등 구출해야 한다는 것이다. 여기서 주목되는 것은 林和를 직접 공격하는 것을 알 수 있다.

趙演鉉은 林和가 문학을 요새화하여 정치나 민족주의에 충성스럽게 복종하는 것과 별다른 것이 없다고 비판한다. 소위 문학자가 자기의 정치적 입장을 고집하며 문학을 정치에 이용할 때 타락한다는 것을 경고하고 있다. 따라서 문학의 절대적인 자유로운 기능 위에서 오히려 주의와 정치가와 함께 살아날 수 있어야 함으로써 독립시켜야 한다는 것이다. 이 글에서도 충분히 알 수 있는 것은 좌우익단체의 미묘한 이념 갈등을 발견할 수 있다.

Ⅱ-4-2. 순수성과 휴머니즘

1946년 04월에 발표한 金東里의 〈朝鮮文學의 指標〉에서 민족문학에 관

---

18) 趙演鉉, 〈文學의 危機〉《靑年新聞》, 1946. 04. 02.

한 관심을 볼 수 있다. 이 글에서 조선 문학의 현 단계는 민족문학의 수립이라고 주장한다. 김동리는 당시의 사회와 문화나 정치적으로 볼 때 '革命의 段階'라고 규정한다. 이러한 방법은 민족적 각도에서 이루어져야 한다는 주장이다. 그 근거가 되는 이유는 다음 세 가지에서 주장하고 있다.

첫째, 세계주의란 민족적 개성을 바탕으로 이룩될 수 있다. 일제 치하의 특수한 사정을 고려할 때 민족적 자각 내지, 개성의 확립이 중요하다. 둘째, 외세 즉 일제 침략에 대한 대응은 민족적 차원에서 이루어진 것이다. 셋째, 혁명의 단계 또는 순서로 볼 때 계급혁명보다 민족혁명이 우선한다. 그것은 우리가 약소민족이기 때문이다.

이 글을 요약하면 조선적 성격의 탐구와 민족정신의 발휘를 통한 민족문학 수립이다. 이러한 金東里의 '民族的 個性'을 강조하는 민족문학론은 1920년대 중반 이후 崔南善 등 국민문학파가 시조 부활론을 내세우며 주장하던 우파의 민족문학론과 유사한 점이 많다고 지적했다.[19] 金東里는 〈純粹文學의 眞意〉부터 구체적인 민족문학론의 모습을 드러낸다. 그것은 민족문학과 순수문학 그리고 휴머니즘을 연결 짓는다. 그는 여기서 순수문학의 본령은 인간성 옹호에 있다는 주장을 펴면서 탐미주의나 상아탑류의 문학으로 보는 경향을 오류와 편견이라 비판한다.

> 순수문학이란 한마디로 말하면 문학정신의 본령 정계의 문학이다. 문학정신의 본령이란 인간성 옹호에 있으며, 인간성 옹호가 요청되는 것은 개성향유를 전제한 인간성의 창조의식이 신장되는 때이니만치 순수문학의 본질은 언제나 휴머니즘이 기조 되는 것이다. (중략) 그런데 문학 동맹 산하의 다수 문학인들에 의하여 과학적 세계관, 진보적 리얼리즘, 혁명적 로맨티시즘, 과학적 창작방법 등등 하는 일련의 공식론이 유물사관체계에서 연속 추출되고 있는 현상이 그것이다.[20]

金東里는 1940년 02월에 〈新世代의 文學精神〉을 발표한 바 있다. 그의

---

19) 김영민, 《한국근대문학비평사》(소명출판, 1999), p.235.
20) 金東里, 〈純粹文學의 眞意〉, 서울신문, 1946. 09. 15.

순수와 휴머니즘론의 결합을 그대로 되살린 것이다. 특히 전개 과정에서 兪진오의 논의를 빌어다 활용한 것과 김동리의 일제강점기의 세대론과 광복후의 순수문학론이 휴머니즘론과 결합될 수 있는 개연성은 지극히 미약하다는 것을 지적하며, 현실참여를 부정하는 휴머니즘론은 공허한 허구적 주장이라는 비판을 받을 수 있다는 것을 지적하고 있다.[21] 金東里의 이러한 순수문학론에 대해 좌익계열의 김병규는 〈순수문제와 휴머니즘〉[22]으로 "人間性의 擁護는 純粹文學만이 하는 것이 아니다. 휴머니즘의 段階에 대한 區分도 根據도 없다. (중략) 한낱 구두선 이거나 비현실적 주장"이라고 반박한다. 이에 金東里는 〈純粹文學과 第3 世界觀〉을 발표, 대응한다.

순수문학을 상아탑류의 문학으로 보는 것이 오류라는 주장과, 순수문학과 휴머니즘의 관계에 대한 논의다. "나의 순수문학론은 먼저 내 自信의 文學觀에서 오는 것이요, 따라서 그 性格과 使命은 내 자신이 규정할 일이지 남의 주장에 雷同하거나 누구의 命題를 盲目的으로 踏襲할 趣意는 없는 것이며 또 그렇게 해서는 아니 된다"[23]는 것을 내세우고 있다.

이에 좌익계열의 김동석은 〈純粹의 正體〉라는 글을 써서 조선의 문학자들이 일제의 폭압과 착취의 세계에서 도피해 순수문학을 영위하던 때가 있었음을 인정한다. 하지만 일제가 물러난 오늘날에는 작가의 사상을 숨기는 순수문학이 존재할 근거가 없다고 주장한다. 이러한 인신공격적인 글에[24] 金東里는 〈生活과 文學의 核心〉을 써서 대응한다. 김동석의 개인에 대한 감정 섞인 방식으로 이루어진다는 것이다.[25]

또 그는 이어서 〈文學하는 것에 對한 私考〉를 발표, '生의 究竟的 形式'이라는 측면으로 확산시킨다. 이 글에서 金東里는 '문학한다는 것의 의미'에 대해 접근한다. 문학하는 것이란 곧 어떤 구경적인 生의 形式이 되어야 한다고 말한다. 그것은 제3단계의 生의 方式에서 제3단계인 인류의 무궁 무

21) 김영민, 《한국현대문학 비평사》(소명출판, 2000. 04. 10), p.63.
22) 김병규, 〈순수 문제와 휴머니즘〉, 《신천지》, 1947. 01.
23) 김동리, 〈순수문학과 제3 세계관〉, 《대조》, 1947. 08.
24) 김동석, 〈순수의 정체-김동리론〉, 《신천지》, 1947. 11.
25) 김동리, 〈생활과 문학의 핵심-김동석군의 본질에 관하여〉, 《신천지》, 1948. 01.

한한 의욕의 결실인 神明을 찾는 일이다.

이것을 달리 말하면 "우리는 우리에게 부여된 이 공통된 운명을 발견하고 이것의 打開에 노력하는 것, 이것을 가리켜 곧 究竟的 삶"26)이라 부르게 된다는 것이다. 金東里는 1948년 08월에 〈民族文學論〉을 발표한다. 그는 당시의 민족 문학에는 세 가지 계통이 있음을 지적한다.

> 첫째, 계급투쟁을 위한 문학은 왜 민족문학이라 부르는가? 이것은 주로 〈문맹〉 계열의 문학인들에 의하여 주장되고 있는데 그들의 해석에 의하면, 민족문학이란 민족의 문학이어야 하는 것이며 민족의 문학이란 곧 민족의 대다수를 점령하고 있는 프롤레타리아 계급의 해방을 위한 투쟁의 문학이란 것이다. (중략) 다음이 민족주의 문학으로서의 민족문학이다. 이것은 주로 민족주의 계통의 문학인들에 의하여 주장되고 있는데, 한 가지 주의할 것은 오늘날 이 땅에서 주장되는 민족주의 의식의 특수성 그것이다. (하략) 27)

하지만 金東里는 이러한 계급주의적 민족문학이나 민족주의적 민족문학은 모두 민족문학이 될 수 없다고 주장한다. 모든 문화가 개성을 떠나 창조될 수 없듯이, 민족문학 또한 개성을 떠나 존재할 수 없다는 것이다.

민족적 개성은 세계적 보편성을 지녀야 가치가 있다는 것이다. 진정한 의미의 민족문학이 요구하는 민족적 개성이란 인간 공유의 일반적 운명에 기반을 두어야 하기 때문이다. 여기에 영구성을 갖출 때 진정한 민족문학이 된다는 것이다. 따라서 참된 민족문학의 기준은 민족성, 세계성, 영구성 등 이 세 가지의 조건을 갖추어야 한다는 것이다.

아무리 한 시대에 많은 독자를 확보하더라도 그것이 지속성을 갖지 못하고 어떤 특수한 현실적 과제의 사라짐과 함께 생명을 상실하게 된다면 민족문학으로 보기 어렵다는 것이다. 이런 점에서 볼 때 오늘날 우리가 목표

---

26) 김동리, 〈文學하는 것에 對한 私考-文學의 內容(思想性)의 基礎를 爲하여〉, 《백민》, 1948. 03.
27) 김동리, 〈民族文學論〉, 《대조》, 1948. 08.

로 하는 민족문학은 계급문학도 민족주의문학도 아닌 본격문학本格文學으로서의 영구성을 가진 문학이어야 한다는 것이다.

그리하여 시공간의 제약성을 초월할 수 있는 문학, 인간의 기본적 생활의식에 입각한 문학이야말로 민족성, 세계성, 영구성 등 조건을 갖춘 본격문학만이 참된 민족문학이 될 수 있다는 것이다.[28] 그 외에도 문학작품에 대한 비평의 글을 읽을 수 있다.[29]

이상으로 비평문학은 8·15광복에서 다른 모든 것과 같이 새롭게 출발했어야 함에도 광복 직후 혼란기의 활동은 흡사 1930년대 프로문학이 처음 대두되었을 때처럼 계급 제일주의냐 민족 제일주의냐 하는 좌우익의 이론투쟁을 벗어나지 못한 것으로 나타난다.

---

28) 뒷날 趙演鉉은 광복 후 비평문학의 흐름을 정리하면서 金東里 理論의 系譜를 擧論한 바 있다. 여기서 그가 김동리 이론의 근거를 김환태의 예술지상주의에서 찾고 있다는 점에서 흥미롭다. (중략) "프로문학의 근본적인 모순과 민족문학 내지 순수문학의 이론적인 근거를 밝힌 사람은 김동리가 그 대표적인 사람이었다. 그의 〈문학과 인간〉은 이 무렵의 문학적 원칙을 결정하는데, 가장 중요한 역할을 한 것이었다. 이 이론적인 계통은 그 이전의 예술지상주의자였던 김환태의 계보를 계승 발전시킨 셈이었다." ☞趙演鉉, 〈우리나라의 批評文學-그 回顧와 展望〉, 《文學藝術》 1956년 01월》. / 趙演鉉, 〈문학과 사상〉, 《세계문화사》, 1949, p.49.

29) 趙演鉉, 〈장편소설과 단편소설〉, 《문예》(1950. 04), p.89.
_____, 〈근대조선소설 사상계보론 서설-우리의 근대소설이 시험한 사상적 과업〉, 《신천지》(1949. 08), p.182.
_____, 〈개념의 공허와 그 모호성-백철 씨의 《조선신문학사 조사》를 중심으로〉, 《문예》(1949. 08), pp.152~154.
_____, 〈희롱의 진실-김문집론〉, 《영남문학》(1948. 10), p.5,
_____, 〈비평문학론〉, 《문학과 사상》(세계문학사, 1949), p.160.
_____, 〈究竟을 상징하는 사람들(제1회)〉, 《문예》(1949. 12), p.144.
_____, 〈究竟을 상징하는 사람들(제2회)〉, 《문예》(1950. 02), p.146.
_____, 〈공산주의의 운명〉, 《문예》(1950. 12), p.16.
최인욱, 〈비평의 비평(中)〉, 경향신문, 1950. 01. 19.
백 철, 〈소설의 길(2)-신춘 작품에 대하여〉, 국도신문, 1950. 02. 28.
김동리, 〈현대문학의 길(3)-백철의 〈소설의 길〉을 駁함〉, 국도신문, 1950. 03. 21.
이해랑, 〈연극〉《민족문화사》(1948. 10), p.44.
김광주, 〈수필 시비와 범람의 범람〉, 경향신문, 1949. 05. 04.
김명수, 〈수필론〉, 《새한민보》, 2권 18호, 1948. 11.
김진섭, 〈수필소론(中)〉, 태양신문, 1949. 10. 27.
_____, 〈문학과 문명〉, 《문예》(1950, 03), p.115.
서정주, 〈생활의 탐구와 창조-김진섭 씨의 〈생활인의 철학〉에 관하여〉, 경향신문, 1949. 04. 18.
이희승, 〈창작과 문장론-문학자에게 진언〉, 《백민》(1948. 10), p.161.
이남수, 〈문학 이론의 빈곤성-백철. 김기림 양씨의 문학개론에 대하여〉, 《신천지》(1949. 04), p.154.
박조영, 〈비평과 욕설〉, 《새한민보》, 2권 16호, 1948. 10.

그러나 1948년 정부 수립 이후부터 자연스럽게 자리 잡은 우익계열은 1950년 6·25전쟁이 일어남과 함께 확고한 뿌리를 내리게 된다. 6·25전쟁 중에서도 신문과 잡지를 통해 간혹 발표되는 문인들의 글은 민족문학과 리얼리즘, 다시 말하면, 좌파이데올로기에 대한 비판 및 그에 동조한 이른바 부역문인附逆文人에 대한 직설적인 공격을 읽을 수 있다.[30] 또 1950년대 모더니즘 문학론과 실존주의 문학론에서 당시 비평 몇 편을 접할 수 있을 뿐이다.

Ⅲ. 마무리

먼저 문학 활동 양상을 보면 민족문학과 순수문학론이 대두되어 계급투쟁을 이념을 통해 민족문학을 내세운 좌익계열보다 순수문학론을 내세운 우익계열로 기울어진 것은 반공을 내세운 대한민국 수립과 6·25동란에 의한 것으로 보인다.

첫째, 시문학의 창작활동 양상을 보면 순수문학을 지향하면서 시작 활동이 왕성한 시인 집단이 있는가 하면 시작 활동이 미미한 시인들도 없지 않았다. 특히 신인들이 등단하여 새로운 시 세계를 보여주었다는 것과 1950년대 후반기에는 모더니즘 시의 전후적 분위기에서 영미 쪽의 주지적 이미지즘은 물론 초현실주의를 지향하려는 운동이 태동하였음을 알 수 있다.

둘째, 소설 작품은 적은 편이었으나 전후 소설의 다양성은 상당수에 달했다. 또 전쟁의 체험을 통해 획기적인 의식과 사고의 전환을 가져왔고 자기 발견의 지평을 열었다.

---

30) 유치진, 〈허위의 상습한〉, 서울신문, 1950. 11. 03.
　　조연현, 〈부역 문인에 대해〉, 서울신문, 1950. 11. 12.
　　박영준, 〈멸공의 전열로에로〉, 《울신문, 1950. 12. 12-13.
　　김기완, 〈전쟁과 문학〉, 《문예》, 1950. 12.
　　염상섭, 〈한국의 현대문학〉, 《문예》, 1952. 05.

셋째, 희곡은 이념 갈등을 부추기는 가운데서도 유치진의 우익단체에서 활동하기 시작했는데 왕성한 활동이 촉발되어 한恨의 민족성을 표출시킴으로써 다시 갱생하는 민족정신을 불러일으켰으나, 너무 대중적이었다는 비평도 없지 않다.

넷째, 비평문학은 다시 1930년대 프로문학이 대두했을 때 좌우익 이념 투쟁을 방불케 했으나, 1948년 정부 수립 이후 우익계열의 확고한 이념이 뿌리내리게 되었다.

이처럼 광복기 문학은 극렬한 이념 대립은 첨예화되어 좌우익계열로 양분될 수밖에 없었다. 문제는 6·25전쟁이 발발함으로써 반민특위에서 친일적 요소를 제거치 못한 결과 친일문학파 일부는 이북으로 넘어갔다.

한편 대한민국에서는 반공을 내세운 틈을 이용하여 앞장서서 은폐시켜 온 것도 사실이었으나, 근황에 와서 이를 정리하는 개인적 입장에서 사설연구소를 운영하면서 편견적이라 할 수는 없겠지만 과잉분류에서 오류를 남긴 것도 부인할 수 없는 문제점이 대두되었다는 데 동의한다. 그것은 일제강점기 동안은 한국문학이라는 존재성의 개념부터 새롭게 정립하는 등 커다란 과제로 떠올라 있음을 재검토에서도 발견되었다. 참고문헌은 본문 각주로 대신한다.

제5부

부록

제8회 한국서정시문학상 공모에 당선 시집
《우주 메시지》

■ 《POETRY LOVERS 시사사》(2022년 가을호, 통권 제111호, 한국문연)

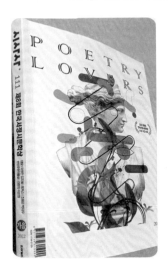

▶pp.41~124.

제8회 한국서정시문학상 공모에 시 당선작 60편 중 50편 수록.

(여기서는 시 수록을 생략하므로 차영한 시집 《우주 메시지》 참조 바람)

▶p.125.

수상 소감 | 시인 차영한 〈3차원의 환호성〉

▶pp.126~129. : 심사평

시간 예술로서의 서정시 | 원구식

우주의 메시지를 읽는 또 다른 방식 | 이재훈

서정의 입체적 상상력 | 배한봉

■ 《노이즈 2022》, 시사사 앤솔러지 제11집 (2022. 12. 01, 한국문연)

▶pp.01~50.

제8회 한국서정시문학상 수상 특집

수상작 〈봄나물이 들큼한 것도〉 외 9편

제8회 한국서정시문학상 수상자 대담 | 시인 차영한/시인 김지율

(날짜 : 2022년 9월 14일, 장소 : 사단법인 한빛문학관)

▶pp.51~67.

문학평론가 황치복, 〈우주적 관점에서 바라본 삶과 예술의 근원〉

▶pp.68~73. : 심사평

▶pp.74~75. : 수상소감 | 차영한

3차원의 환호성

차영한

먼저 나의 메타버스 텃밭에 벌과 나비들로 날고 있는 매트릭스 아바타가 섶다리 물소리와 합수하는 3차원의 환호성을 지인들과 더불어 기쁨 나누고 싶습니다.

그 이전에 나의 위치는 소쉬르 언어가 나오기 전에 프로이드가 꿈 작용마저 은유와 환유로 풀어낸 매듭을 잡고, 벤야민의 생각 이전 '달리 표현'한다는 알레고리와 레이코프 존슨이 말한 '그 모든 생각의 모태' 그 이전의 메타포라에 항상 궁금증상이 오브제 α 구름에 턱 걸치는 시점이기도 했습니다.

또한 대한민국 달 탐사선 '다누리호'가 2022년 08월 05일 금요일 오전 08시 08분에 첫 발사되는 시점에 성공하는 예감과 일치하고 싶었습니다. 다시 말해서 영화《고도를 기다리며》처럼 0과 1을 동시에 매직 치즈로 작동하는 날의 우주를 콜라주하는 시간을 앞당기기 한 시점이기도 했습니다.

이처럼 서브 노트에 남은 무의식의 언어들이 실패한 호명을 의미하는 히스테리아의 이매지네이션, 그 오인誤認의 구조와 환상의 끝을 놓치지 않고 짚어 주신 심사위원님들께 깊은 감사를 드립니다.

끝으로 시사사와 백석대학교, 금보성아트센터에도 감사드립니다.

아울러 다시 한 번 월간《시사사》에서 애쓰시는 여러 선생님에게도 감사드립니다.

☞ 출처1 :《POTRY LOVERS 시사사》, 제8회 한국서정시문학상 수상시집 수록, 2022년 가을, 통권 제111호, 한국문연, p.125.
☞ 출처2 : 시사사의 앤솔러지《노이즈 2022》, 제11집, 2022. 12. 01. 한국문연. pp.74-75.

시간예술로서의 서정시

원구식

이번 제8회 한국서정시문학상 공모에는 총 21명의 시인들이 응모해 왔다. 지난해 공모한 24명보다 3명이 줄었다. 응모자 대부분이 시단에서 활발하게 작품 활동을 하는 시인들이라 이번에도 수상자를 제외하고는 이름을 공개하지 않는다. 이분들 가운데 1차적으로 본심에서 논의한 10권의 시집들은 다음과 같다.

(1)《우주 메시지》(2)《구멍이 뿅뿅 뚫린 웃음》(3)《비유의 형식》(4)《얼룩말은 어떻게 웃지》(5)《아껴 접는 밤》(6)《꽃의 사유》(7)《눈사람의 기분》(8)《시인》(9)《반야사 가는 길》(10)《아무도 없는 바깥》

이 가운데 (1)~(5)번 시집으로 범위를 좁힌 후, 최종적으로 시집 (1)《우주 메시지》(2)《구멍이 뿅뿅 뚫린 웃음》(3)《비유의 형식》중에서 수상 시집을 선정하기로 하였다. 세 시집은 모두 나름대로의 성취를 이루고 있었다. (1)《우주 메시지》는 우주적 서정의 멜로디를, (2)《구멍이 뿅뿅 뚫린 웃음》은 해학과 풍자를, (3)《비유의 형식》은 전통 서정의 새로운 형식을 각기 다른 개성으로 담아내고 있었다. 때문에 심사는 좀처럼 쉽게 수상자를 결정하지 못하고 오래 지속되다가, 우주적 메시지를 새로운 서정으로 노래한 (1)《우주 메시지》를 수상시집으로 선정하였다. 만장일치였다.

제8회 한국서정시문학상 수상시집 차영한의 《우주 메시지》는 우주의 시간
과 배꼽과 생명을 노래한 서정시집이다. 오랜 연륜이 돋보이는 이 시집은 서
정시가 갖추어야 할 덕목들을 고루 갖추고 있다. 서정은 시원을 향한 원초
적 본능이다. 초롱초롱 우주적 어둠을 밝혀 주는 가냘픈 시인의 노래가 우
주 저 끝에 가닿는 경이로움이 바로 서정의 힘이다. 수상을 축하드린다.

　　이번 공모에도 서정시가 아닌 시집들의 응모가 여전했다. 뛰어난 시집들
이라 서정시문학상이 아니었다면 당선될 만한 시집들이었다. 노래성이 없는
산문시집이나 감정을 드러내지 않는 전형적인 모더니즘(이미지즘) 계열의 시
집들이 바로 그것이다. 이것은 서정시에 대한 오해에서 비롯된 게 아닌가 생
각된다. 서정시는 공간예술이라기보다는 시간예술이다. 공간은 눈에 보이지
만 시간은 눈에 보이지 않는다. 눈에 보이지 않는 것들. 이를테면 감정이나
영혼, 소리(음악), 말 같은 것을 추구하는 것이 서정시다. 서정시는 눈에 보
이는 사물을 감정 없이 묘사하는 사물시가 아니다. 서정시는 진리를 추구하
지 않는다. 진리의 방해물인 감정을 제거하지 않는다. 서정시는 공간 속에
존재하는 시간 예술로서의 서정시라고 생각해 본다. 응모해 주신 모든 분들
께 감사드린다.

《POTRY LOVERS 시사사》, 2022년 가을, 통권 제111호, pp.126~127.

우주의 메시지를 읽는 또 다른 방식

이재훈

 예심을 거쳐 우리에게 올라온 시집 원고는 《구멍이 뽕뽕 뚫린 웃음》, 《비유의 형식》, 《아껴 접는 밤》, 《얼룩말은 어떻게 웃지》, 《우주 메시지》 등이었다. 심사위원들은 이 중에서 《구멍이 뽕뽕 뚫린 웃음》, 《비유의 형식》, 《우주 메시지》를 놓고 최종 논의를 이어 나갔다. 《구멍이 뽕뽕 뚫린 웃음》은 풍자의 정신을 제대로 구현한 시집이다. 쉽고 단아한 언어로 해학을 주는 풍자의 방식은 요즘 시에서 보기 드문 세계이다. 《비유의 형식》은 꼼꼼한 이미지를 바탕으로 주제의식을 한 땀씩 직조해 나가는 완성도가 높은 시집이다. 시의 오랜 내공을 보여주기에 충분했다. 각자 시집의 개성이 있었고, 개별 시집의 성취로는 수상시집을 선정하기 쉽지 않았다. 오랜 논의 끝에 '서정시문학상'의 취지와 성격에 가장 부합한다고 판단되는 《우주 메시지》를 수상시집으로 선정하였다.

 차영한의 《우주 메시지》는 주제를 밀고 나가는 힘이 강한 시집이다. 차영한 시인의 이전 전작들을 일별한 바 있고 작년에도 인상 깊은 시집을 독회한 감회가 있어서 더욱 세심히 살펴보았다. 철학적 주제를 서정의 언어로 담아내는 공력이 오래되었음을 이번 시집에서도 확인할 수 있었다. 봄나물의 대표 격인 산나물을 "아함경 게송"으로 치환하고(〈봄나물이 들큼한 것도〉), 새의 이동을 통해 유성의 자연 섭리와 넷플릭스의 명암을 사유하거나(〈새는 명암의 눈짓들을 안다〉), "프랙탈층위 무無의 순환이 반복하는 우주 골짜기 가을 소리도 마스크 쓰고 해독 중이기 때문"(《가을 소리 해독 중입니다》)이라는 천진 속에 숨은 사유가 만만치 않다. 특히 새를 통해 우주의 메시지를 읽는 과 정들(《날고 싶은 것은 어찌 새뿐이랴》)이 머릿속의 관념에만 머물지 않고 현대 인들을 은유하는 방법을 통해 드러나 있어 더욱 실감이 난다. 나이가 무색 하게 좋은 시를 쓰기 위해서 감내하는 지적 탐구도 눈에 띄는 시집이다. 먼 남쪽 시의 공방에서 눈치 보지 않고 오래도록 자기만의 길을 꿋꿋하게 견지한 시인에게 축하의 말을 전한다.

《POTRY LOVERS 시사사》, 2022년 가을, 통권 제111호, p.128.

서정의 입체적 상상력

배한봉

차영한 시인의《우주 메시지》는 현실의 다양성을 입체적 상상력으로 끌어당겨 우리의 심연에 내재된 정서를 깊이 있게 보여준다. 그의 서정적 자아가 보내는 "간절한 우주 메시지"(《날고 싶은 것은 어찌 새뿐이랴》)나 "날면서 잠자는 새들의 파노라마"(《새는 명암의 눈짓들을 안다》)와 같은 감각은 온몸의 감각으로서 주관적 주체의 정서와 상상에 의해 새로운 의미를 창조해낸다. "지구의 약속처럼 둥근 사랑은 언제나/달 속에 알을 낳"는다와 같은 진술은 그의 시가 넘나드는 우주적 상상력과 서정적상 상력의 융합을 보여주는 경우다. 우주를 연결하는 거대한 그물의 세계와 맞닿아 있는 내면세계를 서술하는 그의 상상력이 뿜어내는 생명력은 이 시집을 힘차게 들어 올리는 원천적 힘이다. 그리고 객관 세계의 일이나 사건을 내면화하는 과정에서 보여주는 언어의 다양한 변주는 주관과 객관이 서정적으로 상호 융화하는 시공간을 다채롭게 보여준다. 70년대 후반에 등단해 시력 40년을 한참 넘긴 차영한 시인이 보여준 서정의 입체적 상상력은 올해 한국서정시문학상을 뜻깊게 만들 것이라 평가되었다. 수상하신 차영한 시인에게 심심한 축하를 보낸다.

올해 서정시문학상 심사에 임하면서 개인적으로 염두에 두었던 것은, 투박할지라도 전통적 방식으로 서정적 목소리를 묵직하게 내거나, 아예 '새로운' 서정의 목소리를 들려주거나, 였다. 마지막까지 심사자가 주목했던 시집은《구멍이 뽕뽕 뚫린 웃음》,《비유의 형식》,《얼룩말은 어떻게 웃지》,《아껴 접는 밤》 등이었다. 이 시집들은 그 결과와 관계없이 개성이 빛나는 문학적 결실을 얻고 있었다. 찬사와 박수를 보낸다.

《POTRY LOVERS 시사사》, 2022년 가을, 통권 제111호, p.129.

☛ 출처1 : 《POTRY LOVERS 시사사》, 2022년 가을, 통권 제111호, 한국문연, pp.126~129.
☛ 출처2 : 시사사의 앤솔러지 《노이즈 2022》, 제11집, 2022. 12. 01. 한국문연. pp.68~73.

제8회 한국서정시문학상 | 수상자 대담

■ 대　담 : 시인 차영한 · 시인 김지율
■ 날　짜 : 2022년 9월 14일
■ 장　소 : 통영 한빛문학관

김지율 : 안녕하세요 선생님. 수상을 축하드립니다. 엊그제 태풍 힌남로가 지나갔는데 피해는 없으셨는지요.

차영한 : 감사합니다. 거대한 태풍 힌남노(라오스의 숲 이름)보다도 매스미디어가 더 세차게 불었어요. 마침 통영과 거제 지역을 통과하는 태풍의 눈빛이 인자했기에 큰 피해는 적은 것으로 봅니다. 태풍이 지나고 나면 태양이 유난히 빛나서 햇볕을 밟아보니 아직 따끈따끈했어요.

김지율 : 역대급 태풍이라는 말에 저도 엄청 긴장했습니다. (웃음) 별 피해가 없으셨다니 다행입니다. 올해는 또 여느 때보다 더 빠른 추석을 보낸 것 같아요. 100년 만에 가장 둥글고 큰 '보름달'을 볼 수 있을 거라고 해서 저는 추석 앞날 동네에 있는 호수에서 그 슈퍼문을 보고 소원을 빌었어요. 정말 둥글고 환한 달이었는데 선생님께서도 혹시 그달을 보셨어요?

차영한 : 예 보았어요. 100년 만에 수직선상에서 뜨는 달이라 해서 지켜봤어요. 죽은 데가 없어 친근하게 껴안아 봤어요. 매년 한가위 달이나, 시월 상달, 정월 대보름달을 봐요. 달뜨는 시간에 맞춰 달을 보지만 볼 때마다 죽은 데가 있었어요. 달은 저에게는 임이시죠. 임은 다의성을 갖기 때문에 저의 시제 중 〈달하 내님하〉에 통영 출신이며 영남대학교 예술대학장을 역임한 진규영 작곡가가 곡을 붙여 좀 멜랑콜리해요. 여기서 임은 저의 어머니

입니다. 세상에 속아 발등도 찍고 끄나풀 때문에 살아오신 눈물이 크게 보여요. 생전 어머니께서 "내가 보고 싶으면 달을 쳐다 보거라"하신 말씀 지금도 잊지 않죠.

김지율 : 아 그러셨군요. 유튜브에서 그 노래를 들었어요. "맨 처음 만나고 싶은 만큼 뜨는 달! 님하!"라는 부분의 그 '님'이 '어머니'셨군요. 다시 한 번 더 들어보겠습니다. 선생님께서는 1978년 10월에 월간《시문학》에 1회 추천을 받고, 1979년 7월에 추천 완료로 등단하시며 현재까지 시와 문학평론 활동을 함께 하고 계십니다. 16권의 시집과 3권의 비평집을 상재하시고 앤솔러지 시집을 60권 이상 출간하셨습니다. 그리고 '시문학상', '경남문학상', '청마문학상' 등 많은 문학상을 수상하셨는데요. 선생님의 문학에 대한 열정에 제가 참 많이 부끄러웠습니다. 시와 문학으로 지금까지 오랜 시간 걸어올 수 있었던 원동력(?)이 있다면 무엇일까요?

차영한 : 시 창작할 때마다 타자들의 작품을 떠올리면서 열등감으로 창작했어요. 창작하는 시간에 두꺼운 유리 벽 속의 먼 그리움 하나를 붙잡기 위해 벽을 깰 수는 없었고 그 한계점을 극복하기 위해 많은 책장을 넘겼으며, 만학을 하면서 정신분석학을 탐독이 아닌 탐욕으로 몰입했습니다. 그러니까 블랙홀이 아니고 블루홀에서 주체의 죽음으로 하여 재구성하는 힘을 길렀어요.

김지율 : 심해의 '블루홀'은 미지의 세계를 감추고 끝없는 상상을 불러일으키는데요. 지금 계시는 이 '한빛문학관'이 선생님에게 그런 공간이 아닌가 해요. 2014년 모든 사재를 털어 지은 평생의 꿈,' 한빛문학관'은 전혁림 미술관과 '남해의 봄날' 책방 옆에 위치해 있습니다. '남해의 봄날'은 제가 통영에 올 때마다 들리는 최애 장소 중의 한 곳이기도 해요. (웃음) 오늘 문학관으로 오면서 이 세 장소가 삼각형처럼 나란히 있는 모습이 참 보기 좋았습

니다. 문학관을 어떻게 짓게 되셨는지 궁금했습니다.

차영한 : 몇 마디로 요약하면 관주도형 운영은 제한된 시간으로 24시간 운영에 한계가 있지요. 방대한 직원 운영은 물론 출퇴근으로 극히 오픈이 어려워요. 그러나 제가 구상한 한빛문학관은 24시간 개방으로 부담 없는 예술 활동을 위해 다락방식으로 운영하고 있어요. 무엇보다 장소 제공에 착안하여 문학예술진흥법에 준한 문학관을 건립하였어요. 통영에 유명 예술인을 위주로 한 기념관이라면 한빛문학관은 움직이는 창작문학 공간으로 주민들께 다가가고 있습니다. 따라서 통영시내 5개 문학관 중에 아이러니하게 제가 운영하는 한빛문학관이 6번째 경상남도에 공식적으로 문학관 등록(제 경남6-사립1-2021-01호)이 되었어요. 오히려 미운 오리새끼로는 보지는 않겠지만 뒷맛이 개운하지 않아요. 어쨌든 문학창작공간으로 등록되었기에 어려움을 극복하고 있습니다. 지인들은 바보짓이라고 빗대는 것이 퍽 재미있어요(웃음).

김지율 : '움직이는 창작문학 공간'으로 만들고 싶으셨다는 말씀도 의미 있고. 저는 무엇보다 문학관에 전시되어 있는 소장품들에 많은 관심이 갔습니다. (웃음) 조선후기 시전詩傳, 1930년대 초현실주의 경향 동인지 성격인 《三四文學》지들 그리고 백석 시인이 사모했던 통영의 여인 '란(박경련)' 선생이 차영한 선생님에게 보낸 육필 2통, 백석의 친구 신현중의 수필집도 전시 목록에 있습니다. 그리고 모더니즘, 다다이즘, 초현실주의 서적, 정신분석학 서적들이 전시되어 있고요. 이 밖에 전국 문예지 소장 전시회와 시낭송회, 백일장과 시민학교뿐 아니라 문학인 초청 강연 등이 열리고 있는데요. 문학관 활성화를 위한 계획이 있으실까요.

차영한 : 현재는 사단법인 한국문학관협회에 등록됨으로써 사단법인체며 비영리를 목적으로 하기에 국세청으로부터 고유번호를 받아 운영하고 있습

니다. 운영비 지원은 전혀 없는 상태이며, 문체부에 공모하여 사업하되 예술인 일자리 창출로 이용되는 실정입니다. 문제점은 열정으로 건립하다 보니 운영비에 중점 두지 못한 플랜이 아쉽죠. 현재까지 경상남도에 문학관 등록만 되었을 뿐 하등의 문학관 운영비를 지원받지 못하고 있어요. 이를 극복하려고 힘쓰고 있으나 전망이 어둡죠. 특히 경남도에 사립문학관이 하나뿐이기에 문학예술진흥법만 있고 시행령이 없어 지원 방법은 현재 퍽 어려운 것 같아요. 그러나 최선을 다해 극복하려고 노력하고 있어요.

김지율 : 지원이 없는 문학관을 장기적으로 운영하는 건 정말 힘든 일이실 텐데 하루빨리 시행령이 추진되길 바라겠습니다. 선생님께서는 이곳 통영에서 태어나 통영을 떠나지 않고 통영의 문학과 삶을 이뤄내고 계십니다. 백석 시인이 '자다가도 일어나 바다로 가고 싶은 곳'이라고 했던 '통영'은 문학인들이 가장 사랑하는 곳 중의 한 곳이기도 하죠. 저도 이곳 대학에 강의가 있는 학기면 매주 오기도 하고 그렇지 않더라도 가끔 바다가 보고 싶을 때 혼자 왔다 가거나 후배 김희준 시인이 있는 공원을 조용히 걷다 갈 때도 있습니다. 선생님의 삶에서 통영은 어떤 곳인가요?

차영한 : 통영에 살면 살수록 더 살고 싶은 생동감이 생겨요. 아마 바다가 항상 먼저 충동질을 해서 때론 바다 앞에 서면 눈을 감아요. 눈 감을수록 살아 꿈틀거리는 통영 바다가 거대한 첼로를 켜고 있는 것 같아요. 통영 예술을 선배답게 이끌어 주신 청마 선생님의 깃발과 그리움을 비롯하여 천재 음악가 윤이상, 박경리 선생님을 비롯한 기라성 같은 예술가들이 그렇게 나이가 많아도 청년처럼 살아서 조깅하고 있어요. (웃음) 거목들 때문에 저희들은 그늘에 짓눌려 얼굴이 노란색입니다(웃음).

김지율 : 아 그러신가요? (웃음) 살수록 더 살고 싶은 곳. 눈을 감을수록 더 꿈틀거리며 다가오는 통영은 많은 예술인들의 아우라가 녹아 있는 곳

이죠. 선생님의 문학에 대한 열정 또한 그런 지점에 있다고 봅니다. 이처럼 우리 삶의 본질을 구성하고 자아의식을 지배하는 '고향'은 한 시인에게는 내면의식과 시 세계의 토대로서 문학의 출발점이죠. 박태일 시인은 통영을 '바다'가 이데올로기로 자리한 곳으로 섬이면서 육지이고 육지이면서 섬인 지리적 이중성이 시인들에게 다양한 시적 현실을 부여한다고 했습니다. 현실의 장소이기도 하지만 동시에 정신적·사상적 공간이 되었을 고향 '통영'은 선생님의 시에서 어떤 의미이고 어떤 모습으로 재현될까요?

차영한 : 문학의 본질은 삶의 본질과 대등하다고 보아요. 모든 예술이 갖는 본성 중에도 이데올로기가 눈에 보이지 않는 실체로서 시의 본질이 되어야 합니다. 말하자면 환경과 이데올로기는 비례가 아닌 하나이면서 상징성을 띠는 속에 있는 것 같습니다. 박태일 교수님이 지적한 것은 그분의 시대적 입장에서 바라본 작품 세계일 겁니다. 민족적인 시각에서 문학이 갖는 현주소일 겁니다. 하지만 모든 문학은 시대상을 떠날 수 없는 필연적인 구성요소죠. 저의 창작 동기는 모성애의 탯줄 등 이마고(Imago)에서부터 출발합니다. 그곳에서 현실을 초월하는 것이 아니라 절대 현실과 꿈을 찾고 있습니다. 데뷔작 〈시골햇살〉을 촌스럽다는 등 혹독한 시평을 받기도 했는데, 이번 참에 밝힐까 합니다. '시골햇살'은 동서東西를 막론하고 '모성애'라는 깊은 뜻이 있습니다. 매트릭스에서 얻어지는 생성에너지들입니다. 신경망적이겠지만 프로이트가 말한 현재 상태의 원인이 되는 심연의 한 지점인 '원초적 장면'에서 프로그래밍하는 현재 진행형입니다. 저의 알고리즘이기도 해요.

김지율 : 저에게는 고향 '진주'가 그런 원초적 알고리즘 장소로 부정과 환대, 현실과 환상이 기이하게 공존하는 헤테로토피아 같은 공간인 것 같아요. 그런 지점에서 올 초 발간하신 시집 《랄랑그에 질문》에 대한 이야기를 이어갈까 합니다. 자크 라캉이 말한 이 '랄랑그'라는 어휘의 발음부터 의미까지 시집 제목으로도 독특한 지점이 있는데요. 라캉은 이미 무의식은 대화 속

에서 다양한 방식으로 드러나고 이때 '랄랑그(lalangue)'는 각 개인마다 고유한 자신만의 언어를 언어학적 랑그와 구분하여 '랄랑그'라고 했습니다. 그것은 언어가 실패하는 지점에서 무의식이 반복적으로 드러내고 싶었던 진실을 위한 것일까요? 이 '랄랑그'와 이 시집을 통해 전하고 싶었던 시인의 메시지는 무엇일까요?

차영한 : 저의 16번째 시집으로 어린아이들이 옹알거리는 뜻으로도 이해하면 쉽습니다. 자크 라캉의 이론에 따르면 상징계에 진입 직전의 어설픈 형태에 있을 때나, 실재계에서 인간욕동이 갖는 주이상스에 열려 있는 상태입니다. 그러니까 의식으로 위장하기 직전의 어떤 생명체가 변색하는 모습의 중얼거림이라고 보아주세요. 이러한 존재에 대해 다시 질문형식으로 하되 해체와 재구성입니다. 그러다 보니 시각콜라주와 언어콜라주는 물론 오브제 α(비결정적이고 파악되지 않는 존재의 구멍)를 동시에 기능하도록 실험해 본 혼종의 산물입니다. 그래서 무의식도 은유와 환유이기에 자동기술법에 예속시켰습니다. 몇 마디로 요약하면 파편화된 이미지를 다시 콜라주하여 숨기는 작업의 내면적 결과물입니다. 그러니까 저의 시작은 될 수 있는 한 이분법을 제거하려 했습니다. 불분명한 경계에서 콜라주 기법에도 왜곡에 중점을 두고 쓴 졸작들입니다. 저의 시집《랄랑그에 질문》마지막 페이지에 시, 〈빗방울 사이 나비수염〉도 문학의 본성인 감추기의 소산물입니다.

김자율 : '해체와 재구성'으로서의 혼종적 무의식의 결과물이 '시'라는 말에 일정 부분 동의하며 선생님에게 이 '현실'은 어떤 의미일까요. 얼마 전에 김수영의 〈봄밤〉이라는 시를 다시 읽으며 "애타도록 마음에 서둘지 말라/강물 위에 떨어진 불빛처럼"이라는 구절에서 한참 동안 머뭇거렸는데요. 시인이 '애타도록 마음에 서둘지 말라'고 거듭 당부한 것은 오늘날에도 여전히 유효하다고 봅니다. 지금 이 현실에서 우리가 '서두르'거나 그래서 '놓치고' 있는 것이 있다면 무엇일까요?

차영한 : 한 마디로 현실을 직시하라는 메시지라 할 수 있어요. 그분은 환상을 제외시킨 것 같아요. 무의식이 의식으로 위장하는 것도 인식치 않은 것 같아요. 김수영 시인의 시 세계를 볼 때 김수영 자신이 지적한 것처럼 리얼리즘과 모더니즘 경계를, 말하자면 한 시대의 현실을 사르트르적인 실존이 갖는 사실을 해체하여 재구성하기도 하고 대상을 유비하여 제3의 의미를 추출하는 독특한 기법을 구사하는 것 같아요. 따라서 김수영 시인만이 갖는 한국적 모더니즘 시 세계를 구축한 것 같습니다. 그의 시에는 리얼리즘이 갖는 참여시 경향이 짙은 것을 봐도 알 수 있어요.

　김지율 : 예 그렇죠. 김수영 또한 브로통이나 모리스 블랑쇼 그리고 샤르트르 등을 수용하면서 무의식과 실존 그리고 정치적 이념을 연결시키며 1960년대 정치적 혁명과 시의 혁명을 동시에 사유했다고 할 수 있겠습니다. 최근에 발간하신《상상력의 프랙탈층위 담론》은 39인의 문학평론가와 시인 그리고 언론인이 말하는 선생님의 시 세계와 직접 밝히신 시작론이 담겨져 있는 방대한 분량의 비평집인데 원고를 정리하기 힘드셨을 것 같아요.

　차영한 : 예 처음에는 나는 이렇게 시를 썼다는 작품만 묶을 계획이었습니다. 그러나 고민이 있어 목차를 바꿨어요. 비평가들이 나의 시를 바라보는 것을 먼저 내세우고 반론은 아니지만 몇몇 작품을 들춰 저의 모티프를 디테일했어요. 아울러 그간의 좋은 분들의 노고도 정리하는 데 의미가 있고요.

초기 시 그리고 초현실주의 시로의 전환 '꿈과 무의식'

　김지율 : 첫 시집《시골 햇살》에서부터《섬》그리고《살 속에 박힌 가시들》등 세 번째 시집까지는 비교적 자연을 노래하는 서정성이 짙은 것 같습니다.

차영한 : 시인들의 한 생애 시 세계를 흔히들 초기 중기 후기로 구분하여 이해를 돕는 경우가 많습니다. 그러나 저의 초기 시를 지적하면서 왜 쉬르(Sur)로 전환했느냐는 질문이 많아요. 사실은 초기 시에도 절대 현실과 꿈을 노래하는 시들이 있는데 다들 바빠서 아직 못 챙겼을 겁니다. 저의 초기 시를 비평가들은 '친자연적이다'라고 지적하면서 일상적 노래이기에 크게 기대하지 않은 것 같았어요. 그러나 저의 초기 시에도 초자연주의(1924년부터 초현실주의)적 경향시가 있어요. '자연적인 서정시'라는 비평가들의 인식적 분류는 궁금증이 생겨요. 그러나 작금 시인들의 시에서도 인정할 수 있는 시어 기교면에서 초현실주의시라는 인식적 오류에는 동의하지 않아요. 작품이 에스프리 하는 과정에서 현실과 꿈이 있다면 간과할 수 없을 것 같아요. 자크 라캉이나 슬라보예 지젝 정신분석학자의 이론에 따르면 실재계를 가질 때 삶과 죽음 충동에서도 검은 해골을 만날 수 있다면 시어 기법에서만 초현실주의를 찾는 것은 일반적인 이론에 불과하다고 보여요. 앞으로 과제로 보아야 할 것 같습니다. 박목월 시제 〈산사〉에 나오는 "청노루 맑은 눈에 도는 구름"을 예시로 들더라도 그 한 대목에 초현실주의가 있어요. 따라서 자연을 노래하는 서정시에도 초현실주의는 있을 수 있어요. 애매모호성이 갖는, 다시 말해서 자크 라캉이 제시한 실재계에서 상징성을 띠거나, 상상계에서 상징계로 진입할 때 환상 속의 빈 구멍을 포착할 때도 거기에는 절대 현실이 존재한다고 봅니다. 그러니까 자연을 노래하는 서정시라도 절대 현실이 함의되어 있다면 앞에서 지적한 절대 현실에는 오브제 α가 갖는 혼종적인 환상성을 갖는 삶과 죽음 충동이 동시성을 갖는다고 봅니다. 그러나 저의 초기 시는 자연을 노래하는 서정시라 해도 좋아요(웃음).

김지율 : 초기 시에도 '절대 현실'로서 초자연을 노래한 서정성이 있다는 말씀에 충분히 동의하며 시적 방향성에 대해 조금 더 질문드리겠습니다. 2012년에 발간하신 네 번째 시집 《캐주얼 빗방울》에서는 현실로부터 벗어나 무의식의 세계를 더 환상적으로 그려내고 있습니다. 이 시집에서부터 다의성

의 경계를 허무는 실험적 시 세계가 이어지고 있습니다. 열한 번째 시집《거울 뉴런》의 시인의 말에는 "내 무의식의 역설을 오래전부터 간파하려고" 했다는 말씀 또한 하셨는데요. 프로이트는 인간의 무의식 밑에 있는 또 다른 무의식을 통해 개인의 꿈을 분석했습니다. 이 '꿈'은 욕망에 근거한 몽환이나 환상일 수도 있고 현실의 고통이 꿈을 통해 확장되고 지속된 것일 수도 있는데요. 선생님의 시에 드러나는 이 '꿈 혹은 무의식'은 어떤 의미로 호출될까요?

차영한 : 역시 김지율 시인께서 잘 지적하셨어요. 저의 제4시집의 시편들과 제11시집의 시편들은 절대 현실에서 무의식적으로 접근하여 위장된 환상들이 파편화된 것들입니다. 무의식은 내용만 존재하기 때문에 이런 오브제 α 적인 파편들을 재구성해본 것입니다. 정상적인 사람들이 보면 정신착란자로 오인 받을 수 있어요. 절대 현실과 몽상은 경계가 없어요. '꿈 혹은 무의식'은 어떤 의미로 호출되는 가는 인간이 갖는 무의식이 존재한다는 데 동의하면 무의식 속에 사는 욕망(혹은 꿈)은 의식(외형적인 이성)으로 위장하여서 결핍으로 진행됩니다. 욕망이 강렬해지면 결핍은 곧 죽음을 불러옵니다. 꿈의 존재는 사실상 없습니다. 또한 몽환이나 환상도 존재하지 않습니다. 프로이트가 말한 오인의 구조, 환상의 경계를 말할 때 아름다운 인식적 오류에 불과합니다. 그러나 프로이트는 정신분석학적으로 주장할 때 욕망과 결핍으로 구분한 실험에서 제시한 자료에 불과합니다. 그러나 심리적 메커니즘 분석에서 볼 때 시냅스와 해마에서 일반적으로 꿈과 환상은 분명히 존재한다는 것이 근황의 반증이 이미 발표된 것으로 알고 있어요.

김지율 : 앞에서 언급하신 내용과 관련하여 십여 년 전 어느 인터뷰(《경남시학》, 2010)에서 "서정시 안에서 초현실주의적인 절대 현실을 형상화하려고 노력하였다"고 언급하셨습니다. 거기서 말씀하신 쉬르리얼리즘 기법은 무의식을 통한 현실과 꿈의 이미지를 객관적 우연성과 환상기법으로 기존의 논리

성을 전복하는 것이라고 봅니다. 그렇다면 문학비평집인《초현실주의 시와 시론》에서는 이 초현실주의와 관련하여 어떤 지점들을 강조하고 싶으셨나요?

차영한 : 초현실주의를 다다이즘과 혼성시키는 인식적 오류 때문에 현재도 명확한 답변이 없는 것 같습니다. 이상 문학 작품들을 거개가 초현실주의로 호도하는 등 그 구분의 어려움을 아직 명료하게 지적하는 분들이 없는 것 같아요. 초현실주의를 초월로 보는 비평가들을 볼 때 아쉽지요. 초현실주의는 초월이 아닙니다. 모더니즘에서 일종의 아방가르드적인 다다이즘과 초현실주의가 엇비슷하다는 견해는 커다란 오류입니다. 초현실주의라고 보는 인식적 오류는 앞으로도 중요한 과제일 수밖에 없을 것 같습니다. 다다이즘 운동가들이 초현실주의로의 운동에 편입됨으로써 그 구분이 퍽 어렵다 할 수 있습니다. 초현실주의도 이반 골 계열이 있고, 앙드레 브르통 계열이 있기에 그 또한 구분이 퍽 어렵다 할 수 있지요. 특히 1920년대부터 1930년대 말까지 우리나라 문인들이 아방가르드 수용 양상에서 일본식 초현실주의(본고 필자가 명명함)를 수용할 수밖에 없었기 때문에 다다이즘 기법이 초현실주의 기법으로 오인하여 커다란 오류를 남겨 놓았어요. 이상(김해경)의 시는 대부분 포멀리즘으로 파괴적이거나 외상, 패배주의적인, 어떤 불안과 초조감, 절망을 부각시킨 시각콜라주와 언어콜라주 기법들이 동원된 시들이 많은 편이죠. 다다이즘에도 유머와 우연 일치, 콜라주, 몽타주, 프로타주 기법들이 있었기에 쉬르(Sur)와 구별하기 힘들죠. 1936년에 그가 일본에서《삼사문학》(제5집) 동인에 가입하여 발표한 시〈I WED A TOY BRIDE〉는 본고 필자가 볼 때 형태를 지우면서 심리적 자동성이 엿보였어요. 자아와의 담론은 무의식에서 온 것을 알 수 있었어요. 대상을 병치시키면서 절대 현실에서 꿈을 갖는 것으로 보였어요. 따라서 이 시 작품은 이상의 초현실주의라는 것을 인정할 만해요. 그 이외 몇 편도 있어요. 억압된 욕망을 해방시켰기에 거기에는 꿈을 볼 수 있기 때문이죠.

김지율 : 그렇다면 비교적 근래에 선생님께서 말씀하시는 초현실주의 경향의 시를 쓰는 시인이 있을까요?

차영한 : 사실 저도 초현실주의 경향시를 쓰는지 잘 모르겠습니다. 타자들이 인식하는 범주에 있을 뿐입니다. 다만 저를 포함하여 아나그램적인 관념어의 기교들의 유희가 발랄하기 때문에 그들이 전개하는 어떤 서사구조나 상상력에서 만나는 대상(형상화)들이 때로는 초월이 아닌 절대 현실에서 구사할 때는 초현실주의 기법이라고 할 수 있겠죠.

'오독과 창조적 읽기의 경계는 늘 모호한 것' 같아요.

김지율 : 시 〈0과 1의 진실―이집트 쿠프 왕 피라미드 탐방기〉, 〈거울 주름살〉, 〈봄은 봄이 아닙니다〉 등의 시편에서 이런 무의식의 초현실주의 시작법이 뚜렷하게 드러납니다. 그중 〈거울 주름살〉은 어떻게 쓰시게 되었는지, 간략한 시작 메모 부탁드립니다.

차영한 : 우리가 느끼지 못한 생경한 '거울 주름'을 시제로 꺼내니까 시시비비였죠. 즉 존재하지 않는 세계와 대상들이 '치즈 클러스터 흥분', 어쩌면 자동기술법으로 찾아왔어요. 변용의 힘과 내적 풍경을 펼쳐 봤어요. 아직 팔리지 않은 상품이죠(웃음).

김지율 : 위의 변용의 힘과 내적 풍경이 시작법으로서 상징과 알레고리로 등장하기도 하고 공동체나 무수한 선언들로부터 그것을 해체하는 작업으로까지 나아갑니다. 〈'!'는 나의 지팡이다〉에서처럼 시인에게 느낌표는 지팡이이자 언어입니다. 이러한 느낌표는 "물음표"와 "달팽이", "말없음표", "군소", "고슴도치", "뼈가 없는 해삼" 등으로 움직이면서 끊임없이 변용합니다. 이

처럼 한 대상이 다양한 이미지와 기호의 변주를 통해 사물의 본질에 접근하는 다양한 메타 방식을 차용하시는 것 같습니다.

　　　　나는 말없음표를 밟고 가는 느낌표

　　　　'!'는 나의 지팡이다 짚다 닳도록 짚다가
　　　　어느새 마침표는 진보라 강냉이 알에 박히다

　　　　해골 이빨에나 씹히는 캄차카 섬의
　　　　유빙流氷 밑층을 떠돌고 있어

　　　　녹는 어느 빙산 기슭에 쉬는 내
　　　　발목뼈가 눈사람으로 눈을 밟아서

　　　　북극곰의 콧부리에 굴리는 물음표 되어
　　　　나를 숨기고 있어 지팡이 짚을 때마다
　　　　툭 쳐 보는 고슴도치도 웃어주고 있어

　　　　벌써 바닷속에서는 벌거벗고 춤추는
　　　　달팽이가 춤추고 있어 다시 비만증에 걸린
　　　　군소로 변절된 그때까지도 살아
　　　　기어 다니고 있어 느낌표는 뼈가 없는
　　　　해삼일까 말없음표만 짚고 가니까. 허허!…!
　　　　　　　　　　　　　　　　　-〈'!'는 나의 지팡이다〉 전문

　　차영한 : 위의 시는 제11시집 《거울 뉴런》에 수록되어 있는데 퇴고 전의 시로서 발표된 작품입니다. 시 작품들 중에서도 치명적인 어떤 이중 이미지, 동음이의어의 언어유희인 칼렁부르나 블라종 기법 등 모순적인 치기가 발작하는 때가 더러 있었어요. 대상들을 시각콜라주와 언어콜라주를 할 때 무의식적 유머가 유혹하여 완전히 새로운 텍스트로 재창작하는 변형콜라주라

할 수 있죠.

김지율 : 그래서 그런지 선생님의 시들을 읽는 독자들은 약간의 인내가 필요하다는 생각이 듭니다. (웃음) 아마 독자들로 하여금 '난해하다'는 평을 많이 들으실 것 같습니다. 때문에 이런 시자과 연구가 더 외로우실 거라는 생각도 많이 들고요. 어느 시인의 말처럼 "오독과 창조적 읽기의 경계가 늘 모호한 것" 같습니다. 선생님의 경우 어떠세요?

차영한 : 정확하게 지적하셨습니다. 이진경 교수가 지적한 글에서도 "노래로 불리는 것은 더 이상 시가 아니다." "소통의 공간으로부터 벗어나는 말들"과 "시는 소통의 언어가 아니라 그것을 정지시키는 침묵이다"라는 글에 동의하면서 감성이나 공감대를 위한 공유된 통속문학을 탈피해야 현대시가 갖는 생명체라고 보아요. 전술한 바와 같이 문학은 감춘다는 'Litus'라면 드러내는 것이 아니라 사물이나 언어를 감추거나 모호하게 함으로써 현현하는 기법에 익숙해지는 것 같습니다. 예로 들면 "날개가 웃어요" 하면 그대로 읽으면 오독할 수 있어요. 그 속에 생략된, 감춰진 다의성이 있죠. 시 역시 변증법에 의하면 오독의 걸림돌일 것입니다. 전근대시적 흐름에 부침되면 절필해야죠. 공부는 하지 않고 난해하다는 말을 가볍게 하는 자들은 그 자리에 멈춰버린 자들이에요. 이제 시들의 나아갈 길은 우주적 오브제 a가 있어야 살아남을 수 있어요. 지구의 풍부한 서정(敍情-여기서는 서정抒情이 아님)시가 스스로 찾아와서 우주를 향한 스케일로 창작해야 살아남을 것 같아요. 아카데미식 기법 역시 이미 전근대적일 수 있어요.

김지율 : 저 역시 '감춰진 다의성'이 풍부한 시 읽기를 좋아합니다. 말씀하신 우주적 오브제 a와 관련하여 최근에 쓰신 서정敍情시는 어떤 것들이 있을까요?

차영한 : 다음 시를 제시합니다.

　　그림자도 문제를 일으키고 있어//꼬리 때문에 슬퍼하는 짐승들 중에
/개들은 외출할 때마다/쇼핑몰 유리창 두께를 가름하고 있어//말 못 하
는 만큼이나 짧은 목 실핏줄이/갯가의 너울 잡고 버티는 허리 곡선에
서도/유연 적일 수 없는 포켓 속의 강박관념//허파마저 부풀도록 그 주
린 배/갈비뼈에 받치지 않도록 갈구하는/햇살 쪽에 약세로 베팅하는 인
베스(inverse) (하략)

　　　　　　　　　　　　　　　　　　　　　　　－〈선선하게 살다 보면〉 부분

위와 같이 시제부터 애매모호성을 갖습니다. 이에 따른 시의 내용도 감
추기에 급급하면서 오브제 α 기법으로 에스프리 했어요. 또 하나 예시를 들
면

　　(전략) 감추기 위해 나를 찾아 헤매든,/목화송이 흐드러진 여러 갈래 길
에서/비로소 글밭에 더위잡으니/꽃피는 소리가 책장 넘기는 거 보네//암
송하는 글밭마저 할 말 다 하는 주장/구름 닿는 곳까지 연적硯滴에 연
꽃이슬 받고/받아 느긋하게 먹 가는 나뭇가지처럼 (후략)

　　　　　　　　　　　　　　　　　　　　　　　－〈자기 닮음 사냥〉 부분

김지율 : 역시 어렵네요. 선생님. (웃음)

《섬》처럼 침묵뿐인 그 긴 시간, 나를 섬에 유배시켰어요.

김지율 : 선생님의 시집 중에 또 빼놓을 수 없는 시집이 '섬'을 소재로 50여
편의 연작시를 묶은《섬》입니다. 저는 시인의 말 첫 부분에 "이 시는 고향
에 살면 살수록 아름다운 내 고향에 바칩니다"는 말이 아주 인상적이었습

니다. 해양 박물지博物誌 성격의 이 연작시집《섬》은 이미 우리 문단에서 해양문학, 해양시의 한 축이 되었습니다. 이 시집은 어떻게 나오게 되었을까요?

차영한 :《섬》시집은 형태면에서는 시 속에 다른 텍스트를 어떤 수정도 거치지 않고 나타나게 하는 순수콜라주를 언어학적인 맥락에서 벗어나고 의미와 분리되어 새로운 의미를 갖게 되는 언어콜라주, 즉 의인화한 작업입니다. 남쪽 바닷가(연안)에 어부들의 언어로 연작해 봤어요. 섬 자체가 갖는 어두운 부분은 저에게는 흰색과 혼종입니다. 바닷새 떼와 바다안개의 아름다운 오류들을 낚았어요. 바닷새와 안개는 파도가 갖는 쾌활한 웃음이죠. 부서지는 속살의 함수관계는 저도 아직 모르는 채 신비에 휩싸여 있어요. 흔히들 우리 시문학사에 연작시집《섬》은 홍일점이라고 합니다만 과찬입니다.

1990년도에 출간된 연작시집《섬》의 시인의 말에 "이 시대에 사는 우리 사이에도 섬이 있다"고 기록했습니다. 그러나 다른 분이 표절은 아니라 주장해도 우동偶同이 되었어요. 오히려 그분의 시가 유명해졌어요. (웃음) 그분은 거기까지는 미치지 못한 것 같아요. 저는 사실상 존재하는 섬을 섬이 어부로 의인화하여 상징계 직전 또는 실재계 직전을 모티프 했어요. 즉 팩션(faction)으로 에스프리 했어요. 기법은 삶의 충동과 죽음 충동을 세상 즉 바다에 내세워 오브제 α한 것이죠. 1933년 벵자멩 페러 시인의 텍스트에 나오는 "일종의 근원적인 허기"를 본성과 혼용하여 상징계 되기 전이나 실재계가 죽음을 보여주는 경계(해골들과의 만남 등 주이상스)를 리얼하게 표출해 봤어요. 바다와 어부와의 망상網狀적 공간을 작업했어요.

김지율 : 최근에 박찬욱 감독의 영화《헤어질 결심》을 봤습니다. 이 영화의 주요 모티브가 바로 '안개'죠. 바다에 펼쳐진 안개는 흐릿하고 경계도 없고 모호한데요. 무엇보다 마지막 엔딩 크레딧에 들렸던 노래 〈안개〉는 탁월했던 것 같아요. 이미 알려진 것처럼 '통영항'을 그린 전혁림 화가의 혼외자

로 보이는 송창식 씨의 저음의 목소리가 안개 속에 숨어 있는 고독한《섬》의 전체적인 분위기와 비슷하다는 생각도 했었고요. 통영 앞바다와 남해에 흩어져 있는 섬들. 서정적이고 그로테스크한 이미지로 출렁이는 바다와 함께하는 그 '섬'들은 시인 자신이기도 할 텐데요. 이 '섬'은 어떻게 다가왔을까요?

차영한 : 섬들이 나를 유혹했어요. 아름다움이 아니라, 어떤 고독함을 떠올린 것이 아니라 섬이라는 상징계와 실재계로의 진입부터 나를 대입시켜 전개되는 내면은 나의 삶이었어요. 내가 나를 두려워하는 만큼 이미 주체는 없어지고 물거품만 남아 나를 끌고 다녔어요. 낯선 이름으로 호명하여 내 앞에 세웠어요. 그 많은 질문에 아예 답변은 섬처럼 침묵뿐이었어요. 그것으로부터 긴 시간은 나를 섬으로 유배시켰어요. '검은머리갈매기'가 되어 그들의 반점인 검버섯을 사랑하도록 강요하고 있어요.

김지율 : 이 시집에 대해 많은 이야기를 할 수 있겠지만 그중 하나가 '토속어' 사용인데요. 시집에는 '뿌욱새, 씨사니, 것 탐, 헤살, 시울질, 연중, 새 물내며, 그슨대, 헤클병, 불매, 아홉물, 똥감싱이, 쇠작살, 당골래' 등과 '솔다', '저프다', '저질레라'와 같은 토속 방언들을 흔하게 볼 수 있습니다. 사실 이런 토속어와 사투리가 많아서 시를 읽다가 멈칫거리게 되기도 하고요. 사투리를 자동기술적으로 나열하는 시편들에서는 낯선 느낌이나 이미지들이 그려지기도 합니다. 사실 이런 토속이나 지역 방언들이 국어학적으로도 아주 가치 있는 것이라고 생각됩니다.

　　작비렁에 앉은 조금 물 때 큼직한 무 뽑아 씻는 물녘에 턱 걸쳐놓고 한다는 솔다 말꼬리 앙달머리 이음새 톡 쏘는 읍내 땡초 고추 사러 간다는 어처구니 해작 잘 치는 되모시 저년 뚜쟁이 벌떡 게한테 굶주린 만큼 입술 몇 번 물려 따끔한 정침도 앗일 텐데 감청색 쓰게 치마는 뭔데 되

러 엉덩이에 반쯤 걸쳐 서늘하도록 저프다 풀풀 저질레라

—〈아리새〉 전문

차영한 : 일부러 사투리를 활용하는 작업은 외롭지만 독자층이 돌아서더라도 갯마을에 사는 어부들끼리 사용하는 일상어가 사라지기 때문에 굉장히 소중한 자료라고 믿었어요. 제가 시에다 방언을 최초로 활용하다 보니 저의 손해(?)가 많았죠. (웃음) 어떤 시인은 방언을 동원해 유머 감각을 잇댄다는 무식한 소리도 발표했어요. 토속 언어들을 운문에서도 활성화를 본격화한 것은 아마도 저가 제일 많이 활용한 것 같아요. 경쾌한 몸짓의 랄랑그(Lalangue)들이죠. 시집별로 방언을 정리하지 못하고 각주를 달아 놓았어요. 통영 방언 연구를 집중적으로 하면 누군가 박사학위기를 받을 수 있을 것 같아요. 너무도 벅차기에 후인後人들의 과제로 남겨 놓았어요.

김지율 : 지난 2014년 《니힐리즘 너머 생명시의 미학》으로 제15회 청마문학상을 수상하셨습니다. 여기서 말하는 '생명시'는 유치환 시인과 관련된 연구겠지요?

차영한 : 예, 그렇습니다. 청마 유치환 시인은 그의 데뷔작 〈정적〉(《문예월간》, 1931)과 그의 〈출생기〉와 더불어 그의 탄생에서부터 생명시를 발표하였어요. 그의 시를 연가戀歌로 폄훼시킨 비평가들을 볼 때 커다란 오류를 범했다고 봐요. 사회윤리와 도덕률을 중시하여 휴머니즘의 본질인 인간주의, 즉 애련(愛憐 또는 哀憐)으로 형상화한 생명시들이 대부분이에요. 일제 식민지 치하의 노예가 된 우리 백성들을 애절하게 바라보고, 백성들에게 용기를 불러일으켜 준 작품들은 모두 생명을 전제로 한 것이지요. 그 운동을 그의 후배인 유명한 소설가 박경리 선생님이 이어받아 생명 존중 정신을 더욱 확장시켜 왔어요. 그들의 뜻을 받들어 저의 시에도 생명의 숨소리를 넣었어요.

김지율 : 말씀하신 이 '생명 존중'과 관련하여 이미 캐나다 녹색당의 트레 버 핸콕은 '전염병, 전쟁, 기아, 죽음' 이 네 가지를 현대의 생태적 묵시론이 라고 밝힌 바 있습니다. 몇 년 동안 전 세계적으로 우리가 겪고 있는 이 코 로나 상황과 우크라이나 사태 등도 그 한 예일 것입니다. 그런 점에서 시 집 《섬》은 또 지역의 토속성과 탈경계적 생태 시학의 네트워크가 잘 드러 나는 시집이라고 봅니다. 두 번째로 연작시 《무인도에서 오는 편지》의 자작 시 해설에서도 선생님은 인간에게 가장 위대한 힘은 바로 '공존'의 힘에서 발현되며, 가장 슬픈 것이 가장 기쁜 것이 되는 것도 나와 타자가 서로 일 직선에서 바라보기 때문이라고 하셨습니다. 그것은 나와 타인이 그리고 이 세계가 서로 공존하는 '생태'적 시선인데요. 선생님에게 이 '생태'는 어떤 의 미인가요?

차영한 : 자연 그대로의 모습에서 나를 발견하는 작업입니다. 나 자신이 곧 자연이라는 뜻을 가지고 비록 섬으로 사는 이 시대의 우리가 나눠야 하는 몫은 자연을 자연으로 되돌려줘야 할 의무가 있어요. 생태 시선은 우리가 사 는 지혜의 가치 존재와 일치해야 합니다. 물론 작품 세계는 패러독스(역설逆 說)적인 기법으로 작업하고 있어요.

에피고넨적 작품보다는 개성 있고 독창성 있는 작품으로

김지율 : 선생님, 시를 창작하는 데 있어 가장 중요하게 생각하는 것이 있 다면 무엇일까요?

차영한 : 대상과 관념으로 뒤섞어 형상화하더라도 병치는 물론 심리적 메 커니즘의 중핵이 되는 무의식이 갖는 우연 일치와 객관성과 유머가 있는 상상력의 프랙탈 층위에서 시를 창작해요. 그때 주로 시각콜라주와 언어콜

라주 기법을 동원하고 있어요.

김지율 : 선생님의 열여섯 권의 시집 중에 마음에 두고 있는 시집이 있을
까요.

차영한 : 열 손가락 깨물어 안 아픈 손가락 어디 있겠어요. 그러나 현재 단
행본 제16시집 중에서도 제4시집 《캐주얼 빗방울》과 제16시집 《랄랑그에
질문》이죠.

김지율 : 예 저도 그 두 시집을 마음에 두었습니다. (웃음) 선생님의 시와
많은 글들에서 '미륵', '미륵사'가 나옵니다. 특히 여덟 번째 시집 《산은 생각
끝에 새를 날리고》의 시인의 말에도 '미륵산'이 나옵니다. 물론 통영에 있는
산과 지명의 이름이기도 하고요. 혹시 특별히 종교가 있으신가요?

차영한 : 저는 어느 종교인도 아닙니다. 그러나 종교를 갖고 계시는 분들을
존경하며 종교에 깊은 관심을 갖는 것은 사실입니다. 그들의 성경책인 구약
과 신약을 읽을 때가 많아요. 또한 불교 경전에 심취하여 금강경을 대할
때 이곳 미륵산과 용화사가 있어 그 수미산과 도솔천 전설을 들을 때 신비
감에 푹 빠져요. 니체의 《차라투스트라는 이렇게 말했다》에 차라투스트라가
오르내리는, 그중에서도 "위버멘쉬(새사람)"를 통하여 아포리즘(봉우리와 봉우
리를 사이에 잇댐, 난국, 축지)을 떠올리면 미륵산을 쉽게 오르내릴 수 있어요.
또 미래부처가 오기를 기다리는 가섭존자 발원이 있는 벽발산(벽방산)을 마
주하면 내 시의 에너지가 되는 것 같아요.

김지율 : 시 쓰고 읽는 일 말고 다른 취미가 있으신가요?

차영한 : 기존 향토사들 재검토하여 새로운 연구 논문을 쓰고 특히 민속과

민요를 채록하여 '경남 향토사논총'에 발표할 계획입니다. 쉴 때는 아직도 등산을 즐깁니다.

　김지율 : 향토사 연구는 시와 다른 지점이지만 지역의 문화와 역사를 위해 중요한 지점이라고 봅니다. 혹시 외부인들에게 좀 더 소개해 주고 싶은 선생님만의 통영의 명소(?)가 있다면 소개 부탁드립니다.

　차영한 : 명소는 1592년 음력으로 임진년 07월 08일 새벽 전라 좌수사 이순신 장군이 학익진鶴翼陣 전법戰法으로 이끌어 세운 유명한 한산대첩기념비와 이때 삼도수군통제사가 된 이순신 장군이 고뇌하던 제승당과 수루를 둘러보면 이충무공의 에너지 충전을 받아 스스로 충성심과 삶의 에너지가 넘쳐나요.

　김지율 : 앞으로 문학적인 계획이 있다면 어떤 것이 있을까요. 그리고 시와 문학을 하는 후배들에게 하시고 싶으신 말씀 부탁드립니다.

　차영한 : 거의 삶이 마감되는 줄 알기 때문에 앞으로 저가 직접 쓴 평론집을 발간하고, 향토사 연구 논문이 다수 발표되어서 한 권의 책으로 묶어 내는 한편 시집 또한 한두 권정도 간행하고 싶어요. (후배들에게는) 고루하고 함량 미달 예술작품보다 메타적인 작품을 부탁드리고, 제발 에피고넨적인 작품보다는 타자에게는 개성 있고 독창성이 뛰어났으면 하는 마음을 부탁하고 싶어요.

　김지율 : 앞으로 출간하실 책들도 많이 기대됩니다. 긴 시간 부족한 질문에 좋은 답변해 주셔서 감사합니다. 앞으로 더 좋은 시와 연구 기다리고 있겠습니다. 건강하시고 통영에 오면 종종 연락드리겠습니다.

차영한 : 예 김지율 시인도 고생 많으셨습니다. 감사합니다.

➤ 출처1 : 《POTRY LOVERS 시사사》, 제8회 한국서정시문학상 수상시집 수록(60편 중 50편), 2022년 가을, 통권 제111호, 한국문연, pp.18~124.
➤ 출처2 : 2022. 12. 01. 차영한 제8회 한국서정시문학상 수상 특집, 대담 및 수상작 〈봄나물이 들큼한 것도〉 외 49편, 시사사의 앤솔러지 《노이즈 2022》, 제11집, 2022. 12. 01. 한국문연. pp.01~50.

■ 《현대시》(2022년 11월호, 통권 제396호)

커버 사진 : 시인 차영한

한국적 토양 바탕에서 지향指向하는 초현실 주의적 서정시

배한봉

1. 제8회 한국서정시문학상 수상자

차영한 선생은 올해 제8회 한국서정시문학상 수상의 영예를 안은 시인이다. 한국서정시문학상은 우리 현대 서정시의 근간을 세워가는 데 의미를 둔 상으로 조정권, 김명인 등의 시인을 수상자로 배출하면서 명망 높은 계보를 이루고 있다. 그런데 지난 10월 초순쯤 그 상의 올해 수상자인 차영한 선생의 삶과 문학에 대해 자유롭게 써 달라는 편집자의 전화를 받고 나는 몹시 곤란한 처지가 되었다. 선생께서 현재까지 펴낸 시집이 16권이고 시력 40년이 한참 넘었는데, 그 장구한 시 세계에 대해 깊이 알지 못하는 데다 한 번도 개별적으로 뵌 적이 없으니 삶의 이력에 대해서도 아는 바가 없는 까닭이다. 그래서 나는 필자로 부적합한 측면이 크다는 점을 피력했다.

《현대시》의 '커버스토리' 필자라면 응당 그 주인공과 교분이 두터울 뿐 아니라 삶과 시 세계에 대해 면밀히 알고 있는 사람이어야 할 것이다. 그런 점에서 나는 부적격자임이 틀림없다. 그러함에도 내가 결국 편집부의 요청을 받아들인 것은, 한국서정시문학상의 심사위원으로 참여하여 시집 한 권 분량에 해당하는, 선생의 작품을 살펴본 인연이 있고, 또 같은 경남지역에 거주하는 원로 시인이시니 이 기회에 검사겸사 찾아뵙고 인사를 드리는 것이 예의겠다는 생각이 들었기 때문이다.

《현대시》편집부에서 알려준 번호로 전화를 걸어 올해 한국서정시문학상 수상자가 되신 것을 축하드리고, 선생의 삶이나 문학 이력에 무지한 나의 난감함을 말씀드렸더니 큰 부담 갖지 않아도 된다고 격려를 해 주어 조금 마음이 놓였다. 며칠 뒤 약속된 날짜에 선생이 계시는 통영의 봉숫골에 있는 한빛문학관으로 갔다. 시월 중순을 넘겨서 그런지 국도변의 풍경에서 제법 가을 냄새가 짙게 났다. 자동차로 내가 사는 창원에서 통영까지 1시간 30분 정도 소요되었다.

한빛문학관 문 앞에 나와 기다리고 있는 선생과 만나 반갑게 인사를 나누고 안으로 들어갔다. 문학관 출입문이 개방형의 넓은 형태를 가진 일반적인 문학관이나 도서관과 달리 아파트 현관문과 같은 구조로 이루어져 있었다. 개인이 운영하는 문학관이다 보니 화재나 도난 예방에 중점을 두고 설계를 해서 그렇다고 했다. 별도의 직원은 없고 한국도서관협회의 사업 지원을 받아 근무하는 상주작가가 있는데 오늘 진주로 출장을 갔다고 했다.

마침 점심때가 되어 문학관 건너편 식당에서 식사를 하며 요즘 근황에 대해 여쭈었더니 산책하는 시간 말고는 주로 시 창작과 평론 활동에 주력하고 있다고 했다. 그러면서 통영문협은 1980년에 창립하여 현재 회원이 50여 명 되고, 문협 기관지《통영문학》이 매년 결간 없이 발간되고 있는데, 올해 벌써 41집째라고 소개했다. 기왕 말이 나온 김에 가까이 교우를 나누는 문인들에 대해 좀 이야기를 들려 달라고 요청했다.

"우리 지역에 있는 문인들이야 대부분 친하게 지내는 문우들이죠. 마산문협이나 창원문협 회원들도 그렇지 않나요? 끼리끼리 술맛 있는 목로술집에서 만나서 통속적인 바다 이야기를 많이 하죠."

몇 살 위 선배로는 마산의 이광석 시인이 있는데 요즘 다리가 좋지 않아 바깥출입을 잘 하지 않는다는 소식을 들었다고 했고, 진주의 강희근 교수가 서부 경남 문단의 중심을 잘 이끌고 있다고도 했다. 그리고 청마 선생의 통영 시절에 대한 이야기도 조금 했다. 청마 선생은 말수가 거의 없는 호인이었다고 했다. 친구들이 청마 선생과 술을 마시다가 자기만 이야기하고 청마 선생은 그냥 계속 듣기만 하니 부아가 치밀어 오른 친구가 청마 선생의 멱살을 잡아끌고 술집 밖으로 나와 뺨을 후려쳐도 그냥 빙그레 웃고 말더라는 이야기였다.

경남문단의 원로 시인들에 대한 이야기나 청마 선생에 대한 이런 에피소드를 슬쩍 끄집어낸 까닭은 선생의 이력에 대한 정보도 없고, 작품에 대한 이해도도 낮은 나의 곤경을 풀어 주고 모자란 필력을 격려해 주시려는 배려였을 것이다.

2. 시와 바다, 초현실주의

차영한 선생은 통영 사량도에서 태어나 평생을 통영에서 살고 있다. 태어난 곳의 정확한 지번은 경상남도 통영시 사량면 양지리 409번지다. 음력으로 1938년 08월 17일 오전 10시 30분경 아버지 차종건車鍾建과 어머니 임성례林聖禮 사이에서 막내로 태어났다. 호적상에는 실제 나이보다 무려 6살이나 늦게 올려져 있다고 한다. 그리고 출생지는 양지리 298번지로 기록되어 있고, 양지리 409번지의 1(능양能良마을)에는 "부에 따라 입적"한 것으로 기록되어 있으나, 실제 출생한 장소는 기록과 달리 양지리 409번지라는 것이다. 청마 선생의 출생지가 거제냐, 통영이냐는 것을 두고 오래 논란이 되고 있는 것을 예로 들면서 세세하게 출생지에 대해 설명하고 강조하는 뜻은 이번 기회에 선생의 출생지를 지번까지 명확하게 밝혀두는 것이 좋겠다는 의도로 읽혔다.

"선생님은 처음 시를 접하신 계기가 어떻게 되세요?"

1952년에 사량도의 양지초등학교를 6년간 총우등상(1등)으로 마치고, 중고교는 섬에서 나와 통영에서 다녔다고 했다.

"1953년 통영중학교 2학년 때 시가 뭔지 모르면서 막 쓰면 시가 되는 줄

알고 쓴 유치원생이었죠. 미륵산 아래 잔디밭 둘레에 벚꽃 만발할 때 봄 소
풍 백일장이 열렸는데 시제 〈꽃〉이 차상으로 당선되어 전교 학생 앞에서 낯
붉히도록 낭송했어요. 그러다가 통영중학교 내 신문《푸른 하늘》에 시 〈향수〉
를 투고했어요. 그때 나는 신현중愼弦重 교장 선생님께서 살고 계시던두 멧집
근처에 살았죠. 그 시를 보고 교장 선생님께서 저를 불러놓고 시는 그렇게
쓰면 안 된다고 혼을 내셨어요. 그때 혼난 심정은 지금도 뛰고 있어요.”

통영중학교의 신현중 교장은 백석 시인의 친구였다. 경성제대 학생 때 반
제운동을 하다 옥고를 치렀던 독립운동가로 1936년부터《조선일보》사회부
기자로 있었는데 1939년《조선일보》·《동아일보》폐간 소식 듣고 사표를 냈
던 인물이다. 교장 선생님과 사모님이 백석 시인에 관한 이야기를 많이 들려
줬다고 했다. 중학생 차영한이 마음에 시를 품게 된 계기였다. 통영수산고
등학교를 다닐 때도 시를 쓰며 문예반 활동을 했다.

1958년 프린트 판 동인지《산호도珊瑚島》1집에 참여하기도 했던 그는 통
영수산고등학교 어로과를 졸업하던 해인 1959년 01월에 ‘어선 을종 2등 항
해사’ 자격시험 합격해 바다 사나이가 될 꿈에 부풀었다. 그런데 극심한 뱃
멀미 때문에 길게 배를 탈 수 없어 그 꿈을 접어야 했다. 그러나 그때 청년 차
영한의 꿈은 지금도 바다시가 되어 태어나고 있다. 64년 09월에 만32개월
18일의 군 복무를 마치고, 그 이듬해 11월 경상남도 5급 을류 공무원공개
채용시험에 합격하였다. 66년 01월부터 2002년 06월 서기관으로 정년퇴직할
때까지 20여 회에 걸쳐 내무부 장관 등의 표창과 감사장 등을 받으며 성실
한 공무원으로 고향 통영 발전을 위해 봉직했고, 고향 사랑의 마음을 시에 담
았다.

“등단 무렵의 문단 흐름이나 분위기는 어떠했나요?”

“저의 시대는 먹고 살기가 막막했어요. 5·16이 일어난 후 전국공무원 완
전 교체 기간에 공무원 시험에 뛰어들어 합격한 뒤 당시 월간《현대문학》
자매지《시문학》에 투고했으나 함흥차사였어요. 그때부터 크게 각성하여 문
예지를 통해 공부하기 시작했어요. 당시에 청마 선생님과 이영도 선생님은 부

산으로 떠나고, 마산의 정진업 시인, 진주 설창수 시인, 이경순 시인께서는 행사 있을 때만 다녀가시고, 마산 박재호 시인께서도 간혹 다녀가시던 시대였어요. 통영이 문학 불모지 같았어요. 그러다 후배들이 시조로 등단하는 것을 보고 충격을 받아 열심히 독학했죠.

1978년이 되어 월간《시문학》에 보낸 졸시〈시골햇살Ⅰ〉,〈시골햇살Ⅱ〉,〈시골햇살Ⅲ〉연작시 3편이 1회 추천되었는데 10월호에 수록된다는 연락을 양력 08월 하순 경에 받았어요. 그때 소식 주신 분이 현재《시문학》주간 김규화 시인이었어요. 이듬 해 7월호에〈어머님〉,〈한려수도〉가 추천 완료되어 등단했죠. 군사문화 영향으로 문단에 필화사건이 많았던 시절이었어요. 통영에서도 당시 필화사건이 일어날 정도였으니까요."

등단과 함께 그의 문단 활동은 활기를 띤다.《한국일보》에 시,〈취미醉味〉('79. 10. 18, 1면),〈만월滿月〉('79. 11. 23, 1면),〈산정山情〉('80. 08 .16, 1면),〈기도祈禱〉('81. 07. 23, 5면),〈서울의 번지番地〉('83. 03. 08, 6면) 등을 연달아 발표하고,《월간문학》에〈속기俗氣〉('80. 02),《국제신문》에〈좌선坐禪〉('80. 06. 02, 3면),《월간조선》에〈본적지本籍地에서〉('85. 11, p.551) 등에 작품을 발표하면서 시작 활동이 본격화되었다. 그의 인생에서 문학세계의 문을 열고 새롭게 삶이 출발하던 시기였으리라.

평탄하기만 한 삶인 것 같지만 그 안팎에 왜 파도가 없을 것이며 비바람이 불지 않았겠는가. 그 풍파의 날들을 이겨내고 새 힘을 갖도록 용기를 준 것은 시였을 것이다. 그가 문단에 처음 선보인 작품들 거개가 고향의 정경을 토대로 창작된 것임을 볼 때 고향 사랑과 향토적 서정이 삶의 갈증을 해소하는 위안이고 힘이었을 것임을 미루어 알게 한다. 그것은 그의 첫 시집이 등단 이후 거의 10년 만에 출간된 것에서 짐작할 수 있다.

그는 1988년에야 첫 시집《시골 햇살》을 출간했다. 수록 작품이 무려 111편이다. 보통 시집 한 권에 60편 안팎의 시가 수록되는 것이 관행이라고 볼 때 거의 2권 분량 가까이 된다. 첫 시집 해설을 쓴 조병무는 "순수한 언어의 감미로움"이라는 제하의 글에서 차영한은 향토적인 것에 애착을 나타내면서 비도시적인 경향에 의존하고 있다는 평가를 하고 있다. 이런 평가는 "한지에 불빛 새어 나오듯 어진 이들의 살아온 순리順理와 예기禮記를 읽어서 사악邪惡한 긴 사래밭을 진실의 쟁깃날로 깊이깊이 된 갈이 하여 봄을 예비하고 싶다"고 한 '시인의 말'과 상통한다는 점에서 적실한 지적이라고 할 수 있겠다.

"선생님의 등단작 〈시골햇살〉이나 〈어머님〉, 〈한려수도〉 등을 살펴보면, 서경적인 부분이 매우 두드러지면서, 구모룡 교수의 평가대로 고향과 인정人情의 세계를 지향하고 있습니다. 등단작과 관련하여 이야기를 좀 듣고 싶습니다."

"잘 지적했습니다. 그러나 서경에만 그치지 않는 시골 햇살과 한려수도의 상상력 깊이는 현재진행형인 것 같아요. 시대적 낡은 그림자보다 한 시대의 형상을 짚어 주면서 '시골 햇살'이란 동서양 막론하고 어머니(모태)를 뜻하죠. 모태는 생명력을 함의하고 있기에 일별하면 촌스럽다는 생각에서는 오독할 수 있어요.

미당 서정주 선생님께서는 그의 제자 2명(모르는 분)과 함께 직접 통영까지 오셔서 《화사》 시집 한 권에다 육필 서명을 하여 주시면서 〈한려수도〉의 "마침표 없는 바다 위에 연잎으로 떠 있는 섬 섬들"이라고 형상화한 대목을 크게 칭찬하셨어요. 그분이 등단 때 심사위원장이었답니다. 그런데 문학평론가 구모룡 교수의 지적은 정확하기도 하죠. 그때 초기 시와 배경이 그런 것도 전혀 없지 않았어요. 그러나 서서히 해빙기 시대가 오고 있었어요. 1980년 어느 날 《경남매일》에 〈또 바람이 불고 있다〉와 같은 알레고리적인 시를 발표했어요. 정현종 시인이 후일 내 섬 시의 일부인 "사람 사이 섬이 있다…"고 한 시가 더 유명해졌지만 저는 바다를 사바세계(현실)로 보고 썼어요."

그리고 1990년에 두 번째 시집 《섬》을 펴낸다. 이 시집은 〈섬〉 연작시 50편으로 이루어져 있다. 소매물섬, 글썽이섬(설청이섬), 알섬(갈매기섬), 어유섬(어릿섬), 큰 닭섬, 진비생이섬, 가오섬, 되머리섬 등 통영 앞바다를 위시해 남해에 흩어져 있는 여러 섬들을 노래했다. 이 시집의 시편들은 89년 02월부터 11월까지 10개월에 걸쳐《시문학》에 발표한 것이라고 한다. 해설을 쓴 오양호는 바다에 대한 심상을 원초적 구원으로 껴안으면서 존재의 근원으로 파고들었다고 평했다.

《섬》 발간 이후 10여 년 정도 뜸하다가 그는 그간 풀지 못한 갈증을 단번에 해소라도 하려는 듯 잇달아 시집을 출간한다. 2001년에《살 속에 박힌 가시들―심심풀이》가 발간됐다. 실은〈심심풀이〉 연작시가 두 번째 시집이 돼야 하는데〈섬〉 연작시보다 먼저《시문학》에 연재 형식으로 48편까지 발표되다가 중단되는 바람이 세 번째 시집이 됐다고 한다. 2012년에는《캐주얼빗방울》, 2016년에는《바람과 빛이 만나는 해변》, 2017년에는《무인도에서 오는 편지》를 펴냈다. 2018년과 2019년에는 무려 7권의 시집을 펴내기도 한다. 2018년에는《새소리 받아 일기도 쓰고》,《산은 생각 끝에 새를 날리고》,《꽃은 지기 위해 아름답다》,《물음표에 걸려 있는 해와 달》 등을, 2019년에는《거울 뉴런》,《황천항해》,《바다에 쓰는 시》, 2020년에는《바다리듬과 패턴》 등을 펴낸 것이 그것이다. 2021년에는《제자리에는 나무가 있다》, 2022년에는《랄랑그(Lalangue)에 질문》을 상재했다. 2000년대 들어 20여 년 동안 펴낸 14권의 시집은 우선 그 양의 방대함에서 놀랍고, 선생의 연세가 60대 중반부터 80대 중반에 걸쳐 있다는 사실에서 또 놀라게 된다. 노익장이라는 말도 선생의 열정 앞에서는 맥을 추지 못할 듯하다.

고백하자면 내가 선생의 시를 만난 것은《황천항해》를 통해서였다. "아직도 수천수만 번의 바다 손짓은 궁금하네"(〈나를 움직이도록 하는 것은 바다네〉)라고 노래하던 시적 자아의 진술은 바다를 끼고 사는 시인의 정서를 흔들어 보여주면서도 관념에서 해방된 새로운 바다를 펼쳐내고 있었다. "황금애벌레들이 머리 치켜들고 경쾌하게/꿈실꿈실 헤엄쳐 오도록 하고 있어"(〈새벽바닷물보기〉)라거나 "파도들이 갑자기 갑판 위로/뛰어오르고 있어 그럴수록 마스트 깃발은/물개처럼 손뼉만 치고 있어"(〈풍파〉)와 같은 이미지 속에는 그의 초기 시에 등장하던 향토적 서정과 결합된 서경이 묘하게 다가옴이 느껴졌던 기억이 난다.

"구모룡 교수가 《시문학》 2009년 11월호에서도 말하고 있지만, 선생님의 시 세계에서 가장 두드러지는 부분은 아무래도 연안역 해양시와 비판적 지방주의(critical localism)가 아닐까 합니다. 선생님께서 생각하시는 해양시는 무엇이고, 또 지방은 선생님 시에서 어떤 의미를 가질까요?"

"구모룡 교수는 연안 지역을 해양에 포함시키지 않고 원양만 해양으로 보기로 마음 작정한 것 같아요. 그러나 다른 학자들은 연안을 해양에 포함시킵니다. 다만 내만內灣과 구분해 놓고 있을 뿐입니다. 저는 1950년대 통영수산고등학교 어로과를 졸업했어요. 항해뿐만 아니라 해양의 개념을 어느 정도 알고 있어요. 저는 어선 을종 2등 항해사로서 짧은 기간이지만 원근해와 캄차카반도 열도 등을 항해한 적도 있어요. 저의 제12시집 《황천항해》에 형상화시켜 놓았어요. 그러니 원근해를 논급할 때 그런 것을 고려해야죠.

저도 부산에서 발간되는 사)해양문학가협회 부회장까지 역임했지만 그런 비평은 주관이기에 함묵했지요. 구 교수가 지적한 지방주의라는 것은 그 당시 첫 시집부터 제3집을 기점으로 논평한 것에서 나와요. 시작 방향이 대부분 태어난 배경을 쓴 것이기에 그러한 지적은 저가 볼 때 인식적 오류라고 봅니다. 그러한 배경, 즉 실재계의 오브제 α를 깊이 있게 엿보는 것을 놓친 것 같아요. 지방주의라기보다 해안가에 남아 있는 어부들의 아름다운 그림자들과 고유한 토속어가 살아 있어요. 그러한 그리운 눈짓과 토속어 안에 대륙성 민족의 언어도 많은 것을 짚어 둘 필요가 있었어요. 토속들을 시에 넣어 창작을 하다 보니 구모룡 평론가로서는 지적할 수 있죠. 저의 모티프가 사라지는 것 같은 안타까움에서 발표하다 보니 사실상 시 작품들은 폄훼 당했어요. 특히 해안가 방언을 초기의 시부터 많이 넣다 보니 대부분 싫어했어요. 그러나 그것은 저의 외로운 몸짓이었어요. 그것을 고집하다 보니 많은 토속어를 발굴하게 되었는데 큰 성과로 봐주면 좋겠어요."

"보통 선생님 정도의 문단 경력과 시력을 가지신 분은 문학 공모전에 작품을 내시기가 불편하고 또 저어되는 부분이 있으실 것이라 여겨집니다. 그러함에도 좋은 작품을 출품해 주신 선생님께 감사드립니다. 선생님께서 생각하실 때 선생님의 작품 어떤 점이 가장 서정적이라 여겨서 한국서정시문학상 공모에 응모하셨는지 궁금합니다."

"먼저 저의 졸시를 챙겨 건져 올려 주신 마음, 바람결에 들었습니다. 저의 작품이 서정적인 것은 전술한 대목에서 대강 짐작해 주세요. 저가 이런 것이 서정시敍情詩라고는 가름하기는 벅차지만 아마도 서정시(敍情詩 또는 抒情詩)와 서사시敍事詩로 구분할 때의 개념을 말하는 것이 쉽게 이해되죠. 현재 서정시(敍情詩는 저의 경우는 抒情詩와 차이를 두고 있어요)는 서정적抒情的일 때를 개념으로 정리했어요. 모더니즘(포스트모더니즘)을 포함한 아방가르드라 해도 서정적抒情的일 때는 서정시抒情詩에 포함시키는 것 같아요. 서정시敍情詩와 서정시抒情詩가 따로 있고, 쉬르(Sur)가 구분되는 등 그것들이 서정시가 아닌 것처럼 구분 이해하는 자가 없는 것 같아요. 개념 정립은 단순화되어 있는 것 같아요. 저는 저의 작품을 어느 것이 서정적抒情的이라고 여태껏 말한 적은 없어요. 물론 서정시敍情詩도 서사구조가 있죠. 다만 서사시가 갖는 서사구조가 다양하지만, 서사로부터 그 내용이 처음부터 더 예술적으로 구체화되는, 말하자면 내레이션이 명료하고 대화적이든 실재와 가상, 즉 스토리텔링이 형상화한다고 봅니다. 소설이라도 구분만 소설입니다. 에세이든지 소설이든지 서사시로 볼 수 있는 작품들이 대부분 많은 편이죠 .우리 산문시 중에서도 처음부터 명확한 서사구조로 얼개 되어 마지막에도 서사로 짜임새 되었을 때는 서사시로 보고 있어요. 그래서 소설이라도 대서사시라고 하듯이 말입니다.

끝으로 광고에 공모가 유혹했어요. 내가 시를 써도 시인인지 아닌지를 모르는 것 같은 경계에 서서 멍청해지곤 하죠. 그래서 자신을 시험해 봤죠. 생기발랄한 젊은 피들만 도전하는 관문인 줄 알지만, 아직 저의 피도 젊어요. 귀엽게 봐주세요."

"오늘 만남을 위해 자료를 찾다 보니, 오래전《경남시학》(2010)에서 서정시 안에서 초현실주의적인 절대 현실을 형상화하려고 노력하였다고 언급하셨더군요. 저는 이번에 한국서정시문학상 심사를 보면서, 오독일 수도 있겠습니다마는, 선생님의 시는 서정시가 지니는 요소를 고루 갖추고 있는데, 그것에 초현실주의적 외투를 입혔다고 보았습니다. 선생님께서 생각하시는 '나의 서정시'는 어떤 것일까요?"

"정확하게 보셨어요. 초현실주의 개념은 일본식 초현실주의에서 탈피할 필요가 있다고 봐요. 초현실주의는 다다이즘에서 계승된 것이 아니에요. 다다이스트들이 대거 초현실주의에 참여했지만, 우리가 생각하는 다다이즘 흉내에 그칠 수 없어, 감히 저는 앙드레 브르통이 말한, 쉬르는 절대 현실을 말하고 그곳에 꿈이 있어야 한다고 생각하여 저도 동의하고 있어요. 쉬르는 초월적인 세계가 아닌 것 같아요. 파괴적이거나 폐쇄적이거나 어떤 경계를 해체하는 것만으로 볼 수 없어요. 쉬르도 해체와 재구성에 있어서 무의식적 환상(이건 Phantasy입니다. 글을 쓰면서 Fantasy가 아니라는 걸 강조해 주세요.)과 꿈으로 얼개 되는 것 같아요. 따라서 '나의 서정시'는 한국적 토양 바탕에서 초현실주의적 서정시를 지향指向하고 있어요."

이처럼 맹렬하게 시를 쓰는 과정에 있으면서 선생은 경상대학교 대학원에 진학하여, 2007년에 논문 〈초현실주의 수용과 연관된《三四文學》의 시 연구〉로 문학박사 학위를 받았다. 이어서 여러 권의 비평집을 펴냈다. 2011년에는《초현실주의 시와 시론—삼사문학 시 중심으로》, 2012년에는《니힐리즘 너머 생명시의 미학》, 2022년에는《상상력의 프랙탈층위 담론》등이다. 그리고 2011년에는 수상록《생명의 선율 그 그리운 날들》을 출간했다.

3. 한빛문학관, 피와 땀으로 일군 우주적 공간

쉼 없이 문학의 길을 달려온 선생의 통영 사랑과 문학에 대한 애정은 사재를 털어 통영 봉숫골에 건립한 한빛문학관으로 꽃을 피웠다. 한국문학관협회에 소개된 내용을 보면 한빛문학관은 2014년 준공하여 2015년 개관한 지상 2층 건물이다. 2018년에 자격 조건을 갖추어 한국문학관협회 정식 회원 문학관으로 등록되었다.

"잘 아시다시피 전남 다음으로 아름다운 섬들을 갖고 있는 통영 바다를 조망하는 미륵산 아래에 위치한 사단법인 한빛문학관(비영리)을 2014년에 건립하여 경상남도에 등록(등록 번호: 제 경남6-사1-2021-01호)했어요. 그간 주로 무료 인문학 강연을 비롯하여 각종 문학과 관련된 시민교육, 외국인 대상 한빛 한글학교(1회로 마감)를 운영한 바 있으며, 문협 문학동호회 장소 제공을 하는 한편 1층은 전체 42평으로 수장고와 시청각교실 사무실 연구실 등이며, 2층 전시장에는 상설 전시장(38평, 131.38㎡)을 갖추고 있는데, 문학예술 진흥법에 의해 설계되어 오픈해 놓고 있어요. 제일 문제는 경영에 필요한 예산이 절대 부족합니다."

선생의 안내를 받아 살펴본 문학관은 2층 건물로, 1층 전시실에는 경남 지역 문예지 코너, 한국의 문예지 코너가 별도로 구성되어 있었고, 문학과 관련된 1,000여 권의 도서가 분야별로 구비돼 있어서 연구자들이나 문학에 입문하려는 사람들에게 많은 도움이 되겠다는 생각이 들었다. 좌담이나 세미나, 출판기념회 등의 공간으로 활용하기를 원하는 사람은 사전에 문학관과 협의하여 이용할 수 있다고도 했다.

《참새》지(1927년 제2권 제2호)

한빛문학관에는 《참새》(1927년 제2권 제2호 증대호)지 영인본이 게재된 《충무문학》 제2집(1982), 청마가 이끈 《생리》지 영인본이 게재된 《충무문학》 제3집(1983), 동랑 유치진 작품 《소제부》 영인본과 시조시인 임종찬 당시 부산대학교 교수 및 고 이경호 선생(서예가)으로부터 입수한 청마의 아우 유치상 서신 영인본이 게재된 《충무문학》 제4집(1984) 등을 비롯한 희귀자료 다수가 수장고에 소장되어 있기도 하다.

이처럼 의미 있는 공간인데도 한빛문학관은 사립 문학관이어서 시의 지원이 전무하다고 한다. 행정 당국의 지원이 없으면 문화시설은 장기적으로 운영되는데, 큰 어려움을 겪을 수밖에 없다. 장르가 다르긴 하지만, 창원의 경우 1994년에 설립된 문신미술관은 처음에는 사립으로 출발했지만, 현재는 시에서 운영하면서 작품 전시는 물론이고, 작품을 이용한 이벤트는 물론 음악회 개최 등 다양한 행사를 펼치면서 한국 미술계의 명소로 널리 알려져 각광을 받고 있다. 문학관이든 미술관이든 한 예술가의 '예술세계를 재조명하고 널리 알려 작품을 후대에 전승하며 시민들에게 문화공간을 제공하고 지역문화의 발전에 기여하는 것'은 매우 중요한 일이다. 통영시 당국에서도 깊은 관심을 가지고 지역문화 발전을 위해 한빛문학관 측과 협의하여 인문학 강의를 특화한 공간으로 삼는다든지 하는 운영과 지원의 묘를 찾아볼 필요가 있지 않을까 싶다.

한빛문학관은, 올해 제8회 한국서정시문학상을 비롯해 청마문학상, 시문학상, 경남문학상, 경남도 문화상, 송천 박명용 통영예술인상, 경남시문학상, 통영시 문화상, 경남예술인상 등을 수상한 차영한 선생의 문학적 피와 땀이 일구어낸 우주적 공간이다. 무조건 지원이 어렵다는 입장만 내놓을 것이 아니라 이런 점을 행정 당국이 인정하고 좀 더 신중하게 접근한다면 좋겠다는 생각이 들었다.

이런 저런 이야기를 나누다 보니 금세 긴 시간이 훌쩍 지나갔다. 선생의 자녀 가운데 시를 쓰는 딸이 한 명 있다. 2014년 《시문학》으로 등단한 차진화 시인이다. 강원도 원주에 살고 있으며, 현재 서울시립대 대학원 박사 과정을 밟고 있는 재원이다. 선생은 열일곱 번째 시집은 이번 한국서정시문학상 수상시집이 될 것이고, 열여덟 번째, 열아홉 번째 시집까지 어느 정도 얼개는 잡혀 있다고 했다. 그리고 비평집도 한 권 분량 원고가 되어 있어서 곧 출간 준비를 서두르고 있다고 했다. 그리고 오랫동안 향토사에 관심을 두고 《경남향토사 논총》에 계속 발표해 오고 있다면서, 통영의 흔적에 대해 발표한 연구 논문을 모아 발간할 계획도 있다고 했다.

4. 한국적인 서정시

차영한 선생을 찾아뵙고 돌아와 보니 한 통의 메일이 와 있었다. 이런 내용이다. 추후 혹시 선생의 문학을 살펴보고자 하는 연구자들을 위해 육성을 그대로 옮겨 놓는다.

시인들의 한 생애 시 세계를 흔히들 초기 중기 후기로 구분하여 이해를 돕는 경우가 많습니다. 그러나 저의 초기 시(《시골 햇살》, 《섬》, 《살 속에 박힌 가시들》 출간시집)를 서정적抒情的인 시로 지적하면서 왜 쉬르(Sur)로 전환했느냐는 질문이 많아요. 쉬르도 서정시敍情詩가 대부분이예요. 사실은 초기 시에도 절대 현실과 꿈을 노래하는 시들이 있는데 다들 바빠서 아직 못 챙겼을 겁니다. 저의 초기 시를 비평가들은 "친 자연적이다"라고 지적하면서 일상적 노래이기에 크게 기대하지 않은 것 같았어요. 그러나 저의 초기 시에도 초자연주의(1924년부터 초현실주의)적 경향시가 있어요. "자연적인 서정시"라는 비평가들의 인식적 분류는 궁금증이 생겨요. 그러나 작금 시인들의 시에서도 인정할 수 있는 시어 기교면에서 초현실주의시라는 인식적 오류에는 동의하지 않아요. 작품이 에스프리 하는 과정에서 절대 현실과 꿈이 있다면 간과할 수 없을 것 같아요. 자크 라캉이나 슬라보예 지젝 정신분석학자의 이론에 따르면 실재계를 가질 때 삶과 죽음 충동에서도 검은 해골을 만날 수 있다면 시어 기법에서만 초현실주의를 찾는 것은 일반적인 이론에 불과하다고 보여요. 앞으로 과제로 보아야 할 것 같습니다. 박목월 시제 〈산사〉에 나오는 "청노루 맑은 눈에 도는 구름"을 예시로 들더라도 그 한 대목에 초현실주의가 있어요. 따라서 자연을 노래하는 서정시에도 초현실주의는 있을 수 있어요. 애매모호성이 갖는, 다시 말해서 자크 라캉이 제시한 실재계에서 상징성을 띠거나, 상상계에서 상징계로 진입할 때 환상 속의 빈 구멍을 포착할 때도 거기에는 절대 현실이 존재한다고 봅니다. 그러니까 자연을 노래하는 서정시라도 절대 현실이 함의되어 있다면 앞에서 지적한 절대 현실에는 '비결정적이고, 파악되지 않는 일종의 존재의 구멍인 오브제 α가 갖는 무의식적인 환상성을 갖는 삶과 죽음 충동'이 동시성을 갖는다고 봅니다.

앞에서 제시한 대목과 중첩됩니다만 저의 창작 동기는 모성애의 탯줄 등 이마고(Imago)에서부터 출발합니다. 그곳에서 현실을 초월하는 것이 아니라 절대 현실과 꿈을 찾고 있습니다. 데뷔작 〈시골 햇살〉을 촌스럽다는 등 혹독한 시평을 받기도 했는데, 이번 참에 밝힐까 합니다. '시골 햇살'은 동서東西를 막론하고 '모성애'라는 깊은 뜻이 있습니다. 매트릭스가 갖는 생성의 원형들입니다. 신경망적이겠지만, 프로이트가 말한 현재 상태의 원인이 되는 심연의 한 지점인 '원초적 장면'에서 프로그래밍하는 현재진행형입니다. 저의 알고리즘이기도 해요. 중기 시는 저의 제4시집의 시편들과 제11시집의 시편들은 절대 현실에서 무의식적으로 접근하여 위장된 환상들이 파편화된 것들입니다. 무의식은 내용만 존재하기 때문에, 이런 오브제 α적인 파편들을 재구성해 본 것입니다. 정상적인 사람들이 보면 정신착란자로 오인 받을 수 있어요. 절대 현실과 몽상은 경계가 없어요. '꿈 혹은 무의식'은 어떤 의미로 호출되는가는 인간이 갖는 무의식이 존재한다는 데 동의하면 무의식 속에 사는 욕망(혹은 꿈)은 의식(외형적인 이성)으로 위장하여서 결핍으로 진행됩니다. 욕망이 강렬해지면 결핍은 곧 죽음을 불러옵니다. 꿈의 존재는 사실상 없습니다. 또한, 몽환이나 환상도 존재하지 않습니다. 프로이트가 말한 오인의 구조, 환상의 경계를 말할 때 아름다운 인식적 오류에 불과합니다. 그러나 프로이트는 정신분석학적으로 주장할 때 욕망과 결핍으로 구분한 실험에서 제시한 자료에 불과합니다. 그러나 심리적 메커니즘 분석에서 볼 때 시냅스와 해마에서 일반적으로 꿈과 환상은 분명히 존재한다는 것이 근황의 반증이 이미 발표된 것으로 알고 있어요. 후기 시도 쉬르(Sur)적일 수 있는, 시각·언어콜라주를 오브제 α의 변증법적으로 에스프리 하되 한국적인 서정시 바탕에서 작업하고 있어요.

차영한 선생은 통영에서 태어나 평생을 통영 사람으로 살고 있다. 평생을 한 곳에서만 거주하고 있다는 측면만 보고 자칫 정적인 것으로 오해할 수도 있겠으나, 선생의 삶과 문학은 상당히 역동적이고 문학적 세계관도 매우 뚜렷했다. 연세가 무색하게 꿋꿋하게 지적 탐구를 멈추지 않으면서 개성을 견지한 선생의 한국서정시문학상 수상을 한 번 더 축하드린다. 그러고 보니 선생의 삶과 문학에 대한 연대기와 들려준 말씀에 치중하여, 시를 한 편도 소개하지 못하는 우를 범했다. 이번 수상 시집의 시를 한 편 소개하면서 이 글을 맺는다.

날아오르는 것을 보여주기 위해
하늘 높이 누구든 날 수 있다는 저
간절한 우주 메시지들

자기를 사랑하기 위해서도 아닌,
어떤 연민에 공감하는 것도 아닌,
어떤 긍정하는 까닭도 아닌 거기
음!, 머뭇거리기조차 달포나 되어 누가
뺨 때릴 수 없는 고통을
내어주지 않으려는 그러한 날갯짓

오직 우주를 향한 손짓일까
죽음을 복사하는 반발심처럼
북두성을 향한 아바타의 질문들이
날고 싶은 걸까

지구의 약속처럼 둥근 사랑은 언제나
달 속에 알을 낳고 반증 없이
기다려야 하는 찰나를 아무리 더듬어도

반대 방향에서 비명 같은 간절함도

보여주지 않아 어디쯤인지 두근거리는,
한창 일렁이는 칠월 피나무 이파리 같은
너울 줄기 통통한 한복판 가슴만 뜨뜻할까
오직 우주를 향한 매트릭스 손짓일까

죽음을 복사하는 반발심처럼
북두성을 향한 아바타의 질문들이
날고 싶은 걸까

현란함으로 치닫기도 아닌데,
자유로운 공중을 날 수밖에 없지도 않은데
비좁은 실핏줄 같은 통로 공중을 통과하지 못한 가벼움은 줄곧 뼛속
을 비워내려는 그대 지저귐으로 자란 터럭들이 날개로 되기까지는

아직 해독하지 못한 아둔한 우주경전을 읊는
나를 뿌리치지 못한 애매한 높이에서도
긴소매 깃 물살 휘젓는 무녀들
샤머니즘에 불타는 잿더미 위에서도
우주로 날아야 살 수 있는 프리즘 때문일까
                    —차영한, 시 〈날고 싶은 것은 어찌 새뿐이랴〉 전문.

배한봉

시인·1998년《현대시》등단. 시집《육탁》,《주남지의 새들》,《우포늪 왁새》등.

☞ 출처 :《현대시》, 2022년 11월호, VOL33-11, 통권 제395호, 한국문연, pp.142~157.

우주적 관점에서 바라본 삶과 예술의 근원

황치복

1. 꿈, 낯선 세계를 만나는 통로

제8회 한국서정시문학상을 수상한 시집인 《우주 메시지》는 시인의 17번째 시집이다. 1979년 《시문학》의 추천을 받아 문단에 나왔으니까 시력이 40여 년을 넘기고 있는데, 그동안 시인은 《시골 햇살》과 《섬》을 비롯하여 16권의 시집을 상재한 바 있다. 비평집 《초현실주의 시와 시론》에서 짐작할 수 있듯이 주로 초현실주의적 기법과 정신으로 창작에 임해 왔으며, 이를 통해서 이상李箱과 김춘수金春洙로 대변되는 우리 시단의 아방가르드적인 전통을 이어왔다고 평가할 수 있다. "한국서정시문학상"은 이렇게 외곬으로 한 우물을 파면서 새로운 서정의 양식을 갱신해 온 시인의 노력과 열정에 대한 보답이라 하겠다.

그동안 시인은 초현실주의의 예술 기법인 시각콜라주와 언어콜라주를 비롯한 몽타주와 데페이즈망(dépaysement), 그리고 프로타주(frottage)와 그라타주(grattage), 칼렁부르(calembour)와 블라종(blason), 아나그램(anagram) 등의 다양한 기법을 활용하여 무의식과 의식, 현실과 초현실이 서로 충돌하며 생성하는 몽환적이면서 역동적인 이마고(imago)를 구축해 왔다. 하지만 그러한 기법보다 더욱 주목되는 것은 시인의 전지구적인 상상력인데, 만주와 중앙아시아를 거쳐 히말라야산맥, 시나이반도, 고대 이집트 유적지, 파리 콩코르드, 이구아수폭포, 안데스산맥, 마추픽추 등을 거쳐 인도네시아의 섬에 이르는 시적 공간의 광활함이 압도적이었다.

이번 시집에서도 예외는 아니어서 그 시적 공간과 상상력이 리오 데 자네이로를 비롯하여 남극의 테라노바베이, 그리고 화성火星의 매리너 계곡(Valles Marineris)까지 확장되고 있는데, 이러한 거시적인 시각보다 더욱 주목되는 점은 시인의 관점이 지구를 벗어나 우주의 운행 원리와 그 속에서 숨 쉬는 삶의 섭리에 대해서 관조적인 시각으로 관찰할 수 있게 되었다는 것이다. 이는 마치 드론을 띄워서 산과 계곡을 관찰하거나 우주선을 타고 나가서 지구의 생태계를 관찰하는 것과 같은 시각의 전이와 초월이 가능해졌다는 것을 의미한다.

시인의 지적인 관심사도 시적 공간을 확장하는데 기여하고 있다. 시인은 다양한 항공우주과학의 진전에 따라 확대되고 있는 우주의 탐사의 가능성에 대해서 관심을 가지고 있을 뿐만 아니라 4차 산업혁명으로 가능해진 인공지능과 양자 컴퓨터의 세계, 그리고 메타버스(metaverse)와 같은 3차원 가상세계의 실현이 가져올 다양한 변화에 대해서도 민감하게 반응한다.

또한 시인은 프로이트와 라캉에 의해 그 비밀이 밝혀진 무의식의 세계와 정신분석의 기제들을 활용하여 시적 상상력을 펼치기도 하는데, 이와 같은 첨단의 지식들이 저 고대의 과학인 신화적 영역과 결합하기도 한다. 이와 같은 다양한 지식의 결합과 혼종은 시인의 시적 세계를 공간적으로 확장할 뿐만 아니라 그 상상력의 질적 밀도를 높임으로써 거시적 상상력과 미시적 상상력이 공존하는 독특한 시적 공간을 형성하고 있다.

《우주 메시지》라는 이번 시집은 거시적인 관점에서 보면, 우주적 차원에서 바라본 인간 삶의 모습이라 할 수 있으며, 미시적인 관점에서 보면 우리를 둘러싼 세계와 그 속의 삶이 지닌 원리와 이치 등에 대한 탐구라고 할 수 있다. 그러니까 이 시집은 우리를 둘러싼 세계(Umwelt)와 그 속에서 이루어지는 다양한 삶의 원리와 이치에 대한 관조적인 관점에서의 탐구인 셈이다. 시인은 세계와 삶에 대해서 좀 더 객관적인 거리를 확보하고서 그것을 들여다볼

여유가 생긴 것처럼 담담한 어조로 자신의 시적 사유와 성찰을 형상화한다. 그러나 시인의 창작 열정은 여전히 뜨겁고, 또한 실험적이며 도전적이어서 다양한 초현실주의적 기법들이 시적 공간을 아로새기고 있다. 이번 시집의 방향성과 특징을 조감하기 위해서는 자신의 시론에 대한 생각을 담고 있으면서도 자화상의 모습을 그려내고 있는 다음 작품이 유용할 것이다.

아파도 아는 사람 앞에서는
웃어주고 찝찝해도 눈 안에 넣고
거울 마주 보면 낯선 사람은 밀어내고
오래 되새김질하면 날아와
내 어깨에 앉는 한 마리 휘파람새

가슴 훑어 내릴수록 다정해서
그 휘파람 따라 바깥으로
막연하게 날다 새파란 꿈들이
꿈틀거려 그날 공중에서의 질투를 만나
프랑스 파리에 머문 날갯짓
그곳 내가 오르던 몽마르트(Montmartre)
거기서 본 앙증맞은 포도원 들판을 향해
눈 시리도록 소원성취하길 빌던
사크레꾀르 성당 첨탑 위로
1994년 11월 내 젊은 날의 불꽃 타오른다
그 성실함보다 자존심을
토해내다 바로 '꿈 공장' 거기서부터
파리 활주로에서 비행기 탑승 줄곧
한반도 대한민국 둥지로 향해
그대 잠들지 못한 본 모습으로 안착했다

돌아눕는 날들 빗방울들이 일으켜주는
나의 침대 거기에도 또 하나의 젊은 숨소리
질박한 공분에 덜덜대던 서사구조만

　　　　낯설 뿐이겠냐
　　　　마주 본 거울 접어 넣고 언젠가 떠날
　　　　여행 가방에 넣어버렸지만 자꾸
　　　　눈이 가는 기억들 낯설어 가는 당신
　　　　　　　－차영한, 시 〈볼수록 낯선 사람－자화상〉 전문

　"볼수록 낯선 사람"이란 물론 시인 자신을 지칭하고 있는데, 굳이 시인이 자신을 이렇게 표현한 것을 보면 결코 매너리즘에 빠지지 않겠다는 시인으로서의 결의와 각오를 읽어낼 수 있다. 언제나 새롭게 갱신하는 창조자로서의 자아상을 시인은 견지하고 있는 것이다. 새로운 관찰과 새로운 경험에 대한 시인의 열망은 자신의 분신으로 설정되어 있는 "휘파람새"가 대변해 주고 있다. 그러니까 새는 상상력의 나래를 펼치고 자유롭게 지구 곳곳을, 혹은 지구를 넘어서 우주 공간을 날아다니는 시인의 의식 세계를 대변해 주고 있는데, 이는 한 번도 경험한 적 없는 미지의 세계를 몽상과 꿈을 통해 탐험하는 무의식 세계를 대변해주는 "꿈 공장"의 이미지와 연결된다.

　휘파람새는 프랑스 파리의 몽마르트라든가 포도원 들판, 그리고 사크레쾨르 성당 등을 날아다니는데, 거기서 꿈틀거리는 "새파란 꿈들"을 만나게 되고 그 "꿈 공장"은 파리 활주로를 비행해서 시인의 고향인 한반도 대한민국이라는 둥지로 귀향하게 된다. 그러니까 이러한 시상의 전개와 시적 구도는 시인의 시적 지향과 그 작시술의 기법에 대한 하나의 암시를 던져 주고 있기도 한데, 전지구적 규모의 체험과 성찰, 그리고 꿈과 판타지를 통한 새로운 현실의 창출이라는 시적 지향과 과제가 은연중에 투영되고 있는 셈이다. 시적 화자는 시적 공간의 여러 곳에서 '낯설다'는 어휘를 반복하고 있다. "거울 마주 보면 낯선 사람은 밀어내고"라든가 "질박한 공분에 덜덜대던 서사구조만/낯설 뿐이겠냐", 그리고 "눈이 가는 기억들 낯설어 가는 당신" 등의 표현에서 낯설다는 어휘가 반복되고 있는데, 이러한 표현에서 낯선 것은 과거의 낯익은 기억과 대조를 이루면서 생소한 자아에 대한 발견에 대한 기표로 작용한다. 사실 시인에게 세계와 삶의 놀라운 국면에 대한 발견과 깨달음의 경이는 이 시집에서 시적 상상력을 추동하는 근본적인 힘이기도 하다.

다음 시를 한 편 더 읽어 보자.

> 저 이동하는 날갯짓의 경이로운 공간
> 어떻게 보면 날면서 잠자는 새들이
> 파노라마는 무지개도 알 수 없을까
>
> 그대로의 풍경을 부러워하는 땅 기운
> 절후가 깊는 유혹, 심지어 꽃봉오리로
> 벙긋하면 별자리 밤하늘이 현시하는
> 자리 아닐지라도
>
> 그 높이 어디에 닿는지 저 유성流星들
> 질주 시작하기 전 넷플릭스(Netflix) 명암을
> 실기失機 하지 않는 나침반이 눈짓하는
> 위치로 계속 날아야 촉촉한
> 우주 사다리 하늘수박넝쿨 타고 내리는
> 페로몬의 땅이 끌어당기는지 기운에
> 눈알 굴리며 탐색하고 있어
>
> 따스한 강줄기가 옷 벗어 흔드는
> 그곳 알고리즘을 잘 알고 있으니까
>
> ─차영한, 시 〈새는 명암의 눈짓을 안다〉 전문

역시 시인의 분신인 새가 등장하고 있는데, 새가 "경이로운 공간"을 날고 있다는 시적 구도가 시인의 발견과 놀라움을 향한 시의식을 암시한다. 시인의 분신인 새는 "날면서 잠자는 새들"로 묘사되고 있으며, 그러하기에 새는 "별자리 밤하늘이 현시하는/자리"라든가 "페로몬의 땅이 끌어당기는" "기운" 등을 감지하고 있는데, 육안의 눈이 아니라 관조의 심안心眼으로 사태를 바라보고 있기 때문이다. 결국 그 새는 "따스한 강줄기가 옷 벗어 흔드는

/그곳 알고리즘을 잘 알고 있으니까"라는 표현처럼 지상의 이치와 법칙을 관통하고 있는 것으로 이해되고 있으며, 이러한 설정은 시인의 궁극적인 시적 지향을 은밀히 드러낸 장면이기도 하다.

그런데 그 새가 알고 있는 "명암의 눈짓들"은 시적 맥락에서 "넷플릭스(Netflix) 명암"이라 할 수 있는데, 왜 시인은 굳이 넷플릭스의 명암을 설정한 것일까? 잘 알려져 있듯이 넷플릭스란 인터넷(Net)과 영화(flicks)의 결합으로 개방된 인터넷을 통해서 제공되는 영화나 TV 드라마와 같은 콘텐츠를 제공하는 서비스 플랫폼을 지칭한다.

시적 구도에서 이 넷플릭스는 질주하는 유성流星들이라든가 "우주 사다리 하늘수박넝쿨", 그리고 "페로몬의 땅" 등과 그물망으로 연결되어 있다. 이러한 구도는 물론 영화나 TV드라마가 하늘의 전파를 통해서 지상에 내려온다는 점, 그리고 그것들이 모두 상상의 산물이며 판타지와 같은 성격을 지니고 있다는 점을 생각해 보면 시인의 의도를 짐작할 수 있다. 새가 "눈알 굴리며 탐색하고 있"는 것은 바로 그러한 환상과 상상이 펼쳐내는 낯선 세계, 즉 새롭고 역동적인 세계인 셈인데, "명암의 눈짓"이라는 표현이 그러한 낯선 세계의 이미지를 아련하게 담아내고 있다. 그렇다면 새와 같은 입장에서 내려다본 조감도로서의 세상의 모습은 어떤 것일까?

2. 우주에서 본 세계와 삶, 혹은 조응照應과 화음和音

둥지에서 뛰어내리며 목을 뽑는
씨암탉 희열 소리 궁금증에
열리는 파란 창 너머
줄무늬돌고래 떼의 뜨개질
소리와 겹쳐지네

어디로 흔들고 다니던 올보

앉아 놀도록 저녁 붉은 의자가
다가와 앉힐 때
가야금 줄 건드리듯 날갯짓으로 저
웃음소리로 떠들어대는 백로왜가리 떼
그 사이에 산비둘기 떼마저
무명베 서로 집아당기듯
타원형 그리는 날갯짓을 하네

떠오르는 보름달보다 크게 빛는
밀개떡 먹는 저녁 별들이
도랑사구 쌀 씻는 손놀림에 쫑긋
귀 세우다 앞발 내미는 고양이도
달구새끼들 걸음 모르는 체하네

앙큼한 저녁 새침한 꼬리 끝자락
감출수록 판타지 보컬
앙상블 펼치고 있네
　　　　　　　 −차영한, 시 〈악보 없는 초저녁〉 전문

　　데페이즈망이라든가 콜라주와 같은 초현실주의 기법의 작시법이 잘 활용
되고 있는 작품이면서 시인이 "우주 메시지"라는 제목을 통해 그려내고자 했
던 세계상이 잘 드러나고 있는 작품이기도 하다. "둥지에서 뛰어내리며 목
을 뽑는/씨암탉의 희열 소리"와 "열리는 파란 창 너머/줄무늬돌고래 떼의
뜨개질/소리"라는 서로 이질적인 소리들이 겹쳐서 어떤 화음을 형성하고 있
다. 씨암탉과 돌고래의 병치라는 기법은 이질적이고 낯선 것들을 서로 결합
함으로써 충격적인 효과를 얻고자 하는 초현실주의 기법의 하나이다. 또한
"어디로 흔들고 다니던 울보"의 울음소리와 "가야금 줄 건드리듯 날갯짓으
로 저/웃음소리로 떠들어대는 백로왜가리 떼"의 소리, 그리고 "산비둘기 떼"
의 소리의 결합 또한 그러한 효과를 노리고 있다.
　　소리의 화음만이 있는 것은 아니다. "떠오르는 보름달"이 있고, "밀개떡

먹은 저녁 별들이/도랑사구 쌀 씻는 손놀림에 쫑긋/귀 세우"고 있으며, 종종 걸음 하는 "달구새끼들", 그리고 그것을 보면서 시치미 떼고 있는 "고양이도" 서로 마주 보고 있다. 그러니까 보름달과 저녁별, 쌀 씻는 손놀림, 달구새끼와 고양이들이 초저녁의 공간에 자리 잡고서 어떤 관계와 조응을 형성하고 있는 셈이다.

시인은 이러한 소리의 화답과 존재들의 조응에 대해 "감출수록 판타지 보컬/앙상블 펼치고 있네"라고 하면서 전체적인 어울림과 통일을 이룬 아름다움에 대해 감탄한다. 물론 시인은 "앙큼한 저녁 새침한 꼬리 끝자락"이라고 하면서 이러한 앙상블과 어울림이 의도하지 않은 우연의 산물이며, 시치미를 떼는 듯한 은폐의 구도를 지니고 있음도 잊지 않는다.

더욱 중요한 이미지는 이러한 조응, 혹은 화음의 구도가 어떤 직물을 짜는 듯한 상상력으로 채색되고 있다는 점이다. 예컨대 "뜨개질"이라든가 "무명베 서로 잡아당기듯" 등의 표현이 이러한 상상력의 구도를 암시하고 있는데, 씨암탉과 줄무늬돌고래의 화음, 그리고 백로왜가리와 산비둘기 등의 화답하는 소리는 서로 협력하여 어떤 직물을 완성하는 과정으로 설정되어 있는 것이다. 그러니까 이러한 소리들은 씨줄과 날줄이 되어서 "악보 없는 초저녁"이라는 공간에 수를 놓은 환상의 직물을 짜내는 질료이기도 한 셈이다. 상상력이 풍부한 독자라면 이러한 직물에는 보름달과 저녁 별, 그리고 고양이와 달구새끼들도 참여하고 있음을 감지할 수 있을 것이다.

시인의 환상이 우주의 저녁을 아름답게 아로새기고 있음을 알 수 있거니와 시인은 〈봄나물이 들큼한 것도〉에서는 "그대 서로 봄을 나누는 냄새/오늘은 봄나물 바람도 들큼하네.//질주하는 분노가 다 타 버린 시간에/온몸 받아주는 우주 발라드 향내네."라고 하면서 봄바람에서 '우주의 발라드 향내'를 감지하고 있기도 하다. 또한 〈이열치열以熱治熱〉에서는 여름날의 더위를 통해서 "더 찹찹한 우주 버전을/다운로드하는 테라피 향기"를 읽어내기도 하고, "독도 바다 밑 얼음 속 열량 재는 소리/하이드레이드 가스 냉기를/업그레이드하고 있"는 "우주 메시지"를 포착하기도 한다. 이렇듯 시인은 열린 감각과 꿈꾸는 몽상을 통해서 계절의 변화가 지니는 다양한 우주 메시지를 수신하기에 여념이 없는 모습을 보여준다. 그리고 우주가 보내는 메시지는 대체로 어울림과 화음이라는 구도를 지니고 있는데, 다음 작품도 예외는 아니다.

헐렁한 바람의 곡선을 살피고 있네
도르래 줄잡고 춘향이 그네뛰기 하네
밀썰물 알고 눈웃음치는 상괭이 돌고래
너울 파도에서 치즈 찾는 열세 마리

타원형으로 파심波心 휘감아대듯
바닷물 웃음 공기방울로 고리 만들어
파동 갈라내며 0과 1밖을 콜라주하네

거대한 청무우 베듯 파고 깎기도 하네
바다 줄무늬 쪽으로 섬들마저 불러서
은하수 유리창에 뿌리내린 무지개 놀이하네

4분의 2박자 폴카 춤 펼치고 있네
돛폭이 찢어지지 않을 만큼이나
앞 다퉈 짜깁기 돛 바느질 하네

뭉게구름 끌어안는 파도소리
내뿜어 우주분수대놀이를 하네
　　　　　　　　　－차영한, 시 〈웃는 돌고래〉 전문

　바다를 유영하다가 솟구치는 돌고래의 비약을 "4분의 2박자 폴카 춤"에 비유하면서 우주적 논리로 도약시키고 있는데, 이러한 돌고래의 춤사위는 곧 우주의 역동적인 모습을 대변하고 있으며, 생명의 도약과 환희의 이미지를 함축한다. 웃으면서 바다를 헤엄치는 돌고래는 우주가 전해 주는 역동적인 메시지이기도 하다. 그것은 한시도 쉬지 않고 출렁이고 꿈틀거리며 어떤 질서를 형성하고 리듬을 형성하는 바다를 배경으로 생명이 가진 근원적이고 능동적인 힘을 분출하는 장면이기도 하다.

　이 시에는 다양한 우주적 질서와 리듬의 이미지들이 형상화되어 있다. "헐렁한 바람"이 그려내는 곡선, "너울 파도"와 "밀썰물"이 그려내는 오르고 내림과 들고 나는 반복의 질서, 그리고 "파심波心"을 중심으로 방사형으로 퍼져가는 타원형의 파문, "거대한 청무우 베듯" 하는 "파고", 그리고 그 파고를 "깎기도 하"는 "바다 줄무늬" 등의 다양한 반복과 리듬이 그려내는 질서가 바다를 가득 채우고 있는 것이다. 또한 "눈웃음치는 상괭이 돌고래"가 그려내는 리듬과 질서 또한 다양하게 그려지고 있는데, "도르래 줄잡고 춘향이 그네뛰기 하"는 것처럼 오르내리는 비약과 낙하, 그리고 "바닷물 웃음 공기방울로 고리 만들"어서 띄우는 동그라미의 향연, "4분의 2박자 폴가 춤 펼치고 있"는 춤사위 등이 모두 그러한 리듬과 질서의 모습을 형상화하고 있다.

　이 시에서 더욱 주목되는 것은 돌고래의 비약과 도약이라고 할 수 있는데, "은하수 유리창에 뿌리내린 무지개 놀이"라든가 "뭉게구름 끌어안는 파도소리/내뿜어 우주분수대놀이를 하네"라는 표현에 그려진 무지개 놀이라든가 우주분수대놀이 등이 바로 그것들이다. 이러한 도약의 놀이들은 앙리 베르그송이 그의 저서《창조적 진화》(1907)에서 말한 '엘랑 비탈(élan vital)'의 개념과 닮아 있는데, '생명의 근원적 비약(élan originel de la vie)'이라고도 하는 말에서 알 수 있듯이, 이 개념은 끊임없이 유동하는 생명의 연속적인 분출을 뜻하며, 생명이 가진 능동적이고 근원적인 힘을 의미한다. 그러니까 시인은 〈웃는 돌고래〉를 통해서 생의 배경으로 자리 잡고 있는 우주를 거대한 리듬과 변화의 향연을 지닌 바다를 통해 표상하면서 그 속에서 유영하고 춤추는 돌고래를 통해서 우주 속에서 생이 지닌 근원적이고 능동적인 도약으로서의 힘을 형상화하고 있는 셈이다. 시인이 우주적 시각에서 바라본 세계와 삶의 모습이 아름답다.

3. 우주의 본 모습, 혹은 삶의 진실과 파레시아(parrhesia)

우주적 관점에서 바라본 세계의 모습과 생의 모습이 어울림과 조응, 화음과 생의 약동 같은 모습을 띠고 있음을 살펴보았다. 시인은 삶과 세계에 대해 초월적인 시각을 마련하고, 그러한 관점에서 바라본 세계와 삶의 모습을 몽상과 환상의 비전을 통해서 그려내고 있는데, 코스모스(cosmos)로서의 세계와 비약과 도약의 능동적 힘으로서의 생의 본성에 도달하고 있었다.

그렇다면 시인이 관찰하고 성찰한 우주의 속성과 법칙은 어떤 것이고, 그 속에서의 인간의 구체적 삶의 진실은 어떤 것일까?

시인은 현대 우주항공기술의 발전에 주목하면서 "이미 화성의 거대한 물줄기 그/물결 소리 있는 매리너 계곡(Valles Marineris)"으로 갈 슈퍼컴퓨터의 큐비터(Qubit)가 나서고 있어/기체궤도 추적선(TGO) 엑소마스가 밝혀냈어"(《들썩거리는 우주》)라고 하면서 베일에 싸여 있던 우주의 신비가 벗겨지고 그 모습이 우리 앞에 현현하기 시작했음을 강조하고 있다.

또한 "'스타더스트' 탐사선이/'빌트 2'혜성 꼬리 부분에서,/'하야부사'소행성 탐사선 2호가/류구(Ryugu)의 토양에서 채집한/유기화합물인 아미노산이/미국 나사우주국으로 왔으니까"(《일깨우기》)라고 하면서 우주 공간의 행성을 이루고 있는 다양한 질료들의 비밀이 밝혀질 수 있음을 전망하고 있기도 하다.

우주의 비밀에 대한 탐사는 거시적인 측면에서만 진행되는 것은 아니다. "유아기부터 땀에 익숙하여 달달해지는 물기/그 속에 있는 소금기/4백2십만 년 전부터 미네랄로부터/분비된 미색 파도 골짜기의 젖줄 그래서요/거대한 달팽이 도시를 낳는 빛의 탯줄"(《원심력》)과 같은 구절을 보면, 생명의 시원을 이루는 태초의 상황에 대한 시뮬레이션까지 가능해지고 있음을 짐작할 수 있다. 이러한 거시적이고 미시적인 우주에 대한 성찰과 사유가 발견한 우주의 모습은 무한한 반복의 질서와 '자기 닮음'을 무한 복제하는 법칙이다. 그러니까 우주는 "끝없이 반복하는 무한질서 속"에서 순환하는 원리를 지니고 있으며, "수열數列 잘 알고/펼치는 잎들처럼/무한한 골짜기 자기 닮음/더 잘 보이도록 눈짓해요."(《사는 끝머리》)에서 알 수 있듯이 무한한 자기 복제의 법칙이 지배하고 있다.

자기 닮음의 법칙이란 곧 프랙탈의 구조를 의미하는데, 주지하듯이 프랙탈(fractal)이란 작은 구조가 전체 구조와 닮은 형태로 끝없이 되풀이되는 구조로서 자신의 작은 부분에 자신과 닮은 모습이 나타나고 그 안의 작은 부분에도 자신과 닮은 모습이 무한히 반복되어 나타나는 현상을 말한다. 그러니까 프랙탈 구조란 '자기 유사성'과 '순환성'을 특징으로 하는데, 자연계가 비록 무질서하게 보이기는 하지만, 리아스식 해안선이라든가 나뭇가지 모양, 산맥의 모습도 모두 프랙탈이며, 우주의 모든 것이 결국은 프랙탈 구조로 되어 있다고 할 수 있다.

시인은 "자기 닮음"의 구조라는 표현을 통해서 이러한 프랙탈 구조로서의 우주의 실체를 확인하고 있거니와 이러한 실체의 확인은 곧 우주가 어떤 공통된 인자를 공유하는 공감성과 순환의 질서라는 법칙성을 지니고 있다는 것을 의미한다. 하지만 이러한 것들은 상징계가 만들어낸 환영으로서의 매트릭스일 수도 있을 것이다. 시인의 우주에 대한 성찰을 보면 사태는 좀 더 복잡하다.

이 모두는 자기 닮음을 사냥하는 시니피에(signifie)로 줄을 섭니다. 바다에 떠다니는 실재는 허수아비 경계를 대칭적으로 점찍지 못해도 점박이 바다사자 눈빛입니다. 새카만 눈알은 파란바다에서는 아이리스아웃입니다. 구멍도 찌그러졌지만 돋보기 없이도 알고 있는 내 상징적인 웃음입니다. 다그쳐도 무무無無입니다. 혹시나 두리번거렸지만 아니, 실재계는 해골 구멍들만 남겨 놓았습니다. 회감 하는 뼛가루들이 품지 못한 얼룩들입니다. 얼룩말로 뛰는지 발자국은 포개져 있습니다. 3차원에서 11차원의 막연한 가설 플러그로 판을 치는 슈퍼스트링(super string)들 때문만이 아닙니다. 개똥벌레처럼 캄캄한 밤을 즐겨 날아다닙니다. 아킬레스가 뛰는 낮에는 아슬아슬하게 거북이 한 마리가 알 낳기 위해

규소硅素 속의 산소를 탐색하는 것 같습니다. 길이로 헝클어놓는, 무한
대의 물질을 연결하는, 말하자면 메타버스가 갖는 퀀텀 컴퓨터의 자아自
我라는 미미 아웅 화성헬기 아바타가 남기는 발자국소리 속에 그리스
수니온 끝머리 포세이돈 궁전기둥뿌리 메시지는 알고 있을까? 마치 웃
는 돌고래의 물너울 주파수처럼 어느 연대를 파헤쳐줄 것인가.

—차영한, 시 〈서브노트에 남은 것은〉 부분

　"이 모두는 자기 닮음을 사냥하는 시니피에"라는 말속에 우주를 구성하는
원리인 프랙탈 구조의 인식이 다시 한 번 확인되고 있다. 하지만 이어지는
'실재'의 현상학을 보면 그것은 단순히 상징계의 이미지에 불과하다는 것이
암시되어 있다. "바다에 떠다니는 실재"는 "점박이 바다사자의 눈빛"으로 설
정되어 있지만, 그 눈빛은 "파란 바다에서는 아이리스아웃입니다"라고 하면
서 무화되어 버리고 만다. "다그쳐도 무무無無입니다"라든가 혹은 "실재계는
해골 구멍들만 남겨 놓았습니다"라는 대목, 그리고 "회감하는 뼛가루들이 품
지 못한 얼룩입니다" 등의 표현들은 인간이 가상으로 설정해 놓은 상징계적
질서를 걷어내고 보면 결국 실재계란 거대한 허무주의와 같은 공백과 얼룩만
남아 있을 수밖에 없다는 것을 의미한다.
　그러니까 실재계란 사막과 같이 어떠한 의미와 가치도 발견할 수 없다는
것, 그래서 어떤 구멍처럼 혹은 해골처럼 존재한다는 것인데, 그렇기 때문에
의미와 가치는 결국 상징계에서 발견할 수밖에 없을 것이다. 퀀텀 컴퓨터와
메타버스가 열어젖힌 3차원 가상세계를 비롯한 다양한 "슈퍼스트링(Super
string)"과 같은 게임 속 세상은 0과 1의 비트맵이 만들어낸 상징계라고 할
수 있을 터인데, 그 세계 속에는 아킬레스와 포세이돈과 같은 신화적 세계가
존재하기도 하고, 무인 소형 헬기를 원격 조종해서 화성 상공을 비행하도록
한 "미미 아웅"과 같은 항공우주 과학자가 과학적 탐사가 실행되기도 한다.
그러니까 서브노트(subnote)에 남은 것은 우주를 탐험하는 아바타와 같은 가
상세계와 무한대의 물질세계, 그리고 신화와 같은 환상의 세계가 있을 터이
다. 이것이 시인이 상정하는 우주의 실체이며 본 모습이 아닐까? 그렇다면 이

러한 우주 속 인간의 삶의 진실은 어떤 모습일까?

　　　그림자도 문제를 일으키고 있어

　　　꼬리 때문에 슬퍼하는 짐승들 중에
　　　개들은 외출할 때마다
　　　쇼핑몰 유리창 두께를 가늠하고 있어
　　　말 못 하는 만큼이나 짧은 목 실핏줄이
　　　갯가의 너울 잡고 버티는 허리 곡선에서도
　　　유연 적일 수 없는 포켓 속의 강박관념

　　　허파마저 부풀도록 그 주린 배
　　　갈비뼈에 받치지 않도록 갈구하는
　　　햇살 쪽에 약세로 베팅하는 인버스(inverse)

　　　을그냥 운명을 가로챈 개새끼가
　　　삼키다 토하는 틱톡 동영상만 나오면
　　　어미 개가 앞발 긁어대며 끙끙대고 있어

　　　꼬리에 남는 것은 파레시아(parrhesia)뿐
　　　　　　　　　　－차영한, 시 〈선선하게 살다 보면〉 전문

　　정신분석학에서 말하는 무의식에 대한 구도는 매우 복잡한 회로를 거쳐
야 하겠지만, 범박하게 말하자면 외디푸스 콤플렉스를 통과해서 상징계로
진입하는 순간 억압된 욕망에 의해서 형성되는 것이다. 그러니까 그것은 상
징계적 질서에 의해서 금기시되거나 금지된 욕망의 세계이기에 의식의 층
위에 머물러 있을 수 없고, 그리하여 억압되면서 무의식의 층위로 내려가 그
것의 내용물을 구성하는 것이다.
　　이 시에서 '그림자'가 바로 그러한 무의식의 존재를 암시하고 있으며, "말
못 하는 만큼이나 짧은 목 실핏줄"이라든가 "포켓 속의 강박관념", 혹은 "햇

살 쪽에 약세로 베팅하는 인버스(inverse)" 등의 구절들이 억압되는 성질의 무의식이라든가 불안을 야기하는 무의식, 혹은 역전이를 특징으로 하는 무의식 등의 속성들을 환기한다.

그런데 "그림자도 문제를 일으키고 있어"라는 표현은 그러한 무의식이 결코 얌전히 침묵하고 있지 않음을 시사한다. 그것은 백일몽을 통해, 혹은 꿈이라든가 방심, 혹은 말실수 등을 통해서 언제나 고개를 내밀려고 하는 속성을 지니고 있다. 아마도 그것은 본능과 충동을 암묵적으로 외부로 드러내는 짐승들의 "꼬리"와 유사한 성질을 지닌 것인지도 모른다. 그것은 또한 "운명을 가로챈 개새끼가/삼키다 토하는 틱톡 동영상" 속의 내용과 유사한 것일 수도 있다. 삼킨 내용물이 토해서 나온다는 것은 결국 내부에 억압되어 있던 것들이 외부로 현현하는 것일 수 있기 때문이다. "어미 개가 앞발 긁어대며 끙끙대고 있"는 것은 바로 그러한 무의식의 내용을 확인했기 때문일 것이다.

그런데 시인은 "꼬리에 남은 것은 파레시아(parrhesia)뿐"이라고 하면서 의미심장한 마무리를 짓고 있다. "파레시아"란 고대 그리스어의 파레시아스테스(Parresiastes)에서 유래한 말로 솔직하고 숨김없이 모든 것을 말한다는 뜻이다. 그러니까 파레시아란 아무것도 숨기지 않고 모든 것을 말해서 진실을 밝힌다는 의미이다. 결국 모든 것을 말한다는 것은 진실을 말한다는 것이며, 진실을 말한다는 것은 어떠한 권력의 억압이나 금기에도 불구하고 그것을 폭로한다는 것이다. 그러니까 모든 것을 말한다는 것은 권력과 법률에 의해 금기시된 상징계적 질서에 균열을 낸다는 것이며 무의식의 내용을 언어화한다는 것인데, 무의식의 내용을 언어화한다는 것은 곧 꿈꾼다는 것, 혹은 판타지의 세계를 펼친다는 것과 다르지 않다.

시인은 이러한 시적 메시지를 함축하고 있는 시의 제목으로 "선선하게 살다 보면"이라는 제목을 붙이고 있다. 선선하게 산다는 것은 어떻게 산다는 것인가? 시원한 느낌이 들 정도로 서늘하게 산다는 것, 혹은 성질이나 태도가 까다롭지 않고 주저함이 없이 산다는 것을 의미한다. 주저함이 없이 산다는 것은 곧 아무 거리낌이 없이 사유하고 행동한다는 것이며, 어떤 걸림돌이나 방해물 없이 자유자재함을 의미한다. 이는 현실과 초현실, 꿈과 이성, 생성과 소멸 사이를 끊임없이 횡단하며 새로운 이마고(imago)를 창출하고, 그것으로 이루어진 새로운 세계, 곧 예술적 공간을 창출하려는 시인의 시론과도 맞닿아 있다. 거침없이 의식과 무의식, 꿈과 현실을 종횡무진 횡단하는 시인의 자유로운 시의식을 확인할 수 있는 대목이다.

시집 말미에는 시인에게 허락된 시간이 얼마 남지 않았다는 유한한 시간에 대한 강박관념과 죽음의 얼굴을 대면하고자 하는 시인의 시의식이 드러나는 작품들이 다수 포진하고 있다. 시력 40여 년을 넘긴 시인으로서 어쩌면 당연한 수순일 것이다. 하지만 그동안 거시적인 상상력으로 전 지구를 횡단하며, 우주까지 뻗어나가고 있던 거침없는 행보를 돌아보면 왠지 서글픈 생각이 드는 것은 어쩔 수 없다.

그래서 우리는 시인이 그동안 아무리 뛰어난 에피고넨(Epigonen)이라 할지라도 그것에 머물기를 거부하고 거친 황무지를 개척한다는 아방가르드적 의식으로 작품에 창작해 온 것처럼 다가오는 죽음이라는 새로운 미지의 영역으로 거침없이 나아가 그것의 속성과 양태를 낱낱이 해부해서 새로운 죽음의 세계를 창출해 줄 것을 기대해 본다.

황치복
문학평론가 · 1996년 《동아일보》 신춘문예 문학평론 부문 당선.

☛ 출처 1 : 《현대시》, 2022년 11월호, VOL 33-11, 통권 제395호, 한국문연, pp.220~236.
☛ 출처 2 : 2022. 12. 01. 시사사의 앤솔러지 《노이즈 2022》, 제11집, 한국문연. pp.51~67.

※ 《시사사》가 시행한 제8회 '한국서정시문학상' 공모 당선 시집 《우주 메시지》와 연관됨.

■ 문학계간지 《여기》(2022년 가을호, 통권 제54호, 사)부산여성문인협회)

유유한 서정의 물결

주경림

1.

어서 와요
웃음도 모자라서 너울거리는 물빛 고향으로

어서 와요

눈감아도 보이는 그리움들끼리 만나 봐요

파초 잎 같은 파도자락을 마음껏 펼쳐 주는
해안선 따라 바이올린 켜는 꽃게들처럼
음계를 밟고 어서 와요
그대 기다림이 노 저어오는 눈망울바다로
지워도 지워지지 않는 물무늬 밟고

어서 와요

물새 떼 감탄사를 그리기 위해
지친 걸음 철철 씻어주는
메밀꽃 피는 뱃길에 돛단배 나비 날갯짓처럼

그대 그림 일기장이 펄럭이는 고장으로

어서 와요

그대 쪽빛 꿈 날아오르는 통영으로
지워도 지워지지 않는 물보라 음정 밟고 와요
어서어서 와요
－차영한, 시 〈환상의 지느러미, 통영바다〉 부분, 《여기》 2022, 여름호.

《여기》 여름호에 기획연재로 실린 정영자 문학평론가의 《통영문학사(1)》과 시, 시조, 수필을 아우르는 〈통영 문인 특집〉이 눈길을 끌었다. 차영한 시인의 〈환상의 지느러미, 통영바다〉에서는 각 연의 첫 행마다 "어서 와요"를 반복하며 우리를 불러내고 있으니 생의 그리움이 물결치는 그곳으로 한달음에 달려갈 수밖에.

'동양의 나폴리'라 불리는 통영 바다가 "파초 잎 같은 파도 자락을 마음껏 펼쳐 주는" 아름다운 풍경에 압도되었을 때 차영한 시인은 우리에게 바다에 어울리는 드레스코드를 제시한다. "해안선 따라 바이올린 켜는 꽃게들처럼/음계를 밟고" 어서 오라는 것이다. 필자는 집게발을 높이 들어 파도자락의 현을 연주하는 꽃게가 되어 옆걸음질 치며 물무늬 음계를 밟았다. 죽을 때까지 고향 땅을 밟지 못한 통영 출신 작곡가 윤이상의 '현악 4중주'가 들려오는 듯 했다.

흰 물결 이는 잔잔한 바다를 "메밀꽃 피는 뱃길"로 은유한 시인의 탁월한 언어 감각에 감탄사를 연발할 때 돛단배의 돛은 메밀 꽃밭을 찾아드는 나비의 날개가 되어 펄럭였다. 나비가 된 돛단배는 시간과 공간의 한계를 넘어 그림 일기장을 그리던 꿈 많았던 유년 시절로 항해했다. 쪽빛 바다를 보며 꿈을 키웠던 고향에 대한 질박한 향수를 담아 "그대 쪽빛 꿈 날아오르는 통영으로" 어서어서 오라는 것이다.

위에 소개한 1부에서는 "음계", "물보라 음정" 등의 청각적 효과를 배경으로 독자를 통영 바다로 초대했다면 2부, 첫 행은 "배 띄워요 노를 얼라 봐요"로 시작해 본격적인 통영 바다 즐기기 체험이다. 그 체험은 특이하게도 각 연마다 "그려봐요", "드로잉 하네요"로 끝맺음한다. 자연스럽게 통영 바다를 가장 잘 표현한 화가 전혁림의 코발트블루의 향연이 연상된다.

〈환상의 지느러미, 통영바다〉에서 시인의 시각적 표현을 넘어 바닷소리가 들려오고 바다 냄새가 느껴지고 바다의 숨결까지 만져졌다. 한려수도의 비경과 미항, 예향의 도시 통영의 진면목을 엿볼 수 있었고 쪽빛 바다의 너울거리는 파도에 얹어진 유유한 서정의 물결을 타고 자유로운 몽상의 시공간을 유영하는 '환상의 지느러미'를 달게 되었다.

문학평론가이기도 한 차영한 시인은 1979년 월간《시문학》으로 등단한 후 왕성한 활동으로 독자들의 많은 사랑을 받아왔다. 최근 제16시집《랄랑그(Lalangue)에 질문》과 평론집《상상력의 프랙탈층위 담론》을 출간해 문단에 화제를 모으고 있다. 현재 통영 한빛문학관 관장으로 통영지역 문학예술 저변 확대뿐 아니라 경남지역 문학예술 발전을 위해 헌신하고 있다.

주경림

1992년《자유문학》시 당선, 한국시문학상, 종합뉴스문학상, 한국꽃 문학상 대상 수상. 시집《풀꽃 우주》,《빼꾸기 창》외 2권, 시선집《무너짐 혹은 어울림》.

☛ 출처 : 문학계간지 《여기》, 2022년 가을호, 통권 제54호, 사단법인 부산여성문학인협회, pp.254~262.

■ 2023년 국제PEN한국본부 경남지역위원회
제5회 경남PEN 문학상 수상자 차영한

■ 당선 시

　〈풀밭 이슬 길 걸으면〉

■ 심사평

■ 수상소감

　무無의 순환이 반복하는 우주 골짜기 가실 소리 만나다

풀밭 이슬 길 걸으면

차영한

늘 땅심 좋아서 잘 큰 호박이
제철 드는 만큼 내려서면서
비로소 가을 햇살 껴안는 한여름웃음

늦여름마저 묵직한 소나기 짐 받아
허리 펴보는 걸음걸이
물방울 속 그 말 한마디
길가에 집을 지어 살면서도

여기에 사는 줄은 몰랐어라.

물동이 따리 끈에 핀
들국화 이빨 웃음처럼
뒤돌아보지 않아 그거마저도
그 자리 지나는 빗소리에
온몸 맡겨 받고 싶어 끝까지
버티어온 천수답 말가웃 못돼서
사립문 없이 살아온 탓이던가.

어디로 떠나는지
빈집 헛간만 보이고
호박잎으로 차광막 쳤지만
막아서는 거미줄 그 풀잎 끝자락마다
남은 말들 그 길 더위잡아 걸을 때
바짓가랑이 휘감기는 뒷걸음질에
차오르는 물바람 소리만 흥건하네.

　문학 작품을 읽고 심사하는 일은 즐거움이면서도 고역이다. 상을 주는 일에 동참하게 되어 기쁘고 즐겁지만, 수상작을 선정하는 것은 쉬운 일이 아니기 때문이다. 수상 후보에 오른 작품이 많을 경우는 더욱 그렇다. 올해 '제5회 경남펜문학상' 당선작을 가리기 위해 본회 카페에 올려진 원고를 수차 읽었다. 후보로 동화, 시, 소설, 수필 등 각 분야에서 적지 않은 작품이 예심에 올랐다. 후보작 모두 수상작으로 선정해도 좋은 작품들이라 심사위원들이 몇 차례 거듭 읽고 논의한 결과 차영한의 〈풀밭 이슬 길 걸으면〉을 당선작으로 정했다.

　수상작은 시인의 40여 년의 시력에서 묻어나는 원숙함이 잘 드러나는 작품이다. 늦여름 풀밭 길을 걸으면서 빈집에 잘 자란 호박을 보며 자연의 섭리와 인생의 무상함을 다층적으로 형상화하고 있다.

　거미줄이 쳐져 출입을 막고 있는 빈집에 잘 자란 큰 호박이 가을 햇살에 익어가는 것을 보면서 그 집에 살던 사람을 떠올리는데, 그 사람은 들국화 같이 웃던 여인이었다. 그것은 "물동이 따리 끈에 핀/들국화 이쁜 웃음처럼"에서 알 수 있다. 빈집에 잘 자란 호박과 들국화처럼 웃던 여인이 암시와 비유로 드러나고, 물동이를 이고 가던 그녀의 모습도 떠오른다. 그녀와 시적 화자는 어떤 사이인지 분명하지 않지만, "길가에 집을 지어 살면서도" "여기에 사는 줄은 몰랐어라"라고 한 것에서 익히 알고 지내던 사이라는 것을 알 수 있다. 서로 안부를 궁금해 하는 사이, 또는 감정을 직접적으로 말하지 않아도 늘 궁금해 하고 관심을 가지는 사이가 아닌가 싶다.

그런데 그 여인은 말가웃도 못 되는 천수답을 지으며 온몸으로 버티며 살아 보려고 했으나 견디지 못하고 타지로 떠났다. 여인이 떠난 빈집은 거미줄이 처져 출입을 막고, 호박잎은 무성하여 차광막이 되어 적막하고 쓸쓸한데 큰 호박이 열려 있다. 그런 빈집을 보며 떠난 여인과 인생, 그리고 자연의 섭리 등을 생각해 보는 것이다. 인생은 노력한다고 다 성취되는 것도 아니고, 그리워한다고 모두 사랑으로 결실을 맺는 것도 아닌, 알 수 없는 것이다. 그래서 돌아서는 발걸음은 "물바람 소리로 흥건"하다고 한다. 세상의 많은 풍파를 겪어낸 연륜에서 묻어나는 원숙함을 잘 보여준다고 하겠다.

　시인의 원숙함은 시어에서도 볼 수 있다. "바짓가랑이 휘감기는 뒷걸음질에/차오르는 물바람 소리만 흥건하네", "물동이 따리 끈에 핀/들국화 이빨 웃음처럼", "늦여름마저 묵직한 소나기 짐 받아/허리 펴보는 걸음걸이" 등은 쉽게 나올 수 있는 것이 아니다. 사물을 통해 삶의 통찰하는 힘과 오랜 시력에서 나올 수 있는 시어들이다.

　수상작 〈풀밭 이슬길 걸으면〉은 자연을 관조하며 인생을 성찰하는 시인의 원숙함을 보여주는 작품이다. 수상을 축하드린다.

심사위원 : 강희근(문학박사, 경상국립대 명예교수) · 조구호(문학박사, 평론가)

☛ 출처 : 2023. 10. 20, 오후 3시 경남문학관 세미나실, 출판기념회 및 시상식 때 제5회 경남 PEN 문학상 당선작 시 〈풀밭 이슬길 걸으면〉, 《경남 PEN 문학》 제19집, (국제펜 한국본부 경남지역위원회), pp.36~44. 참조.

무無의 순환이 반복하는 우주 골짜기 가실
소리 만나다

차영한

    간혹 폴 맥린 신경 학자가 말한 뇌의 3층 구조가 떠오른다. 그중에서도 파충류와 물고기들의 몸짓이 혐오스럽게 클로즈업되는 1층, 원시성보다 더 겉치레 비늘 소리가 껄끄러운 적이 없지 않다. 여기까지에 나의 처지가 포함된다. 오로지 뇌의 3층에 도달하려는 난코스 때문 아닐까.

    늘 이때 뜻밖의 목소리는 뇌의 3층 구조에 있는 '본래의 햇살(Sunny Brain)'인 황금 화살, 즉 아침 햇살을 맨발로 밟고 오는 어머니의 치맛자락에서 본다. 나의 코르티솔, 즉 생존 호르몬이 분비된다.

    게스탈트 심리학 주장인 착각에 초점을 맞추면 파이(Phi) 현상이 일어나도 상식은 일탈을 만날 뿐이다. 혼란스러운 매혹에도 세미오시스(Semiosis)에서 건져 올리고 있다. 그것은 생존을 위한 7분의 6이나 되는 무의식이 나를 흔들어 깨우기 때문이다. 그래서 워케이션(Workcation)에도 스스로 자신을 향해 도어스테핑을 한다. 아직 이런 카오스 속에서도 나는 공간이 펼쳐지는 어느 섬을 찾아 파란 메시지를 받아낸다.

    더 열심히 남은 햇살 밟아 보라고 힘을 전해준 윤지영 회장님의 목소리에 더 꾸준히 상상력의 프랙탈 층위를 탐색하고 싶다. 컴퓨터가 프로그래밍하여 이진법으로 바꾸듯이 나의 상징적 오브제 아레시보 메시지 1을 점으로

0을 공간으로 하여 나의 우주 시대도 오픈했다.

다시 한 번 원시불교에서 말하는 팔정도 중에서도 불충한 나의 가실 소리 중도中道 앞에서는 성찰하는 겸허로 거듭나겠음을 밝힌다. 끝으로 뽑아주신 심사위원님들께 두 손 모아 합장한다.

☞ 출처 : 2023. 10. 20, 오후 3시 경남문학관 세미나실, 출판기념회 및 시상식 때 제5회 경남 PEN 문학상 당선작 시 〈풀밭 이슬길 걸으면〉, 《경남 PEN 문학》 제19집, (국제펜 한국본부 경남지역위원회), pp.36~44. 참조.

경상남도 문학관 공식 등록 : 제 경남6-사립1-2021-01호

사단
법인 한빛문학관

경상남도 통영시 봉수1길 9(봉평동 189-11)

경상남도 등록(제 경남6-사1-2021-01호)
사단법인 한빛문학관 약사略史

- ◆ 한빛문학관의 한빛의 뜻: '한국의 빛', '큰 빛', '글 빛' 등의 뜻을 담아 미래지향적인 문학관의 꿈과 희망을 상징. 움직이는 문학관으로 지속적인 발전을 꾀하고자 함.
- ◆ 한빛문학관 주소 : 우 53078 경상남도 통영시 봉수1길9
- ◆ 한빛문학관 전화 : 055-649-6799.
- ◆ 한빛문학관 대지(봉평동189-11) 307㎡와 쉼터 대지(189-12) 171㎡이며, 건물부지는 1층 142.08㎡, 2층 121.38㎡임(별첨: 토지, 건물 등기부등본 및 토지, 건물 대장).
- ◆ 한빛문학관 자격 요건 : 사립 문학관일 경우, 전시실은 120㎡ 이상이어야 함으로 현 한빛문학관 2층 전시실은 121.38㎡로써 충분조건을 갖추고 있으며, 1층(총면적 142.08㎡)에 수장고(11.88㎡) 1개소, 교육실(17.96㎡) 1개소, 사무실(15.76㎡) 1개소, 그 외 연구실(11.34㎡) 1개소, 집필실 겸 관리인실(22.74㎡) 1개소, 자료실(5.13㎡) 1개소, 다실 셀프 코너(19.14㎡) 1개소, 기타 계단, 화장실 외 3개소(38.13㎡) 등 면적을 갖고 있음.
- ◆ 사립 문학관 자격 요건 중 전문 인력 확보함 : 문학진흥법 시행령 17조에 의거 전문 인력 1명 확보(고등교육법 제29조 해당)에 따라 본 한빛문학관 관장 차영한 시인·문학평론가는 국립경상대학교 일반대학원 국어국문학과를 졸업(현대문학 전공-초현실주의 관련 논문 합격 문학박사 학위기 취득함)하여 조건에 충족됨(근거 서류는 수장고 비치함).
- ◆ 한빛문학관 사단법인 등록 : 2018년 6월 19일 사단법인 한국문학관협회에 회원관 가입(제18-04호) 경상남도문화예술과-5320 ☞사단법인 등록번호: 134221-0002198.
- ◆ 2018년 08월 17일 국세기본법 제13조 제2항 및 동법 시행령 제8조 제2항의 규정에 의하여 비영리법인으로 보는 단체 승인 여부 통지서와 본점 고유번호(220-82-70071) 받음.
- ◆ 2021. 04. 21. 경상남도로부터 '문학관 등록증(제 경남6-사립1-2021-01호)' 받음(문학진흥법 제21조 제1항·제2항 및 같은 법 시행령 제14조·제15조에 따라 위와 같이 등록함).
- ◆ 2021. 04. 21 이후, 지방세특례제한법 제52조 제1항에 따라 재산세 일부 면제받음.

- ◆ 2014. 04~2014. 10. 사립 한빛문학관 착공 및 준공함.
- ◆ 2015. 04. 11. 한빛문학관 개관(오전 11시 정각 개관식 거행).
- ◆ 2015. 03. 12. 개관식 전 2층 '문화 및 집회 시설'에서 봄부터 겨울까지 매년 2회씩 문예창작기법 무료 강좌 겸 인문학 강의 2017년 제6기생 배출 등 오늘에 이르고 있음(기성 시인 4명 배출).

- 2018. 06. 19. 사단법인 한국문학관협회에 '사단법인 등록금 납부' 포함 구비서류 제출한 결과 '입회 회관 등록증: 제18-04호, 사단법인 등록번호: 13221-0002198' 받음.
- 2018. 06. 26. 한빛문학관 지역특성화 프로그램사업 운영위원회를 구성, 운영함.
- 2018. 07. 25. 2018년 지역특성화 프로그램 개발 2차 응모사업 계획서 제출함.
- 2018. 08. 10. 공모 심의에서 한빛문학관 선정 사업비 5백만 원 지원받음(비예치형 통장).
- 2018. 08. 17. 국세청에 비영리 목적의 사업자등록 결과 고유번호증(제220-82-70071) 받음.
- 2018. 09. 07. 오후 6시 30분 한빛문학관 2층 '문화 및 집회 시설'에서 '시와 음악의 만남' 개최: 통영 출신, 영남대학교 명예교수 작곡가 진규영과 성악가(소프라노) 이병렬 교수 초청 하는 한편, 시낭송회 등 성과 거양함.
- 2018. 10. 20. 오후 6시 정각 한빛문학관 2층에서 2차 사업 '바닷소리와 문학의 만남 포 럼' 개최: 현재 한양대학교 교수, 문학평론가 유성호 문학박사 초청 성과 거양함.
- 2019. 06. 01. 지역특성화 상주작가 프로그램사업 제1회 바다사랑 전국 한글시 백일장 대 회 개최 사업 확정, 사업비 4백만 원정 지원과 아울러 상주작가 배치에 따른 인건비(4대 사 회보험 포함) 2천3백8십만 원정 지원받음(예치형 통장).
- 2019. 06. 01. 상주작가 1명(정소란 시인)을 임용과 동시 팀장으로 발령함.
- 2019. 09. 03. 오전 10시 한빛문학관 2층 '문화 및 집회 시설'에서 한빛한글학교 개설 운영.
- 2019. 10. 17. 오전 11시 정각 현 봉평동 분수대(발개 마을) 옆 주변 광장에서 지역특성화 상 주작가 사업 제1회 바다사랑 전국 한글시 백일장 대회 개최 사업 추진에 따른 추진운영위 원회 개최함.
- 2019. 10. 26. 상주작가 사업 제1회 바다사랑 전국 백일장 대회 개최함(장소: 경남 통영시 봉 평동(발개 마을) 분수대 주변 광장).
- 2019. 11. 18.~12. 16. 시민학교 개설 '로컬마스터와 함께 통영을 이야기하다' 장소 무료 제 공함.
- 2019. 12. 02.~12. 07. 통영수채화협회 창립전 5일간 개최 무료 제공함(회장 최득순).
- 2020. 04. 01. 지역특성화 상주작가 프로그램사업 청마 고향시가 갖는 의미 제1부 초청 문 학강연 및 제2부 청마 고향시 낭송회 개최 사업 확정, 사업비 7백2십만 원 지원과 상주작 가 배치에 따른 인건비(4대 사회보험 포함) 1천9백8십만 원정 포함, 2천7백만 원정 지원받음 (예치형 통장).
- 2020. 04. 01. 상주작가 1명(김판암 시인)을 임용과 동시 팀장으로 발령함.
- 2020. 06. 30. 당일 오전 11시 한빛문학관 2층 전시실에서 2020년 한빛문학관 지역특성화 상주작가 사업 추진운영위원회 개최함.
- 2020. 07. 22. 한빛문학관 소장 유물 체계화 사업 지원 공모 신청 결과 전담 직원 1명 확보, 2020년 8월 1일~2021년 1월 31일까지(6개월간) 작업함(보조금 1천5백만 원정 지원받음).
- 2020. 09. 11. 한빛문학관 2층 문화 및 집회 시설(전시실)에서 청마 고향시가 갖는 의미 초청 문학 강연 및 시낭송회 개최, 성과 거양함.

- 2020. 09. 24(목). 오전 11시 한빛문학관 1층 교육실에서 지역특성화 상주작가 프로그램사업 '청마 고향시가 갖는 의미' 사업추진 결과에 따른 추진운영위원회 개최함.
- 2021. 03. 01 상주작가 지원사업 향토 출신 작고 문인 추모 시 공모전 개최 사업비 3백만 원과 영상제작비 1백만 원정과 인건비(기관 부담 4대 보험 포함) 1천9백 80만 원 등 총 2천3 백80만 원정 지원받음(예치형 통장).
- 2021. 03. 01. 상주작가 1명(조극래 시인)을 임용과 동시 팀장으로 발령함.
- 2021. 03. 17(수). 오전 11시 정각 포스트 코로나로 인한 비대면 추진운영위원회 개최함.
- 2021. 04. 21. 경상남도로부터 문학관 등록증(제 경남6-사립1-2021-01호) 받음.
- 2021. 04. 21 이후, 지방세 특례법 제52조 제1항에 따라 재산세 전액 면제받음.
- 2021. 06. 03. 한빛문학관 단행본 시집(팸플릿 식)《꽃으로 뿌리내린 당신》200부 발간.
- 2021. 06~09. 1999~2018년 통영시지 내 통영문학사 기술오류 일제 정비작업 완료.
- 2021. 09. 10~2021. 10. 31까지(50일간) 한빛문학관 2층 '문화 및 집회 시설'에서 공모에 당선된 향토 출신 작고 문인 추모시화전 개최함.
- 2022. 03. 01. 상주작가사업 '통영지역 섬 사랑 시 공모전' 개최에 따른 인건비(기관 부담 4 대 보험 포함) 1천9백80만 원 등 총 2천3백80만 원정 지원받음(예치형 통장). 팸플릿 시집 발 간(220권) 및 2층에서 당선작품 시화전 개최 계획 확정함.
- 2022. 03. 01. 상주작가 1명(박건오. 수필가)을 임용과 동시 팀장으로 발령함.
- 2022. 03. 18(금). 오전 11시 정각 코로나19로 인한 비대면 추진운영위원회 개최함.
- 2022. 04. 통영시로부터 한빛문학관 사업에 따른 보조금 3백만 원정 지원받음.
- 2022. 04. 25(월). 현역 통영 출신과 연고 문인 육필 모음 문집 발간(400부 발간 계획) 및 출판기념회 개최를 위해 통영시로부터 시 보조금 3백만 원정 지원과 자부담 5십만 원정 총 합계 3백5십만 원정 지출하였음.
- 2022. 10. 11(화). 2022년 통영 섬 사랑 시 공모에 선정된 분들과 초대 시로 묶은 시집《쉼 표가 있는 통영 섬들》220권 출간과 함께 선정된 30명분 시화전을 2층 전시실에 개최(전시 기간 : 2022. 10. 14~2022. 11. 24)함.
- 2022. 10. 25. 현역 통영 출신과 연고 문인 등 71명 그리고 작고 문인 24명과 현재 활동 문인 3명, 언론인 1명 포함 총 99명 육필 모음 문집 발간비 자부담 오십만 원정 포함 3백 오십만 원으로 한정판 신국판으로 400권(120쪽) 출간함.
- 2022. 11. 16. 오후 5시 30분 한빛문학관 2층에서 현역 통영 출신, 연고 문인 그리고 작고 문인 포함 육필 모음 문집출판기념회 개최(정영자 문학평론가 초청문학강연 겸함).
- 2023. 03. 01. 김춘수 시인 시 세계 집중조명 초청 문학강연 및 시낭송회 개최에 따른 인건 비(기관 부담 4대보험 포함), 2천1백78만 원 등 총 2천4백78만 원정 지원받음(예치형 통장).
- 2023. 03. 01. 상주작가 1명(박건오. 수필가)을 임용과 동시 한빛문학관 팀장으로 발령하여 근 무 중, 신병으로 2023년 05월 31일 사직함.
- 2023. 04. 05. 한빛문학관 사업 위한 운영위원회를 개최. 원안대로 가결되어 추진키로 함.

- 2023. 04. 21. 한빛문학관 사업을 위해 자부담 3십만 원정 확보, 통영시에 보조금 지원신청 서 제출함.
- 2023. 05. 통영시로부터 한빛문학관 사업에 따른 보조금 3백만 원정 지원받음.
- 2023. 05. 01. 통영시 보조금 300만 원과 자부담 30만 원 합계 3백3십만 원 정으로 통영 의 특유한 향기와 빛깔을 노래하는, 최초로 전국적인 순수문예지 《0과 1 문학》 창간호 2023 년 11월 30일 이내로 200페이지 전후로 300부 정도 한정판 발간 계획.
- 2023. 06. 16. 시인이며, 수필가인 김판암을 임용과 동시 한빛문학관 팀장으로 발령함.
- 2023. 09. 01. 오전 11시에 한빛문학관 1층 교육실에서 전국적인 순수문예지 《0과 1 문 학》 발행에 따른 앞으로 발전 방향 설명과 아울러 창간호 간행 운영을 위해 회의 결과 발 행처와 발행인은 사단법인 한빛문학관, 주간은 차영한 시인, 편집장에는 박미정 시인, 편집 위원은 김판암(편집 차장, 기자) 시인, 한춘호 시인, 이희태 시인을 선출했으며, 간행위원장에 는 양미경 수필가, 위원에는 김승봉 시조시인, 유영희 수필가, 조혜자 시인을 선출함.
- 2023. 10. 05. 오후 05시 본문학관 2층 문화 및 집회시설(회의실)에서 대여 김춘수시 세계 집중조명 초청 문학강연과 김춘수 시낭송 개최에 따라 김지율 시인(경상국립대 교수)과 박종 현 시인(경상국립대 평생교육원 시 창작지도 교수 역임) 초청 강연과 낭송자는 김승봉 시조시인, 유영희 시인, 김순효 시인, 박길중 수필가, 한춘호 시인, 조혜자 시인이 출연하였는데, 참석 자들에게 저녁 식사 대용 통영 김밥 제공과 리플렛·강연자료 책자 제공함.
- 2023. 10. 30. 전국적인 순수문예지 《0과 1 문학》 창간호를 지질 하이플러스지 90그램으 로 268쪽 분량 한정판 350권을 동년 11월 30일 출간하였는데, 통영시 지원 보조금 3백만 원정과 자부담 당초 30만 원정에서 추가 자부담 55만 원 정. 총사업비 3백8십5만 원정 지 출되었음.
- 2023. 11. 17. 오후 05시에 전국적인 순수문예지 《0과 1 문학》 창간호 출판기념회를 본 문학관 2층 문화 및 집회 시설(회의실)에서 개최함(참석자 전원에게 저녁 식사 대용 통영 김밥 제공/각종 자료는 별도로 관리).
- 2024. 04. 전국적인 순수문예지 《0과 1 문학》 제2집 발간 계획.
- 2024. 04. 11. 한빛문학관 앞에 차영한 문학작품집 불망비 세우다.

위의 기록 사항은 2024년 04월 현재 상이相異 없음을 확인합니다.

사단법인 한빛문학관 관장 차영한 인

차영한車映翰 연보

차영한車暎翰 연보

Ⅰ. 일반

● 현 본적 : 경상남도 통영시 도천동 211번지(지금 소방도로에 전부 편입됨).

● 현 주소 : 우 53078/ 경상남도 통영시 봉수1길 5-10(봉평동 189-13번지).

● 출생지 : 경상남도 통영시 사량면 양지리 409번지에서, 음력으로 1938년 08월 17일 오전 10시 30분경 아버지 차종건車鍾建과 어머니 임성례林聖禮 사이에서 막내로 태어났음. 태어난 장소는 호적상에 양지리 298번지로 기록되어 있으나, 본인은 부모 분가에 따라 본적이 된 사량면 양지리 409번지의 1호(능량能良마을)에 분가 입적이 아니고 그 자리에서 실제로 태어났다. 아버지께서 분가신고를 늦게 함으로써 호적상 '부에 따라 입적'으로 되어 있으나, 자녀들은 모두 사실상 실제로 이사한 양지리 409번지에서 태어났음을 밝혀 둔다.

● 최종 학력 : 경상남도 진주시 가좌동 소재, 국립경상대학교 일반대학원 국어국문학과 졸업(현대문학 전공 졸업 과목 시험 합격 후 졸업 논문 명. 《초현실주의 수용과 '三四文學'의 시 연구》 논문이 합격되어 문학박사 학위기를 취득→학위번호: 경상대 2007(박)02→박 제1370호).

● 병역 사항 : 군번 받은 날은 1961년 12월 27일/ 군번 : 10949493/ 병과-기공/ 군대 복무 기간 임무직책 : 후방 공병학교의 조교를 거쳐 사병 교관 시험에 합격, 사병 교관 직책/ 최종 계급 : 병장~1964년 9월 12일(만 32개월 18일, 39x143호) 전역.

● 자격취득 : 1959. 01. 어선 을종 2등 항해사 자격시험 합격.

● 공무원 경력 : 당시 내무부 산하 37년 5월 13일→최종 직급: 2002년 6월 30일 명命 지방 서기관 발령 ▷군대 경력 기간 포함하여 총 공직생활 40년 01월(통영시청 인사기록 참조). ▷공무원 시작 : 1965년 11월 경상남도 시행 5급 을류 공무원 공개채용시험(8과목)에 합격. ▷1966년 1월 17일 발령. ▷1992년 9월 내무부에서 시행하는 5급 행정승진시험합격(시·군 과장급). ▷시·군 과장급 정식발령: 1992년 12월 23일 첫 발령 통영군 의회 전문위원부터 1995년 01월부터 충무시와 통영군과의 병합에 따라 통영시 시민 과장 발령 이후(과장급 직무수행 기간→11년 6월 만에 명 지방서기관 명예 퇴임: 2002. 06. 30). ▷2003~2009년 2월 말까지 국립경상대학교 인문대학에 출강(당해 년 포함 7년간)함.

● 공식적으로 시인 등단 : 1978년 10월, 시 전문지詩專門誌 월간 《詩文學》, 통권 제86호에 시, 〈시골 햇살Ⅰ·Ⅱ·Ⅲ〉, 3편 발표, 1회 추천되었으며, 그다음 해인 1979년 7월, 시 전문지 월간 《詩文學》, 통권 제96호에 〈어머님〉, 〈한려수도〉 2편을 발표하는 등 모두 5편을, 미당 서정주·이철균·함동선·문덕수 등 심사위원들의 '2회 추천 제도운영'에 따라 추천이 완료됨으로써 공식적으로 시 문단에 등단하여 현재에도 활동하고 있음.

● 참고 1 : 《韓國日報》 1면에 시 〈醉味〉('79. 10. 18), 같은 신문 1면에 시 〈滿月〉('79. 11. 23),

같은 신문 1면에 시 〈山情〉('80. 08. 16), 같은 신문 5면에 시 〈祈禱〉('81. 07. 23), 같은 신문 6면에 시 〈서울의 番地〉('83. 03. 08) 등 5회 발표/ 1980년 6월 02일 《國際新聞》(제10842호) 3면에 시 〈坐禪〉 발표/ 1981년 2월 《月刊文學》에 시 〈俗氣〉/ 1985. 11월호 《月刊朝鮮》(551쪽)에 시 〈本籍地에서〉를 비롯하여 여러 지면을 통해 발표하는 등 시작 활동을 본격화함.

◑ 참고 2 : 통영중학교 때부터 한글 시 백일장대회 시 〈벚꽃〉 2등 상. 시내 '중고등학교종합예술제' 시화전에 출품 〈감〉 입상/ 교내 신문(프린트 판), 《푸른 하늘》에 시, 〈향수〉 발표./ 1958년 프린트 판 동인지 《珊瑚島》 창간호 직접 출간함./ 1964년 10월 전국 한글시 백일장대회 대학 및 일반부 시제 〈劍〉. 장원. 차상 없는 차하 입상(심사위원: 유치환, 김상옥, 이경순, 이영도, 진장기) 등.

◑ 문학평론가로 공식 등단
▷등단 경위 : 2011년 월간 《시문학》 11월호, 통권 제484호에 공모하는 문학평론 부문에 〈청마시의 심리적 메커니즘 분석〉이 당선되어 공식 등단함(문학박사 학위 취득자는 공식 등단 없이 문학평론가로 인정한다지만, 본인은 문예지 공모에 응모하여 당선되었음).

◑ 시집 간행 : 제1시집 《시골 햇살》, 사-111편, 176쪽(시문학사, 초판 ,1988. 06, 재판, 1988. 09), 각각 1,000권 출간/ 제2시집 연작 《섬》, 사-50편, 134쪽(시문학사, 초판: 시 -50편/ 1990. 03 재판: 사-50편, 하드커버, 134쪽, 2001. 04), 각각 1,000권 출간/ 제3시집 연작 《살 속에 박힌 가시들—심심풀이》, 사-80편, 126쪽(시문학사, 2001. 03), 1,000권 출간/ 제4시집 《캐주얼 빗방울》, 사-75편, 128쪽(한국문연, 2012. 11), 800권 출간/ 제5시집 《바람과 빛이 만나는 해변》, 사-50편, 136쪽(한국문연, 2016. 10. 25), 500권 출간/ 제6시집 《무인도에서 오는 편지》, 시, 70편, 128쪽(도서출판 경남, 2017. 6. 20), 500권 출간/ 제7시집 《새소리 받아 일기도 쓰고》, 사-80편, 144쪽(시문학사, 2018. 01. 30), 500권 출간/ 제8시집 《산은 생각 끝에 새를 날리고》, 사-70편, 152쪽(시문학사, 2018. 01. 30), 500권 출간/ 제9시집 《꽃은 지기 위해 아름답다》, 사-70편, 160쪽(시문학사, 2018. 01. 30), 500권 출간/ 제10시집 《물음표에 걸려있는 해와 달》, 사-70편, 162쪽(인간과문학사, 2018. 09. 03), 500권 출간/ 제11시집 《거울 뉴런》, 사-40편, 160쪽, 월간 《현대시》, 기획선 20(한국문연, 2019. 06), 500권 출간/ 제12시집 《황천항해》, 사-60편, 160쪽, 월간 《현대시》, 기획선 22(한국문연, 2019. 09. 03), 500권 출간/ 제13시집 《바다에 쓰는 시》, 사-65편, 128쪽(도서출판 경남, 2019. 10. 30), 500권 출간/ 제14시집 《바다 리듬과 패턴》, 사-75편, 124쪽(인간과문학사, 2020. 10. 27), 500권 출간/ 제15시집 《제자리에는 나무가 있다》, 사-65편, 110쪽(도서출판 경남, 2021. 03. 14), 한정판, 200권 출간/ 제16시집 《랄랑그Lalangue에 질문》, 사-75편, 196쪽(인문엠앤비, 2022. 03. 31), 500권 출간/ 제17시집 《우주 메시지》, 시 60편, 160쪽, 월간 《현대시》 기획선 76(한국문연, 2022. 10. 30), 400권 출간/ 제18시집 《낯선 발자국 사냥하다》, 사-100편(인문엠앤비, 2024. 4), 하드커버 400권 출간/ 무크지 창간호 《0과 1의 빛살》, 8인, 152쪽(2020. 09. 11) 400권 출간, 직접 주도함/ 2023년 10월 30일 전국

순수문예지 성격, 《0과 1 문학》 창간호, 268쪽, 사단법인 한빛문학관 관장 차영한 주간, 350권 출간/ 그 외 합동시집(앤솔러지) 108권 이상 발간에 참여함.

◑ 비평집 간행 :《초현실주의 시와 시론-'三四文學'의 시 중심으로》(한국문연, 2011. 07. 20), 가로 13.5cm×세로 23.5cm, 하드커버, 300쪽, 1,000권 출간/《니힐리즘 너머 생명 시의 미학》(시문학사, 2012. 11), 가로 13.5cm×세로 23.5cm, 하드커버, 400쪽, 1000권 출간/《상상력의 프랙탈층위 담론》(인문엠앤비, 2022. 03), 680쪽, 한정판 300권 출간/《문학작품의 심리적 메커니즘 분석》(인문엠앤비, 2024. 04), 가로 13.5cm×세로 23.5cm, 하드커버, 700쪽, 400권 출간 등 4권.

◑ 차영한 수상록 간행 :《생명의 선율 그 그리운 날들》(인문엠앤비, 2021. 09. 30), 가로 13.5cm×세로 23.5cm, 하드커버, 496쪽, 400권 출간(1권).

◑ 논문발표(각종 문예지·기관지·합동 저서·개인 저서 등에 수록)

▷연구논문발표 : 통영문학사 집필(1999. 2-《統營市誌》下卷, 제1장, 〈문학〉, 213~249쪽 참조)/ 등단 문인들을 통한 충무(통영) 문학사의 재조명/ 청마 출생지 쟁점 고찰/ 박재삼의 삶과 문학/ 이승훈 시와 시론에 나타나는 주체의 변모 양상/ 청마 유치환 고향 시 연구/ 초현실주의 수용과 《三四文學》의 시 연구(문학박사 학위 논문 합격)/ 초현실성을 갖는 페티시즘적 오브제의 시학-강희근시 세계/ 공감각을 통한 만다라의 미학-함동선 선생 시 세계/ 통영시 사량면 지명유래 고찰(2008. 12)/ 〈청마 유치환 초기시의 특성〉《경남문학》 가을호 제92호, 2010.9. 07, 192~217쪽/ 평론부문, 〈청마시의 심리적 메커니즘 분석〉, 11월호, 《시문학》 통권 484호, 공모에 당선 신인상 공식 등단(시문학사, 2011) 78~95쪽/ 청마 시 〈그리움과 행복에 대한 단상〉(2012. 06)/ 〈청마의 신神은 무량수불 세계〉《청마문학》 제16집 청마문학학회(2013. 05), 88~108쪽./ 〈청마 유치환 시 '旗빨'세계 재조명〉/ 〈청마의 시 해설집 《구름에 그린다》와 호적상에 태어난 곳은 통영 땅이다〉/ 〈청마의 생가 모습 복원 및 청마문학관 건립 경위〉/ 〈청마거리의 지정 및 조성〉/ 〈청마의 통영 출생은 그의 저서 《구름에 그린다》가 산 증인이다〉〈문인들 통영에 모이다〉(2013. 10)/ 〈정신분석학적으로 본 청마시의 삶과 죽음, 제6시집, 《보병과 더부러》 중심으로〉(2014. 07)/ 백석의 시, 〈통영 3편 재 해석〉(시문학사, 2017. 11월호, 12월호, 2018. 1월호, 3회 연재)/ 〈김춘수 시인과 청마 시인의 관계〉《시애》, 2017. 08, 《통영문학》, 2017. 12)/ 2020년 가을, 〈청마 수필 세계 소고〉, 한빛문학관 2층 전시실에서 특강(자료는 2021년 《수향수필》 집에 발표)/ 〈김상옥 시, '꽃으로 그린 악보'와 만난 이중섭 화가〉/ 2022년 김춘수 100주년 기념, 평론 〈김춘수 무의미 시 세계 고찰〉 및 〈김춘수 시인의 전기적 고찰〉《통영문학》, 제41집, 통영문인협회/ 〈이상 시인의 현주소를 폭로한 시 '絕壁'〉/ 〈김수영 시인의 삶과 문학〉/ 〈신시론·후반기동인 운동에 참여한 김경린 시인-1948년 4월 20일부터~1953년 07월 27일〉/ 〈김춘수 시인과 유치환 시인의 관계〉/ 〈김춘수 연보에 없는 새롭게 발견한 전기적 고찰〉/ 〈한恨의 마디마다 만나는 생생한 생명력-박경리 장편소설 《토지》 소고〉/ 〈자아의 숲을 잘 가꾸어 온 정원사-성춘복 시인의 시 세계 소고〉/ 〈에로티시즘의 해부학을 읽다-김지율 시집 《내 이름은 구운몽》의

시 세계〉/〈카타르시스, 생기발랄한 포에지—정소란 첫 시집《달을 품다》시 세계〉/〈움직임을 낯설게 형상화한 시편들—조혜자 첫 시집《웃었다, 비둘기 때문에》시 세계 읽기〉/〈시적 비유는 살아있는 삶의 이미지〉/〈수필은 삶이 나를 찾아 손잡아주는 미래지향적 코스모스 고향편지 같은 거〉/〈문학 수업으로 앓는 병〉/ 李奎報 문학세계 小考/ 歌辭의 内容分流 再整理/ 반민족문화론反民族文化論/ 이태준 소설연구 등 다수 발표함.

◑ 현재 활동 : 경상어문학회 회원/ 사)한국문인협회 자문위원/ 사)국제펜한국본부 회원/ 사)한국현대시인협회 지도위원/ 사)한국시인협회 회원/ 월간 현대시인회 회원/ 사)경상남도문인협회 회원/ 사)국제펜한국본부 경남지역위원회 고문/ 사)경남시인협회 회원/ 사)한국문인협회 통영지부 회원/ 사)한국해양문학가협회 회원/ 사)경남향토사 연구회 부회장/ 사)통영문화원 회원/ 수향수필문학회 회원/ 사단법인 한빛문학관 관장

◑ 일반경력 : 경상국립대학교 국어국문학과 6년여 출강(총장 발령, 시간 강사 2003. 03~2009. 02. 28)/ 일반 공직 복무는 40년 01월(군인 복무 32개월 16일 포함. 최종직급 명命 지방서기관)/ 경상어문학회 회원/ 사)한국문인협회사료 조사위원/ 사)한국시인협회 회원/ 사)한국현대시인협회 지도위원/ 월간 현대시인회 회원/ 사)한국해양문학가협회 부회장/ 사)국제펜한국본부 이사/ 사)국제펜한국본부 경남지역위원회 고문/ 청마문학회 부회장/ 사)한국문인협회 통영지부 초대·2대·3대·7대/ 제21대 한국예술문화단체 총 연합회통영 지회장/ 1981~1982, 경남문인협회 창립위원·이후, 감사(10년)·이사(9년)/ 경남시인협회 부회장/ 경남비평가협회 감사(2013. 05 창립)/ 수향수필문학회 회장/ 한국시연구 회원/ 화전시 동인/ 해조문학 동인/ 사)국제펜한국본부 경남지역위원회 운영위원·고문/ 국사편찬위원회 사료조사위원(8년)/ 통영문화원 향토연구위원·자문위원/ 통영군사편찬위원·집필위원·간사 역임(1984~1986)/ 통영시지 편찬위원 및 집필위원(1996~1999, 문학 부문 집필)/ 국립경상대학교 강희근 교수 퇴임 기념집《강희근 시 비평으로 읽기》간행위원장/ 1992년 04월 제57차 스페인 바르셀로나 국제펜클럽 대회 한국 대표로 참가 후, 스페인, 터키, 이스탄불, 그리스, 이집트, 불란서 등 6개국 탐방/ 1994년 9월, 경상남도 주관 유럽 5개국 민방위 시찰(프랑스. 독일. 영국. 스위스. 이스라엘)/ 1995년 8월, 제14차 미국 멤피스 세계시인대회 참가 후, 미 멤피스, 워싱턴을 비롯한 동부지역, 뉴욕, 캐나다 등 탐방/ 1989년 9월, 일본 속의 한국예술문화 탐방(2회) 등등.

◑ 문학상 : (1) 제2회 경남 문학 작품집 우수상과 부상 5십만 원(1990. 12)/ (2) 제24회 '시문학상' 본상과 부상 2백만 원 수상(1999. 12)/ (3) 제13회 경남문학상 본상과 부상 2백만 원 (2001. 12)/ (4) 제15회 청마문학상 본상과 부상 2천만 원 수상(2014. 07)/ (5) 제54회 경상남도 문화상(문학 부문) 수상(2015. 10. 30. 부상 없는 트로피 1개)/ (6) 제3회 통영예술인상 본상 수상(2017. 11. 07. 상금 일천만 원 및 창작 지원금 일천만 원 등 2천만 원)/ (7) 제1회 통영지역문학상 수상(2018. 12. 시상금 3백만 원정)/ (8) 제6회 경남 시문학상 본상 수상과 부상 1백만 원(2021. 11. 10. 창원시 마산문화원 강당)/ (9) 제17회 통영시 문화상 수상(2022. 09. 30. 통영시민회관 대강당, 시상금 없는 트로피 1개)/ (10) 제8회 한국 서정 시문학상 수상(2022. 11. 11. 오후 2시, 대전 백석대학교 글로벌 외식산업관 5층 세미나실, 상패와 부상 1천만 원(통장 입

금))/ (11) 제5회 국제펜한국본부 경남지역위원회 경남 PEN 문학상 수상(2023. 10. 창원시 경남문학관(진해 소재) 2층 세미나실. 상패와 부상은 서양화 1점 강정완 화가의 〈빛과 사랑〉 오리지널).
▷ 위 모두는 사단법인 한빛문학관 '수장고'에 소장함.
▷문학공로상: (1) 제1회 경남예술인상(1990. 경상남도 예술문화단체 총연합회. 부상 순금 6돈) (2) 제9회 문화예술 공로상(1995. 한국예총. 미니 TV 1대) (3) 제1회 한국예총 통영지부 공로패 수상(2014. 02. 부상 상쇠(깽맹이)에 새긴 패) 등 위 모두는 사단법인 한빛문학관 '수장고'에 소장함.
◗ 녹조근정훈장 수장(제23649호): 대한민국헌법의 규정에 의한 훈장과 훈장 메달 받음▷사단법인 한빛문학관 '수장고'에 소장함.
◗ 일반 상장·상패·표창(공로패, 감사패 및 공로 표창 포함)▷모두는 사단법인 한빛문학관 '수장고'에 소장함.

Ⅱ. 차영한 세부 연보細部年譜

1. 근본根本

◉ 현 본적 : 경상남도 통영시 도천동 211번지(현 소방도로에 전부 편입됨).
◉ 출생 장소 : 경남 통영시 사량면 양지리(능양마을) 409번지의 1호에서 출생
◉ 출생 연월일 : 음력(무인戊寅年), 1938년 08월 17일 오전 10시 30분 경(사시巳時) 출생(호적상 나이1 : 943년 04월 11일생–자연 연령과의 나이 차이 6살임).
◉ 가족 사항: 아버지 차종건車鍾建과 어머니 임성례林聖禮(나주임씨羅州林氏. 정좌공파丁坐公派) 사이에서 막내아들로 태어났다. 태어난 장소는 호적상에 양지리 298번지로 기록되어 있으나, 본인은 부모 분가에 따라 본적이 된 사량면 양지리 409번지의 1호(능양能良마을)에서 실제로 태어났다. 아버지가 분가신고를 늦게 함으로써 신분 사유의 난에 '부에 따라 입적으로 기록되어 있으나, 자녀들은 모두 앞에서 말한 분가된 장소 양지리(능양마을) 409번지의 1호에서 태어났음을 밝혀둔다. 위로는 형님 1명(사망)과 누님 4명(사망)이 있었다. 부모 살아계실 적인 1966년 초봄부터 부모 모셔왔고, 부모 기제父母忌祭를 본인이 1978년 2월부터 현재까지 직접 모시고 있음.
◉ 부모 약력 및 묘소 위치 :
① 부父 차종건車鍾建 출생은 음력으로 1896년 4월 13일 욕지 본도 읍포마을에서 車泰基와 金又順(묘소는 욕지면 동항리 골개 동촌 서짓골 김응대 뒷산 봉우리 가까이 있음) 사이에 큰아들로 태어나 어릴 적부터 양지리 298번지 능양마을에서 성장하는 동안 서당에 다녀 '책걸이(일종의 수료)'했으며, 구두口頭로 차필기車弼基 친숙부親叔父에게 입양되어, 양지리 409번지(지목 전)에 새집을 지어 모시고 분가하였다고 함/ 연안군 36대손(代孫, 37세世)이요, 중시조 강열공파(휘諱 운혁云革) 16대 손(17세)임./ 돌아가신 연월일시: 음력으로 1978(무오년戊午年). 02.

22, 오후 6시경(만 82세)/ 제삿날 : 음력으로 매년 02월 21일임./ 묘소 위치: 통영시 사량면 하도下島 양지리 산 227번지(능양마을)를 향해 가려면, 능양 초등학교 위치 뒤편 골개 재로 가는 길을 이용, 골개 재 정상에 올라서면 왼쪽에 묘소가 있으며, 묘지의 좌는 정자丁坐.

② 모母 임성례林聖禮 출생은 음력으로 1897년 05월 09일 사량 읍포에서 서당 훈장 하시던 임대학林大學과 박씨朴氏 사이에서 큰딸로 태어나 17세 때 차종건과 혼인하였음./ 관향貫鄕 : 나주임씨 정자공파羅州 林氏 丁字公派/돌아가신 연월일시 : 음력으로 2000년(庚辰年) 동짓달 초 팔일(11월 08일), 양력으로 12월 03일 오후 04시 45분경(만103세)/ 제삿날 : 매년 음력 동짓달 초이레(11. 07)/ 묘지번호: 경남 고성군 상리면 자은리 산85번지 제6 블록 3열 3평 1기, 매장 일시; 양력으로 2000년 12월 05일/ 관리 기간 : 재계약, 2015. 12. 05~2030. 12. 05까지/ 현 외갓집 : 경상남도 고성군 하일면 맥전포 마을, 세대주 임현두(외사촌 형).

⊙ 관향貫鄕(본관本貫 또는 本) : 연안延安.

⊙ 호號 : 송안松岸·한빛(2018년부터 호명).

⊙ 세世 및 대代 : 세는 연안군 38세요, 대는 37대손 임/ 중시조中始祖는 강열공剛烈公 휘諱 운혁云革 조부(배위配位 ; 광산 김씨光山金氏, 1396~1465)이시다. 호號는 쌍청당雙靑堂 또는 송암松庵이다. 강열공 후손 차영한은 중시조로부터 18세요 17대손이다. 본인의 족보에 대한 기록은 다른 이름으로 기재되어 있다. 즉, 대동보大同譜의 기록은 최초 영호永浩, 두 번째 대동보에 준영濬永으로, 자字는 영한映翰이다.

⊙ 강열공파剛烈公波란 : 1467년 조선조 이시애의 난을 평정하기까지 순절하시어 3등 공신三等功臣이었으나, 세조대왕은 2등 공신二等功臣으로 추서, 연천군延川君에 봉하고 시호諡號 는 '강열공剛烈公'을 내리시니 곧 강열공파剛烈公派이시다. 후손들에게는 중시조中始祖가 됨.

⊙ 통영 땅에 입지入地한 할아버지(선조부先祖父) :

▷휘諱 '용용湧' 자 할아버지는 휘諱 운혁云革 강열공 【시호諡號 剛烈】 할아버지의 4대손이요, 5세임. ▷'용湧' 자 조부의 입도 배경 : '용湧' 자 할아버지는 그의 아버지가 중의仲儀(통정대부通政大夫 ; 행행 용천군수龍川郡守임)의 셋째 아들이다. 중의仲儀 할아버지의 호號는 운산雲山이며, 신유년(辛酉年, 1561년) 03월 15일 출생~병술년(丙戌年, 1646년) 11월 초初 4일 수壽하셨다. 배配 광산 김씨光山金氏 할머님(부父 여옥汝玉 성균진사成均 進士이며, 셋째 아들이 용용湧이며, 三子, 1578~1663)께서 낳으셨다.→용용湧 자 할아버님은 만14세 때 임진왜란(1592년)이 일어났고, 인조반정(1623년)으로 인한 서인과 남인들의 치열한 당파싸움으로 인해 혹시나 연루될까 걱정하였고, 그 이후 후금後金이 일으킨 정묘호란(1627년)과 병자호란(1636)을 겪게 됨에 따라 후손들의 목숨 보전을 위해 경기도京畿道의 광주(廣州; 현 광주시 廣州市)에서 전국적으로 뿔뿔이 흩어지기 시작했다고 한다. 가족들을 이끌고 스스로 통영 땅 사량의 상도上島 유천(柳川-현재 금평리 옥동마을 속칭 불모산佛母山 아랫마을 불모개佛母浦) 일대에 터를 마련하였다. 사백년(四百年, 400년)이 넘은 오늘날까지 강열공파 용용湧 자 할아버지 후손들은 주로 통영 땅을 중심으로 살고 있다. 그러나 역사적으로 유배된 사실이 있는지를 개인적으로 《조선실록》 등을 비롯한 각종 문헌을 구명究明해 본 결과 현재 유배된

사실은 전혀 없음.

▷용湧 자 할아버님 묘墓 위치 : 현재 통영시 사량면 금평리 옥동마을 소유자 김종문(사망)의 산에서 분할 측량하여 차문車門 명의의 분묘墳墓가 있으며, 금평리 진촌 차문車門들이 매년 음력으로 10월 초初 9일을 기준하여 시제를 올리고 있다.

▷차영한은 '용湧' 자 할아버님으로부터 13세요 12대손이다. 2023년(정유년丁酉年)을 기준으로 할 때 2남 5녀(二男 五女)를 두었는데, 장남인 차민근車旼根과 둘째 아들 차민재車玟宰는 연안군 39세요, 강렬공 19세(18대손)이며, 용湧 자 할아버님으로부터는 14세(13대손)이다. 또 차민근의 자녀로서, 손녀 유진有振과 손자 성목星穆은 연안군 40세卅요, 강열공 20세卅이며, 용湧 자 할아버님으로부터 14대손이 된다. 【차영한의 이름에 대한 오류를 지적함】: 연안 차씨 대동보大同譜, 현재 기준 60년 이상 대동보大同譜에는 영호永浩로 기재되어 있으며, 2004년도에 간행된 대동보에도 누군가의 잘못으로 '준영濬永'으로 오기誤記하여 오류를 범했다. 또 해당되는 연안군 38세 란欄에 올바른 '자字'는 '영한映翰'인데, '영륜映輪'으로 기록되어 있으나 오류誤謬이다. 또 1980년대에 간행된 강열공파보剛烈公派譜는 '영호映浩'로 기록되어 있고, 현재의 호적부는 차영호車映浩를 차영한車映翰으로 개명改名되어 모든 기록에는 차영한車映翰으로 갱정更正 기록되어 있다. 그러므로 앞글에서 지적한 오류는 2004년도 간행된 《연안차씨 대동보延安車氏大同譜》에 잘못 기록된 이름 '준영濬永'은 차영한車映翰과 동일인同一人임을 밝혀 두니 대대代代로 참고하기 바람.

◉ 학력 : 양지초등학교 6년 졸업 /1956년 02월 통영중학교 3학년 졸업/ 1955. 11. 진주 사범학교 1차 필기시험 합격, 2차 면접 불합격(면접 당시 호적상의 연령 만9세에 대한 질문에 실제 연령 16세라고 답한 바 있음)/ 1956년 2월 통영중학교 3년 졸업/ 1959. 02. 통영수산고등학교 어로과 3년 졸업(34회)/ 1959. 04. 부산사범대학 미술과 중퇴 【합격증: 미술과 50번 성명 車映浩 -"위의 학생은 금년도 본 대학 제1학년 입학 고사에 합격하였음을 증명함." 단기 4292년 3월 12일 부산사범대학장 인】 합격증 보관함/ 1972. 03~1974. 02. 28. 제1회 한국방송통신대학 행정학과 제1회 졸업(제2174호), 한국방송통신대학교 국어국문학과 입학졸업/ 1999. 11. 국립경상대학교 일반대학원 국어국문학과 시험에 합격/ 2000. 03. 02. 국립경상대학교 일반대학원 국어국문학과에 입학/ 2002. 02. 25. 국립경상대학교 일반대학원 국어국문학과 졸업(석 제4953호, 학위번호: 경상대 20019(석)002). 문학석사 학위취득▷석사 학위 취득 논문 : 청마 유치환 고향 시 연구/ 2002. 11. 국립경상대학교 국어국문학과 박사 과정 외국어 시험 합격 후, 전형 시험 결과 합격/ 2003. 03. 02. 국립경상대학교 일반대학원 국어국문학과 박사 과정 입학/ 2004~2007년 각종 시험 및 제출된 문학박사 논문 합격으로 학위 취득. 2008. 2. 22. 국립경상대학교 일반대학원 국어국문학과 졸업식(학위기 박제 1370호), 학위번호: 경상대 2007(박 02)▷박사학위 취득 논문 : 〈초현실주의수용과 '三四文學'의 시 연구/ 2003년 03월 02부터~2009년 02월까지(당해년 포함 7년간) 국립경상대학교 인문대학 국어국문학과에 출강함.

◉ 일반경력 및 군대 복무 : 1959년 01월 어선 을종 2등 항해사 자격시험 합격(육군 전역 후.

1965년 1월부터 3개월간 원양어선 동해호 승선 경험–뱃멀미로 하선/ 1961년 12월 27일(군번 받은 날; 군번: 10949493 : 병과 : 기공, 최종 계급, 병장)~1964년 9월 12일(만 32월 18일, 39x143호 만기전역).

⊙ 공무원 주요경력:

공무원 시작: 1965년 11월 경상남도 시행 5급 을류 공무원 공개채용 시험(8과목)에 합격.→ 1966년 01월 17일 발령/ 1991년 04월 15일 30년 만에 부활한 지방의회 개원과 동시에 통영군 의회 전문위원 직무대리 발령받음/ 1991년 09월 18일 사무관 시험에 응시하여 합격/ 1991년 12월 21일 통영군 의회 전문위원 정식 발령됨/ 이후 문화공보실장 등 과장직 보직 발령/ 최종 통영시청 정보통신과장직에서 명예 퇴임→당시 내무부 산하 포함 공직 복무 경력→최종직급명: 2002년 6월 30일 명命 지방서기관 승진(실제 명예 퇴임 일자 2002년 6월 30일)→군인경력 포함, 총 공직 복무 40년 1월▷ 대한민국 조국에 혼신을 다하여 바쳤음.

⊙ 훈장·표창(공로 표창장 포함)·감사패·문학상(창작상 및 공로상 포함)은 한빛문학관 '수장고'에 소장▷뒷면 참조.

2. 연도별 문예 작품(시·수필·평론) 발표

◇ 차영한 일반 연보

⊙ 현 본적 : 경상남도 통영시 도천동 211번지(현 소방도로에 전부 편입됨).

⊙ 출생 장소 : 경남 통영시 사량면 양지리(능양마을) 409–1호에서 출생.

⊙ 출생 연월일 : 음력(무인戊寅年) 1938년 8월 17일 오전 10시 30분 경(사시巳時) 출생(호적상 나이 : 1943년 04월 11일생–자연 연령과의 나이 차이 6살임).

⊙ 관향貫鄕(본관本貫 또는 本) : 연안延安.

⊙ 호號 : 송안松岸. 솔뫼. 경상남도 통영시 봉수 1길9(지번 봉평동189–11)에 자비自費로 한빛문학관 건립한 다음에 2021. 04. 21. 경상남도로부터 제 경남6–사립1–2021–01호 '문학관 등록증'을 받은 후, 호를 '한빛' 부르는 자도 있음.

⊙ 가족 사항: 차영한은 세世는 연안군 38세요, 대代는 37대손임/중시조中始祖는 강열공剛烈公 휘諱 운혁云革조부(배위配位 : 광산김씨光山金氏, 1396~1465)이시다. 중시조 강열공 조부의 호號는 쌍청당雙靑堂 또는 송암松庵이시다. 강열공 후손 차영한은 중시조中始祖로부터 18세요 17대손이다. 직계는 중의仲儀(통정대부通政大夫; 행行 용천군수龍川郡守) 조부/ 조부의 배위配位 : 광산김씨光山金氏는 호號는 운산雲山이시며, 조부 중의 셋째 아들은 '용湧' 자 조부이시다. '용湧' 자 조부로부터 아버지 차종건車鍾建은 12세요 11대손이며, 차영한은 13세요 12대손이다.

⊙ 차영한은 아버지 차종건車鍾建과 어머니 임성례林聖禮(나주임씨羅州林氏, 정좌공파丁坐公派) 사이에서 위로는 형님 한 분, 누나 4명이며 막내아들로 태어났다.

⊙ 군복무 및 일반경력: 1961년 12월 27일(군번 받은 날: 군번: 계급, 병장/육군공병학교 사병 교관
에서 전역됨)∼1964년 9월 12일(만32세 18일, 39×143호 만기전역)/ 1958년 12월 어선을종 2
등 항해사 자격시험 합격(1965년 1월부터 3개월간 기선저인망 원양어선 동해호 승선경험−뱃멀미로
하선).

⊙ 최종 학력 : 2003. 03. 02. 경상국립대학교 일반대학원 국어국문학과 박사과정/ 2003∼2007
년 각종 시험 및 제출된 문학박사 논문학위기 취득, 2008. 02. 22. 국립경상대학교 일반대
학원 국어국문학과 졸업식(학위기 박제 1370호), 학위 번호: 경상대 2007(박02), 문학박사 학
위기 취득 ▶사단법인 한빛문학관 수장고에 소장함/ 박사학위취득논문 : 〈초현실주의 수용과
연관된 '三四文學'의 시 연구〉/2003. 03. 02부터∼2009년 02월 28일까지 국립경상대학교
인문대학 국어국문학과 출강(강의 과목은 '문학의 이해'와 '작문법').

◇ 작품 연보
⊙ 1953. 04. 시 〈벚꽃〉 통영중학교 봄 소풍 백일장에서 차상.
⊙ 1953. 05. 시 〈鄕愁〉, 통영중학교 프린트 판 교내신문 《푸른 하늘》에 발표.
⊙ 1953. 10. 중·고등종합예술제전 중, 시화전(당시 소방서 2층)에 시 〈감〉 입상.
⊙ 1964. 10. 詩題 〈劍〉(전국 全國 한글詩 白日場大會−대학 및 일반부−주관: 한산대첩기념제전 위
원회) 장원, 차상 없는 차하 입상.
⊙ 1965. 11. 06. 밤 7시, 낭송 시 〈나이테〉《심포지움−통영예총 주관》, 항남동 소재 황록다방.
                                          *
⊙ 1975. 12. 30. 수필 〈그리운 벗 때문에〉〈길손의 유감〉《水鄕》 제2집, 수향수필문학동인회,
97∼100쪽.
⊙ 1976. 10. 15. 수필 〈담안 골 가는 길〉〈밤[栗]〉《水鄕 29人集》 제3집, 수향수필문학동인
회, 121∼126쪽.
⊙ 1977. 10. 15. 수필 〈가난한 죽음〉〈맑은 물바람 소리 따라〉《水鄕》 제4집, 수향수필문학
동인회, 113∼118쪽.
⊙ 1978. 04. 22. 수필 〈써 놓고 보내지 못한 마음〉《水鄕散稿》 봄호, 제5집, 수향수필문학
동인회, 18∼24쪽.
                                          *
⊙ 1978. 10. 01. 시 전문지 월간 《詩文學》 10월호, 통권 제87호에 시 〈시골 햇살 I .II .III〉
등 3편 발표, 1회 추천(61쪽 참조).
⊙ 1978. 10. 21. 수필 〈한줄금 소낙비가〉《水鄕閑筆》 가을호, 제6집, 수향수필문학동인회,
94∼97쪽.
⊙ 1979. 06. 02. 수필 〈빛의 散調〉《水鄕散筆》 봄호, 제7집, 수향수필문학동인회, 81∼83쪽.
⊙ 1979. 07. 01. 시 〈어머님〉〈한려수도〉 2편 추천, 2회 추천제도에 의해 추천 완료(심사 위
원: 徐廷柱·咸東鮮·李轍均·文德守)에 따른 공식적으로 등단함▷《詩文學》, 7월호, 통권

제96호, 102쪽. ▷추천사, 59쪽. 추천 완료 소감, 72쪽 참조.

⊙ 1979 .08. 02(목), 〈週間散筆−李光碩〉《慶南每日》제10377호, 3면에, 월간 《詩文學》에
서 추천 완료된 시작품 중 〈한려수도〉 소개함.

⊙ 1979 .09. 10(월), 시 〈각설이의 노래〉《慶南每日》제10410호, 5면에 발표.

⊙ 1979. 10. 18(목), 시 〈醉味〉《한국일보》제9528호(3판), 1면에 발표.

⊙ 1979. 11. 21(수), 수필 〈아픔의 저편에는〉《경남매일》 5면에 발표.

⊙ 1979. 11. 23(금), 시 〈滿月〉《한국일보》제9560호(3판), 1면에 발표.

⊙ 1979 .11. 24(토), 〈가을비가 오니〉〈山中記〉《水鄕隨筆》제8집, 수필문학동인회, 84~90쪽.

*

⊙ 1980. 02. 시 〈바닷가에서〉〈물방울〉〈풍정〉〈강가에 서면 1,2,3〉〈故鄕 사람들 만나면〉
《詩文學》2월호, 통권 제103호에 발표.

⊙ 1980. 02. 05(화), 시 〈思鄕〉《慶南每日》제10534호, 5면에 발표.

⊙ 1980. 05. 시 〈수돗물 소리〉 외 3편, 《海藻》 사화집 3권, 66쪽.

⊙ 1980. 05. 13(화), 시 〈또 바람이 불고 있다〉《慶南每日》제10617호, 5면에 발표.

⊙ 1980. 06. 02(월), 시 〈坐禪〉《國際新聞》제10842호, 3면에 발표.

⊙ 1980. 08. 16(토), 시 〈山情〉《한국일보》제9785호, 3판, 1면에 발표.

⊙ 1980. 12. 03(수), 수필 〈아침 산에서〉《경남매일》 5면에 발표.

⊙ 1980. 12. 시 〈들국화〉〈당신〉〈밤송이〉《詩文學》12월호, 통권 제113호, 시문학사, 54쪽.

⊙ 1980. 12. 05. 수필 〈아침 山에서〉《水鄕隨筆》제9집, 수향수필문학동인회, 105~107쪽.

*

⊙ 1981. 02. 02. 시 〈俗氣〉《月刊文學》2월호, 153쪽에 발표.

⊙ 1981. 02. 09. 시 〈立春〉《現代詩 151人의 祝祭》, '81 한국현대시인협회편, 205쪽.

⊙ 1981. 02. 10(화), 신 향토 풍물지 연재 〈고향−김양우 기자〉《釜山日報》제11391호, 5면
에 차영한의 시 〈한려수도〉 소개.

⊙ 1981. 04. 20. 오후 3시 통영수산전문대학 대강당에서 차영한 문학강연 연제: '한국시는 어
디까지 왔나?' '시거리문학회' 초청(회장: 金珪讚), 1981. 05. 01. 《통영수대학보》1면에 보도
됨.

⊙ 1981. 07. 08(수), 시 〈고향 이야기〉《慶南新聞》제10972호, 7면에 발표.

⊙ 1981. 07. 23(목), 시 〈祈禱〉《한국일보》제10072호(3판), 5면에 발표.

⊙ 1981. 10. 15. 수필 〈한그루 벽오동을 심어놓고〉〈산울림〉《水鄕隨筆》제10집, 수향수필
문학동인회, 103~106쪽.

⊙ 1981. 11. 29. 창간사 〈내 고장 文學史의 새로운 章/支部長 車映翰〉(10쪽), 시 〈山中賦
2〉(54~55쪽), 〈어떤 作業〉(56~57쪽), 〈구르는 돌〉(58쪽), 〈醉味 4〉(59쪽), 〈詩人의 무덤 앞에
서〉(60쪽), 《忠武文學》創刊號, 韓國文人協會 忠武支部(創刊號 製材 參考 : 글자배열 세로
型/책 表題 親筆 皇山 高斗東 時調 詩人/標紙畵 西洋畵家 李泰揆/紙面 총204쪽, 紙質 갱지 80

그램/가로 15.0cm×세로 20.7cm)

*

- 1982. 02. 01. 시 〈葉月〉〈고향 뻐꾸기〉〈봄의 告白〉〈二代〉〈어떤 回答〉〈가을 길섶에서〉〈淸貧賦〉〈氣運〉《詩文學》 2월호. 통권 제127호. 시문학사. 110쪽.
- 1982. 05 .15. 시 〈山茶賦〉《現代詩 200人集》 '82 한국현대시선. 韓國現代詩人協會編 268쪽.
- 1982. 08. 01. 시문학 출신 특집 시 〈歸家〉《詩文學》, 8월호. 통권 133호. 시문학사. 76쪽.
- 1982. 시 《歸家》《慶南文學》 특대호(간행위원회- 간행위원 차영한. 392쪽). 74쪽에 발표.
- 1982. 12. 25. 수필 〈퉁소를 붑니다〉《수향수필》 11집. 수향수필문학동인회. 118쪽.
- 1982. 12. 29. 卷頭言〈다시 復活하는 풀꽃처럼/支部長 車映翰〉(14쪽). 시 〈淨土賦〉(97-102쪽)《忠武文學》第2輯. 韓國文人協會 忠武支部(第2輯 製材 參考 : 글자배열 세로型/책 表題 親筆 皇山 高斗東 時調 詩人/標紙畵 西洋畵家 李泰挨/紙面 총264쪽. 紙質 갱지 80그램/가로 15.2cm×세로 21.0cm)

*

- 1983. 01. 23. KIM YOUNG SAM. 〈CHA. YOUNG-HAN. Korea 'Laugh Lost'〉《WORLD POETRY》(Cheong Ji Sa). pp. 34~35.
- 1983. 03. 08(화). 시 〈서울의 番地〉《한국일보》 7판. 6면에 발표.
- 1983. 04. 25. 시 〈浦口日記 2〉《現代詩 185人의 祝祭》. '83 한국현대시인협회편. 248쪽.
- 1983. 10. 시 〈和睦〉〈딸들을 바라보며〉《詩文學》 10월. 통권 제147호. 시문학사. 50쪽.
- 1983. 11. 15. 시 〈심심풀이 2. 3〉(44-45쪽). 회원 활동 〈간행위원, 222쪽〉.《慶南文學》道廳 이전. 道民의 날 선포 기념 특집. 경남문학 간행위원회. 부산시 중구 부평동2가 24-4번지 새로 출판사.
- 1983. 12. 22. 수필〈푸른 물방울의 일기〉《水鄕隨筆》 제12집. 수향수필문학동인회. 117~119쪽.
- 1983. 12. 29. 卷頭言〈文學藝術의 起源은 地方에서/支部長 車映翰〉(14쪽). 시 〈어떤 날에는〉.〈空〉.〈산 그림자〉.〈이슬방울〉.〈土着〉.〈그리움 1〉(134-139쪽).《忠武文學》第3輯. 韓國文人協會 忠武支部(第3輯 製材 參考 : 글자배열 세로型/책 表題 親筆 皇山 高斗東 時調 詩人/標紙畵 西洋畵家 李泰挨/紙面 총314쪽. 紙質 갱지 80그램/가로 15.0cm×세로 21.0cm/특집 1927년《참새》 새해. 증대호. 제2권 제1호. 영인본 전부 게재. 15-107쪽/《참새》의 문학사적 의미▶임종찬 부산대학교 교수. 문학박사. 시조 시인. 108-113쪽)

*

- 1984. 02. 04(토). 시 〈그리움 1〉《慶南新聞》 제11767호. 7면에 발표.
- 1984. 07. 시 〈한려수도〉《시사랑》 제109호(서울 중구 묵정동).
- 1984. 09. 시 〈나는 하나의 편지〉〈관세음〉〈어떤 사람〉《詩文學》 9월호. 통권 제158호. 시문학사. 44쪽.
- 1984. 12. 15. 시 〈다시 쓰러져도〉(65쪽). 회원 활동 〈刊行委員 職. 209쪽〉《慶南文學》

한국문협경남지부(간행위원회), 펴낸 곳: 마산 오동동 277번지 〈나라〉.

⊙ 1984. 12. 20, 수필 〈백목련 피는 모습〉〈글쓴이 섬에서〉《水鄕隨筆》제13집, 수향수필문
학동인회, 138〜142쪽.

⊙ 1984. 12. 29, 卷頭言〈내 고장은 藝術의 香氣 속에서/支部長 車映翰〉(14쪽) 그리고 시
〈懷古 1. 2. 3〉(116〜117쪽)〈彷徨〉(118쪽), 〈난달이의 노래 1. 2〉(119〜121쪽), 〈산길에서〉
(121〜122쪽), 〈어떤 산책〉(122쪽), 〈취미 2〉(123쪽)《忠武文學》第4輯, 韓國文人協會 忠武
支部(第4輯 製材 參考: 글자배열 세로型/ 책 表題 親筆 皇山 高斗東 時調 詩人/ 表紙畫 李漢
雨 西洋畫家/紙面 총 252쪽 紙質 갱지 80그램/ 가로 15.0㎝×세로 21.0㎝/ 특집:1937년 7월 동
인지《生理》제1집. 16〜20쪽/1937년 10월 동인지《生理》제2집. 21〜23쪽/《소제부》와《생리》지에
대하여▶문학평론가 동아대학교국문학과교수 박철석, 24〜25쪽).

* * *

⊙ 1985. 11, 시 〈本籍地에서〉《月刊朝鮮》11월호, 조선일보사, 551쪽에 발표.

⊙ 1985. 6월호〜1986. 01월호(8개월간), 연작시 〈심심풀이1-48〉《詩文學》, 시문학사.

⊙ 1985. 06, 시 〈심심풀이 18. 19〉《現代詩學》6월호, 현대시학사, 87쪽에 발표.

⊙ 1985. 12. 01, 시 〈기다림을 위한 노래〉, 회원 활동 〈監事職〉(233쪽)《慶南文學》한국문협
경남지부, 134쪽.

⊙ 1985. 12. 30('86. 02. 28 발행) 卷頭言〈祝福 받은 이 땅을 노래하며/支部長 車映翰〉(14
쪽) 그리고 시 〈시골 햇살 Ⅰ. Ⅱ. Ⅲ〉(24〜25쪽), 〈어머니〉(26〜27쪽), 〈閑麗水道〉(27〜29쪽),
《忠武文學》第5輯, 韓國文人協會 忠武支部(第5輯 製材 參考: 글자배열 세로型/ 책 表題 親
筆 皇山 高斗東 時調 詩人/表紙畫 徐亨一 西洋畫家/紙面 총 196쪽 紙質 모조지 80그램/가로 15.0
㎝×세로 21.0㎝/特輯: 在忠 文人 데뷔 作品 收錄).

* * *

⊙ 1986. 12. 13, 특집 **2** 테마시●내가 사는 고장, 統營 詩篇: 시 〈水鄕〉(132쪽), 〈上老大島
에서〉(133〜134쪽), 〈閑山島 制勝堂에서 1. 2. 3. 4〉(134〜137쪽), 〈洗兵館을 바라보며〉
(137〜139쪽), 〈忠武港 點景〉(140〜142쪽) 그리고 회원 활동 〈監事職, 283쪽〉《慶南文學》
韓國文協慶南支部(회장 이광석)/펴낸 곳: 도서출판 경남(마산시 창동 137-1번지).

* * *

⊙ 1987. 05, 시 〈등불의 노래〉〈눈 내리는 모음〉〈우리 할아버지는〉5월호《詩文學》통권
제190호, 시문학사, 71쪽.

⊙ 1987. 06. 17, 통영수대 개교 70주년 축시 〈빛과 소금의 노래〉《통영수대학보》제93호, 1면.

⊙ 1987. 07. 10, 시 〈차영한—閑麗水道〉《韓國現代名詩集》, 詩文學社, 534쪽.

⊙ 1987. 07. 20, 시 〈裸木의 노래〉〈俗氣 2〉《비탈에선 나무도 태양을 향해 자란다》, 시문
학회 사화집, 269〜270쪽.

⊙ 1987. 12. 10, 시 〈默會錄 1. 2. 3. 4. 5〉《忠武文學》第6輯, 한국문인협회 충무지부, 13〜15
쪽.

⊙ 1987. 12. 18, 시 〈雪酒〉(211쪽), 회원 활동 〈監事職, 283쪽〉《慶南文學》 경남문인협(회장 申尙澈)/발행처: 도서출판 경남(마산시 창동137-1번지).

*

⊙ 1988. 5. 23, 시 〈다시 방황하며〉《예향 소식》 창간호, 7면에 발표.

⊙ 1988. 06, 차영한 단행본 첫 시집 《시골 햇살》 시문학사, 초판, 1,000부 출간함.

⊙ 1988. 06, 曺秉武 차영한의 시 세계 평론 〈순수한 언어의 감미로움〉, 단행본 시집 《시골 햇살》(시문학사, 1988. 03), 165~172쪽.

⊙ 1988. 6. 18, 시 〈섬. 46〉(91~92쪽), 〈胎動〉(93쪽) 그리고 회원 활동 〈監事職, 333쪽〉《경남문학》 여름 제7집, 경남문인협회(한국문인협회 경남지부장 申尙澈)/도서출판 경남.

⊙ 1988. 07. 10, 시 〈진눈깨비의 노래〉 〈胎動〉《아무도 하지 않던 말을 위하여》, 사화집 9집, '88 시문학회, 240~241쪽.

⊙ 1988. 09, 차영한 단행본 첫 시집 《시골 햇살》 재판, 시문학사, 1,000부 출간함.

⊙ 1988. 03, 曺秉武 차영한의 시 세계 평론 〈순수한 언어의 감미로움〉, 단행본 시집 《시골 햇살》(시문학사, 1988. 03), 165~172쪽.

⊙ 1988. 05. 23, 시 〈다시 방황하며〉《예향 소식》 창간호, 7면에 발표.

⊙ 1988. 11, 신상철申尙澈 시평 〈향토성 짙은 風情과 신선한 詩語들〉 車映翰 시 〈시골 햇살〉《詩文學》, 통권 208호, 11월(시문학사), 141~142쪽.

⊙ 1988. 12. 17, 시 〈풀국새〉 〈失鄕〉《경남문학》 겨울 제8집, 경남문인협회(한국문인협회 경남지부)/ 도서출판 경남, 188~189쪽.

*

⊙ 1989년 《詩文學》 2월호부터 11월호까지(10개월 연재), 연작시 〈섬 1-50〉, 시문학사.

⊙ 1989. 04. 04(화), 신상철 평설 〈고독한 실존에 대한 慰撫 노래-담담한 표현에 호감: 가을, '섬', 촉석루에서 등〉《慶南新聞》 문화면.

⊙ 1989. 09. 일본 속의 한국예술문화 탐방(2회) 등.

⊙ 1989. 11. 01, 수필 〈아침 산을 향하여〉《法施》 통권 262호, 法施舍, 82쪽.

⊙ 1989. 12. 22, 시 〈老夫婦의 旅行〉(153~154쪽) 그리고 회원 활동 〈監事職, 350쪽〉《경남문학》 겨울, 제10집, 경남문인협회(회장 申尙澈)/도서출판 경남.

*

⊙ 1990. 03. 15, 차영한, 제2시집 연작시집 《섬》 단행본 1,000부 출간.

⊙ 1990. 04. 수필 〈산울림〉《現場》 4월호, 통권 22호(봉생문화회, 1990. 4), 110쪽.

⊙ 1990. 06. 01, 시 〈아무지 않는 고독〉(236쪽) 그리고 회원 활동 〈監事職, 412쪽〉《경남문학》 여름, 통권 11호, 경남문인협회(회장 신상철)/도서출판 경남.

⊙ 1990. 07. 01(일), 시 〈통영사람들〉《내 고장 통영》 제1호(통영 군수 文元京: 간행), 7면 발표.

⊙ 1990. 07. 30(월), 차영한 《섬》 시집에 관한 전문수 문학평론가 서평 〈눈물과 웃음의 변주곡〉《慶南新聞》 제13759호, 10면에 게재.

- 1990. 08. YoungHan-Cha/ 〈A Travel of an Old Couple〉《METAPHOR BEYOND TIME》–Edited By Dok-su Moon/ The 12th World Congress of Poets in Seoul, 1990 UPLI Korean Center/ CONTENTS. Korea. p.330.
- 1990. 9. 15. 시 〈심심풀이 50〉(285쪽)《경남문학》 가을, 통권 12호, 경남문인협회(회장 신상철)/도서출판 경남
- 1990. 10. 제1회 경남예술인상 공로상 수상(문학 부문).
- 1990. 12. 15. 시 〈아침산을 오를 때〉(172-173쪽)《경남문학》 겨울 통권 제13호, 경남문인협회(회장 신상철)
- 1990. 12. 연작시집《섬》경상남도문인협회 선정, '제2회 경남문학 우수 작품집 상' 수상.

*

- 1991. 03. 19. 시 〈학〉(250쪽)《경남문학》 봄, 통권 제14호, 경남문인협회(회장 신상철).
- 1991. 09. 10. 시 〈七月山房에서 1. 2. 3〉(164쪽)《경남문학》 가을, 통권 제15호, 경남문인협회(회장 신상철)
- 1991. 12. 20. 시 〈침수 지역에서〉《경남문학》 겨울, 통권 제16호, 경남문인협회(회장 신상철)
- 1991. 10. 26(토), 수필 〈雨前茶〉《한산신문》 제83호, 4면에 발표.

*

- 1992년 04월 제57차 스페인 바르셀로나 국제펜클럽대회 한국대표(시 분과위원)로 참가 후 스페인, 튀르키예 이스탄불 등, 그리스, 이집트, 불란서 등 6개국 탐방.
- 1992. 06. 05. 시 〈恨不雲臺辭- 바다에 쓰는 시 1. 2. 3. 4. 5. 6. 7. 8. 9. 10〉《詩世界》 여름호, 제2권 제2호, 통권 4호, 시 세계사. 101~106쪽.
- 1992. 09. 01(화), 〈한려수도 이렇게 ①-〈시, 한려수도〉 소개 및 '후손에 부끄러움 없는 開發되길': 차영한 글〉《국제신문》 한국기자 상 수상기념 자연보전 캠페인, 제12093호, 25면(강병국. 김승호 기자 취재)에 발표.
- 1992. 12. 시 〈아프지 않은 고독〉〈도솔암에서〉〈새소리 받아 일기도 쓰고〉 계간 《詩와 詩學》 겨울, 제8호, 222쪽.
- 1992. 12. 07(월), 시 〈통영사람들〉《鄕土文化家族》 제3호(충무문화원 원장 金安國), 1면.

*

- 1993. 2. 25. 시 〈바다에 쓰는 시. 13. 14. 15〉(34~36쪽), 〈그리움으로 하여 잊지 못하고〉(37쪽), 〈송년주 나누며〉(38~39쪽)《忠武文學》 제11집, 충무문인협회
- 1993. 09. 시 〈엽신葉信을 띄우며〉《詩와 詩學》 가을, 제11호, 시와시학사, 205쪽.
- 1993. 03. 30(화), 시 〈待春〉《鄕土文化家族》 제4호(충무문화원, 원장 金安國), 1면 발표.
- 1993. 봄호, 장시長詩 〈뿔래기〉《詩世界》, 통권 7호, 시 세계사, 267쪽.
- 1993. 04. 05. 차영한 수필 〈우리 고장 명소 소개-환상의 섬 소매물도〉《마산 MBC 저널》 제10호, 22쪽.
- 1993. 05. 시 〈달력〉《조금씩 다른 소리로》, 한국현대시인협회 편, 311쪽.

⦿ 1993. 05. 03. 차영한 시 〈한려수도〉《故鄕과 人物-경남 편(김양우 기자)》, 국제신문출판사, 23쪽.

⦿ 1993. 06. 15. 시 〈어떤 立場〉《경남문학》 여름호, 통권 23호, 경남문인협회(한국문협 경남 지부), 314쪽.

⦿ 1993. 장시長詩 〈뽈래기〉《詩世界》 여름, 통권 8호, 시세계사, 324쪽.

⦿ 1993. 08. 20. 곽재구 〈그리운 통영바다- 충무를 찾아서〉《내가 사랑한 사람 내가 사랑 한 세상》, 한양출판, 163~181쪽(차영한의 시 〈섬〉 8, 21, 35, 곽재구 시인이 소개).

⦿ 1993. 08. 30. 시문학 시인 65선, 시 《蝦仔圖》〈어떤 立場〉《시여, 마차를 타자》, 시문학 사, 170~171쪽.

⦿ 1993. 10. 10. KBS 1TV 방영 차영한 시 〈알섬-홍도鴻島〉▷ 현지에서 시 낭송했으며, 대 한항공 간행 편, 차영한 시 《鶴》〈한려수도〉〈수돗물 소리〉〈통영 알섬-갈매기 섬, 홍도 鴻島〉《지구 마을 녹색편지》, 대한항공, 85~93쪽에 사진과 수록.

⦿ 1993. 10. 30(토). 차영한 평론 〈視覺 란〉에 〈현대 한국문학의 흐름과 통영문학〉 계간지 《향토문예지》 제2호, 통영문화재단, 13면에 발표.

⦿ 1993. 11. 평론 〈등단 문인들을 통한 충무(통영)문학사 재조명〉《문화사회》, 통권 9호, 경 남문화진흥회, 148~152쪽.

⦿ 1993. 11. 29. 책 머리말 〈내가 나에게 맡긴 고뇌를 풀며〉(14~15쪽)/제7대 충무문인협회 회장 차영한〉 그리고 시 〈어떤 이랑〉(305쪽), 〈마음 비울 때 날아오르는 하얀 새〉(306쪽), 〈질그릇의 노래〉(307쪽), 〈흙의 노래〉(308쪽)《충무문학》 第12집, 충무문인협회(제12집 제재 製材 참고: 글자배열 가로型/표지 글씨: 인쇄체/표지화 없음/페이지 총 388쪽/지질 미색 모조지 80 그램/가로 15.0cm×세로 22.0cm, 국판/특집: 연고가 있는 초대 작품).

*

⦿ 1994. 02. 차영한 시 〈恨不雲臺辭- 바다에 쓰는 시 1〉《한목숨을 위하여》시 세계(손춘녀), 595쪽에 수록.

⦿ 1994. 03. 24(목). 수필 〈고향 사투리〉《한산신문》, 제172호, 1면에 발표.

⦿ 1994. 05. 시 〈흙의 노래〉《엉겅퀴처럼 쑥부쟁이처럼》, 한국현대시인협회 편, 258쪽.

⦿ 1994. 06. 10. 시 〈또 하나의 보릿고개〉《경남문학》 여름, 통권 27호, 한국문협 경남지부, 205쪽.

⦿ 1994. 09. 시 〈마음 비울 때 날아오르는 하얀 새〉〈질그릇의 노래〉《바람으로 일어서는 날》, 사화집, 시문학회 편, 156~157쪽.

⦿ 1994. 09. 문덕수 〈차영한 약력 소개〉《世界文藝大辭典》, 교육출판사, 1694쪽에 수록.

⦿ 1994. 09. 경상남도 주관 유럽 5개국 민방위 시찰(프랑스, 독일, 영국, 스위스, 이스라엘)

⦿ 1994. 11. 조명제趙明濟 평론 〈오늘의 시인-차영한 論〉《詩文學》 11월호, 시문학사, 121~129쪽.

⦿ 1994. 11. 29. 권두언 〈다시 만나는 하나가 되어〉(16~17쪽)▶제8대 충무문인협회 회장 차

영한 그리고 시 〈통영사람들〉(149쪽), 〈아버지의 바다〉(150쪽), 〈굴뚝 새에게〉(151쪽), 〈낙엽〉(152쪽), 〈빵을 보면〉(153쪽), 〈어머니의 노래〉(154쪽), 〈지는 꽃도 웃는 하얀 눈물 이야기〉(155쪽), 〈느그 집 작은 꼬지 맵지〉(156쪽), 〈시린 무르팍 만지는〉(157쪽), 〈손가락질하는 것도 모르고〉(158쪽) 《통영문학》 第13집, 충무문인협회(제13집 제재製材 참고: 글자 배열 가로형型/표지 글씨: 인쇄체/표지화 없음/페이지 총 388쪽/지질 미색 모조지 80그램/가로 15.0㎝×세로 22.0㎝, 국판/ 특집: 연고가 있는 초대 작품).

- ◉ 1994. 12. 11. 시 〈꽃은 지기 위해 아름답다〉《'95 한국문학작품선–시·시조》, 한국문화예술진흥원, 195쪽에 수록.
- ◉ 1994. 12. 20. 시 〈포구일기 3〉《경남문학》 겨울, 통권 29호, 경남문인협회, 201쪽.

*

- ◉ 1995. 01. 시 〈사는 것 모르니라〉 〈꽃은 지기 위해 아름답다〉《詩文學》, 통권 282호, 시문학사, 65쪽.
- ◉ 1995. 05. 27(토). 내 고장 관광명소–統營에서 차영한 시작품 〈섬–한산도〉《蔚山每日》 제975호, 05면에 소개됨.
- ◉ 1995. 06. 30. 시 〈퇴근 시간에도〉《경남문학》 여름, 통권 31호, 경남문인협회, 145쪽.
- ◉ 1995. 07. 07(금) 금요특집 〈나의 인생 나의 예술〉《新 慶南日報》, 제11061호, 8면에 차영한을 소개함.
- ◉ 1995. 07. 30. 수필 〈만남을 위해 보내는 세월〉《추억을 기르는 삶의 언덕에서》, 한국현대시인협회 편, 210~214쪽.
- ◉ 1995. 09. 30. 시평– 이 소재 이 주제, 〈삶의 근원적인 물음에 답한다〉《경남문학》 가을, 통권 32호, 경남문인협회, 95쪽.
- ◉ 1995. 10. 시 〈사는 것이 사는 것인가〉《純粹文學》, 10월호 발표.
- ◉ 1995. 11. 시 '집중기획', 〈나의 가을〉 〈어느 날의 기억 1–내가 본 이스라엘〉 〈어느 날의 기억 2–내가 본 런던〉 〈겸허함 앞에 머리 숙이고〉 〈두고두고 또 두고 보아도〉 〈죽어가는 강〉 〈술이 익는 저녁〉 〈나의 수레바퀴〉 〈身土不二〉《통영문학》, 제14집, 통영문인협회, 76~88쪽.
- ◉ 1995. 12. 한국예술문화공로상 수상(문학 부문). 한국예총 회장 신영균.

*

- ◉ 1996. 04. 시 〈꽃은 지기 위해 아름답다〉《봄날 이른 아침 시인이 심은 나무》, 한국현대시인협회편, 316쪽.
- ◉ 1996. 05. 27. 동인지에 발표한 시 〈바다에 쓰는 시 5〉 〈바다에 쓰는 시 6〉 〈바다에 쓰는 시 7〉 〈바다에 쓰는 시 8〉 〈바다에 쓰는 시 9〉 〈바다에 쓰는 시 10〉《火田》 여름 8(도서출판 경남), 75~81쪽.
- ◉ 1996. 09. 20. 시 〈어떤 順理〉《경남문학》 가을, 통권 제36호, 경남문인협회, 196쪽.
- ◉ 1996. 11. 시 〈엘리뇨 현상〉 〈산다는 것 한 묶음도 물에 풀어놓고–어머니 말씀. 7〉《통영

문학》, 제15집, 통영문인협회, 146~147쪽.

*

⊙ 1997. 03. 시 〈바다에 쓰는 시 5〉〈바다에 쓰는 시 7〉〈바다에 쓰는 시 10〉〈섬 2〉〈섬 9〉
〈섬 35〉〈섬 46〉《경남문학대표선집❷》, 경남문인협회편, 대표시선, 도서출판 불휘, 399~
407쪽.

⊙ 1997. 04. 시 〈바다에 쓰는 시 8〉《산책길에 만나는 청동의 새떼》, 한국현대시인협회 편,
261쪽.

⊙ 1997. 05. 시 〈바다에 쓰는 시 11〉〈바다에 쓰는 시 12〉《열린 시》 5월호, 통권 제26호,
26~27쪽.

⊙ 1997. 06. 30. 차영한 시 〈뽈래기〉《시대 문학》 창간 10주년 기념, 별책부록, 《사람의 몸
과 정신》(성춘복, 마을), 606쪽.

⊙ 1997. 07. 25. 시 〈바다에 쓰는 시 2〉〈바다에 쓰는 시 3〉《그러나 막은 불씨 되어 다시
타오른다》, 시문학회 편, 176~177쪽.

⊙ 1997. 12. 20. 시, 〈꽃은 지기 위해 아름답다–어머니 말씀 01〉〈눈뜨는 법–어머니 말씀
02〉〈뜨거운 물도 식혀서 마시면 아는–어머니 말씀 03〉〈사는 것도 에미 손끝에서–어머
니 말씀 04〉〈살다가 보면–어머니 말씀 05〉〈사는 것 모르니라–어머니 말씀 06〉《통영
문학》, 제16집, 통영문인협회, 33~38쪽.

⊙ 1997. 12. 30. 차영한 시 〈환상의 섬 제주도〉《文學 속의 濟州》, 제주문화원(양중해), 624쪽.

*

⊙ 1998. 03. 10. 시 〈심심풀이 69〉《경남문학》 봄, 통권 제42호, 경남문인협회, 306쪽.

⊙ 1998. 05. 30. 시 〈나의 가을〉〈散調〉《詩世界》 통권 20호, 계간 여름 특집, 《火田》동
인회, 천우사, 138쪽.

⊙ 1998. 06. 05. 시 〈바람은 바람을 버리고–IMF 시대〉〈天罰 앞에–IMF 시대〉〈밤 열차에
서–IMF 시대〉〈현주소–IMF 시대〉《경남문학》 신작특집 시작 노트, 여름, 제43호 경남문
인협회, 34~39쪽.

⊙ 1998. 09. 04(금). 시 〈북채– 말하는 나무. 01〉《新慶南日報》 제12030호, 9면 문학출판소
개란에 발표.

⊙ 1998. 9. 05. 시 월평 〈차영한의 시 ‘天罰 앞에서’〉(109~110쪽), 시 〈말하는 나무. 2〉(246쪽)
《경남문학》 가을, 통권 제44호, 경남문인협회

⊙ 1998. 12. 05. 시 〈어느 친구의 이야기〉《경남문학》 겨울, 통권 제45호, 경남문인협회,
352쪽.

⊙ 1998. 12. 시 〈지금 강물은 흐르지만〉〈어떤 친구 이야기〉〈현주소〉〈라니냐 현상〉《통영
사람들》《통영문학》, 제17집, 통영문인협회, 18~24쪽.

⊙ 1999. 01. 01(금). 신년 축시 〈산다는 것은 얼마나 아름다운가!〉《새 한려신문》 제18호, 1면.

⊙ 1999. 03. 31. 차영한 시 〈淨土賦〉《노벨文學賞 38人 評價詩集》(김경金鏡 주간, 서울 한

신문사), 165–169쪽.

⦿ 1999. 04. 시 〈화엄경을 읽다가 1. 2. 3. 4. 5. 6〉〈어느 유배지의 일기 02〉〈어느 유배지의 일기 3〉〈바다는 텔레비전 속에 신나게 뛰고〉〈담배를 태우면〉《詩文學》 4월호, 64쪽.

⦿ 1999. 05. 이달의 시, 무엇이 문제인가 '21세계의 시적 패러다임의 모색과 실천', 〈화엄경을 읽다가〉 외 4편에 대한 유한근 평론가 시평詩評 : "불교적 인식 혹은 상상력에 의해서 씌여진 시이다(…)"라고, 《詩文學》 5월호, 통권 334호, 시문학사, 115~119쪽—상세한 내용은 차영한 엮음 《상상력의 프랙탈층위 담론》(2022, 437쪽) 참조 바람.

⦿ 1999. 03. 15. 시 〈담배를 태우면〉《경남문학》 봄호, 통권 제46호, 경남문인협회, 180쪽.

⦿ 1999. 03. 시 〈어느 유배지의 일기. 1. 2. 3〉《화백문학》 제8집 상반기, 110쪽.

⦿ 1999. 차영한 평론 〈시적 표현의 완숙된 언어 정감에 대하여 나의 시론〉《文學空間》 04월호, 47쪽.

⦿ 1999. 06. 10. 시 〈숨기는 자의 보이는 얼굴〉《경남문학》 여름, 통권 제47호, 경남문인협회, 211쪽.

⦿ 1999. 12. 연작시집 《섬》으로 제24회 '詩文學賞' 본상 수상.

*

⦿ 2000. 01. 〈제24회 시문학상 수상자 수상소감〉, 시 〈저녁 바다 이야기〉〈그 언덕의 절개지 보면〉《詩文學》 1월호, 통권 342호, 시문학사, 151~155쪽.

⦿ 2000. 02. 17(목). 차영한 평론 〈청마문학관 건립에 즈음하여〉《통영신문》 제105호, 4~5면에 청마 출생지 발표.

⦿ 2000. 02. 01. 시 〈석류꽃 바라보며 1. 2〉〈통영사람들〉《靑馬文學》 제3집(제1회 청마문학상 시상 기념집), 청마문학회, 54~58쪽.

⦿ 2000. 05. 23(화). 시 〈섬에 내리는 눈〉《新慶南日報》 제13811호, 1면에 발표.

⦿ 2000. 12. 시 〈우리들의 이야기는〉《펜과 문학》 겨울, 제57호, 169쪽.

⦿ 2000. 12. 시 〈돋보기안경을 벗고 거닐 때〉〈파도 소리 있는 그 섬에 가면〉〈미수眉壽를 거니시는 모정의 뜨락 : 일 백 세돌 맞는 어머니께 드리는 글〉〈저녁 바다 이야기〉〈섬에 내리는 비〉〈허물 벗기〉《통영문학》 제19집, 통영문인협회, 82~87쪽./특집 연구 논문 〈청마 유치환의 출생지에 대한 쟁점〉(185~209쪽)《통영문학》 제19집, 통영문인협회.

*

⦿ 2001. 01. 시 〈나는 굽어지려고 할 때마다 활을 쏜다〉〈무인도에서 오는 편지. 01〉《詩文學》 01월호, 통권 제354호, 시문학사, 34쪽.

⦿ 2001. 02. 차영한 평론, 〈靑馬 柳致環의 출생지에 대하여〉《청마문학》 제4집, 청마문학회, 81~107쪽/ 위 같은 제4집, 차영한 평론, 〈청마거리의 지정 및 조성〉, 31쪽.

⦿ 2001. 03. 15. 시 〈失鄕〉《경남문학》 봄, 통권 제54호, 경남문인협회, 56쪽.

⦿ 2001. 03. 24(토). 시 〈무인도에서 오는 편지 1〉, 주간 《한산신문》 2면.

⦿ 2001. 03. 25. 차영한 제3 시집, 심심풀이 연작시집 단행본 《살 속에 박힌 가시들》 시문

학사 시인선 182(13.0cm×20.5cm), 1,000권 출간.

⊙ 2001. 04. 20. 연작시집 재판 《섬》(시문학사 시인선 183), 하드카버, 1천(1,000)권 출간.

⊙ 2001. 06. 09(토). 《朝鮮日報》, 'Books–문학 신간', 연작시집, 《섬》 소개함.

⊙ 2001. 06. 15. 수필, 〈미륵산에서 만나는 바다 안개〉《통영의 향기》, 애향작품 ① 산문.
교음사, 239쪽.

⊙ 2001. 06. 15. 한국해양문학가협회 발족으로 회원(부회장 피선)으로 가입.

⊙ 2001. 06. 18(월). 시 〈눈 내린 날들의 풍경〉《국제신문》, 29면에 발표.

⊙ 2001. 12. 〈'문협사'–초창기 통영문협의 걸어온 이야기〉, 14쪽// 시 〈앵두밭 이야기〉〈스페
인 몬쥬익에서 본 지중해〉〈소두레〉〈칼빛이 젖는 소낙비 웃음소리〉〈무인도에서 오는 편
지 2〉〈하늘도 웃을 일이다〉《통영문학》 제20호, 통영문협, 148~155쪽.

⊙ 2001. 09 .05(수). 〈문인이 들려주는 내 삶의 전환점(23)〉《경남도민일보》 11면에 차영한 보도.

⊙ 2001. 12. 14. 제13회 《경남문학상》 본상 수상(시 부문).

⊙ 2001. 12 .20. 경남시문학회 동인지 《海藻》 3집에 차영한 참여. 84쪽. 시 〈무인도에서 오
는 편지 2〉(124쪽), 《경남문학》 겨울호, 통권 제57호, 경남문인협회.

*

⊙ 2002. 02. 15. 시 〈어떤 중독증〉《이 숨길 수 없는 언어들》, 한국현대시인협회 편, 문학마
을사, 256쪽.

⊙ 2002. 02. 25 .시 〈낙목산방落木山房을 둘러보다가〉〈이집트 기행에서〉《청마문학》 제5집,
청마문학회, 60~63쪽.

⊙ 2002. 시 〈겨울, 이끼 섬을 지나며〉〈섬 동백〉《시와 생명》 봄호, 시와 생명사, 66쪽.

⊙ 2002. 〈겨울, 이끼 섬을 지나며〉를 '한국전자문학관' 주관 신춘문예 우수작품 선정 1912호
(다층 홈페이지).

⊙ 2002. 03. 시, 〈부적 이야기〉《문학춘추》 봄, 제38호, 문학춘추사, 100쪽.

⊙ 2002. 06. 30. 시, 〈섬에 내리는 비 2〉〈만다라 섬으로 가고 싶은 것은〉《시와 비평》, 계
간지 제4호, 도서출판 불휘, 205쪽.

⊙ 2002. 07 .06(토). 〈통영의 시인 차영한 시인 풍모 우뚝–이상옥 시인의 글〉《한산신문》, 16면.

⊙ 2002. 09. 시 〈인연因緣〉《경남문학》 가을, 제6호, 경남문인협회, 269쪽.

⊙ 2002. 09. 15. 시 〈여름이 오면 생각나는 섬〉〈저녁 바다〉〈파도 소리가 있는 그 섬에 가
면〉《시의 나라》 15호, 도서출판 푸른 별, 29~31쪽.

⊙ 2002 .09. 30. 차영한 이 계절의 특선 시인에 선정. 시 〈날궂이〉〈시간이 없다〉〈사면초가
四面楚歌〉〈어떤 쓴 미소〉〈아날로그〉〈섬에 내리는 비〉〈내가 잘 아는 입원환자〉〈흉 안 보
기〉〈강노인 이야기〉〈속옷을 벗을 때〉《문예 한국》 가을, 통권 92호, 문예한국사, 111~
119쪽.

⊙ 2002. 10. 시 〈굿니 소묘素描. Ⅰ. Ⅱ. Ⅲ〉《月刊文學》 10월호, 월간문학사, 132쪽.

⊙ 2002. 11. 평론 〈청마 유치환 출생지 쟁점에 대한 고찰〉《詩文學》, 60~85쪽(동지 12월호

에 계속. 43~65쪽)−2회 더 연재할 계획임.

◉ 2002. 12. 20. 시 〈아침 바닷가 산책에서〉〈생태 1. 2〉〈해안선 소묘 1. 2. 3. 4. 5〉〈빈 배 이야기 1. 2. 3〉《統營文學》 제21집, 통영문인협회. 215~222쪽.

*

◉ 2003. 01. 시 〈태양이 빛나는 바다〉〈항해하면서〉〈그림자〉〈흰 장미꽃밭의 소묘〉〈아는 모양이야〉〈나의 생가生家 새벽은〉《詩文學》. 통권 제 378호, 시문학사. 99~104쪽.

◉ 2003. 01. 29(수). 시 〈판데목 해안을 거닐며〉《慶南日報》. 9면.

◉ 2003. 03. 01. 시 〈장자론莊子論〉〈무인도에서 오는 편지 6〉《풍자문학》. 봄호(서울. 한솜미 디어). 157~159쪽/ 위 같은 책. '풍자로 쓴소리 단소리'〈배추밭 이야기〉. 26~27쪽.

◉ 2003. 03. 10. 시 〈장자론莊子論−개작〉《경남문학》 봄. 제62호, 경남문인협회. 286쪽.

◉ 2003. 03. 25. 시 〈오수午睡〉〈개꿈 잡고 시비하기〉《청마문학》 제6호, 청마문학회. 61~ 63쪽.

◉ 2003. 06. 01. 불교 봉축 시 〈부처님의 말씀〉《불교문예》 여름. 통권 23호(서울. 현대불교문 인협회. 불기 2547년). 41쪽.

◉ 2003. 08. 01. 시 〈동치미 국물이나 마시면서〉《文學空間》 8월호 통권 제15권. 165호, 문 학공간사. 170쪽.

◉ 2003. 08. 연구논문 〈박재삼의 삶과 문학−절망의 그림자 밟고 다시 핀 달개비꽃〉《경상 어문》 제9집, 경상국립대학교 경상어문학회. 187~206쪽.

◉ 2003. 09. 20. 시 〈황천항해〉〈저녁 술안주 해물 탕 이야기〉《海洋과 文學》 창간호, 한 국해양문학가협회. 152~156쪽.

◉ 2003. 11. 10. 시 〈저녁 술 마셔 보면〉〈아직도 우리는 따뜻하다〉〈그 섬에 가면〉《시와 현장》 가을. 겨울. 제5호(통영: 시와 현장사). 3~37쪽.

◉ 2003. 12. 12. 시 〈반딧불을 볼 때마다〉〈관음죽 보고 살며〉〈산은 생각 끝에 새를 날리 고〉〈마흔한 살에−어머님 말씀 12〉〈눈덩이나 밟으며〉《통영문학》 제22집, 사)통영문인협 회. 179~183쪽.

◉ 2003. 12. 10. 시 〈소두레 2〉. 겨울호《경남문학》 제65호, 경남문인협회. 191쪽.

*

◉ 2004. 03. 12. 차영한 시작품 〈소두레 2〉 단평− 성선경 시인의 '그리움이 머무는 자리'에서 논급.《경남문학》 봄호. 통권 제66호, 경남문인협회. 129쪽.

◉ 2004. 03. 20. 시 〈나무쟁이 회 맛〉《청마문학》 제7집, 청마문학회. 32쪽.

◉ 2004. 03. 31. 시 〈삭발의 바다〉〈소나(SONAR), 봄날의 바다 깊이〉《海洋과文學》 제2호, 한국해양문학가협회. 129~130쪽.

◉ 2004. 04. 시 〈쥐 인간〉《무지개와 바람의 은유》. 제30집, 한국현대시인협회 편. 시문학사. 232쪽.

◉ 2004. 05. 01. 시 〈우울증. 바닷소리〉〈꿈. 화장장에서〉《시를 사랑하는 사람들》 VOL. 10.

2004.5∼6(월간 《현대시》–한국문연), 97∼98쪽.

- 2004. 05. 22. 시 〈해소海嘯〉《시와 비평》 제8호, 상반기(경남 시사랑 문화인협의회–불휘), 96쪽.
- 2004. 06. 01. 시 〈퇴행성관절염〉〈나뭇가지를 잡고〉《시와시학》 여름, 통권 54호, 시와시학사, 32∼33쪽.
- 2004. 07. 시 〈편두통에는〉〈가을 강 散調〉《깃발》 제2호, 통영시청문학회, 8쪽.
- 2004. 08. 차영한 연구 논문 〈이승훈의 시와 시론에 나타나는 주체의 변모양상〉《경상어문》 제10집, 경상국립대학교 어문학회, 73∼89쪽.
- 2004. 09. 01. 시 〈여름 바다〉〈물숭여 보고 사는 검둥여〉《詩文學》 9월호, 통권 제 398호, 시문학사, 19∼20쪽.
- 2004. 12. 11(토). 에세이 〈무의식의 그림자〉《한산신문》 제686호, 22면에 발표.
- 2004. 10. 09(토). 시 〈물 벼랑을 떠올릴 때–매저키즘에 대하여〉《부산일보》 제18671호, 16면(문화면)에 발표.
- 2004. 12. 15. 시 〈내가 찾는 하늘 바다에 있었네〉《경남문학》 겨울. 통권 69호, 경남문인협회, 174쪽.
- 2004. 12. 13. 시 〈물숭여 보고 사는 검둥여〉가 '지난 계절 시 다시 보기' 기획 특집으로 하는 《詩向》(제4권, 제16호)이 뽑는 '현대시 100인선'에 선정되었다. 34쪽.
- 2004. 12. 시 〈어디서 한뎃잠 자는가?〉〈어떤 모순〉〈더부살이〉《통영문학》 23집, 통영문인협회, 261∼263쪽.

*

- 2005. 01. 30. 시 〈사발농사〉《새는 휘파람 소리로 날다》 제31집, 한국현대시인협회편, 시문학사, 248쪽.
- 2005. 02. 시 〈새벽 바닷물 보기〉《청마문학》 제8집, 청마문학회, 65쪽.
- 2005. 06. 15. 시 〈비렁뱅이 근성〉《경남문학》 여름, 통권 제71호, 경남문인협회, 294쪽.
- 2005. 08. 01. 시 〈돌 그물과 도다리〉〈기항지, 트롤 승선기〉《海洋과 文學》, 사단법인 한국해양문학가협회, 107쪽.
- 2005. 10. 01. 제5회 2005 세계 서예 전북비엔날레 '아름다운 한국–부산 울산 경남전展' 출품작 시와 그림 서예. 〈와룡산 철쭉〉《이름다운 한국》, 56∼57쪽.
- 2005. 10. 07. 시 〈내별 찾기〉〈찜질방 여자들〉〈꽃비 내리는 날〉《부산시인》–초대시 남부의 시인들②. 부산 시인협회, 29∼31쪽.
- 2005. 시 〈후박나무 밑에서–노자 도덕경을 읽다가〉〈폭풍전야〉《韓國詩學》 계간. 통권 5호, 韓國文人協會, 韓國詩學社, 50∼51쪽.
- 2005. 11. 시 〈이중성二重性〉〈뻐꾸기 벽시계 울 때마다–어머님 말씀 15〉〈빗소리–어머니 말씀 16〉《통영문학》 제24집, 통영문인협회, 224쪽.
- 2005.12. 시 〈와룡산 철쭉〉〈섬초롱〉《투명한 눈, 뜨거운 바람》, 한국시문학문인회 편. 사화집. 19집, 시문학사, 214∼215쪽.

- 2005. 12. 30. 시 〈우리네 새카만 눈동자여–독도는 분명 대한민국 땅이다〉《自由文學》 가을. 통권 57호, 도서출판 天山. 31~32쪽.
- 2005. 시〈Melancholia, Sound of Sea〉《POETRY KOREA》, Volume 4, Autumn–2005, UPLI Korea Committee. pp. 42~43.(시 우울증, 바닷소리)

*

- 2006. 01. 02(월). 시 〈생명의 소리, 은빛 날갯짓으로〉, 2006 신년 특집《慶南新聞》, 18면 에 발표.
- 2006. 03. 06. 시 〈물 벼랑을 떠올릴 때–나는 이 작품을 이곳에서 이렇게 썼다〉《경남문 학》 봄. 통권 제74호, 경남문인협회. 70쪽.
- 2006. 04. 01. 시 〈요새 시풍〉《文學空間》 4월호, 통권 제197호, 문학공간사. 112쪽.
- 2006. 05. 01. 시 〈無爲〉〈幻影〉《詩文學》 5월호, 통권 418호, 시문학사. 20~21쪽.
- 2006. 07. 31. 시 〈분노하는 바다〉〈하혈하는 바다〉《海洋과 文學》 제6호, 사단법인 한국 해양문학가협회. 86~89쪽.
- 2006. 09. 01. 시 〈솔수펑이 자리〉〈아리새〉《시와 시학》 가을호, 통권 제63호, 시와 시학 사. 35~37쪽.
- 2006. 09. 15. 경남문학 작가 집중조명(차영한). 작가 연보, 시작 노트, 〈파도자락으로 쓰는 빛의 유희〉/ 대표 시〈화엄경을 읽다가 1. 2. 3. 4. 5. 6〉〈항해하면서〉〈밤바다 1〉〈굿니 I . II . III〉 5편/ 신작시 〈해파리의 춤〉〈어로선에서〉〈파랑주의보〉〈바다에 쓰는 시 18〉〈합포 만,그 파란물〉 5편/ 한국해양대학교 김미진 연구교수. 차영한 시에 대한 평론, 〈시인 차영한 과 바다〉《경남문학》 가을호, 제76호, 경남문인협회. 14~43쪽.
- 2006. 09. 01. 시 〈트라우마 trauma. 1〉〈트라우마. 2〉《경남펜문학》 국제펜한국본부 경남 지역위원회. 105~106쪽.
- 2006. 11. 20. 시 〈트라우마 1〉〈트라우마 2〉, 이 계절에 만난 시인들–초대시,《詩現場》 제2호(충북사忠北社–충북충주시 연수동 605번지. 주간 정연덕). 62쪽.
- 2006. 12. 22. 시 〈간월산 물소리〉〈나의 저녁 바다〉〈가을 허수아비와 참새 소리〉《통영문 학》 제25호, 통영문인협회. 115~117쪽.
- 2006. 12. 지난 계절의 詩 다시 보기. '엘리트 시 100 選'에 차영한의 시 〈아리새〉가《詩 向》 제24호에 뽑혔음. 21쪽.

*

- 2007. 01. 01. 시 〈바다에 쓰는 시. 18〉《시문학》 1월호, 통권 제426호, 시문학사. 25쪽.
- 2007. 01. 01. 시 〈차영한 '아리새' 엘리트 시 100선〉《한산신문》 제15면에 소개.
- 2007. 01. 25. 권영민, 《한국현대문학대사전》, 서울대학교출판부. 571쪽.
- 2007. 05. 19. 시 〈버려진 근심 줍기〉〈아! 노래하자 우리 자연〉, 경남문인협회. 103쪽.
- 2007. 06. 10. 시 〈면 없는 거울〉〈금환일식〉《한강이 문득》, 제20집, 시문학문인회. 306~307 쪽.

- 2007. 06. 15. 시 〈윈드서핑〉《경남의 시》—시각장애인을 위한 점자시집 한글판. 경남문인협회. 60쪽.
- 2007. 06. 30. 시 〈음력 칠월 가지밭 소문〉《한국현대시》, 창간호, 227쪽.
- 2007. 09. 20. 시 〈빨간 시계〉《경남문학》 가을, 제80호, 경남문인협회, 204쪽.
- 2007. 10. 25. 시 〈파도, 파도 소리〉〈흰 눈썹 새로 날다〉〈희악질하는 웃음소리〉《경남펜문학》, 국제펜한국본부 경남지역위원회, 121~123쪽.
- 2007. 12. 25. 시 〈거부반응〉《한국현대시》 제2호, 한국현대시인협회, 130쪽.
- 2007. 12. 30. 시 〈환상의 지느러미, 통영바다 2〉〈트라우마 3〉〈트라우마 4〉《통영문학》 제26호, 통영문인협회, 104~109쪽.

*

- 2008. 04. 01. 시 〈몸과 옷의 오후〉《시문학》 4월호, 통권 441호, 시문학사, 47쪽.
- 2008. 05. 24. 시 〈노랑어리연꽃〉《물과 늪 그리고 사람》, 경남문인협회, 103쪽.
- 2008. 06. 20. 작가집중조명, 대표시 〈화엄경을 읽다가〉 외 5/ 신작시 〈해파리의 춤〉 외 5편 등 총 10편.《慶南文學硏究》 제5호, 경남문학관, 222쪽.
- 2008. 06. 30. 시 〈낚싯대와 나비〉《한국현대시》 제3호, 한국현대시인협회, 211쪽.
- 2008. 07. 01. 시 〈물결 위의 구름을 그물로 뜨다〉〈빛의 반사〉《文學空間》 7월호, 통권 224호, 문학공간사, 28~29쪽.
- 2008. 08. 01. 시 〈바람과 빛이 만나는 해변〉, 신작시 50인선—8월호《月刊文學》 통권 474호, 사)한국문인협회, 52쪽.
- 2008. 08. 09. 박종섭,《작가연구방법론》, 한국문학도서관, 110쪽.
- 2008. 08. 20. 문학박사학위 논문 〈초현실주의 수용과 연관된 '三四文學'의 시 연구〉《경상어문학》 ISS—9739, 349~413쪽에 발표(문학박사학위 취득논문 공인지 게재 규칙에 의함).
- 2008. 08. 강희근 교수, 〈차영한, 초현실성을 갖는 페티시즘적 오브제의 시학—초기 시 일부〉《강희근 시 비평 읽기》, 정년퇴임기념문집 간행위원회(위원장—차영한), 258~264쪽에 수록.
- 2008. 08. 30. 차영한 평론 〈초현실성을 갖는 페티시즘적 오브제의 시학—강희근의 시 세계〉《경남문학》 가을호, 통권 제84호, 경남문인협회, 244~251쪽.
- 2008. 09. 01. 시 〈갯바람 소리〉〈가슴 깃털 볼 때마다〉《시와 시학》 가을, 통권 제71호, 시와시학사, 97·98쪽.
- 2008. 09. 01. 시 〈여행하는 레일 위의 귀와 눈〉《한국 작가》 가을, 제5권, 통권 제17호, 한국작가사, 119쪽.
- 2008. 09. 30. 시 〈거울 주름살〉《청마문학》 제11집, 청마문학회, 35쪽.
- 2008. 09. 30. 청마 탄신 100주년 기념문집 차영한 논문,《청마 유치환 고향시 연구》〈통영 청마문학관 건립 및 생가복원〉—《청마문학》 3집(2000) 〈청마거리의 지정 및 조성〉—《청마문학》 4집(2001) 〈청마의 출생지 고찰—청마문학의 재조명〉〈청마 유치환 출생지 쟁점에 대한 고찰〉《시문학》 제376호(시문학사, 2002. 01)/ 〈청마 유치환 출생지 쟁점에 대한 고찰〉

《다시 읽는 유치환》, 시문학사, 546쪽.

◉ 2008. 10. 29, 일어로 번역된 차영한 시, 〈바람과 빛이 만나는 해변〉《동북아시집東北亞詩集》도서출판 天山, 611〜612쪽.

◉ 2008. 11. 15, 시 〈건망증〉《경남펜문학》제3집, 국제펜한국본부 경남지역위원회, 106〜107쪽.

◉ 2008. 11. 25, 논문 〈박재삼의 삶과 문학〉《작은 문학》겨울호 통권 37호, 작은 문학사, 164〜191쪽.

◉ 2008. 12. 01, 시 〈항상 나는 나에게로 오는〉〈남산, 꿈틀거리는 거대한 달팽이다〉《창작21》겨울, 제5권, 통권 13호, 들꽃, 111〜112쪽.

◉ 2008. 12, 시 〈날지 못한 자문 새-어머님 말씀 17〉〈꽃을 보고 웃는 동안〉〈귀뚜라미 울어대면〉〈아무도 몰랐다 동백꽃 필 때는〉〈밥숟가락 보면〉《통영문학》제27호, 통영문인협회, 236〜240쪽.

◉ 2008. 12 .15, 차영한 시, 하반기 좋은 시 50선에 뽑히다. 〈갯바람 소리〉《詩向》제8권, 제32호▷이 시작품은 2008년 《시와시학》가을, 97쪽에 이미 발표된 시, 22쪽.

◉ 2008. 12. 23, 수필 〈우울증 1. 2. 3〉〈경이로운 힘을 진행형으로 하여〉〈어둠에 남아있는 망각들〉《水鄉隨筆》제36집, 수향수필문학회, 208〜224쪽.

◉ 2008. 12. 30, 시 〈구구 구〉《한국현대시》하반기 제4호, 한국현대시인협회, 264쪽.

◉ 2008. 이상옥, 《현대시와 투명한 언어》, 한국문학도서관, 197쪽.

*

◉ 2009. 01. 12, 신작시 및 시작 노트 〈사마귀와 전화기〉〈동그라미 그릴 때〉〈봄은 봄이다〉《아침, 자연의 구술을 듣다》, 경남시인협회, 78〜81쪽.

◉ 2009. 01. 16(금), 계간 《詩向》'현대시 50선'에 뽑힌 차영한 시, 〈갯바람 소리〉《통영신문》5면에 보도.

◉ 2009. 03. 01, 초대 시에 발표 〈경포대 숲 저녁 바다〉《亞細亞文藝》봄, 통권 제12호, 아세아문예사, 16쪽.

◉ 2009. 05. 20, 차영한의 평론 〈공감각을 통한 만다라의 미학〉《散木 咸東鮮先生 八旬紀念文集-쓸모없는 나무》(산목 함동선 선생 팔순기념문집간행위원회, 도서출판문학공원), 190쪽.

◉ 2009. 06. 04, '경남의 노래' 가사 공모에 차영한의 작시, 〈쉼표가 있는 통영 바다〉당선(경상남도 문인협회와 경상남도 음악협회가 공동 주최: 주관은 경상남도 음악협회) 발표되었는데, 작곡은 우연하게 통영 출신 '진규영' 작곡가임.

◉ 2009. 06. 05(금), 작시 〈쉼표가 있는 통영 바다〉《통영신문》제550호, 12면에 보도.

◉ 2009. 06. 05, 시 〈0과1의 진술〉《PEN문학》여름, 통권 91호, 국제펜클럽 한국본부, 69쪽.

◉ 2009. 06. 15, 시 〈말 타는 술비〉《청마문학》제12집, 청마문학회, 86쪽.

◉ 2009. 06. 30, 시 〈다발성경화증〉〈봄은 봄이 아니다〉, 117 시인의 《빛의 발자국》21집, 한국시문학문인회, 34〜35쪽.

◉ 2009. 06. 30, 시 〈우포늪〉《한국 현대시》, 제5호, 한국현대시인협회, 137쪽.

⊙ 2009. 07. 11. 차영한 평론 〈共感覺을 통한 만다라의 미학〉《작은 문학》 여름, 통권 39호, 작은 문학사, 165~179쪽.

⊙ 2009. 07. 30. 시 〈바람과 바다〉〈해운대 저녁〉〈탁본, 감성돔〉〈굴 껍질〉《海洋과 文學》 제11·12호 합본, 사단법인 한국해양문학가협회, 53~56쪽.

⊙ 2009. 08. 30. 시 〈티핑 포인트〉《경남문학》 가을, 통권88호, 경남문인협회, 135쪽.

⊙ 2009. 11. 01. 시 〈해운대 소견, 말없음표〉〈물이 설 때〉《시문학》 11월호, 통권460호, 시문학사, 24~25쪽.

⊙ 2009. 11. 10. 시 〈달불이〉, 생명 사화집《사랑 빛, 생명 노래》 제1집, 경남문인협회, 10쪽.

⊙ 2009. 11. 14. 시 〈처서 절기 앞에〉〈쓰레기를 볼 때마다〉, 영역으로 번역된 시, 〈산은 생각 끝에 새를 날리고 Mountain Making Bird Fly After Consideration〉《경남 펜 문학》 제5호, 국제펜한국본부 경남지역위원회, 257~258쪽.

⊙ 2009. 11. 18. 수필 〈쉼표가 있는 통영바다〉〈꿈의 날개〉〈상징적 동일성의 징후〉《水鄕 水筆》 제37집, 수향수필문학회, 230~239쪽.

⊙ 2009. 12. 01. 시 〈느낌표〉《한국현대시》 하반기. 가을·겨울호, 제6호, 사)한국현대시인협회, 155쪽.

⊙ 2009. 12. 18. 시 〈빈 걸음─어머니 말씀 18〉〈꽃이 꽃을 좋아하는데〉〈남은 정〉〈빅뱅, 망막〉〈비비새〉〈발발 발〉《통영문학》 제28집, 통영문인협회, 185~191쪽.

⊙ 2009. 12. 14. 시 〈가을은〉〈볼게이 섬〉〈돌아온 통영대구야〉《통영문화》 제10호, 통영문화원, 86~88쪽

⊙ 2009. 12. 차영한 연구논문 〈소승불교의 事跡址. 蓮花島의 蓮花臺 五蓮舍 小考〉《경남논총》 제19집, 경상남도향토사연구협의회, 238~256쪽.

⊙ 2009. 12. 15. 차영한 시 〈해운대 소견, 말없음표〉는 《詩向》 통권 제9권, 통권 36호에 지난 계절 발표된 시 다시 보기에서 '현대시 50선'에 뽑힘, 15쪽.

*

⊙ 2010. 02. 19. 시 〈인연〉《새벽 향가─은은한 향기의 시》(50쪽)에 발표.

⊙ 2010. 02. 20. 시 〈바다 날씨 1〉《우리들의 좋은 詩》, 문예운동사, 344쪽.

⊙ 2010. 02. 25. 경남시인 초대석. 2. 대담 차영한·정이경 〈초현실적인 시 창작산실은 바다〉《경남시학 2》, 경남시인협회 앤솔러지, 28~41쪽.

⊙ 2010. 02. 25. 시 〈달빛, 셀프〉《경남시학 2》, 경남시인협회, 166쪽.

⊙ 2010. 04. 25. 《시와 지역》 창간호, 봄호(통권 1호, 경남 진주시. 시와 지역사), 31~33쪽에 강희근의 '지역시 편 조명' 시 〈빈 걸음〉〈비비새─통영오광대 보다가〉의 작품 세계 단평 수록됨.

⊙ 2010. 05. 31. 시 〈원원으로 차단, 층간소음〉《경남문학》 여름, 통권 91호, 경상남도문인협회, 241쪽.

⊙ 2010. 06. 07. 이기반 지음. 《수국 단상水國斷想─통영의 물결소리》(서울. 秋水樓), 77쪽, 79쪽, 92쪽에 차영한의 석사 논문 〈청마 유치환의 고향 시 연구〉 중, '청마 유치환의 출생지'

에 관한 일부 글을 수록했음.

⊙ 2010. 05. 31. 이수화 제2평론집《글로벌 문학과 한국 당대시》(한강도서 출판사), 324~325 쪽. 차영한 시 〈빵을 보면〉에 대한 시 세계 단평 게재.

⊙ 2010. 06. 05. 시 〈우포늪〉《가슴속 불 밝히고》, 2010 점자 시집 한글판, 경상남도문인협회, 66쪽.

⊙ 2010. 10. 01. 시 〈난다, 달에서 회중시계 소리〉《청마문학》 제13집, 청마문학회, 99쪽.

⊙ 2010. 09. 07. 차영한 평론, 〈청마 유치환의 초기 詩의 특성〉《경남문학》 가을, 통권 제92 호, 경상남도문인협회, 192~217쪽.

⊙ 2010. 10. 23. 시 〈바다 날씨·2〉〈발견, 통영 땅 공룡 알, 발자국〉《경남펜문학》 제6호, 국 제펜한국본부 경남지역위원회, 82~85쪽.

⊙ 2010. 10. 23. 문학평론가 송희복 평론 〈생존의 바다, 실존의 섬, 공존의 삶 의식−차영한의 연 작시집《섬》 간행 20주년에 부쳐〉《경남펜문학》 제6호, 국제펜한국본부 경남지역위원회, 37 ~53쪽.

⊙ 2010. 12. 01. 시 〈선창가를 거닐면〉〈캐주얼 빗방울〉《시와 시학》 겨울, 통권 80호, 시와 시학사, 272~273쪽.

⊙ 2010. 12. 01. 시 〈팡토마스〉〈몽돌해변 묘사〉《海洋과 文學》 제14호, 사단법인 한국해양 문학가협회, 58~59쪽.

⊙ 2010. 12. 03. 시 〈둥지 밖에 남아 있는 빗방울〉〈눈 밟힐 때〉《통영문학》 제29호, 통영문 인협회, 185~186쪽.

⊙ 2010. 12. 13. 에세이 〈통영상징, 문화예술 탑 건립〉〈망막 속에 살아서 떠도는 팡토마스〉 《수향수필》 제38집, 수향수필문학회, 193~201쪽.

⊙ 2010. 12. 15. 시 〈배〉《소용 도는 은하의 별》 220인 사화집, 한국현대시인협회, 229쪽.

⊙ 2010. 12. 28. 시 〈함안, 아라 백련이여〉《여항산 그림자 낙동강에 드리우고》, 함안문인협회, 188쪽.

⊙ 2010. 12. 30. 시 〈진주남강유등축제〉《전설이 흐르는 유등》, 사화집, 경남시인협회, 99쪽.

⊙ 2010. 12. 31. 차영한 연구논문 〈통영 특산 명품의 맥락 재조명〉《경남 향토사 논총》 제20 집, 경남향토사연구협의회, 86~109쪽.

*

⊙ 2011. 02. 20. 시 〈연꽃〉〈환하게 웃어 봐요〉《문학세계》 2월호, 통권 200호 기념호, 도서 출판 天雨, 16~17쪽.

⊙ 2011. 03. 31. 《한국시대사전》 4판 발행, 차영한 등록 이제이 피북, 3013쪽.

⊙ 2011. 04. 21. 청마문학상 심사위원회에서 심사 위원으로 위촉되어 작품 심사에 참가함.

⊙ 2011. 06. 30. 시각장애인을 위한 한글 점자 시 〈느그 집 작은 고추 맵지〉《빛의 결을 만지 다》 제5집, 화중련, 61쪽.

⊙ 2011. 07. 01. 시 〈기다림도 경작하면〉《청마문학》 제14집, 청마문학회, 97쪽.

⊙ 2011. 07. 20. 차영한 지음, 비평집 《초현실주의 시와 시론》(한국문연, 하드커버 단행본, 300쪽), 1,000부 출간함.

⊙ 2011. 09. 08. 시 〈괘불 아이고 개불 말이야〉《경남문학》 가을. 통권 96호, 경상남도문인협회, 122쪽.

⊙ 2011. 09. 24. 시 〈탁본, 감성돔〉《경남문학 현실에 길을 묻다》. 경남문인협회, 80쪽.

⊙ 2011. 10. 25. 시 〈선창가를 거닐면〉〈가을 나그네 봤다〉《물그림자》, 한국시문학문인회(월간 《시문학》 40주년 기념호), 198쪽.

⊙ 2011. 10. 29. 영어로 번역된 시 〈태양이 빛나는 바다〉《경남 펜문학》 제7집, 국제펜한국본부 경남지역위원회, 56~57쪽/ 위와 같은 책에 시, 〈무無의 환유〉, 237쪽.

⊙ 2011. 11. 01. 차영한 문학평론 부문 신인상 당선작 〈청마시의 심리적 메커니즘 분석─문제시, 首·全夜·北斗星 중심으로〉《시문학》 11월호, 통권 484호, 시문학사, 78~95쪽.

⊙ 2011. 11. 시 〈눈사람〉〈넥타이, 뱀장어〉, 월간 《모던 포엠》 11월호, 통권 98호, 273~275쪽.

⊙ 2011. 12. 09. 수필 〈산을 내려올 때도 고개 숙인다〉〈예술창작에서의 모방과 아류에 대하여〉《水鄕隨筆》 제39집, 수향수필문학회, 226~233쪽.

⊙ 2011. 12. 15. 시 〈검은 촛불〉《오색딱따구리》 사화집 33집, 한국현대시인협회(2011년, 223인 참여), 235쪽.

⊙ 2011. 12. 16. 시 〈저 너머 길목에는─어머님 말씀. 20〉〈말도 씨가 되는구나─어머님 말씀 21〉〈선글라스〉《통영문학》 제30집, 통영문인협회, 76~78쪽.

⊙ 2011. 12. 25. 시 〈간혹 안태본에 가볼라치면〉〈가을 빛깔 소리〉《경남시학》 제3호, 경남시인협회, 191쪽.

⊙ 2011. 12. 30. 시 〈진주 남강이 띄우는 풍경〉〈유등, 충혼이 타오르다〉 경남시인협회, 95쪽.

⊙ 2011. 12. 31. 차영한 연구논문 〈조선왕조실록을 움직인 蛇梁·樸島 고찰〉《경남 향토사 논총》 제21집, 경남향토사연구협의회, 91~133쪽.

*

⊙ 2012. 02. 시 〈뼛속 푸른 불꽃〉〈역전, 대립물〉《한국작가》 봄, 통권 31호, 한국작가사, 177쪽.

⊙ 2012. 04. 시 〈수리, 안경다리〉〈정지, 보이는 겨울 오브제〉《시문학》 통권 489호, 시문학사, 14~16쪽.

⊙ 2012. 04. 차영한 비평집 《초현실주의 시와 시론》에 대한 문학평론가 전문수 평설 〈초현실주의 시의 시사적 위상 정립〉《시문학》 4월호, 통권 489호, 시문학사, 145쪽.

⊙ 2012. 07. 01. 차영한 평론 〈청마의 시 '그리움'과 '행복'에 대한 단상〉《청마문학》 제15집, 시문학사, 112~121쪽.

⊙ 2012. 07. 01. 시 〈점점 사라지는 것은 살아있는 점 점으로〉《청마문학》 제15집, 청마문학회, 103쪽.

⊙ 2012. 09. 01. 시 〈개가 있는 풍경〉《月刊文學》 9월호, 통권 523호, 월간문학사, 29쪽.

- 2012. 11. 20. 월간《현대시》의 현대시인선 123. 차영한 제 4시집《캐주얼 빗방울》(단행본 12.5cm×20.4cm, 124쪽), 한국문연, 800권 출간.
- 2012. 11. 20. 차영한, 비평집《니힐리즘 너머 생명시의 미학》(시문학사, 하드커버, 400쪽), 1,000부 간행.
- 2012. 12. 차영한 영역 시〈물 벼랑을 떠올릴 때〉《경남 PEN문학》제8집, 82쪽/한글 시, 〈허허허〉〈흙에 살리라〉《경남 PEN 문학》제8집, 국제펜한국본부 경남지역위원회, 226쪽.
- 2012. 12. 08. 수필〈그냥 쉬면 빠르게 늙는다〉《水鄕隨筆》40집, 수향수필문학회, 238쪽.
- 2012. 12. 10. 시〈여름 도시 풍경〉〈도토리도 들로 내려다보며 열리나나–어머니 말씀 22〉〈별빛 눈물방울–어머니 말씀 23〉《통영문학》제31집, 통영문인협회, 267~269쪽.
- 2012. 12. 20. 특별기고, 차영한 평론〈청마의 시 '그리움'과 '행복'에 대한 단상〉(68쪽)〈파도가 밀려오는 이유〉(105쪽)〈지금도 퍼즐, 통영해저터널〉(106쪽)《통영문화》제13호 ,통영문화원.
- 2012. 12. 31. 차영한 연구논문〈역사상 지리지에 나타난 통영지역 고찰〉《경남 향토사 논총》제22집, 경남향토사 연구회, 45~64쪽.

*

- 2013. 03. 01. 차영한의 시집《캐주얼 빗방울》〈미네르바 셀렉션 시집 스크랩–면 없는 거울〉《미네르바》봄, 통권 제49호, 홍영사, 409쪽.
- 2013. 03. 30(토), 에세이〈나의 작품 속의 꽃〉《한산신문》, 27면(종합).
- 2013. 04. 01. 차영한 시집《캐주얼 빗방울》중심으로 시 세계 조명, 송용구 평론〈탈경계적 생태 시학의 네트워크, 차영한 시 세계〉,《시문학》4월호, 통권 501호, 146~155쪽.
- 2013. 05. 01. 시〈나이아가라폭포〉《PEN 문학》5·6월호, 통권 제114호, 사단법인 국제펜한국본부, 98~100쪽.
- 2013. 05. 03(금) 14:00, 한국시 아카데미 주최 포럼 ▷서울 배재학당 역사박물관 3층 세미나실 초청, 차영한 연구논문〈청마의 신神은 무량수불 세계〉현지에서 발표.
- 2013(癸巳年). 06. 04. 시〈갯살이〉〈너덜 해안가 한사리 물 때〉《한국 동서문학》여름호, 제6호, 동서 디지털 네트워크 출판부, 350쪽.
- 2013. 06. 30. 시〈비무장지대〉〈비 내릴 때도 눈물 꽃은 피다〉《오백 번의 응》제23집(시문학지령 500호 기념사화집), 한국시문학 문인회, 242쪽.
- 2013. 07. 01. 시〈감꽃 웃음〉(80쪽), 평론〈청마의 神은 무량수불 세계〉(88쪽)《청마문학》제16집, 청마문학회.
- 2013. 07. 01. 시〈참말 먹는 법〉〈샤덴 프로이데〉《현대시》Vol.–7, 통권 283호, 한국문연, 148~151쪽.
- 2013. 09. 24. 시〈꽃비 내리는 날〉/ 차영한 평론,〈내 마음의 꽃〉, 경남문학관, 95쪽.
- 2013. 10. 24. 초청된 문학 강연시간 14:00–16 : 30, 장소: 국립진주박물관 강의실, 국립진주박물관 주최, 2013년 제10기 박물관대학 초청 강연 원고〈문인들 통영에 모이다〉《통영,

그 예향의 바다에 빠지다〉, 주최 측 책자 발행(2013. 04), 185쪽.

- ⊙ 2013. 11. 26, 수필 〈걷기는 신이 내린 생명의 척도다〉〈나의 작품 속의 꽃〉〈퍼즐, 통영 해 저터널〉《水鄉隨筆》 제41집, 수향수필문학회, 206~222쪽.

- ⊙ 2013. 11. 30, 현대시회 앤솔러지, 차영한 시 〈금〉《K–POEM》 ① 2013, 현대시회, 246쪽.

- ⊙ 2013. 12. 13(금), 차영한 평론 〈이상 시인의 초현실적인 시 경향 분석—I WED A TOY BRIDE 재해석〉, 경남문학비평가협회 주관, A4 용지 10포인트, 6쪽 분량 발표.

- ⊙ 2013. 12. 18, 시 〈바닷가 봄〉〈기다리던 눈물이 꽃으로 필 때〉〈돛단배 노래〉《통영문학》 제32집, 통영문인협회, 177~180쪽.

- ⊙ 2013. 12. 18, 시 〈촉석루에서—진주 유등 축제에 부침〉《등 하나 켜고》 사화집, 경남시인협 회, 94~95쪽.

- ⊙ 2013. 12. 27, 시 〈똥파리의 고발장, 콧방귀〉《경남 PEN 문학》 제9집, 77쪽./ 사진 속의 인 연—〈기억에 남는 사진 한 장; 사하라 사막에서 '흰 낙타'를 타고 있는 자화상〉, 국제펜한국 본부 경남지역위원회, 136~137쪽.

- ⊙ 2013. 12. 31, 차영한 연구논문 〈역사상 지리지에 나타난 통영지역 고찰(2)〉《경남 향토사 논총》 제23집, 사단법인 경남향토사연구회, 26~50쪽.

*

- ⊙ 2014. 01. 15, 시 〈광란하는 바다〉《한국현대시》 하반기 제10호, 한국현대시협회, 179쪽.

- ⊙ 2014. 03. 01(토), 신작 시 〈나무 일기〉〈탄생, 삼삼 하나〉《미네르바》 봄호, 제53호, 홍영 사, 25~27쪽.

- ⊙ 2015년 03월 02일부터 인문학 강의▷시 짓기 기법과 일반교양 중심으로 2시간 운영

- ⊙ 2014. 04. 11, 사립 '한빛문학관' 개관식 거행.

- ⊙ 2014. 07. 05, 오후 6시, 문화마당 특설무대에서 제15회 【청마문학상】 본상 수상(상패와 창 작지원금 2천만 원정).

- ⊙ 2014. 07. 01, 특집에 포토: 제15회 【청마문학상】 본상 수상자 차영한 근영, 《청마문학》, 17집, 시문학사, 42쪽~84쪽.

- ⊙ 2014. 10. 17, 단상 〈나의 삶, 나의 문학—나는 굽어지려고 할 때마다 활을 쏜다〉《경남문학 관 리뷰》 제46호, 08–09쪽.

- ⊙ 2014. 08, 신작시 〈끊어진 해안선〉〈나는 물새, 물새야〉《시문학》 8월호, 통권 제517호, 시 문학사, 20~22쪽.

- ⊙ 2014. 11. 01, 시 〈그래도 걸어야 보이네〉《시애詩愛》 제8집, 불휘미디어, 243쪽.

- ⊙ 2014. 11. 30, 현대시회 사화집, 시 〈끊어진 해안선〉《K–POEM》 ②, 2014, 현대시회, 212~213쪽.

- ⊙ 2014. 12. 15, 시 〈둥근 고리를 찾고 있어〉《경남문학》 겨울, 통권 제109호, 경남문인협회, 159~160쪽.

- ⊙ 2014. 12, 시 〈너덜 해안가 한사리 물 때〉《통영문화》 제15호, 148쪽.

◉ 2014. 12. 24. 시 〈초혼 점등〉《남강 유등 축제예!》, 2014 사화집, 경남시인협회, 98쪽.

        *

◉ 2015. 03. 01. 시 〈울릉도 파도〉《PEN문학》 3·4월호, VOL. 125, 99쪽.

◉ 2015. 05. 01. 시 〈머리 올리는 꽃봉오리〉외 1편《純粹文學》5월호, 통권 258호, 순수문학사, 46~47쪽.

◉ 2015. 05. 강외석 문학평론 〈시인 차영한론〉《작은 文學》제51호, 작은문학사, 168~194쪽.

◉ 2015. 06. 01. 시 〈긴 느낌표를 느낌으로 지우고 있어〉〈나무의 무아無我〉월간《현대시》 VOL. 26-6, 제306호, 한국문연, 154~157쪽.

◉ 2015. 06. 10. 시 〈내나 여기 있었네라〉《경남문학》, 제111호, 경상남도문인협회, 127쪽.

◉ 2015. 09. 01. 시 〈디아스포라들이여〉〈귀농歸農〉《시문학》, VOL-9, 통권 제530호, 시문학사, 18~20쪽.

◉ 2015. 10. 23. 시 〈6.25전쟁이 남긴 저녁〉《꽃피고 꽃 진 자리》, 경남문학 자선 대표 시선집, 경상남도문인협회, 186쪽.

◉ 2015. 11. 04. '2015 경남예술제'에 시 〈그 풀이 섬에 다시 가고 싶다 카이〉《사랑이 멈춘 발길》, 경남사랑 사화집, 경상남도문인협회, 135쪽.

◉ 2015. 11. 07. 〈특별한 만남〉-2015년 제54회 경남문화상 수상, '한국시문학에 큰 족적을 남긴 사람, 차영한 시인을 만나', 창간 24주년 기념, 《주간 인물》 No. 967, 38~39쪽.

◉ 2015. 11. 23. 수필, 〈나를 흔들어 깨우는 어떤 질문〉〈아직도 아내는 목화밭에서 산 비둘기 떼 날리고〉《水鄕隨筆》제43집, 수향수필문학회, 204~208쪽.

◉ 2015. 11. 25. 시 〈문득, 햇살이 쓰는 편지보다〉〈손마디마다 피리 구멍 내어 우는 새소리-어머니 말씀 28〉〈얼뚱아가-어머니 말씀 29〉《통영문학》제34집, 통영문인협회, 160~161쪽.

◉ 2015. 12. 05. 시 〈바다 빗금들 01〉《경남 PEN문학》, 제11집, 국제펜한국본부 경남지역위원회, 162쪽.

◉ 2015. 12. 08. 현대시회 앤솔러지 시 〈느낌표는 느낌으로 지우고 있어〉《K-POEM》 ③ 2015, 한국문연, 202쪽.

◉ 2015. 12. 시 〈멍멍 멍〉〈드로잉, 우주숨결〉《통영문화》제16호, 통영문화원, 182~183쪽.

◉ 2015. 12. 24. 시 〈옛날 유등 띄운 뜻은〉《남강 유등 앞에》, 경남시인협회 사화집, 101쪽.

◉ 2015. 12. 28. 테마 시 〈문득 햇살이 쓰는 편지보다〉와 신작, 〈물이 들다〉《경남시학》제6호, 경남시인협회, 각각 37쪽과 167쪽.

        *

◉ 2016. 03. 12. 자작시 해설 〈나무의 무아無我〉, 《한산신문》, 28면(종합).

◉ 2016. 07. 15. 시 〈지금 나는〉〈주말 봄에 허브 빗방울이 나를 낚고 있다〉《시사사 Poetry Lovers》7~8월호, 제83호, 한국문연, 100~102쪽.

◉ 2016. 08. 01. 시 〈눈의 탄생을 볼 때〉〈가을 숲을 사랑하는 까닭은〉《시문학》8월호, 통권 제541호, 시문학사, 19~21쪽.

⊙ 2016. 08. 01. 시 〈가을 단풍〉〈내장산 단풍〉《文學空間》 8월호, 통권 제321호, 문학공간 사, 26~27쪽.

⊙ 2016. 09. 시 〈낙산사 해조음〉《自由文學》 여름, 통권 100호, 자유문학사, 220쪽.

⊙ 2016. 09. 05. 시 〈무인도에서 오는 편지 38〉《경남문학》 가을, 통권 제116호, 경상남도문 인협회, 180쪽.

⊙ 2016. 09. 01. 동시 〈우산 할아버지〉〈찔레꽃봉오리 속으로 굴렁쇠 굴려 보렴〉《한국시학》 가을, Vol. 39, 사)한국경기시인협회, 119~120쪽.

⊙ 2016. 09. 24. 초대 시 〈문득 햇살이 쓰는 편지보다〉《生命文學》 제5집, 원주문인협회, 168쪽.

⊙ 2016. 10. 25. 월간 《현대시》의 현대시인선 168, 차영한 제5시집 〈바람과 빛이 만나는 해 변〉(단행본 12.5cm×20.5cm, 133쪽), 한국문연, 500부 출간함.

⊙ 2016. 10. 30. 시 〈시골햇살 I. II. III〉《한국시인 대표작 1》, 한국문인협회 시분과, 538쪽.

⊙ 2016. 11. 25. 시 〈무인도에서 오는 편지. 24-형제섬〉《경남 PEN문학》 12호, 국제펜한국본 부 경남지역위원회, 85쪽.

⊙ 2016. 11. 29. 수필 〈동백꽃을 볼 때마다〉〈지금 봉평동은 옛날 방대한 '해평곶 목장'이었나 니〉《水鄕水筆》, 제44호, 235~242쪽.

⊙ Volume 5 Winter 2016, Young-han Cha, 〈The Village with Greenwood Is〉《Poetry Korea》, Annual Anthology by 58 poets of Korea Edited by UPLI Koea Committee /United Poets Laureate International Korea Committee. pp.166~167.

⊙ 2016. 12. 01. 시 〈바람과 빛이 만나는 해변〉《현대시》, Vol. 27-12, 통권 제324호, '현대 시 어드밴티지'로 소개됨. 17쪽.

⊙ 2016. 12. 28. 〈그 역에서 탄 마지막 완행열차 유감〉《경남시학》 앤솔러지 제7호, 경남시인 협회, 86쪽.

⊙ 2016. 12. 31. 차영한 연구논문 〈역사상 지리지에 나타난 통영지역 고찰(3)〉《경남 향토사 논 총》, 제26집, 153~173쪽.

                                          *

⊙ 2017. 강외석 평론 〈시원을 향한 원초적 지느러미들의 유영〉, 차영한 시집 《바람과 빛이 만 나는 해변》에 있는 시 3편 ▷《현대시》 1월, 통권 325호, '이달의 리뷰'에 작품소개, 100~ 106쪽.

⊙ 2017. 01. 07(토), 차영한-'나는 이렇게 제5시집을 발간했다-해변의 바람과 빛의 에로틱을 형상화', 주간週刊, 《한산신문》, 29면(종합)에 발표.

⊙ 2017. 01. 10. 현대시회 앤솔러지 시 〈해운대 동백 숲길〉《K-POEM》④ 2016, 한국문연, 204~205쪽.

⊙ 2017. 01. 15. 시 감상 〈시집 속 시 읽기: 섬에 내리는 비-이경후〉《시사사 · POETER LOVERS》 격월 간 1-2, 제86호, 한국문연, 252~255쪽.

⊙ 2017. 02. 03. 시 〈!는 나의 지팡이다〉〈리어카 영감〉《통영예술》 제17호, 46~47쪽.

- 2017. 04. 시〈학발 타령〉〈해넘이 바다〉《純粹文學》4월호, 통권 281호, 순수문학사, 97 ~98쪽.
- 2017. 05. 시〈바다 거식증〉〈배꼽시계와 허리 물살〉〈다시 수평선 바라보며〉《海洋과 文 學》제20호, 사단법인 한국해양문학가협회, 116-120쪽.
- 2017. 06. 시〈너울 발톱〉《경남문학》여름, 통권 제119호, 경상남도문인협회, 189쪽.
- 2017. 06. 20. 차영한 제6시집《무인도에서 오는 편지》(단행본, 12.5㎝×18.4㎝, 128쪽, 도서 출판 경남), '경남대표 시인선 27', 500부 출간함.
- 2017. 07. 08(토), '통영 무인도 시 70편으로 노래, 바다의 원시적 관능 형상화' 주간《한산 신문》, 20면(문화-김영화 기자 취재)에 발표.
- 2017. 07. 12(수). 윤여진 기자〈차영한 시 '무인도에서…현대사회 파편화 꼬집어'〉《부산 일보》제22500호, 24면(문화)에 발표.
- 2017. 08. 01. 시〈어떤 수면垂面〉〈그 여자는 요새 샤넬 아이콘 속으로 출퇴근 한다〉 《현대시》, VOL. 28-8, 통권 332호, 한국문연, 162-163쪽.
- 2017. 08. 31. 차영한 평론〈김춘수 시인과 유치환 시인의 관계〉《시애詩愛》통권 제11 호, 254~270쪽.
- 2017. 09. 01. 번역시〈The Village with Greenwood is〉제3회 세계한글작가대회기념 《한영대역 대표작선집(시편)》(국제펜한국본부), 606쪽(시작품, 푸른 숲이 있는 마을).
- 2017. 09. 06(수). 시〈6·25전쟁이 남긴 저녁〉《주간 한국문학신문》제320호, 4면에 발표.
- 2017. 11. 01. 차영한 평론,〈백석의 시 '통영' 3편에 대한 재해석 1〉《시문학》11월호, 통 권 556호, 시문학사, 102~115쪽(2017년 12월호~2018년 01월호까지 계속 연재계획).
- 2017. 12. 01. 차영한 평론,〈백석의 시 '통영' 3편에 대한 재해석 2〉《시문학》12월호, 통 권 557호, 시문학사, 97~110쪽(2018. 1월호에 연재함).
- Volume 6 Winter 2017, Cha ,Young-han,〈Rural Sunshine〉《Poetry Korea》, Annual Anthology by 84 poets of Korea Edited by United Poets Laureate International Korea Committee. pp. 190~193(시작품, 시골 해살 I II III)
- 2017. 12. 07. 수필〈백석 시인과 통영 신현중 선생님의 관계〉《水鄕隨筆》, 제45집, 수향 수필문학회, 220~226쪽.
- 2017. 12. 12. 제3회 송천 박명용 통영예술인상 본상 수상 결정 통지(2017. 12. 06 자 결정).
- 2017. 12. 15. 제3회 송천 박명용 통영예술인상 수상자 창작 지원금 조건 내역서 통지서 받음(시집 3권 분량 출간코자 출판사에 의뢰함).
- 2017. 12. 12. 시〈꽃은 떨어지지 않아〉〈아침저녁 이슬방울 소리〉〈정이 가는 볕살〉《통영 문학》제36집, 통영문인협회, 146~149쪽/ 차영한 평론〈김춘수 시인과 유치환 시인의 관계〉, 243~261쪽.
- 2017. 12. 23. 시〈외면하는 저 푼수〉〈있는 것과 없는 것 사이〉《경남PEN문학》제13집, 국제PEN한국본부 경남지역위원회, 93~94쪽.

◉ 2017. 12. 28. 시 〈어시장 골목 볼락구이 집에서〉《경남시학》제8집, 경남시인협회, 84쪽.

*

◉ 2018. 01. 차영한 평론 〈백석의 시 '통영' 3편에 대한 재해석 3〉《시문학》1월호, 통권 558호, 시문학사, 80~94쪽(연재 끝).

◉ 2018. 01. 10. 현대시회 사화집 시〈카스피해 파도〉《K-POEM》 ⑤ 2018, 한국문연, 172쪽.

◉ 2018. 01. 15. 시 〈궁금증〉〈토르소여자 인형〉《POETRY LOVERS》격월간, 1-2, 제92호, 한국문연, 74~76쪽.

◉ 2018. 01. 30. 차영한 제7시집《새소리 받아 일기도 쓰고》, 시문학 시인선 563(단행본 12.5cm×20.5cm, 144쪽), 500부 출간함.

◉ 2018. 01. 30. 차영한 제8시집《산은 생각 끝에 새를 날리고》, 시문학 시인선 564(단행본 12.5cm×20.5cm, 152쪽), 500부 출간함.

◉ 2018. 01. 30. 차영한 제9시집《꽃은 지기 위해 아름답다》, 시문학 시인선 565(단행본 12.5cm×20.5cm, 160쪽), 500부 출간함.

◉ 2018. 02. 01. 시 〈걸음에 몇 마디 부치나니〉《純粹文學》2월호, 통권 291호, 순수문학사, 127쪽.

◉ 2018년 2월 06일 화요일 오후 6시 북신동 소재 '공작뷔페'에서 제3회 송천 박명용 통영예술인상 시상식에서 상패 조각 1점과 시상금 1천만 원정 수상함.

◉ 2018. 02. 06. 북신동 소재 공작 뷔페 송천 박명용 통영예술인상 시상식 거행. 시상금 1천만 원정 당일 지급. 1천만 원 정은 실적 확인후 지급함에 따라 1천만 원정 상당액에 해당된 시집 단행본 3권을 출간하여 제출함.

◉ 2018. 07. 01. 시〈간다, 봄날은〉〈한여름 한줄금 소나기 냄새〉《현대시》7월호, VOL. 29-7, 통권 343호, 25~27쪽.

◉ 2018. 08. 31. 시 〈비비 비〉《시애詩愛》12호, 김달진문학관 운영위원회, 269쪽.

◉ 2018. 09. 03. 차영한 제10시집, 《물음표에 걸려있는 해와 달》(인간과문학사, 단행본 12.5cm×20.5cm, 160쪽), 500부 출간함.

◉ 2018. 09. 23. 2018년도 통영문인협회로부터 제1회 통영지역문학상 당선 결정 통지에 따른 정식 공문을 받음.

◉ 2018. 10. 25. 시 〈빨간 고무장갑으로 채점하는 임자〉《한국현대시》하반기호, 제20호, 한국현대시인협회, 80쪽.

◉ 2018. 11. 24. 시 〈실수 아닌 실수〉《경남시학》제9집, 경남시인협회, 119쪽/ 같은 문예지 〈빨간 고무장갑으로 채점하는 임자〉, 291~292쪽.

◉ 2018. 11. 26. 수필 〈지조 높은 자미수꽃 눈웃음 읽다〉《수향수필》제46집, 수향수필문학회, 244쪽.

◉ 2018. 11. 제4회 세계한글 작가대회 기념 시 〈Hallyeosudo/ChaYoung-han〉《The Collection of Poetry & Prose in English to Celebrate the 4th International Congress of Writers Writing in Korean》(THE KOREAN, INTERNATIONAL PEN, Publish in November 30, 2018), p.32(차영한 시, 〈한려수도〉).

- ⊙ 2018. 12. 01, 〈이 시인을 주목한다. 차영한〉 시 ,문학평론가 정신재, 〈차영한론─사이의 시학〉〈황금 화살〉〈정지, 보이는 겨울 오브제〉〈버려져 가는 바다〉〈우리 사는 용서 내나 불러〉〈!는 나의 지팡이다〉《인간과문학》 제24호, 인간과문학사, 45〜64쪽.

- ⊙ 2018. 12. 06. 오후 06시, 정각 광도면 죽림리 소재 '해피데이' 결혼식장 7층에서 《통영문학》 제37집 출판 기념회 및 제1회 통영지역문학상 수상(상패와 부상 삼백만 원정 수상).

- ⊙ 2018. 12. 06. 시〈나를 찾아 멀리 나는 새〉〈블랙아웃〉《통영문학》 제37집, 한국문인협회 통영지부, 159〜162쪽.

- ⊙ 2018. 12. 06, 《통영문학》 제37집 특집, 제1회 통영지역문학상 당선 시 '심사평', '당선 소감'과 함께 〈꽃은 떨어지지 않아〉 외 2편 재수록, 25〜35쪽.

- ⊙ Volume 7 Winter 2018, Cha Young-han, 〈White Multiflora Blooms on the Sea〉 《Poetry Korea》, Annual Anthology by7 Edited by UPLI Korea Committee(United Poets Laureate International Korea Committee), pp. 174〜175(하얀 찔레꽃 피는 바다, 174〜175쪽).

- ⊙ 2018. 12. 20, 차영한 평론, 〈백석의 시〈統營〉 3편 재해석〉《통영예술》 제19집, 사단법인 한국예총 통영지부, 57〜78쪽.

- ⊙ 2018. 12. 28, 〈통과하는 기차〉〈본다는 것은 만남이야〉《아태문학》 겨울, 제4호, 책나라, 251〜252쪽.

- ⊙ 2018. 12. 31, 시〈한려수도〉《국립공원이 만나는 하루를 여는 자연 詩》, 한국국립공원공단, 38쪽.

*

- ⊙ 2019. 01. 10, 현대시회 사화집 시 〈간다, 봄날은〉《K─POEM》 ⑥ 2019, 한국문연, 211쪽.

- ⊙ 2019. 03. 30. 오후 02시, 《윤이상 기념공원 홀》 차영한 시〈나의 저녁 바다〉 작곡 진규영 발표(작시와 악보 한빛문학관 수장고에 소장).

- ⊙ 2019. 05. 01, 〈풍랑주의보〉〈폭풍전야〉《시문학》 5월호 통권 574호, 시문학사, 36〜38쪽.

- ⊙ 2019. 06. 01, 〈어떤 것의 다른 또 하나는〉〈들숨 쉬기〉, 월간 〈현대시〉, VOL. 30─6 통권 354호, 한국문연, 22〜25쪽.

- ⊙ 2019. 06. 05, 〈승선일지 비고란 특기〉《경남문학》 여름, 제127호, 경상남도문인협회, 232〜235쪽.

- ⊙ 2019. 06. 14, 차영한 제11시집 《거울 뉴런》, 현대시 기획선 20(단행본, 12.5cm×20.5cm, 160쪽), 500부 출간함.

- ⊙ 2019. 06. 15, 〈땀방울이 옥수수로 익을 때〉〈연잎에 구르는 물방울들〉, 계간지 《문학춘추》, 여름, 통권 제107호(문학춘추사 · 한림문학재단), 73〜74쪽.

- ⊙ 2019. 07. 01, 차영한 제11시집 《거울 뉴런》에 대한 '이달의 리뷰'에 시 〈주말 봄에 허브

빗방울이 나를 낚고 있다〉〈샤덴 프로이 Schaden-freude〉〈인간 뇌의 비밀은 어딘가에 있어〉와 평론가 유성호 교수의 해설,〈스케일과 디테일의 창의적 결속을 통한 삶과 사물의 근원적 탐구〉, 월간 《현대시》 VOL. 30-7, 통권 355호, 183~203쪽.

- ⊙ 2019. 08. 차영한 제12시집 《황천항해》, 월간 《현대시》, 현대시 기획선 22(단행본, 12.5cm ×20.5cm, 160쪽), 500부 출간함.

- ⊙ 2019. 09. 01. 시〈태양이 빛나는 바다〉《현대시》, Vol. 30-09, 통권 제357호, '현대시 어드밴티지'로 소개됨. 17쪽.

- ⊙ 2019. 09. 01. 차영한 제12시집 《황천항해》에 대한 '이달의 리뷰'에 시〈태양이 빛나는 바다〉〈요동하는 바다〉〈선창가에 거닐면〉〈황천항해〉〈언젠가 사람도 바닷속에서 살 수 있다〉와 문학평론가 김미진의 해설〈의미와 비의미 사이의 항해〉《현대시》, VOL. 30-09, 통권 제357호, 192~204쪽.

- ⊙ 2019. 09. 04. 차영한 시〈빨간 고무장갑으로 채점하는 임자〉《天山을 나는 詩人들》(2019, 自由文協 사화집), 124쪽.

- ⊙ 2019. 09. 21. 차영한 시〈늦가을 멜랑콜리아〉《生命文學》 제8집, 한국문인협회 원주지부, 174쪽.

- ⊙ 2019. 10. 07. 차영한 시〈요동하는 바다〉《PEN 문학》 9·10월호, VOL. 151, 사단법인 국제PEN한국본부, 292쪽.

- ⊙ 2019. 10. 30. 차영한 제13시집 《바다에 쓰는 시》, 경남 대표 시인선 36(단행본, 12.5cm ×20.5cm, 도서출판 경남, 128쪽), 500부 출간함.

- ⊙ 2019. 11. 03. 시〈물망초, 한려수도 그 쪽빛 바다〉《경남의 정신 경남의 문화 경남의 향기》 사화집, 경남문인협회, 81~82쪽.

- ⊙ 2019년 03월 30일 오후 02시, 윤이상 기념공원 홀 차영한 시,〈나의 저녁 바다〉, 작곡 진규영/ 노래는 테너 가수가 발표(차영한에게 보내온 악보 사본 한빛문학관 수장고에 소장함).

- ⊙ 2019. 11. 15. 차영한 영역시〈드로잉, 우주 숨결〉,〈Drawing, Breathing in space〉《여명이 트는 시의 바다로 Into the poetry sea at dawn》, 국제PEN한국본부 경남지역위원회, 78 ~79쪽.

- ⊙ 2019. 11. 16. 시〈눈물 흘리는 까마귀〉〈반 흘림체가 쓰는 적소〉〈숭례문이여〉《경남 PEN 문학》 제15호, 110~115쪽.

- ⊙ 2019년 11월 19일 차영한 시〈달하 내 님아〉를 작곡 진규영 작곡가가 보내온 악보는 한빛문학관 수장고에 소장함.

- ⊙ 2019. 11. 28. 시〈진주 저녁 남강 소견〉《유등 꽃피는 남강》, 경남시인협회사화집, 97쪽.

- ⊙ 2019. 11. 28. 수필〈하나 된 기품氣稟을 보고〉〈촉발 직전〉(57쪽)〈거울에도 보이지 않는 순환 고리 찾아서〉《水鄉隨筆》 제47집, 수향수필문학회, 304~318쪽.

- ⊙ 2019. 12. 06. 시〈바람칼〉〈바다 관능〉〈아는 체하는 놈치고〉《통영문학》, 제38호, 통영문인협회, 130~135쪽.

- 2019. 12. 07. 테마가 있는 시 〈흰 소〉, 119쪽/ 회원 시 〈전동차를 타면〉《경남시학》제10 호, 경남시인협회, 283쪽.
- 2019. 12. 시 〈유혹, 바다 입질〉〈물 때 소리〉《통영문화》제20호, 통영문화원, 138~139쪽.
- 2019. 12. 25. 시 〈난다, 보름달에서 회중시계 소리〉〈빨간 고무장갑으로 채점하는 임자〉《통영예술》제20호, 통영예총, 116~117쪽. 같은 책에 수필 〈생명의 선율, 그리운 날〉, 139~140쪽.
- Volume 8 Winter 2019, Cha Young-han, 〈Give a Big Smile〉《Poetry Korea》, Annual Anthology by 55 poets of Korea Center/ United Poets Laureate International Korea Center pp. 114~115(환하게 웃어 봐요, 114~115쪽).

*

- 2020. 01. 15. 시 〈유혹, 바다 입질〉, 시인들이 선정한 《올해의 좋은 시 K-POEM》 ⑦, 한국문연, 184쪽.
- 2020. 03. 01. 시 〈블랙 아웃〉〈나무가 읽는 묵시록〉《한국 시학》 봄, 제53호, 한국시학사, 131~132쪽.
- 2020. 04. 30. 시 〈여름 계곡〉〈봉수산峰岫山에서〉《문학 시대》 봄, 통권 131호, 문학시대사, 45~46쪽.
- 2020. 04. 30. 124회 심사위원회 심사위원으로 위촉받음《문학 시대》봄호, 통권 제131호, 문학시대사, 263쪽.
- 2020. 06. 15. 시 〈바다 섭생〉〈바다 리듬〉〈파란 바다〉《해양과 문학》, 제24호, 한국해양문학가협회, 각각 78, 80, 82쪽.
- Volume 9·Summer 2020, Cha Young-han, 〈Trembling Lips in the Mirror〉《Poetry Korea》, Annual Anthology by 63 poets of Korea Center/ United Poets Laureate International Korea Center. pp.34~35(거울 보면 떨리는 입술. 34~35쪽).
- 2020. 07. 10. 제12회 세일 한국가곡 콩코르 작곡 부문 차영한의 시 〈학鶴〉을 유형재(한양대학교 석사 과정 재학 중) 작곡, 작곡 부문 발표 결과 본선 진출한 작품이나 입상치 못함.
- 2020년 07월 10일 차영한 시 〈학〉을 작곡가 유형재(한양대학교 석사 과정) 악보를 보내와 한빛문학관 수장고에 소장함.
- 2020. 07. 10. 한국문인협회가 추천한 합동시집 차영한의 시 〈간빙기間氷期 수칙은〉《코로나? 코리아!》, 도서출판 청어, 1판 1쇄, 78쪽.
- 2020. 08. 01. 시 〈물망초, 한려수도 그 쪽빛 바다〉《시문학》 8월호, 제50권, 통권 589호, 시문학사, 154쪽.
- 2020. 09. 05. 차영한 시 〈그 이파리 속의 새소리〉, 계간 《경남문학》, 제132호, 가을, 경상남도문인협회, 213쪽.
- 2020. 09. 10. 차영한 시 〈환하게 웃어 봐요, 200쪽〉, 추모특집 〈하얀 학의 웃음이 나래짓하네, 274쪽〉《우리 우체부 되어 다시 만나리》, 사화집, 시문학 시인선 612호, 한국시문학

문인회.

◉ 2020. 09. 11. 무크지 창간호, 차영한 대표시 〈시골 햇살 Ⅰ. Ⅱ. Ⅲ〉외 4편, 신작 〈이방인〉 외 4편, 창간호, 《0과 1의 빛살》(도서출판 경남, 단행본, 13.0cm×20.5cm, 80편), 0과 1의 빛살 모임(8명), 15~26쪽. 500부 출간함.

◉ 2020. 09. 19. 차영한 시 〈걸음 재촉하는 그 자리에〉《生命文學》 제09호, 한국문인협회 원주지부, 217쪽.

◉ 2020. 10. 01, 〈어떤 착각들〉 〈참말 먹는 법〉《현대시》, VOL.31-10, 통권 370호, 한국문연, 24~27쪽에 발표함.

◉ 2020. 10. 27. 차영한 제14시집 《바다 리듬과 패턴》(인간과문학사, 단행본, 13.0cm×20.5cm, 24쪽, 75편), 500부 출간함.

◉ 2020. 11. 27. 수필 〈보고 싶은 아버지〉(84쪽) 〈기다리는 새는 날아오지 않을까?〉 〈왜 사투리는 금세 정이 듬뿍 들까〉《수향수필》 제48집, 수향수필문학회, 322~332쪽.

◉ 2020. 11. 27. 오후 5시 30분, 한빛문학관 2층 전시실 및 집회실 이용, 《수향수필문학회》가 주최, 차영한 초청특강 연제, 〈청마 유치환의 수필 세계 소고小考〉 발표.

◉ 2020. 12. 10. 시 〈드레싱 하는 바다〉 〈파도가 뭉게구름 껴안아 주면〉 〈창문 여는 바다〉《통영문학》 제39집, 통영문인협회, 175~177쪽.

◉ 2020. 12. 시 〈하얀 쟁반에 오른 우뭇가사리 묵〉 〈쉼표가 있는 통영바다〉 〈시락도, 거대한 검은 입술에〉《통영문화》, 제21집 199~202쪽.

◉ 2020. 12. 시 〈반달웃음〉《경남시학》, 제11집, 경남시인협회, 263쪽.

◉ 2020. 12. 18. 시 〈저 여자 눈빛 반짝이는 날씨엔〉 〈드레싱 하는 바다〉《경남 펜문학》 제16집, 국제펜한국본부 경남지역위원회, 172~173쪽./ 번역시 〈몸과 옷의 오후, Afternoon of Body and Clothes〉, 62~63쪽.

◉ 2020. 12. 18. 시 〈태양이 빛나는 바다 The Sea with the Dazzling Sun〉《The Sea with the Dazzling Sun》, 경남펜 번역사화집, 66~67쪽.

◉ 2020. 겨울 Volume 10. Winter. 2020. Cha Young-han 〈My evening sea〉《Poetry Korea》, Annual Anthology by 53 poets of Korea Edited by UPLI Korea Center. pp. 114~115(시 〈나의 저녁 바나〉).

◉ 2020. 12. 28. 시 〈비비 비〉《경남문화》 창간호, 경상남도 문화상 수상자회 간행, 125쪽.

◉ 2020. 12. 14. 차영한 평론 〈청마 유치환 시 旗빨 세계 재조명〉, 60~64쪽/시작품, 〈문고리 때문에〉 〈서로 질문하기〉 〈창문 여는 바다〉《통영예술》 제21호, 통영예총, 76~78쪽.

◉ 2020. 12. 31. 6.25 한국전쟁 70주년 특집, 〈귀신 잡는 해병 -6.25 한국전쟁 통영 원문 능선 상륙 작전 성공 별명〉《경남 향토사 논총》 제30호, 사단법인 경상남도 향토사연구회 간행, 221~228쪽.

*

◉ 2021. 02. 10. 시 〈드레싱 하는 바다〉 시인들이 선정한 《올해의 좋은 시 K-POEM》 VOL.8,

한국문연, 183쪽.

⊙ 2021. 03. 12. 차영한 제15시집 《제자리에는 나무가 있다》, 경남대표시인선 42(도서출판 경남, 단행본. 13.0㎝×20.5㎝, 110쪽), 65편, 200부 한정판으로 출간함.

⊙ 2021. 04. 30. 시 〈보여주지 않는 바다목록〉〈산은 산이요 물은 물이로다〉《문학 시대》 봄호, 통권 135호, 문학시대사, 40∼42쪽.

⊙ 2021. 06. 시 〈한마당 다음에 오는 거〉《경남 문학》 계간 여름, 통권 제135호, 경남문인협회, 200쪽.

⊙ 2021. 06. 01. Volume 11. Summer. 2021, Cha, Young-han 〈Suddenly, Watching the Sun Write a Letter〉《Poetry Korea》, Annual Anthology by 73 poets of Korea/ Edited by UPLI Korea Center/ pp. 142∼143(시 〈문득, 햇살이 쓰는 편지 보다가〉).

⊙ 2021. 06. 05. 시 〈한 마당 다음에 오는 거〉《경남문학》 여름, 통권 제135호, 경남문인협회, 200∼201쪽.

⊙ 2021. 09. 30. 차영한 수상록, 《생명의 선율 그 그리운 날들》(인문엠앤비, 신국판 양장. 157×232×37, 496쪽), 출간 400권 출간함.

⊙ 2021. 08. 무크지 창간호, 《파도소리로 몸부림쳐도 그리운 사랑아 사랑아》, 그리운 파도소리 모임회, 한정판 300부, 152쪽 출간.

⊙ 2021. 09. 10. 시문학 창간 50주년 통권 600호 기념, 〈나이아가라폭포〉〈드레싱 하는 바다〉 《한국문학의 100년을 열다》, 한국시문학문인회 사화집, 368∼372쪽.

⊙ 2021. 09. 15. 초대 신작시 〈처서 절기〉《시애詩愛》, 제15호, 창원시 김달진문학관, 179쪽.

⊙ 2021. 10. 01. 릴레이/ 나의 시 쓰기 〈이중나선구조의 우주 순환을 형상화–제15시집 《제자리에는 나무가 있다》 해설〉 월간 《시문학》, 제51권 제10호, 통권 603호, 시문학사, 96쪽∼109쪽.

⊙ 2021. 10. 01. 신작특집 〈입춘 물소리〉〈목련꽃 피는 시간에는〉〈그 이파리 속의 새소리〉〈나무가 걷는 길에서〉〈아포리즘에서 만난 햇발〉《조선문학》, 10월호, 통권 366호, 조선문학사, 113∼119쪽.

⊙ 2021. 10. 27. 신작시 초대석 〈수평선 오후〉〈우둔한 나무 웃음〉, 가을 《詩人精神》, 통권 제93호, 시인 정신사, 124∼125쪽.

⊙ 2021. 11. 10. 경남 시인협회가 수여하는 특집, 제6회 경남 시문학상(본상)/ 수상자 차영한 약력/심사평/수상자 소감/수상자 대표작 등 5편 《경남시학》, 제12호, 36∼49쪽.

⊙ 2021. 11. 11. 특집 〈이 한 권의 책– 차영한 지음. 청마 유치환 시 '기빨 '세계 재조명〉, 36쪽/ 〈문학 부문, 차영한 시 '어떤 것의 다른 또 하나는'〉, 122쪽, 《경남문화》, 제2호, 경상남도문화상 수상자회.

⊙ 2021. 11. 26. 평론(특강) 〈청마 유치환의 수필 세계 소고〉, 96∼109쪽, 수필 2편 〈배추포기 돌리기〉, 90∼91쪽, 〈이중나선구조의 우주 순환을 형상한 시편들〉, 282∼285쪽 《수향수필》 제49집, 수향수필문학회.

⊙ 2021. 12. 10. 특집 40년, 차영한, 〈순탄하지만 않았다〉, 26쪽/ 시작품 〈처서 절기〉〈팔색조

사는 마을〉〈400이라는 참꽃 울음이 날개 단 시골 햇살로〉, 152~158쪽, 《통영문학》 제40집, 통영문인협회 간행.

⦿ 2021. 12. 10, PEN 100년 기념 특집3 '외국문학, 명작의 공간을 걷다, 기행 시작품', 〈헤엄쳐도 물을 모르는 런던 물오리〉, 70쪽, 회원작품 〈착시현상〉, 196~197쪽, 〈몽돌해변 소묘〉, 198쪽, 연간 《경남 PEN 문학》 제17집, 국제PEN한국본부 경남지역위원회.

⦿ 2021. 12. 차영한의 시 〈나도 많이 용서했다, 하늘이여〉, 130쪽, 〈거울의 낯선 사람 알 것 같아〉, 131쪽, 〈한 번 그래 봤지〉, 132쪽/ 차영한 평론, 〈청마 유치환의 시 '旗빨' 세계 재조명〉, 147~152쪽, 《통영문화》, 제22호, 통영문화원.

⦿ 2021. 12. 15 차영한 평론 〈청마의 통영 출생은 그의 저서 ,《구름에 그린다》가 산 증인이다〉, 169~175쪽/ 시작품, 〈터키나라 낙타를 타고〉〈보스포루스해협에서〉〈이오니아 배꼽 물살〉, 66~68쪽, 《통영예술》 제22호, 통영예총 간행.

⦿ 2021. 12. 25, 시작품 〈날아다니는 핸드폰〉, 하반기 《한국 현대시》 제26호, 한국현대시인협회, 51쪽.

⦿ 2021. 12 .30. 〈통영지방 민속음악 실태 연구(1)〉 《경남 향토사 논총》 제31집, 사단법인 경상남도 향토사연구회 간행, 157~169쪽.

*

⦿ 2022. 02. 28. 시 〈떡갈나무 숲을 거닐면〉 시인들이 선정한 《올해의 좋은 시 K-POEM》 2022, VOL. 9, 한국문연, 174~175쪽.

⦿ 2022. 03. 21. 차영한 시 세계 비평 《상상력의 프랙탈층위 담론》(인문엠앤비, 680페이지), 한정판 300권 출간함.

⦿ 2022. 03. 31. 차영한의 제16시집 《랄랑그Lalangue에 질문》(인문엠앤비, 80편, 196쪽 분량), 한정판 500권 출간함.

⦿ 2022. 05. 05. 박경리 제14주기 추모 기념에 따른 시화전에 시, 〈떡갈나무 숲을 거닐면〉 1편을 출품함.

⦿ 2022. 06. 01. 소시집 〈이집트 여행 메모를 읽다〉 외 9편, 6월호 《시문학》 통권 611호, 시문학사, 114~139쪽.

⦿ 2022. 06. 01. 시 〈얘야 부디 끄나풀은 놓지 말라〉 〈빗방울 사이 나비수염〉 등 2편 시작 노트함, 《현대시》, 6월호, 통권 390호, 한국문연, 20~22쪽.

⦿ 2022. 06. 25 〈나의 인생 나의 문학-차영한: 나는 굽어지려고 할 때마다 활을 쏜다〉 《문단실록 3.4》, 사)한국문인협회 창립 60주년 기념 특별기획, 한국문협 월간 문학출판부, 446~451쪽.

⦿ 2022. 06. 01. Volume 13. Summer, 2022, Cha, Young-han, 〈Spring Days Ar Reincarnated〉 《Poetry Korea》, Semiannual Anthology by 73 poets of Korea/ Edited by UPLI Korea Center/ pp. 156~157.(시詩 〈간다, 봄날은〉).

⦿ 2022. 8. 25 차영한 시 세계에 대한 서정 시평, 〈유유한 서정의 물결, 254~262쪽〉 〈통영

문학사 중 차영한 문학〉, 99~102쪽. 문학 계간지 가을호, 《여기》, 통권 54호, 사단법인 부산여성문학인협회.

- ⊙ 2022. 09. 05. 시 〈해수욕장 풍경〉《경남문학》 가을, 통권 제140호, 경남문인협회. 264~265쪽.
- ⊙ 2022. 09. 15. 2022 제8회 한국서정시문학상 당선자 차영한 컬러 독사진. 07쪽/ 차영한 시인과 김지율 시인의 대담. 18~40쪽/ 수상시집 《우주 메시지》 당선 시 60편 중 50편 수록, 41~124쪽/ 수상소감 〈3차원의 환호성〉, 125쪽/ 심사평. 126~129쪽/ 2022 가을호, 《POETRY LOVERS·시사사》, 통권 111호, 한국문연.
- ⊙ 2022년 9월 30일 통영시민회관에서 제17회 '통영시 문화상' 수상(부상 없는 트로피) 받음.
- ⊙ 2022. 10. 초대시 차영한 시 〈학鶴 섬 1. 2. 3. 4〉《쉼표가 있는 통영 섬들》, 사단법인 한빛문학관. 44~46쪽.
- ⊙ 2022. 10. 25. 차영한 육필 시 〈통영해안선. 16쪽〉《따스한 숨결로 쓴 타임캡슐, 120쪽》, 통영시 일부 지원 '통영 출신 및 통영 연고자 문인 99명(작고 28. 현역 71) 문인이 참여하여 한국문학사 최초로 육필 모음 문집 출간' 사단법인 한빛문학관. 저작권 한빛문학관 차영한.
- ⊙ 2022. 10. 30. '제8회 한국서정시문학상 공모에 의해 당선된 수상시집' 차영한 시집 《우주 메시지》, 현대시 기획선 76. 한국문연, 60편, 160쪽, 400권 받음.
- ⊙ 2022. 11. 01. 월간 《현대시》, VOL 33–11, 통권 395호, 커버 스토리 컬라 사진 수록/ 평론, 배한봉(시인), 〈한국적 토양 바탕에서 지향하는 초현실주의적 서정시〉, 142~157쪽/ 평론, 황치복(문학평론가) 〈우주적 관점에서 바라본 삶과 예술의 근원〉, 220~236쪽.
- ⊙ 2022. 11. 10. 차영한 시 〈산다는 것은요〉《경남문화》, 제3호. 경상남도문화상 수상자회. 171~172쪽.
- ⊙ 2022. 11. 10. 차영한 시 〈바람과 빛이 만나는 해변〉 외, 《경남문학상 수상자(1989~2022)》, 경상남도문인협회. 154~159쪽.
- ⊙ 2022. 11. 11. 오후 2시 백석대학교 글로벌 외식산업관 5층 세미나실에서 제8회 한국서정시문학상 시상식 거행에 직접 참석하여 수상함.
- ⊙ 2022. 11. 14. 테마 시 〈미륵산 트레킹. 133~134쪽〉, 경남 시단, 〈새로운 눈의 탄생을 볼 때〉, 284~285쪽. 《경남시학》, 제13집, 경남시인협회.
- ⊙ 2022. 11. 25. 번역시 〈이집트 파피루스〉, 128쪽, 특집 4. '내가 꿈꾸는 세상' 차영한 시 〈태양이 빛나는 동안〉, 169쪽《경남 PEN 문학》, 제18집, 국제펜한국본부 경남지역위원회.
- ⊙ 2022. 11. 25 수필 〈5매 수필: 나만 아는 비밀 빛살 또 하나 묶었다〉, 230~231쪽, 〈문학수업으로 앓는 병〉, 376~382쪽, 《水鄕隨筆》 제50집. 1972년 창립 48주 년 겸. 50집 특집 기념.
- ⊙ 2022. 11. 30. 차영한의 시 〈진주 남강은 우리 눈빛 찾고 있소〉《강물에 피는 꽃》, 경남시인협회 유등 사화집. 110쪽

- 2022. 12. 01. 차영한 제8회 한국서정시문학상 수상특집. 대담 및 수상작 〈봄나물이 들큼한 것도 외 9편〉, 01~50쪽/ 문학평론가 황치복 〈우주적 관점에서 바라본 삶과 예술의 근원〉, 51~67쪽/ 심사평, 68~73쪽/ 차영한 수상자 소감, 74~75쪽/ 시사사의 앤솔러지. 《노이즈 2022》, 제11집, 한국문연.

- 2022. 12. 01. Volume14. Winter. 2022, Cha Young-han, 〈The Twittering of Birds among the Folige〉《Poetry Korea》, Semiannual Anthology by 54 poets of Korea/ Edited by UPLI Korea Center/pp. 130~131.(시詩 〈그 이파리 속의 새소리〉)

- 2022. 12. 05. 특집 2 경남 시인들: 차영한 시 〈반 흘림체가 쓰는 적소〉《함안문학》, 제33집, 함안문인협회, 52~53쪽.

- 2022. 12. 08. 차영한의 평론, 연보에 없는 최초로 발굴한, 〈김춘수 시인의 새로운 전기적 고찰, 25~40쪽〉/ 차영한의 시 3편 〈진공계단〉〈몽당비에 자주 눈이 가는 것은〉〈떡갈나무 숲을 거닐면〉《통영문학》 제41집, 사단법인 한국문인협회 통영지부, 142~148쪽.

- 2022. 김춘수 시인 탄생 100주년 기념 문학축전 '가을, 통영이 물들다' 차영한 평론 〈김춘수 시 세계 고찰〉《결과보고서》, 한국문인협회 통영지부, 15~41쪽.

- 2022. 12. 차영한의 시 〈이집트 여행 메모를 읽다〉〈마찬가지요〉《통영문화》, 제23호, 통영문화원. 121~126쪽.

- 2022. 12. 16. 차영한의 시 〈내가 그리워지는 날〉, 공동 테마 시, 《병病》, 사단법인 한국시인회. 474쪽.

- 2022. 12. 차영한 시 〈블루 타임 Blue Time〉〈초요성〉, 55~57쪽/ 김춘수 탄생 100주년 기념 차영한 평론 〈김춘수 시인의 새로운 전기적 고찰〉, 108~123쪽, 《통영예술》, 2022 제23호, 사단법인 한국예술문화단체 총연합회 통영지회.

- 2022. 〈이 시인을 주목한다-권말부록에 수록, 477쪽/ 작품론 문학평론가 정신재, 출처:2018년 겨울 제24호〉《인간과문학》, 인간과문학사.

- 2022. 12. 31. 〈차영한 약력〉《한국문학인대사전》, 한국작가협회, 418~419쪽.

- 2022. 12. 31. 〈통영지방의 민속 음악 실태 연구(2)〉《경남 향토사 논총》, 제32집, 사단법인 경남 향토사 연구회. 125~144쪽.

*

- 2023. 01. 30. 시 〈등대던 그러한 한철〉〈우유부단〉《문학 시대》, 봄호, 통권 142호, 문학시대. 23~26쪽.

- 2023. 02. 05. 시 〈날고 싶은 것은 어찌 새뿐이랴〉, 시인들이 선정한 《올해의 좋은 시》, 《K-POEM》 2023, Vol. 10, 현대시회, 한국문연. 184~185쪽.

- 2023. 03. 05. 시 〈걱실거리다〉, 봄호 《경남문학》, 제142집, 경상남도문인협회, 239쪽.

- 2023. 04. 22. 차영한 시 제13회 전국문학인 꽃축제, 〈그래요 ,피는 연꽃일레라〉《쿵더쿵 덩덩 꽃 피는 마을》, 제13권째 꽃 시집, 전국문학인 꽃 축제 운영위원회, 356쪽.

- 2023. 06. 03. 오후 2시 30분/다리소 극장/ 차영한 시, 〈거울 보면 떨리는 입술〉, 14쪽, 《헛

헛거리는 오후》 제63회 시낭송회 겸 제2회 문덕수 전국 시 낭송 대회, 한국시문학문인회.

⊙ 2023. 06. 22(목). 13:30.《산청 지리산 고등학교》〈찾아가는 외국문학 교실: 영미문학 특강─경남대학교 손병용 부교수 영문학박사/ 전교생 백일장 개최》《지리산을 노래하다》, 차영한 시 〈지리산〉, 24쪽(국제펜한국본부 경남지역위원회).

⊙ 2023. 06. 28. 차영한 시 〈함안에 사는 우리 일가 만난 이야기〉《합강合江의 땅, 함안을 노래하다》(경상남도 문인협회, 찾아가는 경남 문협 세미나 함안 편), 158쪽.

⊙ 2023. 07. 10. 차영한 시 〈전동차 안의 거울 보기〉 격월간 7·8호《현대시학》 통권 614호, 현대시학사, 98〜99쪽.

⊙ 2023. 08. 01. 차영한 시 〈파이phi다 파破이다〉〈아직 남은 날들의 주제〉《현대시》, VOL 34-8/ 통권 404호(한국문연), 20〜24쪽.

⊙ 2023. 09. 30. 차영한 시 〈빗방울 사이 나비수염〉〈열매를 보는 눈빛〉〈나무 뒤에 숨는 그림자〉, 문덕수 문학상·시문학상 역대 수상 작품집《영원한 꽃밭》(글나무, 초판), 재단법인 심산문학진흥회, 231〜234쪽.

⊙ 2023. 10. 14. 〈공중에 터치하는 먹물보다〉〈목탁 소리〉《영축문학》 제5호(영축문학회), 428〜429쪽.

⊙ 2023. 10. 20(금), 오후 3시 경남문학관(진해) 2층 세미나실에서 제19집《경남 PEN 문학》, 발표된 작품 심사에서 당선작 수상(시: 풀밭 이슬 길 걸으면) 시상 및 제19집 출판 기념회 개최에 참석함. 상패 및 부상 : 부상은 빛의 예술사 강정완 그림(오리지날) 그림 1점.

⊙ 2023. 10. 20. 제5회 경남 PEN 문학상 당선작 수상 시 〈풀밭 이슬 길 걸으면〉《경남 PEN 문학》 제19집(국제펜한국본부 경남지역위원회), 36〜44쪽에 수록함.

⊙ 2023. 10. 30. 한국문학사에 전국순수문예지 최초의 이름인《0과 1 문학》, 창간호(사단법인 한빛문학관 발행, 주간 차영한, ISSN 979-11-91906-23-3-03810), 화보 8쪽, 특집 I 통영 출신 작고 문인 유치환 시인, 김상옥 시조 시인, 김춘수 시인, 박경리 소설가 등 4인 초대시 5편, II 청마의 출생지, 김춘수 시인의 연보에 없는 최초로 발견한 전기적 고찰, 초대 1, 2 문인과 우리네 문인, 특집 평론 3인 등 47명, 모두 51명 참여, 통영을 형상화한 문학 작품들, 하이플러스 종이 90그램, 268쪽.

⊙ 2023. 11. 24. 5매 수필 〈구기자차를 마시는 연유, 120〜121쪽〉〈시적 비유는 살아있는 삶의 이미지〉, 262〜264쪽, 〈가고파 노래 부르면〉, 265〜267쪽, 《水鄕隨筆》 제51집, 수향수필문학회.

⊙ 2023. 11. 30. 시 〈촉석루를 읽고 다시 쓰는 귀뚜라미 소리〉《빛이 흐르는 남강》 사화집, 경남시인협회, 96〜97쪽.

⊙ 2023. 12. 01. 시인은 시를 쓴다. 2023년을 마무리하는 12인 특선 〈어떤 모양새〉〈에코 힐링〉, 월간 12월호《ㅅ이ㄴ》, 통권 제8호, 인문사, 41〜43쪽.

⊙ 2023. 12. 차영한 시 〈우리 사는 용서 내나 불러〉《경남문화》, 제4호, 경상남도문화상 수상자회, 127〜129쪽.

⊙ 2023. 12. 10. 차영한 평론 〈자아의 숲을 잘 가꾸어 온 정원사〉《인연—상남과 나/우희정 엮음, 성춘복 미수기념문집》(도서출판 소소리), 41쪽.

⊙ 2023. 12. 21. 시 〈도깨비 소리〉〈저녁이 아는 힙지로〉〈내 사는 현재 온도〉《통영문학》 제42집, 한국문인협회 통영지부, 150〜157쪽.

⊙ 2023. 12. 22. 사화시집 〈목탁 소리〉《시와 종교》 한국시인협회, 477쪽.

⊙ 2023. 12. 22. Volume16—Winter. 2023. Cha Young—han, 〈The Ocean in Dressing〉《Poetry Korea》, Semiannual Anthology by 5 6poets o fKorea/Edited by UPLI Korea Center/pp. 124〜125. (시詩 〈드레싱 하는 바다〉).

⊙ 2023. 12. 향토사 연구논문 〈소승불교의 사적지, 연화도의 연화대 오련사 소고〉, 113〜132쪽. 시 〈청산 불러 백학 날리고〉, 147쪽, 〈섶다리 물소리 가늠하면〉《統營文化》 제24호, 통영문화원.

⊙ 2023. 12. 시 〈구김살〉〈파렴치한〉〈저 딴짓 눈웃음아〉《통영예술》 제24호, 사) 한국예술문화종연합회 통영지회, 107〜109쪽.

⊙ 2023. 12. 31. 2018년 6월 발간된 《통영시지》(제2권)에 기록된 〈통영 문학사〉 오류사항 지적. 《경남 향토사 논총》, 제33집, 사단법인 경남향토사연구회.

*

⊙ 2024. 02. 09. 시 〈가을 숲을 사랑하는 까닭은〉, 시인들이 선정한 《올해의 좋은 시:K—POEM》, 2021, Vol. 11. 현대시회, 한국문연, 188쪽.

◇ 사화집·시론집·인명사전·인터넷·각종 잡지 작품 수록

◗ 사화집(앤솔러지)·인명사전·기타

⊙ 1981. 02. 09. 시 〈立春〉《現代詩 151人의 祝祭》, '81 한국현대시인협회편, 205쪽.

⊙ 1982. 05. 15. 시 〈山茶賦〉《現代詩 200人集》, '82 한국현대시선, 韓國現代詩人協會 編, 268쪽.

⊙ 1983. 01. 23. KIM YOUNG SAM, 〈CHA, YOUNG—HAN, Korea 'Laugh Lost'〉《WORLD POETRY》(Cheong Ji Sa), pp. 34〜35.

⊙ 1983. 04 .25. 시 〈浦口日記 2〉《現代詩 185人의 祝祭》, '83 한국현대시인협회편, 248쪽.

⊙ 1984. 07. 시 〈한려수도〉《시사랑》 제109호(서울 중구 묵정동).

⊙ 1985. 04. 25. 시 〈蘭 宋梅 頌〉《現代詩 205人의 祝祭》, '85 한국현대시인협회편, 279쪽.

⊙ 1985. 05. 25. 시 〈차영한—시골 햇살〉〈俗氣〉〈母性愛〉《이 時代의 순수영혼을 위하여》, 시문학 추천시인 작품선집·6, 38〜41쪽.

⊙ 1986. 05. 05. 시 〈農舞〉《現代詩 222인의 祝祭》, '86 한국현대시인협회편, 319쪽.

⊙ 1986. 06. 05. 시 〈待春〉〈狂亂하는 바다. 2〉《이 땅에 부는 바람은》, '86 시문학회 77인의 사화집 7집, 210〜211쪽.

- 1987. 07. 10. 시 〈차영한-閑麗水道〉《韓國現代名詩集》, 詩文學社, 534쪽.
- 1987. 07. 20. 시 〈裸木의 노래〉〈俗氣 2〉《비탈에선 나무도 태양을 향해 자란다》, 시문학 회사화집, 269∼270쪽.
- 1987. 06. 17. 통영수대 개교 70주년 축시 〈빛과 소금의 노래〉《통영수대학보》제93호, 1면에 발표.
- 1988. 05. 10. 시 〈섬 1–소매물도〉《木神 그리고 서울의 낮달》, '88 한국현대시인협회편, 279쪽.
- 1988. 07. 10. 시 〈진눈깨비의 노래〉〈胎動〉《아무도 하지 않던 말을 위하여》, 사화집 9집, '88 시문학회, 240∼241쪽.
- 1988. 08. 10. 시 〈차영한–섬 46〉, 〈사랑하면 사랑하고 싶은 우리들〉《한국청년대표시선 1990》, 의식사, 127∼130쪽.
- 1989. 01. 통영수산전문대학 교지 복간기념 축시 〈더운 피는 갈매기처럼〉《耕 洋》 제24집, 교지편집위원회, 표지 내면 2쪽.
- 1989. 04. 23. 시 〈다시 방황하며〉《251인 훗날 어느 날에》, '89 한국현대시인협회편, 303쪽.
- 1989. 08. 05. 시 〈도솔암에서〉《겨울은 더 이상 봄이 되려 하지 않는다》,' 89 시문학회 사화집 제10집, 198쪽.
- 1990. 04. 25. 시 〈아프지 않는 고독〉《어둠과 빛의 코오러스》, 한국현대시인협회 편 20주년 기념, 296쪽.
- 1990. 08. YoungHan–Cha/ 〈A Travel of an Old Couple〉《METAPHOR BEYOND TIME》–Edited By Dok–su Moon/ The 12th world Congress of Poets in Seoul, 1990 UPLI Korean Center/ CONTENTS, Korea. p.330.
- 1990. 09. 20. 조병무 평론 〈순수한 언어의 감미로움–車映翰 論〉《새로운 命題》, 世界書館, 223쪽.
- 1991. 04. 24. 시 〈自省〉《솟고 가라앉는 언어들의 상징》, 한국현대시인협회 편, 265쪽.
- 1991. 10. 15. 시 〈아프지 않는 고독〉〈다시 찾은 세월 앞에〉《망둥이 살리러 가자》, 시문학시인선 시문학 83인의 사화집, 169∼170쪽.
- 1992. 05. 01. 시 〈남은 용서도 미소로 길들이며〉《톱니바퀴와 바람의 메타》, 한국현대시인편, 314∼315쪽.
- 1992. 09. 05. 차한수 평론 〈차영한의 섬 44 외〉《비극적 삶과 시적 상상력》, 地平, 307쪽.
- 1993. 04. 05. 차영한 수필 〈우리 고장 명소 소개–환상의 섬 소매물도〉《마산 MBC 저널》 제10호, 22쪽.
- 1993. 05. 시 〈달력〉《조금씩 다른 소리로》, 한국현대시인협회 편, 311쪽.
- 차영한 시 〈한려수도〉《故鄕과 人物: 경남 편–김양우 기자》, 국제신문사, 323쪽.
- 1993. 08. 20. 곽재구 지음, 〈그리운 통영 바다–충무를 찾아서〉《내가 사랑한 사람 내가

사랑한 세상》, 한양출판, 163~181쪽(차영한의 시 〈섬〉 08, 21, 35를 곽재우 시인이 소개함).

⊙ 1993. 08. 30, 시 〈蝦仔圖〉〈어떤 立場〉《시여, 마차를 타자》, 시문학시인 65선, 시문학사, 170~171쪽.

⊙ 1993. 10. 10, KBS 1TV 방영, (차영한 시 〈알섬-갈매기 섬, 鴻島〉)▷ 대한항공 간행, 차영한 시 〈鶴〉〈한려수도〉〈수돗물 소리〉〈통영 알섬-갈매기 섬, 鴻島〉《지구 마을 녹색편지》, 대한항공, 85~93쪽에 사진과 함께 수록.

⊙ 1994. 02, 차영한 시 〈恨不雲臺辭-바다에 쓰는 시. 1〉《한목숨을 위하여》, 시 세계, 595쪽에 수록.

⊙ 1994. 05. 시 〈흙의 노래〉《엉겅퀴처럼 쑥부쟁이처럼》, 한국현대시인협회편, 258쪽.

⊙ 1994. 09. 시 〈마음 비울 때 날아오르는 하얀 새〉〈질그릇의 노래〉《바람으로 일어서는 날》, 사화집, 시문학회편, 156~157쪽.

⊙ 1994. 09. 문덕수, 〈차영한 약력 소개〉《世界文藝大辭典》, 교육출판공사, 1694쪽에 수록.

⊙ 1994. 12. 11, 〈꽃은 지기 위해 아름답다〉《'95 한국문학작품선-시, 시조》, 한국문화예술진흥원, 195쪽에 수록.

⊙ 1995. 07. 30, 차영한 수필 〈만남을 위해 보내는 세월〉《추억을 기르는 삶의 언덕에서》, 한국현대시인협회편, 210쪽.

⊙ 1995. 10. 20, 김병섭, 〈車映翰〉《主要(機關長·行政人士)要覽》, 瑞進閣, 674쪽에 수록.

⊙ 1995. 12. 10, 강희근, 〈제1장 시-차영한, '同鄕人'〉《慶南文學史-光復50周年紀念》, 경남문학사 편집위원회, 135~136쪽에 수록.

⊙ 1997. 03. 대표시선 〈바다에 쓰는 시 5〉〈바다에 쓰는 시 7〉〈바다에 쓰는 시 10〉〈섬 2〉〈섬 9〉〈섬 35〉〈섬 46〉《경남문학대표선집 ❷》, 경남문인협회편, 도서출판 불휘, 399~407쪽.

⊙ 1997. 04. 시 〈꽃은 지기위해 아름답다〉《봄날 이른 아침 시인이 심은 나무》, 한국현대시인협회편, 316쪽.

⊙ 1997. 04. 시 〈바다에 쓰는 시 8〉《산책길에 만나는 청동의 새떼》, 한국현대시인협회편, 261쪽.

⊙ 1997. 06. 성춘복, 시대 문학 창간 10주년 기념, 〈차영한 시 뿔레기〉, 별책부록, 《사람의 몸과 정신》, 마을, 606쪽.

⊙ 1997. 07. 시 〈바다에 쓰는 시 2〉〈바다에 쓰는 시 3〉《그러나 막은 불씨 되어 다시 타오른다》, 시문학회편, 시문학사, 176~177쪽.

⊙ 1997. 12. 양중해, 〈환상의 섬 제주도〉《文學 속의 濟州》, 제주문화원, 624쪽.

⊙ 1998. 10. 시 〈말하는 나무 1-북채〉〈IMF 時代〉《통닭집 여자는 통닭을 좋아하지 않는다》, '98 사화집, 시문학회, 200~201쪽.

⊙ 1999. 12. 김병섭, 〈車映翰-인물 소개〉《跳躍하는 韓國人》, 瑞進閣, 588쪽.

⊙ 1999. 04. 30, 시 〈어느 유배지의 일기 1〉《'99 선택된 시》, 한국현대시인협회 편, 시문학

사, 46쪽.

⊙ 1999. 12. 박태일, 〈근대통영지역 시문학의 전통–차영한의 섬〉《통영·거제지역 연구》, 경남대학교출판부, 347~387쪽.

⊙ 2000. 04. 30. 시 〈그 언덕의 절개지 보면〉《2000년 선택된 시》, 한국현대시인협회편, 시문학사, 280쪽.

⊙ 2000. 07. 07. 시 〈숨기는 자의 보이는 얼굴〉〈그 언덕의 절개지切開地보면〉《샛강의 얼룩 동사리》, 시문학회 100인의 작품선, 243쪽.

⊙ 2001. 05. 12. 시 〈무인도에서 오는 편지 1〉《환상이 아닌, 오직 진실만으로 피운 꽃》, 한국현대시인협회편, 345쪽.

⊙ 2001. 06. 15. 수필 〈미륵산에서 만나는 바다 안개〉《통영의 향기》, 애향작품 ①산문. 교음사, 239쪽.

⊙ 2001. 06. 30. 시 〈시골 햇살 I. II. III〉〈눈 내린 날들의 풍경〉《2001 시문학회 시선》, 시문학 30주년 기념, 시문학회, 135쪽(차영한은 시문학회 시선 편집위원 역임).

⊙ 2001. 07. 01. 이승복(시인·홍익대 교수), 이달의 詩–차영한의 〈섬 2〉 단평, 〈이승에 한발 저승에 한발 딛고 서서 보면〉《시민과 변호사》 7월호, 통권 제90호, 서울지방변호사회, 44~45쪽.

⊙ 2001. 10. 11. 차영한의 시, 〈IMF 이후〉《노스탤지어–통영 시화제, 시화집 2》, 통영 시화제 운영위원회, 91쪽.

⊙ 2001. 11. 강희근 평론, 〈겉 다르고 속 다른 세상에 대한 풍자–차영한의 시작품 심심풀이 해설〉《경남문학의 흐름》, 보고사, 67쪽/322쪽.

⊙ 2002. 02. 15. 시 〈어떤 중독증〉《이 숨길 수 없는 언어들》, 한국현대시인협회편, 문학마을사, 256쪽.

⊙ 2002. 03 .23. 시 〈내 둘째 딸 함양에 시집보낸 까닭은〉《함양 예찬》, 함양문인협회편, 301쪽.

⊙ 2002. 05. 윤해규, 〈ㅊ–차영한車暎翰〉《한국시대사전》, 을지출판공사, 2861~2862쪽에 대표시와 시의 특징 수록.

⊙ 2003. 01. 24. 국립수목원(경기도 포천군 소흘읍 직동 Tel:031-540-1035)에서 시 문헌 사용 허락 신청: 시작품, 〈시골 햇살〉, 〈눈 내린 날들의 풍경〉–2003년 2월 03일 자 허락서 통보하였음.

⊙ 2003. 04. 시 〈채독벌레〉《꽃의 눈빛과 합창》, 한국현대시인협회편, 시문학사, 292쪽.

⊙ 2003. 이몽식, 〈인연〉《별에서 길어 올린 사랑 시》, 도서출판 북 피디 닷컴, 52쪽.

⊙ 2003. 11. 15. 서석준, 시평, 〈향토적 서정의 형상화–차영한의 연작시 〈섬〉▷ 삶과 역사의 현장으로서의 바다〉《김해문학》, 제16집, 251~258쪽.

⊙ 2003. poetry of Younghan-Cha, 〈While Sailing〉《POETRY KOREA》, Volume 2. Summer-2003, UPLI Korea Committee, page. 44.

⊙ 2004. 04. 25. 시 〈소두레 3〉《바다를 생각하면 바다가 보인다》, 사화집, 제18집, 시문학회,

244쪽.

- 2004. 04. 시 〈쥐 인간〉《무지개와 바람의 은유》, 제30집, 한국현대시인협회편, 시문학사, 232쪽.
- 2004. poetry, 〈The Sea with the Dazzling Sun〉《POETRY KOREA》, Volume 3, Summer-2004, UPLI Korea Committee, 50~51쪽.
- 2004. 10. 05. 시 〈산 수박 냄새나는 하동 땅〉《하동 연가-시편》, 하동문학작가회, 107쪽.
- 2004. 11. 30. 〈차영한車映翰〉《韓國現代詩人事典》, 韓國詩社, 1539쪽에 수록.
- 2004. 12. 13. 시 〈물숭여 보고 사는 검둥여〉《詩向》겨울, 16호-엘리트 詩·100選에 뽑힘; '지난 계절의 시詩 다시 보기'(글나무), 34쪽.
- 2005. 01. 30. 시 〈사발농사〉《새는 휘파람 소리로 날다》, 제32집, 한국현대시인협회편, 시문학사, 248쪽.
- 2005. 02. 19. 전문수 교수 정년퇴임기념 논총위원회, 〈차영한 자작시 해설, '우울증, 바다 소리'-반복과 동일성의 자아 해체〉《문예 창작의 이론과 실제》, 창원대학교 출판부, 202~208쪽에 수록.
- 2005. 시 〈Melancholia, Sound of Sea〉《POETRY KOREA》, Volume 4, Autumn-2005, UPLI Korea Committee, pp. 42~43.
- 2005. 10. 01. 제5회 2005 세계 서예 전북비엔날레 '아름다운 한국-부산·울산·경남전展' 출품작 시와 그림 서예, 〈와룡산 철쭉〉《아름다운 한국》, 56~57쪽.
- 2005. 12. 시 〈와룡산 철쭉〉〈섬초롱〉《투명한 눈, 뜨거운 바람》, 사화집 19집, 한국시문학문인회편, 시문학사, 214~215쪽.
- 2006. 08. 10. 차영한 시 〈양지리 사람들〉《1934~2006 사량교육 칠십년》, 사량교육 70년 편찬위원회편, 420~422쪽에 수록.
- 2006. 11. 25. 시 〈나뭇가지를 잡고〉《2006 앤솔러지》제33집, 한국현대시인협회편, 시문학사, 282쪽.
- 2006. 12. 15. 시 〈아리새〉《詩向》제6권 ,24호-엘리트 詩 100선選에 뽑힘; '지난 계절의 시詩 다시 보기'(서울: 글나무), 21쪽.
- 2007. 01. 25. 권영민《한국현대문학대사전》, 서울대학교출판부, 571쪽.
- 2007. 05. 10. 앤솔러지 시 〈면 없는 거울 보면〉〈금환일식〉《한강이 문득》제20집, 한국시문학문인회, 306~307쪽.
- 2007. 06. 30. 시 〈음력 칠월 가지밭 소문〉《한국현대시》, 창간호, 227쪽.
- 2008. 07. 10. 시 〈그림자〉《청마 탄신 100주년-기념사화집》, 청마문학회, 150쪽.
- 2008. 06. 20. 작가집중조명, 대표시 〈화엄경을 읽다가〉 외 5/ 신작시 〈해파리의 춤〉외 5편 등 총 10편,《慶南文學研究》제5호, 경남문학관, 222쪽.
- 2008. 08. 09. 박종섭,《작가연구방법론》, 한국문학도서관, 110쪽.
- 2008. 이상옥,《현대시와 투명한 언어》, 한국문학도서관, 197쪽.

⊙ 2008. 08. 강희근 교수, 〈차영한, 초현실성을 갖는 페티시즘적 오브제의 시학-초기 시 일부〉 《강희근 시 비평 읽기》, 정년퇴임기념문집 간행위원회(위원장-차영한), 258~264쪽에 수록.

⊙ 2008. 9. 30. 청마 탄신 100주년 기념문집 차영한 논문, 《청마 유치환 고향시 연구》〈통영 청마문학관 건립 및 생가복원-《청마문학》 3집(2000)〉〈청마거리의 지정 및 조성-《청마문학》 4집(2001)〉〈청마의 출생지 고찰-청마문학의 재조명〉〈청마 유치환 출생지 쟁점에 대한 고찰〉《시문학》 제376호, 시문학사, 2002. 01/〈청마 유치환 출생지 쟁점에 대한 고찰〉《다시 읽는 유치환》, 시문학사, 546쪽.

⊙ 2008. 10. 29. 일어로 번역된 차영한 시, 〈바람과 빛이 만나는 해변〉《동북아시집 東北亞詩集》, 도서출판天山, 611~612쪽.

⊙ 2008. 12. 15. 차영한 시, 하반기 좋은 시 50선에 뽑히다. 〈갯바람 소리〉《시향》 제8권, 제32호▷이 시작품은 2008년 《시와시학》 가을, p.97에 이미 발표된 시, 22쪽.

⊙ 2009. 05. 20. 차영한의 평론, 〈공감각을 통한 만다라의 미학〉《散木 咸東鮮先生 八旬紀 念文集-쓸모없는 나무》, 산목 함동선 선생 팔순기념문집간행위원회, 도서출판문학공원, 190쪽.

⊙ 2010. 02. 20. 시 〈바다 날씨 1〉《우리들의 좋은 詩》, 문예운동사, 344쪽.

⊙ 2010. 02. 25. 시 〈달빛, 셀프〉《경남시학 2》, 경남시협 앤솔러지, 166쪽.

⊙ 2010. 04. 25. 《시와 지역》 창간호, 봄호(통권 1호), 경남 진주시, 시와 지역사, 31~33쪽에 강희근의 '지역시편 조명' 차영한 시 〈빈 걸음〉〈비비새-통영오광대 보다가〉의 작품 세계 단평 게재됨.

⊙ 2010. 06. 06. 이기반 지음, 《수국단상水國斷想-통영의 물결소리》(서울, 秋水樓), 77쪽, 79쪽, 92쪽에 차영한의 석사 논문, 《청마 유치환의 고향 시 연구》 중, '청마 유치환의 출생지'에 관한 일부 글을 인용하고 있음.

⊙ 2010. 05. 31. 이수화 제2평론집, 《글로벌문학과 한국 당대시》, 한강 도서출판사, 324~325쪽에 차영한 시, 〈빵을 보면〉에 대한 시 세계 단평 게재.

⊙ 2010. 06. 05. 시 〈우포늪〉《가슴속 불 밝히고》, 2010 점자시집 한글판, 경상남도문인협회, 66쪽.

⊙ 2010. 10. 01. 시 〈난다, 달에서 회중시계 소리〉《청마문학》 제13집, 청마문학회, 99쪽.

⊙ 2010. 12. 15. 시 〈배〉《소용도는 은하의 별》, 220인 사화집, 한국현대시인협회, 229쪽.

⊙ 2010. 12. 30. 시 〈진주남강유등축제〉《전설이 흐르는 유등》 사화집, 경남시인협회, 99쪽.

⊙ 2011. 03. 31. 〈차영한약력〉《한국시대사전》(이제이 피북, 4판 발행), 3013쪽.

⊙ 2011. 10. 25. 시 〈선창가를 거닐면〉〈가을 나그네 봤다〉《물그림자》(한국시문학문인회-월간 시문학 40주년 기념호), 198쪽.

⊙ 2011. 12. 15. 시 〈검은 촛불〉《오색딱따구리》, 사화집 제33집, 2011년-223인 참여, 한국현대시인협회, 235쪽.

⊙ 2011. 12. 30. 시 〈진주 남강이 띄우는 풍경〉《유등, 충혼이 타오르다》, 경남시인협회, 95쪽.

⊙ 2012. 07. 01. 차영한 평론 〈청마의 시; '그리움'과 '행복'에 대한 단상〉《청마문학》 제15

집, 청마문학회, 112~121쪽/ 시 〈점점 사라지는 것은 살아있는 점점으로〉《청마문학》제 15집, 청마문학회 103쪽.

⊙ 2012. 12. 30. 시 〈여름 도시 풍경〉《한국현대시》제8호, 한국현대시인협회편, 75쪽.

⊙ 2013. 03. 01. 차영한 시집《캐주얼 빗방울》〈미네르바 셀렉션 시집 스크랩–면 없는 거울〉《미네르바》봄, 통권49호, 409쪽.

⊙ 2013. 06. 30. 시 〈비무장지대〉〈비 내릴 때도 눈물꽃은 피다〉《오백 번의 응》(시문학지령 제 500호 기념사화집 23집), 한국시문학 문인회, 242쪽.

⊙ 2013. 07. 01. 시 〈감꽃 웃음〉/ 차영한 평론 〈청마의 神은 무량수불세계〉《청마문학》제16 집, 청마문학회. 각각 80쪽과 88쪽.

⊙ 2013. 09. 24. 시 〈꽃비 내리는 날〉《내 마음의 꽃》, 경남문학관, 95쪽.

⊙ 2013. 11. 30. 현대시회 앤솔러지, 차영한 시 〈금〉《K–POEM》 ① 2013, 현대시회, 246쪽.

⊙ 2013. 12. 18. 시 〈촉석루에서–진주 유등 축제에 부침〉《등 하나 켜고》, 경남시인협회 사화 집, 94~95쪽.

⊙ 2014. 01. 15. 〈광란하는 바다 3〉《한국현대시》제10호, 사)한국현대시인협회, 179쪽.

⊙ 2014. 11. 30. 시 〈끊어진 해안선〉《K–POEM》 ② 2014, 현대시회, 212~213쪽.

⊙ 2014. 12. 24. 시 〈초혼점등〉《남강유등축제 예》 2014 사화집, 경남시인협회, 98쪽.

⊙ 2015. 10. 23. 시 〈6·25전쟁이 남긴 저녁〉《꽃피고 꽃 진 자리》(경남문학 자선 대표 시선집 –경남문인협회), 186쪽.

⊙ 2015. 11. 04. '2015 경남예술제'에 출품한 시 〈그 풀이 섬에 다시 가고 싶다 카이〉《사 랑이 멈춘 발길》, 경남사랑 사화집, 135쪽.

⊙ 2015. 11. 07. 〈특별한 만남–2015년 제54회 경남문화상 수상 '한국시문학에 큰 족적을 남긴 사람, 차영한 시인을 만나다'〉, 창간 24주년 기념, 《주간 인물》, No. 967, 38~39쪽.

⊙ 2015. 12. 08. 시 〈느낌표는 느낌으로 지우고 있어〉《K–POEM》 ③ 현대시회 사화집, 202쪽.

⊙ 2015. 12. 24. 시 〈옛날 유등 띄운 뜻은〉《남강 유등 앞에》, 경남시인협회 사화집, 101쪽.

⊙ 2015. 12. 28. 테마 시 〈문득 햇살이 쓰는 편지보다〉/신작, 〈물이 들다〉《경남시학》제6호, 경남시인협회, 각각 37쪽과 167쪽.

⊙ 2016. 10. 30. 시 〈시골 햇살 Ⅰ.Ⅱ.Ⅲ〉《한국시인 대표작 1》에 등재, 한국문인협회 시분과, 538쪽.

⊙ 2016. 12. 28. 시 〈그 역에서 탄 마지막 완행열차 유감〉《경남시학》앤솔러지 제7호, 경남 시인협회, 86쪽.

⊙ 2016년 Volume 5 Winter 2016, Younghan–Cha, 〈The Village with Greenwood Is〉《Poetry Korea》, Annual Anthology by 58 poets of Korea Edited by UPLI Koea Committee/ United Poets Laureate International Korea Committee. pp.166~167.

⊙ 2017. 01. 10. 시 〈해운대 동백숲 길〉《K–POEM》 ④, 2017, 현대시회 앤솔러지, 204~

205쪽.

⊙ Volume 6·Winter·2017, Cha, Young-han, 〈Rural Sunshine〉《Poetry Korea》, Annual Anthology by 84poets of Korea Edited by UPLI Koea Commite/ United Poets Laureate International Korea Commitee. pp.190~193.

⊙ 2017. 09. 01. 번역시 〈The Village with Greenwood is〉, 제3회 세계한글작가대회기념 《한영대역대표작선집(시편)》, 국제펜한국본부. 606쪽.

⊙ 2018 ,01. 10. 시 〈카스피 해 파도〉《K-POEM》⑤ 2018, 현대시회 사화집, 현대시회.1 72쪽.

⊙ 2018. 10. 25. 시 〈빨간 고무장갑으로 채점하는 임자〉《한국현대시》 제20호, 2018 하반 기호, 한국현대시인협회, 80쪽.

⊙ 제4회 세계 한글작가 대회 기념, 〈Hallyeosudo-Cha Young-han〉《The Collection of Poetry & Prose in English to Celebrate the 4th International Congress of Writers Writing in Korean》(THE KOREAN, INTERNATIONAL PEN, Publish in November 30, 2018), p.32.

⊙ Volume 7 Winter 2018, Cha Young-han, 〈White Multiflora Blooms on the Sea〉 《Poetry Korea》, Annual Anthology by 7 Edited by UPLI Korea Committee/United Poets Laureate International Korea Committee. pp.174~175.

⊙ 2018. 12. 31. 차영한 시 〈한려수도〉《국립공원이 만나는 하루를 여는 자연 詩》, 한국국립 공원공단. 138쪽.

⊙ 2019. 01. 10. 차영한 시 〈간다, 봄날은〉《K-POEM》⑥, 현대시회 사화집, 현대시회. 211쪽.

⊙ 2019. 09. 04. 차영한 시 〈빨간 고무장갑으로 채점하는 임자〉《天山을 나는 詩人들》, 2019. 自由文協 사화집. 124쪽.

⊙ 2019. 11. 03. 차영한 시 〈물망초, 한려수도 그 쪽빛 바다〉《경남의 정신 경남의 문화 경 남의 향기》 사화집, 경남문인협회, 81~82쪽.

⊙ 2019. 11. 15. 차영한 시 〈드로잉, 우주 숨결-Drawing, Breathing in space〉《여명이 트 는 시의 바다로-Into the poetry sea at dawn》, 국제 PEN 한국본부 경남지역위원회, 78 ~79쪽.

⊙ Volume 8 Winter 2019, Cha Young-han, 〈Give a Big Smile〉《Poetry Korea》, Annual Anthology by 55 poets of Korea Center/United Poets Laureate International Korea Center. pp.114~115(시 〈환하게 웃어 봐요〉, 114~115쪽).

*

⊙ 2020. 01. 15. 시인들이 선정한 올해의 좋은 시 〈유혹, 바다 입질〉《K-POEM》⑦, 한국문연. 184쪽.

⊙ Volume 9·Summer 2020, Cha Young-han, 〈Trembling Lips in the Mirror〉《Poetry Korea》, Annual Anthology by 63 poets of Korea Center/ United Poets Laureate International Korea Center. pp.34~35(거울 보면 떨리는 입술. 34~35쪽).

- 2020. 7. 10. 사)한국문인협회가 추천한 합동시집 〈간빙기間氷期 수칙은〉《코로나? 코리애》(도서출판 청어, 1판 1쇄), 78쪽.
- 2020. 09. 11. 무크지 창간호, 차영한 대표시 〈시골 햇살 〉외 4편, 신작시 〈이방인〉 외 4편, 창간호, 《0과1의 빛살》(단행본, 13.0㎝×20.5㎝, 80편) 0과 1의 빛살 모임(8명), 15〜26쪽. 500부 출간함.
- 2020. 09. 10. 차영한 시 〈환하게 웃어 봐요, 200쪽〉, 추모특집 〈하얀 학의 웃음이 나래짓 하네〉, 274쪽, 《우리 우체부 되어 다시 만나리》, 사화집, 시문학시인선 612호, 한국시문학문인회.
- 2020.12. 18. 시, 〈태양이 빛나는 바다 The Sea with the Dazzling Sun〉《The Sea with the Dazzling Sun》, 경남 펜 번역 사화집, 66〜67쪽.
- 2020. 12. 14. 차영한 평론 〈청마 유치환 시 旗빨 세계 재조명〉, 60〜64쪽/시작품, 〈문고리 때문에〉〈서로 질문하기〉〈창문 여는 바다〉《통영예술》 제21호, 통영예총, 76〜78쪽.
- 12. 22. Volume 10·Winter·2020, Cha Young-han, 〈My evening sea〉《Poetry Korea》, Annual Anthology by 53 poets of Korea Edited by UPLI Korea Center. pp. 114〜115(※시 〈나의 저녁 바다〉).
- 2020. 12. 28. 시 〈비비 비〉《경남문화》 창간호, 경상남도 문화상 수상자회 간행, 125쪽.
- 2021. 02. 10. 시인들이 선정한 올해의 좋은 시 〈드레싱 하는 바다〉《K-POEM》 ⑧ VOL. 8, 한국문연, 183쪽.
- 2021. 06. 01. Volume 11·Summer·2021, Cha, Young-han, 〈Suddenly, Watching the Sun Write a Letter〉《Poetry Korea》, Annua lAnthology by 73 poets of Korea/ Edited by UPLI Korea Center, pp. 142〜143(※ 시 〈문득, 햇살이 쓰는 편지 보다가〉).
- 2021. 08. 무크지 창간호《파도 소리로 몸부림쳐도 그리운 사랑아 사랑아》(도서출판경남), 한정판 300부 출간.
- 2021년 09월 10일 시문학 창간 50주년 통권 600호 기념, 〈나이아가라 폭포〉〈드레싱 하는 바다〉《한국문학의 100년을 열다》, 한국시문학문인회 사화집, 368〜372쪽.
- 2021. 12. 25. 시 〈날아다니는 핸드폰〉, 하반기 《한국현대시》 제26호, 51쪽.

*

- 2022. 02. 28. 시인늘이 선정한 올해의 좋은 시 〈떡갈나무 숲을 거닐면〉 K-POEM》 ⑨ VOL. 9, 한국문연, 174〜175쪽.
- 2022. 06. 25 〈나의 인생 나의 문학-차영한: 나는 굽어지려고 할 때마다 활을 쏜다〉《문단실록 3.4》, 사)한국문인협회 창립 60주년 기념 특별기획, 한국문협 월간 문학출판부, 446〜451쪽.
- 2022. 06. 01. Volume 13. Summer, 2022, Cha, Young-han, 〈Spring Days Are Reincarnated〉《Poetry Korea》, Semiannual Anthology by 73 poets of Korea/ Edited by UPLI Korea Center/ pp. 156〜157(※시詩 〈간다, 봄날은〉).

◉ 2022. 08. 25. 차영한 시 세계에 대한 서정 시평, 〈유유한 서정의 물결, 254~262쪽〉〈통영문학사 중 차영한 문학〉, 99~102쪽, 문학 계간지 가을호, 《여기》, 통권 54호, 사단법인 부산여성문학인협회.

◉ 2022. 10. 초대시 차영한 시 〈학鶴 섬 1, 2, 3, 4〉《쉼표가 있는 통영 섬들》, 사단법인 한빛문학관, 44~46쪽.

◉ 2022. 10. 25. 차영한 육필 시 〈통영해안선, 16쪽〉《따스한 숨결로 쓴 타임캡슐》, 120쪽, 통영시 일부 지원 '통영 출신 및 통영 연고자 문인 99명(작고 28, 현역 71) 문인이 참여, 한국문학사 최초로 육필 모음 문집 출간' 사단법인 한빛문학관, 저작권 차영한 외 70인.

◉ 2022. 11. 10. 차영한 시 〈산다는 것은요〉《경남문화》, 제3호, 경상남도문화상 수상자회, 171~172쪽.

◉ 2022. 11. 10. 차영한 시 〈바람과 빛이 만나는 해변〉 외, 《경남문학상 수상자 선집 (1989~2022)》, 경상남도문인협회, 154~159쪽.

◉ 2022. 11. 30. 차영한의 시 〈진주 남강은 우리 눈빛 찾고 있소〉《강물에 피는 꽃》, 경남시인협회 유등 사화집, 110쪽.

◉ 2022. 12. 01. 차영한 제8회 한국서정시문학상 수상특집, 대담 및 수상작 〈봄나물이 들큼한 것도〉 외 9편, 01~50쪽/ 문학평론가 황치복 〈우주적 관점에서 바라본 삶과 예술의 근원〉, 51~67쪽/ 심사평, 68~73쪽/ 차영한 수상자 소감, 74~75쪽/ 시사사의 앤솔러지, 《노이즈 2022》, 제11집, 한국문연.

◉ 2022. 12. 01. Volume14. Winter. 2022, Cha Young-han 〈The Twittering of Birds among the Folige〉《Poetry Korea》, Semiannual Anthology by 54 poets of Korea/ Edited by UPLI Korea Center/pp. 130~131(※시詩 〈그 이파리 속의 새소리〉).

◉ 2022. 12. 05. 특집 2 경남 시인들: 차영한 시 〈반 흘림체가 쓰는 적소〉《함안문학》, 제33집, 함안문인협회, 52~53쪽.

◉ 2022. 12. 차영한의 시 〈이집트 여행 메모를 읽다〉〈마찬가지요〉《통영문화》, 제23호, 통영문화원. 121~126쪽.

◉ 2022. 12. 차영한 시 〈블루 타임 Blue Time〉〈초요성〉, 55~57쪽〉/ 김춘수 탄생 100주년 기념 차영한 평론 〈김춘수 시인의 새로운 전기적 고찰〉, 108~123쪽, 《통영예술》, 2022 제23호, 사단법인 한국예술문화단체 총연합회 통영지회.

◉ 2022. 이 시인을 주목한다―차영한 작품론 문학평론가 정신재, 겨울《인간과문학》제24호, 인간과문학사. 권말부록(2018년 발표)에 수록, 477쪽.

◉ 2022. 12. 16. 차영한의 시 〈내가 그리워지는 날〉, 공동 테마 시, 《병病》, 사단법인 한국시인협회, 474쪽.

◉ 2022. 12. 31. 〈차영한 약력〉《한국문학인대사전》, 한국작가협회, 418~419쪽.

*

◉ 2023. 04. 22. 차영한 시 제13회 전국문학인 꽃축제 〈그래요, 피는 연꽃일레라〉《쿵더쿵

덩덩 꽃 피는 마을》, 제13권째 꽃시집, 전국문학인꽃 축제 운영위원회, 356쪽.

◉ 2023. 06. 03. 오후 2시 30분/다리소 극장/ 차영한 시 〈거울 보면 떨리는 입술, 14쪽〉《헛헛거리는 오후》제63회 시낭송회 겸 제2회 문덕수 전국시낭송대회, 한국시문학문인회.

◉ 2023. 06. 22(목). 13: 30,〈산청 지리산 고등학교〉〈찾아가는 외국문학 교실: 영미문학 특강–경남대학교 손병용 부교수 영문학박사/전교생 백일장 개최〉《지리산을 노래하디》, 차영한 시 〈지리산〉, 24쪽(국제펜한국본부 경남지역위원회).

◉ 2023. 09. 30. 차영한 시 〈빗방울 사이 나비수염〉〈열매를 보는 눈빛〉〈나무 뒤에 숨는 그림자〉, 문덕수 문학상·시문학상 역대수상 작품집 《영원한 꽃밭》(글나무, 초판), 재단법인 심산문학진흥회, 231~234쪽.

◉ 2023. 10. 14.〈공중에 터치하는 먹물보다〉〈목탁 소리〉《영축문학》제5호, 영축문학회, 428~429쪽.

◉ 2023. 06. 28. 차영한 시 〈함안에 사는 우리 일가 만난 이야기〉《합강슴江의 땅, 함안을 노래하다》(경상남도 문인협회, 찾아가는 경남 문협 세미나 함안 편), 158쪽.

◉ 2023. 12. 10. 차영한 평론 〈자아의 숲을 잘 가꾸어 온 정원사〉《인연–상남과 나/우희정 엮음, 성춘복 미수기념문집》(도서출판 소소리), 41쪽.

◉ 2023. 12. 향토사 연구논문 〈소승불교의 사적지, 연화도의 연화대 오련사 소고〉, 113~132쪽, 시〈청산 불러 백학 날리고〉, 147쪽,〈섶다리 물소리 가늠하면〉《統營文化》제24호, 통영문화원.

◉ 2023. 12. 시 〈구김살〉〈파렴치한〉〈저 딴짓 눈웃음아〉《통영예술》제24호, 사) 한국예술문화총연합회 통영지회, 107~109쪽.

◑ 인터넷 등재

◉ 2007. 04. 12. 한울문학(cafe.daum.net/bulchimbun/c9u/22593)–차영한의 시 〈인연〉, '래스'라는 분이 등록 재반영(이 시는 2003. 04. 북피디 닷컴에서 사랑시 모음으로 간행한 《별에서 길어 올린 사랑 시》에 수록된 작품, 2쪽 참조).

◉ 2008. 09. 30. 씨얼문학회(cafe388. daum.net/Ciulmunhak)–이인자 마음의 쉼터에 차영한 시 〈바람과 빛이 만나는 해변〉 등록 재반영.

◉ 2009. 01. 10. 시사랑 나눔터(cafe.daum.net/poetrypso)에 차영한의 시 〈갯바람 소리〉 등록 재반영.

◉ 2010. 2. 19부터 http://kr.blog.yahoo.com/kbs55/22033의 〈새벽향가–은은한 향기의 시(50)〉에 차영한 시 〈인연〉 발표.

◉ 2013. 06. 23. 이선의 글,《한국 NGO 신문》'시가 있는 마을 82'난에 차영한의 시집《캐주얼 빗방울》에 있는 시,〈장자론莊子論〉에 대하여 문학 비평 게재.

◉ 2015. 12. NEWS LETTER–경남예술진흥원에서 알려드리는 소식지 '연말 특집'〈포커스 인물/제54회 경남도문화상 수상자 인터뷰–문학 차영한〉

◗ 차영한 작시 음반 및 가곡집에 수록

⦿ 1989년 03월 차영한 시, 〈뱃노래-노래〉, 작곡 김봉천, 노래 신영조 테너, 《음반←SIDE, Two: DIGITAL recording》(지구레코드사, 심의번호: 8912-G180) 및 김봉천 가곡집(7~9페이지)에 수록(악보는 한빛문학관 수장고에 소장함).

⦿ 2009년 06월 04일 차영한 시, 〈쉼표가 있는 통영바다〉, 작곡 진규영/ 노래는 손정희 테너 ↔경남문인협회와 경남음악협회 공동주최, 경남음악협회 주관, 동년 동월 동일 오후 07시 30분 창원시 성산 아트홀에서 발표(차영한에게 보내온 악보 사본 한빛문학관 수장고에 소장함).

⦿ 2019년 03월 30일 오후 02시, 윤이상 기념공원 홀 차영한 시, 〈나의 저녁 바다〉, 작곡 진규영/ 노래는 테너 발표(차영한에게 보내온 악보 사본 한빛문학관 수장고에 소장함).

⦿ 2019년 11월 19일 차영한 시 〈달하 내 님아〉를 작곡 진규영 작곡가가 보내온 악보는 한빛문학관 수장고에 소장함.

⦿ 2021년 11월 25일(목) 저녁 7시 30분 연세대학교 백주년기념관 콘서트홀/주최 현대성악앙상블(주관 (주) Bravo Com, 후원(주) 유원엔지니어링,(주) KMC),《진규영 작·편곡한 통영을 노래하다》(현대성악앙상블(VECM) 제17회 정기연주회) 음반 및 레파토리 팜프렛 용 포함, 한빛문학관 1층 수장고에 소장함.

⦿ 2020년 07월 10일 차영한 시, 〈학〉을 작곡가 유형재(한양대학교 석사 과정) 악보를 보내와 한빛문학관 수장고에 소장함.

◇ 향토사연구논문 발표 및 국사편찬위원·사료조사위원 역임

⦿ 1983~1985 《統營郡史》 1986. 02) 편찬위원·집필위원·감수위원·간사幹事 역 등 겸임, 1986년 02월 28일 발행되기까지 적극적으로 참여하여 누락된 부분 집필까지 포함 집필한 내력은 다음과 같다.

  1. 화보 배열·일러 두기·편집 후기(跋文) 직접 작성하였음.
  2. 第 3章 朝鮮時代, 第 4節 3項 '歷代 統制使'(p.278)를 발굴, 정리 삽입하였으며, 민간인이 소장한 《古風錄》을 발굴, 第 3章 朝鮮時代 '第 6節 其他 資料 第 2項'(p.289)에 기록하는데 자료를 제공하였음.
  3. 第 4章 現代, 第 8節 '6·25전쟁'(p.318) 기술 누락 부분을 본인(차영한)은 자료를 발굴 직접 보완 집필함.
  4. 第 3篇 政治 및 行政 第 4章 財政을 집필함.
  5. 第 5章 民防衛 편(pp.420~457)을 집필함.
  6. 第 4篇 産業, 第 5章 名勝觀光(pp.693~716) 및 特産名物(pp.720~730)을 집필함.
  7. 第 8篇 民俗, 第 1章 衣食住(pp.991~992), 第 4章 民俗藝術(pp.1049~1138)에 따른 민요 일부 발굴하여 문화재관리국 이소라 선생에 의뢰하여 曲을 받아 집필함.

8. 第5章 第3節 俗談(pp.1168~1175) 및 第4節 수수께끼 채록(pp.1175~1177)함.

⊙ 국사 편찬위원회·사료조사위원 08년간 역임(1987. 05. 26~1995. 12).

⊙ 1990. 11. 25, 〈統營郡〉《慶尙南道 市·郡의 沿革-慶南鄕土史叢》, 第1輯(慶南鄕土史 研究協議會, 1989. 4. 20 발족. 1990. 11), 87~91쪽.

⊙ 1995. 12, 〈唐浦勝捷 再照明〉《慶南鄕土史論叢 IV》, 제5집(경남향토사연구 협의희, 1995. 11), 43~53쪽.

⊙ 1996~1999. 02. 통영시지統營市誌 편찬위원·집필위원, 《통영문학사》 집필 하권 214~219 쪽, 본문과 개인 프로필에 집필자 차영한이가 집필치 않았는데도(통영문학사 원고 제출 전 복사 본 차영한이 소장하고 있음). 시인으로 등단 사실 없는 경남 고성 출신 정해룡丁海龍이라는 자 를, 폐간되기 전의 문예지 《시와 비평》(당시 박진환 주간, 후일 《월간 조선》으로 책명 바꿔 현재에 이름)에 등단한 것처럼 등재 시킨 자가 누군자(당시 상근위원 정갑섭?)를 밝혀야 함.

⊙ 2004. 12. 30, 〈통영시 사량면 지명유래 고찰〉《慶南鄕土史論叢》 제14집, 경남향토사연구 협의회, 86~120쪽(통영군사 및 통영시지 사량면 지명유래 누락 및 오류 발생으로 인해 전면적 재 再고찰로 게재).

⊙ 통영문화원창립위원, 연구소연구위원, 자문위원 역임(창립 연도에서 2006년까지).

⊙ 2009. 06. 경남향토사연구협의위원회 부회장에 선임됨.

⊙ 2009. 12. 30, 차영한 연구논문 소승불교의 事跡址,蓮花島의 蓮花臺 五蓮舍 小考〉《경 남 향토사 논총》 제19집, 경상남도향토사연구협의회, 238~25쪽.

⊙ 2010. 12. 31, 차영한의 논문 〈통영특산명품의 맥락 재조명〉《경남 향토사 논총》 제20집, 경남향토사연구협의회, 86~109쪽.

⊙ 2011. 12, 차영한 연구논문 〈朝鮮王朝實錄을 움직인 蛇梁·樸島 考察〉《경남 향토사 논 총》 제21집, 경남향토사연구협의회, 91~133쪽.

⊙ 2012. 05, 경남향토사연구회 부회장에 재선임 됨.

⊙ 2012. 12, 차영한 연구논문 〈역사상 지리지에 나타난 통영지역 고찰(1)〉《경남 향토사 논 총》 제22집, 경남향토사연구회, 45~64쪽.

⊙ 2013. 10. 24. 14:00~16:30, 장소: 국립진주박물관 강의실, 국립진주박물관 주최, 2013년 제10기 박물관대학 초청강연 차영한의 발표원고, 〈문인들 통영에 모이다〉《통영, 그 예향의 바다에 빠지다》, 국립진주 박물관 책자 발행(2013. 04), 185쪽.

⊙ 2013. 12. 31, 연구논문 〈역사상 지리지에 나타난 통영지역 고찰(2)〉《경남 향토사 논총》 제23집, 사) 경남 향토사연구회, 26~50쪽.

⊙ 2016. 12. 31, 차영한 연구논문 〈역사상 지리지에 나타난 통영지역 고찰(3)〉《경남 향토사 논총》 제26집, 사) 경남 향토사연구회, 153~173쪽.

⊙ 2019. 12. 31, 차영한 연구논문 〈역사상 지리지에 나타난 통영지역 고찰(4)〉(연재 끝)《경남 향토사 논총》 제29집, 94~108쪽.

⊙ 2020. 12. 31, 6·25 한국전쟁 70주년 특집, 〈귀신 잡는 해병 -6.25 전쟁 통영 원문 능선

상륙 작전 성공 별명》《경남 향토사 논총》 제30호, 사) 경남향토사연구회, 221~228쪽.

- ◉ 2021. 12. 30. 〈통영지방 민속음악 실태 연구(1)〉《경남 향토사 논총》, 제31집, 사단법인 경상남도향토사연구회, 157~169쪽.
- ◉ 2022. 12. 31. 〈통영지방의 민속 음악 실태 연구(2)〉《경남 향토사 논총》, 제32집, 사단법인 경남향토사연구회, 125~144쪽.
- ◉ 2023. 12. 31. 2018년 6월 발간된 《통영시지》(제2권)에 기록된 〈통영 문학사〉 오류사항 지적. 《경남 향토사 논총》, 제33집, 사단법인 경남향토사연구회,

◇ 지역사회 기여도(봉사활동)

- ◉ 1959. 04~1961. 11 군에 입대 전까지 사재로 사량면 아래섬 양지리 능양리 소재 양지초 등학교 도움 받아 중학 수준 야간중학교 운영(수료생 15명).
- ◉ 1973년 04월 경남 통영시 광도면 우동리 4구인 '전두마을장학회' 구성 및 장학기금으로 당시 금액 일십만 원(₩100,000)을 전달함(본인 봉급저축금).
- ◉ 1978년 03월 경남 통영시 사량면 양지리 '능양마을 효열행상 제도' 기금용으로 당시 금액 삼십사만 원(₩340,000) 전달(부조금 전액 마을에 환원).
- ◉ 1979. 12. 서호동 소재 충무시청 2층 회의실에서 최초로 '제1회 충무시 예술인의 밤' 행사 개최를 주도함.
- ◉ 1979년 11월부터 1981년 02월 사단법인 한국예술문화단체 총연합회 충무지부(당시 등록된 단체는 사진협회와 연예협회이며, 문협 음협 미협 연극협회는 조건충족 미달로 잠정적으로 참여한 것으로 되어 있음) 무임 사무국장직을 맡아 문협, 음협, 미협, 연극협회를 조직하도록 독려하며 6개 지부를 활성화하는 데 기여하였음.
- ◉ 1980. 05. 05. '어린이 예술제'를 부활시켜 충무 시내 초등학교를 중심으로 적극 참여하였음.
- ◉ 1980. 05, 65세 이상 대상으로 '봉래극장'에서 충무 시내 전 노인 대상 경로잔치 개최하도록 연예협회 유도(무임 예총 사무국장 재직 때) 개최함.
- ◉ 1980년 05월부터 한국문인협회 충무지부 창립을 위해 차영한 시인, 강수성 희곡작가, 서우승 시조 시인, 한수련 아동문학가 등 4명을 발기인으로 하고 그 외 수필을 쓰는 애호가 4명을 포함, 1980년 11월 29일 항남동 결혼회관(예총 충무지부장 류완영)에서 한국문인협회 사무국장 오학영 극작가를 초빙 초청 문학강연과 병행 창립총회를 개최함에 따라 승인을 받아 명실상부한 전국적으로 제13번째 한국문인협회에 가입하였음 .▷ 초대회장에는 차영한, 사무국장 최정규를 추천하여 운영하였다(최정규 사무국장은 그 직을 즉시 사임함으로써 충렬고등학교 최정혜 선생님을 위촉함).
- ◉ 1981년 01월 한국문인협회 통영지부 기금 조성 5십만 원 기부(일반기부금 삼십만 원, 경남문학 우수작품상 오십만 원정 중 이십만 원정을 기증).
- ◉ 《참새》(1927년 제2권 제2호 증대호)지 발견 《충무문학》 제2집(1982)에 영인본 게재, 사단법

인 한빛문학관(통영시 봉수1길9(봉평동189-11) '수장고'에 소장함.

- 1982년부터 1985년까지 한국문인협회 통영지부《충무문학》발간 및 운영 자금 지원(2백만 원 이상 상당액 찬조함).
- 1983. 10.〈풍어놀이〉발굴 재현, 본인이 직접 연출 맡아 '경상남도민속예술경연대회'에 출품. '노력상' 수상.
- 청마가 이끈《생리》지 발굴,《충무문학》제3집(1983)에 영인본 게재.
- 1983. 10. 욕지면 연화리 본촌과 우도 포함〈풍어놀이〉발굴 재현.
- 1983~1986. 02,《統營郡史》편찬위원·집필위원·감수위원·간사직 역임, 1986년 2월 간행함.
- 동랑 유치진 작품《소제부》발굴,《충무문학》제4집(1984)에 게재(시조시인 임종찬 당시 부산대학교 교수) 및 유치상 서신 영인본 게재.
- 1984. 11. 어요漁謠〈살치기의 노래〉를 당시 통영군 욕지면 연화 섬에서 발굴하여 직접 연출 맡아 출품한 결과《경상남도 민속예술경연대회》에서 2등 수상하여 상금 및 상패 연화도 주민에게 드림.
- 1989. 10 통영군 7개면 농악놀이 대회 심사위원장 역임.
- 국사편찬위원회 사료조사위원 08년간 역임(1987. 05. 26~1995. 12).
- 1987년 01월 제1호, 충무문인협회를 창립 주도 및 초대에서 3대까지 이끌어온 공헌에 공로패 수락-(사)한국문인협회 통영지부장.
- 1988년 02월 15일 차영한의 시작품〈불사조처럼〉1편을 통영장애인협회용으로 기증, 현재에도 장애인의 날 식순에 삽입하는 등 애송시로 낭송하고 있음.
- 난중일기에 나오는 고둔포古屯浦 지명 발굴함 ▷이은상 등 조사위원들이 찾지 못했던 지명을 1990년에 본인이 국사편찬사료조사위원 자격으로 최초로 발굴, 1990년에 국사편찬위원회에 보고함 ▷위치: 현재 통영시 산양읍 풍화리 속칭 '고둥개'를 말함.
- 1993. 05. 22(토). 22시. 부산지방 언론, 학술 등 각계인사로 구성된【늘솔회】초청으로 거제시 '해금강호텔'에서〈향토는 역사의 고향이요, 문화예술의 산실—태어난 고향은 아름다워야 한다〉주제발표.
- 1995. 08 통영시 문화상 심사위원 역임.
- 1906~1999. 02 통영시지 편찬위원·집필위원(통영문학사 집필) 역임.
- 1996. 사)한국예총통영지부 일천이백만 원(₩12,000,000) 상당액을 기금 조성하여 모두 1,700만 원으로 기금 확보하였고, 본인 기부금 일백만 원(₩1,000,000) 이상을 당시 예총 통장에 불입, 기부 사실 있음. ▷사무국장 월급 팔십만 원에 부족액 이십만 원(₩200,000)을 15개월 동안 본인의 직장 급여에서 지원하였음(3백만 원(₩3,000,000) 상당액 지원함).
- 1996~1997 통영시 봉평동 주공아파트의 '여자노인회'에 쌀 등 식사 재료 다년간 제공 및 처가 직접 식사 준비하는데, 봉사함.
- 불우이웃돕기 참여—감사장 및 불우이웃돕기 증서 교부 받음(1997. 12. 23), '불우이웃돕기 결

연증'–한국복지재단 회장 김석산(근거는 이력서 파일에 관리함).

⊙ 2006. 06. 08. 제06–1호, '사랑면에 10년생 후박나무 15주 기증'(1주에 일십만 원 상당액인 일백오십 만원(₩1,500,000) 상당액)에 대하여, 사랑면장으로부터 감사장 받음(근거는 별도 관리).

⊙ 2008. 대여 김춘수 시비 건립모금에 일금 일십만 원(₩100,000) 지원함.

⊙ 2009. 초정 김상옥 시조 시인 시비 건립모금 일십만 원(₩100,000) 지원함.

⊙ 2010. 07. 26(월) (사)안중근 의사 기념관 건립기금 모금에 일금 삼십만 원(₩300,000) 송금한 결과 지정기부금 코드40(일련번호10–243) 영수증 보내왔음.

⊙ 불교TV ARS 모금 및 KBS1TV 사랑의 리퀘스트 ARS 모금 참여함.

⊙ 2011. 12~2012. 12 통영시의 저소득층 청소년에게 배움의 기회를 드리는 기부금 출연(통영의 힘 통영교육 사랑 통장 개설–IBK기업은행).

⊙ 2012. 12. 수향수필문학회 협찬금 오십만 원(₩500,000) 지원(기부금 증서 받음).

⊙ 2013년 통영문인 산악회(속칭 통문산악회) 창립 때 사십오만 원(₩450,000) 지원함.

⊙ 기타: 진주의 개천예술제, 진해군항제, 밀양 '아랑제', 경남 환경보호 축제, '한산대첩제' 등등 백일장대회 심사위원 역임.

⊙ 2014년 04월~11월 한빛문학관 기공식 및 준공식 거행함.

⊙ 2015년 03월 02일부터~2017년 상반기까지 시 짓기 및 인문학 무료 강의.

⊙ 2015년 04월 11일 오전11시 한빛문학관 개관식 거행.

⊙ 2017. 05. 05 박경리추모 한글시 백일장 심사위원장 역임.

⊙ 2018. 06. 19. 사단법인 한국문학관협회에 가입한 문학관이 됨(2018년 06.19. 회관 가입증 제18–04호)▷차영한 사재로 건립한 한빛문학관의 건축 구조는 콘크리트구조에 슬래브 지붕 2층으로 문화 및 집회 시설로 설계(1층: 142.08㎡, 2층:121.38㎡)되어 건축(2014. 11월 준공) 상해당되고, 건물 건축 및 소유자가 문학 진흥법 제17조 시행령의 조건에 충족되는 관리자 차영한은 국립경상대학교 일반대학 국어국문학과 석·박사 과정을 졸업한 자로서 현대문학을 전공하였기에 문화 및 집회 시설 규정에 충족됨.▷건축 외부 전반과 내부 일부에 사업비 2억1천만 원정과 셀프주방, 커튼(1층 2층), 감시 카메라 3대 설치, 서가(책장) 5개소, 대형 제습기 1, 2층 설치, 컴퓨터 4대, 스토리텔링용 49인치 TV 1대, 2층 전시실 마이크 설치, 빔프로젝터 기기 부착, 책걸상, 진열장 4개 외 설비 등 2억 5천만 원정 합계 4억6천만 여원 추정되는 사업비를 투입하였음.

⊙ 2018. 06. 23. 한빛문학관에서 추진할 지역 특성화 프로그램개발 운영위원회 구성함.

⊙ 2018. 06. 23. 한빛문학관 지역 특성화 프로그램개발 운영위원 위촉 의뢰함(사전에 위원 위촉 수락하게 하여 위촉장을 발부함).

⊙ 2018. 06. 23. 프로그램 개발운영위원회 개최 통지서 발송함.

⊙ 2018. 06. 26. 화요일 오전 11시 정각 한빛문학관 1층 수장고, 사무실, 교육실로 활용하는 곳에서 회의 개최: 의결 내용은 지역 특성화 프로그램사업 〈시와 음악의 만남〉〈바닷소리와 문학의 만남 포럼〉 2개 사업 추진.

- ⊙ 2018. 06. 26. 사단법인 한국문학관협회에 공모한 결과 일천만 원정 지원금 신청서 제출.
- ⊙ 2018. 07. 09(월) 10:30~15:00 문학의 집 서울 산림문학관 중앙홀에서 개최하는 전국 문학관 협회 주최의 워크숍에 참석함.
- ⊙ 2018. 07. 25. 사단법인 한국문학관협회의 보조금 지원 지침에 의거 7천6백8십만 원정 재신청. 사업 2개 사업인 2018년 09월 07일 〈시와 음악의 만남〉과 2018년 10월 20일 행사 제목을 일부 변경. 〈바닷소리와 문학의 만남 포럼〉으로 변경보고 함.
- ⊙ 2018. 08. 10. 2차 공모 심의 결과. 5백만 원정 지원 통보 받았음.
- ⊙ 2018. 08. 12. 지원금 5백만 원에 따른 수정 사업계획서 제출.
- ⊙ 2018. 08. 17. 국세기본법 제13조 제2항 및 동법시행령 제8조 제2항의 규정에 의하여 수익사업을 하지 않는 비영리법인 고유번호 220-82-70071 발급받아 문학관협회에 보고함.
- ⊙ 2018. 08. 24. 5백만 원정으로 2개의 사업 국고보조금 교부금 받음(비예치형).
- ⊙ 2018년 09월 05일 수요일 오전 11시. 프로그램개발 운영위원회 개최함.
- ⊙ 2018년 사단법인 한빛문학관 지역 특성화 프로그램 1차 사업인 〈시와 음악의 만남 포럼〉 행사를 문학 주간 기간인 동년 09월 07일 오후 06시 30분(금) 본인이 사설로 건립한 '한빛문학관' 문화 및 집회시설(2층)에서 통영 출신 작곡가 진규영 교수와 성악가(소프라노) 이병렬 교수초빙 추진함-리플렛 등 각종 서류 보관과 함께 기록 유지 보전함.
- ⊙ 2018년 한빛문학관 지역 특성화 프로그램 2차 사업인 〈바닷소리와 문학의 만남 포럼〉 행사를 동년 10월 20일 오후 6시 정각 한빛문학관 2층 문화 및 집회시설에서 문학평론가 유성호 교수(한양대학교) 초빙 포럼 개최함▷리플렛 등 각종 홍보물 인쇄배포 및 현수막 지정 장소에 붙임.
- ⊙ 2018. 10. 18. 목요일 오전 11시 정각 오는 10월 20일 오후 6시 정각 〈바닷소리와 문학의 만남 포럼〉 행사 준비를 만전에 기하고자 프로그램개발 운영위원회 개최함.
- ⊙ 2019. 06. 01. 2019 한빛문학관 지역 특성화 상주작가 프로그램사업 제1회 바다사랑 전국 한글 시 백일장대회 개최사업 확정 사업비 4백만 원정 지원받음과 상주작가 인건비 1천9백8십만 원정 지원 등 총사업비 2천3백8십만 원정 지원받음(예치형).
- ⊙ 2019. 09. 03. 한빛한글학교 개설 일부 운영.
- ⊙ 2019. 10. 26. 한빛문학관 지역 특성화 사업 제1회 바다 사랑 전국 한글 시 백일장대회를 도남동 분수대 일대에서 개최하고 당일 시상함.
- ⊙ 2019. 11. 18~12. 16. 시민학교 개설 '로컬마스터와 함께 통영을 이야기하다 '장소 무료 제공함.
- ⊙ 2019. 12. 02~12. 07. 통영수채화협회 창립전 5일간 전시회 개최 장소 무료 제공함.
- ⊙ 2020. 04. 01. 한빛문학관 지역 특성화 상주작가 프로그램사업. '청마 고향 시가 갖는 의미'에 따른 사업비 6백만 원정과 상주작가 급여(4대보험 포함) 1천9백8십만 원정과 영상 제작비 1백2십만 원정 합계 2천7백만 원정 받음(예치형)/ 사업내용은 초청 문학강연 2명(문학박사 강외석·한양대학교수 유성호)과 시 낭송자 7명 등이 참여함.

창작지원금 2천만 원정 수령).

⊙ 2015. 10. 30. 오전 10:30 경상남도 신관 대강당에서 제54회 '경상남도문화상'(문학 부문) 수상(상패).

⊙ 2017. 12. 06. 제3회 송천 박명용 통영예술인상 본상 수상자 결정통지서 받음.

⊙ 2018. 02. 06. 북신동 소재 공작뷔페 송천 박명용 통영예술인상 시상식 거행(시상금 총 2천만 원정에서 1천만 원정 당일 지급. 1천만 원정은 예술활동실적 확인 후 지급함에 따라 1천만 원정 상당액에 상응된 시집 단행본 3권 출간 제출함).

⊙ 2018. 12. 06.(목) 오후 6시 정각 《해피데이》 7층에서 제1회 통영지역문학상(수상작 〈꽃은 떨어지지 않아〉 외 2편 당선)을 수상(부상 3백만 원정).

⊙ 2021. 11. 10. 창원시 마산문화원 제6회 '경남시문학상' 본상 수상함.

⊙ 2022. 09. 30. 통영시민회관에서 제17회 '통영시 문화상' 수상(부상 없는 수상패 받음).

⊙ 2022. 11. 11. 오후 2시 백석대학교 글로벌 외식산업관 5층 세미나실에서 제8회 한국서정시문학상 시상식 거행에 직접 참석하여 창작지원금 1천만 원정(통장 입금) 수혜.

⊙ 2023. 10. 경남문학관(진해 소재) 2층에서 제5회 경남 PEN 문학상 수상(상패와 부상 그림 1점–강정완 화백 작품 〈빛과 사랑〉의 오리지널)▶사단법인 한빛문학관 '수장고'에 소장함.

◇ **공무원(군인 복무 포함) 재직 중, 훈장. 표창장. 상장. 공로패. 감사장. 감사패 등**

◖ 공무원(군 복무) 재직기간 및 훈장 수장

⊙ 1966. 01. 17～2002. 06. 30. [공무원 복무 기간 : 37년 5월 13일과 육군 사병 복무 32개월 18일 포함할 경우▶ 40년 1개월]] 사단법인 한빛문학관 '수장고'에 소장함.

⊙ 2002. 06. 30. 지방행정사무관에서 지방서기관으로 승진발령과 동시 명예 퇴임(사무관임명: 1991. 12. 21～2002. 06. 30→사무관직 기간:11년 6월 10일; 근거는 통영시청, 사단법인 한빛문학관 '수장고'에 소장함).

⊙ 2002. 09. 25. '녹조근정훈장'(제23649호–경상남도 통영시 지방서기관 차영한) 받음: "공무원으로써 평생을 봉사의 정신으로 직무에 정려하여 국가와 사회발전에 이바지한바 크므로 대한민국헌법의 규정에 의하여 훈장을 수여함 대통령 김대중" 내용으로 훈장창과 훈장 메달 받았음(근거: 사단법인 한빛문학관 '수장고'에 소장함).

◖ 내무부 장관·국방부 장관 표창

⊙ 1975. 07. 01. 제2773호, '내무부 행정발전을 위한 주민 복리 증진 공로 표창'–내무부장관 박경원(근거: 사단법인 한빛문학관 '수장고'에 소장함).

⊙ 1980. 09. 22. 제1882호, '민방위 직무수행 우수표창'–내무부장관 서정화(근거: 사단법인 한빛문학관 '수장고'에 소장함).

⊙ 1989. 11. 제3233호, '새마을사업 공로 표창'–내무부장관(근거: 사단법인 한빛문학관 '수장고'

에 소장함).

⊙ 1997. 04. 제533호, '지역안정 기여 공로 표창'–국방부장관 김동진(근거: 사단법인 한빛문학관 '수장고'에 소장함).

◐ 기타 상장·도지사. 시장. 군수 표창장·공로패(감사패)

⊙ 1952년 양지초등학교 6년간 총우등상(증빙 서류: 현재 학생감소로 양지초등학교가 폐교되어 사량초등학교에 있음).

⊙ 육군복무 기간(1962년 05월 05일) 제14호, 우등(1등). 제94기 급수반. 계급: 일병. 군번:10949493. "위 사병은 교육 기간 중 학업성적이 우수하고 품행이 방정 하여 타의 모범이 되므로 이에 상장 및 부상을 수여함"–1962년 05월 05일 육군공병학교 교장 준장 박기석(근거: 이력서 파일에 담아, 사단법인 한빛문학관 '수장고'에 소장함).

⊙ 1962. 08. 15. '5월부터 7월까지 한해 대책 기여 공로감사장': 육군공병학교 일병 차영호(개명 차영한 이전)–경상남도지사 육군 소장 양찬우(근거: 이력서 파일로 사단법인 한빛문학관 '수장고'에 소장함).

⊙ 1967. 12. 30. 제204호, '직무수행 우수 표창'–통영군수 김중도(근거: 사단법인 한빛문학관 '수장고'에 소장함).

⊙ 1968. 06 .22. 제3호, '병무행정반 3등 상장'–경상남도 지방공무원 교육원장 한기찬(근거: 사단법인 한빛문학관 '수장고'에 소장함).

⊙ 1971. 10. 02. 제149호, '타자반의 학급장으로서 직무수행 표창'–경상남도 지방공무원 교육원장 성해기(근거: 사단법인 한빛문학관 '수장고'에 소장함).

⊙ 1973. 12. 10. 제1321호, '지역개발사업과 주민복리증진표창'–경상남도지사 정해식(근거: 사단법인 한빛문학관 '수장고'에 소장함).

⊙ 1984. 05. 05. 제1076호, '공무원 특별정신교육 과정 분임연구 우수'–경상남도 지방공무원 교육원장 하연승(근거: 사단법인 한빛문학관 '수장고'에 소장함).

⊙ 1984. 05. 08. 제161호, "지극한 효성으로 어버이를 공경하여 도의 사회 건설과 건전한 사회 기풍 조성에 기여한 공이 있으므로 이에 표창함"–경상남도 도지사 표창장(근거: 사단법인 한빛문학관 '수장고'에 소장함).

⊙ 1984. 12. 31. 제3995호, '84년도 군정 시책 추진 중 통영군지 추진 공로' 표창(문화공보 계장)–통영군수 김영철(근거: 사단법인 한빛문학관 '수장고'에 소장함).

⊙ 공무원 교육(연수원)으로 인한 2등 우등상(근거: 사단법인 한빛문학관 '수장고'에 소장함).

⊙ 1983. 10. 20. 제529호, '군민헌장제정 공로감사장'–통영군수 김영철(근거: 사단 법인 한빛문학관 '수장고'에 소장함).

⊙ 1983. 07. 05. 제661호, '83 직장 동호회 경진대회 서예 부문 입상(은상)'– 통영군수 김영철(근거: 사단법인 한빛문학관 '수장고'에 소장함).

⊙ 1992. 09. 05. 제1회 민주평화통일 염원 기타기 '등산대회 1등 우승컵'–민주평화통일자문

회의 중무시 협의회 회장 김광현(근거: 사단법인 한빛문학관 '수장고'에 소장함).

⊙ 1998. 12. 18. 제98-1호, '통영시 장애인 자활에 각별한 관심과 애정으로 물심양면으로 협력(장애인을 위한 시를 무료로 드림)에 대한 감사장'–사)경남 지체장애인 협회 통영시지회장 허영호(근거: 사단법인 한빛문학관 '수장고'에 소장함).

⊙ 1994. 10. 13. 제167호, '생활 개혁 운동 이벤트행사 사진 부문 우수상장'–통영군수 서영칠(근거: 사단법인 한빛문학관 '수장고'에 소장함).

⊙ 1995. 12. 01. 제35호, '특수 시민 장점 찾기 운동 표어공모 당선 상장' 통영시 총무국 시민과 지방행정 사무관 차영한–통영시장(근거: 사단법인 한빛문학관 '수장고'에 소장).

⊙ 2000. 10. 20. '108주년 제4회 욕지 개척기념 축제를 위한 공로에 대한 감사패'–욕지 개척 축제 대회장 욕지면장(파손–근거: 욕지면 주민센터 상장·감사장 대장 참조).

⊙ 2002. 06. 30. 제5호 "1966년 01월 17일부터 공직에 몸담은 이래 40여 년을 투철한 국가관과 봉사 정신으로 지역발전과 주민 복리 증진을 위하여 헌신 봉직하였기에 그 공을 높이 치하 드리며 영예로운 퇴임에 즈음하여 이 패를 드립니다."–통영시장 고동주(근거: 사단법인 한빛문학관 '수장고'에 소장함).

⊙ 2024. 4. 11. 사단법인 한빛문학관 앞에 〈문학 작품집 불망비〉 세우다.

⊙ 미술 활동 분야와 그 외는 생략하며, 그간 연보를 보정하였음을 밝혀 둔다.

이상 위의 기록은 2024년 04월 현재 사실과 상이 없습니다.

한빛 차영한(1938. 08. 17~)

• 경상남도통영출생/경상국립대학교 일반대학원 국어국문학과 졸업(현대문학 전공 논문합격-문학박사학위기 취득함). • 1978년 10월, 월간《시문학》통권86호에〈시골햇살〉Ⅰ·Ⅱ·Ⅲ 3편과 1979년 07월, 같은 문예지 통권96호에〈어머님〉,〈한려수도〉2편 등 모두 시작품 5편이 추천 완료등단 하는 한편《시문학》통권484호에 공모하는 평론부문에〈청마시의 심리적 메커니즘 분석-문제시 首·北斗星·前夜 중심으로〉우수작품상 당선, 시와 문학평론 활동을 겸함. • 단행본 시집은《시골햇살》,《섬》,《살 속에 박힌 가시들》,《캐주얼 빗방울》,《바람과 빛이 만나는 해변》,《무인도에서 오는 편지》,《새소리 받아 일기도 쓰고》,《산은 생각 끝에 새를 날리고》,《꽃은 지기위해 아름답다》,《물음표에 걸려있는 해와 달》,《거울뉴런》,《황천항해》,《바다에 쓰는 시》,《바다리듬과 패턴》,《제자리에는 나무가 있다》,《랄랑그에 질문》,《우주 메시지》,《낯선 발자국 사냥하다》등 18권 출간과 앤솔러지 시집 108권 이상. • 비평집은《초현실주의 시와 시론》,《니힐리즘 너머 생명시의 미학》,《상상력의 프랙탈 층위 담론》,《문학작품의 심리적 메커니즘 분석》등 4권 출간함. • 차영한 수상록(에세이)《생명의 선율 그 그리운 날들》출간함. • 문학상수상: 제24회《시문학상》본상 수상/ 제2회《경남문학》작품집 상 수상/ 제13회《경남문학상》본상 수상/ 제15회 청마문학상 본상 수상/제6회《경남시문학상》본상 수상/ 제1회《통영지역문학상》수상/ 제3회《송천 통영예술인상》본상 수상/ 제54회 경상남도문화상(문학)/제17회 통영시문화상 수상/ 제8회 한국서정시문학상 공모에 당선 수상/ 제5회 경남PEN 문학상 수상 등.

차영한 비평집

문학작품의 심리적 메커니즘 분석

인쇄 2024년 4월 02일
발행 2024년 4월 11일

저자著者 차영한
펴낸이 이노나
펴낸곳 인문엠앤비
주소 서울특별시 종로구 북촌로4길 19, 404호(계동, 신영빌딩)
전화 010-8208-6513
이메일 inmoonmnb@hanmail.net
출판등록 제2020-000076호

ISBN 979-11-91478-30-3 03810
값 30,000원